正德皇帝全传

官府风云 河汉征尘 ①

廖心一 著

戊戌桂秋 王之鋒題

金城出版社 GOLD WALL PRESS · 北京 BEIJING

图书在版编目（CIP）数据

正德皇帝全传：全二册 / 廖心一著 . —北京：金城出版社有限公司，2020.6

（明史纪实小说系列）

ISBN 978-7-5155-1996-8

Ⅰ. ①正… Ⅱ. ①廖… Ⅲ. ①纪实小说—中国—当代

Ⅳ. ① I247.5

中国版本图书馆 CIP 数据核字（2020）第 031352 号

正德皇帝全传（全二册）

ZHENGDE HUANGDI QUANZHUAN

作　　者　廖心一
责任编辑　王媛媛
责任印制　李仕杰
责任校对　王秋月
开　　本　710 毫米 × 1000 毫米 1/16
印　　张　81
字　　数　1441 千字
版　　次　2020 年 6 月第 1 版
印　　次　2020 年 6 月第 1 次印刷
印　　刷　天津旭丰源印刷有限公司
书　　号　ISBN 978-7-5155-1996-8
定　　价　168.00 元（全二册）

出版发行　**金城出版社有限公司**　北京市朝阳区利泽东二路 3 号　邮编：100102
发 行 部　（010）84254364
编 辑 部　（010）64210080
总 编 室　（010）88637122
网　　址　http：//www. jccb. com. cn
电子邮箱　jinchengchuban@ 163. com
法律顾问　北京市安理律师事务所（电话）18911105819

明帝世系表

名讳		庙号	谥号	陵寝	年号	在位公元纪年
朱元璋		太祖	高皇帝	孝陵	洪武	1368—1398
朱允炆	（太祖孙）		惠皇帝		建文	1399—1402
朱棣	（太祖子）	太宗（嘉靖十七年改成祖）	文皇帝	长陵	永乐	1403—1424
朱高炽	（太宗子）	仁宗	昭皇帝	献陵	洪熙	1425
朱瞻基	（仁宗子）	宣宗	章皇帝	景陵	宣德	1426—1435
朱祁镇	（宣宗子）	英宗	睿皇帝	裕陵	正统	1436—1449
朱祁钰	（宣宗子）	代宗	景皇帝	景泰陵	景泰	1450—1456
朱祁镇		英宗			天顺	1457—1464
朱见深	（英宗子）	宪宗	纯皇帝	茂陵	成化	1465—1487
朱祐樘	（宪宗子）	孝宗	敬皇帝	泰陵	弘治	1488—1505
朱厚照	（孝宗子）	武宗	毅皇帝	康陵	正德	1506—1521
朱厚熜	（宪宗孙）	世宗	肃皇帝	永陵	嘉靖	1522—1566
朱载垕	（世宗子）	穆宗	庄皇帝	昭陵	隆庆	1567—1572
朱翊钧	（穆宗子）	神宗	显皇帝	定陵	万历	1573—1620
朱常洛	（神宗子）	光宗	贞皇帝	庆陵	泰昌	1620
朱由校	（光宗子）	熹宗	哲皇帝	德陵	天启	1621—1627
朱由检	（光宗子）	思宗（后改毅宗）	烈皇帝	思陵	崇祯	1628—1644

明朝文职简表

衙门	职官	职掌	备注
内阁	殿阁大学士，预机务，称阁臣或辅臣，初加低品职衔，后均加尚书职衔	票拟圣旨，批答奏章	史称阁臣有相权而无相名
六部（吏户礼兵刑工）	长官尚书，佐官左、右侍郎，属官郎中、员外郎、主事等	分掌庶务	以上衙门长官合称七卿
都察院	长官左、右都御史，佐官左、右副都御史，左、右佥都御史；属官十三道监察御史等	纠劾百司，会审大狱重囚	
通政使司	长官通政使，佐官左、右通政，左、右参议等	进内外章疏	
大理寺	长官卿，佐官左、右少卿	审谳平反刑狱	与刑部、都察院合称三法司。以上衙门长官称大九卿
太常寺	长官卿，佐官少卿	掌祭祀礼乐等	以下至苑马寺，长官称小九卿
光禄寺	长官卿，佐官少卿	掌祭享宴劳等	
太仆寺	长官卿，佐官少卿	掌牧马政令	
詹事府	长官詹事，佐官少詹事	辅导太子	
翰林院	长官学士，佐官侍读学士、侍讲学士	掌文翰、备顾问	
鸿胪寺	长官卿，佐官左、右少卿	掌朝会等仪礼	
国子监	长官祭酒，佐官司业	掌国学训导	
尚宝司	长官卿，佐官少卿	掌宝玺等	
苑马寺	长官卿，佐官少卿	掌各监苑马政	

续表

衙门	职官	职掌	备注
六科（吏户礼兵刑工）	都给事中，左、右给事中，给事中	侍从、规谏，稽察六部	
中书科	中书舍人	掌殿阁书写事	
行人司	司正，左、右司副，行人	掌颁诏、册封等	
督抚	总督、总制、总理、巡抚，加佥都御史至尚书、都御史衔	总督军务，巡抚地方	俗称封疆
顺天府	府尹、府丞等	掌京府政令	
应天府	同上	同上	
承宣布政使司	左、右布政使，左、右参政，左、右参议	掌一省之政	与都指挥使司合称三司
提刑按察使司	按察使、副使、佥事	掌一省刑名	
府衙	知府、同知、通判等	掌一府之政	
州衙	知州、同知、判官等	掌一州之政	
县衙	知县、同丞、主簿等	掌一县之政	

明朝武职简表

- **五军都督府**（中、左、右、前、后）
  - **长官**左、右都督
  - **佐官**都督同知、都督佥事
  - **都指挥使司**——**卫指挥使司**——**千户所**——**百户所**
    - 都指挥使司：**长官**都指挥使；**佐官**都指挥同知、都指挥佥事
    - 卫指挥使司：**长官**指挥使；**佐官**指挥同知、指挥佥事；**属官**镇抚等
    - 千户所：正千户；副千户；镇抚
    - 百户所：百户
  - **京卫指挥使司**：官制如卫指挥使司，南、北两京卫共计四十八，其中三十三卫隶都督府，余十五卫与亲军卫不隶都督府
  - **总兵官**——**副总兵官**——**参将**
    - 参将
    - 游击将军
    - 守备等

亲军卫指挥使司：司宿卫，设官同京卫，其中，锦衣卫又司缉捕、刑狱，下设南、北二镇抚司，北司专治钦定重案，即所谓诏狱。

明朝宦官简表

<table>
<tr><th>衙门</th><th>职官</th><th>职掌</th><th colspan="2">备注</th></tr>
<tr><td>司礼监</td><td>提督、掌印、秉笔等太监</td><td>掌内外章奏，御前勘合</td><td>有内相之喻</td><td rowspan="20">司礼监——司苑局合称二十四衙门</td></tr>
<tr><td>内官监</td><td>掌印、总理、管理等太监</td><td>掌宫室、陵墓等营造</td><td rowspan="11">以上十二监</td></tr>
<tr><td>御用监</td><td>掌印、把总、掌司等太监</td><td>掌御用物什</td></tr>
<tr><td>司设监</td><td>掌印、总理、管理等太监</td><td>掌仪仗、卤簿等</td></tr>
<tr><td>御马监</td><td>掌印、监督、提督等太监</td><td>掌御马房、象房等</td></tr>
<tr><td>神宫监</td><td>掌印、佥书、掌司等太监</td><td>掌太庙洒扫、香灯等</td></tr>
<tr><td>尚膳监</td><td>掌印、提督、总理等太监</td><td>掌御膳、宫内食用等</td></tr>
<tr><td>尚宝监</td><td>掌印、佥书、掌司等太监</td><td>掌宝玺、敕符、印信等</td></tr>
<tr><td>印绶监</td><td>掌印、佥书、掌司等太监</td><td>掌铁券、诰敕、勘合等</td></tr>
<tr><td>直殿监</td><td>掌印、佥书、掌司等太监</td><td>掌各殿、廊庑扫除</td></tr>
<tr><td>尚衣监</td><td>掌印、管理、佥书等太监</td><td>掌御用冠冕、袍服等</td></tr>
<tr><td>都知监</td><td>掌印、佥书、掌司等太监</td><td>随驾前导警跸</td></tr>
<tr><td>惜薪司</td><td>掌印、总理、佥书等太监</td><td>掌薪碳之事</td><td rowspan="4">以上四司</td></tr>
<tr><td>钟鼓司</td><td>掌印、佥书、司房等太监</td><td>掌出朝钟鼓及诸内戏</td></tr>
<tr><td>宝钞司</td><td>掌印、佥书、管理等太监</td><td>掌造粗细草纸</td></tr>
<tr><td>混堂司</td><td>掌印、佥书、监工等太监</td><td>掌沐浴之事</td></tr>
<tr><td>兵仗局</td><td>掌印、提督、管理等太监</td><td>掌制造军器、火药</td><td rowspan="4"></td></tr>
<tr><td>银作局</td><td>掌印、管理、佥书等太监</td><td>掌打造金银器饰</td></tr>
<tr><td>浣衣局</td><td>掌印、佥书、监工等太监</td><td>安置老年及罢退宫女</td></tr>
<tr><td>巾帽局</td><td>掌印、管理、佥书等太监</td><td>掌内用帽靴</td></tr>
</table>

续表

<table>
<tr><th>衙门</th><th>职官</th><th>职掌</th><th colspan="2">备注</th></tr>
<tr><td>内织染局</td><td>掌印、管理、佥书等太监</td><td>掌染造御用、内用缎匹</td><td rowspan="4">以上八局</td><td rowspan="4"></td></tr>
<tr><td>针工局</td><td>掌印、管理、佥书等太监</td><td>掌造宫中衣服</td></tr>
<tr><td>酒醋面局</td><td>掌印、管理、佥书等太监</td><td>掌造宫中食用酒醋糖酱</td></tr>
<tr><td>司苑局</td><td>掌印、管理、佥书等太监</td><td>掌蔬菜瓜果</td></tr>
<tr><td>东厂</td><td>掌印、掌班、领班等太监</td><td>掌刺缉刑狱之事</td><td colspan="2">与锦衣卫合称厂卫</td></tr>
<tr><td>西厂</td><td>同东厂</td><td></td><td colspan="2">不常设</td></tr>
<tr><td>守备</td><td>南京、天寿山守备太监嘉靖时设承天府守备太监</td><td>护卫留都及守陵</td><td colspan="2"></td></tr>
<tr><td>镇守</td><td>各省各镇镇守太监</td><td></td><td colspan="2">时人比之督抚</td></tr>
<tr><td>织造</td><td>提督织造太监</td><td>掌织造御用龙衣</td><td colspan="2">设于南京、苏州、杭州</td></tr>
<tr><td>市泊司</td><td>提督太监</td><td>掌海外朝贡、交易</td><td colspan="2">设于广东、福建、浙江</td></tr>
</table>

目录

官府风云

第一章 / 002
第二章 / 010
第三章 / 016
第四章 / 023
第五章 / 029
第六章 / 034
第七章 / 040
第八章 / 046
第九章 / 052
第十章 / 058
第十一章 / 064
第十二章 / 071
第十三章 / 077
第十四章 / 083
第十五章 / 089
第十六章 / 095
第十七章 / 103
第十八章 / 111
第十九章 / 118
第二十章 / 124
第二十一章 / 130
第二十二章 / 136
第二十三章 / 142
第二十四章 / 148
第二十五章 / 155
第二十六章 / 161
第二十七章 / 167
第二十八章 / 172

第二十九章 / 177
第三十章 / 184
第三十一章 / 190
第三十二章 / 195
第三十三章 / 200
第三十四章 / 206
第三十五章 / 211
第三十六章 / 217
第三十七章 / 223
第三十八章 / 228
第三十九章 / 235
第四十章 / 241
第四十一章 / 248
第四十二章 / 253
第四十三章 / 259
第四十四章 / 265
第四十五章 / 271
第四十六章 / 277
第四十七章 / 283
第四十八章 / 290
第四十九章 / 296
第五十章 / 302
第五十一章 / 309
第五十二章 / 315
第五十三章 / 321

河汉征尘

第五十四章 / 328
第五十五章 / 334
第五十六章 / 340
第五十七章 / 346
第五十八章 / 352
第五十九章 / 358
第六十章 / 366
第六十一章 / 372
第六十二章 / 378
第六十三章 / 385
第六十四章 / 392
第六十五章 / 398
第六十六章 / 404
第六十七章 / 410
第六十八章 / 418
第六十九章 / 424

第七十章 / 430
第七十一章 / 436
第七十二章 / 443
第七十三章 / 449
第七十四章 / 454
第七十五章 / 460
第七十六章 / 468
第七十七章 / 474
第七十八章 / 480
第七十九章 / 486
第八十章 / 492
第八十一章 / 498
第八十二章 / 504
第八十三章 / 510
第八十四章 / 516
第八十五章 / 522
第八十六章 / 528
第八十七章 / 533
第八十八章 / 539
第八十九章 / 546
第九十章 / 552
第九十一章 / 558
第九十二章 / 564
第九十三章 / 570
第九十四章 / 576
第九十五章 / 582
第九十六章 / 588
第九十七章 / 594
第九十八章 / 600
第九十九章 / 606
第一百章 / 612
第一百零一章 / 618
第一百零二章 / 624
第一百零三章 / 631
第一百零四章 / 638
第一百零五章 / 644

狎虎畜豹

第一百零六章 / 652
第一百零七章 / 658
第一百零八章 / 664
第一百零九章 / 670
第一百一十章 / 676
第一百一十一章 / 682

第一百一十二章 / 688
第一百一十三章 / 694
第一百一十四章 / 701
第一百一十五章 / 707
第一百一十六章 / 713
第一百一十七章 / 720
第一百一十八章 / 726
第一百一十九章 / 732
第一百二十章 / 739
第一百二十一章 / 746
第一百二十二章 / 752
第一百二十三章 / 758
第一百二十四章 / 764
第一百二十五章 / 770
第一百二十六章 / 776
第一百二十七章 / 782
第一百二十八章 / 789
第一百二十九章 / 796
第一百三十章 / 802
第一百三十一章 / 808
第一百三十二章 / 815
第一百三十三章 / 821
第一百三十四章 / 827
第一百三十五章 / 833
第一百三十六章 / 839
第一百三十七章 / 846
第一百三十八章 / 853
第一百三十九章 / 859
第一百四十章 / 865
第一百四十一章 / 871
第一百四十二章 / 877
第一百四十三章 / 884
第一百四十四章 / 890
第一百四十五章 / 896
第一百四十六章 / 902
第一百四十七章 / 909
第一百四十八章 / 915
第一百四十九章 / 921
第一百五十章 / 927
第一百五十一章 / 933
第一百五十二章 / 939
第一百五十三章 / 945

北狩南巡

第一百五十四章 / 952
第一百五十五章 / 959
第一百五十六章 / 965
第一百五十七章 / 971
第一百五十八章 / 977
第一百五十九章 / 983
第一百六十章 / 989
第一百六十一章 / 996
第一百六十二章 / 1002
第一百六十三章 / 1008
第一百六十四章 / 1014
第一百六十五章 / 1020
第一百六十六章 / 1026
第一百六十七章 / 1032
第一百六十八章 / 1039
第一百六十九章 / 1045
第一百七十章 / 1051
第一百七十一章 / 1057
第一百七十二章 / 1063
第一百七十三章 / 1069
第一百七十四章 / 1075
第一百七十五章 / 1082
第一百七十六章 / 1088
第一百七十七章 / 1094
第一百七十八章 / 1100
第一百七十九章 / 1106
第一百八十章 / 1112
第一百八十一章 / 1118
第一百八十二章 / 1124
第一百八十三章 / 1130
第一百八十四章 / 1136
第一百八十五章 / 1142
第一百八十六章 / 1148
第一百八十七章 / 1154
第一百八十八章 / 1162
第一百八十九章 / 1168
第一百九十章 / 1175
第一百九十一章 / 1181
第一百九十二章 / 1188
第一百九十三章 / 1193
第一百九十四章 / 1200
第一百九十五章 / 1206
第一百九十六章 / 1213
第一百九十七章 / 1220

第一百九十八章 / 1227
第一百九十九章 / 1233
第二百章 / 1239
第二百零一章 / 1245
第二百零二章 / 1251
第二百零三章 / 1257
第二百零四章 / 1263

人名索引 / 1269

官府风云

第一章

大明正德元年正月乙未，是上元节的正日子。孝宗皇帝去世不到一年，使用新的年号刚刚半月，在宫中，照例不可能有轻松欢快的节日气氛。

乾清宫暖阁内，温暖如春。由于封闭密实，香炉内升起的轻烟，如细丝般冉冉向上。阁内，一少一老二人正临几对弈。除了棋子投向棋枰的声响，再听不到其他的声音。当然，棋子和棋枰相互碰撞的声响也是不同的，一种清脆响亮，一种低沉有力，颇能表明二人不同的性情和身份。

坐于上首的皇帝执黑，不假思索地将棋子一一投下，执白的司礼太监萧敬则小心地应对着。棋局的优劣完全没有必要考虑，萧敬享誉数十年，不但在大内，而且在士大夫中，也被奉为国手。所担心的是，皇上在技艺之外要出难题，那真是年近七旬的老太监所防不胜防的。

果然，当他下出直接攻击一块黑棋且对另一块黑棋形成潜在威胁的一手棋后，皇帝瞥了他一眼，拈起一枚棋子，欲落不落，却在那里自言自语："朕日坐奉天殿，夜寝乾清宫，此二处，谅无妨碍。"

萧敬暗自叫苦不迭。要不是皇上有一句交代："萧公公，你今天要和朕好自对弈一局。"何至于走出如此凶狠的招数。现在好了，下一子落在何处，着实难煞。既然"奉天殿""乾清宫"去不得，只好点在自家的眼位上。但这样一来，太违背棋理，皇上那里也未必能通过。

两指拈住棋子久了，不免要抖动。

"萧公公。"皇帝不慌不忙地叫道。

"老奴在。"没有想到出路的萧敬忙应了一声。

"这一招棋称得上是手筋吧？"皇帝调侃道。

"是，是。"

"你的棋下得高明，只是太霸道了一些。"

"谢万岁爷教诲。"萧敬心悦诚服。

“那么，这局棋——”

“奴才无用，又下输了。”

“你可要看好，果然是你输了？”皇帝调侃问道。

“是，奴才已无处落子。”

皇帝的脸上流露出笑意，他调皮地眨了眨眼，说道：“萧公公可还记得，我曾经对你说过，你这次输了，要答应我一件事情？”

萧敬心头一惊。对局前，皇帝确曾说了这话。那时只认为是皇上的抬举。现在看来，话是认真说的，棋是略施小计赢的，怕是要有些干系了。他大致也想得到，皇上的要求会是什么。

抬起头，发现皇帝正殷殷盯住他看。萧敬在敬畏之外，不由生出几分怜惜。虽说天生聪慧，机敏过人，到底只有十五岁，不能没有他的向往。向往中带着些许顽皮，以顽皮的手法来实现他的向往，他的聪慧和机敏也就在这之间有所体现。

心头又是一惊：这怜惜是要不得的。萧敬又看了皇帝一眼，只见他面如满月，鼻直唇长，眉秀目炯。凡是瞻仰过太祖御容的内外大臣，都说当今皇上的容貌酷似太祖。先帝册立他为皇太子的诏书说：“尔元子厚照，轩龙毓秀，虹渚兆祥，峻嶷夙成，伟然天日之表。寰区属望，宜乎主鬯之归。”那是真正视他为中兴之主啊！那些妨碍他成为圣主明君的想法是不能见容的。

“萧公公，朕的话，可还记得？”皇帝又问了一遍。

“是。”萧敬不能不硬着头皮回答，“奴才记得。”

皇帝上身向前倾斜，表示有极机密的话要说。萧敬明白，这是皇上做出的亲近姿态，便也把头向前凑了凑。

“朕要与民同庆，”皇帝的声音压得很低很低，“今晚临幸灯市，由你伴驾。”

萧敬早有准备，慢慢地说：“老奴不敢领旨。”

“怎么？”

“我朝制度，内臣自秉笔，朝臣自阁部，不得过市。”

秉笔，指司礼监的秉笔太监，权势仅在掌印太监之下。由于司礼监的特殊地位，其他各监司的掌印太监也无法与司礼秉笔抗衡。阁部指内阁大臣和六部尚书。其实还应该加上都察院的掌院左都御史。都御史与六部尚书合称七卿。这些内外朝的关键人物，身份不但与庶民不同，而且与其他职官不同。所以，其他职官可以游逛灯市，他们却不可以。

“你的意思，只有让别人伴驾了？”皇帝不知是故作糊涂，还是真不明白。

“不，老奴的意思是，老奴忝居其位，不敢违制。至于万岁爷的万尊之躯，老奴以为，更不宜轻出。”说到这里，萧敬又加了一句：“列祖列宗，都是传召亲近大臣，在宫中赏灯。”

在大内，没有人比萧敬更熟悉制度了。他自幼入宫，就学内书堂，内书房藏书以及能接触的档案文书，无不披阅。而且，他又精于琴弈，工于书画，如果不是一身太监的服饰，便俨然一雅士了，在雅士中也属翘楚。因此，与他交往的士大夫极多。士大夫刻印的文集、笔记，不时相送，更加丰富了他的知识。

这些，皇帝都是知道的。他也知道，只要萧敬开口谈起制度，他的目的就难以达到了。但父皇去世前，召见内阁刘先生、李先生、谢先生三位大臣交代后事，萧敬在场，也可算是顾命大臣，总不能像对其他宦官那样，一不高兴，就打上两拳、骂上几句吧。

知不可为，却又不太甘心。皇帝说道：“萧公公，你可是应允了我的。”语气中有些委屈，也有些无奈。

对于这种哀兵之计，萧敬也有所准备。他起身后跪下，边叩头边说：老奴甘愿领欺君之罪，也不敢违背祖训祖制。”说罢，挺直了身板，恭候降罪。年近七旬的老人，无论身体，还是精神，看上去都很硬朗。

“起来，起来！”皇帝连声说道，“既然你以为此行不妥，作罢就是了。”

“万岁爷圣明！”萧敬连连叩首。

大内西北部，距马房不远，有一块空旷的场所，是皇帝射箭习武之处。午时三刻，皇帝带着贴身的两名小太监，匆匆赶去。

内官监太监刘瑾正指挥一干人安置靶垛，见皇帝来了，都跪下请安。

“忙你们的吧。”皇帝挥了挥手。

“谢万岁爷。”

刘瑾首先起身，抢先一步，站到皇帝身边。其他人随着站起，忙着调整三个箭垛之间的距离。三个箭靶，依次是狮头、虎头、豹头，约摸有实兽大小。

皇帝满意地说：“很好，很好。”又问刘瑾：“那个人带来了吗？”

“回爷的话，奴才带了他来候驾。”刘瑾躬身回答。

“你说他是钱能的义子？”皇帝又问。

钱能是老资格的太监，论资历，是刘瑾的前辈。宪宗皇帝时，刘瑾还在不齿于内廷被称为东衙门的钟鼓司任职，钱能已是威震一方的云南镇守太监，后来又调南京守备太监，死在南京。义子钱宁裹挟他积蓄多年的珠宝，投靠御马监太监谷大用。谷大用与刘瑾、张永等人商议，决定由刘瑾出面，把他引荐给皇帝。可以肯定，依皇帝的性子，会喜欢他的。

“是，”刘瑾回话，“钱能在云南时，认领两名义子。一个是奴才今日带来的钱宁，原是李巡检的家生子，小名茶来。另外一个叫钱安，小名酒来。”

皇帝被这两个名字逗笑了：“这个钱能，为何不多认领几个义子？除了茶来，酒来，再加上饭来、菜来、衣来、鞋来，样样都一呼即来，岂不便当？”

刘瑾也笑了，说：“钱能老儿，哪儿有爷的福分，得这两个义子，已折煞他了。”

“你考校了他的箭法？”皇帝问到正题。

“奴才连弓都拉不开，怎敢考校。只是听闻此人两臂有力，可左右开弓，所以带了他来，请万岁爷考校。”

“好吧，传钱宁。”

刘瑾向站在三五步开外的小太监低声吩咐了一句。小太监答应着，向马房跑去。片刻间，领来一名身着锦衣卫装的青年。“钱宁叩见皇上。”青年中规中矩地跪在皇帝前方，头也不敢抬。

“抬起头来。”

“是。”钱宁遵旨把头抬起，眼睛却仍不敢正视前方。

不出刘瑾等所料，钱宁那张既具有南方人的清秀，又不失阳刚之气的面孔，果然吸引了皇帝。

“钱宁，”皇帝问，“你现任何职？”

“皇恩浩荡，臣的义父死后，推恩及臣，封了锦衣卫百户。”钱宁说着，叩了个头。

“好，站起来说话吧。”

“是。”

皇帝指着不远处的弓架说：“你去挑一张合手的弓来。”

钱宁依言挑了一张硬弓。

“刘公公多次赞你弓马娴熟，朕今日倒要考校你一番。”皇帝说着，试了试钱宁挑选的硬弓，表示满意。

“请皇上赐题。”

“朕要你右手拉弓，射那三兽的左眼。”

立刻有一小宦者，抱来一袋羽箭。

钱宁抽出一支箭来，左手掣住弓背，右手将箭尾搭上弓弦，双臂举起，用力一拉，瞄住了五十步外左首的狮子头。

“你可要仔细瞄好，”刘瑾在他身后嘱咐道，“这是万岁爷在考你。”

“小的自会小心。”钱宁右手一扬，第一支箭疾速飞出。

“中了！”一个胆大的小宦者叫道。

第二支箭飞出。

“又中了！”多了几个人在叫喊。

第三支箭飞出。

“全中了！”一片欢呼。

皇帝看入了迷，连声说：“好，好。你再左手拉弓，射那三兽的右眼。”

又是三箭飞出，与前面的三支箭齐刷刷地并成一排。箭头嵌入草靶，箭尾微微颤抖。

这次反而没有人叫了，靶场上一片沉静，似乎在等待皇帝带头叫好。而皇帝偏偏不带这个头，张了几次口，没有发出声音。

“茶来！”他突然叫了一声。

钱宁一惊，没想到皇上连自己的乳名都知道了。但他反应极快，立刻知道该怎么做。

“儿子在。”他跪上前，应道，随即又说：“皇上恕罪。这个名字，小的听义父叫惯了。”

皇帝笑了笑。钱宁的用意，是要做他的义子，这小伎俩，他一清二楚。收个把义子，也未尝不可。太祖皇帝打天下时，不就收了多个义子吗？不过，现在收义子为时过早。一来，尚不知这个钱宁为人如何，二来，尚未完成大婚。且假以时日吧。

“钱宁，”皇帝改变了称呼，“听说你有个兄弟叫钱安？”

“是，义父唤他酒来。”

“他可有你这般手段？”

“钱安不善射箭，而善弹弓。”

“准头如何？”

“五十步内弹不虚发。”

皇帝不再向他问话，转向了刘瑾：“让钱宁时时来此处侍候，下次把钱安也带来。”

“遵旨。”刘瑾又对钱宁说，“万岁爷赏识你的把式，还不谢恩。”

失去一个极好的巴结皇上的机会，钱宁若有所失。好在缘分未断，来日久长，他重重地磕了个响头。

钱宁走后，皇帝操起另一张弓。他练习弓箭已有数年，虽没有钱宁的准头，气力也不济，但十箭中总有五六箭落在靶上。在他射箭时，观者都不敢出声，只有眼明嘴快的小太监在一旁吆喝着凑趣。眼见这一箭偏下，便吆喝："爷的箭要射穿狮子的喉头。"另一箭正好射在中心，便吆喝："爷的箭要射掉你的虎鼻。"射飞了一箭，便吆喝："这一箭饶你不死。"随着一句句吆喝，场上有了欢笑声。

皇帝也感觉到惬意、满足。

但很快，兴致便没有了。他把弓向地上一丢，叫道："回宫！"又吩咐刘瑾："你随我来。"

"是。"刘瑾紧跟在他后面。

其他人知道他们要说话，便隔开一段距离。

走了几步，皇帝说："今儿个老萧又让我碰了钉子。"

"不知为了何事？"刘瑾已从皇帝的贴身小太监处得知皇帝与萧敬的对话，却故作不解。

"还不是为了逛灯市！朕就不明白，这灯市为何就去不得。刘公公，你说给朕听听。"

刘瑾缓缓地说："依奴才看，与民同庆，正是圣人之心。"

皇帝大为振奋。他一直在想，萧敬并没有在道理上说服他，只是利用资历和诚恳的态度使他屈服。可是，他也不知道如何在道理上说服萧敬。原来道理竟是这样简单。道理的前一半他说了出来："与民同庆"；道理的后一半他却没有想到："圣人之心"。这个刘瑾，这个刘公公，不同常人。

"道理说得透彻！"他斜视刘瑾一眼，问道："今晚你来伴驾，可怕担干系？"

"为爷分忧，正是奴才的本分。只是——"刘瑾欲言又止，"奴才有句话，不知当讲不当讲。"

"但讲不妨。"

"奴才以为，灯市去得去不得，爷自可主张。但而今朝权俱为司礼监、内阁所掌，朝廷不过虚名而已，如不设法改变，必后患无穷。"

"这话怎讲？"皇帝悚然问道。

"外朝且不论，以内官而言，万岁爷可知道，如今天下的镇守、分守、守备等官，都是由司礼监官举用。"

皇帝想了想，大致是如此，便点了点头："不错，这又怎样？难道祖宗制度不当如此？"

刘瑾说："司礼太监或可荐举镇守、分守、守备官。但每一荐举，都要收取贿赂，却是置朝廷于何地步？"

"收取贿赂？"

"不错，司礼荐举一内臣外放镇守，大约要收银万两。"

皇帝想了想，说："我看萧公公、王公公不至于如此不堪。"

刘瑾回头望了一眼跟在后面的小太监，低声答道："万岁爷如果不信奴才的话，只将司礼监掌印太监抄了，金银定可装满三间房屋。"

他提到的掌印太监，正是皇帝说的王公公王岳。

皇帝吓了一跳。装满三间房屋，那不真成了俗话说的金山银山？

"爷可想自己取得这笔钱财？"刘瑾追问一句。

"那是自然要想。"皇帝如实说道。即便说不出为什么想要那三间房屋的金银，想终归是要想的。他不觉得这一想有什么不妥之处。

"那就——"刘瑾做了个手势。

"可抄了不行，"皇帝止住他的话，"司礼监的几位公公，都是跟随父皇的老臣，朕不忍心一朝恩断。"

"这是爷的慈悲之心，"刘瑾说，"其实，不抄他们，照样可以取得钱财。"

"有这等事？"皇帝有了兴趣，"你说给朕听。"

"只需万岁爷下一道旨意，将现任天下镇守太监全数取回，另用一番人，要他们各备银一二万两，进上谢恩，岂不强过贿赂司礼监？"

皇帝点头称是："这个办法倒是巧妙，他日可以一试。"既说他日，眼下是不准备实施了。刘瑾该说的话已说，也就不再开口。

谁知皇帝突然问道："刘瑾，你的话句句对着司礼太监，别是你想进司礼监了吧？"

刘瑾忙说："奴才不敢妄想。"

"想入司礼监，也没什么不可以，但须等待时机。"皇帝看了刘瑾一眼，问道："你可知道朕的心思？"

"是，奴才懂。"

自从宣宗皇帝办起内书堂，已历七十余年。司礼太监要替皇帝批答奏本，须略通文墨，进过内书堂的太监便有了资本。久之，未进过内书堂的太监，即使文翰颇佳，也难有机会进司礼监。就像现在的外朝，不由科举正途入仕的职官做到七卿者，百不一二，而不由翰林出身的官僚，根本不用想入阁。

刘瑾是陕西兴平县人，原姓谈，景泰年间，由一名姓刘的镇守太监带入京城，净身入宫，于是随监护人冒姓刘。那时他只有六七岁。如果那位刘太监地位再高些，影响再大些，送他进了内书堂，以后的发展会有许多不同。可惜，刘太监没有做到，或许无心为此下功夫，年幼的谈家小子也不清楚其中的利害。他被分配到钟鼓司，从杂役干起。要不是孝宗皇帝派他去东宫侍奉太子，并得到太子的眷顾，怕是要和杂耍小人厮混一辈子了。

几十年来，刘瑾对净身入宫一事并无悔恨。常使他悔恨不已的，是没有在内书堂读书的经历。

悔恨归悔恨，前程还要去搏。凭着他的才干，凭着他的利嘴，获得昨日的太子、今天的皇上的欢心，也纠集了一群同僚在周围，主要是当年同在东宫的几个太监。当今皇上一登基，立刻让他去内官监做太监。和钟鼓司的身份比较起来，无疑是拔地而起了。

下一个目标就是要登天，也就是入司礼监。他今天在皇帝面前讲的话，变着法儿讲过好几次。皇帝没有松口，却说了“也没什么不可以”。于是，刘瑾感恩戴德地说：“万岁爷的恩宠，奴才没齿不忘。”

“以后的事情以后再说，”皇帝摆了摆手，“我倒是想，今天你引荐了钱宁，这件事不能不赏。”略一沉吟，将贴身小太监唤来，吩咐道：“你去司礼监传朕的旨意：着内官监太监刘瑾管三千营。着御用监太监张永管神机营中军。着司设监太监马永成管神机营右掖。让他们立即传旨下去。”

第二章

天未破晓，一轮弯月，几颗残星，挂在天边。一袭软轿出了中城小时雍坊灰厂小巷，向南而去，直奔西长安街。走在轿前的年轻人，手拎一盏灯笼引路。灯光闪闪，于轿夫无补，好在这条路走熟了，不至于磕磕绊绊。

轿子行走平稳，一老者端坐轿中，闭目养神。看他年齿，总该有一个花甲，面孔微长而瘦削，不但发皆灰白，稀疏的胡须也尽灰白。

此人即极富声名的李东阳，时下一长串的职衔是：柱国、少傅兼太子太傅、户部尚书、谨身殿大学士。其中，谨身殿大学士是实在的取衔，其他都是表明荣誉身份和确定品秩的加官、兼衔。就是这个谨身殿大学士，也必须加上一个有特殊含意的词汇才有意义，那就是“预机务”。若不预机务，大学士不过是正五品的普通的职官，那些显赫的加官，从一品的少傅也好，正二品的尚书也好，便给人荒诞不经的感觉。而有了预机务的职能，那就是内阁大臣了，又简称阁臣、辅臣，附以尚书或尚书以上的加衔，才是顺理成章的。

李东阳弘治八年入阁，至今已有十年。阁臣的排列次序越来越具有重要性。排在第一位的阁臣称首辅，排在第二位的阁臣称次辅，以下还有三辅、四辅等，视阁员的数目而定。李东阳居次辅，在刘健之后。他的府第是孝宗皇帝所赐，随着地位渐次显赫，李府所在的小巷已被人们习惯地称为李阁老胡同。

软轿向左拐上西长安街，街面宽敞、平坦，轿夫们走起来更加平稳。不但在乘轿者是种享受，连抬轿者也是享受。

小童李荃放慢脚步，向一旁移了移，待前杠的轿夫超过，在轿子侧面叫了声：“老爷！”

“嗯？”李东阳睁开眼，问道，“有事吗？”

“您看前边！”

李东阳撩起轿帘，向前看去：大约百多步外，当街摆放一盏官府使用的灯笼，一人坐在灯笼侧，边歌边饮。

李东阳微微一笑，说："定是崔子钟，快快行过去。"

渐渐靠近，李荃看清楚了，果然是崔铣崔子钟。正在兴头上的崔铣也看到他们，迎了上来。

轿夫停步，将软轿轻轻放落。李东阳探出头来，笑着说："子钟，你好自在呀！"

崔铣恭恭敬敬地作了个揖，掀开轿帘，搀扶李东阳下轿，嘴上说道："老师辛苦，可少住乎？"

李东阳道："好，正要向你讨杯酒喝。"

崔铣大喜，从坛中倒满一杯，双手递上。

崔铣是河南安阳人，字子钟，又字仲凫，弘治十八年的新科进士，与严嵩等三十人被选为庶吉士，入翰林院深造。本朝制度，会试中试后，还要经过一道手续来确定名次。原则上，或者说形式上，由皇帝亲策于廷，所以称廷试，或称殿试。钦定的一甲三人，为状元为榜眼为探花，直接授翰林院官。另于二甲三甲中挑选长于文翰者若干名，就读翰林院，称为庶吉士，学业结束后散馆，也多于翰林院内授官。有趣的是，直接授翰林院官的殿试前三名，升至阁臣的并不多，越来越多的阁臣由庶吉士出身。于是，庶吉士被士人视为储相，入阁也成为庶吉士的终极目标。

因为这一层关系，纵然并非正式的座主门生，庶吉士也要叫阁臣一声老师。

而崔铣叫李东阳老师却是发自内心的。尽管现时朝廷有不少河南籍高官，首辅刘健是洛阳人，吏部尚书马文升是钧州人，吏部左侍郎焦芳是泌阳人，翰林院侍读学士刘忠是陈留人。但这些乡里前辈都不如李东阳使他感到亲近。

他清楚记得，选为庶吉士不久，他与陆深等人拜谒朝中大臣的情景。

在安福里刘健的府邸坐了一个多时辰，从始到终都是这位首辅大人讲治学之道："学问者有三事。第一是求索演绎义理：义理明，方能纯洁胸臆，消融浊机。第二是熟悉考究典故：典故通，方能经世济人，有益天下。第三也要学会做文章。各位不要以为华词丽句就是好文章。不能以义理服人，不能以典故喻今，是万万算不得好文章的。"

这一番话，还算在情在理、诲人以道，接下来的一段话，却要使许多人坐不住了："现在的后生们，才得科第，不去求索演绎义理，不去熟悉考究典故，也不学习做好文章，却去学做诗，你等道好笑不好笑？"

说到这里，刘健朗声大笑，好似真的好笑。在座各人，或低头不语，那定是为了遮掩羞愧；或皱眉沉思，那定是尚有惑未解；也有一二人坐得较近，陪着老师在笑，那可真是讪讪而笑，极不自然。试想，举子士人中，风流也好，刻板也好，潇洒也好，端庄也好，有几人不以诗词自娱的呢？

刘健接着便说到了以诗词自娱：“哪里有什么诗词自娱？我说是诗词自误。做诗何用？做诗大家，无非是李白杜甫。李杜也只是两个醉汉。自古以来，做诗者有多少圣人贤者？撇下许多好人不学，却去学醉汉。荒唐啊，实在是荒唐！”

说罢，连连摇头。

如果有性格暴躁或轻狂之士在座，说不定会为了李白杜甫与先生争辩一番。好在读书人都懂规矩，刘健又是泛泛而谈，并不确指某人，心中不服，不说话就是了。

气氛始终是凝重沉闷。

在李府，却是另一番光景。

记得那天是李东阳设席，为某人饯行。在座的有成化甲辰科的会元储罐，弘治庚戌科的状元钱福，弘治癸丑科的庶吉士顾清、汪俊，弘治壬戌科的庶吉士何瑭等人。何瑭只比崔铣早一科，储罐已升至从三品的太仆寺卿。崔铣等人进去所看到的，却是一室之内，科第不论先后，品秩不论高低，杂然而处。踱步低吟者有之，闭目静坐者有之，就几挥毫者有之。原来主客告准了假，回乡省亲，李东阳让在座陪客各赋诗一首相赠。那如家人相处的景象，令崔铣称羡不已。

江西弋阳人汪俊最有捷才，率先完卷。他把诗稿递给李东阳，说：“老师，请改正。”

立刻有几人围上观阅。

顾清念着其中的一联：“千年芝草供灵药，五色流泉洗道机。”止不住击案称绝：“老师，这一联真是绝佳之句。”

他人亦随声附和。

不料李东阳却将后一句划去，叫着汪俊的字，将诗稿还给他：“抑之，这一句要改。”

“老加，这——”何塘叫了一声，脸上颇有不平之色。

“尔等休要多言，让抑之再想一想。”李东阳拦住众人。

汪俊也以为，虽然是应时之作，这首七言诗也可称为佳品，顾清所念一联尤是得意之笔，不明白老师何以要改。思索良久，不得要领，只好放弃努力。他向座中最年长的储罐投以求助的一瞥。

储罐微微颔首，问李东阳：“我辈都以为抑之写了首好诗，不知老师何故以为未善？”

李东阳反问汪俊：“抑之，不想再试一试了？”

汪俊深作一揖，说：“请老师赐教。”

于是，仍在打腹稿者、抄录所成诗者，都聚过来听讲。

“以抑之之才，略变更一二字，作出相同的联句，以至更佳的联句，都不在话下。”李东阳缓缓地说道，“他未作修改，是因为不明我的用意。这就对了。我要他重写，不是在字词上，而是在立意上。不错，你们说的一联，是此诗的精华。立意也当在此联。老夫以为，此诗的立意当有二：一是养病，一是归省。因养病而告假，因准假而归省。抑之这两句诗对养病一事，写得十分精彩，却不曾言及归省。这便是立意上的偏颇。不知诸位意下如何？”

储罐说：“老师一番话确是精辟，我等受益不浅。”

“静夫，那就由你对一联吧。”李东阳将了他一军。

“不行，不行，”储罐忙说，“抑之的大作，我哪里有资格改，还是请老师续上。”

气氛一下子活跃了，众人七嘴八舌附和。何塘将一支笔递给李东阳。

李东阳接过笔，笑着说：“也罢，只有我来献丑，你们不便取笑。”于是，在汪俊原诗划掉的那一句后，写下：五色官袍当舞衣。

这一联成为：千年芝草供灵药，五色官袍当舞衣。前句祈愿仙药除病，后句称道衣锦省亲。两重之意，浑然一体，受命赋诗的学生，以及后来的拜谒的庶吉士，无不叹服。

“子钟！”

崔铣沉浸在对以上两个场面的回味中，以至没有听到李东阳在招呼他。

“子钟！”李东阳又唤了一声。

崔铣这才省悟，忙问：“老师，有何吩咐？”

李东阳指指酒杯，说：“这口酒下肚太快，竟然没品尝出产于何地。”

“那就请老师再饮一杯。”

“甚好！”李东阳接过又斟满的酒杯，喝下一半，细细品咂。

“老师可尝出了味道？”

李东阳两眼望天，左手捋了几下稀疏的胡须，一时没有作答。

“这是——”崔铣不欲老师为难。

“这是山西代州的佳酿，味道醇正，在京城得饮，真是口福。我说的如何？”

“不错，不错，这正是朋友给我带来的代州老窖。我尝了一口，甘汁沁入心肺，竟然夜不能寐，在室内独饮，又觉烦闷。于是携坛而出，在铺房讨了灯笼，踏月而来，席地而坐，三杯一呼啸，五杯一吟唱，何其快哉！”

“子钟的豪情，令人又是羡慕又是忌妒呀！”李东阳叹道，“刘伶能饮几杯酒，也留名姓在人间，你竟是径直向古人挑逗了。”

“惭愧，惭愧，学生这两句胡话，老师也曾听闻？”

“京师都传遍了，我虽老耄，却不重听，岂能不闻？”

崔铣又斟了一杯酒：“老师再饮一杯，我来吟唱助兴，可好？”

李东阳一手接杯，一手向前做了个手势：“请，正要领教子钟的大作。”

崔铣用浓厚的河南口音吟道：

> 天若不爱酒，酒星不在天；
> 地若不爱酒，地下无酒泉。

原来吟的不是自家所作，而是一首古诗。

李东阳喝道：“子钟且慢！”

声音响了些，崔铣受惊，吟唱戛然止住。

“恕我不恭！”李东阳致以歉意，“用你的题目来考考小童。李荃，子钟吟的这诗，你可读过？”

“小的读过，”李荃肃立回答，“崔先生吟的是唐朝李白的《对酒》诗。”

“咦？”崔铣颇感诧异。士人提起李白，不会在前面加上唐朝二字，这是李荃与士人的不同。但士人，也未必都读过李白这首《对酒》诗，此诗只收录在不多的几种集子里。

“李管家。”崔铣拍了拍李荃的肩膀，叫道。

“小的不是管家，只是书童。”李荃纠正他。

“此言差矣。别家的书童不是管家，你这个书童就是管家。”崔铣述说他的道理，“你想想，你家老爷家中的珍藏，除了书籍字画，还有别的吗？既然没有，你替他管书，不就是管家？”

李荃搔搔头，眨眨眼，问李东阳：“老爷，崔先生说的，似乎有些道理哇。”

李东阳忍住笑：“当然是有些道理。”

“李管家，”崔铣又在叫，“李白这首对酒诗，你既然读过，一定也能背诵。”

“小的确曾背过，但不知还能不能记全。”

“来，来，你来背过。”

李荃显然愿意露一露身手，但不敢过于轻狂，便看了看李东阳，等他示下。

“子钟让你背，你就背吧。有忘却之处，也好向他请教。”

“是。”李荃不像崔铣那样边吟边舞，而是直挺挺地站立，用刻板的声音背诵：

天若不爱酒，酒星不在天。
地若不爱酒，地下无酒泉。
天地既爱酒，爱酒不愧天。
已闻清者圣，复道浊者贤。
贤圣既已饮，何必求神仙。
三杯通大道，一斗合自然。
但得酒中趣，勿为醒者传。

诵罢问道：“崔先生，可有差错？”

崔铣不理会他，却向李东阳深作一揖：“常言道：宰相门前七品官，那无甚稀奇。若李府这般，门前童子皆识诗，旷古以来着实少有。”

“子钟过奖。老夫都不敢说识诗。他又识得什么诗？”李东阳客气了两句，“不过，这孩子倒是有几分聪明，也爱读书。我见他读过一本唐人《对酒集》，料他必爱李白此诗。”

“原来如此。”崔统点点头。

“不过，我要他班门弄斧，却是另有一番心意。”

“噢？想来必与学生有关。”

“那是自然。冬末春初，夜露晨风，最是寒气逼人。我要为他向你讨个赏。”李东阳指了指酒杯，“这杯酒可否赏与李荃？”

崔铣说道：“不敢说赏。贵介和我，说不定会成为酒中知己。老师请先饮了这杯，学生再斟与他。”

李东阳摇摇头：“这酒，我不能再饮了。”

“却是为何？”崔铣不解，“我知道老师喜饮雅酒，不似我这酒缸，何处都饮得。但十杯八杯，料也没有妨碍。”

“他日无妨碍，今日却不成。”

“今日？”崔铣掐指一算，明白了，“原来今日是二月初二，要开经筵。一定是老师的主讲。”

“是。我与木斋先生各讲一段。”

“既如此，不敢再劝。”

再向四旁看去，灯火渐繁，东方也露出微曦。李东阳起身登轿，与崔铣辞别。

第三章

随着鸿胪寺官一声洪亮的“退朝”，早朝结束。皇帝起驾离去，各经筵官，从被委以知经筵事的英国公张懋、阁臣刘健，被委以同知经筵事的阁臣李东阳、谢迁，到值经筵的翰林院官，侍班的公侯和大九卿（除六部尚书、都御史外，还有大理寺卿和通政司通政使），以至负责展书的翰林院编修、检讨等官，纷纷略整衣冠，从本班走出，依序排成一队，随驾而行。

圣驾向南过金水桥，转而向东。各官停立于桥北，面南凝视，直到驾舆进入左顺中门，方井然有序地走过金水桥。

当皇帝驾至文华殿时，各官已于左顺门南门以西，排列两行，相向而立。皇帝在御座坐定，内侍唱道：“官人们进来。”于是，门外的侍者一声声传唱，文华门开启，各官徐徐北行，由两门进殿。开讲经筵就要在这里进行。

文华殿的位置在奉天殿东北，远比不上三大殿的恢弘规制，但精巧典雅，则胜过它殿。经筵仪式定在这里举行，甚是适宜。

殿中设一御龙屏，正面朝南。御屏前中央设御座，皇帝已坐在那里了。御屏两侧各立一只镀金铜鹤，东西相向。鹤口衔蜡烛般粗细的龙涎香，为外国所贡。皇帝进殿前，香已点燃一个时辰，轻烟袅袅，芬芳阵阵，怡人心肺。御座东偏南，设有御案，御案南偏东，设有讲案。司礼监官先期将当日要讲的“四书”经史各一册置于御案，又各一册置于讲案。按规矩，“四书”置东侧，经史置西侧。讲官撰写的讲章也放置于册内。

司礼太监分两班走近御案，稍北，立两排内侍，为首者各举雁翅，以次各执瓜。

带刀入值的勋戚一员，立于东壁，诸大汉将军手执金瓜，分两排侍立。所谓大汉将军，是以锦衣卫为核心的御前亲军军士。所以锦衣卫又被人们戏称为“武翰林”。这是就各项典礼中有机会更贴近皇帝而言，不是指锦衣卫的其他许多职能。

作为正式的、隆重的仪制，上述人员在经筵中出现，是必不可少的。但开经筵的主角不是他们，而是知经筵、同知经筵、值经筵、侍班、展书的大小臣僚，又主要是有关的文职官员。

他们入殿后，相向排成两列。站在东班首席的是知经筵事的勋臣张懋，次席是同知经筵事的大学士李东阳。站在西班首席的是知经筵事的大学士刘健，次席是同知经筵事的大学士谢迁。其他官员分列其后。

殿的南侧，面对御座，由东到西站了几名御史、给事中。他们的职责是监察经筵有无失仪之处，与经筵本身无关。

气氛是庄重的，又是和谐的。这里有君臣的关系，又有师生的关系。在场的大臣们，多数都经历过这种场面，但今天却格外兴奋，兴奋中夹着紧张。因为这是今上登基以来首开经筵，他们首次在文华殿内面对一个十五岁的新皇帝。

鸿胪寺和锦衣卫各有一名堂官负责经筵的进程。鸿胪寺堂官，或寺卿，或少卿。锦衣卫堂官，或指挥使，或指挥同知。具体操作的是鸿胪寺只有从九品的鸣赞和序班。

各官员排列就绪。鸣赞唱道："起案！"对鸣赞官的主要要求是声音洪亮、口齿清楚。

两员序班将偏东的御案举至御座前方，另两员序班将讲案举至御案的正前方。对序班的要求是体格健壮、相貌端正。

如果鸣赞和序班不合要求，鸿胪寺的堂官就有可能被御史、给事中弹劾。

搬动御案的序班不允许太接近皇帝，要由两名太监接手将御案抬至御座前适当的位置。

鸣赞唱道："进讲！"

李东阳从东班走出，谢迁从西班走出，走到讲案南面，与讲案有些许距离，面对皇帝并排而立。

鸣赞唱道："鞠躬！叩头！"

二人行礼如仪。

鸣赞唱道："展书！"

东班、西班各走出一名负责展书的翰林院官，跪至御案前。东班的展书官将御案东侧的"四书"翻至要讲的篇章，西班的展书官将御案西侧的经史翻至要讲的篇章。

接着，讲官开始讲书。

李东阳跨前两步，奏道："臣李东阳讲《大学》首章。"

讲经筵，首先要讲解字义，使皇帝能读懂。接着，要讲解内容，同时，要结合时政，对皇帝有所规劝。

李东阳先讲解书名："大学是古代帝王教育人的地方，好比是如今的国子监。这本书是孔子遗留下来的，专门记录古代帝王教育人的方法，故名《大学》。"

稍稍停顿，估计皇帝听明白了，便开始讲正文。

"'大学之道'：指大学里所要传授的修已治人的道理。古时，人生八岁，上自王公子弟，下至庶人子弟，要入小学。小学所传授者，乃洒扫、应对、进退之事，礼、乐、射、御、书、数之文，要他们初步懂得做人的道理。长到十五岁，这些道理学通了，要学进一步做人的道理，以便修已治人，便要入大学了。不是所有的人都能入大学，只有天子之长子、众子、公卿大夫之嫡子，以及庶民之子中的俊秀者，方有资格。何为修已治人之道呢？"李东阳扫了一眼讲章，又抬头看了看前方的皇帝，见他危坐不动，注意在听，便抖擞精神，继续讲下去：

"'在明明德'：这是第一条。明德者，天所赋予人好的品德，如明镜一般。但人的气禀时有浑浊，如明镜有时被灰尘掩遮了一般。镜子被灰尘掩遮，便视物不清。人的品德被浊气所侵，便见事不明。前一个明字，是教人用功。只有力学用功，才能达到明德，就如将明镜拭去尘埃一般。

"'在亲民'：这是第二条。宋朝大儒说，这个'亲'字写错了，当为'新'字。'民'指天下之人。若用'亲'字，便是亲近天下之人。改为'新'字，便是使天下之人自新。"

"朕看亲民也很好。"皇帝想到上元节意欲与民同庆却不可得，便说了一句。

李东阳一愣，随即说："陛下见的是。但从上一句看，人既自明其明德，又当推及于人。天下之人也都有其明德，但也会为气禀所拘，物欲所蔽，也需要除去所染尘埃，以自明其明德。因此，新民更为妥当。"

皇帝点点头："朕明白了。"

"'在止于至善'：这是第三条。"李东阳又说："止是止住不动。至善乃事理之极。人行事至极好处便是至善。何为极好？至善？全然是天理之公，无一毫人欲之私便是。明德和新民都须做到至善。以镜譬之，不能将镜上的灰尘拭去一半留下一半，而须全部擦抹去，方能成为明镜。

"上面话不多，只有四句，三件事，却是大学一书的根本纲领。"

做完这番小结，要稍事歇息，喘一口气，也让皇帝有所思考。

"下面便要讲修已。'知止而后有定，定而后能静，静而后能安，安而后能虑，虑而后能得'，这五句讲修已的过程，每句话都有因果关系。知道止于至善，方能有明确的方向，就像射箭之人看准了箭靶一般，确定了明确的方向，心情方能平静，不会妄动。心不妄动，方能随处而安，处处自得。随处而安，方能处事精详。最后一句的‘得’，是指达到。既然处事精详，那么，便可以止于至善了。

“陛下春秋十五，正是当读大学的时候。望陛下多体会一个‘静’字，下些功夫，这于止于至善是十分重要的。”

这两句规劝的话有感而发。最近朝中时有议论，说皇帝过于热衷走马射箭、放鹰斗狗，大内常常发出喧嚣。司礼监萧公公到内阁，也谈及此事，嘱托阁臣们讲经筵时有所规劝。

李东阳见皇帝并未表现出懊恼，松了口气。

“‘身修而后家齐’：个人是一家的根本。人能修治自身，行事全无差错，那一家的人，父子兄弟夫妇长幼，便看着样子，都去学好。这便是齐家了。

“‘家齐而后国治’：家又是一国的根本。家既齐了，一国的人便看这一家的样子，也都去学好、国无有不治了。

“‘国治而后天下平’：国又是天下的根本。国既治了，天下之人便看这一国的样子，也都去学好，天下无有不太平的。这里的国是指诸侯国。古时天子分封诸侯，便当要求诸侯将其封国治理好。”

“这里的个人是指什么样的人呢？”皇帝趁着讲解停顿问道。

“下面就要讲到。”

“‘自天子以至于庶人壹是皆以修身为本’：天子指人君。人君代天治理天下，便如天的儿子一般。庶人指百姓。这‘至于，两个字，把诸侯、卿、士大夫都包括进去了。‘壹’是作一切解，是说上自人君，下到百姓，贵贱虽有不同，却都要以修身作为根本。

“‘其本乱而末治者否矣’：‘本’指自身，‘末’指家、国、天下。‘否’，是不然的意思。人的自身既不能修，便是从根本上乱了。不能修身，却要使家齐国治天下平，此绝不可得。

“‘其所厚者薄而其所薄者厚，未之有也’：所厚是指一家，所薄是指国与天下，未之有是说不可能。为何说一家是所厚者，因一家有骨肉之亲。而天下百姓都是疏远之人，自然较薄些。若一家骨肉都待之以薄，却望他厚待他姓的臣下、爱养无血缘之亲的百姓，必定是无此理。自天子以至于庶人，这道理是相同的。

“这三句便是讲明修身才能齐家，齐家才能治国平天下的道理。”

讲到这里，李东阳向上奏道：“臣李东阳讲《大学》毕。”

皇帝道：“先生辛苦。”李东阳稍稍后退至原处。

谢迁进至讲案前，奏道："臣谢迁进讲《尚书》。"

李东阳是湖广茶陵人，隶金吾卫籍，自小居住京师，操地道的京腔。谢迁是浙江余姚人，自成化十一年中进士后，一直在京城做官，至少已三十年，但绵软的江南乡音未曾全改，说的是另一种味道的官话。这种口音上的差异使皇帝感觉有趣，开始涣散的注意力重新集中。

比较起来，"四书"易读易懂，《尚书》读起来拗口，讲解则更费气力。皇帝年轻，选择讲史，比如《通鉴纂要》之类，要好一些。但首开经筵，经史部分依例是讲经不讲史。谢迁也只好勉为其难了。

"'王庸作书以诰曰，以台正于四方，台恐德弗类兹，故弗言'：'王'指高宗，'庸'是用，'台'作我解，'弗类'是不相似。这句话里，要紧的是台字，意思与今日通常用法不同。知道了它的意法，整句话就容易读懂了。群臣谏高宗不肯发言，高宗于是作书以告群臣，解说他不言之故，说我为君王，要做四方表率。四方的人都要看我所行，责任重大。我深恐德行不能与前代天子媲美，因此不敢轻易发言。"

意思是懂了，皇帝却很不以为然。不肯发言，群臣就要来谏，天子就要说明，这个天子当得太无聊了。再者，他说的德行不高，不敢发言，是发自内心，还是用词推托？这个高宗，好像是中兴之主，看来也无甚过人之处，不是谨小慎微，就是善用托词。

就这样任意遐想，后面的讲解没有听进去，再去听时，已讲到武王。

"'一戎衣天下大定'：戎衣是兵甲。武王伐纣，目的在于救民于涂炭，故万民拥戴，一披兵甲，不待血刃，天下已然安定了。"

"谢先生，"皇帝插话，"刚才李先生讲到修身以平天下。武王修身是止于至善了，为何还要披甲兵，才能天下大定？"

谢迁想不到皇帝会提出这样的问题，略加思索，答道："这是两个意思。一人修身，会化及一家之人。一家之人修身，会化及一国之人。一国之人修身，会化及天下之人。天下之人都肯修身，自然天下大定。但也有那不肯修身之人，如纣王，你感化他不得，便只有兵戎相向。如果是另一个不肯修身的人披兵甲，未必能打败纣王。打败了纣王，也未必能天下大定。武王修身止于极善，因此他能安定天下。这其中的道理十分深邃，须得慢慢体会。臣这样解释，不知陛下明白否？"

"明白。先生向下讲吧。"

"'乃反商政，政由旧'：武王既得天下，便将纣所行暴虐之政一一改正，凡事只依商家先王所行宽仁之政。武王是创业之君，深知此乃万务当先行者。

“‘释箕子囚’：箕是国名，子是封爵。箕子以诸侯任纣的太师，见纣无道，尽忠争谏，为纣所囚。武王诛纣后，即释放了箕子，待以宾礼。

“‘封比干墓’：比干是人名，任纣少师，也是尽忠争谏，为纣所杀。武王诛纣后，即表封比干的坟墓以劝忠义。

“‘散鹿台之财’：鹿台是纣所筑。纣暴敛百姓的财物，都聚在鹿台之上。武王诛纣，将鹿台上的财物分散给百姓。

“‘发钜桥之粟’：钜桥是纣储粮之处。纣横征暴敛百姓的米粮，都积在钜桥。武王诛纣，将钜桥上的粮都发散出去，赈济饥民。

“这四条具体说明武王是如何反商政、政由旧的。由于武王有了这些举措，方能天下大定。”

谢迁一阵轻松。这次进上的讲章所剩不多了。除了他自以为解释得很巧妙、很透彻的那个问题，再没有刁钻的问题提出。看来，经筵会顺利结束。

“‘三八政’：八政是大禹规划的范畴，箕子又加以推衍，其目如下：

“‘一曰食’：食是五谷之食。人君为政，莫先于养民。

“‘二曰货’：货是金帛器物诸般财货。当使民拥有之。

“‘三曰祀’：祀是祭祖。

“‘四曰司空’：司空是掌管土地的官。

“‘五曰司徒’：司徒是掌管教化的官。

“‘六曰司寇’：司寇是掌管刑罚的官。

“‘七曰宾’：宾是宾礼，接待诸侯远人之礼。若诸侯远人来朝贡天子，当以宾礼接待，不可失了四方人心。

“‘八曰师’：师是师旅。诸侯远人不尽臣职，当用六师讨，以除残去暴。”

这段话是一口气讲下来的。讲完后，谢迁奏道：“臣谢迁讲《尚书》毕。”

皇帝同样说了句：“先生辛苦。”

谢迁退到和李东阳并排的位置。

鸣赞唱道：“鞠躬！叩头！”

李、谢二人复行礼。给皇帝当了一番老师，多叩两次头是应该的。

鸣赞唱道：“经筵毕！”

东、西两班侍奉的官员都转向北面，行礼后躬身伺旨。

皇帝说：“官人们吃酒饭。”

所有的官员都跪下，感谢赐宴。

光禄寺在左顺门北、奉天门东庑备下了酒宴。在许多场合下，皇帝都会赐宴，而以经筵赐宴最为丰盛。

只见长长的一排小桌一字排开，都是坐东面西。参与经筵的官员依品级序坐就食。在天子脚下当然无法尽兴，按照规定，经筵可带从官、堂吏或家僮入内，将饮之未尽的御酒、食之未尽的御馔囊括而去。这样，便有更多的人得被天子恩泽。

赐宴草草结束。官员们集中在左顺门之南，分班北向叩头，再次谢恩。

经筵完满结束。

第四章

六部衙门，除刑部与都察院、大理寺在皇城以西，并称三法司外，其余各部均在皇城以东。如此之多的主要衙门集中在皇城以东，使这里成为一个特殊重要的区域。这些衙门的布局，以地位崇高、却除了管理皇室事务外再无其他职能的宗人府在最上首，即最北部。宗人府的下首即南面，是吏部。后面即东面，是兵部。吏部的下首是户部。户部的下首是礼部，后面是工部。所有的衙门都坐东朝西。

吏部大堂的后室，年迈的尚书马文升正在小做歇息。部里的堂官属吏，知道他的习惯，谁也不来搅扰，任他享受片刻的宁静。但突然，一阵狂躁的脚步声逼近大堂，将他惊醒。听上去，有人打算阻拦，却未能拦住。来人终于闯了进来。

到了马文升这般年岁，并非真需要睡觉，只是需要似睡非睡那么一种状态。乍被惊醒，身体方面不会有多少不适；并且，此人一非僚友，二非属吏，三也不是刁民泼皮。可以断定，来者不善；因此，肃然以待。

来人是御马监太监王瑞。他用力拨开跟在身后、欲拦又不敢再拦的差役，嘴里叫喊着:"咱来是为了公事，怎么着，耽误了皇家的事，你一个小小的差役吃罪得起吗？"

见到是他，马文升睁开的眼睛又闭上了。

这一着很见效。王瑞挑选这一时刻来，就是为了激怒马文升，再撒泼行事。马文升不怒不睬，他的第一个目的便没有达到。

"老天官，"他叫了一声，"王瑞这厢有礼。"

"原来是王公公。"马文升不起身，不让座，连头也不点一下。

王瑞满不在乎，在一旁的椅子坐下："吏部衙门真是难进呀！"边说，边四处张望，也故意不用正眼瞧马文升。

"吏部衙门本来就不好进，不然，怎称是天下第一衙门？"马文升凛然说道。

"嗯？"王瑞眨眨眼，骄横地问，"难道比皇宫大内还要难进？"

"要看如何说。你王公公进吏部衙门就比进皇宫大内更难。"

"这话不过分吗，马大人？"

“不过分，”马文升猛然站起，“进皇宫大内，是你职分所系。我倒要请问一句，你御马监太监来我吏部衙门有什么公事！难道是来宣旨不成？”

“这个？”王瑞语塞。他虽然敢来吏部衙门吵闹一番，假传圣旨的胆量却没有。

心里发虚，嘴头仍硬：“咱不是来宣旨的，也不曾奉旨。不过，咱来你吏部衙门，也是为了万岁爷的事。”

“请教。”

“现离万岁爷大婚只有半年工夫，各项筹备都很吃紧，有几件器物是万岁爷看上的，也是万岁爷亲自交代，要在上面刻上西番文字。”

马文升立刻明白了：“你是为李鼎等人而来？”

“正是。”

“这几个人不能用。”马文升断然说道。

事是小事：为造大婚行礼器物，王瑞和其他太监推荐了李鼎等七人楷篆西番文字。结果发现，他们在往昔考察中评语极劣，马文升坚决反对予以委用。

“我也要请教。”王瑞回敬一句。

“他们所犯劣迹，一一记录在案，均是奸佞不法小人。如果再用，何以直面前日的考察？又何以杜绝幸门？”

“但他们有一技之长，日下正需利用。”

“哼！”马文升冷笑一声，“所谓一技之长，我也请教过方家，实在无人敢恭维。用他们恐怕是别有缘故吧。”

这是说，举主受了好处。王瑞面红耳赤，手指马文升，说不出话来。

“王公公，”马文升拱了拱手，“我正想具奏此事，可惜未得其实。烦王公公代为查询，他们是出于何人的举荐。”

“这事我管不了。”王瑞一甩手，向外便走。走到门口，又回转身来说：“马大人，我方才说，来你吏部衙门，未曾奉旨，这话不假。可我要告诉你，用李鼎等楷篆，是奏明了万岁爷，奉了圣谕的。你如此刁难，算不算抗旨不遵，自己去琢磨吧！”

“王公公，请回吧，你这话吓不倒我。圣上召我责问，我自有话回。”

王瑞前脚刚离开，右侍郎梁储后脚就进了屋。他是广东顺德人，个子不高，一副忠厚相。梁储比马文升小二十五六岁，有趣的是，马文升中进士那一年，他正好出生。因此，在马文升面前，他总是格外恭顺。

马文升一跺脚，愤愤地说：“这等无赖小人，也敢闯到吏部衙门寻事，岂不羞煞我辈。”

“既是无赖小人，又何必与他动气？”梁储淡淡地说，似是劝解。

“说的也是。”说罢，马文升和梁储各自坐下。

风波过后，差役们也敢进屋，端来两杯热茶，并交代一句：“两位老爷，这水是清晨方才送来的。”京城井水多苦涩，文华殿东有一甜井，名冠京师，却不能随意汲取。便有人做起了卖水生涯，拉一车玉泉山的泉水，连夜赶路，一早进京。各大衙门自然是固定的主顾。当然，也不一定要从源头去取，也无法从源头去取，都是或近或远，于玉泉水流入京城中途截取。但无论取自何处，总胜过京城苦水。

“甚好！”梁储说，“焦大人正在那边赋诗，你也送一杯过去，帮他润色一二。”

焦芳是左侍郎，天顺八年进士，与李东阳同科，与梁储也是前辈。梁储要差役送茶润色，有戏谑的成分。

差役也似听懂，笑了笑，应声“是”，走出。

“图公。”梁储正色叫了一声。马文升字负图，因此梁储作此称谓：“王瑞这等小人自不必理会，但他的话语却不能不留心。”

“嗯？叔厚有何高见？”叔厚是梁储的字。

“李鼎一群小人，当然不可委用，否则，我们吏部大小官员，再无颜面见人。而圣上需要人手篆刻西番文字也是实情。依我拙见，我们当即刻访寻一批良于西番文书品行又佳的儒士荐待上用，以求主动。”

“高见，高见！”马文升拱拱手，“此事就烦请阁下去办，如何？”

“是。”

“这是直接为圣上办事，挑选时，品行一定不能有污。”马文升嘱咐道。

“图公放心，我晓得利害。”

梁储说罢，并不就走。他端杯掀盖，吹了吹还漂在水面的叶片，又将水杯放下，似有长坐的打算。

“叔厚还有话说？”马文升问。

“有件事不知当不当讲？”梁储答道。

“这话怎么说？你我同朝为官二十余载，同堂为官也不止两年，还有什么话讲不得吗？讲！”

“老尚书吩咐，我就直说了。”梁储说是准备说了，却还要字斟句酌，“这次部里出的试题，恐怕有些不妥。”

各衙门都有对属官的考察。除考察政绩，还常出些题目作文，以考察其见识。

考察，由堂上正官负责。如吏部，就当由马文升负责。题目则常由卿贰官代出。如吏部，就由焦芳或梁储来出。这一次，却是由马尚书亲自出题，出的题目是：宰相当用读书人。因此，马文升问道："有何不妥？"

"本朝以科举为正途，即使他途所进，也莫不以读圣人之书为业。莫说朝廷宰相，即便县宰，也都是读书人。这个题目，似无须再议。"

这并不是真正的理由，但想来想去，只有从此入手方妥。

"叔厚不会以为，会识字、能断句者就是读书人吧？"

"图公见教的是。但读书人也有正、邪之分，读书人未必全是宰相之才，又当如何去说呢？"

"那是另一个题目了。下番考察，叔厚不妨定题：宰相当用正人。"

"又岂止是一个题目。尚有：宰相当有相才，宰相当有相度。如此一来，倒好似我们吏部只注意宰相的位置了。"

马文升端起茶杯，用另一只手慢慢捋着长须，陷入沉思。"注意宰相的位置"，是说有心入阁，还是说专门挑选阁臣的毛病？无论从哪个角度说，都会授人以柄。念及此，将"宰相当用读书人"写在吏部文纸瞬间所产生的快感消失了。

此番考察题目确是有感而发：新皇帝登基，内阁将新年号定为正德，在马文升看来，实在是不读书的人才会出现的偏差。正德是西夏崇宗李乾顺用过的八个年号中的一个。李乾顺是明君是昏君且不说，西夏不过是西北少数民族的国号，连偏安的朝廷都算不上，用西夏国主用过的年号，岂不荒唐到了家！内阁诸人不至于《宋史》都不曾读过吧？

但细想起来，"正德"二字又无甚不妥。"弘治"首先要"正德"，"正德"方能"弘治"。二者之间的关系何等紧密。

马文升不能因年号一事弹劾内阁。要上奏本，该如何下笔？说阁臣们讪谤今上？说今上因此年号而蒙羞？恐怕不待追究内阁的责任，自己便要以讪谤而见罪，不但讪谤阁臣，而且讪谤皇帝。

上本弹劾，难以命笔；置之不理，又于心不甘。于是，便有了"宰相当用读书人"的题目。或许属员中有人明了题义，一言中鹄，那将有一番舆情了。

"所幸者，今日内阁诸先生都是正人。"梁储似是自言自语，又似在向马文升表示，已知晓他题目的含意，"有人将今日三阁老比作仁、宣之际的三杨，我看并不为过。"

三杨指杨士奇、杨荣、杨溥。其实，杨士奇和杨荣在太宗朝已入阁，而宣宗仙逝后，三人仍旧为阁臣，正统年间才相继去世。单说仁、宣之际的三杨，是因为今人说古，有仁、宣致治的美谈，而三杨匡辅仁宗、宣宗两位皇帝，功不可没。

对于梁储的议论，马文升深不以为然，又重复了一遍刚才说的话："那是另一个题目了。正人确是正人，只可惜不读书。"不待梁储反驳，他又说道："刘先生和丘先生曾有过一番唇舌之战，叔厚可知道？"

丘先生者，丘濬丘仲深也，景泰五年进士，弘治四年入阁，功名晚于刘健。但丘濬先升礼部尚书，再入阁办事，史称"以礼部尚书入阁"，与以往阁臣入阁后渐升品秩，得尚书兼衔不同，因此傲视同侪。再加上丘濬议论矫激，而刘健以学问精粹自居，二人间生些嫌隙，在所难免。梁储那时也在翰林院，对此当然不会一无所闻，但出于恭敬，还是敛手肃坐，愿闻其详。

"刘先生对人说，丘先生有一屋子散钱，可惜没有一条索子把它们串起。"马文升便讲开这段故事，"丘先生听到了，你道他怎样回答？"

"怕是要说，刘先生有一条索子，缺的却是散钱。"梁储答道。

"哈，不是一条索子，而是一屋子索子。"马文升说罢，朗声大笑。

攻击者谓：你学问是博大，却串将不起。反击者谓：你学问是精邃，却失于干涩。二人于治学的不同态度，这可说是极形象的比喻。

马文升意犹未尽，又说："依我之见，丘先生能作《大学衍义补》，不能说全是一屋子散钱。而刘先生小瞧了散钱，临市购物，难免会有叫穷的时候了。"

"但刘先生以正言立朝，有目共睹，"梁储仍试图解说，"老尚书刚直不阿，也是万人景仰。朝廷有二位大人，如有两根擎天之柱。若彼此因小事而生意见，恐遭物议，于老先生不利。考察题目，还望再拟。"

这本无不可，但题目已经发下，匆匆收回，有失体面。再说，马文升处处以朝廷为重，何曾考虑过一己之利。

"叔厚，你说恐于我不利，所指何事？"他正色问道。

梁储对马文升的公忠体国，应是有所了解。不然，吏部二侍郎，一是河南籍的同乡，一是毫无渊源的梁储，何以马文升会与自己的关系更亲近些呢？听到马文升的诘问，他不禁有些脸红。

"是我口误。"他恳切地说，"今上年少，正需老成重臣辅弼。如果有小人钻营，乘机兴风作浪，于老尚书不利，也就是于朝廷不利。"

"那也是无可奈何的事。我无愧于朝廷，也无愧于内阁诸公。你不必再说了。"

经过一番明中暗中的争辩，马文升反而觉得自己并无过错。

梁储怀着难以诉说的懊丧心情，无言而退。这次与马文升交谈，怕是唐突了。梁储在翰林院多年，对内阁诸臣，在感情上，与马文升有许多不同。公然为他们辩解，定然会引起马文升的不快，这又是何苦！

其实，这次谈话，梁储并非完全出于自愿，而是受李东阳之托。前日朝会毕，李东阳私下问梁储，吏部考察出了这样一个题目，几位大人是怎样想的，见梁储言语支吾，知道他也不明白个中奥妙，便讲了一番阁部当和衷共济的道理。梁储细细琢磨，这才体会到李东阳的用意。

谈不出结果，有负李阁老的托付。

"我对马老尚书一直敬重，"李东阳当时说，"马老尚书有所教诲，我诚心领教。即便言语上有所偏颇，也不会计较。怕只怕有人挑拨，老尚书对我等有了成见，局面就难堪了。"

言外之意，内阁中他人恐不能容忍。那就是刘健了。今日听马文升的话音，真的竟是冲着刘阁老。

李东阳说他不会计较，以梁储对李东阳为人的了解，他或许真的不会计较，但也决不会为了马文升开罪刘健。况且，不满马文升的还大有人在，其中包括李东阳的至交刘大夏。

说来也怪，都是声誉满天下的名臣，吏部尚书马文升和兵部尚书刘大夏竟到了水火不容的地步。

梁储知道，这与举荐大臣有关。作为吏部尚书，马文升推举复被起用的兵部左侍郎许进提督团营，推举曾任大同巡抚的刘宇总制宣、大军务。许、刘二人均是河南人，不知是否为了这个缘故，刘大夏激烈反对，在朝廷之上面斥刘宇的过失，不但刘宇惶惶然，连马文升也无地自容。接着，户部左侍郎王俨应升迁，被格止，一怒之下请致仕。兵部左侍郎熊绣则外调两广总督。这两个人都是湖广籍，王俨和刘大夏还是儿女姻亲。那么，这是否因为刘大夏是湖广人，因而殃及池鱼了呢？无人知晓，却令人思忖。

据说，刘大夏反对许进、刘宇的委任，是因为孝宗曾对此二人有所批评。孝宗朝时，刘大夏独蒙恩宠，皇上对他的信任超过了内阁刘、李、谢三人：时常独召燕对，三位阁臣反而要向他询问皇上有何处分。刘大夏持重，从不轻泄与孝宗皇帝对答的内容。但内侍就不那么知晓事理，禁闱之中的秘事，常被他们传泄到宫廷之外。孝宗对许、刘的评论，也是此辈所言。未与刘大夏对质，真伪不辨，但刘大夏反对许、刘如此激烈，可能确有其事。

而刘大夏与李东阳的关系，朝野尽知，虽不同籍，却同乡贯。二人又是同科，同选庶吉士，互相引为知己。李东阳对马文升讥刺包括他自己在内的内阁，或许可以容忍，对马文升与刘大夏的争执，又当如何处置呢？

梁储的思路停止在这一点上，不禁感慨：这位老尚书，我行我素，树敌太多了。

第五章

保定巡抚王景上疏请革皇庄；户科都给事中邹轩等上疏请革贵戚庄田。有旨廷议。此事户部主管，户部应先提出意见。尚书韩文请侍郎顾佐前来议事。

韩、顾二人经历相仿佛，都是由京官而放外，在外做到巡抚，再调户部任贰卿。因而易于沟通。韩文是成化二年进士，顾佐是成化五年进士，相差一科。科第在前者为正，在后者为佐，相处也极其自然。

“良弼兄，”韩文亲切地叫着顾佐的字，“你我多次议过畿内庄田，看来，该议出个眉目来了。”

“但愿如老学长所言。”顾佐说。

“怎么，你不以为然？”

“‘积重难返’四字于此事尤为贴切。”

“即便事已积重，只要圣上有意处置，你我肯于力争，当有可为。”

韩文以凝重恬静见称。十余年前，韩夫人病死，子侄数人轮番进言，或请续娶，或请纳妾，韩文一概不允。由五十岁劝到六十岁，韩文说：“我年已至此，复何为哉？”平日独处一室，婢女亦不许入。得随意出入者，只有孙儿。爷爷教孙儿读书作对，孙儿天寒时替爷爷温足，在喧闹的都市构成一副难得一见的田园景象。

而议论起国事来，韩文却又是慷慨激昂、无所顾忌，豪气不亚于少年。

念及此，顾佐起身深作一揖，言道：“良弼愿随老学长力争。”

“好，好！”韩文很是高兴，“你我且一件一件来议。你看，对王都宪的奏疏，当如何处置？”

“王都宪以革皇庄直言，着实难得。”顾佐说，“其实，顺天、保定二处巡抚，说到皇庄，没有不感棘手的。先帝时，贵同乡就向我言及。”

“可是漕运张总督？”韩文问。

“是。”顾佐点头。

现任漕运总督张缙，弘治十三四年任保定巡抚。当时顾佐任右都御史，与他颇有些交往。他是山西阳曲人，因此，顾佐称他是韩文的贵同乡。

“他如何说？”韩文问。

“他说：皇庄之名，始于成化年间，以没收前太监曹吉祥的田土为宫中庄田。到孝宗初年，不过十余年光景，畿内皇庄五处，有地一万二千八百余顷。若照此例，用不了几年，畿内之民将无立锥之地。果然，今上登大位，不过一月，即新设七座皇庄，以后又不断增置，真应了张都宪的话了。”

“如此说来，王都宪的奏疏着实及时。”

“正是，”顾佐说，“若再延以时日，只怕廷议的圣谕都不会有了。”

二人又轮番去读抄来的王景的奏章。王景着重讲述真定府宁晋等县的情形。一者，管庄太监夏绶请加苇场之税；二者，夏绶请敕官府，勿听小民争讼已入皇庄之田；三者，管庄太监张峻请税往来于庄前小河的客商；四者，皇庄官校以争田故捕民二百余人。此等事，均获圣谕允准。王景上疏，便是极言其不便。皇庄既如此害民，必须革除。

“良弼兄，你看此事当如何处置？”韩文问。

“善莫大于依议而行。”

“我见亦然。但如何措辞方易奏效呢？”

顾佐略加思索道：“就说：千百顷琐琐之利，不足以孝养两宫，请革皇庄之名，通给原田主或无田小民领种。”

皇庄之设，都以孝养两宫太后为名。顾佐以子之矛攻子之盾，不说孝养之说当与不当，只说孝养之实有与无有，不失为巧妙的说法。

“高明之至，”韩文由衷赞道，“但革除皇庄，圣上一时怕下不了决心。请良弼兄再设良策。”

“那就不革其名而革其实。”

“请道其详。”韩文大感兴趣。

“皇庄还是皇庄，但为免却管庄内官侵渔之害，应将其召还，由巡抚官核实亩数，召人佃种。亩征银三分，由官府征收，先解户部，再输内库进用。设立皇庄不是为了孝养两宫吗？现在其田亩所征仍然孝养两宫。此所谓不革其名。而田亩之核实与征收，已并入官府。此所谓已革其实。”

韩文点头称是，又补充说：“既然以皇庄所收孝养两宫，其实也没有全革。”

“老学长所见极是。如果其实全革，你我岂不犯了欺君之罪。”

一句说笑，气氛略呈轻松。

“就是这样吧，”韩文总结道，“先请革除皇庄，若圣上不准，定令户部再议，我等便以不革其名而革其实之议复上。”

第一件事议过，再议第二件事。邹轩等人的奏疏是一篇大文章，涉及面甚广。而由户部主议的，仍然是田土问题。

“这位长宁伯太不争气，辜负了老太皇太后为国家社稷计，也为周氏子孙计的一片苦心。”顾佐感慨地说。

孝肃周太后是英宗的妃子，因生宪宗，册封为贵妃。宪宗即位，尊为皇太后。孝宗即位，尊为太皇太后。传至今上，已是第四代，顾佐称她为老太皇太后。

长宁伯周彧是孝肃太后的弟弟，在直隶河间府东光县境内，有钦赐庄田一处。所谓钦赐，多是像周彧这等贵戚伸手向皇上讨来，皇上恩准了，就算是钦赐。至于所讨田土是否民产，有无田主，就无法计较。

弘治年间，保定巡抚张缙奏明，长宁伯庄田中，有民人高崇等户世业。由刁滑小民假作己田，投献给周彧。小民田产被夺，无以为生计。请敕官府查核厘正。孝宗顾及亲谊，不准。孝肃太后得知此事，毅然说道：“不可以我故坏祖宗法，陷皇帝于不仁不明。”令官府查核，当归于官者归于官，当归于民者归于民，朝野称颂皇上和太皇太后的盛德。

弘治十七年，孝肃太后崩。周彧少了约束，又与小民争田，一讼再讼，官府难以裁断。邹轩等奏疏所称“贵戚借所赐庄田侵夺民产”，正指此事。

对于顾佐的感慨，韩文应道：“这就是孟子所说的‘上下交征利’吧。”

说到这里，韩文不能再说，顾佐也不能再应。这类会损害圣上名声的话题，岂容臣子妄加议论？

“我看此事无须再议。先帝有圣谕，太皇太后有懿旨，所夺民产，均还于民。先帝时纠正的事体，今上时可以反复吗？”韩文愤愤而言。

“对，这应是定议。”顾佐说，“贵戚庄田和皇庄不同，措辞不妨严厉些。”

“何谓不同？”韩文问道。

“老学长想一想正月的事例。”

顾佐指的是，正月二十日，荣王乞讨直隶霸州信安镇庄田一事。荣王朱佑枢是宪宗第十三子，封国在湖广常德府，但正德初，仍滞居京师王邸，并就近乞讨霸州牧马草场地为庄田。

户部当时的答复是：霸州草场，永乐间设立，意在蕃养马匹以资武备。至宪宗皇帝时，近幸始陈乞该处草场为庄田，后宪宗第五子岐王佑伦、第九子寿王佑榰留居京师时相沿管理，莫之改正。弘治十一年，寿王就藩国保宁府，孝宗皇帝正留意戎务，于是差官清理，特敕退还。此不以私恩废公义也，今荣王之国有期，其所乞宜勿与。

“留意戎务”四字最能说服当今皇上，他当即传谕荣王：此先帝意也，勿再乞。

此事遂作罢。

顾佐提到这件事，韩文道：“好，我等就这样复议：长宁伯周彧赐田之在景州东光境内者，实系民人高崇等世业，往年为奸民仇害，投献中贵，遂以赐彧，而崇等诉焉。将其逮至锦衣卫鞫问已明，宜令踏勘官从公断理，勿畏势以虐民。仍通行诸贵近或曾受献者，俱遵诏旨，速以还民。如何？”

“仍通行诸贵近或曾受献者，俱遵诏旨，速以还民。”顾佐重复着韩文的话，细品其味，“甚好。以一周彧而连及其他贵近，遏制其乞讨庄田之势，以解我小民失田之苦。”

议论至此，二人都有精殚神竭之感。韩文强打精神，说道：“邹都谏奏疏中还有几项有关事宜，你我一鼓作气，一起议了吧。”

“是。”顾佐自无反对的道理。

邹疏的总题目是“裕民止盗事”。止盗，由兵、刑二部主议。裕民的内容，则由户部主议，除了周彧与民争田外，还有以下内容：

其一，内府各监局各库各仓场及各门内官内使，每借收纳钱粮，索贿无厌。

其二，庄田科银，贪暴者违例自收。

其三，征税不以常规，屠宰皆纳官钱。

其四，滥求珠宝，当禁不禁。

“内官内使重税盘剥，先帝时已降明旨，严加戒谕。”韩文叹道，“谁知却是禁而不止。”

“小人趋利，”顾佐说，“严禁时，稍稍收敛，一旦松弛，便更加嚣张。”

“可惜不能灭尽天下小人，又不能尽数驱除。”韩文说，“那就只有再申明禁令了。”

顾佐点点头，说：“宜重刻先帝戒谕之旨，悬挂于各监局各库各仓场及各门，永示遵守。如有百方巧取，高估粟米布绢之价，以重其税者，定加严惩。”

“好，户部覆议就这样写。”韩文说。

庄田征科称子粒银。对于因庄田而引发的贵近和小民的冲突，最要紧者，是取消庄田的名目，一律归还小民。但各种名目的庄田又不能即刻取消，那就只有在征收子粒银上加以节制了。旧制，庄田亩征银三分，令佃户自赴官府缴纳，而后庄田业主从官府领用。这是为了防止管庄之人贪暴自恣，陷民于重困。因此，贪暴自恣者感觉不便，不依规制，仍自行征收。佃户不堪重征，于是四外逃窜。

“今宜令抚按官重加榜谕，再敢违例，致民失业者，庄田业主及官府有司一体究问。”韩文一字一句斟酌着说，这一条便有了定议。

征税有违常规，主要说的是宣课司与守门内官争税。使国家常税减少，或使被税者负担过重，不堪忍受。

属于前者，如供用库每日所进猪肉，丁字库所进羊皮，以及内府其他各库非时所进瓜果等，都不经过各门宣课司，其中包括很大一部分非供大内所用者，形如逃税。

属于后者，如客商携货经通州张家湾或宛平卢沟桥至京师发卖，除向宣课司报税外，还要向驻该地内官缴纳，否则不放通行。这是对商人的重复征敛。

韩文、顾佐一人一句，对此事的处置提出了意见。

韩文说：“近闻日进供用库猪肉、丁字库羊皮，又岁时一再进送瓜果，俱非旧制，宜尽行革罢。”

顾佐说：“张家湾、卢沟桥经过客货，非在彼发卖者，宜令径赴宣课司报税，毋得重征。”

韩文说：“崇文门分司五百贯以上例该起课者宜如原税之数，勿令加倍。”

顾佐说：“各门大小车辆及驴骡负载诸货，宜悉听巡视御史等官，照例收取正税，不许守门内官仍加干预，分外收取。”

扰商之事不止这些。山西商人和淮扬商人眼下都很活跃，山西洪洞人韩文和南直隶临淮人顾佐耳闻目睹，各自能说出不少。不过，户部覆议只是就事论事，议到这里就可以止住了。

最后一件事直接关系户部。大约一个月前，内承运库太监龙绶等奏称：宝藏库宝石、西珠无可用者，宜令户部区处进纳。所谓户部区处，即户部出钱，差人外出采购。这是筹办皇上大婚之需，事不可谓不重。不知为什么，龙绶等人的奏本迟迟未交部议，直到邹轩等人的奏疏中才提及。

“看来，圣上本不欲太骚扰，都是群小在后面怂恿。”韩文又是愤愤。

“我等正可借部议之机，打击一下群小的气焰。”顾佐说道，“可否这样复上：时方凋敝，未能得此难得之物。况圣上新即大位，正宜屏绝奇玩，以培养俭德。宜敕所司，选诸内库所藏取足，成冠婚之礼而止，不必过求侈用？”

“再加上一句：敢有夤缘举奏、荧惑上心者，查照先年处置梁芳例，重加究治。”韩文的话掷地有声。

梁芳是宪宗时的太监，谄事宪宗宠爱的万贵妃，日进美珠珍宝，以悦妃意。孝宗立，将梁芳打入大狱，眼下仍在狱中，已奄奄一息。

韩文要用此典来恫吓其他太监。

第六章

果如梁储所料，尚书马文升很快遭到弹劾，出面上奏本的是监察御史何天衢。论马文升私同乡，含含混混，只举出一些小人物，如曾任福建巡抚的王继的女婿崔志学；论马文升衰老，不能胜任，就不含混了，马文升到底是年届八十有一的人了。

梁储也料到，马文升一定会坚请致仕，但累积上了二十一道奏本求去，却也使他吃惊。马文升最后说：“今皇上嗣登宝位，岂不欲誓死图报？但藻监人物，全凭精明力强、耳目聪健，方克有济。而臣衰老愈甚，诸疾交侵。万一用人未当，恐遭物议。况今灾异迭见，臣滥居师保重任，不能调理阴阳，亦当罢去以弭灾变。”

马文升的兼衔是少师兼太子太师。满朝文臣中得此兼衔的只有二人，一是阁臣刘健，一是天官马文升。马文升说，居此高位而不能为国弭灾，那就不但该致仕，而且该罢官。

皇帝不得不准所请，当然不是罢官。不但不是罢官，而且给以特别的优礼：令有司给食米，月五石，给役夫，岁八人。

梁储没有料到的，是新吏部尚书人选。就时望而言，应是兵部尚书刘大夏和刑部尚书闵珪中，二者择一。然而，在马文升致仕十天后，宣布的结果令人瞠目：吏部左侍郎焦芳升任吏部尚书。

焦芳的资格是够的。他和刘大夏、闵珪同属天顺八年进士。那一科的进士在两京做到六卿的大有人在，而且，焦芳有比闵珪更优越的条件，他和李东阳、刘大夏一样，被选为庶吉士，应在储相之列。

说到令人瞠目，是指他的人品。宪宗末年孝宗初年，他任翰林院侍读学士，因与名声不佳的吏部尚书尹旻朋比，被贬为湖广桂阳州同知。这个跟头栽得不小。侍读学士是从五品，州同知是从六品。关键还不在于品秩上相差两级，而在于京官和外官的极大差异。后来他又入朝，渐升至吏部左侍郎。但朝中正人，多视他为异类。也不是全无人和他来往，李东阳、刘大夏与他还时有诗词唱和，但在外人看来，他们并不属于一类人。

马文升致仕后，廷推吏部尚书的名单，刘大夏居首，闵珪居次。就在这时，御史王时中上疏论奏大臣，斥刘大夏老耄，闵珪和媚。依惯例，刘大夏和闵珪都要上疏求退。于是，本是没有机会，或机会不大的焦芳得以升任。

王时中是山东黄县人，弘治三年进士。没有人能证明，他论列刘大夏、闵珪，是受了焦芳的唆使。但他上了这一道奏本，焦芳无疑要扼腕称幸。

此刻，焦府中一片欢腾。不论人品如何，总是做到了吏部尚书。对许多人来说，是同僚；对许多人来说，是上官；对许多人来说，是同年；对许多人来说，是前辈。违心也好，真心也好，一定要来贺一贺的。

焦芳正在来客中周旋，见家人韩范站在门外，频频使着眼色，便告了个罪，向他走去。

“何事？”

“韦公公前来致贺。”韩范低声说。

“噢？”焦芳闻听大喜，吩咐道，“快请至书房相见。”

韩范出去传话，焦芳撇下一屋来宾不顾，径入书房恭候。

二人见礼毕，小童献茶。

“这是六安贡茶吧？”韦经品着滋味问道。

“正是。”焦芳回答。

“府上冲茶这般老道，老先生真是雅人。”

“韦公公过奖了。”焦芳谦恭地说。

韦经放下茶杯，转入正题：“韦某人此次奉旨押俘入京，不想恰逢老先生荣升，真是可喜可贺。”

“不敢当，不敢当！”焦芳连连拱手，“韦公公一举平定夷丑，功在社稷，焦某实在仰慕得紧。”又问：“听闻此役颇为顺利？”

“那是当今皇上的洪福。”韦经大致述说一番。

弘治十八年六月，今上登基的第二个月，广西思恩府土知府岑濬作乱，攻破田州府，掠土知府岑猛家属五十余人。

思恩府、田州府是当地少数民族为主居住的区域，朝廷采取羁縻政策。这一地区又较为复杂。思恩府的全称是思恩军民府，名义上隶广西布政司，实际上由世袭土官统治。思恩府一度属田州府，田州府土首领避内乱又受思恩府土官庇护，历来冲突不断。要是冲突仅限于两府土首领之间，朝廷也许就听之任之了。朝廷不能容忍的是，岑濬兵犯田州府的属县上林和南宁府的属县武缘。这两处都由流官，即朝廷任命的官员治理。兵犯流官县，是对朝廷的公然蔑视，朝廷不能坐视。

兵部奏议，派兵征讨。于是调集两广和湖广两省官兵、土兵十余万人，由两广总督潘蕃、太监韦经、总兵官毛锐统领，分兵六路围剿。此役可谓雷声大雨点小，双方一接兵，岑浚即逃遁，不久死去，同伙献其首，思恩平定。

兵部议：岑浚伏诛，不宜再任用其后人，应改设流官。

“改土归流，受我王化，甚好。”焦芳说，“只怕夷人居处荒蛮，难服教化。”

“朝廷既下决心，那也由不得他了。”韦经说。

“说得好！彼处有韦公公镇守，朝廷定可高枕无忧。”说到这里，话题扯开，“韦公公此次进京，不便前去候问，失礼了。”

“何出此言？”韦经说，“贵管家屈驾敝宅，足见老先生深谊。”

“韩范没见过多少世面，言语中如有不妥，韦公公切莫见怪。”

“老先生不要客气了，”韦经笑了笑，“韩老兄为人爽快，与我甚是投缘。他再三申言老先生的心思，我也理会得。但事关朝廷制度，我亦不敢妄作主张。”

焦芳深感失望，却不能表露，嘴上敷衍道：“这是自然，我亦理会得。”

原来焦芳在湖广、四川等地为官时，即闻思恩土知府岑浚有妾名桃红，美艳无比。岑浚作乱，消息传至京师，他知道这位土知府难免一死了，却不知道美人桃红是什么命运。待得知韦经解押一干罪人眷属进京，其中包括桃红，心中便起了盘算，盼望纳她为妾。

朝廷制度，焦芳是知道的：凡罪人家属没官，例发功臣为奴，文臣不得沾其惠。对违制的处分，焦芳也是知道的：太祖皇上时，右相汪广洋赐自尽，一妾从死。此妾为某知县女，知县获罪，女收为官婢，不知何以被身为文官的汪广洋纳宠。太祖得知，大为震怒，下令彻查，受牵连官员一律治罪。

知是知道，却仍然在盘算。或许因为色令智昏，或许因为百年前的故事，不足为凭。韦经一到京城，焦芳派了韩范前去联络。本以为太监都爱钱，许下一大笔数目，不难办妥。谁知，韦经没有松口。到了自己府上，仍是打官腔。

早知如此，何必单独陪他？想到尚在浣衣局的桃红，不知将要发配到何人府上，由何人享受，心中一阵酸痛，脸上的表情也有了变化。

宫中的人都善于观察，韦经早知焦芳的心绪，笑了笑，说：“老先生不必懊丧，咱这次来府上，一来嘛，是向老先生道个喜，和所有来者一样。这二来嘛——”

焦芳不由得竖起了耳朵细听。

“——却与他人不同，是想老先生喜上加喜。”

“怎么讲？”焦芳听出了眉目，又喜又惊。

“老先生请去内室，一看便知。”

“这？”焦芳稍稍犹豫，“韦公公在此，不便怠慢吧？”

“不妨。老先生先去看看，再来说话。”

焦芳告罪退出，向内院疾行。侍候在外的韩范，紧走两步跟上。

“人在西侧室安顿下来。”韩范低声说，“已告诉少爷，是韦公公送来的贺礼。”

“为何不早禀告？”焦芳边走边责问。

“韦公公与老爷去书房说话，他的从人讲与我听，我也才知道。”韩范回答。

焦芳顾不上再斥责，进了内院。见二子焦黄中从西房走出，便问道：“黄中，你来这里作甚？”

“来向姨娘请安呀！”焦黄中嬉笑着说。

焦芳脸色一沉，喝道：“好生去读你的书，这里不是你当来的去处。”

“是了！”焦黄中向走在焦芳后面的韩范做了个鬼脸，扬长而去。

西屋内坐着一女子，年在三十开外，却是面若桃花，风情万种。她现着内地人衣装，若换上夷人服饰，更不知何等模样。焦芳不由得看呆了。

“贱妾叩见老爷。”女子扶着身后侍立的丫环，袅娜而起，准备行大礼。

“不必，不必！”焦芳忙上前挽住。这一挽就放不开手。女子自自然然将脸贴在他的胸前。

“老爷，韦公公还在书房呢。”韩范忙说。

“对，对。”焦芳松开手，仍有几分不舍，转向丫环吩咐，“好生侍奉娘子。”

“是。”丫环咧嘴一笑，屈身行礼。

再次相见，情形大不一样。焦芳满面春风，步履轻快，全不像是六十多岁的老翁。他向韦经一躬到地，说道：“承情之至。”

韦经笑呵呵地开着玩笑：“怎样，是见面胜似闻名，还是大失所望？”

“得此女子，焦某浑如再生，”焦芳说，“多谢韦公公成全。”

“老先生满意就好。今晚洞房花烛，我就不来讨嫌了。”

“哪里的话！今日来往人多，改日焚香扫榻，专程相邀，谢仪让韩范送去府上。”

“好说。”韦经说着起身。

见他要走，焦芳拦住：“韦公公，再坐片刻，还有事情请教。”

韦经复又坐下：“老先生有话请讲。”

“人已送至浣衣局，不知何以携出？”既问这话，终是心虚。

韦经扫了一眼门外。焦芳会意，挥了挥手，韩范走出去，把门外侍候的小童远远支开，自己也立门外，不再进去。

“老先生是怕受牵连吗？”韦经笑问。

“那倒不是，老夫入一番仙境，虽死何憾？”焦芳不能承认实在的心思，便说，“若是韦公公因而受累，心中便不安了。”

“无须多虑，”韦经轻松地说，“咱家是识法度的人，若无善策，怎敢成全？”

“可告知一二？”

韦经压低声音，说出四个字：“李代桃僵。”

原来是以人顶杠，换出桃红。究竟以何人顶替，通过哪一层关系，这些细节就不必再问了。

“难得韦公公肯担干系，也难得韦公公出此妙计。”焦芳感叹地说。

“干系不小，计策绝妙，我也不说客气话。”韦经道，“不过，肯担干系、出此妙计的另有其人，而不是我。”

“是哪一位？”焦芳忙问。

“除了我刘哥，谁有这般胆略？”

太监之间，地位相仿佛的，关系较密切的，均以“哥”相称。韦经所说，是太监无疑。但宫中刘姓太监太多，焦芳一时不知他指的是谁。

“这位公公在哪个衙门供事？”他绕了个圈子问。

“内官监。”韦经的声音更低了。

“莫非是刘瑾刘公公？”

韦经点头而已。

这就难怪了。早就听闻这位刘公公才智过人、胸怀大志，在宫中是顶尖的人物。皇上对他的信任和喜爱，超过其他任何人。岂料桃红之事还有宫中的人做主。

“韦公公与刘公公相交甚厚？”焦芳问。

“我们是过命的交情。”

“原来如此。”焦芳知道韦经的话有些过分，一在外，一在内，怎样过命？当然，也无须点破。肯出这样的主意，交情总是有的。焦芳倒是急欲知道，刘公公何以肯用这样的心思。“不知刘公公有何见教？”他问道。

“刘哥提到，前者在会议时，韩尚书大谈会计不足，劝上节俭，老先生却另有一番高论，可有此事？”韦经反问。

那次户部集众官会议，韩文侃侃而谈，他人唯唯而听。焦芳高声反驳说：“庶民家尚须用度，况是宫中！今天下逋租匿税无数，不去讨租，不去追税，一味要减圣上用度，不知尔等是何居心？”

妙就妙在高声反驳。焦芳料到，四下必有监听之人，会把他的话传给皇帝。

“实有此事。”焦芳颔首承认，却又故意问，“刘公公又何以得知？”

韦经正色说道：“我刘哥若不得知，万岁爷如何会得知？万岁爷若不得知，这吏部天官未必就姓焦了。”

可以断定，监听之人，必是刘瑾的心腹。焦芳也正色说道：“请复上刘公公。再造之恩，没齿不忘。”

焦芳吩咐韩范：“备下两份厚礼，一份送给韦公公，另一份——”话到嘴边，没有说出，却反问道：“韩范，你老家在何处？”

“小的是陕西人。”韩范回答。

“我记得你是陕西人。我是问，你老家在陕西何处？”

“西安府富平县。”韩范不知主人的用意，小心答道。

“这是你的造化。”

焦芳似是自言自语。韩范摸不着头绪，却不敢多问。

“另一份礼，你告诉韦公公，是送给刘公公的。”焦芳这才把前边的话说完。

“请韦公公转送吗？”韩范问。

“不。你对韦公公说：我家老爷吩咐，这份薄礼，要亲自送给刘公公。请他代为引见。”

“是。”

“今夜如不方便，也请他另安排个日子。”

“是。”韩范答过，又问：“见到刘公公，该怎样说话，请老爷示下。”

“不必多说，只说我殷殷致意而已。”

“是。”见焦芳再无言语，韩范说，“没别的事情，小的就去措办了。”

“好。”焦芳点点头，不等韩范离去，他又说，“这位刘公公是陕西兴平人，与你不但是同省，还是同府，你要好生巴结。”

“小的明白。”

未必真的明白，有一点却可猜测到：老爷说的造化，就应在这位刘公公身上。

第七章

大婚临近，京师无端兴起一阵不大不小的波澜。大婚前，照例要选秀女以充宫嫔，由礼部榜示天下。在京师张挂的榜文，不多不少，错了关键一字。大明制度，严禁倡优隶卒之家入选。不知哪一位的大手笔，将“隶”字误写成“吏”，变成禁倡优吏卒之家入选。这下犯了众怒，各衙门的房吏书办人等上千人拥上街头，观看榜文，竞相鼓噪。吏者，不食朝廷俸禄，不可参加科考，为士人所不齿。但无论如何，也不应并入倡优之属。无吏不成衙门，就如无倡优不成勾栏。若吏与倡优同类，各衙门岂不变作勾栏？

有人说，榜文由礼部尚书张升起草。更有人说，礼部两位侍郎王华和刘机曾指出榜文之误，张升却拒不肯改。于是沸沸扬扬，众口詈骂张升。礼部衙门在皇城之下，闹事者不敢悍然前往，有人声言：张升老儿总要窜回窝穴，我等拦劫于路途，亲手刃之。

张升慌了，差人取下榜文，改写后再张挂，一场风波才逐渐平息。

消息传入宫中，皇帝龙颜舒展，笑个不停。“这位张大人是什么出身？”他问。

“甲科。”一名近身内侍自作聪明地回答。

“何用你说！不出身甲科，怎能做到礼部尚书？”皇帝踢了他一脚，“他是哪一科的？”

“奴才不知。”

皇帝点点头：“本当打你二十大板，让你改改强不知以为知、总要多嘴的毛病。既然你说不知，板子免了。”吆喝道：“快去查！”

“奴才遵旨。”内侍一溜烟跑出去，很快又跑回来，“回爷的话，奴才查到了，这张升是成化己丑科进士。”

“己丑科？”皇帝问一句。

“这张升不但是进士，还是位状元公呢。”内侍再次禀奏。

“狗屁状元！”皇帝嗤之以鼻，“我朝居然有隶、吏不分的状元，真乃奇耻大辱。”

“皇上要降罪？”另一内侍问。

“降罪有什么意思？”皇帝摇摇头，“我看，不如降一道旨给礼部。将吏部改为隶部，看老焦怎样说。”

小宦官不知深浅，提起外朝大臣，老 × 老 × 叫个不停。皇上觉得有趣，照此办理。其实，前朝皇帝也有这般叫的。但那是偶然为之，且示以亲昵，不可等同小宦官的放肆。在皇帝呢，则是亲昵有之，放肆亦有之。

“爷的主意好。”近侍奉承道，“看两个尚书吵闹，胜过看斗鸡斗狗。”

“还有更好的主意呢。”皇帝得意地说，“让我把张升的职务也改一改。”

“如何改法？”近侍问。

“改两个字：礼部的部，改为不是的不，尚书的尚改为上下的上。礼部尚书者，礼不上书也。看他还有脸面在朝中做官吗？”

“实在有趣得紧！”近侍拍掌叫好。

皇帝突然想到什么，掐指算来：“成化己丑，就是成化五年吧？”

小宦者哪里知道干支纪年。刚才差点挨了板子，现在不敢贸然作答：“奴才再去查？”

“好。”

很快就查清楚。

“爷圣明，成化己丑年正是成化五年。”小宦者边喘气边说。

“慌什么！”皇帝有些得意，“慢些回话，朕仍是圣明。”

“是，是。”

“那老韩可也是成化己丑科的？”皇帝又问。

看来又要跑腿了。近侍可怜巴巴地说：“爷，还要查什么，您一并吩咐吧。”

“就查此事，快去。”

结果令皇上失望，二人不是同科，韩文比张升早一科。本来在想，要是韩文也是己丑科，大可借题发挥，把己丑科骂上一通，韩文也在被骂之列，对韩文的不满也可发泄一二。既然韩文不在己丑科，那就全免，连寻张升开心的兴趣也没有了。

韩文不知道皇上很想和他开个不大不小的玩笑，仍然潜心于会计。各衙门都有一本难念的经，尤以他的一本经最为难念：京库岁入一百四十九万，支出，主要是供应各边镇的费用高达五百余万。入出相差如此之多，叫他这个主管尚书如何应付？

念来念去，还是那套念烂了的经文，老生常谈的四个字：开源节流。

韩文拟出八条：第一，崇节俭；第二，裁冗食；第三，节冗费；第四，罪人纳粟；第五，处置盐法；第六，清查积朽；第七，钱钞折银；第八，清查草场。第一、二、三条是节流，其余各条是开源。

节流各条文，特别是第一条崇节俭，圣德攸关，任何时候提出都不会有错。开源各条文，有的名正言顺，如处置盐法。大明盐法，与军政密切相关。各边镇都要朝廷拿钱供给，足以说明盐法之坏，因而需要处置。而有些条文，正耶邪耶，难以一言蔽之，搞不好，便是千古罪人。如罪人纳粟。纳粟的目的，是减刑免刑，绝不是忏悔，这不成了刑施法外？再如钱钞折银。铜钱劣质，宝钞滥印，自然贬值。强迫用银缴纳，小民负担加重，定然叫苦。

朝廷要钱，硬着头皮定下再说，请教几位阁老，都是赞同。皇帝也有旨依奏而行。

事关经费，户部制定具体实施方案就是。但有些却须与其他衙门会议。罪人纳粟，须与刑部会议；钱钞折银，须与工部会议；清查草场，须与兵部会议。

各部尚书未议，先来了司礼太监李荣。韩文闻讯，起身迎出。

“韩大人。”

“李公公。”

“请。”

“请。”

二人并排进入大堂。韩文吩咐看座奉茶。

“韩尚书，在下奉万岁爷的旨意。来户部议事的李荣就座前，先交代一句。

韩文忙问：“可有圣旨？”

“没有，只有口谕。”

“那，请李公公上座吧。”

李荣不客气地坐到了上首。

“不知圣上要李公公与在下议何事？”韩文敛手而问。

“传一句话。”

“请讲。”

“皇上说：韩尚书欠皇上的钱，再不付给，就要计息了。”

真是千古奇谈！皇上差人向臣下讨债，还要计息！

韩文心里一清二楚，李荣来讨的是大婚钱。上月，皇帝忽传旨，令户部筹四十万两银子送内承运库供大婚行礼之用。韩文争持多次，皇帝不是不予答复，就是此议不从。无奈，只好剜肉补疮，从各处张罗。时至今日，已送内承运库三十万。

本以为有了议论经费的奏本，余款一笔勾销。不承想，皇帝念念不忘。

“你没传错话吧？”韩文问。明知无用也要再争。

李荣脸色大变：“韩大人，你这话在下担待不起。万岁爷的话，谁敢改动！”

“这就怪了！”韩文倒镇定下来，“下官前者所言八事，已蒙圣上恩准。”

“那与皇上大婚用钱有何关系？”

“自然是有。奏本中有崇节俭、节冗费二事。”

“韩大人言之差矣！”李荣反驳说，“圣上大婚乃普天下第一等大事，也可说是冗费吗？”

韩文省悟出，话中有了漏洞，忙修改说：“李公公指教的是，圣上大婚是普天下第一等大事，当以普天下之财供其所用，但大婚中的用度，亦有可用可不用者，可多用可少用者。可用可不用者不用，可多用可少用者少用，这才是崇节俭养圣德的道理。”

“何者当用，何者不当用，何者当多用，何者当少用，应由皇上圣裁。你户部送银入内便是了。”说着，李荣又加上一句很厉害的话：“难道你对皇上的圣明有所怀疑不成？”

“万万不敢！”韩文拱拱手，“只怕有一班奸佞之徒，导圣上于奢靡，也是有的。”

“你不是说我吧？”李荣以手指鼻。

“公公是孝宗皇帝所简拔，自然不是。”韩文说：“至于所指何人，宫禁之事，我也不多论。”

“不便多论，就不要再论。韩大人赤诚为国，我等尽知。”李荣轻轻松松奉上一顶高帽子，“只是这钱，无论如何也要给的。”

李荣说好话，韩文便也换了一番口气：“李公公，你可知为了送入大内的三十万银，我已成为众矢之的？”

“有这等事？”

“怎么？王翊与赵佑二人的奏疏，李公公没有读过？”

内外臣子章奏，每日由通政司汇集，在早朝时进呈，先送内阁拟出答复，称票拟，再呈皇帝御批。皇帝御批用朱笔，称批红。实际上，皇帝只亲批一两本，其他便由司礼监处理了。司礼太监对各类奏本，应都知道，所以韩文有此一问。

“王、赵的奏本未经我手。”李荣解释。

“不妨一读。”韩文将两本奏章递过去。

兵科给事中王翊但言大婚之用：乞敕内阁及礼部逐一议拟，凡服饰、器用、宴飨、赏赐诸事，得寝者即寝之，必不得寝者，则数万两银似亦足用，何需四十万钱？

监察御史赵佑则论及有司：左右以婚礼为名，而肆无厌之欲。计臣惧祸而不敢阻，阁臣避怨而不敢争。用如泥沙，坐致耗国。若不幸而有师旅之兴，而遇饥馑之灾，试问何以为计。

内阁票拟：所议之事，关系非细。似应由户部会集各大臣议定。御批：下户部详议。

虽被责以“惧祸而不敢阻”，韩文却由衷欣慰。风宪官再多些论奏，造成声势，于此事或可有些补救。

李荣读罢，将奏本奉还，问道：“韩大人也畏人言？”

“畏之甚矣。”

“皇上待下宽仁，臣子言论不当，不轻易加罪。待我奏明皇上，再有此类奏本，一律严惩，以去韩大人后忧，如何？”

“万万不可！”韩文忙说，“言官即出谤言，我等为圣上分谤，也是本分。何况，言官所论，都是上为君国，下为庶民，表彰犹恐不及，岂可加之以罪？”

“如此说来，韩大人宁可得罪皇上，也不得罪舆情？”李荣又将一军。

韩文巧妙地回答：“下官不敢得罪圣上，只望圣上顺应舆情。”

“那好，”李荣说，“皇上还有一句话，我口传与韩尚书听。”

韩文肃然起立，这不知又是何等厉害的言语呢：“公公请。”

“皇上说：要是没有钱，大婚礼也不必行了。”

虽有所准备，韩文还是怔住。大婚之期已定，要是真不行礼，而且说出去，因为皇上要钱，户部不给，韩文纵有铁臂铜肩，也担不起这个罪名。但钱又当从哪一项中出呢？数月以来，为建先帝山陵，供今上赏赐，以及筹办大婚，会计需要银两一百八十余万。韩文知道内承运库有积蓄。请先支给。皇上不准，一定要户部出钱。这些费用中，先帝的山陵之费是一文不能少的，只有裁省今上的用度。为了应付经费，韩文可说是用尽心机。

而圣上一句话，将使他的心血全部付之东流。“大婚礼不必行了！”说得好轻松好自在呀！

李荣也站起来：“韩尚书有什么话要我复上万岁爷吗？”

韩文猛醒。他咬了咬牙，说道：“君忧臣辱。韩文不能足圣上之用，不能抒圣上之虑，无颜再居此位。请圣上罢了我吧。我即刻便上奏本。”

若说皇帝的话是韩文万万没有料到的，那么，韩文的回话也是李荣万万没有料到的。好一个倔强的老儿！他心中叹道，有几分不解，也有几分敬佩。

“大婚礼也不必行了”，是一句戏言。大婚礼按计划进行。

正德元年八月十一日，册封夏氏为皇后。同时册封了两位贵妃，一位是沈氏，一位是吴氏。虚位以待的后宫有了主子，天下庶民百姓有了国母。

皇后是南直隶上元人夏儒的女儿。内阁起草的册封制文中有几句话，皇帝记住了：“咨尔夏氏，天赋令质，笃生善门，静定端庄，和柔恭懿。”皇后母仪天下，当然应该是最好的女子，当然要用上最美的词句。皇帝于男女风情尚在朦胧之中，却为这些最美的词句微微陶醉。

第八章

九月十五日，午讲毕，皇帝召内阁三位辅臣入暖阁议事。

日讲又称小经筵。既谓小，则规模小，仪式简，除讲读官外，只有内阁学士侍班。开经筵时，群臣要着吉服，向皇帝行五拜三叩首礼。日讲则是常服，行一拜三叩首礼。

经筵也好，日讲也好，都是逢寒暑暂免。今年过了暑假，皇帝要择日骑马，传旨停讲。接着又逢金秋大婚，例当放假。这样一下子挨到九月中，才开日讲。

不但开讲，而且主动召辅臣议事，是难得的机会。刘健、李东阳、谢迁奉旨后，欣喜之余，心中不免惴惴。

皇帝要议的事情，他们心中有数。

前日，内朝派了项差事：承运库太监王瓒、崔杲前往南京、浙江织造。

织造丝缎掌于织染局。有外织染局，隶属工部。所造丝缎，供官府用；有内织染局，为内府衙门，所造丝缎，供上用。两京均有内织染局。此外，南京、苏州、杭州等处，还设提督织造太监一员，是一项极肥的缺。

王瓒、崔杲得到这项差事，欣喜非常。二人请给常芦盐一万二千引，作为织造费用。

盐引是领取和运销食盐的凭证。无引销盐，以私盐论，是莫大的罪过。销盐获利甚巨，勋戚内臣聚敛财富的手段之一，即乞请给予盐引。在孝宗皇帝时，用盐引作为织造费用，已有成例。王瓒、崔杲此请不足为怪。

碰到倔韩文，死活不答应，盐引只给一半，另一半补以价银。

皇帝找来内阁三辅臣，就是要讨个公道。

见过后，皇帝说了一句客套话：“今日见三位老先生健硕如旧，甚感欣慰。”

照例是首辅先答话。刘健说：“圣上再临讲读，臣等无不欢欣鼓舞。”停了停，又说：“望陛下以讲读为首要之务，每日不辍，则圣德必臻完善，社稷幸甚，天下臣民幸甚，臣等曾拟日讲仪注：每日讲读，先读《论语》五遍，次读《尚书》五遍，讲官将所读者讲明。讲读后，陛下随圣意，写字一幅，不拘多寡，以陶冶性情。午讲时，臣等先恭看御笔，再由讲官讲《大学衍义》《通鉴纂要》。无论四书，或是经史，圣心如有疑义，即问臣等，再加解释，务求明白。”

“知道了。”面前站的是顾命大臣，皇帝尚有几分敬畏：“先生拳拳之心，朕理会得。日讲之事，就依先生所言。”应付之后，说到正题，“今日召先生们来，是要议户部之事。韩文不遵朕的旨意，扣压盐引，朕甚是不解，特与诸位先生再议。”

“户部不是扣压盐引，而是半给盐引，半折价给银。”谢迁分辩了一句，“依臣看，韩文拟给一半盐引，还属不易。”

“先生的说法，朕更不明白了。”

“容臣再禀。”谢迁说道：“前者户部集议经费事，拟定八条，第五条便是处理盐法。而今，清理盐法之使方行，织造给盐之命随下，户部岂不为难？”

“如此说来，清理盐法，便不当批给盐引？”

“正是。”李东阳道，“清理盐法，便不当滥批盐引。祖宗旧制，盐法本以备边。纳粟于边，方给盐引，这样，边用充足。天下行盐有定数，此长彼消。私批一分盐引，国家便少一分经费，边镇便少一分粮饷，不可不慎。”

“先生之言亦是。不过，”皇帝转了个话题，“户部掌天下会计，难道边镇之用当会计，织造之用就不当会计了？”

刘健答道：“织造关乎上用，亦不可废。户部因而拟给盐引六千。”

“六千不足用，所以要与诸先生商议。”

“尚有一半，给以价银，亦足用了。”刘健说。

“既可半给盐引，半给价银，为何不可全与盐引呢？”皇帝问。

“半给盐引，半给价银，是为朝廷撙节用度。”刘健解释说。

“这正是朕最不明了之处。”皇帝说：“譬如每取一盐引，当纳银十两。六千引，便是六万两。半折价银，便是将六万两银子交给崔杲等。这六万两不也是朝廷的钱吗？既欲节用，何不留此半价之银，全与盐引，听其变卖，不是两下都方便？”

刘健说：“不然，与盐引和与价银之间，差别甚大。价银之费有限，六万两即六万两，而盐引之费多矣。”

“为何？”难怪皇帝要问，刘健说来说去，还是没说明白。

“是夹带之故。”李东阳说：“譬如一盐引当为百斤，他那里盐引一纸，却夹带数百斤，乃至数千斤之数。因此，批给贵戚内臣的盐引多了，定会私盐壅滞，官盐不行，朝廷岂不是无形中少了许多收入？先帝临终前，锐意整理盐法，正是为此。此诚今日急务，臣等不敢掉以轻心。”

“夹带有违朝廷法度吧？”皇帝听明白了，引盐之费与价银之费有何不同，便提出另一个问题来。

“是，诚如陛下所言。”李东阳答道。

“既如此，又何惧之？”皇帝说：“彼等敢于夹带，一旦事发，朝廷自有法度处之。”

李东阳说：“正因朝廷有法度，常人不敢夹带。此辈则又不然。一奉圣旨，即于船上张揭黄旗，书写钦赐皇盐字样，声势煊赫，气焰嚣张。陛下请想，既是钦赐皇盐，哪个敢去盘查询问？州县者，朝廷所委任，驿递者，国家所设立，应酬稍不如意，轻则斥骂，重则笞挞，又有谁敢抗争？至于盐商灶户，凌虐更甚，又有谁敢喊冤。为害如此，人神共怒，不如禁之于始，防患于细微。”

刘健附和道：“甚是。此辈若不禁止，为害之烈，不可言说。”

“先生之见呢？”皇帝问谢迁。

“二人之见，即是我见。”谢迁回答。

皇帝点点头：“尔等左一个此辈，右一个此辈，何不明言王瓒、崔杲，何不明言内官宦者？”

刘健叩头说：“陛下明鉴，臣等所指，正是内官。”

“内官坏了法度，我也不去庇护。”皇帝正色说道：“但天下大事，难道都是内官坏的？”

口风不对，刘健等人一时不敢接话。

皇帝接着说：“尔等讲《通鉴纂要》，岳武穆说：文官不爱钱，武臣不怕死。现在有几个文官不爱钱，有几个武臣不怕死？依朕看来，眼下的文官十个中也仅有三四个好人，坏事者十常六七。”顿了顿，问：“诸位老先生，朕的话可有道理？”

刘健等人不能说有道理，也不能说无道理；不敢说有道理，也不敢说无道理，唯有声称：“陛下圣明。”

“文官中坏事的十常六七，朕却不能不用文官。朕也知道，这内官中多有坏事之人，却不能不用内官。”

本来是议事，变成了皇帝独言。也许因为皇帝说到文官的弊病，身为文官的领袖，被堵住了嘴，一时不便争辩。

“先生们都是好人，朕素来敬重信赖。”幸亏皇帝有此定论，不然还要琢磨，自己在皇上的眼里，是属于那三四个好人，还是属于十常六七的坏事之辈，“所以朕有事一定要找先生们商议。”

“闻陛下之言，臣等不胜感激。”刘健找到了插话的机会。

“差内官办织造，是祖宗的成法。以引盐充织造费用，父皇时已有之。好了，王瓒、崔杲此次去办织造，务要全予盐引。”

刘健徐徐奏道：“此事容臣等再议。”

三位阁臣叩头后退出，已是汗湿朝服，面有倦色。经过差不多一个时辰的谈话，他们深感，皇上不好对付了。

李荣从后面追出，叫道：“三位老先生慢行。”

三人立定，等李荣赶上来。

“李公公，有何话说？”刘健问。

“皇上要我再叮嘱一下诸位老先生。”

“不必多说，我等已奏明圣上，回去再议。”

“那我是否回复万岁爷，三位老先生已应承，按圣意拟旨？”

刘健苦笑着，大声说：“李公公，我只是说，我等要回去再议，可听明白了？”

李荣又看看李、谢，李、谢都说：“正是，我等回去再议。”

“多谢，多谢，我这就去回皇上的话。”李荣拱拱手，进了暖阁，也不知他回的是什么话。

午门内东南角，有一南向小阁，规制甚狭小，门开在西面。这就是大学士办事内阁。进门后有一小牌坊，上悬历朝皇帝圣谕。过牌坊，即至阁内。阁内东、西、南三面放凳，不设北面的正座，因宣宗皇帝曾幸此地，在北面坐过，臣子不敢再坐，规矩便沿袭下来。

三人各就其位。首辅当然就是主持。

“二位说吧，此事如何了结？”刘健问。

李东阳与韩文私交甚厚，对户部的苦衷、盐法的利害，多有所闻。听刘健发问，便说：“我看还须力争。”

“于乔先生的意思呢？”刘健问谢迁。

“皇上说我等是好人，就要做好人该做的事情。”谢迁说：“力争之外，别无选择。”

“那好，我等同心，当以去就相谏。”刘健对李东阳说，“宾之先生，还是请你草疏吧。”

“此等大事，须得晦庵公主持方好。”李东阳说道。晦庵是刘健的号，他的字是希贤。

“不必推托了。”刘健说：“你笔下来得快，先写出来，我们再议。”

李东阳遵命，拿起笔来，略一思索，落笔如飞，便写出了起首一段：

> 自古皇帝以从谏为圣，拒谏为失。国家治乱常必由之，然顺旨之言易入，逆耳之言难受。故治日常少，乱日常多。臣等每以此说进于陛下，诚欲陛下为圣德之君，天下成至治之世也。

初初一读，“拒谏为失”的“失”和“从谏为圣”的“圣”二字相对，不甚相协。仔细一想，又没有更好的字眼。本章必须要提及今上拒谏。说拒谏为昏、为荒，太不恭顺了。他们是以去就相谏，而不是以生死相谏，这个“失”字用在这里再恰当不过了。

“起笔甚佳！”谢迁赞道。

“请二位删改。”李东阳边说边写。

“我看无一字要改。”谢迁说完，又征询刘健的意见，“你说呢，晦公？”

“就是这样吧。”刘健也同意。

李东阳写完了。接下来果然就是今上拒谏，与上面的“失”字互为呼应。

> 今文武公卿台谏合词伏阙，皆谓盐法不可坏，而圣意坚执，排群意而行之。就使织造有益，奸弊不生，然上失朝廷纳谏之明，下失群臣守法之义。所得几何，而所损者不可胜计矣。此虽一事，关系甚重。臣等岂不知顺旨者有宠，逆耳者获罪。若贪位恋禄，殃民误国，则不独为陛下之罪人，抑亦为天下之罪人、万世之罪人矣。犹望陛下廓天地之量，开日月之明，俯纳群言，仍从初议，以克圣德，天下幸甚。若以臣等迂愚，不能仰承上意，则乞别选贤能，以充任使，将臣等放归田里，以免旷职之愆。

李东阳说道：“盐法之事，户部剖析之已尽，台谏疏言之已尽，我等面议已尽。我意专在纳谏上作文章。匆匆草就，不知可用否？”说着，把疏稿递给刘健。

刘健边读边说：“正当如此。况以盐法争去就，于我等不当；以纳谏争去就，才是我等的本分。”读罢，交与谢迁。

谢迁说：“不必再议，这就着人誊写吧。”

于是将奏疏抄录在正式的奏本纸上，立即送入大内。有急本，径送大内，是内阁大臣的权利。

面议时的紧张情绪消失了，该做的事情做完了，才觉得饥肠辘辘。谢迁吩咐下人准备些小食。三人边等边说些闲话。并不是完全的闲话，只是以心情而论，似是闲话。

“圣上说到文官坏事，”谢迁说，“整顿吏治，怕也要议一议了。守静先生上任伊始，不知他有何算计。晦公，你与守静先生有同乡之谊，西涯公，你与守静先生有同年之好，何不先与他打个招呼？”

守静是焦芳的字。提起他，刘健立刻以不屑的口吻说：“此公对我素无好感，我对此公也唯恐避之不速，还是宾之先生偏劳吧。”

李东阳不置可否。他对人非无好恶，但不形之于颜色，不出之于言语。谢迁的提议，他以为有理，究刘健的态度，也在意料之中。怕真要找个机会，将圣上的意思向守静透露一二，他心里想。

差役端上来几样京味小食。刘健招呼大家：“来，来，充一充饥，我们也好离阁了。”

“是啊，吃过了回去歇息。”谢迁也说，“这道奏本，今天不会批覆了，且看明日的处分吧。”

谢迁估计错了。就在离阁前，司礼监来人宣示圣谕：方闻卿等面奏，复览卿等奏疏，朕心已悟。引盐不必全与，可支与十分之五，余如议与价银。

三人面面相觑。争是争赢了，却无人欢欣。圣谕不说半与引盐，偏偏要说十分之五，是个小小的玩笑。圣上啊圣上，可真把老臣们弄糊涂了。

第九章

刘瑾向皇帝请过安，奏道："奴才准备了套小把戏，请万岁爷赏玩。"

皇帝问："有趣吗？"

"有趣。"

"十分有趣吗？"

"奴才以为十分有趣。"

皇帝好不兴奋。这个刘瑾，说话向来慎重。你问他是否有趣，通常他会说，奴才以为有六七分趣味。今日却说十分有趣，那一定非同小可了。

"就在这里吗？"皇帝问。

"这里太过狭小，"刘瑾道，"最好是在宽敞些的房里。"

"那去奉天殿如何？"

"这——"刘瑾有些犹豫。奉天殿是宫内第一大殿，百官朝参之所，尊崇无比。戏耍于其中，十分不妥。又一想，主意是万岁爷出的，何必扫他的兴，又何必让他知道什么是妥什么是不妥，便道："请万岁爷定夺。"

"走，起驾奉天殿。"

奉天殿正中设有御座，往上一坐，随从们便都要跪下侍候。皇帝不肯就座，在殿内转了转，问道："这里可够宽敞？"

"十分宽敞。"刘瑾忙答道。

"那就把你的把戏呈上来吧。"

刘瑾招了招手，一小宦官牵进一条犬，另一小宦官牵进一只猴。犬摇首摆尾，猴东张西望，十分有趣。

"怎么，是猴、犬相斗吗？"皇帝问。

"不是，请万岁爷仔细看。"刘瑾答道。

小宦官打了个呼哨，猴子突然窜上犬背，稳稳立住。犬摆了摆身子，不能将猴甩下，也就不再理会。小宦官将牵犬的绳子交至猴子的前爪，猴稍稍一勒，作骑马状。

那神态，确是可爱。皇帝笑着说：“将军升骑，可跑得起来？”

小宦官抽响软鞭，犬先是左突右突两下，然后绕着圈子跑起来，越跑越快，猴也不肯安静，时而直立，时而倒立，有时还翻个筋斗。犬的奔跑，由慢至快，又由快至慢，渐渐停了下来。

“这一番奔跑，到了何处？”皇帝问。

“怕是到了南京。”刘瑾道。

“果然有趣。”皇帝赞了一句。

“谢万岁爷夸赞，”刘瑾说，“外面还有一对在侍候着呢。”

“牵进来。”皇帝命道。

这次牵进来的是老猴老犬，懒洋洋，动作迟缓，与前者成鲜明对比。老犬任老猴骑上，老猴不肯接过套在老犬项上的绳索，任其拖在地上。小宦官抽响鞭子，老犬慢悠悠行了几步。

“这等老朽，还不致仕？”皇帝不满意它们的节奏。

“万岁爷，且看好戏。”刘瑾劝慰道。

小宦官动作麻利地在犬尾上系了一根爆竹，随手点燃。不紧不忙走动的老犬，忽听身后一声巨响，一下窜出丈余，绕着圈子狂奔不已。老猴敏捷地翻个筋斗，随即攀柱而上。皇帝拍掌欢呼，顺口说道：“元帅落马。”想到什么，问左右道：“可记得我刚才的话？”

左右尚未开口，刘瑾忙说：“爷刚才说将军升骑。”

皇帝点点头：“不错。你们看，这‘元帅落马，对那‘将军升骑’如何？”

“天然妙对。”近侍在一旁凑趣。

“好，就封这老猴元帅，封那小猴将军，均食——”皇帝想了想，说，“正五品俸禄。”

刘瑾叩了个头，说：“奴才替那畜生谢万岁爷封赏。不知爷明日还要看否？”

“要看。明日在那将军的坐骑下点燃爆竹，看它逃命时是何模样。”

“遵旨。”刘瑾挥挥手，猴、犬均被牵走。两名小宦官用力扇动大扇，驱散殿内的烟气。两名小宦官连忙将地下的纸屑扫拢。

“刘公公，你陪朕走一走。”皇帝吩咐。

“是。”刘瑾恭恭敬敬地应道。

时值初冬，不等日头落下，已有寒意。

皇帝一言不发地走着，刘瑾不知他在想什么，不敢多话。皇帝的脾气刘瑾算是摸透了，哄得他高兴，天塌下来也不用怕。但并不是你一哄，他就高兴，也要看准机会。

刘瑾的本事，就是看得准并抓得住机会。

皇帝开口了："刘公公，你还记得六月中那场雷雨暴风吗？"

"奴才记得。"刘瑾小心回答，不知何出此问。

不知是辛酉日的深夜，还是壬戌日的凌晨，突然间狂风大作，暴雨如注，雷鸣似吼，闪电如风，持续了一个多时辰，皇帝确确实实受到了惊吓。天明后闻报，禁城西中门门柱被雷电击毁，城南的圜丘，也就是俗称的天坛，松柏多棵被狂风拔起，大祀殿和斋宫的鸱吻落地。

那日之前，各地灾害频仍。

"你可知道，天变后，朕谕令百官同心修省？"皇帝又问，"那是我发自内心的谕旨。"

"是，奴才也记得此事。"

"那么，你也该知道，上来的本章，半数是冲着尔等。"

刘瑾心中发凉，双膝跪倒，连连叩头："奴才们该死！奴才们该死！"

"起来吧。"

皇帝的语气并不严厉，刘瑾稍稍放心。他爬起身，拂去膝上的灰土，又随着皇帝向前走。

"内阁三位老先生的奏本，朕至今记忆犹新。"皇帝有板有眼地诵道，"'伏观今日以来，视朝太迟，免朝太多，奏事渐晚，游戏渐广'。哎呀呀，这两个太字，两个渐字，说得朕好不惶恐。"

"以奴才之见，这是讪谤之句。"

"不得胡说，老先生们也是为的朕好。"皇帝不受挑拨，"但接下来，就是自相矛盾的话了。'兹当长夏盛暑之时，经筵日讲俱各停止，臣等愚昧，不知陛下宫中何以消日。'说是不知，其实是知道嘛。你看他等所说：'奢靡玩戏、滥赏妄费，非所以崇俭德；弹射钓猎，杀生宰物，非所以养仁心；鹰犬狐兔，田野之畜，不可育于朝廷；弓矢甲胄，战斗不祥之象，不可施于宫禁。'朕的一言一行、一举一动，他们都清楚知道，何以说是不知呢？"

"装腔作势。"刘瑾道。

"你说装腔作势，他却要说循循善诱。"皇帝说，"朕不管他装腔作势也好，循循善诱也好，只是想知道，为什么朕在宫中的言语行为，外廷都会知道呢？”

刘瑾突然发现，眼前有一个极好的机会，必须抓住。他说：“万岁爷，宫中之人并非个个都像奴才这般愚诚，只知听万岁爷的话，为万岁爷办事。有一等人，专门与外廷通报消息，泄露禁秘之事。”

“谁如此大胆？”皇帝不知真想不出所以，还是明知故问。

“爷只要想一想，何等人与外廷结交最多，便可知晓。”

这又是指司礼监。皇帝心中有数：太监没有不想入司礼监的，就如外朝无人不想入阁。以刘瑾的诚心办事，早该当个司礼太监，但这半年多来，外廷动辄弹劾内官，弹劾内官则以刘瑾、马永成、高凤、罗祥、魏彬、丘聚、谷大用、张永八人为言，这八人还有了“八虎”的称号。刘瑾入司礼，不能不有所顾忌。

不过，现在的司礼监不能诚心办事，动不动要搬出祖制，动不动要搬出外朝的奏本，也着实令人心恼。祖制不能不知晓，行事却不能全依祖制。

“刘瑾，”皇帝唤道，“你多次对朕述说司礼监的不是，可司礼监也不都是坏人吧？”

“是，”刘瑾应道，“萧敬、陈宽、李荣等人，是老万岁爷简入司礼，辅佐爷的，奴才不敢妄言。若王岳、徐智、范亨辈，东宫时就侍候爷，今一入司礼，只知巴结外朝，全不为爷办事，实为坏人。”

王岳等人，孝宗时与刘瑾同在东宫，像徐智，还与刘瑾出于同门，都是经当时得宠的大太监李广的荐举，得以侍奉皇太子。彼等素无大志，却入了司礼监，自己一味设计，却志不能酬，不由刘瑾不气。

“哼！”皇帝提起此辈，也是有气，“朕若查得彼等私通外朝，绝不轻饶。”随即想到，今日叫住刘瑾，是要警告于他，怎么反而让他先告了状？于是说道：“此事先不必理会。朕今日找你说话，是要告诉你：这两日，言官纷纷论奏，外朝喋喋不休，尔等务必小心，不可授人以柄。”

“是。奴才们一定小心。”刘瑾说道，“奴才们一心为主，还乞万岁爷庇护。”

“尔等为朕办事，朕当然要庇护，何须多讲。你知道，内阁的奏本，朕是怎么复它的？”说到此，皇帝很是得意，摇晃着脑袋说：“朕闻帝王不能无过，而贵于改过。贤卿等所言，足见忠爱之诚。朕当从而行之。你看，一切过失，朕自揽之，不令他们加罪尔等。”

“万岁爷庇护之恩，奴才们粉身碎骨也报答不了。”刘瑾又欲叩头。

“好了，好了！”皇帝摆手，“尔等小心就是了，亦不必多虑。你也知道，朕是少不了你们的。外臣放不过尔等，我自有主张。”

"是，是。"

皇帝的情绪突然转变，嘻嬉笑着说："有一件事真也好笑。你可知有名叫陶谐的工科给事中？"

"奴才不知。"刘瑾说。

"这个陶谐说了中官一大堆坏话，列了一张长长的名单，包括你所说的先帝简拔的司礼太监。漏网者，只有老萧。"皇帝兴致颇高地讲起原委，"他说：司礼太监陈宽、李荣等受先帝之重托，而高凤、王伟尤青宫旧臣，坐视颠危，宜通加罢斥。"

"昔日东宫，只有一个黄伟，并无王伟其人呀。"刘瑾插话说。

"着啊！"皇帝一击掌，"于是朕亲笔批道：本内有讹字，令看详自劾。你猜怎的？"

"陶谐肯定要吓个半死。"

"那我倒不知。反正第二天，他匆匆上本自劾，把自已骂了个狗屁不如，你道好笑不好笑？"

"确是好笑，"刘瑾说，"人人都想做忠臣，忠臣可不是那般好做的。"

"好了，再有人危言烦朕，便依此而行，挑出个把错字，让他们人人自劾。"

刘瑾却不能一言释忧。离开皇帝后，他匆匆赶回私宅，却意外地见到张永、谷大用正在等他。

"张哥，谷哥，情势危矣！"刘瑾顾不上问他们的来意，跺足说道。

刘瑾向来在同伴中以沉稳、镇定著称。他口出此言，张永、谷大用都慌了。

"刘哥，怎了？"二人同时问。

"外朝纷纷上本弹劾，必欲将我等治罪。"刘瑾此时对外朝的动静尚不详知，故作危言，是有他的用意。

"何谓纷纷？"张永心思较细，问道。

"上自部阁，下至台谏。"

"万岁爷怎么说？"知道他刚离开皇上，张永又问。

"万岁爷当然要为我等做主，可他也有难处。"

这么一说，张永、谷大用更加慌张。要不是皇上做主，以他们所为，以外朝以至内廷对他们的憎恶，任何一个小小官员上一道奏本，就足以置他们于死地。

"难道爷不管我等不成？"谷大用哭丧着脸。

"话不是这样说。爷是要管我等的。"刘瑾说见气氛已然造成，便镇定下来，"我说爷有难处，是因为司礼监对我等有成见，爷便不好说话了。譬如爷说：谷大用忠心可靠，不得再论。司礼监不肯将爷的话传出去，外边便依然纷纷，不肯作罢。”

“这伙天杀的司礼监官！”谷大用咬牙切齿地咒骂，“咱们对彼等甚是敬重，彼等却全不拿咱们当人看。”顿了顿，又骂：“要说缺了那儿的话，大家都是缺少，又何必相煎太急！”

“在此抱怨，又有何用？”刘瑾说，“我早就说过，咱们吃亏，就吃在司礼监中没有自家的人。诸位哥哥当时还不在意。现在请看，是也不是？”

“刘哥也不必抱怨了。”张永说，“大家一起想办法补救吧。”

谷大用说：“刘哥有远见，我等皆不如。我看，咱也来个纷纷进言，请万岁爷将刘哥召入司礼监。你说呢，张哥？”

张永点点头：“正当如此。”

刘瑾说：“多谢两位哥哥的厚意。若我能入司礼，则外朝如何，都不必惧怕，我自可将彼收拾妥当，只不知其他几位哥哥的心意。”

“无妨，我二人去说动他们。”谷大用拍着胸脯，“大家同在一条船，须得一起努力。”

这正是刘瑾企望的。要说张永、谷大用等在万岁爷前的面子，谁也不如刘瑾。但自家要入司礼监，说多了，是个忌讳。由他人去说，一人一句，万岁爷不会不动心。

“甚好！”刘瑾说，“我这也去联络外朝相好。有什么举动，报与诸位哥哥知道。”

张永、谷大用辞别，也忘了在此坐等半晌，为的是哪一桩事。

“刘成！”二人一走，刘瑾便叫道。

“小的在！”亲信刘成早就在外间侍候，听到呼唤，应声入室，“公公有何吩咐？”

“你去找焦府的老韩，”刘瑾说，“告诉他，这两日外面有了动静，不管白天黑夜，即刻告诉你知道，不可延误。”

“是。”刘成垂手而立，又问：“公公可还有交代？”

“我写几个字，让他转交他家老爷。”

刘瑾说着，提笔写了“风雨同舟”四个字，将纸折好，交与刘成。他不甚习字，写得却还算工整。

“纸收好，不可遗失。你与韩范说话，不可使他人听到。这是大事，稍有不慎，就会——”刘瑾做了个砍头的手势，嘴上啧啧有声，“喳！”

“小的知道，小的不敢大意！”刘成言道。

第十章

“韩大人，借一步说话。”散朝时，王鏊跟在韩文后面，小声地说。

“济之先生，请讲。”韩文看了看他，说。

王鏊摇摇头：“这里不方便。”

“那么——”

“大司徒请先回部，我随后便到。”

“好，恭候了。”

王鏊比韩文小九岁。正好，也比韩文晚三科入仕。王鏊是成化十一年廷试的探花，直接授翰林院官。宦途中的术语，叫翰林出身。弘治十三年，官至吏部右侍郎。十六年丁忧，守丧三年。正德元年起用，恰逢焦芳升吏部尚书，他便补了左侍郎。

据说，王鏊中第时，前朝名臣王翱的讣闻报至，举朝嗟叹。一朝官曰：失一王翱，得一王鏊，又何憾焉？其实，王鏊中第比王翱去世晚了好几年。但这一传说，反映了对王鏊的某种期许。

由于长期任职翰林，韩文与他交往不多，揣摸不透他这次约见的目的。

等不到他仔细琢磨，王鏊已然到了。

“韩大人，有礼了！”王鏊作揖。

“不敢。济之先生，请坐。”待王鏊坐下，韩文说：“观济之先生光景，似有秘事要议，我将属吏都遣开了。”

“尚书大人心思缜密，某甚宾服。”

“不知先生要谈何事？”韩文问。

“公可知朝中汹汹，多官相次论奏，已成燎原之势？”王鏊反问。

“知道。”

“公可思汹汹者皆是谏官，朝中大臣反而袖手，只做壁上观？”王鏊又问。

“济之先生此言似不甚妥。”韩文说，“大臣何曾袖手？只是大臣各有当论之事。以户部而言，某已就经费事，多次上书了。”

“不然，”王鏊反驳道，“论经费，他时或为大题目，今时则为小题目。论内列官，他时或为小题目，此时则为大题目。宫中‘八虎’，导帝以邪，若不痛加论奏，圣主何以出，盛世何以致？故为大臣者，当作大题目。独以科道官论奏，恐不能见效。”

“所言甚是。”韩文同意了他的看法。

“众大臣会疏，尚书领衔草书，可乎？”

这是习惯上的做法：大臣多人联合上疏，须位尊辈高者主持。

“这——”韩文有点犹豫。

“莫非韩公亦是惧怕？”

“他人纵惧，韩某又有何惧！”韩文被激怒，“只是吏部为六部之首，焦尚书于我又是前辈，我似不该越次。”

“实不相瞒，焦尚书那里，我亦曾说以危言。”王鏊以实相告，“而且一日三进其言。”

“焦尚书如何说？”韩文忙问。

“说来惭愧！”王鏊叹道：“某身为吏部贰卿，却不能说动本部正官。焦尚书说：‘我只闻大臣格君心之非，不闻大臣议行政之失。’他显是不欲领衔草疏。某思来想去，此大任非韩公者，不足以当之。”

以资历而论，马文升、刘大夏相继致仕后，尚有刑部尚书闵珪、工部尚书曾鉴、左都御使张敷华，都是天顺八年进士，在韩文之前。但户部尚书的地位仅在吏部尚书之后，况且韩文的声望素重，所以，王鏊在焦芳那里碰了钉子，马上便来找他。

韩文向来肯任事，见王鏊这般说，便慷慨言道：“济之先生见重，韩某有愧。但朝廷大事，不敢落后。此事我当任之。”

“韩公莫忘了，今天是丙寅年十月十一日，你以朝廷大事应我。”王鏊兴奋地说。

“济之先生也莫忘了，明天是丙寅年十月十二日，我将有所为，以报答先生以朝廷大事教我。”韩文郑重地说。

二人击掌为约，相视而笑。

王鏊的激烈使韩文产生了将军即将出征的兴奋。而王鏊一走，孤身只影，处于寂静之中，又使他感到落寞和凄凉。升任尚书不足两年，不敢说苦受煎熬，却也是度日如年。王侍郎方才讲到小臣与大臣。小臣有小臣的难处，大臣有大臣的难处。大臣于治乱之际，不可不用心。大臣不好做，户部尤难掌。

艰难，委屈，想到深处，不禁泣嘘。宦海茫茫，去意已浓。

“何曾见过掩面泣嘘的韩尚书！”随着声音，进来一人，年在三十开外，两目炯然有神。原来是本部郎中李梦阳。李梦阳二十岁赴乡试，至省城天晚，考房已关闭。守者不许入。李梦阳大声喧闹，惊来监场使者。询问原委。李梦阳言道：“梦阳不入试，是科无解首。”使者诧其语，令门吏放入。果然，这一年陕西乡试，李梦阳高中榜首，第二年中进士。

少年得志，豪言盛气，见到本部堂官，也不过一揖而已。

“献吉何来？”韩文倒很客气，叫着他的字，问道。

“特来为吾公解忧。”

“这是从何说起？”

“莫问我从何说起，吾公且说为何泣嘘。”

“适才小寐，竟不知有泣声。”韩文掩饰道。

“公是直人，何需相欺？”李梦阳说：“难道在后辈面前，不足言吗？”

韩文被揭穿，脸色泛红。他果是直言之人，拱拱手，说道：“实不相瞒，念及宵小猖獗，时事艰难，不由悲从中来。”

“悲泣又有何用？”李梦阳很不以为然，“若悲能驱逐宵小，泣能度过时艰，我定伴公左右，相对涕泣。”

“足下有何高见？”韩文问。

“身为大臣，贵在济时。”

“当怎做？”韩文又问。

“内阁三老受先帝顾命，朝中九卿均有志之臣，”李梦阳侃侃而说，“公等争之于外，内阁持之于内，事必可为。”

“承教。事即弗济，吾年足死，不死不足以报国。”韩文又拱拱手，“我意已决，献吉可否为我草疏？”

“梦阳不才，亦不敢辞。”李梦阳慨然应允。

韩文将此等大事托付给李梦阳，多少与李东阳有些干系。李东阳是弘治六年癸丑科的大主考，对李梦阳颇为赏识。当时在陕西督学的杨一清是李东阳的密友，在给李东阳的私函中，对李梦阳极力称道。李东阳也相中一士，是湖广郴州人何孟春。比较了二人的诗文，李东阳在回杨一清的信中说：“足下所谕李梦阳者，果得首解；仆所许何君孟春者，输君一筹。”这话不论是出于真心，还是出于客套，总是公开称许李梦阳的才华。

尽管李梦阳在文学上独树一帜，提倡复古，他的名言是“文不念秦汉以后，诗只读盛唐之前”，李东阳以为太过偏激，在韩文面前，却是尽说好话。韩文对李东阳十分敬重，难怪会以捉刀之事相托。李梦阳提笔疾书，在韩文面前草拟疏稿。

近时朝政日非，秋来御朝渐多，仰面圣容，日就清瘦，皆言太监马永成、刘瑾等，置造巧伪，淫荡上心，毬马鹰犬，俳优杂剧，错陈于前，至导万乘，与外人交接，日游不足，夜以继之，劳耗精神，亏损志德，遂使与天道失序，地气不宁。

这一段文字，体现了从“圣德”到“御体”对皇上的爱戴，韩文十分满意。下面，便对造成圣德有损、御体有亏的罪魁祸首，大加鞭挞。

刘瑾等人唯知蛊惑君上，以便行私。谁思皇天眷命，祖宗大业，皆在陛下一身。今大婚虽毕，储嗣未建，万一起居失节，虽将此辈化为灰粉。斩为肉酱，又何补于事！伏望陛下奋刚断，割私爱，明正典刑，潛消乱阶，以保灵长之业。

韩文边读边点头，读毕，赞道：“献吉大手笔，果然不同凡响。你方才说，内阁持之于内。我想，进疏前，不可不与阁老们打个招呼。”

“正当如此，不知老尚书先去哪一处？”李梦阳问。

韩文想了想，说：“见过阁老，还要行走各部大人府第，先去西涯先生那里，讨碗面吃吧。”

“也好。”李梦阳说：“但决断在安福里，尚书不可不查。且刘阁老多疑，尚书至彼处，切莫说见过李阁老。”

刘健多疑，韩文也是知道的。昔日，谢迁以天变求去，荐吴宽、王鏊自代，刘健甚为不满，责备谢迁立党。听李梦阳言之，韩文应了声：“理会得。”将疏稿折起，纳入袖中，吩咐打轿。

在李东阳的书房里，韩文请求摒去一切人等，从袖中抽出疏稿，交给李东阳。

李东阳读过，问：“此稿出于献吉之手吧？”

“正是。”韩文回答，“请教老先生，此疏可上得？”

“为何上不得？”李东阳答道，“言路上已上十余道奏疏，晦庵先生说，现在要大臣们出来说话了，否则，终不成气候。”

“稿中之言无有不妥吧？”韩文问道。

“贯道先生有什么顾虑，请明言。”李东阳说。贯道是韩文的字。

“不用我说，老先生也自明了。”

“莫非是‘明正典刑’四个字？”

“老先生明察。”韩文颔首。

“若有疑虑，不妨改一改。”李东阳说，“不过，依我之见，言之无甚不可，依我之见，行与不行，终须出自上裁。”

“既然如此，也就不必改动了。西涯先生，韩文尚有一事相烦。”

“请讲。”

韩文说：“此事重大，我思来想去，焦尚书不肯签署，终是不妥。”

“韩尚书这是顾念大局。守静先生那里，我写几个字送去。你从刘府出来，就去见他吧。”

“多谢费心。”

说着话，李荃来报，饭已备好。韩文匆匆吃了几口，告辞而去。

“韩文欲会部院诸位大人上疏，特来禀告老先生。”韩文说着，恭恭敬敬地将疏稿递给刘健。

刘健读罢，用手点划着，兴奋地说：“韩尚书，我等的就是它呀！”

“言辞间如有不妥，请先生示下。”

“无有不妥，”刘健说，“依我之见，还可以严厉几分，方显人神之共愤。”

“只怕圣上不肯‘明正典刑’。”见刘健没有理会自己的意思，韩文点破。

刘健说：“贯道无须虑，圣上不准，我等再争。圣上甚明事理，只是年纪轻，为群小蛊惑，只要力争，定会从善如流。”

“那么，这四个字就不必改了？”

“不但不必改了，而且必不能改。其他字句均可改，这四个字却不能改。我等所争者，正是将群小‘明正典刑’。不然，何必兴师动众，群起而攻？”

刘健态度坚决。

事情说明白了，韩文起身告辞。

“韩尚书去何处？”刘健问。

“去拜焦尚书，请他出面领衔。”

“我那位同乡，怕是另有所谋。”刘健连连摇头，大有蒙羞的神态。

“即使不肯领衔，也要请他签署。”韩文想到李梦阳的叮嘱，不便说明李东阳投函之举。

“但愿他良心未泯。”刘健说，“贯道，请加小心，莫让他坏了大事。”

焦芳的态度出乎韩文所料，三言两语说定同意签署，不便领衔。不知李阁老给他写了些什么，态度便有了转变，到底是同窗的情谊，又是阁老的身份。韩文离开焦府时，甚是欣慰。他当然不知道，他刚一离开，焦芳便唤来韩范，俯耳吩咐几句。

其他几位大人处，都谈得投机，只是兵部尚书许进，态度不那么明朗，将疏稿由头至尾，读了三遍，不置可否。

“季升兄，此疏不妥吗？”因为是成化二年同科进士，说起话来比较随便，“焦大人都首肯了，你还会有异见吗？”

话中带刺，不难听出。焦芳声誉不佳，许进和焦芳同是河南人。焦芳对弹劾“八虎”不以为然，许进若也不以为然，怕是受了焦芳影响。现在焦芳都答应与众人同进退，许进若再迟疑，岂不连焦芳也不如了。

许进知道韩文的脾性，不以为忤，只是说：“贯道兄，你振臂一呼，我敢落后吗？只是，凡事预则立，不预则败，不可不慎。”

“愿闻季升兄之预。”韩文自己也有过顾虑，因而虚心向许进请教。

“谨防激变四字，吾兄须得牢记。”许进说，“圣上心有所属，日夜与彼等盘桓，彼等窘迫徬徨，圣上能心安吗？过激，怕有甘露之变。”

“此事我亦想过，”韩文说，“毕竟社稷事重，圣上纵或一时小有不安，终将以安社稷为重。为臣子的，不可因小废大。”

许进说：“我所担心的，不是圣上小有不安，正是怕一旦激变，将危及社稷。”

两人默默地坐了片刻。韩文是客，难以久留，便问道：“以兄之见，此疏不可上？”

“那也不是，只要记住‘谨防激变’四字便好。”许进再次嘱咐，“此疏已惊动多人，不可不上，我当随兄，谋人事而已。”

“韩某深信，谋事在人，成事也在于人。”韩文憨厚中不失豪气地说。

第十一章

六部尚书会衔上疏，左都御史张敷华率都察院副都御史佥都御史等上疏，朝中宫中，气氛一下子紧张起来。

刘瑾等人，不能接触这些奏疏，也不能主动与皇上讨论这些奏疏，但各处的动静均在刘瑾的掌握之中。

“万岁爷怎样了？”这是首先要问的。

“回公公的话，皇上十分震怒。”

听到这个消息，刘瑾等人的心里就踏实了。可以确定，万岁爷是为外朝的弹劾而震怒，不是为内官的行径而震怒；是对弹劾者的震怒，不是对被弹劾者的震怒。

“皇上面对司礼监的公公，有些惶恐。”接踵而来的消息，就不那么乐观了。

万岁爷一向有主见。外对内阁，内对司礼，敬是敬，却从来不怕，怎会惶恐？兴许是不曾见过这样的阵势，一时没了主张。那还不打紧。

“王公公去了内阁。”

“有何言语？”

“他对内阁诸位老先生说，内官出了败类，必须借助外廷之力，着实整顿。”

“他可是奉旨而去？”王岳督东厂，这样的事体不该由他出面，所以要问。

“不曾听闻皇上有旨。”

“好个王岳！”刘瑾发着狠说，“什么着实整顿？不就是要置我等于死地。你要除去我等，怕也不是那般容易。”

“万岁爷肯听他的话，如之奈何？”御马监太监马永成忧心忡忡。

是啊，万岁爷在日常起居中，对他们颇为依赖，而与外朝的联系，却依赖司礼监的各位公公。特别是对王岳的话，很听得进，不然，也不会在原东宫太监中，首先挑选他入司礼监。

“且看看再说。”刘瑾安抚大家。

午后有了新的消息：司礼太监陈宽、李荣去了内阁。这次是奉旨而去。

“他等怎生议事？”刘瑾问道。

“他等向阁中老先生说，把几位公公安置到南京，如何？”

“把谁安置到南京？”刘瑾有些没听清楚。

回话的努了努嘴：“把各位公公安置到南京。”

“这是万岁爷的意思吗？”张永问。

“是司礼监的几位公公商议的。他们说，贬谪南京，强似外朝说的‘明正典刑’，就这样回了皇上。皇上让他们去与内阁几位老先生商议。”

“贬谪南京，还不算‘明正典刑’吗？”丘聚咬着牙说，“王岳小儿，我定不饶过你。”

“这一定是范亨的主意，”谷大用估计，“以往相见，总称一声范哥。以后再见，定要骂他千遍龟孙儿。”

“阁中几位老先生如何答复？”刘瑾不顾同伴的叫骂，平静地问道。

“刘阁老以掌击案，厉声言道：先帝临崩，执老臣手，付以大事。今陵土未干，而内使猖獗若此，他日何颜面见先帝于地下？”

刘瑾冷笑几声：“我等去南京闲住，阁老竟也不许吗？”

“是。谢阁老说：公公们的罪过，贬谪南京不足以惩之。”

“李阁老呢？也要取我等性命吗？”

“李阁老说，内阁的意思，刘阁老、谢阁老已言之。公公们回去，请圣上裁决。”

“这话还有商量。”张永说，“万岁爷裁决，极而言之，也不过是贬到南京。”

所谓有商量，是希望贬谪后，万岁爷离不开，有一天会召回。但刘瑾知道，离开大内再想回来，就难了。贬去南京，不过逃命而已。

“他们回复万岁爷，万岁爷怎说？”

“默然无语。”

“刘哥，这是啥兆头？”谷大用问。

“可能是好兆头，也可能是坏兆头。”

“为何说是好兆头？”

“万岁爷如果说，好，就将他等贬去南京，我等命是不会丢了，可前程也即断送。万岁爷不说这话，可能是舍不得我等。”

“为何又说是坏兆头？”

“也可能是要依外朝之言，将我等明正典刑。”

“那么，到底是好兆头，还是坏兆头呢？”谷大用非要问个明白。

“谷哥，这事天知地知万岁爷知万岁爷肚里的虫儿知，此外谁也不知。”

这一天的消息到此结束，宫内宫外，许多人度过了一个不眠之夜。

第二天，刘瑾等人仍聚在一起，人人眼角充血，面色煞白，除刘瑾尚算镇定，其他人已是惶惶如丧家之犬。有人甚至连夜在做去南京的准备。

皇帝召诸大臣在左顺门议事，不时有人来禀告听到的一两句话。

“许进许尚书问韩文韩尚书：‘谨防激变’四字如何？”

“他所指何事？”

“他是因皇上震怒而言。”

“韩文如何说？”

“他说：大司马不须多言，若有不测之祸，某以身殉。”

韩文是第一个发难之人，局面真的有变，可不要他以身相殉吗？刘瑾正在思忖，又有了新消息，司礼太监手持大臣们的奏疏，出来传万岁爷的话。

“爷怎说？”大概意识到皇上现在的表态最为关键，几个人纷纷发问。

“李荣传皇上的话：诸先生忠爱之心，朕已尽知。但此辈侍朕已久，不忍置之于法。请诸先生宽之，朕徐做处置。”

众人松了口气。皇上昨日不语，看来是好兆头。想想也是，把他们都打发到南京去，有谁给万岁爷找乐子呢？

“大臣们怎样说？”刘瑾问。

“这次轮到他们默默无语了。”

室内居然有了笑声。左顺门的局面令他们开心，叙事者的言语也令他们开心。

“他们就这样散了不成？”马永成问，似乎嫌他们闹得还不够，“要不是李公公向韩尚书使了个眼色，或许就这样散了。”

“李荣这厮向韩文使了眼色？”

“千真万确。”

“你看清楚了？”

“一清二楚。”

“韩文便怎样？”

“韩尚书稍稍点头，大声说道：今海内民穷盗起，灾变日增，圣上轻弃万乘之尊，狎昵群小。文等为国家重臣，不能无言。”

刘瑾冷笑一声：“李荣这下有话说了吧？”

“正是。李公公笑了，说道：诸先生奏疏已备述矣，圣上不过请各位宽以时日。”

“众人怕不会就此罢休吧？”

“他人皆无言，独王鏊王侍郎说：若圣上依然故我，奈何？”

依然故我？刘瑾心想：但能得手，就不是依然如故了。这话不能对下面的人讲，甚至不能对同伙讲。他只是问：“李荣怎样答他？是否信誓旦旦一番？”

“公公料事如神。李公公说：难道我的头颈是铜铁锢之，不怕挨上一刀？国家之事，谁敢坏之？”

左顺门前群臣散去。李荣回了司礼监。

“李公公与王公公又起了争执。”

“定是李荣要将我等放至南京，王岳不允，要加以重罪。”

“是。李公公说：同事一场，不忍彼等蒙刀斧之祸。王公公说：此乃妇人之仁，今日你放过彼等，他日彼等却放不过你。”

“这老儿着实好笑，”魏彬说，“我等与妇人又有何不同了？不施妇人之仁，难道还要逞男子之勇吗？”

这是句戏谑的话，却无人发笑。

刘瑾支开闲散人等，八人坐拢一处。

“各位老哥，”刘瑾首先开口，“人称我等为‘八虎’，是耶非耶？就看我们今日敢不敢吃人了。”

“困兽犹斗，何况万兽之尊。”张永说。

“这才是好汉子的话。”刘瑾赞道，又问罗祥：“罗哥，你想去南京享福了？”

“没有的事！”罗祥面呈羞赧。

刘瑾转向高凤：“高哥在南京的靠山很硬，是吧？所修之书，送走了吗？”

“修了书，又怎样？”高凤态度强硬，“爷让我们去，怎能不去？”

“树还没倒，便作猢狲散，如何使得？”刘瑾说，“我八人为一体，理当同进同退，共荣共辱。”

“刘哥说的在理，我们听你安排。”谷大用首先响应。他的嗓音大，气势上压倒别人。

“今日是关键一日，”刘瑾徐徐而言，“我等须同心协力。仅有外朝之言，我等无须担心。仅有司礼之言，我等亦无须担心。而内外勾结，合计攻我，就不能不担心。我昨日还在观望，今日则看清楚了。内外勾结之势已成。我不食人，人必杀我。王岳辈欲重处我等，李荣辈欲远放我等。万岁爷可拖一日、二日，不会拖三日。我等不乘万岁爷尚未下决心之机，有所动作，悔之晚矣。”

“依刘哥，我等当如何动作？”张永问。

“一字足矣。”刘瑾胸有成竹，伸出一指。

“哪一个字？”众人忙问。

“哭。”

“只要哭？”众人又问。

“不错，只要哭。尔等只要哭到火候，话由我来说。”刘瑾的安排就是这样简单。

哭是内官擅长的，无事时也会哭几声，以解郁闷。刘哥需要他们哭，那是决不会误事的。

八个人围成半圆形，齐刷刷跪倒在皇帝面前，放声痛哭。皇帝知道哭声中包含的委屈、畏惧和乞求，但从来没有经过这种场面，茫然无措，说不出话来。

皇帝不说话，就加倍努力地哭。那哭声如哀鸿遍野，如鸣猿催泪。凄凄惨惨，情真意切，惊魂动魄。

“好了吧。”皇帝终于说。

他人用眼角余光瞥了瞥刘瑾，见他没有表示，便不止住哭声。

“尔等再哭下去，朕也要哭了。”皇帝又说。

刘瑾突然把头叩得砰砰作响，其他人的哭声渐渐由强至弱，最后停止。

“若非万岁爷的恩典，奴才们都已粉身碎骨了。”刘瑾边叩头边说，“谢爷的再生之德。”

“谢爷再生之德。”众人齐声说。

“尔等哭也把朕哭糊涂了，说也把朕说糊涂了。”皇帝恢复了常态，“哪个要尔等粉身碎骨？”

“王岳、范亨等。”刘瑾回答。

“王岳要害尔等，朕为何不知？”

“不是他要万岁爷将奴才等明正典刑吗？”

“那是外朝的言语。”

“爷可知王岳在内阁与阁老们说了些什么？”

“几时？”

“昨日。”

“昨日？”皇帝摇头，“昨日朕只差李荣、陈宽去内阁议事。朕知王岳持议偏颇，对尔等成见最深，所以未差他去内阁。”

“但他在李荣、陈宽之前去了内阁。”

“有这等事？”皇帝还有些不信。

“奴才不敢妄言。”刘瑾连连叩首。

“此事奴才等皆知。”其他太监也连连叩首。

“那么，他对内阁说了些什么，尔等也知道了？”皇帝问，“说来朕听。”

“回爷的话。王岳对阁老们说：刘瑾等人进狗马鹰犬，蛊惑圣上，不置重典，不能警戒他人。这不是要置奴才们于死地吗？”

“朕已说了，不忍置尔等于法，外朝为何还不干休？”皇帝不解地问。

“这正是奴才们为万岁爷担心之处。”刘瑾早就想好，怎样一步一步剖析，“万岁爷请想，如果王岳诈称奉旨到阁，诈称万岁爷要重惩奴才等，内阁因而拥戴。那么，一旦圣意宣示，外朝大臣们应省悟才是。而今外朝对圣意置若罔闻，正说明王岳对私去内阁、私意嘱托之事直言不讳，大臣们又欣然领受。王岳心中还有万岁爷吗？大臣们视万岁爷视王岳孰轻孰重？奴才们死不足惜，只怕宫中从此无宁日了。”

“刘瑾，你不必这般理论，朕也不会让人杀尔等。有人提议将尔等贬去南京，朕曾动过心思。那是为使尔等暂避风头。其实，朕与尔等朝夕相处，何忍一日分离？既然王岳等定要杀尔等，那好，贬去南京之事也不必考虑了。”

“万岁爷，何不以其人之道还治其人之身？”刘瑾继续诱导。

“你是说——”皇帝沉思。

“谁要杀奴才们，万岁爷就杀谁；谁要逐奴才们去南京，万岁爷便将谁逐去南京。”

这是摆明了要杀王岳，皇帝不由得打了个冷战。王岳是最早在东宫侍奉他的公公，幼年时抱过他，少年时伴他读书，伴他游戏。以后和刘瑾等人更加亲近，但杀王岳，也是于心不忍，正如杀刘瑾等人于心不忍一样。

“杀王公公，定何罪名？”他缓缓问道。

“私自交接外朝大臣。”

皇帝摇头。

“那么，讪谤圣上？”

皇帝仍然摇头：“不是罪不当诛，是朕不忍心杀之。”

皇帝流露出来的留恋和怜惜之情，给了刘瑾深刻的印象。这个王岳，决不能让他再留在大内。心里盘算着，脸上却是极恭顺的表情，似乎对圣意决无歧见。

“尔等下去吧，朕自有处置。”

待刘瑾等叩头退下，皇帝宣召李荣见驾。

“传朕的旨意，”皇帝吩咐道，“司礼太监王岳、范亨、徐智下锦衣卫狱，笞二十，谪南京闲住。刘瑾调司礼监太监，兼提督团营。丘聚提督东厂，谷大用提督西厂。”

李荣情知有变，放“八虎”于南京是他提出来的，现在却把王岳等人流放到南京去了。笞二十不是很重的刑罚，前任司礼太监的脸面却荡然无存。好在尚未牵连自身，李荣很平稳地叩头，口称：“奴才遵旨。”

第十二章

大臣们于左顺门候旨，知道了宫中变局，除极少数人无动于衷，多是形容惨淡，甚至有捶胸顿足、泣不成声者。

刘健平日便以处变不惊自律，此时叹一声："大势去矣！"转身便回内阁。七十余岁老翁，神态从容，步履稳健，令后生辈望而生敬。李东阳、谢迁一言不发，跟在他身后。

回到阁中，静坐良久，仍是一言不发。圣旨已下，争是不能再争了，争亦无用。如一棋局，眼位被人扼住，在他处投子，徒自挣扎而已。刘瑾入司礼监，便是扼住了眼位。

"我去意已决，不知二位别有良图否？"刘健说罢，先看看李东阳，再看看谢迁。

"愿随晦庵公同去。"李东阳说，"时局至此，决无再留的道理，大家一起求退吧。"

刘健执笔，默默地草书求退的奏疏。写这样的奏疏，没有谦让的道理，自然当由首辅执笔。写罢，请李、谢二人过目。

"不必看了，着人誊写吧。"谢迁说。

按照旧例，阁臣致仕，非上三五道奏疏，不会恩准。刘健在送去奏疏后，立即斟酌第二本奏疏的措辞。不料，腹稿没有打好，圣旨下来了：刘健、谢迁着准致仕。李东阳仍在内阁办事，所请不准。

传旨的是司礼监一位眼生的公公，宣读毕，抽身便走。萧敬、李荣等平日谂熟的公公，大概是不忍前来。

"竟连第二本也不需要了。"刘健苦笑着说。

"有人唯恐我等去之不速，哪里会有挽留之辞。"谢迁说罢，对李东阳一揖，"宾之先生，好自为之。"

李东阳自宣读圣旨后，一直强自忍耐，此时终于掩面而泣，胸中似有无数委屈。

"何须如此，"刘健说，"前日若和我等一同坚持'明正典刑'之议，今日不也一同去了吗？"话音中，有抱怨，也有挖苦。

李东阳无言以答。不是无肺腑言，而是有口难言。那日当着司礼监公公说了一句“请圣上裁决”的话，有何不妥呢？太监的生杀予夺，可不要出自上裁？不然，为什么大家一遍一遍地重复“明正典刑”，不直言诛之？倘若以为这句话误了大事，我李东阳岂有这等回天之力？倘若以为这句话媚内，我李东阳岂是这等之人？

这话可藏之于胸，不可宣之于口。李东阳忍住哀切之情，拱手言道：“二公慢行，容东阳在此整席话别。如何？”

“有何不可？”刘健说，“阁中最后一餐是一定要吃的。”内阁有现成的厨子，李东阳出钱，令多备些菜肴，又拿出藏于阁中的御酒，为两位同僚送行。平日值阁办事，午餐多是匆匆自用，难得一聚。今日聚首，却是话别，不能不感伤。

酒过三巡，没有酒量的刘健脸已赤红，他环顾四周，不由落下几滴老泪。初入阁时，在孝宗皇帝即位不久，转眼已近二十年了。当时同在内阁的，有刘吉、彭华、尹直、徐溥，后来就是面前这二位了。比较起来，和李、谢之间虽也有些恩恩怨怨，却能协力办事。三个协力办事的阁臣，却敌不过一群名不见经传的太监，实在是一种悲哀。刚才宣旨时，对独留李东阳，还有些心火，现在想想，这未必不是一件幸事。空阁而去，又当如何呢？

“人将我等比之三杨，说来惭愧！”刘健说，“我等实无三杨的见识。”

刘健说的是，太监王振用事，喻三杨当退，说：“朝廷事久劳公等，公等皆高年，不感到倦意吗？”“东杨”杨士奇说：“老臣尽瘁报国，死而后已。”“西杨”杨荣说：“我等衰老，当择后生可任者。”王振喜而退。杨士奇责怪杨荣失言，杨荣说：“彼厌我等，既出此言，必在择人。与其出片纸令某人入阁，不如及时进一二贤者，同心协力，尚有可为。”于是荐人入阁。

刘健后悔未及时荐人，现在要荐，来不及了。

谢迁曾有荐人之举，被刘健误会。他反而宽慰刘健说：“晦公不必自责。三杨荐了马状元、曹状元入阁，还不是有土木之变？”

马愉是宣德二年的状元，曹鼐是宣德八年的状元，都被视为正人君子。他们入阁，对时政并无大补。谢迁明白，他所荐的吴宽、王鏊当时即便入阁，也只有一起求退。

“话是这样，”刘健说，“但我等受先帝厚恩，阁中位置不知留与何人，心有不安。”

谢迁说：“宾之先生尚在内阁主持，于国家或是幸事。”

“不然，”李东阳凄然说道，“我与二公以同去留相约，纵有心报国，义不能独留。二公去后，我必再疏求退。”

刘健、谢迁都不能再劝说。于国家或为幸事，于自家呢？留者去者，孰幸孰不幸，实在很难说得清楚。

刘瑾回到私宅，便把刘成召入内室："着你寻找的人，可曾找到？"

"已找到二人。"刘成回答。

"手段如何？"

"公公放心，都是一等高手。白日里，一人可敌三五人；夜黑处，十数人奈何他不得。"

"行事自然要在夜间，"刘瑾说，"王岳一行今晚离京。你要他们等在崇文门外，候着了，便在后尾随，一步不得放松。"

"是。"

"最好在临清动手，那里是水陆码头，事了结后，容易走脱。"

"他们是山东人，对临清地势熟悉。也是准备在那里动手。"刘成说。

"那好。告诉他们，有所惊动也不必慌张。解差中，我安排有接应。"

"是。"刘成道，"一切都是按照公公的吩咐安排，定不会出差错。公公请放宽心。"

刘瑾摇了摇头："我不能放心。此事重大，你要亲自走一遭。"

"公公要我跟在那二人后面？"

"对。"刘瑾点头应道。

"好，我去。"

"化好装，莫让人识出。"刘瑾叮嘱道。

"小人晓得。"

刘瑾脸沉下来，充满杀气，两眼鹰隼般盯住刘成："这是我差你办的第一件大事。若杀不了王岳老儿，你也不必回来见我。"

"是。如杀不了王岳老儿，小的让人把小的项上这颗人头给公公送来。"话语轻松，却不敢与刘瑾对视。

刘瑾冷笑道："你不让人送来，我自会去取。"

刘成不敢再说顽皮话，侍立一旁。

"你去准备吧。"刘瑾挥了挥手。

刘成走后，下人来报：司礼监派来的人，在外等候多时。

"有什么事？"刘瑾问。

"说是内阁李先生又上疏求退，皇上让司礼监朱批。李公公、陈公公差他来问公公的意思。"下人学说了一遍。

“告诉他，我迟些去衙门议事。慢！”刘瑾叫住下人，“你去请张先生来见我。”

张文冕是南直隶松江府华亭县人氏，县学生员，因酗酒滋事，犯了学规，被除名。眼见功名无望，他北上京师，攀亲寻友，想觅一条出路。一个偶然的机会，与刘瑾相遇，交谈甚欢。刘瑾资助些银两，让他在京城赁一所房屋，接来家眷住下。他时不时到刘宅，说说古，帮办帮办文书，甚得刘瑾赏识。

听说刘瑾升入司礼监，张文冕第一个来恭贺，被刘瑾留下，正在等候见他。

张文冕向刘瑾行过礼，说道：“公升任内相，文冕闻之，不胜欢欣，特备薄礼，前来面贺。”说着，将礼单递上。

刘瑾咧嘴一笑。两个公字改为一个公字，不由使他飘飘然。这个称呼还没有人对他使用过。

“文冕，你来得好！”刘瑾吩咐看座。

“公乃尊贵之人，在公面前，晚生怎敢坐？”张文冕辞谢。

“你我故人，不必客套。”刘瑾说，“你是读书人，我正有事请教。”

“请教不敢当。公有事，请吩咐。”

“内阁三人，去了二人。我知道李阁老是好人，劝万岁爷将他留下。他却有些不知好歹，再疏求退，你看该不该准他？”

“朝廷大事，晚生不敢置喙。”

“这话就不对了，”刘瑾说，“此事不得我过问，我也不会与你议论。现在，无人敢做主张，谋由我定，文冕为我参详，有何不可。”

“既如此，晚生斗胆言之。李阁老文坛领袖，四方仰慕，当留者一；为人谦和，不为已甚，当留者二；公欲收拾天下士人之心，必不可放走李阁老。”

“彼似去意已坚，奈何？”刘瑾问。

“以圣上之言力挽，李阁老不能不留。”

“批以何字句，文冕为我筹之。”

“谨遵台命。”张文冕在纸上写了几句话：“卿辅导有年，劳勋显著。受先帝顾命，许以匡弼，盖欲隆政治也。上天垂戒，朕自当者。卿可安心供职，以副委任，毋再固辞。”

“这几句话很得体，就这样批与他。”刘瑾赞道，“文冕不曾在衙门内做事，做起公文却也老练。”

“过奖过奖！”张文冕谦道，“这几句若可用，我再整齐抄录一份，公带去司礼监。”

“不必了，几句话我已记在这里。”刘瑾指了指自己的脑袋。

“公有要务，晚生告辞。”张文冕说着起身。

“文冕再坐片刻，”刘瑾止住他，“另有一事，亦烦君为我谋之。”

“请公示下。”张文冕并不急于要走。

“内阁补人，以谁为佳？”

“公意有所属，何必问我。”

“无有。”刘瑾否认。

“公勿讲笑，这事瞒我不过。”

刘瑾笑了：“实不相瞒，焦守静必须入阁。廷臣推举，便由朱批，廷臣不推，便由中旨。”

“内阁补员，不同任命内官，由中旨不好。”张文冕对第二种办法不以为然。

“正是，”刘瑾也这般考虑，“文冕有无全策？”

张文冕在室内踱来踱去。他其实已有主意，但必须在刘瑾面前做出认真思考的样子。他突然站定，双手一拍，说：“有了。”

“文冕快说。”

“公欲焦尚书入阁，以一人陪衬即可。”

“何人？”

“王济之侍郎。”张文冕说出一人。

“为何以王鏊陪衬即可？”

“焦、王均是翰林出身，同入内阁，符合非翰林不入内阁的局面，堵了他人之口。再者，王侍郎官声很好，有他陪衬，即便有反对焦尚书的人，也不好再加议论。”吴县属苏州，华亭属松江，二府皆在南直隶。张文冕对乡谊看得颇重，也就肯为王鏊说话。

“好是好，只是，”刘瑾有他的顾虑，“部、院上疏之际，此人上蹿下跳，很是恶劣。他入内阁，怕不那么听话。”

“那又何妨。公待之以礼，他能不感激吗？”张文冕说，“晚生拙见，关键在于取势。公之势不足以镇之，焦大人亦未必听话；公之势足以镇之，又何患王大人不听话。”

对这一番议论，刘瑾很听得进去：“说得是，就这样办。文冕，你真是我的诸葛孔明！”

“蒙公谬奖，敢不竭尽忠诚。”张文冕忙说。

刘瑾想了想，说道：“文冕，我这里很是需要你。你若不嫌委屈，我先为你在锦衣卫内谋一职位，每日来我这里办事，可好？”

“有无职位不妨，能为公办事便好。”

“我知你不会计较，不过，在锦衣卫挂一职位，哪怕是百户，出入才便当。”

张文冕不再多说：“是，但凭公安排。”

刘瑾又想了想，说：“再有，为方便计，你在此邻近觅屋，或租或买，我好随时找你。”

“晚生早有此心，但逼近禁城，怕不好找。”

刘瑾说：“只要有银子，没有找不到房子的道理。至于银子嘛，只要你在我这里一出入，不怕没人给你送到府上。”

“是，晚生马上遵照吩咐去办。”

刘瑾客客气气将张文冕送出内室后，问在外侍候的小宦者：“那边又来催了吗？”

“来过两次，被我顶了回去。”

“你怎样说？”

“我说：我家公公正在办万岁爷交代的差事。办好了，自然就去衙门。”

“答得好！”刘瑾很满意，“以后遇到事，就这样说。”

“是喽！”小宦者被赞，很是得意，“请示公公，咱这就去吗？”

刘瑾本要去司礼监衙门了，被小宦者一问，又站下。和张文冕说了一个时辰的话，不知道那边的情形怎样了，“你去打探一下，值房里有几个人，速来告我。”他吩咐道。

“小的问过来人，”小宦者说，“萧公公身体不支，回去歇息了。李公公、陈公公，还有两位应值的公公在候着您老。”

“他们没有抱怨吗？”

“谁敢！您不是在办万岁爷交代的差事吗，谁敢抱怨？”小宦者咧着嘴说，“李公公的人还传话：请你家公细心把万岁爷的差事办好，他那边不急。等多久都成。”

“你小子，”刘瑾揪住他的耳朵，用力一拧，“十句话中，八句不实。”

“哎哟哟！”小宦者夸张地叫起来，“您老把小的耳朵揪掉，小的可就听不见您的招呼了。要说编造，在别人面前，有时来几句，那是寻开心。在您老面前，谁敢！我要是在您老面前有一句假话，您老剥小的的皮。”

“会有那么一天。”刘瑾扬了扬手，“走吧，小子！人家嘴上不说，心里不定有多火呢！”

“是喽！”小宦者颠颠地随着刘瑾出了门。

第十三章

刘健、谢迁致仕后，李东阳独守内阁。自有内阁以来，从未出现一人在阁的情形。那种惶惑，那份孤独，不身历其境，是想象不出来的。李东阳求退不得，依然保持旧日习惯，五鼓动身，一袭软轿，孤零零地奔向禁城。只是一路上，再也做不到闭目养神了。

熬了三天，传旨下来：吏部尚书焦芳兼文渊阁大学士，吏部左侍郎王鏊兼翰林院学士，并直阁。以李东阳此刻的心情，不管来的是谁，只要有伴就好。

“二位再不来，我就要愁死了。”话是这样说，脸上却有了笑容。这是朝局有变之后他第一次露出的笑容。

“宾之兄为何而愁呀？”焦芳问。

“阁中之事本来是要众人商量着办的。我一人在阁，却去与谁商量？守静兄，你想我能不愁吗？”李东阳恳切地说，“二位衔命而来，这就好了，凡事便有了商量。”

“西涯先生是元老，众望所归。”王鏊说，“某奉旨入阁办事，无才无德，心中实是不安，凡事请先生指教。”

李东阳说：“不必过谦。济之先生的人品才学，一时之冠。你和守静先生一起入阁，我甚感欣慰。阁中事务，多要仰仗大力。”

“不敢。王鏊叨陪末席，凡事自然是两位老前辈做主。不过，当与公言者，当与外争者，某既在此位，亦不敢不尽责。”

“这样就好，今日内阁正要敢言之人。”

一个尚书，一个侍郎，不赞尚书而赞侍郎，而且，话中总似别有一番滋味，焦芳听了很不舒服。比如说，“你和守静先生一起入阁，我甚感欣慰”，倒好像我焦守静沾了他王济之的光。圣旨初下，焦芳窃喜：他是兼的吏部尚书，李东阳兼的户部尚书，内阁当以他为首。又一想，没那么简单。李东阳是谨身殿大学士，自己是文渊阁大学士，殿学士总在阁学士之前。况且，李东阳还有少傅兼太子太傅的兼衔。看来，只有屈居次辅了。

与李东阳不能争，亦不必争。刘公公在司礼监中也不是掌印太监。传闻要任秉笔太监，那也是次辅的角色。但李东阳看来要大力笼络王鏊，却不可不防。

他打断李、王的交谈，说道："宾之先生，阁中的规矩，请告知一二。"

"是。东阳初入阁时，时用先生、希贤先生对阁中的规矩也有交代。"徐溥字时用，李东阳入阁时，他为首辅，刘健为次辅。他首先告诉李东阳和谢迁的事情，就是阁中不设正位。李东阳也首先把这件事情告诉了焦芳和王鏊："据说，李文达先生入阁时，打算在正北方向设公座。彭文宪先生是第二次入阁，力言不可。文达问何故，文宪说：此处是宣宗皇帝坐过的地方。文达说：时过境迁，不足为凭。文宪又说：禁中，臣子不得南面而坐。此事遂作罢。"

李贤，谥文达，彭时，谥文宪，都是天顺朝的名臣。

"文宪先生所言极是。"王鏊说，"禁中自无正面设座的道理。"

焦芳却说："不然，我看这个规矩也要破它一破了。"

"为何？"李东阳问。

"难道司礼监来人了，也不请正面坐吗？"

焦芳所说司礼监，单指刘瑾。他人来了，偏席无妨；刘瑾来了，还能不肃请上座吗？

在焦芳看来毋庸置疑的道理，却使李东阳变了脸色："守静先生，弟的为人你是知道的。虽不刚烈，亦不苟同。弟在阁一日，就要守这个规矩一日。弟一旦去位，也望在阁诸公恪守。"

"宾之兄，区区小事，何必固守成规呢？"焦芳不明李东阳为何持这种态度。

王鏊这才领略了焦芳的粗鲁无学。李东阳为他和焦芳一起入阁感到欣慰，他却为此感到羞愧。然而，到底曾为上司官，不能让他太下不来台。

"守静先生，"王鏊低声说，"禁中除了御座，岂能再设正座？"

"哎呀！"入阁第一日，就有失言，焦芳也自觉无趣，不再多说。要不是司礼监来传旨，尴尬的局面还要持续一阵。

司礼监太监送来的是一道内阁拟准朱批不准的奏本。前日，陕西总制杨一清上疏言：宁夏贡品中有红花一项，岁役卒千人，劳民费财，请停之。李东阳以为所言甚当，拟旨准奏，被驳了回来。

李东阳在阁内迎候司礼太监，焦芳要迎出阁门，李东阳摆了摆头，示意不必。

太监将拟旨退给李东阳，说："请老先生遵上意拟旨。"

"是。"李东阳接过奏本，说了句："公公辛苦！"

司礼太监拱手：“告辞。”

李东阳送出阁门。在阁、坊之间，有一花坛。走至花坛，李东阳即止步，焦芳还要往外送，被他拦住。

“恕不远送。”李东阳拱手作揖。

“老先生请回。”司礼太监也还了一礼。

司礼太监去后，李东阳解释说：“内阁与司礼监往还密切，迎送有旧例，二位先生不要坏了阁体。”

“谨记！”王鏊应道，又问：“该本所言何事？”

李东阳讲了原委。

“西涯先生所拟批答甚是。”王鏊说，“圣上不准，是不是可以再争？”

李东阳说：“无益。此事在可止可不止之间，上意在可准可不准之间，且照圣意拟旨吧。”

三日后，司礼监差人来内阁传命：焦芳仍署吏部事。焦芳闻命，辞别李东阳、王鏊，赴吏部坐堂。

“请复上掌印李公公、秉笔刘公公，此事不妥。”李东阳对传命的司礼太监说。

“何为不妥？”司礼太监问。

“从无此例。”李东阳说。

“在下也听李公公对刘公公说，从无此例。但刘公公说，曾闻李贤兼管。不知哪一位公公说的是？”司礼太监问。

“李贤以吏部侍郎入内阁，”李东阳回答，“入阁后升吏部尚书，但并不管部事，吏部事由王翱掌管。此事人人皆知。”

“再溯前朝，也没有成例吗？”司礼太监又问。

“掌部最久，无过吏部尚书蹇义、户部尚书夏原吉。二公在宣宗朝奉旨，五日一赴东阁。但只是与内阁三杨议事，并不兼学士职。”说起前朝典故，李东阳太熟悉了。

“承教。”司礼太监告辞，“此事待禀过秉笔，再来与老先生回话。”

司礼太监很快返转来。

“刘公公之意如何？”李东阳问。

“刘公公说：此事本是两可，但一来焦先生欲兼摄部事，刘公公不好不给面子；二来吏部尚书责任重大，尚未找到适当任者，就由焦先生先管着吧。”

这话实在没有道理。难道满朝官员中，除了焦芳，再无人胜任吏部尚书？这一条不便于驳，李东阳捉住另一条做文章。

“守静先生有意辞去部务，又当如何呢？”

“焦先生如果坚决要辞，在下想，刘公公也不会难为他。”司礼太监说，“老先生讲的那些道理，刘公公是很服气的。”

午后，李东阳和焦芳在阁中相对而坐。

“守静兄，你就这样阁中部中两下跑吗？”李东阳直言相问。

“圣命难违。”焦芳的回答有些做作。

“且不言圣意，兄意如何？”李东阳追问。

“任劳负重，也是我辈的本分。”焦芳的心思，一听即明。

“守静兄可知道，此事大谬？”李东阳想，不出以危言，不足以动其心。

“何谓大谬？”

“阁事与部务，二者实难兼摄。守静兄莫非不知内阁职责？”李东阳的问话颇具讽刺。

“内阁佐天子出令，谁人不知。”

“那么，吏部的职责呢？”

“升调黜陟百官。”

“吏部所拟升调官员，被驳回之事，吾兄可曾遭遇？”李东阳进一步问。

“亦曾遭遇。”

“这就是了，”李东阳点点头，“守静兄以阁臣而兼摄吏部事，遇到吏部所拟谬误者，将何以处之？”

“这个——”焦芳不曾想过这个题目。

李东阳进一步点拨他：“吾兄是坦然纠谬呢，还是维护部议呢？维护部议，则有负佐天子出令之职；坦然纠谬，那，那岂不自己掌嘴吗？”

“这还确实有些难处。”焦芳开始明白，为何二事不便兼摄。

“再者，”李东阳继续说，“每日奏章奉旨之时，事关吏部者，尚书当廷跪承旨，而内阁班侍立听。吾兄又何以处之？是廷跪承旨，还是班侍立听，或是先廷跪承旨，再归班立听？”

如果说，前一件事还比较抽象，这一件事就太具体了。群臣之前，有阁臣的身份，有立听旨意的地位，却不得不廷跪承旨，想想真是不值。

“还有，”李东阳仍未说完，“部事繁杂，难免有错。若部事差谬，或章奏错误，小者轻者，回话认罪，大者重者，罚俸夺薪。吾兄遇到这种情形，是随同认罪呢，还是推诿躲避？随同认罪，则有损阁体；推诿躲避，身掌部事，能避开科道的论奏吗？”

句句入情入理，在公在私都不能不听。虽然“兼摄部事”有着巨大的诱惑力，可是焦芳明白，部务非辞不可了。

又过了三天，焦芳辞去部务，专心在内阁办事，安心地坐在次辅的位置上。相隔几天，他不带任何妄想（如他的兼衔是吏部尚书）、没有任何委屈（如他与李东阳同科，却年长五岁）地接受了次辅的位置。通过入阁第一天和李东阳的谈话，他深切感受到，京官外官，翰林非翰林，阁臣非阁臣，其间相差，不可以道里计。他也是翰林出身不假，谁让他被贬谪，离开京师，离开翰林院，谁让他回京后，没有重返翰林。能在李东阳之下居于次辅，在他已是万幸了。

这给刘瑾出了个小小的难题。其实，不需要李东阳讲解，他已领悟到内阁和尚书不可兼摄的道理，知道焦芳要么辞去部务，要么专掌吏部，并且考虑，在适当的时候要提醒焦芳，如果他太不知趣，便要强迫他做出选择。没想到焦芳如此之快地做出选择。

焦芳应在适当的时候辞去部务，因为刘瑾还没有考虑好：吏部应交与谁掌？或者，焦芳一定要当吏部尚书，应让谁入阁顶替他？后者只是偶尔想想。为了让焦芳入阁，找了个王鏊陪衬。焦芳离开内阁而留下王鏊，实在与他的初衷相差甚远。除非焦芳哭着闹着做出这一选择，以他人入阁代焦可不考虑。那么，便要考虑：焦芳辞去部务，以谁掌吏部。这个人不那么好选择。

不过也好。早晚焦芳要辞部务，早晚有人要掌吏部，焦芳早些辞去部务，比到了适当的时候仍不肯辞部务要好。如果要刘瑾强迫他辞去部务，谅他不敢不从，但彼此伤了感情，也有些不值得。

想到这一层，倒是应当感谢李东阳。

几天来，刘瑾的注意力渐渐集中到一个人身上：兵部尚书许进。

吏部尚书，或由吏部侍郎升，或由他部（包括南京各部）尚书，都察院都御史改。改也是升。因为吏部尚书的地位独特，他部尚书改吏部，比礼部改户部，兵部改礼部，刑部改兵部，工部改刑部，都御史改尚书，更具有升迁的含意。

王鏊入阁，吏部只有一个老侍郎梁储，刘瑾不喜欢他，根本不会考虑，于是确定了大的原则：由他部尚书改任。

刘瑾便想到了许进。

许进由吏部尚书马文升举荐，以兵部侍郎提督团营时，刘瑾正在提督三千营，二人有所接触。相处说不上欢洽，却也没有生出摩擦。在现任尚书中有些渊源的，就是他了。

刘瑾一直在琢磨许进在左顺门对韩文说的四个字：谨防激变，是何用心，渐渐理出了头绪。韩文倡七卿会疏时找过许进，许进就是以这四个字告诫韩文的。

这是对韩文表示关切，还是对内官表示友善，还是兼而有之？因为答案不清楚，在准了焦芳辞部务之后许多天里，没有任命新的吏部尚书。

在碰到这样的难题时，刘瑾宁愿与张文冕商量，而不愿意与司礼监中其他太监商量，甚至不愿意与“八虎”中的其他人商量。

张文冕说：“许尚书说这四个字，如果只是向内官表示友善，大可不必向韩文说，如果只是对韩文表示关切，大可不必在左顺门说。依晚生之见，他是兼而有之。”

他又说：“依晚生之见，他向内官表示友善，固然可贵，既向内官表示友善，又对韩文表示关切，也未尝不好。即便是一味对韩文表示关切，也强于怂恿韩文发难之人。公以为然否？”

在十月的最后一天，刘瑾下了决心：许进改吏部尚书。朝廷大臣中无甚亲近人之际，这是唯一的选择。

第十四章

十一月下旬，清理内库时，发现了做假的银两。刘瑾大喜，将责任推到户部，尚书韩文降一级，勒令致仕。郎中李梦阳谪为山西布政司经历，限日离京赴任。

韩文心理上早有准备，可以说，自上月宫变之后，他一直在等着这一天。

接旨后，韩文回到户部衙门，从容地收拾私人之物，无非是书籍、笔砚之类，还有些诗文、随笔之类的稿子。

顾佐来为他送行。平日的预言，借一桩极细微的事故而实现，感慨之余，也有些意外。

“冤哉枉也，为此事而挂冠，谁人能心服！”顾佐说了句不平的话。

“我奇怪的不是挂冠的理由，而是此旨之来何其迟也。”韩文说，“良弼兄，你我会计国家经费之事，如在昨日。这副担子，就要落在你的肩上了。”

“这副担子，太过沉重，我是担不起的。”顾佐连连摇头，“老学长收拾过后，怕就要轮到我来收拾家什、自请免官了。”

“千万不可。我这一走，大司徒的位子一定要交与你坐。会计关乎国脉民生，宁可我在其位而得罪权贵，不可我去其位而弃民水火。这副担子再重，你也要担起来。”韩文谆谆言道，“这也算是我的临别赠言吧。”

顾佐深受感动，说道：“老学长报国之志不渝，令人敬佩。我牢记教诲，不到垂老，决不自请免官，如何？”

“良弼兄能如此，我复有何求？彼等要罢兄的官职，寻差找错，那也是由不得你了。”

“日后之事，不去想它了。”顾佐摆摆手，“请问老学长，今欲何往？”

韩文之子中，韩士聪任高唐知州，韩士奇任刑部主事，幼子韩士贤尚未入仕。顾佐想知道韩文打算和哪一位同住。

韩文却另有打算：“我还是回洪洞老家吧。”

这也许是明智的选择，顾佐却为他担心：“老来孤独，最是伤人。何不与哪位世兄同住？”

“获罪之身何必连累犬子呢？”韩文道出苦衷，“携孙而归，耕读乡里，也是一种福分呀。”

“这样也好。”顾佐先推门出去，张望一番，然后回转来说，“老学长，我知你自律极严，素无积蓄。这次离京，路途上、回乡后，都要花费。可容我助些银两吗？”

韩文拱拱手，两眼湿润：“良弼兄的心意，我领了。兄既赞我自律极严，此时更是要严于律己之时。降级致仕，对少许假银入库的小事故来说，过于严酷了，但对某些人来说，处分嫌太轻了。有人还要找我的毛病，以重其罚。我不能授人以柄。”

“老学长虑的是。”顾佐深作一揖，说道，“愿贯道先生一路顺风，顾某就此别过。”

司礼监秉笔太监单独有值房，在养心殿的南面。每天午后，刘瑾在此处办事。

“谷哥。”从牙缝挤出这两个字来，使坐在对面的谷大用很不舒服，“你与我的交情胜过丘哥，我又觉得西厂的探子比东厂的探子精明，这桩事才请你去办的。”刘瑾打起了官腔。

“我知道。”谷大用闷闷地说。

“韩文老儿险些要了咱们八个兄弟的命，你就不恨吗？”官腔更浓了。

“恨呐，恨不得生吞活剥了他！”

“那就找不出他一丝毛病？”

“我派出了西厂最干练的探子，见到的就是这些，叫我有什么法子！”

西厂的三名探子，自韩文离开宅第，一直尾随于他，看到这样一些情形：

韩文在大明门外，一身官服，面北而跪，遥行叩拜大礼。这叫拜阙。礼毕，换上便装，向东步行，出崇文门。伴随的只有一名年在五旬左右的家仆。

崇文门外，备好了一头老驴，一挂牛车。牛车上除了一只木箱外，再无他物。木箱已旧，漆色斑驳。赶牛车的是一个壮汉。家仆牵过老驴，韩文跨上，径向南行。

日前遍告友好，毋劳相送，饯酒饯席概不敢领，因而竟无一送行者。

一路上，晓行夜宿，饥餐渴饮。行的是官道，宿的是荒庙，餐的是硬馍，饮的是清水。间或也在道边酒肆小酌，在乡村饭铺就食，一碗老酒，一荤一素两碟小菜，一盆热面而已。

荒庙中，西厂高手乘着一主二仆熟睡，打开木箱，借着月光细看：一身旧官衣，十余函图书，加上晚间使用的铺盖，装得满满的。进入山西界，韩文小心行走，不过州县。有时，不惜绕道二三十里，竟是不与一名地方官员见面。途中有识者，指指点点，说道：这就是为官四十年、做了两年大司徒的韩大人。

探子再尾随下去，不是滋味，二人留在山西待命，一人骑快马回京复命。谷大用适才将这一切讲与刘瑾听。

“刘哥，要解心中怨气，派人做掉他就是，何必下这等功夫？”谷大用说。

“这是什么话！”刘瑾警觉起来，“国家有法度，怎可妄为？再说，死于非命，不如死于刑法之下，可以儆戒百官。”

“王岳、范亨二人做了冤鬼，还不是儆戒了宫中之人。”谷大用反讥道。

“王岳、范亨之案，你和丘哥须得再查。谁查到了，是谁的大功一件。”刘瑾说。

言者听者，都知道这桩案子，查无可查，只是万岁爷说过要查，人前不得不敷衍几句。私下也这样说，显得太没有意思。

“禀公公，顾大人求见。”小宦者入内报告。

“谁？”刘瑾问。

“新任户部尚书顾佐。”

“此人见我，有何话说？”刘瑾寻思着。

“刘哥见还是不见？”谷大用问。

“见！”刘瑾决定。

“那我先走了，”谷大用说，“刘哥要怎样对待韩文老儿，再告我知。”

“莫走！”刘瑾拉住他，“你我一起听听，这个顾佐要说些什么，说不定与他的前任有些干系。”

顾佐由小宦者引进，拱手屈身向刘瑾行了礼。谷大用相识，也是一揖。

“你等大臣好不知礼数，”谷大用说，“难道见诸阁老，也是这般倨傲？”

“不错！”顾佐答道，“某见西涯先生，也是一揖之外，再不多礼。”

“谷太监好说笑话，莫怪。顾尚书一揖，我也消受不了，遑论多礼。来人，看座。”刘瑾倒还客气。

“谢刘公公。”

“顾大人过某，有何见教呀？”刘瑾问。

“正是有一件事，要向公公请教。”

“请讲。”

“我大明立国百余年来，可有内官径赴户部，要求张贴告示的先例？”顾佐问。

“这是何意？”

“公公不明？”

“不明。”

“谷公公也不知？”

“你要说什么，我怎会知道？”

顾佐暗自松了一口气：刘瑾不明，谷大用不知，事情就好办了，冒险来见司礼秉笔这一步棋就走对了。

原来是御马太监王琇在御马监建成新宅，买通了皇上的贴身侍者，将皇上诱至。皇上问他，哪有许多钱建屋。他说，是揽纳户奉送的。揽纳户者，是包纳钱粮的人户，代官府征收钱粮，纳应征钱粮于官府。所征钱粮与所纳钱粮的差额，为揽纳户所得。王琇向皇上献计，用揽纳户数人，专门包纳各仓银草，所得羡利，进于大内，由皇上指派用场。

皇上不置可否，王琇却声称皇上准奏，当即起草了告示，亲送户部，请户部出榜张贴。

顾佐又是好气，又是好笑。奉旨包纳的榜文如何能张贴？不予理会，王琇之辈必要责以抗旨。即或不告刁状，径自张贴，也要造成混乱。正在无计可施，听到有人传说，有太监想在临清开皇店，刘瑾不准。不但不准，还逮捕献计者治罪，心想：这条路何不一试？

打定主意，便来拜会刘瑾。

“有这等事？”刘瑾不是问顾佐，而是问谷大用。

“我也不知。”谷大用说。临清开皇店，是他人通过谷大用提出来的，碰了壁，他好不窝火。这包揽纳户之事行得通，他在内官中的威风也就要扫地了：“刘——”“哥”字未出口，觉出在外官面前这样叫不妥，便改了称呼，“——公公，这件事，咱不能不管。”

“说得是。”刘瑾对顾佐说，“顾尚书请回，此事我自有主张。”说着，起身送客。

顾佐深作一揖，说：“刘公公肯做主，真可谓善莫大焉。”

“奴才叩见皇上。”刘瑾和谷大用在御书房向皇帝行礼。

“刘太监。”皇帝正在习字，见到他们很是高兴。近日身边的宦者都这样称呼刘瑾，他也学着叫了一声。“谷——”那边叫了太监，这边也不好叫别的，“——太监，你们来看看，朕的字是不是有了长进。这是草书，讲官们不让朕学，朕却偏要学。”

讲官们的心思：圣上年轻，容易心野，以习隶书为好。哪知这位圣上，愈是不要他做的事情，愈是要做。本来对书法不感兴趣，就因为讲官不让学草书，临帖写了一个多时辰，还不肯放下笔来。

“好，龙飞凤舞。”刘瑾不懂书法，却懂奉承。

“爷的草书，天生就会，哪里还用去学。”谷大用也奉承了一句，“讲官们拦着爷，实在好笑。”

“好了。”皇帝把笔一扔，“朕写字写累了，消遣消遣去。”

“是。”刘瑾应道，“大内御马监新起一宅，奴才们想请爷去观赏一番。”

“你说的是王琇的新宅？”皇帝问。

“正是。”刘瑾说，“那新宅可漂亮得很呀！”

“哈，这次你可落后了。”皇帝说，“王琇的新宅，朕不但看过，还在里面睡过。你猜怎的？睡在那里，竟比睡在宫内还要安稳。”

刘瑾心生警惕。皇帝在王琇的新宅过了夜，自己全然不知。看来，皇帝身边的人该换一换了。还有，不能让皇帝再往那里去。否则，后患无穷。该怎样劝止皇帝呢？皇帝既然不喜欢住在宫内，是不是在大内另建一住所？

这要慢慢计划。眼前，必须打击王琇。

“爷既去过王琇新宅，王琇要爷用揽纳户包纳银草之事，也是有的了？”刘瑾不动声色地问道。

“王琇确曾提起。”皇帝回答。

“万岁爷，此事万万行不得呀！”刘瑾说。

“为何行不得？”皇帝不知道有行不得之事，更想不到，刘瑾会说有行不得之事。

“贵为天子，安有令人包纳钱粮之理？”

别人说这话，皇帝会劈头盖脸地斥责一番。这个刘太监，带给皇帝的欢乐太多，皇帝对他的信赖太深，不愿让他难堪。于是，应付地说：“王琇提过此事，朕并未应允过他。”

谷大用说：“可王琇假传圣意，要户部出榜。”

皇帝不置可否。

“爷，此事不可不追究。”刘瑾说。

“刘太监要追究也可以。”皇帝说，“这定是那些揽纳户为非作歹，牟取私利。你不妨拾掇拾掇他们。”

“王琇呢？”刘瑾不放松，又问一句。

“朕自有处置。”皇帝也不放松。

王琇哭丧着脸，立在皇帝面前。

“我对爷说过的那些揽纳户，被刘太监传旨拿了，在户部门前带枷示众。”

“这是朕允准的。”

“那枷做了手脚，戴上后，不得屈伸，要不了一两个时辰，就会毙命。”

“市井小人，死不足惜。”

“那里面，有奴才的亲戚。”王琇说话中夹带着啜泣。本想为亲朋谋一条生财之路，钱未得到，却送了命。

“那你去传旨，将他们放了。”皇帝动了恻隐之心，急切地说。

“来不及了。”王琇说，“奴才也不敢为了他们得罪刘太监。”话中包含着委屈和不满。

皇帝怎么听不出来。他冷冷地说：“但愿你说的不是违心的话。”

“在爷面前，奴才不敢说违心的话。”王琇诉着委屈，“奴才就是不明白，为何他做得的事情，奴才就做不得？不信的话，爷试一试，由他包纳各仓银草，看他是什么嘴脸。他是为爷办事，奴才也是为爷办事，不该不给些面子。再说，这也不是不给奴才面子，这是要爷的好看。”

“王公公，你说错了。刘太监会不给你面子，却绝不敢要朕的好看。”皇帝纠正过王琇的说法，又问：“你知道你为何不如他吗？”

“请爷明示。”

“刘太监要用一番话编排谁，除非知道朕心中已容不下此人，而又离不开自己，否则，不会点出他姓名。”皇帝说道，“你可知，朕现在离不开刘太监？”

“奴才糊涂，奴才糊涂！”王琇连连叩首，“奴才在刘太监眼里，罪不可赦，望爷慈悲，给奴才指一条活路。”说毕，泪流如注。

“冤家宜解不宜结。我看你的新宅不错，要想安居其中，你去向刘太监认个错吧。不然，朕救得你一次、二次，却救不得你三次。”

“谢万岁爷成全。”

王琇不是真的糊涂之人，一经皇帝点拨，马上着手，备了几份礼物，分别送给张永、谷大用等人，然后备了一份重礼，夜深人静时，去拜见刘瑾。

一是皇帝的庇护，即使刘瑾生了猜忌、警惕之心，也不敢轻举妄动；二是众位哥哥的情面，不能全顾，也不能全不顾；三是王琇的一份厚礼，着实撩人心动，刘瑾对王诱没有太过逼迫，只是讲了讲内官不可诱圣上包纳钱粮的道理。王琇诺诺受教。

两人未成深交，却也相安无事。倒是韩文一事被岔开，顾不上查究了。

第十五章

朝廷降旨都察院，又传敕南京都察院，令堂上官钤束台官，不得妄言朝政。这是张文冕为刘瑾出的禁闭言路的第一策。

掌南京都察院的是南京右副都御史陈寿。陈寿，江西新淦人，成化八年进士。本是京官，因首辅刘吉和吏部尚书王恕不和，王恕将他从都给事中提升为大理寺丞，刘吉则劾他不习刑名，他成了大臣争斗的牺牲品，调到南京任官。其后，除在北边，任了几年延绥巡抚，一直在南京做官，从南京光禄寺少卿，升至掌院事的右副都御史。

开读敕书毕，陈寿召集十三道御史，宣讲朝廷之意。

“我知诸位已草写奏本，”他接着说，“内容可告知否？”

“朝廷之意已宣示，公之意，可告之否？”御史薄彦徽反问道。

陈寿言简意赅地说：“御史居言路，言路其可窒乎？”

堂下御史一片欢腾。蒋钦说：“都宪大人出此言，我等无惧矣。”

上这道奏本是南京言路的一次大行动，六科给事中、十三道御史纷纷签署。蒋钦向陈寿概述了奏本的内容：一、请挽留刘健、谢迁等大臣；二、弹劾“八虎”之一的太监高凤之侄冒升锦衣卫指挥佥事；三、兼言圣上晚朝废学驱驰射猎之非。细究起来，三条都是论劾“八虎”。

此时，刘瑾入司礼，丘、谷掌二厂，以及王岳、范亨临清被杀等情形，已传至南京。因此，陈寿问道：“君等上此奏本，心中无惧吗？”

“公莫言惧与不惧，只说当与不当。”薄彦徽说，“请公为我等裁之。”

“无有不当。”陈寿说。

“既无不当，纵然心惧，奏本也要上。”蒋钦慨然说道，“出言不能击其要害，言之何益？”

陈寿起身言道：“诸君有此胆魄，天下幸甚。好，我与诸君誓同祸福。”

奏本一上，果然招致大祸。朝廷传旨：逮薄彦徽、蒋钦及给事中戴铣等三十人入京。这是第一次大规模的降罪逮捕。

南京科道官不爽誓约，慷慨就道。

陈寿也不爽誓约，不但立即上章论救，而且游说同列，共谋救援。

被逮官员离开南京那一天，陈寿搀扶着年过七旬的南京兵部尚书林瀚前来送行。林瀚捐出全部薪俸，以供众人在途中、在京城使用。众人要下锦衣卫狱刑讯，那是令人谈虎色变的地方。有些钱，日子会好过一些。在林老尚书的表率下，许多大臣捐出银两。

看到林瀚颤巍巍的模样，就道众人深受感动。拜在他门下，以学生自居者，大声说："老师保重！"关系较浅的，则称："老尚书保重！"

林瀚是福建闽县人，成化二年进士。孝宗时，他和南京都察院左都御史张敷华、佥都御史林俊、南京国子监祭酒章懋合称南都四君子，声望甚高。听到科道众人的呼声，他也用颤抖的声音说："诸君保重，一路平安！老夫定要陈言，辩出个是非。"

这次没有蓄意组织的为科道官送行，成为南京官员向朝中"八虎"的示威，向朝廷逆命的示威。但这样的示威并未给朝廷多少震动。林瀚、陈寿等人的奏疏只是示威的余波。

在南京科道官上奏本之前，京师科道官也曾活跃了一阵。将上疏的科道官削籍处分后，张文冕为刘瑾献禁闭言路第一策：上官钤束。

钤束不成，张文冕为刘瑾献禁闭言路第二策：下狱治罪。

立威之后，张文冕又为刘瑾献禁闭言路第三策：疲之劳之。

第三策是专门对付六科给事中的。六科掌侍从、规谏、补阙、拾遗、稽查六部等事。六科给事中和十三道御史都是言官，合称科道。给事中和御史的品秩都很低，比较起来，给事中品秩更低。十三道御史是正七品，分掌各道的资深御史品秩更高些。而六科的都给事中才有正七品，左、右给事中和给事中都是从七品。再者，十三道御史所归属的都察院是品秩最高的正二品衙门，而六科无所归属，就是正七品衙门。但六科官不但掌规谏，可以纠劾百官，而且掌侍从，是皇帝的近侍，地位极特殊。因此，六科给事中上疏往往最尖锐，凡权势者都感头疼。

给事中也有受约束之处，就是要守科坐班。张文冕的第三策就是针对这一点而发。

十二月十三日，司礼监掌印太监李荣传旨：六科给事中俱令守科，辰入酉出，坐满六个时辰，由锦衣卫值宿，指挥不时查闸。违者记名上报。奉差京城办事而不必速出者，也不例外。

这道旨意，张文冕和刘瑾一字一句敲定。"俱令守科"的"俱"字就很厉害。所有在京的都给事中、左右给事中、给事中，都要早入晚出，在午门外各科值房守上一天，而不是轮流守科。如果在京城内有差事，请在酉时出科以后，不能利用辰酉之间的时间。而且，守科者必然是战战兢兢，因为有锦衣卫值宿者不断找他们的麻烦。

目的：使六科给事中长时间处在高度紧张戒备的状态之下，没有精力言事。

三策逐一实施，很快有了效果。一批人罢官，一批人下狱，一批人无暇，科道很快趋于安静。

让刘瑾恼火的是：各部属官仍有人上疏论事。

传旨给事中守科的第七天，兵部主事王守仁上疏，为被逮下狱、正在押解途中的南京科道官申辩。这是一道相对温和的奏疏，没有批评皇上驱驰射猎，也没有批评"八虎"导帝以邪。如果说有对皇上和内官的批评，也是就逮科道一事提出的间接批评："君仁臣直，戴铣等以言为责，如其言善，自宜嘉纳，如其未善，亦宜包容，以开忠谠之路。"否则，"下民无知，妄生疑惧"。要不是刘瑾下决心杜绝议论，这一类温和的间接的批评是不该被追究的。

刘瑾追究了，而且要从严追究，以儆戒各部、寺、司的正、属官员。

"王守仁何许人也？"焦芳曾任吏部尚书，刘瑾问他。

焦芳回答："浙江余姚人。"

"噢？礼侍王先生与他可是同宗？"

刘瑾问的是刚由礼部右侍郎转为左侍郎的王华。王华在孝宗朝曾任詹事府少詹事。詹事府是为东宫而设的衙门，职责是辅导太子。因而，刘瑾与王华相识，并且记得，他是余姚人。

"其父也。"焦芳说。

"这么说，他是两个状元儿中的一个了？"

"两个状元儿？"焦芳不解其意。

"焦阁老不知，朝中曾传出一绝对吗？"焦芳的孤陋寡闻令刘瑾吃惊。

"不曾听闻，请公告我。"焦芳倒不以为耻。

"我那时在东宫，听来往的公公们讲，朝中因人成言，出了一绝对，曰：一对探花父，两个状元儿。某一直不明所以。今日提起王华，倒让我又想起，焦阁老能否为我释疑？"

"这个，"焦芳捋了捋胡须，"我怕也说不清楚。"

刘瑾面有鄙夷之色，浅露辄止："文冕或许知晓，"吩咐道："请张先生来。"

张文冕向刘瑾和焦芳行过礼，讲起了一段典故。当时，礼部尚书张升，成化己丑科状元，他的儿子张恩为兵部主事。礼部右侍郎王华，成化辛丑科状元，他的儿子王守仁，也是兵部主事。而户部郎中刘凤仪，其子刘龙为弘治己未科探花。兵部员外郎李瓒，其子李廷相为弘治壬戌科探花。张恩、王守仁、刘凤仪、李瓒都是部属，李、王、刘、张均为巨姓，有好事者便凑成这一联。

“原来如此。”张文冕在焦芳面前露了一手，刘瑾也觉脸上有光。

“文冕博闻强记，佩服！”焦芳讪讪地说。

“街巷闲谈，何足道哉。”张文冕谦辞言道，“二公再无吩咐，晚生告退。”

“文冕不忙走，这件事正要你参详。”刘瑾留住他又对焦芳说：“我多闻人言，德辉先生为人孝友忠信，很是敬重。不想，其子却是如此不肖，越位上疏，妄言国事。可惜。”

“确是可惜。”焦芳不知其意，只有附和。

“王守仁是哪一科？”刘瑾突然又问。

此事焦芳倒是知晓：“弘治己未科。”

己未科？刘瑾好似想到些什么。张文冕方才提到，刘龙是己未科探花。但刘瑾想到的，与此无关。是什么呢？对了，李东阳应是那一科的主考，另一主考就是程敏政了。

“可是程敏政泄题的那一科？”刘瑾问。

“不错。”焦芳说。

程敏政泄题，很可能是一大冤案。焦芳与程敏政素无深交，但曾受到程敏政的岳丈李贤的关照，以德报德，该为他辩上一辩。不过，程敏政郁闷而死，辩亦无用。况且，李东阳和程敏政是同时的两个神童，又是同科主考，李东阳都不肯出力为他辩解，身为局外之人，又何必多事呢？

“极好，做文章的题目有了。”刘瑾说道，“说到己未科，人皆知罢免了一个朝中最有学识的主考官，黜退了一个士子中最有才气的应试者，现在人们该知道，这一科还有不知深浅不知进退的忤逆之臣。”

焦芳知道，王守仁在劫难逃。他却不知道，刘瑾的话只说对了前一半。确实，程克勤的学问和唐伯虎的才气，无人不知，而王守仁日后的功业，更是无人不晓。

“文冕，”刘瑾问道，“此人如何处置？”

“公已有主张，无须问我。”张文冕说。

“廷杖四十，若他命大，逃得一死，再让吏部、兵部查查，找个边远的驿所，贬他去做驿丞。你们看可使得？”

二罚都不轻。一般官员受罚，都是廷杖三十，对王守仁加了一等。主事是正六品官，驿丞是正、从九品以外的未入流官。与其说是官，不如说是吏，或者说介于官、吏之间。这样一贬，等于去掉了他官的身份。

焦芳是朝廷大员，不好说话。张文冕说：“部属官本无言责，妄然言事，不重罚不足以示儆。贵州有个龙场驿，处于化外，就把他贬去那里吧。”

“正是这样说。”刘瑾同意了。

“王侍郎也要处分吗？”焦芳问道。一人被罚，父子兄弟皆可受累。是否并罚，全在当事者的一句话。如果王华被勒令致仕，或者降官，空出来的位置，焦芳就好荐人。

“这且不忙。”刘瑾说，“德辉先生若能屈尊过我，再做商量。”

王守仁被杖后，抬回家中，已奄奄一息。

廷杖是不遵古制、本朝创立的一项刑法。所谓不遵古制，因为古人有“刑不上大夫”的训示，有“士可杀而不可辱”的理论。当众被杖，皮肉受苦不说，尊严也荡然无存。以前用刑，允许受刑者着厚袍，裹厚毡，重在打掉受刑者的尊严。刘瑾令去衣受刑，不但更要受刑者受辱，也要受刑者受更多的皮肉之苦。

被处廷杖，受刑者的一条命就在行刑者的腕力之间。行刑者得了好处，或同情受刑者，杖起处，虎虎生风，杖落下，皮开肉绽，却伤不到筋骨。行刑者没有好处，或有私怨，就免不了伤及腑脏。王华为了救儿子一命，花了大钱。

王守仁苏醒后，见王华坐在一旁落泪，挣扎着爬起来行礼。

“不要动。”王华按住他。

“儿子不孝，累大人伤心。”王守仁以虚弱的声音说。

“为父不伤心，为父是高兴。”王华说，“你是我的儿子，更是朝廷的臣子。忠于朝廷，即是孝于为父。你不要怕我伤心。”

“是。多谢大人的教诲。”

王华又说：“你被贬贵州，限日启程，是大不幸，又是大幸。远离京城，或可逃离更大的灾难。这是为父的心愿。”

“明白了，”王守仁说，“儿子一旦能行走，即刻动身。乞请大人放宽心。”

王华点点头，问道：“云儿，贵州山高水远，你如何取道？”

王守仁出生时，天呈祥云，祖父即以云名之。本以为瑞兆，谁知王云长至五岁仍不能言。对长孙寄以厚望的祖父且哀且叹。一日，携王云行至街上，遇一道士，端详许久，说：“此儿甚好，只是被名字说破。”祖父有悟，把他的名字改为守仁，而守仁也马上能开口讲话了。但在家中，父亲仍叫他旧名。

“绕道吾浙土，可否？”王守仁征求父亲意见。

“亦无不可，”王华说，“但一路上须得小心，入浙江界，可遥拜尔祖父灵位，却不可回到余姚，免得惊吓尔之祖母。”

“是。”王守仁应道。歇息几日，伤处结疤。王守仁牢记父亲的话，不待痊愈，便动身南下。此时，离正旦日只有几天了。

第十六章

丙寅年的最后一天，首辅李东阳在郁闷、茫然和无奈中度过。因为就在这一天，又有两名大臣，左都御史张敷华和以工部尚书衔掌大理寺的杨守随，被勒令致仕。

二人被罢，原在意料之中。张敷华奏疏中，把这一年来的时政之弊一一论列，说道：“国家大事，百臣争之不足，数人坏之有余。”虽未明言，人皆知之，数人指的是“八虎”。杨守随的奏疏不但公然指名，说“八虎”“希恩导谀，诬上罔下，恣意肆情”，而且指出“而瑾尤甚”。刘瑾秋后算账，二人都跑不了。所希望者，是过了正旦再处理，使二人再参加一次大朝仪，叩别皇上，去而无怨。抱着这样的心思，艰难度日，以为可以如愿，岂料最后一日，还是把二人赶走，真是令人心酸。

传的是中旨，由司礼监直接草拟，而不经过内阁。罢黜大臣，这是很不应该的。如果令内阁拟旨，或可以争一争。传中旨，就没有任何办法了。内阁三人，焦芳无动于衷，李东阳、王鏊均有痛失同类的感慨。

二人中，李东阳与张敷华感情尤笃。张敷华也是天顺八年进士，改庶吉士。这一科的庶吉士，正德初年居大臣之位的，有张敷华、刘大夏、焦芳和李东阳。半年之前，刘大夏先走了，现在张敷华又走了，只留下李东阳和焦芳。如果说，欲与刘健、谢迁同为进退，是因为职务的关系，那么，愿随刘大夏、张敷华而去，就有许多感情的因素了。

独坐阁内，李东阳想起年初的一段往事。那是张敷华方由南京调至京师。人未到京，“南都四君子”的名声已四处传开。人一到京，仰慕他的内官，便请李东阳为介，派人登门，赠名香祝寿，希望张敷华回谢，因而交接。张敷华说：“宾之兄以公会故，常与彼等相处，敷华则不敢。”李东阳在内阁，少不了与内官应酬往还，张敷华可以理解，但他身在外朝，不会这样去做。李东阳受人之托，再三强请。张敷华碍于情面，不得不对送香者以币相报。人不上门回谢，以物相谢，也是收获。但来人刚离开，张敷华便追出去，说道：“几误矣。吾平生无内交，岂忍一旦自败？”竟将赠币索回。俗话说“打人不打脸”，张敷华此举，得罪许多人。

李东阳暗自叹息：要是当时稍稍转圜，今日或可缓去。但那岂是公实兄的为人！

想到此处，稍感释然。每个人有每个人的性情，每个人有每个人的机遇，每个人有每个人行事处世的方法，不能强求，也不必强求。公实兄此时离开京师，离开朝廷，对他来说，未见得不是好事。

回到李阁老胡同宅第，给李东阳带来郁闷、茫然和无奈的，是两封拜函，两封以学生自居的官员送来的信，一封是现任南京太常寺少卿的罗玘托人带来，一封是承祖荫任后军都督府都事的黄绾送来的。

“老爷，我来念与你听吧。”见李东阳脸色不好，李荃体贴地说。

“好。”李东阳同意了，靠坐在太师椅上。

“先念哪一封呢？”李荃有些为难。

李东阳看了看两封信，黄绾那一封厚厚的，便说：“宗贤必有大议论，先念他的吧。”说完，闭上双眼静听。

宗贤是黄绾的字。黄绾上书首辅，起首便出语不凡：“公固以天下士待绾矣，绾可不以天下为公报哉！今公之事有大于天下者乎！大于天下而若不尽其心，复为何事尽其心？”

黄绾的祖父黄孔昭，科第只比李东阳早一科，年龄却要大许多，李东阳以前辈视之。黄官至南京工部右侍郎，卒于官。李东阳对他的后人很照顾，曾对人赞过黄绾：黄侍郎有后矣。

“你念慢些。”听了起首，李东阳吩咐道。

“是。”李荃好似刚入塾的小童，一字一字地念下去：

诸公皆去，独公欲去未可，绾在始则惑。唯惧公一日亦去，则国无人。既而思之，知公前日之志在于终济天下，不为其名者也；群公之志在于速靖一时，忽就其名者也。盖公能用其愚，群公不能用其愚；公能用其忠，群公不能用其忠。比群公所以一奋而辄去，公所以从容而有待者，在此矣。古之大臣固不以吾君为不能而必去，亦不以吾道为必行而必留。一日任其官，则一日立其位。或任或去或久或速，各随其时，故身无牵制而心常奋然以有为。否则，山林丘壑何往而不适哉！

李东阳睁开眼，说：“你把上面一句再念一遍我听。”

“古之大臣固不以吾君为不能——”

“不是这句，还在前面。”

李荃又念：“比群公所以一奋而辄去，公所以从容而有待者——”

“也不是这句，再往前。”

李荃终于找到他要听的那句：“盖公能用其愚，群公不能用其愚；公能用其忠，群公不能用其忠。”

“宗贤的话，你以为如何？”李东阳问李荃。

“黄先生的意思，小的不甚懂得。”李荃答道。其他老爷是否因其智而去，他家老爷是否因其愚而留；他家老爷是否因能用其忠而留，其他老爷因不能用其忠而去，这些道理，他真是不清楚。

李东阳自言自语地说：“我不自弃，不惧人之弃。我不自誉，不喜人之誉。”见李荃在等他的解释，便说：“或任或去或久或速，各随其时。这句话说得很明断。我同时想到，前面将我和诸公比较，实在是赘笔。我这样说，你可听明白了？”

“还是——”李荃犹豫了一下，“不太明白。”

“不明白也罢，许多的烦恼，就在于强求一个明白。你念下去吧。”

李荃寻到适才所念之处，接念下去：

> 居今之世，志之非难，行之唯难。绾常念当今之故，参已然之迹，中夜以思，矍然而起，为之痛哭流涕者几。诚恐太平无事之兆端不如此，不知今为善后之术将何道以先之。绾闻唐虞之际亦多事矣。唯其君能知治之道，通其变于未穷，卒以致治。不然，专恃维持，谨守故常，延以岁月，天下大乱，实可哀也。唯明公审二者，而早图之。

李东阳做了个手势，李荃知道他有话说，便停了下来。

“你知何为维持吗？”李东阳问。

“老爷，不知。”李荃答。

“宗贤作此说，怕是亦不知维持。到了必须维持的时候，勉力维持而莫能守。非大圣大贤，妄言变通，必将天下大乱。”发了两句议论，李东阳说，“好吧，看此生教我怎样变通。”

今千疮百孔，苴漏补弊，要非一端所能尽，绾敢摭其要者上之。

其一曰：古之大臣乃知治乱之机在于一人，一人之机本诸一心，故必先勉其君以力学。夫学则去人欲全天理，不学则人欲之萌如奔流，谁得制之？此桀、纣、胡亥、杨广之徒终蹈灭亡而不悟者也。

此等危言，示之于我尚可，李东阳想。要是大臣上疏，出此不祥之言，纵使圣上施恩，也会被司礼置于死地。

其二曰：自古帝王皆先修其内政，而后及于外政。夫闺门无法，王化无本。

其三曰：椒房之戚，实关衽席之恩。今之外戚，既无恩德之可承，又乏家法之可守。

黄绾建议，置官于宗人府兼摄外戚。李东阳听到此，不禁笑了。这可真有些想入非非。从太祖皇帝至今，外戚封伯拜侯，能传几世呢？与其在宗人府设官，还不如在吏部设官呢。

其四曰：古设阉宦，专便闻门役使，他无所为。刑余之辈，必鲜忠良，小用犹为不可，况可以揽天下之权哉！权在宰相，犹得斥其非而去之；在阉宦，蟠掳在中，人莫之测。

其五曰：朝廷之有言官，犹人之有耳目。人无视听，则不得谓之人矣。朝廷而无耳目，何得谓之朝廷乎！盗将有意主人之家，必先毒其吠犬，吠犬既死，不为之防，盗必大至。

李东阳对李荃说："以言官譬之吠犬，用意虽佳，不知言路诸公以为如何。"
李荃想他还要发些议论，便停下等待。他却闭上眼睛，说："念吧。"

其六曰：祖宗之法，皆试之于民。自昔败亡鲜不由于子孙变其祖宗之制。

"如何？"李东阳很快又睁开眼，"宗贤也在讲维持吧？"
李荃接不上话，又念下去：

其七曰：君之为君，以有民也。得其民，得天下矣；失其民，失天下矣。前日之所谓富民，今已退为穷民。前日之所谓穷民，今已委于沟壑。庙堂不知省，守令不知恤。周曰：当修于可修之时，不可悔于既失之后，真至言也。

其八曰：义者，天理之公；利者，人欲之私。王者所以建立邦本，垂裕无穷者，义也；霸者所以陷溺人心，贻毒后世者，利也。中国之所以异于夷狄，人类之所以异于禽兽，皆由此也。

下面几句，李东阳没听清楚，吩咐道："这几句，你慢一些读。"

李荃便放慢了速度："'今贿赂公行于上下，浮薄尤工于学校，争讼大半于齐民。有司不省治本，特以簿书钱谷为大务；胥吏罔知国法，特以渔猎克剥为生理。交征于利，相习成风，人心秽浊，恬不知怪。'老爷，这几句写得很有力量，是吗？"

"是啊，确中时弊。"李东阳听得有了倦意，问道，"还有许多吗？"

"并不太多了。"李荃答道。又念下去：

其九曰：天下之所赖以存者，纲纪也。纲纪之大有三：明用舍，令赏罚，教伦理。今长官视小民如猛兽，小民视长官如寇仇，每含愤怒，此皆危邦之陋。

其十曰：国家太平既久，民生不经涂炭，心思淫逸，劳之则怨，扰之则惊。或有一二奸雄，伺候其侧，假托名义，指朝廷之过失，执生灵之词说，振臂呼号，鼓舞而起。当此之时，我之将帅不足以应之，武备不足以制之，亦听其自为而已。

黄绾讲到"甲子之旱"，也就是弘治十七年的灾荒。"饥殍盈道，流民充斥，焚室庐，杀妻子，群相抢掠"。那一年，李东阳奉使山东，祭祀孔庙，"饥殍盈道"的凄惨景象和"振臂呼号"的震撼力量，犹历历在目。回朝后，他奋笔草疏，极言清明政治，抚恤灾民，为当前急务。

再遇到这样的灾荒，情景如何呢？李东阳不愿想象，也不敢想象。

其十一曰：群公卿者，皆前朝所任之旧臣，今以奸臣之言，一旦驱逐殆尽，诚骇视听，不能不长奸雄之志，以起外夷窥觊之心。其所关系，岂不大哉！

其十二曰：有文事者必有武备，此圣人安不忘危之义也。

其十三曰：保社稷安天下莫先于人才，宜广取而不可限求。

其十四曰：世道之衰由于学术之坏，学术之坏由于选举之非法。若欲选举得人，莫先于正人心。欲正人心，莫先于明学术。必使一时学者，皆遵小学大学之方，以求圣贤之道。

洋洋万言，夹读夹议，用了一个多时辰，李荃实在感到很累了。后面几条，便只念了条目，删去大段的议论和建议。李东阳未加斥责，只是问：“李荃，你累了吗？”

“小的身体健壮，累也不怕。只是为老爷着想，能不念的就不念了。”李荃说。

“难得你这般体贴。”李东阳倒也承情。

“老爷，罗先生这封信还念吗？”李荃瞧着另一封信问。

“景鸣的信不长，念了吧。”

罗玘，字景鸣，江西南城人。论年龄，他和李东阳同岁，但入仕晚了许多，不惑之年还是诸生。靠朋友亲戚的帮助，纳粟入京师国子监。第二年，以国子生的资格参加乡试。这一年顺天主考派的是李东阳。罗玘中了第一名。第二年又中了进士。在李东阳面前，他以学生自居。

虽有这一层关系，终因年龄相同，彼此有些拘束。李东阳和他相处，不像和其他门生那样自如。他在南京任官，间或来函致候。李东阳以为这次也是一封普通问候的信。

李荃念道：

生违教下，屡更变故。虽常贡书，然不敢频频者，恐彼此无益也。今则天下皆知忠亦竭矣，大事亦无所措手矣。《易》曰：“不俟终日。”此言非欤？彼朝夕献谄以为当依依者，皆为其身谋也。不知乃公身……

念到此处，李荃突然停下来，惊恐地叫了一声：“老爷！”再说不出话来。

“怎么？”罗玘所写，有些生硬，与往日来函不同，但李东阳也只是稍有诧意而已。见李荃之状，他料想下面写了些不堪诵读的话。

“老爷，天晚了，传饭吧。”李荃想要掩饰自己，却说了一句最不能掩饰的话。

“不妨事，你念吧。”李东阳倒还平静，见李荃仍不肯念，便说，“不用了。把信给我，你去厨房传饭吧。”

罗玘是这样写的：“不知乃公身集百垢，百岁之后，史册书之，万世传之，不知此辈亦能救之乎？白首老生，受恩居多，致有今日。然病亦垂死，此而不言，谁复言之？伏望痛革旧志，勇而从之。不然，请先削学生门墙之籍，然后公言于众，大加诛伐，以彰叛恩之罪，生亦甘心矣。生蓄诚积直有日矣，临缄不觉狂悖干冒之至。”

书房之内悄无声息，李东阳捧函呆立，任两行热泪夺眶而出，滴落在书台上。这汪泪水，蓄了许久，无以引发，现在借着罗景鸣的几句话，畅畅快快地流了出来。

“身集百垢”，这就是士人的看法吗？莫说一大批士人持此议，即使一小批士人、一个士人持此议，也足以让他摧肝伤腑了。

“身集百垢”，言之过苛了吧？就因正派大臣逐一去位，而区区一身独留吗？就因不肖群小掌握大政，而区区一身依委其间吗？不错，哲人有言：达则惠及天下，不达则独善其身。但一日在其位，怎能孜孜以“独善其身”相求？其道不行，求去是臣子的本分；求去不能，随事匡弼更是臣子的职责。三疏求去，圣上不准，某之心迹已明。若坚意弃之不顾，生何以对爱戴的百官，死何以对托孤的先帝？

内则刘太监，外则焦阁老，知之不能说不深。依委其间，谈何容易。晦庵先生不能，木斋先生不能，而某自忖能之。这才留阁办事。依委不是助纣。彼等害政，某能止之，必盛言之，不能止之，亦婉言之。彼等害人，某能救之，必明助之；不能救之，亦暗助之。这是洒泪送别刘、谢二位时就抱定的宗旨。景鸣啊景鸣，你我相识二十年，某之为人，某之心迹，你竟一点也不知吗？却要用这等刻薄的话语来刺我！不应该呀，实在是不应该。

再说，在某身边的人都是“朝夕献谄”吗？就如黄宗贤，上万言书，还是一片赤诚为国之心。他以某与群公比较，言有偏颇，我也不能赞赏。但他直刺今上，直刺内官，怕你罗景鸣也是做不到的。只知一味求去，于时世何补？

于是，又起了独坐阁中时的想法：每个人有每个人的性情，每个人有每个人的机遇，每个人有每个人行事处世的方法，不能强求，也不必强求。于晦庵、木斋是如此，于公实是如此，于景鸣亦是如此。

李东阳拭去泪水，为驱除心中的孤独，他提起笔来，写了三张条幅。李东阳的篆书冠于当世，风靡一时。他看过文徵明的隶书曾自负地说：“某之篆文，生之隶，蔑以加矣。”此刻，有感而发，笔力更加遒劲。

第一张条幅写的是：夫人避火，避火不可；妇人不下堂，下堂羞杀我。

第二张条幅写的是：莫弄潮，潮水深杀人。

这都是他早年写的乐府诗中的句子。前者诗名《避火行》，后者诗名《弄潮怨》。

第三张条幅写的是一首五言诗：汀人采芳至，物好名亦好。所恨舟中人，不如河中草。

那是他出使江南时，见舟人有采蔬者，问菜名目，答曰“连理菜”，便写下了这四句诗。一挥而就，李荃随之进来请他去用餐。

“李荃，景鸣和宗贤的信函，你都秘锁起来，若我有意外，就焚之。”李东阳神色坦然地说，“被他人见到，恐于二君不利。”

“是，老爷放心好了。”

第十七章

皇帝虽已大婚，终是冲龄，对床闱间的乐趣，不甚能领会。而皇后嫔妃都是端庄之人，一举二动，中规中矩，也不合他的脾性。因此，他宁愿和与他年龄相仿的一群小宦者同起居，同游逸。一月之间，也不过去一两次中宫，间或去一次东宫西宫。

正旦过后，有一段最为舒心的日子。上元节前后，放假十日。百官休息，不在皇帝耳边絮叨政事，皇帝也就清静了。去年上元节，闷在宫内，险些闷出病来。今年的上元节，无论如何要出宫一行，实现“与民同庆”的夙愿。

这件事已交代刘太监去办，不会有差错。

皇帝率一群小宦者在射场蹴鞠。小宦者们知道，万岁爷要的是火爆的场面，因而喊声不断，冲撞频频。球踢到热闹处，体内燥热，顾不上天气尚寒，脱却龙袍，只着一身内衣。小宦者们也照此办理，纷纷除衣。要不是万岁爷的内衣颜色不同，又绣有蟒龙图样，在欢腾雀跃的人群中无法辨认出他来。

有眼尖的小宦者看见刘瑾走过来，便叫道：“爷，刘太监来了。”

“着他等着。”皇帝仍在场上奔来跑去，直到暂告一段。

“请万岁加衣。”刘瑾恭顺地说，“今晚上的事情，奴才已按爷的吩咐安排妥帖。”

“好，今晚你来伴驾。”

“奴才另有个想法，请爷示下。”

“你讲。”

“奴才适才在想，要是爷稍易衣着，扮做客官的样子，到那灯市上，买几件可心的物事，岂不更是有趣。”

“妙，妙！”刘瑾的建议很中皇帝的心意，他高兴地说，“就依你言。”

“那么，就请皇上恩准奴才开一爿店子，恭候万岁爷。”刘瑾叩首言道。

“咿，前者谷大用要在临清开皇店，你力言不可。为何今日自家要开？”

“彼一时此一时也。奴才开此店为欢娱万岁爷，与开在临清者不同。”

“好，朕准了。”

“谢爷恩典。请爷赐个店名。”

皇帝想了想，说道：“就叫宝和店吧。”

“好响亮的名号。”刘瑾赞道，“再请万爷赏奴才一个名目。”

“朕委你为宝和店总管。”皇帝想都没去想。

“是，这宝和店是万岁爷的，奴才暂为爷管理。”刘瑾说着，压低了声音，“今晚戌时三刻，请爷带一二贴身之人过去，奴才候在那里。”

“知道了，你去筹办吧。”

刘瑾却不急着离去。店子早已安排妥当，他的几名亲信在那里管着，货架上的什物都是由宫中挪去，或是亲信太监们从家中拿去。现在，只要挂上“宝和”的牌匾即可。另外，他不急着走，还因有事要与皇帝说。

“刘太监还有事？”

“有几件小事，要面禀万岁爷。”刘瑾不急不慢地说。使皇帝着急，正是他的目的。

“讲！”皇帝果然着急，但又不能不给刘瑾面子。

“内官监太监黄准侍皇陵兼守备，内官监太监倪文调南京司礼太监，御马监左监丞满隆守备朔州，都知监左监丞王忻分守密云古北口。请万岁爷恩准。”刘瑾念出一连串太监的名字。

这些人有的皇帝见过，多数却不认识。内官外派，历来由司礼监拟定后，报与皇上知道，如无特别的关节，一般都是恩准。所以皇帝简单地说了一句：“传旨吧，朕准了。”

刘瑾仍没有走的意思。

“还有？”皇帝不耐烦地问。

“是，爷恕罪。”刘瑾仍是不急不慢，“河南左布政使汪舜民以右副都御史提督抚治郧阳，山东左布政使柴升以右副都御史巡抚江西，吏部郎中张志淳为太常寺少卿。望爷恩准。”

这些都是正常的升迁，却又有些不同。十三布政司有二十余名布政使，他们的前程是二十余处督、抚，基本上一与一之比，而右布政使往往还要在本司或调他司任左布政使，那就成了二与一之比。这一升迁相对容易。而郎中的升迁，则有内外的区别。郎中是正五品职官，外放正四品的知府是升迁，内调正四品的少卿也是升迁。外放繁华处知府，往往也是心怀不畅，若放偏远处知府，就更不堪忍受。六部有郎中四十余名，四品少卿却很有限。因此，郎中升少卿是优升。

张志淳获此优升，是因给刘瑾送了大礼。内官、武官谋升迁，给刘瑾或其他万岁爷面前有脸面的人送礼，已是尽人皆知之事。而文官，或标榜清高，或碍于面子，送礼者或有之，以钱银干进者还没有。张志淳开了行贿的先例，刘瑾一定要帮他这个忙。

但目的还不止于此。要是此时此刻万岁爷说一两句他所企盼的话，获益真是不可估量。

果然被他企盼到了。只见皇帝将外袍一丢，喝道："这等小事，也来烦朕，要你入司礼监何用！中朝外朝职官，当去当留，当黜当升，你做不得主张吗？"说罢，冲入场内。

听到这几句训斥，刘瑾比听到几句赞誉，要高兴十倍百倍。

天一傍黑，万灯竞上，男女老幼，官民人等，从四面八方涌向灯市。

灯市在东华门东北，一条东西向的街衢，绵亘二里。大道两旁，楼台南北相向；大道之中，铺位参差相接。道中两排铺位，加上道中两排铺位，分开三条通路，形成四行市肆。开市之日，两直各省之商旅，夷蛮荒貊之珍异，三代八朝之古董，五爵四民之物用，无不汇集。

上灯之后，灯亮了一处又一处，人来了一起又一起。行路者，人头攒动，摩肩擦背。乘车者，马赛轩昂，车赛华丽。一入市中，人不得转，车不能旋。与大内相隔里许，市井之人，不知宫中的局面，仍享受着节日的欢乐气氛。

一名少年，衣着华丽，带着两名年龄稍长、衣着同样华丽的随从，走到灯市大街的西口。要是有人看到此三人是从东安门内驰马出来，并且稍稍注意一下这名少年的气质，会有所思索。事实是，没有人注意到这些。

远远地便看到宝和店的牌匾，少年兴奋地用手中的鞭梢一指，说："走，去那里！"

宝和店门前站着一名商贩打扮的青年。走近时，从白净的面孔和奇特的声音，可以判断出他是净过身的人。在少年和两名随从走向宝和店时，有几名游逛灯市之人想进店一看，被站在门前的青年拦住。一开口，那些人便知趣地离去。

店的四周还有人在游逛。他们游逛的范围很小，在店东二十步和店西二十步之间，往返走动。走到一处，便互相用眼色招呼。略加观察，便知他们和其他游人不同。他们只注意来望的车马游人，对四处张挂的灯笼，对店铺摆设的货色，竟是看也不看。

宝和店内外，和其他店号有着明显不同的气氛。

少年一行兴冲冲地来到宝和店门前。守门的青年跨前一步，垂臂哈腰地说道："敝店新近开张，有几样别处见不到的玩意儿，请贵客进店一观。"

少年说："好。别看我年少，行情是知道的。你们新开的店铺，要老幼无欺才是。"

"贵客放心，小店的宗旨便是公平交易。"青年一掀帘子，"贵客请，尊介请。"

店内有五六个人，正百无聊赖地踱来踱去，见少年进内，纷纷迎上前去，殷殷致意。说也奇怪，空无一客的店子，随着少年的进入，又来了几起买主，有的要看端砚，有的要买宣纸，与店家侃起价来。一年约五十岁的老翁，将少年让到西北隅，请至上座。

"尊客请坐。这上座是不敢让旁人坐的。"老者象征性地用衣袖拂了拂上方南向安设的大太师椅，小心地说道。

"这是为何？"少年问。

"虚席以待尊客。"老者答道。

"尔等就知我是尊客？"

"那当然。尊客气度，他人万不及一。"老者又殷切地说，"夜有寒气，尊客用一杯热茶如何？"

"甚好。"

茶水送上来，别有异香不说，茶壶、茶杯和托盘，均极精致，倒令人意不在饮了。

"贵店好大的场面。"少年说，"宫内的宣德瓷，这里竟也有。"

"尊客好眼光。"老者说，"这是敝东家放下，专门招待贵人的。不想开张伊始，便派上了用场。看来，敝店真要发达了。"

"你不是东家？那么，贵东家是何人，能否见告？"

老者惶恐已极，躬着身说："这可折煞小人了。敝东家之事，小人不敢妄言，乞尊客见谅。"

"不便说就不说吧。"少年不强人所难，"你不是东家，我看定是管家。"

"小人只是照应堂面。"老者卑恭地说，"敝店总管另有其人，现在后面账房结账。"

"贵总管贵姓？"

"姓谈。"

"姓谈不好，我只愿与姓刘的交易。"

"是，是，"老者连连打拱，"小人这就去把总管请来，照应尊客。请尊客稍候。"说着拔腿要走。

"不忙。"少年叫住他，"门上说：贵店有几样见不到的玩意儿，可否取出，容某见识？”

“那小子没见过世面，尊客莫笑。”老者说，“不过，敝店确有几样镇店之宝，不遇尊客这等客官，是不敢拿出来的。”

他稍稍使了个眼色，伙计进了内室，捧出一镀金匣子，匣面镶着两颗猫眼大小的绿宝石。

“好耀眼的匣子！”少年赞道。

“尊客请看匣内之物。”

匣内放一青玉酒杯，薄如叶片，侧面纹理如乱丝，杯足雕有缕金字样。

“货是好货，不知索价几许？”少年问一句。

老者伸出五根手指。

“五百两？”

“尊客是何等人。”老者赔着笑说，“五百两的物什，敝店焉敢将尊客请入，有污慧眼。我等虽是生意人，亦知物归其主的道理，这才不揣冒昧，高攀尊客。”

“你难道要五千两不成？”少年惊问。

老者五根指头还伸在那里：“实不相瞒，芸芸众生，见不得此物。其他有缘见此物者，敝店一口价，定要索十万两银。尊客光临，蓬荜生辉，敝店发财有望，让了半价。”

“五万？”少年闻言大怒，“这般要价，和拦路劫人有何不同？我看这里是黑店。”

“尊客悄声。”老者忙止住他，“这话传到东家耳中，有许多不便。”

“哼，什么狗屁东家！小爷还怕他不成？”

其他交易之人，听到这厢喧闹，纷纷凑了过来。其中一人取出玉杯，放在八仙桌上，调解地说：“老翁之言，我等都听到了。我等不敢说是有缘之人，但一开口便是五万、十万，令人咋舌。既索高价，必有奇处。可否一试，让我们这些沾了这位尊客福分的人，也饱饱眼福？”

“这位客官说得不错，此物确有些奇处。”老者吩咐，“取酒来。”

伙计取来浙江名酒状元红。老者开启酒坛，将酒慢慢注入杯中。青杯朱液，煞是好看。更有奇者，片刻之后，蒸发的酒气冉冉而起，杯中之酒如沸汤滚动。

“尊客请尝。”老者双手捧杯进上。

酒竟是温的，酒味尤觉香美。

“此杯名曰自暖杯。”老者介绍，“相传是唐明皇爷爷时的宝物，敝店花了大本钱购进。”

“好，且放在一边。”少年不再争价，“贵店还有何宝物，请一并取出来。”

“另有一物，若非尊客，亦无缘见识。”

这次捧出的是一枕状之物，色泽如玛瑙，温滑如玉石，一看便知是宝。

“此物为游仙枕，相传是明皇赐予杨贵妃娘娘使用。”老者解说道，“若枕之，顷刻入眠，十洲三岛五湖四海尽在梦中，真是享受不尽的温馨、销魂动魄的梦境。”

“可允一试？”少年跃跃欲试。

老者说：“敝店地处市井，不敢相留尊客，唯愿交易成功，听凭尊客带回享用。”

“这玉枕，怕也要五万银两吧？”少年试问。

“五万？”老者苦笑，“今日五万让出，明日敝店怕就要关门了。”他将两手齐齐伸出：“十万。”

少年摇摇头：“太过昂贵了。这两样宝物我都买下，给个折头如何？”

“尊客肯给多少？”老者问。

“自暖杯四万，游仙枕八万，我共给你十二万，你却要将装玉杯的匣子送我。”

“尊客实在是交易的好手。”老者一副又不能接受还价，又舍不得好主顾的样子。

在一旁的客人，有的帮着少年，有的帮着老者，七嘴八舌，说个没完：

“尊客出到十二万，不少了。换了他人，谁拿得出来？”

“我看，尊客再添上一万两万，也不吃亏。”

“你知道什么！我看这位尊客开价，是深知市值，不是要讨便宜。再不识趣，这两件什物就真要成了永久的镇店之宝了。”

“这般大买卖，店家不痛痛快快应承下来，定是有其难处。”

老者向少年作了一揖：“多谢尊客帮衬，但这般大的数目，小人不敢做主。”

“那就把贵总管请出来吧。”

不用请，总管恰到好处地出场。吵嚷之声旋即停止。接待少年的老者俯在总管的耳边说了几句话。

“谢尊客赐姓。”总管说着，深作一揖。

“莫谢，那是你的缘分。”少年说，“要想留个交情，何不做成这笔交易？”

“尊客有命，敢不相从？”总管说，“只是敝东家那里，须得有个交代。”

“怎样交代？”少年问。

“请尊客留个字据。”总管说，“敝东家见到，就不会责怪我等不会办事了。”

“好说。”伙计立即侍候笔墨纸砚。少年不假思索，写下了四行字，交与总管。四行字是：来自何处，归去何处；一钞一钱，皆是赏数。

“谢尊客体恤下情。”总管说罢，吩咐伙计，“两样宝物，为尊客包好。”

少年也吩咐随从：“总管是爽快人，尔等也爽快些，速将银子付清。”

一名随从拍拍脑门，说：“这事有些不妙，放银子的袋子系在马鞍上，未曾带来。”

“混账东西！这等大事也马虎得吗？速去查看，若是银子不见了即刻去兵马司报案。”少年向总管抱抱拳，“家人糊涂，这笔钱先赊下吧。”

“偌大一笔数目。”总管沉吟着，问老者，“你看可使得？”

“就怕坏了规矩，别人也来赊欠。”

“谁有我这样的面子，让他尽管来赊好了。”少年随即向两名随从喝道，“等什么，还不拿了东西快走！”

又是东家，又是尊客，皇帝玩得好不开心。但所谓乐极生悲，无不灵验，回到宫中，便觉身子不适，一阵阵发冷。

他对伴随出宫的宦者说：“去太医院看看，谁在当值，你唤他来，不可惊动他人。”

皇上吩咐不可惊动他人，宦者却恨不得用鞭子将御医赶来。皇上稍有差池，他项上人头也就别想要了。

其实，不用他赶，御医也恨不能插上翅膀。夜半时分，皇上亲自招呼，不知患上何等重疾。

“微臣吴杰叩见陛下。”御医喘着气，请安。

“平身。”略缩在厚被中的皇帝说道，“请过来为朕诊脉。”

待见过皇上的脸色，吴杰放心了。两颊微红，嗓音嘶哑，鼻腔堵塞，是明显的风寒之症，全无凶险之象。于是，先将自家的呼吸调整平和，这才听脉看苔。

“吴杰，你看朕的病可要紧？”皇帝问。

“偶感风寒，无妨。只要休息两日，再服下臣开具的草药，即可康复。”吴杰回奏。

“几日可好？”皇帝要问确实。

“迟则五日，速则三日。”吴杰有十分的把握。

“要是葛太医在，何须三五日，两日足矣。”

皇帝说的葛太医，叫葛林，名声与吴杰差不多，二人为皇上诊治的次数也差不多。但皇帝听老公公讲，葛太医曾医治他于襁褓中，更多些信赖感。对吴杰这样说，也是要激他一激。

吴杰明白他的用意，微微一笑，说：“两日亦无不可，但有两件事陛下须得依臣。”

“你说！”皇帝忙应道。

“第一,千万不可再受风。第二，这二日内，不可与诸位娘娘同寝。”

“好，朕依你。但军中无戏言。两日之内，朕的病好了，赏你升官一级，朕的病不好，可要重重治你的罪。你用心开药，莫谓言之不预。”

“微臣不敢不用心。”

吴杰开出药方，交与侍候的太监。御药房日夜有人在值，依方抓了药煎好，依惯例盛作两碗。一碗先与吴杰饮上一口，再与侍候的太监饮上一口，证实无碍。另一碗才服侍皇帝服下。服了药，盖好被，放下帷帐，皇帝很快睡熟。吴杰不敢安睡，在御药房内坐了一夜。

病本不重，加上吴太医医术高明，第二天一早，皇帝的病就见轻。到了晚间，已然痊愈。他没有食言，命吴杰官升一级。

第十八章

各卫均设一镇抚司，维系本卫的纪律。只有锦衣卫设南、北二司。北司专门负责办理御批的大狱，因称诏狱。厂卫并称，卫者，单指锦衣卫北镇抚司。名义上它属于锦衣卫，实际上和东厂联为一体，是极阴森恐怖的去处。

正月末，由南都解来的科道官押入诏狱。这批犯人过于集中，有人满之虞，本来就忙碌的北镇抚司更加忙碌起来。

牟斌以锦衣卫佥事署理北镇抚司事。

牟斌，字益之，自幼爱读书，长成爱结交士人。对于南京解来的一干钦犯，他很敬佩。常自叹息：南都丈夫何其多也。对他们的起居，多与照顾，刑讯时，不滥用刑法。方便时，将他们请至后堂闲谈。南京科道官枉死诏狱者不多，亏了有他。

在奉旨廷杖诸臣的前夜，牟斌将行刑头目召至密室恳谈。诸臣的生死系于此人。

“明日尔等辛苦！”牟斌说，“今夜特请你来饮几杯酒。你可要尽兴。”

“小的贱役，怎可与大人对饮。”行刑头目连连辞谢不迭，“折煞小的了。”

“休出此言，你我同在衙门办事，如同弟兄一般。”牟斌取出酒来，“酒是好酒，却无甚菜。”

“既然大人吩咐，小的就侍候大人饮几杯。”

酒过三巡，牟斌叹道：“兄弟，你可知道，今年是闰年？”

“是，闰的是正月。”行刑头目说。

“凡闰年，天必降灾，去祸弭灾，鼎力回天，全在你的身上了。”牟斌边饮边说。

行刑头目赔着笑说：“小的哪有这般道行。”

“道行不论大小，回天只在心诚。”

“大人说的是。”行刑头目喝了一杯酒。

“你我的差事，”牟斌又说，“说句大实话，不是人干的差事，最易招致天怒人怨。但只要积德向善，又焉知不能感动上苍。”

行刑头目听出了些弦外之音，不敢再应答。

“明日午门施刑，打的都是我大明的忠臣。”牟斌自顾自地说，“天知地知我亦知。你呢，知与不知？”伸出三指，忽指点对方。

“忠臣奸臣，小的不敢分辨。”行刑头目说，“只要皇上老子要打，咱就去打。”

“忠奸不辨，何以为人！”牟斌双目圆瞪，大声喝道，“彼等为的是我皇上的圣治，求的是大明朝的平安，这还不是忠臣吗？”

“大人说是忠臣，便是忠臣。”

“既是忠臣，不能不杖下留情。”牟斌逼一句。

“这——”行刑头目欲言又止。

“怎么，你有难处？”

“不瞒大人说，那边发下话来。”

那边，指的是司礼监。将司礼监比作内阁，在这一点上不恰当。内阁不参与刑狱事，司礼监不但在三法司会审时要参与，不但对诏狱要参与，就是行刑也要参与。午门廷杖，司礼太监、锦衣卫使分坐左右监刑。

“怎样说？”牟斌问。

“下手须重，不得容情。”八个字，便好似说，杖死者越多越好。杖死者越多，功劳越大。

“下手自然要重。”牟斌笑着说，“让你那班兄弟把多年练就的举重若轻、举轻若重的本事都使将出来吧。”

行杖内幕，牟斌一清二楚。行杖手多是京中恶少，确定了要当行杖手的目标，从小便要练习。达到这样的火候：扎二草人，一草人中实为砖瓦，一草人外缚以薄纸。二草人覆以衣。杖前者，视之若轻，解而观之，则砖瓦俱裂；杖后者，视之极重，去衣视之，寸纸无伤，才能够被录用。

这等内幕，不足为外人道。行刑头目赔着笑了笑，仍有些为难地说：“可是，司礼监公公那里若有动作，我就不能不遵从了。”

说受刑者生死系于行刑者，不很确切。除非上面对受刑者并无好恶的表示，其生死才系于行刑者一念之间。上面不是指皇上，皇上不生厌恶，是不会责以廷杖的。但一般情况下，责以廷杖，并不就要他死。再说，行刑者也无从窥测皇上的心意。决定受刑者生死的，是司礼监监刑的公公。他若一足舒张伸出，便是与受刑者无私怨，生死听天由命。但凡靴尖紧敛，便是置受刑者于死地的信号。受刑者不死，行刑者便不要想活了。

牟斌知道这规矩，便问：“若你见不到公公的动作，又当如何？”

“那便依大人的话，杖下留情。”

“好，这件事交给我吧。”牟斌说，“到时，我借故立在公公一旁，不使尔等看到他足下的动作，你们就没有责任了。”

“大人肯担此天大的干系，小的还有什么话好说。”行刑头目欣然言道。

“兄弟肯应允，不但是成全了牟某，也有功于大明社稷，某要敬你一杯。”牟斌与行刑头目对饮一杯，又说，“还有一事——”却不再说下去。

“大人请吩咐，不必顾虑。”

牟斌摇了摇头。他本想说，有两名御史，一叫王蕃，一叫任诺，他无意庇护。这倒不是有私怨，而是他痛恨王、任二人太没有骨气。狱中审讯，他人均无所畏惧，对所做的事情勇于承担，只有他们却一口咬定，原不知奏本内容，被同伴代为签署。牟斌说：“古人耻不与君子党。尔得具名，反而后悔了吗？”二人仍不肯承认，牟斌大为反感。要是不死人不足以平息此事，该死的就应当是这两人。

但这样的想法有失厚道，牟斌没有说出。

虽经牟斌精心安排，还是有人死于杖下。他就是御史蒋钦。这不是因为牟斌回护不周，也不是牟斌所能回护的。

蒋钦，字子修，南直常熟人。弘治九年进士。为人耿直执拗，百折不回。与戴铣、薄彦徽同受杖后，罢官为民。他人或罢官或致仕后，以为职责已尽，不复再言。独蒋钦以为职责未尽，三日后以平民身份再次上疏。

蒋钦写道：“刘瑾，小竖耳。陛下亲以腹心，倚以耳目，待以股肱。殊不知瑾悖逆之徒、蠹国之贼也。”他特别提到了两件事：一是索贿。“昨瑾要索天下三司官贿，人千金，甚有至五千金者。不与则贬斥，与之则升迁。通国皆寒心，而陛下独用之于左右。是不知左右有贼，而以贼为腹心也。”二是禁言。“刘瑾矫旨禁诸言官，无得妄生议论。不言则失于坐视，言之则虐以非法。通国皆寒心，而陛下独用之于前后。是陛下不知前后有贼，而以贼为耳目股肱也。”这般乱臣贼子，人人皆曰可杀。“幸听臣言，急诛刘瑾以谢天下，然后杀臣以殉刘瑾。使朝廷一正，万邪不能入，君心一正，万欲不能侵，臣之愿也。今日之国家，乃祖宗之国家也。陛下苟重祖宗之国家，则听臣所奏。如其轻之，则任刘瑾所欺。”

数月以来，不曾有犀利至此的奏章。蒋疏一上，喝彩者有之，切齿者有之，为蒋钦担忧者有之，借此疏谋己者有之。结果也可想而知。蒋钦再次被杖三十，系于诏狱。

第二次受刑，牟斌又是百般设法，使他免于一死，重创却不能再免。牟斌暗自求得专医疮伤的良药，令狱卒为蒋钦敷上。

“子修先生，牟某对阁下十分敬重。”他对苏醒过来的蒋钦说，“还望多自珍重。”

“如何自重呢？”蒋钦身体极虚，几不能言。

“暂避锋芒，以待来日。”牟斌说道，“某意欲为国家保存忠良，望先生体察。”

蒋钦摇摇头，表示不能应承：“蒋某若贪生惜命，不再上言，还能为公所敬重吗？”

“这——”牟斌语塞。

“一日为言官，终生以建言为己任。”蒋钦说，“某但得执笔，定要再言利害。”

牟斌长叹一声，知道不能再劝。

第二天深夜，阴森恐怖的诏狱之中，从蒋钦的监室中，发出一声声凄厉的呼叫。同囚的钦犯和守监的士卒，无不毛骨悚然。

牟斌赶到，只见蒋钦仰卧草席，一双大眼凝视屋梁。

“子修先生，出了什么事？”他强压恐惧，推了推蒋钦，问道。

许久，蒋钦才长长呼出一口气，侧转身来，望着矮几，说道：“方才做了一场噩梦。”

矮几上一盏油灯，是应蒋钦的要求安放的。灯火如豆，一闪一闪，平添了几分恐怖。灯旁，摆放着几页疏稿。

“是为了它吗？”牟斌指了指疏稿，问道。

“不错。”

疏稿写道：“臣与贼瑾势不两立。臣昨再疏受杖，血肉淋漓，伏枕狱中，终难自默，愿借上方剑斩贼。陛下试将臣与刘瑾比较，瑾忠乎？臣忠乎？忠与不忠，天下皆知之，陛下亦洞然知之。陛下何仇于臣，而信任此逆贼耶？臣骨肉都销，涕泗交作。七十二岁老父，不终养矣。臣死何足惜，但陛下覆国丧家之祸起于旦夕，是大可惜也。陛下诚杀刘瑾枭首午门，使天下知臣有敢谏之直，陛下有诛贼之明。陛下不杀此贼，当先杀臣，使臣得与龙逄、比干同游地下。臣诚不愿与此贼共生。”

话有些出格，不但骂了刘瑾，也骂了皇上。须知，龙逄、比干都是死在昏君手上。要是改为：陛下不杀此贼，当先杀臣，臣在地下，当为陛下诛杀此贼，更能表达对皇上的一片赤诚之心。转此念头，却没有说出。牟斌知道，改与不改，于蒋钦无甚不同。此疏一上，蒋钦定无生还之望。唯一可做的，是看能不能抑留此疏不上。那么，借今夜之乱，假称蒋钦惊悸成疯，说不定还有转机。

牟斌先不谈奏疏，却问：“子修先生，梦中何所见？”

“似闻鬼声。”

“鬼作何言？”牟斌觉得这是个好题目，便再问。

“听之不清，故而惊吓。”

“会不会是令先祖托梦足下？”

“我亦有此念。记得梦中，某整理衣冠，肃立发问：莫非祖先之灵欲言之乎？”

“彼有言乎？”

“但闻声出墙壁间，益发凄怆。”

二人嗟叹片刻。牟斌说：“此是令先祖托梦足下无疑。或是令先祖以为此疏不当上，意欲格止，亦未可知。”

蒋钦说：“祖上怜惜儿孙，或如公言。但我既委身于朝廷，委身于社稷，义不得顾私。使某缄默负国，为先人羞辱，是大不孝。要死便死，此疏我必上之。”

牟斌不再多说，将疏稿叠放整齐，置于几上，然后说：“子修先生，天尚未明，请再歇息。”

此疏上后，蒋钦又被杖三十。三疏三杖，血肉之躯，怎能承受？回到狱中，又挨了几日，蒋钦含恨而亡。

牟斌为蒋钦抛洒的泪水未干，士卒来报，新入司礼监的公公高凤造访。

他来何为？牟斌边迎出去，边寻思着。

“为了何事，副帅悲痛至此呀？”见他两眼红肿，高凤问道。卫指挥使本无资格称帅，但锦衣卫与他卫不同。锦衣卫校尉称作缇骑，锦衣卫指挥使便有缇帅之称。佥事自然是副帅。

“朝廷失却栋梁，不能不悲。”牟斌的态度不卑不亢，甚是冷淡。

“谁人故去，我怎不知？”高凤问道。

“蒋钦蒋御史。”

高凤冷笑：“小小御史，七品芝麻官，也堪称国家栋梁，老兄不觉可笑？”

牟斌针锋相对地说：“御史职在建言。能言敢言者，即是朝廷栋梁，某不觉可笑。”

“这话传将出去，对老兄不利呀！”高凤是来找牟斌商量办事的，故作关切。

“这话我对公公说了，就不怕生祸。”牟斌并不领情，“公公来此，不知为了何事？”

“有一事，要老兄主持。”高凤说着，从袖内抽出一卷公文。牟斌一眼看出，是前几日奏上的狱词，“有几个字，我刘哥看着刺眼，请老兄务必改动一下。”

“哪几个词？”牟斌问。

“比如这个。”高凤指了指。

牟斌看看，说：“这是戴铣等人奏疏中的用字，我怎能改动？”

狱词中附有案由，是南京科道官的奏疏原文。刘瑾看着刺眼的，是疏中用的“权阉”字样。

“老兄之言好怪呀！”高凤说，“狱词又不是圣谕，改动几个字，又有何妨？”

“既无妨碍，又何必改动？”牟斌态度坚决。

“我刘哥说，原奏不便改动，但可以销毁。狱词却需保留。这两个字传与后人，即有妨碍。”高凤倒也实在，把改动狱词的用意和盘托出。

“哼，好个算计！”牟斌心中自语，嘴上说道：“狱词必须实录，这是国家法度。请上复刘公公，牟斌不敢不遵国家法度。”

高凤遭拒绝，心中不悦。收起文卷，恶声恶气地说：“区区小事，你也不给我刘哥面子吗？”

“实在是国家法度大于刘公公的面子。”

“好，咱们的交情就此打住。你别后悔！”

高凤一甩手，骂骂哼哼地走了。牟斌也不去理会。高凤自以为和他算有交情，他又何尝一日看得起高凤的为人。交情二字本无从说起。

恰有好友来访，屈身室外，把他们的谈话听了个一清二楚。高凤一走，他出来相见，对牟斌说：“益之兄，这两个字改动一下何妨？兄却坚拒之。弟愚鲁，不知就里。”

“这两个字实在是不能改。有了这两个字，全篇都是骂权阉；去了这两个字，比如改作内官，那便是半篇骂内官，半篇骂皇上。刘太监要改动这两个字，意正在此。”牟斌解释说，“存此二字，则诸君子臣节白于他日。昔人有失原奏被害者，我以狱词存其原稿，不过是尽绵薄之力，保全诸君子。”

话外之言是：一旦刘瑾失势，南京这一批科道官的罪名可以洗扫干净。

“益之兄高见。”朋友由衷地钦佩，“但恐刘太监不会放过你。”

“有人死于建言，我死于庇护忠良，难道不应该吗？”牟斌大义凛然地说。

“牟斌小子不得了。”高凤气急败坏，把见牟斌的经过，一五一十说与刘瑾听。

“哼，小小佥事，一匹夫耳，也敢于顶撞！”刘瑾又责备高凤无用，“你说与他有交情，原来是这样的交情，我等的面子都丢尽了。”

“正因为有交情，要替他留些情面。”高凤讪讪辩说，“如今也顾不得交情了，刘哥说如何处置吧。”

“他管的是大狱，打的是别人，我也要他尝一尝挨打的滋味。”

闰正月初四日，司礼太监李荣至锦衣卫北镇抚司传旨：指挥佥事牟斌杖三十，降百户闲住。

第十九章

正当刘瑾为牟斌之事恨得咬牙切齿之际，却得到一桩意外的惊喜。蒋钦说刘瑾“要索天下三司官贿，人千金”，并非虚言。三司以下官员升迁，要行贿赂，已成定规：三司官以千金为低限，府官五百金，大县三百金，小县二百金。而刘瑾并未厌足，又在打更高一层地方官员的主意。

布政使司是一省最高的行政机构，按察使司是一省最高的行法机构，都指挥使司是一省最高的军事机构，合称“三司”。在三司之上，还有朝廷派出的总督和巡抚。他们管政管军管吏管刑管钱管粮，是真正辖制一方的大员，时人称之为“封疆”。刘瑾所想的，是要督抚行贿。三司官低限千金，高至五千金。督抚官再低，也不能少于三千金吧。

这钱却不好张口去要。三司官是纯粹的地方官，难得径入朝廷。督、抚或由布政使中升任，或由朝廷六部都察院的副职中派出，为朝廷所重，随时可能调回朝廷。一调回来，不是侍郎，便是副都御史。也有资深的督、抚，可径任尚书或掌院的都御史。有这样的来龙去脉，便不好直接派人索要贿赂。

真是“心想事成”，想到督、抚送钱，督、抚就送钱来了，数目之大，超出预计。

门上来报，韩范携一公子，在外候见。恰逢刘瑾无事，命引他们进来。

“老韩呀！”刘瑾见到韩范，不容他施礼，便拉住他的手，亲热地说，“都说亲不亲，故乡人。你却这样久不来看我。”

“小的不是不来，”韩范说，“来过许多次，知道公公在忙要务，不敢搅扰，只在外面叩问一声。”

“你与别人不同，定要常来看我。”刘瑾嘱咐。

“小的遵命。”见刘瑾在打量同来的公子，便介绍说，“这位是刘总制刘宇大人的二公子。”

“原来是位贵公子。”刘瑾不表示欢迎，也不表示不欢迎，说了句没有味道的话。

公子忙施大礼，口称：“晚生叩见刘公公。”

“公子怎样称呼？”刘瑾问。

“晚生单名一个俸字，俸禄之俸：请公公直呼晚生名字。”

“那可太失礼了。”

刘俸叩首说：“公公不以外人视晚生，是晚生的福气。家父叮嘱晚生，代他致意，送上一份薄礼，并要晚生父事公公。”

不知因为刘俸说话得体，“父事”二字博得刘瑾欢心，还是一万两礼金起了作用，刘瑾改变了冷淡的态度。他拉起刘俸，笑呵呵地说：“好说，好说，大家都姓刘，本就是一家。”又问：“令尊大人身体可好？”

刘俸冷眼观看，知道花在韩范身上的银子不冤枉，给焦芳的礼物没有白送，给刘瑾的厚礼也有了效果。这时听得刘瑾询问，忙答道：“托公公的福，家父身体还好。”

“刘大人该回院了吧？”刘瑾似有意似无意地又问。

“是，刘大人已在途中。”韩范代答，“他急于拜见公公，尚未奉敕。”

总制宣、大军务是一项临时的差事，有事派遣，事毕撤回。到任和停任，均须奉敕。此时边警已息，但朝廷尚未下敕书。这就有两种可能，或宣召回院，或派任他处督、抚。照理说，无敕而还，是一件大过失。刘瑾却说：“那就补一敕书吧。”

“谢公公大德。”刘俸喜出望外，又施过礼。

“不必客气。刘俸，我且问你，令尊是愿留院，还是愿在外辖治一方？”这话实在问得多余。若有他图，何必急着赶回京师呢？而刘瑾又不能不问。收了人家的厚礼，总要遵从人家的愿望。如果主动说“请阁下回院办事”，看似帮他，倒似求他了。

“这话不好说。”反转来剖析，刘俸若直接讲，让人感觉，是有求而送礼。

“都是自家人，刘公子，但说无妨。”这时就显出韩范的用场了。

“正是这话。”刘瑾点头，“你如实讲。”

“家父自然愿意留在朝中，好随时向公公请教。”

“那好。请你转告我的话：刘先生厚爱，我领了。张敷华罢后，掌院左都御史空缺，这个位置是刘先生的。”刘瑾郑重许诺。

“此事似有不妥。”张文冕沉吟着说。

他对刘瑾所言所行很少有异议，故刘瑾问：“有何不妥？”

“刘宇虽有厚献，可用来倡于督、抚。但此公品行不佳，人多有微言。由他掌院，恐于吾公不利。”这是张文冕的顾虑。

刘瑾微笑不语，一副胸有成竹的样子。

“晚生说错了吗？”张文冕不安地问。

“错与不错先不去说它。”刘瑾道，“刘宇人品不佳，文冕是听谁人讲的？”

“人多言之，晚生也不知源于何人。”

“我可知道。是老万岁爷说起。他老人家说：其人好作威福，好虚名，无诚心为国家。这是老万岁爷说话时在场的一位公公告诉我的，不会有错。我还知道，老万岁爷这话是对刘大夏讲的。刘大夏出宫时，遇到内阁刘。内阁刘询问老万岁爷有何言语。这段话，刘大夏没敢说，可以肯定，不是他传出去的。”

张文冕持有疑义：“听闻先帝说这话，是因为刘健曾荐举刘宇，故刘大夏不肯相告。但不能断定，刘大夏没有把这话告诉他人，譬如，告诉李阁老。”

“即使刘大夏把这话告诉了李阁老，李阁老也没有传出去。”

“公何以这般确定？”

“因为这话是我传出去的。我告诉了焦守静先生，他那时正任吏部侍郎。很快，人们便在议论了。”刘瑾透露了这个鲜为人知的秘密。

“吾公何以要这样做？”张文冕有些吃惊，也很是不解，“今日既要拉他，前日便不当推他。”

“文冕，你还是读书人的见识。”刘瑾说，“一年前，吏、兵二部尚书之争，你可知道？”

“略有所闻，”张文冕答道，“说起来，马尚书和刘宇都是钧州人，极力推举，难免有嫌。”

“也有人说刘大夏利用刘宇的任用来打击马文升，别有图谋。”刘瑾对这些议论不以为然，“都是局外人之见。依我看，马、刘之争是传出老万岁爷的话引起的。马文升认为，刘大夏传出这话，是为了逼走他，于是愤然而去。同情马文升的人认为，刘大夏传出老万岁爷的话，意在指责马文升结党，其实是自己结党。彼等自相争斗，就空出了许多重要的位置。你问我为何要这样做，现在可知症结所在？”

“彼等官场斗，公作壁上观，确实高明。”张文冕若有所悟，但又仍有疑虑，“不过，先帝之论已散布出去，再重用刘宇，难免授人以柄。”

“这又是书生之见。”刘瑾今日似乎有意引导这位最得力幕僚，“现在来说说为何还要重用刘宇。彼有厚献，当予回报，其一也。”说着伸出了一根手指。

“其二呢？”

“刘宇是刘健、马文升先后推荐的能臣。在士大夫眼里，刘、马是何许人？”

“正直忠良之臣，”张文冕说罢，又忙作解释，“在晚生看来，则是愚笨之人。”

刘瑾笑了："确是愚笨之人。不过，且依士大夫之见吧。正直忠良之臣荐得的人物，我为何就荐不得呢？"

"对，将刘健、马文升拉扯在一起，便有了荐贤的名声。"张文冕点头。

"倒转来说，如君所言，刘宇人品不佳，那刘健、马文升还能算作正直忠良之臣吗？刘健詈我，我去刘健，孰曲孰直，就不那么好断言了吧？"刘瑾伸出第二根手指，"这是其二。"

"左右逢源。"张文冕赞道，"用人之妙，无过于此。"

"还有其三，文冕试为我言之。"

"晚生不敏，还请公示。"张文冕洗耳恭听。

"而今中外大臣心存疑惧者多，真心附我者少。刘宇附我而居要津，他人必有所动。刘宇乃是一饵。待到人皆附我，刘宇果是能臣，我用之；如是庸人，我弃之。用弃在我，轻而易举，有何难哉！"稍顿，又说："文冕，用人之际，各方人才，你要代我留意。"

"是。"张文冕恭恭敬敬地答道，又适时地抛出一句奉承的话，"吾公深谋远虑，人所不及。晚生能为公办事，实在是三生有幸。"

刘宇到任不久，便碰到一件不大不小的棘手事：每日赴衙门，都见都察院门前立着一人，戴枷示众，早出晚收，解回大狱。初时不甚经意，掩面而过。几日后，见此人日渐孱瘦，站立不稳，不觉起了戒心。

被械之人，是都察院属官，御史王时中，现派外差，巡按宣、大地区。

王时中是山东黄县人，弘治三年进士。他平日敢作敢为，口碑不错。但自从做了一件事情后，颇有被正人君子唾弃之势。那是马文升致仕后，推举新的吏部尚书，刘大夏、闵珪呼声最高。王时中为马老尚书不平，奏了刘、闵一本，致使刘大夏挂印而去。闵珪虽未致仕，也转不成吏部了。于是，侍郎焦芳升了尚书。这一结局令朝野愤懑，纷纷责怪王时中。王时中也自叹糊涂，追悔莫及，立誓正色为官，重建声誉。

出按宣、大，给了他一个立名的机会，也给了他一个惹祸的机会。宣、大逼近京师，正式的武官也好，挂名的武官也好，都在京城有些背景。各种名目的中官就更不用说了。王时中在按院，一丝不苟，数日内逮捕上百名贪污的武官和索贿的中官。两处按监人满为患。被捕者的眷属家丁、亲朋好友，以及未被逮而自思行将被逮的武官、中官，争相走入京师，各找各的靠山。有人找到了丘聚。

丘聚憋着一口气，总感觉谷大用压他一头，西厂压东厂一头。得知此事，派出缉事人员，到宣、大缉查明白。

关了那么多人，还能有好？哭爹喊娘的，咒天骂地的，病重抢救的，无病呻吟的，乱成一团。丘聚报知刘瑾，以问刑不当、量刑过严的过失，将王时中押解至京。这次得罪的人太多，为消解众人怨气，让王时中在都察院前戴枷一月，届时再上奏定罪。这也是对御史和来往都察院办事的他署官员的警告。

这一日，在都察院门前，刘宇方下得轿来，一妇人衣衫不整、垢面披发，一头跪倒在他面前，泣不成声地叫道："刘大人，冤枉呀！"

"何、何事？"刘宇有些慌张。

"求大人救救我家官人。"妇人边哭边诉。

"你家官人是谁？"刘宇问。

妇人用手一指，正是那边戴枷而立的王时中，眼见得不成人形。

"原来是王夫人，快快请起。"刘宇说，"朝廷有命，王御史戴枷一月。这一月的期限是不能减的。到期后，本官自会为他求情，从轻发落。"

"怕是等不到一个月了。"王夫人说到这里，悲从中来，又放声痛哭，引得来往之人驻足。

"王夫人为何这样说？"刘宇惊问。

"时中他已难以进食了。"

都察院的官员且不进衙门，远远站立，看掌院之人如何发落。刘宇咬咬牙，说道："既然是这样，王夫人请先回府，本官自有计较。"

"刘大人，要快呀，再晚就不及救治了。"

"死一个御史，何须惊怪。"刘瑾平淡地说，"死一个御史而能立威，刘都堂不以为是大幸吗？"

都堂是都御史等官的别称。刘瑾不称刘老先生，或他的字至大先生，而叫起官称，刘宇知道要小心说话。但一想到待毙的王御史和半癫的王夫人，又不能不硬着头皮说话。

"公所言极是。"他用心地挑选着词句，"但刘宇方回院掌事，有属员刑死门前，总是不祥，还望公垂青。"

刘瑾想了一下，说："此事是东厂力主要办的，我也不能太驳丘太监的面子。"

"是，但王时中枷了十余日，东厂的威望已立。吾公了断此事，既不伤东厂的面子，又替东厂做了善事。丘太监只有心怀感激。"刘宇在娓娓动听的理由之后，又加上一句，“半月前不就有过同样的事件吗？”

“你是说崔璿等人？”

那又是东厂办的案子。尚宝司卿崔璿出使，湖广副使姚祥上任，工部郎中张玮巡河。均违制乘舆，从者索取驿马，为东厂侦校缉到。传中旨：崔璿于长安左门、姚祥于长安右门、张玮于张家湾，各带枷示众两个月。李东阳上疏婉转救助，说崔、姚、张等确是违制，但动辄枷于市，亦非朝廷体制。结果，戴枷十日，便做了处置。果然是很重的处置：三人永戍辽东铁岭卫。

这是将了刘瑾一军。能给李东阳面子，就不能给我刘宇面子吗？刘瑾决定，要给刘宇这个面子。在松口之前，却先要让他知道利害，这个面子非同小可。

刘瑾缓缓说道：“这两个案子有所不同，崔璿等人只是违制，干系事小；王时中却是滥刑，得罪人多。干系事小，便好了结。得罪人多，便难回转，易招怨言。”

“不过——”刘宇欲插话。

“对，”刘瑾不容他说，“不过，至大先生的面子，不是他人可比。这件事，我一定要替先生办好，让先生安安稳稳去做都堂。”

王时中即日去枷候勘，也是谪戍辽东铁岭卫。幸运者，并非永戍。

第二十章

济南府号称天下第一府。其实就所辖而言，不如开封府：济南府辖四州二十六县，开封府辖四州三十县。就地位而言，远不能与南北直隶的首府顺天府和应天府相比。南北直隶不设衙门，顺天、应天二府便与省司相仿佛。只不过布政司是从二品衙门，二府却与按察司一样，是正三品的衙门。二府长官不称知府，而称府尹。各府知府不但不能平调府尹，就是直接升任的也很少。四品的知府调任同是正四品的二府府丞，也被视为升迁。

济南府知府赵璜接旨，调任顺天府府丞，即将入京，阖家喜气洋洋，同僚也来相贺。山东巡抚朱钦设席为他送行。

“廷实，布、按二司的老爷们还要专程请你，我就避开他们了，只请张推官相陪，莫怪我简慢呀！”朱钦将赵璜和张元魁延入行台后院，说道。酒席设在这里，只有三桌。

朱钦是成化八年进士。赵璜是弘治三年进士。二人年齿长幼、科第先后、居官尊卑，都相差甚远。加之二人相处融洽，所以朱钦对赵璜直呼其字，没有加任何的尊称。

“抚台大人盛情，廷实愧不敢当！”赵璜连连拱手致谢。

三人小酌，不如盛宴热闹，也不似盛宴拘谨。免却拘谨，大概就是朱钦的本意，无奈张元魁品秩太过低下，只有七品，在二位大人面前，不敢轻易开口，只在心中纳闷，抚台大人何以要他来作陪。席面上，便只有朱钦和赵璜随意攀谈。

“廷实，准备哪一天动身？”朱钦问。

“衙门有些事情要交代，家中也要做些准备。还需三五天的时间吧。”赵璜回答。

“莫要迟疑，速行为好。”朱钦切切叮嘱。

赵璜不解地问：“这是为何？”

朱钦叹了口气，说：“我在这台位上，不知还能坐几日，很怕牵累了你。听得你调顺天，我且喜且忧，恨不得你即刻离开是非之地。”

赵璜听闻朱钦的忧心，却知之不详。他看了张元魁一眼，问道："到底为了何事，抚台大人方便不方便告诉属下？"

"二位与我共事，不止一载，彼此深知，没有什么不方便的。"

俗话说："话不传三人。"所以赵璜看了张元魁一眼。听了这话，不必再担心。

朱钦讲起：去年冬天，王岳、范亨、徐智递解南京，途经临清。王、范二人被不明身份之人刺杀，徐智折断一臂，侥幸脱身。事发在山东境内，地方官有责查明。朱钦遣人，明察暗访，摸清些眉目，却终是查不下去了。于是，朱钦上疏，写了这样几句话："臣知王岳为刘瑾辈所恶，此事必刘瑾所为。望陛下察岳无辜，惩瑾妄为。"

这道奏疏是拼却性命写的。朱钦内不告眷属，外不告属员，只求一人承担其祸。谁知过了数月，未闻朝廷有何批答、处分。托人探听，朝中大员无人知有此疏。朱钦心里明白，定是刘瑾私下扣住，不令人知。既如此，刘瑾便不会以此疏加罪自己，但也决不会放过自己。这几个月，忧心忡忡，坐等大祸。

"廷实，我实不愿你受到牵累呀！"朱钦重复一句。

朱钦久任地方官。弘治十五年入都觐见，吏部于地方官中挑选治行卓异者六人，朱钦为其一。当时，他任浙江按察使。因为知道良吏难得，对长于治才的赵璜，自然别有一番爱护之情。

这桩公案，赵璜隐隐有所闻。听朱钦一讲，他也知道，这场祸是躲不去的。要说差别，也只在加罪的大小、被祸的深浅。

赵璜也明白了朱钦单单把他和张元魁邀来喝一杯酒的用意。一年以来，朱钦在济南府的兴革，多是依靠他们二人，朱钦要是被祸，他们也无处可遁。

难道离开山东，离开济南，便会躲过祸去吗？这想法着实好笑。但细细一想，便不难明白朱钦的心理：既然调迁顺天，便无加罪的意思，对不知道自己前程又担心赵璜前程的朱钦来说，是一个安慰。

抚台大人的关怀和良苦用心，感动了赵璜，他也尽力安慰对方："吉人天相，抚台大人上疏，本是为国为民，何罪之有？请放宽心吧。"

"老弟台，"家乡在福建邵武的朱钦用北方官语道出家乡人惯用的称呼，颇有些滑稽，"此疏必有报应，不去说它了。先师吴公与弼先生曾言：宦官、释氏不除，天下不治。除释氏，我革俗力行；除宦官，我捅到了朝廷。此外，我在山东为官多年，以为山东还有一害当除，否则山东不治。那就是酒鬼。我怕你要受连累，也就是在这件事上。"

“下官不知，抚台大人曾经师从子传先生。”吴与弼，字子传，是天顺年间的大儒。赵璜不理会其他，先问此事。

“是呀，”朱钦感慨地说，“我的人品、学品，可说均受益于先生。”吴与弼传人甚多，官至显位的，要算朱钦了。

“廷实，莫要将话岔开。”赵璜意欲避开主题，被朱钦一语道破，“难得有机会和二位闲话一番，就讲一讲我决心禁酒的缘由。十几年前，我曾任山东按察司副使。廷实，那时你正在科场得意。”

“是。”赵璜应道。

“一次，审理一桩拐卖妇人的案子，竟是亲夫拐卖亲妇。尔等道是为了何故？”朱钦痛心地自问自答，“是为了酤酒。卖妻是为买醉。后来我察知，齐鲁之人嗜酒，省外人实难想象，真是只可以淫字喻之。有钱买酒，无钱盗酒，夜不归宿，日不田畴，酒不离手，不醉不休。以结发之妻易酒，以亲生之女易酒，不知有几多。其时，我暗自思忖，一旦施政山东，我第一件要做的事情，就是禁酒。”

“难怪老抚台召见下官，给我看的第一件公文，就是禁酒令。”赵璜说。

“是啊，没想到天遂人愿，我真被派到山东府。也难得遇到二位，鼎力相助，铲除恶习，使本官的积年愿望得以实现。回想这一段的作为，痛快，真正是痛快！”

朱钦的禁酒令，主要有两条：第一是严禁市酤，以断酒源；第二是邻里监督，有犯同罪。积年之习，岂是一纸禁令就禁得了。市上不准卖酒，便多在私下交易。市上的醉鬼少了，家中的醉鬼却多了。朱钦不肯罢休，责济南府严查。赵璜奉钧命，又责之负责刑名的推官。张元魁乃一丝不苟之人，从历城开始，东而章丘，西而齐河，北而济阳，南而长青，一县一县地查下去。查到以酒交易者，买者卖者邻里街坊，一并铐走。

很快，便出了差错。一个叫汝林的总甲，因邻人中有酤酒者，不愿到官受辱，自缢而死。其母大恸，欲奏诉。张元魁送去银十两，赵璜送去粮二石，总算二人官声不错，风波渐平息。官府验尸的时候，一壮汉站立一旁冷笑。晓事之人，交头接耳，说那是东厂的探子，大家要小心些。这事在几天前发生在历城县，事后再无人看到那壮汉。

事发后，赵璜自省，禁酒之事怕是做过了头。他私下嘱咐张元魁，酒仍是禁，但章程改一改，严禁改为缓禁，千万不要再出差错。

二人议定的事，未曾请示抚台大人。现在看来，请示了亦无用，他不是还在大叫痛快吗？宁折不弯，正是他老师吴与弼先生的风范。

“我现在要对二位说的是：廷实调顺天，跳出苦海。元魁老弟，若是朝廷追查此事，你便推到老夫身上。此事由我而起，亦当由我一力承当。我是方面大员，纵有过失，处分不致太过严厉。过失杀人之罪，若是加到二位头上，可就非同小可了。”朱钦起身，向赵、张二人作了一揖，“此事二位定要应允，不然我寝食不安。这也是我行事过激，咎由自取。”

二人连忙起身还礼，心想：日前过激，原来抚台大人也有所悟，还不至完全糊涂。

席上本就无甚佳肴，伤神的话一说，吃起来更无滋味。

不管赵璜和张元魁是否应允了朱钦，处分很快下来了：朱钦致仕，赵璜罢官为民，张元魁戍边。果如朱钦所料，责任的大小是一回事，处分的轻重又是一回事，处分重的肯定是下层职官。他没有料到的是，赵璜也未能逃脱，尚未从济南启程，朝廷的旨意就下来了。东厂行动之快，令人不得不畏惧，也令人不能不佩服。

山东是巨省，山东巡抚是肥缺。朱钦致仕，有资格推举督、抚的朝廷大员都在琢磨人选。焦芳、刘宇分别去刘瑾的私宅两次，他人或结伴而去，或托人致意。年初刚有圣旨：凡进退文武官，先于刘太监处详议。不通过这一关，休想成功。

谈及此事，刘瑾或是微笑不语，或是顾左右而言他。登府之人，都是高深莫测。

焦芳私下问张文冕：“文冕，刘太监心目中是否已有了适当之人？”

“未曾听闻。”张文冕实话实说。

“那为何对我等的荐举不置可否呢？”

“容晚生趁便问过，再禀告守静先生。”原来称老先生，现在称守静先生，透着亲切，也说明对自己的身份有了新的认识。

不过，张文冕还是找机会摸了摸刘瑾的心思。一日，乘着刘瑾高兴，他故作无意地说：“山东巡抚空缺有十天了吧？”

“文冕，可是受了守静先生托付？”刘瑾笑问。

张文冕也笑了：“公明察秋毫。虽是守静先生托付，也是我自家好奇。”

“守静先生一定说我已有人选。”

“他正是这样说的。”

“你呢？”刘瑾问，“你是如何看法？”

“晚生想，山东重地，吾公一定要慎加选择。”张文冕试言刘瑾的心思。

“错了！”刘瑾立即否定，“再试言之。”

“那么便是被荐之人多了，一时难以决断。”张文冕说罢，加上一句，“据晚生看，守静先生荐的人是不错的。”试探中，也为焦芳说了话。

刘瑾又摇头，还说：“焦阁老受了人家好处，你莫上他的当。”

“此人于公也有厚献。”张文冕分辩说。

“他的厚献，我自有回报。甚或超出他的期待，也说不定。但山东巡抚却不会给他。”刘瑾不容张文冕再说，问起另一件事：“文冕，应天巡抚艾璞，你可熟稔？他是弘治十八年由京卿放出的吧？”

不熟稔，但有旧怨。张文冕在华亭被革生员，曾托人在艾璞面前疏通，艾璞不与理会。不知刘瑾为何要问，张文冕不敢多说。

“是，艾抚台在弘治十八年升了光禄寺卿，即放苏、松巡抚。”应天巡抚辖十府，驻苏州，以苏州、松江二府事务最繁，又称苏、松巡抚，“他是江西南昌人，成化十七年进士。”

“哼，这等资历，也做到应天巡抚！”刘瑾以鼻嗤之，“他的巡抚，也别再做了。”

这倒是不曾料到的。张文冕静听刘瑾的叙说：开国首勋徐达之后、魏国公徐俌自弘治中守备南京，屡屡与民争田。无锡有民告到巡抚衙门。艾璞勒令，田归于民。徐俌家人备好厚礼，北上京师，熟门熟路，找到了刘瑾。刘瑾传旨，令南京官再勘。

不管查勘的结果如何，徐俌的官司定打赢。艾璞失察，又是得罪勋臣之后，会是什么结果，想都不用想，便可知道。

张文冕有了新的想法：焦阁老所荐之人，奉献甚厚，不派山东，大概要派应天。江南富庶之地，应天巡抚更胜山东巡抚一筹。

“你又想错了！”无须开口，刘瑾便知道了他的心思，“我也不会让他去应天的。”

这又不是，那又不是，张文冕干脆不再猜断，听候刘瑾的解释。

“因为，我根本不想向两处再派巡抚。”刘瑾简单讲了他的想法，“文冕，此事我也正要找你商议，听听你的高见。”

高明之见没有，平庸之见也没有。张文冕全然没有听懂刘瑾的意思。应天、山东，均是重地，怎可能不派巡抚呢？

“晚生愚昧，请公明示。”

“以士大夫任巡抚，纵是焦、刘等老先生所荐，总是隔着一层。”刘瑾说着，突然问道，“我欲以巡抚之权尽归镇守内臣，你以为如何？”

这有些匪夷所思了。各省有督、抚，也有镇守内臣，是两个不同的系统。废督、抚而权归镇守，是不是有悖常理呢？

但又不是不可能。巡抚者，辖制三司。而镇守内臣，也有权参管地方钱粮和军事，逐渐扩张其权势，又有何不可呢？

张文冕实在宾服刘瑾的大胆设想。

“文冕，为何不言？”

“督、抚本非常设；以现在的权势，有如初时的行中书省，并非祖宗本意，废之有何不可？”张文冕从另一个角度为刘瑾的设想寻找根据。他可没想到，派镇守中官，更不合祖制。或者想到了，也不愿说：“不过，此事要一步一步去做，不能操之过急。”

“我正是这样想。”刘瑾说，“罢一处巡抚，关一处衙门。巡抚之务委之镇守。待得办过五、七处，交代守静先生拟一纸敕文，停设天下巡抚；再拟一纸敕文，使天下镇守太监，得预刑名政事。这天下的事，就更好办了。”

张文冕连连称“高明之至”，又建议：“要不要先和守静先生打个招呼？”

“不忙吧。”刘瑾想了想，说，“事关机密，过早传出去，朝内外人心不稳。”

第二十一章

听讲经筵，讲者拿腔作势地宣讲，听者中规中矩地坐听，对皇帝来说，是一件极受罪的事。只要能玩个小花招，要个小赖皮，罢开经筵，他绝不放过这样的机会。但不能次次罢开，不时要硬着头皮听上一次。

领经筵事，对司礼太监来说，也是一件受罪的事，特别是在要处理越来越多的俗务之后。但每次开经筵，刘瑾都要到场。他要听讲官是怎样讲的，也要看皇上是怎样听的。

皇帝心猿意马，坐是安安稳稳坐在那里，心中却不知在想些什么。通常如是，今日更甚，讲官便倒了霉。

今日的讲官是少詹事杨廷和、翰林学士刘忠。他们是皇帝在东宫时的旧僚，皇帝平日对他们也算亲近，今日却丝毫不留情面。讲筵毕，他对刘瑾说："经筵不是讲书吗，怎么加添书外的许多话来？好不烦人！"

讲解书义要献规谏之言，是向来的规矩。不加添书外的话，监讲的御史、给事中必要纠劾。这是皇帝很清楚的。他今日甚是不讲道理。

刘瑾对这两个人无太大的恶感，也无太大的好感。进献规谏，再加小心，不知不觉，也会讲到宦官方面，因而无大好感；杨廷和、刘忠到底是谨慎小心之人，因而无大恶感。听皇帝有不满之意，刘瑾说："他们是一对书呆子，留在朝中无用，不如打发到南京去做官，免得多听烦人的话。"

皇帝无可无不可，说："好，你去安排。"

刘瑾念着昔日同在东宫的情面，调杨廷和任南京吏部左侍郎，刘忠任南京礼部左侍郎。少詹事正四品，翰林学士正五品，骤升正三品的贰卿，却并非佳事。不说明升暗降，也是远离天颜。不过，南京礼部向无左侍郎，这次为刘忠特设，可说很有面子了。

吏部尚书许进曾举旧例言及此事，请勿坏规矩。而刘瑾行事，专坏规矩，越坏规矩，越是要行。许进只好任他去。

调升南京官，说不上是佳事，也说不上是霉事，杨廷和、刘忠二人无喜无嗔，准备南下。

刘忠想到，有一事须与杨廷和商议，一致行动，便约他见面。二人都是成化十四年进士，不需要客套。刘忠径直问道：“介夫兄，你我要不要向刘太监辞行？”介夫是杨廷和的字。他是四川新都人，后生辈往往称他新都公。

“依司直兄之见呢？”刘忠年长，杨廷和反问他的主张。

“我无定见，兄之见，即我之见。”刘忠是河南陈留人，为人憨直，“兄言当去，我随兄去；兄言不当去，我便省却此行。”

“若我说，不去辞行为好。”杨廷和道。

“好，那便不去。”刘忠点头，起身告辞，真似全无主张。

“司直兄慢行，容我辨析一二。”

“不去便不去，还要辨析吗？”说是说，却又坐下。

杨廷和清了清喉咙，说道：“调任南京，是刘太监做的手脚，我知兄亦知。”

“他为何要遣走我等？”刘忠懵然无知。

“总是有碍眼之处吧。与当今圣上略有渊源的官员，一个一个调离朝廷，便干净了。”杨廷和说，“我可断定，你我调任南京，不是圣上的本意。”

“如此说来，南京不该去了。我二人何不疏辞？”刘忠认真地说，“否则有负圣意。”

“司直兄说笑话。那个人做的安排，又有了旨，怎能不去？”杨廷和深知刘忠为人，并不见怪，只是一句一句地分析。

“那也是。”刘忠点头说。

“这些内情，外人或有知者，而不知者居多。你我调任，是升不是黜，且特为兄设置礼部左侍郎一职，外人更易疑惑。此时你我去辞别刘太监，大家更要说，此次调任，是因为巴结刘太监，你我岂不难辩？”

“承教，承教！”刘忠拱拱手，“你说不去，我便不去。你说了这一番道理，我便更不能去。”

杨廷和又说：“此事说定，司直兄，我二人是同行，还是各自走，请你定下来。”

刘忠想了想，说：“投宿有早晚，行路有快慢，你我各走各的，免得拘束。介夫兄，我先行，我也不来别你；你先行，你也不必别我，我们南京再见吧。”

决定了这件事，刘忠很觉轻松。回到府上，竟心血来潮，令书童研墨，提笔撰写一篇《野亭先生墓志铭》。野亭先生何许人？刘忠自号也。墓志铭本该死后由他人写，算是盖棺论定。此前，也有人戏为之。自《野亭先生墓志铭》传出，遂在士大夫间形成一种时尚。比如，因言事而得罪刘瑾的给事中刘菃后来撰写了一篇《秋佩生墓志铭》。刘菃号秋佩，别号凤生。他将这两号合起，写作秋佩生。

《野亭先生墓志铭》写道："呜呼野亭，胡为而生？胡为而仕？胡为而归？胡为而死？盖其生也，寄天地之委和；其仕也，滥皇明之介祖。考诸己，考诸人，则归有余裕；委者还，滥者收，则死获所止。"

写了这几句话，反复诵读，刘忠很是得意，以为在自撰墓志铭中，别树一帜。有同僚好友前来话别，必出以示人，声称请赐教。自撰墓志铭，较之为他人写墓志铭，本就比较自由，无须评说。猜测刘忠与刘瑾有交的人便说：如斯如斯。意思是说：原来如此。为刘忠离开朝廷抱屈的人便说：乃尔乃尔。意思是说：正是如此。

杨慎衔父命，拜别李东阳。李东阳见到他，很高兴，招呼道："用修，为何许久不来？"

"家父督课甚严，不敢偷闲。"杨慎答道。

"似君这般才识，何须督课？"李东阳赞了一句，接着问，"介夫先生南行，可定了日子？"

"是，就在三两日内吧。"杨慎回答，"父亲说，西涯先生对小侄一直期望甚厚，令我先来给先生叩头，聆听教诲。"

"怎么，你不留在京里读书了？"李东阳很是关切。

"与家父合计，还是随同南下为好。"

"也有道理。只可惜老夫又少了一名小友来往。"李东阳叹息地说，"用修，我见到的晚一辈中，以你才分最高。留在京师也罢，南下陪都也罢，千万要好自为之。"

"是，侄儿一定用功，不负西涯先生厚望。"

站着说了几句寻常的话，二人坐定。李东阳笑着问："听闻崔子钟呼你小座主，可有此事？"

"有虽有，不过是崔先生的一句笑话。"

"说来听听。"李东阳饶有兴趣地提出要求。对士大夫中的奇闻轶事，他一直是喜闻乐道。崔铣是弘治十八年中进士，杨慎只有十八岁，怎就成为崔铣的小座主，实难想象。

杨廷和则确是崔铣的座主。弘治十八年会试的两位主考，一是翰林院学士张元祯，一即当时任左春坊大学士的杨廷和。杨慎从父阅卷礼闱。未经校阅的试卷他不能读，考官选中的试卷他也不能读，能读的是落选的试卷。在某考房落第的试卷中，他发现了佳作，捧来细读。读着读着，不由拍案称绝。

“肃声！”杨廷和在一旁警告。

“父亲，此篇甚佳，在经史文章中应置魁首，为何反而弃之？”杨慎指责道。

“尔读过几篇文章，也分得出良莠？”虽然这样说，杨廷和还是把杨慎指点的文章拿来读过。初时不甚了了，只是觉得尚有余味。再读时便入佳境，暗暗赞叹儿子的眼光和品味。

这篇初读被筛选落第的试卷重新放到入选的试卷中，果然定为经魁。

作者便是崔铣。他高中那一科的二甲第一名，选为庶吉士。

“这些都是误传。西涯先生请想，家父阅卷礼闱，怎能闯入，又怎敢妄言？我推崇崔先生的文章，是有的。那是在放榜之后。幸亏崔先生豁达，不然，听到这话，岂不要记恨于我？”杨慎讲完故事，又说了这样一番话，不知意在纠谬，还是怕这故事对崔铣不恭。

“确实编排得有些离奇。”李东阳说，“不过，在诸生文章中，你独赏子钟的文章，也是很有见识的。子钟叫你一声小座主，虽是玩笑，也是视你为知己呀！”

“西涯先生说我有见识，不敢当。崔先生若引我为知己，那是侄儿之愿。”杨慎说得很得体。

说到这里，李东阳想起一件事，说道：“用修，记得你曾经问我文庙石鼓之事。我这里有拓下的石鼓籀，你有兴趣，送与你研读吧。”

石鼓相传为周朝遗物，共十块。其质为石，其形若鼓，其高二尺，其阔尺余，上面刻数百古文字。此石散落民间，隐于蓬草，元朝大德年间寻得，移入国子监大成门内。

听了李东阳的话，杨慎大喜，忙作揖道：“谢西涯先生厚赐，侄儿思之久矣。”

他的热忱，李东阳实感意外：“用修，我以为你不过偶一问之，不想兴趣如此浓烈。”

“说来，还是拜读了先生的长诗，引发起我的兴趣呢。”杨慎道出实情。

“你是说《周石鼓歌》？”

“是啊。先生的诗，我是在四川家乡读到的，甚是向往。”杨慎说着，背诵起来：“昔闻石鼓在太学，鼓形穹窿石荦确。髫年释褐随班行，未识研覃与杨榷。始观翰林——”

李东阳打断他的背诵，感慨地说：“这是我年轻时写的，不想还有人记得。我的诗，用字太平实，蓄意不深厚，不足以传世。”

“西涯先生莫这样说，唐人不是说过‘各领风骚二百年’吗？”

“这话更愧杀我了。用修，而今有几位少壮诗人。他们的大作，你不妨多读一些。”李东阳问，“何仲默的《观石鼓歌》，你读过吗？”

“读过，侄儿也很喜欢。”杨慎又背诵起来，“我来太学谒孔庙，下观戟门石鼓陈。之罘诅楚已埋没，此可照耀垂千春。”

何景明，字仲默，河南信阳人。弘治十五年中进士，只有十九岁，与杨廷和中进士的年龄相同，杨慎对他的诗文也很留意。

“用修过目成诵，好生令人羡慕！”遂再次叮嘱：“鸿鹄前程，好自为之。”

杨慎也再次表示，不负西涯先生厚望。然后，转达父亲的致意。这是此行的正事，放在最后说：“西涯先生，家父请先生明、后日定个时辰，他来府上拜别。”

李东阳说：“本想在介夫先生和司直先生行前，请他们来舍下小酌。但这几日身子不好——”

“先生的老病又犯了？”杨慎关切地问。

“也没大妨碍，只是身子虚得很。”李东阳说，“回复介夫先生：野亭已去，他行前又忙，不必来我这里了。”

“是，侄儿一定把西涯先生的意思转告家父。”杨慎答应着，“也请先生为朝廷，为国家，为我等晚辈珍重。”

李东阳点点头，突然问道：“刘太监那里，介夫先生可曾去别过？”

“没有。听家父说，他和野亭先生有约，都不去刘太监那里辞行。”杨慎答道。

“还是该去一去。”李东阳摇着头说，“他们是旧识，如今文武官的进退，要与刘太监议定。不论私交，论公谊，也是该去一去的。”

“是，西涯先生的这层意思，我也转告家父。”

送走杨慎，李东阳心乱如麻，为杨廷和的调任南京，为朝廷的局面，也为看到杨慎便想起了英年早逝的爱子李兆先。

这也是杨慎不敢过府候问的原因。杨慎辗转听闻，他等晚辈每去一次李府，西涯先生都要咳嗽上半夜，无法入睡。

杨廷和好生烦恼，好生为难。不去辞别刘太监，他和刘司直虽未击掌，也是君子之约，而且是他首先提出来的。怎好出尔反尔，说去便去了？如今司直已离京，商量的余地都没有了。他只要一登司礼之门，人言可畏，不知会说出些什么话来。不去呢？西涯公言之殷切，似乎还寄有深意。若不遵从，岂不有负于他？

杨廷和近五十岁的人了，向来有定力，眼下却着实有些拿不准主意。一夜未睡，眼睛都熬红了。他坐在书房，一言不发。

“父亲可是为西涯先生的嘱咐烦恼？”杨慎问。

“正是。”杨廷和招呼他，“来，来，慎儿，说说你的见解。”

“父亲常说，理有大小，事有轻重，不可不权衡，怎么自己忘却了？”杨慎言简意赅地说。

“何为大，何为小，何为轻，何为重，我如今真是分辨不清楚了。”杨廷和无奈地说。

“以西涯先生的为人，他要父亲去辞别刘太监，绝不是要父亲屈从权势，而是要父亲委曲求全。”杨慎说道，“二者意思相近，意义却全然不同。”

“慎儿一言解我困惑，只有愧对司直了。”

“司直先生若在，一定会欣然相从。”

第二十二章

三月下旬，春寒不已，朝臣们的心里也蒙上一层雪霜。不需要左右打探，不需要彼此交谈，凭着直觉，凭着刘瑾数日来深居不出，凭着焦芳出入刘宅时的肃穆表情，他们知道，有事情要发生，且定是大事。

事情果然发生了，果然是大事。在二十八日早朝后，司礼监臣传命群臣于金水桥南听旨。群臣怀着各自不同的复杂心情，忐忑、好奇、惶恐、期待，甚至夹带着某种兴奋，从左顺门出，沉默地行至金水桥南面，随着一声清脆的“圣旨到”的叫声，面向奉天门，一起跪倒。

持旨而来的，是几日不曾露面的刘太监。他将敕旨递给站立一旁的鸿胪寺官，命道：“宣旨吧。”鸿胪寺官捧过圣旨，恭恭敬敬地展开，面向群臣，朗声诵读：

> 朕幼冲嗣位，唯赖廷臣辅弼，匡其不逮。岂意去岁，奸臣王岳、范亨、徐智，窃弄威福，颠倒是非，私与大学士刘健、谢迁，尚书韩文、杨守随、张敷华、林瀚，郎中李梦阳，主事王守仁……

下面是一串长长的名单，共五十三名，有翰林院官，有科、道官，包括南京科道官，包括已被杖死的南京御史蒋钦，包括声称对奏章全不知情的南京御史任诺、王蕃。

> ……遂相交通，曲意阿附。或伤残善类，以倾上心；或变乱黑白，以骇众听。煽动浮言，行用颇僻。朕虽察审，尚务优容。后渐事迹彰露，彼各反侧不安，因自陈俯，道其休致之情。今谴谪典，其敕内未罪者，吏部尽令致仕，毋使继续为恶，追悔难及。张懋等遇奏列衔，朕皆宥之，后毋蹈覆辙，自贻累辱。

宣旨毕，金水桥畔一无声息。刘瑾捧旨，扬长而去。许久，无人想到起身。

刘健、谢迁原是致仕，韩文先是致仕，后又落职。杨守随、张敷华等直接罢免。林瀚新近方有旨，贬浙江参政。各位大臣，情势不一。至于翰林官、科道官、部属官，有贬谪者，有罢职者，许多人还受过廷杖的处分。而今将这一干人均列入奸党，表示朝廷已有定论。此前为他们讲话，有罪无罪不说，还只是维护某人；此后再言，便是为奸党翻案。

此旨关系重大，在场听旨者不能不三思。何况敕旨中还有伏笔，刘、谢同类，敕内没有点名的，吏部勒令致仕。自保已难，还有胆识为奸党分辩吗？

“西涯公，此事怎讲？”王鏊厉声问道，似要将一腔怨气都撒与李东阳。

“我又怎知？你难道听不出来，我也遭获重谴？”李东阳甚是委屈。

静心一想，果然不错。敕旨中说“张懋等遇奏列衔”，这个“等”字能不包括李东阳吗？或当说，首先是指李东阳。勋臣、内阁、六部、五府众大臣的会疏，即英国公张懋领衔的奏疏，李东阳不但列衔，而且是起草者。内阁三大臣的奏疏，李东阳不但列衔，而且是起草者。张懋居勋戚之首，地位尊荣自不必说，但他根本不预政事，何需警告？何需加谴呢？

王鏊知道错怪了他，略觉歉意。他缓和了情绪，说道：“这等大事，内阁该先与闻呀！”

“唉！”李东阳叹口气，不知从何说起。

拆开来剖析，内阁与闻或不与闻，没有区别。与闻又怎样？内阁能阻止刘太监不发敕旨吗？绝无可能。但内阁与闻，总可据理争之。即便不得不草敕，言辞也可以从缓，以便为他日计。

再一细想，又未必如此。据理力争，争到什么程度？争之不力，等于不争。争之到底，便又是去岁初冬的场面了。退一步说，刘太监应允言词从缓，又怎样呢？缓到不列奸党？无有可能。缓到去一两句过激的话，减一两个列名之人，又有何用？外人反要归咎于内阁，反要将司礼监、内阁视为一体，将几位阁臣同刘太监视为一体。

如此说来，不由内阁拟旨，不让内阁与闻其事，是好事，不是坏事。

是好事不是坏事，乃对内阁数人而言。那么，对列入奸党的诸人来说，是好事还是坏事？对内阁之外的群臣来说，是好事还是坏事？对朝廷来说，是好事还是坏事？哎，真是“剪不断，理还乱”的思绪。

“西涯公，”王鏊在那边又开口了，“我等是否应上疏争上一争？”

“你说呢？”李东阳反问。

“虽然争之无益，似也该进说言。”王鏊说。

“若只是争之无益，倒不妨争一争，只怕争之有害。”李东阳另有所虑。

“公不是指对你我有害吧？”王鏊问。

“对你我有害，也不在话下，”李东阳说，“争之只怕对榜上诸公有害。”

“怎讲？”王鏊更加不解。

“济之先生不见前例吗？韩尚书初时是降级致仕，给事中徐昂上疏为他申诉，结果，韩尚书的处分便加重一级：罢官削籍。”

“公所言害之，便是再加重诸公的罪名？”

“不但是加重罪名，还有加重处分。是不是奸党，总还有辩白的日子吧？”

言外之意，若上疏论救，再激他变，罪名升为谋逆，处分升到论死。被加罪的人死不能复生，今日侥幸未加罪的人也心如死灰。

“虑的是。”王鏊被说得悚然，“那么，对这道敕旨，我等无可举措了？”

还是疑问的口吻，便说明，心犹未死。

“也不尽然。”李东阳深谋远虑地说，“榜上之人，不再加重罪名、加重处分，榜外之人，不再列名榜上，便要看你我的举措了。我等有十分力，便当用上十分力。”

“这两句话，足见西涯公为朝廷之心。”王鏊奋然说道，“某愿追随，极力弥合。”

御史李良携了几样从凤阳带回的土产，拜望掌院都御史刘宇。

“俊才，你我同衙为官，何必客气呢。”刘宇看着拜礼，叫着李良的字，亲热地说道。

“从中都带回几样特产，不成敬意，请都堂笑纳。”

“多谢，多谢，俊才的心意，我却之不恭。”刘宇说着，命家人将拜礼收讫。端上茶来，二人坐下说话，“俊才这次出按庐凤淮扬，赈济灾民，救活甚多，可说是功德无量。某任外官多年，深知遇灾赈救，是最辛苦的差遣。俊才此次鞍马劳顿，不容易，不容易。”

“为朝廷办事，为万民解忧，不敢说辛苦。有刘公几句话，下官感激涕零。”

说到这趟差事，李良确是尽责。他日夜督率府州县官、里甲粮长，亲临赈济现场，安慰抚恤灾民，不敢说一钱不做他用、粒米不入私囊，却也是地被其德，人受其惠，以至于有口皆碑，赞颂李御史之辞由江淮传至京师。

两人说了一阵庐州、凤阳、淮安、扬州的风土人情。同属南直隶，太湖、洞庭湖地区和淮河流域，判若两个世界。一边是天下最富庶之地，一边是灾荒最频仍之处。李良坐镇凤阳，遍野饿殍，满目疮痍，不能不心生恻隐。说到悲惨处，还忍不住挥一抔热泪。

“这下好了。”刘宇欣慰地说，“俊才此行，为朝廷谋得一隅平安，我要奏明朝廷和刘公公，不日定有升赏。”

李良却安不下心来。一路风波，心中都是坦然，不料回到京师，即遇宣示奸党，使他深受冲击，坐卧不安。说来也是侥幸，他若不奉差离京，大概也要卷入朝廷纷争。好在此事已过，毋庸再担心。使他不安者，是与此有关的另一件事，一件很难做出决定之事。

李良拜会刘宇，一是因为刘宇在他差派后新任掌院，尚未正式拜会过；二是这件使他不安的事情，希望堂上长官为他决断。

“都堂大人，下官有一难解之题，望大人为我做出主张。”

“是何难解之题，俊才请讲。”

“是婚姻之事。”李良先笼笼统统说了一句。

“这——”刘宇很是意外，二人并非通家之好，怎会互诉家事？

“虽是私事，却与朝廷大事有些牵连。”李良解释说，“不然，怎敢有累大人清听。”

原来李良曾师从刘健，并将女儿许配与刘健的孙儿刘承学。昔日全家庆幸、外人艳羡的婚姻，今日看来，则成了孽缘。身为风宪官，怎好与奸党结成儿女亲家。

李良是山东济南府齐河县人，有着北方人重诺言的传统，一言千金，何况是婚姻之约？

怀着这种矛盾的心态，所以会不安，所以难做决定，所以几次话到嘴边难以出口。

“这桩婚事，我看悔了的好。”刘宇听了缘由，毫不犹豫地说。见李良不答，便问道：“俊才，有何难处吗？”

“确感为难，”李良说，“我虽说师从希贤先生，但未拜在他门下，这层关系还好解脱。小女许配承学，不但换了帖，收了定礼，而且，承学之父去世，在他的墓志中已作记载。此际悔婚，不但难对活人讲，更难对死者交代。”

“我亦知尔之难处。”刘宇说，“但我要问你一句，俊才，何为大节？”

“忠奸不能同处。”李良说。

“这就是了。你知道，希贤先生于我有知遇举荐之恩，但今日是奸臣之首，我还能感他的恩、报他的恩吗？不论何人，一旦成了奸臣，百年的恩义便一笔了结。”说到这里，刘宇觉得须转一转，“况且，足下曾师事希贤先生，今不以他为师，与他划了界限，堪称自爱。那么，又怎忍心将令女嫁入奸臣之门，毁掉她一生的前程呢？你想一想，嫁入奸臣之家，还有希望养育个状元吗？还有希望挣得个诰封吗？为人父者，怎能不存舐犊之情？”

一连串的质问，情理交融，催人深省。两个都与刘健有瓜葛的人，不管他们的信念、人品有多少不同，在这一点上取得共识：与朝廷确定的奸臣，一定要划个界限。

谢丕见到李东阳，扑倒在地，边哭边叫：“西涯先生，家父冤枉呀！”

李东阳忙搀扶他说：“贤侄休要如此，请起身说话。”腰一弯下，自己也险些直不起身。

谢丕仍是啜泣不已：“家父致仕后，不访僚友，不见宾客，绝口不谈朝廷事，每日只与孙儿女们游戏，昨日还携小孙女去市上买来青州柿饼，祖孙争食，恬淡如乡间老翁，怎么还要蒙此奇冤大祸呢？”

李东阳也觉黯然。谢迁致仕后，仍侨居京师。数月来，二人竟没有见过面，李东阳时时为念。弘治八年，他和谢迁同被召入内阁时，谢迁正在家乡守丧，坚辞不就。李东阳写信相劝，言道：幸逢盛世，当为朝廷出力。有了李东阳的信，谢迁仍是服满丧期才赴京，没有李东阳的信，谢迁未见得从此闲居，但在内心，李东阳觉得，对谢迁负有一定的责任。

“西涯先生，朝廷怎会宣示这样一道敕旨？”谢丕问道。

李东阳稳稳地坐在那里，一言不发。

“西涯先生在先可知此事？”谢丕又问。李东阳仍不开口，脸上的表情却做了回答。谢丕愤愤地说：“那一定是焦——”他顿了顿，不知如何称呼，“——焦大人所为。”

“贤侄为何这样想？”李东阳问。

“他对家父恨之入骨。”

这话不是没有根据。焦芳一生最恨两个人。一是彭华，在他升侍讲学士时结下怨恨。一是谢迁，在他任吏部侍郎极想入阁时，曾致意谢迁，谢迁荐吴宽、王鏊二人自代，对他的请托，权当没有此事。

焦芳为人城府不深，对人不满，大众之中也敢说。这些情况，李东阳不是不知。此刻谢丕提起，他的脸色严峻起来。既然有此过节，加奸党罪名恐不足以泄其愤，必还有报复施之于后。这是他的一个担心。而眼下更要紧的，是担心谢丕。要施报复，必不会及身而止，还会罪及全家。谢迁之弟谢迪、之子谢丕均在朝为官。此类情况尚有许多。如韩文的两个儿子。对他们，不知能否保全？

“谢编修，”李东阳改变称呼以示郑重。谢丕是弘治十八年廷试中的一甲第三名，直接授翰林官，“你说此事是守静先生所为，除了他对木斋先生有些成见，可另有根据？”

谢丕一愣。这样明显的事理还要什么根据？但看看李东阳的脸色，他不敢再做肯定的回答，只是说：“这是我的推测。”

“同朝数十年，木斋先生的为人，我是知道的。”李东阳说：“所谓奸党云云，假以时日，必会有个说法。你尚年轻，居翰林清要之地，要安守本分，为朝廷做事。对朝廷上的事体，切莫妄加评说，更忌推测。若能如此，对你，对木斋先生，均大有益处。这些话，你回去后要好生琢磨。”

谢丕似有所悟：“西涯先生的话，我记住了。”

“府上在余姚老家尚有产业吗？”李东阳问。

“村屋薄田还是有的。”谢丕答道。

“如不怕远途跋涉，木斋先生暂回南边为好。这话，请你转告木斋先生。”

“是。西涯先生口谕，一定转告家父。”

第二十三章

“奸党榜示朝廷，甚感欣慰。之后当行何事，文冕教我。”刘瑾几乎每日要与张文冕对话，每次对话又有不同的题目。一般是刘瑾出题目，张文冕做文章，刘瑾再批改。

对这个题目，张文冕似早有腹稿，所以很从容地说：“晚生以为，立一威后，必施一恩，方是驾驭之道。今威已立，须当施恩。”

“可有好的名目？”刘瑾问。

“文臣最重者，莫过于玉带。”张文冕说，“不妨就此打个主意。”

本朝对官员服饰有严格的规定。如冠用于大朝之时：一品之冠七梁，二品六梁，三品五梁，四品四梁，五品三梁，六、七品二梁，八、九品一梁。公服用于常朝之时：一品花样用大花，径五寸，二品用小花，径三寸，三品用散花，径二寸，四品、五品用小杂花，径一寸五分，六品、七品用小杂花，径一寸，八品以下无花纹。图案：一品、二品，仙鹤、锦鸡；三品、四品，孔雀、云雁；五品，白鹇；六品、七品，鹭鸶、鸂鶒；八品、九品，黄鹂、鹌鹑、丝鹊；御史用獬豸。

这些代表文官品秩的明显标记都不便改动，为了表示特别的恩宠，有时便在革带上突破品秩的限制。

按规定：一品，玉带；二品，花犀带；三品，金钑花带；四品，素金带；五品，银钑带；六品、七品，素银带；八品、九品，乌角带。文武职相同。武职升至一品不难。五军都督府左右都督，都是正一品，都督同知是从一品，公侯伯爵及驸马等，还在正一品之上。而文职官员，除非加三公（太师、太保、太傅）、三孤（少师、少保、少傅）或太子太师、太子太保、太子太傅之衔，便到不了一品。品秩最高的尚书也只正二品。因此，玉带对文职武职来说，意义大不相同。

张文冕说的，正是这一点。

“怎样来做文章？”刘瑾尚未听懂。

“公且细想今上以来的玉带。”

今上即大位以来，内阁刘、李、谢三人都在先帝时得到玉带外，马文升是在弘治七年任兵部尚书时加太子太保，闵珪是在弘治十三年任刑部尚书时加太子太保，共有五条玉带。

马文升致仕，玉带减为四条。不久，赐予焦芳玉带，又成了五条。焦芳以正二品尚书得玉带，是格外的恩典。

朝局大变，刘、谢去位，玉带剩下三条。接着，王鏊入阁，以旧日讲官的缘故，工部尚书曾鉴，以进呈奉天殿毡毯的缘故，皆蒙恩典。玉带还是五条。

今年闰正月，闵珪致仕，曾鉴病逝，又剩下三条玉带。而三个月后，吏部尚书许进和刚刚由左都御史转为兵部尚书的刘宇，复补足五条之数。

今上以来，五条玉带似乎成了标准。

“你的意思是王鏊、许进、刘宇三人都加公孤吗？”加公孤衔，必有玉带，未加公孤衔，赐予玉带，仍祈盼加公孤衔。所以刘瑾想到这一方面。

“不，不，此事留待他日。”张文冕说，“晚生的意思，既然王、许、刘三位都是格外恩典，何不再多赐几条呢？”

“再赐予谁人？”刘瑾对这个建议听明白了。

“户部尚书顾佐、礼部尚书李杰、刑部尚书屠勋、工部尚书李鐩。”张文冕一一数过，“对，还有才起用的掌都察院事的屠滽，又是五条，合前五条玉带，共计十条。十玉带同朝，在我大明是前所未有的盛典。”

一朝十玉带，对刘瑾很有吸引力，想必万岁爷也会喜欢。刘瑾说：“此议行得。文章索性再做大些，赐玉带后，再赐宴朝堂，着意渲染一番。”

“公若亲与盛会，彼等定是倍加光彩。”张文冕进一步策划。

“我去了，面子算是给谁的？”刘瑾摇摇头说，“不，我不能去。萧公公一向喜欢交结士大夫，让他去凑这个热闹。文冕，你看如何？”

加恩是加恩，对这几人并非都喜欢。比如那个顾尚书，执拗得很，虽不公开顶撞，暗中却要做些手脚，很让刘瑾头疼。

“也好。”张文冕知道刘瑾的心思，虽然认为刘瑾出现在这一场合大有好处，也不会再劝。

赐宴文华殿。十位大臣的玉带熠熠耀眼，玉佩叮当作响，好不风光。作陪的除司礼太监萧敬为首的几位公公外，还有翰林院官员。

彼此敬着酒，彼此说着道贺的话，并接受着作陪者的恭贺，气氛很是热烈。

“诸位，”焦芳高声道，“我等逢此盛世盛典，不可无诗文纪之。”在这样的场合，诗文是必定要有的。翰林以文章为本，在场的公公们也大都儒雅，焦芳之议，本当一倡百应。但他不但人品为人鄙夷，文学也为人鄙夷，除刘宇等寥寥数人，竟无人附和。

焦芳亦觉无趣。但已作提议，就此放下，更无脸面。他第二次就专对着李东阳：“宾之兄，我等是联诗，还是各人自赋，你贵为首辅，由你定吧。”

“惭愧，惭愧，某今日多饮了几杯，昏昏然不能成句。”李东阳推辞道，“如何纪以诗文，孟阳兄，请你来主持吧。”焦芳字孟阳，号守静，李东阳对他平日以号相称，现在以字相称，可见确是喝多了酒。

“焉能如此！西涯公领袖文翰，当然要来主持。”王鏊不待他人开口，抢先说道。他只有一个念头：既是盛典，流芳第一人，绝不可是焦芳。

“极是，极是，宾之兄不可推托。”焦芳自知号召力不够，不敢再找无趣。

李东阳再三推托，焦芳再三不许。

“既然孟阳兄定要出我的丑，我录旧日文章相赠如何？”李东阳最后说。

那也会是珍品。焦芳嘱咐道：“宾之兄，须与今日盛典有关。”

“某试为之吧。”

早有内臣笔墨侍候。李东阳展开纸张，借着酒力，奋力挥毫，写出一篇极佳的字。那是他多年前读唐史的一段心得。

> 有宰相之道；有宰相之体；有宰相之才。姚崇，有宰相之才者也。宋璟，有宰相之体者也。其于道概有所未闻。然则孰近之？曰景为近。何以景为近？以其刚也。孔子曰：刚毅木讷近仁。景也，执义而不屈物，守法而不循情。李泌之术高矣，至肃宗袭位之后，上皇还京之前，嫌隙未至于大露者，皆泌之功也。盖泌有过人之术，故其言皆委曲深刻，足以得中人主之机而夺其情。

姚崇、宋璟、李泌都是唐代著名的宰相。下面，李东阳还记有一句话：“人君进君子退小人则治，进小人退君子则乱，一小人退而一小人进则其为乱益深矣。”但在此时，绝不能写。那会犯大忌，带给自己无尽的烦恼。

不用看内容，但看那似行似草的篆书，足以令人神往。敬仰李东阳、热衷书法的翰林们以及萧敬等太监，围作一处，一字一字、一句一句，最后及于全篇地品评着。

焦芳得此珍品，自是得意万分。“宾之兄，多谢了。”他向李东阳拱拱手。

“旧文新字，孟阳兄赐教！”李东阳特意又说了一句，“我可是以宰相之道期之于兄呀！”

姚崇有宰相之才，宋璟有宰相之体。唐以降，未知有宰相之道者，而寄望于焦芳，不知是讥刺，还是阿谀。反正李东阳是正正经经说这话的。

“不敢当，不敢当！”焦芳摇晃着脑袋，连声说道。

“西涯公的字乃当今一绝！”刘宇凑过来赞道，“刘宇有个不情之请，公能否为我题写数字？”

“至大先生之命，敢不相从吗？”李东阳写出了兴致，复又提笔。这次写了首七律诗。

六百青钱十里才，忍将筋骨付尘埃。
惊魂已脱他边险，往事无劳塞上猜。
斗酒杜陵堪再醉，千金郭隗幸重来。
知公自是忘机者，一笑能令万事该。

写罢，李东阳说：“师召先生有匹盲马，卖了六百文钱，亲友间传为笑话。师召先生命我做诗一首。当时，我听说若虚先生有旧屋一座，地势低下，苦于积水，几年卖不出去，后来卖了四两银子。此二事很是相似，我便写了两首歪诗。这一首是写师召先生卖马的。”陈音，字师召，和李东阳同是天顺八年进士，庶吉士。李士实，字若虚，成化二年进士，当时任刑部侍郎。众人都知道，他们这位李阁老最善诙谐，这诗也写得有趣，便聚在一起，说笑品味了一番。

“刘司马，你掌兵部，不要为朝廷进盲马呀！”李东阳笑着说了一句。

“是，是，谨遵台教。”刘宇听出味道有些不对头，可一时又琢磨不透，不对头在什么地方。

王鏊寻到一个空当，对李东阳说：“西涯公，今日好高的兴致，翰宝又恰恰给了这两个人，不怕人议论吗？”语气中有明显的不满。

“济之先生，不妨细读了文字，再作议论。”李东阳平静地答道。

焦芳回府后细读李东阳的赠文，才发觉被戏弄了。这位同窗哪里是以宰相之道期许，他是以无宰相之体讥刺。不见他写得明白吗：有宰相之体的宋璟“执义而不屈物，守法而不循情”，自己能得哪一条呢？

焦芳切齿，定要寻机报复。要报复，只能靠刘太监。要刘太监为自己出头，须得先讨刘太监欢喜。焦芳算计着，拿定了主意。

“守静先生，昨日的酒饮得可有滋味？”刘瑾在新建的私宅见到焦芳，高兴地打着招呼。

“当然，当然，百年盛典嘛。”焦芳应付着。

“众人有何议论？”刘瑾问道。

“众口一词，盛赞当今皇上的恩典，也盛赞千岁爷的大德。”“千岁爷”似是不经意地道出，其实已练习了许多遍，不然，真是不好开口。

“千岁爷？”刘瑾没明白过来。

“恕罪，恕罪！”焦芳连连作揖，“下官一时情切，把心里话说了出来。罪过！罪过！”

“守静先生厚意，某心领了。”刘瑾知晓这是在称呼他，非但不怪罪，反而很高兴，“只怕是叫早了。守静先生在我这里，叫叫无妨。到了外面，还要小心，莫让言官抓住口实。”

“是，是，下官记住千岁爷的教诲，在外面不敢乱叫。”刘瑾既已应允，焦芳便找到与别人不同的称呼。他心想：该在“千岁爷”面前拨弄些是非了：“昨日众人无不欢呼雀跃，只有一人，非但不感恩戴德，反而似有厌倦之意。”

“守静先生说的是贵同年吧？”刘瑾问道。

“千岁爷如何知道？”焦芳惊怪地反问道。

“那边的动静，不须一时半刻，便传到了我这里。”刘瑾得意地说，“守静先生在李阁老处碰了钉子，心中不快吧？”

焦芳有些心虚，讪讪地说：“我倒没有什么，只是——”

“不过，”刘瑾接下去说，“你得到李阁老一帧墨宝，碰了钉子，也是值得。可否让某见识见识？”

李东阳的字，正好带在身边，是准备告状用的。焦芳抽出，双手递与刘谨。

“书法我是不懂的，”刘瑾说，“请文冕过来看一看吧，他颇在行。”

张文冕看了一眼，立即说道：“是西涯先生的真迹，难得一见的珍品。”

“果然这般珍贵？”刘瑾有些好奇。

“是，”张文冕点头，“晚生出生在江南。江南士人善作字画的很多，门派也很多，但都以得到李阁老的真迹为荣。”

“原来如此。守静先生，你得到珍品了。”刘瑾做出羡慕的样子。

“千岁爷喜欢，下官借花献佛，送与千岁爷吧。”

“李阁老是写与你的，我怎好夺爱？他日我再去求李阁老的字吧。”刘瑾说道，“守静先生，此人让你碰了钉子，也送了你珍品，你就莫计较了。况且，我听说，他是以宰相之道期之于守静，足见对你是很尊重的。”

“他哪里是期许，他明明是讥刺。”这一点正是焦芳最恼火的。

“你为何不反问一句：阁下是有宰相之道，是有宰相之体，还是有宰相之才呢？”

焦芳被说愣了。针锋相对，是刘太监的性格，他不能不从心里感到敬佩。不过，这话只好在事后说说。在昨天的场合下说，岂不更要贻笑大方？

从刘瑾的话音中，焦芳听出，他无意整治李东阳，便也见机而收，以退为进地说：“他讥刺我一两句，我不会计较，但如此盛典，他不愿以诗文纪之，是不是对千岁爷的不恭呢？”

“他不愿纪之，自有人纪之，守静先生不必为此懊恼。”刘瑾劝慰他一句，“倒是在士大夫中广揽人才，这件事阁下要多费些心。”

“是，是，下官一定下力，在士人中为千岁爷搜寻人才。”对焦芳来说，刘瑾以搜寻人才相托，是此行的一大收获。

第二十四章

“茶来呢，为何几日不见他来了？”一日，皇帝突然向刘瑾问起钱宁的去向。

“大概是锦衣卫有些差事吧。”刘瑾应付道。

“哼，名曰茶来，朕呼之不来。”皇帝说，“朕呼之不来，岂能叫茶来？以后他也不用想来了。刘太监，他可是你荐的人。”

刘瑾吓了一跳，忙请罪：“奴才该死。奴才看走了眼。不知爷找钱宁，有何差遣？”

“也无甚差遣。前几日他荐给朕一名乐工，叫臧贤。此人于乐理、乐谱、乐器，无不精通，朕甚是中意。朕要赏茶来荐人之功。”

“交给奴才去办吧。”刘瑾说，“其实，万岁爷唤茶来，他不敢不来。只是他不知道爷在唤他。”

其实，正是刘瑾阻止钱宁见驾。钱宁斗胆瞒住他，向皇上荐人。开了此例，那还了得！要不是防着皇上会突然想起和召见，早把钱宁打发去他的云南老家了。

“也罢，就由你去赏他吧。”皇帝有自己的事情，不一定要见到钱宁，“他现在是锦衣卫百户，赏他个锦衣卫千户。”

“奴才替钱宁谢万岁爷的恩典。”刘瑾认真地叩了头，“奴才那里有一个得力的人员，叫张文冕，也是锦衣卫百户。奴才叫他为万岁爷办的事情，他都办得很好。奴才的意思，把他也升了锦衣卫千户，求爷的恩典。”

“这等小事，你办了就是，也来问我作甚。”碰到这种时候，皇帝总是很不耐烦。

“是，奴才遵旨。”刘瑾说着起身要走。

“刘太监，你先别走，”皇帝叫住他，“你前次说，要在西华门外，为朕拓筑新居，而今怎样了？”

“回爷的话，而今已划好了地界，不日即可动工。奴才已着太监高忠、赵俊督理此事。高、赵二人都很干练，爷请宽心等几日。”

“要快！”皇帝说，“朕不喜在宫中过夜，你总不忍心让朕夜无归宿吧？”

在宫中过夜，就要与皇后或者某位嫔妃在一起，皇帝提不起兴趣。他不是对女人没有兴趣，没有好奇心，而是不愿意接受宫中的拘谨气氛和后妃的拘谨态度。

宫中设女官六局，有两个衙门负责皇上房闱之事。一是尚寝局，具体安排皇上的寝息，如司设司掌床帷、张设之事，司灯司掌灯烛之事。一是尚仪局的彤史司，掌宫宴进御之事。凡后妃御于君所，均书其日月，以备稽考。刘瑾号令司礼监之后皇上与他商量，撤去尚寝局诸司，除却彤史司记载之责。刘瑾一来是虎口余生，以讨好皇上为主，二来认为这些琐屑小事，废亦无妨，便遵从了。谁知几个月下来，连他也难以掌握皇上的寝息规律。他派在皇上身边的近侍，也是宁愿得罪刘太监，不肯得罪皇上。刘瑾对他们一时亦无良策。若一不听话，就暗自处决，岂能次次瞒得过皇上？久而久之，亦无人可派。

好的办法，倒是把西华门一带的房屋盖起，让皇上有个安稳的居处，大家心里也都踏实。想到此，刘瑾答道："爷说这话，奴才们都没脸活了。此事奴才自去督理，不让爷再操心。"

"好，你去办事吧。"皇帝把他打发走，自己也有想办的事情要办。

皇帝唤茶来，唤不来即作罢。钱宁可是无日无时不在想着皇上。皇上升了他的官，他知道皇上心中还念着自己，就更想着皇上。无奈深宫大内，不是他可常去的地方。皇上召不召他，无从得知。看来刘太监是不会安排他见皇上了。

心无着落，在紫禁城西北角外，沿着护城河走来走去。对着城墙的房屋中，最高大轩昂、白日最热闹繁忙、夜间最灯火辉煌的一处，便是刘太监的宅邸。他不敢走近，只在远处观望。直到有一天，见到韩范从里走出，心中突然一亮：此人爱财，又与刘太监交厚，何不去找他？

钱宁从钱太监留下的珠宝中，挑了两块上好的红宝石，约见韩范。韩范答应见面，但有言在先：不该问的，钱宁别问；不该说的，他也不敢说。他是怕钱宁提出过分的要求。

"韩总管，在下不知怎的，就得罪了刘太监，"钱宁哭丧着脸说，"他老人家的脸色好难看呀！"

韩范上下打量他一番："钱兄弟，你是真糊涂，还是假糊涂？"照理，钱宁也是有官秩的人，称一声钱将军，再不济，称一声钱千户，也不为过。但韩范是相府得意的总管，焦阁老还要让他三分，称钱宁一声兄弟，已是很有面子了。

"这话怎讲？请韩总管明示。"钱宁说。

韩范问他一句："皇上面前你也好随便荐人吗？这可不是糊涂。"

“你是说乐师臧贤？”想来想去，钱宁就是没有想到这个人身上。

“可不是他！刘太监和我说起这件事，气得牙根都疼。他不惩治你，那就是菩萨心肠了。”

钱宁先是惊出一身冷汗，然后恨恨地一跺脚，说道：“不瞒你老，韩总管，为了这件事情，我也是懊悔不已。臧贤，小人！”

“你是荐主，也这样说？”韩范大感奇怪。

“正因我是荐主，才要这样说。”钱宁提起，仍愤愤不已，“我好心荐了他，他反疏远我。我去寻他，他反避我。这等行径，还不是小人？”

“钱兄弟，你寻他做甚？”韩范问。

钱宁找臧贤，想请他在皇上面前提一句：茶来好生惦念皇上。话到嘴边，又退缩回去。韩范与刘太监太近，有些话还是不说为妙。于是，钱宁换了说法：“无甚事，只是寻他小酌。”

韩范点点头，说道：“他避而不见，我看是他聪明之处。他知刘太监对你不满，若与你接近，刘太监岂不要迁怒于他？”

“只为自家，全无义气，终是小人。”钱宁不肯放弃他的结论，但也不想再谈臧贤。他向韩范作了个揖，说道：“韩总管，可否为在下疏通疏通？如肯相助，大恩永不敢忘。”

韩范不语，心中很快掂量一番：刘太监正在火气上，自家去游说，太过愚笨。搬出老爷呢？也不妥当。老爷去说，八成也是碰壁。老爷碰了壁要抱怨，再向刘太监说起，为韩某所误，刘太监也要生气，两面都得罪了。但钱宁是个出手阔绰的人，“得人钱财，为人去灾”，也不能全然不管。

“韩总管，你老不相助，在下就没有出路了。”钱宁在一旁又可怜又可哀地说。

“钱兄弟，不是我不相助，实是我去说了，亦无用处，反而更添刘太监的火气。”说着，韩范为钱宁指一条出路：“何不去寻你的荐主？”

“谷督主？”钱宁问。对提督东厂太监和提督西厂太监，以门下自居者，都称之为督主。

“是啊。刘太监与我，是主仆，与谷公公，是兄弟。贱为仆役，只可供驱使，亲如兄弟，又有什么话不好当面说呢？”

“多谢指点迷津！”钱宁揖谢。他心中自责：为何没想到这条路？

“福宁儿，你还记得我呀！”谷大用叫道。他与钱能熟稔，与钱宁便也亲近。福宁儿是他为钱宁起的乳名，除了他，甚少人知。

“福宁儿时时惦念督主。”钱宁说。

“好了，好了，休再甜言蜜语。你不记得我，我不怪罪。你时时惦念，我也无甚好处与你。”谷大用神态诡秘地说，“怎么，听说你栽在我刘哥手里了？”

“是。不知怎的，就得罪了刘太监。”

“好，好。你是小辈，正须有此一番磨砺。”谷大用笑道，“除了刘哥，也无人降得住你。”

“督主，福宁儿正为此事烦恼。”钱宁说，“望督主看在义父的面上，救我一救。”

“这有何难。”谷大用满不在乎地说。

“督主答应了？”钱宁大喜，“除了督主，也无人能在刘太监那里求下这个人情。”

“求刘哥的人情？”谷大用一拍大腿，“错了！我是要你远远地离开他。你去南京，或者去云南，都不难混出个模样。在这里，别说是你，再有能耐，也难以出头。”

谷大用的几句话，大出钱宁的意料。不为在京城混出个模样，当初何必离开南京呢？那时在南京，已有个模样了。但谷大用的话给了钱宁一个警告。他更加清楚，这场祸闯得不小，怕是谷大用亦帮不了忙。

意识到了，却不肯就此作罢。钱宁采用激将之法：“难道督主也求不到这个人情？”

“求不到！”谷大用断然说道，并不以为耻，“你知道刘哥前日怎样对我说？他说：‘丘聚已不与我辈同心，让他去南京守祖陵吧。谷哥，你来掌东厂。’可我知道，丘哥对我等绝无半点异心。”为了表明并非不想帮忙，谷大用讲了桩新近发生的宫内秘闻，“是刘哥对他有了成见。”

提督东厂，必用司礼太监。对谷大用来说，是个机遇。因此，钱宁说：“督主就此入了司礼监，不是件好事吗？”

“话是这样说。又不能全这样说。丘哥的下场，不令人寒心吗？”谷大用说道，“今日入内阁，明日发南京，想想也没有味道。还是保住丘哥为正着。”

“督主虑的是。”钱宁附和一句，又不解地问道：“诸位公公与刘太监是兄弟之交，怎会这样？就算刘太监是虎头，没有虎爪，也护不到自家，伤不到他人。这等浅显道理，刘太监理会不到吗？”

谷大用叹了口气，说：“情同手足，那是前日的事了。今日刘哥，不是昨日刘哥。今日众人，也不是昨日众人。刘哥已成气候，另寻到爪牙，用不着众人相助。反之，我们这些老兄弟，有些碍他手脚。福宁儿，你还是听我的话，离开京城吧。他日情形有变，我再唤回你来。倘若京里容不得我，我也好有个去处。”

钱宁终于明白，谷大用不会去自讨无趣，以眼下这些公公们的关系，去也无益，便告辞出来，怀着一肚子心思，漫无目的向西而行，浑不知觉，行到一个去处。

此处在矸石桥之北，太平仓之南，俗称砖塔，又称万松老人塔。相传，万松老人是金、元年间的高僧，砖塔为他而立，如今人去塔空，面目皆非。不知何人，搭凉棚，摆桌凳，开起了酒肆。只见猪臀羊肩挂塔檐，大小酒坛环塔砌，客人时多时少，却是终日不绝。

人至烦恼，便要买醉。钱宁挑了张桌子，往上首一坐，一腿踏在侧面的凳上。

店小二马上过来，问道："将爷，可要饮酒？"钱宁一身锦衣卫服饰，他不敢怠慢。

"不饮酒，臭烘烘的，谁坐这里？"钱宁心境不好，说话便不客气，"我问你，有无南边来的好酒？"

"有，有。放置了二三十年的状元红，将爷不妨尝尝。"

"烫上一壶。"钱宁吩咐，"若是假货，我捉你送官，打一顿板子再做理论。"

"小店在京师立脚，从不敢卖假酒。"小二赔着笑说,"你老要些什么下酒的菜？"

钱宁突发奇想，问道："可有云南火腿？"

小二这次是真心笑了："在别处吃云南火腿，想也不用想，小店却备有现货。"

"好！切上半斤，蒸透了送来。"

酒是地道的绍兴老酒，火腿也是地道的云南火腿。几口酒下肚，烦恼全抛。钱宁欲寻人说话，便大声叫着小二。小二三两步跨过来。

"将爷，小的没骗您老吧？"小二手快嘴快，边将壶中温酒斟入杯中，边问道。

"酒还罢了。火腿嘛，却是正宗的云南腌制。"钱宁问，"你这小店，怎会备有云南火腿？"

"您老喜欢就好。说来也是有缘。一位客官，对了，也是一位锦衣卫老爷，吩咐小店，日常备下些云南火腿，他来了要吃。还说，再有一位要吃云南火腿的老爷来了，小店就要发达了。"小二絮叨地说，"小的看，小店真要发达了。"

钱宁心里一动，问道："那位锦衣卫老爷是什么模样？"他脑海里逐一闪过锦衣卫中的熟人，不得要领。锦衣卫满天下撒网，不知有多少人在锦衣卫挂衔、注籍、领俸，而不在锦衣卫办事。说一位锦衣卫老爷，等于说一位衙门里的老爷，未必相识。

"小人也说不清楚他的模样，"小二说，"只是看来，不似我中土人士。"小二用手一指，"将爷看，我说的那位锦衣卫老爷来了。"

果然不似中土人士：身材略瘦长，鼻梁高挺，眼眶深凹，配上锦衣卫服饰，有些可笑。模样不似中土人，却操着地道的京腔。他看了一眼钱宁面前摆的菜碟，抱了抱拳，问道："可是钱宁钱大人？"

"正是小弟。"钱宁还了礼，"兄台如何称呼？"

"小弟于永。"那人答道，"于谦大人的于。小弟早有心巴结大人，不想今日得见，幸运之至。"一边称小弟，一边称大人，真有些不伦不类。

"于大哥在锦衣卫是何职务？"钱宁问。

"回大人话，小弟是挂名的指挥佥事。"于永答道。

"说起来尊驾还是钱某的长官。"钱宁笑着说，"怎么一口一个大人，叫我无地自容。"

"哪里的话！小弟就是在官职前加一个都字，在大人面前，仍是下属。"

都指挥佥事在武官中是很高的职位了。特别是锦衣卫的都指挥佥事，往往独掌一面，更是威风。听了于永的话，钱宁大为高兴，说道："于大哥，你要巴结我，便把大人二字收起。不然，你是我的长官，我也不去巴结你。"

"是，是，恭敬不如从命，我就叫大人钱大哥吧。"称呼变了，态度仍是谦恭。

"我看你年稍长，该是我叫你于大哥。"

推来推去，二人互称大哥。

"于大哥。"钱宁指了指对面的凳子，说，"此店的酒和火腿都很地道，一起来饮两杯如何？"

"是，小弟理当做东。"

于永是熟客，吩咐小二添两壶酒，加几样下酒的菜。很快，冷菜热菜摆满桌面。

"于大哥，你怎知小弟要到此饮酒？"钱宁问。

"小弟并不知道，"于永说，"不过，小弟每到一处饮酒，都要嘱咐店家准备云南火腿。这样，钱大哥去饮酒方便许多。当然，小弟一日有幸见到钱大哥，也算先尽到一份心意。"

如此尽心尽意的人，钱宁还不曾遇到，不由大受感动。他问："于大哥要见小弟，这般用心机，不知有何见教？"

"只是要与大哥共谋富贵。"于永说话很有分寸。

提到富贵二字，钱宁悲从中来。原以为富贵已在掌握之中，谁知竟是过眼烟云。

"于大哥，若是去岁相识，我敢拍着胸脯说一句：大哥的富贵包在小弟身上了。可现在，我不但不能带给大哥富贵，说不定，大哥还要因我被祸。"相交虽晚，相知已深，钱宁在于喜面前，便实言相告。

"可是为了刘瑾的嫉恨？"看来，钱宁得罪刘太监之事，知道的人很是不少。

“不但得罪，而且无法化解。”钱宁说。

“钱大哥不必颓丧。”于永安慰他，“大哥只是得罪了刘太监，并未得罪皇上。只要想方设法见到皇上，刘太监也奈何你不得。”

话很在理，尚有不足：不但未得罪皇上，还讨得皇上欢心。这不刚升了锦衣卫千户吗？难就难在见皇上不易。“想方设法”四个字，耐人寻味。

“要见皇上，于大哥有何妙计？”钱宁问。

“钱大哥不妨找一找皇上的贴身近侍。”

“怕有不妥。”钱宁说，“他们都是刘太监安插的人物。”

“我知道。”于永不慌不忙地说，“离皇上近，离刘瑾远，你想，他们会听谁的话呢？”

“在皇上与刘太监二人之间，他们听皇上的话，这不错。但在刘太监与我二人之间，他又怎会听我的话呢？”详析之下，还是无望。

“这不忙说，”于永道，“大哥先讲一讲，能不能见到皇上的贴身近侍？”

“可以想法子办到。”钱宁用词谨慎。

“只要大哥能见到皇上的贴身近侍，我就能让皇上召见大哥。”于永郑重保证。

“我该如何对皇上的人讲？”

“你说，请皇上观赏女人的表演。”

“没有用的。”钱宁失望地摇着头，“皇上对女人没有兴趣，熟知皇上的人都这样说。”

“那是因为没有人让皇上知道女人的妙处。”于永则很有把握，“我却可以让皇上知道。大哥只要对皇上讲，我会让他看到他从未见识过的女人表演，定收奇效。”

“可否让小弟略知一二？”钱宁有些信了，却不能全信。

于永两眼扫扫四下，做了个手势。钱宁将耳朵贴过去，于喜俯在他耳边，低声说了几句。

“果然是妙！”钱宁被说得血脉贲张，“不要说皇上，小弟四处奔走，也不知有如此妙处。”

“钱大哥，悄声！”于永做了个警告的手势，“大哥有武功，小弟有色功。大哥用拳脚求富贵，小弟用女人求富贵，不愁富贵不得。但此事机密，千万不可泄露。如果刘太监先听到风声，小弟的手段就不灵验了。不但不灵验，且祸生不测。”

钱宁是惊弓之鸟，何须叮嘱：“于大哥放心，我自有分寸。”

第二十五章

京师人说，一九二九，扇子不离手，三九二十七，冰水甜如蜜，四九三十六，汗出如洗浴，是形容夏至以后一个月左右，天气的炎热。京师如此，南昌的夏天就更是难熬。而在五月二十七日这一天，宁王朱宸濠真如饮了一盏甜如蜜的冰水，有说不出的清凉舒畅。

朝廷降旨：复宁府护卫。

此时，使臣尚在途中。消息是王府内官梁安带回来的。梁安与刘瑾约好宣旨的日期，当夜离京，快马加鞭地赶往南昌。他要让京师那里刚有了旨，王爷这边就能知道。进南昌府城是一大早，估摸着司礼太监正在左顺门外宣旨，他就赶进王府，向王爷报喜。

宁王满脸喜庆。看来，卦算得灵验，两位李先生的确赛过小神仙。一位李先生叫李自然，瞎了一眼，是宁府内使司承奉刘吉带进府来见王爷的。他那一只好眼，盯住王爷的脸看了许久。王爷问他，看出了什么。他说，不敢言。王爷告诉他，但说不妨。他说：上不敢欺天，下不敢欺地，中间不敢欺王爷。王爷的脸上，有天子之气。王爷他日必为天子。

另一位李先生叫李日华，也是刘吉带进府来的。他在府内前前后后看了个遍。王爷问他，看出了什么。他说：王府的风水很好。宁府始祖宁献王朱权葬于南昌城外钟陵山，风水也好。只有宁靖王朱奠培的坟陵，风水不好。如果将宁靖王的陵园迁至佳地，定能事事顺遂。王爷问他，何处风水佳？他说：城西青岚山龙口旧穴，风水最佳。

宁王不久上疏陈请，先将宁靖王坟迁移。

迁坟后，果然办事顺遂。

先是上月上疏，为王府乐工秦华等人请冠带。亲王有疏，由王府长史司长史代奏。李长史劝他说：王府乐工例不冠带，朝廷肯定不准，何必多此一举？长史的话有长史的道理：冠带只与品官，庶人冠而不带。王爷却有王爷的打算：教坊司的乐工不是有冠带吗？长史说：也不是都有，只奉銮、韶舞、司乐数人才有。他们地位虽低下，却是品官。王爷说：准不准在朝廷，请不请在于我。草疏去吧。

谁知皇上就恩准了。听说，礼部曾经反对，持议和长史相同。皇上不从，特许之。长史当然不知道，在奏疏送上之前，梁安已带着银子进京，打点刘太监去了。

王府乐工例不冠带，而今特许之，这可不是事事顺遂的征兆？不错，银子是起了作用，而更要紧的，是气数运数。没有气数运数，光花银子，是办不成这等大事的。

然后，做进一步的试探，便想到了护卫。

护卫，是亲王掌握的军队。太祖皇帝时，每王府设三护卫，由王府护卫指挥使司指挥。每卫设左、右、前、后、中五千户所，所有千户二人，百户十人。三护卫，便有一万五千军马。其实力不可小瞧。

说亲王掌握，是指护卫王府时。遇有征调，则须听命于朝廷。即便如此，有了护卫，仍然可以壮王爷们的胆。

后来，各王府的护卫陆续被革除。宁府护卫是在天顺年间革除的。那时的宁王，正是朱奠培。

朱奠培是朱宸濠的祖父。祖父手上丢掉的，孙儿再索取回来。宁王心中念叨着：祖父之陵已迁至风水宝地，请祖父保佑孙儿成功吧。

又是梁安，携金入京。此次轻车熟路，未费周折，不足一个月，就将银两留在京师，喜讯带回南昌。

准复王府护卫，自非许与乐工冠带可比。复护卫，便有了一支至少在名义上属于亲王的军队。且不论它的实际价值如何，有了相应的由王府支配的钱饷粮饷，有了相应的由王府制约的武职官员，太宗皇帝当初夺得天下，靠的不就是这些吗？

宁王有心好生庆贺一番。

“王府设宴，遍请南昌城里巡抚以下、知府以上官员。”他向承奉刘吉吩咐。

“副职也请吗？”刘吉嗫嚅地问。

这一问很有些道理。南昌是省城，是江西巡抚和三司驻扎地，若只宴请抚台大人和布政使、按察使、都指挥使，再加上南昌知府，超不出十人。若加上布政司的参政、参议，按察司的副使、佥事，都指挥司的都指挥同知、都指挥佥事，怕是要有三五十人。副使和知府同品，参议和佥事的品秩略低于知府，但因是上司官，说到知府以上官员，自然应该包括他们。

“要请。”宁王见刘吉神色不大自然，便问，“怎么，你怕花销吗？”

“回王爷的话，王府开销越来越大，奴才想，能省一分，便省一分。”

“蠢材，谁要你去省！复了护卫，你还怕缺了钱用？”宁王嘲笑地说，“你别算错了账，将来钱粮须向他们去要，怎能不给这份人情？对了，你若不提，我倒疏忽了。索性连南昌府同知，南昌、新建二县知县一并请来。”

南昌县、新建县是南昌府，也是江西省的首县，县衙与府衙、三司同城。宴客的人数没有减少，反又加上几位。刘吉暗叹，这才是偷鸡不成反蚀把米。

“那是将来的人情。”刘吉不肯认输，分辩说，“眼下真是缺钱用。”

“我不管。”宁王挥挥手，“你有你的办法。”

刘吉确实有他搞钱的办法。听宁王这样一说，便不再提钱的事，而问另一个问题：“王爷拟在哪一天宴请，奴才好做准备。”

“就在明日吧。”宁王说，“传我的话，贺礼一概免收，官员们着朝服赴宴，”

“爱妃为何郁郁寡欢？”宁王见娄妃双眉紧锁，面有愁容，殷勤问道。

娄妃为江西大儒娄谅之女。曾有人言，女子无才便是德。娄妃幼年从父识字读书，不但美貌端庄，而且有德有才。娄氏册封王妃十余载，与宁王说不上少年夫妻，但宁王三十二岁，娄妃二十七岁，正是情深意笃的时节。

“正是有犯愁之事。”娄妃回答。

“爱妃何事犯愁？”宁王再问。

“妾自身无犯愁之事，只是为王爷犯愁。”

“本王日下事事顺遂，愁自何来？”

“事事顺遂，便是愁源。”娄妃短短八个字，似谶非谶，随口道出，自家都有些惊惧。

“爱妃所指何事，不妨说与我听。”宁王说，“本王行事若有不当，定从爱妃所言。”

“王爷明日要宴请南昌城内官员，可有此事？”宁王保证听劝，娄妃的眉头稍稍舒展，报以一笑，轻声问道。

“有此事。”宁王并不隐讳。

“不知为了何事？”娄妃又问。

“圣上准复宁府护卫，不当贺吗？”宁王反问。

“此事见仁见智，且不说它。”娄妃再反问，“我只问王爷，复宁府护卫，可曾接旨？”

“尚未接旨。”宁王说，“不过，使臣已在途中。”

“那就不如等使臣宣旨后，再作计较。”

宁王寻思，自家行事莽撞了。圣旨未宣，复护卫之事如何对文武官员讲？不讲明白，喜自何来，贺为何事？不能接受官员们的祝贺，宴请又有何趣？念头一起，对娄妃的敬意又添了几分。贤助贤助，正当贤在此处。

又寻思：已着刘吉去发帖子，该如何挽回？柴升柴都宪，或者布、按二司正使，四人中有一人告假，便有理由展期了。若抚台大人，左、右布政使，按察使一起捧场，便只好自称偶染小恙，通知展期。为了正名，无妨做些小小动作。

想到此处，宁王说道：“爱妃所言极是，就等宣示圣旨后，再行安排。”

第一个劝告被接纳，娄妃有了信心，继续往下谈：“王爷，还有一事，请听妾愚见。”

“什么愚见！爱妃之见，贤明之至！”宁王笑着说，“我料定你还有见解，讲吧。”

“王爷要文武官员朝服赴宴，此事须再斟酌。”

“这是正理呀，”宁王说，“官员见亲王，事体本重，本王又有这等大事，着朝服还不该吗？”

“不然，”娄妃反驳说，“妾虽是妇道人家，不知朝廷体制，但文武官员见亲王，着以朝服，事涉僭越。依妾之见，着公服为好。”

官员见亲王，服饰方面的规定，似不明确。但是，朝服是朝廷重大庆典时所着，自不该用于王府。说僭越，绝不会错。反之，着便服，礼则过亵。官员见亲王，一般着公服，娄妃的建议不错。公服是朝臣常朝时，和各衙门官员坐衙时的正式服饰。

这个劝告是宁王不能接纳的。非但不能接纳，而且，由于娄妃提到僭越，更坚定了宁王的决心。他考虑，这次算开个头，以后凡遇庆典，官员们来王府，都要着朝服。既曰僭越，便僭越个彻底。

这话不好对娄妃说明，宁王说：“既然宴请展期，此事也到时再计较吧。”

“这是大事，王爷一定要慎重。”娄妃又叮咛。

“知道了，”宁王说，“我一定慎重。”

言语投机，娄妃心中高兴。尚有一事，压在心头多日，她想，也该说一说了。

“王爷，还有心听妾说话吗？”她先问道。

“爱妃有话，本王从来是洗耳恭听，为何今日有此一问？”

“妾担心愁事说多了，王爷心中烦躁。”

“还有犯愁之事？”宁王惊问，“还是为本王担心？”

“这次不是为王爷犯愁，是为二哥、三哥犯愁。”娄妃一本正经地说。

宗室生育子女，应在三日内具本上奏，载入玉牒，以备稽考。这是制度。宁府生长子，按照这个制度办理，封了世子。二子、三子，出生数月，还未具本。这是严重的违制。

“爱妃真是先天下之忧而忧呀！”宁王这样说，不知是赞赏，还是讥刺。

“天下太大，妾只求先宁府之忧而忧。”娄妃说，“王爷偏爱世子没有错，其他诸子，也是亲生骨肉，亦要体恤，才是为父王之道。他子不入玉牒，日后不得封王食禄，不要怪罪王爷吗？”

宁王不具本上奏，为二子三子请名，并非偏爱，而是另有深意。说穿了，是不欲接受当今皇上的赐名。娄妃隐隐感觉到这一点，劝告时，却不能不轻描淡写。

“这事不忙，”宁王说，“朝廷若要追究，让他们晚出生几日就是了。爱妃不必多虑。”

娄妃知道，不得已时，谎报出生日期，或许不会惹下大祸，但终究不如规矩些好。她还要再说，见王爷真有不悦之色，便生生忍住。

按察司提学副使蔡清得知宁府延期张宴，松了口气。都说宴无好宴，一般僚友间酬酢还不打紧，王府之宴，确实不可不防。

蔡清有些酒量，怕的不是灌酒。他怕的是这次要大大地得罪宁王了。

宁王命官员们朝服赴宴，蔡清以为不妥。要和本司正官及他司官员谈谈此事，却人人避讳。蔡清渐渐明白了他们的心思：宁王近日屡蒙恩宠，听闻朝廷还要复宁府护卫，都是因为深结刘太监的缘故。这朝服赴宴，将来申诉到朝廷，说不定也能获准。既然如此，何必硬顶呢？须知，得罪了宁王，便会得罪刘太监；得罪刘太监，便是得罪朝廷。

蔡清很清楚，刘瑾是不能得罪的；到了南昌，宁王是不能顶撞的。蔡清也清楚，以朝服入王府，绝非小事一桩。我中华是礼仪之邦，立国示民，不可不重礼仪。文武朝服，朝廷非大典不用，一旦穿入王府，那是将宁王视为何人？自视为何人？又视朝廷体制为何物？

不管他人如何，蔡清决意，见宁王的服饰与见天子的服饰，行于王府的礼仪与行于朝廷的礼仪，必要有所不同，蔡清设想了一个权宜的办法：着朝服时，去掉袍上的花边。在臣子心中，这便是与朝见天子的不同处。今日赴王府，今日便这样着衣；知会展期，明日赴王府，明日也是这样着衣。

决心下了，蔡清心中却不能平静，虽是权宜之策，仍会得罪宁王。仔细想想，这些年来，得罪宁王之处，着实不少。比如，按照旧例，江西的三司官在初一、十五拜见宁王，而在初二、十六两日拜谒孔庙。蔡清以为不妥，说服三司官勿循旧例。王府、孔庙均于初一、十五行礼。这样，既保持王府的牌贵地位，又体现对孔夫子的崇敬之情。此事引起宁王不满，招致报复。一日，在王府宴会间，宁王用了一个很生僻的韵，要蔡清赋诗。蔡清正打腹稿，宁王已开始攻击：作不得诗文，怎配任提学副使？当众被辱，蔡清甚是难堪。

宁王恼恨蔡清，还不止于此。他对前巡抚林俊的不满，也迁怒到蔡清身上。宁王岁征禄米，倍取于民。宁王说刘吉有刘吉的取钱办法，此即其一。林俊奏闻于上，大加限制。宁王要求王府殿堂改用琉璃瓦，计费二万，取于官费。林俊反对，在奏疏中还用了很严厉的字眼：“毋涉叔段京鄙之求。”这是用的春秋典故。既劝皇上不要学段伯，纵弟为恶；也暗示宁王有叔段的野心。殿堂改用琉璃瓦事，也就不了了之。

宁王衔恨，时时侦伺林俊的过失，使他因为一桩小事，竟致罚俸三月。若非适逢母丧，林俊的江西巡抚也是做不长的。林俊去官，宁王的怨恨未解，便都转移到蔡清身上。

这说来有些好笑，却也不是全无道理。林俊是福建莆田人，蔡清是福建晋江人。有同乡之谊，同在江西为官，来往较为密切。要蔡清代林俊受过，也算是事出有因吧。

这样窝囊的官，还有什么好做的？蔡清心灰意冷，提笔草疏，恳请致仕。

第二十六章

“士廉，”李东阳招呼顾清，“你看这篇文字还可以用吗？”说着，把誊写在奏本纸上的文章递交给他。这是副本。虽在征求对方的见解，脸上却有得意之色。

顾清接过来细细读下去：

伏遇皇帝陛下，英明出类，刚健居中；上同舜咨之重笔，下轶启贤之继道。实录方修于金匮，余功载续于汗青。非徒撮要以删繁，抑亦要终而原始。政必稽其得失，何必著其忠邪。词虽省而事已恢，人既往而言独在。博采诸家之略断，致品间评，使一得之愚，代为讲说。法多从旧，理贵折中。不求敝力于难知，务期开卷而有益。

“好文章！”读到这里，顾清赞道，“老师的文章，更趋简洁了。”

“洁字说不上，但求一简。”李东阳说，“老夫年届一甲子，总有油尽灯枯的感觉。因而，写起文章，能省却一字，便省却一字。”

“这又不然。”顾清不同意老师所说，“多一字便觉累赘，少一字便不清楚，这便是简洁。老师这篇《进〈历代通鉴纂要〉表》，正是这样的文字。”

“但愿如你所言，”李东阳说，“也算对得住当年共同策划此书的诸公了。”

《历代通鉴纂要》，凡九十二卷，另有目录则例一卷，分为六十册。孝宗皇帝时，开始策划，揽括翰林院、国子监的饱学之士，分章划节，共修此书。此后，局面大变，内阁他公皆去。这本书，以及表中所提到的孝宗实录，都由李东阳总其责。起草进表时，感慨良多。与顾清交谈，初是论文，很快转到论政了。

“听说谢祭酒对修通鉴纂要，很有些独到的见解？”顾清不想李东阳的思绪停留在刘、谢的身上，便提起一个无妨碍的人物。

“不错，”李东阳说，“方石先生以为，古史之义可见者，书与春秋而已。二者之别，春秋编年通记，以见事之先后，尚书则以事为纲，每事别记，以具事之首尾。”

顾清提到的谢祭酒，名铎，别号方石。他与李东阳是同科的进士和庶吉士，曾任国子监祭酒五年，孝宗皇帝去世前已致仕。

“谢祭酒的见解确是独到。”顾清赞道。

“方石先生曾赐函于我，其中有几句话，着实精彩。”李东阳忆想着那几句话，确信可以记全便道，“凡其统绪所在，孰为正而可法，孰为不正而可戒，某君以用某人行某政而治，某君以用某人行某政而乱，正邪治乱之间，惕若覆车之在前俨乎。”停了停，李东阳说：“若非方石已用，这几句话一定要写在表中。”

李东阳是在说笑话。同僚同志致函，写这几句话可以，上表皇上，写这几句话，便不成体统。何况现在的局面，怎允许说某君以用某人行某政而乱呢？顾清知道李东阳并不当真，随着笑了笑，没有说话。

忽然间，顾清发现，李东阳的情形大变。只见他面颊通红，额头沁出大粒汗珠。接着，弯下腰，猛地咳嗽几声。

顾清忙上前，将他扶住，在他背上轻抚两下，问道：“老师，怎样？”

“不碍事！”李东阳直起身，神色委顿，气息虚弱，“这几日，一直气短胸闷，晚间尤甚，竟致夜不能寐。士廉，你扶我去靠一靠。”

顾清搀扶李东阳，走向室内卧榻，边走边问：“老师，近日饮食如何？”他知道老师肠胃不好，早年却被庸医误诊为脾病，所以先问饮食。

“小有不适，”李东阳说，“服了旧年孙老先生开的药方，已见好了，不料今日又有反复。”

顾清记得，孙老先生当年为李东阳诊治，曾说他的病是积郁所致。今日病根，怕还是在积郁二字。此可意会而不可言明。说出来，会更添老师的忧郁。顾清说：“老师太过劳累，是不是告假，歇息几日，免得士廉等牵挂。”

李东阳点点头，说：“东阳老矣，果不胜繁剧，怕是真要歇息几日。”他嘱咐道，“前日司礼监公公来说，是书有讹字，我已核出，放在阁中。士廉代我告知守静、济之两位先生吧。”

李东阳告病，焦芳颐指气使，俨然首辅，感觉便不一样。王鏊见之生厌，这里走走，那里走走，一直走到东长安门外的翰林院。他大概有意来此，向善解人意的翰林们说几句挖苦焦芳的话，或听善作谑语的翰林们说几句挖苦焦芳的话，消一消心中的憎恶。

几位翰林官见了王鏊，迎上前来，问道：“济之先生何来？”

王鏊没来得及答话，其中一位已代他答：“我知道了，先生独坐阁中，不耐烦对牛弹琴。”

王鏊认出，是编修何塘，便叫着他的字说：“粹夫出口成章，是一句好上联，谁来对对下联？”

翰林官对内阁大臣，或敬重，或惧怕，但有一点相同，便是关系亲近。他们都知道，王阁老对李阁老也有不满，但二人尚能协力办事，尚能在一起商议，现西涯先生一病，独对焦阁老，对王阁老来说，实在痛苦不堪。翰林官们都看不上焦阁老，如此众心一致地鄙夷、疏远一位阁老，本朝还不多见。

何塘居然说出“对牛弹琴”，对焦芳大是不敬。他与焦芳都是河南人，若不是怨望深积内心，绝不至于如此不讲情面。王鏊将他的话变作半联，命众人对句，他不好先自对出。

一人很快想出下句：“济之先生，听我说：小子蜗居翰苑，怎知道有蛙在井。”

“好，好，”王鏊说，“前一句对仗甚工，也有味道，诸位想想，后一句中的成语能不能替换替换。”

这就更容易了，下联纷纷而出：

“小子蜗居翰苑，怎知道驱羊入圈。”

“小子蜗居翰苑，怎知道纵犬就食。”

几句都不大精彩，也无甚毛病。王鏊正想自己凑上一句，却有人又念出：“小子蜗居翰苑，怎知道有鹿若马。”不由得吃了一惊。这句毛病太大了。如果说“对牛弹琴”，不过是讥讽焦芳不学，那么“有鹿若马”，便是借着前秦的典故，暗指刘瑾擅权。他顾不上看谁这般大胆，轻描淡写地化解说：“有二有三，不必有四，我看就此止住吧。”

“正是，正是，再多便俗了。”众翰林应声说。他们也觉察到了危机，无心闯了祸的那位翰林更是脸色大变。

气氛急转。本来轻松、休闲，刹那间变得凝重。众人有心打破僵局，苦于找不到恰当的话题。王鏊后悔，不该到此无事生非。正在这时，以礼部右侍郎领翰林院事的刘机，匆匆而入。他是顺天大兴县人，成化十四年进士。

见到王鏊，他行一礼，没头没脑地说道：“多谢济之先生枉顾，此事我已知了。”

“何事？”尴尬中的王鏊听了这话，竟像是冲着刚才的事情，便有一种雪上加霜的感觉。刘机的话急，不容他多想，只好故作无事地问一句。

“咦？”刘机也觉奇怪，“济之先生不是来知会我等的吗？”

“自然不是，”王鏊说，“我不过来贵处闲坐。”

“原来是我鲁莽了，”刘机神情中，仍流露着焦虑，“那么，内阁对此事亦不知晓。”似是发问，又似是自语。

“仁仲先生，”王鏊叫着刘机的字，问道，“你以为我要来告知你的，到底是何事？”

“吏员方才告我，明日入朝，俱须早赴。”刘机答道，又转向其他人说，“各位都在，我就不另行告知了。”

“怪了，这等事，我却不知。”王鏊说。

王鏊说怪了，因为对翰林院有特别通知，一般要通过内阁。而刘机带来的这个消息，王鏊并不知道。明日是七月初一，朔正的日子，定须入朝，这是不必通知的。而明日入朝，如果俱须早赴，当然要特别通知，但为何俱须早赴，该有明白的说法。

“守静先生或许知道。”刘机说。

“不会的。”王鏊说不会的，是因为已熟知焦芳的脾性。他若是知道，定会当着王鏊的面，指使属吏通知翰林院，以显示他的重要地位。

“是何人告知吏员的？”一名翰林问。

“司礼监来的公公。”刘机说不出具体是谁。

看来，并非奉命而来，只是司礼监某位公公与翰林院某位吏员私交好，特意来告知，或闲谈时说了一声，而不是正式的知会。在场的每一个人，都在心里问：“明日早朝，俱须早赴，为的何事？”

次日一早，朝毕，百官在奉天门恭送圣驾退。接着，一名司礼太监出来宣旨：五府六部堂上官，六科十三道掌印官，以及翰林院官，皆待命阙下。除了翰林院官，其他人都没有异常感觉，显得从容不迫。翰林院官则有些紧张。

崔铣、严嵩等庶吉士，因未散馆，不能加入翰林行列，群聚内阁门外，遥遥北望。同乡间来往较多，昨午翰林院的情形，崔铣从何塘处，陆深从顾鼎臣处，都略知一二。顾鼎臣是他们这一科的状元，苏州昆山人。同科是兄弟，关系自然密切，苏州、松江二府毗邻，更是亲近，因而，顾鼎臣讲的更详尽些。崔、陆二人相互印证，与众庶吉士，都认为有大事要发生。这些平日懒散惯了的人，今早齐集内阁前。

“会不会是济之先生惹上麻烦？”严嵩关切地问。因是间接听闻，事情的前后次序便有些模糊。他以为是翰林院中的对联传入大内，才有今晨的异常动向。

“不会吧？”陆深对这个过程要清楚些，“济之先生到翰林院之前，至晚是他到翰林院的同时，仁仲先生已然知道了入朝早赴的消息，今日宣旨，应和济之先生无碍。”都是南直隶人，他也更希望王鏊这位老前辈平安无事。

这时，中书舍人何景明匆匆走向内阁。中书科掌书写诰敕、制诏等。内阁拟旨，舍人书写，中书科类似内阁的属衙。何景明是朝中有名的少年名士，庶吉士们有几位和他的交情不浅。

“仲默先生，何事匆匆？”崔铣与他招呼。

“子钟兄，”何景明答道，“也无甚事，只来阁下看看，有无新旨。”内阁办事处，常被称作阁下。

“那边出了何事？”崔铣指着北边问。

圣旨是内阁草拟，中书抄写的。现正公开宣示，没什么不可说的。何景明道：“说来不幸，是进书出了毛病，忤了圣意。”

“可是《历代通鉴纂要》一书？”最近一段时间进呈御前的，只有这一部书。

“是。”何景明答。

严嵩问：“仲默先生知否，毛病出在书义上，还是出在其他方面？”

“哼！”何景明冷冷一笑，“挑毛病的人若知书义，那是万幸。毛病出在誊写上，有些许讹字。”

“挑毛病的人”显然不是指皇上，无人有这般胆量，也无人这般不知体统。那便是指司礼监的人了，或是那位掌实权的公公自己发现了毛病，或是有人向他指出了毛病。

进书中有讹字，本是小事，内阁数十字至百余字的拟旨，司礼太监还能从中挑出讹字，何况近百卷的大书？今早的动作就更显得不同。

“昨日午后，司礼监来传话，要内阁拟旨，着有关大小官员请罪。今早宣示的，定是这道圣旨。”何景明说，“听闻，告病的李阁老，在值的焦阁老、王阁老都递了请罪的本子。”

庶吉士们听了，喜虑参半。这等题目，文章做得再大，也不至于大出个“奸党”吧？另一方面，他们的最好前程，是散馆后留在翰林院，以文章为职任。若为几处讹字，也大张旗鼓地整治，这碗饭怎么吃？

李东阳得知《历代通鉴纂要》中有讹字，已率众核出，以为事情就这样了结，谁知降下旨来，要众臣请罪。病是不能好生将养了。李东阳在上本请罪的同时，列出了抄写中负有直接责任官员的名单，计有：中书舍人沈世隆、吴瑶、贡士华淳、监生张桓、邵文恩等五人。

七月初二有旨：除内阁李、焦、王三先生不问外，列出一个长长的处分名单，由监生到侍郎，多达三十六人。处分有三等：罚俸、致仕、削籍。罚俸的有：礼部侍郎刘机、翰林院学士刘春、太常寺少卿费宏、翰林院侍读徐穆、编修王瓒等五人。致仕的有：太仆寺少卿李通、礼部郎中胡清等十一人。削籍的以沈世隆、吴瑶为首，尚有鸿胪寺主簿童汉、监生张元澄等二十人。三十六人中，竟有同名姓者，除编修王瓒外，还有监生王瓒，也是一桩巧事。

有一人，李东阳、王鏊都熟悉：监生张元澄。他是松江华亭人，弘治甲子年的举人，楷书极佳，荐入中书科办事，碰到了这件倒霉事。李东阳听闻，刘瑾爱张元澄楷书，着人索要，张氏漫无所应，激怒了刘瑾。

因得罪刘瑾而被处分的，怕不只张元澄一人。李东阳暗自叹息：若不牵涉其中，还可为众人辩白，现内阁诸人都要上章请罪，仅能自保，又如何出言呢？大错小错，总是过失，严责缓查，要看圣心。总不能说，圣上的处分不当。

作为首辅，这真是莫大的悲哀。

最感无趣的，要属焦芳了。首辅告假，次辅暂代，这没有明确规定，却是当然之义。焦芳很想多风光几日，若李东阳有了不测，也好就此扶正。不料想，先就碰到一件不能不请罪之事。

第二十七章

刘瑾与张文冕品评着本省人物，张文冕在前便想到顾清，在后便想到陆深。

顾清，华亭人，和张文冕是实打实的同乡，弘治六年进士，高中二甲第一名，被选庶吉士。这科庶吉士之选改了章程，命进士先投诗文，礼部择可取者送考。这馆庶吉士的教习之一，是当时任太常少卿兼侍读学士的李东阳。顾清为庶吉士首选，因而在士人中甚有名望。

陆深，上海人。上海县和华亭县，均属松江府，他和张文冕也算得上是很近的同乡。本科庶吉士尚未散馆，若无意外，散馆后，他也当留任翰林院官。

他向刘瑾讲了这两个人的大致情形。

曾为举子，未得功名，张文冕引为憾事。但现在想到这两个人，既不是以他们的成就而自豪，也不是以未进考场而遗憾。他想到的，是顾清给他的难堪。

张文冕有意交结顾清，请京中的同乡代为致意，希冀一见。顾清不予理会。张文冕又请同乡代为致意，不愿枉顾，以一张名刺见赐也好。他愿助顾清取得高位。顾清不为所动，但说，吾岂可轻动？吾但知做吾官而已，不知其他。

对刘瑾讲述，内容当然要改一改。张文冕说："公数以搜寻人才为言，我拟将顾士廉罗至公门下，屡屡劝他与公亲近。无奈此人孤傲成性，不肯屈从。晚生真拿他没有办法。"

"那有什么，"谁知刘瑾不以为意，"顾先生到底是你的乡人，不是我的乡人。我的乡人也不肯来相见，何况是他。"

"公指的是哪一位？"张文冕问。

"不须多问，你想想便知。"刘瑾不正面作答。

"莫非是康状元德函先生？"张文冕忽悟。

"正是，"刘瑾笑着说，"知我者，文冕也。"

康海，字德函，陕西武功人，弘治十五年状元及第，授翰林院修撰。当时，刘瑾并未显贵，在内宫时时感到压抑。最使他扬眉吐气之事，便是康海中了状元。弘治十七年，康海丧母，回家守制，不久前刚刚还朝。

“公也会托人致意于德函先生？”张文冕问。

“岂止是致意，可说是——”不知怎的，刘瑾抛出一句商贾的话来，“开出明码实价：先生肯一顾我，便以侍郎相授。”

到底是刘太监，出语惊人，不同凡响。翰林官虽说清要，升至侍郎，也是需要很长的时间和许多的机遇。特别是做了礼部侍郎，简直就是入阁的前曲了。而康海入仕，才只有五年。

“德函先生不为所动吗？”

“岂止不为所动，他是嗤之以鼻。”怪的是，刘瑾并不像张文冕那样，感到难堪，有的只是少许的失望。也许因为，只有嗤之以鼻，才更可见康状元不同寻常的风采。

“我欲一见德函，文冕能为我招致乎？”

张文冕思量一番，结论是：不能胜任。招致康海，论身份，他不够重，论交情，他不够深，论利害，刘太监已许了礼部侍郎，他还敢说：请君入阁吗？即便他敢说，也未必说得动。

所以，他干脆不说话，轻轻摇了摇头。

“你看，焦阁老能不能劝他来见我？”刘瑾抱着一线希望。

“莫说焦阁老，就是李阁老，也劝不动他。”

“有这等事？”李东阳与焦芳在士人中的声望，相去甚远。说李东阳也劝不动康海，是刘瑾没有想到的。李东阳正是他借以劝说康海的下一个人选。

张文冕便讲：康德函丧母，依当时的习俗，该请内阁中的一位撰写墓志。康海却连被视为文坛领袖的李东阳也不请，而请了李梦阳。

“德函先生的诗文独树一帜，李阁老也不在他眼里。”张文冕以此解释，为何李阁老也劝不动康海。

“好得很！”想不到刘瑾会为康海喝彩。康海对阁老们的蔑视更激起他的向往，“文冕且看，我如何将康状元招致门下。”

招致乡贤，不是眼下的要务，刘瑾深知这一点。所以谈论康海、顾清之流，只是开场的话题。说上片刻，权作休息。要紧的事，是安排好几个衙门的人选。衙门之一，是锦衣卫北镇抚司。锦衣卫都指挥使杨玉肯认真办事，刘瑾已视他为亲信。而由谁人掌北镇抚司，赶走牟斌后，在几名亲信中挑来选去，下不了决心。

“此事文冕为我断之。”刘瑾许下定将康状元招致门下的宏愿后，便谈论起北镇抚司。

刘瑾这样说，定是有了进一步的想法。“泛泛而谈，难有结果，请给出两个人来，晚生试为公言之。”张文冕很明智地说。

刘瑾对他的心领神会，很是满意：“好，孙聪、石文义二人中，文冕为我择一。”

张文冕默默揣度，二人中，刘瑾倾向于谁。想来想去，没有把握，干脆以自己的标准来选择。这样一来，结论就出来了。孙聪显然不是合适的人选。刘瑾若要用他，定是为了私情。

孙聪是山西浑源州人，却与刘瑾沾亲。其父孙逢吉在陕西任布政使时，娶了刘瑾堂妹谈氏；亦有人说，是娶了刘瑾同父异母的亲妹妹。不管哪一种情况，这桩婚姻肯定给刘瑾，也给他绝非显赫的门庭带来了荣耀。

孙聪曾在礼部做过司务，是从九品的芝麻小官，在刘瑾得势前已致仕。从九品的小官也有致仕，说来可笑，但有些人就是终止在从九品的品秩上。前不久，大同巡抚崔岩和大同镇守太监侯能合荐孙聪，改注兵部司务，拨至侯能处赞划军务。这不是刘瑾授意，便是崔、侯二人讨好刘瑾。

刘瑾若有心让孙聪掌北镇抚司，便不会将他打发去大同。刘瑾提出孙聪、石文义二人中择一，可能的原因是：孙聪不愿久留山西，想返回京师。刘瑾身为彼舅氏，不忍伤害堂妹或亲妹，需要找个人出面拒绝他的请求。

张文冕义不容辞，在此刻要为刘瑾决断。

“晚生以为，宜用石文义。”张文冕这样说道。

“你可知道，孙聪是我喜爱的外甥？”刘瑾问。

“知道。”张文冕硬着头皮答道。

“你还是说，宜用石文义？”

“是。”张文冕见刘瑾问声虽然严厉，脸色却和缓，相信自己的判断不错。

“那好，”刘瑾的声音也和缓下来，“说说你的理由吧。”

张文冕在答“宜用石文义”前想了许久，想的就是理由：“其一，石文义在北镇抚司办过事，孙聪则全然不熟悉。”

“算是一条理由。”刘瑾说，“其二呢？”

“其二，相同事体，不同处置，足见二人有优劣之分。”说这句话，需要些勇气。

“你是指石文义处置沈材美一事？”刘瑾问。

张文冕点点头。沈林字材美，南直隶长洲人，成化十七年进士，任云南布政司参政。吏部考察其政绩，定为优等，拟迁转。时入京觐见，其他外官皆拜谒刘瑾，沈林独不往。刘瑾隐忍不发。吏部拟沈林升山西布政使，刘瑾表面上听之任之，暗中差遣多人，侦伺于京师至山西途中。自去岁差人尾随韩文之后，这便成了惯常的手段。

和侦伺韩文一样，侦伺沈林亦无所获。侦伺者唯一可以提出的不当举措，是沈林在途中乘用驿递的马匹。新官上任，这本也是可以通融的。逻卒禀告时，石文义正在一旁。他说道："沈林，良吏也。"刘瑾问："汝识此人吗？"石文义答："不识，但闻其名。"于是，刘瑾未下令逮捕沈林，而让巡按御史再勘。后来沈林罢官，是他太过倔强。巡按御史勘查时，家人劝行贿赂，御史也故缓其狱，让他从容为计。他却说："丢掉官禄，丢掉名节，孰重？"他丢掉官禄，使石文义的保全之功，也付之东流，实在有些可惜。

"在北司办事，存为善一念，着实不易。"张文冕赞了一句。

"照你所说，不又是一个牟斌吗？"刘瑾的问题，不似诘问，倒似出一难题考校。

"这又不然。"张文冕有把握说服刘瑾，"牟斌庇护奸党，意在反对吾公；石文义庇护沈林，意在维护吾公，其间有霄壤之别。"

"有理。"对他的辨析，刘瑾满意了，"你说相同事体，孙聪又是何事？"

此事也发生在山西。陈雍，字希冉，浙江余姚人，成化二十年进士，补山西按察司副使。孙聪在礼部时，与陈雍相识。陈雍赴山西任，孙聪盛宴相邀。陈雍借口疲惫，不赴。上任后，亦无谢礼。孙聪恼怒，到处散布陈雍的流言，欲刘瑾给以重惩。

听了张文冕的叙述，刘瑾心想，锱铢必计，倒是像我，却没有我高明。他说："此事我尚未听闻。"

"公知此事，自有处置。"张文冕说，"以此二事比较，晚生以为，宜用石文义。"

"好，就依你。"

决定了这件并不具重要性的事情，刘瑾显得有些疲惫。张文冕在惊诧之余，暗生警觉。他确信一向判断无误。至于刘瑾眼下的疲惫，是由于精力不足，还是另有原因，却很难做出准确的判断，还要仔细观察。

"文冕，知道我最惧谁吗？"刘瑾随意问道。

问题本身便令张文冕不安，刘太监从不言惧。"公无所畏惧。"他答道。

"否。无人能无所畏惧。"刘瑾摇头说，"我真是无所畏惧，何不让孙聪掌北司呢？"

原来两个问题是有联系的。张文冕对刘太监随意提出的问题也不能不认真思考。刘太监应该惧怕皇上，但皇上给了他不受限制的权势，他现在不会怕了。刘太监应该惧怕枢臣，惧怕部院大臣，惧怕言官，但经过几个回合较量，他是胜者，现在不会怕了。刘太监应该惧怕传了数世的勋臣，惧怕握兵在手的镇守、督抚、总兵，但他们还不曾对他构成任何威胁。他现在不会怕了。他会怕谁呢？

刘瑾知道，张文冕找不到答案，便自言自语地说："某所惧者，张永也，谷大用也，丘聚也，魏彬也，……"他一个一个叫着"八虎"中其他人的名字，叫得很缓慢，叫得很深沉。

初初一听，会大吃一惊。细细一想，便不难理解。当初八人为一体，簇拥着皇上，诱导着皇上，为皇上开辟了一个世界，也在皇上的世界中确定了八位一体的地位，现在不同了。八人中的一人成了领袖，不想再维持八位一体的局面了；八人中的七人，却无法接受一人凌驾于他人之上的局面。

思绪敏捷的张文冕断定，惧怕张永等人，是刘瑾的实际心态。他也明白了，刘瑾为何用石文义，而不用孙聪：若用孙聪，一旦失误，不但孙聪，而且连他，都要成为众矢之的。

张文冕暗自庆幸，他的直觉和准确的判断，再次引导他选择了正确的答案。要是为讨好刘瑾，议用孙聪，那才是自讨无趣呢。

现在，需要对刘太监施以安慰。张文冕说："依晚生之见，皇上对那几位公公，恩宠或有之，而于公公，却是须臾不能离。对那几位公公，固然不可大意，却也无须过虑。"

"要在不可大意。"刘瑾说，"一生大意，必定百患随至。此事重大，文冕须时时提醒。"

"是，这是晚生的职分。"

第二十八章

八月十五，气清风爽，是京城最舒畅、最宜人、最有风情的时节。早朝毕，皇帝乘着銮舆，在内臣们的簇拥下，由东到西，横穿大内，阅视在西华门新起的几间房屋。由刘太监陪同，他饶有兴致地从房外看到房内。

从外面看，新房除了略大些，和内臣们住的偏房，无甚区别。内里，虽布置匆忙，却也别有趣致，有的简朴，有的奢华；各房之间，或有门相通，或以窗相望。见惯了深宫大殿，到了此处，不觉耳目一新。

“刘太监，你辛苦了！”皇帝夸赞一句。

“这是奴才的职分。”刘瑾回话，“万岁爷看得过去，请赐个名。”

皇帝想了想，说：“朕要在这里聚养虎豹之士，就叫豹房吧。”

“是。”刘瑾吩咐四下之人，“你们听好了，有人问起，但说这处是豹房，不得再多言。”

四下一片应声。不得多言，便是不得透露，此处是为皇上准备的下榻处。只说豹房，便与虎房、象房一样，在外人听来，是豢养巨兽猛兽之所。其实，不须吩咐，事关万岁爷的隐秘，谁敢多嘴。

“想得周全。”皇帝又夸赞一句。有了隐秘，才可免去臣子们的絮聒，不致扫了兴致。

走累了，皇帝在设有御座的房间暂歇。所谓御座，也是寻常的椅子，只因皇帝坐了，便成为御座，其他人不敢再坐。在一旁服侍的，只有刘瑾和皇帝的两名贴身内侍。

“今日是中秋，豹房又建成了，朕要有赏赐。”皇帝面有喜色地说。

刘瑾叩首言道：“圣恩深重，奴才不敢要赏。”

皇帝笑着说：“你为朕总理万机，朕也没得赏你了。朕想对内阁几位老先生加恩。上月为了进书之事，他们可是丢了不小的面子。”

皇帝脸色依旧，也不是责备的口气，刘瑾却心有不安：借进书讹字，大做文章，他事先没有奏明皇帝，皇帝事后也没有过问。谁曾想，皇帝不但知道，还记在心里。

刘瑾心思极快，马上说："那次处分，为的让众臣知道，替万岁爷办事，要认真谨慎，并且宣示，对内阁三位老先生不予处分。不过，爷说的是，几位老先生的面子是失了。爷要给他们补回面子，也是皇恩浩荡。"

"好，你说怎么给他们补回面子？"皇帝问。

皇帝说上几句劝慰鼓舞的话，也可补回面子。但平白无故地降旨，劝慰鼓舞，有人会想，是不是在前做错了什么。不如加官升秩，既实在，又免引起议论。况且，焦芳也在受惠之列。

刘瑾说："李东阳官至极品，无可再升，加俸一级。焦芳加少傅兼太子太傅、谨身殿大学士。王鏊加少傅兼太子太傅、武英殿大学士。"李东阳已是少师兼太子太师、吏部尚书、华盖殿大学士。本朝开国以来，除李善长，无生封三公者，所以刘瑾说他官至极品。

"好，就是这样。"皇上立即同意。

"吏部尚书许进、兵部尚书刘宇是否也加赏，请爷定夺。"皇帝有加赏之意，刘瑾乘机扩而大之，以邀人心。此二人均是要笼络的。

"当加何官？"皇上问。

"可并加太子少傅。"论起来，许进加太子少傅，刘宇加太子少保，更妥当些。刘瑾与刘宇关系密切，不欲加以区别。

"也依你。"似在争相施恩，刘瑾提过两个人，皇帝又有了想法，"刘太监，尚有一人，朕要加赏于他。杨学士现在何处？"

万岁爷真的忘了，还是故作糊涂。若是故作糊涂，用意何在？刘瑾不由心生怯意。

"回爷的话，"他小心地说，"杨学士廷和先生现任南京户部尚书，是不久前才加的赏。"

再加赏，便是转南京吏部尚书。现在的南京吏部尚书王华，刘瑾曾数次托人致意，要调他入京，担当大任，所求只是一个谢字。而王华一无表示。这种人，不值得再结交。杨廷和呢？去南京前，曾来拜别，颇有亲近之意。以他代王华掌南京吏部，是可以接受的。

皇帝却说："朕要他入值文渊阁。"

虽出乎刘瑾意料，亦无不可。"爷圣明，"刘瑾说道，"杨学士侍奉万岁爷日久，爷亲自简拔入阁，他定能尽心办事。"

"几样事，你就去办吧。"皇帝下令逐客，"我要歇息歇息，不许人来打扰。"

刘瑾刚一离开，皇帝向一名贴身内侍递了个眼色。那人会意，去到外边巡视。皇帝向另一名贴身内侍吩咐道：“你去告诉钱宁，今儿个晚上到这里来，为朕表演绝技。”

“是，奴才来安排。”那名近侍说。

“慢，”皇帝叫住他，“对别人你要讲，朕今晚在后宫赏月。刘太监问起，你也这样说。”

钱宁和于喜双眼巴巴地等候这一刻。于喜的计划果然可行：钱宁用了些手段，见到皇上的一名近侍，呈献了珍宝，又说起那非同一般的表演，绘声绘色，或隐或现。近侍净了身不假，可年纪轻轻，还是免不了存有好奇之心。听钱宁一讲，答应设法让皇上乐乐。

难题是如何进入大内，钱宁、于喜不说，还有几名女子，谁敢带入。有了处在大内边缘的豹房，难题便迎刃而解了。

夜半时分，明月高挂中天，禁城内一片静谧。皇上的一名近侍在西华门外守候。有趣的是，守宫门的几名卫士，在北侧者，面北而立，在南侧者，面南而立，居中者，面东而立，都好似眼睛长在后背。

两名身着锦衣卫官服的男子并排向西华门走来，后面随着四顶小轿。一行人在西华门前站定，每顶轿内走出一名女子，轻纱遮面，只露出双眼。近侍点点头，两名男子率着四名女子，沿着他手所指，向里便行。近侍又一挥手，从暗处走出一人，领着轿夫们走向另一处。

“尔等听好了。”近侍向卫士们说，“圣上有旨，尔等什么也不曾见到。”

“是，我等什么也不曾见到。”上值的卫士，一边说着，一边齐刷刷转过身来。上值的内臣、将军，连带把总，都被另一名近侍带走，交代事体。他们是真的什么也不曾见到。留在门前的，是清一色的卫士。

“尔等不可不知，万岁爷是为尔等好。尔等若有所见，就自己将眼珠挖出来吧。”近侍又交代一遍，才匆匆转身，追赶进入的一行人。他要在前面带路。

钱宁、于喜来到豹房中确定为御用的房间。

“皇上，微臣又睹天颜，幸奋莫名。”钱宁在戏文中听过这句话，牢牢记住。这是他能使用的最文雅的词句，说时，如泣如诉，充满真实之情。

“好了，不是又见到了吗？平身吧！”皇帝看看跪在他身旁的于喜，“他就是你要引荐给朕的人吗？”

钱宁答：“是，他就是于喜。”

于喜叩首：“微臣锦衣卫指挥佥事于喜叩见皇上，恭祝皇上万寿无疆。”

“挂名，”皇帝说，“别忘了挂名二字。”

于喜不知皇上的用意，张口结舌，说不出话。他是第一次见到皇上，比钱宁紧张许多。皇上爱出刁钻题目，他心中无备。

“是，”钱宁代答，“和奴才一样，他是挂名锦衣卫指挥佥事，不过挂名的职位比微臣高一截。”

“幸亏是挂名，不然也来不到此处。”皇帝说着，又问于喜，“于佥事，你不似朕的臣民。”

这次于喜知道该如何说了：“率土之滨，莫非王臣。微臣生在京城，长在京城，是陛下的忠顺臣民。”

“那却为何长成这般模样？”皇帝不信。

“微臣祖先是西域人。”于喜解释。

“真的吗？”皇帝大感兴趣，“可还能讲西域语？”

“微臣自小习说家乡语言，还能说上几句。”

“那好，说几句与朕听听。”皇上略想了想，出个题目，“就说恭祝皇上万寿无疆。”

于喜咿咿呀呀地说出一串话，并作叩首状。

“于佥事，你敢胡言欺朕！”皇帝忽然沉下脸，问道，两眼露出凶光。

“奴才不敢。”于喜慌了，匍匐在地。

“你说不敢欺朕，为何与那班番僧说的不同？”

原来是皇帝误会了。于喜跪在那里，不慌不忙地说：“陛下在宫中见到的番僧，说的是乌斯藏语，微臣方才说的，是畏兀儿语。”

“哈，原来一在西南，一在西北。你起身吧。”皇帝点着头，“你那畏兀儿语，倒也好听。来呀！”他指着其他人，包括钱宁在内，“尔等都学着说一遍。”

三五个人出声参差，发音各异，呜哩哇啦地说着，边说边作叩首状。

皇帝大乐：“尔等愚笨，不配侍奉朕。来，听朕说上一遍。”他也呜哩哇啦地说上一串话，与于永说的，竟是惟妙惟肖，分毫不爽。

众人大惊，于喜说：“陛下原来识得畏兀儿语？亏得微臣不敢胡言乱语，欺蒙皇上。不然，微臣这颗头就要搬动了。”

“朕哪里识得畏兀儿语，只是听你说了一遍，便已记下。”皇帝说，“朕贵为天子，臣民们的话，都当懂得。于喜，你每次来见朕，都须教朕一句畏兀儿语。”

“微臣遵旨。”于喜说，“不过，皇上要学畏兀儿语，微臣有一个更好的法子。”

“什么法子？你说说看。”

“陛下收几名畏兀儿女子于宫中，想说畏兀儿语时，便将她等召至驾前，岂不是更为便当？”

“这确是个好法子。”皇帝有采纳之意。

“这个法子还有好处，”于喜又说，“彼处女子白皙姣丽，善歌善舞，大胜中土。皇上富有天下，自当取天下美色，以悦耳目。”

他一提醒，皇帝才想起，钱、于二人带来的几名女子，一直被冷落在一旁。抬头看去，只见四人站立一排，服色艳丽，风姿绰约。透过薄纱，但见鼻高嘴阔，齿白唇红，未被遮住的双眼更是脉脉生情。见皇帝在看，她们都躬身行礼。

皇帝不由得呆了。“她们就是爱卿家乡的女子吗？”他问。

“非也。她们是微臣从西域更远处寻来。”

“可都善舞？”皇帝又问。

“是，随乐而舞，宛若仙子。”于喜说。

“可惜臧贤不在此处。”皇帝对钱宁说，“不然，朕与爱卿等有一番享乐。”

“陛下不须懊恼，”于喜说，“她等今晚不为陛下起舞，而是要为陛下表演另一番功夫。”

“可是钱爱卿说的阴道秘术？”皇帝问。

“说得更明白些，是阴道吐纳功。”于喜说了一个新词，“皇上，可让她们开始吗？”

“人是你带来的，指挥佥事指挥便是。”皇帝一语双关地说。言外之意，要是看得满意，那“挂名”二字大概可以去掉了。

“遵旨。”于喜向几名女子低声说了些话。

皇帝果然看到了一场从未看过的表演。

第二天传旨：锦衣卫指挥佥事于喜为指挥同知。再看几场于喜指挥的表演，九月初又传旨：锦衣卫指挥同知于喜为都指挥同知，佐掌卫事。后半句话煞是了得，不掌卫事，升为都指挥使也不过挂名而已。少有人知的于大人脱颖而出。

第二十九章

正午时分，一年约四十岁的男子出了东华门，随即右转南行，看来是奔东长安街去的。没走出几步，前面被一壮汉拦住，转过身，后面又跟上一名壮汉。打量一番前后两名壮汉，行路的男子寻思没本钱动粗，便站立不动。

前面的男子拍拍他的肩膀，低声问道："老哥，打里面出来？"男子不敢翻脸，任他去拍，脸上还赔着笑："二位有何见教？咱们不认识呀！"

"你不认识我们，我们可认识你。"后面的壮汉说，"是王玺王大爷吧？"

"我是王玺，可不敢称大爷。我不过给里面的公公们传个话，送个信，少少地赚点跑腿钱。"男子仍陪着小心，"提起跑腿的王玺，说句不知轻重的话，里面的公公们都知道。"

"提起里面的公公，王大爷也都知道吧？"后面的壮汉话中带刺。

"不敢说都知道，"叫王玺的男子说，"不过有几位与小的关系不错，对小的很照顾。"

"刘海刘公公与老哥的关系也不错吧？"除了开始张了次嘴，一直是后面的壮汉在问话。

王玺想，既然这样，不如转过身说话方便。不料刚有动作，就被后面的壮汉一按肩膀，动弹不得。

"怎么，想跑哇？"后面的壮汉说，"我的这位兄弟绰号飞毛腿，你跑得过他，飞毛腿的绰号送给你吧。"

"误会，误会！"王玺说，"二位面前，我怎敢跑？这不，回过身来说话，方便些。"

"别！"后面的壮汉说，"我这位兄弟的嘴懒，该说的话我说。我这位兄弟呢，还有点儿耳背。你回过头来和我说话，他就听不见。听不见呢，他就着急。他一着急呢，王大爷你就有苦头吃了。你想回头说话是好意，我才教你个乖。"

"是，是，你老吩咐我别转身，我就不转身。"王玺果然不再动了，"等你老叫我动的时候，我再动。”

“这就对了。”后面的壮汉满意了，“我刚才问你认识不认识刘海刘公公，王大爷还没赏个回话呢。”

“认识。他也是小的主顾。”王玺知道惹上了麻烦，还是不得不往下说，“小的揭不开锅的时候，刘公公也周济小的些铜钱。”

“不对吧？”后面的壮汉说，“我听说，你要送一桩极大的富贵给刘公公。送富贵给人的人，怎会揭不开锅？王大爷揭不开锅，我等早该饿死了。”

“你老真会讲笑，我王玺，一个一等一的穷鬼，能给人送去富贵？”王玺苦笑着说。

后面的壮汉上下打量着他，说：“现在呢，是穷了点儿，可一旦面奏了皇上，一旦把你那位幽居的国母救了出来，一旦把国母的老太爷封了侯，你还会穷吗？不会了。我们还敢把你老拦在这里说话吗？不敢了。趁着现在你还穷，咱们还敢，来说上几句吧。”

王玺已猜到了对方是什么人，知道了自己的处境，可还不得不装着不知道对方是什么人，装着不知道自己在危险之中。

“你老，”这是在称后面的壮汉，见前面的壮汉瞪着双眼，又加上一句，“二位，我王玺虽是穷汉，却也是正经臣民。你老所说，我怎么听不明白呢？二位别是找错人了吧？”

“找错人是不会的。你说你不明白，这也好办。咱们换个地方说，你就全明白了。”后面的壮汉狞笑着说，“王大爷，这就请吧。”

“去哪里？”王玺已感绝望。

“你老兄不是要往南面去吗？先别去了。请转回身，咱们往北边去。”后面的壮汉说着，将他转过来，“对，这次你转身，他不会发火了。咱俩在前面走，他在后面跟着。咱们先往北走，再向东拐一拐，进一条巷子，就到了。这地方不用我说，你王大爷必定知道吧？”

当然知道，那是东厂的外办事厂，活生生的人间地狱。两名壮汉，便是东厂的番子，京师人说起他们，没有不怕、没有不恨的。

“王大爷有福分呀，是我们督主亲自请去的客人，招待一定周详。对了，你的福分还要大呢。一般草民能烦劳皇上降旨吗？皇上却要为你降一道旨。字不多，只有三个字。王大爷，你知道是哪三个字吗？”

王玺一副绝望的神情。张了几次嘴，一个字吐不出来。

“让我告诉你吧，三个字是：打着问。”后面的壮汉说，“外间传言，东厂如何如何可怕。没有的事！东厂的人，也就是法子多一些，哪儿都侍候得到。你哪儿不怕打，先告诉咱们兄弟一声，咱们就往哪儿招呼，免得碰到你细嫩之处。反正皇上的旨意是打着问，往哪儿打，皇上是不问的。”

“别、别打了！”王玺突然喊了一声，好似已在挨打，“有话，就在这里问吧。”

王玺的神经被摧垮，东厂衙门还是要去的。不用“打着问”，他就把一切都说了出来。东厂番子提到的国母，是宫女，国母的老太爷叫郑旺。说起来，是先帝时的一桩旧案。

郑旺是隶属于后军都督府的武成中卫的一名余丁。余丁者，是卫所军士家属中的成年男丁。大明制度，余丁三人佐正军一人。在役的正军或死或老或疾，即以余丁补充。京卫的余丁，在京城谋生，往往会生出许多事来。

余丁郑旺，半憨半癫，时常为生活困扰，却做着腾达的梦。宫中太监刘山，与他相识。二人不时约见闲谈，谈生活中的烦恼、不幸，也谈郑旺腾达的梦想。

一日，刘山问他：“你说咱们女儿自幼卖与高通政家，该有三十岁了吧？我托个关节，将她领回如何？”

“领不回来了。”郑旺叹口气说。

“却是为何？”刘山怪问。

“十几年前，她就选秀女入了宫中。”

“既如此，我去宫中为你打探打探。”刘山很仗义，“她叫什么名字？”

“只记得她乳名叫玉女，右耳下有颗痣。”

第二天，刘山见到郑旺，神色严肃地说：“郑大哥不是总想找个富贵的机会吗？今日富贵寻到你头上了，想避也避不掉。”

“什么机会，去偷去抢我可不敢。”

“靠偷靠抢，不过是谋小富贵。我说的机会，可谋天大的富贵。”刘山说，“我找到咱们女儿了，现在的名字叫郑金莲。”

“真的？”郑旺又惊又喜，“她真是玉女？”

“千真万确。你的富贵就着落在她的身上。因为，”刘山四下张望一番，神秘地说，“她是当今太子爷的生母。”

“这，这怎可能？”郑旺再梦想富贵，也想不到，女儿是太子爷的生母，自己是国丈老爷，“刘公公，你莫吓杀我。”

“你莫慌张，且听我说，”刘山真是查询得明白，“郑金莲自小在官宦人家养大，那家也是姓高。送入宫时，填写了生父姓氏。和我相好的宫女说，她见过郑金莲，右耳下确有一颗小痣。你且想想，生父姓郑，养父姓高，耳下有痣，天下真有这许多巧合吗？”

宫中宦官和宫女相好，日间搭伙共食，夜间聚首共寝，如外间夫妻一般。相好的太监和宫女无话不说，无话不实。刘山所说，应是靠得住的，无须疑虑。

“金莲是玉女恐怕是不错，”郑旺的疑虑却一时难消，“怎知她是太子的生母呢？”

“有一事，我不说，你也不知。自太子出生后，郑金莲一直收养在周太皇太后的宫中，还不是怪事吗？”

周太皇太后是孝宗皇帝的祖母，亦即太子爷的太祖母。若郑金莲真是太子爷的生母，又不便指认，仍是宫女的身份，暂由太子的太祖母收养，也是说得过去的理由，只是收养的时限不免过长。

“万岁爷专宠张皇后，咱们都是知道的。”刘山又说，“郑娘娘于是一直幽居在周太皇太后宫里。”刘山对郑金莲的称呼一下子改了，变成郑娘娘，“受了天大的委屈。如果太子真是张皇后所出，为何诞下太子，再无所出呢？”

其实，在太子之后，张皇后还生有一子，三岁病亡，宫中多讳而不言，鲜有人知。刘山却以此作为太子不出于张皇后的第二个理由。

郑旺半憨半癫的性情被触动，焦虑地问：“玉女是太子的生母，咱们怎办？”

“想法子把娘娘救出来呀！”刘山说。

“我可想不出什么法子。”郑旺的脑袋似被人拨动，不停地摇来摇去，“刘公公，你来想法子吧。”

“好，法子我来想，”刘山说，“你只要到时出面指认。你敢出面吗，国丈爷？”

对郑旺的称呼立时也改。一有人称国丈爷，郑旺大受刺激，说：“不就是认女吗，又非认贼，当然敢。”

很快，宫中传言不胫而走，说太子不是中宫所出，而是宫女郑氏所出，张皇后心怀嫉恨，不许册封郑氏，将她幽禁在别宫，如此等等。此处也在说郑娘娘，彼处也在说郑娘娘，多为郑娘娘抱不平。与皇上贴近的人，把此说传给了皇上。孝宗大怒，将郑旺与刘山打入诏狱。刘山被分尸处死，郑旺也判了极刑。后来不知为何，又赦免了他的死罪。

时隔几年，王玺又来触动这桩旧案。郑旺未被处死，可说是此案最大的疑点。同伙同案，一人惨死，一人开释，原因何在？有人说，孝宗皇帝心肠软，见郑旺有癫痴之症，不忍加刑。突生恻隐之心的理由很难服人。郑旺所犯，是何等罪过！即使免了死刑，也该发配荒蛮地区。而今仍让他在京城居留，甚至有人有根有据地说，他的日子比以前好过了许多，显见有人在接济。若是不谬，则太过蹊跷。

王玺以古道热肠自居，与郑旺谈过几次，自告奋勇，为他在大内活动，寻找机会，面陈皇上，从宫中救出郑太后娘娘。此时郑氏已成了太后娘娘。郑旺当然也会许他许多好处。

王玺在大内找的，就是刘海。刘海是刘山的兄弟，哥哥犯了案，他未受牵累，仍在宫中当差，是尚膳监的一名监工。他一面埋怨哥哥，这等大事，竟不与他通个消息，还有什么兄弟情分？一方面又感激哥哥，正因哥哥未通消息，他才保下了命。因此，也有心翻过这案。

王玺与郑旺约定，由他准备叫冤的奏本，又与刘海约定，由他找机会将奏本递给皇上，自己则居中联络，里里外外地忙活了一阵。

东厂早有所闻，轻而易举，将他捕捉。然后，将宫外的郑旺和宫内的刘海，收入狱中。

丘聚知道，刘瑾有心挤走他。他所以仍掌东厂，是因为刘瑾选中二人接替他，或谷大用，或高凤，谷、高二人念着旧日情分，半推半劝，刘瑾不得不暂时容他。因而，在刘瑾面前，格外小心。

郑旺的案子，是大案。一将三人捕齐，丘聚马上报告刘哥，以示讨好。

“王玺在宫里的一言一语一静一动，丘哥都打探清楚了？”刘瑾倨傲地问。因对丘聚有成见，刘瑾就不像对其他几位公公那样，表面上还客气。

“我知此事重大，不敢有丝毫懈怠。”丘聚说，“每句话都找两三个人核对过，刘哥尽可以放心。三人现在我处，也都有了供状，和宫中诸人的供状一般无二。此事我不敢发落，特来请刘哥示下。”

“刁民胆大妄为，竟敢到宫中滋事。王岳老儿理司礼监，容得他们，我却容不得他们。定要重重处置，以儆效尤。”

“处死吗？”丘聚要问个明白。

“处死！”刘瑾断然说道，“一律处死。前者，郑旺若和刘山一起处死，便不会有今日传言了。”

“刘哥明鉴。”丘聚恭维道，“咱们请旨吧。”

“谁去请旨？”刘瑾不领他的情，厉声问道。

丘聚心中叫苦：又有失言，犯了忌讳。忙改口说："当然是刘哥请旨。"

刘瑾却摇摇头："不，这个旨，我不去请。"

"刘哥的意思是——"丘聚做了个秘密处死的手势，"没有问题，刘哥给东厂发个话吧。"

"耍什么滑头！想捏着我的把柄，好来要挟？恁小瞧了我。"刘瑾心中骂道。处置此事，他有三个腹案：一是自家请旨，在皇上眼里，是大功一件。二是丘聚请旨，怎样想个法子冲淡，甚至变成丘聚的一大过失。看来甚是不易，却也不尽然。只要肯费口舌，没有办不成的事。例如，宫中出了此等大事，东厂不能防范在前，只能稽查于后，也是个说法。三嘛，却是刘瑾想得最多的。

"丘哥，你我出面请旨不妥。"刘瑾说话的语气，似要导丘聚于正，"案子要交给刑部去办，再交大理寺复谳。不是有人说咱哥儿们办事不遵祖制吗？我要让他们看看，何谓祖制。"

你要装点门面，不该将我的一桩大功劳一笔抹煞。丘聚心中有牢骚，却不敢讲。"刘哥说的是。我这便回衙门办公事，把三名该犯押送刑部讯问。"他应和道。

"要刑部严讯，不得徇私。"刘瑾厉声说。他的算计，除了不欲丘聚得一件大功劳，也还有万全的考虑。万一皇上有了奇思怪想，自己别太被动。这位万岁爷，什么不敢想，什么不敢做呀！他能夜聚豹房，招揽一群武士，包括钱宁，同宿同起。还找了个叫于永的西域人，专为他招揽绝色的西域女子，岂不过分？对于郑金莲，不知他会怎样处置。要是他心血来潮，以贱为荣，认了这个生母，不要和自己结怨吗？还是由三法司去办案稳妥。

"丘哥且慢。"刘瑾问起另一件事，"在押的王玺，和翰林编修王瓒，可是亲故？"

王瓒在《历代通鉴纂要》讹字案中曾被罚俸，刘瑾还有印象。

"这倒不曾听闻。"丘聚实话实说。

"哼！若是亲故，那班翰林院官员也休想脱了干系。"

孝宗皇上末年，王瓒奉旨教习内书堂，一日行至左顺门，见一妇人裹着红毡，行向浣衣局。后面是两名内使。但见妇人垂首速行，不见其面，只见两只脚在移动。不数日，郑旺的案子便传至外廷。王瓒向亲近同僚说起过那日所见。依他剖析，他所见到的妇人，定是郑金莲无疑。

要是王玺与王瓒能扯上些关系，把王瓒等人牵入案中，借机整治整治桀骜不驯的翰林官，对刘瑾来说，乃一大快事。

难题要刑部尚书屠勋去解。前一次郑旺案发，他任刑部侍郎，对该案略有所闻。那次未将案子移交刑部，无须过多费神。这次却不能不费神了。思来想去，拖定一个宗旨：不可不问，不可多问。和两位侍郎商议，都以为是高见。于是，拟妖言律问斩。郑旺、王玺等人不服，交大理寺驳谳，仍坐妖言律。最后，皇上下了诏书：如刘山例，分尸处死。

传言就此平息。

第三十章

兵部侍郎曹元在前厅见到刘成，打了个招呼，问道：“刘太监可好？”

“不是太好。”刘成见是他，便如实地说。

曹元字以贞，南直隶含山县人，成化十一年进士。近年来，他在外任巡抚，先是甘肃巡抚，又改陕西巡抚。四个月前，调入京师，任兵部右侍郎，很快转左侍郎。看来，大臣若有变动，大司马非他莫属了。刘成知道，他家太监虽对焦芳很客气、很关照，却是近而不亲。他们的关系近两年才建立起来。而对曹元，才是又近又亲。据说，在老万岁爷初年，刘太监犯了宫中规矩，皇上一怒之下，将他送到刑部治罪。那时，曹元任刑部主事，主办他的案子，网开一面，刘瑾才未被判重罪。一仁之念，结了善缘。刘瑾从不对人讲及此事，但从他对曹元的亲近态度来看，应不会是虚妄之说。

主子亲近，管家自然更加亲近。刘成对曹元，是在随和中表示着亲近。“不是太好”之类的话，对焦阁老、刘司马是不会说的。对曹大人却不妨实说。刘成很有分寸。

“怎么，身子不适吗？”曹元关切地问。

“不是，”刘成说，“在衙门里见到曹都宪，便一直不痛快，火气大得很。”

“可是曹名岐都宪？”曹元问，“若是此人，与我倒是有些缘分，理当为他化解化解。”

曹名岐，单名一个凤字，河南上蔡人，成化十七年进士。曹元说和他有些缘分，不是指同姓氏。一为河南曹，一为南直曹，真要续谱，非得花些气力不可。曹元说的缘分，是本年初，差不多同时，他由甘肃巡抚改陕西巡抚，曹凤从湖广布政使升任延绥巡抚，二处毗邻接壤；随后，二人又差不多同时还朝。

“得了，我的曹大人，”刘成嘴一撇，“只要见了你，我家公公的气便会消了，你何苦自讨无趣，想着化解化解呢？”

“承教，承教。”其实，曹元也就是一说，何曾真想着化解。不过，他想要知道，刘瑾对曹凤发火，到底为了何事；也想知道，刘瑾发火，发到什么程度。于是问道：

“刘总管，曹名岐做了什么事，让刘太监不痛快，可否见告？”

没有什么不可以说的。曹凤曹名岐，也有些个性，不喜阿谀行贿，回京十日，竟不登司礼之门，既不去衙门，也不去私宅。好友相劝，说：“名岐兄，而今的习俗，须先谒内相。”曹凤明知故问：“兄说的内相，是某一位公公，还是全体公公？”出言相劝的人，好生下不来台。曹凤正色说：“本官未拜天子，先谒权宦，岂是为人臣的礼数？”

刘瑾听闻，心中自是不快。今日曹凤上朝，先觐见皇上，随后去了司礼秉笔太监的办事衙门。不送拜仪不说，竟是长揖不跪。多半年来，外官觐见，督、抚回朝，见了刘太监，不拜者不多。

刘瑾压下心头之火，问道：“曹都宪入京几日？”心中想：你如果说，不过十日，再以迟谒为辞请罪，也就算了，犯不上为此等愚夫动怒。

曹凤答话只有两个字：“十日。”再无他言。

刘瑾又问：“都宪可知回院故？”心中想：若再不说“刘太监的恩德”，便真是不可雕的朽木矣。

曹凤果是块朽木，向北拱拱手，说：“圣恩也。”

刘瑾怒极反笑，问：“公知圣恩，何以报？”

曹凤说：“以尽职报。都御史掌风宪，当振肃纪纲，激扬文字，做百官表率。”

“好，好！”见他还有话说，刘瑾止住，“足下在延绥，官声不错，朝廷自有安置，请先回吧。”

“是。拜别刘太监。”曹凤说完便走。

刘瑾双目如钩，盯住他的后背，直至见不到为止。心中想：此等人怎可留在朝中！

曹元微笑着听刘成讲罢，以为此时此刻，去见刘瑾不妨，便对刘成说：“他老人家的火气，我有法子消去。”

“再好不过。曹大人请自行入内，我不进去通报了。”

果如刘成所言，刘瑾见到曹元，火气便消。或是心中仍憋着火，却不便露在脸上。

“老友来了，好极好极。”刘瑾指着近处的榻椅，说，“请过来与我说话。”

“是，今日来见刘太监，正是有许多话要说。”曹元不似他人拘谨，说坐便坐下。

“以贞有许多话，不知是些什么话，不妨一句一句来说。”待曹元坐定，刘瑾与他说笑。

“自然是一句一句来说。我有朝中一件趣事，京外一件趣事，公之意，先讲哪一件？”

“由近而远，先讲朝中一件。”刘瑾命道。

“那便是大冢宰许季升做官好不为难。”朝中趣事，关乎吏部尚书许进。

“为何？”刘瑾不解，“吏部尚书向来难做，我还以为，他的吏部尚书是最好做的。”

“一切有公主持，在朝中自然好做官。”曹元说，“在家中，就不容易了。”

刘瑾仍是不解，示意他再讲下去。

“公想一想他的两位公子，便明白了。”

刘瑾记起，许府中最近出了两起改官之事。一是许进的次子许诰，弘治十二年进士，任户科给事中，改翰林院检讨。一是许进的三子许赞，弘治九年进士，任御史，改翰林院编修。这是因为父子同朝，一为七卿，一为科道官，彼此不便，向来要避嫌改官。

给事中改检讨，御史改编修，都是平级转入翰林院。翰林院是第一清要衙门，他衙门平级转入，求之不得。即便科道官，同是清要，平级转为翰林，也不该有怨言。

“是许尚书有怨言，还是他的两位公子有怨言？”刘瑾问。

“都不是。许尚书和两位公子皆无怨言。”

“那为何说，他在家中做官，就不容易了？”

“因他的夫人有怨言。”曹元说。许进的夫人高氏，素有豪气，不让须眉。许进在北边任巡抚，她纵马从行，威镇边方。曹元接着说：“高夫人素来看不起只懂诗文的翰林官，两位爱子都转入翰林，她能不生怨气吗？而许尚书是最惧内的，在家中，日子就不好过了。”

“原来有此一说，”刘瑾笑了笑，“看不出许尚书十分稳重的人，也会惧内，确是一件趣事。”

曹元随他笑一笑：“朝中趣事至此而止，我再为公讲京外趣事吧。”

不料，刘瑾还有话问他：“以贞，你是受了刘司马之托，来调侃许尚书的吧？”

“公是何意？”曹元忙问。

“许某不走，刘某怎能调任冢宰呢？”刘瑾道，“此事朝中皆知，你不会不知吧？”

曹元咳嗽一声，掩饰地说：“以贞入朝不久，不敢瞒公，此事确是不知。”

其实不但知道，而且有所默契。诚如刘瑾所言，许某不走，刘某怎调冢宰？而刘某不调，曹某怎升司马，刘瑾却没说出来。

“好，好，不知便不知。”刘瑾也不追问，“至大先生不必急，早晚有那一天。”

言外之意，曹元也大可不急。刘瑾的插话到此告一段，“以贞，快讲京外趣事。”

“京外趣事，却是发生在贵家乡陕西。”曹元又是提纲挈领地先说上一句。

“怎么，以贞离开陕西三四个月了，还在关注彼处吗？”地方大员离任以后，对该地方之事不应再染指。否则，便有扶植乡党之嫌。严格说起来，也是大忌。

“那倒不是。”曹元分辩说，“事虽发生在陕西，却与京师有关联，是朝中官员审的一桩案子。”

陕西西安府领有六州。其中一州为邠州。邠州领有三县，其中一县为三水县。夏秋之际，三水县发生一起谋杀亲夫未遂事件。

苦主赵恕，并非善类。得势时，欺男霸女，失势时，偷鸡摸狗，是县城中一泼皮。其妻梁氏，有美貌，初嫁赵家，也算得上贤惠。对赵恕的不端行为，很是苦口婆心地劝过几次。无奈浪子不肯回头，便不再劝。想了想，年纪尚轻，嫁了一名无赖，无钱时陪他吃苦，有钱时看他嫖赌，甚是不值，于是有了外心。

县城中有一家财主，也是姓赵。少爷识字念书，很肯上进。赵少爷与梁氏见过一面，仰慕她的美貌，梁氏也相中他的为人。二人眉来眼去，渐渐勾搭成奸。赵恕外出，少爷便来顶贡。邻人渐有知晓者，因厌恶赵恕为人，也不说破，赵恕被蒙在鼓里。

也是该当出事，一夜，赵恕出而复返。梁氏、少爷被堵在房中，慌了手脚。

赵恕并不发怒。“少爷，”他说，“我这婆娘，是小户人家，又嫁了与我，你不会再娶她回家。我这婆娘，虽是小户人家出身，却是花容月貌，不娶她回家，你又要想念于她，难解思念之苦。我倒是有个最好的法子：你就把这里当作家，时时来与她相会。我别无见识，却是最愿成人之美。只要远远见到你从前门来，我便从后门走，你从后门来，我便从前门走。绝不碍你的事。”

赵恕自顾自地絮叨，不管那二人脸色如何。少爷一味应承，一句多余的话也不敢说。直到赵恕说了句“今日先请吧”，他如同被赦的囚人，仓皇而去。少爷走后，赵恕把梁氏好一顿收拾，并告诉她，少爷再来，如何要钱。

少爷虽是情种，胆子却极小，被赵恕撞上，再也不敢来。赵财主有些势力，赵也不敢上门寻衅，半腔失望半腔愤恨，全发泄在梁氏身上。梁氏经不住他的折磨，又想念情郎，逐渐起了杀心。她想方设法，搞到些砒霜，要毒死赵恕。

赵恕未被毒死，却拿到了砒霜，去举告梁氏。杀人者死，何况是谋杀亲夫。梁氏论死，收入狱中，待刑部批复后秋决。

就在待复之时，赵恕因犯他事，也入大狱。不知是收买了狱卒，还因狱卒是他的把兄弟，竟得与梁氏同居，怪事也就接连发生。婚后数年，梁氏从不曾有孕，而在狱中一宿，居然有喜。已被开释的赵恕闻听喜讯，激发天良，到西安府击鼓喊冤，却是为梁氏喊冤，声称前者乃诬告梁氏。

巡按御史金洪审理此案，以为赵恕并非诬告，梁氏确有谋杀亲夫的图谋，罪在梁氏。但谋杀未遂，论死过于严厉，属用刑不当。现又有事主出首，因之，将论死改为杖刑。

不久，金洪卸任，另一名御史季春代按关中。读罢案卷，他以为论刑不当的是金洪，而不是府县官，仍将梁氏论死。

此案报上刑部，员外部郎赵廉复审。两下比较，他觉得还是金洪所议有理。处死梁氏，断了赵恕家烟火，有失刑法之义、上天好生之德。于是，仍论梁氏杖刑。

案宗批回陕西时，御史秦昂代替了季春，坚持季春之议，拟梁氏死罪。

转了一圈，三名御史，一名刑部员外郎过问，处置有两种：金洪、赵廉拟杖，季春、秦昂论死，至今尚无正式结论。

“公看此事，是不是——”曹元本要说“趣事”，想了想，似过于轻佻，情急之下，改成“奇了”二字。

几名官员为一桩小案，争来争去，争不出个结果，与其说是“趣事”，不如说是“丑事”。刘瑾却顾不上多想这一点，他只记住了一名官员的名字：巡按御史金洪。

金洪为何卸任，刘瑾十分清楚。

年初，朝廷派刑科给事中沈炤赴潼关，与陕西巡按御史金洪勘察潼关卫指挥姚鉴。潼关卫设在临潼，临潼与兴平接近，姚鉴与刘瑾不知何故，成了世仇。刘瑾对姚鉴恨之入骨，必欲置之死地。姚鉴之案，是刘瑾一手安排的。罗织的罪状：得夷人贿赂，纵夷人内掠，例属叛逆，绝无活理。

沈炤行前，刘瑾亲自向他做了交代，金洪那里，也派人去交代。交代的只有四个字：事成殊擢，足见他杀姚鉴的决心。

结果令刘瑾大为不满。沈、金二人复旨：夷人入掠处，并非姚指挥所辖，也就是说，对此事，姚鉴并不负有任何责任。

据尾随监视的探子说，沈给事、金御史办理此案，甚是尽心，亲赴夷人入掠的大峪口勘察，取居民结状，才做出结论。

而且，二人绝非愚笨，不知刘太监的用心。据探子说，二人在从大峪口回潼关的路上有一段对话，说得再清楚不过了。

沈炤对金洪说："公按陕西，人地两谂，此案如何具奏，一如公言。"

金洪说："公方离京，知朝廷意，还请明示。"

沈炤："与公不作诳语，某行前，刘太监曾有面谕，并说，公自有分晓。"

金洪："某亦无须相瞒，刘太监确使人来过。"

沈炤："既如此，不依其言，必有巨祸。"

金洪："公惧祸否？"

沈炤："惧祸，然不避祸。我等依顺刘太监，是姚指挥无罪，而我等手杀之，万万不可。宁可得罪刘太监而死，死亦不恨。"

金洪："公年少，上有父母，下不得子，且以七尺之躯沮止此狱。某上失父母，下有长子，尚可偷生贪赏，以怒神明，以辱先人乎？"

二人以公相称，可见不是旧日熟识，却能坦诚相见，并指天为誓，以实上闻。这等胆魄，连尾随的探子都止不住要叫好。

可惜的是，沈炤、金洪的果敢未能救下姚鉴。刘瑾仍令将姚鉴逮入京城，杖死狱中。沈炤曾奉刘瑾面谕，公然对抗，也受到严厉处分：杖三十，降二级外调，只能做杂官了。至于金洪，一是虑及，为一案而严处两名当事官员，容易引起非议；二是虑及，金洪既按陕西，必可寻到惩治他的其他理由，不忙在一时。因而未作处分，只是将他召回，另派巡按。

现在，有了惩治金洪的理由了。

"以贞，此事可比许尚书的家事有趣多了。"刘瑾意味深长地说。

曹元多少有些意外。他眨眨眼睛，一时不知如何对答。

刘瑾神色肃然地说："梁氏谋杀亲夫，不管遂与未遂，罪不容诛。我为天下风化计，为乡里风化计，必杀此妇。监察御史金洪、刑部员外郎赵廉，有意开脱梁氏，岂止是量刑不当，其间必有私情。金洪定不能再居风宪，赵廉定不能再问刑事，二人一起罢官。"

这个结果，是讲讲笑话的曹元万没想到的。

第三十一章

进入腊月，文武官员们忙于往还拜贺，相赠贽礼。京师最热闹处有二。一是刘瑾刘太监的私宅，一是李东阳李阁老的赐第。

李东阳身体仍虚，拜客心中有数，都不久留，略略一叙，便告辞离去。送来的贺礼亦简，一纸折扇，两方手帕，腊肉、熏鱼亦不过斤把而已。若有重礼，李东阳必坚辞退回。好友、门生知道他的脾性，自不会寻无趣。

翰林院检讨张邦奇来到相府，见李东阳正坐在院落中晒太阳，忙口称老师，上前施礼。

“常甫来了。”李东阳叫着他的字，与他招呼。见到后生辈，他总是十分高兴。

张邦奇见到李东阳，也很兴奋。他与崔铣等是同馆庶吉士，散馆后，崔铣等五人授了编修，他与另外四人授了检讨，其他人授了给事中、御史，还有二人遣到南京任刑部属官。庶吉士授官，出自二甲者，授编修，出自三甲者，授检讨。张邦奇以为，在馆二年，品学兼优，授官低于他人，有不平之色。李东阳开导他说：留在翰林院，便是前程无量。若这般计较，未留翰林者，岂不更要叫屈？他们之中，便没有品学兼优者吗？其言简而其意深，张邦奇心内悦服，倍觉亲切。

“老师，为何坐在院中？”张邦奇递过拜贺之礼，随意问道。

陪他进来的李荃抢先答道：“老爷白日不许在屋内生火，院中却要暖和些。”

张邦奇又是感动，又是不解：“木炭能用几个钱，老师何必如此自苦？”

李东阳笑着说：“休要听他胡言。休闲时，我喜爱晒晒日头，于身体有益。”又相邀道，“常甫，陪我在外面坐坐如何？”

“是。”张邦奇自然从命，坐在李荃搬过的凳上，与李东阳闲话，“老师，今冬格外天寒。我等来自江南之人，虽然年纪轻，也感到吃不消，老师千万要当心身体，莫受寒气。”

张邦奇是浙江鄞县人，那里入冬也有几日寒冷，却不似京师这般持久，这般大寒。

“无妨，”李东阳说，“我的痼疾，天寒之时，反而觉得舒服，倒是暑天难挨。”

两人闲谈着，李荃又领进一人，一身公差的装扮。

“老爷，他是兴化知府差来的人。”李荃站立一旁，交代了一句。

李东阳记得，该知府是弘治六年他为主考时取中的进士，与顾清一科，便点点头，问道：“你家老爷可好？”

“我家老爷入京觐见，命小人来报与相爷知道。”公差说着，呈上一盒，“老爷备了薄礼，命小人献与相爷。”

“盒中何物？”李东阳在李荃接手前先问。

“两块手帕，四柄折扇。”公差答道。

李东阳说：“扇可染翰题写，再赠他人；手帕多了，却有何用？这位张先生，也才送了两帕与我，我看还是——”

公差不待他说完，忙叩了头，抢着说：“我家老爷知道，相爷不许送礼。这帕、扇均是兴化所出，恳请相爷一并收下。”

“这样吧：扇子我收下两柄，其余两柄，以及两帕，带回与你家老爷，让他送与其他大人。”公差还要争辩，李东阳说，“不须再说，另请转告你家老爷，多时未见，我甚是惦念。公余之时，请他来我处小叙。”

刚送走张邦奇，李荃来报：“老爷，杨阁老来访，已在门前。”

一般人来访，李荃直接引入相见。而李东阳交代，若杨廷和来访，定要报一声，他好出门迎候。杨廷和并未说过，何时来访，但李东阳算计，这二日他总该来了。

“介夫来了？”李东阳由衷而喜，起身说道，“我去迎他。”又吩咐李荃，“去点燃书房的炭盆。须多放些好炭，莫熏坏客人的眼睛。”

“知道了，老爷。”李荃答应着去了。

见到李东阳，杨廷和忙迎过来，要行晚生之礼，李东阳定是不准。二人相揖，施了平礼。

“西涯公府上的规矩何时改了？”杨廷和问。此前来时，总是随李荃径直入内。

李东阳说：“规矩未变，是人变了。介夫先生，还朝后，这是第一次来舍下吧？”

“可不，”杨廷和掐指一算，“到京两个月了，一直想来府上拜望，未得其便，西涯公谅之。”

“来了就好，我已候你多日了。”李东阳肃手一让，“介夫先生，我们进去坐吧。”

二人相携进了书房，一盆火炭大半燃红，室内虽无大暖，却也不须袖手而坐。

“我那小友如何了？”李东阳坐下，先问杨慎。

“舍下有一两件小事，”杨廷和答道，“在南京时，我已打发他去了蜀中。”

“是打发他去用功，多沾些天府之国的灵气吧？”杨廷和老家四川新都，在成都以北少许，处于天府之国的中心，所以李东阳这样说。

“也有此意。”杨廷和笑着承认了。

“后生可畏。介夫呀，用修的功力当在你我之上。”李东阳以期许的口吻说。

虽然以子为荣，也不能不谦言两句。杨廷和说：“用修胜于乃父，或有一日。至于说他胜过吾公，我首先就不敢抱有奢望。西涯公文章盖世，大儒大雅，那是尽造化之功，吸天地灵气，非人力所可企及。”

“介夫先生，话说过了。”李东阳道，“我于文翰或有一日之长，这也不须过谦。但我说用修功力在我之上，也不是妄誉。小友的经史之学，今日不过初见端倪，已胜我多矣。”

“小儿有些许长进，也是前一二年在京中，西涯公陶冶栽培所致。”杨廷和说。

“至于足下，”李东阳放过其子，又说其父，“经世济时之才，亦胜我多矣。听闻介夫被召入阁，我喜之不胜，朝廷有所倚重了。”

李东阳闻之名，早于见杨廷和之面。二十多年前，兵部尚书余子俊与朝中同僚闲话乡里贤才，便提到了杨廷和。余子俊是四川青神人，盛赞蜀中多奇童，有人十二岁中乡试。或问其姓名，答曰杨廷和。李东阳当时记下了这个名字。后来听说，余子俊归乡时，送了一部《大明律》给正要赴京会试的杨廷和，说道：“介夫当相天下，为我熟读此书，以助他日谋断。”

杨廷和入仕后，李东阳对他格外留意，发现他虽在翰林院，但酬答机务之余，于书无所不窥，对当代典章、条例、人才、政绩、边防、要塞、军伍、钱役从琐远近，皆抵掌可述。

此刻，称赞杨廷和长于经济，并非一时应酬之言，而是包含了长年的观察。

“西涯公是朝廷柱石，却说这话，是想卸担子吗？”杨廷和讲着笑话。

“今日定要卸担，愧对先帝，”李东阳说，“但这副担子，终有一日是要卸的。”

“便是卸担，也须寻一名能挑担者，公莫寻错了人。”杨廷和仍在说笑。

“某自信眼光不会错。”李东阳却很认真。

杨廷和也不敢再轻率，谦恭地说：“阁中诸位老先生，皆是先达。晚生忝居末位，努力请教是应该的，要说挑担，实无力量。”

他说到阁中诸人，李东阳便一一数去：“老夫虽居阁中首席，也真不敢事事推托，但实在是心力交瘁，不能有多少作为了。守静先生嘛，”对这位同窗，他实在不欲多说，“你是清楚的。济之先生人品极佳，可贵之处，也是可惜之处，太过耿直，不能容物，因此之故，人也不能容他。他能善去，已是天佑。”

阁中四人，品评了三人，剩下一人，便是八月奉旨入阁，十月到京上任的杨廷和。

“介夫，首辅的位置，早晚属于你。”李东阳严肃地说，“信与不信，且往后看。”

杨廷和细细品味他的话，以为甚有道理。为自身计，不是可庆贺的结果。他问道：“果如公言，可辞否？”

“不可！”李东阳说，“你若固辞，便是置朝廷社稷于不顾。介夫岂是此等人！”

“公责以大义，介夫不敢辞了。果如公言，望公有以教我，则幸甚。”

李东阳摇摇头，说：“介夫是介夫，东阳是东阳，各有行事之法，不必问我。”

“不然，”杨廷和说，“行事之法不同，乃是其表。究其质，某愿与公一以贯之。我离京时，西涯公嘱我定要辞别刘太监，我便有所悟。今日入朝，还是要承公教。”

“定要我说，有一句话，姑妄言之。”李东阳神色凝重，“欲有所为，必先不为。”

“欲有所为，必先不为。”杨廷和轻声重复。

李东阳又恢复常态：“一句胡言，切莫当真。遇有事时，或可想一想。”

“谨受教！”杨廷和不再追问。

“介夫先生，你可有肠胃之疾？”李东阳突然问。

“晚生能吃能睡，体格尚可应付。”杨廷和答。

“那便可无忧无虑了。”李东阳说了句笑话，“某早年有脾胃之症，介夫知否？”

“有所闻，”杨廷和说，“亦知有异人治愈公疾。”

“是否异人，不敢断言。若是异人，也是假他人之手为我诊治。”李东阳说，“缘分止于此了。”

“不是有一位孙老先生为公面诊吗？”杨廷和听人说起过，便问一句。

“孙老先生治愈了我的脾疾、胃疾，却别有一缘分。”李东阳纠正了传闻中的不实之处，“沈时旸都宪，介夫相识否？”

“在京中曾见过一面，在南京听人说起，是位廉干的大臣。他过早致仕，人多惜之。”

“他大概是弘治十二年致仕。”李东阳回想着说，“在任南京工部侍郎之前，他巡抚湖广，入京觐见时，他来看我，积下这件功德。”

沈晖，字时旸，是李东阳的同年，而李东阳的原籍又是湖广。沈晖入京，少不得要来探视。李东阳请他吃饭，席间，食之甚少。沈晖问其故，李东阳回答说：“不能食。”沈晖说:“以某观之，非不能食，乃多食之故耳。”李东阳正为不能食所困扰，连忙请教。沈晖说：“我不多说，你去问鸿胪寺凌远凌主簿吧。”

凌远讲：少时亦病胃，不能食。有一老翁问他：“欲食乎？”凌远答：“欲食而不能食。”老翁说:“欲食便好，不惧不能食。明日你可空腹来某处寻我，我教你食。”第二日，凌远如约寻到老翁。老翁问:“曾进食否？”凌远答:“未进食。”老翁说:“如此甚好。”说着，摆上一碗肉，一碗饭。香气扑鼻，诱得凌远发慌，亟欲就食。老翁以手止住他，说：“未可食也。”老翁拿起筷子，将饭划为四份，令他先食一份。凌远吃进一口饭，咀嚼两下，便要下咽。老翁止住他，说：“未可咽也。”令他再咀嚼数次，方可咽下。凌远咽下一口饭，便要食肉。老翁止住他，说：“未可食肉。”吃了三口饭，才让他吃一口肉。就这样，吃去四份饭、一碗肉。老翁问:“尚能食乎？”凌远答：“尚能。”老翁说：“不可再食，子且去。以后凡进食，必依此量，必准此法。”凌远返家，按照老翁所教就食。不足一月，饭量已如常人。凌远寻到老翁致谢，并问缘故。都翁说：“脾性恶腻，汝未食而先进以油腻，安能消化？”

“宾之先生不妨试以此法。”凌远讲完后说道。

李东阳对杨廷和说：“此老翁我无缘谋面。彼以此法授之凌主簿，凌主簿又授之于我。所以我说：治我疾者若是异人，也是假他人之手治我。某之见，此法虽是简便，却易于施行，比起大贵大补之药，不遑多让。”

“西涯公见的是，”杨廷和说，“人有疾，可以此法治之，国家有疾，又何尝不能？”

“介夫先生存此一念，他日匡辅，必收大功！”李东阳欣慰地说，“为此而一时获罪于司直先生，不见谅于诸位君子，又何憾哉！”

后一句话足以安慰杨廷和。他背约拜辞刘太监，刘忠如何评说，不得而知。责备他不义者，却大有人在。

“老爷，为何独对介夫先生多礼？”见李东阳亲迎亲送杨廷和，李荃问道。

“他日安定社稷，必是此人，我岂能不敬他三分。”李东阳说。

李荃说：“小的却听人议论，他日误君误国者，必定是杨阁老。还说——”

“休得胡说！”李东阳厉声喝住,“李荃，韬晦两个字，你可识得？写与我看看。”

“是。”李荃在手心一笔一画写下这两个字。

“既然会写，可知其义？”李东阳问。

“略知得一二。”李荃很愿意在主人面前卖弄。

“既然知道，就不必讲了。”李东阳拦住他，“韬晦二字，不用在此时，用在何时！”

第三十二章

在李阁老胡同迎送杨廷和的同时，刘太监的私宅也迎来一位客人，他就是数月前还朝的陕西安定人张綵。只见他戴高冠，着鲜衣，肤白皙，体修伟，须飘飘，眉冉冉，令人一见之下，顿生敬爱之心。

张綵先是长揖，继要跪拜，刘瑾先行止住：“西麓真神人也，吾何幸而遇之。”他向着张綵作了一揖。

“张某对瑾老心仪已久！”张綵对刘瑾有与众不同的称呼，“恨不早驱驾前，聆教候命，延至今日方登府门，也是有前因后因，不得已耳。”

“怎叫前因？”刘瑾对前因后因的说法很好奇。

“某是为他人纠劾而去，不能轻易再仕。这便是前因。”短短一句话概括了多年前的一段遭遇。

张綵是弘治三年进士，授吏部主事，经十余年，升至郎中。马老尚书喜爱他的俊美洒脱，也欣赏他的超人才干，给了他四个字的评语：聪明刚正。而敬爱者有之，不满者亦有之。吏科给事中刘蒞上疏弹劾，说他颠倒选法。为表示刚正和清白，他五次上疏求去。马尚书孜孜为他辩解，孝宗皇帝诏令他照旧办事，都没把他留住。张綵说的前因，便是指此事。

在这次应诏入京之前，还有一人举荐过他，就是总制陕西三边军务的都御史杨一清。该总制是北方边镇的重要职位，辖制陕西、延绥、宁夏、甘肃四镇。杨一清正德元年赴任，正德二年因病求去，举荐张綵自代。资历最浅的巡抚带佥都御史衔，正四品。总督则至少要带副都御史衔，正三品。杨一清是以右都御史总制陕西三边。而张綵去官前，是正五品的郎中。若非有超出常人许多的才干，这一荐举定令人有匪夷所思、惊骇莫名之感。杨一清当时名望甚著，是朝廷倚重的边臣，对他的荐举，不能不加考虑。

张綵以“不轻易再仕”为原则，对杨一清的荐举，既未积极响应，也不入朝活动。

接着，焦芳在刘瑾面前力荐张綵。焦芳当张綵将去未去之时，任吏部侍郎，说起来，也是堂官和部属的关系。他对张綵有更形象的描绘，令刘瑾为之倾倒。焦芳荐举张綵，有地域的因素；刘瑾为之倾倒，有地域的因素；甚至杨一清荐举张綵，也有地域的因素。因为张綵是陕西人。

刘瑾决心起用张綵，不是让他代替杨一清，而是让他入朝任职。

张綵的态度仍然是消极的。

刘瑾好生失望，问计于张文冕。张文冕低语数言，刘瑾大喜。第二天，朝廷宣示诏令：告病之文武官员，过期不赴者，斥为民。张綵不能再消极了。他请求致仕，理由只能是疾病。告假的期限早已逾越，再不赴京，便要成为编氓。张綵无奈，只得上路。名声固然要爱惜，但官人的身份没有了，名声又有何用？

然而，张綵在刘瑾面前仍力图表现出，他不是轻易再仕，而是被逼无奈。

"西麓被迫上路，受委屈了。"刘瑾说，"要不是文冕献计，只有我回乡里去见你了。二位定是惺惺相惜，这就见见面吧。"

"西麓先生，告罪了。"张文冕抱拳作揖。

"张千户，使得好手段。"张綵也是一揖。

礼毕，二人抱住对方肩头，爽声大笑。

刘瑾见状大喜，说："西麓，前因说过了，后因又是什么呢？请告知。"

"后因嘛，"张綵看了看张文冕，说，"文冕兄见识过人，代我言之如何？"

"岂敢，岂敢，"张文冕连声说，"我若错会了意，岂不让恩公哂笑？西麓先生请吧。"

前因涉及旧事，说清楚须费些口舌。后因就简单了。张綵飘然转向刘瑾："既已入朝，自当先行廷谢，再来拜见瑾老。"

刘瑾先是一愣：话好耳熟，与曹名岐都宪所言，何其相似。不过，曹凤的反诘语气，听起来便刺耳，使人不快。而张綵说得平直、自然，听起来便舒服。

刘瑾赞道："西麓好乡里！外官多不知事，朝见后即来我处，我见也不好，不见也不好，甚是为难。西麓迟来数日，最是得体。"

先行朝谢，再拜刘瑾，是需要见识和勇气的。说上面一番话，也需要见识和勇气。张綵很清楚，曹凤这样做了，这样说了，激怒刘瑾，不得不上疏求去，朝廷不加挽留。但缘分不同，时势相异，他认定，还要这样做，还要这样说，才是正着。不然，他与数以千百计的官员们又有何区别？

通过焦芳的言词可以略知，刘瑾对曹名岐也有敬意，但不如对自己的敬意深。而曹名岐的说法和做法出于本心，刘瑾一眼便可看出。自己的说法和做法出于矫饰，也须让刘瑾感觉出来。对不同的两个人来说，相同的说法和做法，最可能带来完全不同的结果。

这就是张綵的后因。他却没有料到，朝谢中出现的情形，更加重了他在刘瑾心目中的地位，使先行朝谢、再拜刘瑾，取得更为显著的效果。只能说：如有神灵相助。

宫中朝中都认为，此次起用的官员中，有二人由刘太监直接荐举。一人是张綵，另一人是韩鼎。韩鼎，陕西合水人，曾任给事中、通政司右通政等官，以通政使致仕。一是乡党，二有声望，刘瑾也起用了他。

外朝荐人，重的是政绩。内臣荐人，重的是仪态。起用官员朝谢，便有一帮太监，如张永、谷大用等，躲在暗处，评头品足，指指点点。若在两年前，刘瑾也会和他们站在一处，此时，已不屑于做此勾当。但对他们的反应，还是很在意，便差了人去观看。张、谷等人也有所荐，刘太监荐的人，不能让他们比将下去。

韩鼎已衰老，确实无用。朝谢时，先就声称，年事已高，不堪重任。礼拜毕，几乎不能起身，大失朝仪。致辞时，有前言无后语，不知所云。刘太监荐人若此，惹得谷大用、张永窃语窃笑，以为快事。

刘瑾得知，心中也恼，苦于不好即刻发作。好在荐的是两个人，便说："且看那一人如何。"究竟如何，他心中也无底。

张綵出场，大为改观。谢恩以品秩为序，轮至张綵，已是尾声。韩鼎之后，张綵之前的几位，身林或长或短，相貌或俊或丑，声音或高或低，观者印象皆不深，渐无兴致。张綵使人耳目一新。举手投足，肃然有仪，叩谢对答，朗朗上口。与之比较，不但韩鼎自惭形秽，他人也难望项背。

朝谢仪毕，旁观太监，窃窃私语："此等好男儿，方不负刘太监所举。"说是窃窃，声音高得数步外亦可听到，不但不避人耳，还望人传话。连张永、谷大用也说："刘哥选人，果是高人一筹。"

刘瑾半是满足得意，半是有所顾虑。张綵为他争得脸面，故满足得意；担心张綵另有所谋，欲就显位，故有所顾虑。

现在该说说他为张綵所做的安排了。

"西麓，杨总制荐你代他，是他有眼光。但人才之最当留朝廷，不知足下之意如何？"

张綵说："留朝调外，全凭瑾老主张，我并无定见。某之再仕，只为报答瑾老知遇之恩。"

"西麓肯留在朝，为我筹划，极好。"刘瑾放心了，"仍去吏部如何？"

张綵说："吏部是一等衙门，我当然求之不得。只怕离朝日久，不好安置。"

"不须多虑。"刘瑾说，"你去官时是文选郎中，现仍做你的文选郎中便是。"

吏部是各行政衙门中第一衙门，文选清吏司是吏部里第一司，掌天下官吏的升迁、改调。即便有过硬的靠山，官员迁调亦须经其手办理。文选郎中是令人羡慕的优差。

"委屈西麓，暂居此位。"刘瑾担心张綵仍不厌足，又加了一句，"他日定有大用。"

刘瑾应诺张綵之事，遇到些小麻烦。此时文选郎中刘永已升通政司通政，位置是空了出来。吏部四司依次是：文选司、验封司、稽勋司、考功司。习惯上的做法，前一司的郎中迁升调转，便以后一司的郎中改补，除非是有其他原委。而刘永调离时并无其他原委，吏部尚书许进便拟验封司郎中石确改文选司郎中，奏疏已然送进。刘瑾不为所动，要许进追回奏疏，以张綵替代石确。

许进颇感为难。照理说，用人的奏疏已进，便不好再改。否则，不但有失体面，甚者，还会被科道官上一道本，论奏一番。何况，石确改任文选郎中，验封郎中也拟了他人，改动一人，便会有一连串的改动。

若可以不改动，又不至于结怨，是再好不过了。这有可能吗？许进想起，他初任吏部尚书，刘瑾有意对他讲起的一段往事。

许进以兵部侍郎提督团营，刘瑾以内臣监之。许进指挥阅操，意度闲雅，刘瑾也是敬服。一日操毕，许进忽将三名小校呼至案前，各杖数十。刘瑾问故，许进说："为此书耳。"拿出权贵请托之书展示众人。刘瑾注意到，请托的权贵愈显赫，小校受杖愈重。

刘瑾讲过此事，笑着问许进："权贵若为官员们请托，公亦杖之乎？"

许进说："这却不同。权贵为小校请托，若要优容，下官自能做主，故小官得以杖之，以示不予优容。权贵为官员请托，下官即欲优容，也做不得主。朝廷用人，由方方面面举荐，用否出自圣心，吏部不过执行耳。下官既然做不得主，无权优容，便无权杖之，无须杖之。"

"哼！"刘瑾冷笑一声，"你知道做不得主，知道用否出自圣心，便是好尚书。"

许进知道，为小校请托的权贵，与刘瑾均无深交，刘瑾不会为此事出头借题发挥，而是告诉他吏部该如何掌：论权贵，无过刘瑾者，若有请托之事，你看着办吧。

还有一事也使许进为难。当初张綵被刘蒞纠劾，他的次子许诰任户科给事中，所谓同气相求，亦助刘蒞言之。甚至马文升出面替张綵辩解，刘蒞不再说话了，许诰还是喋喋不休，议论张綵的过失。张綵若怀怨恨，对许诰的怨恨必过于对刘菃的怨恨。现在刘菃已削籍，许诰仍在朝中，张綵复官，许诰的日子还能好过吗？

糟糕的是，若无张綵和许诰的旧怨，许进或可堂而皇之地拒绝刘瑾的要求。刘瑾不满，尽可以挟私报复，曲在刘瑾，许进则是出以公心。有了许诰和张綵的旧怨，就不同了。刘瑾不但可以堂而皇之地令许进改变决定，追回奏疏，还可以堂而皇之地诬许进挟私。

张綵到了吏部，如何相处，先不去说它。现在不能堂而皇之地拒绝刘瑾的要求，不能坦然面对可能受到的处分，已是有了难言之隐。

看来，不能怕麻烦了，必须将奏疏追回，另做一番安排；也不必忧虑张綵复官后的难堪，那是以后的事情。许进叹了口气，命属员追到通政司，或追到内阁，或追到司礼监，把原疏索回，改写后再呈进。

张綵官复吏部文选郎中，自有许多应酬。旧日同僚、同年友好，来了不少人。各监公公，存心巴结，也来贺喜。张綵送走他人，独独留下张文冕，二人畅饮一番。

第三十三章

新春伊始，刘太监那里定下新的规矩：外官入朝，谒司礼，布政司纳银二万，以下递减。谒司礼，即是谒刘瑾。其他太监那里，也要送礼，却没有这般额数。京官差遣回朝，谒见司礼，亦有定数。至于在京各官，没有明确规定，送与不送，多送少送，自行定夺。反正拜谒刘瑾的人、有求刘瑾的人，不能空手而去。

也有不知趣者，便要自寻晦气。翰林院侍讲学士吴俨便是一个。

吴俨是南直隶宜兴人，成化二十三年进士，改庶吉士，一直在南北两处翰林院升转，最后以侍讲学士掌南京翰林院事。那是如在世外桃源，既显要又清闲的职位。正德初，为修《孝宗实录》，征集各方人才，他也被调入京师。

宜兴滨太湖，是有名的鱼米之乡。吴氏在江南，是有名的富户。刘瑾很想让吴俨在朝中带个头，有所奉献，便差人去游说，请他拿出些银两，可立致美官。

“银两若干，美官何职？”吴俨问道。

“二三万银子，可至侍郎。”游说者说，这是刘瑾的交代，“若拿出五万银子，刘太监包你二品大员。”二品大员，非尚书，即左右掌院都御史。若是轮序苦熬，再有十年，也休想得到。

“我食朝廷俸禄，怎有那多钱财？”问清行情，吴俨口气一变，“上复刘太监，厚意心领。”

“吴先生为何不知轻重？”游说者不肯罢休，“你的家境，谁人不知？拿出三五万银子，不过九牛一毛耳。”

“实话说了吧，”吴俨道，“即便有钱，也不去买官。果是一步登天，有何脸面见掌院白学士和内阁部院诸位老先生？”

掌翰林院事的学士白钺，与他有半师之谊，故而特别提及。方才询问行情，似有商贾气，现在一番话，又全然是书生气了。

财神不出钱，刘瑾自然不肯放过。

时逢考察内外官员，称作大计。考察在京官员，是京察；考察在外官员，是外察。考察的结果，分别上奏。外官何人是优，何人是劣，何人中等，何人当升，何人当黜，何人平转，吏部拟定了奏本。有旨：外官同知以下如拟，布政使、按察使、知府等官员六十人，具实以闻。吏部所拟和阁中所批，都是正常的。不寻常的是，在吏部奏本中，有一附批：翰林学士吴俨帷薄不修，令致仕。御史杨南金诈称有疾，削籍。其余乞假违限十月者，皆如南金例。

这一附批令人哭笑不得。一是对京官的处置在处置外官的奏疏上批复。二是帷薄不修，作为一条过失，实在有些勉强。说雅了，不修边幅；说俗了，衣冠不整，有谁能定出个恰当的标准呢？

把御史杨南金列入批复中，则是刘宇的意思。刘宇掌院时，责打过杨南金，杨南金不堪其辱，告了病假，并在外散布了些不利于刘宇的话。刘宇怀恨，借着刘瑾整治吴俨之机，借着在前有告假逾期不赴者斥为民的诏令，将杨南金罢了官。为表明出以公心，又加上“其余违限者皆如南金例”一句。

也有乖巧者，抓住刘瑾公然索取贿赂的机会。上上下下议论最多，在朝中掀起一阵小小风波的，是户部右侍郎王琼。

王琼，字德华，山西晋州人，成化二十年进士，颇多经历，在朝任职工部、户部，在外任过布政使、总督。上一年，以漕运总督还朝，任户部右侍郎。

说起干练，王琼不但不亚于他人，反而有许多过人之处。品评人物，无人称王琼为贤臣，称他为良吏能臣的，则大有人在。

时吏部只有右侍郎白钺。空缺的左侍郎，在各部侍郎中，当然是最重要的职位。按照铨法，侍郎一职，由吏部会同三品以上官员推举二至三人，再由皇上选任。这一程序称作廷推，或称作会推。被推举者，一般是吏部右侍郎，或其他各部的左、右侍郎。

王琼有资格被推举，但不一定会被推举。吏部左侍郎只需一位，各部侍郎却有十余人，加上南京各部侍郎，便有二三十人。贤臣也好，能臣也好，不一定在推举的名单上。能臣和贤臣的不同在于，贤臣升转，只依靠本人的品行，或才干，能臣升转，除了依靠本人的才干，还会采取其他的手段。

在会推吏部左侍郎之前，王琼及时地行贿刘瑾，使会推几经周折。

吏部与各方面会商后，确定了两名候选官员：刑部左侍郎王鉴之，礼部右侍郎费宏，并以吏部右侍郎白钺附后。此三人照顾到方方面面：若选老资格，王鉴之是成化二年进士；若选新秀，费宏是成化二十三年的状元；熟悉吏部职掌，则有本部右侍郎白钺。

许进被刘瑾请去议事时，以为这个圈子划得再好不过。非甲即乙，非乙即丙，不会跳到圈子外面做文章，另觅他人。

刘瑾问许进："我记得王鉴之资历甚深，他是哪一科的进士？"

许进说："成化丙戌科。"

刘瑾说："状元是罗伦吧？我记得，许大人也是那一科。"

许进说："不错，下官与王大人同科。"

刘瑾说："如此，却有些为难。大冢宰是成化丙戌科，卿贰也是成化丙戌科，若有不满的言官，说二位因是同科，相互关照，挟私用人，许大人如何分辩呢？"

许进心中暗自冷笑：想不到"挟私"二字，躲过了张綵那一次任用，却出现在此处。

"再者，"刘瑾继续表示关切，"公为正官，王大人为佐官，同堂议事，彼此也觉为难吧？"

这倒是实情。同年在同一衙门任正佐官，相处融洽者，不能说没有，而凭空增添许多摩擦者居多。别说部、院，即便内阁，首、次辅若是同年，不论人品，不论见解，也是难处。如今的李阁老、焦阁老便是。而首辅与次辅，还不是正佐官之分。

以公事而论，没有十分的说服力，刘瑾又以私心而论。好在许进并不是非王鉴之不可，便说："刘太监以为王大人不妥，不用便是。"

刘瑾点点头，再说名单上第二人："费状元弱冠及第，算起来，还在望四之年吧？"

"今年恰恰是四十岁。"许进答道。

"太过年轻了，太过年轻了。他为吏部佐，万岁爷怎能放心？我看有些不妥。"

四十岁的侍郎、尚书，虽说不多，总还是有。而且，费宏已是礼部侍郎。皇上对四十岁的吏部侍郎不放心，对四十岁的礼部侍郎便放心了吗？许进好笑，却不便接话，且看他还要怎样说。

"费侍郎一直任翰林官，不习部务，去年才升擢礼部右侍郎，留在礼部为好。"

不唯费宏，各翰林官对理事衙门的运作都不熟悉，刘瑾确是指出一个通病。

三人中，去掉二人。剩下一人，怕也有些话说。许进心想，多官会商许久，吏部加以综合，十来个人中选出三人，只言片语便被否决，吏部也太没有面子了。满朝大臣也太没有面子了。若刘瑾对白钺再有议论，他准备争上一争，也好对同僚有个交代。

"许大人，"刘瑾说，"白侍郎改左，便要再补右侍郎。请足下先回，或是会推了右侍郎，一并再议，或是重拟左侍郎名单。”

虽指出两个方案。但以白钺改左侍郎，另会推右侍郎，一并再议，却是虚言。原拟名单不用，便是退回，原则上，它不再有效，它所提出的官员也不再被考虑。现在能做的，只有再拟会推名单。

碰了个莫名其妙、不软不硬的钉子，许进又是气恼，又是奇怪。一探听，才知是为了王琼。许进与王琼，无深交，亦无嫌隙，本可拟报王琼。但因前次的挫折，对刘瑾无可奈何，大部分账就记在王琼身上，无论如何，不肯将他列入会推名单。

候选的范围大，不难再找出两个人来。第二次会推，选了礼部左侍郎张杰和南京兵部右侍郎孙需。这次，刘瑾不再找许进面议，只做了简单的批复：吏部侍郎，拟由他部侍郎改任。再拟。言外之意，不接受南京六部改任。此等理由，是耶非耶，很难说清楚。许进即使想争辩，也无从争辩起。

接着，又有旨：吏部右侍郎白钺改左，众人再推应升吏部右侍郎者二人以上。这是给许进一个台阶。

许进也是有心计之人，再次会推时，想出一个使刘瑾为难的法子：你去掉王鉴之、费宏、白钺毫不犹豫，又轻易去掉张杰、孙需。此数人与你都不亲近。这次列上一个与你亲近之人，看你如何处置。不用此人，便在此人面前没了交情；用了此人，便在王琼那里失了面子。两难之中，你去选择吧。

众位侍郎中，正有一人可派用场，他就是兵部右侍郎曹元。

第三次会推，以曹元为中心来安排。为了让刘瑾对曹元必须有个说法，另一人作为陪衬，资历、声望应在曹元之下，选来选去，选中掌太常寺事的礼部右侍郎田景贤。

刘瑾仍是不用，批复却很巧妙，在曹元那里不会没了交情：曹元历甘肃、陕西二镇，熟知兵情，留兵部重用。吏部右侍郎再推。对田景贤，提也不提，更衬托了对曹元的重视。

许进再迟钝，再好斗，也该知道，他是斗不过刘瑾的。刘瑾不相逼太甚，给了台阶，还不就势下去吗？第四次会推，所列二人是：户部右侍郎王琼，工部右侍郎胡谅。

胡谅是河南灵宝人，和许进同县。许进推他，并非取内举不避亲之义，而是因为，胡谅虽升了工部右侍郎，并未到任，便以该衔改督易州山厂。两个人放在一处，几乎没有选择的余地。斗了几个回合的智谋，许进也巧妙地向刘瑾卖了个小小人情。

有旨：用王琼。会推之事终于有了了断。从王鉴之、费宏开始，不把白钺计算在内，会推四次，开列八人，在会推大员中，几乎是前所未有、前所未闻的。

张文冕将张綵请至家中小酌。张文冕在刘太监入司礼后，就不离左右地追随，张綵以为该是个小富翁了，没想到家中的布置甚是简朴。

“文冕兄，家中似过于冷清了。”张綵说。

“晚生除了古玩字画，别无所好。”张文冕说，“屋中嘛，多一样家什，便觉多一份烦恼。”

张綵说：“金玉珠宝皆可不爱，在色字上没有追求，便不风流。文冕兄也敢说不好吗？”

“实不相瞒，我连纳妾的心思都没有。”

“江南人杰地灵，女子清秀，”张綵无限向往地说，“嫂夫人一定美若仙人，才使文冕兄不再入女儿之乡。”

张文冕笑着说：“西麓先生见过便知。”随即唤仆从请主妇出来见客，竟是一名既木讷且丑陋的女子。不是张文冕引见，张綵真不能相信，此女便是他的结发妻子，且是使他连纳妾的心思都没有的女子。

“美若仙人否？”张文冕打趣地问。

“恕我不能恭维。”相交贵以诚，张綵不欲出违心之言。

“家有丑妇，无是无非，也是一种福分。”张文冕有他的见解，“美若仙人的女子，或可欢娱一时，与无是无非比较，又何足道哉！”

“道不同，不与谋。于色字上，你我不必再谈。”张綵很惊诧，竟有不以妍媸定取舍的男子。

“道不怕小异，但求大同。”张文冕说。

张綵忽有所省悟：“文冕兄谬爱，召我来议论大道吗？”

张文冕说：“西麓先生乃是神人，我怎配平坐论道？只是心有所思所虑，欲向先生倾诉。”

“何思何虑，愿闻其详。”

“晚生所虑者，一是吴编修，一是王侍郎。”吴编修、王侍郎之事都是张綵具体办理，不须多做解释。“吴编修不肯奉献而致仕，王侍郎有所奉献而优转，便是我忧虑所在。”再说清楚些，他虑的不是此二人，而是决定此二人命运的那个人。“若均以奉献而取舍，吏治将何以收拾？黄白之物，人多动心。据闻，焦阁老、刘司马有所举荐，索取甚多。我虑的是，不须二三年，怨声载于道矣。”

张文冕对刘瑾的赤诚之心，令张綵感动。他叹口气，说道："瑾老身边之人，若都似文冕兄恬淡，那是瑾老之福、是皇上之福也是天下万民之福。"又问："文冕兄既有所虑，为何不向瑾老明言？你的话，他尚能听。"

"西麓先生聪慧，怎么一时糊涂了？"张文冕自有为难之处，"我的身份，如恩公家奴，不能不为尊者讳呀！"

"文冕兄是要我进言吗？"张綵并不糊涂。

张文冕欣然颔首："恩公敬重西麓先生，先生肯言，必收奇效。那才是恩公之福，皇上之福，天下万民之福，也是晚生之福。"

张綵慨然道："兄既言之于前。某当行之于后。此身已许瑾老，自当为瑾老计。不过，须得寻个时机，以求事半功倍。望文冕兄少安勿躁，假我以时日。"

二人言之投机，酒也喝下许多。

第三十四章

李梦和出了北镇抚司狱门，见没人留意，便低了头，向北行去。其弟李梦阳被械入京师，下了大狱。京中寓所原有仆数人，闻讯后即作兽散。李梦和鼓起勇气，住进空房看守，又花了许多银两，打通关节，与李梦阳见上一面，免不了抱头痛哭一番。

“献吉，何至于此呀？”李梦和问。

“说我在山西布政司经历任上的事犯了。”李梦阳说，“究竟何事，我亦不清楚。”

李梦阳由户部郎中谪为山西布政司经历，不过数月，朝中宣示奸党，他被迫致仕；又不足一年，便被逮下狱。说不清楚，其实还是清楚：定是刘瑾得知他为韩尚书草疏，认定他是元凶，不肯放过。经历司处理许多杂务，难免有失误之处，随便摭拾一二，不但可以罚之，而且可以下狱；不但可以下狱，而且可以论死。

李氏兄弟二人走的是不同的道路。哥哥也走过科举的路子，因屡屡下第，不得不弃学从商。一弃一从，扬长避短，李梦和在生意上颇有些成就。

“那会有多大的事？”李梦和说，“多使些银子，献吉便可出狱了。”

“没有用的。”李梦阳虽敬兄长，却知道他救不了自己；不但他救不了自己，照现在的情形看，怕是无人救得了自己，“此处乃是非之地，兄长以后不用来了。”

“那怎么成！”李梦和态度很坚决，“你我骨肉同胞，倾家荡产，我也要救你出去。不然，上对不住父母，下对不住弟妇、侄儿。”

“兄长情深，献吉岂能不知。但官府中的事情，你不熟悉。可将此间事告诉仲默。他或许有办法。”李梦阳在朝中的僚友，介绍给兄长的不多，何景明是其中一位。

李梦阳与何景明相交最深。二人年龄相差十一岁，科第相差九年，但均才华横溢，英气逼人。对本朝百余年的文风，二人均不满意，相率提倡复古，声称文不读秦汉以降，诗不读盛唐以降。这是李梦阳提出的口号，何景明兄事李梦阳，立即响应。

何景明也未必有办法相救。李梦阳要兄长找何景明，还是为了让他远避是非之地。

李梦和遵从李梦阳的嘱托，出了诏狱，去寻何景明。

何景明已知李梦阳下狱，碍于身份，不能去狱中探视。正在焦虑，见到李梦和，忙问：“子育先生，献吉先生怎样了？”

子育是李梦和的字。他拉着何景明的手，说道：“献吉说，你或可救他。仲默先生，你可不能坐视。”话未说完，已是哭腔。

“那是自然。”何景明说，“子育先生，先不要悲戚，我们一起来想办法吧。”

“是。”李梦和收住悲声，自言自语道，“我就不明白，布政司经历，犯有过失，再严重，也不过在案牍方面失察，怎会就这样？献吉居然说，我救他不得。”

看来，李梦阳未对他道出实情，想是不欲他忧惧。念及好友的良苦用心，何景明也就不再多讲案情背后的原委。

“不管案情轻重，进了北镇抚司，就不是小事，献吉先生虑的是。”何景明含混地说，“除了在下，子育先生还找其他人吗？”

“献吉未再交代，我也不知还可找谁相助。”李梦和到底是在官场之外，碰到眼前的事，全然没了主张。

“那么，容我想想。”

何景明在刘瑾面前，不卑不亢，从无私交，以他中书舍人的身份，在刘太监那里是说不上话的。因此，将李梦阳的性命交到自己手里，必误大事。此事必须有身份的人出面周旋。何景明首先想到河南籍的前辈元老。如果焦芳和刘宇中，有一人肯救助，刘瑾或会听进劝告。此二人虽然都鄙俗，却未听说对李梦阳有恶感，不似刘晦庵先生，听说某人喜欢舞文弄诗，便视为下作之人。何景明登门求情，他们也不会拒之门外。然而，不能放心的是此二人的人品，佯作应允，却不肯在刘瑾面前力争。那同样要误大事的。何景明思忖，即使不妨找找这两个人中的一个，也不可寄大希望。

与刘瑾的关系不如焦、刘那么密切，与刘瑾尚能对话的是许进许尚书。不过，听说刘太监眼下对他有些恼火。以他善为己谋的性情来看，以他对李梦阳敬之有余、亲之不足的关系来看，他是不会去碰壁的。否则，他应允下来，倒是肯下气力去争。

李梦和不知他内心的活动，见他沉闷不语、举足不定的样子，很是着急：“仲默先生，竟是这样难办吗？”

“总有法子，总有法子。”何景明不忍再听他的泣声，“无论如何，给西涯先生的信，是一定要写的。”话是说给李梦和听，也是敦促自己采取行动。

可以说，他首先想到的，便是李东阳。但有两个原因，使他不得不暂时撇开。

一个原因是，李东阳近来身体虚弱，不知是否有精力周旋。另一个原因是，李阁老与刘太监之间，若即若离。刘瑾对这位首辅的话，不会全听，也不会全不听。全听自然好，全不听也有全不听的好处，怕的是又听又不听，佯作应允，忽然下手，再补救也来不及了。

遍想朝中大臣，无非三种情况：佯作应允，而不力争；虽然会争，却不应允；刘瑾碍于情面，佯作应允，再另做手脚。第一种情况，求之有害。第二种情况，求之无益。第三种情况，求之无害，或可有益。遍想之下，第一个结论是："给西涯先生的信，是一定要写的。"

李梦和在一旁说："献吉曾对我讲，李阁老很敬重他，不会是献吉在巴结吧？"

"不是，"何景明说，"西涯先生确实很看重献吉先生。他称赞献吉先生的诗文，我就听到数次。献吉先生出事，他不会袖手。"

李梦和不懂官场上的故事，为人却很机敏。李阁老雅重文人，提携后进，广为传播。休憩于茶室，行走于道路，亦多有所闻。若求他有效，何景明早该想到。而他却久久不语，其中必有缘故。

"仲默先生还有疑虑吗？"他问。

"是的，"何景明也不隐瞒，"为万全计，除了请西涯先生周旋外，还要重托他人。这个人我已经想好了，有他出面，献吉先生可保无虞。"

这个人是抛开河南籍的同乡概念后，或者说，是开始考虑李梦阳的同乡后，突然想到的。由于思路有了突破，何景明显得很兴奋。

李梦和觉察到这个人的重要，也很兴奋地问："是谁？"

何景明说："贤昆仲的同乡，康德函先生。"

"康状元？"李梦和有些疑虑，"虽是同乡，献吉和他的来往不频。"

"无须多虑，你去请他，他必出头；他若出头，献吉先生便有救了。"何景明很有把握。

"那好，我去请他。"何景明如此肯定，李梦和也下了决心。他和康状元从未谋面，但听多人讲起，此人颇具慷慨之气。

说去便要去，何景明却还有想法，拦住他说："子育先生，也不能这样去请他。"

"我知道，"李梦和说，"礼总是要备的。"

"你错会意了。"何景明俯在他耳边，低声说了几句，"须如此，方能见效。"

"知道了。"李梦和应着，"我就去办。"

"你看，献吉先生会答应吗？"何景明仍不放心，"若不能劝动献吉先生，就难办了。子育先生，你可要想好。”

“我无把握。”李梦和想了想说。

“你是厚道人，未必能说服献吉先生。”何景明说，“我看这样，再寻一人，与你同去探监，一起进言，或可收效。”

“寻何人同去，仲默先生可有算计？”

“左生如何？”何景明说的左生，是李梦阳的妻弟左国玉。此人能言善辩还在其次，要紧的是李梦阳为他补了国子监生，文人的气息浓一些。要是李梦和不经意中说了些商贾气重的话，引起李梦阳不快，又会生出许多麻烦。

年仅二十余岁的何景明，确实少年老成。

“这是仲默先生的意思。”李梦和说完，便把面对李梦阳的位置让给左国玉，自己立到铁门前，像是准备为他们望风。

“姐丈，”见李梦阳不语，左国玉说，“仲默先生筹算已久，不妨试一试。”

左国玉不足二十岁，李梦阳虽是姐丈，待他却似长辈般严厉，和对李梦和的态度完全不同。“国玉，”他直呼其名，厉声问道，“君子之人，最要看重的是什么？”

“气节。”左国玉说，“姐丈为何要问？”

“屈已下人，还能说有气节吗？”李梦阳显然不以何景明的筹算为然，“我与康子，素少交往。临生死之际，乃始屈节下之，重以托付，岂能无愧于心？”

“姐丈之言大谬。”左国玉平昔敬畏李梦阳，不敢大声语，现临生死之际，顾不上礼貌，出言不逊，“姐丈与康先生素少来往不错，然康先生的为人，姐丈应该知晓。请问一声，康先生何许人？”

“君子之人。”李梦阳不能不答，不能不做如是答。

“既然康先生是君子之人，姐丈屈已下之，又有何妨？既然康子是君子之人，姐丈重以托付，又何愧于心？反之，姐丈不肯屈已下之，不肯重以托付，心中还把康先生当作君子之人吗？”

“这——”一连三问，李梦阳无言以答，不得不承认，妻弟嘴上的功夫着实厉害。

“易地而处，康先生若不肯重以托付，姐丈作何感想呢？”左国玉再问一句。

“依国玉之言，此时若不致函康子，反是我负他了？”李梦阳似是自语，又似询问。

“那是自然。”李梦和知胞弟已然动心，在一旁高兴地说。他不能不佩服何景明的见识。英雄出少年，年少的何景明知道，更为年少的左国玉可以说服李梦阳。

“再者，”左国玉还有说词，“姐丈为何入狱，朝野汹汹而言，难道姐丈是为一已之名吗？”

“不然，我一片赤诚，是为了朝廷。”李梦阳简短言道，却不说得罪刘瑾之事。

“为朝廷入狱，为朝廷就死，是臣子的本分。但能避死而不避，能出狱而不出，却是置朝廷于何地？”左国玉说，“刀斧未加，必要引颈就戮，姐丈欲效匹夫之勇吗？”

“国玉不必再说。”李梦阳拦住他，“我致函康子就是，可是——”又有了新的问题：“该怎样写呢？二位教我。”

“姐丈该致函康先生。”左国玉说，“至于怎样写，姐丈要自己琢磨。”

李梦阳心乱如麻，无从下笔。他与康海都是陕西人，都有文学之名，却是一种素少交往的关系。平心而论，是他有优越情结，把康海看得太轻。而今却要向康海求救，难免会有心理障碍；如果不是致书求救，而是致书论文论道，该是何等心境！

身在囹圄，不容他多想，李梦阳心气渐平。致书求救，用不着言简意赅，言简意明即可。文学复古，求的是言简意赅，现在却是言简意明都不可得。那便再求其次，言简总可以吧？李梦阳提起笔来，在纸上写了四个字：对山救我。写过后，看了两三遍，简则简矣，意犹未尽，便在下端又加上一句：唯对山能救我。

对山，康海自号。康海是何景明那一科的状元，后于李梦阳许多。一般情况，当以字称，而不以号称。李梦阳以号称康海，有些屈己下人的味道了。“救我”写了两遍，第二遍还加重了语气，更有些屈己下人的味道。

“可以吗？”李梦阳把纸交给左国玉。

“仲默先生交代，”左国玉说，“第一要姐丈亲笔，第二要求救于康先生。姐丈写的虽然简单，两层意思都有了，就这样吧。”

李梦阳点点头。细想一想，再写其他也是多余；再写其他，便太多委屈了。出不出面，让康德函看了这两句话，自己决定吧。

“你们二人，谁去见康子？”他问道。

李梦和说：“仲默先生的意思，二人同去不便，也没必要。我年长，去不便，也没必要。国玉去为好。”

“仲默想得很周全。”李梦阳赞道，“国玉，你辛苦一趟。见了康子，多多代我致意。”说到此，觉得还有一层意思要交代。“彼若有难处，也不可太勉强。我若不能获救，你要好生用功，自己去争取前程。你姐姐和你的外甥李林，有我兄长照应，你不必分心。”

李梦和听到此，大为不忍：“献吉，不祥的话，不要说了。”

左国玉则说：“姐丈宽心等候，我这番去，必有佳音。”

第三十五章

两天后，康海站在刘瑾宅前等候通报时，突发感慨：要是决定来与不来之前，尝到了在此等候的滋味，怕是难下决心了。

其实，就算事先没有尝到在刘瑾宅前等候的滋味，若无人相助，决心也不好下。

康海与夫人不和，点了状元，入了翰林，也不肯接夫人进京。正是当年，风流自命，阃中不能无人。康海在京结识一名妓女，叫翠花。二人情意相投，虽未赎身明娶，却似纳妾一般。帮助康海下决心的，正是此女。

康海接了李梦阳的求救书信，见过左国玉，对他说："是诚在我。岂敢吝恶人之见，而为良友一避咎哉！"话说出后，又有些犹豫。去见刘瑾，定会有个结果，他有此自信。但他自视清高，刘瑾多次使人来见，诱以锦绣前程，他都没有动心。为救李梦阳去见刘瑾，坏了清浊界限，代价是否过高？

"君是否敬李郎中？"翠花见他始终不决，便问道，用的还是李梦阳旧日的职衔。

"当然是敬。"

"君是否畏李郎中？"翠花又问。

"小翠怎说这样的话？"康海不悦。他嫌翠花名字太俗，为她改了小翠。

"能救李郎中，而不出手相救，不是怕李郎中之名在君之上吗？"翠花口齿伶俐，说理切中要害，是女子中难得的人物。

"岂有此理！康某竟如此不堪吗？"康海更加不悦，加重了语气说。

翠花听康海讲，刘太监必欲害死李梦阳，非他出面不能解，故以言语相激。目的达到，便进一步说："君若为李郎中故而屈驾见刘太监，人必谓君敬李郎中，而不谓君轻结刘太监。君若为刘太监故而不救助李郎中，人必谓君畏李郎中，而不谓君畏结刘太监。妾乃女流之辈，无甚见识，君看是不是这个道理？"

康海叫声惭愧：须眉男子，见识反不如妓女出身的翠花。说翠花助他下了决心，助他解了难题，一点儿也不夸张。

站在刘瑾宅前，康海还要感谢的另一个人，是他的同年，又是翰林院同僚的何瑭。

原本去刘宅拜见刘瑾的时间，定在昨日。康海约了一位同是陕西籍的御史同往，在左顺门，碰到刚去内阁办完公事的何瑭。

因刘瑾私宅就在不远处，何瑭问他："德函兄去访刘太监吗？"

康海道："粹夫兄说的是。"

何瑭又问："可是为了献吉先生之事？"

康海又答："是。"

何瑭附在他耳边说："德函兄可先回。此事只可独往，不可与他人同往。"

康海不解："粹夫兄，却是为何？"

何瑭仍是对他耳语："刘太监亟欲一见德函兄，兄有所求，他必卖给面子。然吾兄也须给刘太监面子，莫使他骑虎难下。"

康海想了想，道理不错。出己之口，入彼之耳，用恩用威，他人看来，是刘太监自己的决定。若有第三者在场，岂不有伤脸面？

于是，康海对那位御史告罪，声称另有要事，刘太监处，不能去了。那御史虽想借此机会巴结刘太监，但既是应康海的约请，自当以康海为主。康海声言不去，他不能勉强。

经何瑭提醒，拜会刘瑾迟了一天。事若紧迫，迟一天可能要误事，而匆匆忙忙与御史同往，则肯定要误事。

御史辞别，何瑭甚表关切地问："德函兄游说刘太监，可有胜算？"

"正要向兄请教。"康海说，"刘太监好势好名，如今权势集于一身，不足言矣。只可用其好名之心。而用其好名之心，又只能诡言而夺，不可正言而论也。要言之：见机而行吧。"

何瑭说："诡言也罢，正言也罢，唯德函兄能成其功。我等听好消息了。"

康海想着这些，也不过片刻，只见刘瑾衣衫不整，倒拖双履，疾步迎了出来。见到康海，刘瑾不容他行礼，拉着他的手，放声大笑。

"德函，德函，"刘瑾叫着他，"我思见德函久矣。德函肯来，是天眷我也。"

"某何德何能，敢劳老先生记挂！"康海还是抢作一揖，"康某来迟，老先生莫怪罪。"

二人谈笑入内。刘瑾问："今日有何好风，吹得德函来？可做长谈否？"

康海说："今日拜谒老先生，便是要做彻夜长谈。"

刘瑾大喜，又问："德函可做欢饮否？"

康海说：“今日拜谒老先生，志在解带宽怀，举盏畅饮。康某酒量如其名，无三五斗酒不醉，老先生休要小家子气。”

康海潇洒自如，刘瑾更喜，吩咐左右整席备酒，款待康状元。酒要宫中御液，肉要八方珍禽野味，菜要棚中所出时蔬。

康海不待他吩咐完毕，说道：“老先生且慢。今日与老先生约，康某尽兴而饮，尽兴而谈，有嘉言不必赏，有失语不得罚。老先生如约，康某为老先生留，老先生不能遵从此约，康某即刻告辞，不敢再留片刻。”

刘瑾企盼已久，怎肯让他走，说道：“康子安坐，某如约便是。”

酒席很快办妥，一主位，一宾位，刘成在一旁侍候，再不让他人入内。

斟上第一杯酒，刘瑾说：“这杯酒是我敬德函的，德函请先饮下。”

“不敢当，应是我先敬老先生。”康海说着，却将杯中酒一饮而尽，连声说，“好酒，好酒，宫中佳酿果然与外间不同。”

斟上第二杯酒，刘瑾说：“这杯酒还是敬德函的，请再饮下。”

“已敬过了，为何又敬？”康海问。

“第一杯酒是敬康德函的，第二杯酒是敬关中人康德函的，有所区别。”刘瑾解释说。

“好，某敬领了。”康海端起酒杯，略略示意，又是一饮而尽。然后指着刘瑾面前的酒杯，问道：“老先生不陪饮一杯，以尽主人之道吗？”

刘瑾说：“自然要陪。老朽不胜酒力，待第三杯再陪德函共饮。”说着，亲自斟上第三杯酒，亲自端起，递给康海，以示郑重。

“第三杯酒又如何说呢？”康海接杯问道。

“第三杯酒是敬状元康德函的。”刘瑾说，“某每听人讲，历来状元都不如德函，不禁由衷而喜。德函真为我关中父老增光。”

“如此说来，不饮不敬。”康海左手托杯底，右手扶杯侧，举向刘瑾，“老先生，请吧。”

三杯酒过后，开始布菜。二人随饮随吃，随吃随谈，甚是欢洽。

“老先生方才说，康某为关中增光。”康海问，“可知自古三秦豪杰有几？”

三秦是昔人对关中之地的称呼。项羽三分关中，秦降将章邯为雍王，据咸阳以西；司马欣为塞王，据咸阳以东；董翳为翟王，据上郡，在陕西榆林一带。刘瑾爱听人说古，这一掌故，倒也知道。但不知康海何以要问，有些愕然。

“不知。”在康海面前无知，不耻反荣，刘瑾坦然说道，“请德函见教。”

“见教不敢。随想而谈，随谈而议，可也。”康海说，“老先生知桓温其人否？”

“略知。”刘瑾说。心中却有些奇怪：桓温是东晋大臣，即便是豪杰，也与三秦无关。

“那么，老先生知道王猛吗？”

“略知。”刘瑾的回答相同。王猛是前秦大臣，前秦立国长安，看来，要说到正题上了。

康海开始说古：“桓温率晋军入关中，与王猛相见。《晋书》称王猛：谈当世之事，扪虱而言，旁若无人。桓温问他：三秦豪杰何以不至？你道王猛如何对答？”

康海言之凿凿，刘瑾听得入神，见中断了，忙说：“请德函再往下讲。”

“王猛道：三秦豪杰，舍猛其谁。桓将军何以孤陋寡闻如此！”康海说着，又饮一杯，“王猛老儿，真豪杰也！”

王猛原是山东寿光人，迁居华阴，在南人桓温面前，便以三秦人士自居。听到此，刘瑾也为关中有王猛这班人物而自豪。又一转念，康海问自古三秦豪杰，似有它意，莫非在讥刺自己？

“如德函言，王猛可称昔时三秦豪杰。”刘瑾说罢，问道，“今时三秦豪杰又有几人呢？望德函告我。”

康海始则低头默想，继则屈指而数，最终说道：“康某观之，三人而已。”

“哪三人？”康海愈是郑重，刘瑾愈是急于知道。当今三秦豪杰，尚未与人谈论过。

“先帝时，王三原掌吏部六年，进贤良，退不肖，可算是三秦豪杰中的一位。”

王恕是西安府三原县人，一代名臣，如今尚在，有九十多岁了。王恕弘治六年便已致仕，与刘瑾无正面接触。三秦豪杰算他一个，刘瑾没有异议。

“第二人又是谁？”刘瑾预感，王恕已是过时人物，第二人，该是当时人物。

果然，康海说：“今有密勿亲近秉大钧者，进退百官，总理万机，更当得三秦豪杰之称。”

虽不道姓名，定是刘瑾无疑。刘瑾当仁不让，欣然领受恭维。王恕有品行，有政绩，但同时的名臣还有许多，他都当得上三秦豪杰，刘瑾又何必谦让。须知，并非有品行、有政绩之人，就可称为豪杰。豪杰不是贤者，也不是良吏。

“第三人，其德函乎？”刘瑾笑着说，“来，来，我这厢有礼了。德函不要对人说，有王猛在前，而某不知，某非桓温之流。”

康海摆手道：“老先生何谬赞康某？康某极言之，不过王、杨、卢、骆之亚，这第三人，乃当今之李太白，老先生休要以地比天。”

从康海的口气可以断定，他说的是文学之士。这方面的人物，刘瑾不甚了了：“某只知关中出了个康状元，文章功名冠于当世，却不知他人。谁是当今李太白，请德函告我。”

康海仍是摆手：“康某不敢讲，康某不敢讲。”

“你说关中三杰，我已知其二，若不知第三人，怎能心安？德函必要告我。”刘瑾不肯放过。

康海顾左右而言他：“昔后汉时，祢衡骂曹，曹阿瞒不能容，借黄祖之手杀之，这一段掌故，老先生知否？”

“略知。”一提掌故，刘瑾觉得，回答这两个字，再聪明不过。说不知，是寡闻。说知之，讲不出许多。说略知，便游刃有余，不至于难堪。实在地说，也确是略知。

“那只是奸雄小计，不足效法。”康海说，“而唐开元时，李太白醉酒，令高力士脱靴，高力士不辞，何等能容物，何等大度！这一段掌故，老先生也是知道的吧？”

说了两段掌故，关中第三杰，无须再明言。刘瑾也是顾左右而言他：“德函亦有酒乎？某请为德函脱靴，幸勿推辞。”

康海道：“我已说过，极言之，我只是王、杨、卢、骆之亚，当代李太白，另有其人。”

刘瑾不好再回避，俯首略思，说道：“德函是为李梦阳之事而来吧？”

康海正色说：“康某与李梦阳素少交往，京中朝中，人皆知之。此来非为李某，实为老先生耳。当今李太白囚于狱中，老先生不为之援，却空言为其脱靴，岂不贻笑于人？”

刘瑾犹豫着说：“此人之罪已定，当诛。”

康海道：“不敢说关中豪杰第三人，正为了此。李梦阳罪或当诛，但此人一死，关中少一杰矣，我朝少一美谈矣。某思之不忍；为老先生计，不能不说。望三思之。”

康海一再说为老先生计，果然收效。刘瑾说：“这是朝廷事，朝廷自有处置，某不便置喙。既然德函有命，我当尽力斡旋，德函方不虚此行。来，来，我再陪德函饮几杯。”

这一次宴饮，这一番长谈，直挨到东方发白。二人均如约：做客者尽兴而饮，尽兴而谈；做东者嘉言不赏，失语不罚。

康海饮酒二斗有余，面孔酡红、步履踉跄地辞别刘瑾。刘瑾亲自将他送出大门，命刘成侍候轿子，送康先生回府中。

第二天，有旨：李梦阳释归。他离开北镇抚司狱，两腿沉重，几不能行；心情更是沉重，一进一出，恍若隔世。

刘瑾有意尽释前嫌，招揽李梦阳于门下，委以吏部官职。李梦阳称病固辞。康海劝刘瑾，既然李梦阳不肯就任，不如放他回家养病。刘瑾不再勉强。虽依康海之言，放了李梦阳，到底是痛责痛骂过自己，欲置自己于死地的人。即使肯留在朝中，对他也是“以观后效”而已。

李梦阳在其兄协助下，暂且栖居河南开封。匆匆离京前，想了想，不但不向刘太监辞别，竟连康海那里也不辞别。反是何景明去见康海，以李梦阳的名义，再三致谢。

康海也不介意。刘瑾使人来请，便去饮酒，常常是半醉、全醉而归。

第三十六章

自从赶走于永后，皇帝便对于永本极力夸赞的西域女子和于永擅长的怪异表演，失去了兴趣。

令于永致仕是上年底之事。于永是自己为自己挖了陷阱。为了讨好皇帝，让皇帝面前时时有新的面孔，他献言说：朝中西域人封侯伯者，及在京所封西域达官，其女均应入宫候选。这一来，使多少父女母女兄妹姊弟分离。车马载入大内轿子抬入宫中，便是另一天地，亲属家人无不心痛。

于是有不能不献入亲女，又有机会在皇帝面前说话的人，秘告皇上，于永亦有一女，正当妙龄，修身材，美容貌，胜过已选入宫中者百倍。更难得的是，于永引导皇帝观赏的表演手段，其女全套继承。

皇帝见选入宫中的女子中，并无太出色者，动了心思，要将于永之女召入。

“爱卿有子女吗？”皇帝问于永。

“有，一子一女。”于永不知皇帝的用意，如实回答。

“卿子卿女，哪个居长？”皇帝再问。

“臣女长臣子两岁。”于永还是如实回答。

“卿子既幼，讨荫之事且缓行。”前数日，于永为子请封赏，皇帝便以此作答，“卿女居长，朕当先赏，让她进宫侍奉朕吧。”

于永一惊。但皇帝说了是赏，不能不先跪下谢恩。再要回话辩说，被皇帝封堵了嘴：“有父如此，女必不俗。卿曾言，天下秀色，皆应入宫。朕于卿女，慕之久矣。”接着，学公公们宣旨的声音说：“着锦衣卫都指挥佥事于永三日内遣女入宫。钦此。”于永又不得不跪下领旨。

出外打听，知道是中了仇人暗箭。但皇帝已钦此，决无不办的道理。深究之，于永也不是舍不得女儿入宫侍奉皇上，只是：一来，女儿并不出色，皇上未必会喜欢；二来，女儿年纪太小，看着已成熟，实则只有十一二岁。也是父女天性，不忍她就此成为废人。

于永想了个移花接木的法子，另寻一西域女子，看上去与女儿相仿佛，实则要大上几岁，冒充自己女儿，送入宫中。从此以后，便觉得皇上起了疑心。与皇上对视，见到的是皇上怀疑的眼神；与皇上对话，听到的是皇上怀疑的腔调。自己的神情便不觉委顿，自己的腔调便不觉畏葸。

接着，于永又知道了一件事情：不能不献入亲女，又有机会在皇帝面前说话的人，对皇帝说，吐纳之功，当用在交合时，而不当用做无聊的表演。皇帝听信其言，令善吐纳之功的女子与自己交合，谁知竟不能久。皇帝不会责备自己无用，便责备于永那一套吐纳之功实是无用。

于永再也不能、再也不敢留在皇帝身边，极其恳切地请求致仕。皇帝准其请，念在他曾服侍自己一场，他的女儿至今仍在宫中服侍自己，让他的儿子承袭锦衣卫指挥同知。如果知道于永进献的是假女，怕就不会有此恩典了。

于永知趣，皇帝恩准后，立即带着亲生女儿离开京师，不知去向。

于永走了，皇帝不追究。于永走了，钱宁却没有走。皇帝对钱宁说："钱爱卿，于永是你所荐，如今不知所终。朕并没有责怪他的意思，他却畏罪而去，真是少了见识。他曾给了朕一时的欢娱，朕不会追究他，任何人给过朕欢娱，朕都不会追究。如今他走了，你要想个法子，给朕欢娱才好。"

钱宁得知于永出事的消息，一直心怀忐忑，恨不得皇上忘掉自己。过了一个多月，见到皇上，听了这样一番话，知道无大碍了，心境才得以平和。他想到于永说的话。于永是以女色求取富贵，钱宁是以功夫求取富贵。钱宁引荐了于永，于永先一步求取到富贵，也先一步失去了富贵。现在轮到钱宁。于永的话提醒了他，他要以功夫欢娱皇上，求取富贵。

钱宁竭其所能，小则拳脚上的功夫、刀枪上的功夫、弓箭上的功夫，大则行兵布阵上的功夫，时时习之，以为欢娱皇上的本钱。

这日在大内西北苑中，考校射技毕，钱宁指挥众人设置一面大纛，请皇帝坐于纛下，亲施号令。大纛的一边，扮作唐兵，另一边，布成高丽阵。演习的题目是，唐兵大破高丽阵。

皇帝为唐兵主帅，挑选兵将准备攻阵。皇上命钱宁高声悬赏：有攻破敌阵者，赐予蟒玉；败阵者，罚作杂役五日。

演场上的内臣，人人雀跃。得皇上亲赐玉带，该是何等荣耀！而五日杂役的惩罚，也不算轻。喜欢算计的，还在那里算计，勇于任事者，已策马杀出，直冲敌阵。此人甚是勇猛，无奈高丽阵侧重于设防，坚固无比，马冲到阵前，竟不得入，冲击数次，只得败回本阵。该先行官灰头灰面，准备去做杂役。

换了个更加勇猛的，又换了个善用心计的，也冲不开敌阵，余人便怯懦了。

“哼！奴才们无用。”皇帝动了肝火，“侍候披挂、御马，本帅要亲自撞阵。”

有人说：“于喜长随或可胜任。”

皇帝听到了，问：“谁是于喜？”

内侍中站出一人，长躯伟貌，跪在皇帝面前，奏道：“回皇上的话，奴才便是于喜。”

皇帝见他相貌，心中已自喜爱，和颜悦色地问他：“于喜，你现任何职？”

“伞扇长随。”于喜答道。

长随也是贱役，服侍皇上、后妃，或抬大轿，或抬小轿，或撑伞，或持扇。初入宫者，选身躯修伟者服其役；有机缘的，便升为太监。于喜却不是初入宫，他原在钟鼓司办事，也是不为内臣所齿的衙门，因相貌不俗，便选作长随。按内臣们的说法，他是“日侍雉尾间”，甚不得志，常自怏怏。但没有靠山，徒唤奈何。

“你敢去冲阵吗？”皇帝有心抬举他。

“奴才敢！”平日很自卑的于喜看到皇上渴望的眼神，信心百倍地说。

“如不成功，罚作杂役五日，你要听好了。”皇帝提醒他，“朕不能为你破了军令。”

其实用不着特别提醒，长随本就服的是贱役。于喜坚定地说：“奴才定能成功。”

皇帝大喜，命道：“将朕的龙驹牵来，借与于喜乘用，朕要亲自擂鼓，助他成功。”

于喜和其他撞阵的人一样，擐甲胄，戴假须，扮小秦王李世民的模样。换作其他马匹，见惯这身装束，也就罢了。皇帝的龙驹不曾见过这身装束，一见之下，受惊不小。于喜引辔登鞍，骑将上去。龙驹狂奔，直向高丽阵中军。中军被冲开，其他各营皆乱，高丽阵一举而破。

皇帝龙颜大怡，即刻赏给于喜蟒玉。

万众欢呼声中，从纛后走出一人，笑呵呵地向皇帝贺道：“恭贺万岁爷，得了一员虎将。”

原来是刘瑾。皇帝高兴地说：“刘太监，朕指挥的演习，你也看到了吗？”

“是，奴才有幸看到了，很为万岁爷高兴。”

“钱爱卿运筹帷幄，功不可没。”皇帝有意提到钱宁，“刘太监，此人尽心为朕办事，娱悦朕心，你要善待他。”

“奴才遵旨！”刘瑾应道，“钱大人，为万岁爷办过了事，请到舍下一叙。万岁爷命我善待你，众人皆听到了，咱们一起商量着为万岁爷办事吧。”

"是，是。"钱宁忙说，"万岁爷这边的事办妥了，我即刻去府上聆听刘公公的教诲。"

钱宁到访前，刘成先领了一名小宦者见刘瑾。此人入宫不久，没见过世面，一见刘瑾府上的架势，止不住瑟瑟作抖。

"你无须害怕。"刘瑾宽慰他，"我要问你件事情，你如实说了，自有好处。"

"是。奴才不敢说谎。"小宦者答话时，头也不敢抬起，一副可怜巴巴的样子。

"爷赏于喜蟒玉时，我听到你说，这真是奇了。我且问你，有何奇处？"

刘太监提的问题，与己无关，小宦者的话就多了，也说得流畅了："要说这事，那真是奇了。不但我说奇了，凡在场的人，没有不说奇的。于大哥本人，也在说奇。跪在爷的面前领赏，他不敢开口，但奴才知道，他肚里一定在说奇呢。"

刘瑾觉着好笑，打趣了一句："你是他肚里的蛔虫吗？他肚里说话你也知道。"

"奴才不是蛔虫，"小宦者说，"可奴才与于大哥熟得很。于大哥心里想的，我只要猜一猜，总是八九不离十。"他的话越说越远。

"好了，好了！"刘瑾不让他再说废话，"你且说说，今日之事，有何奇处。"

"是。奴才就说。昨日，不，"小宦者仔细想了想，"是前日。前日日头好，正午时分，奴才与于大哥等数人坐在玉河桥边，说说笑笑，晒着日头。有一人走过我等身边，听到我等说笑，停步不走，将我等一一看过，最后盯住于大哥看了许久。他问于大哥：公何姓氏？于大哥答了。那人说：公旦夕且大贵。我等听了，都哂笑不已。于大哥以前在钟鼓司，也说不上是好差事。"

见刘成在一旁咳嗽、使眼色，小宦者不明就里，不敢说下去。刘瑾吩咐："再讲。"

"是。"小宦者又接着讲，"今日做长随，也不是好差事，怎能有大贵？那人又说：三日之内，公必得蟒玉；三年之内，必得大用。三年之言，难以证实，三日之言，诸公皆其证也。第四日上，我当再来此处取赏。那人还说：公极富贵者十年。然命止此。过其期，则仍如今日。"

小宦者说话啰唆，意思却说清楚了。等他说完，刘瑾问："他说他第四日上还要去玉河桥？第四日，就是明日吗？"

"是，他是这样说的。"小宦者说，"我等还在议论，明日大家都去，让他为我等也看看相。"

"好！"刘瑾说，"你去传我的话：明日除了你，都不许去玉河桥。见到那人，你交代给他，"说着，指了指刘成，"便没你的事了。这事办好，我自有赏，但不许你对别人说，对任何人不许说。明白吗？”

“奴才明白。奴才听刘太监吩咐。”

小宦者才走，钱宁便来了，带着一脸惶惑不安的神色，举止小心谨慎。

“见过刘公公。”钱宁行了叩拜大礼。

“钱大人，不敢当！”刘瑾说了，却安坐不动，受了他的叩拜，“给钱大人看座，我们坐下来说话。”

一旁侍候的人应了一声，却不动弹。钱宁忙说：“刘公公处，小人不敢坐。聆听刘公公教诲，哪有坐下的道理。”

“一日之内，你两次说到要聆听我的教诲，我就不客气了。”刘瑾不怒不笑，全然是秉公办事的样子，“都是为万岁爷办事，我教诲错了，你可以与我申辩，也可以到万岁爷面前申辩。”

“小人不敢。”钱宁知道不妙。虽然皇上交代过刘公公，要善待自己，福祸之数，仍在未知：“小人不敢。小人既说聆听刘公公教诲，便是全心全意聆听刘公公教诲。”

“钱大人如此说，我倒要请教了。”刘瑾先说第一个问题，“乐工臧贤是你荐的吧？”

“是，”刘瑾翻开旧案，钱宁反而镇定，“皇上要习乐谱，我恰与臧贤熟识，便荐给皇上。皇上说臧贤很中他意。”

“臧贤还算本分，不必再说了，”刘瑾话锋一转，“于永也是你荐给万岁爷的吧？”

“说起荐于永，就不像说荐臧贤那么从容，钱宁一时说不出荐于永给皇上的正当理由。

刘瑾问：“荐臧贤是万岁爷要习乐谱，荐于永又是万岁爷要学什么呢？”

“这——”钱宁被击中要害，答不出话。

“好，荐于永也有荐于永的理由，也不必说了。”钱宁没料到，刘瑾却不再追问，“而今，于永畏罪潜逃，你是知道的吧？”

“是。于永大负圣恩，小人也很痛恨。”

“那么，于永进献假女给万岁爷，钱大人也是知道的喽？”刘瑾突然厉声问道，钱大人三个字，既尖刻，又更具讥刺的味道。

钱宁吓了一跳：“假女？于永真是斗胆，小人真不知道。”两腿一软，又跪倒在地。

“起来吧，钱大人。”刘瑾加重了嘲笑的口吻，“让人见到了，以后不好做人。万岁爷不是对你说过，给过他欢娱的人，他不会追究吗？万岁爷不追究，我为何要追究呢？不过，万岁爷说不追究，并不是说，于永进献假女也不追究。万岁爷还不知道，入宫的于永之女是个假货色呢。知道了，别说于永要重重追究，那荐于永的人，也不能不重重追究吧？”

钱宁一直跪在那里聆听教诲，刘瑾口气越说越重，他就越来越不敢起身。

“于永的罪过还不止进献假女，”刘瑾继续说，“自从于永，还有——”看了一眼钱宁，“到了豹房，万岁爷再不入宫中，真成了‘六宫粉黛无颜色’，从正宫娘娘千岁，到各位嫔妃，无一人有喜兆。单说这一条，于永还不该论处极刑吗？那荐于永的人，还不该论处极刑吗？”

“小人知罪了。”钱宁连连叩首，“但求刘公公网开一面，放我条生路。豹房，我再不敢去了。”

“那怎么成？万岁爷要我善待你，你却也失了踪迹，不去豹房了，我怎么向万岁爷交代呢？”刘瑾口气缓和，吩咐道，“刘成，扶钱大人起身。”

“是。”刘成答应了，仍然不动。钱宁不能不起身了。在刘府中，刘成的身份他是知道的，还真等他去扶不成？

“还是那句话，咱们都是给万岁爷办事。”刘瑾说，“给万岁爷办事，就要尽心尽力，知道好歹。刘某替万岁爷办事，不敢不尽心尽力，不敢不知道好歹。这番话，算是与你共勉吧。”

也许受了刚才那位小宦者的影响，一句话，在刘瑾的嘴里也颠来倒去地说。

第三十七章

内阁次辅焦芳在酉时后，吩咐备轿，去李阁老胡同，探视李东阳。同僚相晤，本是寻常之事，但发生在此时，便不寻常，若是白日，会引起许多人的猜测。

李东阳心生警惕：焦芳此来，定是为了会试之事。

“宾之兄，身体安康？”焦芳坐下，先向主人问安。

李东阳这些日子并未告假，自是安康。问得唐突，答得便也冷淡。李东阳淡淡地说：“还好。”竟连一句感谢的话都没有。

李荃奉茶待客，李东阳使了个眼色，他会得意，点点头。稍后，端来一碗汤药，说：“老爷，药煎好了。奶奶嘱咐，趁温时喝下。”焦芳不论是否看穿其中奥秘，都该知道，主人倦了，要休息了，有话明日再讲。

但他要说的话，怎能等到明日？于是，故作不省：“西涯公还在服药？请便，请便。”自已则端起茶盅，以茶陪饮。

李东阳又好气又好笑。好气的是焦芳那副故作不省的样子。好笑的是自己太拙，相交数十年，还不知道这位老年兄的脾性吗？他要办的事情，无论如何也要办成。别无他法，只有打起精神来奉陪。

“守静先生枉顾，有事谈吧？”他主动问。

“并无大事。”焦芳说。不说有事，亦不说无事，而说并无大事，谈话便有了余地：“一来是探视，二来嘛，黄中侥幸中了乡试，在京会试，我心中亦不得安宁，特来与宾之兄闲话。”

“黄中肯用功，中式在意料之中，可喜可贺。守静先生是过来的人，为何也不安宁？”李东阳敷衍着说，“难道还怕令郎落第不成？”听他的口气，焦黄中似可稳列金榜。

“落第是不会了。”焦芳更有把握，“因而有求于西涯公。”

本科的主考官是阁臣王鏊和翰林院学士梁储。成化、弘治两朝，都重第一次科考，主考官规格特别高。今上即位，依样办理。王鏊是阁臣不说，梁储的兼衔已是吏部尚书。会试取士，由主考官与同考官选定。未奉旨参与考试事，首辅也无权圈点。殿试就不同了。会试取中的士人，在殿试中排定一、二、三甲的名次，除了皇上当然可圈点外，内阁诸位先生，特别是首辅，也可圈点。

亦即，会试未揭晓，权在主考；会试已揭晓，权在皇上，亦在内阁。如今考试已毕，阅卷未毕，命运还握在考官那里。李东阳说焦黄中不会落第，不过是安抚当事之人。焦芳却肯定焦黄中不会落第，因而请李东阳相助，将他排在前列，其中显见大有文章。李东阳向来不多生事，也不能不问个明白。

“孟阳兄且慢，中式者已张榜了吗？”

“尚未张榜。”焦芳说。

“听兄之言，好似黄中已是榜上之人了。”

“宾之兄这样理会也无错处。”

“这我就实在不明白了。”李东阳两手一摊，“难道是济之先生、叔厚先生披露与你了吗？”

“怎么会？王济之就算向天下之人披露，也不会向焦某披露。”焦芳带着几分怨气说，“宾之兄，我不瞒你，大榜虽未张挂，却另有一小榜，故我知黄中中式不难。”

“请道其详。”李东阳拱拱手。

“刘太监有一名帖递与两位主考，宾之兄不知吗？”

“不知。”李东阳愕然，“请问是何名帖？”

“必中式者的名帖，共五十人。”焦芳说，“黄中有幸，也在名帖中。”

李东阳神态凝重，点了点头。这可不是一件小事。本科拟取士三百人，一张名帖便占去了六分之一，天下士人会怎样说？天下学子会怎样说？朝廷求士，为的是佐天子治理天下。反言之，天下之治也，朝廷求士于天下；天下之乱也，天下之士有求于权贵。士求于权贵，所求者爵禄，而非天下之治。权贵以天子之爵禄私于士，士之求愈多而爵禄不足以应之，天下安得而治？安得而不乱？

心中所想，不能对焦芳说，也无须对焦芳说。李东阳说的是：“刘太监一纸名帖，不让济之先生和叔厚先生为难吗？”

身为首辅，此大事却不知道，真是惭愧。再一想，不知道也有不知道的好处。知道了，知道早了，又须一争，且争不出结果。不知道，反而不为难了。为难的是两位主考，且看他们怎样应付。

“他们可以不应允呀！”焦芳冷嘲热讽了一句，“况且，刘太监并未让他们为难，刘太监有交代：先生辈若恐夺贤者路，我奏明万岁爷，为先生增额。他们有何为难之处呢？”

“那么，两位主考只有应允了？”

“正是。王济之、梁叔厚已然应允。”

李东阳不置评论。中式名额由三百增至三百五十，看似对考生不唯无害，反而有利。在名帖之外仍取三百人，额数没有减少，而且，名帖中的五十人，不由嘱托，未必全不能中式，因而，名帖之外的考生，机会也增加了。其实不然。第一，名帖中的五十人，不要说全数，不要说半数，不要说十人八人，不要说三人五人，只要有一人不合取，便是一场风波。第二，这五十人，泰半要置于高第，即一甲二甲，对原该列一甲二甲而被降至三甲的士子，便不公平。王、梁二位，难逃訾议了。李东阳暗自叹息不已。

“既有喜讯，孟阳兄何以仍不得安宁？”又是一个淡淡的问题。

“古人云‘更上一层楼’，我思来想去，此事必要西涯公成全。”焦芳说罢起身深作一揖。

李东阳忙还礼：“愿闻兄志。”心中想：若求二甲，不管应与不应，已在彼掌握之中。

“上之，则魁天下；下之，不出一甲。”焦芳认真地说，全无说笑之意。

焦黄中的水准，李东阳太清楚了。人品不论，同僚之中，文字和学识最差的非老年兄焦芳莫属。同僚子弟之中，焦黄中不说文字和学识最差，起码在中等而下。以现在的情势，此子中式，在意料之中，若说魁天下，岂不太欺天下士人了？自从二子、长子相继过世，他对同僚子弟，均视若子侄辈，扬其善，隐其恶，不予苛求。而对焦黄中，他甚少称许。

“守静先生，殿试的规矩，你是知道的，以我等的身份，只可论文，不可论人。”李东阳慢言细语地说，“若要论人，吾兄当请圣上或刘太监成全。”他竟是一口回绝。

要是能求刘太监，何必夜半访你？焦芳心中说道。刘瑾有刘瑾的心思：今次会试，是万岁爷即位后第一次科考。也是刘瑾得势以来第一次科考。刘瑾乡土情结极重，早已放出风声，要与康海那样，再出一名关中状元。而陕西士人中，也有足以魁天下者。焦芳说，上之，魁天下，是姑妄言之，他自己知道，全无希望。即便李东阳肯于通融，他也不敢去扫刘太监的清兴。要紧的是，因为是正德改元以来第一次科考，不但状元要论文，一甲三人全要论文，这就不能求助刘太监，也不能求助王、梁二位，只有请李东阳成全。

“西涯公文章泰斗，一言九鼎，焦某此来，正是要请西涯公论文。”焦芳的意思，是请李东阳美言。

李东阳又是婉言拒绝："既以论文，东阳只能从众议，特别要听济之、叔厚两位先生的见解。"

焦芳看了站立侍候的李荃一眼："宾之兄，贵介可否暂且回避？"

李东阳挥挥手，李荃不情愿地离开。

"黄中人品不好，我也知道。"焦芳说，"有一件事当着外人不便说，与兄说说却不妨。我前年曾纳一妾，颇具姿色，黄中竟打她的主意，三天两日去后院行走，我严禁之，而不能止。一次被我发现，他，他正在与小妾调笑。"说到此处，止不住老泪横流，声音呜喑。

李东阳亦有所闻，而且更为细微。焦黄中不只是与焦芳之妾调笑，二人私通已有一些日子，被焦芳撞见，父子竟至在内室殴斗。有子若此，不如无子，李东阳也很为老年兄难受。

焦芳将家中丑事讲出，正是要激起李东阳的同情之心。他话锋一转，接着说："可焦家的荣辱全系于竖子。我并非为竖子争前程，而是要为焦氏争荣宠。我已老耄，唯望竖子入翰林。"话说到此，再无可说。焦芳颤巍巍起身，一下跪在李东阳面前："万望宾之兄成全。"

"孟阳兄不要这样，快快请起。"李东阳忙起身去搀扶。一人年过六旬，一人年过七旬，一跪一起，一搀一扶，费了不少气力。

真是有其父必有其子，李东阳暗叹。说什么焦黄中人品不好，你的行径，又好到哪里去了？嘴上却不能不宽慰他："孟阳兄，你现在子孙满堂，比起我来，已是大幸。对后辈的功名富贵，又何必孜孜以求呢？"

"话不是这样说，"焦芳反驳道，"以宾之兄而言，如今功成名就，遥想当年，竟不是一甲，心中无憾吗？"

"我倒是没有想过。"李东阳确实不曾想过。已是四十多年前的事了。当年的一甲三人，在官场的经历，在文坛的地位，远不能与李东阳相比。不在一甲，果是心中有憾吗？

"那是因为你年龄未到，所以不想。"焦芳说，"到了我的年龄，你就不会不想了。宾之兄，念在黄中其兄的份儿上，你不能不帮焦家这个忙。"

不知为何，焦芳提起长子焦邦重。也许因为焦邦重死后第二年，李府育下次子李兆同，而李兆同也过早病死；也许因为李东阳对焦邦重有些喜爱，现在希望他移情焦黄中。

李东阳对焦邦重确有些喜爱，焦邦重的墓志铭便是由他撰写的。不过，李东阳的喜爱并非因重焦邦重的才华而生，而是因怜焦邦重的迟愚而生。

焦邦重七岁时得一场大病，服药有误，病虽好了，却成呆痴之人。那时，他与祖母住在河南老家，祖母为取悦他，每每令群儿嬉游，他却凝坐在旁，不为一视，不做一语。焦芳将他接入京师，授以诗书，才发现，他不是完全的呆痴，只是沉默少语。所授课本，不但可以领会，而且可以贯通。李东阳喻为一块宝玉，在泥土中滚了滚，被疑成顽石，最终还是玉石，只不过变成暗玉。因此，对焦邦重的死，焦芳大感伤心，痛哭不已。那是在成化二十一年，邦重年二十一岁，不知是否死于上次重疾的后遗症。在京诸同年苦心劝慰，李东阳为文吊之。自幼聪慧过人的他，对迟钝的焦邦重表达了真诚的思念。邦重的迟钝，他说是大器晚成，是耶非耶，已无从验证。

二人各有各的感慨。由焦邦重而引起的伤感过后，李东阳说："提起邦重，我倒想起一事，是孟阳兄亲口告我的，不知还记否？"

"宾之兄指的是哪件事？"焦芳问。

"邦重曾对黄中说：吾见同游有狡诈者，彼自谓得计，岂能欺人，徒召憎耳。汝资性胜我多矣，但勿为此辈所移易。汝其戒之。"李东阳一字一句地重复了焦邦重说过的一段话。

"若非亲耳所闻，真不敢相信，这段话出自邦重之口。"焦芳说，"那年他是十几岁。"

"足见邦重不呆不痴，也足见他爱黄中以真心。邦重，可惜了。"

李东阳对二人的一段追忆做了断语，也对二人的夜谈做了断语。

焦黄中未在一甲，使许多人意外，也使许多人不意外。同样，焦黄中取为二甲第一名，使许多人意外，也使许多人不意外。

前者的意外，是因为有许多传言，谓焦氏子不点状元，也不出一甲。前者的不意外，或是因为知道焦黄中的水准，不信会有人冒天下之大不韪；或是因为想到，本科状元非陕籍士人莫属。果然，大魁者吕柟，陕西高陵人也。后者的不意外，是因为相信，以焦芳的地位、能力，还有无耻，其子不得在前的位次，不会罢休。后者的意外，或为了不平：二甲之首席，实不当属焦黄中；或为了疑惑：既可争到二甲第一名，何不再争前三名？须知，一甲第三名和二甲第一名，虽是一名之差，名声、待遇大不一样。除了一甲三人，其他入仕者不得直接授翰林院官。要在翰苑发展，只有选庶吉士一途。

第三十八章

焦芳率焦黄中，拜谒刘太监，感谢提携之恩。在外碰到张文冕，拉着手说了几句话。焦芳对焦黄中说：“文冕先生为百年奇才，吾儿当兄视之。”焦黄中恭恭敬敬地应了一声。

“不敢，不敢，黄中先生高第，尚不及去府上拜贺。”张文冕向焦黄中致意后，又低声对焦芳说，“守静先生，在恩公面前，慎言之。”

焦芳一愣。要想细问，向内通报的刘成已经出来，将他父子二人接了进去。

刘瑾笑呵呵地说：“守静先生，黄中高中二甲首席，又授了翰林官，可说双喜临门。”

“全是千岁爷爷的栽培，门下今日特将他领来拜谢。”焦芳说。见了刘瑾的气色，听了刘瑾的话，不明白，张文冕为何警告他“慎言之”。

焦黄中行了大礼，说：“刘太监扶植栽培之恩，黄中没齿不忘。”

“公子请起。”刘瑾受了他的礼，让他起身，“公子老成，正是朝廷而今需要的人物，朝廷定要借重。前程远大，好自为之吧。”

刘瑾命看座，焦芳坐了，焦黄中坚持侍立一旁，无论如何不敢就坐。

“本科的次序，外间有些议论，千岁爷爷可曾听闻？”焦芳慢慢地说。

“有何议论，你说与我听。”

“有人说，黄中天份较高，又为千岁爷爷看重，应置一甲，但李西涯执意不肯。”焦芳自那晚在李阁老胡同碰了壁，便打定在刘瑾面前告状的主意，“有人说，西涯先生不是对黄中有成见，而是对千岁爷爷有成见。”

刘瑾笑着说：“守静先生，有话直言，何必假他人之口呢？”

“焦某与西涯先生同年相好，又同在阁中办事，不敢妄加议论，确是有人如是说。”

刘瑾变了口吻，说道：“你将此人唤来，我与他辩上一辩。前者，公子在我这里与宴，我看翠竹长得甚好，要他试赋。诗是写出来了，但——”话没说完，适时停住。“我是不懂诗的，但读过西涯先生一首题陆宽瘦竹诗，记得有两句是：耻随桃李斗芳腴，只共松杉伴幽独。真是有韵味。”

焦芳状没告成，很是无趣。

“黄中，”刘瑾又说，“要成大器，文字上尚须磨砺。你莫师尔父，要师西涯先生。”

“是。”焦黄中垂手回答，“黄中记住了刘太监的教示，定师从西涯先生。”

“好，男儿有志。”刘瑾问焦芳，“守静先生，对了，还有你那位言者，是不是对一甲三人尚有非议。”

“非也。门下，还有那位言者，都以为一甲三人，尽一时之选。只是，”焦芳说了一句解嘲的话，“若一甲有四名就好了。”

刘瑾被他逗笑：“是次科考，改了许多旧章程，却没想到，一甲该设四人。只是，第四名若点不到黄中，守静先生定要我再增。我为尔等，增加了五十名中式额数，尔等还不满足吗？”最后一句，说笑仍是说笑，口吻却是质问。

“门下怎敢。若非千岁爷爷恩典，黄中中式不中式，尚在两说，还谈得上一甲吗？”情急之下，便把实话说了出来。

“但愿守静先生此话出于真心。”

“若非真心，焦某愧对天地。”焦芳指天地为誓。

“言重，言重！”刘瑾说，“不是我舍不得把状元给了黄中，实在是今科状元不归于吕仲木，难服天下士人之心。”

“正是。”焦芳说，“我听许多人讲，不是皇上和千岁爷爷的圣德，哪里能得到这位吕状元？也须得关中人杰地灵，才能孕育这等俊秀。”

几句话中听，刘瑾很是受用。但话中也有不得体之处，刘瑾要纠正：“吕子抢元，和他是不是陕西人无关。我等为朝廷求贤，当广求天下士，莫存地域之见。”

“是。本科正是广求天下之士。不但吕状元为一时之选，景榜眼、戴探花，亦为士人叹服。就说戴探花吧，堪称才貌无双。”

焦芳不该越过景旸，径直去赞戴大宾。当说出戴大宾的名字时，刘瑾脸色大变。焦芳老眼昏花，不曾注意，待得注意到，已然晚了，赞美激赏的话说了一长串，想收住都不好收住。

“哼！”刘瑾作色道，“戴大宾不过又一陈世美、王十朋耳，何足道哉！”

焦芳被抢白一句，好不窝心。赞黄中，可说是有私心，碰了钉子，不怨不艾，赞景、戴，还不是为你刘公公捧场，为何也使脸色？这大概就是张文冕要他“慎言之”的原因了。他后悔没有停一停，问个究竟，以致出现尴尬的局面。

还算幸运，刘瑾抢白一句，不再多说。又闲谈几句，请他们且回。刘瑾起起身，表示已送过客了。焦芳父子走时好不败兴。

出到外面，又碰到张文冕。彼此一照面，见他半是萎靡半是惊惧的样子，张文冕便知道，他不曾领会自己的提醒。

“守静先生，就走吗？”张文冕问道。

“文冕，究竟怎么了？”焦芳饱含委屈，没有头绪地问上一句。

“眼下有事，改个时候再说。”此时此地，不便细说，张文冕拱拱手，入了内室。

提到戴大宾，刘瑾就作色，个中原委，张文冕再清楚不过了。其实，这还关系到一甲三人的圈点，是鲜为人知的秘密。

戴大宾，字寅仲，福建兴化府人，半年前进京，准备会考。由于年少、多才、貌美，在京城引起不小的轰动，有好事者便对刘瑾提及。

刘瑾大喜。他正在为一件事情犯愁：他最喜爱的侄女到了待字之龄，他声言，要亲自为她择婿。标准便是年少、多才、貌美。天遂人愿，戴大宾如从天降。刘瑾差刘成去看人。年少、貌美两条没有问题，多才一条如何确定呢？知情者讲了戴大宾的一个故事。

戴大宾幼时聪颖，十二岁参加乡试。有同试者取笑他，问道：“小朋友如此年少就要做官，将做到何官？”戴大宾答：“做阁老。”同试者均大笑。其中一人有捷才，出一联云：未老思阁老。别人还在寻思，戴大宾的下联已有了。他对曰：无才做秀才。

看来，不但多才，而且有志，刘瑾甚是满意。此事如何去办，他有个计较：春闱在即，不能说破，免得戴大宾分心。但又不能不有所表示，便在京城内寻一所大宅买入，差刘成接了戴大宾去住。戴大宾惊愕不已，忙问所以。

“我家主人借与先生住的，”刘成说，“请先生安心读书，以待来春。等到高中了，我家主人还有一礼相赠。”

戴大宾问：“贵东家是何人？与某相识否？”

刘成说：“不劳多问，春后自有分晓。”

戴大宾是被奉承惯了的人，以为京城对风流皆尊崇若是，不再问，不推托，在大宅中欣然住下。大宅中侍候的人被吩咐过，无关的话一句也不敢多讲。其实，真要讲也讲不出什么，他们都不知内情。刘成隔三差五来走一回，问问起居，送送蔬果，亦不多说。倒是戴大宾有时实在发闷，拉他坐一坐，有意无意想问个究竟。刘成还是那句话：春后自有分晓。

刘瑾不时差人追踪戴大宾的行迹，询问戴大宾接触的官僚士夫，都对他评价甚高。刘瑾遂决心促成此事，也确定了戴大宾在科考中的名次：一甲中，三名内。

一甲三人，心中有了计较：其一，许与陕西省，其二，许与侄女婿。而且，此二人不是凭他一言确定，而是凭着才学当中。这样一来，第三人也不好通关节许与他人。所以，焦芳阿谀的言语和渴求的目光都没有打动他。一甲三人，他的要求是以文选定。当然，他也做了手脚，如果离他的期望太远，自会有人来扭转。结果离他的期望不远，可见他的眼光不错。一点小小的误差是：他期望戴大宾点榜眼，结果点了探花。这点误差不值得再做手脚了。

戴大宾在会试中轻而易举中式，在殿试中又轻而易举地点了探花。在接到喜报的同时，也知道了一个不知该喜还是该忧的消息：借房子与他住的，是主宰一切的刘太监。刘太监有意招他入赘为侄婿。

他有些兴奋，更多是为难：父母在家乡已为他定亲，是一位参议的千金。应允了刘太监，便要悔婚，为士人不齿的结局不日可至；若不应允，失去的是一个天赐良机。

戴大宾想得过于简单了，只考虑自己是否应允，却不曾想想，刘瑾知道他已定亲，作何感想。刘瑾先是十分震怒：相中一位侄女婿，居然已有婚约，太过荒唐。继而考虑：使戴大宾毁约再娶。

要戴大宾自己下决心，或不是易事，而刘太监有命，就不容他多想。戴大宾像当初欣然住进大宅一样，欣然同意毁弃旧约。

需要一人主持其事，说服戴大宾的长辈和婚约的另一方，刘瑾找到兴化知府张鼎，是再合适不过的人选。张鼎去冬入京觐见，他人相继回任，他却一直滞留在京师，无所事事，除了节前拜望过恩师李东阳，就是临行前见到刘太监差来的亲近张文冕。

张文冕转达了刘太监的托付，张鼎一口回绝。

“婚约之事，何等郑重，怎能说毁约就毁约？”张鼎愤愤地说，“如此轻率，与禽兽何异？请上复刘太监，张某不能领命。”

“张太守也不要太轻率了。”张文冕冷冷地说，“前次轻率，若非刘太监见容，恐怕就不是今日太守了。张太守切莫忘了。”

前次轻率，是指张鼎任南京刑部郎中时，勘察隆平侯袭爵一事。隆平侯张佑卒，无子，几位弟侄争袭，讼于南京刑部，久不能断。事主又讼于京师，刘瑾收受贿赂，有所偏袒，嘱张鼎依言断案。张鼎不从。刘瑾对他真是很宽容，没有处罚，反而调升兴化知府。当然，兴化是小府，算不上优迁。

此次觐见，长时间不放回去，刘瑾不说明原因，张文冕想，大概与戴大宾之事有关，因此说道：“张太守应了刘太监，马上便可回任。兴化府一定还有许多事情等着太守处置呢。”

先是一句恐吓，又是一句引诱，欲使张鼎就范。张鼎不为所动。

“适才已讲，这是禽兽行径，某不能助禽兽坏人伦。至于个人荣辱，听之于天。”张鼎说，“文冕先生，你我同宗，我与你说了许多或不该说的话。换作他人，我说也懒得去说。”

刘瑾听了张文冕的讲述，阴沉着脸，说道：“好个张知府，他以为留他在京，是要助我吗？却不知，隆平侯之案，正要查实。”

次日，就将张鼎打发了，不是回任，而是削籍为民，罪责是昔日勘察不力。

张文冕觉得，自称和他同宗的张知府虽被罢免，他所说的“禽兽行径”却对刘瑾发生了不小的影响。几日内，刘太监不再提戴大宾，而盯住乡试第一名，俗称解元，会试第一名，俗称会元的陕西籍士子邵锐。“结婚还须北人。”他常自言自语地说。

这是几天内发生的事情。

焦芳得知原委，一方面为刘瑾的喜怒无常后怕，不曾迁怒于己已是万幸，一方面还在想着报答刘太监的知遇之恩。焦黄中高中二甲第一名是刘太监最大的恩德；提及戴探花，触到刘太监痛处，是他最大的过失，那么，还该在科考上打打主意，报答刘太监。很快，他想到一个绝妙的主意。

在殿试后的第十天，兵科给事中赵铎上了一道奏本，称各省解额分配不公，当从新拟定。科举事，礼部主掌。现定各省参加会试的名额，自正统年间以来，已历八九十年，二十余科，时有变化。厘正其数，事体重大，新到任的礼部尚书周经请会众大臣议之。于是，由礼部召集、内阁大臣参加的会议在东阁举行。

“赵铎言之有理，解额确是不公。”焦芳抢先说。赵铎秉承他意上疏，当然言之有理。

“何谓不公，守静先生明言之。”李东阳说。

“北省额少，南省额多。”焦芳一语破的。

现行解额是：南、北直隶各百名；余省江西最高，为九十五名；浙江、福建，各九十名；湖广，八十五名；河南，八十名；山东、广东，七十五名；四川，七十名；陕西、山西，各六十五名；广西，五十五名；云南，三十五名；贵州士子就试云南。

南省指南直隶大部分地区，及江西、浙江、福建、广东、湖广诸省，北省指北直隶，及河南、山东、山西、陕西诸省，四川、广西、云南、贵州及南直隶的小部分地区被视为中省。单纯从数字看，确是北省额少，南省额多。

“此额维系数科，自有它的道理，不能一言以蔽之。”王鏊说。

“弘治十五年以来的三科，两科状元是陕西人，而陕西解额只有六十五名，江西却有九十五名，怎能说是公允？”焦芳振振有词。

“江西籍的状元未必少了。”王鏊反驳他。

“当年江西省状元多，江西籍秉枢大员便增加江西解额，现陕西状元多，就不该增加解额了吗？”焦芳再予反驳，“况且，陕西地域半有天下，非他省可比，不可不思。”

见争下去难以了结，李东阳说：“往事不必多论，且说今日当如何。”

“自是增加北省数额，减少南省数额。”

“介夫先生，请你也说说吧。”李东阳对杨廷和说。杨廷和是四川人，焦芳说南省北省解额不公，似与他无关。他坐在一旁，闭目养神。

“南省解额似不必减，北省解额可再增。”经李东阳询问，他说了句折衷的话。

“如何增加法？”李东阳感觉，这是一个较好的办法，便继续问。

“守静先生提出增加北省解额，定是已有成算，请他说吧。”杨廷和看了李东阳一眼，说，“守静先生说多少，便是多少好了。”

李东阳会意，不再问他，而去征求周经的意见：“松露先生，你说呢？”

“我无定见，诸位老先生说怎样，便怎样。”周经谦恭地说。他是天顺四年进士，论资历，超过了在座的任何人。

礼部右侍郎费宏代主官说：“陕西增加解额，似可至九十五名，与江西等。”他是江西铅山人，以为将陕西与江西拉平，大可息事宁人。

谁知焦芳大声说：“尚少。陕西可增至一百名。”其用意，是陕西要超过江西，而与两直隶等。见无人反对，他又说：“河南系泱泱大省，解额亦当增加。”

“有人说了，你说多少，便是多少。”王鏊颇有些负气地说，“增加多少，你说好了。”

“可再增十五名。”那便是九十五名，与江西一样，在两直隶、陕西之后，占了鳌头。

“好，便增加十五名。”周经说，“子充侍郎，请记下大家议的数目。”子充是费宏的字。

周经是山西阳曲人。他一开口，焦芳想到，他是曹元的岳丈，不能不拉拢一下：“山西、山东均多人才，山东增十五人，山西增二十五人，诸位以为如何？”

无人接腔支持，亦即无人反对。焦芳似是主角，感觉甚佳，便又说：“湖广地大，应增——”

不等他说出应增的数目，李东阳说：“这就不必了。原说南省不动，若湖广增额，牵动南省，不是又要再议？”他知道焦芳明着卖乖，暗中用计：湖广增额，在外人看来，定是李东阳主谋之。他偏偏不领这个情，不钻这个圈套。

“诸位老先生看，解额厘正了，会试比例是否也该相应改变？”周经又出了题目。

现行分南、北、中卷，以百人为准，南卷取五十五名，北卷取三十五名，中卷取十名。众人议论，四川增解额十名，并入南卷，其余中卷并入北卷，南北各取中式者五十名。

会议结果，刘瑾甚是满意，将戴大宾带给他的不快，渐渐忘却。焦芳作为发难者，也得到回报。次日新科进士授官，又给大家一个意外。以前科考毕，选一甲三名的策论付梓，作为经典，供学子研习。今次，则将二甲第一名焦黄中和三甲第一名胡缵宗的策论入选。便有人想，怕是又要出不合规矩的事情。果然，很快有旨：焦黄中、胡缵宗授翰林院检讨。

刘宇之子刘仁也参加了这年的科考，列二甲第四名。刘仁及二甲的邵锐，黄芳改庶吉士。这本属正常。但只过一月，即散馆。焦黄中升编修，刘仁、邵锐、黄芳授编修，这又是不正常了。有人说：这届科考，怪事太多了。

第三十九章

户部尚书顾佐从内阁回部，亲自找到左侍郎韩福和右侍郎孙交，约至户部最秘处，遣开一切差役、家丁等，开始议事。他的举动说明今日议事不同寻常。

户部最近要忙了，两位侍郎都有这种感觉。见尚书大人的模样，便知所料不谬。以他们的身份，不便主动问。侍郎和尚书虽只差一级，但正官佐卿的界限，还有科第的先后，不可逾越。好在顾尚书会先开尊口。

“德夫，志同，二位请坐。”顾佐拭了拭脸上的细汗。待韩、孙二人坐定，他开门见山地说，“部里请发各边年例银的奏本被驳回了。西涯先生召我去内阁，给我看了草拟的批复，要我等早日议个章程出来。”

请发年例银，户部是依旧章办事，应该没有被驳回的理由。

“批复怎样说？”韩福问道。轮到侍郎说话，韩福居左，虽然他和孙交都是成化十七年进士，却是该他先开口。

顾佐号称能员，但终归六十多岁的人，记忆大不如前，只能叙述个大概。批复说：各边军屯民运，早有成例。复输京帑何也？且开中盐引，恐致渔费。户部再议之。

两位侍郎相信，顾尚书记忆再差，绝不会表错意。朝廷不再输银各边，有许多问题不能不认真考虑。

“这是何意？”孙交说，“各边年例已是不能不送之势，内阁不知道吗？”

“内阁也是奉了里面的意思拟旨，有什么办法呢？”顾佐为内阁诸位老先生辩解一句。

里面的意思，便不是皇上的意思，而是司礼监的意思。旨出于内阁之意，甚或出于皇上之意，尚可一争。出于刘太监之意，则不必去争了。他们所能议的，只能以裁革年例银为前提。

“说起年例银，亦非不可裁革。”韩福委婉地说，“祖宗朝没有年例银，边用不是一样充足？”

“德夫兄，今非昔比了。”孙交说道，“祖宗朝也不行开中法，请想一想，停止开中，各边会是什么景象吧。”

“开中就不能停吗？也未见得。”韩福说。

“盐法之事，早晚也要议的。”圣旨上只说了一句有关开中引盐的话，说得很含混，但顾佐印象很深。那恐怕是一件更为渺茫难办的事情，所以他提醒两位佐卿一句：“不过，今日要议年例银，若因年例银而坏了边事，户部难辞其咎。德夫说年例银也不是不可以革除，能否说仔细一些，户部上对朝廷，下对边臣，也好有个交代。”

韩福与孙交经历不同。孙交入仕后，主要在朝中任官，韩福入仕后，则大部分时间在外，且名声甚是响亮。他任大名知府八年，在野，大名百姓称誉他是再世包老；在朝，治平为天下第一，皇上赐宴吏部，由下榻处到吏部，观者盈塞，道路为堵，争睹今世包龙图的风采。后来，他又任了一年的保定巡抚。因此，关于年例银，顾佐想多听听他的意见。

“良弼先生有命，某姑妄言之。”韩福勇于任事，也不推辞，“志同兄说，今非昔比，某倒要问一句：到底有多大的区别？昔日没有的年例银，在今日到底占有多少成分？”

问题简单，却又深刻，不是随口可答。每年到了计算边用时，各边便向户部要钱，户部便上疏奏请，至于在边用中占多少成分，真不曾细算。

韩福料到他们一时答不上来。便说道：“良弼先生，你久在户部，谂知用度。以宣府而言，各项度支是怎样分配的呢？”

这个数字存在顾佐的脑海里。主兵、客兵、本色粮、折色银、盐引银等项，合计之，不下百万之数。

“那么，宣府的年例银是多少呢？”韩福问。

“五万，”顾佐说。韩福先前提出的问题，有了一个具体的案例。年例银在宣府的用度中，不过是二十而一。

“延绥的年例银似乎多些。”孙交大致理解了韩福的用意，依着记忆说了一句。

“不错，”顾佐点点头，说道，“延绥每年边费约六十余万，年例银却有十万。”

“即便如此，也是二十而三。极而言之，十中有二，也不是大宗吧？以某所知，而今年例银约四十余万，于边费中十不足一。良弼先生，我说得不错吧？”

“大致如此。”顾佐肯定道，“德夫为何要算这笔账，请明示我等。”

“德夫兄的意思，我已懂得。”孙交代韩福说明，“年例银既非大宗，裁革便于边用无大碍。”

“果如志同侍郎所言吗？”顾佐不放心，又问一句。

“我意正是如此。”韩福答道。

顾佐点点头，又摇摇头：“德夫的见解，不能说不在理上，也不能说尽在理上。”

轮到韩福请教了：“良弼先生，请再说明白些，晚生于户部事务尚不熟悉。”

“年例银，在全部边用中是小宗，确是正论。”顾佐说，“但缺少了这小宗银两，许多事情便不能进行。在这些事情上，年例银便是大宗。”

孙交说：“良弼先生说的是。我对年例银也有大宗小宗的理解。”

“志同兄，可否举个例子？”韩福要求道。

“比如各边修边墙，筑墩台，没有年例银，便难以安排。”

“这又不然。”韩福提出异见，“据我所知，各处修边，镇帅都会另行乞奏。”

“那是年例银不足，乞请追加。”

“良弼先生说，有些事情没有年例银便不能进行，修边墙大概在‘有些事情’中是最重要的事情了。年例银在修边上是大宗，又为何不足呢？”韩福振振有词地问道，“这岂非怪事？”

“总是所给钱少，所需钱巨。”孙交说。

“这便是了，”韩福欣然言道，“良弼先生，上年陕西三边杨总制一清先生养病前，请遣大臣完成修边，尚须用费几何？”

“约五十万之数。”当时韩福、孙交二人不在户部，只有顾佐清楚。

“三边年例银十余万，靠年例银修边，不要等上五年，方足其数吗？”韩福道，“怪不得朝廷有命，暂停修边，尽撤其费入京了。”

边银入京后，都送去刘瑾的私宅，是尽人皆知的事情。甚至有人说，亲眼所见，刘瑾命将送来的银子全部熔化，铸成大块银砖。但在外面怎么说都可以，在衙门里不能乱讲。韩福说过之后，顾佐和孙交不作任何表示。

“是啊，费用入京，修边便也停止了。”孙交把韩福的话颠倒过来说。依韩福的说法，停止了修边，费用才入京。依孙交的说法，用费入京，修边才不得不停止。话一颠倒，意思大不一样。孙交依着自己的思路说：“年例银不是不可以裁革，那么，边墙也不一定要修，德夫兄是这个意思吗？”

韩福听出他话中有刺，便说：“边墙当不当修，且不去说。修边不非要年例，年例不足以修边，方是我的本意，”

“后一层意思，德夫已经说清楚了。前一层意思，也请说说。”顾佐对两位佐官明中暗中的争执不置可否，只要求他们多说。

“是，”韩福应着，“我朝边用，主要在屯田，以屯田养边。国初边用充足，因了屯田之法完善。而后屯田日失，边用便日不足，不得不辅以开中食盐，不得不辅以年例银，皆是取之于朝廷。而朝廷会计有限，虽割舍他用，补了边费，边用仍是不足。以十为率，前者屯田便足十之数，后缺了四五，虽补以一，亦不足也。所以，晚生以为，要足边用，清理各边屯田，实是正着。”

韩福持论甚是大胆，也不能不承认，确是正论，只是屯田失额，屯卒亦失额，积弊已久，人们说起来便头痛不已。

“德夫兄高论，侍弟也想过治本的道理。”孙交说，“观部里的文案，议者论者亦不少。但多是空议，不能实施，即便实施，收效甚微，而扰动甚烈，想是时世异同，难以复旧了。”

“弟相信一句话：事在人为。”韩福针锋相对地说，“只要得人主持其事，定有结果。”

顾佐老成持重，将二人的话评估了一番。孙交对现实的状况和清理屯田的难处，有清醒的估计，但对朝廷的权益估计不足，失在过于保守；韩福抓住了充足边用的根本，却不曾领会清理屯田的难度：泛泛则无功效，力行则易激变，失在过于轻率。二人若联手，或许会做出一篇不坏的文章来。

但还不到做这篇文章的时候。由停止年例银而论及清理屯田，跨度太大。试言之，即便朝廷下决心清理屯田，也不是当年即可生效，边用不足，还是要向朝廷伸手。

“清理屯田，固为长久计。”顾佐说，“如何为眼下计，也请德夫考虑。”

“为眼下计，也不离清理二字。”大家承认是正论，韩福便继续在清理上做文章。

“请再说。”顾佐做了个手势。

“各边粮储、草束、饷银、马匹，在在有亏损，若加以清理，杜绝耗费，所得者不少于年例之银。”

“也是节流的办法。”孙交附和说。

“不只是节流，亦可开源。”韩福还有另一番解释，“清理之后，失职者处以责罚，令其赔补，或输银于边，或输粟于边，边用可增，不在少数。减靡费，是节流，补亏损，是开源，二者兼而得之。”

顾佐思忖，对韩福不可小瞧。清理边储，本是老生常谈；以往的清理，也作处罚，轻则住俸，重则罢官，却没有赔补一说。正是赔补二字，使老生常谈有了新意。

为朝廷计，严加清理不是不可行，却也有为难之处。一是上至督、抚，下至州、县，时有调动，谁是失职者，不那么好确定。二是有人为的亏损，也有自然的亏损，也不那么好确定。某甲的责任，由某乙来负，老天的责任，由官员来负，都有失公允。清理者犯有过错，最易激起众怒。

顾佐的结论，清理边储，和清理屯田一样，听起来都可实施，都该实施，而真要实施，则是难之又难了。

“是不是可行开纳事例？”听韩福大发宏论许久的孙交，突然问了一句。

开纳是朝廷度支困绌时常行的办法。向朝廷纳银纳粮，朝廷给以相应的恩典：有罪者减刑免刑，无罪者便宜行事，武职授官授爵，诸生入监入学，寺观准予剃度，等等。开纳于朝廷名声有损，却是最简单易行。

议了许久，可即刻实行的，竟是孙交不经意说的开纳事例，成了定论。

“清理屯田，清理边储，均是大事。”顾佐说，“恩威出自朝廷，决心下自朝廷，户部不宜轻论。我等先拟个开纳则例报与朝廷吧。德夫以为如何？”韩福发了许多议论，出于体恤，不能不问一句。

韩福当然没有理由反对。他先告辞退出。孙交问顾佐：“德夫力赞裁革年例，是不是因为和刘太监同乡，存心维护？”有此一问，不是毫无根据。韩福在正德二年任右佥都御史时，曾因事下诏狱，是刘瑾亲自下令，放他出来，即时召见，与语大悦，他才有了户部左侍郎之命。

顾佐却说：“志同莫存此念。德夫是实心办事之人。你与他同年，知他应比我深。”

议准罢年例、行开纳的第二天，提督宣、大军务的兵部左侍郎文贵便奏请开纳。

文贵在回朝廷前，先后任延绥和甘肃巡抚，知道边地修筑墩堡的重要。受命提督宣、大军务，便提出修筑的计划。初初算来，大约需要五十万两银子。朝廷准其修筑。为及早动工，文贵向太仓库借了三十万，向太仆寺借了二十万，拟拿到年例银，逐次归还。

太仓库隶户部，太仆寺隶兵部。向朝廷借支，不是这两个衙门答应即可，也不是户部、兵部答应即可，还须刘太监答应，王少是默许。刘太监答应借银子，是有条件的。文贵知道其中规矩，准备拿到银两后，包上一万，送去刘太监私宅。谁知，不等他拿到借支的银两，备好谢仪，刘太监的人就来了，问他准备进献多少。听来者的口气，文贵不敢说一方，咬咬牙，说了两方。这是官场上习惯了的用语，一干是一千，一方是一万。来者冷笑不语。文贵不得不赔着笑脸请教。来者两手张开伸出，是十万！文贵知道借了极重的高利贷，只有苦笑，不敢多说。银未出京，四分之一便入刘太监之门。

钱数不足，墩堡修得草草，不足以守，宣府、大同，时有险情。

文贵的苦恼不止于边情。朝中已传出了闲话：他为迎合刘太监，故意让士卒毁坏古墩堡，以便有理由重修，以便有理由要钱，以便有可能进献。当然，还只是闲话，言官们还不敢公然论劾，不敢公然追究。要论劾，也只能说是风闻；要追究，也不会有结果。但闲话，也足以让他感受到压力。

文贵的苦恼又不止于闲话。当时向太仓库和太仆寺借的钱，到了偿还的日子，不能赖账，也不敢赖账。想着是用年例银归偿，年例银却要裁革。对文贵来说，实在是雪上加霜。

文贵是湖广湘县人，孙交是湖广安陆人，一在湖之南，一在湖之北，不算大同乡，也算是小同乡。孙交知道且同情文贵的艰难处境，及时将户部的议论告知文贵，使他得以在奉旨开纳的第二天，便上章奏请。

这是当然要准奏的。

第四十章

刘瑾问顾佐："国家用度，孰为大者？公掌户部，请试为我言之。"

顾佐说："大者有二：一是边费，一是宗禄。"

刘瑾说："宗室费用，且再作理会。守边费用，我当从速查核，以杜绝耗费。"随即请旨：差给事中、御史核各边粮储、马匹等。数日前在户部泛泛而议的事，雷厉风行地实施了。

各边的粮储、马匹、草束、银两等，要查点清楚是极为困难的。查报不清，对朝廷无法交代。给事中、御史们便尽量把问题说得严重。亏与不亏之间，宁言其亏；多亏少亏之间，宁言其多亏。查核陕西三边的给事中安奎、御史张彧，也是照此办理。接下来，便是追究有关官员的责任。

现任陕西三边总制才宽，北直隶迁安人，成化十四年进士，一来对刘瑾有进奉，二来多年积案，不该由他负责，因此传旨：逮前任总制杨一清、陕西布政司督粮右参政季思明、安唯学至京。杨一清在弘治十五年奉旨赴陕西，以左副都御史督理马政，十七年兼抚陕西，正德元年升总制，在西北被委以重任，时间不算长，也不算短。对西北各边镇的亏损，他有一定的责任，但要他负全部责任，也没有道理。

杨一清在总制任上，最大的一笔花费是修边墙，用去朝廷数十万帑金。刘瑾大做文章，欲加以重罪。

王鏊最为关切，首先去找刘瑾理论。

"济之先生，"刘瑾自会试后，对他相当客气，见到他，亲切地称呼一声，问，"为何行色匆匆？"

"听闻朝廷损一柱石，特来报与公知。"王鏊拱拱手，道。

"我何以不知？"刘瑾一惊，忙问。

"杨总制不是逮至京了吗？不是即将治以重罪吗？公何谓不知？"王鏊连问数句，指着北镇抚司狱的方向说，"某所谓朝廷柱石，正杨一清也。"

"杨一清明明是朝廷蠹虫，先生却说是朝廷柱石，此言大谬。"

“公谓杨一清是朝廷蠹虫，我谓杨一清是朝廷柱石，以此论之，某大谬矣。杨一清明明是朝廷柱石，我亦说他是朝廷柱石，以此论之，某不谬矣。”王鏊的话听起来须费些神。

刘瑾听懂了：“照你说来，是我大谬了。”

“我不敢说。尊公谓杨一清是朝廷蠹虫，所为何事，可告知否？”

“朝廷逮治，已有明旨，何必再问。”在刘瑾看来，不值得再费口舌。

“圣旨非经阁议，吾未见其明，特来请教。”逮杨一清是由中旨，所以王鏊这样说。

“科道官说他浥烂草束，亏损粮储，遗失马匹，才有内旨逮他。”刘瑾仍是应付。

“这正是在下不明之处，”王鏊说，“自弘治十年以来，陕西三边总制之设已有二十年，杨一清在其任不过一年。以一年之任，而负二十年之责，圣明之世，成何道理？以此而治罪，何以堵天下之口？何以服一清之心？”又是一串质问。

“二十年的糊涂账，总要一笔一笔清算，”刘瑾说，“再者，杨一清修边墙，靡费无数，第一笔账算到他头上，也不冤枉他吧？”

“公言及此，可否容某详析？”王鏊请求道。

“请讲。”刘瑾很给他面子。

“某未度边地，不解边情，然曾读杨总制议修边墙疏，为之心折。今以其疏而详析之。”王鏊久在翰林，责在讲读，又官吏部，责在用人，于边事不甚经意。偏偏杨一清这篇奏疏，他是仔细读过的，讲起来头头是道，一板一眼：“成化初年，徐廷璋在宁夏，余子俊在延绥，修固边墙。由是，寇不入内地二十余年。公悉知我朝典故，此言不谬吧？”

“不谬。”刘瑾说。

“弘治末年，总制秦纮复修边墙，但掣手于费用，仅修四、五小堡，谓可无患。不过一二年，寇复深入。此乃秦纮所修不足捍敌，也确有其事吧？”王鏊用的几乎完全是杨一清奏疏上的语言。

“确有其事。”刘瑾说。

“杨一清建议修边四策，一曰修浚墙堑，以固边防。二曰增设卫所，以壮边兵。三曰经理宁夏，以安内附。四曰整饬韦州，以遏外侵。公以为是不是中肯之论？”

灵州、韦州和宁夏镇，都是西北的要害处，区别在于，灵州和宁夏，重在抚内，韦州重在御外。这是杨一清在西北经营多年，得出的结论。王鏊问及，刘瑾不能说不是，也不情愿说是。

“杨一清提出修边便宜：延绥安边镇、石涝池至横城三百里，宜设墩台九百座；

石涝池至定边营百六十三里。平衍宜墙者百三十一里，险崖峻阜可铲削为墩台者三十二里；花马池无险，宜置卫；兴武营守兵不足，宜招募；横城以北，黄河南岸有墩三十六，宜修复。哪一款处置不当，哪一条言之无的，哪处边墙不当修，哪处墩台不当筑？”

刘瑾不作答，却说：“杨一清的奏疏，济之先生倒是熟读能诵啊。”

“某以为，杨总制修筑边墙，是为朝廷，断无可疑。此乃其功，绝非其过，断无可疑。”王鏊一揖至地，“其人才高望重，诚为朝廷柱石，望公善处之。”

刘瑾低头不语，似在默想。王鏊言之已尽，不敢过于逼迫，也不再说话。想到刚才的言论，有些过于直率，心情不免紧张。

“济之先生的话讲完了？”刘瑾默想够了，抬起头，悠然问道。

“是，”王鏊不似方才慷慨，“请公赐教。”

“先生所言，也在理上。”刘瑾说道，“杨一清之案，也不是不可商量。内阁还有什么见解，或是我去见西涯先生，或是西涯先生屈尊顾我，再作定论吧。此话请济之先生带去阁内。”

李东阳想到，这次不能不与刘瑾私晤，心中黯然。自他就任首辅、刘瑾秉笔司礼以来，已有年半，二人接触是免不了的。但他掌握分寸，有事与司礼监商议，能由中书房官员办的，便由中书房官员去办；一定要亲自办的，便约内阁他人同行。刘太监私宅，他从来不曾去。

刘太监也来内阁与众位阁老议事，这次又说，或是他见西涯先生，但李东阳知道，刘瑾此次约会，不是在内阁，也不是在秉笔太监衙署，而是要他去私宅一晤。他若想争些面子，请刘瑾至李阁老胡同，刘瑾也会来的。李东阳宁愿不要这个面子。两相比较，与其刘太监驾临李阁老胡同，不如李阁老登刘太监之门。

为了杨一清，李东阳必须放弃坚持了一年多的行事原则。李、杨二人，同被视为神童，同乡试于顺天，同是十八岁中进士。杨一清是成化八年进士，此科未选庶吉士，否则，他定也会改庶吉士，入翰林。

李东阳长杨一清七岁。杨一清无子，酷爱李东阳长子李兆先。李东阳亦命兆先师事之。二人情笃，更胜父子。李兆先死后，在陕西任提学副使的杨一清将他写给自己的书信，遥寄李东阳。李东阳览之泫然，每每想到爱子，便会同时想到杨一清。

这是以私情而论。以公谊而论，杨一清曾经是朝廷百年难得一出的边帅，他日也必是朝廷倚为腹心的大臣。对杨一清的才干，李东阳素来钦服。杨一清字应宁，号邃庵。李东阳作《邃庵解》，于邃字之义，赞道“若驰康庄”，“若游大川”，既赞他洒脱的性情，又赞他俊逸的才情。

李东阳此行，全然是为知己。

刘瑾亲自迎出大门，执礼甚为恭，延至书房，请李东阳入坐宾席后，自己才坐下。刘府的家人，包括刘成，都很惊诧。自刘太监柄国以来，在私宅中，未曾见过此等客人和此般礼数。

“西涯公枉顾舍下，刘某感激莫名。”刘瑾谦恭地说，“先生请用茶水。”

“惭愧！”李东阳欠了欠身，“老先生繁剧，东阳素不敢扰。今日唐突，还望老先生见谅。”

“公此番枉顾，可是为了杨大人一清？”刘瑾问。

“是。济之先生传老先生的话，东阳不敢不来，亦不能不来。”停了停，又说，“与老先生同在朝廷，也当拜谒。”

如此回话，足见李东阳的婉转，不像王鏊，急匆匆而来，急匆匆而言，急匆匆而去。

“王济之说，杨某人是朝廷柱石，公以为然否？”刘瑾问。

“然。又不然。”李东阳欲在立论上引起他的兴趣，便如是答道。

“如何解？”刘瑾果然有了兴趣，问道。

“柱石者，朝廷所倚重，所不可须臾而缺者。应宁先生镇守西北，有功于社稷，有功于朝廷，一度曾为朝廷所倚重。以此而论，他是朝廷柱石，济之先生之言然也。”李东阳不慌不忙地说。

“为何又不然？”刘瑾更想听他另一半答案。

“应宁先生致仕已一年，朝廷未曾失措，三边尚自有人。以此而论，他不是朝廷柱石，至少，目前不是朝廷柱石。此济之先生之言不然也。”李东阳说。他不贬损杨一清，也不过誉杨一清，以免引起刘瑾猜忌：“日下朝廷柱石，举朝皆知，无须妄议。老先生以为然否？”

“说的是。”刘瑾以为李东阳所言朝廷柱石指的是他，又怕不是指他，所以，既无谦辞，也不再问，“这一层道理，只有西涯先生能讲清。”

“东阳今次拜谒，并非要辨明应宁先生是否朝廷柱石，而是另有告于老先生者。”李东阳引出他准备好的话题，“应宁先生于陕西有极大的功德，老先生不可不知。”

“愿闻其详。”说到对陕西的功德，而且是极大的功德，刘瑾亟欲知晓。

“应宁先生督学陕西，鉴识、选拔才俊，弘治十五年和今科两名状元，皆出自他的门下。此不唯为朝廷择人，也是为关中父老增光。”李东阳感慨地说，“人或以东阳有见识，比之应宁先生，实在羞愧难当。”

“果真如此？”刘瑾半信半疑。

士人重门户，刘瑾是知道的。不唯士人，内臣也重门户。某某出于某某门下，甚是紧要。但士人前程，系于科举，提到座主，首先提到的是乡试、会试的主考。至于各省督理学政的副使，即便承认师生关系，也在次一等。康海和吕柟都不曾言及，难怪刘瑾不清楚杨一清对他乡梓的功德。

“他人持何议论，且不必说。东阳敢说一句话：若非应宁先生勤督学政，善识人才，陕西的科第不会有今日的繁盛。”

“依公之言，某当助杨一清脱离厄境了？”刘瑾若有所思。

“老先生一念，善莫大焉。”李东阳起身拱手，“不但为朝廷存一良臣，也为陕人报答功德。”

“西涯公有命，我不能不从。是功是过，是福是祸，随它去了。”刘瑾做出勉为其难的样子。他的这一姿态很重要，因为接下来，就要谈条件了：“不过，我也有一事相求，西涯公必要应允，方不负我的一片苦心。”

“老先生请吩咐，东阳亦不能不从。”等于应了下来。

刘瑾起身，行了一礼：“承蒙西涯公慨允，先此谢过！”接着，讲了要请李东阳办的事情:“万岁爷恩典，赠与先翁后府都督同知。这篇诰封，一定要请西涯公执笔。”

刘瑾之父名荣，本姓谈，因刘瑾说，他的姓是钦赐，全家都改姓刘。

不在这样的场合，刘瑾令人去内阁传旨，李东阳也不能不草拟刘荣的诰封，特意使王鏊传话，请来私宅，是顾及彼此的面子，李东阳岂能不知？他没有片刻犹豫，说道：“此乃东阳职分，不敢辞。”

杨一清在京城东郊置一大宅，就是他的“邃庵”。出狱后，首先赶来见他的，是乔宇。

乔宇，字希大，山西乐平县人，成化二十年进士，现任光禄寺卿。他津津乐道者，是曾师从当代两位名人：十五岁时，从杨一清游，习经史；中第后，在朝为官，复从李东阳，习古文辞。李、杨二人都器重他，相交在半师半友间。

“老师，受惊了！”乔宇见面请安。

“无妨。”杨一清很镇定。以他的品秩，进了诏狱，如果没有特别关照，一般不至于吃太多苦头，“我早算定，有此一劫。只是不曾料到，消灾如此迅速。”

“那是老师福大，也是西涯老师和济之阁老的奔波。”乔宇举止凝重，在老师面前却很健谈，“济之阁老与刘太监争辩许久，听说用老师那篇建议修边的奏章，驳得刘太监无话好说。”

“那等奏章，难得济之先生读得下去。”

“不但读得下去，而且出口能诵。”乔宇说，“足见是一篇好文章。济之阁老读文章是很挑剔的。”

“希大，不要奉承我。”杨一清笑着说，“西涯公呢？不会也和刘太监争辩起来吧？”

“西涯老师当然无须去争辩，只是——”下面的话不该说，乔宇生生咽了下去。

“他怎么了？”杨一清感到有事，连忙问道。见乔宇不答，知是怕自己担心，便道：“入过大狱，我不会再着急，你说吧。”

“是，”乔宇不能不说，“西涯老师是去刘太监私宅会的他，听说，两个人并未争吵。”

“原来是这样。”杨一清叹了口气。私宅相见比争吵更使他沉重。以他和李东阳的交情，知其誓不入刘太监私宅之类的话，定是说过。如今却破了例，“西涯公为我委屈自己了。”他自言自语道。

乔宇不语，肚中似乎还有话。

“还有什么，你一并告诉了我吧。”杨一清说。

“西涯老师草拟了给刘太监父亲的封诰。”乔宇慢腾腾地说。

事本不足为怪，怪的是乔宇的腔调。杨一清问：“有什么遭人非议的句子吗？”

“老师见的是。”杨一清早已料到，乔宇也不必再瞒，“封诰有曰‘积善以贻子孙，尝闻其语；扬名以显父母，今见其人’，很遭訾议。”

杨一清没说什么。封诰中少不了要写几句颂扬死者的话，否则，皇上的封赏就没有道理了。但颂扬不尽相同，有被动的、冷冰冰的颂扬，也有主动的、富有情感的颂扬。乔宇念出的两句话，给人的印象，带有较多的感情色彩。

乔宇又说：“还有一句话，也被非议。”他念了出来，是七言的对句：“号令风行于天下，威名雷动乎八方。”

杨一清似有所动，说：“希大，你再念一遍。”

乔宇按他的要求，又念了一遍。

“是了，这就是了。”杨一清赞赏地说，“他要把这句话留给史家。”

“是讽言？”乔宇聪敏，立即明白。他的心情也大为好转。

“正是。”杨一清说。李东阳的对句，看来过于阿谀，实则要把刘瑾极权跋扈的事实留给史家。不管他人如何说，杨一清对此坚信不移，“希大，不须理会他人议论，西涯公这样写，定有深意。”

“明白了。”此事不必再说，乔宇便问，“老师，日后是何打算？”

“长安居，大不易。”杨一清说，“我在镇江有祖宅，还是回南去住吧。”

乔宇想了想，说：“也好。远离京城，是避祸良策。老师到了京口，安枕无忧。北边有什么动静，我想法子报知。还有一事，老师也该办了。”说到这里，面有腼腆之色，但对老师的关怀出于真心，还是说了下去，“老师至今没有子嗣，南下安居，不妨为弟子寻一二位小师娘。师母若是责怪，我们代老师谢罪。大节大义，师母比我们知道得更清楚。”

“此事你等还是去对师母说吧。”杨一清无法说明不曾纳妾的原委，含糊地遮掩过去，便把话题岔开，“西涯公那里，我不去拜谒。大恩不言谢，我现在难以面对他。尔等要时时前去探视，以慰其心。”说着，重重地叹了口气，“人若太过慧敏，天亦不容吗？”乔宇懂得老师叹息的原因。两名神童，一无子女，一有子早逝。此时面对老师的叹息，竟无宽慰的话，只有洒泪告别。

第四十一章

庆府第一代亲王朱寘镭，是太祖皇帝第十六子。最初藩国封在韦州，后迁至宁夏。第一代安化王朱秩炵，是第一代庆王的第四子，永乐十九年封为郡王，弘治五年死，据其位七十余年，在本朝亲藩中，是绝无仅有的。

朱秩炵的长子朱邃墁熬不过其父，死于天顺八年。朱秩炵老死，便由长孙朱寘镭袭封。

想到为母妃杨氏立贞节牌坊，朱寘镭袭封安化王已有十六年，杨氏死去已有四十四年。晚是晚了些，但得到朝廷旌表杨氏贞节的诏书，朱寘镭仍感到兴奋。这是一个绝好的征兆。

宁夏卫儒学生员孙纯应约来安化王府饮酒。朱寘镭接了他，进入后堂。外廊挂一鸟笼，笼内养一鹦鹉。凡有人走过，活泼的鹦鹉便咿咿呀呀学作人语。

“景文，”朱寘镭亲热地叫着孙纯的字，“你听清楚这灵物在叫什么吗？”

“听清楚了。”孙纯凑趣地说，“‘老天子’三字叫得越发清楚了，我译得对与不对？”

朱寘镭高兴得大笑，“它是灵物，你也是灵物，你们是心有灵犀一点通。也是本王当成大事，同时得到两件灵物。”

“老王爷过奖了！”孙纯谦道，“晚生一介书生而已，不像它，”指了指鹦鹉，“能作人言，能言过去未来事，晚生实不敢以灵物自居。”

“景文不必过谦。我已知道，鹦鹉是你让王九儿献入府来。没有你，怎会有它！没有你，谁能识得它鸟语！”王九儿是宁夏卫城出了名的铁嘴巫婆。孙纯结识了郡王爷之后，听出看出他存有反心，便找了只鸟交与王九儿，如此这般地教她一番，演了一出献鸟降神的活剧，郡王爷当然宁信其有。最初听了它不清不楚的语言，需要说服自己相信，现在则是毫无疑心。自己没有疑心，也不容他人有疑心。即使知道了献鸟是孙纯的策划，也断定此乃天意。

“老王爷是怎知的？”秘事揭开，孙纯有些难为情。

朱寘鐇笑着说："是那老婆娘告诉我的，景文没想到吧？她还说，你允了她十两银子，却不践承诺。我已代你把银子补给她了。"

这事确有。孙纯先给了王九儿五两银子，答应办完了事再给她十两。因手上不宽裕，赖掉了。朱寘鐇提起，他更觉难为情。

"晚生并非有意欺瞒，老王爷勿怪。"孙纯作揖，再又解释，"那鹦鹉确是只灵鸟，晚生得之于一位异人。但那异人说，此鸟阳性，须另觅一阴人进献，才能出言预事。于是晚生找了王九儿。"

"你为我好，岂能怪你，景文不必再解释。"朱寘鐇说，"来，来，我们且饮酒。"

二人坐定，边饮边谈。谈到机密处，令心腹人等守在门外，不许他人入内。

"景文，前者你说，宁府可法，先学他利用死人立名，再学他利用活人立实。立名一步棋走了，已然收效，我钦服你的见识。立实一步棋，却不易走。郡王府从无护卫，怎生请复？庆王虽是本王侄孙，肯听我的话，却甚是无用，没有胆量奏请护卫。此事我好生为难。"

立实，便是掌握实际的力量。当初为杨氏请求旌表，朱寘鐇就很犹豫。一则，朱邃墁死时是镇国将军，杨氏生时，一日王妃也没做；二则，事隔太久。有这两个原因，朝廷未必肯旌表。孙纯分析说，不妨。一则，为母妃请求旌表，是孝行，朝廷在亲王中树立宁王为表率，在郡王中也该树立一个表率。二则，王妃本人的事迹也很感人。有这两个原因，所请朝廷必准。果然被他说中了。因此，下一步怎样走，也要他拿主意。

朱寘鐇相信，孙纯必会拿出好主意，却不知道，他成竹在胸，已然有了主意："宁王请复护卫，老王爷也请复护卫；自己不能复护卫，便由庆王请复护卫，此乃东施效颦，一不足取也。"

"说得好，我饮酒为你助兴。"朱寘鐇饮下杯中酒，催促道，"再说第二。"

"边镇与内地不同。若在南昌，一护卫可成气候；在宁夏，一护卫如石入海，毫无声息。此乃避重就轻，二不足取也。"

朱寘鐇又饮一杯："还有第三吗？"

"护卫久革，贸然请复，必遭致猜疑。此是引火烧身，三不足取也。"孙纯自己也饮一杯，表示道理讲完，"有此三者，老王爷绝不可打护卫的主意。"

"三不足取，我知之矣。"朱寘鐇问，"然则，何为可取者，景文告我。"其实，安化王本来就得不到护卫，说三不足取，有画蛇添足之嫌。但书生每每存卖弄之心，也怪孙纯不得。于可取者，他也是成竹在胸的神色。

"老王爷，请先看这个。"他从衣袖中抽出一份抄写的文字，双手递了过去。

“是何文章？”朱寘𨱎边接边问。

“老王爷看看便知。”孙纯卖了个关子。

原来是本年初，兵部所上武举条例的抄件，抄得很仔细，很工整，朱寘𨱎认真去读。

第一部分是考试的程序，分预选和开科。预选者，先行由两京十三省访察能究极韬略、精通武艺、堪应武举者。在军籍，所在官司军卫送都指挥司；不在军籍，有司送布政司。从督、抚、巡按会同三司考试。无三司者，从督、抚、巡按考试。预选和文举的乡试一样，也在乡试之年举行。开科者，督、抚、巡按会同三司考校中式者，送兵部，在次年的四月举行。这类似文举的会试。

第二部分是考试的内容，先是较射。骑射九矢，中三矢以上者合式，步射亦九矢，中一矢以上者合式。较射的地点在京营将台前。考试时若有风雨，骑射不便，则移期举行。其次为文试。试策二道，论一道。考试的地点或在府学，或在贡院。考试官，朝廷命翰林院官担任。同考试官，由给事中及兵部属官四员担任。监察御史二人为监试官。试卷弥封誊录编号，上书骑射步射各若干。

第三部分是中式。策论弓马俱优者，列为上等。策论颇优而弓马稍次者，列为中等之前；弓马颇优而策论略知兵法文簿稍差者，列为中等之后。其或策论差强人意而弓马不及，或弓马偏长而策论不通者，俱黜之。取其弓马策论之优者为武举，录而进呈，并于兵部门外张榜。次日引见圣上毕，于中府用乐宴，请命内阁一人主席。宴毕，备鼓乐，兵部职方司官二员，送武举第一人归第。

第四部分是授职。武举第一名，其中式作论一道，策二道，马上中四箭以上，步下中二箭以上者，加署职二级。若系百户以上官，照例加升；系百户以下者，特授千户职衔，送团营赞划，以示崇异。第二名以下，其中式作论一道，策二道，马上中四箭以上，步下中二箭以上者，小旗、生员、舍人授以试所值抚，军民授以各卫试知事。俱月支米二石。作论一道，策二道，马上中三箭以上，步下中一箭以上者，官员量加署职，一级总旗授署百户，小旗、舍人授署总旗，生员授试知事，军民授试巡检。俱月支米二石，通送京营总兵官处量用。有愿回原籍者，咨抚巡官委用。

议上，从之，宴名赐曰会武宴。

“景文得之何处？”朱寘𨱎指着抄件问。

“京中一位朋友从兵部抄得，特地送与我的。”孙纯说，“此事先帝时已在筹划，于今方得周详。”

“周详确是周详，对宁夏有何用处？”朱寘𨱎没想通，讲到立实，孙纯何以让他看这样一份虽是周详却很遥远的抄件。

“自然有用。”孙纯说，“它是立实的绝好机会。”

“一中武举，便是朝廷的人了。”朱寘鐇说，“要说立实，也是朝廷立实。”

“不然，”孙纯反驳说，“景文在儒学，也是朝廷的生员，朝夕日夜所想的，却都是老王爷的大事。景文能顺天命，他人为何不能？”

“你是说，取为我用？”朱寘鐇有些开窍。

“正是，”孙纯又做了补充，“不过，在武学后取之，就晚了。那时节，一千人中，九百九十九人都要为朝廷效力。须在武举前筹措，动之以心，诱之以利，方得事半功倍。那时节，留在京营，便成为老王爷的耳目，取回宁夏，便成为老王爷的心腹。那时节，何等大事不成，何等功业不立！”

“对，景文之言，入我肺腑。”朱寘鐇不由得英气滋发，豪情满怀，“此事便重托景文代本王筹措。成大事后，你是第一功臣。”

“晚生理当效力。”孙纯说，“取人先要择人，我拟了个名帖，请老王爷过目。”

列在最前面的是孟彬、史连。

“二人是何来历？”两个名字，朱寘鐇似有印象，又记不清，便问孙纯。

“曾是晚生同窗，已被儒学黜退。”

“既是武举，为何要选生员，我有些想不明白。”朱寘鐇道出疑惑。

“晚生想，他日留在京城，须与朝廷官员联络，有生员履历为好。此二人很合适。”

“有道理。”朱寘鐇接下去看，有知者，有不知者，一问，都是宁夏卫的下层职官，大约有七八位。

“他们都可为我用吗？”朱寘鐇问。

“一定。”孙纯很有把握，“我曾有过暗示，他们均会意。只要老王爷再与他等一些好处，或是赐赴一两次酒席，或是赏给百十两银子，他们便义无反顾，唯老王爷之命是听。”

“钱是不论多少总要给些的，就算助他等赴试吧。”朱寘鐇又问，“须得卫里选送都司，宁夏卫那里，要我出面斡旋吗？”

“无须，”孙纯说，“内事老王爷主持，外事由晚生操办，宁夏卫的关节已然打通。”

朱寘鐇听了，便想起一个人：“景文说的是何锦何副千户吧？”

“不错，正是他。”

“我看何千户办事干练，人不能及，为何不使他赴武考？”

“不唯何千户，周昂周千户也不与武试。”孙纯说，“晚生为他们另谋得一路。立实有二途：赴试武举是一途，何、周二人是另一途。”

“可是户部最近议上的开纳条例？”朱寘鐇问。

孙纯击掌道："老王爷真是办大事之人，天下事均在掌握中。晚生思忖，老王爷身边不能没有得力之人办事，何、周二人最为适宜。不过，他们一个千户，一个副千户，官职太低，在卫所不具号召之力。若能助他们纳银升职，日后定是老王爷帐下主帅副帅之材。"

又是要银子！朱寘鐇不禁皱了皱眉头，但还是问道："约摸需要多少银两？"

"每人不过千把两。"孙纯回答。

"景文，安化府的入数，你是清楚的。"朱寘鐇不得不压一压价，"一时拿不出许多。这样吧，每人与他五百两。算是本王借与他们，要他们写张字据放在王府中。纳银升职，虽是本王日后要取用他们，也是他等自家谋求前程。另一半银子让他们自己筹措。你看可以吗？"

"也无不可。"孙纯应道，心中却在盘算：向安化王借钱，是何、周二人求他帮忙。这个忙可以帮，但不能白帮，必须打些折扣。何锦交情厚些，不妨给他二百五十两，或者，二百七十两。至于周昂，给他二百两就可以了。另外的银子，要放在他这个保人的手里。老王爷也实在是糊涂，要张字据有什么用，谁人不能代立？想妥了，又说："老王爷只要尽了力，他们一定会感恩戴德的。"

"何、周二位将军那里，"已把二人视为属下，身份便一下子提高许多，"也是景文多与他们联络吧。要请他们饮酒时，你来通知，我随时款待。"

"是。宁夏卫中，我尽可以应付，老王爷请宽心。"孙纯说着，开始向朱寘鐇分派任务，"不过有一处，却要老王爷费心。"

"哪一处？"

"庆王府，"孙纯说，"老王爷方才说到府上所入，晚生想到，庆府钱粮还算宽裕，实在有了急需，不妨先向那里借支。看来，在庆府中也要有些得力之人，为老王爷所用。"

"庆王是靠不住的。"朱寘鐇思忖着说。

"当然不能靠庆王，"孙纯断然说道，"且不说他胆小如鼠，极易坏事，以亲王和郡王的身份而言，真有变故，朝廷是立在庆府，还是立在安化府呢？"对郡王以下而言，亲王便是宗主，孙纯不能不有此担心。他向朱寘鐇推荐一人："仪宾夏琳深为庆王信任，与老王爷交情也深，可以借重。"

亲王之女封郡主，郡王之女封县主，郡王以下之女封郡君、县君、乡君。她们的配偶都称仪宾。夏琳是庆府众多仪宾中的一位。

"好，庆府之事我来打理。"朱寘鐇应承下来。

第四十二章

刘瑾亲临内阁，与几位阁臣议事。李东阳等迎至阁门，将其延入。阁内仍无正座，为示尊重，在东北面的凳上设一小榻，坐着舒服些。这便是刘瑾的专座，几位阁臣不坐，其他太监来了也不坐。

内阁四人，刘瑾称呼不同。首辅、次辅年事高过他，称号：对李东阳称西涯公，对焦芳称守静先生。三辅、四辅年龄低过他，称字。平常也是这般称呼，而四人均在场时，不同称呼便显得特别突出，特别耐人寻味。

“多日不曾受教，诸公可好？”他客客气气地总问一句，又专门问了坐在对面的李东阳：“西涯公无恙乎？”

“我等都好。”李东阳代大家回答，“老先生气色极佳，令人欣慰。”

“托万岁爷的福荫，诸公的厚爱。”刘瑾仍然客气。说闲话时，他总是很客气，但一话入正题，便言辞尖刻，目光严厉：“几位太监所请，迟迟议不出头绪，刘某不能不忝颜来阁，亲向诸公请教，何事可行，何事不可行，何以可行，何以不可行，我也好长长见识。”

一上来便盛气凌人，接下去的谈话不会轻松。

“司礼公——”当着几位同僚，不能叫千岁爷爷，焦芳换了个称呼。他的打算是抢先表个态，不能一锤定音，也会使谈话容易些，使刘瑾从容些，也使自己地位突出些。不料，却被打断。

“此事曾与西涯公议过。”刘瑾不客气地打断他，“西涯公，还持原议吗？”

“是，”李东阳心平气和地说，“某前日对老先生说，此议不妥。今日先生亲来阁下相询，某还是要说，此议不妥。”

刘瑾见他没有再说下去的意思，便道：“某方才说，是来请教的，现在还要说，是来请教的。请西涯公阐明理由。”

“四川镇守太监罗龠请便宜行事，”不论其他阁臣是否知道他和刘瑾争议何事，起个头总有必要，“某以为不妥。便宜行事者，无论军民钱粮刑名，无论轻重缓急大小，均可处置，权柄过大，我朝设方面官，从无此例。”

“督、抚不也是面面俱管吗？”刘瑾反驳说。

“面面俱管，也只是协调各衙门办事。事体大者，当六部管的，须申报六部；当都察院管的，须申报都院，终由朝廷定夺，不能擅自行事。”李东阳解释说，“这不能说是便宜。况且，上年十一月已有旨，巡抚官非祖宗旧制，宜革除。巡抚非祖宗旧制，镇守太监便宜行事更非祖宗旧制。”

革除天下巡抚官是刘瑾提出，李东阳以此辩之，正是以子之矛攻子之盾。

刘瑾革除天下巡抚官，却是为镇守太监便宜行事开辟道路，不会因李东阳一句话作罢。革除巡抚，因其权柄渐大，但此时却讳言。李东阳不说，一说，便是赞扬革除巡抚是英明举措；刘瑾也不说，一说，镇守太监便宜行事便无道理。刘瑾也有说法，以子之盾，接子之矛。

“巡抚既革，地方衙门的事务难免混乱，”刘瑾说，“便宜行事，正是为此。”

“便宜不是协调，某已说过，”李东阳当然不会让他钻这个空子，“况且，巡抚虽有旨革除，然有革有不革，未能划一。如四川巡抚就未曾革除，尚有陕西等处巡抚，似不宜革除。果如老先生所言，许便宜行事，是为了协调地方，那么，革除巡抚之地，许便宜，未革除巡抚之地，是许呢，还是不许？若不许，则有欠公允；若许之，则政出多门。老先生请再思三思。”

刘瑾讲不出李东阳这许多道理，需要人助言，便问：“尔等之见皆同于首辅吗？”

焦芳领会，急忙说道：“某以为不然。各地镇守太监上对天子，下对司礼，便宜行事乃天经地义，毋庸再议。”

听他的话，像绕口令一样，却无道理可言。以此言相助，不如不助。刘瑾问下一位阁臣：“济之先生，高见如何？”

王鏊说：“西涯公说得极是，许镇守太监便宜行事，关乎政体，须再思三思而行。”

“介夫先生呢？”刘瑾问，“罗太监镇守四川，说起来也是坐镇先生乡土的父母官，先生不能不为他说一句公道话吧？”

“是，”杨廷和居阁臣末位，不能不格外注意分寸，说话的内容不论，语气便要恭顺，“守静先生说毋庸再议，很是。”

“噢？”刘瑾有几分意外，“你以为可许罗太监便宜行事？”

“非也，”杨廷和摇头，“某以为毋庸再议而已。昨日设巡抚，今日议革之。今日许镇守太监便宜行事，他日又议革之。故此等事毋庸再议。”

刘瑾不悦，沉下脸说：“某来阁下，便是要与诸公商议，何言毋庸再议？守静先生，你的意思，我竟不能明白。难道我不该来？”

焦芳意在助言，反被责怪。心中有气，又无法辩解，只能连连说：“不对，不对！再议三议，我只是赞成罗太监便宜行事，各地太监便宜行事。”再三言之，声音越来越响，却说不出一句道理，活似妇人撒泼。

刘太监敲山震虎也罢，焦阁老撒泼撒赖也好，都不起作用。李东阳等正襟危坐，沉默不语，真来了个“毋庸再议”。

刘瑾无奈。对几位阁臣，他向来比较客气，在内阁不合作时，便对焦芳假以颜色，以警告他人。但这方法只可偶一为之，也不可过分，在众人面前须给焦芳留些面子。今日的局面，是焦芳一句不慎之言造成的，更是杨廷和巧妙地抓住这句话造成的，一时难以扭转。

“诸公的意思，我已知之。罗龠所请，以后再议。”刘瑾不得不将此事暂且搁置，“其他几位太监所请，西涯公有何见教？”

其他太监所请，一是河南镇守太监廖堂奏请兼管修河，一是御用监太监毕真奏请换敕，把赴天津以取海鲜，改为赴天津、苏州、浙江、福建等地收取贡物。十个太监中，九个爱财。廖堂之贪，在各地太监中是出了名的。他掠取民财，遍于乡野，常有数千上万的金银送入京师。而修河又是一项肥差，钱粮出入颇大，他早就眼红。毕真之贪，在各监司太监中也是出了名的。此去天津卫，不过二三百里，已经是中饱私囊，沸沸扬扬。而去江、浙、闽，何止二三千里。沿途的百姓遭他一行侵渔，定然是一场大劫。

不堪是不堪，但到底是一项差派，与各地镇守太监便宜行事的危害，不可同日而语。李东阳看看焦芳，他的眼神中包含着急切的迎合；看看王鏊，他的眼神中包含着强烈的不满；看看杨廷和，他微微颔首，眼神中包含着赞同和鼓励。李东阳顿觉欣然：总算相遇知音，他们二人的看法相同。刘瑾来了趟内阁，主要的目的没有达到，肯于退让，是内阁的一次大胜。廖堂、毕真之事，内阁也该稍稍退让。不然，激恼了刘太监，不但要准廖堂兼管治河，准毕真苏、浙、闽一行，而且不得不即刻再议便宜行事，好不容易形成的胜局便又失去。

“老先生之意如何？”李东阳问。

“可准。”刘瑾毫不犹豫地说。

“好，便依老先生之意，准廖、毕二位太监所请。”李东阳说完，又征求其他阁臣的意见：“各位之见解，不妨与刘太监当面讲明。”

“照制度，不由主管衙门奏请，不便拟旨。”王鏊提出疑难之处，却并非大的难处。治河由工部主管，收取贡物由户、礼二部议处。要求各部议处奏请，谅不会遭拒绝。

“些许小事，难道还要某再跑几个衙门？”刘瑾不在意程序，要的是结果，“诸公以为可行，便请草敕。若有迟疑，出中旨便了。”

李东阳不想出现僵局，说道：“刘太监亲临内阁交代，我看，内阁不妨也——”他稍停一停，说，“便宜行事一回。”

话说得风趣，众人脸上有了笑意。对内阁来说，所议之事驳回一半，不算无功；对刘瑾来说，所议之事议成一半，不虚此行。说不上皆大欢喜，也都各有满意之处。

刘瑾趁着高兴，说了件可说可不说的事，以示亲近：“诸位，今日发生一旨怪事，都给谏许锡自经身亡，却不知为了何故。”

朝中无许锡其人，只有工科都给事中许天锡。刘瑾厌恶官员姓名中有天字，凡有者，或删或改，于是，许天锡成了许锡。

一年半以来，一直实行给事中全数值科、锦衣卫每日点检的制度。今日锦衣卫使余宾点检，发现许天锡未至。差人去许宅查询，看到他卧于室内柱旁，身体已经僵硬，似是触柱而死。

众人听了，都吃一惊。朝中大臣不明不白地死了，不是件小事。

“刘太监说，许天锡自经身亡，案由无可疑吗？”王鏊问道。人死于家中，有两种可能，一是自经，一是他杀，如盗寇潜入室内杀人之类。而刘瑾断言，是自经而死。

“应无可疑，”刘瑾说，“我来前，东厂和北镇抚司已差人勘实过，不似被人谋杀；眼下，大约正会同刑部官员一起勘实。”

“好端端的，为何自经？真是怪事。”刘瑾说是自经，焦芳便信是自经，“西涯先生，听说这位许都谏有些古怪，一直单独住在京城，不曾把家眷接来，可有此事？”

许天锡是福建闽县人，弘治六年李东阳奉旨主考那一届的进士，所以焦芳问他。

李东阳努力从震惊中平静下来，他点点头，说：“有此事。但也说不上古怪。许启衷的双亲从未离开闽地，接来京师，怕不习惯。他们留在原籍，妻室一并留下，以便侍奉二老，也是他的孝心。守静先生若以为他早存自经之心，所以独自在朝为官，那就错了。两件事风马牛不相及。”

“那么，西涯公能估出他自经的理由吗？”刘瑾知道了师生渊源，便问李东阳。

“怕是不能，”李东阳答道，“他家小童或能说出一二，老先生不妨问一问他。”

“怎么，他宅中还有小童吗？”刘瑾问。

“是，有一名小童，很乖巧的样子。”李东阳觉出刘瑾的问话有些怪，反问道，“难道东厂和锦衣卫的人都不曾见到？”

刘瑾不好回答。若说没有见到，甚至不知道有一名小童，东厂和锦衣卫岂不是太无能？若说寻到了小童，却没有问出许天锡的死因，东厂和锦衣卫同样是太无能。刘瑾不愿意东厂和锦衣卫被人议论。

不好回答，就先不回答。刘瑾在内阁特为他设的座位上又坐了一会儿，不再说许天锡自经之事。

“李荃，将门带上。”李东阳吩咐。

“是。”伏天关门，定是有机密之事。李荃不但认真地将门带上，而且在带上门之前，还夸张地向门外张望了几眼，回过身来禀告：“老爷，外面无人。”

李东阳面带微笑，似在夸赞僮儿的机警。很快，微笑逝去。他肃色问道：“李荃，还记得许天锡许先生吗？”

“不是和何天衢、倪天明合称台省三天的许都谏吗？”李荃说话，全无忌讳，出口便是三天，三位有名的言官。

“可惜，只剩一双天了。”李东阳叹息地说。

“怎么，许大人出事了？”李荃对老爷的门生都很熟识，相处随便。听了老爷的话，大为吃惊。

“启衷过世了，”李东阳压低声音说，“李荃，我要你查询他过世的原因，能办到吗？”

“能办到。”李荃很自信，“小人和许大人书童很熟，找他问一问就是了。”

“许先生的书童怕是失踪了，东厂和锦衣卫也在找他。”李东阳说，“倘或你能找到他，一定不要给他们留下线索。你能办到吗？”

问得郑重，答得也郑重，“能办到。小人一定查明许大人过世的原因，一定不让东厂和锦衣卫找到许大人书童的线索。小人小心就是。”

李荃果然能干。这里问几句，那里问几句，对于许天锡之死，有了一些说法。如何查得，他不说，李东阳也不问。他带回来的说法，李东阳不能全信，也不会全不信。

“老爷，许大人之死，小人听到两种说法，断不出是非，请老爷明断。”李荃说。

说法有二，只是结尾处不同，前面的故事是一样的：正德元年，左给事中许天锡奉使册封安南，使他避开了一场风暴，在回程中还晋升都给事中。今春还京，朝事大变，昔日同僚敢言者，或者罪谴，或者缩舌。许天锡每念及此，愤愤不已。六月，他被派了一项差事：清核内库。对于存心巴结内臣的人，这是个极好的机会；对于秉公办事的人，这也会招致严重的后果。据说，许天锡查出刘瑾侵占内库银两物件数十事，决心以此为引，议论时政。念及一般奏章很难上达天聪，便萌生了写登闻鼓状的念头。下面便有了不同的说法。

说法之一：状纸写罢，许天锡知道祸事不小，嘱咐书童击鼓呈状，自己触柱身亡。书童惧祸，怀揣状纸，连夜潜逃，致使许天锡自经，成了不明起因的谜案。

说法之二：刘瑾风闻许天锡查内库后写登闻鼓状，又怕又恨，派人深夜潜入许宅，将他杀害。还有人说，许天锡脸上中了毒镖，血流如注。说得有声有色，有如亲见。

“老爷，登闻鼓是何物？”李荃讲完问道。

登闻鼓是一面鼓，却不是寻常的鼓。它为上奏机密重情而设置，如今安放在长安右门外，由六科给事中及锦衣卫官轮流守值，有击鼓者立即引奏。若有延误，守值者治以重罪。设置登闻鼓的初衷，是让军民人等都可擂击，然传国百五十年，已不闻有实用，难怪李荃不知。

“以启衷的性情，宜有这样的结局。”李东阳说着，心中在想：许天锡即使不为刘瑾所杀，亦为刘瑾而死。心怀忠义，直言政事，恐罹重祸，自杀而死者，许天锡不是第一人。

对于许天锡的死，李东阳感到悲哀又无奈，只能作文于心以祭之。古代权贵酷吏或可禁腹诽，却禁不了心祭。

第四十三章

六月二十六日早朝，群臣跪拜如仪。礼毕起身时，皇帝眼尖，看到御阶上遗有一物，便吩咐退朝，让贴身内臣将那物拾起，呈上御览。远处的人看不真切，但皇帝低声吩咐的样子和内臣拾物呈上的情形见到了，不解其意。在那物附近的官员却看出，那是一本揭帖，心中嘀咕，千万别是祸事。

朝臣退毕，皇帝将揭帖草草翻了翻，随即宣召刘瑾即刻见驾。

“刘太监，有人在夸奖你，你也好生看看吧。”皇帝说着，把揭帖甩给刘瑾。

刘瑾早朝时没有在场，但从传宣的人嘴里，知道了早朝后发生的小事，也知道了皇帝边看边笑，不以为然，所以坦然不惧。即便如此，看了揭帖上的一字一句一条一款，脸上还是红一阵白一阵。揭帖上写的，全部是他所行的不法事。

“奴才该死！”刘瑾跪在那里，不敢仰视皇帝，“奴才一心为万岁爷办事，不知招致何人嫉恨，写了如此恶毒的句子来陷害于我。”

“你问朕是何人，难道还要朕去为你查吗？”

“是，是，奴才就去查。”刘瑾惶然起身。

皇帝起驾，刘瑾立即命令到各衙门传旨：除内阁大臣外，文武官员至奉天门下，跪候发落。自上年三月宣示奸党后，奉天门下再次跪倒一片。

刚刚立秋，夜间渐渐凉爽，白天却无片云丝风，在烈日下，燥热难忍，正是秋老虎肆虐之时。奉旨与刘瑾一同查办的，有司礼监掌印太监李荣和司礼监太监黄伟。站在阴凉处，犹且出汗，看到跪在烈日下的百官，二人不觉动了恻隐之心。

“堂上官多已高年，让他们先起身，回衙门候旨吧。”黄伟首先建议。

“我等奉旨勘察，未查出结果，怎好放人回衙？”刘瑾不答应。若非一同奉旨办事，便会对黄伟有一番责骂：揭帖写的是我，你便不觉痛痒吗？难道你不在阉宦之列？

“他们都是老臣，若不是万岁爷的宠眷和刘太监的信用，怎有今日？违反法度之事，谅他们不敢做。”黄伟说着，指了指那边跪着的人，“你看刘司马和曹侍郎，也在揩汗呢。”

“黄哥肯担待，是他们的福分，”刘瑾说，“请黄哥暂守，我和掌印去奏明万岁爷。”

跪在奉天门下，一个人也不提出，一句话也不追问。半个时辰之后，锦衣卫士方去传话：各堂上官回衙门候旨。接着，又有锦衣卫士问话：何人在御前遗下一本揭帖？

众口一词，都道不曾遗下。

刘瑾再出来，已是巳时。他站在奉天门东侧，前方跪着一群翰林院官员。一眼看到了焦黄中、刘仁，又一眼看到了康海，不由得皱起眉头。一班人平日在他面前有说有笑，今日跪在众官中，面色灰白，惨不忍睹。

“康修撰，起身说话。”他先招呼康海。

“康某不能自辩清白，不敢起身。”康海说。众人皆跪，一人独起，在众目睽睽之下，该是什么滋味？倒不如跪在众官中，心安理得。

“德函的文章风格我知道，德函的人品我也知道。那揭帖不是出自德函之手，起身不妨。”

康海未作表示，跪在他后面的崔铣说：“翰林自有翰林行文的风格，与他衙门不同。刘太监看那揭帖，可有翰林行文的风格？”

揭帖即使出于翰林之手，也不会以翰林行文的风格。崔铣借文章风格的说法，巧妙地一带，将翰林院官全数解脱。

刘瑾沉吟不语。他不愿意为关中增了光的康状元跪在人群中，也不愿意全部翰林官都解脱干系。这时，跪在更后面的焦黄中说：“刘太监待翰林官素厚，我等都有良心，怎会行那无心无肺之事？”

“既如此说，你等且起身，回衙门候旨吧。”在两难中，刘瑾决定网开一面。

翰林官一走，在百官中引起骚动。跪在不远处的御史们听到了刘瑾与翰林官的对话，其中和刘瑾有过交往者，便起而效之。

“翰林官知道刘太监待他们素厚，不会行那无心无肺之事，我等御史素知朝廷法度，又怎肯行那无法无天之事？”监察御史宁杲说。

刘瑾识得他，便问：“依宁御史看，不是翰林所为，不是御史所为，会是谁人所为？”

“新进士方入朝观政，不知深浅，宁某看，揭帖或是他等所写。”

“哼！”刘瑾冷笑一声，“此事定是朝中官员所为，与新进士有何相干？尔等大小官员把朝廷事件件都坏了，朝廷不能不处置；稍一处置，就都心怀怨恨。朝廷都是遵太祖法度行事，你说御史素知法度，就是这样知道的吗？”

声色俱厉地训斥几句后，刘瑾又换了副面孔，要百官起身。和翰林官不同的是，不能回衙门，由跪候发落改为立候发落。

众官相互搀扶，纷纷起身后，刘瑾大声命令：查一查寻到揭帖处是何人所站，便知端的。其意在于恫吓，盼着有那胆量小的，说不定会站出来自首；即使不肯站出来自首，心虚之下，神色一定异于平常，便不难查出事主。

没想到，尚未去查，黄伟就说：“刘太监怎么糊涂了？早朝时，四品以上官照班次站立，四品以下官员杂立。四品以上官，多是堂官，已回衙门去了。查四品以下官，又有何用？再说，也没有那等呆傻之人，将揭帖丢掉之后，会承认站立该处，任人指认治罪。”

用意被点破，刘瑾十分恼怒：“黄公公，依你之言，查也没有用处？”

“某以为没有用处。”黄伟说。

“那么，让他们起身也是不该了？”刘瑾更加恼怒。

“也——”黄伟觉出不对，话到嘴边又止住。

刘瑾却大声喝道：“尔等听好，黄太监说，此案未查明，尔等不可起身。再跪下吧。”

众官复又跪倒在地，等候发落。有些不知事体的官员，一埋怨丢揭帖之人多事，二埋怨黄太监多事，人群中渐渐有了嘈杂之声。黄伟被刘瑾耍弄，心中好生不快。

“杨将军！”刘瑾又大声叫着站在身后稍远处的锦衣卫都指挥使杨玉，“咱们该动动了吧？”

“卑职一直在候命。”杨玉知道他意在造成声势，答话也很响亮。

“那好，点起军士，去各官家搜一搜，挖地三尺，也要把揭帖底稿搜出。”刘瑾吩咐。

这是再好不过的差事，不但杨玉兴奋，锦衣卫的大小官员都兴奋。奉旨查抄，牵涉之家不得不破财消灾，奉上银两，苦苦求情。有不识趣的，或生性悭吝的，那就对不住了，自己动手，予求予取，还免得收受贿赂之嫌。

“刘太监且慢。”刘瑾正要正式传命，黄伟将他拦住。

“黄太监有何话，请说吧。”刘瑾怪声怪调地说。

“刘太监若以为，派人去搜，真可以搜出揭帖底稿，就未免太可笑了。”黄伟说。

“黄太监以为，派人去搜，就一定搜不出底稿，”刘瑾针锋相对，“未免太小觑锦衣卫了。”

“黄某断定，一定搜不出底稿，”黄伟说，“刘太监请想，写这种揭帖，是何等机密，虽妻子父母都不能告知。写帖之人，还会把底稿留在家中，等你派人去搜吗？”

“黄太监言之有理。”理由太明显了，刘瑾无法去驳，便问，“那如何是好呢？我等奉旨查办，总不能就此罢手吧？”

“奉旨查办，也不争于一时。”黄伟说，“万岁爷没有限期，刘太监又何必限期？依某之见，不如各官回衙门办事，我等明察暗访，一时不行便一日，一日不行便一月，终会有个结果。”

“一月不行呢，便等一年吗？”刘瑾厉声问道，“我等奉旨办事，怎能不争于一时？”

二人斗嘴之时，有年稍长、体稍弱的官员，经不住烈日下长跪，前仆后仰，倒下了几名，引得四周一片惊叫。将他等搀扶起来，便如烂泥一团，靠住搀扶之人。锦衣卫忙来禀告，请示处置之法。

“拉将出去。”刘瑾的语气仍然严厉，“莫让他搅了我等查办此案。”

黄伟忙说：“速将他扶去阴凉处，若有不测，刘太监和我等不好交旨。”

锦衣卫士看看刘瑾，不敢就去。刘瑾挥挥手，说：“黄太监是菩萨心肠，尔等照他的吩咐去办吧。”他心中也有些不安。奉天门下，群臣之前，若有多人毙命，万岁爷不问便罢，问起来，不好回答。现在借着黄伟铺设的台阶，正好下来。

黄伟眼看两名锦衣卫士，架着一名官员，到阴凉处放倒，无名之火骤起心头。对刘瑾，他不敢高声说话，对他人却无顾忌。

“这写帖子之人好生无趣，”他对众官喝道，“说是为了国家为了百姓，不惜一死，为何事到临头，又缩将回去？若真是好男子，便挺身出来，不要枉累别人为了你吃苦。”用手指了指躺在阴凉处的官员，“他等死了，做鬼也不会放过你。”最后的“你”字，咬牙切齿地说出，不知是指写揭帖之人，还是另有所指。

“黄太监，你说的什么话！”刘瑾听了他的一番话大怒，厉声喝道，“你还知道我大明朝的法度吗？在外面写了匿名帖子就该死罪，御前行此勾当，能说是为国家为百姓？能说是好男子？真有为国家为百姓之心，为何不明白具奏？”

刘瑾说罢，甩手进入大内。李荣要跟进，他说：“李哥留在外面督着，莫让别有心机之人在此蛊惑人心。”

不想，李荣对百官也有回护之心。刘瑾一走，他对黄伟说：“祸从口出，兄弟慎言。”

“李太监也太过容忍了。”黄伟年龄小过李荣、刘瑾许多，不便以某哥相称，从来是称某太监，“我的地位不如他，他挥之若仆役，我也无可奈何。李太监的地位在他之上，他也挥之若仆役，李太监咽得下这口气？”

“我等在万岁爷面前都是奴才，说什么地位上下。”李荣说，“爷赞他能办事，我等让他几分也是应当。他有行事太过之处，我等弥缝补救，也算是实心替万岁爷办事了。”

“今日之事如何弥缝补救？”黄伟问，“不瞒李太监说，在奉天门前，他等跪着，我等站着，我实感无地自容，愧对天地祖宗。”

“休慌，你且看我如何弥缝补救。”李荣说着，行至跪倒的官员前，这里说“挪一挪”，那里说“倒一倒”，不大的功夫，官员们中间腾出两三处空地。然后，他向城门上挥了挥手，城门上的内使便将许多瓜掷下，掷得很有准头，都落在无人处。大者西瓜，小者甜瓜，无不落地开花，摔得粉碎。瓜汁溅到官员们的脸上，夹带着一股寒气。原来都是冰镇过的。

“尔等快快起身，取了食！”李荣大声叫道。

众官员开始以为是内使们戏弄，不敢妄动，至多舔一舔溅落在嘴角的瓜汁。听李荣一喊，才知掷瓜的用意。先时还心存疑虑，还顾着体面，待看到有人动手，便都拣大块的抓起，奋力一咬，真似有清风送爽，沁人心脾。瓜摔碎了，也有好处，不再需器皿佐具，拿起便可食用。这些平日一饮一食皆有规矩的大臣，不再恪守规矩，不再相互谦让，随拣随食，随食随掷，空地上很快瓜皮狼藉。身近旁的瓜拣尽了，再去拣远处的；伸臂挺身拣不到，便要挪动身躯。这样一来，队形就乱了，有仍旧跪着的，有蹲着挪动的，也有干脆站立的。李荣在一旁看着，并不去管。

忽然，一内使疾速跑出，直趋李荣，伏在他耳边说了些话。李荣大惊，边做手势边喊：“来了，来了，你等快快跪下！”

众官或是不明其意，或是明白了，一时无法归位，你推我攘，乱了一阵。待得安静下来，见刘太监冷笑着站在一边，方才食用冰瓜的快意顿时烟消云散，只觉刘瑾双目比烈日还要灼人。

“好个李哥！好个黄太监！”刘瑾又转身入内，李荣和黄伟诚惶诚恐地跟在他身后。稍后，传出消息：二人均被罢免，李荣留在京师私宅闲住，黄伟发配南京闲住。

挨到申时，日头西移。众官暴晒了几个时辰，无恙者暗自庆幸：这一日总算熬过去了，即使明日再跪，也可暂享一夜的清爽。

有司礼太监出来传旨：跪于奉天门下官员，均下镇抚司狱，继续勘问。于是，除各衙门堂上官和翰林院官，其余官员一起一起押往镇抚司狱，共三百余人。

发现匿名揭帖和查问百官之事在京城早已传遍。知道众官要被解往北镇抚司狱，自奉天门御桥外，便有一群群市人围观。向东行至台基厂，左转向北，观者众多。到了东华门外，是一个热闹的去处，观者如潮，几不能行走。

正是夜市初开，四下飘香，蒸馍的热气、酱肉的浓香，扑面而来。受了一天折磨的官员，走到此处，一步慢过一步，难以挪动。白日的难处是渴，此时的难处是饥。他们欲向押解的锦衣卫士开口，怕被责骂；欲向道路两旁的店主开口，又碍不过面子。一位食摊的主人见状，老大不忍，在饼里夹了几块酱肉，就手递给近处的官员。那官员接过，眼中充满感激之情，却一句感激的话也说不出来，将饼咬了一口，略嚼两下，便吞咽下肚。不知是被呛住，还是出于感激，泪水止不住流了出来。

其他店主见了，纷纷效仿，有递热馍的，有递糕饼的，有递各色熟肉的，还有不怕麻烦，递上凉茶热汤的，跟着接过去的官员走几步，再将碗取回。

官员们纷纷向外伸出手去，拿到食物的便和站在里层的官员调换一下位置。这可真是嗟来之食，却无一人拒绝受用。一名官员在接过食物时，没有忘记说一个谢字，于是，四周响起一片道谢之声。有些官员随身携带了些散碎银子，递给店主作为酬值，店主便接了；多数官员上朝时没想到带钱，空手取食，店主们也不索值。

一行人边走边停，边停边食，行到镇抚司狱，已是大晚。狱内监房有限，大家只能肩对肩、背靠背地坐上一夜。有支持不住者，狱卒便抬放到院中。

次日清晨查点，刑部主事何钺、顺天府推官周臣、新科进士陆伸不知何时死去。

各衙门堂上官到衙门后便被知会，速去北镇抚司狱，将本衙门官员领回办事。一打听，原来是刘瑾风闻，匿名揭帖是内臣所写，使上值军官丢下，与外朝无关。受了一日夜磨难的官员，保全了性命便是万幸，哪个敢出声抱怨。

第四十四章

吏部尚书许进有六子，长子夭折，二、三子在朝为官，四、五子在河南灵宝老家攻读，幼子许论自小跟在父母身边，自小喜同父母论兵，许进爱惜有加，入朝后也将他带在身边，边读书，边熟悉京城的人情事故。

父子二人喜作长夜谈，各持清茶一杯，无拘无束，自由自在，漫无边际，随心所欲。

今日的长谈，却是有题目的。题目是许进所出。不找也在朝为官的二子许诰，三子许赞，独找幼子许论，是因为议论的题目与许诰、许赞多多少少有些牵连。

“廷议，”许进开场便说正题，“仲默有书信给我，你读一读。”

许论接过何景明的书信，只有短短几句话：“今者主上幼冲，权宦在内，天绍错易，举动和谬。窃为明公划二策，一曰守正不挠，一曰自贬求容，唯明公自择之。”

读过后细品滋味，许论觉得有些不对。何景明是河南老乡，平素和父亲有些走动，但不亲密。时局若此，怎会干冒风险，写出肺腑之言？字迹草草，未署日期。

“父亲，不是仲默先生近时的投函吧？”许论自问自答，“写此书信至少在一年前。”

“不止一年，”许进对儿子的机敏又惊又喜，便告诉他，“是仲默去岁立春的文字。”

难怪！一年多以前，刘瑾的权势还没有今日显赫，对朝野官员的监管还没有今日严厉，写几句肺腑之言，不足为怪。许论还断定，父亲今日拿出何景明一年多以前写的书信，不是要他在二策中代为选择，而是他自己已经做出了选择，和他议论，是要证实选择的正确。许论以为，父亲既然有心议论，便要从头议起。

“仲默先生所说的二策，父亲如何理解？”他首先问道。以此为起始，他已在好几个层次上想到了要议的内容。

“仲默年轻，又有才情，议事往往过于激烈。”许进先笼统而言，再谈及何景明的二策，“守正不挠，便是不能恋位；自贬求容，便是不肯去官。世事岂是如此简单？居官不去，便不能守正了吗？某阅过仲默的书信，并未去官，但反省一年多的作为，冠以‘守正不挠’四个字，心中亦不觉愧。”

许论推崇何景明，也很敬爱父亲，不好公然持一方之论，于是提出第二个问题："父亲今日议论仲默先生的书信，可是有了去官之意？"

"我儿推测的不错，"许进爽快地承认，"为父但求速去。"

"前者，父亲不以居官不去为自贬求荣，为何今日但求速去？"许进答道："前者居官不去，一是自以为某得其位，于朝廷有益；二是那边还能容我。"说到此处，大致指了指司礼监的方向，"那边"明显是指刘瑾，"而今那边不再容我，恋位不去，徒寻无趣。"

"父亲说那边不再相容，可有的证？"凡事要找到根底，这便是与许论议论的好处。

"要找的证，实在太多。"许进道，"上月雍世隆致仕，廷议知否？"

"知道，"许论说，"听说雍世伯复职，升南京户部尚书，不与刘太监通好，故上任只有四日，便被勒令致仕。父亲难道受其牵连？"

许进苦笑一声："我竟不知是我受了雍世隆牵累，还是雍世隆受了我的牵累。"

雍泰，字世隆，陕西咸宁人，成化五年进士，弘治十四年在宣府巡抚任上，因与武臣屡有争议，革职闲住。今上即位初，太常少卿乔宇奉旨祭祀西海，曾说：吾出潼关，见二高，一为西岳华山，一为雍公世隆也，在陕西士人中，独对他推崇备至。

他如果一直作为世外高人，受人景仰，该是何等幸运。可惜，他注定还要被卷入宦途。马文升任吏部尚书时，曾推荐雍泰任南京都察院右副都御史，雍泰固辞。今年春天，许进再荐雍泰任该职。他慑于刘瑾的威焰，不敢再辞，但也不与刘瑾通好。升南京户部尚书，也无片纸只字致谢。刘瑾不容，是很自然的，许进作为荐者受到牵累也是自然的。但说雍泰受了许进牵累，就不那么容易理解了。

"父亲说，雍世伯或是受父亲牵累，孩儿不解，请父亲明析。"许论提出这一点。

许进讲了雍泰去官后的情形。雍泰致仕后，有人对刘瑾说：雍泰在先帝时任山西按察使和宣府巡抚，动辄辱及属吏，因而先帝弃之，屡贬不用。许进荐用雍泰，而且扬言，雍泰是刘太监乡人，刘太监要用他，非吏部本意。先帝弃之不用的人，而今复用，且说是因刘太监而用，不是要刘太监当恶人吗？

刘瑾当初或有起用雍泰之意，现在无论如何不能承认了。他召来文选郎中张綵，责问道：雍泰在先帝时屡贬不用，为何推举奏疏中不具实以报？张綵说：奏疏中备载，被许尚书涂去。刘瑾将信将疑，取来原稿一看，其上果有雍泰受贬于先朝的记述，也果有被人涂去的墨迹。吏部荐人的奏疏，除了吏部尚书，谁还有权涂改？

张綵取出原稿，要经过许进。许进问原因，张綵也不隐瞒，并告诉他，在刘瑾耳边议论雍泰举荐一事的，是兵部尚书刘宇。许进立知其意。大家都是河南人，为何要倾轧？无非是要取代自己。若推测不错，勒令雍泰致仕，不过是为了空出吏部尚书的位置。说雍泰受了自己牵累，不是无稽之谈。

许论觉得，父亲年迈，思考问题过于僵直。刘宇逼父亲让出吏部尚书的位置，不必听张綵的故事，从常理分析也知不虚，而因此说雍泰受了父亲牵累，则是太牵强了。不过，现在是要证实刘太监是否容得下父亲，其他不必多论。

“你若要旁证，近日又有一小事。”许进说道，似看出他心思。

“请父亲说说。”

前些日子，吏部推南京刑部郎中，以署员外郎刘吉、署主事余佑上报。署职者，暂代也，非实授。刘瑾批复：以署员外郎、署主事推实授郎中，乃是越级，不合规制。许进奏答：实授官少，以署职推进，过去也常有发生。刘瑾再批复：少非缺，以署职推进，是否有私？

推举郎中，远不如推举尚书、侍郎郑重。如果在这上面也大做文章的话，吏部尚书确实不能做下去了。许论不能不同意父亲的推断：那边不再见容。此外，他还知道，父亲在推举官员时，几次拒绝了焦芳的请托，得罪了那位阁老。焦、刘二人一人在刘瑾耳边说一句话，就会轻而易举地形成现在的局面。

结论：此时不去，更待何时！

“父亲但求速去，孩儿以为选择得当。况且，以七十高龄，早该去官纳福。只是，”还有一句话，作为幼子的许论不能不说，“此事重大，去留之际，似宜听一听两位兄长之见。”

许进摇一摇头，似有许多苦衷。

“父亲是担心两位兄长受牵累吗？”许论问。雍泰是不是受了父亲牵累，事在两可。父亲求去，则对两位在官的哥哥必然会有影响。

“是啊，”许进说，“诰儿、赞儿都是有见识的，我就是担心他们受到牵累，竟不忍心对坐而议。”

所谓受牵累，轻者，不能再任翰林官，重者，不能再留在朝中。二人由御史、给事中内转翰林，多半是靠了父亲这株大树。大树一倒，无处遮阴，二人的前程或就毁于一旦。许进对此有顾虑，在情理之中。不过，父亲迟早要去官的，主动去官比被动去官要好，从容去官比狼狈去官要好，换言之，早去官比迟去官要好。今日去官已有些迟了。再说，焦黄中、刘仁辈均在翰林，翰林官也不见得有多大做头。吏部尚书丢得，编修、检讨有什么丢不得！

于是，许论说：“父亲无须顾虑，两位兄长自幼得父母大人教诲，自然识得大体，他们定会赞成父亲速去的决心。”

许进致仕五天后，中秋之夜，刘宇在家中摆酒，与其子刘仁对酌，只留一丫环在旁侍候。

“仁儿，来，我们对饮一杯。”刘宇右手举杯说。

“是，大人请。”刘仁双手擎起酒。二人相互致意，各自饮尽。

虽是尚书的家宴，河南人不讲究菜肴，又不习惯吃讲究口味的苏州、扬州、广州和四川菜，宁愿在面点上多下些功夫。不过，刘尚书府的酱羊肉还是相当有味道，父子二人主要就以这道菜佐酒。

“仁儿，你高中进士时，我没有备酒为贺，是我的不是，我自罚一杯。”刘宇说着，饮了一杯。

“不敢，儿子陪饮一杯。”刘仁连忙凑趣。

“这杯酒是你自愿饮的，可不要后悔。”刘宇指点着他说笑。

“大人这杯酒是自罚，不曾后悔，孩儿怎敢后悔？”刘仁以笑话回敬。

“说得好！”刘宇又端起酒杯，“你点了翰林，又是喜事一桩，我仍没有备酒祝贺，也是我的不是。我再自罚一杯。”说着，又是一饮而尽。

“孩儿也再陪饮一杯。”刘仁不甘落后。

三杯酒下肚，各自吃了一口肥瘦间半的酱羊肉。丫环捧来温湿的毛巾，给老爷少爷揩揩脸。但见二人容光焕发，酒兴也提起。

“大人这席酒，不是为孩儿补贺中第，也不是为孩儿补贺入翰，定是别有原委。”刘仁说，“我不问原委，陪着大人喝了三杯，仔细一想，着实有些后悔。大人让我不要后悔，确是有预见，令人宾服。”

“我说如何？”刘宇爽声大笑，“不过，你及早省悟，也不愧是我儿。实话实说，这席酒实是为你补贺中第，补贺入翰，所以你三杯酒喝得并不冤枉。但这三杯酒，又不是全为你补贺中第，补贺入翰。还有一件喜事，也要同贺，你却不知原委，酒喝得有些冤枉了。”

“那一定是大喜之事。”刘仁说。

“正是。我说出来，仁儿饮三杯，如何？”

“如果不是大喜之事，大人饮三杯，如何？”

“就这样说定！”二人击掌后，刘宇说，“这桩喜事，却是为父的。为父的衙门又向前移了移。”

兵部之前，只有吏部和户部。两位尚书都在不久前出了事。吏部尚书许进因荐人有误，致仕。户部尚书顾佐因查核内库，发现内用梭子布亏损近两万匹，中外官员一百七十余人被谴，首当其冲的就是他。不过，他只是夺俸，尚未去官。那么，父亲应迁吏部尚书。

“大人要掌吏部了吗？”听刘仁的语气，似不以为喜。这倒是一件怪事。兵部迁吏部，照例被视为大喜之事，刘宇说得不错。

“这三杯酒，你不饮吗？”刘宇问。

“孩儿先饮一杯，另两杯且寄存，孩儿有话要说。”刘仁饮了一杯酒，说，“兵部迁吏部，本是大喜之事。但今日时势不同，孩儿窃为大人虑。有扰清兴，还望恕罪。”

“仁儿所虑何事？”刘宇问，“虑得有理，三杯酒我定不会赖掉。”

刘仁用食指往酒杯中蘸了蘸，顺手在桌面上写了“西麓”二字。父子相对而坐，字要倒过来写，有些吃力。

“你虑的是张綵张尚质？”刘宇问道，对儿子的顾虑不理解，也不以为然。

“正是，”刘仁应道，“此人在吏部，于大人有些妨碍。”

“尚质不过一郎中，于我会有什么妨碍？”

“有无妨碍，不在官职高低。焦阁老居次辅，大人任吏部尚书，我以为他于大人就无妨碍。”刘仁说。

话很在理。刘太监对张綵的敬重，无人不知，做他的上官，定然吃力。文选郎中掌吏部最紧要的一司。郎中必由尚书而办事，事权在尚书；郎中不必由尚书而办事，事权在郎中。刘宇苦思：我有法子治张綵而不治于张綵吗？久之得出结论：无有。

刘宇慢慢饮下一杯酒，说：“我也先饮一杯，那两杯酒，暂且存下，容我再想想。”

张綵在部，我便无法。刘宇想着，夹起一块羊肉，送入嘴中，突然眼睛一亮，思路变得开阔。张綵在部，我便无法。他若不在部呢？

“仁儿，我有法子解除你的忧虑。”他高兴地说，不等刘仁问，便用筷子在桌面上写了“升调”二字。字是正着写的，刘仁须得伸过头去看。“这样就没有妨碍了。”刘宇将筷子向桌上一拍，很有几分把握。

“调转外职怕是不行。”刘仁担心父亲想偏了。

“这何须说。”刘宇也想到了，“不但不能调转外职，还要优升才行。否则，刘太监怎会答应？”

“可有合适的职位？”刘仁问。

“正好有一个，”刘宇说，“自张鸾升任右副都御史，左佥都御史一职已空缺了四年，天降斯人于斯位，妙不可言。”

以衙门而论，吏部和都察院只有先后之分，没有高下之分。以品级而论，佥都御史正四品，郎中正五品。更有不同之处，佥都御史是堂上官，而郎中只是部里的属官。郎中不可能直接升任侍郎，在过渡中，佥都御史可说是最优的选择。

“真的无妨碍了。”刘仁欣然言道，“存下的两杯酒，还当由我饮下。”

第四十五章

几乎在朝廷出现匿名揭帖的同时，在南京也出现了匿名揭帖。不同的是，朝廷的揭帖只是罗列刘瑾的行为，南京的揭帖则请诛刘瑾，大似唐代骆宾王起草的讨武曌檄。骆宾王的檄书是为勋臣后裔徐敬业起草的，南京的檄书则托名徐俌和沐昆。前者是第五代魏国公，后者是第四代黔国公。另一揭帖则署名上元县生员狄元。

南京的揭帖很快送达京师刘太监的宅邸。李荣罢后，他已升任司礼掌印太监。读罢揭帖，刘瑾又恨又怕。所恨所怕者，当然不是徐、沐二公。王公勋臣在朝廷和地方政务中所起的作用极其有限，极其细微。揭帖真是二公所为，又何惧哉？况且，徐俌前时与民争田，有求于刘瑾。沐昆远在云南，名义上镇滇，其实和流放也差不多。他们对刘瑾构不成任何威胁。所恨所怕者，是揭帖本身，是揭帖的真正作者。他们藏于暗处，发射暗箭，最易伤人。

刘瑾立即要谷大用派人追查。追查魏国公府，只是个程式，拿出几十两银子，信誓旦旦地否认一番，便可了事。下气力追查的是狄元其人。署名狄元的揭帖是逻卒在应天府上元县公生门下，见有吏人誊写了公然出售。有关案犯均收押在狱中，追问狄元其人和揭帖来历，追查案犯的亲朋好友和左邻右舍，轻则斥骂，重则酷刑。人犯被逼不过，辗转攀指，供及者又攀指他人，下狱者越来越多，揭帖的由来却仍不清楚。派人至上元县，挨坊挨乡追查，也没找出姓狄名元的人，更没有叫狄元的生员。

刘瑾三天两日派人去西厂候复。过了两个月，谷大用给他的答复还是：未获其人。气恼之余想到，张文冕是南直隶人，说不定会有些线索。

“文冕在南京时，可曾听闻府州县学中有狄元其人？”刘瑾开门见山地问。

张文冕早听说南京揭帖一事，刘瑾没让他插手，他不便过问。现在刘瑾相询，他便说：“不曾听闻。晚生估摸，这个名字是假的。”

“何以见得？”刘瑾也有相同的估计，但还是要听一听张文冕的分析。

“上元、生员、狄元，公想巧不巧，竟是三元。”张文冕说，“据晚生剖析，这定是考场上不得意的读书人想出来的化名。”

三元指乡试的魁首解元、会试的魁首会元、殿试的魁首状元，是士人朝思暮想的最高荣誉。以上元、生员、狄元比附三元，说是考场上不得意的读书人所为，确有道理。话一出口，张文冕就失悔。考场上失意的读书人，他就算一个，如果因此而招致刘太监的猜疑，才是冤枉至极。

刘瑾确实由此联想到张文冕：此辈中才智之士不少，不为己用，必为他人所用；为他人所用，危害甚大，不可不提防。不过，他和张文冕结识于发达前，不会生疑。

“文冕言之有理。”刘瑾说，“在此辈中细细查找，不愁找不到犯案之人。”

“公言细细查找，再妥帖不过。”张文冕说，“否则，轰然而兴，轰然而止，定难找到真犯。”

刘瑾点点头，若有所思。轰然而兴，轰然而止，是两厂和锦衣卫办事的积习，虽时有所获，走失真犯和错拿好人的事情也时有发生。刘瑾早在筹划，欲有改变。无奈两厂的宗主是昔日的平辈，锦衣卫又须听命于两厂，改变风气，不是那么容易。

进一步想，轰然而兴，轰然而止，还不单单是一种风气。东、西二厂的太监，表面上顺从，彼此相安无事，内心有诸多不服，对自己交代的事情，不肯尽心去办。造成声势，惊动地方，不过是做做样子，表示已经和正在采取行动。

再进一步想，轰然而兴，轰然而止，或是别有用心。针对自己的揭帖，一经轰然，不该言者言之，不该知者知之，究其心思，真不似助己查拿人犯，而是借机败坏自己的名声。

真的，这些东厂西厂派出去的人，这些随东厂西厂办事的锦衣卫的人，在朝廷之外，在京师之外，到底说了些什么，到底做了些什么，只有鬼才知道！还有东厂、西厂太监知道。

想到此，刘瑾头脑里逐渐有一个念头形成。

“文冕，我们再设一衙门，你看如何？”他问。

“再设一衙门？”张文冕琢磨着他的心思。

“对，再设一衙门，类似东厂西厂，我亲自督领，你看行得行不得？”讲了大概的想法，刘瑾再征求张文冕的意见。

“公的意思，再设一衙门，不但侦伺外朝的百司百官，连内廷的众司众官，包括东厂和西厂，也在侦伺之中？”发挥和完善刘瑾的设想，是张文冕特有的本领。

“正是。”刘瑾很高兴有人听懂了他的意思。东厂和西厂本该解除他对外朝的担忧，现在却比外朝更让他担忧。整顿东厂、西厂，不如再设一衙门，将东厂、西厂一并视作外朝。

“另设一衙门，是绝妙万全之策。”张文冕大表赞同，“不过，设此衙门，要等待时机，水到渠成，否则，容易引起猜疑。”

猜疑二字，用在上对下时，才是原本的意思。司礼刘太监的上面，只有皇上。刘瑾心领神会地说：“我自会慎重。文冕，事关机密，你对任何人也不要提起。对了，有合适的人物，你务寻一两个，衙门一设立，便好有人用。”

“是。晚生时时留意人物，不敢妄言设衙门之事。”

很快有了时机。皇帝使人传召刘瑾，说有事要问他。刘瑾因皇帝几日来在宫内听番僧讲法，很安详，不敢去打扰。现在皇帝召见，不知就里，连忙赶至豹房见驾。

“刘太监，几日不见，你脸色不好。”皇帝关切地说，“是不是心中有事困扰？”

皇帝一天一个模样，一天大似一天。即位后与即位前不同，宫变后和宫变前不同，而今与刚刚命刘瑾入司礼监时又有不同。刘瑾在皇帝面前，也就更加谨慎小心，不妄言不妄动。

听了皇帝的问话，刘瑾以为他知道了南京揭帖之事。此事没对皇帝讲，朝廷揭帖事发，皇帝任他处置，不加可否。事后还拿着揭帖说：“汝谓贤，我偏不用；汝谓不贤，我要大用之。”不然，李荣、黄伟也是跟随皇帝多年的人，怎么说罢就罢了呢？但相同的事情，可一不可再。皇帝看的揭帖多了，看的斥骂自己的话多了，会怎样想呢？因而决定，且不告诉皇上。自己不说，也严禁他人说。

下面的人，刘太监一句话便可禁止。丘聚、谷大用知道此事，又见得到皇上，别看在他面前保证了不说，却不见得肯于遵守。

皇上不知道，瞒一瞒不妨，皇上知道了，再不奏报，是有意欺君。刘瑾不敢冒这个险，正在寻思，怎样把话圆出来。

“万岁爷，是有些小事，奴才正要找机会奏报。”刘瑾小心地说，边说边看皇帝脸色。

“既是小事，不必告我，你斟酌处置便是。”皇帝不让他说，“只是要小心身子，别太过操劳。”

“是。万岁爷这样体恤奴才，奴才只有尽心戮力办事，报答爷的恩典。”刘瑾说着说着，声音有些哽咽，他是真的被感动了。

“好了，刘太监，你也不必难过。”皇帝误会了他的哽咽，“朕知道，你为朕办事辛苦，老大不易。朕想到了什么小事，向你交代一声，也算是对你的体恤吧。”

“是，万岁爷有事交代奴才去办，便是对奴才的体恤。”刘瑾又有些紧张，心思还围绕着南京揭帖之事打转，不知皇上要他办的事情，是不是与此有关，不知该不该主动向皇上奏报此事，免得由皇上说出，很狼狈。

皇帝想的，其实是别的事情。“刘太监，”皇帝说，“内阁李先生在六月有一道奏疏，是在朝廷发现揭帖后第三天上的，你还记得吧？”

记得不真切了，却还有些印象，反正和南京揭帖无关，刘瑾放下心来，点点头，说：“记得，是请恤刑的那道奏本吗？”

李东阳列举了逃军盗马者的处罚：主家戍边，邻右戍近卫，以为太过严厉。“仅一时之失，而穷一二十人之运，以一事之差，而累数十人之众，非唯人才难得，抑亦情有可矜。”没想到，时隔两月，皇帝还能成诵。诵毕，皇帝说：“朕览后，也是觉得情有可矜。刘太监，你以为李先生之议如何？”

“奴才与万岁爷同心。”刘瑾忙说，“奴才记得，万岁爷慈悲，已准李先生所请。”

“由此事念及其他，”皇帝说，“有用刑过于严酷者，亦当予以纠正，以纾我百姓。”

“是。万岁爷菩萨心肠，时时处处以百姓为念。”刘瑾嘴上奉承，心中却在打鼓。“有用刑过于严酷”，不知何所指。将三百多名官员押入大狱，是不是过于严酷呢？不过，皇上说的是“纾我百姓”，肯定不会指那件事，而是别有所指。想到此，心里稍稍踏实。

“刘太监，朕要问你，近来有什么用刑过于严酷的地方吗？”皇帝有此一问，似乎是很自然的。

“奴才正在想，近日若有用刑过于严酷的地方，须得改一改，方不负万岁爷的慈悲。”刘瑾说，“可一时又想不出来，正在努力去想。”

“那好，朕来提醒你，”皇帝不动声色地说，“朕听说南边出了一桩案子，处置过于严厉了些，刘太监不知吗？”

刘瑾心下一凉：糟了！看来，南京之事，皇帝还是有所闻，瞒是不能瞒下去了，只有抓住眼前的机会，轻描淡写地说一说，再作别论。

“回万岁爷，南京之事，我也正想奏明。”刘瑾顿了顿，“那是两厂——”

“你说哪里？”皇帝耳尖，一下听出了毛病，两厂办的事情不错，地方不对。

“万岁爷说的是哪里？”刘瑾一惊，不敢再说南京二字，情急之下，反问皇帝，也顾不上不答爷的话有失体统。等到觉察，已经晚了。

皇帝不和他计较，答道：“朕说的是南康。”

“对，对，奴才说的也是南康。”刘瑾松了口气。

江西南康府西北临庐山，北临鄱阳湖。鄱阳湖东有一小湖，名曰宫亭，西有一小湖，名曰落星，均在南康境内。该府习俗，富室人家常在二湖操办竞渡赛事。赛舟不拘大小，均雕以花样。六月十七日竞渡，一大舟雕以龙形，格外引人注目，乃富商吴登显和其他几名商贾所有。赛事未完，吴登显等人已锒铛入狱，罪名是私蓄龙舟，有违国家体制。

不是大事，刘瑾知道，不曾特别留意。

“乘用龙舟，有碍国体，固是不当。但为此而百余人下狱，是不是用刑过于严酷了？”

“万岁爷见的极是。”事不关己，刘瑾只要顺着皇帝说就是了，“奴才曾与谷太监议论过，以为太过严酷。”

“谷太监怎说？”皇帝问。

“他说，下狱的人并不多，也不曾动用大刑，不能算严酷。”状告得太赤裸裸，想想有些不妥，刘瑾又说，“谷太监也是实心为爷办事，爷莫要怪他。”

皇帝知道，几位太监之间，争荣斗宠，面和心不和，都以在自己面前说别人几句坏话为乐事，因而对此类坏话向来不太认真。刘瑾一为谷大用申辩，他反而不能放心。

“哼！”皇帝脸色一变，说，“民间见鲜衣怒马做都下语者，辄敛迹相告，天下重足而立，人人屏息不语，还不是严酷吗？再要严酷，还算是清明盛世吗？”

“是，奴才也以为，东厂、西厂行事，有时过于严酷，非盛世所当为。”无处寻觅的机会，不费工夫便到了手边，岂能不抓住？

“你身为司礼掌印太监，为何不去理论？”皇帝责道。

刘瑾需要的就是皇上的诘责。他故作为难地说：“奴才与谷太监、丘太监都是为万岁爷办事，不能不留些面子与他等。”

“情面之事，休再说起，”皇帝说，“以后再有此等事，朕唯你刘太监是问，你可听清楚了。”

“是，奴才知错了，以后对办事人等，定要严加勘查。”刘瑾偷瞧了皇帝的脸色，又说：“奴才还有个想法，不知该讲不该讲。”

“讲！”皇帝喝了一声，“朕对你信用有加，你的想法，在朕面前还有不该讲的吗？”

“奴才遵旨。”刘瑾遵旨而讲，不是妄做议论，心中更无忌惮，“奴才想，东厂、西厂难免会有用刑过于严酷的时候，他们做错了事，能讲话的不敢对万岁爷讲，敢讲话的万岁爷又听不到，得有个衙门管着它们些才好。”

“怎么，司礼监管不到它们吗？”皇帝吃惊地问。

“司礼监自然要管，”刘瑾说，“只是，有些琐碎的事情，司礼监也不宜都知道。要是有个像东西厂这样办具体事的衙门，对二厂的办事人员加以约束，万岁爷用刑不要过于严酷的旨意便实施有望了。”刘瑾说完，又加上一句：“奴才也是着急，有了些胡思乱想，不知当与不当。”

皇帝以为，他的主意不算坏，便说：“朕看不是胡思乱想，而是有的放矢。你是想再设个南厂还是北厂？”

“叫内厂好似更恰当。”刘瑾说。

“好，朕准了！”皇帝和往常一样，勇于决断，“此事由你去办。朕再赏你个字，叫内行厂吧。”

第四十六章

八、九月间，朝臣纷更，吏部尚书许进致仕，兵部尚书刘宇迁转吏部，兵部侍郎曹元升任本部尚书；户部尚书顾佐致仕，侍郎兼太常寺卿刘玑升任户部尚书。

刘玑的升任多少有些出人意料。论资历，他是成化十七年进士，任何一位侍郎入仕都要早于他。论机缘，他的确沾了刘瑾的光。二人同里同姓，刘瑾对他另眼相看。不然，他恐怕连正三品的太常寺卿也做不到。但刘玑不领情，形无谢意，言无谢声，每日退朝后，即闭门纵饮，不醉不休。不知者，以为他是天生的醉鬼，知之者，看出他在有意疏远刘瑾。刘瑾曾指斥他饮酒误事。他说："下官气弱，非酒不能支，自幼嗜此物，不饮则病。"反过来又对刘瑾说："饮食以养生，过食则伤生，货财亦然。是故，货者，祸也。古人戒积藏，非恶货也，其畏祸也。"明摆着是告诫刘瑾，切莫贪图财货、收取贿赂。刘瑾哭笑不得，听在耳中，厌在心里。

因此，对于刘玑的升迁，不知二人实际关系者，以为势在必然；知道二人实际关系者，以为是个异数。

太常寺掌祭祀礼乐，是比较清闲的衙门。刘玑退署归饮，不是件难事。户部掌天下度支，事务繁杂，就不能那么自在了。当议的事，不能不议；当决的事，不能不决。他到任不久，便遇到一件当议当决的事情。

左侍郎吴文度和右侍郎孙交联袂来访，是他没有料到的。刘玑不修边幅，是常说的文人无行的类型。孙交与他同科，相见时可以随意；如果韩福不派外差，又是一位同年。而新由云南巡抚任上回朝的吴文度却是成化八年进士，比他早了三科，是位老学长，在相见时，就不能不庄重些。吴文度几乎和他同时就任户部堂官，一个推了尚书，一个推了左侍郎，也觉得科第在前者为佐，科第在后者为正，有些尴尬，除了聚之公堂，从不作私访。他是第一遭到刘宅。

"二位是饮茶，还是饮一杯某的爱物？"刘玑问。私宅相会，总要有些应酬的话。

年长为尊，孙交请吴文度决定。

吴文度是福建晋江人，有饮酽茶的嗜好，这时却说："某向大人讨杯酒喝。"

刘玑大喜，“宪之先生有雅兴，志同兄不能不陪。”他对孙交说。宪之是吴文度的字。他肯屈尊过访，又肯和被视为酒鬼的人同饮一杯，刘玑高兴之余，也有些意外。

吴文度说明选择饮酒的原因：“这杯酒，换在他日，下官不会饮；听了昨夜的故事，不能不饮。”

“昨夜的故事？”刘玑不解。

原来，昨夜有一人敲开刘玑宅门，馈赠一块玉佩。守门的老陈问是何人所赠。馈赠者说，已打过招呼，刘尚书知道。老陈说：我家老爷从未交代有人来送礼，请说明缘由，好进去禀告。那人听出话不对头，便问：这里可是刘尚书府第？老陈答：是。那人又问：可是吏部刘尚书府第？老陈说：非也，这里是户部刘尚书府第。那人忙说：错了，错了，原来是户部刘宅，不是吏部刘宅。说罢，拿起佩玉离去，寻找另一处刘宅。

刘玑听了老陈讲述，笑笑，不以为意。不想，一日间便在京城传开。户部刘尚书不贪货财，人或信之，或疑之。听了昨夜的故事，再无不信者。

“都说大司徒清廉，此时方信不诬。”吴文度说，“真正令人敬佩。”

“宪之先生过誉了，”刘玑谦道，“某除了杯中之物，别无所嗜。那人不是送错了地方，是送错了东西。他若是送几坛好酒来，我一定照收不误，启封立饮。”

三人说笑了一番。刘玑道：“二位驾临，定有正事，请就说吧。”

“确有一事，需尚书拿个主意。”吴文度说，“刘太监又差人来追问，众官罚粟的章程定出来没有，我不敢答话，特约了志同先生来见公。”

不知起于何时，致仕或罢职的官员往往被责以罚粟纳边，少则数十石，多则上千石。顾佐任尚书时，刘瑾就交代户部，定个章程出来：某官罚粟若干，纳于何处，期限何时。没有章程，难以追究。但户部有户部的难处，一直拿不出章程来。不经户部，而由中旨，尽人皆知，是刘太监要罚。若户部定出章程请旨，就是朝廷要罚了。所以顾佐持慎重态度，未作答复。他致仕而去，也许与此事有些牵连。去了顾尚书，来了刘尚书，事情还是要有个着落。

至于为何不找尚书刘玑，不找在户部任职较久的侍郎孙交，而找吴文度，也有原因。吴文度任云南巡抚两年。刘瑾听许多人，包括钱宁讲过，滇玉美妙无比。他有心向吴文度索要，便以定章程之事为缘由，找吴文度去说话，明着暗着说了许久滇玉。吴文度无以应。不是不想敷衍，而是手上确实没有。刘瑾失望，责令户部立即定出官员罚粟的章程。

吴文度有苦难言，刘瑾不曾公然伸手向他要玉，他不能向别人说起，只能将刘瑾的意思转达给同僚，看看怎样处置。

刘瑾撇开尚书径找侍郎议事，刘玑不以为忤，反而高兴。尚书不理事，当然该找左侍郎。但吴文度找上门来转达，也不能不有所表示："此事顾尚书拖了许久，不予办理。我们再拖一拖，宪之先生以为如何？"

"我也想拖一拖，但听刘太监的口气，怕是拖不下去了。"吴文度苦着脸说。

"刘太监怎样说？"刘玑问，"宪之先生为何说拖不下去了？"

"刘太监说，依着言路的纠劾，罚粟官员应治重罪。罚粟，是给他们赎罪的机会。如果户部不着力办这件事，空谈罚粟纳边，却无粟入边，就只有任言路纠劾，从重治罪了。"

"从重治罪，重到何等地步？"刘玑问。

孙交对此更清楚。吴文度看了看他，请他作答。孙交会意，对刘玑说："刘太监曾与廷辅先生论及，公知否？"虽是同年，因在同一衙门任正佐官，谈及正事，不宜称兄道弟。

廷辅先生是曾任户部侍郎的王佐，成化十四年进士。他任左侍郎时，刘玑带右侍郎衔，不时到户部点卯，当然与他熟识。

"闻得刘太监对王侍郎很器重，可有此话？"刘玑问。

"有这话，"孙交说，"廷辅先生的话，刘太监或听得进去。一次，廷辅先生随顾尚书去见刘太监，说到许多官员获罪系狱。刘太监说，朝廷必大诛戮，彼等方能大惧。"

刘瑾说的治以重罪，或依例治罪，便是大诛戮，无须再解释了。

"廷辅先生怎答他？"刘玑问。

"廷辅先生说，本朝未尝诛戮大臣。"孙交说，"他回来与顾尚书计议：刘太监真开杀戒，谁能挡得住？不如处以他罚。"

"纳粟于边的处罚便由此而生了吗？"

"大约在这以后，罚粟的中旨屡屡发出，至于何人向刘太监建议，我也说不清楚。"孙交说。建言之人是为了向刘瑾献殷勤，还是为了救助被治罪的官员，真很难说，因而在无的证时，不便指明其人。

说到这里，吴文度匆匆来访的原因，便清楚了。但有一个疑惑，刘玑仍解不开。他问说："志同兄，顾尚书既然知道利害，为何不依刘太监之言，制定章程出来？"

"顾尚书掌户部时，刘太监的言语与今时不同。"孙交说，"照我看来，当时是议论，对下狱的官员如何处置，是诛戮，或是罚粟？若定了诛戮，即使制定了章程，又有何用？刘太监选择了罚粟后，则是议论，对罚粟的官员如何处置，是罚在名上，还是罚在实处？顾尚书没来得及解决这个难题，便去官了。王侍郎也没来得及解决这个难题，便南调了，很快亦去官。”

王佐不久升调南京户部尚书。刘玑隐约听到，是为了吏部尚书的更换。刘太监欲以刘宇代许进，向王佐征询意见。王佐说：“某与刘尚书素厚，与许尚书交浅。然许尚书素有声望，刘尚书不如也。”有人告诉刘瑾，王佐与许进结党。刘瑾很快疏远了他，很快有了处置。

听孙交的口气，竟是为顾、王二人去官庆幸。刘玑说：“难怪要轮到你我来解决了。我无定见，二位说如何办，便如何办。”

吴文度和孙交显然曾议论在先。二人互相看了一眼，由吴文度说：“我等以为，拖是不能再拖了。户部只有向刘太监去争一个‘宽’字：纳粟数额尽量少，纳粟地点尽量近，纳粟时限尽量久。如此，我等向朝廷向百官也算有了交代。”

“少、近、久，三字要诀很好，我无不赞成。”刘玑说，“就这样拟吧。”

“我等还以为，”吴文度说，“这个章程，须得大司徒说与刘太监，才可能被接纳。”

对刘玑来说，又出了个难题之外的难题。一则，制定章程本身就会授人以柄，说得难听些，就是“助纣为虐”。二则少、近、久的主意，只能在三人中议决，不能说与他人知道。三则，自己说与刘太监，少、近、久三字，可能被接纳，也可能不被接纳。也就是说，刘太监接纳了户部的章程，未必见谅于外；刘太监不肯接纳户部的章程，而责以多、远、速，又该如何应对？

但想到二人来访，其意悃悃，自己在刘太监那里，又有旁人得不到的礼遇，一口回绝，情理上说不过去。刘玑想了想，说：“部里拟好章程，我可先与刘太监议一议。接纳不接纳，我不敢做保。接纳不接纳，都要大家一起承担。”

“这是自然，”吴文度说，“刘太监不肯接纳，我等三人一起向刘太监请罪；刘太监接纳了，众人不肯接纳，我等三人一起向众人请罪。”

三人同荣同辱，捆在一处，话说得很恳切。刘玑看看孙交，孙交点头说：“就是这样。”

“那好，”刘玑说，“拟定章程，二公主其事；见刘太监，某领其事。”

“还有一事，请公便宜处置。”孙交说。

上个月，李东阳等奏言：各地巡抚总理粮储，果有侵盗，自当追偿，若止督治不严，宜从宽减，或免官。话外有话：有责总理粮储的巡抚都在宽减之例，没有理粮之责的官员更不该动辄罚粟。刘瑾当然听得出话外之音，拟旨切责：刘健、谢迁、韩文等之无知叩阍，许进之越制选官，王时中之酷暴，不能尽举。似此越律之罪，不治奚为？他也话外有话：罚粟，不止是罚那些督粮有责的官员，任何有过失有罪责的官员，都在当罚之列。

孙交是湖广籍老乡，与李东阳素有些来往，户部又主管其事，李东阳便找了他去商议。

“西涯公说，罚粟成为定制，看来是免不了，现在就看，能不能免去纳粟于边的定制。就近仓纳粟，众人还可以忍受。”孙交转达了李东阳的意思，对刘玑说，“公以为可行，不妨作为户部之议，向刘太监提出。”

吴文度的二字要诀中有一个“近”字，近到什么程度，却要斟酌。若近到不纳粟于边方，罚粟助边的本意便有了改变。要说服刘太监，怕是不易。刘玑以为不便于说。

“我等还是力争一个‘近’字吧。”他说，“志同兄，请复上西涯公，纳粟于近仓，请他亲自与刘太监交涉，或可收全功。”

章程定出来。纳粟的数量，最低者三十石，最高者千石。纳粟的地点，以前只笼统说输边，现在明确，主要输于宣府、大同二处。纳粟的期限，依罪状和纳粟的数量，或一二年，或三五年。

受罚最重的是前户部尚书韩文，纳粟千石于大同者只有一人，就是他。纳粟五百石于大同者有九人，也有他。合计是一千五百石。

当时正二品官的月俸约六十石，半支米，半支钱。如无其他入息，靠官俸维持在京城的开支，并不宽裕。对为官清廉、去官后没有多少积蓄的韩文来说，这一处罚是致命的，他即使变卖在老家的房产土地，也难以凑足罚额。

户部衙门一整天都声音嘈杂，议论不休。跑前跑后、跑进跑出、忙个不停的是员外郎王震。在外议论得差不多了，他入内见几位堂官。

“威远，”吴文度先招呼他，“何事而来？”

“为韩尚书的事。”王震说，“都道韩尚书现押太原狱中，可有其事？”

“有。”吴文度如实说，“在狱已有数日。”

“都道韩尚书须纳粟于大同，方能得释，可有其事？”王震又问。

“有，却也不尽然。”吴文度说。

说有，是因为纳粟于边之前，的确不会放他出来。说不尽然，是因为纳粟可分几次，不一定罚粟全部纳边后，方能得释。只要认罚，只要开始输粟，没有不放人出狱的道理。

“韩尚书在官时，律己甚严，怎会有这多余粟？朝廷如此对待老臣，我等后进亦为之心寒。”王震说，“这也不必说了。我已联络数人，愿意捐三年的俸粮助韩尚书输边，请各位大人做主。”

一位尚书，两位侍郎，久久作声不得。王震所联络的，大概是他属下的几位主事，或平级的几位员外郎，否则，该有郎中出面。员外郎是从五品官，每月俸粮十四石，全年不足二百石。靠俸粮度日，已十分清苦。况且，有此举动，必要得罪权贵。户部却有这等属官，愿捐三年俸粮助韩尚书暂度难关。韩文昔日在户部的威望可想而知了。有这一班属员，虽罹大难，又何憾哉！

孙交说：“尔等皆不宽裕，不必捐俸三年。刘尚书在部里说一声，大家都出些力吧。”

刘玑说：“威远等高义，本官实是心感，我定要呼吁，使韩尚书早日得释。”

第四十七章

遥遥数千里，走了两个月。刘介携妻室，裹财货，从江西抚州赶回京师。任知府四年，官声不好，能回朝任太常寺少卿，可说是抽到上上签了。刘介知道，能获优转，全靠张綵在吏部维持，一路上就在算计，到京后如何报答大恩。到京的当天，却听在京的同年说，张綵升任都察院左佥都御史，不在吏部了。刘介知恩报答的念头因而打了折扣。佥都御史比起郎中，官升二级，自是风光。但对于职官的升迁，远不如吏部的文选郎中重要。那么，除了报答前恩，还有没有必要着力巴结呢？这倒要好生想一想了。

没想到，到京的第二天，张綵主动找上门来，这就容不得他多想了。到底有恩于己，且在刘太监府上是一等的红人，主动来探视，说出去是很体面的事。刘介跌跌撞撞迎将出去。

“西麓先生，下官昨日刚到，还来不及去府上叩头，却蒙驾临寒舍，实在是不敢当。”

张綵略略还了一礼，大大咧咧地说：“好说。咱们兄弟，谁看谁还不一样？绍之兄，买的院落可中意？”院子三层，是刘介的家人先行到京，在张綵的指点下买的。

“院子极好，价钱也极好，多谢西麓先生大力相助。请里面坐下，我再拜谢。”刘介向里让的时候，看到张綵是骑马来的，却又跟着二人，抬　小轿，不知何意。又不便站在门外相问，且在外院把他们安顿下来再说。

中院的北房是客室。桌椅购置齐备，摆放得体，接待客人没有问题。只是墙面还是空白，挂些什么，要老爷定夺。这是官宦人家的规矩。

“上面的玩意儿都准备好了吗？”张綵指着墙面，语气轻佻地问。

“在抚州得到两幅画，还算不错。”刘介说，“只是缺一条幅，西麓先生肯赐墨宝吗？”

“我的字上不了墙面，没得让人笑话。”张綵说，“等你安顿下来，我找西涯公代写几个字来。”

“此话当真？”见面便有大的许诺，刘介又惊又喜。

“小事一件，包在我身上。”张綵正要以此事炫耀身份地位。

“西麓先生，一诺千金，先在此谢过。”刘介想到，提携之恩还没有正式致谢，忙又补充说，“下官得补京缺，全是西麓先生所赐。大恩不敢言报，我磕几个响头吧。”

说着便要跪下，被张綵一把拉住。“好说，好说，”张綵说道，“绍之兄，我是真拿你当兄弟看待。你若见外，便是看我不起了。”

刘介不能强行跪下，只得说：“恭敬不如从命，西麓先生的厚意，某愧领了。”又想到该祝贺张綵的升迁，便说：“昨日到京，同年同乡奔走相告西麓先生高升，真是可喜可贺，当喜当贺。”

“原来绍之兄已然知道了，”张綵突然问，“你真以为是可喜可贺之事？”

“自然是。”官场上的惯例是报喜不报忧，刘介不会说出他的疑虑，反问道，“何以要问？”

“贺或是可贺，喜却未必是喜。”张綵说，“有人做了手脚，瞒不过我，我又何惧哉！”

“是有人不愿意西麓先生留在吏部？”刘介问。

“只怕吏部离不开张某。”张綵自负地说，“某前脚走出吏部，吏部后脚就出了个大笑话。实在是好笑得很，绍之兄要不要听？”

“西麓先生请讲，下官洗耳恭听。”

“那要从你的同年好友王绶说起。”张綵指点着他，笑了笑，说道：“王郡守自陈捕盗有功，吏部考核，秩进一级，赐飞鱼服。”知府是正四品，进一秩，成为从三品，在知府中自是佼佼者。

“王兄为国家立功，受朝廷褒奖，是想也想不到的。”张綵对王绶的报功受奖是不以为然的口气，刘介对他的同年也就挖苦一番：“同年中风评人物，都以为他最不得力。”

“哪里是为国家立功，纯粹是为自己冒功。”张綵鄙夷地说，“你道他捕的是何盗？”

这年初秋，湖广武昌府境内发生连环杀人案，全省为之轰动。

河南汝阳县人陈旺携妻唐氏、女环儿、侄男成儿，以歌舞为业，远走他乡。在武昌府城外的九峰山，遇到一名演傀儡戏的后生，自称姓史名聪。史聪也是云游四方之人，听出陈旺的河南口音，便冒认乡亲，与他一行结伴。

常言道：好女嫁赖汉。这位唐氏，虽年过三旬，却是佳容貌、好身段，风韵犹存。四十岁左右的陈旺则是衰老不堪，看上去已在半百。史聪大抱不平，边走边动了邪恶的念头。

当日在城内划圈表演，赚了几个钱。天色将晚，几个人收拾起物什，赶出城去，觅地过夜。在城里，住店是住不起的，宿在街头庙宇，又怕惹出麻烦，乡野之中要安全得多。

行不多远，见小山坡上有一荒庙，他们稍稍打扫，安顿下来。史聪对陈旺说，前面村中有朋友约去喝酒，同去如何？陈旺也是贪杯之人，一口答应。二人踏着月色上路，唐氏在后面叮嘱：早去早回。

谁知，一夜不见回来。次日清晨，唐氏惶惶不安，立于庙外，四处张望，只见史聪一人匆匆返转，忙迎上前去询问："史大哥，我家掌柜的呢？你二人同去，为何你一人独回？"

史聪道："快去，快去，陈大哥喝酒犯了病。"

陈旺有心口痛的毛病，唐氏未生疑心，一手拉着环儿，一手拉着成儿，随史聪而去。但走着走着，觉出不对。史聪一味拣小路走，有意避开村子。眼见一个一个村庄从远处晃过，史聪一点儿停下来的意思也没有。环儿、成儿走不动了，又哭又闹。

"史大哥，昨晚你说是前面的村子，怎么还不到？"唐氏还记得昨晚史聪的话。

"就到了，"史聪应付着，"我那朋友甚是古怪，在山坡上安家，前面的山就是了。"

唐氏不识地势，不知是绕了个圈子，又回到城外的武昌山。山上也有一座似是荒废了的庙宇，是吴王祠。史聪领唐氏等进了院子。

远处看，似是荒废，进去一看，果是荒废。院内荆棘丛生，有一人多高，再就是几株大树，满地落叶，实在不像是住人家的去处。

"陈大哥躺在后面的灶房里，我领你去见他。"环儿、成儿也要同去，被史聪拦住，"陈大哥的样子吓人，让他们等在外面，莫受了惊吓。"

妇道人家有何见识，唐氏便让两个孩子在院中找个干净的地方坐下，歇息歇息。

祠堂后面果有间小屋。史聪请唐氏先进，自己紧随其后。一入内，便闩上了门。唐氏一看，屋内只有半截土炕，哪里有人！她也是惯走江湖之人，知道上当了，反而镇定。

"史大哥，你把我家掌柜的还给我，要我做什么，我都答应你。"唐氏说。

"等你我做成好事，再把他还你。"史聪边说，边要动手，"只怕我把他还给你，你也不要了。"

唐氏闪过一边，双手护住要害处："先说清楚他在哪里，不然，我誓死不从。"

"也好。"反正在荒郊野外，不怕被人撞破，不急在一时。史聪嬉笑着说，"嫂子，你听好了，这处山叫武昌山。陈大哥却在青山，是在城的那一边。隔着偌大一座府城，一时见不到他了。”

“你先领我去见他，再作计较。”唐氏说着，要往外闯，“路程再远，半日也就到了。”

史聪一把拉住她：“我可等不得半日了。再说，陈大哥已不能开口说话，你急着见他做甚？”

“他死了？”唐氏失声叫道，“你杀了他？”

“不是我杀的他，是他贪杯醉死的。”史聪说。

“不，是你杀了他！”再说什么，唐氏也不信了。

“好，就算是我杀的，还不是为了你。”史聪说，“你天仙一般的模样，却要随着他吃苦受累，何日是了？我杀了他，却是为的救你。”

“你杀我夫，是我的大仇人，我不能杀你复仇，还能从你为乱吗？”唐氏挣脱开，复又疯了般扑将过去，双手在史聪脸上又抓又挠。

史聪左手护脸，右手从怀中抽出一把利刃，狞笑着说：“嫂子，你若从我，大家做起夫妻。你若不从，这把刀昨夜送走了陈大哥，今天再送走陈大嫂，休要怪我不讲情面。”

唐氏也不答话，奋力夺刀，被史聪扬起手，当胸一划，就是尺把长的口子，再难活命。

后院也长满荆棘，史聪将唐氏的尸首用破席子裹了，扔到荆棘中，又到前院寻到环儿和成儿，骗说唐氏在里面照料陈旺，他带他们去寻些食物。环儿、成儿随了他出去。

在山上走了走，来到另一处荒废的园子，叫蓑衣园。史聪将成儿支开，按倒环儿，便要施暴。环儿不肯相从，又哭又闹，喊声震动林木。史聪慌乱中也是一刀，将她杀了，又寻来些枯木碎石，把她掩埋，拉着成儿离去。

史聪以为，成儿年幼无知，不明他做的勾当。成儿也像傻子一样，一切听从史聪，要他行便行，要他宿便宿，要他吃便吃，要他喝便喝。史聪要他学演傀儡戏，他便着力去学。

十天之后，史聪逐渐懈怠，对成儿的看管放松。成儿在夜间潜出住地，匿于隐蔽之处。挨到天明，赴官府喊冤。也亏得他一个七八岁的孩子，竟能带着差人照原路走回，在武昌山上找到两具女尸，自然已是面目皆非了。史聪面对人证物证，辩无可辩，只得供出杀害和掩埋陈旺的去处。一连杀害三人，他自己也免不了要做刀下之鬼。

一段故事，张綵讲起来既生动，又富情感，结尾处方联系到王知府：“绍之兄，你那位贵同年所捕之盗，竟是史聪，实在是令人喷饭。他不是欺朝廷无人吗？”

武昌与荆州是两个府，刘介是知道的；二府相距多远，他不知道，因而也就不知道，张綵为何如此肯定，王绶不可能捕到史聪。

二府之间的距离，张綵却知道。他说：“荆州府距武昌府一千二百余里。史聪带着成儿要十日内走完这段路，须得日夜兼程。史聪是条壮汉，还不打紧，成儿年幼，能吃得消吗？”

刘介应和着说：“西麓先生所见极是。王郡守也是糊涂，偏要找一桩人人皆知的案子出头，该着露出马脚。”

“他还不是为了耸人听闻。这般案子，这般凶犯，报到部里，足以令人刮目。”张綵说。

“西麓先生可曾指出吏部的失误？”刘介问道。

“不须找吏部的晦气，”张綵说，“都察院给王绶两句考语，也就够了。”考核官员，以吏部为主，都察院为辅。但事关捕盗，都察院的评语就很重要，“绍之兄，我为都察院拟了两句话，呈上屠都堂，邀其激赏，你要不要听？”

屠都堂即掌院事左都御史屠滽，深知张綵在刘瑾心目中的分量。他是在刘瑾手下受过挫折的人，张綵拟的考语，他定然不会驳回不用。

“那一定是极佳的句子。”刘介奉承道，“请西麓先生赐告，我也长一番见识。”

“两司畏其挟制，而考语欺天；百姓苦其诛求，而怨声动地。你看这两句考语可还中肯？”

两司是布政司、按察司。两司畏其挟制，定是王绶在朝中也有背景。想到此，刘介不敢妄加一言，以免生出差错。再说，如此刻薄的两句话，加在他身上也未必不合适。称赏不好，无所表示也不好，只得赔着笑笑，笑得极勉强。

“这位王知府以为，巴结上刘尚书，便是瑾老的人了。”张綵看出他的心思，干脆说明，“瑾老又怎看得上庸碌之材。”

其实，王绶自视为刘瑾的人，是别有缘故。工部主事冯友端，是刘瑾乡人，监税于荆州，与王绶互为狼狈，在荆州被称为“二虎”。冯友端时向刘瑾奉献，很得青睐。王绶与他同时奉献，也就同时受益。但张綵知道了刘宇针对自己做的手脚，有意把王绶和刘宇拉到一起，把王绶进秩和吏部考察拉到一起。

“吏部放走了西麓先生，着实可惜！”刘介接过张綵的话说，确是发自内心的话。

“离开吏部也好。不然，绍之兄来了，我要以下官求见，岂不为难吗？”张綵似是解嘲，又不全是解嘲。郎中是正五品，比太常少卿低了二级。

“说差了，说差了，”刘介忙说，“刘某品秩再高，与西麓先生在一起，西麓先生是上官，刘某是下官；西麓先生是堂官，刘某是属官。”

“绍之兄的官运及不上我，我也不必再谦。”张綵说，“不出戊辰年，我必再回吏部。”

现在是九月底，戊辰年只有三个月的时间了。再回吏部，不会再是郎中，肯定要升侍郎。郎中而佥都御史，佥都御史而侍郎，同是升二秩，意义却大为不同。张綵随口一说，却不像是妄言。

“西麓先生宏图大展，下官还要仰仗大力提携。”刘介打个躬，卑声说道。

“那是一定的，”张綵也不还礼，“说了半天闲话，来意还未表明。绍之兄，请把我的人唤来。”

刘介忙让家人去请。张綵的家人随着刘介的家人入内，双手捧着一大盘银子。

“绍之兄，我知你不缺钱用，区区一千两银子，请收下。”

刘介万万想不到，张綵不但来探望，还要赠银，不由得瞠目结舌：“西麓先生，这是从何说起！”

“绍之兄的生日是在路途中过的，这一千两银子，算是小弟的寿礼，望乞笑纳。”

“不敢当，不敢当，折煞下官了！”刘介诚惶诚恐，“厚赠请捧回，某实在不敢领。”

“银子你且收下。”张綵说，“我还有事相求。你不收下银子，便是不肯助我。”

“西麓先生要我做什么，吩咐就是了。下官岂敢不尽力！”刘介不再说银子是收下，还是不收。

张綵使了个眼色，家人将银子放下，退出室外。刘介知他有话要说，挥了挥手，把自己的家人也支了出去。

“绍之兄，你说要报答我的大恩，可是认真的？”看得出，张綵的问话是认真的。

刘介不能解释，他说的是“大恩不敢言报”，也就很认真地点了点头，表示认可。

“那么，兄何以报我？”张綵又问。

“一身之外，皆以奉公。”刘介许诺。

一直态度倨傲的张綵听了这话，向他行个大礼，说道：“承命矣。”接着向外招呼：“来人！”两名轿夫抬了小轿，已候在中院，待到主人令下，便径直向内室行去。

刘介木呆呆地看着小轿颤悠悠进去，又颤悠悠出来。轿子沉重了许多，显然里面坐了人。轿中还传出低微的啜泣声，极为耳熟。刘介方悟，张綵此来，备了轿子，是有目标的。张綵求的，是他新娶的夫人。

刘介中年丧妻，新娶了极为靓丽的江西妹子，深以为荣，逢人便讲，连床上功夫如何了得的话也传了出去。张綵先是在乡里有所闻，艳羡不已。复官到京，听到得更多，便动了夺人之爱的心思。在为官，不便远行，将刘介迁转回京，是第一步。刘介一离开抚州，他便屈指数日，等着见面的一天。

“多谢厚赐，告辞了。”张綵拱拱手。走到门外，又回过头来，戏谑地说，“我二人都立在此处，让嫂夫人自己选择，如何？”

年纪长幼还在其次，二人神形大异，一个俊逸潇洒，一个委琐老态，一个春风得意，一个寄人篱下，她该怎样选呢？刘介呆立，一句话也说不出来。

果然，一个月之后，张綵升任吏部左侍郎。

第四十八章

秋去冬来，刘大夏逮下诏狱已一月有余。和他一起下狱的，还有南京刑部尚书潘蕃和伏羌伯毛锐。狱由田州土知府岑猛之复而兴起，旨久不下，主要是因为对刘大夏的处置难定。

三年前平息思恩府土知府岑浚之乱后，思恩、田州二处改土归流，设置流官。应袭田州土知府职的岑猛降为福建平海卫千户。岑猛当年只有十岁，于今也不过十三岁，在一班土头目的把持下，迁延不行，要求仍任田州府知府。退而求其次，也要任田州府同知，即副职。广西右参政谢湖受命署田州府事，为岑猛等拒，不能赴任。岑猛又使人厚赂刘瑾。有旨：岑猛以同知署理府事，谢湖罢官，下诏狱。岑猛兵势复振，又向外侵扰。谢湖下狱，把责任推到前者出兵弹压的镇守太监韦经、总兵毛锐、总督潘蕃的身上，并因而连及前兵部尚书刘大夏。

毛锐逮自京师，刘大夏逮至湖广华容，潘蕃逮至浙江崇德，相继下诏狱。刘大夏被逮时，正在整理菜园，接了旨，入家携数百钱，骑一小驴，仓促就道。本以为早已致仕，与当道不存瓜葛，此去京师，稍辩即明，谁知竟是一场大狱。

廷议刘大夏狱，内阁、部院大臣都参加，刘瑾亲自坐镇，一改幕后操纵的旧例，

吏部尚书刘宇力主严惩刘大夏。他对刘大夏记恨在心，已非一日。孝宗皇帝关于刘宇的议论，不管是不是刘大夏传出，刘大夏不曾在孝宗皇帝面前开解，必然无疑。凭这一点，便是生死冤家。刘宇说："刘大夏的罪状是激变。两府改设流官，岑猛降为千户，远徙福建，都是刘大夏的主张。岑猛之变，由此而起。"依大明律，激变是死罪。

刘宇私下对刘瑾说："刘大夏富有，籍其家，可当边费十余年。"刘瑾大受诱惑。刘大夏下狱，其家即被抄没。

众人都知道"激变"二字的分量，一时屏息闭气，无人接话。进行廷议的左顺门议事处静得出奇，内臣走近都踮起脚来。

"刘大人说激变，怕有不妥，怕有不实。"资格老、经历多的左都御史屠滽嗫嚅

地说。

“何谓不妥？何谓不实？”刘宇盛气凌人。

王鏊说：“刘尚书说刘大夏激变岑猛，但岑猛只是迁延不行，并未背叛朝廷。既未背叛，刘尚书说激变便是不实，依激变定罪便是不妥。”他的辩驳甚是有力，在座的多数人都松了口气。只要不以激变论，便不至于死罪。

“改设流官，也是为朝廷计。”李东阳说，“又未激成大变。要说有失误，也只是安抚不当，我等以此论处好了。老先生以为如何？”问一句刘瑾是必要的，刘瑾在场，便只有他能定音。李东阳说得委婉，又有分寸。安抚不当，即使治罪，量刑不至于太重。

刘瑾有他的思考：“安抚不当，是潘蕃的罪过。刘大夏的罪过，是不从潘蕃之议。”两句话听起来寻常，其实很厉害。潘蕃之议，与刘大夏有同有不同。改设流官，是共同之处。不同之处是，刘大夏主张徙岑猛于福建；潘蕃主张，岑猛宜降为同知，仍守旧土。刘瑾的意思，依潘蕃的主张，岑猛不会激变。刘大夏不从潘蕃的主张，即使不曾激变，以后只要激变，刘大夏就难逃其咎。至于潘蕃，虽然主张不错，却是安抚不力，也必须治罪。

“以此而论，即使可以不死，也不可以不戍。”刘瑾一语敲定，戍边不能再更改。要议论的，是发配到哪一处边地戍守。

刑部尚书王鉴之一直没有开口，这时说道：“愚见，刘、潘二人发戍广西，诸位大人意下如何？”

广西在西南边陲，遍地瘴疫。刘瑾并未说发戍极边，王鉴之提议广西，李东阳等人都以为过重。焦芳却冷笑一声，问道：“王尚书是不是要在故人面前卖弄交情呢？”

王鉴之先是一愣，既而想到，他和潘蕃都是成化二年进士，又都是浙江人。焦芳说的，定是这一层。他本无袒护刘、潘二人的用心，被焦芳一说，却有些心虚，“若是不当，大家再议。焦大人的话，我听不明白。”

“发配广西，自然不当。”焦芳说，“刘、潘二人均在广西经营有年，深植根基。将他们发戍该处，不等于送他们回家中吗？”

李东阳皱着眉头，欲有所言：大家同出一科，别人都以为罚重了，独你以为罚轻了，是何心肠！但大臣议事，意气的话终究说不出口。

刘瑾点头道：“守静先生的话在理，刘、潘二人不能去广西，将他们发戍肃州卫吧。”

陕西行都指挥使司治所在甘州，东距西安府二千六百余里，肃州又在甘州之西五百余里，在刘瑾印象里，属于极边之地。

王鉴之说了句发戍广西，是循刘瑾之意，无意中说出，既无袒护刘、潘之意，亦无重治刘、潘之意。他的建议未被接纳。而广西是极边之地，发戍广西即是发戍极边，不接纳发戍广西而接纳发戍极边，却成了议事的结果。李东阳等即使有心争辩，也难再张口。

两天以前，派去湖广华容县的人返京，如实禀报了在刘大夏家乡所见：除了十几亩薄田，一处祖宅，刘家别无余赀。若非如此，刘瑾不会轻易说出“可以不死”之类的话。

主犯四人都做了处置：刘大夏、潘蕃二人永戍肃州，毛锐夺太子太傅衔，裁禄米五百石，韦经削职闲住。另外谢湖也被削籍。

刘大夏布衣徒步过大明门下，叩首而去。看到这位年已七十三岁的老人，举手投足，中规中矩，不识他者，崇敬之心油然而生，认识他的人，心中祷祝：刘尚书灾满生还。

上次离京，在两年半之前。获准致仕，加太子太保衔，赐予敕书，驿递供给交通，归家后岁给廪米隶夫，一个老臣子可以得到的荣誉和待遇都得到了。同年李东阳和焦芳联手在广宁门外报国寺设席送行，除首辅刘健偶恙，谢迁和其他大臣都去了，一个士大夫可以得到的友情和敬重都得到了。

此次离京大不一样。从一品的尊显衔位成了布衣，朝廷给予的种种礼遇被极边远戍所取代。相伴的只有老仆刘才，没有任何人送行，连至交李东阳也没有来，理由是染病。可刘大夏知道，理由不是染病，至少有一半理由不是染病。他体谅李东阳的难处，只是感到孤独和悲哀。

出了正阳门，刘大夏在前，刘才牵着自湖广带来的毛驴跟在后面，一路向南行去。大臣戍边，不须押解。刑部和都察院会具文知会戍所，戍所也会具文呈报朝廷，犯官是否到达戍所和是否在规定的期限内到达戍所。戍边的大臣只须把握，切莫超过规定的期限，否则，后果会相当严重。刘大夏已算计好，今日不须多行，也不少行，行至固安投宿就可以了。

行不多久，刘大夏问老仆：“刘才，听到有人在唤刘尚书吗？是不是在唤我？”

“得了吧，老爷，”刘才说，“城里熟人多，都无人唤你。出得城来，还有谁识你？刘尚书，眼下朝廷就有两位。有人唤刘尚书，也非唤老爷。有人唤老爷，老爷也不会理睬。走我们的路吧，老爷，没有人唤刘尚书。”

刘大夏笑了：“你人未老，怎如此啰唆？”

“怎么不老？”刘才说，“六十开外，还不老吗？”

“不老。小我十余岁，莫要说老。”

“我怎好和老爷比。老爷四十多年前，就得了一个老字，不会再老。我不行，真是老了。就说耳朵吧，老爷能听到的声音，我都听不到了。说不定，真有人在唤刘尚书。”

回过头去，唤刘尚书的人已站在身后。“刘尚书慢行！”那人手提包裹，喘着大气。

刘大夏老眼昏花，凑上前去辨认。刘才的眼睛比耳朵管用，一下认了出来，“这不是李管家吗？”自从崔铣在长安道上称李荃为管家，李东阳好友的家人都这样称呼。若有人疏忽，仍叫小李，他还会不高兴。

刘大夏也认了出来，说声：“原来是你。”

“刘尚书，又不是进京赶考，何必行色匆匆？”李荃还在喘气，“我出正阳门就看到了你老的背影，一直赶到现在才赶上，行出有三五里了吧？你老的身骨真硬朗。”

“进京赶考是朝廷的正事，边方远戍同样是朝廷的正事，一样要急的。”刘大夏认真地说。

“刘尚书教导的是。”李荃很会说话，“原先只觉得戍边是朝廷的惩罚，刘尚书一说，才知道戍边也是朝廷的正事。我家老爷大概也觉得戍边是朝廷的正事，一定要我来送送刘尚书。”

听口气，好像他是了不起的大人物。刘大夏觉得好笑，相互间一下子变得亲近了。“李荃，你家老爷身体可好？”刘大夏问。

李荃神色黯然地说：“不能提了。那日说是在朝廷议了刘尚书的案子，回去后就吃不下饭，睡不着觉，咳嗽声到后半夜方停，让人听了真是心疼。”

异姓兄弟，情深意笃。刘大夏听了李荃的话，大有泪水夺眶之势。此行西去，还有没有见面的机会，只有上苍知道。他忍住悲痛，说道：“转告你家老爷，我的身体很好，他不用挂念。请他为了朝廷，多多保重。”

“刘尚书的话，我一定带给我家老爷。我家老爷说，西北严寒，刘尚书恐无御寒之物。这件羊皮裘袄，请带在身边，如见故人。”说着，将包裹递给刘才，“刘大叔，请你接过。”

刘才看着自家老爷，却不去接。刘大夏把话说死，这次进京和离京，所有馈赠一概璧还，分文不取。他虽为人和善，说出的话却是掷地有声，刘才不敢有违。

“刘才，你接下吧。”刘大夏说，“西涯公要我带在身边做个纪念，我不能不从。”

翰林院编修陆深到李阁老胡同探望李东阳，见面就问：“老师，身体可大好了？”

“好多了，”李东阳说，“只是太医嘱咐，不可饮酒，今日就不留子渊用饭了。”子渊是陆深的字。

“不敢叨扰。今日来，陪老师说几句话。”

“甚好，”李东阳欣慰地说，“子渊嬉笑成文，谈锋冠于京城，陪我说几句话，即是一副良药。”

“老师过奖。和老师说话，某亦是受教。”陆深为人倨傲，人缘不是很好，唯独对李东阳不同，不是应酬，不是敷衍，敬仰出于真心。

闲谈一阵，话题转到刘大夏身上。

“东山先生离京半月，该走到汴京了吧？”李东阳问。刘大夏号东山，取自华容县城东的一座名山。

“东山先生取道郑州，不会路经开封。”陆深说。由京师去湖广，开封是必经之地；去西北，就不必绕道开封了。陆深估计，李东阳有些恍惚，把刘大夏此行的目的地当作了华容。

“我好糊涂！”李东阳苦笑着说，大概真如陆深的估计。

“有友人从保定府来，告诉我，东山先生路经该地，父老携筐送食，所至罢市，足见东山先生的声望。”陆深简单讲述了听到的传闻。

“是啊，某立朝数十年，见过的士大夫无算，以东山先生最为忠厚，也最能律己。古人所说与物无忤，临事有为，其人之谓乎！”李东阳感慨地说。“前者他致仕而去，我一是为朝廷惋惜，二是为他高兴。可万万想不到，过了几年，还有人放不过他。我无力庇护，愧对贤哲。”

“老师，此事我也是不解，苦于无人请教，还望老师开导。”不解者，是指“还有人放不过他”，还是指李东阳“无力庇护”，不甚明了，所以他又说，“老师的难处，大家都知道。但以东山先生的为人，为何还有人放不过他呢，我实是困惑。”

陆深有所问，不能不有所答。李东阳说：“东山先生之祸，我确有所见。子渊不妨姑妄听之，不足为外人道。”

陆深知道他的谨慎，应道：“老师放心，我不敢在外面乱说，也无人与之论说。”

“有两句话，子渊可记住，以为他日之验。东山先生之祸，发于外衙，而积于内廷；启于今日，而肇于前朝。”李东阳停了停，说，“子渊是聪明人，不须我再深说。”

陆深听了，若有所思。他的疑惑在于：前后两位兵部尚书有过节，人皆知之，而刘大夏在宫变前已然致仕，与刘瑾并无深怨。刘瑾对刘宇的话，间或听之，但刘瑾不会允许刘宇公然假其手以报私仇。这是其一。若论刘瑾的深怨，首先当属韩尚书，对韩尚书的处分只是罢官输粟。刘大夏不是深怨，处分却如此之重，不但戍边，且永戍极边。这是其二。

李东阳说，刘大夏之祸生于外衙，而积于内廷，是说发于此一刘，而积于彼一刘，归根到底，欲加之罪的还是刘瑾。而刘瑾的怨恨，则是积于先帝之时。

刘大夏在孝宗朝的事迹，陆深听说过不少。诸如尽裁光禄寺无名供费，议革上值各卫勇士名衔，都令内臣恨之切齿。韩文等上疏，内廷中还有王岳、陈智辈与之呼应，刘大夏的举措，则得不到内臣支持。刘瑾柄政，不能不拉拢外朝士夫，更不能不顾及内廷舆情。刘大夏被重处，原因大概在于此。李东阳话中的含意。大概也在于此。

李东阳道不须再深说，其实是不便再深说。陆深有了一番理解，便转开话题：“我在翰林读书时，拜谒东山先生，先生说：仕途不可广交，广交则受累。好朋友只三四人得力者，自可了此一生。我问先生：何为得力者？先生说：在朝若李西涯，在野若陈白沙。今听老师说，东山先生与物无忤，临事有为，足见老师于东山先生知之甚深。两位前辈的交情，实为我等楷模。”

第四十九章

张綵任吏部左侍郎后，在刘瑾支持下，提出几项整顿吏治的措施。其中之一，是清除积年引疾，在编而不办事的官员。十二月上旬，副都御史以上的大臣，有三人被勒令致仕：刑部右侍郎李士实，成化二年进士，自弘治十七年引疾，已有四年；户部右侍郎何钧，成化十一年进士，自正德元年引疾，已有二年；右副都御史陈璧，成化八年进士，自弘治十八年引疾，已有三年。引疾而不求去，无疑是贪图禄位。朝廷所入有限，不能用有限的粮饷供养不能办事之人。不主动求去，便勒令致仕。张綵以此立论，别人很难驳他。

李士实的字和诗均享时誉，与李东阳有文学之交，被勒令致仕时，转请李东阳为他说话，遭李东阳婉拒，只得收拾行装，怏怏南归，回到原籍江西省丰城县。丰城是南昌府属县。

回乡的第二天，宁王朱宸濠送来帖子，请他过去一叙。李士实再三斟酌，不敢轻动。朝廷关于复宁府护卫一事议论甚多甚重。宁王别有用心，不须明智之士也能看出，与他拉扯在一起，心有不安。李士实以旅途劳顿为由，婉言回绝。宁王不肯罢休，连着三日下帖。李士实更加警觉。想了想，南昌不可再留，便托女婿方侃在其乡里饶州府买了处宅子，搬了过去，以求清静。

方侃精干，事情很快办妥，但清静的时间不长。人走了，家搬不走，财产还留在南昌。他走后不过两三日，家中被盗，地契、房契、珠宝、字画被席卷一空。李士实一面让长子李汝祯去南昌府报案，一面亲自赶回去。眼看就到年关，按照习俗，已经过小年了，若不尽早破案，寻回实物，年就不用想过了。

回到南昌，李汝祯正在家中等候。

“汝祯，知府大人怎说？”李士实进门便问。

“路上辛苦，父亲先喝口水。”李汝祯不即刻答话，却捧了丫环送来的茶递上。饶州到南昌，二百多里路，坐了两天轿子，半是山道，磕磕绊绊的，也煞是辛苦。

“谁有心思喝水！知府大人如何说的，你如实告我。”李士实知道儿子没有从知府处讨得实在的话，生气地说。

“难办。”较为憨直的李汝祯真的实话实说，而且，说得甚是简单，想来知府的答话就是如此，两个字把受害人家打发回来。

“怎叫难办？”李士实更加生气，“在他治理的地方犯了案，连查都不查吗？”

“知府大人只说了两个字，便把我请出。”李汝祯说，“我拿父亲的话问刑名师爷。他说：不是没有查，查了，而且查出了眉目，大老爷才说难办。他说，入府行窃的是凌十一的人。”

“凌十一又怎样？”李士实离乡日久，但还知道江西山区的乡民常以数字作为名字，“他难道就不是我天朝的顺民？”

李汝祯说：“父亲说对了，凌十一杀人越货，没有不敢做的事情，不是顺民。”

杀人越货是大盗的行径。李士实听说赣南山区多有盗匪啸聚出没，想不到省城也如此不堪。“罪行昭彰，南昌城内许多衙门，竟没有一个去管吗？”说归说，李士实也知道，若管得了，南昌知府也不会说难办了。南昌城里有三级衙门，府衙承上启下，知府说难办，在他之下的南昌、新建二县的知县更加办不了，在他之上的布、按二司也定是没有严督他去办。

“父亲在京城住久了，对赣中情形不甚知晓。”李汝祯说，“在南昌城，出外杀人越货，入宁王府视为宾客的，何止一个凌十一。”原来是宁府的宾客，难怪官府不敢管。提到宁王，李士实作难。根子在宁王那里，或许就是宁王指使凌十一辈做的案，不拜宁王，无法了结，数十年的积蓄失于一旦。去拜宁王，人家的敬酒你不吃，而今被踢了一脚，反而将脸贴上去，不难为情吗？脸面重要，家产更重要。李士实在难下决心。

“父亲，与其去一个一个衙门叩头，不如去宁府一揖。”李汝祯建议说。问清了来龙去脉，他心中已定下宗旨。

“不必说了，我自有处置。”李士实不耐烦地说一句，结束了谈话。

然而，不等李士实送去拜帖，宁府的人又来了。李汝祯引进来的，仍然是前两次来过的承奉刘吉。二人分宾主站定，行了礼。

“李大人，”刘吉开门见山地说，“我家王爷听说府上被盗，十分不安，差人四下查访。说来侥幸，居然查到了。贼人和贼赃都在王府。王爷命我来问一声，贼人是在王府审呢，还是押去衙门里审？贼赃是王爷派人送来府上呢，还是李大人去王府清点？”话实不实，且不去说，话中的纰漏却很明显。王府不准过问地方刑名政事，出了盗案，怎可差人四出查访？就算听到风声，有了线索，也该报与官府，怎能将人赃留在王府？但人家是来报喜的，李士实不能不领情。

“千岁爷做主，感激不尽。”他拱了拱手，说道，“请上复千岁，自然是我去王府拜谢。”

“李大人确是有见识的人，”刘吉说，“我家王爷一向敬重大人，大人屈尊前往，我家王爷一定不胜欣慰。李大人何时去，定个日子吧。”

“若虚先生，”宁王在王府外迎候李士实，大喜过望地叫着他的字，“本王对先生仰慕已久，今日方得识荆，足以了却平生心愿。幸甚！幸甚！”说着，一揖到地，态度极其谦恭。

李士实忙不迭地还礼：“千岁金枝玉叶，身份何其崇高，士实不过一寻常士人，对千岁只能远瞻，无缘近就，故多次相召，不敢从命。实有负千岁爱贤之心，还望恕罪。”

“哪里的话！哪里的话！”宁王携了李士实的手，并肩入内。在书房坐下，又是一番客套话：“若虚先生，我江西自解学士、杨东里之后，官居高位之人虽多，才学、清雅再无超过先生者。今日枉顾，本王三生有幸。”

“千岁错爱了，某秩不过从二品，官不过侍郎，致仕后一介书生耳。江西人杰地灵，人才辈出，某怎敢与先贤并列。”李士实谦道，“士实今日拜谒千岁，特为恳谢大恩。”应酬的话差不多了，他一语道明来意。

“些许小事，不足挂齿。刘吉！”宁王招呼在外侍候的承奉，“你领若虚先生的公子去清点一下失物。如有出入，再打着那厮追问，李府的一铢一锱都要着落在他的身上。”

“是，小人就领李公子去办。”刘吉应着。

“若虚先生也要去过过目吗？”宁王先打发了刘吉，再询问李士实，显然是不欲他离开。

“不必，不必。”李士实当然明白该怎么做，虽然对儿子的办事能力不那么放心，也不便前去。

刘吉一去，身旁再无他人，宾主有推心置腹的话，尽管去说。宁王正需要这样的机会。不是他信不过刘吉，而是怕李士实有所顾忌。“若虚先生，请用茶，”宁王让了让，接着刚才的话说，“宁府在南昌百余年，说一句不知深浅的话，根基深厚。而今蒙朝廷殊恩，复了护卫，在财力上还算宽裕，地方官员多有求于本王，也没有不买本王面子的。先生在南昌的事情，交代一声，保证会有结果。”

“士实已是一草民，更要千岁庇护。”李士实说，“乞赐合家阖安，我从此安居于此，再也不敢离开南昌城了。”

“先生真的再也不离开南昌？”宁王问。

“千岁真心待我，在千岁面前，我不说假话。”宁王为了请回李士实，不惜借用巨盗，李士实不能不拿出十分的真诚，表白心迹。

不料，宁王要的不是他的这番表白。“南昌到底过于偏僻，我倒是企望先生有朝一日翱飞而去，再展宏图。”略略一住，发现意思没有说清楚，“不只是企望，本王还要鼎力相助。”

李士实以为是无谓之谈，笑了笑。

“若虚先生以为我无力相助？”宁王对他的态度很敏感。

“非也。”李士实摇摇头，仍然在笑。

“既然不是，为何哂笑？”宁王追问。

“士实老矣，再无意于功名。”李士实说，“有千岁爷的庇护，阖家相安无事，共享天伦，再为犬子谋个前程，就是我的全部心愿了。”

这回轮到宁王发笑了：“若虚先生讲笑了。你的心思我还能不知？以先生的才学，不登堂拜相，你能甘心，我都要为你抱屈。”

武臣的最大心愿是立功封侯，士人的最大心愿是入阁拜相。李士实即使真把此次致仕看作宦途的终结，内心也不能说全不抱有希望。宁王一说，他无法申辩。定要说没有拜相的念头，岂不是承认自己是个庸人？

“令郎的前程先不必忙，”宁王又说，“先生的前程势在必争。毋庸讳言，我说的前程就是拜相。先生放心，这个前程包在本王身上。今日设宴，我特为先生请来一人。见到他，你或可相信，本王之言，并非虚妄。”

“不知是哪一位？”李士实想尽早知道同席之人。

“按察使陆全卿先生，可是先生旧识？”宁王反问。

“相识，但不熟悉。”李士实答完，问道，“听说他升了右佥都御史，巡抚宣府，尚未离赣吗？”

他们谈论的对象，姓陆名完字全卿，是成化二十三年进士。

“千岁，今日的酒宴我还是不参加的好。”李士实思前想后，提出要告退。

“这是为何？”宁王不解，“莫不是若虚先生和陆全卿曾有过节？”

“我们并未共事，他做言官时，也不曾纠劾过我，怎会有过节？”李士实说。

“那是若虚先生不喜他的为人吗？”

“也不是。”这一层，李士实也否定了，“千岁想必知道，全卿入仕前和入仕后，声誉都不错。”

陆完是苏州人，据说，为诸生时，曾率同窗数人殴击织造太监王敬。巡抚王恕力陈王敬罪有应得，一班生员才得保全。陆完中进士时，王恕正任吏部尚书，见到陆完的名字，说：“此人勇击阉人，当为御史。”

其实，与王敬发生冲突，陆完并没有牵连进去，是私仇借以陷害，把他的名字列在殴击王敬案的首位。本想陷害，结果却是成全。新进士授御史是难得的机遇。而他任御史时，声誉不错，没有辜负王尚书的提携。

遭人陷害之事，李士实并不知道，所以赞他入仕前和入仕后声誉都不错。

“那我就不明白了，有如此声誉的人，若虚先生为何要避他呢？”宁王问道。

“他是现任，我是去职，平素无甚来往，我来陪他吃酒，有些不妥。”李士实的顾虑，归根结底，还是怕失了面子。论功名，二人相差二十年，恰恰差了一代人。而一是现职，一已致仕，在王府，大概只能平礼相交，稍有自尊心的官员都难以接受。

“若虚先生说差了，”宁王听了他的话，忙解释说，“不是你来陪他吃酒，是他来陪你吃酒。”

“那就太委屈他了。”说委屈他，是客气的话，李士实是担心，他不肯屈居客宾之席。

“放心！”宁王知道他的实际顾虑，宽慰他说，“全卿答应了来陪先生喝酒，那便一定是心悦诚服，我可担保。”

李士实嘴上不说，心中在想：怕是未必。自视甚高且前程远大的士人，对尚书都没有升到的前辈，是不会有多少敬意的。

“明说了吧，”宁王更进一步和盘托出，“全卿的升迁，是得我相助。我敬重于你，他也不会不敬重你。我已向他说明，今日之酒，是专为先生而设，不是为他饯行。”

原来如此。难怪宁王有把握，陆完不会争主宾之席，难怪宁王说，见到此人，便会相信他的助力。他请来相陪的，是一个得他助力的人。

宁王的话，衬出李士实过于计较，他不得不解释两句：“其实，做千岁的客人，不须争主宾客宾的席位，我只怕与现任职官同在王府，两不方便。”

“此事我已说明，不须再虑。”宁王说，“但若虚先生方才提到一事，我甚感忧虑。”

“哪一事？”李士实问。宁王解除了他的顾虑，现在轮到他替宁王排忧解难了。

“你方才说，全卿曾与苏州诸生抗击太监王敬，此事若实，我甚感忧虑。”宁王说，“全卿升迁，我托了当朝刘太监。刘太监知道全卿犯有前科，不但全卿祸端难卜，我都会受到牵累。再者，若全卿性情不改，对内臣仍是抨击不止，就更是一场大祸了。把他荐到京师外围，却是害了他，也害了我。若虚先生请看，此事如何办才好？”

李士实想了想，说：“千岁如果为其他事情担忧，士实愚驽，不敢妄加劝解，如果只为这件事担忧，我倒要大胆说一句：莫学杞人。我与全卿交往不多，但据我对他在朝中几年的观察，此子急立功名，善结权势，对刘太监必有应付之道。此其一。其二嘛，刘太监虽偏用陕人，但对他省之人，并不一概排斥，对他省才智之士，也量加擢用。不似焦阁老，厌恶南人，闻去一南人则喜。全卿向有才智，或可中刘太监之意，也未可知。”

“闻先生之言，茅塞顿开。”宁王喜道，“看来，全卿要防备的，反而是焦阁老了？”

“须防备，却不必担忧。”听李士实的口气，竟是精通朝廷事务，“依我之见，焦阁老的气数也将尽了。”

“有这等事？”宁王似信非信，而宁愿信之，“若虚先生熟知时政，还望不时点拨。”

第五十章

灯节一过，刘瑾立即差出给事中、御史，查核两京和各省赋税。起因是节前与张綵的一次对话。换了别人，那些话是不敢说的；说了，刘瑾也听不进去。张綵则当别论，他不但敢说，而且说得中听。

先是一番泛泛的议论："凡成大事者，必审时度势。事有可为有不可为者，可为之事有昨日必为而今日不必为者，不可为之事有昨日或可为而今日必不可为者。"

刘瑾笑笑，说："我不懂玄学，亦不喜玄学，西麓何不明言。"

"我说的不是玄学，而是实学。"张綵道，"分清可为不可为之事，必为不必为之事，或可为必不可为之事，于瑾老事业大有干系。"

"既然大有干系，何事可为，何事不可为，何事昨日可为，何事今日不必为，何事昨日或可为，何事今日必不可为，"刘瑾点了点张綵，"烦西麓逐一言之。"

"逐一言之不必，某悃悃而言者，一事耳。"

翻来覆去讲的只是一件事，刘瑾倒不能不弄个明白。"是哪一件事？"他问道。

张綵用手指在几面上划出了两个字：奉献。细细推敲，这两个字有些毛病。既言奉献，主动者是奉献的一方，而不是刘瑾。但不说奉献，又说什么呢？说索取吗？那等于直斥刘瑾之过。张綵只会曲解，不会直斥；若要直斥，也不必等到今日了。

外官布、按二司以下，升迁觐见，奉献皆有额数，是刘瑾积累财富的主要来源。他不欲和张綵讨论这个问题，淡淡地说："已成规矩之事，不好再更改了。"

"不然，"张綵说，"规矩须常立常破，不同只在由他人来破来立，还是自家来破来立。没有立规矩的魄力，固不足以成大事，没有破规矩的魄力，特别是没有破自家规矩的魄力，亦难成就大事。奉献的规矩，当破于今日。"

刘瑾不置可否，却道："奉献之事可为乎，不可为乎，西麓试为我言之。"

张綵重复着开始的泛泛议论："可为，又不可为。可为者，乃昨日必为而今日不必为者，不可为者，乃昨日或可为而今日必不可为者。"

"何谓可为？"刘瑾一条一条地问。

“取财以立威势，取财以验威势。成大事者可无财，不可无威势。故言其可为。”

“说得透彻。”刘瑾高兴了。其实，索取贿赂，到底是为了取钱财，还是为了立威势，或是兼而有之，他并没有明确的意识，经张綵一说，倒好似真有远见卓识：取财不是求富，而是求势。“那么，何为不可为？”刘瑾但愿也能听到一个好的理由。

张綵不慌不忙地说：“众官的奉献，二分取之于私，八分取之于公。取于私者，足见忠爱之心。取于公者，徒坏国家之法。更有私藏不足，官帑不敷者，借于京师富家，他日连本带利，加倍偿还，称曰京债。为偿京债，多方设法，官仓官库，尽皆挪用。凡此，无异于剜肉补疮。故言其不可为。”

刘瑾又是一喜。本来在想，说到不可为，不论如何婉转，结论总是所行不当，即便不敢指责，也失了脸面。不料张綵甚是巧妙，三言两语，过失都归之于他人。因而，他要听张綵再说下去，“西麓再说说，何为昨日必为而今日不必为？”

“昨日瑾老于无威势中欲立威势，以取财一途最为便捷，最易验证，故必为之。”张綵答道，“今日瑾老威势已立，继续取财于众官，纵然有百利，也不是当前之急务了，故不必为。况且，此事还另有一说。”

“那便是昨日或可为而今日必不可为者了？”

“瑾老明察秋毫。”张綵恭维一句。

“明察秋毫不敢说，还要多赖贤哲解说。前数条，西麓言之凿凿，且听此番又如何解说。”刘瑾说罢，拱手做请教状。

“言重，言重！”张綵连忙还礼，“下官蒙瑾老眷顾，虽一得之见不敢不言，若言之不当，还望瑾老纠谬，下官感激不尽。”

“好了，西麓不必客气，请说下去。”

“是。”张綵略一敛气，从容言道，“昨日众官不知奉献的后果，取银于府库，借债于京师，心中尚怀忐忑，不敢肆无忌惮。故或可为之。今日之众官，已知奉献之银，不论取于府库，还是借于京师，都不会受到究诘，必将变本加厉，不但取公帑以奉献，而且取公帑以利己，长此下去，敛怨甚众，遗患无穷，局面何堪？故必不可为之。”

局面何堪的话，说出来极是难听，但该负责任的是奉献的众官，而不是受献的刘瑾，感觉上就有了不同。本来理所当然地接受奉献，理所当然地以为奉献之事不可议论，不必议论，现在，一来由于一向听得进张綵的话，二来由于张綵的话说得巧妙，刘瑾开始考虑，奉献之事，也不妨议一议。

“看来，奉献之举该当停止了。”他以推心置腹的语气对张綵说，“以公帑奉献，绝非忠爱之心，我亦不能以忠爱之心视之。”

明明是张綵提议止收奉献，他却说：“瑾老之言极是，该当停止了。”

“那么，如何停止呢？”刘瑾问，“望西麓教我。”

是啊，总不能公然宣布，自某月日起，所有奉献概不接受。若这样宣布，对前此接受奉献之事该如何解释呢？刘瑾相信，该有更好的办法。张綵出了题目，那就让他来做做文章吧。

张綵早有准备：“有两件事情，不妨先做一做。”不等刘瑾发问，他接下去说：“第一，寻一两个劣迹昭彰的官员，着实整治一番。”刘瑾心中清楚，所谓劣迹，当然是指在奉献一事中做得太过分了。他且不置可否，要听张綵说第二件可以先做一做的事情。张綵会意，又说下去：“第二，遣官核查各地府库。结果如何且不必说，核查官员一出，声势造成，奉献之风自然可以止住。”

“所议甚当，我无不从。”刘瑾说，“西麓容我一两日时间，筹划实施。”

“是。瑾老可和左右之人再细细议论。”张綵目的达到，又说了几句闲话，起身告辞。

刘瑾相送到门外，似是不经意地问道：“你说我威势已立，是真心之言，还是阿谀之辞？”

张綵一愣。他不明刘瑾的用意，不敢乱说，反问道：“瑾老以为我是阿谀之徒吗？”

“我知你不是。”

“那怎会有阿谀之辞呢？”

两人相视，呵呵一笑。张綵拱手告别。

此等大事，刘瑾说缓行一两日，当然是要和张文冕商议，不但商议张綵提出的两条不妨先行之事，而且要商议一些不足为外人道的细枝末节。

“文冕，你说西麓之议甚善，足见公忠体国之心，为何你不曾说起？”刘瑾问。

张文冕心中对张綵的重诺守信自有一番感慨，嘴上也就极力赞赏附和，没想到刘瑾会有此一问。好在不乏应对之词：“晚生承蒙恩公视为腹心，本当知无不言，但才学疏浅，有些事情看不到，有些事情看不透。譬如门子，终日警惕盗窃，不敢闭上双眼，而对后园中生出些野草杂芜，却视而不见。经西麓先生一提，晚生方悟，奉献一事大有文章，或即后园中的杂芜，须得着力除去。”

刘瑾点点头，说：“文冕的比喻很好。西麓指点了如何除草，今日找你来，商议一下该落锄何处，怎生掌握深浅轻重。”

“惩治劣迹和查核府库二事，皆可行之。”张文冕说，“晚生有个计较：对搜刮地方以作奉献者，直斥其非，并以此为契机，声言不受奉献，亦不会因奉献而不追究劣迹。查核府库，则只查核数目，额数有缺，定要追究责任，轻者补还，重者罢免。但不必追究额数的去向。”

依此行事，既可停止奉献，又不损害面子，刘瑾以为很是妥当。“文冕，你看拿谁开刀为好？”他问。

“有人殃及公之乡人，何不先惩之？”

“你是说欧阳云和吴仪？”

御史欧阳云、工科给事中吴仪出使陕西，年前回院，按照惯例，进献刘瑾白银若干。他二人在陕西任上官声狼藉，京中陕西籍官员中不少人有议论。

“好，我要为乡人除此仇雠。”

查核府库，一般应差给事中和御史。但官职固然重要，更重要的是稳妥可靠。有几个人刘瑾是有印象的。“给事中张褕、段豸、胡玥、王翊，御史房瀛、沙鹏，我是信得过的。”他一一数着，“其他人能否体察我的用心，就难说了。文冕，你再想想，还有哪一位御史、给事中可以委派？”

其他人就难说了，这话说在先，张文冕怎好再荐？况且，他心中有数：查核府库是张綵提议，他附议的，因而，差派之人必须由刘瑾选定。人不能荐，张文冕却另有主意，“御史、给事中不足用，何不从他官中择人改任？”

“好主意！”刘瑾被提醒，击掌言道。部属官中不乏信任可用之人：“张文璧可改任御史。”张文璧是户部署郎中，以他为首，列出一串名单，有户部署郎中张诺、冯顺，刑部郎中朱鎏、张瀹、刘祥、陆栋，兵部员外郎屠奎，轻而易举凑足十四之数。“就是这十四人吧。”他总结了一句：“你看如何？”

“恩公委以重任，他等必尽心办事。”张文冕答道，随即细心地建议，“署郎中改任御史，是否该掌一道？”

郎中正五品，御史熬到正五品，无疑该为掌道。由他官转任，不论品秩如何，则要看机遇了。事是小事。但今日改任的署郎中们都是刘瑾要借重的人，不能让他们委屈了。

“这是自然。”刘瑾即准。

张綵出的题目，又和张文冕议了一番，方才心中踏实，方才决心实施。当然，与此题目有关，又在此题目之外的一些事，也非和张文冕议一议，否则不能解决。

“文冕，我还有些心思，你可知晓？”

“晚生不敢胡乱猜测，请恩公明示。”在其他场合，张文冕愿意做些推测，而且十有八九，推测不误。但今日刚做出重大决定，若推测有误，或不慎说错了话，说不定会前功尽弃。

刘瑾迟疑片刻，说：“你和西麓都相信我能成大事，也都愿意助我成大事，我深信不疑。你们劝我奉献，意在于此，我心中有数。但两年来，我已成了习惯，日不进黄白之物，则郁郁不欢。幸亏焦阁老昨日向我言及，江南富庶，南籍官员多富室，可予抄没，文冕以为然否？”

这是一个不大不小的难题。如若参驳，刘瑾真的结郁在心，后果也不堪设想。张文冕想了想，说：“东南富庶，士大夫多富室，话很实在。有罪当抄没者，以其家财输送府上，也是名正言顺。不过——”他拖了个长腔，才说出顾虑，“须是真正罪当抄没，否则，圣上闻知，又会生出麻烦。”

“理会得。”刘瑾高兴地说。张文冕的附和是真心的附和，告诫是诚恳的告诫，难怪他要高兴。此刻，在刘瑾的脑海中已然有了一个罪当抄没的人物。

此人是前河南巡抚钱钺。钱钺，浙江杭州人，天顺八年进士，弘治年间先后巡抚山东、河南、贵州，弘治十四年致仕，正德初病死。钱钺性贪鄙，各地有口皆碑。刘瑾想到他，却是为了一件无足轻重的小事。

河南多王府，亲王岁给禄米万石，比例是一比九，粳米千石，粟米九千石。钱钺到任，崇王请以河南当地产的红粳米代粟米。钱钺得了好处，以为无碍，输红粳米四千石入王府，一千石为正额，三千石代粟米。当时并无人弹劾纠察。钱钺去任，输王府的粳米与粟米又按旧例。

去岁，第二代崇王朱佑榓袭封。过了年，便请照弘治三年例，给粳米四千石。刘瑾不知有此一事还罢了，知道了，便不肯轻易放过。派人一查，果然属实。两天前，尚未想好处分，经张文冕一说，抄没钱家便不可避免。

钱钺做了三十七年官，积累巨万家财，养了成群妻妾，育有六子，长子钱应祯以下，依次是应祥、应祺、应福、应禧、应禄。名字起得不错，可惜不得应验，应福、应禄等等成了应灾、应祸。刘瑾抄没钱家，事主已死，乃以其家人顶罪，钱钺妻妾、钱钺六子及各子妻小发戍肃州、固原、庄浪等极边卫所。

抄没钱家，轰动了杭州城。钱宅门外，聚集了万人观望。只见钱家大小人犯，破衣破衫，蓬头垢面，畏缩在一隅，抄家之人，趾高气扬，吆三喝四。围观的人群中，起了议论。

有人大声言道：善有善报，恶有恶报，前人作孽，殃及子孙。你看偌大一份家业，顷刻便成了乌有。

有人窃窃私语：钱某人人品虽是不堪，子孙无一完者，处分也太重了吧？

也有人心惊胆战，默不作声。或是想到，同样的场面，不知哪一天，会出现在他家门前。

忽然，差人们捧出几个箩筐，在门前放了一排。围观者不知何意，立时噤口。差人从一筐内取出一物，扬了扬，是一件褪了色的长褂。从另一筐内取出一物，扬了扬，是一件粗布的衩裙。筐内装的，大约都是此类物什。

一名看上去是头目的差人清了清喉咙，指着钱钺的家人说："这一干人即日启程，押解西北。关山万里，几件换洗的衣衫总是要的。但我等奉旨行事，钱家分文寸缕均须入官。不得已，挑选几件旧衣粗裙，折价变卖。有仁人君子，行善积德，拿出银两，将衣物买去，送给他等一路上使用。他等免除露体之虞，我等对朝廷对官府也有个交代。这些都是官物，定价合理，多者二三十两，少者十两八两，善长们发发慈悲吧。"

说是定价合理，比当铺中的旧货贵出数十倍。价钱还在其次，有谁敢对钦犯援手，况且是官声不好的方面大员的后人？差人说了许多话，竟无一人应声。

宣讲的差人问其他差人："杭州城内无侠义之人，众位老哥，怎生是好？"

其他差人道："那就派购吧。反正咱们弟兄是做善事，也不怕得罪了哪位有钱的财主老爷。"

"好，就依老哥们的主意。"差人头目手臂挥了一圈，突然指向一个衣着华丽的围观者："就是你！咱们先得罪一下你。"那人想退后脱身，两条腿却迈不动了。"你是第一个做善事的人，第一，可以任选一筐买下；第二，准与八折。大爷，请来挑选吧。"见那人不动，又说："大爷是没带银子吧？不碍事，你定好货色，赊下银子，我们去府上取。"

那人听了，浑身一颤：让他们去家中取银，比引狼入室还要可怕。想明白这一层，腿也能动了，手也能动了。他忙从怀中掏出一锭足有二十两的纹银，递了过去："二十两银子，能买下哪一筐衣物，请差官老爷酌定。"说罢就走。

差人头目手掂银锭，笑嘻嘻地说："多谢，多谢。生意做成一桩，不愁没有第二桩。第二桩生意嘛——"想再找一个买家，围观的人一哄而散，哪里还有人在。他唠叨着："成了一锤子买卖，众位老哥，怎生是好？"

"定个价码，卖与左邻右舍吧。"一差人说，"邻居一场，人家遭了难，该帮上一帮。”

“老哥高见。咱们弟兄送衣上门，折扣二字，休要再提。明码实价，一分一厘不能少，”

抄没钱钺家，本该毁誉参半，各种议论都有。没想到，抄家的差人在锦衣卫官员的纵容下，胆大妄为，许多无辜的人家受到滋扰。随着抄没之家的增加，赞誉的声音是再也听不到了。

第五十一章

二月，朝阳门外是一热闹去处。距朝阳门二里的东岳庙祀东岳大帝。大帝的全名是东岳天齐仁圣帝，本是孤家寡人，数十年前，不知何人倡导，为他配了一位妃子，成大帝与帝妃合祀的格局。帝妃性仁慈，帝妃宫中有二浴盆，各容数十石水。据说，以浴盆中水洗目，诸疾不侵。帝妃像前悬一金钱。据说，以钱掷钱，中者得子。因而，求祛病者、求得子者，络绎不绝。二月初一是龙抬头的日子，二月十八是圣帝的诞辰。这一个月中，到东岳帝庙瞻仰祈祷求子的人，更是分外多。

三匹良马，一灰一白一黄，在崇文门外的官道上并排北行。骑中间灰马的长者，姓张名茂，年近五旬，浓眉大眼，腰板硬朗。骑白马黄马的后生是同胞兄弟，都在二三十岁之间。哥哥姓刘名宠，在堂兄弟中行六，弟弟名宸，行七。从驭马的架势来看，都是精通武功之人。

一老二少是霸州人士。霸州隶顺天府，距京城二百四十里。三人昨晨离家，走走停停，二百多里下来，人不困乏，马不劳顿。

在城门外，三人勒住马。刘宠请示长者："大叔，进城，还是走城外？"

路上就定好，正午赶到东岳庙吃酒。东岳庙邻近的猫竹厂前有一家酒肆，店主是张茂的本家。张茂自己来也好，带人来也好，总要去那里吃一两次酒。从崇文门到朝阳门，可以进城门径直向北，行至四牌楼右转，也可以在城外顺河沿东行北转。

"走城外吧，清静些。"张茂说。

很快，他们走上了朝阳门外的官道。天已转暖，道路两旁，时时可见玩耍游戏的孩童。京城的童谣唱道："杨柳儿活，抽陀螺；杨柳儿青，抖空钟；杨柳儿死，踢毽子；杨柳儿发芽儿，打钹儿。"陀螺以木刻，一端粗大，一端尖锥。以绳绕粗端，尖端立地，急掣其绳，陀螺旋转，然后以绳鞭之，转之愈疾。空钟，又称箜筝，亦以木制。木中刳空，旁有口，上有柄。将绳绕于柄，绳两端各系尺余细竹。两手执细竹，以腕力抖动。空钟轰而激转，声大者如撞钟，声小者亦如飞虫，因腹空而有回声，移时乃已。键子以鸡毛扎于铜钱上，可以踢出许多花样。钹儿是将二寸之木制成枣核状，置于地，以木棒击之。一击令起，再击令远，以落地远近而定胜负。

春暖时，这些游戏宜在室外进行。张茂等由霸州赶来，一是与人有约，二是观赏京城孩童的各种表演。

与前几年比，朝阳门外似乎静了许多。三人都有感觉，谁也不说出来，心中想：或因时近正午，娃娃们回家去了。

二里路程，一勒缰绳而已，瞬间便到了东岳帝庙，却不见昔日妇女满楼、行者满路、工商满肆的热闹景象。庙前冷冷清清，进出不过一二人。附近的猫竹厂更是面目皆非。他们要去的酒肆，以及其他店铺，块砖片瓦不存。

三人道路南边看一看，道路北边看一看，均感愕然，对视无言。正不知该向何人发问，东岳庙中走出一名道士，是旧识。张茂纵身下马，抢上前去，行了一礼。刘宠牵着两匹马，与刘宸并排侍立在他身后。

"道爷好！"张茂问候了一句。

认出面前的人，道士忙还礼："原来是张爷。恕我眼拙，一下没认出来。"又还刘宠、刘宸的礼："二位小兄弟随张爷一起来了？甚好，甚好。"

"道爷，这，"张茂指了指东岳庙，"这，"又指了指猫竹厂，"出何变故了？"

道士很是奇怪地看了他一眼："张爷未见张三哥吗？那么，也不知他的去处？"张三，即在对面开酒肆的张茂本家，在这一带落脚有年，每日照面，和东岳庙里的道士们都非常熟识。

"张三去了哪里？"张茂忙问。果然没见过面，也不知张三的去处。

道士不立即回答，又问了一句："和御马监的张公公，也还没有见过面吗？"

"是。想先来此买一醉，再进城见我家兄弟。"张茂如实相告。御马监太监张忠，与张茂只是乡邻，并非同宗，知张茂是本乡的殷实大户，着力巴结，拜为兄弟。张茂每次进京，总要见一见张忠，将当地的特产，或是珠宝银两，奉上些许。

"难怪张爷一无所知。"道士说，"二人中见到一人，便有了分晓。"

张茂抱拳说："张三去了何处，请赐告。我带来了他家眷的口讯，须与他见上一面。"

道士四下看了看，低声说："张爷与张三哥是本家，与小道也是多年知交。换了别人，我是不敢多说的。"说到此，声音压得更低，"有人看见，他被东厂的侦缉请了去，只见进厂，不见出厂，怕是麻烦事不小。"

"道士厚意，某心领。"张茂心不在焉地谢了一句，皱起眉头，说不出下面的话。

道士莫名其妙，刘宠、刘宸二人都心里有数。张茂现在是名头不小的乡绅，和县州府乃至京城的官场都有联系，其实是巨盗出身，仍操纵着刘家兄弟等做一些响马的勾当。张三就是他出资安插在京城的耳目。张三被东厂拘捕，若是说了些不该说的话，后果不堪设想。

“大叔，是不是现在去张公公处？”刘宠提议。

张茂回过神来，摇摇头，说：“现在去太早，总要傍晚时分才可见到他。道爷，”转身招呼道士，“东边三里屯，西边城根下，都有好酒。足下选一处，同去饮上几杯，如何？”

“这两日有事，不敢久出。”道士辞谢，“庙厨的菜太清淡，不敢留客。张爷请自便吧。”

“道爷既有难处，不敢勉强。”张茂道，“但此间有何大事，可否赐告一二？我等心中有数，饮起酒来，才有些滋味，不然，滴酒难咽。”

“说起事体，也并不大。”道士说，“张爷不是看到，猫竹厂那厢又起了一处宫庙吗？匾额上的几个字，可看得清楚？”

那厢尚未完工，却已然成形。方才没有注意看，道士一说，发现匾额极大，上面写着“玄明宫”三个字，下面还有几个小字，则看不大清楚。至于玄明宫出于何典，何人营造，就更不知道。能在天子脚下建观建庙，来头不会太小吧。

“请教道爷，玄明宫由何人营造？”张茂问。

“刘公公，”道士答过后补充，“司礼监刘公公。”

“原来如此，怪不得惊动了一条街。”

“张爷只知惊动了街面之上，却不知连地面之下更被惊动。”道士有些愤懑地说。

上月初十，钦赐刘瑾营造两处建筑。一处在他的老家兴平县马嵬坡，为义勇武安王庙，明着是追念秦朝大将，被封为武安君的白起，实则追悼唐明皇时的大太监高力士。安史之乱，唐明皇退向川蜀，行至马嵬坡，军士哗变，明皇不得已，由高力士传旨，赐杨贵妃自缢。在后代太监心目中，高力士成了安邦定国的人物。刘瑾对他极为仰慕，以为“义勇”二字加诸其身，最是合适。另一处建筑便是朝阳门外的玄明宫。刘瑾奉旨营造，选定宫址，将附近人家驱尽，房屋拆除。只有张三不知为了何等缘故，却被东厂抓去。

开始动工，发现圈定的地界太过狭小。刘瑾依善相者之言，奏请皇帝赐给近傍的猫竹厂之地。猫竹厂取于何义，已无人知晓。该厂早就废弃不用，厂地空旷，成了民人安葬死者的场所，有坟冢数千座。皇帝准了刘瑾所请。刘瑾占地，既不张贴告示，也不四下传言，待死者的家人赶来，坟冢已铲平，尸骨已暴露。至孝之人当场痛哭不已。道士说的地面之下更被惊动，便是指的此事。

修玄明宫，侵占官地五十余顷，拆毁官民房屋一千九百余间，发掘民坟二千五百余家，修宫时，盖造房屋千余间，与人售住。

"张爷若在前几日来，可以见到怨声载道的情景。今日去城内城外的酒肆，也还可以听到纷纷的议论。"道士讲到此，停下来，又向四处看了看，"不过，小道有一忠言：多听慎言。"

张茂一行在张忠宅中候到张忠，是在掌灯之后。张茂出手阔绰，在张府人缘很好，但转弯抹角地问起张三之事：却无人能说出什么。张茂只好耐住性子等候。

"哥哥来得正好，小弟有要事相告。"张忠将张茂等让至内室，开门见山地说。他深知他们的习惯，先要去朝阳门外，料到他们已知张三之事："哥哥从东岳庙来，已知张三进东厂了吧？"

"知之不详，"张茂道，"兄弟快说与我听。"

"不忙，我先吩咐备酒饭吧。"张忠说。

张茂知道，准备酒饭是假，他是要看看今日带来的礼物，便向刘宠使了个眼色。刘宠会意，从怀中取出折叠起来的一方手帕，双手递给张茂。张茂打开手帕，里面包着十粒黄豆大小的珠子，颗粒整齐，色泽一致。

"兄弟，哥哥来得匆忙，没有准备物什，这几粒珠子，送给兰妹赏玩吧。"张茂说。兰妹是与张忠对食的宫女，二人相好了不少年头。

张忠随意一瞥，已看出珠子的价值。他说："哥哥的稀罕物，本不该取，但哥哥带在身边，恐有不便，就算寄存在小弟家中，如何？"

"你我相处，胜似亲兄弟，何出此言？"张茂面带不悦之色，是故意做给张忠看的，"但带在身边有何不便，我却猜不透。兄弟，请你点拨点拨。若六儿、七儿不当听，就让他们暂且回避。他二人方才还说，要去什刹海逛逛。"

"不妨，正要二位贤侄一起议议。"张忠客气一句后，主要是对张茂说话，"哥哥，我说珠子带在身边不便，却与张三有些干系。你等可知张三为何会吃官司？"

"二叔，你老快说吧。"刘宸插话，"我们就是为这桩从天而降的官司着急上火呢。大叔他——"

"七儿休慌，"张茂不让他再说，"且听你二叔慢慢道来。兄弟，你拣要紧的话说。"刘宸说他们着急上火一点儿也不假。张茂要显示他的稳重，接下来的一句话仍然暴露了急切心情。

张忠先拣要紧的话说了一句："有人密告东厂，张三与京畿大盗勾结，图谋不轨。"

"京畿大盗？"用词严厉，张茂更加紧张，"兄弟，东厂当真了吗？"

"如果只是闹到东厂，还有办法。哥哥也知道，我在东厂有要好的朋友。"东厂太监，除了掌印一员提督外，还有掌班、领班、司房太监数人。在东厂中资历较深的掌班太监张锐，与张忠交厚，再加上司礼监随堂太监张雄，在太监中号为三张，张忠很引为自豪。"告密的那人不但交通东厂丘公公，还与刘公公手下大红人有交情，就不好办了。"

"刘公公手下大红人，不知是哪一位？"张茂知道刘瑾手下有几人得他信用，却不知大红人是谁，也不知红到何等地步，便问道。

"说起刘太监手下大红人，人人知道他的总管刘成，却不知道，他的家人梁洪近日来很得势。"张忠说，"刘太监的私人事务，十件中有七八件交与梁洪办理。"

"三叔的案子，梁洪定是知道了？"刘宠问。

"正是，"张忠点头道，"梁洪亲自去东厂，询问张三的案由，说他家刘太监对此案甚是关注。"

"那么，刘太监也知道了张三的案子？"张茂的眉头皱得更紧。刘瑾过问，恐怕就难做手脚了。

果然，张忠说："我知道张三之事干系重大，曾托张锐兄弟或是查无实据，或是偷梁换柱，把张三弄将出来。张锐说，刘太监知道了案子，做不得手脚。他是问过丘公公，方说这番话的。本来，丘公公知道我和张锐在豹房行走，万岁爷时有差遣，我等求办的事情，他没有不准的。但刘太监对他生了意见，他不能不事事小心，一步也不敢行差。"随后，关切地问道："哥哥，我问一句多余的话，张三对霸州那边的事情，到底知道了几多？"

"这有什么不好问的！"张茂说，"我的事情都对兄弟说过：自打赚了一份家业，早就规规矩矩做人了。告密之人说张三勾结京畿巨盗，分明指的是我，却不知抓住了什么把柄。这不明明是要置我和张三兄弟于死地吗？"

"是啊！"张忠说得更深一层，"既然能说张三勾结京畿巨盗，也就能说出张三和巨盗的种种行径。那时，规规矩矩做人的话，东厂的人就听不进去了，刘太监就更听不进去了。"

"唉！"张茂长叹一声，"坐以待毙，于心何甘！"

"他娘的！"刘宠双眼一瞪，狠狠地骂了一句，"不让老子们活，老子们就——"

"六儿！"张茂喝道，"这是什么地方，也由得你胡言乱语！我与你二叔议事，你听着就是了。”

张忠说：“哥哥与二位贤侄不须急，事情尚未到绝望的一步。我已想好一个临时应付的办法，一个彻底解决的办法。临时应付的办法是报称有病，暂时开不了口。自他一入狱，我和张锐就商议出这个办法，来应付丘公公，也应付梁洪那小子。我们估摸，再拖个三五日还行。彻底解决的办法是让他永远开不了口。老哥，那就要与你商议了。”

张茂已明了他话中的意思，踱来踱去，一时下不了决心：“兄弟，我和张三是从小一起玩泥巴长大的，不能有别的法子了吗？”

“哥哥，该说的话，咱们都说了。”张忠道，“我方才说，只要进了东厂，再想辩个清白就难了。你想想，是不是这个道理？不让他闭住嘴，又有什么法子？哥哥方才说，密告之人明明是要把哥哥和张三置于死地。张三幸亏还没有开口。只要张三不开口，哥哥可保无虞。张三已被置于死地，勾结京畿大盗，死罪还能解脱吗？不过是早一日晚一日的事情，何必再让别人受累？况且，送张三早一日归西，也是为了他好。现在靠张锐的维持，他还没有过堂。一旦打起来问话，过一次堂剥一层皮。反正是死，哥哥请想，张三会选择哪一条路呢？”

一番话在情在理，张茂只有痛下决心：“兄弟，你斟酌着办吧。你等着我来商议，我很是承情。东厂张公公那里，还有梁洪那里，提出要求，你尽管应承下来，我会想办法。”

“哥哥放心，”张忠说，“我总要下一番功夫，使张三之案不再追究。哥哥自家也要小心，近期少来京城。我方才说，这些珠子带在身上，恐有不便，也是防备意外。若被人见到，那才是有口难辩呢。”最后，才对张茂的问题做了交代。

“兄弟嘱咐的是。”张茂点头，“张三的事情了结，请托人带信给我。就此别过，后会有期。”

第五十二章

“礼部本是清要衙门，怎么近日琐屑细务也多了起来？”礼部尚书白钺向本部左侍郎费宏发起牢骚。

白钺是北直隶南宫人，成化二十年殿试的榜眼，正德二年任礼部侍郎。当时的尚书是周经。刘瑾因了曹元的关系，对周经大有借重之意。无奈周尚书年事已高，身体有病，再三请去。刘瑾通过曹元挽留了几次，见实在留不住，只好准允。白钺则由左侍郎升任尚书。

礼部诚是清要衙门。说其“要”，眼下一位榜眼尚书，一位状元侍郎，对坐议事，便是证明。说其“清”，周经任尚书七个月，以白钺所见，除了议过一次科考，再无处置他事；他自己升任尚书五个月，也没有什么事情要做。谁知，近几日出了两件事，不好处置，又不能不处置。事涉外方，该由提督四夷馆经办，太常寺主管。而太常寺听于礼部。涉外之事，报到礼部，礼部便不能不过问。

“秉德公可是为哈密之事烦恼？”白钺于费宏是正官，又是学长，费宏对他称公，以示敬重。礼部并无烦人之事，若有烦恼，必是为外事而生。费宏曾任太常寺少卿，对涉外之事较为熟悉。

“正是，”白钺说道，“子充兄有何见教？”

“秉德公不是讲求一个静字吗。静以观之，静以处置，再好不过。”费宏说，“哈密使臣诉于有司不是第一次，周尚书如何处置，白尚书也如何处置便是了。”

上一年哈密使臣和这一年哈密使臣的申诉，都与王永其人有关。提督四夷馆依地域远近、语言通否，分设蒙古、女真、西番、西天、回回、百夷、高昌、缅甸八馆，各馆置译字生，掌笔译，设通事，掌口译。通事最初隶属通政司，后改属提督四夷馆。王永是西番馆的一名通事。译字生和通事地位都很低，大多数人说不清楚，他们究竟是官，还是吏，或是介于二者之间。

但王永有好的机遇，碰到一个对外方语有兴趣、听外方语成癖的皇帝。自于永不知所终，皇帝要提督四夷馆选人去宫内讲外方语，提督四夷馆选派了三四人，皇帝相中王永，留在豹房侍驾。皇帝说：你为朕讲外方语，不可等同寻常的通事，封你为大通事吧。不管皇帝是开玩笑，还是有心设置，反正君无戏言，王永从此以后以大通事自居。皇帝不问外事便罢，若问外事，一定要经他之手。

上上下下知他有宠于豹房，都依顺他。外方使臣当然无所谓与谁交涉，完成使命就行。谁知去岁三、四月间，来了一个不买他账的外方使臣，乃是哈密使臣写亦虎仙。

哈密为通西域的要道，成祖皇帝时，在该地封了忠顺王，建了哈密卫，均以西番之人任之。此后，哈密及邻近地区，外则靠番王番卫处置，内则靠三边总制处置。哈密每年入贡，贡品主要是马匹，另有貉皮等物，朝廷则赐给钞缎等以示优抚。初时各部均着人入贡，人数也不加限制，后规定每岁统一入贡一次，人数每次不超过二百。正德三年，哈密率队入贡的使臣就是写亦虎仙。

写亦虎仙十年前就充任过使臣，熟门熟路，不肯假手他人，也不把王永放在眼里。外吏朝觐，诸番入贡，由鸿胪寺引奏。写亦虎仙持文牒径投鸿胪寺。王永大怒，上疏开列一连串的疑问，诸如文牒真不真，入贡的人数确不确，贡品实不实，请予究治。写亦虎仙亦料到他这一招，奏告王永凌虐使臣，索取巨贿。双方讦告，太常寺调解不了，章奏下礼部。礼部的意思是：远人修贡，宜怀抚缉，不宜究治。大概刘瑾也觉得王永过于跋扈，要挫挫他的锐气，在诏书中依礼部之议而行，不准究治；同时也给王永留了些面子，戒谕他两句，也戒谕写亦虎仙两句，各打五十大板。

这一次的情况，相同的是，哈密正副使忽散木丁和谷勒母罕默各诉王永索取六十余金，方许去鸿胪寺投牒。不同的是，王永并不申辩，来了个供认不讳。外使的奏疏照例下礼部议处，白钺大伤脑筋，不知该如何处置。

乍一听，费宏的一句话很有道理。各衙门办事，有律依律，无律依例，便不会出大的差错。但细细一想，便会发现，费宏不过是空泛议论，照他的议论办理，有许多难处。

“子充兄高见。”白钺苦笑着说，“但此一时彼一时，依例也不是件容易的事情。”

费宏想一想，可不是吗！时移事易，至少有了三处不同。其一，前次二人互相讦告，周尚书拟不准究治，是有王永请予究治在先，为避免生出是非而提出的。此次并无人要求究治使臣，不准二字怎样开口去说呢？其二，时隔一年，今日刘郎不是昨日刘郎，在皇上面前面子更大了，若不是怕刘太监不高兴，大可以用如日中天来形容。其三，今日之尚书亦非昨日之尚书。不管周尚书持议如何，刘太监总要礼让他三分，不使难堪。白尚书则没有他那么大的面子，持议如不合刘太监之意，被他训斥几句，不是自讨无趣吗？

“我失言了，尚祈见谅！”费宏说。

“你我同舟共济，不须客气。”白钺说，“子充所说免生是非，应是礼部的根本立场。”

原则上取得一致，便要在细节上下功夫。费宏到底年轻，很快有了一套新的想法：“秉德公，前者是不准究治，我们今日反其意而用之，也来个不准究治，你看可使得？”

“子充兄慢些说，我听不明白。”白钺确实没有弄明白。不准究治的意思再清楚不过了，反其意而用之，难道是将它变成准予究治吗？

费宏一层一层道出他的意思：“周尚书对外使不准究治，我们何不对王永也来一个不准究治。王永先起事端，礼部保一保外使；外使先起事端，礼部便保一保王永，也算作求静吧。”

原来是这样的反其意而用之，白钺琢磨出费宏的用意，但觉得有失公允：“王永习性不改，索金在前，不可说外使先起事端吧？”

“当然，王永受收外使之金，是他起的事端，保他没有道理。”费宏说，“如果他没有索金，我们保一保他有何不可？”

“子充兄的意思，是忽散木丁、谷勒母罕默二人谎言欺君？”这倒是白钺不曾想到的。

“不，不，秉德公错会意了。”费宏摆手，“王永索金不假，外使奏告不诬。但劝说王永将索金退还，不准究治不就有了道理？”

“他肯退还索金，当然再好不过，可是——”下面是一句很难听的话：那只是痴人说梦而已。同僚间无法说出口来，只能问：“可是，他肯退还吗？”

“事在人为，”费宏说，“让他退还索金，可有两途。一则，王永虽是小人，尚可理喻，晓以利害，他自愿退还。二则，小人趋利，只能诱之以利。一人六十金，二人一百二十金，礼部虽穷，还拿得出来。礼部与金，令其将索于哈密使臣的财物退还。理喻为上，利诱为中，上和中都好于下。下则是——”

“王永定不肯退还索金，哈密使臣定要究治。”白钺替他道出，“就是说，礼部要用钱买个小小的面子，都不可得，我们这些堂官不用再做了。”

“诚如公言。”费宏不再多说，等尚书定夺。

白钺默想许久，长吁一声，说：“只有如此了。打起官司来，王永赢也好，哈密赢也好，反正不会是礼部赢。我们要究治王永，刘太监不肯究治，我们下不了台。

我们要究治王永，刘太监也首肯，而圣上不肯究治，我们更下不了台。比较起来，劝说王永，消除是非，下台还容易些。子充兄，委曲求全还要仰仗大力。你与提督四夷馆有些渊源，就请你去劝解王永，弥合事端吧。”

劝说是好听的说法，其实就是巴结。朝廷大臣巴结介乎官、吏之间的通事，尽管是大通事，算是委屈到家了。但劝说王永，不能委于郎中等属官，一则王永未必买账，二则宣扬出去，不但在王永那里丢了面子，在属官面前也丢了面子，还不如白、费二人直接出面。

尚书发了话，侍郎不好推辞。况且，费宏任太常少卿时，兼管过几日提督四夷馆。白钺说他与提督四夷馆有些渊源，不是无中生有。“秉德公差遣，自当尽力。”费宏一口应承，“我就约他见面，有了消息，即刻奉告。”

王永真给费宏面子，不取上，不取中，而取上中之间。礼部拿出半数银两，他便将索金退还忽散木丁、谷勒母罕默二人。他戏谑地说：“我只取一半赎金，对得起费侍郎了；费侍郎只用一半银两，也对得起白尚书和朝廷了。”

第一件麻烦出在西北边陲，第二件麻烦则出在东南沿海。惹下第一件麻烦的是通事，惹下第二件麻烦的则是太监。

南海西南有暹罗国。大明立国以来，暹罗国便与朝廷通贡，贡品主要是苏木、降香、胡椒等。另有大象、黑熊、白猿等珍兽。正统以前基本上一年一贡，正统以后数年一贡。远隔千山万水，鞭长莫及，朝廷也不计较。一年一贡也好，数年一贡也好，均以礼待之。

本年初春，有暹罗国船只迷失航向，漂至广东沿岸，被守军扣留。所报到卫，卫报到都司，一查，船上均是民人商贾。问话问不出所以，都司移布、按二司处置。船是误入我域，船上满载货物，布、按二司也不便处置，又一纸公文，移至市泊提举司。

本朝设浙江、福建、广东市泊提举司，掌海外诸番朝贡贸易之事，辨勘合真伪，禁私人通番，征私货税金。市泊司设提举、副提举等官，自成祖皇帝之后，以内臣提督，权柄便操在市泊太监手中。

载货之船误入疆域，既非朝贡之事，又非私货之事，市泊司也不好处置。而提督广东市泊司的太监熊宣是好事之人，闻之雀跃，先找镇守太监，再找两广总督，要在泊来的物品上征税，以供广东军需。其实，一般物品，征税能有几何。镇守太监和两广总督都持无可无不可的态度。两广总督刘洪是成化十四年进士，行事谨慎。

他对熊宣说：此事没有前例，须得奏告朝廷，再定行止。熊宣自以为是，说：不妨，各地军饷不济，我为朝廷解忧，纵然无功，也不该有过吧？前人不为我开例，我可为后人开例。

他心中另有一番算计：市泊太监难得有机会讨好刘太监。莫名其妙地漂来一条船，是老天爷的眷顾。额外征一笔税金，可见能敛财，勇于开一个先例，可见能任事，说不定邀得刘太监激赏，便能升转镇守太监，或在宫中谋一美职。

即使刘太监不理会，自己也可以发一笔小财。

不料事与愿违。消息传到京师，刘瑾听过张綵停止奉献的议论，改变了章程，内官外官的奉献一概不接受。一文不进刘宅，在漂来的船货上征税有什么意义？税金充了军饷，将士念的是市泊中官的好处，而熊宣并非刘瑾的心腹。税金不充军饷，便入了市泊中官的口袋，朝廷徒招外人的怨恨。

刘太监令礼部议定处置办法。

“子充兄，”白钺两手一摊，“礼部议哈密之事还有些道理，征税之事怎么也要礼部来议？”

“依公之见，该交哪一部议？”费宏问。

“事关征税，该交户部议，事关军饷，该交兵部议。”白钺说，“总之，与礼部是风马牛不相及。”

“事关朝贡之邦，又当如何？”

“这——”费宏不说事关朝贡，而说事关朝贡之邦，谁该管，谁不该管，就很难说清楚了。朝贡，须礼部议，朝贡之邦，各衙门均可议，交礼部议，当然也无不妥。

费宏说：“征税之事交礼部议，确是荒唐，但既交礼部议，刘太监显是不以征税之事视之，交礼部议就不荒唐了。”

“依兄之见，征税之事，刘太监很不以为然？”

“愚见如此，所以他要礼部来议。”费宏说。

白钺在室内踱来踱去，走了几个来回，停下来，低声问道：“不理会刘太监的心思，子充兄，你以为征税之事，是当还是不当？”

“各占五分，”费宏说，“若求对外安静，当然以不征税为好，若求对内安静，则准予征税为好。”

“何谓对内安静？”白钺不解地问。

费宏答：“征税不当，有司必获严谴，诸官必受处分，人员必有调动，安静局面何以保持？所以我说，求对内安静，准予征税为好。”

“征税之事由熊宣一人筹划，刘都堂曾告诫他要奏明朝廷，再行定夺，他却不肯听从。若有处分，有没有可能只落在他一个人身上？”白钺再问。

“有此可能，”费宏说，“听刘太监的口气，似乎也是追究熊宣的责任，他被处分怕是难免了。”

“既如此，不必管它，”白钺说。太监之间有争斗，外朝官不必管，也无法管。“子充兄，你说征税有五分道理，我听不明白，请你开解。”

“令船人将其货物在岸上变卖，征税不就是名正言顺之事吗？”费宏的解释简单明了。

白钺哑然失笑：“我真是糊涂了，如此简单的道理却琢磨不透。不过，变卖泊来之品绝非礼部当管，礼部犯不上为熊宣开脱。我们就以不准征税作为礼部的议处，如何？”

“秉德公的决断，甚是妥当。”费宏称是。

“怎生形成文字，请子充兄筹之。”白钺说，“别让熊宣辈说我等落井下石，有意排揎。”

“还是那句话：依例而行。”费宏很有把握地说，“莫说熊宣，任何人也不能说礼部的不是。”

很快查到前例：永乐二年，有暹罗各船只漂至福建海岸，诘问之下，知是暹罗与琉球通好易货，有司报称籍没船上货物。成祖皇帝说：“暹罗与琉球修好，乃是美事，不幸遭风漂泊，岂可因以为利？”命有司助其修船，给以粟米，待风向转正，使赴琉球。

“好，就依此例。”白钺找到过硬的依据，迎刃解开难题，不由得松了口气。

三月四日有旨：罢免熊宣，回南京闲住，以御用监太监毕真任广东市泊司提督中官。

毕真的为人，怨声载道。白钺私下对费宏说：“没想到派去此人，我们不是助纣为虐吧？”

费宏说：“公过虑了，区区小事，彼何须助？”

第五十三章

王鏊被刘瑾召去，知道这个消息的人都在心中为他捏了一把汗。一两个月来，王鏊多次上疏求去，刘瑾的不满溢于言表。

但见到王鏊，刘瑾还是很客气："王先生，上次见面，阁下容貌戚戚，今日见面，仍是容貌戚戚，先生居于高位，何故自苦乃尔？"

王鏊作了一揖，说："王某性憨肠直，志不能遂，不能强作欢颜，望公恕罪。"

"先生之志，我已知之。"刘瑾说，"我欲为朝廷强留先生，先生亦当以朝廷为念，好自为之。"

"公之盛情，某心甚感。"王鏊说，"公为朝廷留某，某能于朝廷有所补救则留，若苟且挨日，无所事事，于朝廷又有何益？某去意已决，一日不去，一日戚戚，唯望朝廷恩准。"

刘瑾摇头道："此言差矣。他人进言，我难得一从，先生有言，我无不凛遵，先生怎能说，留在阁中，于朝廷无益呢？"

他的话并非全是矫饰。对内阁数人，他一向比较客气，阁臣的话，他也比较听得进去。对王鏊，他甚至比对焦芳还要客气一些。当然，在焦芳与王鏊发生争执时，他一般会支持焦芳，而焦芳持议也多是衔刘瑾之命。这一次，王鏊与焦芳发生了大的争执，王鏊坚决求去，与此事有关；而奉召即来见刘瑾，也是想做最后的努力，以期有所扭转。

二月中，朝廷降旨，加重了对前阁臣刘健、谢迁的处分。起因是二人在阁时，荐举天下怀才抱德之士，余姚人有周礼、徐子元、许龙，还有上虞人徐文彪。上虞和余姚同属绍兴府。若这几位士人懂得韬晦，满可以潜心休养。偏偏他们急于功名，屡屡打通关节求用。刘瑾对刘健、谢迁余恨未消，见几个余姚人活动频繁，便抓住时机，降一道圣旨：天下之大，何余姚隐士独多？必是前当政者徇私援引。周礼等求用不得，反被打下镇抚司狱。刘健、谢迁当然更受牵累。刘瑾的原意，要将二人抄家问罪。首辅李东阳竭力劝解，他就是不肯松口。李东阳气急之下，旧疾发作，不得不告假。杨廷和从来不硬碰刘瑾。像多次出现的情形一样，内阁成了王鏊和焦芳交锋的场所。

焦芳一来以刘瑾之见为已见，二来对谢迁有旧怨，在李东阳为刘健、谢迁求情时，冷漠地说：首辅要求从轻处分，虽轻，亦当除名。于是，刘、谢削籍便成了定局。

王鏊要争的是两条。一条是，刘健、谢迁该不该削籍；另一条是，徇私援引的罪名若成立，将牵累一批人，作为阁臣，不能不为他们说话。争来争去，刘、谢削籍，不容再争。刘瑾发话，不抄家，不戍边，已是法外留情了。至于对其他人的处分，周礼、徐子元、许龙、徐文彪四人戍边，浙江前布政使林符、邵宝以下，包括参政、参议、绍兴知府等多人，各罚粟三百石，府推官和余姚知县免官。更为严厉者，规定余姚人毋选京官，著为令，成了制度，在朝中竟是不给余姚人一席之地。

“既然司礼公以为我留在内阁，于朝廷有益，可否容我说几句话？”王鏊有了说话的机会，不会放过。

“济之先生可是要为前阁臣申辩？有话尽管讲来。”刘瑾方有所表示，不能一下就堵住他的嘴，干脆更加豁达大度地表示一下。

王鏊深沉地摇了摇头，说：“谢先生徇私援引，刘先生循情草诏，司礼公已有定论，我不能再申辩。”意思很明白，不是无可申辩，而是无法申辩。刘瑾知道他不服气，也不需要他服气，只要他知道不能申辩就好，就可以平心静气地听他的下文：“既是徇私援引，谢先生刘先生罪责难逃，周礼等人也难辞其咎。不能为谢先生刘先生申辩，也就无须为周礼等人申辩。但由于他等徇私援引，而罪及举荐人才的地方官员，上自布政使，下至知县，则未免太过了。”

“怎么，对林符、邵宝等人的处分不当吗？”刘瑾故作惊诧地问。

“当与不当，由公自断，我只是以为太过了。”王鏊答后，又反问道，“对布政司、府、县三级均作处罚，可有他们徇私援引的的证？”

“没有。”刘瑾坦然地说，并以讥讽的口吻问道，“不知济之先生为何要证明他们徇私援引？”

“若无的证，对他们的处罚便是不公。”王鏊说。

“也未见得，”刘瑾说，“难道只有徇私援引之律方能处罚他们吗？”

“难道处罚他们不是因他们徇私援引？”王鏊反问。

“当然不是。”刘瑾体会到争辩时居于上风的喜悦，自得地说：“济之先生，请想一想，刘健、谢迁因徇私援引而削籍，周礼、徐子元等因徇私援引而戍边，若以徇私援引追究林符、邵宝，怎会止于罚粟呢？”

这一句话很有力量，王鏊竟答不出来。他的思路是：布政使林符、邵宝等遵旨举荐怀才抱德之士，和其他布政使没有区别，无论如何说不上徇私援引，因而不应受到处罚。不料，刘瑾的思路比他活跃：他们不是因徇私援引而受处分。这就从根本上推翻了他的立论，他为受牵累的官员讲话，无法再说到要害处。

“那么，他等为何而受处罚？”王鏊思索良久，只能无奈地发问。他自己也知道，问得很不得体。徇私援引以外的处罚理由，还难找到吗？刘瑾随便说出一个理由，恐怕他就不好再驳。

“济之先生，他们受处罚的理由，你已经说到了呀！”刘瑾不慌不忙地说。

“我已说到了？”王鏊觉察到自己的被动，加上天气渐热，脸上不由沁出汗珠。

“是啊，你不是说了，他们是举荐人才的地方官员吗？”

“不错，我说过。”王鏊还没有琢磨出刘瑾的意思。

“朝廷要他们举荐的是什么人才？”刘瑾问。

“怀才抱德之士。”王鏊随口答道。

“这就是了。似周礼、徐子元等干进求用的人物，是否怀才且不说，在济之先生眼里，还能算是抱德之士吗？”

“这——”眼下干进求用，刘、谢当政时，就不干进求用吗？周礼等的人品，一时难以辨清了。

“济之先生，”刘瑾换了庄重的口气，“林符、邵宝等所荐非人，全不顾朝廷求贤之意，罚他们几百石米，还不应该吗？济之先生或以为，对他等的处罚过于宽松了？”

王鏊被刘瑾戏弄一番，哭笑不得。满朝大臣中，刘太监愿意戏弄的人，寥寥无几，王鏊算是一个。在刘瑾看来，戏弄他人，是“斗智”。无智之人，斗之无味；多智之人，斗之伤神，憨直而不愚笨的王鏊，倒是适当的对手。同时，他肯戏弄某人，也是一种亲昵的表示，其他人都会另眼相看。对此，王鏊岂能不知。他较真不行，附和不甘，此时此地只好默不作声。

“济之先生还以为，禁余姚人选京官也太过了吧？”刘瑾不肯放过他。

王鏊与焦芳争辩时，这个问题也是焦点之一，刘瑾肯定有所闻。他刚要应答，忽然警觉：千万不要再被戏弄。若刘瑾说，先生以为禁余姚人选京官过于宽松，应禁余姚人与会试，便依先生好了，那可是造了大孽。还是噤口为妙。想到此，他不作任何表示，好似没有听到刘瑾提出的问题。是过于宽松，还是过于严厉，还是根本无理，让刘太监自己去说吧。

“因谢迁与周礼等徇私援引而累及无辜，是过于严厉了。”刘瑾果然自己在说了，

“不过，著此令有两大好处，济之先生可知道？”

“不知，请公示下。”王鏊言道。他抱定宗旨，好处坏处由你去说，我不能装聋作哑，不置可否总可以吧。

“徇私援引一案，谢迁是罪之魁、祸之首，不待细说。”刘瑾道，“既是罪之魁、祸之首，应使朝野士大夫深恶而痛绝之，而首先应使其乡里士大夫深恶而痛绝之。禁余姚士大夫选京官，正是为了使余姚士大夫猛醒。”

“有人对谢先生确实深恶而痛绝之，却并非为了朝廷。”王鏊忍不住，到底说了句欲辩是非的话。

“先生不是在责备我吧？”谈话的对手一开口，刘瑾的兴致更高。

“不敢！”王鏊说了不该说的话，恨不得自己掌嘴，“我只是相信，有人对谢先生深恶而痛绝之，完全是出于私人的恩怨。”懊悔是懊悔，却又接上一句不该说的话。

“你是指守静先生吧？”刘瑾问道。

王鏊不点头，也不摇头，不说是，也不说不是。谢迁荐人自代，不及焦芳，焦芳多次在人前宣泄不满，几乎无人不知，再说岂不多余？

“我治此案，全是为了朝廷，一片忠心可对天地。”刘瑾说，“守静先生倡议，禁余姚人选京官，也全是为了朝廷。济之先生想一想，守静先生当时在吏部，若一味追究，不是要追究到自己头上吗？祸将及身而不计较，不躲避，怎能说是出于个人恩怨？”

话被岔开。刘瑾为焦芳辩解，也许不是完全出于真心，在道理上就不那么严谨。再说下去，更不知要说出多少不能令人信服的话，王鏊也更不知要说出多少不该说的话。想来还是引回正题为好。刘瑾的话反正已证实了一点：禁余姚人选京官确是出自焦芳的倡议。

“第一大好处我已明了，请司礼公再说第二大好处吧。”王鏊不理会刘瑾的辩解之词，转而言他。

“那自然是儆戒各地官员，不得再举荐干进求用之士；儆戒各地的士人，莫行干进求用之事，余姚之例就是前鉴。”刘瑾说。

王鏊突然兴起也作弄一下刘瑾的念头。兴之所至，顾不得多想结果如何：“某愚驽，有一事不明，还要请教司礼公。”

刘瑾对王鏊诚恳请教的态度难以置信，问了一句：“济之先生是要请教，还是有所指教？”

“当然是请教。”王鏊的态度更加诚恳。

“那么，请讲。”

“据公所言，禁余姚人选京官，著为律令，各地均依此办理。哪一处的士人干进求用，哪一处的官员徇私援引，便禁哪一处的人选京官。我的理解可对？”王鏊说的并非刘瑾的原话，而是他自己的理解，大有发挥的余地。

刘瑾略一迟疑，说：“大致上是不错的。”

“那么，今日禁一县人选京官，明日禁一府人选京官，后日禁一省人选京官，久之，各地均有禁令，京官选自何处？我甚为公忧之。”王鏊按捺住心中的兴奋，语调平和地说。

“先生无须忧，”刘瑾说，“京官自有来处。”

“是不依例办呢，还是放宽禁令？”前者，指他处有了士人干进求用，官员徇私援引之事，不依余姚之例办理；后者，指虽依余姚之例办理，但不得不松弛禁令，以补京官。无论哪种情况，都会损及朝廷的威信，其实是损及刘瑾的威信，王鏊产生了某种幸灾乐祸的喜悦。

“或可兼而用之呢。”刘瑾不动声色地说。

王鏊以为二者皆不可行，刘瑾却以为二者皆可行，使他张口结舌，恨不得立即告辞。

“济之先生且慢行。”刘瑾好似看出了他的心思，“容我谢过先生的指教，再走不迟。”

“谢我指教？却是为何？”王鏊愕然。

“我没有想到的事情，先生为我想到了，岂能不谢。”刘瑾说着，真的作了个揖。“我说先生不是请教，而是指教，一点儿也没有说错。”

“司礼公的话，我越发听不明白了。”王鏊说不过刘瑾，不得不退一步，“请公明白说与我知。”

“好，济之先生莫慌，听我慢慢道来。”刘瑾摆出长话长说的架势，“不依例办，我是没有想到的。济之先生一说，我想了想，又有何不可呢？朝廷著令，本是为了威慑，而不是为了做茧。刘健、谢迁与余姚士子勾结，徇私援引，遂有余姚毋选京官的禁令。威慑之力足矣，还有人会重蹈覆辙吗？譬如济之先生，还会做第二个谢迁吗？譬如苏州的士子，还会做第二个周礼吗？这样一想，就不必担心明日一府之人禁选京官，后日一省之人禁选京官了。因此，不是朝廷可以不依例办，而是有了余姚之例，天下士人行事有了规矩，朝廷不需要依例查办了。看来，著此令，不但为朝廷正了风气，也为天下士人做了件好事。再者，放宽禁令我也是没有想到的。济之先生一说，想了想，也未尝不可。刘、谢是罪之魁，祸之首，刘、谢在一日，禁令便一日不松弛，余姚士子便一日不忘怀谢迁贻害乡梓。但刘健已七十五岁，谢迁也过六十岁，还能活多少年？罪之魁祸之首不在了，又有什么不可以呢？”

刘瑾的一番话，不但要余姚士人怀恨谢迁，还要余姚士人咒死谢迁。都道最毒妇人心，宦寺更毒过妇人。王鏊感到一股寒气从后脊侵入体内，直攻心肺。

“不过，放宽禁令一事，也就是在心里想一想，我还没有拿定主意。”刘瑾又说，“请济之先生帮我参酌。你熟悉政务，若能说出禁令亦可松弛的道理，他日余姚家家都要供奉你了。”

王鏊来见刘瑾，原是打定为余姚士子请命的主意，但咽不下一口气，不甘心欲作弄人反被作弄的结局，听不进刘瑾左右逢源总是有理的言词，便说道：“关乎朝廷体制，不宜出尔反尔，朝令夕改。”

刘瑾做思考状：“不可放宽便不放宽。余姚一县而已，人才再盛，朝廷也可以不用。我不是为一县人才可惜，而是在想，朝廷著为令之事，真的不可以更改了吗？”经他一说，倒好似王鏊禁止余姚人选京官，他在为余姚人请命。而且，他的想法又颇为深刻，朝廷著为令而后来更改了的事情有多少，谁能说清楚。朝廷著为令的事情都不能更改，他刘瑾也不会有今日了。

王鏊说：“用人禁令，不可轻改。如洪武二十六年，令浙江、江西、苏松人勿得任户部，迄今一百余年了，不曾变更过。”

“浙江、江西、苏松人真的不曾任过户部吗？”刘瑾自问自答，“我却有些不信。济之先生恕罪，我要找人查一查。”他叫了一声，“刘成！”

“小人在。”刘成在外面应了一声。

“请文冕来我这里，即刻就来。”刘瑾吩咐道。

王鏊不敢阻拦。浙江、江西、苏松是不是真的无人任过户部，他没有十成的把握。他的印象是，苏州先贤没有任过户部要职的，至少户部侍郎以上没有苏州人。其他几处则不敢肯定。

张文冕解开了这个谜：“晚生记得，永乐元年任户部右侍郎的王钟是松江华亭人。”永乐元年，是朝廷令浙江、江西、苏松人勿得任户部后的第十年，举出这一个例子就足够了。

“如何？”刘瑾高兴地说，“放宽用人禁令，祖宗朝已有之。太祖皇帝的禁令，太宗皇帝就放宽了。当今皇帝的禁令，当今皇帝放宽，更胜前人。”

王鏊再三再四求去，同僚或后进士夫都为他的大胆咋舌。四月十四日，准王鏊致仕，而未加罪责，可说是个异数。有人说他“进如悬曜，退如收云”，对他的全身而退，流露出羡慕之情。

河汉征尘

第五十四章

朝廷于各地征集的乐工陆续到京。去岁初秋，皇帝对音乐有了浓厚的兴趣，仅仅接触教坊司的乐师臧贤远不能使他满足。他对钟鼓司太监康能说：“庆成大宴，当举大乐。近来音乐废除，非所以重朝廷。尔等将朕的话传与礼部去吧。”礼部不敢怠慢，尚书白钺主持议定：选三院乐工年力精壮者，严督教习。三院指北南教坊司。本朝制度，两京各设教坊司，北京教坊司又分东西二院，南京教坊司则十四楼合为一院。费宏对白钺说，除教坊司外，各王府亦有乐工，民间亦不乏懂识音乐之人，若不加以限制，征集乐工之旨一下，天下骚然，还是限定在北南教坊司三院内吧。白钺深以为然。于是会议上奏。皇帝同意征集三院乐工，却又加上一条：令礼部移文各省，选精通艺业者，送京供应。礼部不得不遵照办理。这也是弄巧成拙。本来只是为了大乐，只是征集乐工，旨意一改，成了“精通艺业”，那就不只是乐工，筋斗百戏之类无不包括其中。好事者日以杂耍百艺之人进之，再想禁止也无法禁止了，禁掖之内从此更加喧闹，不得安宁。

不过，皇帝的主要兴趣还在音乐，乐工中的高手则是集中在北南教坊司中。南院乐工赵锐被皇上召见，二人甚是投缘。

“此曲只应天上有。”皇帝听罢赵锐弹奏的一曲古琴曲，啧啧赞道：“吹箫，以臧贤为第一；拨琴，以爱卿为第一。使朕飘飘欲仙者，唯汝二人。”

“万岁爷谬奖，奴才愧不敢当。”赵锐叩头说。和宦官一样，乐工在皇帝面前自称奴才。皇帝对乐工一般直呼其名，有心抬举，便以爱卿相称。皇帝先是抬举臧贤，现在又抬举赵锐，称爱卿的乐工，只有他们二人。

“你说朕谬奖，朕却要说你谬谦。好便是好，第一便是第一，何须谬谦。赵爱卿，你与臧贤各占了一个第一，朕要令人宣示天下。此外爱卿还多了一个第一，爱卿可知？”

“奴才不知。”赵锐不敢多说一个字。

“那就听朕告诉你。你姓赵，百家姓中排在第一。他那个臧姓是排在——”皇帝记不清楚臧字在百家姓中排在第几，便挥了挥手，“和你的赵姓比不了。你有两个第一，是钦赐双魁。对，朕准你在两京使用这四个字。”

“谢万岁爷！”如此恩宠是他人想也想不到的，赵锐受宠若惊，虔诚无比地行叩拜大礼。

“爱卿家中尚有何人？”皇帝关切地问道。

“有一女，名丽华，乳名如燕。”赵锐答道。

“爱卿之女，也如爱卿般善抚琴吗？”皇帝问。

“回万岁爷的话，奴才抚琴虽可成调，另有一爱好，却是吟唱乐府。小女善缀小词，奴才唱起来，最易上口。”赵锐吟唱乐府，更胜过抚琴。但皇上已许他抚琴为天下第一，他对吟唱不敢自诩高明，此刻借着皇上询问女儿赵丽华，顺便把父女二人的擅长一起讲了出来。

“爱卿可是边抚琴边吟唱？”皇帝有意听曲，偏要将抚琴联系在一起。征集乐工的目的是兴大乐，当然是以器乐为主，吟唱为辅。

赵锐可以清唱，也可以自弹自唱，听了皇上的问话，答道：“是，奴才可以边抚琴边吟唱。”

“好，烦爱卿为朕弹唱一曲。”皇帝在御座上坐下，双腿一盘，上身微倾前方。在宫中和番僧接触多了，饮食起居都沾染上些番人的习惯。

赵锐拨弄了两下琴弦，由极低到极高，试了试嗓音，果然开口不凡，吐音清醇浑厚。接着，吟唱一首典祀之曲，是教坊司中必习的曲目，适用于各项典祀活动中。其词曰：

氤氲满庭香。八音丝竹弄笙簧。金石音韵彰。匏土革木赓铿锵。高捧降明香。吾皇诚念诣神方。神不佞，祸淫福善，理之常。

“唱得好！”皇帝喝彩道，“要不是怕你第一太多，生受不起，朕又要封你吟唱第一了。不过，此曲过于平淡，可惜了爱卿一副佳嗓音。”典祀活动庄严肃穆，所奏曲调平和缓慢，皇帝听到了赵锐吟唱的雄浑一面，却没有听到委婉一面，因而说：“爱卿可换一曲，再唱与朕听。”

赵锐在皇上面前留得久了，虽然一直跪着，心情逐渐轻松，比在主管太监和有关官员面前还要自在。他明白皇上是要他吟唱一首难度大的曲子，便唱起蟾宫曲。这是东宫所用宴乐，曲调清婉，起伏甚大，高音处低音处，常人不易度过，而赵锐吟唱起来，仍是游刃有余。其词曰：

晓光融，燕享春宫。日暖风和，喜气葱葱。镇领台枢，规宏纲宪，礼节至公。事圣上柔声婉容，问安宁。勤孝虔恭，果断宽洪，刚健文明，圣德合同。

歌唱了个头，在场的几名大小宦官都变了脸色。东宫，在皇上面前是个禁忌的话题。皇上大婚已经三年，皇上去后宫的次数确实少了些，但终归还是去的。而三宫六院中，无一人有喜兆。问题出在哪里呢？如果说，刚刚大婚时，皇上年在幼冲，现在却近二十岁，该可以播下龙种了。皇上嘴上不说，内心却厌恶东宫的话题，是谁都知道的。赵锐却不知道，竟吟唱起东宫宴乐之曲，什么“燕享春宫”，什么“圣德合同”，皇上怎听得下去！

赵锐发现气氛不对，不知是自己出了差错，还是其他人出了差错。若说是自己的差错，也不知错在了哪里。刚刚轻松下来的心情又开始紧张起来，到最后力不从心，是勉强唱完的。

皇帝没有计较。赵锐只是着意于曲调的动听，并不是借题发挥，欲行规谏，怪他何来。但其曲虽较典祀之曲动听，仍是中规中矩，其词更是刻板无味，不合皇帝的脾性。他想听的是更加细腻、更加委婉的曲子。

“爱卿言道，女儿善缀小词，何不选唱一曲？”皇帝提出名目，“宫中音乐，是为北人谱写的。南人去唱，于人于曲都有些可惜了。”

“民间俚曲，在宫中唱，恐有不宜。”赵锐怕被人弹劾一本，吃罪不起。

“不妨。朕这里杂耍百戏俱备，唱唱民间小调，又有什么了不起？你放心去唱就是了。”皇帝宽解他。

赵锐推托不得，弹拨了一段轻柔飘逸的过门，唱起时下在江南甚是流行的一段小曲：四句短诗，唱了几个往复，室内顿时生出一派江南景象。确如皇帝所说，南人唱小曲，更能发挥所长。赵锐在拉了个长腔后，戛然止住，余音仍是袅袅绕梁，不是消失，而是渐渐远去。

皇帝咀嚼着四句小诗：“‘春雨过春城，春庭春草生。春闺动春思，春树叫春莺。’写得好！好一派春光！诗是爱卿女儿填写的吗？”

“是。此曲奴才唱后，南京城里和苏杭一带很是流行，到处传唱。”赵锐有几分自负地说，“今日斗胆在万岁爷前卖弄，谢万岁爷赏听。”

其实，小诗的作者不是他的女儿，而是苏州大姓顾家的一位娘子。赵丽华爱其精巧，谱了曲，让父亲试唱。赵锐问何人所作，女儿怕说是他人的作品，父亲唱起来不经心，便说是自己写的。于是赵锐有了误会。若是知道实情，他万万不敢欺君的。

“如燕，如燕。”皇帝听歌声想到作者，闻其曲如见其人，“真是一位雅人。爱卿，令女既名如燕，定是轻盈如燕，何不让她北飞？”

“万岁爷赏识，是她的造化。但奴才不敢做主。”赵锐说。赵丽华已录籍南京教坊司，是官府中的人，不是说来就可以来的。赵锐若向南京教坊司讲明圣意，料那些芝麻大小的官员，也会巴结着迎往送来。可还有一个更体面更风光的办法，便是由皇上亲自降旨，接人入宫。

没有特别的机缘，别说做到这一步，连想都想不到这一步。而有了特别的机缘，除了呆痴之人，都会想到这一步，做到这一步。

“好，朕降旨，召如燕北上。”皇帝痛痛快快地满足了赵锐，“别忘了告诉她，将她的诗作悉数带来，朕要一首一首亲览。”

赵锐代女儿叩头谢恩。近侍宦者要去司礼监传旨，走到门前，被皇帝叫住：“且慢，我要再想一想。”他需要考虑，召来赵丽华，如何安置。安置在宫中，显然不妥。留在豹房侍候，也不合适。豹房是皇上以武会友的地方而不是以文会友的地方，偶听小曲可以，成日有人在此吟唱，就大煞风景了。看来只有安置在教坊司。而安置教坊司，在北司或者南司又有什么区别呢？南司是关山万里，北司也是咫尺天涯。还不如留她在南司，缀填小词，谱写小曲，留待他日相见，更多些情趣。

想到此，皇帝命道：“传旨，着南京教坊司官员好生照看赵如燕，食正七品女官俸禄，不须应官差。”又对赵锐说：“如燕姑娘来北京，并无好处，不必着她远途跋涉了。南京，朕总是要去的，见面也不急于一时。”

女官中品秩最高的，是掌管六局的尚宫、尚仪、尚服、尚食、尚寝、尚功，均为正五品。她们如同女官中的六部尚书。每局领四司，共二十四司。每司设司官一人，正六品，典官二人，正七品，掌官二人，正八品。正七品，说来品秩不高，而规定额数也不过四十八人。在宫中熬上二十年，未必有份。赵丽华不过是十四五岁的女孩子，皇帝与赵锐谈得高兴了，御口亲封，真可算是飞来的洪福。

皇帝说，如燕姑娘来北京并无好处，是说，来了北京，反而不好赐封了，也不好不应教坊司的差事。仔细想来，皇上说的一点不差。况且，皇上还说了，南京总是要去的，面总是要见的，谁听了都会明白，皇上把赵如燕看成了自己的人。有了这番话，如同得了诰封一样，赵丽华的身份地位、他赵锐的身份地位，与此前不可同日而语。

更要紧的是不须应官差，那等于是恢复了女儿的自由之身，而且，是皇上的钦赐。从此以后，她可以潜心闺阁之中，谱她愿意谱的曲，唱她愿意唱的歌，不须再看他人的脸色了。

“万岁爷恩重如山，奴才何以为报！”赵锐感激涕零，语音呜咽，边叩头边说。

皇帝说：“两年前，朕赐臧爱卿宅第一处，今日也赐你宅第一处。房子不必大，一要安静，二要干净。如不合适，你只管来找朕投诉，朕为你做主。教坊司东西两院的差事，你也不必去应。朕要你办事时，自会差遣人去找你。”

“是。”赵锐应道，“奴才安居静室，听候万岁爷的召唤。万岁爷有事要奴才办，奴才一定尽心去办。”

皇帝点点头，说：“朕现下有一件事，要交与你办。”他吩咐一名近侍：“去，将那东西取来。”那近侍转过另一室，很快捧来一叠宫中御用纸张。皇帝说：“朕在操演军士时，心血来潮，谱了一曲杀边乐。你拿去看一看，有要改的地方，尽管去改。然后，配合乐器演奏。臧贤虽善吹奏，却不善配器，故朕要你来办。事情办好，便来回奏，朕要去教坊司赏听。”

“万岁爷谱的曲？”赵锐战战兢兢地接过纸张，“那定是上佳之品，奴才怎敢妄自改动？万岁爷谱的曲，定是尽善尽美，足以令万民仰听。奴才一定小心配合乐器，有不明之处，再来向万岁爷请旨。万岁爷定个期限吧。”

“你不必来请旨，朕也不定期限，”皇帝说，“曲是朕写，你便有许多忌讳，不敢改动，配器也要万分小心。你换个想法，别将它当作朕谱的曲，只当作如燕姑娘谱的曲，如何？说起谱曲，你肯定比朕高明，不然，南教坊司为何送你入宫？朕说过，谱此曲是心血来潮，你也随兴之所至，方能与朕意相通，何愁不成佳作。”

皇上可以说随兴之所至，赵锐却绝不敢随兴之所至。夜深人静之时，挑灯细读皇上谱的曲子，一字字细细地推敲，他吃惊地发现，皇帝对乐理甚是精通。皇帝说是心血来潮，通篇却没有不合乐理之处；而且，气势轩昂，有皇家高贵之气。虽有一二处小小不畅，只要配合乐器合理，听起来便不会觉察。看来，在乐谱上真不需要改动，需要做的，是配器的合理。

赵锐想，既然是杀边乐，该以擀拨乐器为主。有一套现成的组合，就是庆成大宴中伴奏抚安四夷之舞时所用的乐器，计有：笛头管二，笙二，琵琶二，水盏一，拍板一，二十弦二。于是，在他面前出现了用这一套乐器合奏杀边乐的情景，在他耳边出现了用这一套乐器合奏杀边乐的声音。静思之下，不很理想。

这套乐器是配舞用的，重的是节奏，声音的和谐不那么重要。显然，在吹弹中，笛声是不突出的，甚至会被其他的乐器声淹没。赵锐决定把笛由两只增加为四只。

再者，以拍板定节拍，虽可体现抚安之意，却不足以体现军旅的雄壮，不如改用鼓。若用一面大鼓，一面鼓来代替拍板，效果一定会更加强烈。

就这样，想到一层，便在想象中演奏一番，乐器的配合渐渐成熟。

一关闯出，又该闯下一关，便是挑选精通艺业的乐工。赵锐知道，凭自己一个人，难以闯过此关，一定要向熟悉北京教坊司的同行请教，而最能给他帮助的人，无疑是臧贤，只要他肯帮助的话。但同行是冤家，行行如此。乐工中，皇上本来只宠幸一个臧贤，现在多出一个争宠之人，臧贤怎肯相助？不但不相助，还吹出风来，要寻机与赵锐较量一番，争个强弱。

赵锐就算是强龙，也压不过地头蛇。赵锐不敢主动找臧贤和解，京师中也没有熟识的朋友可作中人。找皇上诉诉委屈呢？他觉得还不到时机。到底只是风闻，没有确实的证据。不但不敢向皇上诉委屈，连向皇上回奏也不敢了。只有一天一天地向后拖，一点一点地琢磨乐器的配合。

一日，从宅中走出，慢慢行至位于南城宣化坊的天宁寺。迎面碰到一位举着卦旗的卜者。街面拥挤，两人互相让了让，打了个照面。

“客官面色不好。”卜者说，“是有为难的事吧？”

赵锐如见到救星，作了一揖，说：“先生高明，可否借一步说话？”卜者应允。依赵锐的意思，要找一处酒肆小酌。卜者说，他不饮酒，否则，起卦不灵。于是，二人边走边说，到了天宁寺后的僻静之处，赵锐把他为难的事大致说清楚了，“不瞒先生，哪一条路我都想到了，哪一条路都走不通，我是走投无路。”

“有一条路，赵师傅没有想到。”卜者知道了他的身份，不再称客官，改用通常的称呼。

“请教先生，是哪一条路？”

“司礼刘太监的路子，为何不走一走呢？”

不错，这确是一条路子，赵锐不是没有想过，而是想不下去。他与刘太监素昧平生，无人引荐，怎敢去拜刘府？而且，听说臧贤对刘太监甚是恭顺，刘太监不会为了一个在京城尚无根基的乐工，去招惹一个有宠于皇上的乐工吧？

听了他的顾虑，卜者说：“引荐者现成有一人，在下就是。我写张帖子，你拿了去拜会刘府总管刘成，他会引你见刘太监。至于刘太监肯不肯相助，要看你的缘分了。不过，我可以告诉你，刘太监待臧师傅以礼，是看皇上的面子，内心对他十分厌恶。你是为皇上办事，姓臧的要刁难，刘太监不会不助你。”

赵锐摸出块银子，总有二三两重，恭恭敬敬地递给卜者，那本是为了买醉而带在身上的。听了卜者一席话，他不必再去借酒消愁。

第五十五章

纂修实录，内阁必倾阁参与。修《孝宗实录》，先以刘健总其成，李东阳、谢迁副之。正德元年十月以后，以李东阳总其成，焦芳、王鏊副之。焦芳官场上初得意，趾高气扬地对李东阳说："某只知以直笔修史，有得罪处，宾之兄休怪。"让他一说，好似以前诸人都是曲笔。李东阳苦笑着说："何出此言，修史当然要直笔。"

为"曲笔""直笔"之争，二人不知怄了多少气。《孝宗实录》终于修成，照例由首辅草拟进实录表。李东阳执笔良久，竟不知从何处说起。

焦芳憎恶南人。他任吏部尚书时，恨不得将朝中朝外的南方籍官员尽数贬退。但进退大臣，名义上吏部掌之，实际上牵动全局，权势大吏部尚书的人都要过问，许多人的用否，还要皇上亲批。朝中大臣泰半而去，别说当日的吏部尚书，就是今日的刘太监，也有所顾忌。无论任吏部尚书，还是后来入阁，对现任大臣的去留都不能任意为之，而在副总纂的位置上，对旧日大臣却可以任意褒贬。在他看来，任意褒贬，特别是对声望甚著的旧日大臣任意褒贬，不留情面，便是直笔了。

焦芳憎恶南人，又以浙江余姚和江西士大夫为甚。憎恶余姚人，是因为谢迁；憎恶江西人，则是因为景泰五年的会元彭华。

当年，焦芳任翰林院侍讲满九载，熬够了年头，该升学士，有人对首辅万安说："不学无术如泌阳焦芳者，也可称学士吗？"升迁一事遂搁置下来。焦芳得知原委，大为愤怒，言道："必是彭华诽谤于我，我若做不成学士，豁出一条性命，必刺杀彭华于长安道。"彭华闻言大惧。不管说焦芳坏话的是不是他，这笔账加在了他的头上，他不得不在万安面前进言，升焦芳侍讲学士，以弥缝衅隙。

冲突虽未大起，焦芳与彭华的关系却一直紧张，其间还有更深刻的原因。焦芳与彭华同在翰林院，彭华因其兄彭时在阁日久，且是万安的前辈，万安对他颇为关照，二人事事朋比。而焦芳在李贤死后，内阁中便无支持者，不得不在内阁之外寻找靠山，找到了吏部尚书尹旻。万安掌内阁，尹旻掌吏部，时间都很久。二人的风评均不好，被列入佞幸一类。而二人争权夺势，互相攻讦，一直没有停止。因此，焦芳和彭华的隔阂不可能真正解开。可以说，焦芳自步入宦途不久，便有了憎恶南人的情结。

李东阳想到，为了给江西人讨个公道，不知和焦芳斗了多少次嘴，禁不住苦笑起来。他们没有为彭华起争执，因为彭华在成化二十一年入阁，成化二十二年致仕，根本没有侍奉过孝宗皇帝，孝宗实录上牵涉不到他，李东阳和焦芳争执不下的一个人，是前刑部尚书何乔新。

何乔新是江西广昌人，与彭华同举景泰五年进士，他的父亲何文渊曾任过刑部尚书，景泰四年得罪皇帝下诏狱，不久获释，也结束了他的宦海生涯，致仕而去。英宗皇帝复位后，有人向何文渊报喜，说他得罪景泰帝而下狱而致仕，定会再度重用；也有人向何文渊报忧，说景泰帝废英宗太子的易储诏书中的“父有天下传之子”这句话出自何文渊，朝廷即将逮捕究治。何文渊相信了后一种说法。他是下过大狱的人，知道其中的恐怖，自缢而死。

其实，英宗皇帝并不想追究何文渊，何文渊一死，更不会追究了但有与何乔新交恶的官员借题发挥，奏告何文渊自缢，是由于何乔新兄弟逼迫。又说，何乔新兄弟不但逼死乃父，还逼迫何文渊的爱妾改嫁。本朝以孝治天下，岂能容此等大不孝行径！法司立案，召何乔新兄弟到公堂，与仇家对质。直到何文渊爱妾断指修书，为诸郎讼冤，案情始大白。何乔新等的前程未受多大的影响，他也升至刑部尚书。

案发在天顺年间，与《孝宗实录》也没有关系。有关系的是，何乔新死于弘治十五年，在《孝宗实录》中要有所记录，且要有所评说。焦芳坚持把天顺年间已有定论的案子写上，并且要推翻原来的结论，只记何氏昆仲逼父亲自缢，迫父亲爱妾改嫁，以此证明其人品的卑劣。

李东阳虽与何乔新曾同朝为官，但从不曾在一个衙门共事，素少来往，替何乔新申辩没有多少感情的因素。他只是觉得，何乔新死时声誉很好，是正派官僚。焦芳要在实录中一笔抹杀，做得太毒辣、太没有道理了。

“守静先生，何老尚书之死，与廷秀先生无关，在《天顺实录》中便有了说法。”廷秀是何乔新的字，李东阳提到他，口气甚是敬重，“你这样一写，《天顺实录》作不得数了。”

“我已说过要直笔修史。前人修史中有舛错，就要纠谬。”焦芳说。自从他请求李东阳在科考中照看焦黄中被拒绝，他对李东阳的态度一日三变，越来越傲慢了。凡能挫折李东阳的题目，他一定抓住不放。

“《天顺实录》是李文达的总裁，该不会有舛错，更不会有曲笔。”李贤谥文达，是成化初的首辅，修《天顺实录》由他主持。他是河南人，于焦芳又有提携之恩，李东阳想以这两条打动焦芳。即使焦芳之见全对，以前的结论全错，给本省的前贤留些情面，也不过分。

“宾之兄，我们都是过来人。你难道忘了，李文达在成化二年三月丁忧，五月起复后抱疾不起，当年就去世。当时在内阁的陈文、彭时、刘定之都是江西人，他们用曲笔毫不足怪。”

陈文是江西庐陵人，彭时是江西安福人，刘定之是江西永新人。也是巧了，在纂修实录的日子里，除了李贤，内阁竟全是江西人。即使李贤着着实实地在主持，有些事情也说不清楚了，况且确实有一段时间，他不能理事，实录就由着江西人去写了。焦芳的话，不能说全无道理。

李东阳愣了愣，说：“三人全是江西人不假，可三人并非全是小人，若有是非曲直，怎会争也不争一句，便给此事做了定论？”

李东阳说“三人并非全是小人”，而不说“三人全是君子”，或“三人多是君子”，正是他思虑精细处。当时的言路和后人对陈文的批评就很多。他死后谥庄靖，许多人论及，以为他得之有愧。李东阳向来从众议，当然不会说“三人全是君子”，以驳焦芳。说“三人多是君子”，没有错。彭时、刘定之二人是有了定论的正派大臣，彭时尤受推崇，人称有古大臣风。也正因为彭时受到推崇，李东阳不能说“三人多是君子”。他知道焦芳痛恨彭华，因而移恶于彭时，把彭时列为君子，只会招致焦芳更多的秽言恶语，二人的争执更无法解开。

“宾之兄用小人这个词，最是合适。”焦芳答道，“李孜省、常恩是不是小人？彭华引进李孜省、常恩算不算小人？江西人多类此。”

李孜省是江西南昌府人，常恩是江西临江府人。二人在宪宗皇帝时，谈方术，进符篆而求用，宠于一时。首辅万安向宪宗皇帝进房中术，成为一时议论最烈的话题，也是因他等而起。他们是名副其实的小人，李东阳不能为之辩，不想为之辩。彭华全无他兄长的浩然正气，在万安与李孜省等人间穿针引线，也是不折不扣的小人行径，李东阳不能为之辩，不想为之辩。但说江西人多类此，李东阳就不能不辩了。

“守静先生，话不能这样说。”李东阳道，“江西人中有李孜省，也有彭文宪、刘文安。从永乐初年的解学士、东杨先生以降，不乏正人君子，怎忍因李孜省、常恩而使与小人为伍！”

彭时死后谥文宪，刘定之死后谥文安，解缙是江西吉水人，杨士奇是江西庐陵人。李东阳提醒焦芳，不要忘记从立国之初，到今日，江西人才之盛是他省很难比肩的，不要因个人意气，来定彼时今时的是非。

果然，一提起彭时，焦芳的脸色就不好看。

“哼！”他冷笑一声，“若不是他们死得早，我也定要直笔是非。”刘定之死于成化五年，彭时死于成化十一年，是他们的幸运，否则，焦芳也要鞭挞一番。

“孟阳兄，你我久议不决，是不是请济之先生、介夫先生一起来议一议？”那时王鏊尚未致仕，李东阳把这番争论看得很重要，想借王鏊的耿直、杨廷和的善辩，说服焦芳，在内阁中得出个结论。

“宾之兄要搬援兵，尽管去搬。”焦芳冷冷地说，“他们唯首辅是瞻，当然以你的是非为是非。我不怕，我的主张不会更改。大不了争不出个结果，去请刘太监一锤定音。”

李东阳不希望刘瑾过问此事，可又不能明言不让刘瑾过问。想来，焦芳有把握说服刘瑾支持他。刘瑾说了话，就再也没有争辩的余地了。考虑再三，与其等刘瑾来做结论，开一个司礼太监与修实录的先例，不如眼下退让一步，让焦芳去做结论。不管怎样，焦芳是内阁大臣。内阁大臣主持修史，即便出言荒谬，也不违常制。

“守静先生，你定要从新评议何尚书，我也无可如何。”李东阳深深叹了口气，“弟有一言，但愿兄能记在心中：昔日人物任评点，更有后人评今人。历来写史之人都有人写。你我是写史之人，后人也会来写你我的。”

“宾之兄怕被后人风评吗？”焦芳讥讽地问。

“怕与不怕又有什么区别？”李东阳惨淡一笑，“不怕，有人风评；怕，也有人风评。但愿后人读到《孝宗实录》，能切实记下你我今日的谈话，能切实体察你我此刻的心情。”

不想再辩，却还有句话要交代顾士廉主笔这一段，守静先生既不愿与王、杨二位商议，何不径去指点顾士廉？”

顾清时任编修。焦芳依言，去翰林院寻他，不想碰了大壁，顾清坚决不肯以风闻书之，说：“据实直书，史职也；此外不敢与闻。”

李东阳的初衷，不是为作古的何乔新申辩，而是为尚在人世的谢迁申辩。焦芳因憎恶彭华而憎恶江西人，因憎恶江西人而风评何乔新。谢迁也是他憎恶的人，因憎恶谢迁而憎恶余姚人，因憎恶余姚人而禁余姚人选京官。修史要给死人一个公正的评议，更要给活人一个公正的评议。有鉴于此，李东阳改变了以往不争论也不退让的作风，与焦芳争论了一场。又不得不改变初衷，退避三舍。可以说，这一场争论大不如人意，从此以后，修史馆中无宁日。焦芳今日对此人评议几句，明日对彼人评议几句，最终对谢迁也评议了几句。李东阳知道争不过他，索性不争。王鏊后来执意于去留，也不再与他争。杨廷和入阁较迟，更不被他放在眼里。纂修《孝宗实录》竟多由他来操持。

进实录表笺却必须由李东阳写。在修史上不能说没有下功夫，但许多处不是他的见解，许多处不合事实，这个表笺怎样来写？两年多争争吵吵，史馆内沸沸扬扬，这个表笺又该怎样来写？想来想去，有两句话可以把个人的苦、修史的艰辛包容进去，非写在表笺中不可。前一句话是："是曰是，非曰非，岂敢专于独见。"后一句话是："疑传疑，信传信，庶以俟于将来。"两句话拟出，通篇稿子便有了。

完成了《孝宗实录》的修纂，李东阳如油尽灯枯，身形又瘦了一圈。李荃看在眼里，老大不忍，在他面前絮叨着说："一年又九个月前，完成了一部《历代通鉴纂要》，老爷大病了一场，不得不告假，许多人还被罢了官。今次又进一部书，会不会有人罢官，小人不敢说，老爷一定要再告个假，在家中好生将养几日。"

李荃提到的《历代通鉴纂要》，触动了李东阳。他想起谢铎在给他的信函中那几句精彩的话，也想起自己在进书表笺中画龙点睛的八个字："法多从旧，理贵折中。"这是修书的准则，也是做人的准则。这个早就确定了的准则对不对呢？当年是那样自信，那样虔诚，现在却拿不准了。你要折中，有人不准你折中，怎么办？你屈从了，折中的准则也就破坏了。

或者真如李荃这娃儿所说，又该告假了。劳心比劳力要艰辛百倍，痛苦百倍。

"李荃，你研好墨，我写几个字送与你，好不好？"李东阳与他的书童商量。

"敢情好，我就去研墨。"李荃高兴地说。他知道，写几个字，他家老爷既活动了筋骨，又调和了心情，是再好不过的事了。

李东阳打起精神，活动活动臂膀，准备写字。本来要写刚想到的八个字，想了想，不好，字数太少，又不合现时的心态，便铺了一张大纸，写上进孝宗实录表中的两句话。李荃不识篆书，李东阳写的是隶书，也是他老来字体一变。隶书非他所长，但到了意在笔先的境界，写任何字体都成一格。

"字都识得吧？"李东阳问道。

李荃看了看，没有眼生的字，点头说："都识得。老爷，我来念一遍吧。"他用手指点着一个一个的字，念了起来。这样简单的句子，句读是不会错的。李荃念完说道："老爷，字都识得，断也断得开，就是意思不懂。"

"意思浅显，怎会不懂？"李东阳不相信。

“老爷，是这样的。每个字的意思都懂，每句话的意思也都懂，但合在一处，就不懂了。”李荃解释说，“既然是曰是，非曰非，怎么还会疑传疑呢？小的理解，以疑传疑，即是以讹传讹，那又怎么辨得出是非呢？”

李东阳说：“你提出这样的问题，足见肯动脑筋。很好，很好。我写的两句话，说的是两层意思。上一句说，是曰是，非曰非，希望大家都来讨论是非，自己不敢独断。下一句说，疑传疑，信传信，疑史信史还有许多未明之处，要待将来的人审定。你把两层意思合成一层意思，难怪就看不懂了。”

“老爷一说，我就懂了。原来老爷在说修史。”

“你说懂，却又未必是真的懂了。”李东阳叹道。

第五十六章

刘瑾再也不能容忍翰林官们的倨傲。在借赵锐告状一事，警告了臧贤一番，实际上也是警告了钱宁一番以后，他着手处置翰林们。刘瑾最初并不想对翰林官有所划分。由于本朝制度，翰林官与内臣之间有着许多联系，来往密切，非其他衙门官员可比，刘瑾对翰林官也较其他官员宽容。随着他柄政日久，翰林官自然地形成了两个圈子。一个圈子中只有少数人，如焦黄中、刘仁等，事刘瑾如父，刘瑾也着力提携。另一个圈子中人数也不多，对刘瑾不亢不卑，刘瑾渐生厌恶之心。更要紧的是，大多数翰林官附在第二个圈子的边缘，不处置第二个圈子里的人，就不能震慑附在其边缘的翰林官；翰林官生起怠慢之心，就不能震慑其他衙门的大小官员。

所谓第二个圈子中的人，他心中已有了名单，如：侍讲吴一鹏，南直隶长洲人；侍读徐穆，江西吉水人；编修崔铣，河南安阳人。他们见了刘瑾，一向是长揖不拜，众官同谒时如鹤立鸡群。一定要打下他们的气焰才好。

若交代吏部尚书刘宇，事情很好办，要谁罢官，要谁贬谪，都可办妥。可刘瑾宁愿找张綵商议处置。张綵对他不全是阿附，往往能说出些发人深思的话。

“西麓，”刘瑾招呼张綵，“翰林官中有一等不识朝廷体制、肆意轻薄之徒，吏部要管一管了。”

“是。”张綵应道，“不识体制何人，肆意轻薄何事，请瑾老明示，吏部好遵谕查办。”

“何人不礼敬朝廷，西麓也有风闻吧？”

不拜叩刘瑾，即是不礼敬刘瑾；不礼敬刘瑾，即是不礼敬朝廷，几乎是朝野的共识。除内阁几名大臣外，除张綵等少数人外，见刘瑾不拜者，也就翰林官中还有三五个人，其中包括康海。康海是刘瑾特别要提高其身价，其他人则是强自支撑着翰林官的架子。张綵对此不只是风闻，而是知道得一清二楚。所以不必问怎样不礼敬，只须问怎样处置。

“是。下官亦为此事愤愤。”张綵先说了句中听的话，再问，“瑾老的意思，怎生处置他等？”

“西麓看，是罚粟好，还是外放好？”

张綵闻听，不由得松了口气。如果刘瑾问，是下狱好，还是戍边好，那就不用争了，那就说明刘瑾的怨恨已入骨髓，非兴大狱不可，任何人也争不出结果。刘瑾说的是，罚粟好，还是外放好，那只是一般的怨恨，还可理喻。

翰林院是清要衙门。翰林官不理政务，罚粟尚未罚到他们的头上。张綵不想由自己来开这个先例。至于外放，一二人不妨，若是大批翰林官外放，在朝廷也会造成震动。张綵自忖，在刘瑾面前已立稳了脚跟，应该在朝廷上树一树自己的威望了。以他吏部侍郎的身份，树立威望的最好办法，是充当群臣的保护者。

“瑾老，”张綵赔着笑说，“翰林院中不过聚着一群白面书生，何不先放在一边，去料理其他大事。”

“怎么，处置这群白面书生，不是大事吗？”刘瑾面露不悦之色。这种脸色是很少给张綵看的。

张綵心想坏了。原以为刘瑾对翰林官的处置在两可之间，不料他是作为一桩大事看待的。“翰林院既是清要衙门，翰林官的处置自然是大事，”张綵忙说，“下官只是想，瑾老对翰林一向优容，翰林官有不如人意处，不妨从长计议。”

“正是对他们过于优容，他们便不以朝廷体制为意。”刘瑾恨恨地说了一句，又突然问道，“西麓，你与段御史可有来往？”

张綵知道，刘瑾说的段御史，即段炅，名为朝廷御史，形同焦芳府上的清客，来往极为频繁，关系极为密切。甚至焦芳为爱妾事与焦黄中大打出手，也靠他在中间斡旋。张綵看不起他，却也下力气笼络他。开始是因为曾得力于焦芳的荐举，对焦芳所亲近的官员理应以礼待之。后来发现，从段炅那里可以知道些焦芳的秘事。再后来又发现，段炅也不时流露出对焦芳父子的不满。因此，二人交往渐渐多起来。他想，有一天，他和焦芳斗起来，段炅对他会有所帮助。

听刘瑾问起此人，张綵说：“段御史很有些见地，下官有事无事时，愿与他一谈。”

刘瑾高兴地说：“西麓之见，与我不谋而合，我也很愿意听段御史发些议论。你可知，关于翰林官，他有过什么议论？”

“这倒不曾听他说起。”张綵确实不曾与段炅谈论过翰林院官。他们谈论较多的是各衙门堂上官，从吏部尚书，到寺卿。张綵对翰林官不太在意，以为段炅对翰林官也不在意。

“他的一番议论，归结起来是四个字，”刘瑾一字一字地说，“书生误国。我初时以为言过其实，后来细细琢磨，才悟出了道理。段御史言之不谬，他是要我在朝廷中整顿出新的气象。”

段炅在翰林官中有一两个死对头，说起来每每切齿。但“书生误国”四个字，不仅仅是对准那一两个人的，而且是对准整个翰林院的。扩大而言之，由正途出身者，哪个不是书生呢？张綵想，以段炅的身份和他的思维，不该说出这样顾头不顾尾的话来，定是受了焦芳的唆使，为焦芳出面说话。刘瑾有意处置翰林官不假，而焦芳与他那个不争气的儿子恐怕更急于处置翰林官。听人说起，焦黄中在翰林院中的日子，不说度日如年，也是度日维艰。

对“书生误国”四个字，张綵不好置评。若说不对，刘瑾对这四个字听得很入耳，不能扫他的兴。若说有理，等于把自己也骂在里面，日后在刘瑾的眼里，变得和焦芳一样，也是个顾首不顾尾的人不便置评，干脆不置评，刘瑾反而容易见谅。

他不愿置评，刘瑾也不强逼他开口，却又说了另一番话：“焦阁老任过翰林官，焦编修正任翰林官，他们父子对翰林官的毛病都有深刻见解，你也不妨和他们谈一谈。”

所料不谬，段炅议论翰林官，果然是由焦芳操纵的。张綵说：“守静先生恐怕不只对翰林官有深刻见解，也有了如何处置的方略吧？”

刘瑾抚掌而笑。他人若对焦芳不敬，多半要受到他的痛责，唯有张綵说几句讥刺的话，他反而高兴。焦芳、张綵都是他的人，他宁愿二人貌合神离，不愿二人同心同德。况且，在他的心目中，二人孰重孰轻，早有了分晓。

“守静先生的意思，”刘瑾说，“对一部分翰林官，要从重处罚，对一部分翰林官，可从轻处罚。从重处罚，或罢官，或罚粟；从轻处罚，或内调，或外放。我考虑，罢官太重，内调太轻，所以提出罚粟和外放二事，与你商办。”

内调指与科道或詹事府官对品调转。对翰林官来说，也有些委屈，但委屈不算太大，所以刘瑾说内调太轻，不愿意考虑。

张綵想了想，说：“瑾老若确定了处置只限于罚粟和外放，我以为罚粟不如外放。”

“西麓之议定有道理，说出来我听听。”刘瑾说。

“迄今罚粟，都是政务财务军务有失的官员，受罚者本人口服心服，未曾受罚的官员引以为戒。翰林官是文学之臣，有失也是失在文学。就像科道之臣，有失也是失在言论。一律加以罚粟，似有不妥。不若外放政务财务军务官，那时有失，再加罚粟不迟。下官愚见，瑾老以为如何？”

受罚者口服心服，未罚者引以为戒，显见是谀美之词，也幸亏这两句话，说动了刘瑾。“好，就依你，一律外放，而不罚粟。”

“瑾老，不能一律外放呀！”张綵以为是倾翰林院外放，连忙说道。一律外放，整个衙门空了，还不如挑出几名刘瑾极痛恨的翰林官罚粟呢。

刘瑾笑了，“西麓莫慌，我说的一律，是指该受处分的翰林官。古往今来，哪里有不用文学之臣的朝廷，哪有让翰林院唱空城计的道理。”

张綵也觉好笑，真是没有由来的着急。前有康状元，后有焦、刘二公子，肯定不会动，怎会倾翰林院外放。乘着刘瑾高兴，他又问了一句：“瑾老，要不要吏部拟上名单？”

“不必，”刘瑾摇头道，“我拟好名帖，自要知会吏部。此事我要刘尚书办，不必你出面。这个恶人，谁都可以做，唯独不能让你去做。”

张綵做了一揖：“瑾老体恤，感激不尽。下官还有一议，请瑾老定夺。”

“你说。”确定了处分的方式，刘瑾也很高兴。

“白面书生不知好歹，瑾老要教训教训他们，也是为了他们好。将他们外放，可不可以不作为处罚，想一个别的名目？”张綵小心地说。

“西麓说另想一个名目，一定已经想好了名目，何不说出来商议？”处罚不重，却要担一个处罚的名声，刘瑾也觉得不合算。

“比如说，以扩充政务为名。”张綵试言道。

“好个名目！”刘瑾立即认可，“为扩充政务之需，将翰林院官外放，是何等堂而皇之的名目。至于是说翰林官不谙政务，所以要外放以熟习之，还是说翰林官才思颖敏，所以要外放以借重之，就看下笔草诏时的一念了。”事至此议定。

五月十五、十六两日，朝廷接连下了两道旨，都是就《孝宗实录》的完成而发的。

前一道旨是针对内阁大臣和各衙门堂上官的。按照惯例，修实录是大工程，完成以后，必有恩赏。《孝宗实录》完成后，吏部拟各官升职等第。像李东阳官至极品，再无可升，通常的做法，是以从一品的品秩食正一品的俸禄。但在本月初，内廷降旨：先年修会典，靡费无算，虽以刘健为主，李东阳亦难辞其咎。不准吏部所拟升秩，李东阳仍支从一品俸，其他受牵累者计：少保、户部尚书杨廷和，原支从一品俸，礼部尚书白钺，原支正二品俸，均降支从二品俸，吏部尚书梁储降右侍郎，礼部右侍郎靳贵降为光禄寺卿，光禄寺卿周文通降礼部郎中。还有多名翰林院官和部属官受降职处分。完成实录，不赏反罚，在本朝也是从未有过的事。

五月十五日，针对这一处分传旨：进李东阳正一品俸，进少傅焦芳少师兼太子太师、华盖殿大学士，杨廷和加俸二级，吏部右侍郎梁储复尚书。

一降一陛，一罚一赏，本是朝廷的恩典，现在变成了刘瑾的私恩私德。其实，其他人都是恢复原来的地位。李东阳支正一品俸，算是从实录恩赏中小得实惠，真正的受益者是焦芳。一般而言，首辅、次辅的加衔应差一等次，如谨身殿大学士对华盖殿大学士，少保对少师。而今，焦芳与李东阳，除了正一品俸和从一品俸的区别，加衔完全相同，内阁中直若二首辅。

后一道旨是针对翰林院官的。这道旨更有些不伦不类。说是修实录的恩赏，先却罚了几个人。闲住三人：编修孙清、毛优的罪名是丁忧后潜入京师，编修叶德的罪名是不尽职守；致仕一人为编修陈雺，罪名是修身不谨，都是含混不清的概念，不入任何律条。严格地说，是过失而不是罪状。因罪状处罚也好，因过失处罚也好，放在这道旨里都是不恰当的、不严肃的，甚至会给人一种无稽的、不真实的感觉。

下面则是一串外放的名单：侍讲吴一鹏调南京吏部，侍读徐穆、老资格的编修顾清调南京兵部，汪俊调南京工部，均员外郎；资历较浅的编修贾永、李廷相调兵部，张仁和调户部，刘龙调礼部，翟銮调刑部，崔铣调南京吏部，陆深调南京礼部，检讨王九思调吏部，汪伟、穆孔晖调南京礼部，易舒诰调南京户部，均为主事。还有一位编修董玘不知更为刘瑾厌恶，还是更为焦芳厌恶，竟调任大名府元城知县。后来发现，没有人对他更加厌恶，是草拟诏书中写错了，调任元城知县的应是詹事府主簿查继先，这才改正过来，董玘调刑部主事。

侍读至检讨共计十六人外放，用的果然是“扩充政务”的名目，而且是修实录的恩赏。

刘太监柄政以来，无奇不有，一批翰林官外放无足为怪，外放的官员不以为是大不幸，说不定，还以为是幸事，调南京部属官的翰林们特别会以为是幸事，因为远离了宦海惊涛的中心。未被外放的翰林官不以为是幸事，也不以为是大不幸。得留翰林院到底不是坏事。然而，也有一位翰林官例外，以为未随他人而去，是天大的不幸。他就是因修实录得升修撰的原编修何塘。

何塘是河南人，焦芳对他没有大的恶感。何塘与康海同科，与康海同去见过刘瑾，与康海同样揖而不拜，刘瑾也不怪罪。因而，刘瑾本人的名单上，焦芳开出的名单上，都没有他。何塘整日愁眉不展，忧心忡忡，想的只是一件事：怎样和那些外放的同僚同命运。

下了决心，机会就好找了。翰林院走了一批人，又补充了一批人。一日，何塘与几名同官相约赴刘瑾私宅拜谒。行前，有人问何塘：“听闻粹夫先生前次见刘太监不曾跪拜，今次又该如何？”何塘说：“前次不曾跪拜，今次亦不跪拜。”他人皆不语，一同僚独道：“兄若不跪拜，某亦不跪拜。”但到了刘瑾宅中，除何塘躬身长揖外，其他人都跪倒在地。何塘行礼后，见到这番情景，厉声问道：“当初如何相约？怎可不守信用？”

刘瑾见他不拜，已有些吃惊，但看他面熟，似曾相识，没有发作，听到他的喝叫，便冷冷地问道：“先生与谁相约，所约何事？”

何塘说：“有人与我相约，见公不跪拜。跪与不跪，本可自决。声言不跪，却又跪拜，诚是小人。我不恨其跪拜，恨其失信耳。”

刘瑾板着脸说：“你说得不错，跪与不跪，本可自决。那又何必相约？”说罢不再理他，命人取来新献进的精美川扇，亲手赠与每人一把。轮到何塘时，却隔开不给。

拿到川扇的人又跪谢刘太监馈赠。何塘厉声言道：“朝廷之上，不过一跪而已，司礼府上，怎可跪而又跪，不知自尊？”

刘瑾终于大怒，喝问道：“先生何人？”

何塘答道：“下官修撰何塘，曾与康德函来府上拜谒，蒙公赐茶一杯，公忘乎？”

刘瑾记起，何塘有一日确与康海同来叙话，康海介绍时对他甚是称许。那日他在自己面前十分恭顺，话也不多说一句，怎么今日变了副嘴脸？想了想，明白了他的用心，冷笑着说：“你看到其他人外放要职，没有轮到你，心中不满，是不是？哼，像你这样热衷功名的人，我就是要把你留在翰林院中，不放你走。”

何塘没有料到，刘瑾的目光如此敏锐，一下看穿了他的心思。但他知道，刘瑾说一定要留他在翰林院是反话，刘瑾是容不得他的。回家后，他立即上疏称病求去。疏凡三上，刘瑾竟没有难为他，准允他致仕，大大出乎当日与他同赴刘瑾私宅的同僚所料。

第五十七章

酷暑难熬，刘瑾一般都在宅中小室处置公务。小室之南有两棵大树茂密遮阳。小宅之内四角各置一冰桶，不时放入新取来的冰块。身在室内，便觉清静凉爽。刘瑾甚少约人来此谈话，得随意出入者，只有刘成等一二人。

刘瑾半坐半躺在卧榻上纳凉，见刘成进来，便问："今日有要紧的红本子送来吗？"

红本是大臣们的章奏。自打去岁匿名揭帖事发后，刘瑾对于各类文字无不小心，其中最要小心的无过奏本，于是他立下规矩：凡有章奏，须具书两份，先装入红揭送他阅。他在司礼监，便送入司礼监，他不在司礼监，便送来私宅，不得延误。这一份称红本。然后再以通常的公文纸抄写的一份送通政司，号白本。两本递之，时间上有些许差距，刘瑾发现有不妥不利之处，便好预作安排，不使皇上见到不该见的奏本。

"不多。"刘成答道，"只有都察院一份审录重囚的奏章，另外还有兵仗局孙太监和广东蔡太监、广西潘太监送来的几样东西。公公是先看章奏，还是先看物什？"回完话，他垂手侍立，听候指示。

"都察院所奏，无甚大事。"刘瑾说，"那几样东西定是有趣，咱们先来赏玩赏玩。"

"是。"刘成把盛放红本的漆盘放在案上，拍了拍手，三四名站立在外的下人搬进来几样东西。刘成指了指硕大的案子，他们把抬来的东西置于案上。刘成又挥了挥手，他们便悄无声息地退了出去。

摆在案上的什物，说普通，确实很普通，说不普通，也着实不寻常，以不入第三人的眼为好。刘成知道厉害，一个人也不留下，宁愿自己搬来搬去，多受些累。

"这副兵仗局造的衣甲式样，是按照公公的纸样造成的，请公公过目。"刘成先介绍第一样东西，"有不合适之处，我亲自去见孙太监，他正在局里候公公的回音呢。"

用料上乘，样式不俗，刘瑾满意地说："不错。"他在身前比量了一下，说；"咱们陕西人人高马大，告诉孙和，再做大一些，方才合用。"

"是，我去吩咐他。"刘成答应着。他不明白衣甲为什么非要比量着陕西人的身材，也不需要明白，刘瑾有什么吩咐，他照办就是了。

“我要他十个月之内交来一千副衣甲，”刘瑾又吩咐，“每月一百副。到了日子，你去催要。”

“是。”刘成虽应了，却有些疑惑，“公公，上次你交代，只要孙太监制作两百副衣甲。”

“两百人的亲兵卫队太小气了。”刘瑾说，“一千人也未必足够，一千副衣甲完成了，还会交代兵仗局再行制作。总之多多益善。”

刘瑾把兵仗局太监孙和召到私宅交代差事时，刘成也在场。刘瑾郑重地说，这是一项秘密差遣，不得传告任何人。有事直接与刘成联络，他若有事，也让刘成传话。刘成所知道的，也只有这是一项秘密差遣而已，今日才多知道了一层：制作衣甲是为了建立一支亲军。至于是为皇上建立亲军，还是为刘太监建立亲军，就不得而知了。从衣甲要适合陕西人的身材这一点来看，可能是刘太监自己要建立一支亲军。

太监为何要建立一支亲军，是个太敏感的话题。刘成不敢多想，更不敢多说。他听出，关于衣甲之事，刘瑾已吩咐完毕，便请刘瑾看第二样东西，是一张弩弓：“公公，广东蔡太监和广西潘太监各进呈五张弩弓，我每处挑选一张，请公公查验。”

“二处携弓进京，没有人知道吧？”刘瑾问。

“是，两处差人都把弩弓杂放在贡物中带入京师，到了京师，又杂放在土仪中送入宅中，保证机密。”刘成简单说了说取得弩弓的经过。

“蔡照、潘牛二人很会办事，不枉我的提携。”刘瑾满意地说，“二人都是我派出去的，我要不偏不倚，一视同仁。刘成，你告诉他们，每人照着这个样式，打二百五十副弩弓。时间嘛，也限在十个月内。弩弓在我面前如数交割之日，即刻提升为本省镇守太监。”

两样大件的物品看过了，还有一样小件的物品。漆盘上，一侧放着红本子，另一侧放着一把漂亮大款的折扇，也仅是漂亮大款而已，从外看去，看不出有什么奇特之处。

“谁送来的？”刘瑾指着折扇问道。

“毕太监，”刘成答道，“说是得自海外商贾，特意孝敬你老人家的。”

刘瑾笑着说：“毕真这厮，去广东的日子不短了，见过的海外奇珍异宝定是不少，独独送一柄扇子来，不知到底奇特在什么地方。”

“确是有些奇特之处。”刘成说着，拿起扇子，轻轻一晃，扇面打开，只见贴着正中的折面，装了一柄小刀。小刀的颜色与扇面相同，不注意，真看不出来。刘成轻轻一抽，将小刀抽出，刀面极薄，两面开刃，长两寸多，宽三分多。由于刀面太薄，拿起扇子来，根本看不出扇内夹有他物。刘成将手一翻，扇子的另一面也装了一柄相同的小刀，刘成拔了根头发，向着刀锋一吹，头发中断，一段被刘成两指夹定，另一段飘飘下落到地。

“好，好，果然有奇特之处。”刘瑾惊喜地说。

“公公，要不要我将扇子收藏起？”刘成请示。

“不必。”刘瑾摇摇头，“暑天未过，我正好用。”

其实，手持一扇，并非全为退暑。自清明之后，到重阳之前，刘瑾习惯地带上一柄折扇。既可增添几分威严，又可平抚情绪。即使面见皇上，腰间也要揣一柄折扇。他说毕真进呈的折扇“正好用”，包括去见皇上时，也要带在身上。叩见皇上，身上怎能带有兵器？若是传了出去，就是灭门的罪过。

刘成惊是惊，脸上却不能表露出来，若表露出来，刘瑾就会知道，他对这件事是怎样想的。或许，他的脸上不露出惊诧的表情，刘瑾也知道他是怎样想的。但只要他的脸上不表露出来，他就是安全的。

“公公，都察院的章奏还要读吗？”刘成像没有任何想法一样，若无其事地问道。

“读一读吧。”刘瑾翻开都察院的奏本，扫了一眼，立即勃然大怒。他还没有看清楚章奏的内容，只为一个不该在章奏上出现的词，怒火中烧，把红本子抛到地上。

不知源起于何时何人何衙门，也未经何人着意提倡，各衙门的奏本中，凡涉及刘瑾，都书刘太监，而不书名。如由刘瑾传旨，便写“刘太监传奉圣谕”。自从刘瑾体会到这个称呼的意义以后，再也没有看到再也不能容忍在奏本中出现刘瑾两个字。而今次都察院的奏本中却不止一处地写着“刘瑾传奉圣谕”的字样。

奏本领衔署名的是掌院左都御史屠滽。

屠滽是成化初年的进士，成化末年任右都御史，弘治八年转吏部尚书，在眼下的大七卿中资格最老，照例不该犯草率的错误。也许正因为年老，免不了昏昏然，草疏之人不留意将刘太监写成了刘瑾，抄录之人原封不动地誊写，屠滽看草本，看正本，鬼使神差，都没看出错处。偏偏刘瑾不经意地看了一眼，便看了出来。

刘瑾沉得住气，三日不作处置。屠滽沉不住气了，三伏天每日惊出一身冷汗。熬到第四日头上熬不住了。想来想去，只有求助于李东阳。

“真是飞来横祸！”屠滽惨然言道，“西涯公，万般无奈，只有请西涯公出面为都院解脱了。”

刘瑾在进《孝宗实录》中先威后恩、先罚后赏之后，李东阳与他再未见面。要是见面，先要说些感激的话，这是李东阳不愿意做的。

“髯翁，刘太监面前，我可以分辩，只怕是起不了作用，反而误了事。另有两位大人，如有一人肯出面讲话，事情可立解。”屠滽字朝宗，长着一把漂亮的长须，自号髯翁。他的科第比李东阳略后，但年齿稍长，李东阳对他以号相称。

“西涯公指的是守静先生和尚质先生？”屠滽问。

“是。”李东阳点头，“我的话，十句中刘太监听不进一两句。他们的话，十句中刘太监听得进七八句，只有他们出面，才能消除刘太监心中的怨恨。髯翁想一想，是不是这个道理？”

屠滽不须想，也知李东阳说的是实情。本想强请李东阳出面，听了他的话，看到他未老先衰的脸孔，不忍再勉强，只好在那两个人身上打主意。先考虑焦芳。屠滽是浙江宁波府鄞县人。宁波与绍兴是邻府。焦芳憎恶余姚人，殃及邻县邻府，是很正常的。屠滽沉重地摇着头，请焦芳出援是不用想了。张綵嘛，倒有可能。屠滽任吏部尚书时，张綵是他的属官，由主事而郎中。那时的张尚质，意气风发，勇于任事，部内部外都得人赏识，屠滽也确实说了他不少好话。想到此，屠滽向李东阳拱拱手，说：“多谢指点迷津，我与尚质有旧，就去找他。”

“晚生忙于部务，久违教下，老尚书近来无恙乎？”到底是昔日老上官，张綵见到屠滽，礼貌上较他人周全，态度也亲热许多。

“尚质侍郎神采更胜昔日，老夫不胜欣慰。”屠滽拉着张綵双手，客套了一句。也并非全是客套，张綵眼下得意非常，本来就俊朗的面孔，更是神采飞扬：“尚质，老夫有求于你。至大尚书那里，我就不去说话了。”

“不必去，不必去！”张綵连声说，“那是老尚书坐熟了的位置。你去了，他还坐得住吗？”讲了几句笑话，又道，“其实，髯翁有事，着人吩咐一声就是，何必大驾光临？”

“吩咐不敢当。”屠滽说，“尚质想必知道，我正面临危难，还望大力解除。”都察院的文牍过失，京城无人不知，用不着多做解释。

“老尚书面临麻烦，我是知道的；若说面临危难，是老尚书过虑。”张綵轻松地说。

“噢？”屠滽相信，张綵不会没有根据地乱说，但还是忍不住要多问一句，“你是这样看吗？”

张綵仍然说得轻松：“我怎样看，又有什么关系？关键是刘太监怎样看。”

“你是说，刘太监是这样看的？刘太监他不与我计较？”对屠滽来说，这无疑是天大的喜讯。

“大致如此。”张綵说，“老尚书于我有知遇之恩。知道老尚书有了闪失，晚生不能不挂在心上。不劳吩咐，我就去了刘太监府上，当面解说。”

“多谢尚质侍郎挂念故人！”屠滽感激地说。

“好说！”张綵当之不愧，“刘太监说，他不会与朝宗先生计较，但也不能不做做样子，免得各衙门都来学都察院，坏了规矩。”

“刘太监真是这样说？”屠滽半信半疑。

“自然是真的。刘太监的话，我怎敢伪造？”张綵继续说，“刘太监还说，朝宗先生有了心思，必要找西麓先生诉说，请转告朝宗先生，些许小事，千万不要成了心病。”

“刘太监如此说，真是宰相的度量。尚质，如此见容，恐怕也是看了你的金面吧？”屠滽这一问，算是领情。

张綵嘿然一笑，算是默认。

“尚质侍郎，我先谢过你。”屠滽向张綵作了一揖，“再请尚质代我向刘太监致谢。”又是一揖。

张綵忙还礼，“老尚书谢我，我不敢当。老尚书谢刘太监，我更不敢代受。刚才晚生说的话，有一句，老尚书不要忘记。”

“是哪一句？”屠滽此刻记在心里的，只有张侍郎转述的刘太监那句“不与朝宗先生计较”的话。

“说面临危难，是老尚书过虑，但老先生确实面临麻烦。”张綵提醒他。

看来，刘太监还是不会放过，屠滽的心又下沉：“尚质告我，该怎样解决麻烦？”

张綵说：“无非是个面子。老尚书的面子要紧，刘太监的面子更要紧。老尚书去刘太监府上赔话，刘太监不肯见谅，那是大的面子没有了。老尚书去刘太监府上赔话，是丢了小的面子。只要刘太监终于肯原谅了，就保住了大的面子。说不得，只有老尚书辛苦一趟。我有把握，大的面子是保得住的。”

其实，张綵不说，屠滽早晚也要去一趟刘府。他怕的不是要赔话，而是赔了话刘太监不肯见谅，那就丢尽了老脸，而且不知如何收场。有了张綵的一番话，至少可以放下一半的心。他相信，张綵说的全是刘瑾的意思。

“唉，现在还说什么保存脸面，只求麻烦早除，不使全署人员难堪。”屠滽说道，话中自有几分牢骚，“尚质，我这就告辞了。”

"老尚书慢行一步，我还有句话说。"张綵挽住屠滽臂膀，低声说道，"老尚书可率十三道御史同行。一嘛，以示老尚书在为属员请命；二嘛，要刘太监心中的怨气，发泄到其他人身上。法不治众，反正于老尚书会有些好处。"

"是，是，多谢尚质侍郎的筹划。我挑选个日子，带上十三道御史，去司礼监请罪。"

屠滽遵从张綵所议，集中了十三道掌道御史，及各道未奉差遣的资深资浅御史，共三十余名，来到司礼监衙门，在掌印太监堂阶下，屠滽跪倒，在他身后，众御史跪了两排。通常，坐在堂房正中的刘瑾会说：各位请起。但今日迟迟不发话，只命一小宦官来搀扶屠滽。

屠滽道："下官有罪，不敢立见刘太监，愿与众官一起，聆听刘太监教训。"

刘瑾也不勉强。他慢慢起身，走出门外，清了清喉咙，向跪在下面的众人说："都察院是朝廷的重要衙门，御史是朝廷倚重的风宪官。我一直以为，御史开风气之先。御史立下好的风范，朝廷的风气就正，御史做出坏的榜样，朝廷的风气就不正。尔等立言立身于朝廷，不可不慎。其他衙门的章奏，偶有差讹，我能谅就谅，该罚就罚。唯都察院的章奏，不许不合规矩，道理就在于此。朝宗先生，你是掌院的重臣，我代你说的一番话，是也不是？"

"刘太监说的是，下官口服心服。"屠滽道。

众御史跪于阶下，不时叩头，不敢仰视。刘瑾看了看他们，心满意足地说："各位请自便吧。"一场风波才算平息。

第五十八章

正德四年的夏天，人事更动不断。先是王鏊致仕而去；然后是李东阳等先罚后赏；再后是翰林官调任各部，纷纷扰扰，一直不曾安定。

王鏊致仕，内阁中尚有李东阳、焦芳、杨廷和三人。刘瑾性喜双数，第四位阁臣是一定要补上的。他心目中已有两名候选，一是吏部尚书刘宇，一是兵部尚书曹元，而先将谁补入，却有些踌躇。论私交，当然是曹元在先，不过，对吏部尚书这个重要的位置，他早就想做调整，因而，使刘宇入阁就显得迫不及待。

踌躇着，到了六月底，不好再拖下去了，刘瑾下定决心。二十八日传旨：吏部尚书刘宇以文渊阁大学士入阁办事。刘宇是成化八年进士，比杨廷和早了两科。但入阁有先后，他排名只能在杨廷和之后。

刘宇自去岁八月由兵部尚书转吏部尚书，在万众瞩目、唯一可与阁臣抗衡的位置上，整整坐了十个月。想想十个月来的经历，真是酸甜苦辣，把什么滋味都尝遍了，都尝够了。

他最常想起的，是与儿子刘仁那次月下对酒。他早在心中承认，儿子的文字比他略强，强得有限，而对形势的分析，却远胜过他。

他的脑海中，常浮现出刘仁蘸着酒的食指，在案面上划出的“西麓”两个字，耳边时常响起刘仁说的“此人在吏部，于大人有些妨碍”。

他的脑海中也常浮现出自己用手指蘸酒在桌案上写出的“升调”两个字，耳边时常响起定此良策后自己的得意笑声。

良策确是良策，实施得也很顺利。可惜他低估了张綵在刘瑾心目中的分量。张綵调出吏部只一个月，便又返转，由属官升为佐贰。说起来，也多亏刘宇升调他任都察院佥都御史那一着棋。刘瑾和张綵肯定在走出那一步棋后，就想到了下一步棋。只有他，设计出了第一步棋的人，没有想到后续的招法。儿子当时也喝了彩，但此事怪他不得。他是警告在先。他的本意是要警告。

任吏部尚书十个月，只在张綵离开吏部的一个月，有首席尚书的气势，有大冢宰的威风。在其他时间里，不管张綵任文选郎中，还是任吏部侍郎时，部里的真正的主宰都是他，堂堂尚书不过一傀儡而已。

而且，兵部的好处是得自武弁，吏部的好处是得自文吏。文职的地位虽远胜武职，但文职受到的监督也多，受到的约束也大，士大夫自命清高的花样也多，装模作样的本领也大，在吏部得到的好处，远不如在兵部得到的好处那么多、那么痛快。

时常想到这些，也就时常发出叹息："兵部自佳，何必吏部耳！"排挤许进，刘宇动了不少脑筋，改转吏部，刘宇下了不少功夫，结果是应了四字成语：作茧自缚。

王鏊致仕，刘宇开始不知道要不要补人；后来知道了刘瑾有心补人，不知道自己是不是有份。待入阁的圣旨降下，他的心中又喜又惊。喜的是：尚书入阁，又进了一级，且终于摆脱张綵制约，可谓一举两得。惊的是：入阁会不会是给他设下的另一个圈套？钻进这个圈套，会不会突然发现，在阁中比在吏部还糟糕？

刘宇身不由己，纵是设下的圈套，也不能不往里钻。接旨的当天，他怀着半是喜悦半是不安的心情，与左侍郎张綵、右侍郎柴升两位佐卿交割部务。刘瑾不是当日的刘瑾，刘宇也不是当日的焦芳，根本不会有兼摄部务一说。在吏部尚书的任上，都管不了吏部的事务，离吏部而去，兼摄二字从何说起？

第二天，刘宇按时赴阁入值，李东阳等三人已在阁中相候。李东阳致贺后，照例讲了几句阁中的规矩。焦芳与刘宇执手道贺，别有一番亲热。轮到杨廷和，双方态度都有些生硬。在杨廷和，是素不屑于刘宇的为人；王鏊在时，面对司礼监的压力，通常是以三对一。即使一人沉默，也是以二对一。换了刘宇，便是以二对二了。李东阳常告假，便成了以一对二。在刘宇，则因科第在杨廷和之前，排名在杨廷和之后，心中总有一股说不出来的滋味。

"三位可知，新任吏部尚书有旨了吗？"李东阳等人的贺词，或者其他的话，刘宇一个字也没有听进去，他一心想知道是谁接替了他。

"尚无旨。"李东阳代大家回答，不懂刘宇为何有此一问。他入阁的圣旨是昨天下的，继任的人选，当即廷推了三人：户部尚书刘玑、刑部尚书洪钟和吏部左侍郎张綵。花落谁手，总要隔个三五日，才能确定。不论由谁继任，和入了阁的刘宇都没有关系了，他又何必着急。

"西涯公看，三个人谁有机会？"刘宇的思路有顽固的持续性，又接着问下去。

"当然是都有机会。究竟圈定谁，出于圣意，为臣子的不便猜测。"李东阳说，"不过，守静先生耳聪目明，或者已经知道了。"李东阳在年轻时便好诙谐，到老不改。但和同辈或晚辈开个玩笑，多是出于善意，从不挖苦人。这些日子，受了焦芳不少气，甚至可说是受了他不少凌辱，忍不住用了挖苦的腔调。

焦芳或是没听出李东阳的挖苦，或是听出了不以为意，只是矜持地一笑。

刘宇转身要问焦芳，杨廷和在一旁说："西涯公不屑于猜测，其实，要想知道朱笔圈在谁的名字上，既不需要猜测，也不需要耳聪目明，就是至大先生，恐怕也是心知肚明。"

"介夫先生讲笑了。"刘宇道，"我真不知道吏书由谁继任，而又急于知道由谁继任。在下在吏部的时间虽不长，一旦离开，部中总有些事务要向继任者交代。"他想用一句冠冕堂皇的话掩饰自己的真实心情。稍微迟钝些的人，或者稍微厚道些的人，听了都会相信。

而杨廷和既不太迟钝，也不太厚道。他微微一笑，说道："我看交代是不必了，继公掌吏部者，一定是非常熟悉吏部事务之人。"

"介夫先生是指尚质吗？"刘宇有所不甘地追问一句。

"是啊，尚质先生干练有为，掌吏部者舍他而谁呢？"杨廷和听了不少吏部秘闻，深知张綵从不把刘宇放在心上，也深知刘宇现在的心思：大冢宰一职千万不要落在张綵的手上。他说的几句话，都是为了刺一刺刘宇。

"尚质干练不错，只是资历尚欠些。"刘宇说，"他由郎中晋升佥都御史，是去岁九月的事情，迄今不过九个月。一个月后骤升侍郎，已是太速，若再骤升尚书，难免要贻人议论。愚见如此，不知西涯先生、守静先生以为然否？"他只提李、焦二人，显见得不把杨廷和放在眼里。

"老朽说过，谁被圈定，出于圣意。"李东阳仍是重复方才的话，"尚质先生若被圈定，他在廷推之列，应不属于意外。"他摆明了持事不关己的态度。

焦芳却动了心，张綵是他力荐给刘瑾的。刘瑾重乡谊，竟至只知有张，不知有焦，不足为怪。现在张綵也不把他放在眼里，他心中不免憋了一股火。听罢刘宇的话，他想：前者虽是同路，交往却不算多；今日不但同路，而且同衙，相互间正好借重，"朝廷以不遭议论为好，至大先生何不把这番意思讲与刘太监听？"

"好啊，守静先生有意进言，在下愿意敲敲边鼓。"刘宇再愚鲁，也不会当着刘瑾的面，把方才的话再说一遍。他如有陈言的胆量，也不会在张綵面前唯唯诺诺，当一名傀儡尚书了。

"宾之兄意下如何？"焦芳又要拉扯上李东阳。

"谁被圈定，出于圣意。"一句话，李东阳说了三遍，"若说某人不该掌吏部，朝廷会推时，便该直陈。现在再置可否，却有些晚了。"

刘宇第一日到阁，场面就有些僵。在都察院掌院时，鞭挞御史，由得他；在兵、吏二部掌部时，辱骂属官（张綵当然不在被辱骂之列），也由得他；今日在内阁，他却没有发作的资格了。说起来，僵持的场面由他而起。不管是不是出于真心，大家本来在三言两语贺他入阁，再读上一两本公文，阁中第一天就可在和谐的气氛中度过，他却不知深浅地出了个题目，要大家讨论。他以为内阁中讨论尚书人选不算大题目，大家不难有所表示，也不难集中到他的意见上。不料，三个人说了三种意见，没有一种意见能遂他的心愿。

僵局由他而起，也该由他打破。他正煞费苦心地寻找话题，一名阁中差役慌慌张张地跑进来，禀告说："各位大人，刘太监到了。"

不管此时此刻愿不愿意见到刘瑾，四个人或多或少地松了口气。日后在阁中共事，即便做不到和衷共济，也不能整日争吵，如仇寇一般吧。不只刘宇在想着打破僵局，其他人也在想着打破僵局。刘太监一来就好了，僵局自然被打破。因此，四人在门外迎候刘瑾时，面上都带着几分热情。

"难得西涯公也在，脾胃之疾可大好了？"刘瑾先还李东阳的礼，"我看先生虽清瘦些，精神却好。阁中的事务，还赖先生主持。"

"多谢刘太监挂念！"李东阳答道，"至大先生第一天到阁，我总要来恭贺。贱恙在身，怕是还要请两三日假。好在有刘太监点拨，又有守静先生等入值，阁中的事务，不须多费心思。"

"你是首辅，自有首辅的职责在身，怎能推个干净？"刘瑾说，"万岁爷还问起先生的身体呢。先生再歇上两三日，一定要来阁中视事。"

"是。"李东阳受了感动，"老臣受先帝和当今圣上的恩典，得刘太监的关怀，一定尽心竭力，办好朝廷交代的事务。请刘太监代向圣上谢恩。"

"好说。"刘瑾在特为他而设的坐席上坐定，才对众人说话，"咱本来还在想，至大先生入阁，该不该来贺贺。看到西涯先生抱病来了，我大可放心。他都来了，我还不该来吗？至大先生，你今日入阁办事，可喜可贺，我特来为你助兴。"

刘瑾这样一说，别说刘宇感激莫名，含着泪说了许多既表示谢忱又表示忠心的话，焦芳也是一愣。看来，不但张綵在刘瑾心目中的地位超出了自己，刘宇在刘瑾心目中的地位也超出了自己。刘瑾重用张綵，还不难理解，他重用刘宇，又有什么道理呢？

"至大先生。"刘瑾打断了刘宇的表白，"我来阁中，一来是向你道贺，二来嘛，也要和你及各位大人议一议新一任吏部尚书的人选。你刚卸吏部之任，就请你先说吧。”

“这——”刘宇尚未打定主意，要不要向刘瑾谈吏部尚书的人选，刘瑾却逼上门来问了。谁继掌吏部，刘瑾似乎没有必要征询阁臣们的意见，更没必要征询刚交卸尚书大印的刘宇的意见。他来阁中征询意见，似不怀好意，刘宇不敢轻易开口。

“自马文升后，已历四任吏部尚书，马、焦、许、刘，其中两位现在阁中。四位都是河南人，太偏狭了，该改一改了。”刘瑾感叹地说，“当然，吏部尚书仍以北人为好。北人憨直，没有南人那么重的心思，各位的看法呢？”

廷推三人，白钺是南直隶人，洪钟是浙江人，只有张綵是北方人。刘瑾点明了，要他任吏部尚书。

刘宇用不着再多想，有了确定的答案：“尚质侍郎人品、才干均属上乘，又熟悉吏部事务，吏部理当由他来掌。”

“各位都是这样想吗？”无人答话，刘瑾便认为是无人反对，“至大先生，我知你与西麓相处融洽，你举荐他，也算是内举不避亲吧。”

第二日，刘宇再次走进内阁，就像走进熟悉了的衙门，不再感到拘束。他随意地和焦芳、杨廷和以及内阁的差役们、中书科的中书们，打着招呼，就像没有发生昨天的事情。

时近正午，司礼监一名小宦官径直走进内阁。此人常来传刘太监的话，和大家都熟了。焦芳以为他是来找自己，起身招呼。小宦官摆了摆手，走到刘宇座凳前，低声说：“刘大人，请借一步说话。”焦芳眼看着刘宇站起，随小宦官走出值房，心中很不是滋味。

走到无人处站定，刘宇从怀中取出一锭白银，塞到小宦官手里，赔着笑说：“小公公，打副钗子送给相好的吧。”

小宦官说：“刘大人给赏，不敢不收，多谢了。刘大人，我是来传我家公公一句话的。”

“请讲，请讲。”刘宇因入阁第一日，刘太监亲自来贺，今日又派人来阁中传话，恩宠无比，以前患得患失的那些想法一扫而光，神情上，声音里，得意的劲头再也遮掩不住。

“我家公公说此地岂容再入哉！”小宦官大约是学着刘瑾的腔调，声音是冰冷冰冷的。

刘宇一是怀疑听错了，二是没有立即听明白，嗫嚅言道：“刘太监的话，请小公公再说一遍。”

“此地岂容再入哉！”小宦官一板一眼地说。

话没有听错，意思也明白了，刘瑾是让他不要再来阁中。前番圣旨，着他入阁，预机务；此刻无旨致仕，无旨罢官，却不让他再来阁中，那叫什么内阁大臣？还预什么机务？

见他失魂落魄的样子，小宦官起了同情之心，说道：“刘大人，听我家公公说，你的意思，吏部尚书该由张大人继任，他已答应了，很快会着内阁拟旨。我寻思，吏部尚书的人选确定下来，就没有大人的事情了，大人可以回家休息了。”

刘宇还能说什么呢？他处心积虑地想阻止张綵升任尚书，不但阻止不成，反而成了张綵的荐主。老天太会作弄人了，刘太监太会作弄人了！原就想过，召他入阁是个圈套，现在看来，这个圈套不但狠毒，而且带有辛辣的讽刺。刘宇昏昏沉沉回到阁中，略作收拾，在焦芳和杨廷和惊诧不解的目光注视下，蹒跚离去。第二天有旨：吏部左侍郎张綵升任本部尚书。

第五十九章

若问龙场人，谁是他们最欢迎的人物，十有七八会说是驿丞王守仁的家僮王小。王小头脑灵活，口齿伶俐，对生活在闭塞环境中的当地土著居民来说，是难得一遇的讲故事人。他讲的故事，从群山之外简单的官话，到繁华市衢的景物，当地居民都爱听。而最爱听的，还是王老爷奇迹般的遭遇，王小不知讲过几多遍了，但只要有人问起，他仍是津津乐道。

“我家老爷不是凡人。”这是王小通常的开场白。随之而来的必是问：“你们知道钱塘潮吗？”接着自言自语：“江水翻滚，如万马奔腾，潮水轰鸣，如天雷作响。除了我家老爷，谁敢投入江中？谁能从江中脱险？”其实，王小也未见过钱江潮。他是湖广武陵人，而不是浙江杭州人，哪里见得到钱塘江？哪里听得到钱江潮？王守仁赴贵州途中，经过湖广，收了两名门生。一人姓蒋名信，常德府人，随他同来贵州。另一人姓冀名元亨，是常德府武陵县人，家中有事，不能偕行，命贴身小厮伺奉老师。王守仁辞之不得，见他长得小巧，也是喜爱，给他起了个名字，叫王小。王小听王守仁讲过浙江风物，便以想象中的钱塘潮水，把听者带进他的故事中去。

“小哥。”比王小年幼的青年少年都这样称呼他。其中一个年幼的听者问道，“王老爷是自己投到江中去的吗？”王小讲的故事，年龄稍长的人都听过，现在轮到年幼的人来听了。

“当然不是。”王小说，像说书人一样，叹了句说来话长，“我家老爷由京城到得杭州，行了数千里，离故乡只有百余里路，却不能去拜望祖母，心里苦得很。他在杭州时住在胜果寺。第一夜无事，第二夜无事，第三天夜里，发了场怪梦，梦见来了两个人，各持一书柬，呈与我家老爷。你等道柬上写着什么？一柬上写着：‘沧浪之水清兮，可以濯我缨。’下面署名是伍员。另一柬上划着层层水波，水波中有一覆舟，下面署名是屈平。你等知道伍员和屈平二人吗？”

听过他故事的人不语。没听过他故事的人摇头。他便得意地讲下去：“伍员嘛，就是伍子胥，是列国时期楚国的大夫。楚王要杀他，他连夜奔逃，在江边唱道：沧浪之水清兮，可以濯我缨；沧浪之水浊兮，可以濯我足。这两句词很浅显，我不必解释，你们也该懂得。”王小怕有人发问，先堵住他们的嘴。好在听者只要听故事，不讲究词章，无人发问。

“屈平也是楚国的大夫，又名屈原，是大大有名的诗人。我家老爷说，他最景仰的前人，就是这位屈大夫。因小人进谗言，屈大夫被楚王流放。他心中悲愤，投江而死。我们中原人有吃粽子的习俗，你们知道吗，那就是为了纪念屈大夫的。”

秋日干燥，王小讲得嗓子冒火，有人递过一大碗凉水，王小一气喝干，抹了抹嘴，继续讲下去：“两封信柬都有水，是偶然的吗？才不是呢。这是两位前人在托梦。第二日，来了两名锦衣校尉，是奉了刘公公之命而来，要取我家老爷的性命。我家老爷知道命在旦夕，要求道：二位稍候，我要留一首诗在人间。那二人还算通达事理，答允了。我家老爷研墨展纸，写了八句诗。诗很深奥，我记不得了。”

“你前次讲时，还曾背诵，怎的就记不得了？”有年龄稍长，听他讲过故事的人提醒他说。

“那日记得，今日却记不得了。”王小说。

“你不记得，我听过后却还记得。”那人说。

“好吧，既然你还记得，你来背一背吧。”王小说。

那人真的背出据王小说是他家老爷写的一首七律诗：

学道无成岁月虚，天命至此复何如？
身曾许国生无补，死不忘亲痛有余。
自信孤忠悬日月，岂知余骨葬江鱼。
百年臣子悲何极，日夜潮声泣子胥。

“你背诵得不错。或许有一两个字错了，待我问过我家老爷，再来纠正。”王小郑重其事地向那人许诺。然后又对众人说，“那两名校尉怎会懂得我家老爷一片精忠报国之心，我家老爷将诗写好，便被他二人捆住手脚，投进江里。眼见得江潮汹涌，把我家老爷裹卷而去。二人以为我家老爷决无生理，便回京复命去了。”

“江中潮水像你说得那般厉害，我是那二人，也不相信王老爷还能逃生。”一听者说。

“是啊，若是被卷到江底，任谁也逃不了生。可我家老爷怎会沉到江底？他一落入水中，便被一物托起，沿江而下，须臾便入大海。在海上又随波逐流，那物始终托着他。他在海上整整漂浮了一昼夜，昏昏沉沉地任海水冲击，也不知到了什么地方。昏迷中，见一老人领着四名卒子向他走来。老人问：来者是谁？我家老爷答道：余姚王守仁。老人甚喜，说：等的就是你。你是贵人，怎会如此狼狈？待我为汝解缚，助汝登岸。我家老爷只觉绑绳松开，睁眼一看，已立在岸边。他向老人道了谢，问道：请教老丈，我现在何处？老人说：在福建界。我家老爷请求道：我孤身一人，乞老丈护行。老人说：此地虽属福建，但离福建各城尚远，仓促间难以到达，我送你去广信吧。说着，手一挥，凭空出了一顶小轿。我家老爷登轿，四卒抬起，疾走如飞，不用半日，便到了广信。广信在哪里，你们知道吗？”

众人听得入神，谁也不肯打断他的话头。

“告诉你们，广信府在江西，既靠近福建，又靠近浙江。我家老爷下得轿来，见身在一座寺前，老人和四卒仍在身边，轿子却不见了。老人做了个手势，请他入寺。我家老爷进得寺去，拜见主持。主持得知他是上疏被杖的王主事，施礼甚是恭敬。我家老爷对主持说：我馁甚，乞饭少许。又说：同来一老者及四卒尚在寺外，请着人接待。主持要该寺僧人出外延请，哪里还有半个人影！我家老爷也自诧异，问主持：此处至海岸，为程几何？主持说：最近处也有千里。我家老爷叹道：自辰至午，不过两个时辰，行路怎能如此神速？定是神灵佑我。那主持在广信是个人物，去郡城衙门关说，为我家老爷安排了伙食、住处，养息了几日，才又经福建，返回浙江。”

“那和尚助人为善，端的是个好和尚。”一听者说。

“也有不助人为善的和尚，却奈何不得我家老爷。”王小讲起另一段故事，“我家老爷进入闽界，天色已黑，十数里内不见人烟。好不容易见到一处灯光，乃是一座古寺。我家老爷叩动门环，求宿一夜。寺内和尚不肯接纳。我家老爷也不强求，行了数步，见邻近有一荒废了的庙宇，便步入庙中，倚香案而卧。等到夜半，来了数只虎，绕庙大吼，却不敢入。原来，荒庙正是虎穴。次日清晨，古庙中的和尚以为夜间来客必已被虎分食，想着将其残骨掩埋，也做件好事。不料，见我家老爷还在庙内酣睡，庙外，密密地布满老虎爪印，却不越庙门半步。和尚大惊，叫醒了我家老爷，赔礼说：公非常人也，不然，得无恙乎？我念了半世的佛，见了真佛，却不曾拜。”

山乡土著，把虎奉作山神，听说山神不侵王老爷，比听说王老爷投江不死，还有味道，不由得三三两两地议论起来。

王守仁见到蒋信，高兴地说道：“卿实回来了，好极，好极。王小，给卿实端茶。”卿实是蒋信的字。

蒋信笑着说：“先生不必忙了，我自取吧。王小正在君子亭中与山民们说古呢。”

“那孩子善言语，讲得定是精彩。”二人坐定后，王守仁笑着说，“方圆数十里，他可居首席。”

“精彩虽精彩，却和先生讲与我听的不同。”

“怎么，又是在说我？”王守仁无奈地问道，“他的演义，我已纠正过多次，他就是不肯改过来。”

蒋信记得，这一段经历，先生的讲法是：他取道杭州，刘瑾遣人随侦，度不免，乃托言投江以脱之。是他伪作投江，而不是被人投入江中。脱身后，他乘一商船游至舟山，海中遇飓风，船漂至福建界。下面投宿某寺不纳，因而栖身虎穴，与王小讲得差不多。再往下的一段，王小则没有讲出来：次日，先生在寺中遇一故人。故人说：当年约定二十年后相见海上，还记否？先生记起十五岁时赴江西迎亲，在南昌铁柱宫，遇一道士趺坐榻上，先生上前叩见，听讲养生之说。那道士正是面前之人。先生知他不凡，请教出处。道士问：欲远遁乎？先生正是想远遁避祸。故人说：汝亲在，万一刘瑾怒而逮尔父顶罪，何以应之？先生领悟，决定先返浙省，再赴贵州。记得先生说，在墙壁间曾题有一诗：“险夷原不滞胸中，何异浮云过太空？夜静海涛三万里，月明飞锡下天风。”

两说比较，出入甚大。蒋信叹道：“先生身前，已有讹传。如不将先生所言诉诸笔端，来日怎能存得信史？先生愿亲笔录乎？”

“锱铢细事，传讹传实本无所谓，卿实何必放在心上？使圣人之学归于正，传于世，乃我之宏愿，汝可记之。”王守仁说罢，又问，“唯乾信函中说了些什么？他近来可在用功？”

唯乾是冀元亨的字。他托人带来些什物，并附有一函。蒋信为取什物和信函，去了趟贵阳。返回龙场，立即来见王守仁。

“来人说，唯乾兄一切都好，只是想念先生。”蒋信说着，将信函递给王守仁。函中除候问之语，还提出一些读书中碰到的问题，和他自己的见解，请先生示正。

“唯乾能提出问题，能说出见解，圣贤之书可以说读入了门。”王守仁欣慰地说，“卿实，我有四句话，要写给唯乾，望你也记下。如能参透，获益不浅。”

“是。”蒋信应着，恭恭敬敬坐端正了。

王守仁显然是经过深思熟虑，一气呵成地念出了四句话：“无善无恶心之体，有善有恶意之动，知善知恶是良知，为善去恶是格物。”

先生谈话，不离格物致知。蒋信听了四句话，顿有所悟。他希望先生详加解析，便说：“先生的四句话，听来简易，实则深邃。请先生再详细讲解，使弟子录之。”

王守仁摇摇头，说：“今日不拟多讲，你先参酌一两日，我们再来讨论。”

“是，弟子一定认真领会先生的哲言。”蒋信知道王守仁的习惯。对他的论述，如能提出问题，他会反复剖析。如不能提出问题，他只点到为止，不再多说。蒋信体会到，先生今日说的四句话，至关重要，是他对自己学说的概括。而乍听之后，却提不出什么问题。

“先生，弟子还有一事要禀告。”蒋信且把学术放在一旁。有一重大新闻，必须立即让先生知道。

“是否在贵阳有所见，有所闻？”王守仁问。

“是。我在省城见到了席文同先生，”蒋信答道，“文同先生说起他的打算。”

席书，字文同，四川遂宁人，弘治三年进士。王守仁任兵部主事时，他是户部员外郎。二人不在同一衙门，但彼此知名，间有来往。最近，他由河南按察司佥事，升任贵州按察司提学副使，到贵阳上任不久。

“文同先生夙有大志，定是想在化外之地做一番兴文兴教的事业。”王守仁推测说。

蒋信说：“先生料事，分毫不差。文同先生说，贵州虽处偏远，但制度同于内地。省有省学，府有府学，卫有卫学，县有县学。人才不盛，不在制度不善，而在办学不力。他拟每学挑选俊秀者一二人，集中在贵阳书院。主持书院的人选，他心目中已有了。”

“除了文同先生，难道还有别人可主持书院的讲学吗？”王守仁不以为然地说。

“是。他说，兴办书院，他可倡办于上，而主持书院讲习，此人却胜于他十倍百倍。”

“噢？贵州还有这等人才，我们不可不知。卿实，下次见到文同先生，一定要请他引荐。”

“何须引荐！”蒋信忍住笑说，“此人即是先生呀！”

王守仁莞尔失声，手捋髯须，徐徐言道：“我与席子争辩过朱陆异同。不过，他能从善如流，反引我为知己。文同先生人品，实在难得。”

“彼来聘，先生肯赴书院主持吗？”蒋信问。

“兴圣人之学，匹夫有责，焉能不肯！”王守仁慨然而道，“别说在贵阳书院讲习，龙场条件何等恶劣，我们不也办起了龙冈书院吗？”

想想去年入春刚到龙场的日子，真是苦不堪言。所居，只一石穴，阴而湿；所食，只得粗粮不说，没有菜蔬，是江南之人难以忍受的；所接交，只有土著，言语不通，习俗大异。所幸者，远离都市，民风淳朴，王守仁得力于蒋信的文雅和王小的谐谑，与山民相处融洽。他们先是开垦出一片荒地，播上从浙江、湖广等地带来的菜籽，在土著中传播。大家都有了菜吃，又在土著的帮助下，伐木筑室，建造了古朴的房舍。房舍之内有案，置书置琴，房舍之外有圃，种竹种花。一年多下来，可说是换了人间。王守仁提到的龙冈书院，王小讲故事的君子亭，王守仁与蒋信现在所处的寅宾堂，还有何陋轩、玩易窝等等，是陆陆续续建造起来的。来往之人，除了当地的土著，邻近地区的汉人、学子，渐有慕名而来者，龙冈几成了贵州的学宗。

想到此，蒋信高兴地说：“先生肯主持贵阳书院，实贵州人之幸，西南人之幸。”

山间天象，说变就变。方才还是一片晴空，转眼间聚云落雨，天空昏黑。王小跑进寅宾堂，抹去脸上的汗水，没头没脑地喊道：“老爷，你快来看，有远客来了。”边说，边拉起了蒋信。他对老爷不敢动手动脚，蒋信为人随和，他就没有那么多的礼数了。

寅宾堂外有一围篱笆。雨点渐大，三人站立堂内，隔着篱笆间的缝隙，远远看见一行三人沿山坡走去。从服饰来看，中间一人是吏目，从行路的姿态看，年龄已长。身旁一人，从服饰看，应是家仆。另一人还很年轻，想是吏目的子侄辈。三个人影一闪，转眼看不见了。

“风急雨骤，此三人为何不来我处暂避，却舍近求远，匆匆而去？”王守仁奇怪地问。

“老爷，你以为他们很近，其实还很远。”王小说，“他们一定是找更近便的房舍投宿去了。”

“想是如此，但愿他们不要受寒生病。”王守仁自言自语中带着渴求地说，“他们若是从北边来，问一问山外之事、朝廷之事，该有多好。”

“老爷，有一句古人的话是怎么说的？”王小问老爷是虚，问蒋信是实，“蒋先生，你有学问，一定知道，我家老爷像不像古人说的那种人？”

“可是处江湖之远，则忧其君？”蒋信试言之。

“对，就是这句。我家老爷不但处江湖之远，还处重山之外，心中仍惦念着朝廷。”

“难得你小小年纪，也知道范文正公的名句。”王守仁被触动心思，不由得赞道。

“是冀先生讲给我听的。”王小跟着冀元亨时，呼他老爷，跟了王守仁以后，改呼先生了，“老爷放心，今晚雨大，料他们也走不远。明日一早，我便去把他们找来，与老爷说话。”

王小不失言，第二天起个大早，去山坡那边寻访。没想到，那三人起得更早，王小找到昨夜他们投宿的人家，他们已离开约一个时辰了。果如王守仁所言，老者是北边来的吏目，另外二人，一是其子，一是其仆。

王守仁听了王小的回话，嗟叹不已。难得有北边来的人，却失之交臂，不曾交谈一语。

临近正午，有人带来一个消息：蜈蚣坡下，停放着一老者尸首，两人在旁哭之甚恸。

“老爷，那坡就是蜈蚣坡。”王小指着昨晚三名路人走过的山坡，低声说道。

“我料到了。”王守仁沉重地点了点头，“死者必是那位吏目无疑。不知他是何方人氏，却死于千里之外的穷乡僻土。”

日将落时，又有人带来了消息：蜈蚣坡下有二死者，一人守在二尸旁哀叹不已。

王守仁打发王小去问第二个死者的形状，知道死者年纪尚轻，叹道：“吏目之子也魂游异乡了。”

再过一夜，有人来说：蜈蚣坡下有三具尸首。

王守仁闻之落泪，说道：“吏目既死，其子其仆不忍即刻瘗之。其子死，其仆又不忍即刻瘗之。现三人俱死，谁复瘗之？王小，你随我去把他们掩埋了，免得他三人暴骨荒山。”

王小不很情愿，说：“老爷，陌路之人，离此处尚远，何必费这番精力。”

王守仁正色说：“恻隐之心，人皆有之。圣贤的话，你都忘了吗？你不肯去，我自家去便了。”说着，操起畚帚，头也不回地向蜈蚣坡走去。

王小不敢再多说，从老爷手中拿过畚帚，抢在前面带路。他说得不错，看着很近的地方，走起来，要用上一两个时辰。

将三具尸首傍山埋好，堆起坟坎，王守仁带着王小，疲惫地走回龙场。

“王小，你去买只鸡来。”王守仁吩咐道，

“对了，老爷昨夜劳心，今日劳身，该滋补滋补，我请蒋先生来，陪老爷小酌两杯，如何？”王小做着主张。

“我不要吃鸡，”王守仁缓缓说道，“也不要卿实相伴。今晚，我要静坐室中，写一篇文章。明日，你带着鸡、饭和我写的文章，去祭一祭他们。

当晚，王守仁就着油灯，写了一篇祭文。

呜呼伤哉！祭何人？吾龙场驿丞王守仁也。吾与尔皆中土之产，吾不知尔何郡邑，尔乌为乎来为兹山之鬼乎？古者重去其乡，游宦不逾千里。吾以窜逐而来此，宜也。尔亦何辜乎？闻尔官吏目耳，俸不能五斗，尔率妻子躬耕可有也。乌为乎以五斗而易尔七尺之躯，又不足，而益以尔子与尔仆乎？呜呼伤哉！尔诚恋兹五斗而来，则宜忻然就道，胡为乎吾昨望见尔容蹙然，若不任其忧者？夫衔冒雾露，扳援崖壁，行万峰之顶，饥渴劳顿，筋骨疲惫，而又瘴疠侵其外，忧郁攻其中，其能以无死乎？吾知尔之必死，然不谓若是其速，又不谓尔子尔仆亦遽尔奄忽也。皆尔自取，谓之何哉！吾念尔三骨之无依而来瘗尔，乃使吾有无穷之怆也。呜呼伤哉！纵不尔瘗，幽崖之狐成群，阴壑之虺如车轮，亦必能葬尔于腹，不致久暴露尔。尔既已无知，然吾何能为心乎？自吾去父母乡国而来此，二年矣。历瘴毒而苟能以自全，以吾未尝一日之戚戚也。今悲伤若此，是吾为尔者重而自为者轻也。吾不宜复为悲矣。吾为尔歌，尔听之。歌曰：连峰际天兮，飞鸟不通。游子怀乡兮，莫知西东。莫知西东兮，维天则同。异域殊方兮，环海之中。达观随寓兮，奚必予宫。魂兮魂兮，无悲以恫。

后面写上日期：正德己巳年八月初五日。

第六十章

刘瑾闻报俞日明到，大喜，命刘成速将其领入密室。俞日明见了刘瑾，两腿一屈，欲行叩拜大礼，被刘瑾一把拉住。

“俞大先生不必多礼，我等你多日了。”刘瑾说着，挥了挥手，刘成同送茶水的小宦官一起退了下去。他接着说，“俞氏两代三子，都是我府上常客。怎么自你引荐赵锐后，一下子都不来了？莫不是怕做错了事情，心里发虚？”

原来俞日明即是赵锐在白云观遇见的卜者。而他的堂弟俞子仁则是在御河桥预言于喜三日内蟒袍加身的卜者。刘瑾分别称他们为俞大先生、俞二先生，加上俞日明的侄子俞伦，都是刘瑾常常请来府上卜算之人。三人中，尤以俞日明善卜，深得刘瑾的欢心和信任。

刘瑾说等候了俞日明多日，所言不虚。他确有正经事要与俞日明交谈。不过，在谈正题之前，总要扯些闲话，他便提到了赵锐。

“公公主宰朝廷大政，草民是闲云野鹤，不敢频频登门打扰。”俞日明说，“那日引得赵锐来府上，若办错了，请公公惩处，某怎敢躲避。”

“见外的话”。刘瑾驳道，“相识以来，我一直以你等为腹心，你怎视我为路人呀！”

“山人不敢！”俞日明及时插话，“山人一直视公公为恩主，怎敢有见外之心？公公言重了。”

“这就对了！”刘瑾满意了，“再说，你以一纸引赵锐来，是大好之事，怎说办错了。我为赵锐做主，排演成器乐，一来，万岁爷高兴，赞我此事办得好；二来，赵锐感激，万岁爷前多了一个为我美言的人；三来，臧贤警惕，以后行事更加小心，对钱宁竖儿更要远离。你一张纸不是一箭双雕，竟是一石三鸟。我寻你，不是要惩处你，而是要重谢你。”

“岂敢，岂敢！”俞日明连连打拱作揖，“山人为公公办事，办对了，是应该的。有办错的地方，就请公公点拨，山人感激不尽。”

“俞大先生，不瞒你说，我这几日候你，是要请你替一个人看看相。”说着，拍了拍手，向门外叫道："刘成在外边吗？"

刘成推开门，垂手立在门外，答道："小人在。"

"你把二汉领到这里来。"刘瑾吩咐道。

"是。"刘成迟疑一下，问，"他一人吗？"

刘瑾嫌他问的多余，不高兴地说："当然就他一人。他的呆爹傻娘，岂能到我的密室来！"

刘成不再多说，倒退了两步，回身走向前院。不一会儿，领来一名男孩。男孩见了刘瑾，亲热地叫了声"二爷爷"，便钻到他的怀里。刘瑾轻轻抚了抚他的头，说："二汉起来，这位是俞大先生，你向他行个礼，打个招呼。"

被叫作二汉的孩子发现有客，便规规矩矩站直了身子，叫了声："俞大先生好。"

俞日明立即知道了孩子的身份。刘瑾兄弟二人，刘景祥行大，刘瑾行二。刘景祥育有一男二女，其男又育有一男，都是单传。这刘二汉定是刘景祥之孙，刘瑾的侄孙。俞日明打量了一番刘二汉，见他大约十岁，长得结实，偏高，脸方耳阔，眼圆唇厚，与刘瑾有几分相像处。

"哪里来的少爷？好一副富贵相！"俞日明喝彩。

"真有富贵相吗？"刘瑾紧盯住他，问道。

"山民不敢乱说。"俞日明郑重言道。接着，似有所悟地自言自语："这就是了，难怪，难怪！"

"何事？"刘瑾疑惑地看了他一眼，等着下文。

"公公可知我这些日子在哪里行走？又为何赶回京师？"俞日明以问作答。

"难道与这孩儿有关？"刘瑾更多了几分疑惑。

"有关无关，我尚不敢断言。"俞日明还没有形成完整的想法，只能想一句说一句，"两个月来，我一直住在京西房山县石经山云居寺内，与老和尚盘桓。前些日子，突然发现紫气东来。随后一连几晚，都见京城内有紫气升空，不觉大惊。请问公公，这位小少爷到京城几日了？"

"十余日吧。"刘瑾被说得心中痒痒的，不由得问道，"你说的紫气，可会应在二汉的身上？"

俞日明掰着手指算了算，点点头："时间相合。我看，这股紫气就是应在他的身上了。恭贺公公，恭贺少爷。"

"俞大先生，你的话我总是信的。你说他有富贵之相，请问，他能取得何等富贵？"刘瑾抚摸着刘二汉的手，问俞日明。他的一双眼里，饱含着热切的期望。

俞日明不敢与刘瑾对视，也不敢再看刘二汉。他干脆闭上双眼，用手指反复推算。过了片刻，睁眼说道："锦衣堂上，日后可待。"

锦衣卫都指挥使、都指挥副使等堂上官，多由勋臣兼署。别看眼下武臣不值一哂，得势太监的先人，追赠都督、都督同知，他们的兄弟子侄封为都指挥使、指挥使，甚是寻常，但那不过是虚衔，真正做到锦衣卫的堂上官，并不是件容易的事情。俞日明壮了壮胆子，方才说出"锦衣堂上"四个字。

刘瑾眉头微微一皱，随即展开。他像是没有听到俞日明的话，转过脸吩咐刘成道："你去小厨安排一下，我要留俞大先生用斋。"

"是。"刘成应声而出。此刻不宜留在室内，他自己也清楚，但没有刘瑾的指令离开，便会弄巧成拙。刘瑾有了指令，算是解脱了他。他出了密室，随手将门带上。

"俞大先生，多一个人，便多一副耳朵，我知你心有顾忌。现在好了。请你再仔细相看相看这孩子，我这厢重重拜托。"刘瑾说着，把刘二汉推到俞日明面前，让他不想看也要看，不敢看也要看，不能不认真地相上一相。

不用说，刘瑾不满足于"锦衣堂上"。俞日明想想，也怪自己。刚才不思后果，把话说过了头，又是富贵之相，又是紫气东来，难道只是锦衣卫堂上官的气运吗？别说刘太监，他自己都觉得敷衍不过去。

"公公说的是。方才刘总管立在窗前，挡住了一道光线，现在看清楚了。"俞日明两眼在刘二汉身上搜寻一番，改口说："小公子他日封侯伯赐铁券，不必言也。"运数不同，气派也不同，小少爷成了小公子。

刘瑾摇了摇头，没有说话。

俞日明感到尴尬，定了定神，突然叫道："怎么，公子右耳垂还长了一颗痣？这颗痣长得太好了！凭着这颗痣，定可至国公。"话说完，喘口粗气，心中想到：本朝异姓不封王，国公算是到顶了。刘太监即便不满意，我也不可再说下去。你若不开口，我也不开口。

刘瑾开了口。他问道："如此而已吗？"像是亟待回答，又似根本不需要回答。

俞日明说："公公，再要我说，只有三个字：大贵人。如此而已，不敢再多说了。"

"够了，够了！"刘瑾笑着说，"俞大先生，多谢你的吉言。二汉他日大贵了，不会忘记你的。"

张綵发现，任吏部尚书比任吏部侍郎困难得多。任吏部侍郎时，在他和刘瑾之间，有一个刘宇。吏部的事务，有不如刘瑾意者，皆由刘宇担之。因此，人们只见到张綵蒙宠的一面。而自从任吏部尚书后，吏部事务再有不如刘瑾意者，他就难辞其咎了，因此，处事不能不格外小心，一是要善于观察，二是办事要留有余地。总之，让刘瑾满意是首要之务。

“刘总管！”他入得刘宅，先与刘成打招呼，“瑾老午歇过了吗？”他知道刘瑾近年来养成午睡的习惯，午后拜谒总要先问一问。

“早已醒了，正等张大人呢。”刘成知道他的身份，对他从不像对其他大臣那样傲慢。答了话，便走在前面引导张綵入内。

“瑾老今日歇得好吧？”张綵听说，刘瑾近几日睡得不好，夜寝、午歇，都不安宁。睡眠不好，肝火便旺，脾气便大。刘瑾交代张綵，开具一张停止奉献以后受惩处官员的名帖送来，不知有何用意。张綵希望见到刘瑾前心里有数，便问刘成：“刘总管可知道，瑾老为何对受惩官员有了兴趣？可有人对他说了些什么？”

“小人不知。”刘成答道，“张大人见了我家公公，自会知晓。反正我家公公对吏部格外关注，对张大人更是格外关注，张大人心中有数就是了。”

这话等于不说，还不如不说。张綵心中仍是不安，担心被人告了刁状。直到见了刘瑾，发现他脸泛红光，精神还好，才放下心来。

“西麓来了。”刘瑾高兴地和他打着招呼。

“是。瑾老要的名帖，我备好了。”张綵从袖内抽出一份大字誊写的名单，双手递了上去。

“好，好！”刘瑾接过后说，“停止奉献，是我的一项大政，也是你的一大建树，我想看看，我二人干的这件大事，业绩到底如何。”

“那是瑾老的善政，下官焉敢掠美。”张綵道。

“不必过谦。此事他人皆不敢说，独西麓言之，足见一片赤诚。西麓以赤诚待我，我亦以赤诚待西麓。我誓不负西麓，谅西麓也不负我。”

张綵听出刘瑾话中有话，耐人寻味。刘瑾不挑明了说，他自然不好开口问。于是，顺着刘瑾话中表层的含意说：“瑾老对下官恩重如山，下官肝脑涂地，不能报也。”

“好，好。”刘瑾轻易不肯说出他要说的话，却指着名帖说，“我们且来看看，触了霉头的都是何许人。”

名单中首当其冲的是监察御史欧阳云、工科给事中吴仪。张綵建议停止奉献，便是以此二人为言。他们出使陕西回京，贿赂刘瑾，被削籍，罪名是贪婪索贿。不说行贿而说索贿，顾全了刘瑾的面子。事发在正月。

记在下面的有：金华知府万福老疾废事，致仕；苏州知府鲍璋、同知王䛁贪赃无厌，为民；江西左布政使马龙贪滥，为民；江西按察佥事阮宾轻浮，闲住；印绶监少监李宣勘事江西还，贿赂白银万两，降奉御；同勘江西事锦衣卫指挥同知赵良，贿赂白银二千两，降为百户；同勘江西事刑部右侍郎张鸾也受牵连致仕；大同巡抚文贵贪鄙，免官；户部侍郎韩福度辽东屯田，贪暴，致仕。

除少监李宣和指挥同知赵良，由司礼监处置，其他官员的处分都是经过吏部。和欧阳云、吴仪一样，他们都在刘瑾决心停止索取贿赂以后有所奉献，也和对欧阳云、吴仪的处置一样，对他们的处置都用了其他的理由。

刘瑾对此很是满意，对最近处置韩福一事，尤其满意。刘瑾初时很赏识韩福，屡屡委以重任，后来发现，他办事不稳妥，易酿大祸。先者，湖广告缺饷，韩福以户部左侍郎，加佥都御史衔，前往清理。湖广之事难办，自弘治初年以来，二十年间积欠田租六百余万石，其实是历年遇到灾异，朝廷蠲免的。韩福或是为求得业绩，或是为讨好刘瑾，有心把六百万石欠租全数追回。这样一来，办事必然严苛。他反而弹劾有司追征不利，被追究责任的官员，自巡抚以下共计一千二百人，两道奏本列有数十页纸的名单，洋洋大观，从来未曾有过，举朝无不惊愕，连刘瑾也觉得荒唐，不能不把他撤回。后者，刘瑾有意清查各边屯田，先在辽东、延绥二处试行。延绥差了大理寺右少卿颜寿颐，辽东则差了韩福。韩福严苛的作风不改，以致在锦州、义州激起兵变，焚掠将吏及诸大姓家。辽东巡抚李贡等尽发库存帑金安抚，才使风波平息。韩福自知不能再任事，刘瑾也知不能再留他。

处置起来，又有些麻烦。韩福在湖广时，时有奉献。也有人说，他是受了冤枉，贿赂刘太监的，不是韩福，而是其他官员。其他官员知道韩福在刘瑾那里有些面子，凡有奉献，外面的封皮均署韩福的名字，内里才写上自己的名字。这事传来传去，是耶非耶，说不清楚了。即使韩福真有奉献，犯了忌讳，也不宜以行贿办他。若以清理屯田来办他，就要对清田本身加以检讨，刘瑾也不愿意。他下决心查清各边屯田，使利归于朝廷。本月初三，朝廷还正式降诏，全面清查各边屯田。清查大员尚未派出，清查之举尚未展开，若韩福因清田不当而获罪，后果有二：一是全面清查屯田以前便有一片议论，出师不利；二是被派往各边的大员心理上受了影响，不敢任事，清田流于形式。

幸亏有一个既聪明灵活又肯于任事的张西麓，难题就迎刃而解了。韩福以贪暴去官，他本人无话好说，于大局也没有任何影响。

二人对名帖指指点点，交谈甚欢。但就在突然之间，刘瑾脸色大变，用双手遮面，任泪水沿手掌滴下。自谋面以来，张綵从未见刘太监如此失态，不觉大为惊慌。

“瑾老，这是为何？”他从座位上站起，走向刘瑾那边，躬身垂手，低声问道。

刘瑾挪开双手，已是泪流满面，“西麓，你我同舟共济，我也不瞒你，我是心中害怕呀！”他声音呜咽地说。

“害怕？”张綵不解，“是怕这些人中有人将不利于瑾老吗？”

“岂止是他们！”刘瑾说，“你想一想，近三年来，我得罪的人有几百几千？可说是积怨甚深了。一旦宠衰，我定是死无葬身之地。而一旦我被祸，你怕也是呼救无门了。”

刘瑾把他以前惩处官员和张綵献策以后惩处官员混为一谈，张綵大不以为然。但现在不是分清是非的时候。“一旦宠衰”，说得很刺耳，也很坦诚。而且，张綵也想到过一旦宠衰的局面。当今圣上虽然宠信刘瑾，却不曾完全被刘瑾所左右。相反，刘瑾是投其所好，才得以保住今天的地位，也就是说，可得宠幸于一时，未必能得宠幸于永久。对此，张綵是看得极为清楚的。刘瑾说，他二人同舟共济。张綵同样看到了，刘瑾船覆，他也会随之沉到水底。

“瑾老防患于未然，不愧为大智者。”张綵说，“下官有一策，若能施行，可长保富贵。”

刘瑾破涕为笑：“西麓请说。大智者三字我奉还给你，你的计策一定是好的。”

“今上大婚三年，尚未有太子。皇储不立，天下不安，何不就此做做文章？”张綵说。

“你是说，为万岁爷择一太子？”刘瑾问。

这个说法不明确。择一太子，可有许多办法。比如，可将善孕女子，甚至已孕女子引入宫中。再如，也可在宗室中任意选立。张綵是有明确目标的：“兴王世子方两岁，瑾老劝说圣上，将其迎置宫中，岂不是奇功一件？”在宪宗皇帝的亲支近脉中，现只兴王生有世子，和当今皇上是最近的一支。

“妙计！”刘瑾击案喝彩，“西麓真是诸葛再世。立储之议行得，我等皆保无虞。”忽而又沉默不语，似是有了其他想法。“西麓，此事要徐议，千万莫对他人再讲。或许，”他停了停，意味深长地说，“你还有更妙的主意。”

第六十一章

中秋之夜，宁夏安化王府的后院里摆了一桌席，请了几位客人，喝酒赏月。里里外外忙碌的还是孙纯。请来的客人有：宁夏卫中的武臣何锦、周昂等，被卫学黜退，弃文习武的生员孟彬、史连等，王府校尉史成等。史成与史连是叔伯兄弟。卫所官员与王府人员本不能交往，因他兄弟的关系，大家成了好朋友，寻常的日子里，谁人有了钱，便邀上三五知己痛饮一回。今日安化老王爷请客，自然是一请就到。为了助兴，孙纯还请来了独目人张会通，他唱的鼓词红遍了宁夏，不是王府官府的酒宴，寻常人休想请得动他。

众人陆续来到，孙纯为他等安排好座次，才着人去请主人。有人喝一声："老王爷驾到！"众人纷纷起身行礼。朱寘鐇用眼扫了一圈来客，笑呵呵地说："大家随便坐，随便吃，随便喝，随便说。今日月圆，人间也要团圆，尔等权作一家人在本王府相聚吧。今日的宗旨只是一个随便。"

几句话说得精彩，博得一片叫好声。孙纯乘机说："老王爷待我等如手足，如子侄，我等喝了老王爷的酒，便要尽心为老王爷办事。"

"正是，孙先生说出了我们的心思。王爷的事情就是我等的事情，王爷要我等做什么，我等万死不辞。"何锦与他相互呼应。

"好，好！"朱寘鐇更加高兴，"我知各位都是侠肝义胆，今夜一定要尽兴。我们不学李白举杯邀明月，我们要举碗邀明月，谁不喝得倒在地上，谁不许离开王府。"

"王爷，倒在地上，也不许走出去，只能爬出去。"史成在王府日久，较为熟悉，便接过朱寘鐇的话，凑趣地说，引起一片笑声。

"张瞎子，你也来和我们碰一杯，润润嗓子。"朱寘鐇招呼张会通，"一会儿唱起来，才有味道。"

张会通单独坐一小桌旁，也备了酒水果菜。他抿了一口酒，说："小人怎敢和王爷、各位大人碰杯，王爷和各位大人想听什么，尽管点来，小的尽其所能侍候。"

"有些事情，怕也不是你能侍候得了的。"孙纯为迎合众人，先说了句秽语，"张老儿，听说你编了个新曲，何不唱与我等听听。”

“王爷和各位大人要听新曲，那是小人侍候得了的，我这就唱。”张会通敲着小鼓，唱了起来：“进了宁夏城（儿），见到两个人（儿），一人斜眼睛，一人厚嘴唇（儿），见了官人就要钱，见了女人就没魂（儿），进了酒铺就喝酒，进了庙宇就跳神（儿），要问他们名和姓，”唱到此处，停止击鼓，念白道，“一是范敬，一是金荣，”又接着唱，“他们打自京城来，在座诸君要留神（儿）。”猛敲几下鼓，算是唱完一段。

“哪里来的范敬、金荣两个贼人，敢到宁夏城中撒野！”史成在王府之中，不甚知外间的事情，听张会通唱罢，怒喝道。

“不是寻常的贼人，是那个没了鸟的人差了来的。”没了鸟的人是平常骂太监的话，加上那个二字，在他们之间则专指一个太监。真是酒能生胆，有一分酒，便生一分胆。史连吃过他们的亏，借着酒力，把本不敢在此场合骂的话骂了出来。

宁夏卫的人都受过勒索，有人开了头，也纷纷骂出了声，且骂声越来越高。

“他娘的！”何锦骂道，“姓范的好狠，要了我三十两银子。姓金的更狠，要了我五十两银子。”

周昂说：“光要你的银子，还是他们手下留情，我连婆娘的镯子都拿去送了礼。”

孟彬说：“金钱饰物算什么，我孟家连人都赔上了。张瞎子唱道，一人斜眼睛，唱的一点儿不错。那姓范的斜着眼一瞥，瞥到了我的妹子，非要睡她不可。我狠了狠心，好，你要睡，就让你睡，今天你睡我妹子一次，以后我要把你妹子睡个十次八次。”

“孟将军好胆气！”朱寘鐇说，“那姓范的若无妹子，算是便宜了他。但凡他有妹子，不管他有几个，不管她是大是小是黑是白是丑是美嫁人未嫁在京在外，本王保证，让你睡到她，睡个够。”

“多谢王爷做主！”孟彬好似已经把人睡到了，行礼致谢，“他那婆娘若是丑，睡上一次，出一出心中的火气，便罢了，我可不想纳她。”

“是了，此事但凭孟将军自决。”孙纯说。

史连说：“好，姓范的婆娘，让孟大哥睡定了。姓金的婆娘，我要卖她到勾栏中去。”

“兄弟，咱家也遭了难不成？”史成忙问。

“大哥，你在王府，有王爷庇护，没见过那干人的嘴脸，”史连道，“他拿出内行厂的牌子，凶声凶气，厉害得很。要钱要人，谁敢不给？咱家人口上没有受损，可祖上留下的一块和阗玉，被他们抢夺去了。我娘亲一气之下，病倒在床。”

“好个贼人！”史成恨恨地说，“兄弟，交给我了。不把传家宝玉夺回，我誓不罢休。”

“悄声！”孙纯指了指院墙外，说，“隔墙有耳，刘太监差来的人说不定正蹲在那里听呢。”

“怕他个鸟！”史成的声音更高，“我兄弟说了，我在王府之中，受王爷庇护，所以未受人欺凌。既然如此，大家何不都投在王爷麾下？”

张会通的唱词，其实是孙纯编成。范敬、金荣二人是内行厂的校尉不假，他们也确实做了些敲诈勒索之事。孙纯编了唱词，让张会通唱与众人听，正是要激起大家对刘瑾的仇恨。他的目的达到了。而史成的一番话，更是求之不得。他问道：“众位将军怎么说？”

“还有什么好说的！”何锦道，“反正我们是王爷的人了，一切都听王爷的差遣。朝廷不但不把我们当作将军，连人都不当了。请王爷领着我们，向朝廷讨个公道。”

众人纷纷响应。孙纯举起碗来，说：“诸位既有此心，就把碗中的酒喝了，誓同生死。”

“誓同生死！”众人一面奋力地叫着，一面把碗中的烈酒灌下肚去。

“诸位将军忠心可嘉，不过，有些话说得不妥当。”朱寘镭坐于上席，真有了君临众人的气势，“景文，我的话是与不是？”

“老王爷圣明！”孙纯听明白了他的意思，接过话来说，“诸位将军，不是朝廷不把我们当人看。朝廷是对得起我们的。只有一个人不把我们当人看，只有一个人对不起我们。”

“那个人和朝廷有区别吗？”何锦问道。

“区别自然是有的。”孙纯振振有词地说，“诸位请想，像刘阁老、谢阁老，朝廷用他们任内阁大臣，又怎么会将他们罢官？像刘司马，朝廷用他任兵部尚书，又怎会将他戍边？像韩司徒，朝廷用他任户部尚书，又怎会将他罚粟？像两京科道官，朝廷用他们任耳目，又怎会将他们下狱的下狱，廷杖的廷杖，再不许他们说话？凡此，都不是朝廷的本意，是有一个人把朝廷蒙蔽了。诸位若是不信，问一问范敬、金荣，他们是奉了朝廷的差遣，还是奉了那个人的差遣？”

“景文兄说的是，那个人就是刘太监！”何锦道。

“那个人就是刘公公！”周昂加了一句。

“那个人就是刘瑾老儿！”孟彬再加上一句。

“那个人就是没了鸟的人！”史成、史连两兄弟说的还是他们认为最恶毒的那句骂人的话。

“各位将军说得都对，我等该怎么办？”孙纯问。

“请朝廷治他的罪。”周昂觉得似有不妥，又加重了语气，“要重重治他的罪。”

“怕是不行吧。”何锦说，“他的羽翼已丰满，谁想治他的罪，自己先要被治罪。”

“何将军说的是，依靠朝廷已不能治他的罪了。”孙纯说，“需要天下忠勇之士群起而攻之。有一个词，叫清君侧，大家听说过吧？”

“我等皆不曾读过书，请孙先生讲给我们听。”孟彬一说，众人称是。

孙纯想，在这些武夫面前引经据典，是自讨无趣。他用浅显的话解释道：“清君侧，说的是帝王身边有了奸佞之徒，把握朝廷，外臣起兵讨伐，以消除之。现在正是要清君侧的时候了。”

“要起兵吗？”孟彬怯声问道。起兵便是谋反，不管以什么名目，性质不会改变。孟彬没有弄懂“清君侧”的意思，对“起兵”二字却是懂得的。

“孟将军害怕了吗？”孙纯将他一军。

孟彬不说怕，也不说不怕，却说：“刘瑾，一太监耳，朝廷真的奈何不得他吗？”

“朝廷或有一日容不得刘瑾，怕只怕等不到那一日，诸位将军就会大祸临身。”孙纯说。

“景文不要危言耸听，”不等他人开口，朱寘鐇抢先言道，“几位将军不过在本王面前说了几句激愤的话，谁也不会传将出去。他们若愿意依顺刘太监，刘太监即便不提携他们，也不会知道他们，还会到边远之地取他们性命吗？”

“老王爷可以庇护几位将军于一时，但刘瑾容不得他们，却是大势所趋。刘瑾不除，大祸不已。他们说不说激愤的话，倒不打紧。”孙纯不紧不慢地说道。他与其说在驳朱寘鐇，不如说在与朱寘鐇合演一场双簧戏。

“景文兄是不是听到了什么不利于我等之传言？”

何锦问。“不必听市井传言，只须看朝廷动向，”孙纯说，“月初有诏书，度各边屯田，诸位知道吗？”

“有这等事？我却还不知。”朱寘鐇说。

“晚生也是刚刚得知，还来不及禀告老王爷。”孙纯说，“诸位即使不知道朝廷诏书，想必也听说辽东、延绥等边镇，已有清理屯田之举。辽东、延绥的屯田要清理，宁夏的屯田怎就不要清理？”

“不错，辽东、延绥二处派了钦差清理屯田，我是知道的。”何锦说，“义、锦二州不是还有兵士哗变吗？听说朝廷怪罪派去辽东的韩福韩大人，罢了他的官。”在宁夏卫的几位武官中，他的消息算是最灵通的了。

“何将军，不只是兵士哗变，”孙纯的消息更灵通，“许多和各位一样的军官，甚至更高品秩的军官，也参与了哗变。各位知不知道，为何差派大员一到，他们就要哗变？”

“定是官逼兵反，上逼下反。”周昂答道。

“所见极是。”孙纯点点头，“朝廷派出的大员到了边镇，谁不想讨好刘太监？为讨好刘太监，他们将清出的屯田，一亩说成两亩，一顷说成两顷。有屯田便要出粮。一亩地上要出两亩地的粮，怎么办？将军向指挥要，指挥向千户、百户要，千户、百户向屯卒要。屯卒拿不出，便要关押。千户、百户拿不出，便要勘罪。真个是鸡犬不宁。不闹出事来，还有天理吗？”

“问得好！”史连一拍大腿，“老子在那里，也要去闹事，闹它个天翻地覆！”

周昂则想到了另一个问题：“景文兄，辽东起了哗变，朝廷为何还要清田？难道不怕其他地方再闹出事来吗？”

“所以我说，刘太监是容不得诸位将军了，他是定不会让诸位将军安宁的。”孙纯说，“他或许以为，辽东哗变，罪在韩大人，而不在清理屯田，罢免韩大人，不妨碍在其他边镇清理屯田。他若不这样想，就不会有月初度各边屯田的诏书了。”

“或者，有了辽东前车之鉴，刘太监和派往各边的钦差就不会耶样嚣张？以一当二之事不会再发生？”何锦说出了多人的想法。

“决不会收敛。”孙纯断然说道，“刘太监好大喜功，待下严苛，本性不会改变。他的本性不改，派出的大员又怎敢改弦易辙呢？在下可以断言，以一当二要成为定规。况且，我们在这里说以一当二，其实若何，诸位也是清楚的。”

最后一句话触动了众人的心思。从国初到今日，不过一百余年，屯田的额数为什么剧减，减到一半都没有了？还不是因为边镇上各级武官层层隐瞒，以二作一？没有这般手段，各级武官个人的花费和赡养一家大小的花费从何而来，巴结上司和送往京城的赂银从何而来？

见众人不开口，孙纯接着说：“我说刘太监不会让众位将军安宁，原因在于此。孟将军，请你说说，对于起兵，你还害怕吗？”

“我几时害怕了！”孟彬分辩道，“我只是没有想清楚，需要不需要起兵。听过你的解释，我想清楚了。再说，我等有王爷做主，和辽东的乌合之众不同，又有什么好怕的。”

“孟将军说得好！”孙纯赞道，“宁夏不是辽东，我等有老王爷做主，是我等的福分。老王爷，大家都跟定了你，请你说几句吧。”

朱寘镭想了想，说：“景文说清君侧是以在外大臣之力，清除朝中奸佞，我要说，我不是外臣，我是宗室。清除奸佞，外臣有责，本王更是义不容辞。天下是我朱家的，清除奸佞，安定天下，舍我其谁！”见众人肃然不语，他又说，“京中来人都道，刘瑾那厮常对人说，他的侄孙刘二汉当大贵。何谓大贵？难道要取我朱家天下不成？若说取天下，本王有份，怎轮得到他！尔等不都听过，本府供养的那只神鸟是怎样叫本王的吗？尔等若肯扶助，以诛刘瑾为名，大事必成。”

“那时候，说开国也好，说匡扶社稷也好，诸位将军都是公侯有份。”孙纯进一步说明前景。

“好，我等随王爷起兵，”孟彬说，“就算马革裹尸，战死疆场，也不枉是一条好汉。众位大哥，若肯把这条命交给王爷，请饮碗中酒。”

“孟兄弟是痛快人，我等谁又甘落后了！”何锦道，“不过，事体重大，今晚在王爷府上说的话，传了出去，不但我等性命不保，也会误了王爷大事。大家饮了这酒，须得发个誓，今晚的事，一个字也不可泄露。”

“何大哥的话不错，”周昂立即同意，“我等回去后，只在暗中筹备，召集人马，何时起兵，待王爷与孙先生商量定了，通知我等，再扯起旗帜。”

史连对史成说：“大哥，我等在外活动，王府校尉中，你要联络一伙人，和我等同心，忠于王爷，以保护王爷的安全。”

史成说：“兄弟放心，王府校尉中，十有七八受过王爷的恩典。王爷振臂一呼，定会诚心拥戴。有不识时务者，我早晚了结了他。”

朱寘镭说：“何将军、周将军稳重，孟将军忠勇，两位史将军武功过人，起事后，你们就是本王的五员上将军。至于景文，乃是本王的卧龙先生。宁夏有了各位，真是老天助我。”

孙纯说：“老王爷把各位将军比作刘豫州的五虎将。这是占了人和。刘豫州被汉献帝称作皇叔，而老王爷是当今皇上的叔祖，这是占了天时。宁夏前有黄河天险，后有西北三边，这是占了地利。老王爷占尽天时、地利、人和，何愁大事不成。至于起事的时机，我看，只要朝廷派人到各边清理屯田，各边必乱。我们到那时动手，各边响应，可直捣京师。”

“军师之言甚善，就这样定了！”朱寘镭又招呼众人，“来，来，大家再来喝酒。”

第六十二章

早朝毕，杨廷和见李东阳精神不错，便建议道："西涯公，今日无事，我等去南郊赏花如何？"说着，朝焦芳的方向努了努嘴，要李东阳邀上他同行。

李东阳欣然应道："好啊。守静先生可有雅兴？"

焦芳指了指腿，说："老朽畏寒，恕不奉陪。"

杨廷和的用意，一是李东阳有深秋郊游的习惯，想陪一陪他；二是借此机会，缓和缓和与焦芳的关系。李东阳岂能不知，焦芳一走，他说道："守静先生不给面子，我却不能辜负介夫先生的美意。介夫，你难得陪我出游，又难得有今日之天高气爽，我二人一定要尽兴而归。"

"古人云：三人行，"杨廷和难得地只说半句古人的话，"焦阁老不去，何妨再寻他人？

"介夫欲邀尚质尚书乎？"李东阳猜测着。

"莫非不可？"听口气，李东阳是一猜即中了。

"有何不可？"李东阳说，"阁部和衷共济，本是正理。尚质掌吏部四个月了，我二人同去邀他，说不定也会成为一段佳话。"

"但愿如西涯公所言。"杨廷和说，"我先着人去吏部询问，若尚质尚书已离衙，我等径去他府上。反正出南门要路经那里。"

"好，就依介夫先生的安排。"李东阳无不赞同。

杨廷和所差之人到吏部时，张綵方离开不久，问吏部的差役，是回府了。李东阳和杨廷和打轿，吩咐先去位于宣武门外的张尚书宅第。

二顶小轿停在宅前，李荃上前叩动门环。开门出来的张仆与他相识，忙拉住他，亲热地说："原来是李哥，找我家老爷吗？"李荃不答话，用手指了指街面，李、杨二人正掀帘出轿。张宅虽是宾客如云，二位阁老同至，却是第一次。张仆慌了，顾不得再与李荃说话，迎了上去："我家老爷不知二位老先生驾到，不曾出迎，我替我家老爷请罪。"在京城各府中，他算是很会应酬的家人。

“不必多礼。”杨廷和不让他行礼，“张尚书已回府了吧？”

“是，刚刚进屋，吩咐小的沏茶。小的听见门响，迎候出来，原来是两位老先生。”张仆道。

“你先不忙沏茶，去对你家老爷说，我和西涯公欲邀他同去南郊赏花，已到了府上，请问他有没有兴致。”杨廷和说罢，问道：“记住了吗？”

“小的记住了，小的就去回报。”张仆慌慌张张进了院落，不会儿，又慌慌张张走了出来，“我家老爷说：二位老先生的盛情，他感激不尽。请二位老先生稍等一等，他即刻便出来迎候。二位老先生是否先到门厅坐一坐？”

杨廷和看着李东阳，请他决定。

“不必了。外面很暖和，我二人就在这里等他吧。”进了院子，免不了有许多人要来行礼，奉茶，李东阳不愿去惹这麻烦。

“是，我就去侍候我家老爷。”张仆又慌慌张张进了院内，留下两位阁老在大门之外。说是稍等一等，等的时间不算短了，李东阳开始还不觉得，与杨廷和说闲话，晒日头，很是快意，等看到李荃站在一旁，躁动不安，不时望天空，才发觉有些不对，心中暗自一算，两位阁老在张宅前站了有小半个时辰。李荃定是心中不忿，在杨廷和面前又不便有所表示，才晃来晃去，以期引起老爷的注意。杨廷和也发现了李荃的举动，笑了笑，向李东阳问道：“西涯公，感想如何呀？”

“介夫先生，我由翰林而入阁外，只任过短时间的太常少卿，也算是个小小的堂官。不知部院司寺的属官欲见堂官，是不是就是我们今日的滋味？”张綵似以部属视之，李东阳性情再和顺，也要发上几句牢骚。

“彼此彼此。”杨廷和说，“西涯公若要问我部院司寺各衙门属官见堂上官的滋味，无异于问途于盲了。”和李东阳一样，杨廷和也不曾有过任部属官的经历。“不过，我劝西涯公稍安勿躁。便是部属官在此候见，尚书大人出场，也不能不有一番解释吧？我们且听他怎说。”

正说着，院门被推开，张綵大步迈出，到了李、杨二人面前，后面跟出一顶小轿。“西涯公，介夫先生，晚生赶办一件公事，让两位老先生久等了，实在是大不敬，还望恕罪。”张綵深作一揖以谢。

李东阳与杨廷和相视一笑。不管说得有没有诚意，总算是一种解释。杨廷和说：“尚质尚书若有公事缠身，不必勉强同行。若误了公事，我想，西涯公也是不安。”

“杨阁老这般说，羞煞晚生了。两位老先生亲临舍下相邀，足见盛情；两位老先生屈尊舍下相候，足见诚意。晚生是俗人，自信七分俗气之外，还有三分风雅。

今日若不追随两位老先生一游，岂不连一分风雅也没有了？日后怎敢立于士大夫之中？”张綵的话，倒有三分是自谦，七分是自得。

“看来，尚质尚书的公事已办好？”杨廷和又追问，“若未办好，再等等也不妨。”

“已办好了，是处置顺天府丞杨孟瑛的，吏部拟了个意见，着他仍回杭州主政。”张綵为示诚意，把刚刚办完的公事做了交代。

杨孟瑛原任杭州知府，后转顺天府丞。在任杭州知府期间，因西湖淤塞，湖水变浑，遂兴起浚湖工程。工程不小，花费甚巨，有人称赞，也有人反对。工程未毕，杨孟瑛北调顺天，工程无人肯接手。前几日，御史胡文璧弹劾杨孟瑛妄动滥费，应予惩处。吏部议了议，觉得西湖需要疏浚，算不得妄动；花费虽多，但用度合理，算不得滥费。最好的办法，是将杨孟瑛调回杭州，完成疏浚工程。

“晚生想，杨知府早一日回杭，西湖则早一日清明，方才便是在准备出文。”张綵说。

“此事处置甚是妥当，若办事者动不动就被惩处，日后谁还肯实心办事？”李东阳说，“你掌吏部，可说是朝廷的幸事。”

“西涯公谬奖，晚生不敢当。吏部的事务，两位老先生还要多加指点。”张綵客气两句，问道，“不知今日我等去游何处？”

“欲去草桥。”杨廷和说。

“哎呀，还有十余里的路程，我们要快些上路了。”张綵道，“我来侍候两位老先生上轿。”

“不必客气了。”李东阳说，“大家自便吧。”

三顶小轿出了宣武门，直向右安门插去。

草桥在右安门外南十里处，方圆十里之内，地下泉水无数，地好水好，宜于植花，居人遂以植花为业。由春至秋，三季受益。入冬以后，则在棚中剪椿芽，种黄瓜，供宫中及京城富贵人家食用。上品之花，一株可卖到五千钱，冬天一小把椿芽，一根黄瓜，可卖到五百钱。草桥因而成为京郊最富裕的村子之一。

草桥花圃之外，约里许，设一茶肆。李东阳等三人在此下轿，先直了直腰，信步走去。李荃安顿好几位老爷的轿夫后，赶了上来。

虽在一里之外，已有阵阵花香袭来。张綵嗅了嗅，赞道：“真是清香宜人。西涯公，我以为此时赏花，已过了季节，没想到仍是一片花海，一团香气，撩人欲醉。”

远远向村中望去，各舍前后左右相隔一段，辟为花圃。村外，还有几处较大的花圃。眼下时令已有肃杀之气，村子内外却是花红叶绿，似在江南，更似在桃花源中。

“往年草桥花开不衰，可延至十月十五。今岁以时令而言，是晚了些，因为闰的九月，十月初寒气已然很重了。”李东阳讲到此，对张綵说，“尚质，我记得，贵科中只有钱福陪我来此游过。”

“钱状元是我那一科的翘楚，西涯公当然要格外垂青。”张綵这样说，意不在自贬。

“话不能这样说。”李东阳分辩道，“人各有所长，论起政务政绩，他差你甚远。”

张綵听了很舒服，说：“张某终是俗人，比不得两位老先生高雅。论起赏花，还请指点。”

“尚质尚书，有这句话，你就不虚此行。”杨廷和说，“在朝南北老少四类，在野士农工商四民，说起京城赏花，怕是谁也比不上西涯公了。”

“介夫先生谬奖了。”李东阳说，“舍下那株蜀葵，还是你为我引进的。你若不讲，我怎知它就是浙江宁波人所赏识的丈红花。”

“一得之见，算不得方家。”杨廷和说。

“二位不必互谦，晚生是诚心求教。”张綵先向李东阳一揖，“西涯公，京师赏花到草桥，草桥赏花何时可行？”

李东阳不能再推托，便娓娓道来：“方才已说，春夏秋三季，草桥均有花赏。春日赏花，主要赏其气息。立春之后，便盛开梅花，其品类有绿萼，有红缃，有白缃。梅花未谢，山茶、丁香接踵绽开，花香也就由淡而浓。待到暮春，牡丹、芍药竞相开放。牡丹为花王，花王日盛，天气日暖，不知觉中进入暑天。夏日，除石榴外，皆是草花。夏日赏花，主要赏其颜色。花备五色者，有蜀葵，有罂粟，有凤仙。三色之花有鸡冠。二色之花有玉簪，一色之花有十姊妹，有乌菊，有望江南。过了暑天，草花枯死，此间颜色渐渐淡雅，秋日赏花赏其活力。秋日之花有长久者，有短暂者。长久者如红寥白蓼，短暂者如木槿，如金钱。又有长久却不耐秋霜者，秋海棠也。秋日之花，木樨为南方之种，难得一见，菊花为北方之种，遍地可赏。某所言者，三季赏花之大概。另有几项，赏花者不可不知。其一，花之根茎花叶俱香者，夏有荷，秋有菊。其二，花开最久而历三时者，有长春，有紫薇，有夹竹桃。其三，花之由开至谢皆俱香者，有玫瑰。其四，不开花而称之花者，有无花果。”

李东阳一气呵成，讲了一通花经。莫说张綵，有一些杨廷和也是闻所未闻，二人打心底佩服，连声叫绝。

一路说着，逼近草桥村。张綵从李东阳的花经中回过味来，问道：“西涯公，我们此时到来，该是赏菊了吧？记得西涯公墨菊诗中有两句：画菊不画香，香空讵堪掬？画菊不画色，色似花已俗。读了后，好似菊香可画而不必去画，菊色可画而不能去画，真可谓神来之笔。”

张綵也读诗，而且读得很仔细，有一番独到的见解，是李、杨二人没有想到的。杨廷和拱了拱手，说：“惭愧，尚质尚书虽少赏花，却已入了境界，体会比我还要深一层。”

“哪里的话，论赏花，晚生是初登雅堂，尚未入佳境。介夫先生有写菊的诗，也请掷下，容晚生拜读，好多一番体会。”张綵回敬道。

杨廷和说：“我虽咏过菊，听尚质一说，细细品味西涯公的两句诗，实是不可再得。”

“且莫论诗，且莫论诗。”李东阳连连摆手，“尚质说今日是来常菊，说对了一半。今日赏菊是一项，赏牡丹又是一项，不可偏废。”

“咿，牡丹不是开在暮春吗？”张綵不解。

“牡丹有二品，春牡丹开在暮春，秋牡丹开在仲秋。”李东阳解释说，“眼下正该牡丹与菊花斗胜，我们可一饱眼福。”

“原来如此。”张綵恍悟，“我方才还在奇怪，牡丹开在暮春，秋末冬初，宫中怎会还有牡丹？那也是草桥送去的吧？”

“有这里送去的贡品，也有宫中花匠栽培的。”李东阳说，“不唯牡丹，其他花品也会送入宫中。”

一处一处花圃看过去，品类、颜色不尽相同，可都不缺牡丹、菊花。牡丹已有不胜霜寒之态，却仍气质高贵；菊花则生机盎然，呈千种风韵。李东阳常就一花一株发些议论，张綵或是附和，或是提问，一副虚心好学的样子。

正看在兴头上，李荃领着一花农走过来，说：“老爷，这农人缠住我，一定要请老爷们留下墨宝。我问他，可知他们是何等人？他说：定是几进科场不曾题名的老举子，下科要再搏一搏。那位清瘦的老人，看来脾性甚好，像是邻村的冬烘先生，求他写几个字，他一定肯的。老爷，我磨不过他，只得带了他来。”

李东阳笑笑不语。张綵要发火，发不起来，也跟着笑笑。杨廷和问李东阳：“村里人见识不差，冬烘老先生，意下如何？”

“赏花不可无句，他是成全我们。”李东阳想了想，说，“我们来对一联吧，余下一人，去写横句。上、下联就以牡丹和菊花为题，二位看，使得使不得？”

“冬烘老先生的主意倒是有趣。”杨廷和同意了。

“两位老先生分写上、下联，我写横句。写出来，凑个题目，写不出来，也不打紧。”张綵道。

三位老举子都要题写，那花农大喜过望，连连说：“快请，快请，舍下已备好纸墨。”

农舍干净整齐，没有书案，有的是八仙方桌。李东阳操起笔，递给杨廷和：“介夫先生，上联要定格调，须得由你把握。”

杨廷和想，自家的文采不能与李东阳抗衡，若是他用了几个生拗的字，就难以招架了。便接过笔，说：“先易后难，我当然要写在先。”略一思索，挥毫写了七字上联：双手推出彭泽景。

东晋人陶渊明曾任彭泽令，酷爱菊花，写过“采菊东篱下，悠然见南山”等咏菊名句。杨廷和的上联是写菊，而且是虚写，写其意境。方才张綵评论李东阳的咏菊诗，有道：菊香不必画，菊色不能画。若直笔写菊，怕要被他看不起了。

“好句！意境不凡，大家手笔。”李东阳赞道，“尚质，请你续下句吧。”

“老先生请。我是认了横句的，正在苦思。但愿老先生写就，我想得出几个合适的字来。”张綵说着，退后了一步。

李东阳说：“尚质既要画龙点睛，我就不勉强你了。”他看到屋内放着一副挑筐，筐内放着几株牡丹，大概是要送入城去的，灵机一动，有了下联：一肩挑尽洛阳春。

洛阳牡丹闻名天下，有花都之称。他写牡丹，也随着杨廷和的意境，虚构一笔。

张綵也想好了他的句子，写道：识花嗜花。

三人读了一遍，均是大笑。不论文才如何，这三句话可以匹敌了。李荃低声对那花农说：“此联无价，你好生收藏起来。”

出了农舍，漫步东行，不远处，有一废园。李东阳指着废园说：“那里便是梁氏园了。想二三十年之前，是何等繁盛，牡丹、芍药不下数十亩。而今物转星移，昨日不再了，想起来不由得感慨万分。”说的是梁氏花园，也联想到如今的文坛政坛，又何尝不是凋零景象？在感慨之外，更添了几分愁绪。

杨廷和在一旁吟道：

过雨东园暮，畦蔬架已瓜。
分恩到僮仆，沾润与邻家。
学圃非吾事，忧时且岁华。
有怀成独坐，猗侧岸乌纱。

张綵听罢他吟诗，有所触动，说道：“介夫先生的诗作，有许多哲理，耐人寻味。回府之后，可否抄赐晚生，也好再细细体会？”

“哪里是我的诗作，这是西涯公多年前游梁园时的小园即事诗。”杨廷和说，“尚质尚书说有许多哲理，可见是知音。西涯公，梁园虽荒芜，却沾润与邻家了。谁说草桥数十家花农，不是受惠于梁园呢？政事也罢，文事也罢，总是兴废更替，不足大喜，也不足大忧。”

李东阳、张綵听了，频频点头，各有所思。

第六十三章

国子监祭酒王鸿儒因丧父去官，礼部右侍郎靳贵问费宏："子充先生，懋学先生离京十余日了，为何还不见有新的任命？"王鸿儒是河南南阳人，字懋学，成化二十三年进士，与费宏是同年，于靳贵是学长。

"天晓得。只听说，刘太监有话，他要为天下士人择一良祭酒。不见任命下来，大概是刘太监还没有寻到合适的人吧。"费宏答道。

"懋学先生确是良祭酒，但总不能因彼奔丧而长虚其位呀。"靳贵说。其实，国子监对礼部来说，虽是低一级的衙门，来往也稍多，但并不受其辖制，靳贵作为礼部右侍郎，有些杞人忧天。

刘瑾要为天下士人择一良祭酒，用心良苦。王鸿儒就是精心挑选出来的，是打破常规挑选出来的。初时，国子祭酒只看重品行、学问，近来渐渐看重出身，多由翰林院官迁转。王鸿儒在朝任过部属官，在外任过三司官，在山西先后任按察佥事、按察副使，达九年之久，却从未沾过翰林院的边。但他在山西的九年，一直督理学政，成绩显赫，山西人才鼎盛，连孝宗皇帝都知道了王鸿儒的大名，在与刘大夏品评人物时说："藩皋中若王鸿儒，他日可大用也。"以按察副使的品秩，能记在皇上的心中，不是臭名昭著，就是出类拔萃。刘瑾柄政以后，一直想找一个学子和各方面都信赖的国子祭酒。有人推举王鸿儒，很合他的心意。王鸿儒治学，讲究穷理，讲究致用，上任以后，国子监中果有一番用功读书的气象。

刘瑾选人得当，很是得意。没想到，天不留人，只几个月，王鸿儒的父亲去世。守制是朝廷立的规矩。以前也有不准守制三年的例子，叫作"夺情"。而对为人师表的国子祭酒"夺情"，未免太不近人情了。

于是，刘瑾要找新的国子祭酒，一时又找不到。于是，礼部侍郎靳贵为此忧心忡忡。

关于吏部尚书的变更，曹元听到不少闲话。有人说：刘尚书由兵部改吏部，曹尚书接掌兵部，刘尚书如今入了阁，自然是曹尚书接掌吏部。有人说：张侍郎是弘治三年进士，曹尚书是成化十一年进士，差了五科，怎么说，也轮不到张侍郎掌吏部。也有人说：廷推中没有列入曹尚书，如果列入的话，刘太监还会不选曹尚书吗？更有人说：廷推中为什么不列入曹尚书？或是刘太监根本不想他掌吏部。

众口纷纭，曹元心中难受了一阵。好在他知道自己的声望和才干，无意强求。特别是听说，刘宇虽有了内阁大臣的名义，却根本不曾入阁办事，更是暗中庆幸。高处不胜寒，内阁和吏部都在高处，还是不去的好。他照常去刘瑾私宅走动，照常讲一些笑话为刘太监解闷，有时也会为刘太监拿一些主意。

"吾公是为国子祭酒仍然虚位发愁吗？"曹元见刘瑾神色不快，问道。他也知道，择祭酒眼下是件大事。

刘瑾其实并非为此发愁，却点点头，承认了。为朝廷事寝食不安，传将出去，便是一段佳话："以贞先生有何高见？"

"高见不敢说，"曹元顺势推到张綵身上，"吏部之事，何不请尚质拿个主意。"他以为是给张綵出了道难题。祭酒人选，多日定不下来，是吏部尚书的失职。

不料，刘瑾说道："西麓倒是提了一人，是我犹豫不决。"

曹元心里说：晦气，迟了一步。嘴上却说："尚质所荐，定是好的，吾公为何犹豫？敢问吾公，尚质荐的是哪一位？"

"他说：去了一王，再请一王。"

"去了一王，再请一王？"曹元重复一遍，理不出头绪，便说，"这太空泛了。"

"以贞先生不知西麓所指吗？"刘瑾笑着说，"只须向你岳丈那边想去，不难想出结果。"

朝中朝外王姓官员太多，山西籍王姓官员也太多，但堪任国子祭酒的王姓官员就不那么多了，限制在山西一省，更不难数出。"哈，尚质荐的是王虎谷吗？"曹元半是猜测，半是肯定。

"不错，正是他。"刘瑾点头，"你看他可胜任？"

王云凤，字应诏，自号虎谷，山西和顺人，成化二十年进士。论资历，没有问题，他比王鸿儒还要早一科。论经历，也没有问题，他曾任山东提学副使。论名望，还是没有问题，他那一科，山西着实出了几个人物，乔宇、王琼、王云凤，人称山西三杰，名头不为不响。那么，刘太监为何迟疑呢？

曹元见机不快，却也想到了两个原因。一是王云凤本人的行径有可议论者。据说，王氏提学山东时，喜榜笞生员，有因而致死者。二是王氏因其父而遭致刘太监猜忌。王云凤的父亲是王佐，任户部侍郎时，刘瑾激赏，每与论人论事。王佐本性率直，得到刘瑾信任，更加直言不讳。在与刘瑾评论许进、刘宇人品时，不肯阿从，激怒了刘瑾，由亲近而疏远，终于打发去南京。有其父必有其子，对于王云凤的为人，刘瑾免不了要打一个问号。

曹元从心里想帮一帮王云凤。因岳丈周经的关系，他对山西的士人有些偏爱，有时觉得，自己也是山西士人。不过，在没有弄清楚刘太监迟疑的真正原因之前，不宜公然表明态度。

“有人说，国子祭酒除学问外，还应敦厚宽容，方能善诱监生。”曹元借他人之口试探，“王虎谷性情急躁了些，听闻在山东对生员的管理处置过于严苛。”

“严苛有何不好？”刘瑾冷笑着说，“朝廷允许廷杖，学校为什么不能杖笞？不守学规的生员，打死一两个，不足为惜。本朝多出几名敢于责打生员的祭酒、副使，士风会好得多。”

看来，王云凤责打生员之事，不但不使刘太监迟疑，反而使刘太监欣赏。那么，就要看刘太监对王佐的成见有多深了。

“尚质荐虎谷，不失为一时之选。”曹元说，“但王司徒对吾公甚是不恭，只怕父子天性，倨傲不恭的性情也传到王虎谷的身上。祭酒为天下师表，不敬吾公者，不能就此任。”

“哼！”刘瑾又是一声冷笑，“彼一书生耳，敢对我不敬，我自有调治他的办法。不过，我要告诉你，以贞先生，王司徒对我并无不恭。直言不阿，正是他的长处。他升调南京户部尚书，我的本意，是助他连升，好调回朝廷大用。谁知他再三求去，留也留不住，只有准他致仕。对他的去职，我至今还在惋惜。再者，即便王佐言语不恭，与王云凤又有何干？古人内举不避亲、外举不避仇之义，我还是懂得的，我看你也是懂得的。不然，当初你就不会竭力向我举荐周老尚书了。”

“吾公所言极是。”曹元说，“但下官怎敢和吾公并提。以王云凤其人而言，下官所虑者，吾公皆不以为虑，足见吾公胸襟之广大、见解之独到。下官斗胆说一句，王虎谷虽非完人，国子祭酒还是胜任的。况且，又是尚质力荐，吾公何不一试呢？”

刘瑾看了曹元一眼，叹口气说：“我的心思，难道以贞先生一点也不知道吗？正因为是西麓所荐，我才再三斟酌，迟疑不定呀！”

曹元听了这话，心中泛起些许快意，而更难免要大惊失色，大惑不解。朝廷上上下下，里里外外，谁不知道张綵在刘太监面前红得发紫？谁不知道张綵说话的分量？谁不羡慕张綵的风光？张綵在一年间由郎中升到尚书，谁会相信，他荐的人，刘太监会迟迟下不了决心？

刘瑾对曹元透露了一半心思，另一半心思却不能再透露了。自从那次张綵建议迎立兴王世子为东宫，刘瑾先是称赞，又接着说了“或许有更好的法子”之后，刘瑾一直企盼张綵对他说出更好的法子。但张綵避而不谈，有时，甚至是明显地在回避他。他相信，张綵全然懂得他的心思，全然懂得更好的法子指的是什么。因而，张綵的回避，有更深的含意。

刘瑾的迟疑，不在于王云凤本人如何，而是在考虑，要不要对张綵也表明一种态度，给他一些压力。内中的奥妙，曹元又怎会想得到？他能想到的话，就绝不会去帮王云凤了。

刘瑾听了曹元的话，想法也在转变。“何不一试”，倒是现在最简单的选择。以此事向张綵施加压力，细想一想，实在是无谓之举。

王云凤在山东任上榜笞生员致死，事出意外，在科道官的纠劾之下，他半是愤懑，半是愧疚，告了病假，回山西老家，去陪伴年事已高、致还籍的老父亲，也借此避一避风头。

刘瑾召他任国子祭酒，他忧大于喜。王云凤不是一个恬淡安静、不求功名的人。他知道，不是刘瑾柄政，以他的经历，升任国子祭酒是很困难的，因为他不是翰林出身。对于国子祭酒的任命，他怀着一种喜悦的心情。但他也知道，伴刘太监如伴虎，任外官还好，在朝中任官，每日在刘太监的眼皮下面，不知哪一句话说错了，哪一件事做错了，就会招惹上大祸。何况他还是一个被弹劾过的人。

想来想去，权衡利害，功名固然要紧，保全更为要紧。“大人，朝廷召我赴京，我欲坚辞不就，可乎？”他征询老父亲的意见。

“不可。”虽然王云凤已官至四品，王佐仍是他的严父，回答问题简单干脆。

“为何不可？”王云凤要问个明白。

“刘太监不准。”王佐言简意赅，点到要害处，“刘太监有言，要为天下士人择一良祭酒，他选中了你，你焉能不赴任？”

“择人由他，他选择了我，请问大人，这是我的荣耀，还是我的耻辱？”王云凤问。

这看似简单的问题，其实很刁钻。王佐不知该如何对答，反问道，“云凤，为何有此一问？”

王云凤说：“我离开山东时，刘太监也说，他要为山东士人择一良提学。父亲知道他选了谁吗？”

那时王佐正在南京，力求致仕，对外省的人事不甚关心，便说：“我怎会知道。”

“此人姓阎名洁，在士大夫中默默无闻，大人可知他与刘太监是何种关系？”不待父亲开口，他已做了回答，“他是刘太监府上总管刘成的妹婿，也是刘太监的同乡。我想，这门亲事说不定也是刘太监撮合的。阎某人素乏文誉，考试童生，既不看文字优劣，也不看立意深浅，只看文章长短。文章长者，即使不知所云，也刻录之，在全省传为笑谈。这样的庸才，可以称得上是良提学吗？以他为良提学，而以我为良祭酒，我虽不才，又岂能甘心！”

两句话问得很尖锐，王佐却有他的说法：“你不甘心与阎某人为伍，诚堪嘉奖，但与王懋学比肩，难道也辱没了你吗？”

王云凤说不出话来了。对于刘瑾所用之人，私下议论极多，总是贬者多，褒者少，却无人说过，王鸿儒不是良祭酒。

“云凤，”王佐诱导道，“刘太监的为人，你是知道的。他要办的事情，就一定要办。他要处分的人，就一定要处分。他要选用的人，就一定要就任。他要处分的人，一时不受处分，日后便要有更严厉的处分。他要选用的人，不肯就范，日后便会成为仇人。”见王云凤不语，他又说：“你说不甘与阎某人为伍，我看你还有一事不甘。你担着山西三杰的虚名，那二人一是户部侍郎，一是南京户部侍郎，且曾任吏部侍郎。你心高气傲，于心不甘，是也不是？”

王云凤不欲就任，潜藏着这个心思，被父亲说破。他不承认，也不争辩。从道理上说，从四品的国子祭酒较为士人看重，但以宦途而论，比起正三品的侍郎终究差着一截。

王佐说：“云凤，你方盛年，爱惜名节，我不怪你。为父已老矣，你不肯从刘太监之召，将置为父于何地步？风烛残年，我是再经不住风雨了。”

老父亲近似恳求，王云凤不能不动心。家中老仆又适时送来一函，是乔宇写的，只寥寥数字：应诏兄，国学虚位以待祭酒，执政者日论太祖宝训，于寰中士夫不为君国用者杀身灭家一句，反复解说。拖延时日，恐有不利于吾兄及老尚书者。

王云凤再不敢拖延，速速收拾行装。

王云凤紧赶慢赶，第四天夜里赶到京城外黄村，在驿中住下，准备次日一早进城，先去拜谒刘瑾。他曾想过，先去拜一拜张綵，问问朝中情形，再去拜谒刘瑾，又怕刘瑾知道了不高兴，便决定投帖的次序更换过来。

投宿在外，难以成眠，各种想法不断出现脑际，忽而觉得有莫大的委屈，忽而觉得，刘太监的作为甚有魄力，自家被他看中，未必不是幸运，“士为知己者死”，何妨报效一番。想到后半夜，方才入睡。一觉醒来，天已大亮，稍稍收拾上路，到得正阳门，正是午时。他在临街的店里匆匆吃了口饭，将马寄存下，雇了小轿进城，直奔刘瑾的私宅。

门前差役将他拦住，话都懒得说一句。

“请上告刘太监，新任国子监祭酒王云凤特来拜谒。”王云凤自报家门。

“祭酒？祭酒是何方神圣，也来见我家太监？”那门役横眉立目，出言不善。他绝不是不知祭酒是何职官，只是要表明对该职官的轻蔑。

王云凤碰了钉子，忙将早封好的贽仪递上一封，赔着笑说：“一些茶资，请笑纳。”

门役掂了掂，不算轻，收下了：“王老爷，不是我说你，朝中的规矩你不懂，刘府的规矩你也不懂吗？这个时辰，别说是你，就是阁老们来了，也不能入内。我家太监正在午歇呢。”

“那么——”王云凤犹豫着，不知该等还是该走。

“这样吧，你老先在外面坐一坐，等我家太监歇息好了，我为你进去通报，请他先见你。”说着，门役在门廊里摆设一条长凳。

王云凤只得坐下。他本来想，京中的宅子日前差了人来打扫，不知打扫好了没有，不如先去看看，洗个澡，换身衣服。但见门役殷勤，便不敢提出，生怕人家变脸，责骂他不识好歹，只有道扰一声，在门廊坐下等候。

不时有人进出，都要瞥一瞥王云凤，使他十分难堪。他干脆闭目养神，如一尊雕像，任由进出的人观看。每当有人从里面走出来，门役都要问一声，公公醒了没有。王云凤心怀感激，此人开始虽是凶恶，总算对得起那几两银子。过了一个时辰，王云凤听得有一人走出，周围顿时肃静。他睁眼一看，一人身材不高，长得敦实，进出的人均垂手立定。门役在他耳边低声说了两句，并连连向王云凤使着眼色。王云凤忙起身，向那人致意。

“原来是王大人，请随我进去吧。”那人说道。

“王大人，这位是刘总管，快来见礼。”门役说道。

“刘总管，失敬，失敬，请多关照。”众人面前，不便把封好的银子递过去，而且，不知该送多少，只有先说几句应酬的话。

“不必客气，我家太监这两日正在问你呢。”刘成在前带路，领王云凤进入院内。

坐在门廊，王云凤还没有决定，见到刘瑾，要不要行跪拜之礼。而一进室内，见刘瑾高坐在上，不怒而威，两腿不由得一屈，跪了下去。刘瑾做了个简单的手势，要他起身。

“王云凤叩见刘太监。”虽然起身，仍然不敢站直，弯着腰，向刘瑾请安。

“王祭酒，你延误了到京的日期，万岁爷怪罪下来，你吃罪不起。”刘瑾说。

“是，是，还请刘太监周全。”王云凤惶恐地说道，腰身更不敢挺直了。

“好说，好说，你来了就好。”刘瑾道，“我与令尊是旧识，当然要关照你。抬起头来和我说话吧。”

“多谢刘太监。”王云凤又是一揖，才敢抬头。

他这厢一抬头，刘瑾脸色大变，盯住他看了片刻，恨恨地说：“何物祭酒，却长出一嘴猪毛！”说罢起身，一甩袖子，向外行去。

原来王云凤蓄了一把不长不短的胡须，又密又硬，几日来奔波，形状确是不雅。刘瑾对长了胡须却不加整理的人最看不入眼，大怒而去，留下王云凤一人在室内，站也不是，跪也不是，留也不是，走也不是。

第六十四章

几年前，皇帝就有效法太祖，收养几名义子的心思，而今终于可以如愿了。皇帝射箭后回到豹房，钱宁、钱安随侍左右，形同两名贴身的禁卫。钱宁侍候皇上脱去沉重的衣甲，钱安把炭盆中的炭火拨拨旺。

“茶来，酒来。”皇帝像几年前一样突然叫了一声。

“儿子在！”钱宁也和几年前一样，跪倒答话。

“儿子在！”钱安站得远一些，也忙着跪倒答话。他听钱宁讲过以前的故事，知道时机可贵，见钱宁如何应付，也如何应付。

“你们且不要忙着确定名分。”皇帝笑着说，“我有话问你们，待你们答过再说。”

二人应声“是”，站起身来，等候皇帝问话。

“钱宁，你现在的职衔是锦衣卫千户吧？”皇帝问。

“是，”钱宁答，“微臣的千户是皇上赏升的。”

“我不记得了，当时赏了你正千户，还是副千户？”皇帝问得很仔细。其实，正千户是正五品，副千户是从五品，又有多少区别？

“回皇上话，微臣的千户是皇上金口赏的，管它是正千户，还是副千户，千户就是了。”钱宁道。

“话不能这么讲。”皇帝教训他，“譬如说，这些日子，你服侍得好，有功于朕，朕又要升你的官。你若是正千户呢，就赏升指挥使，你若是副千户呢，就赏升指挥同知。要是说不清楚，岂不使朕为难？”

“那定是正千户了，皇上一向是大方的。”钱宁当然希望官升得高一些，便说。

“你可要说准了，”皇帝一本正经地说，“说的不准，御史纠你一本，犯的就是欺君之罪了。”

“欺君之罪？那不是要砍头吗？”钱安在一旁吐了吐舌头，“茶来，你要当心了。”

“微臣这颗人头要留着侍候皇上，不敢让人随便砍去。”钱宁说。他也有了几分怯意。

“皇上，要不我去衙门里问一问，问确实了，再来回皇上的话。”

“哼，我才不上你的当呢！”皇帝说，“你去锦衣卫问谁？谁又知道实情？你要他们说正千户，他们敢说是副千户吗？说不定，你一下子就成了锦衣卫的堂官呢。”

“皇上圣明，微臣要是敢这样做，不也是欺君之罪吗？那又何必在寒风中跑一趟呢？”钱宁做出委屈的样子。

皇帝笑了，说：“好吧，就算你是正千户吧。譬如说，朕要升你，就升你锦衣卫指挥使。”

“谢皇上恩典。”钱宁又要跪下叩头。

“这个头我不能受。”皇帝说，“我说了，是譬如说。还有钱安，你现在是锦衣卫百户吧？”

“是。”钱安说，“微臣比茶来晚侍候皇上一天，就比他低了一级，微臣心中实在是不服气。”

“那好，譬如说，朕也要升你，就升锦衣卫千户。你听好了，是升你正千户。钱宁那里，正千户副千户还没有弄清楚呢，朕要不升他，你就高他一头了。”皇帝问，“心中不会不服气了吧？”

“谢皇上抬举！”钱安说，“微臣知道，皇上是譬如说。不管升不升，都请皇上受微臣叩的这个头。”

“你很聪明，更胜茶来。”皇帝赞了一句，“只是功力上却逊一筹，比较起来还是他兄你弟。”

“是，微臣遵旨。”钱宁乘机给皇帝叩了头。

“你们都听好了。”皇帝说，“朕的譬如说，也可以不是譬如说，也就是说，朕真的要赏升你二人，钱宁升指挥使，钱安升千户，或者再加一级，升指挥佥事。不过，朕另外还有一赏。朕要你二人选择，二赏中要哪一赏。”

皇帝的心思很难琢磨，二人不知另一赏是什么，面面相觑，不敢应声。

“怎么，你们贪图指挥使、指挥佥事之类的职衔了吗？”皇帝逼问道。

“不敢贪图。”钱宁辩道，“指挥使、指挥佥事是皇上赏的，微臣不敢不爱惜。请皇上明示，不赏升微臣指挥使、指挥佥事，皇上要赏什么？”

“那一赏就不值得一提了，朕要你们改一改姓氏，不要再姓钱了。”皇帝说。

“皇上的意思，是要微臣等复原姓吗？”钱安问。

家养子随主人姓，太监养子随太监姓，都是忘了祖宗，日后难免要蒙不孝的名声。皇帝钦赐恢复本来的姓氏，延续祖宗的香火，对钱宁钱安来说，也是难得的恩典。试想，家养子无数，有几人能复姓，又有几人是皇帝钦赐复姓？

“不然。”皇帝说，“朕知道茶来原姓李，酒来原姓张，但将你二人改作张三李四，又有什么意思？朕的意思，要你二人改成国姓，一个朱宁，一个朱安。”

皇帝绕来绕去，说了许久，钱宁钱安二人才听明白，皇上是要收他们为义子。这可是一直在企盼的好事，二人齐跪下谢恩，钱宁更是暗自庆幸。当初若不是机警地应了声“儿子在”，皇帝大概也不会想到，在亲近的人中收养义子。

“你们先不要谢。”皇帝说，“我可是说清楚了，二赏中只可选一赏。你们选了改姓一赏，指挥使、指挥佥事什么的，就都没有了。究竟要哪一赏，你们一定要想好，免得日后生悔。”

还用得着想吗？做皇上的义子，和做朝廷的指挥使、指挥佥事，不可同日而语。普通的指挥使，连皇上的面都见不到，锦衣卫的指挥使，也只能远远地瞻仰皇上，哪里比得上皇上的义子，日间与皇上同处，夜间伴皇上寝息。换个说法，指挥使在刘太监的眼里，不过是芥蚁；而皇上的义子，还有谁敢小觑？

钱宁边叩头边说：“儿子盼了许久，终于盼到了今日。莫说不能升指挥使，就是把锦衣卫千户的职衔去掉，儿子也要改随父皇姓。”

“朱宁的话，就是朱安的话。”钱安见机更快，说话间，将二人的姓氏已改了过来，“我等宁愿解职去职，也要改成国姓。”

皇帝点点头，说：“既然你等决心已下，朕就遂了你等的心意。从此以后，锦衣卫中就没有钱宁、钱安，只有朱宁、朱安了。也不必降职去职，岂有做了朕的义子，便要降职去职的道理？朕只是不升你等的职衔，留待来日。”

“是。父皇与我等不但是君臣，而且是父子，我二人粉身碎骨，也要报父皇再造之恩。”二人齐声说道。二人年岁都大过皇上，说着这些话，全是出于自然，毫无矫饰之情。

“还有一事，要说与你二人听。”皇帝说，“朕同时赐国姓的还有数人，朱宁，你当不得首席。”

“儿子不敢争。”钱宁说着，瞥了钱安一眼。

皇帝看到了，说：“自然也轮不到朱安。朕今日选中的义子，以朱得为首。他就是你二人的长兄，你二人不得与他争长短。”

“是。”二人应着，眼前出现了那个现在被皇上叫作朱得的人的影子。谁也说不出他的原姓。他是由一名姓裴的太监引荐给皇帝的，冒姓裴。裴得别无所长，唯善制一种西域饭食，将牛肉、羊肉及各种菜蔬切成碎丁，与米饭混煮在一起，用手抓着吃。钱宁钱安也曾经尝过，并不觉得美味，但皇帝喜欢那味道，也喜欢那吃法，真是无可奈何。

“父皇，我等以后一定推重朱得大哥。”钱宁说，“不过，听说他原姓皮。皮得二字，不像是我中土之人的姓名，父皇要不要查查？”

“有什么好查！他是中土之人也好，是西域之人也好，又有何妨？你二人不也来自蛮夷之地吗？难道说，西南人能做朕的义子，西域人就作不得朕的义子？你二人不可有地域之见。”

皇帝口气不对，钱宁不敢再说。

“来人。”皇帝召来贴身小宦者，“你去司礼监告诉刘太监，升朱得、朱福、朱宁、朱安、朱清、朱秀、朱通、朱达、朱祥、朱铭、朱锐俱为锦衣卫正千户，朱玺、朱文、朱聪、朱忠俱为千户所镇抚。”皇帝记性好，一口气说出一串名字，其中不乏钱宁、钱安这般的兄弟，如朱清朱秀，朱通朱达等。

“奴才没有万岁爷这样好的记性，您还是开恩，写下来吧。”小宦者苦着脸说。

小宦者见到刘瑾的时候，他刚刚办完一件大事，正在怡然自得。他的两个侄女，一个在去岁嫁了陕西籍的进士邵锐，另一个也名花有主，只待择日成婚。侄女婿是陕西总兵官曹雄的公子曹谦。曹谦是标准的陕西人，魁梧雄伟，刘瑾见而爱之，使人作伐，一说即中。

这位乘龙快婿是自己飞上门来的。上月初，陕西三边总制才宽死难。才宽是直隶迁安人，成化十四年进士，官至工部尚书。陕西三边总制一职，自杨一清去职后，未再差派。今年四月，边警骤起，朝廷命才宽兼左都御史，总制延绥、宁夏、甘肃军务。到任数日，还算平静。十一月初四日，有虏犯边，才宽率军御敌于花马池，击退来犯者。第二日，才宽率军出塞外，追敌至羱羊泉，杀敌四人，报上去，也可算小功一桩。正当军士割敌首级的时候，敌大军拥至，乱箭齐发，一箭正中才宽面额，才宽当即落马而死。多少年来，他是死于边事的最高职官。对于他的死，没有几个人哀恸。有人说他待下寡恩，也有人说他轻敌冒进，总之是自取死道。虽无人哀恸，却有人大生惧意，而以曹雄最甚。

文臣拒敌，武臣却不在场。文臣死难，武臣却不驰援，在本朝重文臣轻武臣的情势下，武臣的命运可想而知。曹雄怎能不惧？

才宽死难，尸首亦被掳去。曹雄率军追至丰城，才迫得敌军将才宽尸首抛弃北遁。虽有所获，他仍迟迟不敢具实向朝廷奏报。好笑的是，整整一个月之后，即十二月初五日，朝廷觉得北边事宁，没必要再设三边总制，拟召才宽入朝，才得到才宽死难的消息。

曹雄知道，陕西是刘瑾的老家，陕西的最高官员死难，没有一个说法，刘瑾是不会放过他的。他备下两万两银子的厚礼，令曹谦携带入京，馈赠刘太监，以求自保。

刘瑾不许奉献，犯者治罪。曹雄的两万两银子，他破例收了下来。他看中的不是银子，而是送银子来的人。他派刘成去看望曹谦。莫说是总兵的儿子，就是总兵到了京师，送上加倍的馈赠，也休想有此礼遇。

“刘总管，折煞晚辈了。”曹谦慌得不行。

“曹公子送了大礼，我自然要来回谢。”刘成说。

“那是家父的一点心意。”曹谦说，“家父还担心，刘太监不肯收下，他就太没有面子了。”

“曹总兵虑的很是。”刘成道，“我家太监收他的银子还是不收他的银子，现在是未定之数。”

“刘总管，这是怎么说？”方才是受宠若惊，听了刘成的话，他变成了心惊肉跳。

“我家太监清廉公正，岂能受人之礼？因送礼而被处分，外朝有至侍郎者，宫内则有少监，曹公子处偏远之地，怕是没有听说吧？”刘成问。

曹谦用衣袖揩了揩额上的汗，说：“家父是实心实意景仰刘太监，与那些有污刘太监的行径，不可混同。”

刘成拍了拍曹谦的肩膀，说：“曹公子有见识。礼嘛，不是不可以送，但要看是谁送的，为何而送。若和那些苟且之徒一样送礼，不但要重重追究才总制死难的责任，单说贪渎行贿的罪状，也足以下狱治罪。有人说，当官的不打送礼的，曹公子若信了这话，祸不远矣。”

曹谦听出话中有话，忙问：“请教刘总管，什么样的礼，刘太监肯于收下呢？”

“聘礼呀！”刘成答，“曹公子不知吗？自古以来，聘礼是非送不可，也非收不可的。”

“聘礼？”曹谦被说昏了头，“我送的是聘礼？”

“着啊！”刘成双掌一拍，“我家太监有一位侄女，尚未出嫁。说起咱家的这位小姐，不但貌美，而且聪明贤淑，我家太监视若掌上明珠，不肯轻易许人。不瞒曹公子，我家太监就信得过我的眼光，我说公子是佳偶，我家太监一定会恩允。你说送的是聘礼，我家太监也就只好收下了。刘、曹两家联了姻，曹府的事情，就是我家太监的事情，他老人家绝不会坐视亲家蒙难。”

“刘总管如此抬爱，是晚辈几世修来的福分。”曹谦说，“只是婚姻大事，必须请示父母之命。”

“那是自然。府上若是有意，或是请五军都督府中的哪一位都督，或是请陕西、甘肃的哪一位抚台，出面说合，我敢说，我家太监是绝不会驳回的。”听刘成的话，婚事成了曹家提出的。

不管怎样，曹雄不会不答应，也不敢不答应。曹、刘联姻，就此确定下来。刘瑾得意的是，两个侄女都嫁给他中意的少年，一文一武，相得益彰，刘家该是大富大贵了。

皇上的贴身小宦者来传皇上的旨意，当头浇了他一桶冷水。就他所闻，钱宁近来还算规矩，不敢妄言，不敢邀功，怎么一下子赏了国姓？怎么一下子成了万岁爷的义子？他呆立半晌，头脑中一片混沌。小宦者见他的样子，候在一旁，不敢说话。

“万岁爷传我去见他吗？”刘瑾突然问道。

“回刘太监的话，爷只要我来司礼监传话，并没有传刘太监去见他。”小宦者如实传达皇上的意思。

“好，你替我回奏万岁爷，就说司礼监马上将此事传谕天下。”刘瑾缓缓而言，“你再对万岁爷说，万岁爷收了义子，老奴很是高兴，老奴改日再向万岁爷恭贺讨赏。”

小宦者走后，张文冕问刘瑾：“恩公今日为此区区小事震惊，是不是小题大做了？”

刘瑾说：“钱宁狡黠，又得万岁钟爱，我心中一直不安。如今成了爷的义子，绝不是小事。”

“不然，”张文冕说出他的想法，“若无恩公，钱宁或可成大气候，恩公在，竖子不足虑。可虑者另有他人，恩公讲过，难道忘了吗？”

“你是说张永辈？”刘瑾点点头，“不错，他确是心腹大患。过了年节，定要收拾他。”

第六十五章

入冬以来，一直没有降雪，时至腊月中旬，天色阴阴晴晴，关心农事的人，心情也时好时坏，恨不能抓一把乌云，撒向人间。但天不如人意，阴了几日，仍然没有一片雪花飘下。

李东阳站在内阁的小院内，翘首望天，似有所盼。杨廷和入门，与他招呼道："西涯公独立小庭，又在祈雪吗？"

李东阳点点头，说："再不降雪，来年大旱，京畿的农夫就有大难了。"

"是啊！"杨廷和说，"但愿西涯公一片怜恤天下人之心可感动上苍，降一场大雪。"

李东阳随着杨廷和向阁内走去，问道："介夫先生，司礼监那边有什么消息吗？"杨廷和方才去司礼监办交涉，李东阳正在等结果。

"有一件事，西涯公或会关心。"杨廷和说。

"是不是又有人过不了年关？"李东阳问。两年来，每到年底，总有人被祸。年关一到，李东阳便有岌岌可危的过关的感觉。

"不错！"杨廷和点头道，"司礼监一位公公告诉我，平江伯怕是要获大罪，近日就要处分。"

杨廷和与司礼监的几位公公都有些交情，他带回的消息，李东阳是信得过的。而且，李东阳对他带回的消息确实关心。督理漕运的平江伯陈熊若被治罪，不论以什么名目，总理漕运的左副都御史邵宝都脱不了干系，而邵宝与李东阳情同父子，非一般门生座主的关系可比。

"好端端的，怎么又要治平江伯的罪？"李东阳急切地问，"今岁的漕运并未出大的纰漏呀！"

"祸何必出于职责？"杨廷和说，"出于人事不是一样治罪。"

"你是说，刘太监与平江伯有恩怨？"李东阳问。

"那位公公说，刘太监早对平江伯有怨恨之心，必图之而后快。"杨廷和重复司礼监公公的话。

漕运者，简单说来，就是沿运河将南粮北运，是最能生出油水的差事。平江伯几世督理漕运，自然是富可敌国。刘瑾初柄政时，对陈熊有所索取。陈熊将钱财看得太重，不曾理会。后来虽做了补救，无奈怨恨已结下，本来一万两银子可以疏通的关节，后来用十万两银子也难以沟通。杨廷和说的人事，便是指此。

“不过，总还要在职责上做做文章吧？”李东阳说。这是惯例。在人事上得罪了，却一定要在职责上治罪。不然，何以服当事人之心，何以堵大臣、言官之口？李东阳要知道陈熊在职责上的过失，才好判定，陈熊获罪的深浅，及其牵涉的范围，也才好有所举措。

“西涯公说得不错，今岁漕运本来无甚大的纰漏，坏就坏在一个人的身上了。”杨廷和说。

“哪一个人？与总理漕运衙门可有干系？”李东阳问。他所关心的是漕运方面的文督，而不是武督，是邵宝而不是陈熊。

“说有干系也可，说无干系也可。”杨廷和说，“此人是绍兴卫指挥陈俊。”

漕运总理，兼凤阳巡抚，所辖有凤阳、庐州、扬州、淮安等卫，绍兴卫隶属浙江都司，再往上说，浙江都司隶属左军都督府，而凤阳等卫隶属中军都督府。所以，绍兴卫可说与漕运总理衙门没有任何干系。但漕运出自江浙，运河的源头是杭州，沿运河的卫所都有押运漕粮的责任。绍兴近杭州，也难免调用其士卒。别的不说，提个要求，出个主意，总会有的。所以，也可以说有干系。当然，杨廷和提到的陈俊，主要是与陈熊的牵连。

漕粮北运，路途遥远，消耗甚大，在征收漕粮时，总要附征耗米。一石漕粮，所征耗米由数升至数斗不等。有人为了暂舒民困，有人出于一己之利，要求将耗米折银征收。陈俊也向陈熊提出这个要求，陈熊准了他。事例并非由陈熊而开，事体也可大可小，要看执政者的心思而定。以刘瑾对陈熊的积年怨恨而言，当然要借这个题目大做文章了。

“陈平江真是糊涂。”李东阳抱怨说，“此时此刻此等事体，怎么就自作主张了呢？邵国贤也是糊涂，怎么就不知道劝一劝他呢？”

“西涯公不须急。”杨廷和劝解道，“平江伯为人贪渎，千夫所指，治他的罪不足惜。但国贤兄是朝廷良吏，不可不为朝廷爱惜人才。”

“介夫先生有何良策？”李东阳讨教。

杨廷和略加思索，说：“解铃还须系铃人，此事须得与刘太监见面一谈，或可解开。”

“好，就往司礼监走上一遭。介夫先生，同行如何？”李东阳与刘瑾见面的机会越来越少，更不愿一人独往司礼监。

“本当同行，但我想了想，还是西涯公独去为好。西涯公一个人去，刘太监不好不讲情面，我若在场，他尽可把火气发在我的身上，于事无补，反而有害。”

杨廷和说的在理，李东阳虽不情愿，也只得勉为其行。

“西涯先生，久违了！”刘瑾起身应客，吩咐看座看茶。在司礼监衙门，这就是最高的礼遇了。

“刘太监好！”李东阳问候一声，缓缓坐下。

“西涯先生年事已高，有事让下面的人传话就是了，不必自己走这一遭。”刘瑾说。

“多谢刘太监体恤。”李东阳拱了拱手，“内阁到司礼监的一段路，确是长了些。但日久不见，心中惦着刘太监。有些事情，也要当面向刘太监讨教机宜。”

“西涯先生今日来，是要指示机宜了？”刘瑾改了两个字，看来不大情愿讨论。

“不是指示机宜，是讨教机宜。某是诚心来向刘太监讨教。”李东阳强调他说的两个字，表示一定要讨论。

刘瑾无奈，只得说：“指示也好，讨教也好，西涯先生请说吧，我洗耳恭听。”

李东阳直言：“今日来见刘太监，是为了漕事。”

“漕事？”刘瑾的疑惑不似作假,“今年漕运比往年顺利，我不曾听闻出了事呀！”

“朝廷不是要处分平江伯吗？”李东阳说朝廷要处分，也是用心良苦，免得刘瑾听了，先会不高兴。

“原来是为了此事。”刘瑾不予否认，“西涯先生从何处得知？”

“听到些议论。”李东阳生怕道出实情，对杨廷和及司礼监其他的公公不利，便含混地说，并有意加上一句，“或者是些谣传？”

“确有其事，不是谣传。”刘瑾说，“此事本当我去向西涯先生讨教机宜的，不想西涯先生却先来找我了。也好，我们正可以议一议。平江伯擅变祖制，耗米折银，不是件小事，须得从重惩处，才是维护朝廷体统之道，先生以为然否？”

“刘太监要维护朝廷体统，自然不差。”李东阳懂得欲将取之，必先予之的道理，只有先与之呼应，“但不知从严惩处，要严到什么程度？”

“擅变祖制，当然是死罪！”刘瑾毫不犹豫地说。

李东阳一惊。来司礼监的本意，是要救一救邵宝，对陈熊的处置并不在意。听刘瑾一说，不由得改变初衷，先要救一救陈熊。无论如何，他是功臣名将之后，罪不当诛。

“擅变祖制，理当从重惩治。但祖制也要分个轻重。根本的制度是不能变的。不是根本的制度，百余年来，有些仍在维持，有些明令改变了，有些则在不知不觉中改变了。凡此，须分别处置，不可一有改变，便斥为擅变祖制。”说到此，李东阳转论陈熊，“以平江伯的过失，骤然论死，怕是太过严厉了。”

“西涯先生的意思，平江伯是确有过失了？”刘瑾对李东阳的一套议论置之不理，只抓住他最后一句话，反问道。

“确有过失，毋庸讳言。”李东阳平和地说。

“那么，他的过失是轻是重呢？”刘瑾又问。

“平心而论，也不算轻。”李东阳说，“大政大计出于朝廷，像耗米折银之类的事体，终该请示了朝廷之后，再行实施。”

“西涯先生既然以为平江伯确有过失，过失也不算轻，为何要姑息他呢？”刘瑾以为占住了理，说起话来，气势很壮。

“若说姑息，是姑息平江伯陈瑄，不是平江伯陈熊。”李东阳态度仍然平和，道理却很有力，“陈瑄在太宗朝，督理漕运，开通漕河，有大功于朝廷，太宗皇帝赐予铁券，子孙皆免一死。陈熊有罪，不妨惩治，但太宗皇帝的恩典岂不尽没？望刘太监再思三思。”

刘瑾沉默不语。处置陈熊一事，他想到了方方面面，单单没有想到老平江伯陈瑄，李东阳单单就提到了他。当初国都北迁，保障漕运，解决京师的食粮供应是第一要务。陈瑄督漕，有两大业绩。一是在他督漕期间，漕粮北运由初时的二百万石，增至五百万石，国用以饶，京师和北边之用以饶。二是在他督漕期间，开凿清江浦，使运河全程贯通。清江浦是运河在淮安的一段。以前江南漕舟抵达淮安，要经过一段陆运，逾越淮河到清河，费用甚巨。永乐十三年，陈瑄采用故老之策，自淮安城西管家湖，凿渠二十余里，导湖水入淮。这一段水路就是清江浦。清江浦上筑四闸以宣泄洪水，湖周十里又筑堤引舟。漕运因而便利许多。后来陈瑄又在江北徐州、济宁、泰州等处凿河筑堤。后人赞他，凡所规划，精密宏远，身理漕河者三十年，举无遗策。太宗皇帝赐予他免死铁券，受之无愧。李东阳提到陈瑄，提到太宗皇帝赐予的铁券，刘瑾再要处死陈熊，就说不出道理了。

“西涯先生看，平江伯一案，该如何处置？”刘瑾沉默许久后，只得向李东阳讨教。

“刘太监念及前代名臣，必可秉公处置。平江伯一案，请刘太监酌定。”李东阳是明白人，知道此时不可提出具体的处置。

“那好，国贤先生正在京师，请他重新勘实，再做处置吧。”刘瑾知道李东阳和邵宝的亲密关系，被李东阳说了一番道理，想杀陈熊是杀不成了，便有意把邵宝牵涉到此案中去。

漕运之事，由漕运总理勘实是正理，李东阳明知后果堪虞，也无法反对。

两天以后，处分下来了：平江伯陈熊免却一死，发戍海南，夺历代诰敕铁券；邵宝勘漕不力，着免官；陈俊变易漕法，处死。

既未罚粟，又不戍边，李东阳很为邵宝庆幸。他对李荃说：“国贤免官，数日内定要回无锡。你请他晚间来此，我要为他饯行。”

“老爷，听说邵先生是得罪刘太监而免官的。他刚一免官，你就请他来家中饮酒，刘太监知道了，怕会不高兴。”李荃很为他家老爷着想。

李东阳说：“我不请国贤来饮酒，刘太监也是不高兴的。他多些不高兴，又有何妨？李荃，你是知道的，国贤素来胆小，他这次的举止，可谓壮哉，我定要有所表示。”据传，邵宝任湖广布政使时，入朝述职，与同官一人拜谒刘太监，不知刘太监问起何等事务，邵宝的回答不如他意，他大怒之下，奋力击案，将茶盅震落打碎。邵宝惊恐万分，不由得跪倒，遗尿于地。连刘瑾也觉好笑，挥挥手，将二人遣走。邵宝等刚离开，一名姓汤的官员来访。刘瑾与汤某交厚，无话不谈。因汤某是苏州人，与常州府相邻，刘瑾指着地下一块湿处对他说：此是你无锡邵某人撒下的尿，你闻闻，可有臊气？

汤某到外面一张扬，朝士中传为笑谈。李东阳却知道，邵宝是幼时被雷惊吓，遗下的毛病，对他很是同情，对汤某很是不屑，但又不能为此事辩说，只有独自叹息。

李荃不敢就邵宝“素来胆小”说些什么，怕触动李东阳，就问起他说的另一句话：“老爷，你说邵先生这次的举止壮哉，不知他做了什么？”

李荃是李东阳在家中的主要谈话对象，凡是能谈的话题，无不谈一谈。平江伯一案自然也是说过的。“刘太监先要处死平江伯，后改为发戍海南，你知不知道原因何在？”他问李荃。

“不是老爷为平江伯求下的情吗？”

“也不尽然。”李东阳道。“刘太监与我晤后，要国贤再勘平江伯之案。他是要借国贤之口，重治平江伯。为此，他遣两名锦衣卫校尉，邀国贤至左顺门，威胁他说：汝不罪平江伯，朝廷将罪汝。我二人已奉旨，行将逮汝。国贤不为所动。恰逢张尚书、曹尚书自司礼监出，劝他说：君但劾平江，可无后患。国贤又不为所动。他对张、曹二位说：平江伯是功臣之后，督漕未久，无大过失。在下愚昧，不知所劾。说得两位尚书无言以对。平江伯之案因此才得以从轻，平江伯这条命因此才得以保全。”

“听老爷一说，邵先生不失为丈夫。”李荃说。

“国贤虽素来胆小，但柔中有刚，宁折不弯，你不可小觑了他。”李东阳适时教训一句。

“老爷说的是。我方才明白，老爷为何如此看重邵先生。”李东阳对李荃，像对门生、下属一样，从不疾言厉色，李荃因而宾服他的教训。

“那么你说，我该不该请国贤来饮酒？”李东阳问。

“自然是该。我去请他，再去准备下酒的菜肴。”李荃想通了，办事便主动。

“菜肴可以简。国贤是择酒的人，须得饮君子之酒。”李东阳要求道。所谓君子之酒，是大内自弘治以来用新法酿制的御酒，分为两类。一名太禧白，色如烧酒，彻底澄莹，浓厚而不腻。一名金茎露，清而不洌，醇而不腻，味厚而不伤人。李东阳以为后者更佳，类似才德兼备的君子。

李东阳要以御酒款客，李荃有些舍不得。他说：“老爷，你府上又没有开御酒房，你以为，皇上赐的御酒，就总也喝不完吗？告诉你吧，咱家是一瓶御酒也没有了。你老宴客，请去别的府上借吧，兴许能借来一两坛。”

李东阳笑了，说：“小小孩子，也开始在我面前要滑头了。我知道，家中还有两坛金茎露。你取出一坛，招待国贤。君子之酒，不与君子同饮，留下又有何用？你快去办吧。”

李荃不敢再执拗，怏怏不快地去备办。

第六十六章

正旦节过后，上任没有几日的刑部尚书刘景去拜望焦芳。先见到的自然是韩范。刘景知道此人厉害，不唯焦阁老对他言听计从，就是在刘太监那里，也很有面子。刘景早为他备下了仪封。一见面，便递了过去。韩范开年获大利，笑逐颜开，对刘景的招呼格外殷勤周到。

“阁老身体不适，别人来了，我就替他老人家回了。刘大人与别人不同，阁老一定愿意见一见。请大人稍候，我去通报。”韩范入内片刻，出来说：“刘大人请。阁老本有些倦。我对阁老说：刘大人新近由刑部左侍郎升任本部尚书，无论如何该见见。阁老称是。说：那就请他进来坐坐吧，你替我去迎迎。”

刘景知道，他的话不尽翔实，却一定要领他的情，因而赔着笑说：“承情得很。韩总管，你在刘太监那里走得熟络，刘太监对刑部有了训示，你先通知我一声如何？免得我办事不妥，误了朝廷的事，有负刘太监和焦阁老的提携。”

“好说。刘大人看得起我，我哪能不识抬举？不过——”韩范欲说不说，让刘景自己去体会。

“不必说了。”刘景明白他的意思，痛快地说，“我知道韩总管在那边也要打点，都包在我的身上好了。”

二人相视一笑，进了焦芳的客室。

焦芳高兴地与刘景见过礼。其实，韩范说的不是不翔实，而是全然不实。焦府今岁不比往岁，前来拜年的人不多。焦芳正为此烦恼，来一位尚书大人，哪有不愿相见的道理。

“守静先生，下官怕前几日府上客多，不敢来扰，挨到今日才来叩头请安，切勿怪罪。”刘景执晚辈礼，向焦芳一揖。

“不敢当。”焦芳还了半礼，“刘尚书请坐。看茶。”刘景坐定，焦芳问道：“户部的事务繁杂，还应付得来吗？”

刘景有些难堪：“下官在刑部，比户部刘尚书要早两科。”

“原来是刑部刘尚书，我搞错了。”焦芳拍了拍脑门，抱歉地说，“刑部事不如户部事繁杂，好应付些，刘尚书一定游刃有余。”

“守静先生说刑部事务不繁杂，也不尽然。”刘景苦着脸说，“依下官看，刑部尚书甚是难任。”

“何出此言？刘尚书遇到了不能应付的事了吗？”一段时间以来，焦芳对人对己都喜欢用“应付”两个字，初入阁时的锐气也因而显得大减。

“下官在刑部两年了，部务倒没有什么应付不了的。”刘景说，“只是量刑轻重难以把握，动辄得咎，动辄获罪，不能不令人心寒。”

“刘尚书是有感而发吧？”焦芳问，“你的几位前任，好似并未受到处分嘛。”

“三法司一体，怕是终不能免于过。”

“原来你在说杨文明的处分。”焦芳并不糊涂，刘景一说，他就明白了。昨日有旨，处分了一批官员，主要是原山东的官员，以修孔府渔费，上自巡抚，下至御史，均罚粟输宁夏。与此事无关的，只有一个杨守随，是因在职时量刑不当，不但罚粟，而且削籍为民。文明是杨守随自号。

杨守随是在正德元年的最后一天，和左都御史张敷华一起罢官的。此后，于正德三年四月，已受过罚粟的处分，起因是杨守随以工部尚书衔署理大理寺事时的一桩旧案：河南人贾斌，同堂兄贾凯，杀了堂弟贾泽。杀人偿命，有司论贾斌、贾凯二人死罪。大理寺复谳，认为量刑太重，巡按御史房瀛改拟杖刑。此案有许多模糊之处。一是贾泽之死，可能事出有因，贾斌、贾凯杀贾泽有一定的道理，所以杨守随认为量刑太重。二是贾斌、贾凯杀贾泽，有主有从，一概处死，杨守随认为量刑太重。三是改拟杖刑，确实太轻了，但那是房瀛拟定的，不是杨守随、房瀛合议拟定。本来，认为杖刑太轻。还可令三法司再拟。而杨守随在使其致仕去官的奏疏中直斥刘瑾，刘瑾恨之入骨，便把房瀛拟改杖刑的一笔账，算到了杨守随的头上。司礼监直接出旨：从初拟，贾斌、贾凯二人论死。杨守随署大理寺事，量刑不当，罚粟一千石输边。房瀛下狱，夺五个月俸粮，大理寺少卿王鼎谪知县，大理寺评事林富谪县丞。

当时，刘瑾还想将张敷华牵连进去，康海得知后，去刘瑾府上饮酒，说：“公实先生巡抚陕西时，陕人爱之如父母。公陕人也，何忍加祸？”刘瑾虽恨张敷华，却敬重康德函。他怨恨的人多，多报复一个人少报复一个人，不是大事；他敬爱的人少，多听一句少听一句，却很上心。因而，他放过了张敷华。张敷华不久即病死，刘瑾更觉得不理会他甚是明智。

对杨守随，他则不肯放过，正德三年四月罚了一次，正德五年初，又罚一次，用的还是量刑不当的名目。不同的是，刘瑾前一次责他量刑过轻，只是就事论事，这一次因大理寺驳谳鄞人重狱，牵涉杨守随的乡人，刘瑾又加上一条：徇私轻刑。杨守随再被罚粟二百石。

他人说起此事，多为杨守随不平。据说上次罚粟，他在家乡的田产变卖殆尽，这次再罚，怕连房宅也要卖掉。七十余岁老翁，实在可怜。刘景则是惶恐多于不平。三法司一体，而刑部首当其冲，再有量刑不当的中旨，受罚说不定就要轮到他了。他来见焦本不想提这件晦气的事情。年节之时，见了前辈，应该道喜才是。但焦芳不停地说应付得了应付不了，部务繁杂部务不繁杂，他不由把憋在心里的话，顺口说了出来。这一来，心情就轻松了。

焦芳缓缓问道："刘尚书对处分杨文明有不同见解吗？"

"朝廷处分，自然是不错的。"刘景说，"下官不会有不同见解，也不敢有不同见解。只是罚粟到下官时，下官可没有维贞先生的家底呀！"维贞是杨守随的字。

焦芳听到他率直的话，呵呵笑了起来："刘尚书，你比我小许多岁，可是我看，你比我还要糊涂。不然，怎会担心到这一层呢？"

"下官确是糊涂，请老先生指教。"刘景躬身道。

"指教不敢当，有个道理却可以说说。"焦芳一副成竹在胸的样子，"我且问你，杨文明是何处人，你知道吗？"

"杨先生是浙江鄞县人。"刘景不明他何以要问。

"刘尚书是何处人呢？"

"下官是河南鄢陵人。"

"鄢陵属开封府吧？"焦芳问。

"是，与老先生府上相距不远。"其实，开封府与南阳府不近，但鄢陵在开封的西南，而泌阳在南阳的东面，两县之间的距离比两府之间的距离近了许多。刘景这样说，是有意迎合焦芳的私乡心理。

"刘尚书知道杨文明是浙江人，知道自己是河南人，却不知道浙江人和河南人的区别，岂不是糊涂到家了吗？"焦芳的话有些不客气。

有时临危不知是糊涂，有时庸人自扰是糊涂。刘景心想：别看焦阁老的外表衰老昏聩，连户部刘尚书和刑部刘尚书都分辨不出来，其实心如明镜，看得很深刻，很透彻。他由衷言道："听老先生一席话，下官如出苦海，实是感激不尽。老先生支撑着半边朝廷，日后有了疑难，下官还要拜在门下请教。"

“言重，言重！”焦芳拱手道，“刘尚书不嫌弃我的话难听，欢迎之至。”刘景辞别后，焦芳对韩范说：“老范，这位刘尚书是不是真把我当成了老糊涂？”

“他敢！”韩范把眼一瞪，说道，“咱家阁老的话，字字珠玑，句句箴言，他听上一句，够他受用一辈子。他心中还敢存不敬的想法吗？”

“好了，好了，这些话你到外间去说吧。”焦芳打断他，“不管他心中怎样想，我先骂了他两句糊涂，堵住了他的口，也是快哉也乎。不过，这位刘尚书也算是很会说话的了。”

“咱家阁老本来就支撑着半边朝廷，何须他说。”焦芳哪句话听得入耳，韩范一清二楚。

刘景回到家中，吩咐家人：“你去看看，少爷是不是还在书房读书？”

“是。”家人应着去了书房，很快又转过来，“回老爷，少爷还在书房读书呢。”

“为什么不请少爷过来？”刘景责问。

“老爷没有吩咐请少爷。”

“蠢材！”刘景沉下脸，骂道，“不请他来，为何要你去看？去，叫少爷来与我说话。”

刘景的长子刘讱，二十多岁，容貌清秀，是府学生员，年前特地赶来京城，与父母大人过个喜年。河南人才辈出，但在朝廷任至尚书的鄢陵籍士子，刘景是第一人。刘讱是满心喜悦地赶赴京城的，使他奇怪的是，家中没有喜气，父亲脸上也没有笑容。今天，父亲的脸上露出了发自内心的笑容，可说是第一次。

“父亲唤孩儿吗？”刘讱行礼后问道。

“是。你再过两日就要回去了，今日得闲，和你说几句话。”刘景用手指了指，要刘讱坐在靠近自己的椅子上，“你这一去，又有许多日子见不到面了。”说话间，流露出慈父的舐犊之情。

“父亲要问孩儿的功课吗？”刘讱问道。几天来，刘景心绪不宁，连问儿子功课的心思都没有。刘讱以为，他今日要补做这一件事。

“我知你读书用功，不必问了。今日我们父子二人说些闲话。”刘景道，“讱儿，你告诉我，外间对朝廷中的人物是如何评说的。”

“对大臣的评说吗？”刘讱问。他不明白，父亲为什么想到评议人物。

“你就先说一说对大臣的评说吧。”刘景道。

“李阁老的文学，杨阁老的才具，张尚书的气魄，是常常言及的。”刘讱说了三个人的长处，用词简易，乃泛泛而论。

“那么，对焦阁老的评议呢？”刘景又问。

刘讱稍有些犹豫，反问道：“父亲要我直说？”

“那是自然。”刘景说，“自家宅中，难道也要四顾而言他吗？谅东西二厂还不至于在此处设人打探。想说什么，不妨放心说出。”

“焦阁老虽是豫中前辈，孩儿在府学中听人议论，对他甚是鄙夷。”父亲要直说，刘讱便直说，“都道他在刘太监面前是犬马，在他人面前是虎狼，在翰林之内是庸笔，在翰林之外是钝材。”

刘景摇摇头说：“犬马虎狼之说或有些道理，庸笔钝材之说，则是见仁见智了。焦阁老能有今日，依我看来，实是他有不凡的见识，非你那四句顽童之言所能概括。”

听他的口风，不以为然，也不以为忤，刘讱的胆子大了些。他平素不多打听父亲与朝中大臣的交往，此时却忍不住说：“父亲居朝有年，对焦阁老的为人自然比外间知道的多。”刘景时而外调，时而召回，在外升至巡抚，最近两年，在朝中任侍郎，公事也好，私事也好，与焦芳少不了要打交道。这是刘讱的想法。

刘景却说：“焦阁老年长，连我也辨认不出来了。由此可见，他那里我甚是少去。”对焦芳的为人知道得多不多，这算是答出一半，另一半接着说出：“虽然如此，我看他在大事上一点也不糊涂。”

“父亲今日去拜望焦阁老了？”刘讱突然问道。

“不错，我方从焦府回来。”刘景说。

“父亲说焦阁老有不凡的见识，一定是听到他的宏论了吧？”

“我郁郁不解的心思，被焦阁老一语道破天机，令我不能不拜服啊！”刘景感慨着，把今日与焦芳谈话的内容讲给儿子听。

刘讱听着，不住摇头，对父亲的结论不以为然。他说：“父亲心中有了疑惑，何不向李阁老、杨阁老诉说？如以为对他们有不便说处，何不向洪都堂诉说？”洪钟是前任刑部尚书，在任十个多月，改任掌院左都御史。

刘景说：“焦阁老是河南第一人，无论如何，也要先向他诉说，听一听他的见解。”

“与焦阁老诉说，倒也无妨。”刘讱退了一步，“但他的见解，父亲不可全信，更不足借以自保。”

“讱儿的话有些意思，可详细说与我听。”

“是。”刘讱正襟而坐，诉说他的见解，“只凭河南籍的身份，既不能保全于今日，更不能保全于来日。孩儿先说今日之事，刘至大先生的事例便摆在那里。至大先生与刘太监的关系，非父亲所能比吧？至大先生的资历，非父亲所能比吧？他入阁拜相，却不能去阁中办事，与免官又有什么不同？至大先生的境况，应令河南籍士人，包括焦阁老，猛然省悟。今日是至大先生，明日怕就要轮到焦阁老了。焦阁老、刘先生，与刘太监互为表里，相辅相成，刘太监对他二人不为已甚，对他人就不会如此客气了。有了过失，怕不罚你？想要罚你，怕找不出过失？所以我说，河南上籍今日已不是昨日，今日已不足凭，父亲以为然否？”

刘景不置可否，只是说：“你再说说，何谓不能保全于来日。”

“焦阁老、刘先生顾及乡谊，对河南籍士人多所保全。一旦他们不在其位，也不过得个独善其身，再想保全他人，恐怕不易。此乃其一。再者，就算刘太监念着焦阁老、刘先生的好处，爱屋及乌，对河南籍士人另眼相看，他刘太监就能长久保住今日的权势吗？就算刘太监能长久保住今日的权势，他难道真有金刚不坏之身吗？”刘讱年轻，话开了头，便没了顾忌。

“悄声！”刘景虽说宅中不会有东西厂的人，还是听得胆战心惊，生怕隔墙贴着一双耳朵。

刘讱放低了声音，说：“孩儿以为，焦阁老说与父亲的一番话，不是他自己糊涂到了家，便是想父亲仍然糊涂，不做他虑。”

“你的话有几分道理。在为父今日的位置，你看，该如何行事？”刘景被儿子说动，改向儿子请教。

“不得罪张尚书，贴近李、杨二位阁老，是万全之策。”刘讱为父亲筹划。

刘景想了想，说：“道不同，不相谋。张尚书处，或可投其所好。李阁老、杨阁老未必肯接纳我。即便接纳，也未必肯说三分真话。只有过一日保全一日，顾不了那么长久了。”

刘讱的意思，对张綵，对李、杨，一假一真，父亲全无体察，他唯有暗自叹息。

第六十七章

京畿及鲁、豫两省，盗贼渐多。朝廷自正德三年十二月便增添皇城巡警。皇城巡警本有制度，共设七十二红铺，每铺十名军士。夜间摇铜铎巡行，有铜铎七十二副，收放长安右门。铜铎者，皇家独用的铜铃也。初更时，巡查军士摇铎而行，历西安、北安、东安各门，至长安左门而止。二更三更再行再摇铎，以报平安。其法至今渐弛，为防止盗人混入京师，兵部议设郎中、主事各一人督巡，以策皇城的安全。严巡警顾全了皇城，却顾全不了京城和京畿地区。在正德四年，刘瑾亲自择人，派出了几名捕盗御史，在徐州、淮安地区派的是薛凤鸣，在真定府派的是宁杲，在天津卫派的是柳尚义。

薛凤鸣不争气，以捕盗为名，日日酣饮，被东厂校尉举报。刘瑾大怒，将其谪为徐州弓手，成了一名普通军士。柳尚义在天津，宁杲在真定颇有捕获，宁杲更是捕到一名巨盗，正是文安县的张茂。

宁杲探得，乡绅张茂曾是打家劫舍的强人，至今仍是方圆百里内的盗贼之首，家中有地穴间壁，一藏金银，二藏兵器，三避灾难，各处盗贼不时出入其间。对张茂，捕之不易，捕后取证也不易。宁杲亲赴文安县，在县衙中物色得力人手，物色到一名巡捕，县衙上上下下都称他李主簿。巡捕而称主簿，可见是文武全才。宁杲与李主簿商定一计：乘年初张茂家中摆酒请客之机，伪作弹琵琶的优人，进入张府，探清宅中地形，使张茂不得遁逃。宁杲则率骁勇数十人，在其不加防备时闯入，务收全功。

此计果妙，就在宾主觥筹交错、吆三喝四之际，弹琵琶的优人放了一枚炮仗，官府的人闯入。张茂待要抵抗，被一名骁勇用斧砍伤大腿，束手就擒。宁杲在文安、霸州都不停留，径回京师，将张茂打入顺天府大牢。

宁杲因立大功，与柳尚义骤升至左右佥都御史。一般而言，御史积年，多是外放知府，或布政司参议、按察司佥事等官，然后才有可能迁转佥都御史。由御史而径升佥都御史，于官员的升迁，实是一大变异。不过，宁、柳骤升，只是正旦之后令人称羡的一件小新闻，张茂入狱却使一些人年节前后不得安宁。

张茂被逮，刘宠与刘宸商议，由刘宸潜入京城，报与张忠得知，请他相机援救。

“二叔，大叔不出狱，我们在霸州呆不下去了，二叔在宫中也呆不下去了。”刘宸近似要挟地说，“大叔在顺天府狱，还有法子可想，到了东厂，就用不着再想法子了。”

“老七莫慌！”来往多了，称呼上就显得亲近，“你先回去，备些钱物，大哥的事我来想办法打点。”

张忠暗自思忖：张茂虽未到东厂，也未到刑部狱，但此案轰动了京城，宁杲是刘瑾差的人，也不会不去司礼监邀赏，打通顺天府的路子，或是打通刑部的路子，是行不通的。直接请刘太监放人，刘太监不问还罢，若追问起来，一切昭然若揭，不如直接向万岁爷求情。

张忠在豹房侍驾，有机会开口。但为慎重起见，还是要迂回行事。由他人出头，岂不更好。他想到了前日的钱宁，今日改叫朱宁。

“朱将军，我看你今日手头有些紧了。”张忠寻到钱宁，绕着弯子说道，“听许多公公说，朱将军今年的份例怎地不如往年？”

钱宁这几年来已有人巴结，却也要巴结人，进少出多。义父钱能留下的财物所余不多，听了张忠的话，有些窘迫，赔着笑说：“在下手头是紧了些，但对张公公不敢短了礼，比往年短少的，过一两日，我亲自送去府上。”

张忠眼一瞪，道：“你把我看成何等人！我与你脾性相投，大家合得来，才与你报个信，岂是要你钱物。有几位公公下面说了难听的话，不可不防。别看万岁爷赐你国姓，收为义子，那些人是一个也不能得罪的。”

“承情，承教！”钱宁忙陪话，“张公公的好意我领了，张公公的恩义我不敢忘。只是，在下眼前手头真有些紧，几位公公那里，还望斡旋。”

“咱们两个的交情，不必托请。”张忠说，“我料到你开销日多，短时间里凑不出钱来。现在有一笔财富，你若肯出面，必手到擒来。”

“有多少？”钱宁不问钱财来路，先问钱财之数。

“一个整数。”张忠作出神秘的样子，“事主说了，事成之后，还有重谢。那可是户殷实之家。”

“既是殷实之家，会出何事？”钱宁跃跃欲试。

“还不是被人栽了赃，受了冤枉。”张忠轻描淡写地说，“文安县的张茂现在顺天府狱，钱将军知道吧？”

钱宁吓了一跳，取那笔钱财的心思顿灭，嗫嚅地说：“听说那厮是京畿闻名的巨盗。”

“什么巨盗！我是文安人，还能不清楚？不过是仇家栽赃，官府妄捕而已。张茂是文安的殷实大户，谁人不知？他家说了，只要有人应承保张茂出狱，愿先奉上纹银万两。”张忠说得有根有据，不知情者，定会信以为真。钱宁受了纹银万两的诱惑，又确实需要入项，真想试上一试。但几次在刘瑾手下受挫，他也学得乖巧了，遇事须多想一想，与刘太监有无干系。闻得京畿捕盗，是刘太监亲自交代的，不管用什么手法，保出张茂，撞到刘瑾手上，不是自讨没趣吗？心中暗自盘算：此事不能插手。

“其实，就算张茂是巨盗，放了何妨？”见钱宁久久不语，张忠又说，“将他放出去，朱将军亲自擒来，不是奇功一件吗？”

这一番话显然是蛇足，钱宁听了，心中更有数：张茂是不是巨盗，张忠也说不准；说不定他明知张茂是巨盗，受了他家的好处，硬要保他出来。摆明了是陷阱，绝不可跳进去。但对张忠也不敢得罪，钱宁说：“多谢张公公送来的钱财。这样吧，我二弟比我会说话，人缘也好，我要他出面托人，事办成了，我们兄弟和张公公二一添作五，分了那笔钱财。”

张忠明知他是推托，也不好再勉强了。他改找大太监中关系最密切的谷大用。谷大用连连摆手，说：“老刘对我成见太深。我下边的头早已缩了进去，上边的头也是缩进去为好。我若出头，只会使你那义兄早死。此事你去托托马哥吧。”

马哥是御马监的大太监马永成，在原来的八虎中，他与刘瑾的冲突最小。听张忠说明来意，他说道：“我与刘哥说说，兴许管用。不过，为了一万两银子，我不能去找刘哥，我丢不起那个脸。要我出面，须得三万两银子。”

“马叔，”张忠在八虎面前甘以晚辈自居，“你老出面，肯定管用。马叔能不能先在刘太监面前说句话，我让事主家里去筹三万两银子？”

马永成笑笑，拍着张忠的肩膀说：“我们哥儿几个在大内侍候万岁爷玩鹰的时候从不会不见兔子就撒鹰。我不知他们几位的规矩变了没有，我的规矩反正不变。”

“是，我让事主尽快筹钱，再来请马叔。”张忠只好顺着马永成说。他也知道，张茂下狱，财产没官，家中早作鸟兽散，刘宸肯来为他传话，已属不易，让他立时拿出三万两银子，根本没有可能。

张忠无奈，只得硬起头皮，自己去找皇上。谁知不等他开口，皇上先问起他来。

“张忠，你是文安人吧？”皇帝记忆极佳，听他说过一回，便记住了。

“回爷的话，奴才是文安人。”张忠忙答话。

“听说你们那里捕到一名巨盗，叫张茂，你可识得他？”听得出来，皇帝对此事颇有兴趣。

“乡中来人，说起过张茂，奴才不曾见过他。”张忠不知皇帝问话的用意，撒了个谎。

“他们可曾说起张茂的模样？”皇帝问得更怪。

“好像已衰老不堪，一条腿也瘸了。”张忠接着说谎。他想，皇上所想的巨盗肯定不是这般模样，说不定便有了向皇上求情的契机。

“原来如此！”皇帝叹息道，“说起巨盗，必有些硬功夫，要是弄进宫来，与朕比试比试拳脚，定然有趣。谁知却是废物。”说到此，兴趣索然。

“万岁爷，文安县的人都说，他是冤枉的。”张忠知道，再不进言，就没有机会了。

“据你所说，大有可能。”皇帝的态度在两可之间，“捉错了人的事情，也是有的。捉错了人，就该放走。”

“爷圣明！”张忠大喜过望，“爷若查出真伪，真盗处死，假盗开释，小民定要齐呼万岁。”

“荒唐！”皇帝变了脸，呵斥道，“怎地要我去查？他若是真的巨盗，我倒可以查一查，他若不是真的巨盗，我理会他作甚？你去告诉刘太监，着他差人查一查，辨出真伪。”

“奴才遵旨！”张忠叩首退出，心中叫苦不迭：真是鸡没有偷成，反蚀把米。本想在刘太监过问前，救出张茂。张茂没被救出来，却要催着刘太监问案。张忠想起张三去春在狱中服毒后的情景，禁不住浑身战栗。如果真的没有办法，只有让张茂大哥也走这条黄泉路了。

下手之前，还有个法子可以试一试，找刘瑾手下的人疏通疏通。想来想去，除了梁洪，别无他人可找。有一个说法：刘太监府内之事找刘成，府外之事找梁洪。确定巨盗之事，找梁洪是条正路。

刘瑾恰巧不在司礼监衙门，张忠叫了声阿弥陀佛，向监内太监交代过皇上的话，便忙着去约会梁洪。两人在西华门内，豹房和御马房之间的僻静处见了面，握了握手，张忠把张茂上次留下的珠子递了两颗过去。

“梁大哥，事情急，我就直说了。有人托我办事，许了大价钱，两颗珠子是定钱。我想了想，事体重大，只有梁哥挑得起来。定钱先交给梁哥，看在转托的份上，事成之后，梁哥请我喝盅酒足矣。万望梁哥应允。”

“好说！”梁洪掂了掂珠子，揣进怀里，“有什么为难的事情，张哥尽管说出来，大家商议。”

张忠三言两语把张茂的事说了。

梁洪沉吟着，不敢说“好说”了。张忠说事体重大，果然是句实话，不是骗他去做糊涂事。但人家的定钱揣进了怀里，再掏出来就太失面子了。他想了想，问道：“你且说，他那边许了多少银子。”

“五千两。”马永成一开口要三万两，不知何时才拿得出来，对梁洪不敢再许大数目。

“你向托你的人要一万，我退还你两千。”梁洪大方地说，“但要说清楚，放人，凭一万两银子，我做不到；我能做到的，是先拖着，别定巨盗，以后的事情以后再说。他要是应了，我立时去想法子。他要是不应，算我没说，张哥再托别人。”

梁洪说得很实在，能则说能，不能则说不能。张忠想，此事只能托付给他了。

刘瑾奉旨，勘实张茂一案。若有人请他亲自去勘实，他一定会像皇上一样呵斥道：“荒唐！”如张忠所料，他果是差梁洪去查。梁洪查了一番，回复：“说张茂以前是巨盗，没有确实的证据，小的不敢说是，也不敢说不是。说他至今仍是巨盗，同捕的几个人，查明是乡党，已放了回去。小的还是不敢说是，也不敢说不是。顺天府衙门问不出所以，请送刑部过堂。刑部因证据不确凿，不愿移案。两边都向小的叫苦，要小的裁决，小的也不知该怎么办好。”

梁洪办事从来精明，说话从不这样啰唆。刘瑾听后，不由得愣了愣，说：“既然两衙门都有顾忌，何不送进厂子，立时问个明白？”

“是送东厂，还是送西厂？”梁洪忙请示。

“这——”刘瑾说不出来。按常规，顺天府的案犯送东厂送西厂勘问均可。但张茂若真是巨盗，二厂鞫问出来，便成了丘聚、谷大用的一桩大功。刘瑾对这两个人都有了戒备之心，十分不情愿。

“再者，两边的衙门问不出来，就送进厂子，还留着衙门作甚？不如把他们一起送进厂子，朝廷也可省下不少俸银。”梁洪嘟哝着说。

“你好多的废话！”刘瑾打断他的话头，“真有一天废了顺天府衙门和刑部衙门，是记在你的账上，还是记在我的账上？”

“废得对了，记在公公的账上；废得不对，记在小人的账上。这还用说吗？”梁洪果然有好口才。

刘瑾笑了："小子记住，你家公公绝不要下人代他受过。主意嘛，你倒可以帮着出一出。你说你也不知道该怎么办好。好哇，今儿个非要你说出怎么办。说不出来，自家掌嘴。"

"小的皮细肉嫩，不经打。公公吩咐，小的就说了。"梁洪插科打诨罢，正正经经地说道，"张茂自然还该关押在顺天府狱内，待顺天府衙门决出个子丑寅卯。若是需要，再送刑部，若不需要，或杀或放，反正三法司还要复核。"

顺天府一天没有决断，案子就一天悬在那里，久而久之，成了悬案。这正是梁洪打的主意。这个主意不能说好，也不能说不好。刘瑾皱着眉，半晌不出声。他也是听了两边的言语，不知怎么办好。谁都知道，宁杲是他挑选的捕盗御史，捕来的张茂不是巨盗，宁杲以假作真，他的脸上无光。谁都知道，梁洪是他差出的核案之人，张茂果是巨盗，梁洪以真作假，他的脸上也无光。这事，真要听听第三个人的说法。

"请文冕过来。"刘瑾回过神来，对梁洪说。

"是。"梁洪问，"小的也要跟来吗？"

"不必。和你的酒友们喝酒去吧。"

刘瑾的态度，正是梁洪所期待的。宁杲的一说，本该是先入为主。刘太监拿不定主意，说明先入并未为主。宁杲并不主动，他并不被动。

"张茂一案，万岁爷问起，顺天府没问出眉目，梁洪也没问出眉目。"张文冕一入室，刘瑾就对他说，"如何回万岁爷的话，你帮我拿个主意。"

张文冕听过宁杲和梁洪两边的说词，知道此案难有结果。他比刘瑾早一刻听到，便比刘瑾多一刻时间来揣摩。刘瑾询问时，他已可以从容地回答："轻动不如静守，张茂是巨盗也好，不是巨盗也好，先不必理会。"

"文冕，我想到了却没有想清楚，你想清楚了；我想清楚了却说不清楚，你说清楚了。"刘瑾赞赏地说，"你能否再说仔细些？"

"恩公的宗旨在捕盗。张茂是巨盗，将他捕来是大功劳，因他而将其他盗贼捕来，更是大功劳。张茂是巨盗，将他置于狱中，群盗因而躁动，一举而灭之是大功劳，群盗因而畏缩，不战而定之，更是大功劳。所以晚生说，轻动不如静守。"张文冕的说法，既附和了宁杲，又附和了梁洪，两不得罪。刘瑾听了，也该满意。张文冕又加上一句："张茂不是巨盗，事件平息，找个理由放他出狱便是。人关在顺天府狱，与朝廷三法司无关，与内府厂卫无关，抓人放人，谁也做不出别的文章。"

“极好，极好！”刘瑾拊掌道，“你的一番话，我要一字不差地学说与万岁爷听。”

“惭愧！恩公太抬举晚生了。”张文冕早有些议论要发，现在正是最好时机：“说起盗贼，晚生还有些想法，请恩公计较。有得罪之处，还请恩公不要计较。”

“你讲，”刘瑾命道，“年节前后忙于应酬，有些日子没见到你了，我正要听你的议论。即使有不当，我何时与你计较过？你一个计较，一个不要计较，太过虑了。”

“恩公责备的是。”张文冕稍稍整理一下思绪，说道，“恩公自领内行厂，既大刀阔斧，又细致入微，办了许多东、西厂都办不了的大事。但内厂中人，也有不知收敛者，做了一些过分的事情。恩公为内行厂声誉，为朝廷声誉，还要约束他们才好。”他知道，内行厂行事，都会报与刘瑾，大多的事更是按照刘瑾的授意办的，但只有把刘瑾排除在过分的事情之外，他才能听得进去。

“正是，”刘瑾顺水推舟，“他们做的许多事情，我也不知。你听到哪些不合法度的事，知道哪些为非作歹的人，该随时告我。”

张文冕拣最易讲的先讲：“居丧之家，棺柩还在灵堂，不及入葬，有内厂之人闯入，令焚弃之。我朝以孝治天下，不能容此等行径。”

“说的是。”刘瑾应道，“再有这般行径，我便掘他的祖坟。文冕，你再说。”

“还有，”张文冕稍一犹豫，决心说下去，“京城寡妇再嫁一事，不可太过勉强，以免招来非议。”

寡妇再嫁，正是刘瑾的主意。他着人在五城各坊宣示，凡有丧夫者，一律再嫁，不得寡居，违者治罪。于是，本来有心再嫁者，顺理成章地嫁了出去。本来无心再嫁，却以为再嫁不妨者，便去寻可嫁之人。也有重守贞节，从一而终者，宁死不从，或是逃亡，或是自尽。总之，轰动京城，闹得鸡犬不宁。

“文冕，有什么不妥吗？”刘瑾问罢，解释说，“我是想，寡母孤儿，难为生计，嫁了人，便有靠山。”

“恩公慈悲之心，人神共仰。所谓饿死事小、失节事大的道统之言，也不足为训。不过，再嫁与否，可听自家主张，不可越俎代庖，更不可指人为婚。请恩公三思。”刘瑾的心情好一分，张文冕就敢多说一分，今日说话一无忌讳。

“文冕，我知你是重婚嫁之人，糟糠之妻不下堂。好，我听你的。寡妇再嫁，由其自决。但存心再嫁者，他人不得阻止。”刘瑾欣然而从，可见他心情极佳。

“恩公从善如流，晚生感佩不已！”张文冕言出肺腑，“晚生知无不言，再有一请，还望恩准。”

说到这种程度，还有什么不准的？刘瑾道：“讲。”

“内厂有人倡议，将京城市井无业之人，一律逐出城外，五城兵马司已奉旨而行。请恩公收回成命。”张文冕说的又是一件经刘瑾准允的事。

“这是为何？”刘瑾问，“驱除游食无业之人，不正可以弥盗于未然吗？”

“所驱者，不尽是游食无业之人，酒保、磨工、鬻水者，无不逐出。恩公请想，酒保、磨工不为城中酒肆、磨房打工，又能为谁打工？鬻水者不在城中卖水，又在何处卖水？尽数逐出，不但不能弥盗，反是为渊驱鱼，使他等聚之城外，结众成盗。年前有千余人聚集东郊，手持棍棒，白昼劫人，并且说了许多不利于恩公的话。这等事体，没有人说与恩公听吗？”

“他们说了些什么？”刘瑾听说京城中居然聚集了千余人，也不由得惊吓，“文冕，你如实道来。”

“他们说，刘太监不给我们生路，我们只有与刘太监偕亡。”这是客气的说法，实际上，聚者誓言：将手刃刘瑾。

刘瑾必须要认真考虑了。一群没有生计的人，拼起命来，京城怕要大乱，他刘瑾怕要有难。他郑重地说：“看来，不但要停止驱除，还要将倡议之人治罪，才能平息众怒。”

第六十八章

正月节假日应酬多，朝廷的事务多趋停顿。进入二月，人事纷更，张綵一件一件与刘瑾议定。他任过文选郎中，知道文选郎中最易弄权，所以从不与文选郎中商议，也不与侍郎们商议。他要用谁罢谁，直接报与刘瑾，刘瑾要用谁罢谁，他也直接在司礼监受命。

首先要议的当然是内阁。张綵说："李阁老说，他与焦阁老都老了，刘阁老一直告病，内阁中办事的，其实只有一位杨阁老，希望再以一至二人入阁办事。瑾老，此事我不敢做主，要不要增加阁员，若不增，如何答复李阁老，若要增，以谁人推入，都要请瑾老裁决。"

刘瑾点点头，说："李阁老不提，我也要与你议此事。阁中是该加人了，西麓，你看曹以贞如何？"

"以资格，以声望，以贞先生都是首选。"张綵早估计到，增加阁臣，除却曹元，刘太监不会提第二人，乐得奉承两句。

"西麓，你现在不能入阁。"刘瑾明知张綵对曹元入阁不会持异议，仍要说明一下："一是吏部不能少了你。以阁臣兼署吏部，焦阁老也说过，确有许多不便。二是李阁老的首辅不能动，焦阁老的次辅不好动，我不忍你居他等之后。我的这番苦心，望你体察。"

"瑾老言重！"张綵忙说，"在内阁，是为瑾老办事，在吏部，也是为瑾老办事。下官以为，居吏部可以为瑾老更多地做一些事情。"

"西麓深知我心。"刘瑾道，"曹以贞以吏部尚书兼文渊阁大学士入阁，大司马一职，"他想了想，说，"由左侍郎胡汝砺升补吧。他是应天人，免得有人说我只用北人。"

"胡侍郎重病在身，太医说，危在旦夕，"张綵提醒了一句，"南京兵部尚书何鉴和即将发布的兵部右侍郎陆完也都是南人，要不要——"

"不必。"刘瑾未采纳他的建议，"我看出胡某不是长寿之人，先以他任一任，也算是冲喜吧。"

刘瑾曾考虑过陆完。陆完是宁王特别请求关照的人物，他本人对刘瑾也很巴结，全不见当年参与诸生痛殴太监的气概。于是，以佥都御史衔，半年巡抚宣府，半年提督仓场。随即便召入朝廷，升兵部右侍郎。应该说，他已经是升迁太速了。他任侍郎不过五日，再升尚书，可真是本朝从来没有过的例子，将张綵也比了下去。刘瑾摇了摇头。陆完不是不可再获重用，但一要时间，二要宁王再来恳请。

曹元入阁之事确定下来之后，余下的都是一些正常的迁转：左副都御史李瀚改任吏部右侍郎，户部右侍郎乔宇转左侍郎，太常寺卿陈震升户部右侍郎，太常寺少卿兼翰林侍读李逊学升礼部左侍郎，陆完任兵部右侍郎，宣府巡抚杨纶为右副都御史，署理院事。以右副都御史署理院事，虽有前例，却是极少出现的局面。其时，左都御史洪钟奉旨督湖广军，杨纶又颇为刘瑾赏识，便命他以右副都御史掌院。

议过吏部的例行公事，张綵起身告辞。刘瑾叫住他："西麓上月尾会议礼部事，你与会否？"

"下官去了。白尚书要我去，不便推托。"张綵说。

"此事又与王永有牵连。这个王永，好不知趣！前次西番之事因了他，今日东南之事又因了他。我看前次对他的斥责太轻了。"刘瑾不高兴地说。

"事虽与他有牵连，上月尾的会议却不是针对他。"张綵说，"大家议的主题，是江西士人的种种不法，已有了中旨处分，不知瑾老为何又问？"

"听说会议时，你没有说话，我要听听你的见解。"刘瑾说，"你不说话，恐怕是有异议，在会议之间不便说，是也不是？"

"瑾老明鉴！"张綵想了想，还是拣该说的说，"对王永未作处置，总是不如人意。"

刘瑾自己也以为不处分王永是个过失，却不满足于张綵的回答："西麓，你莫顾左右而言他。对会议中的其他处分，你怎样看？"说起来，上次会议之事，与吏部也有些关系。只是关系甚小。年初，满剌加国王的使臣阿刘、端克智等来朝。阿刘原名萧明举，是中土人物籍贯江西万安。因犯事亡命海外，到了满剌加国，结识该国上层，遂为赴中华使臣。阿刘产自中土，对朝廷、官府行事的规矩知之甚详，与在朝在野的人物易于沟通。他得知四夷馆的大通事王永是皇上的亲信，便利用到鸿胪寺投牒的机会，拉拢序班张宇，以重金贿赂王永。王永问他何所求。他说，愿得中朝符印，前往渤泥国索宝。王永说，这事好办，你等一二日。过了一二日，王永果然将符印送到馆驿，原来是与礼部吏目侯永所伪造。阿刘大喜，连声称谢，携了符印离京。不想一行人在途中起了内讧，被官府捉拿，入京论罪。

此案一小半属礼部，一大半属刑部。礼部要议的不是这件事。礼部本来可以议一议对王永的处置，却没有议，连王永勾结外国使臣伪造符印的事也避开了。礼部议的是，减少江西的解额。发难之人，当然是焦芳。他早就想减少江西解额，一直不能如愿。这次抓住阿刘之事，大肆抨击江西士人。他说，江西多玩法之人，如彭华、李裕、尹直、徐琼、李孜省、黄景等，均招物议。这些人中除李孜省，都是由科举出身。江西解额多，因而江西籍士人中玩法者多，宜裁其数。因焦芳所请，刘瑾出中旨，点了上述人的姓名，江西解额裁五十。

裁减解额仍与吏部无关。与吏部有关的是中旨中下面一句：江西籍已仕者不许除京官。焦芳前者借事禁余姚人除京官，今又借事禁江西人除京官，该报复的都报复了。张綵对江西人没有十分的好感，也没有十分的恶感。焦芳要报复江西人，他本来可以不管。但听刘瑾的话音，似对所出中旨有所反省，遂道："以一萧明举而连及彭华、李孜省等十数人而连及全省士人，焦阁老行事，太过偏执。好似写文章，该点到的地方没有点到，不该点到的地方却说了许多话，让人读了，不得要领。"

"守静先生的偏执，我有同感，也有些头疼。江西虽有恶徒，也有许多人才，何必为了一二恶徒，而弃掷人才呢？"

刘瑾话说了一半，不再说下去。张綵想，他大概明了了焦芳的片面之词，在后悔；他大概在考虑，要不要收回成命。如果能收回成命，即使不公开追究，焦芳的气数也尽了。

张綵复出，虽出于焦芳的力荐，张綵对焦芳的恶感却日甚一日。他看不起焦芳的昏庸，看不起焦芳的小气，看不起焦芳的贪婪。他知道，昏庸、小气、贪婪，都不足以将焦芳逐出朝廷，能将焦芳逐出朝廷的，是他的年龄。要是乘着现在的机会，把焦芳偏执的原因归结到焦芳的年龄上，刘瑾一定会考虑，到底还该不该让焦芳留在朝廷，留在内阁。

话到嘴边，却没有说出来。焦阁老毕竟是焦阁老，非他人可比。刘太监与他一起经历过风风雨雨，一起开辟了全新的局面。如何对待焦芳，不能发表意见，具有诱导性的话也不要说。你今日说了，影响了刘太监，对焦阁老做了处置，明日刘太监反悔了，你就要为此负责。何必找不必要的麻烦呢？

"守静先生风烛残年，还能做多少事呢？还能有多少精神来做事呢？他想做的事情就让他去做吧。"刘瑾则把他的话说完了。

满剌加使臣案的处置，与吏部有些牵连。刘瑾没有忘记，在适当的时候，和张綵说上几句。几乎同时，对日本使臣的处置，与吏部毫无牵连，刘瑾用不着与张綵议论，直接交礼部办了。

日本贡使宋素卿，又是中土人物。他原名朱缟，浙江鄞县人，留居苏州。朱缟的身世说来也可怜，自幼丧失父母，篱寄于叔父朱澄门下。朱澄好赌，到处借债。一次，借到了日本国使臣手里。债还不上，倭使上门讨债，见到了年幼的朱缟。朱缟聪明伶俐，有一副好歌喉，吟唱起来楚楚动听。倭使见而爱之，与朱澄商议，用朱缟偿债。朱澄问：他一个孩儿，不过添一张吃饭的嘴，要他何用？倭使说：他那张嘴不只是吃饭，还能吟唱小曲，动人心魄。你若答应，我再补你些银子。朱澄平素和日本人闲谈，知道彼国和中土一样，有蓄男妓之风，心中有些犹豫，怕把朱缟毁了，对不起哥哥嫂嫂。朱缟知道了，却十分愿意。他对朱澄说：叔叔，你让我随他去吧，也可解叔叔婶婶一家之急。于是，他随倭使去了日本国。那倭使也是个雅人，只是喜欢他的吟唱，倒也不曾欺侮于他，后来，还将他收为养子。朱缟一日一日长大，改了姓，改了名字，成了宋素卿。后来又代替年迈的养父，成了出使中华的朝贡使。

宋素卿在去冬进入中土，行至苏州，约叔父相会，彼此叙了些离别之情。按大明律，民人不许与夷使私相接纳，违者国人论死，夷使逐出。宋素卿与朱澄相见，被东厂探子举报，宋素卿已到京，朱澄被逮下狱。宋素卿知事危急，献黄金一千两与刘瑾，请他两赦之。

刘瑾采纳张綵建议，不再接受奉献。但宋素卿不是本朝官员，不在此例。刘瑾欣然收下一千两黄金。对朱澄，说他已自首，理应免罪。对宋素卿，不但不治罪，还命赐飞鱼服一领，作为答谢，并要礼部立即请旨。

尚书白钺办了几件涉及夷番的公参，有了经验，不必再与费宏、靳贵两位侍郎商议，拟了几句话，来到阁中，向阁老们请教。

巧极了，阁中只有新召入的阁臣曹元在。自他入阁，白钺还没与他在私下见过，乘此机会，正好说几句道贺的话：“以贞先生入阁，同僚们都以为选人得当，可喜，可贺。”

“原来是秉德尚书，请坐！”曹元以主人身份招呼，“说不上选人得当，曹某不过年齿长了几岁，刘太监以为我办事还靠得住。”曹元也是直肚肠的人，换了别人，决不会把朝廷选人得当，一下子变成刘太监选人得当。

“以贞先生客气了。”白钺四下看了看，“怎么，老先生一到任，就独自坐镇阁中了？”

“李、焦二位点了卯，回去歇息了，介夫先生去翰林院办交涉，只留下我唱空城计。”曹元开玩笑地说，“诸葛先生也走了，城上只有老军一名，既不会摇羽扇，也不会弹瑶琴。”

都道曹以贞会说笑话，看来不假。白钺笑着说：“诸葛也罢，老军也罢，都是城主。我是来投文书的差人，以贞先生请看，这旨拟得还可以吗？”说着，将礼部的纸笺递了过去。

曹元很快将请旨的奏疏读罢，问道：“是刘太监交代的事情吧？”

“不错，刘太监令礼部今日务要呈进。”白钺道。

“写得很好呀！”曹元念了其中两句，“宋素卿者，虽为海外贡使，心系中土教化，安抚日本，功在社稷，请赐飞鱼服一领，以彰其劳。秉德先生，你写得再明白不过了，递进去，内阁不会不拟旨的。他们若不肯拟，我来拟。”

白钺叹口气，说：“写是写明白了，可心中还有许多疑惑解不开，好生烦闷。”

“没有想明白，却写得明白，我倒是有些不明白了。”曹元挠着头，说，“可否赐告？”

“原来是要向诸位老先生请教的。”白钺说，“以贞先生不会不知，飞鱼服是禁用的服式吧？最近者，弘治十三年奏准：今后公侯伯及文武大臣各处镇守守备等官，敢有违例奏讨蟒衣、飞鱼等项衣服者，科道参驳，该部执奏，必治重罪。这里说的今后，距今不过十年，礼部却为人奏请飞鱼服，不是荒唐之极吗？”

曹元听后，觉得他的疑惑并不难解，便悠闲地说：“阁下问得在理上，我有两说，自以为更在理上，愿试言之。”

“老先生肯于赐教，下官心感。”白钺作了个揖。

“其一，弘治十三年奏准之说，在大明律上可曾有载？”曹元问。

“不曾有记载。”白钺答。很少有通晓大明律的礼部尚书，但关于礼制的部分，礼部尚书却不可不知。

“我也道不曾有记载。如果有，就是申明或再申，而不是奏请了。”曹元道，“大明律既无记载，那便是例而不是律。十年前，礼部可奏而成例，十年后，礼部就不可以再立新例吗？奏请能否成例，全在朝廷准与不准。十年前，朝廷准了礼部所请，成了例。十年后，朝廷准了礼部所请，便可成为新例。”

白钺听了，觉得不无道理，但有些牵强。总是以后例来破前例，例也就不成为例了。他不愿与曹元分辩，便说：“第一说我听明白了，请老先生再说第二。”

“其二，弘治十三年所准，包括公侯伯文武大臣镇守守备等，却不曾提及海外贡使。”曹元以为第二说理由更充分，不禁得意起来，“赐予贡使飞鱼服，与前例并不相违。”

“真的吗？”白钺未被说服，“我一直以为，公侯伯文武大臣镇守守备等不准奏讨，其他人等包括外国贡使，就更不准奏讨了。”

“那又不然。”曹元说，“我泱泱大国，示恩于外邦，正是大国的风范，大国的气度。”

白钺想了想，说：“老先生两说，固在理上，但我还有一虑。老先生知道，日本向无与会庆成宴之例。礼部去岁刚刚议定：朝鲜陪臣在殿东第七班，日本在殿西第七班，若各国使臣都援例奏讨，与宴者皆着飞鱼服，成何体统？”

曹元说：“怎会？赐谁飞鱼服，不赐谁飞鱼服，刘太监自有主张，你我照办就是了，何须劳神？”

第六十九章

皇帝见了刘瑾问道："刘太监，昨日教坊司演乐，那曲杀边乐，你可听了？"

"奴才有幸恭听。"刘瑾答道，"真是千军万马杀敌去，旌旗锣鼓凯旋归。此曲定将传于后世。"

"诚为传世之品，你也有一份功劳。"皇帝指刘瑾曾助赵锐一臂之力，使该曲顺利排演。

"万岁爷这般说，折煞老奴了。"刘瑾叩头说，"老奴只祈望千秋万代演奏爷的曲子，千秋万代牢记爷的圣明，便心满意足了。"

"此曲真能千秋万代演奏？"皇帝问。皇帝本没有千秋万代的概念。太祖皇帝传至今，不过数代，孝宗皇帝传给他，只是隔代，他们都是圣明的，许多话他已不听了。他的曲子又能传下几代呢？不过，千秋万代的提法终是有着巨大的诱惑力。以前的帝王有以一事传世者，自己如果以一曲传世，也可与他们比肩而立了。因此，他忍不住问了一句。

刘瑾正中下怀，郑重地说："一定能。老奴眼下有个计较：兵科给事中屈铨日前上了道奏本，上得极好。"

"他讲的是何事？"皇帝十日中上朝不过一两日，奏章中所看不过一二疏，许多事情不知道。

"屈铨说：自万岁爷登基，朝政日新月异。请将正德元年以来见行条例，以六部为序，编辑成书，颁示中外，使为后世法。"刘瑾说罢屈铨的奏请，再联系皇帝所关心的以乐传世，"爷想，咱们把演奏杀边乐载入事例之中，事例传之后世，杀边乐不也传之后世了吗？"

屈铨的奏请，明显是向刘瑾献媚，刘瑾心知肚明。而勘编事例，对朝廷来说，是件大事，不能瞒过皇帝，须得找一个能说动皇帝的理由，使得皇帝由衷赞成此举。教坊司试演皇帝编的杀边乐，成了一个有利的机会。只要说得皇帝相信，传于后世的是皇帝本人而不是刘瑾，不怕他不赞成。说服皇帝，找到了时机，就不是难事了。

“屈铨之议不错。”皇帝说，“事例一经颁示，我君臣就可以名传千古了，好得很。”

“老奴怎敢与万岁爷并列？”刘瑾忙说，“是爷的圣德圣政传与千秋万世，永为传颂。”

“是不是名传千古，就由不得你了。谁不知道朕将一干政事都托与了你？圣政传与后世，能不留你的名？好，屈铨的奏请，朕准了。刘太监，你去传旨吧。就说，”皇帝想了想，朗声诵道，“朝廷因事制法。见行条例，内外官员多有不知者。各衙门并三法司其议拟刊行，永为遵守。钦此！”皇帝不忘调皮地加上最后两个字，“刘太监，你看可妥当？”

“万岁爷圣明，圣政必由此旨而传后世。”

刘瑾见皇帝今日心气很好，便想多说几句话，将平素不便奏明的事情奏明：“老奴还有一事奏明万岁爷，请爷恩准。”

“你说吧。”皇帝诵了一通自觉十分通顺流畅的圣旨，心中也是得意，便与刘瑾开着玩笑：“必是你怕朕不准，平日不敢说的事情，知道今日说了，朕会依你。刘太监，朕说得对不对？”

“爷看老奴的心思，平日洞若观火，分毫不差。不过，今日爷看错了。”刘瑾道，“老奴今日所奏请，大有利于万岁爷，大有利于社稷，以万岁爷的圣明，不会不准。”

“别那么肯定，且说与朕听。”

“是。老奴想，皇上即大位以来，宫中朝中的奸党都扫却了，朝廷安顿了，京城安顿了，该静下心来，琢磨琢磨南边的事情了。”刘瑾说得含混。他知道，只有含混，才容易吸引皇帝。

“南边？”皇帝想了想，“你说的是南京吧？”

“正是。”刘瑾见皇帝已入彀中，很是高兴，但绝不可表露出来，“南京是我大明朝陪都，太祖皇帝孝陵所在，实是朝廷的根本。南京若不安静，朝廷亦不得安静，爷说是不是？”

“是又怎样？”皇帝有些不耐烦，“难道南京眼下有什么不安静，牵动了朝廷吗？”

“大的不安静倒没有，小小不言的不安静却是有的。老奴想，千里长堤，毁于蚁穴。对南京的小麻烦，不可等闲视之，须得有得力的人物在那里镇守，才可以高枕无忧。”刘瑾边说边观察皇帝的脸色。如皇帝的脸色稍有不对，好马上转变话题，“老奴为此事要请爷的旨。”

“那得力的人物，你心目中有了吗？”皇帝问。

“老奴想到了一个人。此人若去，南京定可无虞。只是此人在宫中，万岁爷倚为心腹，老奴也倚为臂膀，难下决心将他南调。”

“刘太监，到底是谁，你直说了吧。”皇帝不耐烦再猜。他倚为心腹的人很多，刘瑾倚为臂膀的人也很多，他倚为心腹刘瑾倚为臂膀的人虽然少些，也不是一下子就可以数得出来。

“张永张太监。”刘瑾淡淡地说。

“张太监？”皇帝有些吃惊，“他是总理神机营的太监，怎可调出？再说，你们八人是一体，朕也视你们八人为一体。”

“所以老奴在犹豫。”刘瑾说，“不过，老奴想，总理神机营，可委于他人，守备南京却找不出比张太监更合适的人了。老奴若因为与他交好而不举荐，是有负朝廷，有负万岁爷。”

“去南京，张太监愿意吗？”张永虽不掌司礼监、东厂、西厂等要害衙门，在皇帝视为一体的八人中，除了刘瑾，他最亲近、最信任的就是张永了。刘瑾举荐张永守备南京，他看不透，刘瑾打的是什么主意，也想不透，张永会是什么态度。

“张太监以朝廷大局为重，定不会推托。”言外之意，张永若是推托，便不以朝廷大局为重了。皇帝若以朝廷大局为重，也不该不准张永去南京，或准张永不去南京。

“张太监若肯去南京，朕当然要准。刘太监，你说得对，南京要一个朕信得过的人守备。”皇帝稍想一想，说，“这样吧，你与张太监商量，他愿意去，东南半壁江山，由他代朕守护，他不愿去，你也不要勉强他。”

“有万岁爷这句话，张太监定是愿去。”刘瑾说。

刘瑾说错了。张永非但不愿意去，而且执意不去；非但对刘瑾差去游说的太监说不愿意去，而且当着刘瑾的面说不愿意去，非但和刘瑾面对面地争吵起来，而且和刘瑾在皇帝面前争吵起来，以致宫廷内外，传为奇谈。

张永到得皇帝面前，经过了一番苦斗。刘瑾在与皇帝谈话的当天，就命司礼监差人向张永宣示圣旨：改任南京，即日就道。又向各宫门守军，各城门守军，各上值官校宣称，万岁爷调张永出大内，不准他再进城进宫。

刘瑾不以等闲之辈视张永，张永也确实非等闲之辈。听司礼监传旨，他已隐隐感到不妥，待听到上值官军接到的指令，更可以肯定，被人做了手脚。他在宫中这里躲躲，那里藏藏，一直不曾出宫。寻到一个机会，他径直闯到皇帝面前，顾不上叩头请安，推开挡在皇帝面前的贴身宦者，放声大哭，诉说委屈。

“万岁爷，奴才跟了万岁爷十年，不敢说有寸功，可也一日不曾偷懒，怎的一句话，就把奴才踢开了？”说到伤心处，声音哽咽，几乎说不下去。这才跪下行了礼，“若是奴才有罪，情愿在万岁爷面前请死，绝无半句怨言。”

“张太监起身。”皇帝扶了张永一下，不解地问，“谁说张太监有罪了，好没有来由。”

“奴才无罪，为何要将奴才谪去南京？”张永道。

“张太监误会了，不是谪去南京。有朕在，谁敢谪你？”皇帝解释，“南京是根本重地，刘太监与朕商议，守备南京的重任，非张太监莫属。”

果有人做了手脚。做手脚的不是他人，而是一直以兄弟相称，见了自己总面带三分笑的刘瑾。张永也曾想过，刘瑾对丘聚、谷大用，一个一个生了嫌隙，归根结底，是刘瑾见他们手握大权，心生猜忌，总有一天，也要猜忌到自己头上，却万万没有想到，刘瑾第一个拿来开刀的，就是自己。此番绝不能让他得逞，否则，无法保全自身，无法在宫中立足。

“人家是养虎遗患，我等是以虎养虎。”想起丘聚说过的一句话，真是一点不假。

“万岁爷，”张永止住哭声，问道，“要奴才即日就道，也是爷的旨意吗？”

“这——”皇帝只好说，“朕倒没想到要这样急。”

“通告各衙门，不许奴才再迈进京城一步，更遑论宫中，也是万岁爷的意思吗？”

“张太监，你听谁说的？”皇帝不高兴了，“朕信赖你，重用你，怎么听来像是恩断情绝了？”

“万岁爷的大恩，奴才永世难忘，永世难报！”张永啜泣着说，“方才奴才说的事情，绝不是空穴来风。听谁说的，为保全无辜，奴才不敢说出他们的姓名。爷说信赖奴才，就请再信奴才这一次。确是有人容不得奴才，要将奴才逐出宫中。奴才一旦离开宫阙，想报爷的大恩，只有待来世了。”

皇帝安慰他：“张太监，你不要想得太多了。朕想念你的时候，为时时召你还朝的。南京虽远，骑快马，也不过十日八日的路程。”

张永道：“万岁爷，不是有咫尺天涯的说法吗，何况南京？既有人容不得奴才，要将奴才逐出宫去，就不会容爷再召回奴才了。奴才此去，便是与万岁爷永诀。”

“你总说有人，说的是谁？可是刘太监？”在前，皇帝还看不透，刘瑾打的是什么主意，想不透，张永会是什么态度。现在看到了张永的态度，刘瑾的主意也就看透了。身边的人讲了不少八人之间的摩擦，果如张永所说，不是空穴来风。

“万岁爷圣明！”张永叩头道。

“那好，我将刘太监唤来，你们当着朕的面，说个清楚。”皇帝说办就办，立时差人请刘太监来，又差人将丘聚、谷大用、马永成等找来。

刘瑾见到张永，先自吃了一惊。他给皇帝施礼后，对张永说："原来张哥还没有动身。甚好，我正说要为你饯行。"

张永哼一声，铁青着脸，没有接话。

"万岁爷唤老奴来，可是为张太监送行？"刘瑾讪讪问道。

"送行是应该的，咱们暂且不说。朕有话问你，"皇帝看了一眼刘瑾，又看了一眼张永，说，"刘太监，朕对你说过，张太监不愿去南京，切不可勉强，你可是遵照朕的意思去办的？"

"是。老奴让司礼监向张太监宣示圣谕时，曾交代过。"刘瑾答道，"老奴并未听说，张太监不愿意去南京，还道是，张太监为纾圣虑，已日夜兼程南下了呢。"

"那好，张太监有话问你。"皇帝说开了头，退到一边，听他们二人争辩。

"刘哥，你我合力侍候了万岁爷一场，你怎就容不下我？"张永知道，要想保全，只有在皇上面前，和刘瑾撕破脸。

"张哥的话，从何说起呀？"刘瑾故作惊讶，"谁人不知，我的心中对你存着十分的敬重，不然，我怎会大力荐你去南京担当大任？我就不怕落个举荐不当的罪名吗？"

"好个大力举荐！"张永冷笑着说，"你说对我敬重，差我去南京这等大事，为何你自己不去向我宣示，却差了个小太监去？岂不是明摆着你心中发虚，不敢去见我吗？"

"张哥冤枉我了！"刘瑾说，"爷交代了两件差事，一是勘定正德以来见行条例，颁示内外，二是请张哥坐镇南京。我想，头一件事，我必须亲自操持，若有闪失，圣政蒙羞。后一件事也很重大，但张哥是明白人，体谅我为万岁爷办事，分不开身，不会见怪。谁知，竟把张哥得罪了。万岁爷，我说得不假吧？张哥，我在万岁爷驾前向你谢罪。"

皇帝不好开口。刘瑾的话，前一半不假，后一半真假一时难辨。皇帝若点头，张永便成了无理取闹；皇帝若摇头，刘瑾便成了强词夺理。他干脆不点头也不摇头，让他们再辩下去。

张永知辩刘瑾不过，但也只有硬着头皮与他理论："你说要我去南京担大任，我却说是将我流放。反正宫中只可有你，不可有我。"

"这就奇了，"刘瑾说，"差去云南、两广的许多公公，都不曾说是流放，差去南京，怎么反而成了流放？如果万岁爷肯放我去，我倒情愿有这样一个流放的机会，去守太祖皇爷的陵园。"

又是一个皇帝不能表示态度的题目。将刘瑾差去南京。司礼监交给谁主持？张永是不成的，谷大用也是不成的，难道要自己去操心不成？刘瑾没有把握，也不敢说这样的话。

“你刘哥当然不能离开朝廷，但又何苦非要我离开？”张永说，“你敢说不是容不下我吗？你若容得我，何至于要我即日即时就道？”

“我并没有要你即日即时就道。我只是交代司礼监，南京事重，张太监若是肯去守备，便请从速安排，从速赴任，以慰圣心。这话有何不对吗？”

“那么，不许我入京入宫，若敢潜入，即刻逮问，你也是不知了？”张永质问。

“我确是不知。”刘瑾坦然言道。

“在爷的面前，你也敢说谎！”张永怒不可遏，挥拳向刘瑾面上击去。这一拳若击中了，定是鼻青脸肿，无法见人。刘瑾连忙抬起胳膊招架。恰在此刻，丘聚、谷大用、马永成等人赶到了。“把他们拉扯开！”皇帝知道小太监们是不敢上前的，见了谷大用等人，便向他们吩咐。

谷大用等抱住一个，拉住一个，把二人分开。张永急红了眼，还在不住地叫骂蹦跳。

“放肆！”皇帝沉下脸，“在朕面前动起手来，成何体统？朕要你等想想，你等八人当初围跪在朕面前痛哭，是何等的局面？那次也是在这里吧？那时若你等也是彼此争斗，不能相容，甚至拳脚相见，会有今天吗？怕是你等不被杀头，也要被打发去南京闲住。听好了，是去南京闲住，不是去南京守备。你等如果在宫中不安分，我把你等一起打发去南京就是了。”

皇帝一通发作，没人敢再出声，也没人敢再动拳脚。谷大用等拉开刘瑾、张永，众人跪成一排，听皇上的训斥。

“好了，朕要你们各安其职。”皇帝的语气缓和下来，“张太监调南京之事，今日不议了。谷太监，你代朕安排酒席，为他们二人说合。”

谷大用遵旨，设一桌酒席，请刘瑾、张永及其他几位太监坐在一起，力劝刘、张二人放弃前嫌。酒席上气氛十分沉闷。但刘瑾不敢再提张永南调的事，张永也不敢再讲遭人排陷。宫中风波暂时平息。

第七十章

一名司礼监太监到了阁中，朗声说道："各位阁老都在，极好，极好。刘太监要我来向各位传宣万岁爷的圣谕：大理寺少卿周东、兵科给事中高芳办事得力，着拟旨表彰。"说着，双手抱拳，转了半圈，说了声，"有劳各位老先生了。"

"请示公公，刘太监还有什么话吗？"焦芳问。

"没有别的吩咐，只是请各位阁老用心拟旨。"司礼太监说，"务必写出朝廷的决心。"

"知道了。公公辛苦！"李东阳代众人向司礼太监致谢。送他走后，李东阳对其他阁臣说："清丈屯田，朝廷下了决心，周少卿、高给谏的事迹，哪位清楚，请讲一讲。"

杨廷和瞥了曹元一眼，意思是：清理草场，清丈屯田，与会计有关，更与军政有关，曹元自兵部尚书入阁没有几天，对此等事务，应该比别人清楚。他不讲，谁讲？

李东阳把他的一番意思说了出来："以贞先生，旨由谁拟，且不作定论。刘太监发了话，要内阁用心拟旨，我等不可轻慢。在拟旨前，须多知些周、高二人的事迹，你熟知清田之事，可否先说一说？"

"西涯公有命，下官凛遵。"曹元打着官腔说，"草场侵占，屯田锐减，确是朝廷当前的头等大事，刘太监三番五次与户部、兵部议论，获得共识。刘太监说：不丈屯田，再过十年，将顷亩不例，士卒何以为食？不清草场，再过两载，将匹马不留，边兵何以得骑？无食无骑，边防土崩瓦解，朝廷何以得安？因此，决心差官清丈屯田，清丈草场及清理粮储。周少卿、高给谏，一则紧追不舍，一则大义灭亲，堪称楷模。"

什么十年之后，顷亩不剩，两载之后，匹马不留，显是夸大其辞。但屯田、草场、粮储的问题，却是由来已久。历朝都有人提出整顿，只是没有刘太监主政以来的声势。李东阳等对曹元的夸大其词没有兴趣，他们想知道，周东、高芳到底做了些什么，值得朝廷表彰，值得刘太监向内阁交代，要用心拟旨。

高芳奉旨清丈北直隶河间府静海、盐山两县境内草场，以拨派不均之罪，论劾前任各官。保定巡抚统保定、真定、河间、大名、顺德、广平六府，于军政民政均有责任。高芳从弘治九年的巡抚起，参劾十年间四位巡抚。他们是：左副都御史高铨，弘治九年至十三年；右佥都御史张缙，弘治十三年至十四年；右副都御史王沂，弘治十四年至十七年；右佥都御史王景，弘治十七年至正德元年。朝廷从高芳之议，降旨追治，或赔补，或罚粟。工部左侍郎崔岩曾经清丈该处草场，敷衍塞责，也在参劾之列。被参劾的官员中，正德元年高铨在南京工部侍郎任上致仕，正德二年张缙在南京户部尚书任上下狱免官，弘治十七年王沂在保定巡抚任上病死，正德元年王景在保定巡抚任上以疾告退。现任官员只有崔岩一人。一次上疏，论劾高官多人，使朝野震惊。

“高给谏便是高侍郎的公子。”曹元道，“刘太监对高给谏的大义灭亲，十分赞赏。”

“难得高给谏对朝廷的忠义之心。”焦芳应付了一句，“刘太监赞赏得是，朝廷表彰得是。”

而正是这一点，比多人被参劾更使朝野震惊。有人说，高芳以子劾父，丧尽人伦，无异禽兽。有人说，高芳迎合刘瑾，残害大臣，丧尽天良。总之，在士大夫中，对高芳咬牙切齿、全力抨击者，大有人在。

内阁议事，不同于私下议论，不好说太出格的话，像焦芳那样，随便应付一句，于心又不甘，杨廷和看了李东阳一眼，说：“一句敷言塞责，不知对崔侍郎怎样处置？”

“不会有处置。”焦芳很有把握地说。

“守静先生为何这般肯定？”杨廷和问。

“你想一想崔民瞻的经历就知道了。”焦芳说。

崔岩，字民瞻，曾以右副都御史历大同巡抚、陕西巡抚，以工部右侍郎总理河道。若说崔岩的经历，任河道总理一职，颇有些影响。因为在他之前，河道总理都是临时差派，十年八年不设是常有的事。自崔岩之后，该职成为常设，并往往以河道总理，兼督军务。但焦芳说的经历，显然不是指这一段。其实，崔岩在巡抚大同之前，曾任河南左布政使，杨廷和若想调侃一下焦劳，可以问一句：“是否崔侍郎曾任河南的父母官？”但他并不想调侃，于是说：“守静先生是说，崔侍郎曾巡抚陕西吗？”

谁都知道，自康德函为张敷华说项以后，刘太监对现任的陕西父母官，或曾任职于陕西的父母官，多了几分敬意。其职权最重者当然是陕西巡抚。杨廷和说的就是这一点。

"崔民瞻自大同不改抚他处，偏偏改抚陕西，也算是他的造化。"崔岩是湖广郴州人，焦芳近两年与李东阳不和，提起湖广人，就阴阳怪气，好像每挖苦一个湖广人，就是挖苦了李东阳。虽然他也知道，李东阳虽祖籍湖广，却并无很深的地域之见，对湖广士人也并不特别深交。

李东阳不理会焦芳的阴阳怪气，自言自语地说："朝廷或不会处置崔民瞻，但崔民瞻也不会安居其位，他一定要请致仕的。"

"西涯公又为何这般肯定？"杨廷和把握着话题，这边问一句，那边又问一句，好似对崔岩其人有着极大的兴趣。

"或许也是因为他的经历吧。"李东阳含混地说。他的意思是崔岩任过陕西巡抚，知道刘瑾对曾任陕西巡抚的他会有所关照，但他不愿意接受刘瑾的关照。这一层意思，李东阳不明确说出，别人就不好妄加推测；或根本没有听出他话中的这一层意思。谁知崔岩不久果然致仕。

"二公高见。"杨廷和说，"看来，我等不必为崔侍郎的前程多动脑筋了。"

"他的前程本就无须议论。"焦芳不高兴地说。

"守静先生说的是，本就无须议论。"李东阳向曹元说，"以贞先生，请你讲一讲周少卿吧。"

于是，阁中进入另一个题目的讨论。

去岁十二月中，差官往各处清丈屯田。考虑到差官品秩不宜太高，也不宜太低，选的是第二等衙门的副堂上官或第三等衙门的正堂上官。正四品的通政司左通政从兰往延绥，正四品的大理寺少卿周东往宁夏。正五品的尚宝寺卿吴世忠往蓟镇，依此规格派出一批官员。吴世忠，字懋贞，江西金溪人，弘治三年进士。他到蓟州以后，发现清丈一事不如想象中那样容易，上疏言道："占种盗卖，积弊已久，若一一究问，恐人情不安，请量为处分。"他持较为现实的态度，内阁拟旨，从之。

周东在宁夏则是另一套做法。他和宁夏巡抚安唯学一起，将历年屯田与现有屯田，历年屯粮与现有屯粮，一一比照，如有不符，即将有关军官士卒提审，施以严刑，甚而对军官士卒的妻子进行刑讯。他到宁夏两三个月，丧失的屯田查出半数。也有人说，并非查出了失额屯田，而是用"溢额"，也就是虚报的办法来充数。周钦差和安巡抚逼迫高级军官，高级军官逼迫下级军官，下一级军官逼迫屯卒，一层层压下，以五十亩作为一顷。在宁夏清丈屯田的后果是，整个宁夏镇动荡不安。

"吴懋贞的奏请，朝廷不是准了吗？为何表彰的不是吴尚宝，而是周少卿呢？"杨廷和提出疑问，"西涯公，拟准吴懋贞，是出自中旨，还是内阁拟的，我都有些记不清楚了。”

李东阳知道他在装神弄鬼，也故作正经地说：“介夫先生，是由内阁公议拟定的。”

“那我就不明白了，吴懋贞请准的是量为处分，周少卿却在严刑逼供，今日表彰周少卿，不等于说昨日之旨不对吗？”杨廷和说。

焦芳驳他：“昨日之旨没有不对，表彰周少卿也没有不对，这本是二事，不是一事。”

“在下愚钝，还是不懂，请守静先生教导。”杨廷和向焦芳作了个揖，说道。

“吴懋贞在蓟镇，周少卿在宁夏。吴懋贞的奏疏，是就蓟镇而言，朝廷准他奏请，也是就蓟镇而言。周少卿在宁夏，当然不受约束。”焦芳言罢，故意问李东阳，“宾之兄以为如何？”

“孟阳兄说的是。”李东阳不失常态，“然细想起来，还是有些不妥。譬如，有人说，周少卿在宁夏，以五十亩为一顷，而吴尚宝在蓟镇，以一顷为一顷。若准吴尚宝的奏请，则宁夏五十亩为一顷不对。若表彰周少卿，则蓟镇一顷为一顷不对。其中是非，还是须分辨。总不能说五十亩为一顷不错，一顷为一顷也不错吧？孟阳兄又以为然否？”他不动声色地刺了焦芳一下。

“周少卿五十亩为一顷，宾之兄也是耳闻，并未亲自去丈。”焦芳说：“为何只说周少卿以五十亩为一顷，吴尚宝以一顷为一顷，而不说周少卿以一顷为一顷，吴尚宝以二顷为一顷呢？或许吴尚宝的量为处分，便是二顷为一顷。”

这番话有些分量，不易辩驳。李东阳愣了愣，说：“如果吴懋贞真的以二顷为一顷，朝廷前次准其所奏，终究是办错了。”

“朝廷之旨错了，也是我等受了吴懋贞的蒙骗。江西又会出什么好的官员？”焦芳一下子又泛泛地责备起江西籍官员，并且毫无必要地加上一句，“况且，他还是弘治六年的进上。”

李东阳说：“守静先生记错了，吴懋贞不是弘治六年的进士，是弘治三年的进士。”

焦芳也是一愣。他眨眨眼，问曹元：“以贞先生，吴懋贞怎能是弘治三年进士呢？”

曹元记得，吴世忠确是弘治三年进士。但如实说了，焦阁老面子上不好看；而坚持一个明明错了的说法，来为他圆场，又犯不上。他挠挠头，圆滑地说：“究竟是弘治三年，还是弘治六年，我不记得了。”

“弘治三年也好，弘治六年也好，总之是江西籍士人可杀者多。”焦芳就势又回到他的说法上。

“江西籍士人可杀者多也好，可用者多也好，我们不必去议了。”李东阳说。如果说，高芳一事，是杨廷和有意地避开主题大谈枝节，那么，周东一事，便是焦芳无意地引出一个很无聊的话题。李东阳不欲与他争辩，转向杨廷和，说道：“介夫先生，拟旨表彰，要借用你的大手笔了。”

“西涯公的吩咐，我不敢推辞，若焦大人、曹大人不反对的话——”他停下来，看他们的反应。这种旨，真有些难拟，他不忍李东阳为之劳神。那两位要是抢过去写，却是再好不过了。李东阳要他来拟，大概是怕那二人有过分的言辞，引起更大的混乱。其实，他们想怎样写，就怎样写好了。朝廷上朝廷下已乱成一片，再乱起来，也无非是乱上加乱。

曹元入阁一个多月，从不拟旨，当然不会去抢。他说：“介夫先生拟的旨，多合刘太监的心意。此番拟旨，更是非你莫属。”焦芳近来老眼昏花，纵欲执笔，也是心有余而力不足。他说：“杨大人偏劳吧。”

杨廷和将拟好的稿子送中书房誊写，返回后，见李东阳还呆坐在阁中。他轻声唤道：“西涯公，天已晚了，还不回去吗？”

李东阳说：“不知怎的，忽然想到了兆先。”

杨廷和知道，李东阳对他这位长公子甚是钟爱，而李兆先虽然聪明，却又不争气。此刻想起死去多年的儿子，或是因高芳而起。“西涯公不必伤感，有子若芳，不若无子。”

李东阳摇摇头，似有许多苦闷：“介夫先生，我心里乱得很，你陪我坐坐如何？”

“好。”杨廷和应着，在李东阳对面坐下。

“我想起兆先，或许真是因为高给谏。”李东阳承认，杨廷和所料不错，“兆先早逝也好，若活到今日，也过了科场这一关，依他的性情，真不知成了什么样子，说不定，比高给谏更甚。”

“不会的。”杨廷和劝慰他，“兆先世兄是顽皮了些，但与高某不是同一类人，大节上不会有亏。”

“介夫，你不知道，我是反过来在想：这位高给谏真是行错了吗？如果高侍郎做了损害朝廷的事情，高给谏是该纠劾其父呢，还是该为亲者讳呢？想了许久，我自己也把握不定了。”杨廷和不作声，李东阳又说，“周少卿丈田一事，我与守静先生，辩了许久，我现在也拿不准，到底是我对，还是他对。守静先生质问：为什么不想一想周少卿以一顷为一顷，吴尚宝以二顷为一顷，问的并非全无道理。我不是说，吴懋贞真是以二顷为一顷，只是说，或许吴懋贞量为处分，太过姑息了？朝廷准其所奏，也是太过姑息了？毕竟，朝廷有那么多的土地丧失了，毕竟，朝廷丧失了那么多的土地是很危险的。”

杨廷和玩味着李东阳的一番话，也有些茫然。但他很快又回到原来的思路：“西涯公，你与守静先生争的，不是吴尚宝与周少卿二人孰是，而是二人孰非。量为处分或许有姑息之嫌，而以溢额增加屯田之数，肯定是大谬。时势不同，处置也不尽同。若在他日，可以恢复田额为本，而在今日，须以安静为本。数年以来，改变甚多，有许多改变是说不出是非的。而改变的结果，却是朝野震动，天下骚然。周东所为，可有两说。一说他丈出了失额的屯田，却是用的严刑酷法。一说他丈出的失田只是溢额。前一说实，则他是实心为朝廷办事；后一说实，则他为迎合朝中权贵。但不论哪一说是实，以他的作为，定使朝野更震动，天下更骚然。他与吴懋贞之是非，便定于此。西涯公，周少卿受朝廷表彰，必然变本加厉，宁夏怕有大乱了。”

“介夫先生说的是，宁夏局面，实是可虑。”李东阳如梦初醒，幡然而悟，“介夫大彻大悟，朝廷的安宁就寄于你身上了。”

“西涯公谬奖。想来，我也只能落个有所见识而无所作为的下场。”杨廷和对自己的前景并不乐观。

“不然，有见识便有作为。”李东阳反而振作起来，“介夫先生，宁夏的局面可能扭转？”

“但愿宁夏无事，你我不过是杞人忧天。”杨廷和沉吟着，“宁夏有难，怎样弥祸于未起，我也拿不出主张。西涯公，应宁先生在西北经营多年，何不向他请教。”

“哎呀！”李东阳一拍书案，说，“我怎忘了此人！”

第七十一章

三月二十六日，孙纯约了何锦，匆匆去安化王府拜见朱寘𬭎。孙、何二人，一喜在心里，一忧在脸上。朱寘𬭎开门见山地说："何将军，你们拖欠钱粮数多，追征紧迫，人心慌乱，正可乘此时机，将前者所谋大事举行，想来人无不从。景文，何将军与周、孟、二史四位将军都已经笼络了一些人，大家约定时间，一起下手吧。"孙纯说："老王爷，半年来时势大变。孟彬、史连，在卫日浅，不识兵事。晚生想，须得何、周两位将军再拉拢几位得力的人手，方好举事。"

"只怕其他人素无交往，一时不易说动。"朱寘𬭎说。

"我与孙先生计较过了，"何锦说，"如指挥丁广，千户杨泰、陈宗、胡济、王弼，百户魏镇、陈贤、朱露、姚铎、雷英、李英、李禁、刘钺、胡玺等人，均遭周东那厮辱骂责打勒索，心怀激愤，易于纠合。他等或系掌印，或系管屯管队，说动一人，便可有一支队伍。"

孙纯接着说："我和何将军先将他等邀至我家中饮酒，晓之以动之以利，看他等是何主张。如果他等愿意随老王爷起事，再引他等来府上拜谒，以策万全。"

"如此甚好！"朱寘𬭎说，"二位先去账房，将现有银两尽数取用，再想办法动用宁夏仓库、银库。本王深知，要成就大事，动之以利是不可缺少的。"

"另有一人，也可派上用场。"孙纯又说，"老王爷可请夏仪宾与他计较。说动了他，宁夏城便有了外援，不再是孤军。"

"你说的是哪一位？"朱寘𬭎一时想不起来。

"老王爷怎忘了，此人在府上叨扰多时，老王爷对他恩重如山。"孙纯提醒说。

"原来是他！"朱寘𬭎高兴地说，"想不到昨日积善，今日收功。"他们所说的千户徐钦，曾犯过失，发配去平虏城充军。徐钦因与王府校尉史成有些交情，躲进了王府。朱寘𬭎很是与他些方便，并在宁夏卫帮他说话，将案子了结。后来，他仍去了平虏城，却不是发配，而是被委派去管军。据说，他与手下百户、舍人多人结为兄弟。众人信服他，愿为他出死力。

“好，我让夏仪宾去一趟平虏城，说动徐千户，与宁夏城里应外合，成掎角之势。”朱寘鐇又问，“周将军为何不与你二人在一处？”

“姜总兵唤他去议事。”孙纯说。“我想，这是个好机会，嘱他留意姜总兵那里的举动，如果方便，不妨游说一番。但切不可草率行事。”

“周将军到了总兵衙门，于本王举事大有裨益，真是事事顺遂呀！”兴奋之余，朱寘鐇想到另一件事：“景文，军中的事情，你可多管，也可少管，有一件事情，却是你的本分，你不要忘了。”

“晚生晓得。”孙纯说，“讨贼檄文，我正在酝酿之中，写好了，再送与老王爷审定。”

何锦说：“孙先生的檄文定是好的，像陈琳骂曹阿瞒的檄文一样，让刘贼看了出一身冷汗，他有偏头疼的病，你也为他治好了。”

“我不要你骂好他的病，你如果一纸檄文骂死了他，便为本王立下第一大功。”朱寘鐇说。

“骂病他则可，骂死他不行。”孙纯说，“刘贼在，起兵才有名，刘贼在，老王爷的大事方可成功。”

孙纯宅室不大，搬出去许多家什，才摆下两张桌子，将丁广、杨泰等人安置下来。帮他招呼军官们的是何锦和孟彬。桌面上七碟八碗摆了些菜肴，每人面前斟好了酒。丁广、杨泰等有脸面的人物，用的是酒盅，其他人则用大碗小碗盛酒。三个东家殷勤给众人布菜。

“请，请！”酒过两巡后，孙纯端盅起立，“在下知道各位近日都受了些惊吓，今日特备薄酒，为各位压惊。咱们菜就只这些，酒却管够。”

“景文先生盛情，却之不恭。”丁广对手下的千户百户们说，“来，大家痛饮。”

“有句话或是不该问。”孙纯待大家饮干了盅中碗中的酒，不慌不忙地说：“各位亲身受够了周某人、安某人的气，连累妻儿老小都受凌辱，日后还不知怎样，难道就不做个计较吗？”

“周东那厮是朝廷派来的，要怎样便怎样。我等是案上鱼肉，又有什么计较！”千户杨泰说。

“谁说不做计较？”千户陈宗则是另一副腔调，“在座的都是七尺男儿，谁能忍得下这口气？我等只是不知该怎样计较。”

其他人议论纷纷，声音都很小。丁广说：“景文先生，我知你一向有城府，又是郡王爷府上的常客，对你很是信服。你眼看着咱们受苦，不能不出手相助。你替我等做个计较吧。”

孙纯说：“周某人成日向你们要地要粮要钱要马，比较屯田屯粮，你们若甘心忍受，我一句话也不多说，喝过了酒，各行各的路，大家一日一日挨下去，看何日可了。你们若是不愿意忍受，何不将狗官杀了，斩草除根，永绝大患？”

众人中又起了一阵议论。丁广喝道：“尔等听孙先生说罢，再作议论。”

“我知你等在想什么，”孙纯说，“你们心中一定在想：妄杀朝廷重将，妄杀钦差大臣，不成了谋逆吗？”众军官有的点头，有的应是，有的则若有所思。“大家如果就这样去杀了周钦差，杀了安巡抚，杀了李太监，杀了姜总兵，诚是谋逆。而换了一种方法去杀了他等，不但不是谋逆，反而有说不尽的富贵。丁将军说，我孙某人是郡王爷府上的常客，他说的不错。有一件事，他应当知道，各位也应当有所闻，那就是，安化老王爷当坐天下。大家若肯扶立老王爷为主，必成大事，必得富贵，却不强于被周某人、安某人要钱要粮，吃打受辱？”

屋内顿时静了下来。何锦、孟彬紧张地注视众人情绪的变化，孙纯和二人约定，如果有个别人不从，应立时动手将他杀了，以震慑他人，如果多数人不从，应护着孙纯走脱，直奔安化王府，再作计较。

众人面临一个重要的选择，也很紧张。他们平日听惯了丁广的指挥，此刻，也要先看丁广的态度，再决定进止。

丁广焉能不知，人人都在看着他。他端起酒盅，一饮而尽，毅然说道：“朝廷有刘瑾，宁夏有周东，哪里还有我们的出路！郡王爷要打天下，我丁某愿为马前卒。”一锤定音，屋内立即响起一片欢腾喧闹之声。

大家叫喊够了，孙纯问道：“何将军，丁将军，现在人马有了，我们的第一招棋该下在何处？”

丁广说：“擒贼先擒王，将三堂官收降或杀了，便不难掌握宁夏全境。”宁夏是军镇而不是省，三堂官不是指三司，而是指巡抚、镇守太监、总兵官。一镇的军政大权握在他们手上。

“丁将军有见识，一下说到了要害处。”孙纯赞道，“收降或杀掉三堂官，最好是将他等诱入安化王府。此事我与老王爷安排。丁将军，各位将军，你们手下都有一拨弟兄，须得事先安顿好，也像今日一样，请他们喝酒议事，大家一条心，保老王爷夺得天下。待解决了三堂官，你等便扯旗响应。日子嘛，”他想了想，说，“就定在下月初五吧。新镇守太监下月初到镇，那日以接风为名，将三堂官，还有周东那厮，一起诱入王府。”

姜汉世袭锦衣卫指挥使，去年，官拜副总兵，以都督同知衔，佩征西将军印，镇守宁夏。周昂奉军令入见，心怀忐忑，不知是安化王府的事发，还是另有他事。

“周指挥，你是干练之人，现在正是你立业的时机，千万不要错过！”姜汉一见周昂便说道。

周昂心中更慌，说起话来声音都有些颤抖：“下官努力办事，还靠都督提携。”

姜汉平素就有威严，下官都有些怕。对周昂的异常声音，他并不在意。“眼下地方不靖，时有贼人出没，”他说，“宁夏虽处偏远，但有王府在，天潢贵胄，不容出差错，我欲在夜不收中挑选精锐，组成一队，由你统领，遇有警号，便作前哨杀贼。军情紧迫，你就去办吧。”

不是为王府发难事，而是为保护王府事，周昂听了，大大松了口气，心中甚喜。他的指挥一职，是纳银捐升的，手下并无军马。有了姜总兵的军令，便可堂而皇之地招兵买马了。

夜不收本就是军中的精锐，负有巡逻侦伺之责。在精锐中挑选精锐，是想也想不到的好运气。从三月二十九日至四月初三日，周昂选得夜不收申居敬等六十人，独成一军。他选人的标准，当然不只看功夫，还要看贴不贴心，对不对脾性。六十人，是一个一个谈了话的，对他们所想，心中了然。周昂用从总兵府拿到的赏银请众人来聚，关了大门喝酒。喝至兴头上，他也是孙纯那一番话：“上司追讨你们欠的马钱甚急，今日又该计较。人说安化王爷有福相，你众人肯跟我扶助他为主，得了天下，众人都做大官，不再受狗官们的气了。”

“周指挥与安化王爷可有联络？”有人问道。

“便是他让我请你等，共起大事。”周昂说。

“既如此，还有什么好说？周指挥是条好汉，我等都愿追随，干大事业。”众人欣然应承。

周昂当即取来线香一把，令各人拈香说誓，又各饮酒三盅。席散，周昂要众人回家候讯。

孙纯和何锦知道此事，也甚是高兴。孙纯对周昂说：“这六十人，以后便是老王爷的亲军，周将军便是亲军指挥。还有一人，须拉拢过来。指挥张钦，乃管夜不收的把总官，夜不收都听他的话，若不用他，恐有后患。”

周昂点头道：“孙先生想得周到，我来想办法。”他与申居敬等三、五名最贴心的夜不收合计，把张钦诓到家中，晓以利害。张钦也是受了不少委屈的人，一拍即合，答应一并起事。

五月初五日，朱寘鐇与孙纯布置好两拨军士：一拨由何锦、周昂、丁广等率领家人伴当、手下军士及六十名夜不收，把守住城内各主要巷口；一拨由仪宾夏琳、韩廷章、高嵩，王府千户王环，王府校尉史成及孟彬等率领，在殿内埋伏。孙纯命内使姚玉、施英、田成、韩宣、王堂五人："你等随侍在老王爷身旁，一步也不可离开。"布置就绪，令百户魏镇去请三堂官和钦差周东。里里外外的人中，孙纯发现，魏镇最有灵性，临事不慌。差他去请，遇到盘问，不至于露出破绽。

魏镇回报："姜总兵、李太监、邓太监随后就到，安都堂和周少卿推说有事，不能前来，他日得闲，再向王爷谢罪。"李太监是新到的镇守太监，邓太监则是旧的监枪太监。

第一步就出了岔子，朱寘鐇问孙纯："怎样？"

孙纯说："不妨，三堂官来了两人，先将他们处置了，再去处置安巡抚和周钦差。"

朱寘鐇依言将姜汉等人延至府内，各就主宾之席。主人频频劝盏，热情之极。他心中盘算：两名太监，从与不从，无大妨碍。姜汉若从，便可尽得一镇之兵。想到此，对姜汉说："将军积功，镇守一方。听说朝廷差来的官员将不利于将军，本王甚是不平，愿为将军讨回公道。"

姜汉一愣，察觉今日之宴不是寻常之宴，遂道："谢王爷关怀，我只知为朝廷效力，保国家疆土，便是受些委屈，也不放在心上。"说着，将酒泼在地上，厉声道，"人臣怀二心，有如此酒！"

话不投机，再说不下去。何锦、周昂、丁广等率人闯入府中，夏琳、孟彬等也从殿内冲出，将姜总兵、李太监、邓太监团团围住。姜汉将银盏掷向朱寘鐇，朱寘鐇闪过，何锦挥刀向姜汉砍去，姜汉空手格之，被砍断二指。他捂住伤手，怒声骂道："朝廷何负汝等，乃为此灭门之事！"丁广、魏镇不容他再说，一人一边，手起刀落，将他砍倒。何锦见他不死，又在他头上补了一刀，他这才气绝。同时，高嵩等人将李太监砍死，杨泰等人将邓太监砍死。王府殿上，躺倒三具血肉模糊的尸首。

随后，何锦等率军士冲入巡抚衙门，安唯学与周东二人正对坐谈话。众人见了仇家，分外眼红，呐喊着杀将过去。宁夏卫都指挥佥事杨忠也在堂上，见状，仓促间拔不出剑，以身挡上前去，骂道："大胆贼人，敢犯上吗？"丁广也不答话，一刀将他砍死。众人乱刀将安唯学和周东砍成肉酱。

“宁夏城已为老王爷掌握。”孙纯说，“他事皆不足虑，只有一事，我放心不下。”

“景文总是筹算在前，却说是何事？”朱寘鐇问。

“将门常有虎子。杀了姜总兵，千万不可留下祸根。”孙纯放心不下者，是姜汉尚有后人在。

朱寘鐇对将门出虎子的说法深有同感。姜汉之子若是逃脱，为报父仇，必然拼命，就算大事告成，也说不定会被他刺杀。想到此，不寒而栗。他问孙纯：“景文，你看遣谁统兵剿杀姜门？”

孙纯还没答话，朱寘鐇身后闪出一人，乃是百户韦臣。韦臣道：“王爷，小人愿往。”

朱寘鐇知他能干，问道：“你要带多少人马？”

韦臣说：“三五逻卒足矣。”

“此事重大，你不可大意。”孙纯嘱咐他。

“王爷的事，小人不敢大意。”韦臣说，“我获得一人，是姜总兵以前的老奴，名叫高老，对姜总兵府上的情形再熟悉不过。有他引路，保证姜府一只鸟也飞不出去。所以小人说，三五逻卒足够了。”

朱寘鐇和孙纯大喜，命韦臣带领一队逻卒，押解着高老，速去姜宅。韦臣等进了姜总兵宅邸，逢人砍杀，门役、厨子、丫环，无一放过；逢物抢夺，金银、首饰、衣物，均不遗弃。忙乱中，韦臣忽不见了高老，正在疑惑，见他从厨房慌慌张张出来，便迎了过去。

“高老，你去厨房做甚？”韦臣问。

“大人，军爷们忙了一气，肯定是又渴又饿，我想找些吃的喝的，孝敬军爷们。”高老说。

“你倒是很懂事，知道军爷们该吃该喝了。”韦臣冷笑着说，“厨房里有没有吃的喝的呀？”

“小民进去摸了摸，灶是冷的。什么吃的都没有。想必是总兵老爷去王府赴宴，家中不起伙了。”

“东西找不到，人找到了没有？”韦臣问。

“什么人？”高老惊恐万状。

“姜奭呀。你以为咱们来了，是为杀那些下人吗？告诉你，我讨了差事，是为了见姜公子。”韦臣说。

“他是公子，怎会来厨房？”高老说着，向门口挪了挪，似是想把门口堵住。

“你闪开吧。”韦臣一把将他推倒，“有人没人，我都要看看。”不一会儿，他拍着手上的灰尘，从厨房内走出，对高老说：“老家伙，你不讲实话，怎叫什么吃的都没有？没有热菜，冷肉是有的，没有热饭，冷馍是有的。冷肉冷馍，我的弟兄不能吃吗？可你也讲了一句实话，屋内果然无人。能藏住人的，只有那口米缸，我伸进手去搅了搅，全是大米，没有人。姜总兵已死，找不到他的儿子，回去如何交差？”

高老心里明白，他已经看到了姜公子。姜公子就藏在米缸里，是他帮助藏起的。韦臣说米缸内无人，不知何意。他试探地说：“小民听说，王爷有令，献姜公子者，赏千金，官千户，小民预为大人贺。”

韦臣说：“怎么，你要将你家公子献出吗？我看你到了地下，有何脸面见你旧日主人。你再不知礼义，搜孤救孤的故事总听人讲过吧？”

高老断定韦臣是诚心维护公子，这才牵着他手，再进厨房，把姜奭唤出来相见。

韦臣向姜奭抱拳言道：“姜公子，令尊是朝廷忠臣，我十分仰慕。我请命来府上，便是想冒死救你脱险。我必须回去复命，免得王爷和孙先生起疑心。高老，护送公子是你的责任。我看后院中有牛车，我等走后，你将公子藏在车上，以草盖覆，速速逃出城去。”说罢，不容姜奭拜谢，转身出门，在外集齐逻卒而去。

高老依言，赶着牛车出城，一路上还算顺利。离得城远了，请姜公子钻出草垛。

“高叔叔，我们是向哪里去呀？”姜奭问。

高老暗叫糟糕，本想去河上，投靠姜公子的岳丈阎将军。现在走迷了路，不知到了什么地方。二人正在焦虑，迎面走来一人，是姜府的家仆姜禄。他奉总兵之命，送礼与亲家，逃得一命。主仆旧识相见，说起府上的遭遇，各自悲哀不已。正在这时，后面又追来一队逻卒。姜禄低声说：“公子休慌，到前面路口左拐，可到河上。”他拜别公子，握了握高老的手，转身向逻卒迎去。他对逻卒的头目说：“我是姜总兵的公子姜奭，听说安化王爷正在找我，你们带我去见他吧。”高老知姜禄此去必无生还，忍住悲痛，赶着牛车，投奔阎将军去了。

第七十二章

李东阳还没有接到杨一清的回函，先知道了宁夏的变局。杨廷和递给他一份抄录的文告，说："日前的谈话不幸而言中，这是黄鸣玉呈入的伪檄文，我抄录了一份，请西涯公看一看。今日怕要为此而忙碌了。"

延绥巡抚黄珂，字鸣玉，去岁十月到任，至今不过半年，得知宁夏变乱的消息，派人飞报朝廷，并附上了安化王"请清君侧"的檄文。

李东阳读那檄文：

近年以来，主幼国危，奸宦用事，舞弄国法，残害忠良，蔽塞言路，收集凶狡，封拜侯伯，掊敛民财，籍没公卿，屡兴大狱，罗织无辜，肆遣官校，胁持廷臣。致丧天下之心，几亡神器之重。特兹晓谕官军人等，仍保守疆界，听候调用。各镇军马数目及地里图籍，宜即賫至，敢抗者弗贷。

读罢，李东阳先有一些快意，甚至想到了，如果由他执笔，该有哪几处文字要改正。但这只是瞬间的反应，接下来的反应是焦虑。毕竟，宁夏变乱，反的不只是刘瑾，也是对着朝廷。作为朝廷首辅，平息变乱，安绥地方，责无旁贷。

屈指算算，已是十六日，距宁夏城中的杀戮，有十余日了。如果宁夏城中有人告变，消息会到得快一些，宁夏没有消息来，说明形势险恶。黄珂得到消息，再核实，自然要晚些时日，今日朝廷才有警报，不足为怪。

"介夫先生，宁夏是变乱，是大逆，这点没有异议吧？"李东阳问。

"藩王拥兵自据，戕杀朝廷命官，四下散发檄文，当然是大逆，毋庸置疑。"杨廷和说。即使心中对檄文的内容有几分赞同，在现在的形势下，也绝对不敢说。

"那么，于讨逆之事，要有所准备了。"李东阳说。既然是大逆，朝廷一定要讨。

事体重大，刘瑾在左顺门召集阁部大臣及勋戚大臣会议，到者二十余人。刘瑾脸色严峻，不露一丝笑意。与会者皆肃然就坐。

“西涯先生，”刘瑾照例先招呼首辅，“安化反逆，圣上十分震怒，此事一定要宣告天下，对逆宗一定要处分。请先生辛苦，亲拟诏书。”

“臣遵照圣意拟旨，”李东阳说，“臣以为，安化王反形已露，当革其王爵，不知合圣意否？刘太监和各位大人以为然否？”诏告天下，这一条是最要紧的，只有确定下来，才好成就全文。而亲藩革爵，不是大臣所能裁定的，李东阳必须问清楚。

“既然反形已露，当然要革爵。”焦芳平日持议每与李东阳相左，今日却不能持异议了。

“各位的意思呢？”刘瑾环视左右，问道。众人自然纷纷响应。刘瑾道：“好，我将廷议结果奏明圣上，请圣上亲裁。”

下面要议的，是如何安抚宁夏。吏部尚书张綵首先说：“宁夏巡抚、总兵、镇守太监俱已遇害，下官以为，朝廷须得即刻安排官员继任，方能安靖一方。”

“西麓有何高见？”刘瑾问他。

“巡抚一职，不如复旧。”张綵显然是有备而来，胸有成竹地说。他说的复旧，是前宁夏巡抚马炳然仍回宁夏。马炳然去岁十二月以忧请去，朝廷不准，命改陕西巡抚，而罢陕抚黄宝。又升陕西左布政使安唯学巡抚宁夏。安唯学奉旨即赴宁夏，与马炳然交割。而马炳然尚未与黄宝交割。张綵建议：既然陕西、宁夏俱多事，应以马炳然、黄宝各仍旧职，免得临乱易人。这倒是个两便的办法。

杨廷和说：“前次命马思静改抚陕西，他还未赴命，恳请允归。现在再命他回宁夏，怕他还是要辞。”马炳然字思静，是四川内江人，杨廷和想为同乡说一句话。

“朝廷用人之计，不容坚辞。”刘瑾说，“西麓的主张很好，黄宝仍抚陕西，马炳然即还宁夏，他即使一时赶不回宁夏，朝廷有此宣布，也可稳定民心军心。”一经刘瑾裁决，便不须再议了。他问：“宁夏总戎，谁人堪任？”

军职选授是兵部的事，兵部应先有个意见，但大司马频频易人，尚书胡汝砺二月任，三月去世，王敞由兵部左侍郎升任，还不到一个月，加上对今日会议没有准备，竟说不出话来。

刘瑾的脸色又阴沉下去，眼看要有一场发作。李东阳不愿大家的情绪因他的发作而受影响，代王敞答道：“尚质尚书复旧的主张，稍作改变，也可延用于总戎之任。”

“怎么？”刘瑾的印象里，三边的几位总兵，近期并没有变更。既无变更，何来复旧？

李东阳解释说：“姜总兵被害，副总兵杨英、游击将军仇钺尚在，何不以杨英升总兵，以仇钺升副总兵，再升兴武营守备保勋为参将，命他三人共图安化？”李东阳在会议前，仔细研读了黄珂的奏疏，向兵部和五军都督府查询过宁夏各将的情形，说起来头头是道，在场各人多点头称是。

刘瑾有些犹豫：宁夏的将领，若不肯从乱，必被安化王杀害，安化王没有杀害的，便有从乱之嫌。他说："马炳然虽是宁夏旧抚，事变时却不在宁夏，与安化王无染。宁夏诸将变乱时均在，他们的去从难测。如果他们在安化事变中有份，以贼讨贼，不成了笑谈？"

"刘太监担心仇廷威从乱吗？"李东阳问。

"不只是担心，"刘瑾说，"京中已有仇钺从乱的传言，临阵用将，朝廷须得慎重。"

"我断定仇廷威绝不会从乱！"李东阳自信地说，"他由总旗之子，积功升至游击将军，朝廷待他甚厚，他怎会与何锦、周昂等鼠辈为伍？"

仇钺字廷威，南直隶江都人，祖先是总兵府中的佣卒，适总兵意，被总兵收为舍人，任总旗。仇钺是总旗之子。总旗在百户之下，根本算不上军官，类似文职中的吏。而游击将军仅在总兵官、副总兵官、参将之下，没有定员，也不定品级。国初，游击将军多有充任都督者。后来，失其显赫，但与总旗之类的军吏相比，不可同日而语。

见刘瑾仍在犹豫，李东阳接着说："即便仇钺真与安化有瓜葛，朝廷任用仇钺，安化定会生疑，可收间敌之效。刘太监何乐而不为呢？"

李东阳是纯粹的文人、纯粹的文臣，却也懂得用间，使刘瑾大出意料。他说："西涯先生说到间敌，倒是一条妙计，就依先生，杨英升宁夏总兵，仇钺升副总兵，但保勋绝不可用。"

"却是为何？"李东阳并不一定要用保勋，只是想知道刘太监的想法。如有可能说服他，当然更好。

"保勋是安化府的姻亲，怎可用他。"刘瑾说。

李东阳说："正因保勋是安化府的姻亲，才更要用他。"他为人向来谦和，此时却是不容辩驳的口气，无形中便有了种威力。

曹元抢在刘瑾之前问道："这是为何？我却有些不懂了，请西涯公赐教。"

"宁夏一镇，守备而下与庆王府，与安化府，与庆府中其他郡王府，联姻者不少。安化属庆府，庆府及庆府中其他郡王府，皆自恐惧，深怕受累。与之联姻的诸将，也自恐惧，深怕受累。用保勋，彼等疑释，必心归朝廷，效命疆场。不用保勋，彼等疑心更甚，或持两端，或作壁观，甚或从乱。用保勋，不用保勋，自朝廷观之，其事甚小；不用保勋，尚有他将可用。而自宁夏诸将观之，其事甚大；用一保勋，可收诸将之心。所以我说，正因保勋是安化姻亲，更要用他。”李东阳向众人说了一番道理，问曹元，“以贞先生以为然否？”

曹元不敢作答，扫视了刘瑾一眼。刘瑾说：“好吧，西涯先生力言保勋当用，就用他为参将吧。”

巡抚、总兵确定下来，镇守太监和监枪太监等须由司礼监举荐，与众人无关，谁也不提。

“朝廷这边该有何动作，请各位大人畅言。”刘瑾把话题从宁夏拉回朝廷。所谓朝廷做何举动，即谓朝廷要不要派将派军。

“自弘治十年以来，西北以陕西三边总制辖制各军。但才都宪殉难后，尚虚其位，宜速选派。且宜出动京营，亦以该员总制。”王敞说。议论展开，他渐渐自如，不似初时拘谨。

“是。我看也该差人整理西北的边务。”刘瑾表示赞同，“王尚书，你看可差何人？”

王敞半喜半忧。喜的是刘太监欣赏他的建议，忧的是他心目中有一人选，怕刘太监就不那么欣赏了。本想由别人提名，但刘太监问到他的头上，又不能不答，“应宁先生经营西北日久，熟悉边情，下官以为，可定宁夏之乱。”

“不妥！”焦芳立即说，“杨应宁在西北有大过失，不宜再起用。”他一直不开口，是因为没有应和刘太监的机会，现在终于有了机会。

杨廷和说：“杨应宁在西北，功大过小，已有定论。放他南归，是朝廷恩准的，如他过大功小，或罪不容赦，刘太监怎会放过他去？”

“那是司礼公的宽容，并非他的过小。”焦芳分辩说。

刘瑾想起当初王鏊、李东阳为杨一清申辩时的话，心机一动：此人治边确有一套见解，用人之际，应释前愆。想到此，说道：“杨一清复职，是个办法。但他身在镇江，远水不救近火，如之奈何？”赞成者和反对者都不开口，刘瑾自已拿了主意：“可否遣员暂代其职，等他赶到，再行交割，以免误了戎机。”

张綵曾受杨一清力荐，存维护之心，便说：“朝廷可先宣示诏令，以应宁先生总制陕西三边军务，再委员代行总制事。”

“好，就这样吧。”刘瑾同意，“暂代之人我想好了，户部右侍郎陈震可胜其任。”陈震是陕西庆远卫人，与刘瑾走得很近。刘瑾点的他，别人都不能反对。刘瑾又说：“王尚书方才提议遣京营策应，各位看以谁统领。”

统领京营出征，当然要派勋臣，英国公张懋自景泰元年袭爵，已历六十年，俨然勋臣领袖。他说：“泾阳伯神英有才略，可往。”

他的提名，有意无意迎合了刘瑾。神英的伯爵是本月十五日才强讨来的。他原以右都督署理左府事，已致仕。他不甘寂寞，屡屡向朝廷自陈边功，兵部复议，以为年远无考，使成积案。神英遂走了刘瑾的路子，终于如愿，封了伯爵，赐了诰券，岁禄八百石。张懋与他本无深交，不知为何荐他领兵出征。

“哪位公公监军，我请示圣上吧。”刘瑾说。这表示，他同意了张懋的推荐，也表示，会议该结束了。众大臣在左顺门议事处坐了两个时辰，均感疲惫。

李东阳很快拟好诏书，亲自送去司礼监。刘瑾与他客气了两句，便专心地读了起来。诏书曰：

> 自古帝王法天立政，布德明刑，不可偏废。朕嗣位以来，仰荷上天、祖宗付托之意，励精图治，越五六年。念唯世久承平，人多玩法，振起纲维，划革奸弊，期于斯人，登于至理。而有司不能悉体朕心，奉行过当，虚怀徒切，和气弗臻。乃自今春以来，亢旱为厉，时雨愆期，风霾屡作，星异迭见。四川、湖广等处，寇盗纵横，抚捕未定，而陕西宁夏都指挥何锦等戕害守臣，拒杀官兵，屠戮居人，谋立安化王为主，出给印信票帖，招诱诸路，索要军马、地图，各镇官军连日奏报，具有实迹。爰下皇亲廷臣会议，佥谓其悖逆天道，得罪祖宗，朕不敢赦。祗告太庙，革其封爵，削其属籍，命将出师，正名讨罪，诛剥首恶，分释胁从，抚定军民，安靖边境。尤念兵戎事重，供亿甚苦，加以逋负相仍，征科未息，在在皆然。方欲省刑薄敛，任贤使能，培养元气，扫除灾孽，以保我国家亿万年之祚。所有宽恤事宜，条列于后。於戏！用兵者如不得已，用刑者必求其生，播告中外，咸使闻之。

读罢这一大段话，刘瑾心中很不舒服，但还说不出什么，接下去看宽恤事宜，共有十七条：一、除十恶至死者，罪无大小，咸赦之。二、停止清理屯田。三、王府禄米，全革者准半给，三分一二者照旧全给。四，军职子孙袭替照旧例。五，文武职官除赃死失机者外，悉放回原籍。六、宁夏事，除首恶不赦，悔罪效顺者免。七、陕西等地区加意赈恤，流民复业者免赋役三年。八、文武职官罚纳米者，未完并未纳者悉免。九、赦免充军人犯。十、逃军逃匠许三月内自首。十一、军职罚俸者许照旧支俸。十二、召回差出官校。十三、迁官去任者许离任。十四、许军民互相粜买粮米。十五、报中粮草商人免追赔。十六、问理囚犯，依大明律。十七、查死罪重囚冤情。

“西涯先生，”刘瑾指点着诏书的稿子说，“宽恤是应该的，可不能宽无边际呀！”刚刚颁示的正德元年以来见行条例，被十七条宽恤条例几乎一一否决，难怪他心中不满。

“这十七条是奉圣旨，遵刘太监之意，会集有关大臣议定的。刘太监觉得有不妥处，我再会集众官商议就是。”李东阳心平气和地说。

刘瑾最不满的是停止清理屯田一款，但宁夏之变泰半由清理屯田而起，他也意识到，为平息事变，为显示朝廷的宽恤，暂时停止清理屯田是可以的，刘瑾不好说什么。要紧的不便说，他便拣不要紧的先说，以示不满：“各行事衙门差人，是累朝旧例，为何要将官校召回？”

“旧例，行事官校止在京师。而今四出，天下惊疑，奸诈之徒，因而矫枉，真伪难辨，近已累犯，烦朝廷处分。不如将真者取回，则伪者无所容矣。”李东阳说着，拿出天顺年间的有关旧例，请刘瑾过目。显然，为通过宽恤事宜，他做了充分准备。

刘瑾没有争辩的心思，说：“既有旧例，就依先生所拟吧。诏书待我呈圣上阅定。”

第七十三章

还有一人不相信仇钺会从乱，便是告假在乡的翰林院修撰康海。康海得到宁夏变乱的消息，立即投函挂征西将军印的陕西总兵官曹雄，对局势，对曹雄的军事部署，对仇钺的态度，都作了分析。他在信函中写道："海白总戎曹公足下，昨闻宁夏之变甚悲，镇巡总公何以不幸如此。夫兵事尚神而谋道宜隐也。宁夏近而易见，若无所处，使周昂、何锦辈以此扇惑其众，谓朝廷必用诛轸为心，彼将士岂皆明理识事之人？万一信其必然，则外增必死之惧，内乖效顺之心，所谓为贼坚众，非计之得者也。今莫若遣人诣仇钺谋内应。仇钺者，钜官大将，非甘心昂、锦者也。今诚以语钺，钺必有所计度于彼，数贼之首可指日得矣。况钺又翘首望外之通也。故莫若先通钺，钺通，然后张兵扬威，遏其骁锐，则得有所资耳。缘以喻众，则士卒之心无有不齐。士卒之心齐，则昂、锦者几上肉耳。鄙谚曰：以米煮粥，以水植稻，此之谓也。"

曹雄早该知道，仇钺没有从乱。一个简单的事实是：四月初六日，仇钺已在安化王的控制之下，当时，何锦寄函驻守宁夏城之外的仇钺，告知他的眷属已为人质。仇钺无奈返城，在城下，安化王令其卸去衣甲，将原领游兵人马，分散各队，方得入城。进城后，与家人是团聚了，却从此失去自由。而在四月十二日，安化王封帅拜将，以何锦为讨贼大将军，周昂为左副将军，丁广为右副将军，张钦为先锋将军，魏镇、杨泰等为总管。所封数十人中，没有仇钺，可见他只是被安化王控制，并未从乱。

在本朝制度之下，武将都是由文臣节制，武将之间，根本没有配合作战的意识。另外，仇钺虽没有从乱，但毕竟是在安化王的控制下。如果擅自联络，以后朝廷定他从乱，就说也说不清楚了。所以，曹雄不敢贸然行事。

康海的身份不一样了。曹雄知道，他是刘太监最敬重的人。他说可以通钺，那定是可以通钺。他说可以约仇钺为内应，那定是可以约仇钺为内应。以后朝廷若要追究，刘太监会为他做主。

不过，曹雄还是决定小心从事。三思之下，他想到一个移花接木的绝好主意：可以而且必须约仇钺为内应，却不必自己去约。

四月十七日，曹雄发动了一次虚张声势的进攻，命广武营都指挥佥事孙隆，将附近大坝、小坝二处积垛的柴草尽行烧毁，火光冲天，使宁夏城中人马大为惊吓。魏镇率安化王人马杀至广武营，企图抢入营中，扑灭大火，占据要地。孙隆闭门不纳，令官军各用弓箭、神枪射打，将魏镇击退。曹雄又扬言，要据渠灌城，使宁夏城中守军更为不安。

随后在四月十八日，他移文宁夏副总兵杨英，告知康修撰的提议，要他便宜行事。其时，朝廷提升杨英任总兵官的诏令，还没有布达宁、陕。

杨英的遭遇，与仇钺又不一样。他们同在初六日接获何锦的致函，杨英不肯回宁夏城，欲往王宏堡，而他的部卒多有家人在城内，半路上陆续溃散，旗牌贾钦欲出面阻止，反被殴击至死。杨英无奈，带亲兵数人往广武营，渡河至灵州，收集散乱部下，只得数百人。

十三日，曹雄知杨英驻扎灵州。他断定灵州是要害去处，派遣指挥黄正，率游兵、官军二千四百人，协守灵州。十四日，杨英、黄正等率三千多人，开赴河东开地、顺河一带，并选官军中识水性者二百余人，泅渡过河，将对岸敌军射走，夺取船只十七条，及诸多兵器。东岸官军成进可攻退可守之势。

同日，延绥三堂官与巡按御史会议，决定调副总兵侯勋、游击将军时原等五千余人，前来策应，并移文知会曹雄、杨英。陕西、延绥、宁夏三军开始协同作战。

杨英此时接到曹雄的移文，觉得由他去约仇钺是正理。以公而论，在宁夏作战，他是主，曹雄是客，以私而论，他和仇钺都是宁夏将领，一为副总兵，一为游击将军，仇钺本就是属将。于是，他写下密函，差人潜入城中，与仇钺联络。

仇钺在宁夏城中被软禁了十余日，对城里守军的情况了然于胸。十九日，何锦率一千五百人出城，攻下并驻守大小二坝，丁广率五百人去渡河处把截，城中大将只有周昂一人。二十一日，周昂使徐钦往平虏城调兵，来宁夏听用，只调来百余人。

城中空虚，周昂心也虚。他知仇钺多边功，有才略，很是看重，亲去仇宅，问留守之计。

“成事者在攻不在守，左副将军何必问留守之计？”仇钺似不屑一答。

周昂说：“攻者已有其人，已收其功。主上命我留守，故向将军问留守之计。”

“说攻者已有其人，勉强瞒得过去，说攻者已收其功，简直是天大的笑话。”仇钺哂笑不已。

“何出此言？”周昂问，“我军已攻占大、小二坝，已扼住渡口，难道是师出无功？”

“举事贵速。左副将军所言攻者，只是向南向西，与举事宗旨，是南辕北辙，说得上一个速字吗？左副将军若引军而东，方可收其功。”

周昂想想，仇钺的话不错。王爷不是要讨贼吗？贼不在南不在西而在东，不向东进兵，如何讨贼？自己若率一军而东，讨贼大将军就该易人了。只是功劳大，风险也大，还须计较。

“我握有一支精兵，引而东进，何愁不建功立业。”周昂说，“但大军一出，宁夏空虚，曹雄那厮乘机掘水灌城，则家室尽丧。”

所谓“精兵”“大军”，不是井蛙之语，便是壮胆之辞。仇钺不点破，反说了句豪壮的话：“事成则封侯拜相，大丈夫者不忧家室。”

周昂一愣，诘问道：“廷威将军是宁夏第一名大丈夫，为何不求封侯拜相的功业？”

“左副将军称某大丈夫，不敢当，更不敢称第一。”仇钺作揖道，“某不应王爷者，爱惜性命耳。贱躯多病，无力拼杀。否则，哼，也要与大将军、左副将军争一短长了。”言外之意，他若从了安化王，统帅之位非他莫属了。

“求之不得。我这把交椅，也不怕有人来争。”周昂冷笑着说，“你说大丈夫建功立业，不忧家室，我甚是赞成。我看还该加上一句：大丈夫建功立业，不爱身躯。你我相约，各屠妻子，拼死为主上夺得江山，廷威将军有没有这等气魄？”说着起身，抱抱拳：“告辞。”

仇钺似被他最后几句话说得呆住了，许久才回过神来，问伴当陶斌：“周某人已经走了吗？”

“走了一时半刻。”陶斌答。

“我也没有送他。”仇钺发现自己还坐在原处。

“将军不曾挪动地方。”陶斌说，“是小人代送的。”

“好厉害！”仇钺摇摇头，说，“要平安化，定要先除掉此人。”

“将军，我看他对你已生了疑心。”陶斌担心地说。

“怎见得？”仇钺吃了一惊。

“他与将军说话之际，一双眼睛只盯着将军的脸，而将军并无病容，一眼便可以看出来。”

“疑我诈病，倒也不妨，”仇钺说，“只要不疑我别有所图，便好行事。”又问陶斌，“外间的事可有了进展？”

“有。我见到了杨指挥。”陶斌不无兴奋地说。

“是杨真吗？”仇钺也感到兴奋。

“正是。他在城内外约齐了一百多名弟兄，都是昔日将军亲信的官卒，只等将军令下，便可动手。”

“好，好，有了他们，我的胆子就壮了许多。”

二十三日，朱寘鐇安排出城祭祀社稷、旗纛等神。周昂、孙纯等人陪同。朱寘鐇想到仇钺，派内使去召唤，定要他也去。内使回报，仇将军说了，有病不能出城，请王爷恕罪。

朱寘鐇起事二十六日了，还在宁夏一隅打转转，当初大旗一展，立得天下的气概渐渐没有了，多的是怨气。他不满地说：“怎么，他就不能为孤家勉力一行吗？你看他是躺在榻上，还是坐在椅上？一出一进，他可起身迎送？”

“他没有躺在榻上，也没有坐在椅上，”内使答道，“他一直站立室中与我说话。”

“既能站立，就能行走。”朱寘鐇脸呈怒色，“你再去召他，他还不肯，便拖了他来见我。”

“主上，还是我去吧。”周昂说，“我看此人心怀贼胎，请主上准我相机行事，见他有异谋，便当场了结了他，以免后患。”

“景文，你看呢？”朱寘鐇问军师。

“左副将军亲往，再好不过。”孙纯说。

“好，周将军辛苦一遭。”朱寘鐇嘱咐道，“周将军既看出他心怀贼胎，大意不得，须多带些人马。”

“他虽怀贼胎，却无贼胆。”周昂说，“有我的五十名亲兵，足可以对付了。”

周昂留半数人守住门口，又留下二十人守在院中，只带五名亲兵进入室内。来者不善，显而易见。仇钺并不慌张，迎上前说：“某早料到左副将军要来，恭候多时了，何姗姗来迟？”

“主上唤你去祭旗，你在家中静候于我，我却没有料到。”周昂说，“到底是为何事？”

“在家中恭候左副将军不假，却不是静候。”仇钺话中带刺。

周昂听了出来，问：“廷威将军的话是什么意思？”

“昨日的话，还记否？”仇钺的脸上生出杀气。

“昨日的话？”话没听明白，看到仇钺的样子，周昂不禁战栗。

“各屠妻子，拼夺江山。”仇钺一字一字说出，“左副将军，你的约定，我先做到了。”

“怎么，廷威将军真的屠妻杀子？”周昂惊问道，“这，这让我如何说好。”

“履大丈夫之约，乃一大快事。”仇钺说，“后堂上，大约尸骨未寒，左副将军要不要验？”

“尊夫人与令郎丧于我的一句失言，焉能不祭？”周昂身不由己，踉跄着向内堂行去，对仇钺的话他半信半疑。五名亲兵也要随入，被仇钺张臂拦住。

“左副将军，他们也要祭拙荆犬子吗？”

“你们留在此处。”周昂料无妨碍，吩咐道。

仇钺抢先一步，推开后堂的门将周昂让进，随手将门关闭。周昂一看，堂上空空荡荡，哪里停有棺柩和灵位，情知不妙。但到了此时，慌也无用，他故作镇定地问：“廷威将军，灵堂设在何处？请引我去叩头。”

仇钺喝道：“先诛逆贼，再设灵堂不迟。”随着喝声，柱后窜出一人，从身后拦腰将周昂抱住，正是仇钺的伴当陶斌，左右又各窜出一人，是仇钺的西域籍家人来保和周铁骨朵，一人一刀，把周昂放倒，动弹不得。

仇钺命道：“割了逆贼首级，出外示众。”

周昂留在院里和院外的亲兵，被杨真等人分别围住，以一抵二，本就在勉强支撑。见仇钺提着周昂的首级出来，更加乱了阵脚。五十人分作三亭，一亭夺路逃命，一亭死于刀下，另有一亭，就地跪下，愿意顺降。

仇钺对杨真说：“你速去安化王府，一路砍杀，一路招降，将他府中的人全数擒拿。我率人出城，去捉安化王。他那里人不会多，我有三、五十人，可对付得了。你得手后，即来城外接应，宁夏城今日便可安定。”

他所料不差，朱寘镭的跟随军士不多。仇钺率部来到城外，朱寘镭和孙纯还来不及发话，卫士还来不及交手，就被瓦解。另一支官军闯入安化王府，轻易擒获一干仪宾、内使、宫眷。半日之内，宁夏城易手。

城外官军获知城内得手，在河口地区与安化军大战。何锦、丁广等突围走脱。慌乱之间，何锦的讨贼大将军印也丢失了。他们向西逃至贺兰山外哈剌木屯，被官军追上。主犯何、丁被擒，手下或被杀，或被擒，只有少数人逃脱。

第七十四章

刘瑾将张永挤出宫内的图谋终于得逞，皇帝点他监京营，讨安化王。而张永也志得意满。他不同于一般的监军，皇帝给了他崇高的地位，署衔是总督宁夏等处军务。皇帝说："御用监太监张永宜往总督京师。致仕右都御史杨一清宜起提督戎务。以赏罚用命，不用命以便宜行事。"兵部曾言，衙门里没有总督太监关防，皇上特命为他铸造。内臣带总督军务衔，本朝仅张永一人。

张永的总督军务太监当得很不过瘾。他是四月二十六日，皇上颁示赦天下诏书的同时，与神英率京营三万人马离京的。此时，宁夏战事已息，要办的只是移交犯人，清点收获，恢复秩序而已。但朝廷尚未接报，京营仍旧出征。行至半途，已渐从当地官府和行旅口中知道宁夏的局面。因不是正式的官报，又没有朝廷的敕令，便仍向西北进发。不久，与从江南赶来的杨一清会合。张永和杨一清素无交往，听得他种种业绩，总以为是过誉之词。没想到同行第一天，杨一清便助他解决了一大难题。

京营出征，京中贵戚人家总要安插些亲朋故旧随行，名为帅府、监军的伴当、幕友，实则沿途扰官扰民，甚至扰军，目的不过是发一笔横财。张永监军也不例外，都是勋戚或有头有脸的太监所托，一个也不能驳回，全部带在身边。有这一干人，大受其累，军民人等，有口皆怨。张永是第一次监军，想博个好名声，便与杨一清说起。

"张太监有心，不难处置。"杨一清轻松言道。他深知其中弊端，张永不提，他也不好说。

"应宁先生有好主意吗？"张永大喜，"请赐教。"

"彼等无非图财。张太监将朝廷的犒赏，每人与他百两，令买菜蔬及马草，再与之约，百两之外，不许侵扰军民分毫，犯者以军法论。先恩后威，不怕彼等不收敛。"杨一清言道。

"犯者真以军法从事吗？"张永问。

"约定在前，当然以军法从事。"杨一清说。

"应宁先生之言大佳，我试行之。"张永依计而行，每名参随赏银百两。刘瑾有两名堂侄，也在安插之内，与众人一起领银。张永不欲发给，说："他二人不愁无银。"

杨一清说："他二人也在参随之数，难分彼此。今日若不给银，明日他二人在军中在官府索要，你怎样处置？张太监岂不因小失大？"

张永觉得有理，笑了笑，那二人照数发给。

一赏一约，勒索之事摒绝，军纪好了许多，以致行经真定府赵州赞皇县时，天降大雨。该地自五月以来赤旱千里，百姓愁苦不堪。大雨一降，有人便说："天上雨，张公公带来也。"

张永几乎被视为菩萨，心中得意，对杨一清不由得多了几分敬意，有事便与他商议。

京营大军浩浩荡荡，且驻且行。五月十八日，行在山西、陕西交界处，朝廷方召神英率大军回师，杨一清和张永仍往宁夏善后，逮逆党入京。三人各依旨行事。难办的是前代摄总制的户部侍郎陈震，既无旨召还，又无旨仍行。他有前旨，是改兵部侍郎兼佥都御史讨寘鐇，暂行总制事。既无后旨，那么，还是该继续去讨寘鐇。他随杨、张二人继续西行。

六月中旬，杨一清等到达宁夏卫城东南的灵州。有旨：交割案犯毕，张永、陈震解各犯入京，杨一清以陕西三边总制安抚地方。

一干囚犯暂系宁夏前卫监候，监枪太监陆言、御史王琼奉张永之命，于个把月前已达宁夏卫城，三次到监，清点要犯，计有：朱寘鐇、其子朱台溍等王府人员二百余名，何锦等案犯二百八十余名，陈宝等家属五百八十余名，共约千人。一个月内，在监犯病身故二十四名，包括首犯丁广。陈震奉旨与张永押解众犯入京，遂不理会杨一清，独与张永商议，将一干人犯押出渡河，至灵州与张永会齐。张永亦无不可。

陈震走后，杨一清问张永："张太监欲依陈侍郎之议乎？"

"有不妥吗？"张永忙请教。

"确有不妥。"杨一清说，"事关宗室，处置稍疏，恐生他变。大队人犯同行，若有不当罪而解之上路者，有不当诛而死于途中者，过失不轻，谁担得起？此一清之一虑也。"

"是，是。"张永悚然而惊，"请说第二虑。"

“各犯情罪不一，有主谋，有同谋，有胁从，甚至有不知情者。一概解京，谅无可活者。其中若有冤屈，责任在谁？此一清之二虑也。”

“应宁先生，如何消除此二虑？”张永更加虚心。

“一言以蔽之：区分当解不当解而已。”杨一清说，“当解者死于途中，不为冤鬼；不当解者留在宁夏，乃公活之。此一清为公谋者。”

张永点头道：“应宁先生的话，与万岁爷的叮嘱相合。我真糊涂，怎把万岁爷的临行叮嘱忘了。万岁爷亲手将总督军务关防交与我时说道：朕不忍百姓横罹锋刃，诛止首恶，凡胁从者皆原之。我当体万岁爷之心，对各犯加以区处。应宁先生，你看要止住陈侍郎吗？”

“那倒不必。在宁夏城中可以区处，在灵州城中也可以区处。”杨一清议道，“各犯到后，公可将彼等系于千户所，再约镇守、总兵、巡抚、巡按等官共同研审，确定解否。”

张永遵照办理，命在灵州重加审理，确定：安化王以下一百零四人解京，其余各犯，分为三等，主谋及主要同谋，本人并合家一并解京；一般同谋和主要胁从，本人解京，家人赦免；一般胁从，本人及家人一并赦免，由此而获免者大约有在押人犯的三分之一。

由未共事而共事，由不知而知，由知之甚浅而知之较深，张永与杨一清终于可以推心置腹地交谈，分手东西时，竟有些依依不舍。张永东行的前夜，杨一清在临时的总制衙门摆上酒，炒了几样菜，请张永小酌。陕西不乏好酒，杨一清的镇江厨子，又是名炒家，酒香菜香，弥漫在室内。二人无拘束地边饮边谈。

“不瞒应宁先生说，我是无功盼建功，建了功，又惧功。”张永诉说衷肠，“日后遇有意外，怎生避之，望先生教我。”

“张太监，你是真心就教于我吗？”杨一清问。

“相处不是一日，应宁先生还不知道我的心迹吗？”张永有些委屈，“不是真心，怎会赴约？”

“既是真心，出我之口，入公之耳。不必有第三人在场。你等都不必在此处侍候了。”杨一清对站立一旁的家人和总制府的从人说。

“说的是。”张永也对随他而来的两名小宦者说，“你们也不必在此处侍候，到前边去，向哥儿们讨盅酒喝吧。”屋内顿时静下来，二人举了举酒盅。张永说：“出公之口，入我之耳，屋内没有第三人了。”

“好。”杨一清放下酒盅，不看张永而望向窗外，似是看到了很远的地方。他慢慢地说：“灵州我不是第一次来。当初在灵州演习队阵，遭人耻笑，我对他们说：某诚书生，不谙军旅，但古人行必谨哨操，止必修战备，诚为用兵常法。我又对他们说了两句话，张太监，望你也好生记住这两句话。”

“洗耳恭听！”张永躬躬身，说。

“无事常如有事时提防，有事常如无事时镇静。”杨一清郑重而言，“两句话做到了一句，办事可成功一半，两句都做到了，张太监，我保证你立于不败之地。”

摒除了从人，本以为可说些机密。这两句话，细品起来，虽然有些哲理，也不值得避开众人。张永不免有些失望。

“谨受教。”这是一句礼貌的话。

“张太监不忙道谢，我还没有说到正题。”杨一清说，“你方才问我如何避祸。我告诉你，无事常如有事时提防，便是避祸之道。但一味避祸，不是长策，难得久安。故要常想一想，怎样做到有事常如无事时镇静。”

“应宁先生是说——”张永品出了些味道。

“避祸不如除祸。”杨一清说，“避祸可静，除祸须动，避祸可独避，除祸须与人谋。除祸，便是有事了。”他留下一段空隙，让张永自家好生去琢磨、体会。

张永静想片刻，突然说：“先生前一句避祸，后一句除祸，我还不甚明了。我只说意外，并未说祸。祸者何所谓，先生请明言。”

杨一清怫然不悦：“张太监如此说，就不是真心就教了。意外难道不是祸吗？我若问，意外者何所谓，公又如何作答？”张永欲言，杨一清止住他：“张太监不必再说，我先明言。我所谓祸者，乃国家内变。藩室之乱易除，且赖公之力已除之。国家如有内变，将不可测。届时你我徒唤奈何。”

张永说：“先生已明言了，可否再进一步？”

杨一清离席，与张永并排而坐，用手指横一笔竖一笔在张永手掌划了个瑾字。其实，手掌上任何字迹没有留下，张永还是用衣袖擦了擦，以示灭迹，以示慎重之。

“应宁先生说祸在此人，与我同心。应宁先生说除祸要除此人，也与我同心。”他恳切地说，“应宁先生有除此人之策，我愿助一臂之力。”

杨一清摇摇头，不答话。

“难道先生计无所出吗？”张永再次感到失望。

杨一清又摇摇头，还是不答话。

“应宁先生是不屑与张某谋吗？”这次是张永怫然不悦。

“能为朝廷除此人者，非张太监莫属，难道张太监竟不知？”杨一清的话，字字有力。

“我？”张永大吃一惊，筷箸几失。

“不错，朝廷安危，系公一身。”杨一清道。

张永心事重重地说：“彼日夜侍候万岁爷近旁，万岁爷一日不见他，便一日不乐。今彼枝附根深，耳明目广，万岁爷四周都布下他的人，安得从中入一言以达上听？”

“谋事在人，成事亦在人，机会是有的。”杨一清很有把握，“他是圣上所亲信，公也是圣上所亲信。讨宁夏贼不付他人而付公，总督军务关防不与他人而与公，圣上对公之亲信可知矣。”

张永犹豫了一下，终于问：“倘有可为，当如何进言？”杨一清起身，从书案取来两份奏折，递与张永，“我为公准备下两疏，两疏有别，切勿混淆。第一疏不怕人看到，第二疏须亲呈与圣上。内厂厉害，无孔不入，公要小心。”

“疏中写的什么？”张永来不及看，先问说。

“第一疏写的是平宁夏事。这是必要的，你不必再让他人写了。宁夏功成奏捷，圣上心中必喜，必与公谈论军事，公可将第一疏呈上。”

张永区别了两疏，双手捧第一疏，作呈进状，好像在问：就是这样吗？

杨一清笑笑，接下去说：“圣上必边读边问，中间站着那人，多有不便。圣上或绕过他，就公而谈。公可跪拜言道：请摒左右人，有秘事奏告。不论圣上摒人与否，公速取出第二疏呈进。那人即便不退，也无可奈何了。”

“第二疏写的是什么？”张永专注于谈话，无心看疏。他所识文字有限，看也未必看得下来。

“内变事耳。”杨一清说，“那人的种种悖逆不轨行径，都写在上面了。圣上读了，圣心必有所动。”

那第二疏似乎沉重了许多，张永掂了掂，问：“如应宁先生所言，定可成功吗？”

“换了他人，我不敢说成功与否，以公行事，必可成功。”杨一清停了停，又说，“不过，公进言时，须有端绪。圣上万一不信，公可顿首至出血，请圣上即时抄籍那人府邸，登城验之。那人府上定有许多违禁之物，不容圣上不信。公可奏言：那人如无反状，请爷杀奴才喂狗，奴才来世再侍候爷爷。奏罢顿首泣哭，看圣上怎样说。张太监切记，这一番话不可当着那人的面说。若在圣上面前争辩起来，前景难料。”

“即使那人不在，万岁爷也未必听得进去。”张永问，“如事不成，大概没有退路了吧？”

“没有退路。”杨一清神色严峻地说，“张太监，你行此险招，要冒很大的风险，我出些险招，也冒很大的风险。事若不成，便是身首异处，灭门九族。但你我受朝廷厚恩，岂可惧其险而不报国家？某料，今上英武，必听公言，诛杀此人，而公益见重用，可悉改前弊，代朝廷收天下心，则千载以来，吕强、张承业及公三人耳。”

吕强是汉代的宦官，张承业是宋代的宦官，二人都有匡辅社稷的大功劳。杨一清对张永，以前代的名宦官相期，一番话说得张永血脉贲张，勃然而起，慷慨言道：“贤者行于前，智者谋于后，嗟乎，老奴何惜余年不以报主哉！应宁先生，我意决矣。”

“张太监，我等出此招，贵在神速。若延以时日，一则恐稍有泄露，反为那人所害。二则恐圣上于宁夏事失了兴趣，没了进言的机会。”

“我明日便行，日夜兼程，总在七月底八月初可达京师。”张永算计着行程，“那时有了消息，先生可遥为我贺。若没有消息，请先生好自为之吧。”

杨一清为他算计的时间也差不多，点点头，说：“还有一事，张太监须见机而行。朝廷知你凯旋的消息，那人定会传旨，规定入城的日子。你可早一两日入城，以乱他心。”

“定依先生之言。”张永说着，起身告辞。

杨一清拉着他的手，叮嘱说：“莫忘了第二句话，”

“晓得！”张永道，“有事常如无事时镇静。”

第七十五章

宁夏的捷报早入于朝，张永解押一干人犯在回师途中，大约在八月初可抵达京师。刘瑾的心里，如压了一块秤砣，终日郁郁寡欢，火气甚大。张永监军，本是件悦心的事，没想到皇上给了他那么大的荣耀。一旦还朝，不要和自己比肩而坐了吗？皇上已有旨意，张永押俘还朝，想不让他再回到宫中，看来办不到了。

五月二十九日，次辅焦芳致仕。六月二十二日，入阁而不得值阁的刘宇回河南修祖墓后还朝，也致仕。此二人是最早与刘瑾合作的大臣，一度是他的左右臂。虽然后来权集一身，不再有赖他们，但他们先后致仕，刘瑾怎么也摆脱不了树倒猢狲散的感觉，倍感压抑。

尤其难以忍受的，是他所倚重的张綵，也与他起了冲突。准确地说，是张綵在最重大的问题上，不再唯他之命是从。张尚书如此，还有谁可信赖，还可与谁谋事呢？那是六月十七日，刘瑾之兄，两天前刚由锦衣卫指挥使进为都督同知的刘景祥病卒，张綵去刘瑾府上吊唁，劝慰刘太监节哀自重。

“我并不悲哀。”刘瑾说，“家兄虽然仙逝，其后有大贵者，为之庆幸不及，何哀之有。”

张綵隐隐听闻，有相者称刘二汉大贵，贵不可言。这是一个避之方吉的话题，他不敢接话。

刘瑾乘着今日，一定要说下去。他问：“西麓，还记得迎立兴王世子的议论吗？”

“记得，”张綵说，“并且记得，瑾老称为奇策。”

“但我还说过，或许有更好的主意。”刘瑾说。

“我却以为，迎立兴王世子是最好的主意。”

“未必，”刘瑾不悦，“迎立他人，不如自为之。西麓可知，京城之中，皇城之下，有贵不可言者？那又何必去数千里之外迎取？”

“瑾老——”饶张綵有应变之才，也说不出话。

“怎么，这个主意不好吗？”见张綵不答话，显然是不以为然，刘瑾气愤地抓起案上的茶盅，向他掷去。张綵不敢太过明显地躲闪，任茶盅击在肩上，然后落地，碰得粉碎。

“瑾老息怒！”张綵喃喃地说，“还须从长计议。”

随着茶盅碰碎，刘瑾也好像一下泄了气，他无力地挥挥手，说；“你去吧。”

此后，刘瑾虽照常与张綵议事，二人之间却有了一堵无形的墙，许多话不好说了。

因而，当八月初八，刘瑾得知张永已押解宁夏人犯到了大兴，候旨进京时，有如雪上加霜，心中增添了更多的烦恼。他与张文冕议了议，派人传旨：十一日是吉日，定于该日献俘。对他来说，多挨几日，或可安排好宫内的事。

张永对使臣不作任何表示，却按杨一清的嘱咐，比规定的时间早一天入京。刘瑾估计，张永一行会从宣武门或崇文门入城，不曾想，张永命令绕行，从朝阳门入城。等刘瑾得到消息，已无法阻止。其实，就算刘瑾拦住张永，不许今日入城，又有什么区别呢？明日张永入城，他也没有想出办法，防止皇帝和张永接触。十日午后，皇帝着戎装，亲临东安门，文武大臣集于桥东。除朱寘鐇及亲属十八人，有旨送宗人府领系，其余数百人反绑双手，一人接一人，从东华门入，在御驾前献俘毕，再从西华门出，送三法司狱。金鼓之声响彻大内。

晚间，皇帝于大内置酒，犒劳张永，皇帝亲临宴席，命刘瑾、马永成等陪侍。果如杨一清所料，皇帝边饮酒，边问宁夏战事。张永将杨一清草拟的关于宁夏战事的奏疏呈上。接下来的发展，却与杨一清的预料不同，皇帝没有离席读奏疏，仍然与张永对话；对话时，也没有越过刘瑾，走近张永的意思。张永没有机会递上第二本奏疏，更没有机会跪言其他。

幸运的是，将近夜半，刘瑾有了酒意，身体困乏，起身告退，这是杨一清始料不及的。张永抓住时机，刘瑾一离开，马上跪拜在皇帝面前，递上第二本奏疏，说：“爷，奴才还有密奏。”

“急陈刘瑾谋逆事。”皇帝只看一眼标题，便跳了起来，“你是说，刘太监要造反？”

“是，刘瑾千真万确要造反。”张永叩首言道。

皇帝说：“你说谁人造反，朕都相信，独说刘太监造反，朕难相信。他为何要造反？”

“为取天下。”张永早准备下答案。

“天下任其去取。”皇帝毫不在乎。

“任其取天下，万岁爷何以自处？祖宗社稷置于何地？”张永拉了马永成一把，一起跪在皇帝面前，痛哭道，“奴才们亦是死无葬身之地。”

提到祖宗社稷，皇帝不能再轻佻。他问张永：“张太监，你说刘瑾谋逆，可有证据？”

“刘瑾私造兵革，制作蟒龙之袍，在爷面前夹带凶器，不反为何？”张永以平日所知，说了几事。

“好，我着长随找刘太监来，当面问他。”皇帝听了张永的话，听了张永和马永成的哭嚎，也有些疑惑，立即唤来四名长随。

“要拿刘瑾，须爷亲往。”张永敏锐地把皇帝说的找字改了拿字。

“也罢，朕就亲走一遭。”皇帝跟在四名长随之后。或许晚间酒饮了不少，他也忘了，刚才是说找刘太监来，还是拿刘太监来。

刘瑾当晚没有回宅，宿在司礼监值房。长随敲响房门，半晌，里面点起灯，刘瑾怒声问道：“外面谁在敲门？”怒是怒，还不曾说出太难听的话。他知道，这等时分，若无要紧的事，没人敢来扰他的清梦。

长随照皇帝的吩咐应道：“刘太监，圣上有旨。”

刘瑾开门出来，不高兴地说：“何不等明日？”待见到皇帝跟在长随后面，不由得惊呆，两条腿僵直，想跪也跪不下去，想请罪也张不开口。

皇帝看到他披在身上的青蟒衣，怒气顿起，冷冷地说：“等不得明日了。”命长随道：“将他缚紧，带了去他宅上查抄。”

张永、马永成已召来一队上值校尉，护卫着皇帝，将刘宅围住。皇帝亲自指挥查抄，从宅中抄出金银珠宝无数，皇帝倒不生气。但见到千余副刀甲弓箭，数百袭衮服蟒服，牙牌两柜，金龙甲三十，玉印一，玉琴一，狮蟒带一，玉带数千，并在折扇中果然发现了利刃，又气又恨，对刘瑾拳脚相加，口中连连道：“老奴负我！”

刘瑾任皇帝打骂，动也不动。在这许多证物前，他再尖牙利齿，也难为自己辩解。

皇城各门夜间从来不开启。昨夜东华门开启，惊动了附近的居民人家，消息很快传开。有人说，昨夜车马之声不断，宫门时启时闭，怕有大变。更有人说，或是刘太监在调动军马。早就有传言，刘瑾要在为其兄送葬之时，将文武百官一网打尽。黎明时分已恢复了平静，行走在东华门、东安门之间的人们也只是远远地向东华门那边瞥上一眼，无人敢近前探问虚实。

张永去内阁传达皇上圣谕。阁臣们知道，皇上对他的信任仅在刘太监之下，但从不差他来内阁传旨，今日见了他，都有些惊诧，料是发生了大事。

“各位老先生，”张永与李东阳等对施礼后，宣示道：“司礼掌印太监刘瑾大逆不道，现已系送东厂，万岁爷差我来与各位商议处置。”

变发突然，众阁臣愕然。稍静后，李东阳以手加额，说道：“此圣政耳，天下重足而盼者久矣。圣上欲如何处置逆瑾？”

张永重复着皇上说过的话：“圣上说：朕委刘瑾以腹心，整理庶务，瑾乃不体朕心，蒙蔽专擅，肆行酷虐，朕深悔焉。着降奉御，令凤阳闲住。”奉御是宦官中的杂役，品位甚低。

李东阳说：“张太监，如此处置怕不妥当。且不说罚不当罪，若有一日，他得起用，必肆毒更甚，那时奈何？”

张永知李东阳与杨一清是至交，对他亦是敬重。“西涯先生勿虑。”他说，“有某在，他焉能起用。”

李东阳不再多说，问起对逆党的处置。

“七卿如张綵，武臣如杨玉，厂卫如张文冕、石文义，是一定要逮拿治罪的。”张永接着又点了些内外官员。

曹元六神无主，借故外出，去探听更详细的消息。李东阳顺势说起他：“似曹以贞，是否有旨逮问？”

“老先生勿开此例，当为日后计。”张永率直地说。李东阳无端地被刺了一句，心中很不是滋味。张永接着说：“在刘瑾宅中，抄得秦府永寿王为刘瑾庆寿诗集，万岁爷很生气，欲降敕秦府切责。西涯先生，介夫先生，你们的意思呢？”

李东阳说：“昔汉光武平王郎，得吏民交通文书数千章，令诸将烧之，曰：令反侧子自安。况王府懿亲，尤宜优待。若降旨切责，则凡有书信馈通者不知其几，各不自安，为患不小。”

“介夫先生也是此意吗？”杨廷和点头，张永说，“好，我把二位老先生的意思转报圣上。”

回到宫中，张永听说，刘瑾写白帖呈皇帝，说：老奴就缚时，赤身无一衣，乞与一二敝衣遮体。皇帝见了刘瑾的亲笔字帖，心生怜惜，命将刘宅中抄出的衣物与刘瑾百件使用。张永顿生惧意，始知李东阳所虑不无道理。他返回内阁，再与李东阳等商议。时恰有科道官纠劾的本章，词连文武多人。李东阳说：“治理此案的顺序，先是逆瑾，再论逆党。罪名由诸臣分担，逆瑾就无死罪了。张太监可与科道说及此意。”

张永依言，手持科道官奏疏，来到左顺门。科道官正在此处会聚，边议论，边等待进一步的消息。张永对众人说：“逆瑾用事时，我辈尚不敢言，况文官武将乎？今罪止逆瑾一人，暂勿牵连他人。尔等可另易疏稿而进。”

科道再稿，除刘瑾之外，只论及张綵、杨玉、石文义等六人，刘瑾是罪魁。有旨：三法司及各大臣会讯于午门，定其罪。

八月十二日会审，由刑部尚书刘景主其事，刑部右侍郎张子麟、都察院右副都御史陆完、大理寺卿张泰、少卿燕忠等副之。另外，以张懋为首的勋戚和各司寺堂官参与会审。锦衣校尉押刘瑾至午门，刘景刚喝一声：“重犯刘瑾跪下。”刘瑾甩脱两旁的锦衣校尉，笑着说：“尔等谁不曾跪我，谁不曾受我恩？今日要我跪尔等，好不可笑。我今日跪倒不妨，我跪的是万岁爷，不是尔等。”说罢，不须锦衣校尉动手，自己跪了下去。

在场众人面面相觑，有人想起与刘瑾的私交，不免心虚，如刘景、陆完是也；有人想起跪拜刘瑾的情形，不免脸红，如张懋是也。过往与刘瑾交往不深的官员，为刘瑾的气势压倒，也不知该怎样往下审讯。

多亏得勋戚席中站起一人，厉声言道：“我乃国威，何赖于你！”众人看时，是英宗皇帝第三女淳安公主的驸马蔡震。刘瑾想不起蔡震曾到过自己府上跪见，也想不起他曾有求于自己，无词以应。蔡震吩咐左右：“来人，打着逆贼问话！”如果没有这位平素鲜为人知、鲜与人交的驸马爷，当日的会审，几不能成狱。

狱决：刘瑾犯谋逆重罪，凌迟处死。

张綵定为刘瑾一案的第一要犯，由张永主持鞫问。张綵不服气，在堂上高声叫道：“张太监，各位大人，下官冤枉！”

张永说：“上天有好生之德，你果有冤枉，朝廷自会为你做主，但你自掌吏部以来，用人无不以逆瑾之意为听，行事无不以逆瑾之言为旨，两日一探视，三日一拜谒，干乱朝政，助纣为虐，以你为最。只怕我要为你开脱，朝廷也不依，文武百官也不依。”

“若说两日一探视，三日一拜谒，有比我更频往者，有比我更高位者，朝廷为何不问，却以我为党首？”张綵自辩，很有头绪。

“你说的是焦阁老吗？”张永问，“他或比你更频往，比你更高位，但他也比你更幸运。他数月前致仕而去，要追究，也是日后之事了。”

“未致仕而去者，也有人在。”张綵乃不罢休。

“你说的是曹阁老吗？”张永说，“他不过依委逆瑾而已，你说得出，他到底有什么恶行吗？”

张綵冷笑说：“张太监以为，内阁只是姓焦姓曹吗？我却知还有他姓。”

“那么，你是指杨阁老了？”张永说。

“又岂止一个杨阁老！”张綵不否认，他说的人中，包括了杨阁老，但又表示，并非到杨阁老而止。

“我知道了，你是要把李阁老列为元凶。”张永不无嘲讽地说。

“要治逆党，他怎就不能列为元凶？”张綵说，“他阿瑾媚瑾的行径，我一桩桩都为他记下。哼，说起奴颜，说起媚骨，他难道少过我了吗？”

“张尚书，你说李阁老、杨阁老也好，说焦阁老、曹阁老也好，抑或说其他大人也好，我都不与你辩。他们阿媚逆瑾也好，不阿媚逆瑾也好，圣上亦无意追究。而在你，有一事圣上必要追究，朝廷必要追究，你可知道是哪件事吗？”张永问。

“倒要请教。”张綵的态度仍然强硬。

张永上身前倾，手指张綵，低沉而有力地问道：“尚书犹记掷杯之事乎？肩上可还疼痛？”

张綵顿时语塞。真想不到，在密室中发生的事情，也会传到外间。看来，刘太监在宫中，在其他衙门，在其他太监身边安插了人，在刘太监的身边，也有其他太监安插的人。

张永不再鞫问。张綵的精神显然已经崩溃，过了好一会儿，他才重重吁了一口气，叹道:“悔不听康德函之劝！”康海告假还乡前，留给张綵四字赠言:“得退且退。”那时的张綵官运亨通，刘瑾的权势如日中天，哪会想到退步，哪会听进逆耳之言！

张綵在狱中指斥李东阳阿瑾媚瑾，南京监察御史张芹则上疏指斥李东阳阿瑾媚瑾。他的奏疏写道：“李某者，顾命大臣，当与陛下同休戚者也。方刘瑾乱政，既不能防微杜渐，又不能力与之争，顾降礼屈辱，且为草制，语极褒美。遂使骄横恣肆，荼毒天下。其罪已不可赎，乃以他人之功受恩赏。他日何以见先帝哉？窃见国家大臣正直者多不容于瑾方得志之时，奸邪者多已见黜于瑾已伏法之后，唯某始终无恙。臣不知其何善为自谋者若此也。乞立赐罢斥，夺其加恩，为臣事君不忠者戒。”

先称李某，既又称某，不客气到了极点。

张永对李东阳说：“万岁爷读了张芹的奏疏，大为恼怒，要为西涯先生重重处置他。”

“万万不可，”李东阳流着泪说，“张文林身为御史，论奏大臣是他的责任。逆瑾当国时，不许台官妄言朝政。圣上奋然除奸，天下欢呼，怎能再钤束言路？请张太监奏明圣上，如果处置张御史，老臣只有以死求去了。”文林是张芹的字。

在刘瑾抄籍的第五天，正是中秋月圆之日，李东阳引咎乞休，第六天，杨廷和上疏待罪。皇帝均不许，差司礼监资深太监到阁中慰留。李、杨求去，是大臣应有的姿态。内阁与司礼监的联系太密切了，司礼监掌印太监成了逆贼，阁臣们数年来与之安然相处，可说是大失其职。皇上慰留，是表示，宫中出了逆瑾，与阁臣们没有关系。朝局初变，百废待兴，李东阳与杨廷和当然也不好强求去官。但李东阳向张永说，如果皇上处置了张芹，他绝不能再留阁中了。

李东阳态度坚决，皇上不能从重处分张芹，命司礼监传旨，着夺俸三个月。

刘瑾定罪后，开始治逆党。八月十六日，大学士曹元首先被罢免，户部尚书刘玑、右侍郎陈震接着被罢免。八月十八日，宣示第一批刘瑾党人，约二十人削籍，从大学士曹元，到都御史，到寺卿，到三司官，到知县，各有数人。其中包括焦芳之子焦黄中和刘宇之子刘仁。另有十余人谪官。八月十九日，伏羌伯、总兵官毛锐罢免，他是第一名，也是唯一一名被罢免的勋臣。八月二十一日，南京工部尚书李善以下多人被科道官论劾，或致仕，或削籍，包括南京副都御史、南京太仆寺卿及布政使、按察使多人。同时，陕西总兵官曹雄免官，下都察院狱。除最初下狱的六人之外，他是受处分最重的武官。

各部奉旨，议改刘瑾所行秕政。兵部提出复宁府护卫，是刘瑾执政期间，最大的失政，应革。和其他各条一样，皇上准其所奏。

八月二十五日，刘瑾服刑。行刑处设在都察院前，由三名行刑手轮流行刑。按照大明律，凌迟者，须剐三万余刀，一刀剐下一薄片肉，刀刀不得触及要害。三日之内，犯人血肉模糊，渐渐不成人形，但不得咽气。如未剐够刀数，而犯人咽了气，便要追究行刑者的责任，发现行刑者有私情，意在减少犯人的痛苦，会处以重罚，直至处死。对行刑者来说，处死凌迟罪人，也是件受煎熬的事。

因为是公开行刑，围观者甚众，其中多是携钱而围观。他们携金带银来，是为了换取剐下的一片皮肉。这些都是刘瑾的仇家，有人直接或间接受过刘瑾的迫害，也有人是被刘瑾迫害致死者的亲属。这些人中有内官，有官宦，有市人，有商贾，有佣工，有农夫。他们争抢着取得刘瑾的一块皮肉，有的捧回家中祭奠亲人，有的当场生啖之，看得其他围观者毛骨悚然。

刘瑾早麻木了，不再感觉疼痛。他的眼睛仍然睁着，却早就失去了光泽。他如果还有思维，一定会想到王岳，一定会想到张永，一定想到了焦芳，一定想到了李东阳。如果王岳再精明些，如果焦芳不泄露廷臣们的密谋，他早就去南京闲住，不会有今日的痛苦。如果张永还念着昔日的交情，如果李东阳还念着自己对他的敬重，他也会去凤阳闲住，不会有今日的痛苦。

他还想到皇上吗？……

随着最后一刀捅进他的心窝，一个时代，刘瑾专权的时代，彻底结束了。

第七十六章

十月中，初冬时节，说寒不寒，说暖不暖，室中生上火盆不是，不生火盆也不是。皇帝宁愿在室外活动活动，晒晒太阳。他喜欢去的几处地方包括鞠圆亭。亭四周空旷，带上些人，来此蹴鞠，出一身汗，心情格外畅快。累了，在亭中坐上一坐，强似坐金銮宝殿。

鞠圆亭在午门内西南角。离它最近的衙门是中书房。虽然近却隔着一堵高墙。中书房在午门外的西侧。里面呐喊喧天，外面也听不真切。其他衙门就离得远了。大学士内阁办事衙门在午门内东南角。各部衙门在东华门外。反正都在东面，与鞠圆亭宛若在两个世界。皇帝特别喜欢来鞠圆亭，或是为此。

近午时分，皇帝蹴鞠出了汗停下来，问小宦者："今日张忠怎么不来侍候？"张忠是蹴鞠高手，能将鞠盘来盘去，像生在脚上一样。皇帝喜欢和他蹴鞠，也喜欢看他蹴鞠。玩耍了一阵，兴致已尽，发现他不在，顺口问道。

"回爷的话，"小宦者说，"他身体不适，今日告了假。奴才方才急着下场，忘了禀告爷。"

"这等大事，也好忘记吗？真该掌嘴。"皇帝说着，卷起袖子，似要亲自动手。

小宦者忙说："爷息怒。请爷赐奴才自己掌嘴，爷省些气力，再下场和他们耍一耍。"

皇帝笑了，说："好，自己掌嘴五十，权且寄下。我也不去耍了，想歇一歇。你速去唤张忠来，我有话与他说。若有延误，再赏你掌嘴五十。"皇帝说着，披上外袍。他也知道现在是容易染病的节气，有了病，别的不说，坐在屋内不得出外，真要气闷死了。

打西华门豹房，到午门西南角的鞠圆亭，路不算近，小宦者跑去跑回，比蹴鞠一场还要辛苦。到了皇上面前，他顾不上说话，先喘了口粗气，用手指了指身后。

"张忠呢？"皇帝多余问一句。他已看到，有人疾走而来，不用问，定是张忠。

"在后面。"小宦者好不容易喘匀了气，说，"奴才怕掌嘴，没命地奔跑，来向万岁爷交旨。”

“你很好，可也实在是蠢。朕要与张忠说话，你该让他拼命跑才是。你先跑来有什么用？你拿什么来交旨？”教训两句，皇帝又开玩笑地说，“念你辛苦一趟，以前所罚掌嘴，统统免掉，以后再罚掌嘴，也预免一百。”

“爷，奴才拼命跑了一趟，只预免一百，未免吃亏。”小宦者与皇上讨价钱。

“那么，预免三百如何？”见小宦者要跪下，皇帝说，“你先不要忙着谢恩。预免三百，我却有些不上算。这样吧，朕已说了预免三百，那就预免三百。以后该掌嘴五十，着你掌嘴五百好了。你也不亏，我也不亏，你看如何？”

小宦者苦着脸说：“奴才不敢贪心了，爷就赏奴才预免一百吧。只望爷以后多赏奴才几次跑腿的差事，让奴才多赚几次预免。”

说笑间，张忠到了，跪下向皇帝请安。

“起身说话。”皇帝吩咐。

“谢爷恩典。”张忠起身，说道，“奴才该死。奴才偏偏今日得了病，不能来侍候爷，扫了爷的清兴。奴才好生不安，请万岁爷赏打。”

“你无须不安。”皇帝说，“朕唤你来，不是要罚你，是有事情问你。但你要小心答话，如果答话不实，那就不是打罚一顿可以了事了。”

张忠不知皇帝要问何事，但看来事体不小，不由得变了脸色：“奴才不敢在万岁爷面前说谎。爷有话问，奴才向来说实话。”

“这我相信。但我不问，你便不说的事情也是有的。以前的事不追究了，以后再不可如此，你听清楚了吗？”皇帝的声音有些严厉。

“是。以后奴才知道的事情，不管万岁爷问不问，都一件一件报与爷知。只怕有事要告诉爷时，见不到爷，又怕见到爷时，爷不愿听。”

“胡说！”皇帝斥道，“难道张三李四屙屎屙尿之类的事情，也要告诉朕吗？你在宫中的年头不少了，大事小事重事轻事急事缓事，总该分得清楚吧？”

“是。”张忠又应，“以后该让爷知道的事情，不管爷问与不问，奴才都一件一件报与爷知。”

“这就对了。”皇帝满意了。

张忠见皇上的脸色缓和，便试探地问：“万岁爷，以前爷该知道，爷没问，奴才也没有说的事情，是哪一桩呢？”

皇帝点了点头，赞他问得好：“张忠，去年春上，在你家乡捕得巨盗之事，你还记得吗？朕记得，他名叫张茂。”

原来是此事，张忠松了口气说：“万岁爷，张茂之事，爷曾问过奴才，奴才也报过爷。”

“不错，你曾与朕说过，他是乡绅，不是巨盗。但有一事，你却不曾与朕说过。”皇帝道。

“是。那张茂有许多故事，奴才不曾一件一件报与爷知。”张忠不知皇上说的何事，又有些紧张，加倍小心地应付着。

“朕说的都是要紧的事。”皇帝说，“这个张茂，曾经去过豹房，曾经侍候朕蹴鞠，是也不是？”

张忠脸色顿变。张茂确曾纠缠着他，要到宫中逛一逛。张忠说，他做不得主，让张茂去找谷太监。谷太监却对张茂说，张忠兄弟便可做主，你去找他吧。张忠被挤兑在那里，碍不过情面，又想到豹房是常去的地方，西华门警戒较为松弛，便偷偷领着张茂去了几次豹房，偷窥万岁爷寝息。有两次，还壮着胆，领他去了演武场，适逢皇上射箭后，与一班小宦者蹴鞠，要张忠下场，也要张茂下场。张茂后来还陪着皇上踢过几次，皇上见他踢得精彩，心中高兴，也不问他是谁。没想到，事到如今，皇上都知道了。知道陪他蹴鞠者，竟是京畿有名的巨盗。

张忠就地一跪，叩着头说：“奴才犯了天条，奴才胆大妄为，恳请万岁爷免了奴才死罪。”

“你的话好不奇怪，谁说要治你的罪了，而且是死罪？幸亏你只在豹房侍候，若差你去三法司鞫案，朕看你一定要滥杀无辜了。”

带了外间不相干的人进宫，万岁爷并不加罪，张忠只有喃喃地说：“奴才无罪，奴才无罪。”

“你引荐张茂侍朕蹴鞠，怎会有罪呢？”皇上说，“莫说他不是大盗，便是巨盗，也只是来侍驾。我问你，张茂还在狱中吗？”

“回爷的话，他不在狱中了。”张忠答道。

“如此说来，已开释他回乡了？”

“他也没有回乡。”张忠定了定神，说出实情，“他已于去年病死狱中。”

“可惜！”皇帝叹道，“朕今日蹴鞠，突然想到了他，想你再引他来，侍奉朕一回。”

“他的福薄，没有等到今日。不过，他地下有知，也是感激万岁爷的。”张忠说。

皇帝在亭中呆坐了一阵，好像话也说尽了。张忠侍立一旁，不敢请示去留，向找他来的小宦者使了个眼色，要他代为请旨。小宦者会意，上前扶了扶皇帝的披袍，轻声问道："爷，午时已过，咱们回驾吗？豹房那边已侍候御膳了。"

皇帝看他一眼，似不明白他在说什么。

"爷，咱们该用膳去了。"小宦者简率地说。

皇帝这次听明白了。他看看亭子四周三三两两侍候着的伴者，说："让他们先散了吧，朕还想在这里坐一坐，迟些再回。"

小宦者应着，向四周挥了挥手，那些人给皇帝叩了头，悄无声息地离开。小宦者又靠近皇帝，轻声开："张忠也让回吗？"皇帝颔首，张忠如获重释，叩了头，刚要迈步，又被皇帝叫住："张忠！"

"奴才在。"张忠连忙站立不动。

"张茂之死，你咎不能辞。"皇帝说，"如果你当时如实对朕讲了，朕绝不能让他死在狱中。不过，他既然死了，或如你说，他的福薄，你为他做做法事吧，要他来世再侍候于朕。"

"万岁爷泽被天下，奴才遵旨，去大隆福寺为他做几日法事，让他在阴间也有依靠。"张忠道。

"他家中还有什么人吗？"皇帝想到一事问一事。

"听说没有了。听说自他被逮拿，地、宅均收为官产，妻妾走散四乡。听说他也没有子女。奴才曾和他讲笑话：你又不像我，怎么也养不出儿子来？"说到此，张忠大惊：这张嘴，说着说着就不着边际了，以后非缝起来不可。万岁爷也不像你，万岁爷也没养出儿子来，他听了能不恼吗？

皇帝没有恼，反而很有兴趣地问："着哇，他不像你，也养不出儿子来，他怎说？"

"他说，他曾做过一梦，梦见了送子娘娘。娘娘说：你的福分是得见真龙，其他福分不会再有了。你不用再烧香求子。"张忠编出一通故事，掩饰方才的失言。

"原来你说他福薄，是他自己告诉你的。"皇帝说，"那么，朕不曾救他一死，也是天意。"

"是，是。"张忠连声应道，"他自己不说，奴才又怎知他福薄？其实，他得见爷一面，已是福星高照，不该再说福薄了。"

"张忠，张茂之事不必再说了。朕有一事，要你去办。"皇帝不再说笑。

"是。万岁爷的差遣，奴才一定办好。"

"刘宠、刘宸、杨虎、齐彦名等三十四人，你识得几人？"

皇帝问得突然，张忠吃了一惊，忙回话："奴才一个也不识。"

"如此说来，朕要你办的事情，你是办不成了？"皇帝的问话，大为不满。

“万岁爷要奴才办事，奴才拼死去办。”张忠道，“奴才不明白，为何不识得那几个人，爷的差事，奴才就办不成。”

“因为朕要你去安抚。你文不能草敕，武不能提刀，再不识得一人，又怎能行事？”皇上说。

“爷，奴才虽不识他们，却可以安抚他们。”张忠说，“奴才不识他们，却听张茂说起过他们。张茂说，他们都是四乡的好百姓。”

“张茂何时对你说的？”皇帝发现了破绽，问道。

张忠也发现言语有失，但除了继续往下说，别无他法：“他在狱中对奴才说的。”

“你探过监了？”皇帝指点着他说，“这件事，又是朕不问，你也该告诉朕，而不曾告诉朕的。”

“奴才知错了。”皇帝话不严厉，张忠便认了错。

“你去探监，张茂为何会说起刘宠等人？”

“张茂对奴才说，他曾有恩于刘宠等人。他蒙冤下狱，刘宠等人拼死拼活也要救他出去。他们来京中活动，投诉无门，千不该，万不该，找到了刘瑾的家人梁洪。”张忠一番话半真半假。

“也没有什么不该。那时不去找他，却去找谁？找你，你做得了主吗？”皇帝另有见解，“梁洪又怎样说？”

“梁洪说，必得一万两银子，才可救人。”

“一万两银子救一条命，说来也不算贵。”

“皇上说的是。但张茂的家财均被官府抄没，刘宠等人又是普通农家，哪里去凑一万两银子？他等一时情急，乱了本性，便去做些无本的买卖，以凑足梁洪要的银数。”张忠巧妙地为刘宠等人辩了一句。

“何谓无本的买卖？”皇帝好奇地问。

“就是没有本钱，凭着两只手，把他人的钱财夺将过来。”张忠不清不楚地解释道。

皇帝听明白了：“那不就是强贼吗？”又问，“这些事情，张茂在狱中又是怎么知道的？”

“他是听梁洪说的。”张忠渐渐说顺了，“梁洪对他说，你的朋友正在霸州为你打劫行旅。你且安心，他们凑足了一万两银子，你就可以出狱了。”

“这个梁洪，好生可恶，”皇帝恼道，“为了得人银两，便怂恿他人为盗，京畿怎能不乱！”

“谁说不是。”张忠顺着皇上的话说。刘瑾的两名亲信家人，刘成在刘瑾被逮的当天，自尽而死。梁洪欲出逃，被锦衣校尉在追捕中打杀。反正死无对证，张忠尽可以随意编造。“等到了期限，拿不到银子，梁洪又对官府说，刘宠等人是强贼，使官府剿灭。宁都老爷抓来了张茂，本就要坐实他是巨盗，只因朝廷无旨，不能大动干戈，听梁洪一讲，立即行剿。爷想，那时节，梁洪的话就是刘太监的话，而刘太监的话又是朝廷的话，梁洪的话对了宁御史的心思，他还不用心吗？这一来，京畿就乱了。刘宠等人，本来不过是一人两人，做些强取强拿的勾当，被官兵一剿，走投无路，只有聚在一处，与官兵对抗，反而成了一股势力。”张忠滔滔不绝，讲了许多，忽然发现皇上正用奇怪的眼神盯住自己，忙打住话头，“奴才无知妄言，说差了，请爷恕罪。”

“你不是无知，你很有见识呀，你对京畿的事情也很清楚呀！”皇帝不知是挖苦还是赞赏，“听你的意思，对刘宠等人是要安抚了？”

“奴才不敢乱说。”张忠道。刚才的一段话，为刘宠等辩护之意太明显了，日后有了差错担当不起，须马上说些转圜的话：“是剿是抚，万岁爷亲裁，奴才是听了万岁爷说安抚，才想到，霸州之事定是如此，而不是如彼。”

“不错，朕意在抚。”皇帝说，“既然张茂并非巨盗，刘宠等要救他出狱，不算大错；他等劫持行旅，也未成大乱。与其剿灭，不如疏导。只是，以何等名目拟旨，还要寻思。”

“要不要奴才唤司礼监的公公来？”张忠欲借此脱身。

“不用了。”皇帝似乎在打什么主意，而且逐渐拿定了主意，“张忠，你有熟识的给事中、御史吗？”

张忠不敢随便回答。本朝制度，不准内官与外朝结交。如果说有熟识的科道官，以后多一项罪状，捏拿在人手中。如果说没有熟识的科道官，又怕失去为皇上办事的机会。于是，他使用了两可的说法：“万岁爷要奴才找靠得住的给事中、御史办事，奴才想必是能找到。”

“好，你去找一个，暗中向他交代，要他弹劾宁杲一本，我便好宣旨了。”皇帝说，“不过，你只可与他论私交，不许说是朕的意思。”

“爷圣明！”张忠竖起拇指说。这是一件不难办的差事，他高高兴兴找人去了。

正德五年十月十二日宣旨：免霸州盗刘宠等三十四人之罪，许其到官自首。

第七十七章

改正刘瑾弊政，包括将放外的翰林院官、科道官陆续召回，将被罢官贬官的朝廷各衙门官员陆续召回。王守仁在十一月回到京师。他任龙场驿丞两年，今岁初升任江西吉安府庐陵知县。他三月到任，九月离任，第一次主地方政务，约半年时间。

过去父子二人都安家在京师，王守仁贬谪，王华南调，京中的宅子卖掉了，一时买不到合适的住处，王守仁暂时寄宿在大兴隆寺的客房。

不少旧日好友，闻讯即来，一是问候，二是道贺。当年是凄凄惨惨，带着伤痂而去；今日是喜气洋洋，带着希望而回，怎能不贺？

最先来探望的，是年长他十岁、功名早他五科的前户部左侍郎储罐所荐，现任后军都督府都事的黄绾。储罐其实只比王华晚一科，但一直以同辈、以友侪视王守仁。王守仁对他怀有挚情，他推介的人，王守仁一定善待。

“伯安先生，唐突得很！”黄绾作揖道，“向无缘识荆，知先生还京，晚生恰好有一趟去南京的差事，顺便过泰州拜望了静夫先生，托他作函引见。”

“何用多此一举？宗贤仁兄，说起来，令祖黄老侍郎还是家父的师辈，令师谢方石先生于我也是师辈，我们平辈论交吧。”王守仁提到的谢方石，是曾任国子监祭酒的谢铎。

“不敢当！”黄绾说，“伯安先生不但长我几岁，而且走的是正途，国贤只能望先生项背而已，平辈论交的话再也休要提起。”

“国贤世兄言之差矣。我等进出科场，是皇恩浩荡；世兄承祖荫，也是皇恩浩荡。西涯公以天下士待世兄，他的话我们都是当场听到的，谁不羡慕？世兄怎么也有世俗之见呢？”

“伯安先生见教的是，异途同归，何异之有？殊途同归，何殊之有？”黄绾欣然言道。

“你的话有些近禅了。”王守仁笑着说。他年轻时也仰慕佛学，对释理禅理很有些敏感。“敢问世兄，志于何学，归于何途？”

“志在圣学，归于圣道。”黄绾答道。

王守仁大喜，隔窗叫着王小。王小入室，问主人有何事吩咐。他听隔院僧人诵经，正听得有趣，被主人打断，有些不高兴。

“你在外面做什么？”王守仁见他面有愠色，先去问他，“想是又在和火头道人斗叶子。”

“老爷冤枉我了。我在听僧人诵经。”王小说。

“你会听得那么入神？我叫了三声，你都没有听到？”王守仁说，“你听诵经，听出了什么名堂吗？”

“老爷，此处和尚诵的经和庐陵和尚诵的经不同。”王小说，“小的想，佛祖不知喜欢哪处和尚诵的经，听得懂哪处和尚诵的经？”

王守仁和黄绾都笑出了声。王守仁问：“王家小二又听得懂哪处和尚诵的经文，喜欢哪处和尚诵的经文呢？”

“哪处的经文我都听不懂，哪处的经文我却都喜欢。”王小出自湖广，京腔和江西土话都听不大懂，但诵经的节奏和气氛差不多，他喜欢的便是那种节奏和气氛。

王守仁叹道：“听不懂，却又喜欢，世人念佛，大约都是如此。”本来可以借此题目发许多议论，然对黄绾而发，是无的放矢，对王小而发，是对牛弹琴，所以，他不多说，只问王小：“黄先生来了多时，怎不送茶来？”

“我以为他来约老爷外出呢。一直在外面候着，老爷一招呼，便进来侍候老爷更衣，谁知半晌没有动静，我也正在奇怪呢。”给了王小开口的机会，他绝不放过。

“现在你看到了，我和黄先生要在僧寺客房坐谈。去为黄先生沏茶。”王守仁吩咐。

“是。”王小应了声，却没有出去的意思。

“咿，为何还不快去？”王守仁问。

“老爷那么多种茶，我不知这位先生要哪一种。”王小道。

王守仁知他心中不快，不与他计较，而对黄绾说：“一路来，友人送了不少茶叶，有江南的碧螺春，也有江西的云雾茶，谁知成了王小的心病，倒不如只有一种的好。国贤世兄喜欢哪一种？”

“不劳费心。”黄绾笑着对王小说，“小兄弟，我和你一样，哪一种茶都喜欢，却哪一种茶都品不出滋味，你随便赏我一杯即可。如果你觉得千里迢迢带了来，赏了我喝可惜，一杯白水亦可。”

黄绾的话诙谐，王小笑出了声，高高兴兴备茶去了。茶送上来，主、客前面各有一杯，揭开杯盖，一阵清香飘了出来。

“果然是好茶。”黄绾赞道，“不枉带了它行数千里路。小兄弟，多谢你厚赏。”

王小受赞，高兴地退了出去，接着听诵经。

“国贤世兄请。”王守仁举起手臂，让了让，“世兄方才说到，志在圣学，归于圣道，此学久绝，世兄于此有了心得，请赐教。”

黄绾说：“不过初立志向，实则未曾用功。”

“人但患无志，不患无功，吾子有志于圣学，不愁日久无功。”王守仁的话中，有了教训的味道。

“南来士人说起伯安先生在贵州、江西的讲学，国贤以为，伯安先生所讲习者，均是圣学，故翘首以待久矣，望先生有以教我。”

王守仁谦道：“不瞒世兄，我与你一样，也是有志于圣学。我于圣人之学，有所思有所见，也是涉其皮毛而已。要我传授，我是传授不了的。国贤世兄心诚志坚，必能于圣学有所大悟。我愿与世兄切磋砥磨，共图弘扬。”

“伯安先生的激励，晚生记在心中。”黄绾说，“今日来见先生，是有困惑要请教。”南来士人说起王守仁，传闻者多，黄绾说是困惑，其实也要探一探虚实：“仁与恕，都是圣人之道，二者的区别在于何处？”

王守仁对第一位访客很看重，对第一位访客的第一个问题更是看重。能不能以学术在京师士人中立足，第一番讲说或是关键。他思考成熟后，方侃侃而谈：“某试言之。夫子说：己所不欲，勿施于人。他人加诸于你，你不能忍受，你要加诸于人，人也不能忍受。你一定要加诸于人，便是不仁。你能够不加诸人，我以为，就是夫子说的仁。然我所欲者，能不能加诸于人呢？是不是一定要加诸于人呢？我之所欲，皆自然而然，出乎吾心，并不是他人强加于我的。因此，我之所欲，也不能强加于人。我须得讲明道理，使彼自然而然、出乎彼心地接受我之所欲。在彼没有自然而然、出乎彼心地接受之前，不强加于彼，我以为，这就是夫子说的恕。仁、恕的区别，便在于此。”

“受教！”黄绾起身，行礼致谢，“先生讲的果然精彩，晚生如汲甘露，茅塞顿开。”

“我二人切磋而已，休要这般说。”王守仁道，“不过，世兄为何想到仁、恕两个字，并思索两个字的区别，可见告吗？”

“这是我的一桩心事。”黄绾道，“我曾上万言书与西涯公，伯安先生知道此事吗？”

“不知。”王守仁摇摇头，“那是何时之事？”

“整整四年之前。”黄绾不由得忆及当时的情形，“逆瑾初擅权，刘晦庵、谢木斋两位阁老去官，韩尚书等被免，朝廷安危系于西涯公一身。我投函西涯公，辨析形势，提了十数条建议。在我看来，十数事都是仁政，实施一事，朝廷获益匪浅。谁知西涯公不但不能实施，竟然不加理会，好似不曾有过此事。我心中滋生不满，与他的关系无形中也疏远了，甚而附会流言，对他大加责难。听了先生的解说，我想，仁我是懂得了，恕却没有懂得，于仁、恕之间，难以区处。”

“国贤世兄学以致用，实是难得。”王守仁说：“恕字不但难以懂得，更难以做到。不过我想，西涯公不加理会，怕还有其他原因。世兄可讲一讲函中的内容吗？”

“正要请教。”黄绾那函是用了心血写的，内容还记得很清楚：“我第一条写的是倡学。我以为治乱之机在于一人，故必勉其君以为学。夫学所以去人欲全天理，不学则人欲之萌如奔流。”

“去人欲全天理，是为人的根本，更是立国的根本。”王守仁说，“你的第一条写得好，有了这一条，我们必成同道。”

“先生谬奖，晚生惶愧！”黄绾请教：“人欲与天理二者，先生可为某辨析乎？”

王守仁说：“此心无私欲之蔽，即是天理。只在此心去人欲、存天理上用功便是。但知在去人欲存天理上做功夫，便有了圣人气象。世兄以去人欲存天理求之天子，那是求在了为人立国的根本上。”

“先生将去人欲存天理归之于此心，我一时还难以理会，须慢慢琢磨。”黄绾说。

“正是，这一点要反复辨析，方能透彻。”王守仁说，“国贤世兄，你函中第二事又说的什么？”

“我第二事说的是，当先修内政，不可以三五刑余之人持人主之命。”黄绾说。

“类似的议论，函中可还有？”王守仁问。

“还有。第二事是以人主的立场而言，第四事，则是以宦者的立场而言。”黄绾叙第四条，“我言道：古设阉官，专便阃内役使，他无所为。刑余之辈，必鲜忠良，不用犹为不可，况揽天下之权哉。”

“说得很深刻！”王守仁若有所思，“国贤，西涯公对你的投函不理会，怕另有一番用心。”

“伯安先生的意思是——”

“他是不欲你惹祸。”王守仁说，“试想，逆谨气焰嚣张，一言不慎可以戍边，一语不当可以死人，你若上疏，他拦不住你。但你投私函，他不泄于外，正是为了保护你。”

“这我却不曾想过。”看来，黄绾也承认有这种可能，“他老人家既不给我回函，也不找我谈话，我心中甚是委屈，对他便有了些看法。”

王守仁就事论人，说：“西涯公人品是好的。你的一大篇议论，他不予理会，未能实施，不妨说他没有见识到，不能说他不兴圣政，不妨说他惧祸，不能说他使奸，不妨说他委蛇避瑾，不能说他奴颜媚瑾，不妨说他与逆瑾共事，不能说他与逆瑾为伍。我常想，我几命丧杖下，贬谪到穷山恶水，荒蛮之区，这几年过得不容易，他主持内阁，前后有贼，左右是虎，稍有疏失，便不自保，这几年过得也不容易。平心而论，这几年来，朝廷也多亏有他在。”

黄绾默默而听，不加一语，自觉王守仁持论比他要公正。王守仁说过人品，又说文学：“西涯公的文学也是好的，他喜读古雅，善做诗文，我等后辈都受过他的指点，多少人要称他一声老师。我常想，本朝自弘治以来，文风大盛，究其源，或不在于西涯公，论其体，则以西涯公为一代宗师。”王守仁说到此，话锋一转：“国贤世兄，我知道，这些年来，台上台下，明中暗中，有不少人议论李阁老，我也有意议论几句。我议论的是李西涯，可不是你黄国贤。”

黄绾忙说：“听了先生的宏论，国贤受益匪浅。先生论的是西涯公，也是我黄国贤。听先生一说，我方领悟：没有夫子的恕道做人难矣，行事难矣，也使他人难做人，难行事矣。如对西涯公，我将他的爱惜当作了恶行，几发宣言讨之，想想真是后怕。”

王守仁见黄绾悟性甚高，且事事联系自身，大感欣慰。他说：“对西涯公，我还有一议。他人品是好的，文学是好的，只是在学上没有下功夫，不免可惜了。国贤世兄，我说一句大话，复圣学，非你我辈其谁！我志于此久矣，若在朝为官，便讲学于师，若在外为官，便讲学于职处。拳拳此心，终身不辍。”

黄绾被他说得激动起来，向王守仁行礼道：“国贤愿追随先生立志弘扬圣学。”

王守仁点点头，显有应允之意。二人说得投机，不觉天色晚。王守仁说国贤世兄，我与你去见一人，于你定有补益。

“是。”黄绾谦恭地应道，已似执弟子礼，“先生要领我见何人？”

“我们去见元明先生。”王守仁告诉他。

听说是此人，黄绾不无担心：“伯安先生，湛编修高傲得很，造访者常吃他的闭门羹。”

“不妨，”王守仁笑道，“我和他是旧识，他着人来约我，我是一定要去的。今日与子相谈甚欢，他见了吾子，也一定有心接纳。”

黄绾定下心来。他因承祖荫，不能再与科举，在出身于场举的士人面前，一半是自卑，一半是遗憾，对科举中名望甚著的士人更不欲攀附。所以，王守仁提出去见湛若水，他有些顾虑。不然，湛若水钻研理学，在朝廷，在京城是出了名的，他何不登门就教呢？

湛若水，字元明，广东增城人，弘治十八年进士，在会试中名列第二，廷试中名列二甲，改庶吉士。那一科的庶吉士，以崔铣为首，严嵩为次，他排在第三名。王守仁说他们是旧识，即王守仁当时任官吏部，湛若水在馆，二人就慕名而交。不过，那时的王守仁尚有杂念，不能一心于圣学，与湛若水是泛泛之交。

“元明编修从白沙先生游学有年。人称白沙先生为活孟子，元明先生所持一定是正学。”黄绾向往地说，“伯安先生肯引荐，国贤甚是心感。国贤不才，一生愿望便是与贤者交。”

陈献章是一代大儒，号白沙。他科场上不得意，遂在广东新会乡间筑阳春台，日夜读书不止，数年不出户外。后游太学，名震京师，至有辞官师从者。湛若水是在弘治五年中乡试后，师从陈氏，也不再有仕进之心。直到弘治十二年陈献章病卒，他才遵母命，入南京国子监，并在会试中大放光彩。据说，是科考试官、翰林院学士张元祯，左春坊大学士杨廷和阅卷，读到湛若水的策论，相与抚卷曰：“非白沙之徒不能为此。”不约而同地将他置于第二。

王守仁欲引黄绾见湛若水，黄绾自是求之不得。第二天，王守仁与黄绾会齐，前往湛宅拜晤。三人志同道合，相谈甚欢。湛若水和黄绾定下“终日共学”之约。

第七十八章

时近正旦，京城中洋溢着欢快的气氛。自正德元年以来，四个正旦节都是在压抑的心情下度过，伴随节日而来的，不是某人贬谪致仕，便是某人罚粟戍边，大家都有过年不若无年、过年不若避年之感。今年不同了，除却逆瑾，朝廷待臣子宽松了，臣子心中有话敢说了，正旦节才有了年节的模样。

进呈《孝宗皇帝实录》后，被刘瑾转调南京的一批翰林官，被召复旧职，陆陆续续到京。编修陆深约崔铣同去拜谒李东阳，崔铣称有他约，不能奉陪。陆深与崔铣是同科同馆同授翰林官同调南京吏部主事又同召回翰林，有这许多相同，同去拜谒李东阳，是再自然不过的事，崔铣既然不能去，陆深也就不想再约他人，自己去了李阁老胡同。

“子渊别来无恙。”李东阳见到陆深，高兴地打着招呼，但底气已不如以往那么足了，“我知你行色匆忙，京中的家安顿好了吗？”

相别不过一年有余，此次再见，陆深发现，李东阳的气色大不如前。李东阳的身体一直不好，但精神不曾衰败。今次看来，精神也大不济。陆深在敬爱之情外，又多了些怜惜。

听到李东阳问，他忙答道：“已安顿下来，多谢老师关心。老师身体可好？”

“还算过得去，”李东阳说，“然而孟秋夕阳，想多做些事情，也是力不从心了。”

陆深只能说些宽慰的话：“老师千万不要泄气。朝廷大政，还要老师来主持。我等后生都祈望老师身体康健。常说人逢喜事精神爽。如今喜事竟似联袂而来，一日多过一日，老师的身体也定是一日好过一日。”

李东阳微微摇头，不知是不同意喜事一日多过一日的说法，还是表示身体不会一日好过一日了。但对陆深的一片爱护之情，他还是很感激的。“有了子渊的祷祝，我的身体真似好了一分，多谢了！”李东阳说，“至于内阁事务，现在多由介夫先生操持。经济之才，他远胜于我。再加上叔厚先生、司直先生入阁，内阁的阵容巍然可观。我在不在，于大局无甚妨碍。”

九月，南京吏部尚书梁储以太子少保、吏部尚书兼文渊阁大学士入阁，前南京礼部尚书刘忠以吏部尚书兼文渊阁大学士入阁，内阁有了些活力，不再像前一阵李东阳一病，曹元形如木偶，只剩下杨廷和孤家寡人的局面。

“内阁人是增添了，但先皇帝托孤的老臣，只有老师一人在朝廷，以后也只会有老师一人了。”陆深说。托孤的老臣，有刘健、李东阳、谢迁。刘、谢早离开朝廷，且已削籍。朝廷还没有议刘、谢之事，看来，前议会纠正，却不会再请他们回阁办事。前不久，复刘大夏、韩文、杨守随、林瀚、许进等官，后面加了一句：仍致仕。刘健、谢迁复官，肯定也是仍致仕。况且，刘健年事太高，不宜再加委用了。所以，陆深断言，托孤之臣，以后也只有李东阳一人，意在劝告他，不可一意求去。

“子渊的话不错，只要能支撑，我总要再支撑几年，才对得起先帝。”李东阳想起一事，突然问道，“子渊过去与应宁先生常有来往，今次来京，见过应宁先生了吗？”

“拜过应宁先生了。”陆深说。杨一清是在八月刘瑾被诛后，召回朝中，任户部尚书的。“此次一举诛灭逆瑾，应宁先生功不可没，而应宁先生得以保全在前，委用在后，全靠老师一力维持。学生听各衙门各位大夫都是这般说，心中对老师好生景仰。”

“逆瑾行事，天怒人怨，自取死道。我等的是非功过，留待后人去评议吧。”李东阳说，“我问起应宁先生，是因为想起了一件事。子渊，劳你再去趟杨府，替我传个消息与他。”

“是。”陆深答道，“老师有事，弟子服其劳，老师请吩咐。事情若急，我立时便去。”

“不须急，子渊再坐一坐。”李东阳本打算讲要陆深传的话，却一下把话扯开很远，“应宁先生还朝，是朝廷的大幸。但他一回来，便遇到两件不顺心的事，子渊可知道？”

“应宁先生与我说了好些话，却不知道哪两件是老师说的不顺心的事。”陆深道。

“第一件事是关于曹谦。”李东阳说。

“这件事应宁先生曾提起。”陆深接过话题说，“他说，曹谦料人则明也，处人则忠也，其所自料自处何哉！说着这话，先生嗟叹不已。”

曹雄虽平宁夏有功，却因附刘瑾，被朝廷处以极刑。后免死，永戍海南。曹雄和仇钺都是平宁夏有功的武将，前后运数大异。刘瑾在日，功全归曹雄，不及仇钺。陕西巡按御史阎睿奏言宁夏事，以仇钺功第一，被罚俸三月。刘瑾一死，仇钺封咸宁伯，曹雄则先论死后戍边。

杨一清惋惜的不是曹雄，而是曹谦。杨一清前次总制陕西三边时，曹谦曾从学于他，对他尊崇备至。曹谦学识广博，敏捷聪慧，于军事更有奇才，料事无不中。后杨一清家居，曹谦寄书曰：“先生世所不可无者，而又世所忌也。”对他仍是尊崇备至。曹谦不幸娶了刘瑾的侄女，曹雄虽免死，他却拷死狱中。杨一清与他是知己师弟，对他的死，心中怏怏不快。

“生死成败，常有不可料者。”李东阳与曹谦是陌路，说起话来，便要超脱些，“应宁先生不顺心的第二事，则是关于织造。”

司礼监曾传旨：着太监乔忠、吴经织造南京，许带长芦盐二万二千引。杨一清作为户部尚书，力争不可，皇上执意不从。杨一清不好再争，又不能不再争。这是他入朝以来第二件不顺心的事，而李东阳要陆深传与杨一清的消息便是皇上对此事的最新处置。

“子渊，皇上的意思，是与乔忠、吴经二人一万二千盐引，另一万引，折两淮盐价二万全给之。请转告应宁先生，只能如此了。”皇上即大位之初，合内阁三人之力，也不过是争了个半给盐引，半给价银。现在杨一清所争，虽然得到内阁的支持，但出面争的只是他一人，有此结果，很可以满足了。

“是，老师的话我一定带到。”陆深看了李东阳一眼，问，“老师说只能如此，却并不以此结果为满意，我说得可对？”

李东阳叹了口气：“当然不能满意。今年以来，各处灾异频仍，三月多处大旱，六月秦川山崩，到了十月，四川、浙江、南直，处处上报水灾，十二月，大同又报霜灾。灾异之年，人心不稳，四川、江西、京畿，盗贼四起。唉，此际应多抚恤，实不该再坏盐法，使会计失常，人心更愤。应宁先生的户部尚书，难做呀！”

“老师，有件事我不明白。”陆深请教道，“川、浙、赣等地因灾异，贼人乘机而起，还好解释，今年京畿大稔，为何也不安稳呢？”

“子渊，你问得好！你的疑惑，我在二十年前也曾有过。我这里有篇旧文，你读一读，或可解惑。”说着，便唤李荃。

李荃入室，先向陆深请安：“陆先生安好。你等一干翰林在南京时，我家老爷心中甚是惦念，时常提起。崔先生也是与你一同回京的吧？他为何不与你一同来看一看我家老爷？”他的管家是崔铣戏封的，对崔铣多了一分亲近。他不向陆深问别人，也要问他。

“子钟兄与他人有了约，今日不能来。”崔铣是这样应付他的，他也这样应付李荃。其实，他有种感觉，崔铣不与他同来，或为了别的原因。

“请陆先生代小人问候崔先生。”李荃说，“就说，他封赏的管家很想念他。”

“他定也在想你。”陆深笑着说，“李管家的话，我一定带到。”

李荃这才问李东阳：“老爷，唤小人来何事？”

“你和子渊的话说完了？“李东阳对陆深说，“我这位管家，终日与我相伴，闷死了，你看，你一来，他有多少话说。”

“老爷说差了。”李荃驳他，“整日听不到人说话才会闷死。老爷以为自家的话少了吗？你每过一日，话便多一些。与老爷相处，只会因你的话太多而烦死，不会因为听不到人说话而闷死。”李东阳和陆深都笑了起来。李荃说话不知轻重，却道出了实情：年龄越长，心中越存不住话，越要寻人倾诉。

陆深道：“李管家，这是你的福分，与你家老爷相处，每听他一句话，便长一分学问。”

“子渊，我们李管家未必和你一样，每多听我一句话，他要多呕一分心思。”李东阳说罢，吩咐李荃，“去把我昨日与你讲过的文稿找来，请陆先生一阅。”

李荃真是李东阳离不开的人物，李东阳要找的文稿，也只有他才找得到。

“子渊，这是多年前写的，请你一阅。”李东阳指着文稿，对陆深说，“因为是急就章，文字上未作推敲，阅者莫要苛求。”

“老师说哪里话！大家风范，何须推敲，学生拜读。”陆深双手接过已微微变色的纸张，一字一字细心读下去。文稿的题目是《送户部郎中郑君督粮宣府序》。

> 闽人郑君叔亮以户部员外郎督粮德州，召还为郎中。予与谈秦晋河洛饥荒死徙之状，因及今岁畿郡之丰熟，以为贺。君愀然曰：人皆知丰之为利，而不知其为害也。当秋成时，谷粟率数石而得银一两，田赋力役或累岁年。而大同宣府边储告缺，又方有转运之令。官所给余粟，不能给道里费，则又取足于民。数者并困，不得已而鬻之，一饱之外，殆无赢多。则不待阅岁而已不知其民为平矣。

陆深边读边想：那年是外省饥荒，京畿丰熟，与今年相仿佛。丰年而亦动荡，而有盗贼，自己困惑不解，老师其实也是困惑不解。不然，何必找出旧日文章来读呢？老师说，他在二十年前疑惑不解，于今日也未必真解开了。丰年民苦，到底是因为谷丰价贱呢，还是因为力役更重，还是因为转运之苦，那位郑郎中也没有讲清楚。不过，有一点讲清楚了：丰年不可恃。

陆探叹道：“宦者进亦忧退亦忧，民者熟亦忧欠亦忧，然则何时而乐耶？先天下之忧而忧，后天下之乐而乐，天下又何日有乐？”

“但愿我等不成器的宦者一忧，可换得天下人一乐。”李东阳也很感伤。到底能不能换得天下人一乐，他心中渺茫得很。

陆深见引得李东阳郁闷，心感歉疚，有心谈论轻松些的话题：“老师，我记得你说，庚子年主应天会试，曾去锡山一游。苏州和松江都是江南巨郡，何不就便游一游呢？”庚子年，是成化十六年。那一年，李东阳奉旨赴南京主应天乡试，心仪太湖美景，忙里偷闲，游了一番无锡。陆深提起旧事，以期改变李东阳的思绪。

“壮哉太湖！”李东阳忆及旧事，赞了一句。他开玩笑地说，“子渊，你问我为何不游苏、松，那是因为太湖不在苏、松。你若以太湖就苏、松，我自然要游苏、松了。”

“多行几日路程也在所不惜吗？”陆深笑问。

“在所不惜。”李东阳肯定地说，“以天下之大，太湖实有可观者，无怪乎称大湖都不行，还要加上一点。这一点实在加得好。”

“老师爱太湖，又何必以太湖就苏、松？”陆深说，“若以苏、松就太湖，老师不就可以少行几日路程吗？”

“也未尝不可。”李东阳说罢，二人大笑。

“老师也不必过于偏爱太湖，”陆深把李东阳拉出太湖，“我松江虽无太湖，却也未必就没有可观者。”

“请子渊为我一说，这是其一。”李东阳说，“其二，等我致仕了，子渊再为我化缘，引我去苏、松一游，如何？”

“那是学生与江南学子求之不得的，老师勿忘今日之约。”松江府辖三县，华亭县与府同治，上海县在府东北，清浦县在府西北。陆深是上海人，本该先讲上海，但因李东阳赞过太湖之壮，他便想到了松江府的一段小故事：“老师说壮哉太湖，可知我松江也有壮观一景？”

“不知。”李东阳摇头道，“不过我想，壮观之景应在上海，而不应在华亭。”他以为陆深说的是海景，上海要比华亭近海。

陆深说：“我讲与老师的不是海景，而是一楼。我府有一谯楼，近年陈太府更新，并亲笔提了两个字：壮观。谯楼而名壮观，普天之下怕没有第二座了吧？”

“更新的谯楼，子渊去看了吗？”李东阳问。

“去看了，是王同知陪我去的。老师知王同知说什么？他对我愤然言道：何名壮观？用我家乡的口音来说，乃是赃官。”王同知是陕西人，陕西口音，“壮观”和“赃官”无甚区别。陆深讲完故事，说:“我听了之后，不由得喷饭，王同知却不动声色。”

“这位陈太府虽有气魄，为官恐怕不很清廉。”李东阳推测道。

“老师料得不错，陈太府官声确实不好。”陆深说,“更有奇者，我讲过这个故事，王伯安也讲了个故事，与我讲的故事有异曲同工之妙。”

“你一说，我倒想起，王德辉先生讲过一个绍兴府的故事。伯安的故事大概是从他令尊那里舶来的。”李东阳问，“伯安讲的，是不是知府衙门的厅匾？”

陆深点头。绍兴府衙门的厅匾上写着“牧爱”二字，取牧者爱民之意。一位姓戚的翰林官还乡，对那位太府说：此匾可撤去。太府问何故，戚翰林说：我从下望之，这二字是收受。堂堂府衙，怎可挂收受二字？于是乎，爱民一下变成了刮民。

李东阳叹道：“为官不清廉，是要遗臭万年的。你看，一个故事已讲了两代人，不知还有多少代人要讲下去呢，不可不慎呀！”

本想要李东阳轻松一下，说着说着，又说到令人头疼的吏治上。陆深无奈，起身告辞，去杨一清府上传递消息。

第七十九章

初春时分，一队人马沿玉带河东行，进入保定。此处的保定，不是隶属北直隶的保定府，而是隶属顺天府霸州的保定县。玉带河蜿蜒东流，经过保定县，再向东，便流入会通河。凡入南北运河的河口，朝廷都派兵驻守，要冲处，驻有重兵，一般的河口，则设巡检司之类。玉带河只是一条小河，入会通河处，不会驻扎重兵。但这一队人马，还是在离河口十余里的地方停了下来。

“六哥，前面有一片林子，去那里歇一歇吧，”刘宸向与他并辔而行的刘宠建议。

“好，你招呼吧。”刘宠答应着，先跳下马。

所谓林子，只是疏疏的有几株枣树、梨树。林间和林外，荒了一冬的草地已呈青色。刘宸传令歇息，队伍中的弟兄，有的牵马去林间啃青，有的牵马到河边饮水，还有的纵马向河中奔去，试一试河水深浅。河水不深，却仍然很凉，战马一时不能适应，昂首直立，欲将骑者甩将下来。但敢于纵马下河的，都是善御者，岂肯服输？他们紧勒缰绳，身向前压，硬是将马压了下去。马与骑者斗了几个回合，终于老实下来。

刘宠、刘宸，还有另一名头领杨虎，将坐骑交与他人打理，三人找了块安静的地方坐下，取出囊中的干粮、烧鸡和老酒，边吃喝，边说话。老酒盛在革袋中，三人就着袋口，轮流饮用，很快消去一半。一只烧鸡，你撕下胸脯，他撕下双腿，风卷残云，三两口便吃掉。肚中半饱，开始议事。

“虎哥。”刘宸叫道，“老齐去了北边三日，还不见回来，他不会有事吧？”论功夫，拳脚也好，兵刃也好，弓箭也好，大家都差不多。但杨虎年长几岁，齐彦名小一些，刘宸的称谓不同。

“不会吧。”杨虎说，“他说，他与桑将军说得上话，又是带了银子去见他，还会出事吗？

“他不是吹牛才好。”刘宠说，“他说，他认得桑某人的小妾，难道是那小妾偷野汉子，偷上了他不成？姓桑的知道了，还不割下他的鸟来？”

杨虎笑着说："六哥，桑将军的小妾相中了齐兄弟，也不足为奇。谁不知道，他是咱们文安县城里的武潘安呀。桑将军若是带着小妾来讨咱们，那顶绿帽子他多半是要戴上了。"

他们说的桑将军，名玉，是河间府参将，奉顺天李巡抚之命，率四百军士剿灭霸州贼人。刘宠等当时不过聚了三五十人，遇到县衙的捕快、弓箭手，自不会惧怕，但与正规的官兵尚未交过手。听闻参将率兵前来，都有些疑惧。齐彦名出了个主意，不如备些银两，送与桑参将，两下罢兵吧。众人问他，如何能见到桑参将。他说，桑参将的一名亲兵是他的姨表兄弟，通过他，定可见到桑参将。几人一合计，若能罢兵，当然最好。当下用褡裢袋装了一千两银子，让齐彦名带了李良等几名弟兄，往北去寻找桑参将接洽。至于说齐彦名与桑参将小妾有染，不过是戏谑之言。

正说笑着，一名部属指着玉带河叫道："各位大王请看，齐大王他们回来了。"

三人站起，向北望去，果有四五匹快马，撒欢般地趟过玉带河，把水花溅得老高。

几匹快马瞬间到了眼前，齐彦名飞身跃下，向刘宠等抱抱拳，依次打着招呼："六哥，虎哥，七哥，我回来了，给口酒喝吧。"也不等人让，抓起刘宠拿在手中的革袋，脖子一扬，灌了几口老酒下肚。他抹了抹嘴，说："几位哥哥吩咐的事，我办好了。"

"妈的！"刘宠亲昵地骂了一句，"我以为你拐了银子，钻进哪处村子，过日子去了。"

"我齐彦名是那种不义之人吗？"齐彦名拍着胸膛说道，随即又唤与他同行的伙计，"李良，你告诉六爷，咱们到了哪里。"

"回各位大王，我们到了永清。"李良道。

这就难怪了。霸州在拒马河之南数十里，永清在拒马河之北数十里，两处相距近百里，来回要多跑二百里，难怪迟回来整整一天。

齐彦名说："咱以为，桑参将奉了巡抚老爷之命，还不日夜兼程，赶往霸州。谁知人家不急。我们到了霸州，一个官兵的影子也没见到，一问，才知道他们停在永清县不走了，要等第二起人马到了，一起来剿咱们。他不急，我们却急，立时过了拒马河，找上门去。这一来，不是官兵找贼，成了贼找官兵，几位哥哥说好笑不好笑？"

"怎么，剿灭咱们百十人，四百官兵不够，还要增派援兵吗？"刘宸皱着眉头问。

"谁知道呢。"齐彦名说，"不管有没有援兵，桑参将这一支官军不会南来了。"

"他收下你的银子了？"杨虎忙问。

“收下了。”齐彦名说，“凭我的一张脸，李良那小子的一张嘴，还怕姓桑的不动心？再说，当官的哪个不爱钱？白花花的银子往前面一放，眼都直了，还用说话吗？”

刘宠摇摇头，说：“姓桑的不来，当然好。不过，官府的话不能信。姓桑的当面答应不南来了，巡抚老爷再下一道令牌，他敢抗命吗？”

“六哥说得在理。”刘宸道，“咱们就是相信过官府，才吃了大亏。齐哥，你还险些死在狱中。这件事，谁也不能忘。”

去年十月中，朝廷有旨：赦免刘宠等三十四人。刘宠等也知道，张茂死在狱中，刘太监死在刑场，他们用不着为解救张大爷打家劫舍，凑足银两了，各自散去，回乡做好老百姓。

涿州知州听说刘宠、刘宸武功了得，胆力过人，召他们到衙中当差。刘氏兄弟是霸州人，霸州及各属县对他们敬而远之，他们又不愿务农，便去了涿州。官老爷差他们捕捉境内的盗贼，他们心中抵触。而稍有不从，州里的判官便骂他们贼性不改，大加凌辱。他们忍不下这口气，遂双双离去，回到霸州。后来，听说昔日的同党，也在三十四名被赦者之列的齐彦名在霸州以南保定府城以北的安肃县被捉拿，关在狱中，他们便再也顾不上王法，再也顾不上对赦免的圣旨感恩戴德，聚起一帮弟兄，到安肃狱中劫出齐彦名。这一支规模不大的队伍劫财劫物，对抗官府，真的成了巨盗。于是地方震动，顺天巡抚李贡和巡按御史蒋瑶一面申奏朝廷，一面调集人马，准备剿灭。

看情势，不是一个小小的参将说退兵就可以退兵，说不剿就可以不剿的。刘宠说官府的话不能信，不但是由于有了过往的经历，也是由于看到了他们所造成的震动。

“既然如此，为什么还要我送银子给桑某人呢？”齐彦名不解地问，“这银子花得不冤枉吗？”

“不冤枉。”刘宠说，“一千两银子，挨得三日五日，我们便可想出办法来应付了。”

刘宠在众人中有威望。他这样说，大家便这样相信。仔细想一想，他说的不差。如果不迟延几日，昨日，或今日，官兵便该到霸州了。他们怎办？当然，照齐彦名的说法，不送桑玉银子，官兵也未必就到了霸州。但送了银子，总可以安稳弟兄们的心。不然，听说官兵大队人马到了，不待交手，或已作鸟兽散。反正，从官兵即刻杀来说也罢，从稳定军心说也罢，一千两银子使得划算。

“六哥，你想了两日，想出了法子吗？”齐彦名焦虑地问。也许他坐过牢，更不愿意再受囹圄之苦，更盼望摆脱眼下的困境。

“有个念头，正要说出来，与大家计议。”刘宠比齐彦名镇定，比其他人有主意。

杨虎说："我看六哥昨晚在村口站了一夜，我给你披了件袍子都不曾知觉，定是想出好主意了。"

"六哥快说，莫要急坏了小弟。"齐彦名又催。

"主意未必好，说出来大家商量。"刘宠道，"我的主张很简单，只有三句话。第一句话是：官府赦罪也罢，不赦也罢，不可再散。"

"不可再散？"那三人齐声重复一遍。

"正是，"刘宠点头，"我等散了，官府要拿我等，如探囊取物一般，数名差役就够了。彦名一身好功夫，还不是被狗巡检拿下？我等不散，官府就拿我等没有办法。几个差役见了我等，就像见了爷爷一般。要想不受官府的鸟气，必须聚而不散。"

"好，我等不散。"三人齐声说道。

"我的第二句话是：我等势众也好，势孤也好，不必再散。"刘宠解释道，"我等而今人数不众，那是不想惊动官府。官府逼迫狠了，何愁无人造反？我和老七守在老巢，不曾远行，你二人却到过不少去处。虎哥，你向西到过太原府，对吧？沿途所见如何？"

"穷民甚众。"杨虎简短答了一句。

"彦名，你向南到了南阳吧？"刘宠再问。

"何止南阳，郧阳府城我也逛过了。"齐彦名说。南阳属河南，郧阳距南阳不远，却已是湖广地界了。齐彦名善于行走，着实去过不少地方。

"你见到的百姓都安分吗？"刘宠问道。

"贪官多，灾荒多，怎能安分！"齐彦名说。

刘宠讲起霸州情形："我和老七在霸州境内行走，所见和你二人一般无二，穷民甚众，人心不安。我等反了官府，还怕不成气候！所以我说，我等不必散。官府小动，我等收形敛迹，躲避官府；官府大动，我等举旗招摇，对抗官府。"

"六哥说得好！"刘宸大为振奋，"狗官府敢动，我等便与它斗上一斗，看谁厉害。"

"再者，刘瑾一死，他手下爪牙散去不少，躲在京畿地区、无以为生者也不少。"刘宠还有一番成算，"这些人对付穷民有一套办法，对付官府也有一套办法。把他们拉将过来，必有大用。"

"不必散，六哥讲得透彻。"杨虎也很信服，"六哥再讲第三句话。"

刘宠说："我的第三句话是：我等不可散，也不可合；不必散，也不必合。"

"这话我听不懂了。"刘宸抓耳挠腮，想不明白，"散就是散，合就是合，怎能又散又合，又不散又不合呢？”

“着啊，”齐彦名附和道，“六哥说得好好的，怎么打起哑谜了？”

刘宠笑了，不理会他们，却问杨虎：“虎哥，你比他二人有见识，我的话你听懂了吧？”

“似懂非懂。”杨虎回以一笑。

“虎哥，你也陪着六哥打哑谜吗？”齐彦名嚷了起来。

杨虎说：“六哥的意思，人马不能散，我等却不能合在一处，我是听懂了。但我等如何分散，散后如何再合，我却没有想妥当。”

“虎哥说的一点也不差。”终于有了知音，刘宠很高兴，“你们想想，官府都知道霸州出了刘六刘七，出了两只虎，还有你齐大刀，上不服王法，下不听衙门，怎肯甘休。彦名说姓桑的在永清等援兵，那不会错。各路人马，早晚会一起扑向霸州，那也不会错的。我说，官府大动，我等便拉起队伍抗官府。抗是一定要抗的。但我等不能都留在霸州，与官府抗。打个比方，官府只差桑玉领四百官兵来霸州，我等在霸州有一千人的队伍，便可对付了。一千人的队伍，我们会有吧？官府若差十个桑玉，领着四千官兵来，我等怎办？我等在霸州能有一万人的队伍吗？霸州靠近京师，我等有了一万人的队伍，朝廷必定惊慌，会派出一百名桑玉。我等只有束手就擒了。所以，我等不能全部聚在霸州，必须向东、向南、向西去拉队伍。”

“那么，我们全部离开霸州不好吗？”齐彦名问。

“全部离开霸州，使官兵扑空，没有什么不可以，”刘宠说，“但我等都生长在霸州，在霸州有些根基。占据这块地盘，一来，在外面受了挫败，可以潜回霸州，再作打算；二来，我等现在分散，将来总要再合。不在霸州相合，却去哪处相合呢？我想来想去，我等暂且分散，霸州不可无人，两条都很要紧。”

几人都觉得刘宠谋划周全，不再有异议。眼下要确定的，是各人的去向。

“我和六哥一直在霸州，地形熟，人头也熟，我们还是留在霸州吧。”刘宸首先说道。

“我也是这般想法。”刘宠同意，“众人中，只有我们兄弟留在霸州最为合适。”

“也好，”杨虎说，“这里的弟兄全数随你留下，我与邢老虎会合，彦名与刘三哥会合，到外面去拉起队伍，再回霸州接应六哥、七哥。”

杨虎说的邢老虎，名本道，便是刘宠所说的两只虎中的另一只。刘三哥，却是刘宠的远亲刘惠。他们各带了些弟兄，在他处活动。

刘宠说：“不须留许多人。官府瞪起眼睛盯着霸州，人多了，反而不便隐蔽。我们只留十几二十人便可。时机到了，我们也可在霸州拉起队伍，与外面会合。虎哥，你和彦名的去向，也定一定吧，免得自己乱了阵脚。”

“向南走，我是熟路，但我想换个方向。”齐彦名指着玉带河说，“我沿这条河东行，去山东闯上一闯，进济南府逛上一逛。”

“大府巨县，官兵众多，拉起队伍也难站住脚，你一路要小心。”刘宠不放心地嘱咐。

“六哥放心，三哥是仔细人，虎哥要我和他作一处，再好不过了。”齐彦名说。

“彦名决意向东，我就向西向南，任选一路。”杨虎说，“或者时西时南，忽西忽南，哪处易得手，便向哪处。总之，见机而行吧。”

议定去向，四人各道珍重。

“虎哥，我们先与你辞别。我和老七去文安县，还可与彦名同行一段。”刘宠说着，把杨虎拉到一旁，低声问道，“文安县城东北有一水乡，名火烧淀，你可曾去过？”

“听张老爷子提起，却不曾去过。”杨虎说。

“不打紧，你从文安县城向东南去，一问便知。火烧淀边有一座村子，叫柳林村。张老爷子秘密在那里置了一处大宅，无人知晓。我和老七便以柳林村为据点，时常在那里盘桓。即使我二人不在，也总会留人在那里。你要找我兄弟，可去柳林村张家大宅。”

“是，我记住了。”杨虎应过，与刘宸、齐彦名挥挥手，带着他的一行弟兄向西而行。

刘宠在向东行走的路上，又将文安县境内的藏身处，悄悄告诉了齐彦名。

“我先将六哥、七哥送到柳林村吧。”齐彦名说。

“不可！”刘宠摆手，“此事隐秘，不可让众人知道。我等就此别过，日后你送消息与我，一定要差靠得住的人来。”

第八十章

年底，王守仁复主事旧职，却是南京刑部。这个委任多少有些使他意外，但圣命难违，他频频与友人话别，准备年后南下。谁知，年初又有了新旨：王守仁调吏部验封清吏司主事。这是湛若水和黄绾在新改任的吏部尚书杨一清处为他游说的结果。

于是，他可以从容筹划讲学之事。在学问上与他切磋的，主要是湛若水。以前赴龙场过湖广时投在他门下的弟子，在龙场投在他门下的弟子，在江西庐陵投在他门下的弟子，此时有不少赶赴京师，继续在他门下游学。此外，京城中的官员、监生、士人中，有不少人或执弟子礼，或未行弟子礼，也投在他的门下。其中有二人最为难得，一是广东南海人方献夫，一是苏州长洲人徐祯卿。

方献夫字叔贤，是崔铣和陆深那一科的进士和庶吉士，只因为母守丧，避过刘瑾之祸。王守仁复吏部主事时，方献夫在吏部任员外郎。虽说士人看重科第的前后，但更看重官位的高低。方献夫和王守仁在同一衙门，官位在王守仁之上，甘愿执弟子礼，实是难得之事。他不但自己投在王门之下，还令其弟方献科师事王守仁。

徐祯卿字昌谷，又字昌国，与同郡文徵明、唐寅、祝允明友善，号吴中四才子。四人中，徐祯卿最幼，功名也最高。文徵明没有参加过科考，唐寅和祝允明至乡举而止。只有徐祯卿中弘治十八年进士。这一届科考进士中，孝宗皇帝知道上海的陆深和长洲的徐祯卿两个名字，陆深选庶吉士，他却因其貌不扬而落选，授大理寺评事，又因失事，降国子监博士。

在京师，以文会友，徐祯卿与陕西李梦阳、康海、王九思，河南何景明、王廷相，山东边贡时相往还，京中称他们为七子。七人中，又是徐祯卿最幼。

徐祯卿体弱，加之殚力精思于辞章，更感不支。有道士自西南来，徐祯卿与语大悦，从此热衷于养生之学。他拜望王守仁，与他人不同，不是看重王守仁恢复圣学的志向，而是因为听说，王守仁也曾习养生之学。

不巧的是，他到时，他的同年湛若水也在。他与湛若水行过同辈之礼后，向王守仁行后辈之礼。徐祯卿恃才傲物，说是后辈之礼，也不过随随便便一揖。

“昌谷兄也有志于圣学乎？”湛若水见了他，吃惊地问。所谓道不同不相谋，二人虽是同年，素来没有交往。

“何谓圣学？”徐祯卿明知故问，语颇轻侮。

湛若水知道他的性情，不便计较，正经地说：“孔孟之道，便是圣学。”

徐祯卿说：“孔孟的书，我亦曾习读。元明兄若说是圣学，弟亦信服。不过，提倡圣学，是圣人的事情，至少是贤者的事情。湛夫子非圣即贤，不妨研读提倡，小弟凡夫俗子，只讲求养生之学。今日来拜伯安先生，也是就养生之学求教于前辈方家。”

湛若水勃然变色，说：“竖子不足与言。”

“昌谷先生称我是方家，愧不敢当。”王守仁笑着说，“我与献吉先生、大复先生素日有交，昌谷先生是他们的文友，大家便都是朋友了。”

“献吉先生、大复先生倡导文学，而不是倡导圣学，伯安先生与他们也谈得来吗？”徐祯卿问。

“昌谷先生说得不错，倡导文学不是倡导圣学，然文学兴盛，于恢复圣学并无妨碍，甚或有益。二者自有相通之处。”王守仁说。

“那么，在下研习养生之学，与圣学也该有相通之处了？”徐祯卿的问话有挑衅的味道。

“或许吧。”王守仁笑笑，不再多说。

“我是常客，昌谷兄难得一来，此座该让你了。”湛若水坐不住了，起身告辞。

“不，不，元明先生大驾先到，今日且让与你，”徐祯卿谦让道，“小子明日再来请教。伯安先生，我先与你约定了。”

“昌谷先生方便，随时可来。”王守仁送客。

第二日，徐祯卿如约而来，见王守仁果是一人，大笑道：“好，今日无俗子矣。”

“在昌谷先生看来，予亦俗子。”王守仁说。

“在伯安先生看来，谁是俗子呢？”徐祯卿问得犀利。

王守仁笑而不答。

“不好答，不答也罢。”徐祯卿近日习养生之学，似有所得，急于和王守仁探讨，题外的话不欲多说。“伯安先生，我得异人五金八石秘方，服之以冲举。此方得之不易，愿以之请教于先生。”说着，将一册已被损旧了的书递给王守仁，期待听到他的见解。

冲举即阳具勃起。五金指金、银、铜、铁、锡，八石指朱砂、雄黄、空青、硫黄、云母、戎盐、硝石、雌黄。五金八石，概指道家所炼的仙丹，均是以铅为君，以汞为臣，以八石为使。炼丹时，各物未必全用。不同的道派，不同的道士，以不同的方子炼丹，所含物类不同，各物分量也不同。但多能助房事。徐祯卿寻到的，也不知是哪一位道士所授的哪一派炼丹的方法。或因王守仁仍无子息，徐祯卿便以此为开端，希望引起他的兴致。

王守仁不经意地翻看一遍，将秘册交还徐祯卿，看来不想发表什么见解。

“伯安先生，此方如何？”徐祯卿问。

“不知。”王守仁简明答道。

“先生欲留此册研习乎？”徐祯卿不甘心，再问。

“不欲。”王守仁的回答仍然简明。

“伯安先生，你知我昔日情纵辞章，心系诗赋，非才子不交，无文者不会。今日我已黜黜旧时行径，志于羽仙。今日之我，已非昔日之我；今日之是，已非昨日之是。我知道伯安先生于道释俱曾研习，甚有见地，故诚心求教。伯安先生为何拒我于门外呢？”徐祯卿对王守仁的态度，不理解，也不满意。

徐祯卿对王守仁可谓有所知，却知之不详。其实，王守仁早年还热衷于军事。他十五岁时，随父亲寓居京师，曾独自出游居庸三关，慨然有经略四方之志。他曾赋诗曰：“卷甲归来马伏波，早年兵法鬓毛皤。云埋铜柱雷轰折，六字题文尚不磨。”这是他夜梦拜谒伏波将军庙，有感而作。伏波将军马援是汉光武时的大将，征服交阯，立铜柱以纪其功。王华读了此诗，很不高兴，责备他不务正学，王守仁的大丈夫心志才有所收敛。

两年之后，王守仁成亲，迎夫人诸氏于江西南昌。合房之日，他闲庭信步，独自走到了铁柱宫，听道人讲养生之学，听得入了迷，与道人对坐夜谈，次晨方还。

又过十年，王守仁在京师准备第二年的会试。他读宋儒理学，读得心猿意马，辨不清是非曲直。愁罔之下，又与京郊道人讨论起养生之学，并且有了遗世入山之意。幸亏科考顺利，不然，真不知要走到哪一步去。

徐祯卿知道的只是王守仁的这一经历，却不知王守仁贬谪龙场，终日默坐静思，终于大彻大悟，于释道儒中最终选择了儒学，立志恢弘圣人之道，在各地的讲学才有了根本。

王守仁本可将近几年来的心得讲与徐祯卿听。但他有他的教授方法。徐祯卿于养生之学正如醉如痴，遽然以正学纠之，效果定不会好。试想，一个渴求长生的人，你劝他说：长生是不可能的，是不该求的，亦有仁义而已矣。他怎么听得进去呢？

“昌谷先生，天色已晚，在舍下留宿一夜如何？”王守仁殷情相邀。

徐祯卿稍稍犹豫，说："甚好，正要和伯安先生作竟夜之谈，你不相邀，我也要留下的。"

王小侍候主客二人用了晚饭，在书房中备好茶水，点起蜡烛。王守仁与徐祯卿就案而坐，真是竟夜而谈的情势。怪的是，二人均不作声。在徐祯卿，是觉得已说了太多。在王守仁，是觉得还不到说的时候。

还是徐祯卿忍耐不住，先开了口："伯安先生是以我秘书为非耶，还是另有秘书不肯宣耶？我惶然于有无器道之间久矣，先生不能助我解脱吗？"

有、无、器、道是道家的四个基本概念，徐祯卿以这四个字求解于王守仁，算是出了题目。王守仁一心于圣学，心无旁骛，于道释两家之说，不欲多说。但客人是他留下的，客人提出问题，主人没有不答的道理。他想了想，以退为进地说："昌谷先生说的是通道的秘方吧？说我有通道秘方，但道本是无形的；说我以子为非，则子亦未以我为是。昌谷先生说惶然于有无器道之间，请道其详。"

"有者非无，器者非道，有者不足以超无，器者非所以融道。"徐祯卿说。

王守仁说："有者非无，器者非道，诚然不错。有就是有，对无何去超呢？器就是器，怎么能融入道中呢？昌谷先生所言是这层意思吧？"

"是。伯安先生以为然否？"

"不以为然。昌谷先生请想一想，有之于无，真的不能超吗？器之于道，真的不能融吗？"王守仁说他的见解，"有无器道，归于数，不过是盈虚消长，归于形，不过是纤巨内外，归于知觉，不过是隐彻寂感。而道家所谓的盈虚消长，命也；道家所谓的纤巨内外，性也；道家所谓的隐彻寂感，心也。"

道家讲命讲性，王守仁又加进一个心字，将其揉和在一起。徐祯卿虽全力研习养生之学，但终究是文学之士，对道家学说只知皮毛，很难从义理上理解，很难有什么概括总结和发挥创意。王守仁的议论，在他听来，似是而非，赞成不是，反驳不是，只有唯唯，听他下面还要说些什么。

"命者性者心者，研习之初，未必能通。其实，性者心者，皆在于命。存心尽性，顺夫命而已矣。"王守仁接着说，"既然是顺命，于盈虚消长之间，又复何求？以五金八石之方求其盈，求其长，不是顺命的道理。"

徐祯卿使尽手段得到的秘方被王守仁一句话否定，心中怅然。王守仁讲的顺命，他是听得进的。道人的说法，习养生之学，服金石之方，是顺命。而王守仁的说法，习养生之学，服金石之方，虽说不上是逆命，但也绝不是顺命。孰是孰非，他把握不定。

想了许久，他又回到那个简单的问题："然则冲举有乎？"

王守仁不做简单的回答："请以鸢为子喻之。尽鸢之性，可以冲于天矣。请以鱼为子喻之。尽鱼之性，可以泳于川矣。鸢之栖于树木者，鱼之止于沟洫者，亦是其性，却未尽其性。故言，纤巨皆性也。"

徐祯卿说："那么，冲举终归还是有的。"

"说冲举，不如说化育。"王守仁说，"人之性，当知化育，如鸢之性当冲，鱼之性当泳耳。人不知化育，未尽其性也。尽其性，当知化育。"

王守仁讲了顺命，讲了尽性，徐祯卿听了，若有所悟。他俯首久思，忽蹶然而起，向王守仁谢道："我于命于性，如萌芽难发，如流水将断，伯安先生煦然以阳春赐我。萌芽将可以发矣，流水将可以续矣。今日一夕谈，某受益不浅。"

王小早已睡了，王守仁亲自领徐祯卿去客房歇息，离去前对他说："能不能顺命，能不能尽性，要之，在于心耳。心外无物，心外无事，心外无理，心外无义，心外无恶，心外无善，心外无命，心外无性。吾子悟性甚高，安枕卧榻，闭目敛神，必胸臆了然。"

徐祯卿悟性甚高不假，但也不是一夜间便胸臆了然。第二日离去时仍是若悟若罔。又过了几天，他再来见王守仁，才是真有所悟了。他本就消瘦的身体更加消瘦，本有病容的面孔更多病容，而精神却格外地好。

"昌谷终于有所悟了。"王守仁欣然言道。

"吾知道矣。命者在心，性者在心，又何必求于心外？"徐祯卿的思路极为顺畅，"不遇伯安先生，不要说尽人性了，怕是要尽失人性。使我复为人者，先生也。愿从先生学。"

"昌谷就学于正，是昌谷的大幸，也是我的大幸。"王守仁说，"望昌谷常来切磋研习。"

"听先生讲学，是一大快事。"徐祯卿说着，微露忧色，"只是近日痼疾大作，恐怕不能长久追随先生了，每每想起，便心中怅然。"

"然则惊乎？"王守仁问。

徐祯卿奋然言道："生，心寄于体也，死，心归于神也。朝闻道，夕死可矣，何惊之有！"

徐祯卿来不及投归王守仁门下，便一病不起了。他以后事托于好友徐子容。徐子容悲极而泣。徐祯卿笑道："生死寻常事，不必哀伤。"他的独子徐伯虬跪在榻前，听他的临终遗言。他喘着气，对儿子说："墓铭请阳明先生写，切勿转请他人。"只说得一句话，气息更微。他抓起徐伯虬的手，在他掌上比画了一阵。徐子容问徐伯虬，徐祯卿在他手掌上写了些什么，徐伯虬涕泣言道：只溟溟漠漠四个字尚识得，其他字皆辨认不清了。

王守仁在弘治十五年告假，回浙江养病，在阳明山洞中筑室，读书默想于其中。他的入门弟子都称他阳明先生。徐祯卿这样称呼他，显然是以入王门为遗愿了。

王守仁听到徐祯卿病逝的消息，大为悲恸，约了湛若水前去哭祭。湛若水念及同年之谊以及前些日子的口角，也是悲恸不已。

"国贤，你看我为昌谷写的墓铭，还可以吗？"交浅言深，王守仁义不容辞地要为徐祯卿写墓志。他将写好的铭文交与黄绾看。

> 惜哉昌谷！吾见其进，未见其立。早攻声词，中乃谢弃；脱淖垢浊，修形炼气；守静致虚，恍若有际。道几朝闻，遐夕先逝；不足者命，有余者志。璜之未琢，岂方顽砺？隐埋山泽，有虹其气。后千百年，何考斯志！

"昌谷得伯安先生亲作墓志，何其幸哉。"黄绾说，"这几句铭文朴实无华，写尽了昌谷的平生。我敢说，千百年后也是铭文中的佳品。"

"我为昌谷写墓志，也是写我自己。"王守仁道，"昌谷一生三迭跎，我不也是几经反复，才归于正学吗？只可惜昌谷英年早逝，不然，他在学问上一定会有大成就。"

"是啊，昌谷只活了三十二岁，和颜子同龄而亡，实在可惜！"黄绾应道。

王守仁就颜子发了一通议论："孔门七十二子，颜子最好学，而其年不永。有人说，颜子好学，精力瘁焉。颜子虽既竭其才，然终日如愚，不改其乐也。此与世之谋于声利，苦心焦劳，患得患失，追逐终身，耗劳神气者，其间相差，何止于百倍。我惜颜子不永，也哀世人不敏。国贤世兄，这一番话，我与你共勉。"

"是，我一定牢记伯安先生的教诲！"黄绾道。

第八十一章

上元节的第二天，因弹劾八虎而被罢免的两京科道官及部分部属官，有旨录用。其中包括户部员外郎李梦阳。二月初二，李梦阳外放江西提学副使。员外郎从五品，副使正四品，照常规而言，属于超迁。李梦阳受过不白之冤，入过刘瑾的诏狱，又被免官数年，超迁副使，也说不上是格外之恩。

李梦阳不是甘于寂寞的人，在河南闲居了八年，早就跃跃欲试。掌一省学政又很合他的口味，接旨后，一刻也不耽搁，踌躇满志、意气风发地赶去南昌赴任。李梦阳名声远播，一是他在文坛树起了一面旗帜，提倡文学复古运动，“文必两汉，诗必盛唐”，在许多士人中成了信条。二是他代韩尚书草拟的奏疏广为人知，他成为反宦官、反刘瑾的英雄。对于他的到任，江西府、州、县学的生员多是欢呼雀跃。江西本就盛产文学之士，遇到焦芳这等痛恨江西士人的权贵，最多是在籍的官僚多受些挫折，全省的学风并没受到很大伤害。

接触一段之后，各学生员对李梦阳又是敬爱又是惧怕，如果说师弟若父子，那么，李梦阳比之一般督理学政的官员，更似生员们的严父。

生员们敬爱李梦阳，因为他自视甚高，性情简傲，对生员却很宽厚，教诲他们自珍自重。李梦阳的自傲，本就出了名。当年在朝廷中还有几个他敬重的大臣。第一个是杨一清。杨一清督学陕西时，人才极盛，而他在芸芸学子中，特别推重李梦阳，在给李东阳的信函中，曾有述及，所以李东阳的回函中，有“所谕李梦阳者，果首解”之语。李梦阳对他略有感激之情。第二个是李东阳。李东阳被尊为文坛领袖，和他道不同，却能推重他，他也不能不对李东阳有几分敬重。第三个是韩文。韩文作为他的堂上长官，与他不是同一类人，但忠厚憨直，朴实无文，于天下会计，知无不议论，言不怕得罪，其人品官声，李梦阳服气。到了江西，就很难找出他敬重的人了。因此，他也就破了许多规矩。

如布、按二司官见巡抚要行大礼，李梦阳见巡抚，长揖而已。有人劝他，拜见巡抚，屈膝一下是应该的。他说：“彼奉天子诏，督诸军；我奉天子诏，督诸生，何所不如彼？”初时，江西巡抚董杰，直隶泾县人，成化二十三年进士，为人宽容，不多计较。他对人说：李献吉倨傲，随他去吧，日后他有吃亏的时候。他不幸而言中了。李梦阳后来果然与上司官同僚官屡兴争执，闹成了僵局。

再如，布、按二司官员五日一赴巡按御史所聚揖。御史品秩不高，却是钦差的身份，地方官员理应表示敬意。李梦阳拒绝前往，公然与御史分庭抗礼。

李梦阳不但自己与上官相抗衡，而且不许他的属官和各学生员阿谀上官，行跪拜之礼。生员们多是有些傲骨的，听了李梦阳的教诲，更加把自己看重，而对李梦阳的敬爱之心油然而生。

生员们惧怕李梦阳，是因为他督学甚勤甚严。他亲赴府学州学县学听讲阅卷，对生员们的要求可谓苛刻，有一别字，有一错词，有一谬论，则降低等级，毫不姑息。对生员来说，提学官判定的成绩如何，关系极大。一则各学向国子监岁遣贡生，府学每岁二人，州学每二岁三人，县学每岁一人，而各学的额定人数，府学四十，州学三十，县学二十，也就是说，在学生员成为贡生，进入太学，二十人中才有一人。谁能入选，由成绩来定。二则提学官岁考诸生，以六等分优劣，一等二等皆给赏，三等不赏不罚，四等挞责，五等递降，六等黜革。李梦阳到任，便赶上考究各学生员。生员们在他巡视学校时，无不战战兢兢，生怕评为四等以下。

也有托人说项者，更是自讨没趣。

李梦阳巡视袁州府学，考试完毕，圈过诸生等次，晚间就宿在驿馆。他本想早些歇息，次日早起，赶回省城。袁州距南昌约四百里，分两日行走，中途在临江府住一晚，两日都要赶早。就在这时，门子来报，有客造访。李梦阳想回绝不见，看了看名帖，改变了主意。来客是在家养病的翰林院编修严嵩。提学官可以不见其他官员，而不见本省籍的翰林院官，于情于理都说不过去。李梦阳亲自到馆驿门口将严嵩迎进住房，命童子奉上茶水。

“献吉先生来江西主持学政，乃是江西的大幸，严某闻讯后，喜不自胜。苦于路程遥远，又惮于官场应酬，不便前去南昌拜谒，还望见谅。”严嵩说罢，深作一揖，算是谢罪，“献吉先生到了袁州，我再不来拜见，那就罪不容赦了。”严嵩是袁州分宜人，李梦阳是前辈，到了袁州，他是该来看望的。

“言重，言重，唯中先生是乡贤，我该去拜访。”李梦阳难得地说了句客气话。唯中是严嵩的字。在李梦阳看来，弘治十八年选出的庶吉士中，唯一懂诗者，就是他了。因而，对他颇有好感。如果换了别人，李梦阳定是要令童子挡驾的。

“献吉先生既然到了袁州，可否移步分宜小城，盘桓一日，容晚生做个东道？”

严嵩相邀道。

“盛情心感！”李梦阳揖一揖，“无奈日程排得紧，明日必须返回。分宜之行，留待下次吧。”停了停，说笑道，“唯中先生读书钤山数年了，还不出山吗？难道真想成道成仙？”钤山是分宜境内一座小山。严嵩告病归乡，筑室钤山，名钤山堂，他躲在山中，过上隐居生活，很少出门与当地士宦往还。

严嵩笑道：“钤山纵是成道成仙之地，我也不是成道成仙之人。我不过喜爱山中安静，景色宜人，借以养病读书而已。”

“大概佳句也积了不少，可以成集付梓了吧？”李梦阳知道严嵩喜读诗喜吟诗，便问了一句。山中正是发幽思的地方，病中正是发幽思的时刻，山中养病数年，肯定要出诗集了。

“诗是作了几句，只怕拿不出手。”严嵩说。

“唯中先生不必过谦，你的文思诗才，我是知道的。集子一出，定是上品。”李梦阳捧了一句。

严嵩乘机请求道：“献吉先生若肯赐序一篇，严某的拙句或可传世。”

李梦阳笑道：“诗人之诗序当请诗人来写。我不是诗人，怎敢为诗人作序？唯中先生莫要取笑。如果有一天，有人要将我的诗刊行，我一定自己写一篇序，称：予之诗非真诗也，无非文人学士韵言耳。”

“献吉先生的意思，是要我写一篇自序，其言曰：予诗非真诗吧？”严嵩说。

“唯中先生不要误会。翰林中诗追李西涯者，非阁下莫属。”李梦阳要求诗有高境界。他说的“予诗非真也”，是对他以往诗作的认真总结。严嵩懂诗，严嵩善诗，他心中承认，至于是否超越了“予诗非真”，他就不肯明言了。

严嵩见李梦阳面有倦色，知他明日还要赶路，不便久坐，该是说正题的时候了。“献吉先生，袁州学子的文字还能入法眼吗？”严嵩有些不自然地问。

“大体还好。”李梦阳笼统地说。

“某子呢？”严嵩提到其人，更不自然。

“他的文章不好，只可列为三等。”

严嵩说：“此人虽在府学，却是我分宜所出。自塾师，至县学教谕，至府学教授，都以大器相许。某在乡间读过他的文章，以为洋洋可观，在府学可列为一等，入太学便是俱优。直接举乡、会试，亦无不可。谁知应献吉先生之考竟是如此不堪，着实可叹。”

李梦阳这才明白严嵩的来意，心中有些不快，问道：“唯中先生以为我不公吗？”

“岂敢岂敢！”严嵩连连拱手，“献吉先生督学公允，有口皆碑。我只是想，此子文章不佳，或是偶尔落笔有误。他定是见到先生又惊又喜，临场不免慌张。如果全篇尚可，不如置之上等，也可顾全一方的人望。”

李梦阳摇摇头，说：“如果真是全篇俱佳，偶尔落笔有误，不列一等，列于二等亦无妨。”他站起身，踱着方步，把那篇文章从头到尾背诵一遍。“这一句，你能说是偶误吗？”他重复了文章中的一句话，“你能说这个词不是大误吗？”又说出关键一词，“至于这一段是优是劣，唯中先生不难判定。”他在他认为最差的一段，加重了语气。

什么大器相许，什么一方人望，严嵩说的并不是真心话。李梦阳当着他的面评点起那生员的文章，令他又是尴尬，又是不安，脸色由微红而赤。他的眉毛稀疏，全遮不住一脸的羞愧。更令他吃惊的是，诸生的一篇普通文章，李梦阳不但记住了大意，而且可背诵全篇。他心悦诚服地说：“献吉先生真乃天人！”他又坐了一阵，三噤其口，再也不敢为那生员说项了。

李梦阳回到省城，还在想着与严嵩的意外会面。他一直把严嵩看作大雅之人，看作洁身自爱之人，万万想不到，他也做起这等事来。李梦阳更想不到，回到南昌，也有一件情面上的事，在等他做出决定。

按察司姓李的吏员来见他。李梦阳一直记不住此人的名字，也许是因为同姓李，李梦阳总是戏称他为本家的缘故。

“大人外出这几日，宁府两次来人送帖。”吏员报称，“还嘱咐在下，大人一回省，就送个讯给他们，他们好再下帖给大人。”

“是王府的长史要见我吗？”李梦阳问。王府中，长史司是朝廷设的衙门，代朝廷监视王府，代王府奏事朝廷，是联系朝廷与王府的一环。在王府中，有资格与地方官员来往的，只有长史。李梦阳来的时间还短，与宁府长史素未谋面，对长史的造访也不当作一回事。他对本家吏员只是随便一问，绝没有回访的意思。

“大人，来送帖的不是长史司的人，是王府的承奉刘吉。”吏员说，“这位刘承奉，如今是宁府第一要人，轻易不干王府外面的事了。他亲自来送帖，大人的面子不小。”

承奉者，太监也。李梦阳因厌恶朝廷的太监而草疏，因得罪朝廷的太监而下狱，对王府的太监，他也是本能地厌恶。“什么叫轻易不干王府外面的差事了，他本来就不该干王府外面的差事。他来寻我作甚？”

吏员听话风不对，忙改口："他也是奉了王爷之命而来。王爷仰慕大人，欲得一晤。"

"我不与王府来往，没来由去巴结。"李梦阳一口回绝，"本家，你不必告诉那刘吉，我已回来。他若再来，你就替我回了他。"在衙门中做久了的吏员，都要练就一套游说的本事。李吏员受人重托，当然要尽力说服李梦阳："大人还须三思，"吏员道，"大人称我一声本家，如此抬爱，我心中有话，一定要说。"

"你说。"李梦阳不堵住他的口，却拿定主意，不听他的游说。

"大人不似我等，注定要吃衙门里不干净的饭。大人前程无量，自己要珍惜，千万不要再蹈蔡大人的覆辙。"他说的蔡大人是蔡清，曾任江西提学副使。有趣的是，他也是乡试第一名。

"如此说来，介夫先生确是因开罪宁王而致仕了？"李梦阳不动声色地问。蔡清的字也是介夫。李梦阳寓居河南时，对此事有所风闻。他还听说，刘瑾为修饰太平，欲引用一批名流，蔡清在起用的名单上，被委为南京国子监祭酒，未及上任而身已亡。

"蔡大人开罪宁王，确有其事，是不是因此而致仕，在下就不知道了。"吏员说。

"我却知道，"李梦阳说，"介夫先生自洁其身，令人好生敬仰。你要我莫蹈介夫先生的覆辙，我却是一定要步介夫先生后尘的。"

别人听了李梦阳的这句宣言，也就知趣而退了。李吏员锲而不舍，顺着李梦阳的话说："大人和蔡大人一样是名流，当然也要洁身自爱。但刘太监起用蔡大人，他不是也没有抗命吗？再说，宁王礼贤下士，求贤若渴，谁人不知？与宁王结交，也不见得就是自甘下流。大人识得陆大人吧？你能说他不自洁其身吗？他敬重宁王，宁王爱惜他。这不，由江西按察使而宣府巡抚，由宣府巡抚而兵部右侍郎而左侍郎，也没听到有人批评他的人品。"

"陆全卿果然得利于宁王吗？"李梦阳问。

"我只听说，宁王曾为陆大人修书于朝廷执政，陆大人是不是因此而得利，我就不知道了。"

吏员说的朝廷执政，其实就是刘瑾。他不说明，李梦阳也不问明。由按察使而升任巡抚，虽是正常的升迁，但却是宦途中的一大变，并不是每个人都有机会。李梦阳听说，陆完由三司官而巡抚，是宁王请于刘瑾后而安排的。眼下只要知道宁王确曾为陆完致函朝廷，就可以了。

吏员还没有说完："大人也知道李大人吧？他敬重宁王，宁王爱惜他。这不，以他的年齿，本没有再任的希望了，他却一起而抚治郧阳，再升而掌南京都察院。谁不知道，李大人是风流儒雅的名士？”

说李士实风流儒雅，有些不实，他是名很恋栈官位的士大夫。但名士，则确是名士。不然，怎会与李东阳有交？他是在正德五年十月再起，以右都御史巡抚郧阳，又在十一月，以右都御史掌南京都察院事。

“若虚先生也是得利于宁王吗？”李梦阳是第三次提这个问题了。李士实本是侍郎。若再起用，现在的职位是该有的。李梦阳没有料到，这位文学根底甚厚的老前辈也是宁府的座上客。

吏员好似猜透了他的心思，说道：“我知道大人是怎样想的。他以刑部侍郎而升任右都御史，抚治于外，掌院于内，不是很自然吗？这话不错，侍郎再进一步，不是都御史，就是尚书。可有人能升上去，有人就升不上去，其中奥秘，我却也看不透。大人不似我这般冥顽不灵，想来早就看清楚了。”

吏员前一个蔡介夫，后两个陆全卿、李若虚，说得李梦阳心神不定，意乱情迷。他还没有产生结交宁王的欲望，但方才那种坚拒于门外的决心，也不是坚定不移了。

“大人有何吩咐？”吏员适时而问。

“你不要寻那刘吉，他若寻上门来，再说吧。”李梦阳给了他一个不明确的回答。

第八十二章

正德三年的科考，刘瑾一纸名帖，增额五十人。随后选庶吉士、授翰林官，多改变常规，对各省的解额，也大作调整。刘瑾被杀，礼部上疏，一切复旧，科考该是风平浪静地进行了。谁知正德六年的会试，又掀起一场小小的风波。一时间，朝廷内外，京师内外，官场内外，考生内外，无人不议论，无处不议论。议论的中心，是新科状元，次辅杨廷和之子杨慎。

议论的第一点，是杨廷和不回避。本朝制度，任官有许多回避。其中之一：父为阁部大臣，子不得为给事中、御史，免得大臣有了过失，言官论奏不是，不论奏也不是，左右为难。前吏部尚书许进之子就是为此而改官翰林。这是为子者回避其父。科举也有许多回避。其中之一：子为考生，父不得主试，免得考生成绩不错，主试者取也不是，不取也不是，进退维谷。杨慎与试于前，杨廷和却不回避于后，犯了科举取士的大忌，谁也压制不住众人的议论。

斥之者曰：我朝从无宰相之子入一甲者。

辩之者曰：不然，谢阁老之子便入一甲。

谢迁之子谢丕是弘治十八年一甲第三名。

斥之者改口：我朝从无宰相之子抡大魁者。焦阁老昔日都没有做到的事情，杨阁老今日做到了。

辩之者曰：不可同日而语。我朝也从无宰相之子，其才如杨用修者。用修天分之高、学识之博，士子中不作第二人想。就因是杨阁老之子，便不能夺魁了吗？用修不夺魁，失天下士人之心。

斥之者曰：才情如何，当魁与否，应该由他人论定。杨介夫不回避，其子列在一甲第一，他便有一千张嘴，也说不清楚。

辩之者曰：你怎知他不回避？介夫先生奏请回避，圣上不准，你让他有什么办法？

斥之者曰：圣上既不准他回避，便是要他公允取士，他怎能允许将杨用修取为状元？

辩之者曰：你说公允取士，杨用修当置第一，不置第一，算是公允吗？再者，他虽参与廷试，又不是他一人做得主，最后还要圣上圈定。难道众位大臣都是不公允吗？圣上也是不公允吗？

斥之者曰：父不能回避，子就当回避。杨用修知道其父不能回避，就该退出是科考试。

辩之者曰：这就奇了。若介夫先生下科还不能回避，用修就还不能与试吗？我朝科举，从来没有子避父、考生避考官的规矩。

议论的第二点，是李东阳露题与杨慎。廷试策论的题目，或是皇上亲拟，或是内阁、礼部及主考官共拟。阁部共拟，往往以首辅之见为主；皇上亲拟，首先知道题目的也是首辅。杨慎策论极为完备精彩，便有人说，他是试前得知了题目。大家都知道，李东阳对杨慎十分偏爱，卖题定是他无疑。

斥之者曰：李西涯卖题，操守大损，不配再居内阁，不配再任首辅，无脸再见天下士人。

辩之者曰：杨用修是否预知题目，暂且不论，你怎知卖题者定是李阁老？

斥之者曰：既然是否有人卖题暂且不论，那便是有人卖题了。卖题者不是李西涯还会是谁？

辩之者曰：你又怎知卖题者不是他人？

斥之者曰：他人皆有子，要卖题，何不卖与其子？李西涯无子，视杨用修为子侄，若有人卖题与杨用修，则一定是他。

辩之者曰：李阁老重杨用修，是重其才气，信其才气，用不着示题与他。

斥之者曰：你不是李西涯，怎知他心中有数，料定杨用修不预知题目，也能夺天下魁？

辩之者曰：你不是李西涯，又怎知他心中无数，不能料定？

古人争论不休的命题，被他们改头换面，又争论起来。争来争去，自不会有结果。

议论的第三点，是副主考官、吏部右侍郎兼翰林院学士靳贵鬻题。这是人证物证俱在的鬻题，但鬻题的不是靳贵，而是他的家僮靳可勤。题目不是鬻与四川人杨慎，而是鬻与南直隶常州府的某位举子。

靳贵字克道，南直隶丹徒人，弘治三年的一甲第三名，正德六年的会试，以阁臣刘忠为正主考，以靳贵为副主考。

斥之者曰：丹徒为镇江府首县，镇江府与常州府毗邻。经乡人中介，靳可勤将考题鬻与常州籍考生，收银一千两。靳贵事先或不知情。但国家会试，三年一举，千万士子瞩目，规划何等隆重，事体何等巨大。靳贵身为朝廷重臣，主持其事，怎能使家中僮仆知道了题目？又怎能容家中僮仆将题鬻与考生呢？不论知不知情，靳贵罪不可恕。

刘忠处理此事很果断，在填榜时，将被告买题的常州举子黜去。填榜毕，立即上疏请予追究。他在疏中说：此事纵不实，也可使大臣毋受议于四方。朝廷准其议，做了追究，被告卖题者依律治罪，被告买题者充吏。

此案与弘治十二年的副主考官程敏政鬻题案相仿佛，对两位考官家人和涉嫌买题的举子的处分也相仿佛。不同的是，前者，程敏政结案前下狱，结案后致仕，而后者，对靳贵并无任何处分。刘忠处置此案的宗旨不是追究大臣的责任，而是为使大臣毋受议于四方。

斥之者曰：士风大坏，官风大坏，政局大坏，大臣牵连在鬻题案中，竟无任何处分。

靳贵虽未受处分，心中也是羞愧难言。

靳贵鬻题案，与杨慎中魁没有直接的关系，却可以间接地说明，在不少人的心目中，这一年的科考无公道可言。议论者议着议着，便会转到李东阳是否泄露题目的争论上，转到杨廷和不回避是否合理的争论上，转到杨慎是科夺魁是否合理的争论上。

加于杨慎的“面皮状元”之讥，他是难以摆脱了。

一甲第一名，例授翰林院修撰。杨慎入翰林院不久，便遇到一件本可使他脱出窘境，不料却使他在窘境中陷得更深的事情。

一日，一名司礼太监陪着皇上身边的一名小太监，来到内阁。李东阳和梁储在阁中，起身与司礼太监打招呼。同来的小太监，知他是皇上身边的人，却不知他的姓名和身份，更不知他何以来内阁。

“西涯先生在，好极了。”司礼太监资历很深，对入阁不久的梁储是看不上的，径直与李东阳叙话：“万岁爷勤学，天文地理无所不习，今儿个又出了难题，差这位小哥来问，爷立等回话。我不敢延误，带着这位小哥来阁中请教。李阁老在，咱的心里就踏实了。”

“不知圣上出了怎样一个题目？”李东阳问。

“万岁爷问起天上的一颗星，叫做，叫做——”司礼太监说不上来，推了推小太监，“小哥，那星名太拗口，我又老糊涂，还是你来说吧。”

小太监说：“不是大叔糊涂，确是名字拗口，万岁爷念叨了三遍，我才强记下来。万岁爷要我垂询：注张为何星？”

天上之星有名者不下千百，就是钦天监的官员，也未必说得齐全，何况不以天文为业者。李东阳博闻强记，对注张星还有些印象。他正想理出个头绪，忽然灵机一动，转身问梁储：“皇上的题目把我考住了，叔厚先生，你读书多，大概知道吧？”

别说梁储确实不知，这样的问法，他就是知道，也不好说了。“惭愧，下官不知。下官于天文类书籍及各种笔记，读的甚少。”他如实言道。

“圣上立等回话，这却如何是好？”李东阳为两位太监着急，“公公看，是否在阁中稍坐，介夫先生很快回来，他或许知道。”

“我看不必等了。”梁储说，“西涯公书无不读，介夫先生读书虽多，却着重经济类，西涯公若是不知道，我看他也不会知道。”

“那么，只有向圣上请罪了。”李东阳说。皇上出的题目答不上来，可不是要惶惶然请罪？

梁储说：“那倒不急。翰林院人才济济，两位公公何不去那里走一遭？”

“叔厚先生高见。”李东阳立即附和，又问两位太监，“二位的意思呢？是我等去翰林院代圣上垂询，还是二位亲自走一遭？”

“不敢劳西涯先生大驾，还是我与他去吧。”

两位太监一走，李东阳笑着对梁储说：“叔厚先生，请他们去翰林院实是好主意。”

梁储见他答不上皇上的题目，不但不惊，反而在笑，不免有些疑惑：“西涯公，我请他们去翰林院，有何不妥吗？”

“并无半点不妥。”李东阳道，“你那句翰林院人才济济，可说是画龙点睛之语。”

梁储对李东阳脸上的微笑，还是不解。他旁敲侧击地问：“西涯公，你说实话，我不向他们说去翰林院，你也要向他们说吧？”

“不错，你如果不向他们说，我也要向他们说。”

听到李东阳肯定的回答，梁储安下心来：“如此说来，我此事办的并无不妥。西涯公，不瞒你说，你方才笑得我实有些心虚呀！”

李东阳说：“笑有多种，我从不诈笑、伪笑、奸笑，笑必发自内心，叔厚先生何必要心虚呢？”

“或是因为我不知我的见解高在哪里，我的主意好在何处吧。”梁储坦诚地说，“请公赐告。”

李东阳不肯直说，反问道：“叔厚先生，我且来问你：你说翰林院人才济济时，首先想到的是哪一位呢？”

“当然是用修世兄。”梁储毫不犹豫地说。

“人说英雄所见略同，不尽然也。”李东阳说，“有时愚人与英雄所见略同。听你说翰林院人才济济时，我首先想到的也是用修。”

梁储苦笑着摇摇头。这位李阁老善于诙谐，至老不改。他忽然悟到了什么，忙问：“西涯公，注张何星，你是知道的吧？”

“与至诚君子不作诳语，注张星我有些印象。”李东阳又说句玩笑话，“叔厚先生不会告我个欺君之罪吧？”

“既有印象，为何不说与两位公公听？”梁储问，“他们早一刻回宫，圣上就可以早一刻解惑呀。”

“我又何尝不想圣上早一刻解惑。但我虽对注张星有些印象，却记不真切了，不敢妄言。”这一半理由可以堂而皇之地对任何人说，另一半理由就不是可以对任何人说了，但李东阳以为，可以对梁储说：“我想，用修定能说清楚。用修说清楚了，圣上对翰林院会有另一番看法，世人对用修也会有另一番看法。所以我说，叔厚先生，你出了一个绝好的主意。”

梁储总算弄懂了李东阳的真实用意：“西涯公，你是为用修鸣不平呀。你是要用修向世人显示，他是当之无愧的状元，你是要为朝廷科举正名。难为你的一片苦心了。”

“不止于此，”李东阳叹了口气说，“我也要向世人表示我的清白。逆瑾当道时，我求退不能，世人不肯见谅。逆谨除去后，我为国家求贤，世人又不肯见谅。不见谅于世人，我不恨。但我要告诉世人，我是清白的。”

梁储很感动。他说：“西涯公的清白，有几人会疑？但愿用修世兄一鸣惊人，如公所愿，堵住世人之嘴，安慰朝廷之心。”

李东阳和梁储料的不差，翰林院中答得上皇上题目的只有杨慎。他也懂得“木秀于林，风必摧之”的道理，在太监提出问题后没有马上答话。只是在停了片刻，其他翰林官员都有些难堪时，才缓缓言道：“两位公公可回奏圣上，圣上所问的注张，乃是柳星。”

两位太监第一次得到实实在在的答案，都显得兴奋。皇上身边的小太监，既不知道多少外臣的姓名，也不熟悉各种官职，只能临时想出一种在他说来已是很敬重对方的称呼：“这位大人，请再说一遍，我好记下，回奏万岁爷。”

“注张，乃是柳星。”杨慎重复一遍。

“小哥，这位大人就是爷钦点的新科状元杨修撰。”司礼太监自然是识得杨慎的，便告诉小太监知道，以便皇上问起来，他好有交代。介绍过，他觉得还需要再问清楚些：“请问杨先生，注张是柳星出于何典？”

杨慎说：“出于《汉书》。注者，鸟喙也。《汉书·天文志》曰：柳为鸟喙。所以说，注张为柳星。”

“小哥，杨修撰的话你听明白了吗？”司礼太监问小太监。他也知道，皇上身边这些小哥，只是陪皇上读书时，识了几个字，和进过内书堂的司礼太监们无法相比。杨慎的话虽然很短，小太监未必能听懂一个字。问他听明白了没有，只是问他记下来没有。真要他听明白，杨慎磨破了嘴皮也不一定办得到。

小太监默想了一遍，要记下来的只有十五个字，掰着手指数了数，字数不差，便点了点头，辞别众人，欢天喜地回皇上话去了。

“叔厚先生说小座主博闻强记，真是不差。”两位太监走后，崔铣说道，“无数人读过《汉书》，却只有你记住了《天文志》中的这句话。”

“子钟先生谬奖了。”崔铣仍是编修，比杨慎官低一级。可他早杨慎两科，杨慎对他很客气：“我只是得利于愚钝。那句话开始没读懂，多读了两遍，便记下了。”

“小座主自称愚钝，可要羞煞了我等。”崔铣说，“不过，若说得利于记下了这句话，只怕却是未必。”

“噢？”杨慎心生警觉，忙向崔铣作了一揖，恳切地说，“请子钟先生指教。”

“注者，鸟喙也；柳者，鸟喙也。小座主因而断定，注张者，柳星也。其言固辩而博矣。但小座主就不怕有人说你犯了私习天文之禁吗？”崔铣说着，向杨慎使了个眼色。

本朝禁止私习天文。刘瑾案发后，钦天监监正李源因教刘瑾私习天文，遭科道官论劾，受了处分。私习天文，教者有罪，习者更有罪。杨慎知道，崔铣对他心怀感激，不会有诬害他之意。崔铣是提醒他，别看翰林院中彼此彬彬有礼，互不议论。但状元落在他手，他人未必全没有想法。外面的议论，说不定有些就源于翰林院。如前科状元、现任修撰的吕柟，与王守仁研习理学，相处极为密切。而本科会试第一名、殿试一甲第三名的邹守益是投在王守仁门下的弟子。邹守益会试列第一名，殿试只列第三名，吕柟会没有想法吗？崔铣只要提醒他的小座主两个字：收敛。

杨慎本想解脱众翰林的困境，得到的却是一个警告。幸亏是善意的警告，他还觉得温暖。他向崔铣笑笑，无奈地说：“承蒙指点。”

第八十三章

山东、河南盗贼频频出现，在多处攻城掠地，成了气候，终于引起朝廷的极大关注和恐慌。三月十七日，山东兖州府金乡县失陷。金乡距省城济南不过三百里，居然也守不住，朝廷在震怒之下，将山东布政司掌兖州道的参政史学和按察司掌兖州道的佥事杜旻下锦衣卫狱。这一意在震慑的举措没有收到多少实效，各地的防务未见加强。滨州、临朐、临海、昌乐、日照、曲阜、泰安等处，官兵屡战屡败。看来，以当地官军弹压，已难收功。因此，朝廷在定下“捕盗条格，严令弃城者死”之后，又命惠安伯张伟为总兵官，大同巡抚马中锡提督军务，都指挥朱振等为参将，率领京兵三千人，相机讨贼。

刘瑾案发后，各地陆续复设巡抚，复设后的第一任山东巡抚是原陕西巡抚黄宝，他就任不到半年，致仕而去。第二任边宪，以浙江右布政使升任。他二月到任后，被各地告急文书搞得手忙脚乱，难以支撑。三月因盗犯孔府，传闻朝廷要予以停俸的处分。边宪和黄宝都是成化二十年进士。边宪把山东盗贼蜂起归咎于前任，叹道：“兄有过失，弟任其罚。”

邓庠是复设后的第一任河南巡抚，不能倭过于前一任。他是成化八年进士，资格比边宪老得多，从政经历也比边宪丰富得多。他一面布置对河南盗贼的剿抚，一面上疏指出，河南盗起，是因为镇守太监廖堂搜刮民财所致，请朝廷召回廖堂，严厉治罪。

邓巡抚这道奏疏上的时机正好。一来，山东盗气势之盛令人瞠目，河南盗相比之下略逊一筹，如邓庠所说，再任廖堂骄横乱政，河南的局面要比山东更严重。朝廷的大臣、科道，均以邓疏为是。二来，除却刘瑾后，朝廷的大权仍握在太监们的手上。特别是张永，除刘瑾居首功，皇上对他极为信任，大臣对他极力奉承。但比起刘瑾柄政时，不可同日而语。太监们都没有刘瑾那么大的权势，都因刘瑾的下场惴惴不安，不敢太过骄横。况且，刘瑾在日，廖堂只知巴结他，对其他人不免冷淡。现在有人论劾，那些有力量的太监不会帮他说话。

于是，有旨治罪，将廖堂安置南京闲住，将其在京中的私宅变卖充公。这个处分是相当宽松的。处分太监一般由司礼监直接拟旨，眼下司礼监的几位公公，虽然对廖堂没有好感，毕竟是同类，不忍置他于死地。

锦衣卫指挥使廖鹏也受牵累，降为指挥佥事。廖鹏是廖堂的兄弟，在锦衣卫中混了个职位，全靠廖堂相帮。二人一在京城，一在外省，表里为奸。廖堂治罪，廖鹏肯定脱不了身。

廖鹏比其兄精明。刘瑾在日，他于刘瑾和廖堂之间穿梭联络，廖堂在河南搜刮的财富，源源不断地由他送入刘宅。在刘瑾面前，他表现得极为恭顺，极为巴结。刘瑾那时所用私人甚多，没有把他看在眼里，却也将他一步一步由锦衣卫千户之类升至指挥使。

同时，他又依违两端，凡有能力与刘瑾对抗的人物，他都巴结。例如张永，廖鹏看出，所谓八虎之中，论地位，张永不是排在第二，论能力，他并不在刘瑾之下。他巴结张永于不曾大发达之时，张永也视他为心腹，常交给他一些差事办。这次他只降一两级，也是托张永之助。如今，张永一句话胜过千金。

再如钱宁。钱宁和他都挂衔锦衣卫，他的职衔比钱宁还要高。但钱宁在宫中在豹房侍候皇上，非他可比。他在钱宁面前从来不敢以同官自居，极尽奴颜婢膝之事。即使钱宁受到刘瑾压制之时，他在钱宁面前也是低声下气，小心侍候。钱宁对他自然也是另眼相看。这次钱宁也为他说了话，使他得以留在锦衣卫中。

廖鹏贬职之后，不但想着自己的重新振作，而且想着其兄廖堂的东山再起。一名锦衣卫挂职官员，要有一名在宫内的太监或在外镇守的太监，才能威风起来。因而，他的重新振作和廖堂的东山再起，是相辅相成的。

重新振作和东山再起，要有靠山。比较了张永和钱宁之后，他选择了钱宁。锦衣卫官在大太监面前，只能是奴才，而在锦衣卫官面前，却能成为兄弟，成为生死之交。有了这番比较选择，廖鹏便以一小部分精力巴结张永，讨好张永，而以大部分的精力巴结钱宁，讨好钱宁。

钱宁喜爱饮酒，尤其喜欢到廖鹏家中饮酒。在廖鹏家中，总有精美的菜肴，总有各地的佳酿，还总有一碟云南的火腿。肥白瘦红，色彩分明，蒸得烂烂的，最能引起他的食欲。

廖鹏贬职后不久，又请钱宁来家中饮酒。他准备了更精美的菜肴，更多种的佳酿，还做了一项准备，要在酒喝得恰到好处时才奉出。

钱宁兴趣盎然地往主位上一坐，赞叹地说：“有子如廖大哥，此生足矣。”他滴酒未进，不知从哪里来的兴头，似有了几分酒意。

廖鹏听了，大喜过望，往他面前一跪，口中称道：“恩父在上，受儿子一拜。”

钱宁愣住了：“这——”本来要说：这怎么可以。廖鹏长他十岁都不止，收为义子，岂不成为笑谈？但转念一想，他长皇上十岁也不止，还不是成了皇上的义子。廖鹏愿意投靠，又有什么不可以呢？话到嘴边，改成：“这可是喜从天降呀！”

“你老人家恩准，是儿子的福分不浅。”廖鹏还跪在那里，大有义父义子的关系不确定，他就不起身的架势。

“那好，你起身吧。今日咱们爷儿两个要痛痛快快地喝一回。”钱宁说着，欠身作了个搀扶的动作，其实是让他自己起身。

廖鹏起身，将家仆、丫环都撵了出去，亲自为钱宁斟酒。“今日不用外人在旁，儿子来侍候恩父。恩父请开怀畅饮。酒够了，就歇息在儿子这里，才不枉痛痛快快四字。”

“就依我儿。”钱宁将酒盅端起，一饮而尽。指了指身旁的座位，说：“你也坐下吧。你站在我身后，谁陪我饮？怎能尽兴？”

“恩父是皇子，儿子不敢造次。”廖鹏道。

“平日都敢，今日怎么反而不敢了？来，坐下。”钱宁改用命令的口吻，“我是皇子，你便是皇孙。等有机会时，我奏明皇上，告诉他，我代他收了个孙儿，他一定欢喜。不过，此事你不要在外间乱说，以免遭人嫉恨。在外人面前，我也不敢自称皇子，最多是自称皇庶子。”

“那我便是王庶子。”廖鹏想到一个恰当的词。

“孺子可教！”钱宁大喜。本朝不封异姓王，钱宁虽赐国姓，皇上却绝没有将这些义子封王的打算。廖鹏自封王庶子，是把钱宁置于王位，可说大胆之极。钱宁举起酒盅，邀道：“来，来，王儿陪我饮一盅，共示庆贺。”

廖鹏饮了酒，又殷勤劝菜。钱宁发现，虽然说要痛痛快快饮一回，廖鹏脸上却不时露出愁苦之色。他不动声色。廖鹏劝酒，他便饮。饮了几盅，起身告辞。

“父王不是说要痛痛快快喝一回吗？”廖鹏觉着突然，忙问，“为何就要回去？”

“你不痛快，我怎能痛快？”钱宁道，“鹏儿有心思，我看得出来，咱们改日再饮。”

“恩父莫走。恩父认了孩儿，孩儿高兴得紧，怎会有心思？”廖鹏苦苦相劝。他还为钱宁准备了一出好戏，钱宁一走，心机就枉费了。

“不走也可，但你要说清楚心中有什么不痛快。”钱宁并不是真心要走，只是吓一吓廖鹏。“是不是认我为父，心中觉得委屈？那我也不勉强你，我们仍以兄弟相处。”他在豹房口称儿子时，有时也觉得不是滋味。以己度人，廖鹏在他面前自称儿子，想来也不舒服。

廖鹏忙说：“恩父这般说，才是委屈了儿子。恩父肯认儿子，儿子只会高兴，怎会委屈？”

钱宁点点头，表示同意他说的道理：“那么，你定是为了降职而不快。”钱宁猜测，“大丈夫能屈能伸，升职降职又算得什么！”

“恩父开导的是，孩儿也不为降职而不快。再说，若不是恩父援手，孩儿早不能留在锦衣卫了。孩儿再不知足、不知恩，还有良心吗？”廖鹏说得很恳切。

钱宁没有兴趣再猜测，说：“鹏儿，到底为何不快，你自己来说。若是猜来猜去，我便没有兴趣饮酒了。”

“恩父恕罪，我是为恩父抱屈。”廖鹏道。

“为我抱屈，却是何意？”钱宁又是吃惊，又是疑惑，右手持筷，本来要去挟菜，却停在半途不动了。

“孩儿想起去年九月十九那一天，心中便不痛快。”廖鹏边说，边为钱宁夹菜。

时间较为久远，钱宁想不出，那一天发生了什么事，问道：“那天何事，要你为我抱屈？”

“恩父忘了吗？那天是第二次录宁夏功呀。”廖鹏提醒道，“一干人晋封，却无恩父。”

原来是封爵之事。去年九月初，第一次录宁夏功，太监张永加岁禄，总制杨一清进太子少保，总兵仇钺封咸宁伯。此三人是平定宁夏的正主，加官晋爵，谁都说不出闲话。九月十九日，第二次录宁夏功，李东阳进左柱国，杨廷和、刘忠加少保兼太子太傅，梁储加少保兼太子太保，兵部尚书王敞、礼部尚书白钺、吏部尚书刘机、署詹事府事的礼部尚书田景贤，刑部尚书刘景，均加太少保，王敞另荫一子为锦衣百户。推功及文职大臣是惯例，廖鹏说心中不痛快，不会因为他们。他们就是都加三公，和钱宁也没有丝毫关系。还有一干受封者，既非文臣，又非武将。他们是：锦衣卫指挥同知朱得封永寿伯，谷大用兄谷大宽封高平伯，马永成兄马山封平凉伯，魏彬弟魏英封镇安伯。太监因边功加封其父兄子侄，在远者，王振子弟仅封锦衣卫指挥，在近者，刘瑾父兄至都督而极矣。此次许多太监的兄弟封爵，在本朝是从来没有过的事情。不过，钱宁想，廖鹏为他抱屈，不是为了这许多人，因为锦衣卫官从来也不敢与太监一比高低；廖鹏为的只是许多人中的一个人，这个人和钱宁一样，也是皇上的义子。他就是裴得，在皇上赐给的诰券上写的是朱得。

廖鹏见钱宁沉默不语，以为他是同感，便接着说：“如果以平宁夏功封爵，恩父无涉，他亦无涉。如果以平刘瑾功封爵，恩父一直与逆瑾抗争，而他对逆瑾一句逆耳的话也不敢说。”

“鹏儿不得胡言！”钱宁沉下脸，厉声喝道。

费尽心思，竭力巴结，换来的却是一句训斥。廖鹏低声说道：“恩父不许说，儿子不说好了。但儿子心中就是不服。”

“你懂什么！”又一句训斥，“皇上说了，我们诸义子中，以朱得大哥居首。我们当中如要封爵，他当然是第一人，这有什么不解，要你来为我抱屈。再说，我虽未封爵，皇上待我也不薄。若非皇上对我恩宠有加，我怎有机会为你讲话？你又怎保得住锦衣卫中的职位？”

钱宁讲的是：去年十二月二十八日，守岁的前一天，皇上有旨：传陞锦衣卫指挥使朱宁堂上莅事，指挥使朱安、朱福管南镇抚司。他说得对，没有这道圣旨，没有管理锦衣卫事的名分，也就没有资格为廖鹏讲情了。

“孩儿知错了。”廖鹏说，“皇上对恩父的宠幸，不在永寿伯之下。锦衣卫堂上管事，是多少公侯伯爵想都想不到的。”他说的也不错，锦衣卫堂上官多以勋戚任之。堂上莅事，虽不是名正言顺地掌锦衣卫事，但莅事就是视事、管事，和勋臣是同样的待遇。

钱宁脸色稍稍缓和，开导地说：“宫中之事一言难尽，顺心时不要得意，不顺时不要抱屈，若做到这一点，你的前程包在为父身上。”

“是，孩儿的前程本就靠的恩父。”廖鹏斟上两盅酒，“来，孩儿孝敬恩父一盅。恩父升上一步，孩儿也升上一步，总是跟在恩父后面。”

钱宁饮了，想起问问主人家其他人：“鹏儿，我那孙儿怎么不见？也该要他来敬我几盅呀。”

“回恩父，”廖鹏说，“他自幼跟随家兄，家兄安置南京，一定要带上他去。等他回来，我让他去给你老人家叩头讨赏。”他的长子廖铠，大约比钱宁小十岁八岁，一下低了两辈。廖堂喜爱侄儿，总是带在身边。廖堂镇守一方，比在京师的廖鹏要威风许多，廖铠也宁愿跟随伯父在外省。

钱宁想到，家中还有一人受了更重的处分，可能是廖鹏不痛快的原因。他再次保证说："廖太监的前程也包在为父的身上。你捎句话去，让他少安毋躁。"太监到底是太监，说起来不敢过于轻薄。

"我代家兄谢过恩父。"廖鹏又给钱宁叩过头。见酒饮得差不多了，他俯在钱宁耳边说："恩父，今晚在孩儿这里歇息吧，我备下了侍寝之人。"

"是鹏儿享用过的人物吧？"钱宁轻佻地问。

"孩儿不敢隐瞒，是孩儿前不久纳进的一名江南水乡女子。"廖鹏面无愧色，好似理当如此，"不过，为让她今夜侍寝，孩儿已多日不敢近她身了。"

"孩儿既已享用过，她床笫间的功夫如何呀？"钱宁有了八九分酒意，也就顾不上儿妾侍寝，丧失人伦了。

"恩父见识的女子多，孩儿不敢在恩父面前夸口。孩儿只能说，每在她那里过一夜，便似做了一夜神仙。因此，斗胆进献，请恩父一试。"

廖鹏拍拍手，一名腰身修长、眉目清秀的女子从侧室飘然而出，人未走近，先有一阵香气袭来。在廖鹏授意下，她向钱宁道了万福。

"恩父，她叫阿媚，来侍候恩父的。"廖鹏道。

钱宁捏了阿媚一下，赞道："果是好儿媳。"

"恩父看得上眼，明日接她去府上就是。"

"不妥，"钱宁说，"我府上大妇凶悍，阿媚去了，要受委屈。还是留她在你这里，我在豹房侍候皇上，闲了下来，便可过来，与彼共入温柔之乡。不过——"

廖鹏明白他的意思，忙说："恩父的人，孩儿当母事之，万不敢不敬。"

"好，好，你是个孝顺的孩儿。"钱宁大笑着，在阿媚的搀扶下，进了早就扫榻熏香的内室。

第八十四章

文安县境内，西部有易水河流过，东北有火烧、得胜二淀，小有水乡气象。火烧淀在县城东北，柳林村在火烧淀东北，方圆十村八村中赫赫有名的张家大宅在柳林村东北。柳林村与文安县城和霸州城距离相等，柳林村人往往自称霸州人，而不说是霸州文安县人。张家大宅在霸州很有些名气，却少有人知，它是死于顺天府大狱的巨盗张茂置的产业。

这是一座两层的楼屋，外圈围着丈把高的院墙。院墙四角各筑一间不甚明显的哨房，哨房的暗窗各扫视一方。楼屋的下层是一间大堂，两厢有几间小屋。上层中间是一条通道，两边都是住房。大宅中住下三五十人，只要不喧闹，外面不会察觉。院中的大牲口棚，容得下十几二十匹马。

府州县城近郊，若有这样一处大宅，定然引起官府注意。而柳林村离城甚远，且又在两城之间，州中人问，便说是县中某人所造，县中人问，便说是州中某人所造，很容易应对过去。柳林村没有几户人家，只知那里住着大人物，谁敢多管闲事？张茂当初造张家大宅，便是看出了这等好处。

刘宠、刘宸带了二十来个弟兄隐居在大宅中。白日或差一两名弟兄作家仆模样，出外采买一应物品，刘氏兄弟绝对不抛头露面。到了晚间，或是刘宠，或是刘宸，带几名弟兄，出外打劫大户。他们宁愿多行数十里，也不在近处村落活动。一般亥时而出，寅时而归，不露任何痕迹。被劫人家告到官府，没人想到这一处深宅大院是贼人出没的地方。

楼上最深处的两个房间，一属刘宠，一属刘宸。刘宠带了一相好的女子，是已故村人的妻子王氏。刘宸带了一相好的女子，是常年不在家中的乐户刘大良的妻子赵氏。手下的弟兄，分到了银钱，可以到外面找寻女子快活，但定下一条死规矩：不准说是张家大宅中的人，更不准将人带入张家大宅。弟兄们将刘氏兄弟视作神人，倒也能遵守他们的规矩。但时间长了，难免会泄露些风声出去。

一日夜间，大家都没有外出。刘宠与王氏亲热过一番，王氏倦了，在将睡未睡之际，见刘宠还瞪着两眼，愣愣地望着屋梁，便推了他一下：“六哥，还不睡觉，没有快活够吗？”

刘宠索性坐起：“睡不着，想喝几口。我说周能媳妇——”这是他对相好女子习惯了的称呼。

王氏噘起嘴说：“人家随你几个月了，还周能媳妇、周能媳妇地叫，难道你要我去阴间做他的媳妇吗？真让我好不寒心。”

“好，是我错了。叫你六夫人，可以了吧？”刘宠认了错，“你去弄些菜，我唤老七来喝酒。”

王氏甚是贤慧，嘴上说着：“你也不为七弟想想，赵姐可不像我好说话。”还是起身去准备。反正熟食甚多，炒个鸡子，切盘大葱，就够他们兄弟二人下酒了。

两房相邻，刘宸一唤就到。他披了件短袄，叫道：“六哥，这晚了，还不歇息？”

“睡不着。”刘宠说，“咱哥俩儿喝几盅夜酒。”

刘宸迷迷糊糊被唤醒，听说喝酒，有了精神：“好，我陪六哥喝一夜也无妨。”

说着话，王氏端了一碟冷肉、一碟鸡子进屋。刘宠从角落搬出一坛老酒。

“六哥，又想啥心事？”刘宸喝下一大口老酒，抹了抹嘴，才问刘宠为什么睡不着。

“在想玉带河。”刘宠说。他真的想起几个月前，齐彦名纵马驰过玉带河的情景。随后他们又在那里分手了。“我们约好在此地再合，虎哥和彦名在东在西都闯出了名堂，怎么还不来呢？是忘了我说过的这座大宅吗？”

“山东、山西、河南的消息都是传言，也不知他们现在怎样了，六哥不必多想。”刘宸道。

“我们探到的消息，八成是真。”刘宠说，“若在外混不下去，他们早就回来了。他们不回来，也没有恶讯送回，一定是拉起了队伍。以他们的本事，带领万把人是没有难处的。有了万把人，攻陷几座城池该是不在话下。”

“所以六哥说，乱军攻破各处城池，不是传言？”刘宸问，“六哥是不是在张家大宅住不下去了？”

“我在想，他们再不回来寻我二人，我二人便该走出去寻他们了。”刘宠说，“不要分手久了，大家形同陌路之人，那就大违初衷了。”

刘宸早就不耐烦整日关在大宅中的日子，听刘宠一说，高兴地问：“六哥，是我们一起走出去，还是六哥守在大宅，我先走出去？我们是先向东走，还是先向西走？”

“你说呢？”

“第一，我赞成六哥的说法，我们该走出去寻虎哥和彦名哥了。第二，要是仍需守住大宅，六哥留下，我走出去。”刘宸有了两条算计。

“我看，杨、齐在东西两下里都闯出了局面，大宅不用再守了。”刘宠说，“至于先向东走，还是先向西走，还要琢磨琢磨。”

“也不须琢磨，明日着几名弟兄出去探探风声，先得到哪一面的消息，我们便向哪一面走。”刘宸快人快语，“六哥看如何？”

刘宠很欣赏他这句话，赞道：“都说老七不爱动脑筋，动起脑筋来，便有绝好的主意，谁也比不上。”

刘宸道：“六哥说我的主意好，我这就招呼弟兄，乘着天还没亮，摸出村子，到县里、州里、邻县、邻州打探消息去吧。”

刘宠知道他的性情，夜里想到要做的事情，绝不等到天亮，便嘱咐他说：“差稳当的人去，路上少喝酒，莫惹事，有了消息，速速回来。”

“六哥放心，跟在咱们身边的人，哪个是不稳当的？“刘宸说，“我先使于成、孙玉出宅，向东边打探；再着郭汉、宋禄向西打探，定死了今日夜间返回大宅。今次探不到消息，明日另差人再探。各人走各人的路子。六哥看可行得？”

“甚好，你去张罗吧。”刘宠应过，又在他身后叫道，“你快去快回，我等你回来，再踏踏实实地饮上几盅。”

这一折腾，再也踏实不下来了。也亏得刘宸一通折腾，才知道大宅外面起了大变化。第一起差出的于成、孙玉都是细心之人，于成在楼下打点路上用的银两、干粮，孙玉先将宅门推开一道细缝，看看外面的动静。一看，不得了，宅院几十步外，火光冲天，竟然是列好队阵的官兵。孙玉不敢出声，将宅门轻轻关闭，拉着于成去四角的哨房，唤醒值哨的弟兄，从暗窗向四外一望，只见宅院四面都被官兵围住。官兵隔几步便举着一只火把，照得亮如白昼。

二人急奔上楼，顾不得往日的规矩，大声叫道：“六大王，七大王，不好了，官兵将宅子围住了！”二人一喊，在楼屋内引起一阵骚乱。刘宸唤醒二人时，已惊动了一些人，二人再一喊，宅中所有的人都被惊醒。

“不要乱！乱者斩首！”刘宠站立楼梯正中，低声喝道。屋内顿时静下来。他又问孙玉：“你看清楚了，果然是官兵？”

“那骑马的官长，马前挂着衙门的灯笼，马后举着官府的旗子，果然是官兵。”孙玉看得很仔细。

“你可看清楚了旗上写的字？”刘宠问道。

"这却看不清楚。"孙玉说。其实，相隔不远，又被火把照着，应该看得清楚。他是在慌乱之下，顾不上仔细去看。

刘宠正要再问话，刘宸返回大屋。他在听到于成、孙玉的喊声后，立即去了哨房观察，"六哥，是姓桑的那厮。"他看得要比那二人仔细，桑字虽然不识，桑字下面的木字却是认得，再加上他看清楚了统兵将领。"一脸的横肉，就是彦名哥说的模样。"他对刘宠说。

和刘宠的估计一样：若是官兵，统兵将领一定是参将桑玉。他沉着地问说："他带了多少人来？"

刘宸说："不多过一千，不少于三五百。"

刘宠看看聚在大堂的人，加上厨子和两个女子，满打满算，只有二十人。即使二十人都是虎，也难敌三百条狼。

"老七，你随我来。"他招呼刘宸，又吩咐王氏，"你叫赵姐也来。"后一句话是极低的声音，别人都没有听见。四人进了刘宠的房间，他又吩咐王氏将门关严。

王氏见刘宠脸色不对，掩门时，双手打颤。

"老七，你说实话，我们出得去吗？"刘宠郑重地问。

刘宸看看赵氏，又看看王氏，摇摇头。

"若没有她们呢？"刘宠的话透着残忍。

刘宸还是摇头，说："六哥，你是知道的，咱们臂力虽大，对付十人八人尚可，对付二三十人，就落了下风，何况要对付二三百人呢？"弟兄们大概都可敌三五个人，到他二人头上，每人可不是要对付二三百人？而且，还有桑玉那贼将，据说他也是有些臂力的。

"老七，我不愿再受辱于官府。"刘宠说着，拔刀出鞘，"你要如何，自己决断吧。"

"我随六哥。"刘宸道，"六哥不是说了吗，我们该一起走出去了，只可惜晚了一步。"

"是啊，可惜晚了一步。"刘宠走出大宅，会合杨、齐的决心从来没有像今夜这样大，也就在今夜，却被官兵围在大宅，只能说是天意了。他收返思绪，厉声问王、赵二氏："你二人又怎样打算？"问的是二人，眼睛却盯住王氏。她随了他几个月，自认是他的女人了。

"我，我——"王氏退缩到角落，说不出话来。

刘宸说："六哥，让她们落个全身吧。"

"也罢。随我兄弟去，还是随官府去，你们自己挑选吧。"刘宠说，"不过，我要告诉你们，被官府捉去，你们就不会再过人的日子了。”说着，他将刀一横，向脖子上抹去。

王氏突然疯了似地跳起，抱住刘宠的胳膊：“不，不，六哥，你先给我一刀吧。我不要什么全身，我要随你去。我自己下不了手，求六哥成全我吧。”几个月的共同生活，虽说只是露水夫妻，她对刘宠有了真实的感情。

就在刘宠受了感动，动作一慢之际，外面官军一片混乱。有人高声叫道：“六哥，七哥，休要慌张，小弟来了！”

“是彦名！”刘宠、刘宸齐声叫了起来。他们相互抱了抱肩头，迈大步走出楼屋，将宅门大开。二人弯弓搭箭，站立门首。

此时天已微白，官兵们手上的火把黯然无光。一人骑着骏马，手舞大刀在官军中左冲右突，勇猛异常，正是齐彦名。

“彦名哥，我助你射杀那狗官！”刘宸喊了一声，一箭飞出，将桑玉身边的军佐射翻在马下。

“老七好箭法，做哥哥的不能落后了。”刘宠手一扬，一箭直取桑玉的咽喉。

桑玉的队伍被齐彦名冲乱，他正要重整，见箭飞来，用枪一拨，将箭打开。不料刘宠射箭的力大，桑玉拨箭的力也大，箭头直插进一名兵士的脸颊，他哼也没哼一声，便向后倒去。桑玉这才慌了，向齐彦名喝道：“姓齐的，我奉命捉拿刘六、刘七两名逆贼，与你无干，你快退下！”

“姓桑的，你要不要脸？”如果桑玉称他一声齐二爷，他也会回敬一声桑将军。桑玉既叫他姓齐的，他也大可不必客气：“你拿了我一千两银子，说好了不来霸州，怎的出尔反尔，银子没有用完，便带了兵来？”

“姓齐的，桑某从来不爽约，”桑玉道，“但奉了马都宪、张总兵的钧令，来柳林村捉拿反贼，也是无可奈何。”

“马都宪怎知柳林村有反贼，还不是你说的吗？”齐彦名质问，“你到底是大丈夫，还是臭婊子？”

“他们的事坏在臭婊子身上不假，可臭婊子不是我。”桑玉说，“乐工的老婆不是臭婊子吗？乐工的老婆被人抢走，告到官府，有什么奇怪？”

刘宠心存疑惑：官府怎会知道张家大宅的？现在解开了心中之谜：是刘大良到官府告的密。

“这贱人！”刘宸发狠骂道，“我定要杀了她！”

刘宠知道他在自责，安慰他说：“提到刘大良，该当千刀万剐。此事与赵氏无关，不可滥杀无辜。”

桑玉那厢又说："京营都出动了，马都宪、张总兵亲自下命，这二人还跑得脱吗？姓齐的，我是一片好心，劝你不要趟这里的浑水。"

"哈哈！"齐彦名放声大笑，"你那马都宪是不知道陷金乡下滨州的爷爷又回到了霸州，若是知道了，不会再有兴趣来捉拿我的两位哥哥。"

桑玉闻言大惊，喝问道："搅乱山东的是你？"

"你看不像吗？"齐彦名大刀在空中一舞，"现在呢，你看像是不像？过得片刻，我数千名弟兄冲杀过来，你再看像是不像？"

桑玉向齐彦名等数人冲来的方向望去，果然尘土飞扬，似有千军万马奔驰。他把缰绳一勒，调转马头，吩咐道："贼人势众，快撤回霸州待援。"

齐彦名跳下马来，与刘氏兄弟抱在一处。刘宠喜极而泣，说道："彦名兄弟，你再迟来一阵，便见不到你六哥和七哥了。"

齐彦名见大宅被围，知道形势危殆，却不知刘宠、刘宸要双双自尽。他咋舌道："好险！怪不得昨日天一黑，我的眼皮直跳，再也坐不住了，不管他人怎样说，也一定要赶来这里。"说着，招呼与他同来的弟兄聚在一起，与刘宠、刘宸见过。"六哥，七哥，我来引见。这位兄弟姓宫，名太保，原是永清县吏。年初我去永清，与他一见如故，这次去山东，便约了他同行。"

"宫兄弟，好威风的名字！"刘宠赞道。

"小弟虽为刀笔之吏，但素喜交结江湖朋友。与齐大哥相见，是缘分。对两位刘大哥，更是仰慕在心，今日幸得一见。"宫太保说。

"这位庞兄弟名文宣，是我的内弟。"齐彦名接着引见下一人，"多亏他行侠仗义，甘冒风险，我那虎头儿才得保全性命。"虎头是齐彦名的独子。齐彦名的岳丈看不上他这个亡命的姑婿，两家断了来往。庞文宣知道齐彦名起事，护送姐姐和外甥东去，在山东将母子二人交与姐夫。

介绍完毕，刘宠问道："齐名兄弟，你的队伍怎么还不进村呢？三哥在哪里？"

齐彦名笑道："我哪里带了队伍来！我对两位哥哥放心不下，带了几名兄弟，来接两位哥哥同去山东闯荡。除了二人在那边田间扬土，其他人都在这里了。"

刘宠叹道："你一念之间救了我兄弟二人的性命，真是苍天有眼呀！"

"彦名哥，打了两个月的仗，你不但功夫大长，还会用计谋了，只用七人，便吓退了桑玉的上千之众，好生了得！"刘宸赞罢，问刘宠，"六哥，还是依我的主意办吧？"

刘宠先是一愣，很快明白了他的意思："不错，还依你的主意办。彦名兄弟来了，我们先随他去山东闯荡闯荡，再与虎哥联络。"

第八十五章

四月十五日至二十五日，刘宠、刘宸、齐彦名等率马队五百，步卒数千，在十天内转战济南府青城、青州府寿光、莱州府潍县、昌邑等县城，所向披靡。

青城在省城东北，刘宠等在那里虚晃一轮，引得官府一阵混乱，乘机向东杀去，在寿光又是虚晃一轮，引得官府又是一阵混乱，刘宠等的队伍已到了潍县。潍县知县张志皋闻讯，先行遁逃，跑得不知去向。莱州卫指挥张升、知事杜德铭坚守不支，城陷被杀。接着，潍县以北的昌邑也被攻破。

“六哥，咱们去打座大城池吧。”刘宸豪情满怀地说。连打几场胜仗，他早已不把官军放在眼里，对取小小的县城没有多大兴趣了。

“七哥说得对！”齐彦名响应，“平度州或许还有像样些的官军，也可以试一试咱们的本领。”

潍县和昌邑不直属莱州府，而属莱州府的平度州。莱州府几经升降，洪武三年升为府，洪武六年降为州，洪武九年又升为府，三年一变化，可见不是大府。所以由州升为府，是因为位置重要。那么，辖于莱州府的平度州也算不上是巨州了。但对刘宠等人来说，州城毕竟是州城，攻打州城不同于攻打县城，攻打州城是一大提高。

“两位兄弟都有豪情，要打平度，那就打平度。”刘宠说，“守县城的官军是这般鸟样，守州城的官军又能凶到哪里去不成？”

“好，今日打下平度，明日再打莱州。明日打下莱州，后日再打青州。总有一日，我们会打下济南府。”刘宸情绪更加激昂：“彦名哥，等打下这三府，你愿意守哪一州？”

“我没有想过。”他们一直是随走随打，随打随走，没有在哪一处留下的打算。

“我看，六哥最有本事，就做济南王吧。”刘宸自家在那里分派，“彦名哥，你做青州王，我嘛，最没有本事，凑合着做一名莱州王吧。”

“七哥，你是要先称王了。”齐彦名说笑道。

“不对，我方才说了，要打下济南府，我们大家一起称王。”刘宸一本正经地反驳他。

他们没有料到，在平度遇到一名厉害的对手，使他们由县城而州城，由州城而府城的计划，到了州城一级，不得不停下来。

戚景通字世显，南直隶定远县人，祖先从太祖皇帝征战有功，世袭登州卫指挥佥事。登州初隶莱州府，洪武九年升格为府，治所在蓬莱县，濒临大海，颇具仙气。戚景通在山东已历数任，长成了山东大汉，长躯干，修髯须，人见而敬之，喻为活关公。

世袭武职替代，要到京城有关都督府注籍。登州卫隶山东都司，在朝隶左军都督府。戚景通父死子继，去京师办理注籍。其时，正逢刘瑾猖獗，命掌各军都督府的勋臣，武职中有豪杰之士，一概向他引荐。

戚景通也在引荐之列。武职与文职的身份地位不同。在外文职入京觐见，须过刘瑾私宅向他行礼，刘瑾说两句嘉勉的话，或是说两句斥责的话，要看各人的运数了。在外武职入京公干，能不能去刘瑾私宅，则要看各人的运数。刘瑾看得上的武职才有机会与他见上一面，他不中意之人，免此一行。

戚景通经左军都督府堂上官着力举荐，刘瑾召他相见。不用说，见面之后，印象极佳。奇怪的是，袭职之事，挨了一日又一日，总是办不妥当。他也不急，平生爱读书，京师又能觅到许多外省偏僻地方难得一见的版本，他乃以书为友，遣度时日。正值暑天，在房中实在感到闷热，便京城内外到处闲逛。每到一处，走倦了，便席地而坐，展书课读。

一日，客舍中来了一神秘访客。戚景通在刘瑾府上见过他，知他是刘太监极为信任的管家刘成，忙迎上前行礼，问道："总管可是为下官而来？"

"正是为将军而来。"刘成从怀中取出一草编软帽，递与戚景通，言道："天气炎热，刘太监着我前来送帽。"

当时的情势，获刘瑾一言，如获圣旨，得刘瑾一物，如得钦赐。戚景通恭恭敬敬接过精致的小帽，连连称谢："多谢刘太监心中掂念，不敢劳总管跑这一趟。"说着，递过最大的一封谢仪。外官进京，总要带许多应酬朝中大员、宫中太监家人的仪封，从几钱银子到几十两银子不等。刘成送来一顶草帽，值几十两银子。

刘成把他的手推开，说："将军厚意，我心领了。将军在京开销甚大，如有欠缺，交代一声，我着人送些银子过来。"

戚景通以为他嫌少，手停在那里，往前送也不是，往回缩也不是，脸臊得通红，一句话也说不出来。那份难堪，真是难以形容。

刘成道："戚将军不要误会。我见你忠厚，不拿你当外人。与你说实话吧，你是我家太监要重用的人，我拿你一文钱，岂不坏了他的一番心意？"

戚景通这才下了台阶，忙向刘成打拱："多谢刘太监抬举，多谢刘总管直言。今日出将入相，半出刘太监门下，戚某一介武夫，不知有什么可以为刘太监效力的地方？"

刘成说："你肯戴这顶小帽，便是为我家太监效力了。"见戚景通茫然不解，他把话岔开，"如今许多锦衣卫指挥都姓朱了，戚将军知道吗？姓朱甚好，戚将军无所求吗？"

"各人的缘分不同。"戚景通知道皇上常赐国姓于身边的武臣，便说，"小将无缘。"

"彼处无缘，又怎知此处无缘？"刘成话中含有深意。他起身辞别，又说了一句极有分量的话，"他们盼着姓朱，戚将军不盼，是戚将军的见识。你戴了我家公公送的小帽，你便姓刘了。姓刘，又哪里不如姓朱了？"

汗水顿时从戚景通周身沁出。三伏天里，不动不思还要出汗，何况要大动大思？远在东部边陲，亦曾风闻朝中大权尽归刘太监，刘太监怀有异谋。初闻时，心中也惊，但八成是疑，信者不足二成。刘成的话却再清楚不过了。姓刘的哪里不如姓朱的，明明是要改朝换代，明明是要把国姓改写成刘！而他戚景通，已被刘太监网罗到麾下了。

京城中到处是刘太监的私人，莫说东厂西厂内厂，就是去都督府，去三法司，去击登闻鼓，刘太监也会即刻知道，哪个衙门能容他把话说完呢？

京城不可再留。戚景通顾不上等都督府的公文，扮作云游道人的模样，当晚逃出了京城，回到山东。他这一走，无异于和刘瑾决裂。他唯一的选择是与刘瑾对抗到底。回到山东，他隐匿在一位信得过的好友家中。好友也是武臣世家子弟，帮他联络到一些忠勇之士，只等朝中有变，立即兴师勤王，护朱灭刘。所谓忠勇之士，都是良家子弟，心怀对朝廷的赤诚，和对刘瑾的怨恨，听得朝廷有了危难，都决心以死报国。但刘瑾掌朝政一日，他们便一日不敢轻动。轻动了，谋逆者就不是刘瑾，而是他们。他们虫伏蛇蛰，等着刘瑾逆谋暴露，以立不世之功。

刘瑾的逆谋暴露了，却被朝廷一举扑灭，不费京营一兵一卒，更不劳在外卫所费心。戚景通的勤王大旗悄悄地收了起来。刘瑾诛灭，还要勤王，不真成了谋逆吗？他不能再勤王，也不能再提曾经准备勤王。于是，他不但无功，反而有了过失。因为他没有拿到都督府的公文，便回到山东，不合程序，山东都司对他无法安置，既不好让他袭世职，又不能不准他袭世职，二者都要在都督府备案发文。

好在刘瑾初除，需要纠正的谬误太多，没有人顾得上处置一名小小的指挥佥事，也没有人顾得上请他去申诉，听他的申诉，查实他的申诉。

戚景通空有报国之心，而不得尽其才，心中很是气闷，与旧日的好友也都疏远了。刘瑾诛灭，证明戚景通所言不差，一个极好的立功显名的机会，没能有所作为，轻易放了过去，该怪谁呢？谁也说不清楚。有些人便把责任加在他身上，对他颇有微词。他辩不能辩，忍无可忍，只有主动疏远。

直到直隶盗起，转入山东，经十余战，领兵将佐在在显出无能，才发现将才奇缺。山东都司想起了戚景通，不必他申诉，替他在左军都督府备了案，完成了袭世职的手续，又给了他一个领兵打仗的委任。戚景通这才有了舒心的一刻。

戚景通奉命率七百人守邹县。邹县属兖州府，在济南府之南约三百五十里。登州府在济南府之东，约一千里。由登州去邹县，取直路，也超过了一千里。守邹县，从一千里之外派将，虽有些失当，还说得过去，从一千里外派兵，而且又只有七百兵，不免太过荒唐，足见巡抚边宪在罚俸后未曾思过，或未能思过，对防务的指挥调度，一无改善。

以卫指挥佥事统七百兵，也不能算是好差事。一名千户还要统兵千名，而正千户是正五品，卫指挥佥事却是正四品。不过，世袭军职往往难以实授，有机会率七百人作战，已属不易。戚景通不发怨言，辞别家人后，带七百兵赶赴邹县。

赴邹县，必经莱州府境。戚景通的七百登州兵行至平度时，恰逢刘宠等攻打州城。

远远望去，攻城者有数千之众。平度城高，尚可支撑一日半日，时间一久，城内守军不足，人心慌乱，恐怕就守不住了。戚景通喝令登州军暂停，他要观察平度城的攻守形势。

戚景通寻思：贼兵攻城不下，锐气定已减了几分，若从后击之，可收奇功，于是，他吩咐左右，传令擂鼓，准备攻敌后路。

戚景通的副手周千户忙道：“大人且慢。”

“周千户有何见教？”戚景通不大看得起这名也是世袭的千户，语中带刺地问道。

“大人，我们奉命去守邹县。”周千户道。

“你的意思是说，我们在平度无守土之责？”

“这样说，也未尝不可。”

戚景通质问道：“我倒要请教，你要去锁院门，却看到贼人已在室中盗窃，你能坐视吗？”

“大人以国喻室，我不敢以主人自居，”周千户道，“主人差我去锁院门，必会差他人看守内室。不锁住院门，我辜负了主人的差遣，室内有盗，是他人辜负了主人的差遣。”

戚景通说：“多谢周千户的提醒，我确是以国喻室，却没有想到，你我若以主人自居，是大不敬了。可我还是要问，主人差你去锁院门，却发现室内有盗，你不将盗驱出，锁门又有什么用呢？我只听说开门揖盗是大不智，不知关门揖盗，是智，还是不智？”

周千户被问住了，揖道：“大人说得对，小将不智。依大人之见，何如？”

“自然是先驱盗贼，再锁院门。”戚景通说，“解了平度之围，我们再赴邹县不迟。”

周千户仍有些犹豫：“大人的道理，我信服了。但敌众我寡，如果平度之围不解，又误了赴邹县的期限，我们吃罪不起。”

“敌在明处，你知敌众；我在暗处，敌怎知我寡？敌不知我虚实，我正好用兵。再说，敌军即使不知我寡，只要我军气盛，也必能压倒敌军。”戚景通不容再辩，“周千户，我决心已下，列阵以出，义不避难。你是助我一战，还是先去邹县接防？”

周千户担心无令而战，要受斥责，倒也不是怕战怕死。见戚景通决意要战，他慨然言道：“小将奉命为将军副，只有同进同退同战同守，哪有将军鏖战，小将远避的道理？仗打胜了，将军报捷，仗打不胜，小将绝不独还。某之心迹已向将军表明，但听将军差遣。”

“好！”戚景通大喜：“周千户，你替我掠阵。我与你五十人吹号击鼓，吹号进军，击鼓助威。你鼓声不停，我人马不退。谁敢退后，你以此令牌止之，以此宝剑斩之。”他摘下腰间的宝剑，连同军中的令牌，一起交给了周千户。

“小将遵令。”周千户躬身接过令牌宝剑，作揖后退，去安排军士、战鼓、号角。

“周千户！”戚景通忍不住唤他一声。

“大人还有什么吩咐？”周千户驻足而问。

戚景通似有许多话要说，却又说不出来。半晌，说了一句：“我看错了你。”

“接战在即，大人不必多想。”周千户说，“只要小将在，鼓号绝不会停，请大人放心。

号角吹响，戚景通率军向刘宠队伍的背后包抄过去。紧接着是一阵惊天动地的战鼓声。

攻城攻了几个时辰，没有攻下，弟兄们阵亡不小，刘宠等人都有些急躁。齐彦名说：“六哥，再让人喊喊话吧。”喊话就是劝降，附带着威胁：若不肯降，破城后，屠城三日。从第一次攻城未下，已使大嗓门的弟兄喊了几次话，都没有收效，刘宠不太相信喊话的威力了。

后方有人来报，一支官军从北面来，看来是路过，没有进城之意。

“有多少人？”刘宠注视着攻城的弟兄，头也不回地问道。他并没有感觉到来自后方的威胁。

报告的人说，大约六七百人。

齐彦名向后张望一眼，说：“是路过的官兵，不必担心。”过去攻城，也有此种情形，官军路过，不但不解城池之围，反而加快了行走的速度，大有避之则吉之意。齐彦名以为，这次也不会有什么不同。

“要不要调一队弟兄对付他们？”刘宠问。

齐彦名还没有答话，后面鼓角响起，转眼间官军杀到。当中一将，耸动长枪，骁勇异常。刘宠等人没有防备，后面准备攻城的队伍顿时被冲散，前面正在攻城的队伍也失去斗志。双方厮杀在一处，刘宠等人数虽众，却难以再战，只得停止攻城，撤到平度境外。戚景通颇有斩获，既不追赶，也不入城，略略整顿，继续南行。

第八十六章

刘宸与刘宠、齐彦名说笑，三人分称济南王、青州王、莱州王，说笑过即罢。在四川，却有三人早就在称王了。他们是：蓝廷瑞自称顺天王，鄢本恕自称刮地王，廖惠自称扫地王。他们都是川北保宁府人，三年前揭竿而起，现在号称有十万之众。

三人中，最早有称王念头的是蓝廷瑞，他的念头起源于早年经历的两件事。一是在山中行走时，发现一方古印。二是在山中行走时，找到一柄古剑。他自称二物得之于天，天命所归，日后必有应验。他以此为号召，从之者甚众。正德四年十二月，他首先称王，用了“顺天”二字。和他同为领袖的鄢本恕和廖惠相继也称王，名称都不如他响亮。

说来也巧，他们称王似乎是冲着四川巡抚林俊而去的，林俊出任巡抚也在同年同月。

林俊的名气比山东巡抚边宪、河南巡抚邓庠大得多。其一，任南京佥都御史时，他名列南都四君子；其二，任江西巡抚时，他公然论劾宁王；其三，刘瑾诛灭，他作为地方大员首先上疏。

也有人指责林俊上疏论劾刘瑾，是沽名钓誉，是献媚权宦，是开脱己责。

他的奏疏首称：“刘瑾，古之恶魁也。今近而京师，远而天下，皆曰两皇帝：朱皇帝、刘皇帝，又曰坐皇帝、立皇帝，谓陛下居皇帝之位，而刘瑾实秉皇帝之权。”论者谓：刘瑾罪状，古今恶魁一句足矣。两皇帝之说，置当今圣上于何地？即便真有传言，也不该见诸奏疏。此等危言耸听，只是为了沽名钓誉。

他的奏疏讲到刘瑾谋逆时有一段话：“中外传闻刘瑾将京军边军，更番上操，为张永所阻。奏将京军官校随回祭扫，为张永所阻。信有之。则刘瑾之叛逆不特京师知之，天下知之，至同类亦知之，独陛下未知也。”论者谓：格止刘瑾所为，不在朝臣，而在太监，不在其他太监，而在张永，无非刘瑾系昨日之权宦，张永系今日之权宦。直言之，刘瑾若真有京军边军轮番上操之意，一张永岂能格止！书写中外这一传言，是为了献媚权宦。

他的奏疏讲到天下之乱，有一大段话："臣闻京师盗贼之起，曰由刘瑾之致，而直隶、山东、河南盗贼之起，由刘瑾之致，臣未详也。广东、广西、福建盗贼之起，曰由刘瑾指差查盘剥削匮竭之致，臣则详知之。江西盗贼之起，由刘瑾指差勘事剥削匮竭之致，湖广盗贼之起，由刘瑾两差计处备荒索银十数万两剥削匮竭之致，则臣未询之，今四川夔保蓝五等盗贼之起，由刘瑾之革抚臣，播州安宁夭苗等蛮贼之起，由刘瑾之庇杨友及剥削匮竭之致，臣则亲审之。"论者谓：巡抚之革，于地方政务不无损害，但革除的巡抚中，只有顺天巡抚和四川巡抚是刘瑾自己复设的，却又以京畿、四川两处的盗贼最炽，身为巡抚者，也该躬身问一问，主持一方，是否称职？林俊在正德四年十二月就川抚，刘瑾未诛灭时，不能剿灭盗贼，刘瑾既已诛灭之后，把盗贼之炽全推到刘瑾身上，是不是开脱自己的责任？

其实，刘瑾复设四川巡抚，并且选择名气不小的林俊出任，正是为了平息川盗。保宁府临近陕西。保宁府广元县境内有座朝天岭，朝天岭上的七盘关，为四川、陕西的分界处。保宁之盗动辄威胁陕西，为保乡梓安宁，刘瑾须得尽快恢复保宁的安宁。

林俊本来有个机会安抚保宁之盗。那是他到任不久，三位大王兵犯巴州。巴州属保宁府，在府城西南三百五十里，逼近川蜀重镇重庆府。巴州比保宁府更具重要性。林俊率军匆匆赶往巴州。在途中一处叫华垄的地方，意外地与敌军相遇对垒。

蓝廷瑞立于营前，与林俊对答。

他问说："来者何人？"

林俊答："大明朝巡抚四川右副都御史林俊。"

他带有谓建口音的官腔不易听懂，但巡抚二字，听得清清楚楚，这是蓝廷瑞所知道所见到的最高职官，也是他们在四川所能见到的最高职官。蓝廷瑞问："林大人为何事而来？"

林俊答："为尔等而来。"

蓝廷瑞寻衅道："既为我等而来，敢入我营乎？

林俊神色不变："有何不敢。"

蓝廷瑞再起一衅："你敢退兵百丈乎？"

"有何不敢。"林俊一挥手，官军井然有序地后退百丈列阵，林俊单骑立在阵前，身后只有一名马夫。他以马鞭指指蓝廷瑞，反问："尔敢开营门乎？"

蓝廷瑞也说："有何不敢。"

林俊问："尔等敢放我入营乎？"

蓝廷瑞答："有何不敢。"挥挥手，开了营门。

林俊问："尔等敢听我言乎？"

蓝廷瑞答："有何不敢。"

林俊下马，将缰绳交与马夫，撩起官袍，迈着四平八稳的步子，单身进了敌营。营中还有一位大王，是廖惠。他因口才不如蓝廷瑞，请他出面应付，自己留在营中，听了外面二人的对话，他已大为折服。林俊对蓝廷瑞、廖惠二人说了一通反朝廷是大恶、反朝廷无出路的大道理，保证只要就抚，可保全众人性命。他的话，蓝廷瑞等不一定都听懂了，但有感他的诚意，商量了一阵后，答应就抚，双方约定了时间和具体事项。

谁知，老天作弄人，林俊回到营中，天就阴了下来，此后，淫雨霏霏，三日方停，约定的时间也过去了。不知蓝廷瑞等本就不是真心归降，还是看到老天示警，决意不降。天放晴后，林俊一看，群盗已拔寨而去，不留踪迹。他恨恨地说了声："贼性不改，焉能抚之！"从此以后，他对盗贼就一心剿灭。

林俊后来主剿，应说剿出了成绩。蓝廷瑞等复叛后，攻下巴州所辖的通江县城，杀守城参议黄瓒，佥事钱朝凤逃遁。林俊率军在后追赶，并调当地土兵会剿。土兵纪律松弛，难以控制，但熟悉地势，惯于山地作战。蓝廷瑞等攻陷通江后移兵他处，在途中与林俊所率官军、土兵相遇，展开一场恶战。所谓骄兵必败，蓝廷瑞等攻下通江，傲视官府，军心涣散，结果吃了大亏，几全军覆没。被官军诛杀者，被赶入河溪淹没者，共六千余人。首领廖惠被擒，蓝廷瑞北窜，与鄢本恕合兵一处，潜入陕西关中。林俊以为他们只是余寇，指日可灭。

谁知，正德六年五月，鄢本恕、蓝廷瑞又打回四川，且气势汹汹，纵兵饱掠保安府剑州、顺庆府蓬州等地。而此时四川高层的人事安排变得复杂了。

正德五年三月，都察院左都御史洪钟奉旨督师，讨湖广流贼。所谓湖广流贼，来自四川，其实就是蓝廷瑞、鄢本恕、廖惠等所部。在四年底五年初劫掠湖广郧阳等处。其时，湖广设有巡抚，因流贼声势浩大，朝廷恐一省之兵不足以应之，又再设总督，并以掌院都御史任之，可说是极度重视了。洪钟资历很深，是成化十一年进士，地位太高，掌院左都御史已很久不曾派外差了。所以，他不是总督湖广一省，而是总制湖广、四川、河南、陕西四省军务。他与林俊对剿、抚各持一端，意见相左。蓝廷瑞、鄢本恕北窜陕西，以林俊之议，当合川、陕之兵乘胜追剿，洪钟却下令招抚，归者万余人。他刚向朝廷奏报，贼人散而复聚，又有入川之势。林俊对洪钟的抚议更是嗤之以鼻。

好在洪钟开府湖广，在四川境内，林俊还能自作主张，二人未起冲突。随着湖广渐平，陕西渐平，盗贼又回聚四川，洪钟挂四省帅印，若不召回，理应入川剿贼。

四川剿抚大计委于何人，朝廷大臣中有了歧见。吏部尚书杨一清主张专任林俊，洪钟或仍驻湖广，遥为节制，或召回掌院事。兵部尚书王敞主张洪钟入川，洪、林并用。

“以林见素乏才，足以制贼，再以洪宣之督林见素，不唯无益，反而掣肘。”杨一清说，“王尚书不是不知道，他二人意见相左，合于一省，怎好共事？”

王敞说：“意见相左，方好顾全，专任一人，难免偏颇。林见素先生刚愎，川人、陕人都有议论。如果真需要二省联手，林见素先生怎能辖制陕西？只怕要误大局。”

“说林见素刚愎，是一些人的偏见，朝廷不该听信。”杨一清说，“不是也有人说洪宣之阿谀逆瑾吗？朝廷用人，不能生疑。”

二人的争议，由四川的剿、抚局面，转至风评人物，并不免都有些偏颇。所谓林俊刚愎，是见仁见智的事情。而洪钟阿谀，则是指他掌院时，步刘宇后尘，阿顺刘瑾，鞭挞御史。

以私而论，杨一清偏袒林俊，是因为林俊一直视他为前辈贤臣。在论劾刘瑾的奏疏中，他把刘大夏列为第一等贤臣，把刘健、谢迁、韩文、杨一清列为第二等贤臣，把张敷华等列为第三等贤臣。王敞偏袒洪钟，是因为二人是浙江同乡。洪钟是杭州府人，王敞是衢州府西安县人。而且，二人同在刘瑾柄国时任尚书，说洪钟阿谀，王敞也难免有阿谀之嫌。当时发生了一件事，王敞耻对人言：考选武卫，金吾右卫指挥使张某见爱于刘瑾，王敞不知，升为副将。刘瑾大怒，当面斥骂王敞道：“尔老悖！独不知张某可大用？”王敞辩解：“郎中为之，下官不知。”刘瑾又斥骂：“不能制郎中，要尚书何用？”王敞道：“刘太监息怒，某即刻改奏。”回到兵部衙门，他将武选郎中罗循唤来，像刘瑾斥骂他一样斥骂道：“后生无知，令我辈受辱。刘太监降祸，尔岂能逃免？”他要改写奏疏，罗循说：“无须毁成牍，待我再写好了。”罗循持原稿回，却屡屡借故不上新牍。四日后，刘瑾下狱。此事若是传了出去，真是羞煞人了。

若以公论，在四川专任林俊，还是洪、林并用，可说各有利弊。其他人很少卷入杨一清、王敞两位尚书的争论。或是处置军事，该更多听取兵部尚书的见解，或是代主内阁事务的杨廷和是四川人，宁愿朝廷更重视四川的局势，争到后来，王敞的意见占了上风。

五月初，朝廷有旨：着总制尚书洪钟入川，同巡抚林俊、总兵杨宏相机剿捕。

很明显，四川主帅易人，林俊剿敌的决心大为动摇。

朝廷似乎认为，在林俊头上加一名总制仍是不足，还在他下面加了一名巡视。在命洪钟入川前，于正德六年正月，升四川左布政使高崇熙为右副都御史，巡视四川。在命洪钟入川之后，又有旨：着巡视右副都御史高崇熙、镇守太监韦兴同洪钟、林俊会剿剧贼蓝廷瑞、鄢本恕。

朝廷在一省用兵的三巨头，巡抚、镇守、总兵，都得到敕命，却是分在两道圣旨中。此外，多了一名总制、一名巡视。按照地位，三位文臣的排列应该是：总制洪钟，巡抚林俊，巡视高崇熙。但巡视却是和镇守太监同时获敕在后，三人如何相处，只有天知道。

造成这样混乱的局面，林俊本人也有责任。他不满意上有总制旁有巡视的相互牵制局面，在上月尾，自劾讨贼无功，乞总制洪钟便宜用兵。他的本意，或是提醒朝廷，用人务专，希望将一省军事交与他处置。不料事与愿违，受到朝廷的训斥，原本不在四川的总制奉旨限期入川，刚刚入川的洪总制奉旨即刻赴保宁视事。在他处遥制的总制，现在近在身边，共同用事了。

高崇熙则奉旨去播州。播州是古地名，本朝改为遵义军民府。洪武年间，有十年左右改属贵州都司，后仍属四川布政司。军民府即土府，比宣慰司等完全土司化的地区要开化一些，派一名相当或接近巡抚的职官专备该地，一是因为曾经借用土兵弹压，以后还要借用土兵弹压，二是为了防止刘宠等进入土司地区。朝廷对土司地区采取羁縻方针，就是因为没有力量控制，任刘宠等进入，将使这一地区的局面更加复杂。

五月二十六日，兵部尚书王敞致仕，改刑部尚书何鉴任兵部尚书。入朝前，何鉴任南京兵部尚书四年，改任大司马，可说是做回了他的老本行。他做的第一件事，就是对四川平行的巡抚、巡视的职责做了明确的划分：着四川巡视右副都御史高崇熙提督松潘军务，着林俊同镇守太监韦兴专讨蓝廷瑞等。

松潘地区本有行政建制，为松州，有军事建制，为松潘卫。洪武二十年，置松州，改卫为军民指挥使司，隶属四川都指挥使司。军民指挥使司即是土指挥使司，与军民府一样，是半羁縻地区。命高崇熙提督松潘军务，与专备播州的用意相同，只是他的防区由省城东南改到了省城西北，与实际的交战地区接近了许多。

巡抚和巡视仍受总制的节制。洪钟与林俊意见仍是相左，步调仍难协调，不需智者也可看出，这种局面只能暂时维持。

如果说，山东、河南的局面是难剿难抚、不剿不抚，四川的局面则是又剿又抚、时剿时抚。就军事而言，都要做一定的调整。

第八十七章

听得何鉴来访，杨一清有心拒客。却又抹不开情面。有心拒客，是因自与王敞起争议后，他对兵部的事有些怕了。何鉴任兵部尚书不过数日，夜间来访，必是为了军事。他要讨教，是说好呢，还是不说好？实难把握。抹不开情面，则因为何鉴是成化五年进士，比他要早一科。对老学长，借病故，借他故，拒而不见，说不过去。

杨一清说了声“有请”，起身至室外迎候。二人携手进了客室，互揖后就坐。小童奉上茶水，杨一清做个手势，把他们打发出去。

“天色已晚，还来打扰，应宁先生恕罪。”何鉴抿口茶，先向杨一清致歉意。

“世光先生说哪里话。”何鉴字世光，是浙江新昌人。去了位浙江籍兵部尚书，又来了位浙江籍兵部尚书，也是杨一清想回客的原因之一。而何鉴科第虽在前，态度却很谦恭，杨一清也不能不客气：“你是学长，有事吩咐一声，该是我去府上才对。”

“应宁先生肯见，已是万幸了，哪里还敢劳你移驾。”何鉴道，“实不相瞒，我才从李阁老胡同来。”

那自然是先去拜望了李东阳。杨一清有些奇怪：李东阳近来基本不见客了，朝中大臣都是知道的，何鉴为什么此时要去？是李东阳约请，还是何鉴主动找上门去？话不好问，能问的只是：“西涯公精神如何？”

“还好，”何鉴说，“西涯公有军事相询，约我去谈谈。我也想乘机向他讨教各地用兵的方略。”

“西涯公有何高见？”杨一清虽与李东阳是至交，但知他身体很差，他不问，便不去谈令人心烦的各地军事。

“西涯公说，用兵方略，何不与应宁先生计议？”何鉴说，“这不，我出了李府，便来杨府。”

听他直接进入话题，杨一清也就不客气地发了句牢骚：“我爱惜西涯公，可西涯公不爱惜我。”

“何出此言？”何鉴奇怪地问，“谁不知道，西涯公对应宁先生不但爱惜，而且敬重。”

“既然爱惜，就不该让我再做不该做之事。”杨一清道，“我掌吏部，人家说了，兵部的事情，你杨某人不要插手过问。”

他说的是气话。王敞虽与他有不同见解，也断不会说出如此不合情理的话。但何鉴还是认真地说：“言之差矣。地方大员的委任，本就是吏部的事情，这是其一；军事是朝廷当前急务，不论在何署，任何职，都该过问。”

杨一清见机甚快，马上认错，并先声夺人地把不便讨论的话题摆了出来：“惭愧，在老学长面前说了句娃娃的话。不过，世光先生，四川的部署方定，你若问我的见解，我不好说话。”

何鉴道：“川盗不过是疥肤之患，不敢请应宁先生筹划。我是为了朝廷的心腹之患，来向应宁先生讨教的。西涯公约我到他府上，向我询问的，也是朝廷的心腹之患。”

“世光先生说的是河北之盗吧？”杨一清问。

何鉴点点头，说：“正是。河北之盗，东而窜鲁，西而入晋，南而下豫，纵横千里，如入无人之地。一旦聚于畿内，朝廷危矣。我恨不曾早掌刑部，又惧将要再掌兵部。”

“这两句话有意思，可否解给我听一听？我或与你同感。”杨一清道。

“应宁先生聪慧过人，还要我来解吗？”何鉴将他一军，“你且说说看，我的两句话有没有几分道理？”

“当然是有。”杨一清答道，“你早一年掌刑部，处置几名京畿大盗，只要一位捕头、几名差役就够了，怎会形成今日的局面？你现在不想办法抚定河北，以后的兵部尚书就更难应付。世光先生，我说的可对？”

“你把我的心思琢磨透了。”何鉴道，“应宁先生，如何抚定河北，我是诚心诚意来向你讨教的，还望不吝赐教。”

杨一清说：“世光先生一定要我说，我就直言。平抚河北之盗，首要之务，还在用人。用人当，则事半功倍。”

“朝廷用马天禄，是当还是不当？”问过之后，何鉴失悔，他提了一个实在不该提的问题。

杨一清苦笑，其意尽在不言之中。马中锡字天禄，河间府故城县人，成化十一年进士，受命提督军务，剿畿辅盗贼。杨一清苦笑，是因为马中锡乃他所力荐，当与不当，他怎好再说。

“天禄居官清廉，革弊任怨，令他辖制一方，应说是适当人选。”何鉴似在为杨一清做辩。

“马天禄廉洁有余，才干不足。”杨一清道，“介夫先生曾对我说，彼文士耳，不足任也。介夫先生这句话很中肯，我也实在懊悔。”

原来是杨廷和的评定影响了杨一清，不然，他不会力荐马中锡，又疑用人不当。何鉴心中想：杨廷和的品评不对前、后两任兵部尚书讲，而对吏部尚书讲，大概他也以为，委大员出征，首先是吏部的事务吧。即便首先是吏部的事务，终还要兵部主议。介夫先生先对应宁先生去说不妨，因马天锡是应宁先生所荐，但对应宁先生说过之后，何不对兵部也说一声呢？或许他对王敞说过，王敞没有在意。对自己，他肯定没有说过。

想到此，何鉴有些不满，却又不能说什么。他只有问杨一清：“请教应宁先生，心目中可有更合适的人物？”

杨一清叹了口气：“有一人堪当大任，只可惜失之交臂。世光先生早上十几二十天与我谈论此事，说不定就留下他了。”

要说早上十天，还有可能，早上十几二十天，何鉴还在掌刑部，也就只能叹息而已。“何人？”他问道，还是想知道杨一清说的是谁。

“世光先生还记得彭济物吗？”杨一清以问作答。

“原来是他！”对彭泽，何鉴不但记得，而且太熟悉了。

彭泽字济物，陕西兰州人，弘治三年进士。杨一清督学陕西日久，对陕西籍士人有亲近之感，平日也喜欢品评陕西人物。弘治三年那一科，出于陕西者，他以为，以张綵和彭泽堪大用。何鉴熟悉彭泽，则因为彭泽曾任刑部郎中，其时，何鉴任刑部侍郎，是他的堂上官。后来，彭泽得罪了中贵人，外放徽州知府，才与何鉴断了来往。

五日辛未有旨：河南按察使彭泽以右佥都御史巡抚辽东。杨一清与何鉴议事，是在六月丙戌，算一算，相隔十六天，彭泽在此时调离河南，杨一清深感可惜。可惜剿盗不能得其人，也可惜彭泽不能尽其才。

何鉴随着叹了口气，说：“那也是无可奈何之事。”论才具论资历都该升迁，正好碰上辽东巡抚王宪以丁忧免官，总不能不让彭泽上进吧？“应宁先生，你说彭济物堪任，可是指他前些日子论河南、山西用兵方略的奏疏？”

“诚然，却不尽然。”杨一清先问道，“彭泽物的那本奏章，世光先生仔细读过了？”

“是。”何鉴答道，“我初涉兵部事务，读了他的奏章，颇有启迪，受益不浅。应宁先生，马天禄请示用兵方略，可不可以彭济物之言相告？”议论至此，他忽然有了个自以为绝妙的想法。

杨一清想了想，说：“最好以兵部拟议告马天禄，不要将彭济物的奏疏转给他。以彭疏相告，他心中抵触，必难接受。”然后具体议道：“彭济物说：贼凭山谷之险，时劫彰德、卫辉、怀庆，必须山西、河南合京营夹攻，使其进退无地。若但檄山西镇巡官，往返月计，难以济事。山西、河南协同用兵，是他奏疏的精华。兵部拟议，不妨把各处协同防盗的宗旨再说详细一些。”

“好，就按所教办理。”何鉴高兴地说。确定下第一步用兵方略，此行的目的可以说达到了。他还想再谈深一些，便问杨一清：“应宁先生方才说的不尽然，该如何理解？”

杨一清说：“彭济物的这本奏章有见地，但终是偏于一隅之作。他只注意了河南和山西的联络，没有提及河南和直隶的联络，河南和湖广的联络，这是他的不足。兵部拟议时对直隶的攻守布防要有个交代。我说彭济物堪当大任，不仅是读了他的这本奏章，更重要者，是考察了他的才具。以他的才具，委以剿盗，当收全功。河北之事，既得其人，又行其策，此为上；不得其人，而行其策，此为中；不得其人，不行其策，此为下。我说的不尽然，意在于此。请世光先生思之。”这一番议论，从奏疏到才具，由用言到用人，可说是今次夜谈的总结了。

第二日，兵部拟议：着马中锡督山西、河南、直隶兵。以河南兵集舟于黄河以南，防盗渡河北上，以山西兵守雁门、偏头诸关，防盗越关东窜大河以北，卫辉、彰德、真定、保定、顺德各府，整兵坚壁，防盗攻击，然后招募骁勇，随盗所向夹攻。

皇上从兵部之议，命马中锡依议用兵。

“恭贺都堂，责任又重大了。”惠安伯张伟一身戎装，与马中锡见过礼，不阴不阳地说道。

“爵爷不像是道喜，倒像是道忧。”马中锡与他相处了两三个月，还算处得融洽，至少彼此不拘束，说话比较随便了。

张伟说：“你说对了，我正是要道忧。”

“却是为何？”马中锡问，“前者调不动各卫所兵士，我们着急，今日调得动各卫所兵士了，怎么也让爵爷不安呢？”根据朝廷三月的敕旨，以惠安伯张伟总兵，巡抚大同右副都御史马中锡为右都御史，提督军务，以京兵三千人讨贼，他们所能约束的只有京营三千人。而根据今次的敕旨，山西、河南、直隶等处兵均由马中锡督之。他觉得，这是战事发展的必然结果，不值得道喜，也用不着道忧。本来也是，本朝哪曾有过只督三千京兵的都御史。

“咱们须得分清彼此，都堂大人。”张伟一本正经地说，“奉旨督山西、河南、直隶兵的是你，调得动各卫所兵的也是你，可不是我们。”

他说的不错。本朝对带兵的勋臣限制极严，只可指挥奉旨统辖的军伍，其他一兵一卒也指挥不了。张伟奉旨指挥三千京营讨贼，而没有奉旨督山西、河南、直隶兵，这个界限他分得清楚。

“何分彼此？”马中锡说，“我们总是一起奉旨讨贼的吧？我总是要和爵爷一起坐帐吧？我总是要和爵爷共议战守方略吧？督山西、河南、直隶兵所为何事？还不是讨贼。讨贼有功，朝廷对你对我都有褒奖；讨贼无功，我免不了处分，我不信，你就到了局外。”

“天禄先生说得好，讨贼无功，你我都是朝廷罪人。”张伟说，“我要与你说的正是讨贼之事，我要道忧的正是讨贼之事。”

二人不再作戏言。马中锡说：“爵爷要说的是大事，下官洗耳恭听，就请先说下官——”他停了停，才说出那个他不愿意说出的字，“忧自何来。”

“道理明摆在那里，就看天禄先生愿不愿意去想。”张伟听出马中锡心有忌讳，先点了出来，“我的话，你听了心中不快，请勿怪罪。”

“不敢直言逆耳，听了心中不快，方能促人反省。”马中锡说，“爵爷请说吧，不必顾虑许多。”

张伟道：“没有这次的兵部奏议，都堂和我只统三千兵讨贼，三千兵有三千兵的打法。你说三千兵破敌十万，有人信吗？至于各地，河南有河南的巡抚、守备，山西有山西的巡抚、守备，直隶有顺天、保定的巡抚、守备。大家都有守土之责，哪一方出了事，朝廷不能只问你我，该处的巡抚、守备先要有个交代。山东的边大人不就受了处分吗？再说明白些，几方各自为战，有那许多人与你我分担责任，你我还可以追究他人的责任，而不至于事事被人追究。都堂督山西、河南、直隶兵，则各方有了闪失，先拿都堂是问，那些该担责任的都躲在都堂身后，无人追究了。我实为都堂忧之，是故直言道忧。有得罪处，莫怪。”

一番话有没有道理且不说，却句句实在，惊心动魄，听得马中锡也忧从中来。他先道声谢，再说另一层道理：“爵爷说的是肺腑之言，多谢了。不过，各处盗贼合则为一，朝廷若不统一事权，由各省自剿，各省但求自保，为渊驱鱼，定难收效。在朝廷而言，当有这一份敕旨，在你我而言，食国家俸禄，受朝廷厚恩，为朝廷分忧，义不容辞。还望爵爷与下官同舟共济，为朝廷除却心头大患。”

“是。”张伟说，“所以我不但来为天禄先生道忧，也来为天禄先生分忧。讨贼无功，我亦在局中，天禄先生的话极在理上，虽然督山西、河南、直隶兵的只是都堂，我也不怕越职，愿与天禄先生议一议全局的攻防方略。”

“有爵爷这句话，我就安心了。”马中锡说。

“我可是不大安心。”张伟道，“你我奉旨讨贼，讨贼可剿可抚。离京几个月，大盗也剿过，小盗也剿过，但至今剿抚未定，叫人怎能安心？”

“以爵爷之见，当剿当抚？”马中锡借机而问。

“剿不如抚。”张伟说得十分明确。

“愿闻其详。”马中锡在剿、抚之间，没有明确的主张，没有先入之见，听得进张伟的话。

“一则，官军畏盗，即便全力剿之，未必可胜。”官军畏盗，首先是张伟本人畏盗。他虽系世袭勋臣，实则京中纨绔，过惯了舒适的日子，不惯在外征战。但张伟说官军畏盗，又不止是他本人畏盗。“似参将桑玉、宋振之流，在武将中并非最昏庸无能者，说起盗贼，则心虚胆怯，遇了盗贼，则溃不成军。桑、宋之下者，又不知有几人。为将若此，都堂领着他们，有把握剿灭盗贼吗？”

“爵爷没有把握，我又怎有把握？”马中锡说的是实话，他虽任过边镇巡抚，说起来也是大帅，却没有实战的经历。杨廷和说他“彼文士耳”，确实贴切。

“这就是了。”张伟再说下去，“二则，盗多非盗，盗魁不过数人，大恶者不过数十人，小恶者不过数百人。然而，一处盗起，往往数千人，乃至万人。天下哪里有这许多盗贼？其中多是无知百姓。朝廷准许自新，愿就抚的定是多数，不愿就抚的则成不了气候。平靖大河南北，指日可待。你我讨贼，就容易收功了。”

“爵爷说得不差。上天有好生之德，一个“抚”字顺从了天意。纵然盗不就抚，也该先抚后剿。”游移两可的马中锡决意用抚，“我着各衙门张贴榜文，准其自首。抚局初定，再请朝廷降旨安抚。”

第八十八章

真定府是北直隶第一大府，辖五州二十七县，府城在京城西南约六百三十里。冀州是真定府第二大州，辖四县，仅次于辖六县的赵州。冀州在府城东南约二百八十里。枣强是冀州所辖四县中的一县，在州城以东。枣强在冀州四县中不是很出名的，在真定府二十七县中更不是很出名的，但和周围各县一样，它也是不可忽视的。它相距京城不过九百里左右，若被敌军攻破，和周围各县被攻破一样，会引起京城的恐慌。

枣强知县段豸像迎门神一样，把参将宋振迎进县城，尽其所能地款待了他。酒宴之后，段豸恭恭敬敬地把宋振请进县衙议事，恭恭敬敬地把宋振请到正座。若论品秩，宋振肯定比段豸高许多，但武职的品秩不能与文职的品秩并论；论身份，段豸是进士出身，与世家子弟不能并论，但眼下是非常时期，不能讲究出身。二人一有守土之责，一是奉命助守，对事论事就是了。

“宋将军，下官的这处衙门，从今日起听任使用，将军可随时来坐衙办公。”段豸说。

“县令大老爷的正衙，我怎敢用？”宋振连连摆手，“在明镜高悬的匾下一坐，我眼中还有朝廷吗？段大人，我把军帐设在县中馆驿。这座衙门，这把太师椅，还是大老爷安坐吧。”

“宋将军讲笑了。风声鹤唳，草木皆兵，我哪里还坐得安稳？”段豸向宋振打着拱说，“全城上千上万百姓，以及下官家小的性命，就寄望宋将军保全了。保住城池，朝廷自有褒奖，我枣强官民也要为你建生祠，立功德碑。”

难怪段豸坐卧不安。不到十天之前，在七月初一，强贼攻陷吴桥县。三天之前，在七月初六日，强贼攻陷本府本州的南宫县。攻破二县的盗贼如果是两股，其中任何一股都可能攻打枣强，如果是一股，那就可以断定，下一步定是攻打枣强。

宋振却是另一种想法：贼人不一定攻打枣强。吴桥距枣强尚有一段距离，而南宫虽与枣强同属冀州，但贼人如果继续在本州活动，应先攻打新河，因为新河在州城西面偏南，南宫在州城南面偏西，两城相距最近。他们没有得到新河方面的警报，说不定贼人又去打劫他州他府了。因而，他还能强打起精神，来充当枣强县的救星。“段大人放心，我奉了马都宪和张总兵之命驻守枣强，几个贼人，段大人不必放在心上。有我在，就有枣强在，就有枣强的百姓和段大人的家小在。这样吧，段大人若不放心，我先分一支人马去守你的府上。”

“那倒不必了，大河有水，不愁小河干涸；枣强得保，不愁段家不宁。”段豸说道，“宋将军，枣强有四门，现在是南面和东面有警，我和将军各领一队人马，分守东、南两门吧。”

“也好，县令是主，请县令吩咐。”宋振摆出一派大将风度。

“将军如此慷慨，我就讨个便宜。”段豸说，“舍下近南门，我守南门，便中也好照顾一下家室。东门就托付给将军了。这般分派如何？”

“就是这般吧。我守东门，东门有失，我提头去见马都宪和张总兵。”宋振拍着胸膛说。

段豸讨到的不是便宜，而是一场苦战。南门正是强贼攻打之处。宋振的判断失误，强贼既没有转移他州他府，也没有攻打新河。他们在南宫境内歇息了二日，一路东行，绕过冀州城，向北直奔枣强，南门正当其冲。

自己选择守南门，没什么好抱怨的。其实，谁守南门都是一样，就像强贼攻打哪一处都是一样，总要想办法守住，才有生路。段豸一介书生，从未经历征战，此时手持宝剑，立于城墙之上，指挥若定。守军居高临下，在地势上占了便宜。每逢敌军架梯强攻，他的剑一挥，先是一排箭射将下去，再一挥，砖石投将下去，三一挥，滚水滚油泼将下去，攻城者总要留下几具尸首，需要重新整顿队伍，城上也利用这空当准备物料。攻守一个回合，大约一两个时辰，一日间几个回合，城下尸首堆集渐多。

每当攻守间隙，段豸就着人去东门通报敌情。他曾经想过，也曾经提出，宋振若领一军出东门，从后面攻击敌军，敌军或会溃乱。宋振每次的回答都是：敌众我寡，不宜轻出；每次只派一小队士卒来援。段豸不敢离开南门，亲自找宋振商议，唯恐一离开，南门大乱。而且，他亲自去了东门，也未必能说动宋振出兵。他派人从最为平静的北门潜出，赴冀州告急，但冀州自顾不暇，根本派不出兵来。唯一的办法就是死守。段豸日夜守在城上，不敢须臾离去，夜间以火把照明，以防敌军偷袭。就这样，居然被他守住城池三日，敌军被斩于城下者二百余人。到第三日头上，再也守不住了。几名剽悍的敌将首先抢上城楼。段豸知末日已到，被敌人擒获，不唯将受尽凌辱痛楚，到头来也免不了一死。他拼着最后一些气力，疾步下楼，找到一口深井，纵身跃下。

自称要与枣强共存亡的宋振得知南门失守，连忙打开东门，率着队伍，弃城而去。

指挥攻城的杨虎和邢本道没有立即进城。他们站立城外，看着被箭射穿胸膛，被石打碎头颅，被刀剑拦腰斩断，横七竖八躺在城墙下的弟兄，脸色阴沉，一语不发。

自成军以来，转战晋豫直隶，越战越强。上月，从山西插过十八盘山进入河南，攻破彰德府磁州武安县，沿武安县东北的洺河而北，进入北直隶邯郸。邯郸属广平府，杨虎、邢本道率军在广平府纵横驰骋，攻掠各县。然后再北，东入河间府，西入真定府，所过州县不下十余，攻破城池数座，还没有一处，像攻枣强这样伤亡惨重。

“大虎哥，得开开杀戒了！”邢本道凶狠地说道。

杨虎把刀一举，大声喝道：“传令，屠城！”

刘宠、刘宸、齐彦名等，与戚景通军在平度城外交手后暂退不久再攻平度城得手，刘宠等大受鼓舞，自知有能力攻打更大的城池。他等除派小队人马南下，进入湖广，又从湖广转向河南，从河南入山东，与主力会合，大部队仍在山东作战，而且，逐渐向省城济南府接近。七月，当杨虎在枣强城外指挥攻城的同时，宠一军连下青州府的安乐、东昌府的武城和济南府武定州所属阳信、海丰，滨州所属的沾化，及直隶济南府的青城。

青州府在济南府以东三百二十里，东昌府在济南府以西二百九十里，数日内连下六城，可见活动范围之大和行动之速。

讨论下一个攻打的城池，齐彦名说：“六哥，又该打一处州城了吧？”他热衷于打大城，攻下平度州以后，还没有打过第二处州城。武定州被连破两县，打武定州似是顺理成章之事。

连战连捷，刘宠兴致很高，答了一句似是而非，实则戏弄齐彦名的话：“武定州离济南府只有二百四十里，如果打下州城，我看，一昼夜可杀至济南了。老七，你说呢？”

“二百四十里，不在话下。”刘宸说。

“那么，明日便攻城？”齐彦名大为振奋。

“明日攻城可以，不过，你不能去。文宣和仲淮去即可。”刘仲淮是刘宠的长子，与庞文宣十分要好，亲如兄弟。随齐彦名救过刘宠、刘宸性命的宫太保在平度作战时被官军所杀，刘宠对庞文宣更觉亲近，让长子与他同吃宿同作战，此时又提出，明日让他二人攻打武定州城。

“后生能去，我为何不能去？”齐彦名不服气。

“彦名哥，文宣怎也成了你的后辈？”刘宸和他开玩笑，“我那嫂子不也成了你的后辈？”

“还不是六哥有办法，把我变成了小一辈。”齐彦名也开着玩笑，“不管怎样，仲淮总是我的后辈吧？他去攻城，总要长辈督阵吧？”

“文宣是长辈，他可以督阵，”刘宠说，“不管怎样，彦名，你不能去打武定州。”

“却是为何？”齐彦名见刘宠认真起来，忙问。

“因为我们明日要攻打乐陵县，不能没有你齐大刀做开路先锋。”

乐陵县是武定州的又一属县，在州城西北。听说两名小将攻打州城，几员老将攻打乐陵，齐彦名心中不快。这不是轻重倒置了吗？他皱着眉头说：“六哥，打大城池，只着两个娃儿，怕要误事。你放心得下仲淮，我还放心不下文宣呢。”

“他们去州城虚晃一轮，有什么放不下心。”刘宠说，“等你攻下乐陵，他们也就赶过去了。”

“攻武定是虚，攻乐陵是实？”齐彦名又似明白，又似疑惑。

“对了！”刘宠道，“所以你不能去攻武定。”

齐彦名还是想打大城，说：“虚攻乐陵，实攻武定，武定城定能拿下。”

“彦名的话我信，可惜方向不对。”刘宠说。

“方向不对？”齐彦名不明其意，打了那么多城池，还不曾提出过方向问题。“六哥莫和我绕弯子了，我绕不过去。怎叫方向不对？”

“我问过了，乐陵县旧治在威平镇。威平镇原属乐陵县，你知现在属哪一县？”刘宠自问自答，“你绝对想不到，现属沧州！打过乐陵，就到沧州了。”

齐彦名惊喜地跳起来：“我们要回直隶了吗？”

“对了！”刘宠欣然言道，“我打阳信你打武城时，虎哥的人寻到了我，约定日期，在霸州会合。武定州虽然有把握攻下，我们却没有时间了。我们须得一路打将过去，不能绕道而行。”

“虎哥也要打回霸州？极好！”齐彦名高兴一阵，觉得有些不对头，“七哥，我们去与虎哥会合，你是知道的吧？”

“当然，”刘宸说，“不然，我还不和你一起，逼着六哥去打武定？你见我不作声，心中就该有数：老七不语，定是有了别情。”

“好啊，这等好事，你们兄弟就瞒着我，”齐彦名做出不高兴的样子，“等见了虎哥，再做理论。”

“彦名莫恼。常言道，气可鼓而不可泄。我算定你想打武定，这等勇气总要让你鼓起来，再论其他吧？老七，我也是才告诉他，”刘宠安抚道，“彦名，打乐陵，就看你了。这是山东最后一仗，你再在山东留下些威风。”

“六哥放心，我齐彦名的大刀在城下一挥，城门自会大开，迎我进去。”齐彦名意气风发地说。

他的话说对了一半。他率前部到达乐陵时，乐陵确是城门大开。他率部进了城中，才发现中了守城官军的奸计，险些逃不脱身。

乐陵知县许逵，是正德三年进士，刘宠等进入山东，他便考虑到县城的防卫。当初筑城时挖护城河，挖出许多黄泥，如小山一般堆放着。许逵想，这些黄泥可用。便命在民居四周，围以矮墙，两侧与房相连，修土阶通至房檐。土阶旁筑窦，人可侧身出入。许逵挑选身体健壮的士卒衙役，隐身窦内，伺机杀敌。

齐彦名入得城来，命入各室生火做饭。却发现烟囱不通，浓烟倒回，室内呆不下去，想是烟道被堵。正好有土阶可上房，因此，每房都派人上房，捅开烟道。被派上房的弟兄大都走上了黄泉路，经过窦洞时，隐身在窦内的官兵便是一刀，在下面的人但见刀光一闪，走上土阶的弟兄便身首异处，跌将下来，不知是何怪异。都自愕然。就在这时，四面彩旗张扬，喝声大作，许逵在城内隐蔽处设下的伏兵冲出。齐彦名部以为进的是一座空城，不及应战，纷纷退出城外，守城官兵关闭城门，来不及出城的弟兄，便成了官军的俎上肉。

伤亡虽不算重，却着实受了惊吓。刘宠赶到时，齐彦名仍是神不附体，指着城内，喃喃自语：“城里有鬼了，城里有鬼了。”

刘宠无心多问，只说：“有鬼也罢，无鬼也罢，赶路要紧。彦名兄弟，此城留待来日再攻吧。”

乐陵城因而避免了一场血雨腥风的灾难。

七月十五日，刘宠、杨虎两支队伍会合，攻占文安县城。攻城顺利，出城却遇到了麻烦。今年秋涝，城西的易水河和城东北的两处大淀洪水暴涨，淹没了各条出路。没有了出路，也就没有了进路，不必担心官军袭击。连月作战的弟兄们难得地在文安县内住了十日。

各部首领，有不少是本地人，有人要去此处探访亲眷，有人要去彼处看望朋友，走得甚是分散。不过，大家约好，都不离开文安县。

刘宸带领一队弟兄到城郊王东材村，村里住着一两个旧日对他有恩的人，他思有所报答。

村外有一片洼地，积了齐腰的水。一伙人本来走在高处，与刘宸等迎面相遇，慌乱中纷纷跳入水中，数一数，约有七八十人。其中有几名中年女子，也有几名青年女子，相貌都很端正。

“七大王，这些人像是官府的奸细。”一名弟兄说，“既然咱们遇上了，不可放过。”

“你要怎样处置他们？”刘宸问。

“将他们唤上来，搜一搜他们身上有没有夹带。”那名弟兄说，“如果没有，便放了他们。”

“那还不是你说有就有，你说没有就没有。”另一名弟兄说，“七大王，他可是居心不良。”

“里面有两个小妞，怪招人喜欢，他是一定要去搜了。”第三名弟兄说，“张兄弟，你说的居心不良，可是指此事？”

刘宸说：“他说有就有，他说没有就没有，怕也未必，不是还有我在吗？你们一起喊叫，让他们上来，若不上来，就乱箭将他们射杀。”

这群人其实是文安县赵氏家族中的一支。他们当中辈分最高的是赵逵，他却不主事。主事的是他的侄子赵鐩，原为文安县儒学生员，有人说，他因病告假侍亲，也有人说，他为人轻佻，被县学除名，反正是不求功名，无意于功名了。文安县城被强贼攻占，他率全家出城逃难，同行的有他的妻张氏，妾龙氏，儿赵瑞、赵平、赵宁，还有兄弟赵铣、赵鉴、赵镐及各家老小。

赵鐩听得贼人说要放箭，知道这伙强人说到做到，无理可喻，与其在水中被乱箭射死，不如上去再想办法。于是说道：“上去吧！命不当绝，上去也不死；命若当绝，不上也死。”

众人搀老扶幼，爬到无水处，立即被围住。提出要搜一搜他们的那个弟兄说：“我们大王防你们为官府传递消息，要在你们身上搜上一搜。如果不是奸细，立即放你们赶路。”

赵鐩说：“你看我们有老有幼，怎会是奸细？”

那弟兄说：“难说，要搜上一搜，才能知道。弟兄们，大家动手。”他早看中了赵鐩的小妇龙氏，一把揪了她过去，伸手便摸向她腰间。另一名弟兄就近拉住张氏，眼看就要碰到她胸部。其他弟兄见状，不甘后人，笑嘻嘻地你也要搜，我也要搜，你敢捏她的乳房，我就敢摸她的屁股。

赵镃再也不能忍受，乘众人不备，从一名弟兄腰间拔出刀来，左右一挥，搜拿他妻、妾的二人当即被砍倒。他自幼习过刀剑，拳脚上也有些功夫。他看出刘宸是首领，懂得擒贼先擒王的道理，挥刀又向刘宸砍去。

刘宸跳过一旁，右手已将刀拔出，迎上一磕。赵镃到底是书生，比不得刘宸的臂力，两把刀一碰，他的刀脱手，向天空飞去。两名弟兄抢上前，将他按倒在地，举刀要砍。

“且慢！”刘宸喝止住，问赵镃道，“他二人对你眷属不敬，你杀了他们，我不说什么。我并没有得罪于你，你举刀便砍，太没有道理了吧？”

“有刀在手，便可杀人，还说什么有没有道理。”赵镃喟然叹道，“现在你手上有刀，我手上没刀，你杀了我就是，还说什么废话！”

这两句话合了刘宸的脾性，他笑着说；“咱们倒是英雄所见略同，请教尊姓大名。”

“姓赵名镃，”赵镃慨然言道，“你不是刘六，便是刘七，我不必问了。死在你刀下，也不冤枉。”

“赵疯子！”刘宸再也没想到是他，“老哥的名气可大得很呀，我和我六哥闻名已久了。”

“想不到刘六刘七也听过赵疯子三字！”赵镃叹道。这个绰号是在儒学时，其他生员见他行事疯疯癫癫，而叫起来的，却传入市井之耳。

“既然是赵疯子，便不会是官府奸细，把他等都放开。”刘宸命道，“可是赵先生，你杀了我两名弟兄，此事怎样了结？”

“我给他们偿命便是。只望七爷看在同乡的份上，放过我一家老小。”赵镃说着，向刘宸深作一揖。

刘宸道：“好个爽快的赵疯子。也罢，我就砍下你的头，祭奠我的弟兄。你一家老小，我保证送回府上。”说着，举刀便要砍下去。

“老七，刀下留人！”不远处又跑过来一队人马，为首的是杨虎。他边跑边喊，几步就到了刘宸面前，拉住他的胳膊。然后，看了赵镃一眼，欣然言道，“不错，我要找的就是你。”

“虎哥也识得赵疯子？”刘宸好奇地问。

“我先年见过他饮酒，听过他说话，对他甚是仰慕。此次进城，我到处找他，听说了他的行踪，便追将下来。赵先生，你也是官府容不得的人，就和我们一起干一番事业吧。”杨虎邀道。

赵镃看看他二人，再看看几十名眷属，知道只有依从了，才能保存自己，保存家人。

第八十九章

在刘宠、杨虎等攻占文安的同时，朝廷做了一项重大的决定：调边兵剿河北盗。倡议者，是眼下最得势的大太监张永。

张永的身份，仍然是御用监太监，但非一般御用监太监可比，也不是眼下其他各监局，包括司礼监的掌印太监可比。皇帝留心的重大事务，都委他去办。如挑选京营以备征战，在外朝当然是兵部尚书的差事，内官派的则是张永。他已俨然是宫中太监的领袖了。

刘宠等在直隶、河南、山东、山西攻城掠地的警报不时传入宫中。内地卫所的不堪一击、开门揖盗，马中锡、张伟所率京营的作战不利、一味讲抚，都让皇帝恼火。

“张太监，外朝无能，你为朕出个主意。”一日闲谈时，皇帝对张永说。

“内卫疲弱，难以制胜，京营纨绔，难以应敌，何不调边军剿盗？”张永随口一说。

皇帝来了兴致：“张太监，你见过边军作战，你见边军比之内地卫所和京营如何？”

“边军士卒健壮，将领善战，强胜不止百倍。”调边军虽是随口一说，张永心中却也有个比较。寘镭之乱，京营征讨只是维护了朝廷的面子，实际上，真要京营打仗，或许会狼狈不堪。多亏了陕、延、宁的边将边军得力，在京营到达前平息了变乱。张伟是总兵，仇钺也是总兵，二人怎能相比？

皇帝也听说过西北男子多剽悍，女子多丽质，向往已久，听了张永的话，下决心调边军：“好，张太监，你去兵部衙门和何尚书商议。”

张永说明来意，何鉴面有难色。调边军至内地征战，是件大事，不到万不得已，最好不调。一则边军较能作战不假，但纪律不好，难以约束，杀戮太重，终不是好事。二则边军内调，边地空虚，北敌乘机入犯，也着实可虑。要打消皇上的念头，先要打消张永的念头，他试着说：“讨贼要在上下一心，奖罚公允。大吏逸盗者，峻责之；县令击贼者，褒奖之，局面很快会改观。”言外之意，整顿内地足矣，不必远调兵军。

“你说的峻责之和褒奖之起不了作用！”张永断然说道，“调边军才是万全之策。这是万岁爷的决断，用不着再议了。”

“圣上既有决断，降旨就是了，又何劳张太监来兵部商议。”何鉴被驳，心里不悦。

“调哪一处人马，总是要议的。”张永说。皇上差他来兵部衙门，照他的理解，所要议的，只是调哪一路人马，调多少人马而已。

商议的结果，先调宣府副总兵许泰、游击将军郤永率千人，自居庸关至涿州，延绥副总兵冯祯率千五百人，自紫荆关至保定，即日启程，限期到达。

事已议定，张永起身告辞，准备回宫复旨。何鉴叫住他说：“还有一事，须张太监转请圣上决断。今日调来延绥、宣府兵，明日或再调他处兵，该如何协调，是维持眼下的格局，还是另作部署？”维持格局，即以马中锡、张伟辖制边军，另作部署，即朝廷再派大臣提督。

“是，世光先生想得周到。”张永想了想，说，“这样吧，世光先生以为怎样好，不妨告我，我一并奏告，请万岁爷降旨便了。”

依何鉴的意思，马中锡、张伟讨贼不利，不但不能依兵部的方略行事，而且大谈招抚，也是内地卫所举足不定，不能专心剿盗的原因。要改变局面，不能再用此二人了。不但不能用，还应重责重治，以儆效尤。但这是件大事，由张永转告皇上降旨，不是正当途径。他说：“事体重大，还是请圣上敕令廷议吧。”

东厂在京师捉获一名怪人。说怪，是他人长得怪，脚掌纹路似龙纹，手掌纹路似人王二字。京中多卜卦者，不知哪位卦师为了多得些酬金，对他说了“贵不可言”四个字。当年说刘二汉“贵不可言”的俞日明早已不知去向，这位卦师或是师承于他，学会了这四个字，随意许人。

模样长得怪，身躯长得怪，四肢长得怪，走在街上，就被人看出，而手掌脚掌长得怪，须有人传播。那名卦师也恁地多嘴，大概是为了炫耀见多识广，今日对张三讲，明日对李四讲，在京中便传开了。东厂到处都有坐探，不会不知，遂秘密将他带去衙门，打起来问。

原来此人姓王名豸，是河间府沧州人，在京城做些小生意，生意不好时，便替人做工。问来问去，就这样几句话，倒使东厂为难了。放他走吗？他的手掌脚掌确实长得怪，不类寻常之人。不放他走？问不出，也查不出，他到底有哪些不轨的行为。盘算来盘算去，还是决定治他妖异罪。

当时东厂无提督太监，张锐以掌班太监署东厂事。捕治妖异，是大功一件，把功劳记在谁的头上，他煞是为难。有两个人他是要巴结的，一是诛灭刘瑾后，代掌司礼监的魏彬，一是万岁爷前最当红的太监张永。东厂太监多是从司礼监中选派的，考虑到彼此的关系和司礼掌印太监的崇高地位，此功应该孝敬魏彬，而考虑到实际的利益和实际的权位，此功应该孝敬张永。他举棋不定，便去请教出入豹房的御马监太监张忠。

张忠自知在霸州的事情上闯了大祸，不被治罪，全靠张永维持。他力主把功劳记在张永头上："他姓张，咱们也姓张，不孝敬他孝敬谁？"

于是，张永又得到一桩捕治妖异功，例当加赏。

平宁夏和除刘瑾，张永都有大功，皇上厚赏了他，于正德五年九月，先后两次加赏。一是加他的岁禄。对太监本人，也不好有其他的赏赐，要加官，张永已是御用监的掌印太监了；要加秩，太监的最高品秩便是正四品，是太祖皇帝定下来的。所以太监凡立大功，定有赏赐，赏赐定是加禄。二是加恩于张永的亲属，封其兄张富为泰安伯，其弟张容为安定伯。

捕捉妖异，张永又得赏赐，仍是加禄米。

议定调边军之事，和捕治妖异之事，使得张永有些飘然。只是加禄，他感到不满足，加恩于亲属，他也感到无聊。与他人不同的恩宠最好在本人身上有所体现，最好本人加封爵位。加爵不能只是伯；他的兄和弟封了伯，许多太监的兄和弟封了伯，不知为何许人的皇上的义子封了伯，他若也封伯，未免太自轻自贱了。要加封，爵位至少应该是侯。

有了封侯的念头，还须找一个进言之人。张永找到张忠，张忠巴不得为他效力，找了个皇帝高兴的时机，说：张永立有大功劳，应封侯。皇帝一想，太监之兄、之弟可以因太监之功封伯，太监因本人之功封侯又有什么不可以呢，当即允准，并且写了"张永封侯"四个字，命张忠交与张永，去内阁拟旨。

张永兴致勃勃，带了皇帝的亲敕，去内阁讨旨。内阁诸公听了张永的来意，看了皇帝的亲笔敕文，面面相觑，无话好说。

"此事怕是不妥。"李东阳缓缓而言。

"何谓不妥？是张永来得不妥，还是万岁爷写得不妥，请西涯先生说清楚。"张永讨封，志在必得，不容人反对。

"老臣不敢说圣上写得不妥。"李东阳说。

"那便是我来得不妥了？"张永问得严厉。

“张太监持旨而来，来得也没有不妥。请坐下说话。”梁储为缓和气氛，亲自搬了凳子放在张永面前。自刘瑾诛灭后，为他特设的座位就被撤去，再有太监来，和阁臣是同样的凳子。

张永坐定，说：“我平大乱，除大奸，近日又捕妖异，万岁爷要封爵，有什么不妥？在先，封了那么多爵位，也未见你们说一句话，偏偏万岁爷要封我了，你们便说不妥，不是欺我太甚吗？逆瑾在日，谅你们不敢如此。”

杨廷和说：“其一，逆瑾在日，并无封爵之事。其二，逆瑾暴虐，而张太监宽和，逆瑾糊涂，而张太监睿智，故我等欲与张太监一论是非。”他说得有条不紊，显是心中有底。

张永被奉承两句，火气顿消，问道：“西涯先生说不妥，介夫先生也以为不妥吗？”

“不错，我也以为不妥。”杨廷和道，“在先，封了那么多爵位，我等也以为不妥，但尚有先例可循，我等不好说不妥。张太监封爵，没有先例可循，所以我等斗胆说一句不妥。”

“这话不对了。”张永以为抓住了对方的语误，“本朝有太监封爵的先例呀，而且不止一起，介夫先生怎说无先例可循？”

杨廷和说：“我说本朝无先例，张太监说有先例，或是我不学失察，敢向张太监请教。”

“永乐爷时的三保太监，天顺爷时的刘大提督，不都封爵了吗？”

永乐皇帝时奉旨出使的郑和，天顺皇帝时提督团营的刘永成，都是本朝著名的大太监，都见知于上、见用于上，刘永成更是英宗皇帝南宫复辟的大功臣，早年又是一名将领，前后军功尤其显赫。但说到他们封爵，杨廷和不由得哑然失笑：“张太监说两位大太监封爵，有没有根据呀。”这是个难题，太监都没有直系后人，即使封爵，也不会是世爵吧？

“宫中都如此传说，还不足为凭吗？”张永负气地说。

“宫中以讹传讹之事甚多，此即其一。譬如说，三保太监讹传为三伯太监，三伯便成了郑太监的爵位。刘永成提督团营，提督团营者应是勋臣，刘太监便有了爵位。”杨廷和做了结论，“若只是宫中传言，实不足为凭。”

“那么，介夫先生说他们不曾封爵，又有没有根据呢？”张永不能说宫中没有以讹传讹之事，便反问一句。

李东阳为杨廷和捏了一把汗。说郑和、刘永成封爵没有根据，有一定道理，而要拿出郑和、刘永成不曾封爵的根据，却也不那么容易。他想了想，真想不出什么真凭实据来。看看梁储，似乎也在想根据，也没有想出来。

“郑太监相距较久远，我没有确实的根据，请张太监容我再查找。”杨廷和说，“不过，太监若有封爵，应在王振之后，张太监以为然否？”

王振是本朝第一个擅权太监，在他之前，太监没有权势过大者，不会有封爵之事。这样说，也没有根据，但不能说全无道理。

张永道：“介夫先生若有刘太监不曾封爵的根据，我一样服气。”他断定，这样的根据，杨廷和也拿不出来。

杨廷和从自己使用的书案上找出一本书，翻到一页，递给张永：“张太监请过目。”

原来是岳正所著的《类传稿》。岳正在天顺元年六月以翰林院修撰入阁，与刘永成是同时期的人。他的《类传稿》中，有刘永成传，并附有其侄刘聚传。根据他的说法，成化七年，刘永成因征延绥有大功，其侄刘聚封宁晋伯，是及身而止的伯爵。后刘永成又立功，宪宗皇帝特赐宁晋伯世袭。这是仅有的一次恩赐。

杨廷和又讲了一番他的体会：“太监子侄封爵，都是及身而止，刘聚世袭，宫中便以为，他本人也是袭来的，当然只能袭自刘永成，因而便有了刘永成封爵的讹传。张太监，再听到宫中有人说刘太监封爵，你可以用岳季方先生的《类传稿》来批驳、辩诬了。”

张永有一个好处：言之有信。他说过服气，便做出服气的样子。读了杨廷和指给他看的一段文字，听了杨廷和的解说，他站起身来，向三位阁老统作一揖，离内阁而去。

服气是服气了，心中却不舒服。受了刘聚封爵的启示，他本来也可以请皇上赏张富或张容一个世袭的爵位。但仔细想来，又很无趣。刘聚是刘永成的侄子，刘聚的后人都明白，他们是得了刘永成的荫庇。而张富是其兄，张容是其弟，哪一人赏了世爵，后人所认可的祖先或是张富，或是张容，而不会是张永。

心中不舒服，不能和同类倾诉，他们表面奉承，心中定会取笑，传出去更成一大笑柄。能相倾诉的，只有在患难中结交的挚友杨一清。

“你们读书人实在可怕，牛年马月的事情也能翻将出来。”张永半开玩笑地发起牢骚，“把我好好一个爵爷翻没了。”

杨一清知道他在内阁碰的钉子，安慰他说：“你莫恼，介夫先生翻出那些牛年马月的古董还不是为的你好？你该感激他才是。”

“翻掉了我的爵位，还是为的我好？我还要感激他？”张永问道。说杨廷和是为了维护朝廷制度，他相信；说杨廷和为了他好，他想不明白。

“塞翁失马，焉知非福？”杨一清道，“你要那爵位有什么用？听说圣上封你侯爵，侯爵之上还有公爵。尚存的几位公爵爷，谁能比得上你张太监威风；别说比你了，他们谁能比得上你下面那些太监威风？”

“封爵总是万岁爷的恩宠。”张永辩道。

“圣上越加恩宠，张太监越要谨慎。你不妨想一想，圣上对你的恩宠比对逆瑾如何？”杨一清提示他。

张永认真地想了想，说：“不如。”

杨一清摇摇头：“未必是不如。逆瑾家中，不过封了都督同知，张太监家中，已封了二伯，恩宠过逆瑾多矣。张太监没有逆瑾那样大的声势，不是恩宠不如他，而是你谨慎过他。这是你永邀恩宠、永保富贵的要诀。若贪图封爵，你便走差了一步。走差了第一步，你还会走差第二步、第三步，张太监则危矣。你与逆瑾相处日久，他又何尝不是一步一步走过来的？他在被劾乞命时，不会想到有人称他千岁。他在初入司礼监时，不会想到天下竟有两皇帝之说。他走错一步又一步，终于走到天理不容、人神共怒的一步。张太监千万不要忘了前车之鉴。所以我说，介夫先生实是为了张太监好，实是为保张太监的太平。”

张永被说得耳赤心跳，连连作揖道：“承教承教，我怀中揣着万岁爷的亲笔敕书，正不知怎样才好，应宁先生一席话，为我解惑矣！”

回到宫中，张永上疏，辞免恩泽。杨一清在外朝附和，请准其辞，以成其贤。一场太监封爵的风波到此平息。

第九十章

在文安会合后，刘宠、杨虎等又挥师向东。这次不是为避官军，而是为寻官军，并且执意要寻马都宪。究其原委，是朝廷调边军的消息在几位首领中造成了混乱。他们说起内地卫所，没有不嗤鼻的，说起京营，没有不取笑的，而说起边军，则很少不畏惧的。

刘宠等与戚景通打了一仗，登州卫之设主要在防倭，刘宠的感觉，与腹地的卫所就有所不同。听说，边军比登州卫的官兵还能打仗，他心中发毛，问杨虎："虎哥，你在山西转了一圈，边军真有那么厉害吗？"大明的九边，山西占了大同和太原两镇。杨虎在山西攻掠了不少地方，应该见识过边军。

杨虎说："不瞒六哥，我在山西时，弟兄们大都是山西人，他们劝告我，凡边军重兵防守的地方，就不要去；去了，就很难生还。我今日得以和六哥相聚，或就因为听了弟兄们的劝告。"

刘宠更加不安，愁眉不展地说："现在不是我们找边军，而是边军找我们，虎哥说怎么办好？"

"赵先生，你看呢？"杨虎问身后的赵鐩。赵鐩因王东材村的遭遇，对刘宸有成见，对刘宠也多了几分成见，平日只与杨虎亲近。

"我想，边军也未必就胜得了我等。"终归是新近入伙，说话要有分寸。若是一开口就灭自家威风，定会被别人看轻："不过，不知边军的虚实，不如暂避一时，再作计较。"

齐彦名因他对六哥、七哥敬而远之，与他也有些生分，对他说话也有些生硬："避要讲求个避法。你说怎样避，是闻风而逃吗？"

刘惠与赵鐩合得来，总是维护他："赵先生说的是避，避就是避，怎和逃字扯在一起？"

"逃避，逃避，逃也是避，三哥说有什么不对？"齐彦名又与他辩。

"齐将军说避要讲求个避法，很是，"赵鐩对几位首领，一律称将军，"有被迫的避，齐将军说的闻风而逃，虽不好听，用来形容被迫的避，却也恰当。还有主动的避。主动的避嘛，就不会像闻风而逃那般狼狈了。只是，主动的避说出来不好听，怕几位将军听了不高兴。”

“不妨，主动的避是怎样个避法，请赵先生说出来，大家再合计。”刘宠说。

“要退边军，要就京军。”赵鐩说，“马都宪一意主抚，几次差人来寻我等，劝慰归顺。得到他的庇护，边军就无可奈何于我了。”

“你是说，要我等就抚？”刘宸问。

“就抚京军，避开边军，是一着好棋。”杨虎寻思着，“就抚京军，朝廷用不着再调边军，我等也就彻底摆脱了边军，不错，这就是主动的避了。”

刘宸说：“虎哥也须想一想，就抚京军，朝廷连京军也不用派了，府县衙门就可以管住我等。我和众位哥哥有誓，死不降官府。”

“就抚于京军，是就抚于朝廷。朝廷和官府不同。州府衙门，贪官污吏甚多，该抗该反该抓该杀。但朝廷是圣明的，不能抗不能反。朝廷知道哪处衙门有了贪官污吏，也要抓要杀。朝廷是该为我等做主的。朝中出了奸党，我等也该为朝廷除去，如河南的焦芳贼阁老，我若擒来，必手刃之。但诛杀奸党并不是反朝廷抗朝廷。只有朝廷不为我等做主了，我等才会反朝廷抗朝廷。现在朝廷肯招抚，就是肯为我等做主，就是说我等杀贪官污吏，杀得不错。我等就降官府，是自己说自己做错了事，就抚朝廷，是朝廷说我等做对了事，二者大是不同。”赵鐩说了一通官府不同于朝廷的道理，众人听得似解不解，想反驳不知道怎样反驳，想附和也不知道怎样附和。赵鐩又说，“再者，朝廷肯招抚，我等便就抚。朝廷听信奸臣之言、贪官之言，不肯招抚，我等还可以再举义旗，反将出来。那时节，是朝廷不为我等做主，容不得我等，我等就连朝廷一起反了。”

听了后面的一番话，刘宠动了心。照赵鐩的说法，不但可以主动地避开边军，还可以主动地再反，于我等又有什么损害呢？想到此，他说：“我愿从赵先生之言，现在以避边军为主，杀狗官为次。我等且避开边军，然后再看朝廷之意，以定进退。”

杨虎看重赵鐩，自然是极力附和。刘宠有了表示，刘宸、齐彦名也不好再反驳。于是确定，寻马中锡、张伟就抚；于是，出现了盗寻官军的奇观。寻来寻去，刘宠等在山东德州附近，与马中锡接上了头，商谈就抚事宜。

德州桑园镇，是驻兵的好去处。马中锡、张伟率京营驻扎于此。得知刘宠、杨虎等有意就抚，马中锡喜极而吟，张伟喜极而舞，为了这一日，他们可是费了不少心思。马中锡差人招抚不算，又移文山东边巡抚，移文德州桂都司，差人招抚。为了取信刘宠等，他移文各衙门，刘宠等所过之处，官府不许捕捉，供与饭食。他的一片诚意，终于感化了刘宠，他差人来了，他投书来了，表示愿意就抚，愿意到桑园都宪军门就抚。投书中列了刘宠以下四十三人的姓名，都是名震直隶、山东、河南的巨盗。

对马中锡和张伟来说，群盗眼下就抚，尤其是飞来的喜讯。七月二十九日，朝廷降旨，切责马中锡、张伟及保定巡抚萧羽中、顺天巡抚李贡、山东巡抚边宪、山西巡抚王景等玩寇。马中锡、张伟很清楚，讨贼再无功，他二人首当其冲要被处分，而且一定是很重的处分。调动边军，且没有边军由马、张辖制的敕旨，更加重了他们的压力。他们一直在用心招抚，而边军之调，显见朝廷的用心在剿不在抚。近日抚局已成还罢了，若是不成，边军到达之日，也就是他们被召回朝廷问罪之时。

现在好了！刘宠等四十三人，几乎包括了全部主要的盗魁，愿意就抚，扰及数省的动乱可以平息，用不着再调边军了，朝廷很快会降旨褒誉了。因此，就抚的仪式安排得特别隆重，在军营中摆上盛大的酒宴，营门大开，将刘宠等迎入。

刘宠等解盔卸甲，进了官军大营，果见就抚的诚意。四十三人排成三行，跪倒在马中锡面前。刘宠叩头言道："我等愿顺朝廷，全凭马老爷保全。"众人随着叩头。

"众壮士请起。"马中锡欠身，虚搀刘宠一下，"归顺朝廷，就是好百姓，朝廷定会保全。这位张爵爷，全力主抚，你等向他行个礼吧。"

张伟说："不必，不必。我和马都堂不便劝酒，请参将以下的老爷们陪各位痛饮一番，再来说话。"

所谓痛饮，也不过是一大碗酒，一大碟肉，霎时便用尽。然后，在营帐中摆了几张凳子，要四十三人中推举出三五人，与马中锡、张伟商谈就抚事宜。去的自然是刘宠、刘宸、杨虎、齐彦名，另外加了刘惠。

"看座。"五人进帐，马中锡指了指摆好的凳子，让道。

"两位大老爷在上，我等不敢坐，就站着回话吧。"不等马中锡再客套，也不等其他弟兄开口，刘宠直截了当地问，"马老爷，我等就抚，朝廷以什么律令处置？"

"当然是自首律。"马中锡说。按照大明律，准予自首，众人所犯罪恶可全部赦免。

"请问马老爷，以自首律处置，是马老爷和张老爷的意思，还是朝廷的意思？"这个问题是刘宠一定要问清楚的，也是赵鐩嘱咐他们一定要问清楚的。在百姓眼里，马都宪是好大的官了，可是在朝廷里，他究竟起得了几分作用，大家心中实在没有底。

"我已将诸位壮士愿就抚之事奏告朝廷，请朝廷准各位自首。"马中锡说，"朝廷尚未降旨，不过，我可以担保，朝廷会准我所请，会赦免各位的罪名。"

“不知马老爷以什么担保？”刘宸问道。

马中锡愣了愣。别看眼前的这些人目不识丁，或是识过几个字，也很有限，提出的问题，却有力量。要是朝廷真的不准，自己甘心为他等殉葬吗？其实，朝廷不准降，自己罪责难逃，说不定身家性命也要葬送。现在要争取的，是朝廷准降，而要朝廷准降，首先要群盗有诚意降。想到此，马中锡站了起来，以示郑重。他清了清喉咙，声音爽朗地说：“以我的年龄担保！老夫今年六十有六，讨个便宜，为你们的父辈。张爵爷今年四十有五，可以做你们的兄长。本官和张爵爷是怀抱父亲和兄长的心情，向朝廷奏请。你们是朝廷的子民，朝廷是爱惜每一个子民的。子民有了过失，甚至犯了罪过，只要肯真心改正，朝廷不会不准他自新。这位壮士问，准自首律是我的意思，还是朝廷的意思。这位壮士问，我以什么担保。提出这样的问题，就是不明白我和张爵爷的心思，不明白朝廷的立场。现在我讲明白了，我劝各位不必多想朝廷准不准自首，而要多想一想，各位是不是诚心诚意就抚，归顺朝廷。”

他的一番话和赵鐩的一番话，可说是异曲同工，刘宠听了，本来是姑且降之，现在则真心欲降。他说：“马老爷以子侄辈待我等，我等怎能不知好歹。我等是诚心就抚。只要朝廷准我等归顺，我等一定做朝廷的好百姓。”

“好，好！”马中锡连声说，“各位心诚意笃，我想，朝廷一定会准自首的，各位一定可以再做良民，再从良业，再建良园。”

刘宸插话说：“我六哥说我等诚心就抚，我等就是诚心就抚。不过，马老爷，你说朝廷一定会准自首，也只是你想罢了。你做得了朝廷的主吗？你的年龄又怎能担保？”他固执地把话题拉了回去。

马中锡说了一番语重心长的话，不好再说。张伟为摆脱窘迫，谈起就抚的具体事宜：“天禄先生，各位壮士都是诚心就抚，毋庸置疑。你看，是让他等向霸州投案呢，还是向文安投案？”

张伟贸然提出这个问题，实是失策。刘宠听了刘宸的质问和张伟的提问猛省。马老爷的一番话确是感人，但他也只是说了前景应该如何，而不是必然如何。自己的一条性命，在官兵大营的弟兄们的几十条性命，在官兵大营之外的弟兄们的上万条性命，能系于马老爷的一句担保吗？能系于他六十六岁的年龄吗？他冷静下来，说：“马老爷，恕小民无礼，向你老人家提个要求。”

“壮士请讲。”肯提要求，才是诚心就抚。小民，而且是乱民，向朝廷命官提出要求，有损朝廷的体面，但只要诚心就抚，不妨暂时忍耐。马中锡往帅椅上一坐，洗耳恭听。

“我等暂不去霸州、文安投案，我等要着人探听朝廷的消息。我等诚心就抚，只要朝廷诚心招抚，我等立即自缚双手，去州县衙门投案。”刘宠说，“在此之前，请马老爷在大营中划出一区，容我弟兄共住。”

“这——”马中锡瞥了张伟一眼，拿不定主意。

张伟点点头，无奈地说：“也只好如此了。”

三天以后，派去京师打探的两名弟兄就赶了回来。看来，是快马去，快马回，在京师并未多做逗留。同进官兵大营的弟兄，三三两两地与看管、监视他们的官兵闲谈，刘宠等数人将从京师回来的弟兄引到不被人注意的偏僻处问话。

“我二人探到了，派边军是朝廷张太监向皇上提议的。”探子知道几位首领最关心边军。

“哪个张太监？”刘宠、刘宸几乎同时问。

“就是斗倒了刘太监的张太监呀！”探子说。

原来是卿用监的张太监，不是御马监的张太监。他人尚不理会，赵鐩先皱起眉头：“诸位将军，这张永眼下最受皇上信用。调边军是他的主意，那便成了定局，马都宪决计扭转不了。”

“或许朝廷也会听从马都宪的奏请，”刘惠仍抱一线希望，“他毕竟是朝廷差出的都宪老爷。”

“但愿如此。”赵鐩明显是应付。

“还探到些什么？”刘宠问探子。

“听说朝廷又派了一员大臣和一员总爷统领边军，已离京往涿州去了。”探子报了另一件新闻。

“可知是谁？”赵鐩连忙问道。

“不知，”探子答，“只听说是部里的侍郎老爷。”

“应是兵部侍郎才对。”赵鐩自言自语道，“眼下的兵部侍郎是谁呢？”

杨虎见他锁眉苦思，问道：“朝廷派谁统领边军，很要紧吗？”

“也要紧，也不要紧。”赵鐩说得莫测高深。

齐彦名不耐烦地说：“我等是粗人，听不大懂，赵先生讲明白些。”

赵鐩明白地讲了起来：“朝廷若是差了员干练的大臣统领边军，对我等来说，便是雪上加霜了。若是差了员平庸的大臣统领边军，边军或就不那么可怕了。这就是我说的要紧。统领边军的差事，朝廷不委马都宪，可见已不想再用他，他的招抚恐怕也成了不了之局，差干练大臣或平庸大臣，都不会继续他的招抚了。这就是我说的不要紧。”他不由得叹了口气。接受招抚，他是最诚心的一个，而分析形势，他又是最精明的一个。眼下的形势，他洞若观火。

“你是说，马老爷的招抚呀，担保呀，都是屁话？”杨虎脸色一变，闷声闷气地问。

“杨将军，恐怕只能当作屁话了。”赵鐩说。

“他娘的！这还像个朝廷吗？差出的都宪老爷只说屁话。”齐彦名跳了起来，“走，咱们去找马老爷，看他还有什么屁话要说。”

“齐将军不忙找他，”赵鐩劝止道，“我猜想，他现在自顾不暇，说屁话的心思都不会有了，找他也是枉然。”

刘宠若有所思：“赵先生是说，朝廷要治马老爷的罪吗？治了他的罪，再剿杀我等，便有名目了。朝廷要剿杀我等，须治马老爷的罪，要治马老爷的罪，也须剿杀我等。”

“六将军看得很透彻。”赵鐩点点头。

齐彦名把憋了许久的气撒在赵鐩身上：“赵先生，当初说该就抚的是你，今日说朝廷要剿杀的也是你。我看你说的也是屁话。”

他的话直率，赵鐩恼不得，气不得，只有申辩：“我不是朝廷，怎知朝廷的用心？当初我是说，我等先看看朝廷的动向，再决定行止。这应是不错的。”

齐彦名还要再争，刘宠拦住他：“就抚是众人都同意的，不可责怪一人。赵先生，现在朝廷的动向已明，我等该怎样定行止？”

“朝廷不以我等为子民，诛之而快，我等只有再反将出去，又有什么好说。”赵鐩道。

“我看也是。”刘宠低声做着安排，“官军对我等防范甚严，不可轻动。今夜各位弟兄都不要睡，听我传话，冲将出去，与大队会合。马老爷若无加害之意，我等也不要伤他，让他去和朝廷理论吧。”

第九十一章

杨一清一向以善识人才自诩；朝中大臣，自李东阳起，对他善识人才，也都服气。没想到，偏偏在他任吏部尚书时，在他最该为朝廷荐举人才时，他荐举了一个不该荐举的人物马中锡。看来，杨廷和说马中锡“不足任也”，比他又高一筹。

若说杨一清荐举马中锡有什么私情，那是冤枉了他。二人既非同年，又非同省同郡，既无通家之好，又无私交之谊。若一定要说有什么事情可以把二人联系在一起，那便是他们先后任陕西提学副使。论功名，杨一清比马中锡前一科，但他久滞中书科，任陕西副使反在马中锡之后。除了能在一起议一议陕西的人物，二人间其实很少来往。

杨一清举荐马中锡，是因为在刘瑾肆虐时，马中锡也是受害者。不仅对马中锡，凡被刘瑾构陷者，他朝有所知，夕即荐举。这成了他掌吏部后的办事准则。马中锡曾抚辽东，又任兵侍，刘瑾欲其党人冒边功，马中锡持不可，因而得罪。正德二年冬，被勒令致仕。继而逮系诏狱，责偿所收腐粟，案子反复了一年多才了结，马中锡被削籍为民。这一段经历，足以证明他是正直大臣，朝廷应该重用。京畿盗起，朝廷决定出京营讨之。在顺天、保定、宣府、大同几处靠近京师的巡抚中选一人提督军务，马中锡资历最深，所受磨难最多，讨盗的功劳该让与他得。杨一清荐举马中锡，并没有大错。

谁知应了一句老生常谈：“爱之，适足以害之。”本意是让马中锡成就一番功业，却使他成了众矢之的，遭到科道官的猛烈弹劾。

科道官风闻论事，他们说马中锡为保全故城乡土，而纵盗，而招抚，诚不足信。不过，这位天禄先生也是太糊涂了。他所对付的不是一两个小贼，也不是蜗居一方的强人，而是流窜数省，直迫京师，聚众数万的叛逆，大盗、巨盗都不足以形容。对他们怎么能抚呢？怎么能抚而不战呢？说他私心保家是冤枉他了，说他纵盗玩寇，可一点儿也不冤枉他。

在廷议剿抚大计时，杨一清力主剿灭。

“应宁先生，马都宪是主抚的呀！”梁储无心中说的话，成了对他莫大的讽刺。

“我若知他如此糊涂，绝不会荐他。”杨一清说，“介夫先生识人，更胜于我。”

“惭愧，我虽知于前，却不能争于后，误了朝廷的大事。”杨廷和说，“应宁先生说我识人，我却也不知天禄先生行事如此没有章法。”

杨一清荐人时，无人力争，一个一个说下去，都没有光彩。李东阳道：“一味招抚，各位大人都不以为然了。现在延绥、大同两支边军已赴畿南，大家看，能交天禄先生提督吗？”

前者有旨，马中锡督山西、河南、直隶兵，未分边军和内地，卫所，如果不再有旨，新调的边军也该由他辖制，如果认为他不能辖制、朝廷就该另拟旨。但李东阳的用意不仅于此。如另拟旨，不唯边军，还有山西、河南、直隶兵，还有京营，都该另有一番处置。碍于情面，这些话他不便明言。而杨一清不开口，别人谁也不好先说。荐人不当，说轻了是没有见识，说重了，也是朝廷有必要追究的罪状。

“怎么，此事难议吗？”奉旨参加廷议的太监张永问。不着司礼监掌印太监来，而着御用监掌印太监来，是因为他提出了调边军剿盗的建议。

“马都宪招抚，朝中许多大臣都是赞同的。实在惭愧，当初我也是赞同的。”杨廷和不急不缓地说，“临阵易帅，那就是说，招抚之策不能再提了。我等也该向朝廷请罪。”

杨廷和不说举人不当，而说用策不当，杨一清就容易摆脱了。他感激地看了杨廷和一眼。说来也怪，恰恰是反对任用马中锡的杨廷和，赞同招抚；而全力荐举马中锡的杨一清，却反对招抚。

“招抚终是不了之局，”杨一清说，“中原百姓敢称兵作乱者，罪皆不赦。马天禄不能再用了，朝廷另换人吧。总是我荐人不当，朝廷要追究，我须先请罪。”

张永明白了，说到马中锡是否再任，阁部大臣为何都抱慎重的态度。出于对杨一清的敬爱，他说：“马都宪的账，记在马都宪的头上。应宁先生荐举他，是要他讨盗，而不是要他抚盗，是要他相机招抚，而不是要他只抚不剿，一味避让。诸位老先生一心为国，公忠办事，万岁爷是知道的。就算诸位老先生有小小的过失，万岁爷也是不会追究的。”

“张太监说的是。”李东阳知道罢用马中锡不会再有歧见了，转向何鉴问道，“世光先生，另易提督，你也不反对吧？”

“是，”何鉴道，“兵部议时，陆、李两位也赞成易人。”他说的是左侍郎陆完和右侍郎李浩。

“兵部既然议过，可有举荐？”李东阳问。

何鉴说：“前些日子，张太监以此事垂询，我说：事体重大，当廷议定夺。今日廷议，我还是要说：事体重大，请各位大人赐教。我在朝日浅，谁人堪当大任，我拿不准。兵部议是议了，却并无成见。应宁先生，”他转向杨一清，“你说荐人不当，我看并无大的不当，你为何荐举马都宪，我也知道你的衷肠。你又首先提出马都宪不能再用，足见你心胸坦荡。谁人可提督讨盗，还是望你提出人选。”

“介夫先生有识人之明，你请他荐吧。”杨一清开着玩笑，“我姓杨，他也姓杨，我有了过失，他的脸上也没有光彩。”

杨廷和也开着玩笑：“是啊，你姓杨，我也姓杨。你荐的人才为朝廷建功立业，我脸上也有光彩。应宁先生，咱们议定，这次你荐的人。我有歧见，一定当面讲清，如何？”

他这么一说，杨一清不好再推辞了。他稍稍一想，说：“世光先生，兵部就有合适的人，只是，不知你舍不舍得放他。”

何鉴一点即通：“是陆全卿吗？”

杨一清笑而不语。杨廷和喝彩道：“应宁先生有眼光。陆全卿堪任，我更无异议。”

陆完在宁王朱宸濠襄助下，正德四年，由江西按察使迁宣府巡抚，随后提督操江。正德五年召入，任兵部右侍郎，随即改左。

“全卿告诉我，他年轻时梦见到得一山，名曰大武。想来，他该在军旅中有所建树吧。”何鉴这样说，可见是同意用陆完。

“西涯先生之见如何？”张永问李东阳，实则问在场的全体大臣，“如果赞同应宁先生的荐举，我就回宫向万岁爷复旨了。”

李东阳点头道：“请张太监奏明圣上，廷议共举陆全卿侍郎提督军务讨贼。”

刘宠的探子没有探到的提督，正是陆完。

八月初七日，皇帝命司礼监传旨，召阁臣李东阳、杨廷和、刘忠、梁储至左顺门见驾。时刘忠回乡展墓，尚未返京，见驾的只有三人。李东阳在路上问传旨的公公，圣上为何召见。传旨的公公说，大约是为了京畿讨贼之事。

“介夫先生，要不要告世光先生一声？”李东阳悄声问杨廷和。对眼下的军事，他只知个大概，皇上问深了，怕答不上来。

杨廷和想了想，说：“好，可请他在左顺门外相候。我等答不上来的事，便请圣上召他入内。”

“我意也是如此。”李东阳命内阁的办事人员，速去兵部，转告何尚书。

皇帝见只有三位阁臣，心中不悦，冷冷地问道：“刘先生还没有销假吗？”

“是。”三人行过礼后，李东阳听皇上的语气不对，不敢多做解释，只答了一个字。

“河南路程不算远，朕准他三个月的假不算短，还不够吗？要是那位刘——”皇帝拿不定主意是直呼刘瑾，还是呼刘太监，干脆不呼了，“——仍操持大权，他也敢不把朝廷纲纪放在心上吗？”

皇帝似有为刘瑾抱屈的意思，不能不辩一辩。皇帝发过牢骚，李东阳马上说：“是臣等疏忽了，没把刘先生延假一事奏明陛下，臣等领罪。”其实，阁臣告假、延假，怎会不奏？想是当初奏告时，皇帝没有在意。“陛下责刘先生不重纲纪，臣愿以刘先生的话辩之。刘先生曾言：处天下事，以理不以势。逆瑾在日，天下惴惴，他是以势不以理。臣愿陛下处天下事，宁取刘忠之言，不效刘瑾之行，天下之事则易处矣。”

皇帝也觉得今日对三位阁臣的态度有些过分，平日，他对阁臣们总是待之以礼，今日因不见刘忠，心中恼怒，不由得见于形色。“刘先生的话说得好，李先生讲得也好。”皇帝笑了笑，说道。他的笑，算是对阁臣们致以歉意了。“我记得刘先生还有下句，李先生怎么不一起说了呢？”

李东阳吃惊不小。值经筵时讲过的话，皇帝的记性好，记住了，不足为怪。但他知道，刘忠的这句话，不是讲经筵时的发挥，也不曾见诸于他的奏章，皇帝从谁那里听说的呢？他只能把疑惑存在心里，不能问皇帝。而皇帝的问话，却不能不答。李东阳回奏：“下一句话是：定天下事，在近不在远。”

“这就是了。”皇帝满意地说：“现在要定天下事，刘先生尊为辅臣，近在内阁，不替朕分劳分忧，却远在河南陈留，迁延不回，不是有违他对弟子们的教训吗？你们说，是不是因为朕对今科的会试录有微词，刘先生心有不满呀？”

每科揭榜后，由主考官挑选词义俱佳的策论，汇成一册，供天下生员仿习。今科的正主考是刘忠，他汇集的会试录进呈后，皇帝对李东阳说，其中文义多舛。皇帝顾及刘忠的面子，是背着他说的，但到底传进了他的耳中。身为内阁大臣，被皇帝这般数落一句，刘忠顿生求去之心。他告假展墓，迁延不回，确是为此，被皇帝一语言中。李东阳听了皇帝的质问，心有怯意，想不出应对的话。杨廷和当年不能与刘忠同进退，心中还感羞愧。皇帝说刘忠心怀不满，说得太重了，杨廷和必须为刘忠说句公道话。

“陛下指是科会试录文义多舛，刘先生惶惑不安是有的，躬身自问是有的，感激涕零是有的。”他字斟句酌地说，“若说他心怀不满，臣敢说一句：他决计不敢。”

“那就好。”本来要说讨盗之事，一下扯到了刘忠身上，说了半个时辰。皇帝的气消了，不管怎样，刘忠终是阁臣，终是讲过经筵的翰林院学士，不能太让他难堪。皇帝口气一变，表示在先是说闲话，现在要谈正题了。

“诸位爱卿，陆全卿侍郎可到了涿州？”

陆完的动向，杨廷和从兵部了解了一些，但何鉴已到了左顺门外，由他来对奏似乎更为妥当，他向李东阳使了个眼色。李东阳会意，奏道：“兵部尚书何鉴现在外候旨，请陛下召他回话。臣等于讨盗之事虽有所知，总不如何尚书知道得详细。”

皇帝准奏，说：“也好，召何爱卿来，与众爱卿一起计议。”近旁宦官立即出外宣何鉴见驾。

何鉴与几位阁老不同，难得有机会与皇帝直接对话，在皇帝面前比几位阁老拘谨，皇帝问一句，他答一句，不说多余的话。

“陆侍郎在涿州见过副总兵许泰、游击将军郤永。先是，谍报盗大部发自山东，自河间府静海而西。他率两位将军向东追过去了。后又得报，顺天府霸州、河间府阜城有大队盗贼出没，乃回师向西南移动。臣尚未接到新的塘报。”

“宣府军刚离开涿州，却报固安有盗，何尚书想必知道了吧？”皇帝对剿盗事确实上心，消息也确实灵通。辰时的谍报，他不到午时就知道了。“固安离京师近在尺尺，兵部有没有应对之策？”

何鉴说：“涿州近固安，如果宣府兵未离涿州，命陆完挥师掩之，派一营京军南下堵截，可歼贼于固安。不过，宣府兵早已不在顺天府境内，距固安已不是一日路程，命其速返固安，未入顺天府境，盗贼又窜他处，劳而无功。臣以为，京师有重兵守护，盗贼不敢来犯，延绥、宣府两支边军，各有所向，不必回防京师。”

“爱卿说的极是。”皇帝说，“其实宣府兵既已向东，就不必西移。朕断定，霸州、河间之盗是小股，山东、沧州之盗才是大部。盗在东而西其兵，非计也。宜使宣府兵、延绥兵并而东向，与在山东的京营合师，剿灭大部盗贼。何尚书和各位老先生以为如何？”

皇帝的方略如何且不说，那种镇定的气度令人叹服。固安离京师不过百里，骑上快马，几个时辰就可以赶到。皇帝不但不惊，不但不要边军援守，反而批评西移是失策。西移的目的，是先歼畿内之敌，以保障京师安全。但那只是盗贼之小股，皇帝想的，是要先歼盗贼之大部。何等的气概，何等的明智！李东阳由衷言道：“陛下英明。不过，畿内之盗不可忽视，京师之防也须计议。”

“李先生说的是。何尚书不欲宣府兵北来，对霸州之盗有什么防范吗？”皇帝问。

“霸州是盗贼的老穴。盗入畿内，想必多聚于霸州附近。臣以为，只需设防三处，便可断了盗贼北扰京师之路。一处在永清县，隔拒马河与霸州城相望。守住彼处，盗贼碍难北窜。一处在东安县，守住彼处，盗贼碍难东北窜。一处在良乡天津关，守住彼处，盗贼碍难西北窜。另外，通州是京师东面的门户，为防山东之盗滋扰，也须加强防务。臣会同张太监，与各都督府掌事都督商议，拟差副总兵官、都督白玉驻东安，以参将、都指挥使王杲驻通州，以参将、都指挥使陈勋驻永清，以副总兵官张俊驻天津关，望陛下恩准。”

皇帝说：“好，朕准了。何尚书，你与张太监将挑选的京营精锐，分拨与白玉等人，着他等即日分赴驻地，严密防范，不得松懈。”

“臣遵旨！”何鉴叩首道。他出了左顺门，一面着随员去请张永，一面赶回兵部衙门。

三位阁臣也准备叩驾离去。皇帝说：“三位老先生不忙走，朕还要与尔等说一回话。”

“陛下指挥若定，有太祖皇帝之风范，真是社稷之大幸。”李东阳从未认真读过军事，从未认真谈过军事，更没有指挥过军事，听了皇帝与何鉴的一番对答，敬慕之情油然而生。

“朕盼着有一日，能亲自率领京军、边军，征讨四方呢！”皇帝雄心勃勃地说。

李东阳一惊。皇帝的话不是好兆头。若有一日要皇帝带兵打仗，肯定是天下大乱。看来，那两句发自内心的恭维，说的不是时候，不是地方。但刚刚说过恭维的话，马上来扫皇帝的兴致，更不妥当。他看了杨廷和一眼，希望他说几句进谏的话。

杨廷和会意，接着皇帝的话说：“陛下有亲自统兵、平靖四方之心，正合安不忘危之义。不过，太祖皇帝扫荡群雄，太宗皇帝北征元裔，都是不得已而为之。现天下大定，陛下宜效历代圣主贤君，清明政治，选用贤能，垂衣裳而天下治。征战之事，陛下不宜亲为。”

“好了，杨先生的话，留待下次经筵时再讲，朕一定仔细聆听。”皇帝扫了兴致，说话就不那么好听了，“朕留下三位老先生，是想与你们说说马中锡、张伟等人的处置。马中锡身为朝廷大臣，奉旨讨贼，乃缓师玩寇，负国殃民。张伟身为勋臣之后，提督重兵，乃久避贼锋，有损国威。朕定要严惩。内阁拟旨。将马中锡、张伟及桑玉、宋振等取回，交刑部勘问定罪。其后各提督各巡抚各主将副将参将，再有失误军机者，均照此例。”

皇帝声色俱厉，李东阳等不敢回话，拜别皇帝，回内阁拟旨。

第九十二章

陆完率宣府、延绥两支边军，在京畿以南连战连捷。八月十日，许泰、郤永与敌战于霸州平口村；八月十四日，许泰破敌于阜平半壁店；八月二十七日，郤永破敌于景州钟桥集。京畿之敌军，受了重创，向北之路被堵截，只有向南向西向东，分数股奔逃而去。

正如皇帝所料，京畿的敌军只是小股，大部敌军在东而不在西。几乎就在许泰、郤永与敌军在霸州大战，以为捕捉到敌军主力的同时，刘宠军自山东进入直隶，攻陷了河间府的大县静海，随后又在清县、兴济至沧州一线劫掠，而逼入山西的小股敌军竟然攻陷浑源州。浑源州属大同府，距九边之一的大同镇只不过百里之遥。因与边军交过了手，觉得边军也不是那么可怕，在重镇的四邻也敢活动了。

九月初，刘宠、杨虎分率一军，自河间府又杀回山东。刘宠所向，是济南府外围及以东、以南各府州县。杨虎所向，是济南府以西的东昌府。

刘宠一军，在山东着实耀武扬威了一番，连下十余县，包括济南府的禹城、临邑、陵县，德州的平原，武定州的阳信，滨州的沾化、蒲台，兖州府的峄县、城武，东昌府的茌平，青州府的乐安，来往倏忽，防不胜防。

杨虎在东昌府停留了两日，两日内并没有大的动作。但就是这两日的停留，也使朝廷和山东有司大为紧张。东昌府的许多县城，可说是为围绕会通河而设置的。会通河之西有府城、聊城，河之西南有堂邑，河之东北有博平，河之东有清平，河之北有临清州。临清州西南有临清闸。临清闸是中段运河进入北段运河的分界。

漕粮北运是京师和北边得以维持的重要因素，如果运河被盗军拦腰截断，后果不堪设想。山东有司和在山东的官军一面紧急申报朝廷，一面调兵遣将。谁知两日之后，杨虎一军突然离开东昌府，转而围攻河间府沧州。

山东方面松了口气，直隶方面顿时紧张起来。沧州是山东进入直隶的要冲，若被攻陷，山东盗军进入直隶将畅通无阻，对直隶，对京师，威胁实在太大。

沧州的治所在长芦，东濒大海，西有卫河，南有浮河，北有长芦巡检司，城四周地势平坦，似不易守。但它的城池修筑得比其他州城高大。官府将守河的官军，巡检司的官军，以及在沧州所属的南皮、盐山等县的官军调集一处，据守州城，沧州便成了易守难攻的一座城。

杨虎率军攻城一日，无功而返。入夜，各城门之上，仍是火光烛天，无间可乘。杨虎观望良久，有了移兵他去的心思。他至今尚未攻下过州城，比刘宠、刘宸、齐彦名略逊一筹，但明知是硬骨头，还要去啃，也太不明智了。

“赵先生，沧州城难打，我们换个州城打吧。”杨虎与赵鐩商议。“六哥和老七他们打下座州城，得意得不行。我不能让他们小觑了，一定要尽快打下座州城，给他们看一看。”

“不知杨将军想攻打哪处州城？”赵鐩问。

杨虎已有了想法：“前次打吴桥，我带几名弟兄向西行了一段，远处察看景州城墙，不似沧州高大，一定比沧州容易攻下。不如舍弃沧州，向南去打景州。景州与沧州一般是领三县，却比平度州多了一县。只要攻下，我可胜过六哥他们了。”

赵鐩不以为然：“杨将军，景州不似沧州重要。攻下景州，你也不过和六将军他们成了平手，只有攻下沧州，你才可胜他们一筹。眼下六将军牵制了山东的官军，霸州的弟兄牵制了畿内的官军，杨将军无左顾右盼之忧，正好放心攻打沧州城，不可小有挫折便泄了气。”

“赵先生有所不知，区区枣强小县，我们也攻了三日，才破城池。沧州非枣强可比，我担心久攻不下，反失了锐气，被人耻笑。”杨虎道。

“那我们也以三日为限吧。”赵鐩说，“今日已攻城一日，再攻两日，如果攻不下沧州，再转攻景州如何？若说被人耻笑，三日攻不下要被人耻笑，一日攻不下也要被人耻笑。”

“好，就依赵先生。”杨虎有些不情愿，但还是答应了。

三日之期很快就要过去，沧州城仍没有攻下来，第三日的午后，攻城的声势明显减弱了。杨虎盘算着，到了申时，无论如何也要收兵了。城南十余里处，有一大镇，可以留宿一夜，明日午时赶至景州，一鼓作气下之。

就在杨虎要收兵未收兵的关口，刘宠带着在山东抖够了威风的队伍赶到了。

“虎哥好眼光！”刘宠赞道，“我等啃了几块大骨头，你却一下相中了块肥肉。”

“这沧州才是块硬骨头，我啃了三日，还没尝到肉的味道。我与赵先生议过，三日攻不下沧州，便撤伙不打了。不想六哥却赶到。各位大哥有兴趣，就一起来啃啃这块骨头吧。”

“好哇！”刘宠道，“虎哥定下个打法。是齐攻一门，还是各攻一门；是即时动手，还是挨到明日清晨？我等无不从命。”

杨虎一心要与刘宠比个高下，他想了想，说：“六哥，不瞒你说，我的弟兄攻了三日，实是疲惫已极，与六哥的弟兄一起攻城，只会碍事。我看，不如将他们撤下来，在后面呐喊助威。六哥挟扫荡山东的余威，定能一鼓作气攻下沧州。那时，六哥在沧州城里摆庆功宴，你坐主席，我作为先行，给我一个偏席如何？”

刘宠细心，知杨虎也有攻陷十余城的雄风，二日攻沧州不下，必有缘故。听他的话音，似有些斗气，别为了打沧州结下梁子。但已应允攻城，又不便拉起队伍就走。寻思片刻，想出一个两全的说法：“虎哥连日攻城，也该让弟兄们喘一口气。我也与虎哥做三日之约。三日之内，若是虎哥连日猛攻之下，沧州城已不堪一击，我等得手，也还罢了。三日之内，我等也攻不下沧州，虎哥的弟兄们也歇息过来，我们再一起攻城，你看可好？”

“甚好，六哥即刻接手吗？”杨虎问道。

“不忙。此刻你先撤回，我也不去攻城。你我两军中，三亲六故甚多，让他们见上一面，叙上一叙。虎哥，你也该做个东道，请老七、彦名他们和我，喝一碗老酒，饱餐一顿。”

“应该的，应该的。”说着杨虎即命令鸣金收兵，在城外燃起一处处篝火，半是用作烧肉烧饭，半是用作夜间取暖。时下已是深秋，夜间须得有火，才能驱除寒气和雾水。

杨虎与刘宠等围坐一圈，畅谈桑园镇分手后各自的作为，无不豪情满怀。一个月的时间，两支人马似乎都有了长足的长进，成熟了许多。刘宠特别津津乐道的，是从山东来直隶的途中，在濮州经历的一件事。

濮州属东昌府，在府东北二百里。依齐彦名的主张，在离开山东时，再攻打一处州城。与杨虎会合时，好增加些谈话的资本——刘宠当然不会这样说，他改成给虎哥的见面礼。刘宠、刘宸也无不可。大军所过之处，路两旁居民无不逃避求生，而在距濮州城不远处，却有一年轻男子，守着路旁的新坟哀恸不已。见了刘军，不惊恐，不躲闪，竟似视而不见，无动于衷。刘宠着人去问，知他是濮州城内居民，姓宋名显章，新近丧父，入土不久。他在坟旁自结草庐，看样子，是要长守下去。问起他的身份，却是州学生员。刘宠当即将一支令箭留与他，传令部下，百里之内勿犯，濮州城自然也不去打了。

齐彦名大为失望，说：“六哥不许弟兄们捣毁他的父坟也就是了，竟约了百里之内勿犯，不但打不成濮州，濮州所属各县也打不成了。六哥大嘴一张，管得恁宽了。”

刘宠说：“好人做到底。孝子贤孙，天尚佑之。我等草莽，不能在祖坟父坟前尽孝，遇到这般孝子，便要让他护佑一方，才是替天行道。”

刘宠一军在濮州境内不攻不掠，秩序井然地通过。桑园分兵后，濮州是唯一大军经过而不受侵扰的地区。宋显章尽孝心，刘宠施仁义，救了濮州境内无数生灵。

“赵先生，”刘宠招呼赵鐩，“你若随我等在山东，一定会有一番议论吧？”

“我不在山东，也为六将军高兴。仁义之人，方得人心，仁义之师，方能常胜。诸位将军都能以仁义待人，定会成就一番大事业。”赵鐩说。

两支队伍驻于沧州城外。多日不见的邻里乡党，分在两处的父子兄弟，有的三三两两，避开人群说话，有的三五十人，围着火堆喧闹。直到下半夜，才安静下来。刘宠、杨虎等和众弟兄一样，寻了柴垛土坑，和衣而眠。

刘宠以为杨虎的本领不在自己之下，他的队伍善于攻城，不在自己的队伍之下，因此，对攻城的艰难有充分的准备，而三日之内，果真没有攻下沧州城，他也并不过分沮丧，反而时时安抚刘宸、齐彦名等易于冲动的首领。

到了第三天，也在未时申时之间，刘宠找到杨虎，说：“虎哥，这块硬骨头我也没啃下来。虎哥说，是大家继续啃，还是撤伙？”

齐彦名跟在他身后，气呼呼地说：“六哥，不能撤伙。要不，你留一千弟兄给我，我再打给你看。打不下沧州，我把这颗头割给你。”

刘宠说：“官府要割你的头，你自己也要割你的头，它还保得住吗？五千人攻不下沧州，一千人就能攻下它？三个臭皮匠拿不出主意，一个臭皮匠就拿得出主意？不须再说，你不听我的可以，却不能不听虎哥的。”

杨虎对赵鐩说：“赵先生，你与我有三日之约，六哥又与我有三日之约。都到了日子，你说，撤不撤？”

“不如再定三日之约。”赵鐩说，“三三见九，是个大吉大利的数字。”

“你是说，我和六哥联手再攻三日？”赵鐩点头，杨虎问刘宠，“六哥，还有没有兴致？”

“自当奉陪。”刘宠原本也是这样说的。此刻听杨虎又似劝战又似激将，便一口答应下来。

众人都高兴，最高兴的莫过于齐彦名。他拍了拍赵鐩的肩头，向他伸出大拇指：“赵先生鼓气而不泄气，我服了你。”昔日成见没有全消，一瞬间，印象却好多了。

赵鐩笑道：“攻城靠各位将军，各位将军若攻下京师正阳门的城门楼，我还不敢跨进城门，到御水桥边走上一走吗？”

一句话，说得众位首领开怀大笑。

杨虎说：“我攻城三日，西门为主，南门为辅，未下。六哥攻城三日，南门为主，西门为辅，也未下。今日换一换，我攻南门，六哥攻西门，不分主辅，并力而攻。”

赵鐩说：“我还有个计较，既成军旅，便当立个主帅。若南门先下，杨将军为主帅，六将军为副帅；若西门先下，六将军为主帅，杨将军为副帅。我知诸位将军兄弟情笃，都不计较名分。但名不正则言不顺。没有主帅，军心易乱。以天意定名分，诸位将军意下如何？”

刘宸想说什么，被刘宠拦住。他知道刘宸要说的话。在刘宸和齐彦名的眼里，他已然是主帅了，怎容另一个人来和他争主帅的名分？他知道刘宸的话一说出口，众首领就成两军对垒的阵势，说不定在沧州城下就有一场火并，那就难以收拾了。“赵先生见识高人一筹，我们就以天意定名分。”刘宠痛快地说。有此一约，说不定对他的弟兄们是个很大的激励。

城下排开了阵势，刘宠等攻西门，杨虎等攻南门。第一日和前几日一样，沧州守城官军岿然不动。第二日，攻势更加猛烈。主帅的名分，不但刺激刘宠、杨虎本人，也刺激两边的队伍。大刀齐彦名赤膊上阵，邢老虎邢本道又跳又叫，无不拼死力。守城的官军有些动摇了。而在这时，发生了两件事，使攻城的一方只得歇手。

一是在指挥攻城时，刘宠的右臂受了箭伤，箭头煨有毒药，刘宠伤势不轻。攻西门的队伍士气受挫。刘宸、齐彦名等认为，事莫大于为刘宠治伤，无心指挥，刘宠未下令，攻城队伍未撤，但已没有志在必得的气势。

对杨虎来说，这本是一个下城夺帅的好机会。但西面的压力减轻，部分守西门的官兵调往南门助守，使杨虎所部攻城更加艰难。

就在这时，发生了第二件事。一直在保定府境内游移不定的延绥军，突然东移，在景州，与郤永所率的宣府军会合，有北上意图，目标显然是解沧州之围。杨虎在与刘宠合攻沧州时，派了一小股部下向景州移动，约有千人。不管能不能攻下沧州，他都要先刘宠一步攻景州。不料，他派去的队伍，在景州城西北的宋门店一触即溃，大部被歼，少数人逃回，向杨虎报告战况。杨虎抢先攻打景州的计划未能实现，但使杨虎和刘宠及时了解边军的动向，说来也很侥幸。

对边军本就有畏惧心理，景州的生还者再添油加醋地诉说一通，攻城南者也好，攻城西者也好，都无心恋战，只等首领的决断。

“虎哥，你看咋办？”刘宠右臂经敷药消毒，扎上了绷带，脸色仍是蜡黄，精神却渐渐恢复。两人有三日攻城，先入为帅的约定，现在的形势，杨虎的机会更大些，所以刘宠不好做决定。

“不打了。”杨虎说，“沧州不打了，景州也他娘的不打了，咱们再避一避边军，改日才见分晓。”

“一起走，还是分路走？”刘宸问。这要立即决定下来，他怕刘宠不肯直截了当地提出，又会耽搁不少时间。

杨虎看看赵镃，听他的主意。看来，杨虎不但想让他做自己的军师，还想让他做全军的军师。

“敌合我分，可制人，而不制于人。”赵镃说，“敌在正南，我们还是分为两军，一向东南，一向西南，令其左右难顾。”

刘宠说：“好，我从东南来，还向东南去。虎哥，后会有期。”

“六哥，早日康复。直隶不是久留之地，我向西南，去河南再闯一闯。”杨虎向刘宠抱抱拳，说，“赵先生还是随我吧。”这已是定规，不须再说。

第九十三章

杨虎一军渡河进入河南界，先在归德府打了几仗，又继续插向西南，进入汝宁府境内。

十月二十日，派去山东当联络的探哨带回惊人的战讯，本月初七日，刘宠军攻打济宁。济宁州属兖州府，在济南府和兖州府之间，济宁州在国初曾一度升府，后又降州。

“可曾攻陷州城？”杨虎不待探哨报完，急问道。

“不曾攻陷，”探哨说，“但在会通河上，烧毁官府一千余条漕船。”会通河在济宁州城以南，刘宠等攻城不下，一把火将泊在运河的一千二百多条漕船烧了。放火是在晚间，霎时间，火光冲天，一片火海，煞是壮观。

“好家伙！”杨虎咋舌，“一千多条漕船，朝廷还不急红了眼？六哥办事真有气派。”对刘宠敢攻大城，打大仗，他又羡慕，又忌妒。

“太过嚣张，六将军他们恐怕要碰壁了。”赵鐩若有所思地说，“烧了朝廷的漕船，必引得大队官军追剿，又是京军，又是边军，加以山东的卫所，他们在山东怎么立足？”

“军师料得不差。”探哨说，“六将军他们烧了漕船后，向南入曹州，与宣府、延绥边军打了两仗，战死两千多人，散去三五千人，吃了大亏。六将军带着队伍一路南去，不知所向。”

“不管怎样，总是烧了朝廷的漕船，也让天下知道有他一号人物。”杨虎仍是大赞。

“杨将军不必长他的志气。”赵鐩说，“你摆开阵势打沧州没有气派吗？若说沧州没有攻下，济宁州也没有攻下。我有一议，你抢在他前面做了，便胜他一筹。”

“赵先生说该做何事？”杨虎问道。

“两个字。”赵鐩思之已久，不慌不忙地说，“称王。”

“称王？”杨虎摆了摆手，问，“有益处吗？”

“大有益处。”赵鐩解释，“将军称王，归附者必众。声势上就可以超出六将军。

进入河南以来，我见流民日多，便与他们谈话，知道河南的官府更凶狠，河南的官吏更贪渎。杨将军，我讲两个故事与你听。”

他讲的第一个故事发生在商水县南顿镇。商水县隶属开封府陈州，南顿镇数次被犯扰，居民乃相聚自保。一日，某御史率官军夜过南顿，南顿民拒不接纳，天明后认出官军旗号，方打开木栅，放入镇中。该御史心有怨气，逮捕二十余名为首的镇民，以盗论罪，欲斩以徇，在南顿镇引起一片恐慌和愤慨。时商水无知县，以同属陈州的邻县项城丞潘奎兼摄。潘奎敢于任事，匍匐于御史前，为民请命。他说：“良民误拒王师，罪固当死。究其原意，乃防盗拒盗抗盗，若将其论死，则于真盗又当如何？”那位御史听从了他的劝告，把捕捉的镇民全部放走。然御史滥捕之事早已在商水县以及陈州各县传开，有人说，这就是官逼民反。

第二个故事就发生在汝宁府东南的光州。今年该地大旱，光州判官董传性身着粗布衣，顶着烈日祷雨。他是贡生出身，为正途出身的知州所不齿；虽升至州判，对知县来说，是上司衙门中品秩较低的长官，但光州所属四县的知县并不把他放在眼里；连衙门里的胥吏也小看他。有胥吏见他跪在烈日下，讽刺地说：“天道难测，跪祷何用？”董传性说：“我乃一下吏，岂能必使天雨？然我跪于此，使上苍看到有为民请命之下吏，或肯发些慈悲。”跪了数日，终于迎来一场雨，而董传性连跪数日，膝肿若股，色朽如铁，以至不治而死。光州境内百姓闻讯无不悲号，邻邑士民纷纷赶来为他送葬。不知谁编了一首歌谣，士民都唱了起来。歌谣道：“官死百姓生，官生百姓死，朝廷设官为百姓，百姓难生官爱死。骂詈诸官哭董公，试问官生何以死？”光州士民诅咒的是光州的州县官，邻邑的士民诅咒的是邻邑的州县官。

“官死百姓生，官生百姓死，唱得有多好。”赵鐩说，“只要有人为他们杀死狗官，指给他们生路，他们一定会跟上走的。你怎样才能使他们知道你是为他们杀狗官的呢？最好的办法，唯一的办法，就是你要称王。”他讲两个故事是铺垫，结论是：必须称王。

“怎样称王呢？”杨虎问。下面的弟兄早称他为大王了，那只是非正式的称王，说起正式称王，他也知道，不那么简单。“赵先生，称王之事，还是下次和六哥会合后再做商议。我们是多年的老弟兄，一起闹出了事，要称王，大家一起称王。不与他们商议，自家称王，怕是不好。你看，除了称王，还有别的办法召集百姓吗？”

赵鐩叹了口气，说：“杨将军行侠重义，令人敬佩，唯愿六将军也和杨将军一样的心思。”

杨虎说：“我们起事时，曾对天作誓。我不负六哥他们，六哥他们也不会负我，赵先生放心好了。”

赵镃知道，现在要杨虎称王，他不会同意了。为了号令全军，须得有一个正式的名分。既然不愿称王，用什么称号，就不那么重要了。赵镃说：“杨将军可暂以总督元帅的名义约束各将，号令全军，以定纪律，以行赏罚。杨将军为总督元帅，各位将军可称都督。”

“好，俺杨虎就做一回总督元帅。”杨虎道。

刘惠、邢本道等人本来就奉杨虎为首领，杨虎加不加总督元帅的名义，对他们来说，并不重要。但想到以后虎哥可以用总督元帅的名义，他们可以用都督的名义与官府对话，身份大大提高，无不赞成。

“赵先生讲了光州的故事。光州的百姓既然都盼着狗官死，咱们便去打光州不好吗？”杨虎有意移师。

“元帅怎忘了六将军的挫折？”赵镃不同意，“光州是河南的大州，打光州，目标太大。”光州领四县，确实说得上是大州。河南各州最多也只领有四县，实际上，除了山东兖州府东平州领有五县，各地再也没有属县过四的州了。

“依赵先生看，我们可以在哪里打一仗呢？”杨虎向他请教，“河南现无大队官军，我们正可以乘此良机，打出些威风来。”

“上蔡就在左近，不如打上蔡。”赵镃献计道。

上蔡知县霍恩是弘治十五年进士，保定府易州人，早就估计到敌军入河南，河南大乱，上蔡不免。得知敌军逼近上蔡，并不慌乱。他与典史梁逵部署好城防后，说道：“梁典史，战事在即，你我都须向家中做个交代，但不可同时离开城楼。你看，是你先回去，还是我先回去？”

“梁某一身之外，别无牵挂。”梁逵道，“大人刚到任上，便遇这场祸事，家中自要做些安排，请放心回府上去吧。”霍恩因守丧，耽搁了几年，不然，也不至于中进士九年之后，仍是知县。他实授上蔡知县没有几日，无怪乎连典史梁逵只单身在任也不知道。

“如此，多谢了。”

霍恩的居处就在县衙附近，夫人刘氏见他入室，问道：“贼兵已到了吗？”

“远处尘土飞扬，大约再有一个时辰，便会到了，我抽空来看一看你。”霍恩答道。

“这时光还顾得上看我！”刘氏嗔道，“也罢，既然来了，有一句话我说与你听：你守得住城，便是守住了我，我还是你的妻子。你若守不住城，我便不是你的妻子了，你切切记住。我只恨身为女子，不能助你守城。”

霍恩说："守城之事夫人放心，只是家中一事我放心不下，要与夫人商量出个结果。"

"家中之事老爷交与我就是了。"刘氏说。

"夫人怎变得迟钝了，家中除了你，还有什么事让我不放心呢？"霍恩笑着说。

刘氏恍然大悟："老爷是问我的出处？老爷放心吧。我知道老爷的性子，城守不住，老爷有死而已。老爷也该知道我的性子，老爷不在了，我岂能独活？老爷若不放心，我请先走一步，免得老爷有后顾之忧。你我夫妻就此别过。"

"这倒不必，只要夫人心中存了必死的念头，我无不放心。"霍恩又笑了笑，说，"夫人，方才有一句话，你说差了。既然都是有死而已，城守不住了，你怎的就不是我的妻子？我们一起到了阴间，在阴间再做夫妻。"

"老爷说得对，是妾失言了。"

"我到前面去了，夫人在家中烧一炷香，为我祈祷吧。"霍恩不敢久留，向刘氏辞别。

"老爷且慢！"将霍恩送至宅门，刘氏忽然叫住他，问道，"老爷身边带了人吗？"

"有两名差人随我同来，夫人有什么事差他们做吗？"霍恩有些奇怪。家中之事，刘氏从不要差人做，谁知大难临头，人心混乱，她的章程也改了。

刘氏说："衙门后面有一处高坡，请老爷着他二人在坡上为妾筑一小台，耽搁不了他们多少时间。老爷也等小台筑好再去城上巡视吧。"

霍恩猜不透她的用意，分离在即，不忍相拂，便和她一起，领着两名差役到了衙门后院。刘氏说的高坡比屋檐略低，两名差役搬来些巨石碎石，铲了些松土，很快筑起一丈来高的小台，又依刘氏吩咐，在台下草草堆一斜坡，可上到台上。

"好了。"刘氏说，"老爷，请随我上台张望张望，我们在台上分手。"

二人上台，刘氏指了指前方，问："梁典史就在城上，你看清了吗？"

霍恩向前张望，果然看得清城上的人形。

刘氏说："老爷在城上，妾也看得清楚。如果城池即破，请老爷举起剑来，向我摇上几摇，就算是你我诀别吧。"说到这里，声音有些哽咽。

霍恩点点头："好，城池破了，我便向你挥一挥剑，然后我便下城，前来寻你。"

"老爷可在那里寻到我。"刘氏向后指了指，高坡上孤零零长着一棵老树。城池不守，她就要在那棵树上自缢。

霍恩感到心酸，不敢再多停留，向刘氏揖了揖，带着两名差衙，匆匆下坡而去。

上蔡守城官军力量单薄，敌军攻城不到两个时辰，便无力坚守。刘氏看清，霍恩在城楼举起剑来，向她这边挥了挥，奔下城楼，她知道大势已去，不慌不忙地理了理鬓发，一双小脚很吃力地走下斜坡，踩上摆在老树下的凳子，在树干上挂了根缎带，打了死结，将头钻入圜中，脚下用力踢开凳子，身子吊了起来，霎时便喘不过气来。在昏昏迷迷中。刘氏担心死之不速，被敌人救下，遭敌人污辱，她从头上拔下玉簪，拼尽全力，向心头一刺。

霍恩下得城来，便向县衙疾跑，但还是晚了一步，不到县衙门口，便被拥入的敌军捉获，押到杨虎面前。

“见了我家总督元帅老爷，还敢不跪下！”押解他的盗兵，在他两腿关节处狠狠踢了一脚。

霍恩腿一软，险些跪倒。他用力支撑住，嘴里骂道：“我的双膝，上跪天，下跪地，人间跪皇上，怎肯跪尔等小贼！”

“说得漂亮，我不信你见了知府老爷，见了巡抚老爷，见了镇守老爷，也敢不跪。你可知道，本总督元帅，比你的知府老爷、巡抚老爷、镇守老爷，不知高出几何。你跪了他们，不能不跪我。你不跪我，我也不计较，用不了多久，你会自己跪下。”杨虎喝了一声，“把那狗官押解上来，和他的上官叙一叙话。”

典史梁逵被押上来，与霍恩对面站立。二人对视一眼，都低了头，不作一声。

“没有话说吗？”杨虎指了指梁逵，“将他杀了。”

一名大汉站在梁逵身后，手起刀落，梁逵身首异处，一股殷红的血水从脖腔喷射出来，身子尚未倒下，头先落地，滚了两滚，停在霍恩的脚下。霍恩紧紧闭合双眼，泪水从眼角缝隙间流下。“再押一狗官上来。”杨虎又下令。

县中能有几名职官，再押上来的不过是衙门中的刑名师爷，早已吓得两腿乱抖，站立不稳。杨虎挥了挥手，一名大汉拦腰砍了一刀，眼见五脏六腑随着血水涌了出来。

霍恩按捺不住，破口大骂。杨虎甩袖而去。几名敌兵先割掉霍恩的舌头，然后将他肢解。

赵镃心急火燎地寻到杨虎，问道：“元师下令屠城了吗？”他见城上城下街中巷中民居内民居外死者太多，自己制止不住，才来寻杨虎的。

“没有哇。”杨虎说，“入城之后，我还没来得及下任何命令。对了，赵先生，我在等你商议，该如何下令。”

“请元帅下令，禁止妄杀无辜。”赵镃说。

杨虎没想明白，说道：“攻下一座城池，免不了要杀人，谁分辨得清是不是无辜。下了这道令，怕弟兄们要寒心的。”

赵镃顾不得细辩，往杨虎面前一跪，说：“请元帅先下此令，我再与元帅慢慢理论。

“好，好！”杨虎差一名亲信小头目先去传令，然后拉起赵镃，“已传令去了，赵先生有话请起身讲。”

赵镃吁了口气，快意地说：“元帅此令一下，便走在六将军前面了，可喜可贺。”

“命令虽下，我还不明白。”杨虎说。’

“沧州城下，我曾说过，仁义之师才能常胜，元帅还记得吧？杀人多了，怎称得上是仁义之师？”

杨虎说：“仁义之师不可妄杀，我懂了。但六哥在山东已经有了仁义之举，你怎说我走在他的前面了？”

“六将军在山东因孝子而泽及一方，只是一仁之念。元帅若从此定下不准妄杀的章程，来约束弟兄们和各位都督，那才是真正的仁义之师，绝非六将军的一仁之念可比。下城得地固是好事，成就一支仁义之师则是更大好事。元帅此令一下，真是可喜可贺。”

“好，赵先生，我听你的。”杨虎说，“从此以后，下城得地，再不准妄杀了。”

第九十四章

“老爷给刘尚书的回函写好了吗？”李荃追问道。对刘大夏，他还是习惯地以旧日官职相称。

“就好，就好。”李东阳说就好，是说正文就要写好了。后面总还要附上一两首诗。

李荃审阅般将老爷的信函读了一遍。李东阳写道：“承抵家后两寄书，后书尤详。中所叙多田园间乐事，令人叹羡不能置。而世情民瘼则肉食者所深愧也。”刘大夏来函，写了田园生活的安逸，也写了民间的疾苦。李东阳回言，百姓受苦，是肉食者不尽责；而肉食者首先就是身为首辅的李东阳本人，李荃心中想：老爷又在反省了，不知反省到哪一天才是终局。最后一段又是反省：“阅岁以来，荐剡屡上，斯堂之乐恐不可久淹。四方知旧，每以执事之去为疑，且以不克留为不肖咎，诚亦有不容逭者。”刘大夏复官致仕，有人责怪李东阳不为朝廷留贤臣，他只有嗟叹而已。

附诗是一首七律。前面一行小字写道：“闻刘东山遇赦值河西，道梗未得归。次前岁所寄雪中过六盘山韵。”诗云：“百折危途寸步间，向来空乞一身闲。愁心正拥蓝关雪，苦句犹传饭颗山。病后形容应渐瘦，志余归路转多艰。洞庭风景依然在，为问扁舟几日还。”

诗是去年写的，记得还没有寄与老友，便附在了此函之后。刘大夏发戍肃州，过六盘山时，曾有一诗叙事，寄李东阳。李东阳在那次回函中写道：“自得六盘山之作，读至末句，令人黯然销魂，不敢以病告。时不预其事为解，计穷力竭，俟命与时，固有不得不然者。”那时极欲步刘大夏诗韵和诗一首慰藉，却怎么也吟不出来。一年之后，才有了赋诗的心境，又一年之后，才把诗寄出。

函中明着写对田园乐事的叹羡，暗喻刘大夏将再获大用；诗中明着写山川的险恶，暗喻宦途的险恶。这样两篇文字怎好放在一起？连李荃都看出有些不妥。但他不能多说，不敢多说。近日以来，老爷办事越来越着三不着两的，或如他自己所说，是江郎才尽了。

李荃持函欲出，李东阳叫住他：“李荃，函且放下，不忙处置，你去看看夫人在做甚。”

“老爷！”李荃叫了一声，再说不出话来。本来想，刘尚书的书函来得太及时了。他摸着了老爷的规律，有几位老友来函，是定要立即回函的。其中第一人，便是刘大夏尚书。李荃希望老爷回一柬长长的书函，好把其他事情抛在脑后。然而，李东阳问起夫人，便是那件痛心之事仍然萦回脑际。此刻，李荃巴不得他家老爷再糊涂一些。

“老爷，听奶奶屋里的丫环说，奶奶今日身子不适。”李荃知道李东阳想做什么，既然止不住老爷想不该想的事，那就一定要止住老爷做不该做的事。

“我知她不适。”李东阳说，“但今日是十月二十三日，衍圣公京邸是一定要走一遭的。”

“老爷，奶奶确是有病，你不心疼自己，也要心疼奶奶呀！”李荃恳求道。

“李荃，你不知你家奶奶的心思。即便我不去衍圣公邸，她独自也要去的。”李东阳说，“你无须赘言，去请你家奶奶准备动身吧。”

李荃知劝不住了，只好先去外院，嘱咐备两领小轿，然后叫奶奶屋里的丫环侍候奶奶妆束。李东阳从案上拿了一篇祭文，是连夜写出来的。李荃欲接过，李东阳不肯交与他。

衍圣公是朝廷对孔子嫡传的封爵，世代相袭。仁宗皇帝时，因衍圣公来朝，在京中无宅第，只能假馆民间，便在东安门外，邻近原十王府的地方，赐宅一区。从城西李阁老胡同到城东东安门外，路途不近。这也是李荃以为，李东阳此行是他不该做的事情的原因。

李东阳夫妇是去祭他们一年前去世的爱女。

李东阳中年丧妻。继妻朱氏是成国公朱仪之女。朱仪为第三代成国公，景泰三年袭封，天顺元年守备南京。他在京师时，便知京城中出一奇童，四岁能书径尺大字，能对难对。以后在十八岁中进士，选庶吉士，入翰林院，宦途一帆风顺，才名重于当时。此人就是李东阳。朱仪得知李东阳丧妻的消息，身在南京，立即请了朝中有身份的好友，向李东阳提亲。李东阳也听说成国府有一位德才兼备的小姐，欣然应允，喜结良缘，成了一对恩爱夫妻。

李东阳与原配夫人只生育长子李兆先，与朱氏却一连生养三女一子。可惜的是，三女中二女夭折，一子李兆同也在十岁那一年病死。对李兆同，李东阳写了三句话：骨相奇耸，目炯射人，机颖警脱。有子如此，英年早逝，李东阳当然是哀痛不已。

更令他痛心者，是李兆同之死和他入阁竟是在同年同月。李兆同于弘治七年春患头痛病，苦苦熬了一年，于弘治八年二月初五离开了人世，而李东阳是在十一日奉入阁诏书。对一位父亲来说，最痛者莫过于丧子。对一位臣子来说，最快者莫过于拜相。大喜大悲的两件事，几乎同时而至，李东阳说不出更多些喜，还是更多些悲。

不过，当时还有长子李兆先在，丧子之痛还可以稍减。谁知同样机颖警脱的李兆先，同样不得寿。家中接连不幸，李东阳对他这一支中硕果仅存的一女更加钟爱。

此女长成，眉目清秀，修然玉立，对渐入老境的李东阳是莫大的安慰。在她待字之年，京中贵家多托人来李阁老胡同议婚，李东阳一概推却。他舍不得女儿出嫁，更不愿女儿嫁入豪门。他出生在一个普通人家，希望女儿也嫁入一个普通人家，过普通人家不必愁衣食、不太讲规矩的日子。

弘治九年，来了一位大媒，是都察院右副都御史陈纪，受托为孔府的大宗子孔闻诏提亲。陈纪成化五年进士及第，与李东阳旧日有交，他本人是孔府的姻亲。这门婚事由他来提，再合适不过。

“西涯先生，回院后还不曾来府上拜望，今日是要讨盅酒喝了。”陈纪作揖道，他是当年四月，由宣府巡抚任上召回都院的。

“应该的，应该的。”李东阳迎他进屋，笑答道。

“西涯先生莫生误会，这盅酒是要向嫂夫人讨的赏。”陈纪坐定，开了句不大不小的玩笑。

“于庭先生来为小女提亲？”李东阳一下听了出来。

陈纪击掌道：“不愧是李阁老，一猜即中。毋庸讳言，我实是来向相府小姐提亲的。”提亲是何等的喜事，陈纪却说出毋庸讳言这样的话来，可见他也知道，来李东阳处提亲，不易成功。

李东阳笑着说：“你先与我饮罢酒再说如何？免得话不投机，舍下空有好酒，也品不出滋味。”

“不怕，今日定是酒逢知己千杯少。”陈纪很有把握地说，“我算定会有谢媒酒喝。”

李东阳警告他：“于庭先生，若是朝中大佬，请免开尊口，你知道我的心思。”

“在西涯先生面前，朝中大佬还有几人，又怎轮得上我来做媒人？”李东阳当时是内阁三辅，地位与他相当，比他尊贵的还有几人？陈纪也是三品大员，但只是七卿之佐，确没有资格为朝中大佬做媒。“不过，在老学长面前，我也不敢说假话，托我作伐的，也不是寻常百姓之家。”

“是哪一家托到了于庭先生？”李东阳问，“于庭先生以为合适的，或许真是合适。”

“西涯先生说的是，不合适的人家，不合适的人物，我也不敢来府上提起。”陈纪说，“你问我是哪一家，不须我答，你想一想近两日来朝觐的谁最尊贵，便不难料到。”

“是衍圣公府吗？”李东阳果然一听就明白了。但明白中却有不明白之处，“听说衍圣公的几位公子都还在冲龄，小女大过他的公子许多，难论婚嫁。请将实情转告以和先生，多谢衍圣公和于庭先生的厚爱。”

陈纪禁不住笑了，说：“西涯先生一世聪明，怎么碰到自己的事情就糊涂了？人家有意求亲，还能连府上千金的年龄也不问清楚吗？”

李东阳也哑然失笑。不错，提亲的人怎会不问清他女儿的年龄？或许外间所传有误，或许其中别有隐情？这只有陈纪说得清楚。李东阳笑而不言，静等他的解释。

“听西涯先生的口气，如果是孔府的公子，你便有意应允了？”陈纪问。他不急着解释。

“衍圣公虽是上公之位，但与一般勋臣不同。你我读圣贤书的人，有女嫁入孔府，承续圣人烟火，也可说是幸事。不过——”李东阳犹豫着，不知该怎样讲。他的顾虑之一就是：孔府传了六十余代，嫡系旁支不知有多少。如果是旁系子孙，女儿嫁了过去，说是孔府的媳妇，其实与孔府嫡传毫不相干，那就太委屈女儿了。倒不如许与寻常百姓的子弟。

陈纪明白他的心思，说：“西涯先生不须多虑。我来府上，是为孔府大宗子求亲。若是旁支远系，怎敢劳衍圣公议亲？衍圣公也是自知身份，亦知西涯先生身份的人，又怎肯答允议亲？”

“这么说，衍圣公另有长公子了？”李东阳问。

“在下不是为今衍圣公的长公子说亲，而是为前衍圣公的长公子说亲。翩翩公子，年方弱冠，与府上小姐相当。前衍圣公托今衍圣公趁入京之便说合，今衍圣公便托了我。”陈纪这才说清来龙去脉。如果衍圣公自己来谈此事，李东阳心中不准的话，彼此都不方便，恰逢陈纪还朝授职，也是极巧的事。

李东阳听是听明白了，可甚是踌躇。前衍圣公和今衍圣公是兄弟二人。前衍圣公为兄，名弘绪。今衍圣公为弟，名弘泰，也就是李东阳所说的以和先生。孔弘绪是孔子第六十一代传人，其父孔承庆早卒，其祖孔彦缙在他八岁那一年过世。朝廷召他赴京袭封。因是少贵，又因是天顺和成化初年首辅李贤的乘龙快婿，孔弘绪做了不少过分的事情，成化五年被科道官弹劾按治。朝廷降旨，夺其爵位，废为庶人，衍圣公由孔弘泰袭封。

陈纪受托为孔弘绪长子孔闻韶提亲。李东阳见过他，留下一个“简雅而文”的印象，应该说是佳婿。但他是被贬的衍圣公之子，说出去就不好听了，所以李东阳甚是踌躇。他想了想，说：“小女婚事，烦劳费心，不胜感激。我有三桩心事要说与于庭先生听。第一桩心事，小女年幼；第二桩心事，族大非偶，我说了孔府非其他大族巨姓可比，但终是大族；第三桩心事，路程遥远，相见甚难。我有此三桩心事，一时难以为复。请回复以和先生，容我多想几日。”

陈纪提亲没有结果，却有了开端。孔弘泰又搬请吏部尚书屠滽继续游说。屠滽是成化二年进士。是年二月任吏部尚书，算得上朝中大佬了，李东阳也敬他几分。

“朝宗先生，小女之事怎么把你也惊动了，真是不敢当。”李东阳揖道。

“我见是好事，便想成全。阁老家事，大冢宰若不过问，也没有其他人敢过问了。”屠滽半真半假地说。朝廷大臣中能与阁臣一争长短的，也只有吏部尚书：“西涯先生，听说你与于庭先生讲了三桩心事，我看改为约法三章，更为妥当。”

“愿闻朝宗先生高见。”李东阳对孔府的亲事，至少不是坚决不允，才听得进游说之言。

“一方是西涯先生爱女，一方是孔府嫡传，不成佳偶，实在可惜。”屠滽说，“西涯先生担心女儿年幼，何不约三年后成婚？西涯先生担心族大非偶，无非是怕礼仪繁琐，女儿受了委屈，何不约礼仪从简？”只是李东阳的第三桩心事怎样变成第三约，就不好说了。“路程遥远，确是无奈。如果闻韶不是前衍圣公的长公子，安置他来京师读书，参加科考，也无不可。可他偏是前衍圣公的长公子，今衍圣公与前衍圣公手足友爱，大有把爵位再让还长房之意，倒不好拂他的一片诚心。西涯先生，嫁女要为女儿的前程着想。从闻韶身上讨个诰封是盼得到的。”他说的讨诰封，是指孔弘泰有意由孔闻韶袭位。一等公的原配夫人，朝廷肯定要给诰封的。

李东阳不好再推搪。他说：“袭爵不但要看以和先生的意思，更要看朝廷的意思，我并不甚在意。朝宗先生说约法三章，甚合我意。其一，必三年后成婚。其二，礼必从简。我再加上第三，孔氏子必读书。若衍圣公肯相从，路程遥远，我也看得开了。”

成婚是在弘治十三年，孔闻韶到京城迎娶。李东阳请他的同年、太常寺少卿兼翰林院侍讲学士焦芳主婚。

女儿到曲阜衍圣公府后，在第一封家书中用了“奇爱”两个字。孔闻韶的继母袁氏对她奇爱之，今衍圣公的夫人江氏对她奇爱之。以后数年中，小夫小妻恩恩爱爱，李东阳对女儿的思念也一日一日转淡，只盼她康健、快乐，为孔府多生几名子女。

不知是不是李东阳的女儿带去的好运，弘治十六年，孔弘泰去世，衍圣公真的由孔闻韶承袭，几年来的传闻变成事实。孔弘绪父子两代衍圣公与李贤、李东阳两位名阁臣结亲，在孔氏宗谱上可以大书一笔。

不幸的是，李东阳的爱女身体一直不好。几年以后，孔弘绪去世，作为主持衍圣公府内务的主妇，李氏居丧哀约，身体更是大坏。正德五年八月，李氏归宁，赴京师看望父母。这本是盼望已久的喜事，但看到女儿消瘦的脸庞和因消瘦而过早出现的眼角鱼纹，李东阳感到不祥的兆头。朱氏问女儿：儿为圣门宗妇，爵重族盛，贵莫与比，复有何憾？女儿道：贵富非所敢望，既不能恒侍公公膝下，又远离爹娘，死不瞑目。母女二人抱头大哭，李东阳不忍卒闻。

两个月后，正德五年十月二十三日，李氏病至不治，死在京师。在曲阜孔府和京师衍圣公府邸，两处都设了灵堂。

李荃希望李东阳忘记这一天，而李东阳却牢牢记住了这一天。女儿死后，李东阳了无生趣。他在朝中处理公务，在家中起居行止，只是习惯性的活动，不再注有活力。由于身体不好，本就有早衰的迹象，现在更加苍老。就这样熬过了一年，在正德六年十月二十三日这一天，他一定要和夫人朱氏双双去祭奠女儿。他在《亡女衍圣公宗妇墓志铭》中写道：“吾女性朗慧，其母口授女孝经及名物之书，意诵颔答，皆略能默记。手写家书，作蝉头字，或为韵绍，多思归之句，阅者悲之。”女儿的聪慧秀美，成了他永恒的记忆，女儿思父思母的哀苦，成了他永恒的痛楚。

第九十五章

十二月朔望，天子在南郊省牲，是祖宗传下来的制度之一。行礼所在的南郊是一片空旷的场所，无险可守。畿内动荡不安，皇上和文武百官会聚于此，万一有警，后果不堪设想。群臣忧心如焚，却没有人敢提出取消省牲仪式。他们可以不看重自身的安全，但应当看重皇上的安全。而祖宗的礼法似乎比皇上的安危更不容忽视。在京师地区尚未发现敌军的情况下，提出取消仪式，科道官就有文章可做了。

没有人提出取消，仪式便要如期举行。前一日，即十一月三十日，京城的气氛特别压抑紧张，次日要侍奉皇上去南郊行礼的大臣们早早回府安歇。

只有何鉴还留在兵部衙门。他在等一名本该在今日返回的探子的消息。探报未到，他不敢回府，更不敢安寝，一人在衙门坐等。

消息接近夜半才到，何鉴听了，不由得惊出一身冷汗。探者说：盗军知道圣驾明日要往南郊，图谋以兵众劫驾。

“谁筹划的？”何鉴边拭去额上的汗珠，边问。

“是刘七。”探者说，“小人离开时，他已潜伏在霸州，说是今日巳时午时之间动身，渡拒马河。”

“刘六不在吗？赵秀才不在吗？”何鉴只听说过这两个名字。赵鐩前几日使人在京城散发他写给皇上的奏疏，京中不少人知道了他的姓名。何鉴还记得他在奏疏中写道：“群奸在朝，舞弄神器，浊乱海内，诛斩谏臣，屏斥元老，未有不亡其国者。乞皇上澡洗精神，独断于中，枭群奸之首已谢天下，再斩臣之首以谢群奸。”倒真像是出于一位忠贞梗直的科道官的手笔。何鉴担心赵鐩也在霸州，图谋劫驾由他筹划，那就更要用心对付了。

探者道：“赵鐩伴随杨虎，现在徐、淮一带出没。刘六不在霸州，不是仍在山东流窜，便是潜入湖广，小的没有探到准确消息，不敢乱说。”

“那还好。”何鉴略感轻松，“在霸州的只是小股盗军，或只是虚张声势，不足以成大患。”

“小人探到，霸州盗军有两千之众。”探者说。

“知道了。你就留在兵部衙门，不准回家，不准外出，我还有事要找你。”何鉴吩咐道。并非他真有事要找探子，他是细心，怕探子到外面泄露了带回来的消息，京中定会大乱。

“是，小人在外间候老爷差遣。”探者叩了头，到外面门厅，与门役说闲话去了。尚书大人不歇息，门役也不能歇息，好在这事一年中难得有一次，他也犯不上找人抱怨。有伴找来，他捧一壶老酒，上一碟大葱，与探者对酌，消磨时光。

兵部有兵部的消息来源，由各地将紧急战报飞马报入京中，而不须另派探子。但京畿有盗贼出没，只靠当地的谍报，恐有不测，来不及在京中设防，而东厂、西厂最近又半处瘫痪，消息不灵，京城以外的消息尤其不灵。为保万全，何鉴在京营中挑选了几名精明干练的军官，充当探子，在京城以东以南一二百里内游动。他们都备有良驹，定日定时回京师通报消息。他这一着棋还下得真及时，探得一个若不早知祸不可测的消息。这个消息一定要让皇上知道。但怎样报与皇上呢？按正常的途径，写成奏本，经由通政司进呈，考虑都不用考虑。与内阁大臣商议对策，也没有时间。何鉴决定采用最简捷的办法，给司礼监写一张帖子。他写道：“畿南盗贼明日图犯南郊，速报圣上知道。”具名后，高呼“来人”，哪里还有人来。衙门中的吏役早就回家了。何鉴出外去找，在门厅找到正在对酌的门役和探者。

“喝了多少酒？”何鉴皱眉问道。

门役滑稽地伸出一指：“回老爷话，才喝第一盅。”

何鉴嗅了嗅，他口中吐出的酒气果然不很大，脸色也还算正常，便模仿衙门中其他人一样叫他：“李头，你去宫中递过帖子吗？”

“没有。那种高贵的差事轮不到我。”门役说，“不过，我听张头讲过怎样个递法。要去长安左门，问清楚哪位老兄当值，说两句客气话。递上帖子的同时，一定要递上一封仪银，事就办妥了。”

“好，你去办吧。”何鉴见他人还机灵，决定把事情交给他办，“再告诉你个说法：你对当值的官校说，兵部的帖子，里面公公急等着的，说不定仪银他也不敢收你的了。仪银你先垫上，明日去司务处支领。事办妥了，回来再踏踏实实喝你的酒。”又吩咐探子，“门上就交与你了。”

寅卯之交，皇帝召何鉴于左顺门见驾，陪同皇帝的有司礼监掌印太监魏彬和御用监掌印兼总理神机营太监张永。在皇帝面前，内臣外臣不能论交情，何鉴、张永奉旨同选京营，同选团营，此时也只是点头示意而已。

“何爱卿写的帖子，朕已阅览了。”皇帝说，“魏太监和张太监所见不同，在朕面前争论不休。魏太监以为，盗贼就是吃了豹子胆，也不敢犯京师。张太监以为，盗贼如疯狗，哪里都敢咬，消息是从你那里报上来的，你的见解如何？”

魏彬掌司礼监，提督东厂太监皆由司礼太监中挑选，现虽没有正式委任提督东厂太监，司礼监仍是东厂的主管衙门。盗贼图犯南郊的消息，不是来自东厂，魏彬的面子丢尽。所以他冒天大的风险，也要否定了何鉴所报的消息再说。他的持议是可想而知的。皇帝向何鉴提问，是给他出了个难题。消息来自兵部，他当然不能否定。过于肯定，则会得罪魏太监。魏彬不是刘瑾，但司礼掌印的威势是不能忽视的，外朝大臣总要让他三分。何鉴为官老到，答了句很得体的话：“臣以为，宁信其有。”盗犯南郊的消息即使是无中生有，也应信其有，而无中生有的说法，给魏彬找回了面子。

皇帝对他的答话很满意，又说了两位太监的第二个争论：“魏太监以为，盗贼不敢犯南郊，省牲之礼可照常；张太监以为，盗贼行事难测，不去南郊为好。何爱卿之见如何？”

何鉴同样老到地作答：“臣以为，省牲礼不可不行，不可以常规行。”

“怎叫不可不行，怎叫不可以常规行，爱卿仔细说与朕听。”皇帝命道。

何鉴便仔细说来：“臣说过，盗犯南郊之事宁信其有。臣以有其事而言之。盗有图谋，我可防范，不可因其图谋而废朝廷大礼。此省牲礼不可不行之一。盗有图谋，我不行礼，传将出去，损朝廷的威严，长盗贼的锐气，此省牲礼不可不行之二。祖宗之礼法不可废，朝廷之威严不可损，所以臣说不可不行礼。”何鉴停下来，让皇帝细心体味。皇帝示意听明白了，他又继续讲下去：“臣仍以有其事而言之。盗图谋犯南郊，陛下万尊之躯，不可不严加防范。臣以为，驾宜早出早行礼早还宫，万不可逗留驻弊于南郊。如此，既可完成大礼，安定人心，陛下又不干冒风险。”

以往皇上去南郊行礼，往往留驻一日。何鉴说，早去早还，便可免却危险，有盗可如无盗时安全。

“何爱卿为朕定个时辰吧。”皇帝这样说，表明准何鉴之议，不逗留，不驻跸。

何鉴想了想，说：“卯辰之交起驾，巳正到达，午正行礼，未初起驾，申酉之交还宫。”他把动身的时间尽量提前，把路途上的时间尽量打得宽裕，免得造成混乱。圣驾和文武大臣的队伍一路上要走得有节奏，从容不迫。

现在已是卯初，要在一个时辰内，使伴驾的大臣们齐集午门，不是件容易的事情，可也不是件办不到的事情。皇帝对魏彬说：“司礼监传旨，内阁辅臣，大小九卿，五府堂官，科道中书各衙门，卯辰之交在午门候驾。”

“是，奴才就去安排。”魏彬匆匆赶去办事衙门。

“陛下，尚需有些应急处置，请陛下恩准。”关于防卫，何鉴在送帖子到皇上召见的一段时间里，已经形成一套完整的想法。

“你讲。”皇帝的口气是鼓励。

何鉴说：“臣拟设三道防务。第一道是京师，以三位爵爷分守九门。正阳门、崇文门、宣武门为一区，以平江伯陈熊督守；朝阳门、东直门、安定门为一区，以宁晋伯刘岳督守；阜成门、西直门、德胜门为一区，以丰润伯曾恺督守。哪一处疏忽，唯该爵爷是问。”

“准，”皇帝准奏，看了张永一见，示意他记下来。

“第二道是南郊。”何鉴说，“臣以为，当在南海子、卢沟桥、羊房角三处下营，选派精兵强将，严密防守，以防盗贼亡命，冲突南郊。”

“准。”皇帝又是干脆地说，“张太监，三处的正将佐将你在神机营中好生挑选。若有疏忽，唯你是问。”

“是，奴才就去调人。”张永也不敢怠慢。

“等等，看何尚书还有什么处置，朕一并交与你去办。”皇帝说，“何爱卿，再说第三道防务。”

何鉴说：“臣以为京城外围，东以通州，西以良乡，南以涿州最为冲要。三处守住，盗贼知难而退。当敕各处守备，严加防范，若有盗贼出没，只须守城，不须出击，守住了城，便是大功一件。”

“准。”皇帝问张永，“张太监，三道防务，都记清楚了吗？你速速去安排，不要误了伴驾。”

该紧急处置的事务都处置了，皇帝还有大半个时辰的安闲。他不放何鉴离开，君臣二人较为悠闲地议论讨盗，议论朝廷的举措。

皇帝说：“何爱卿，眼下各处均有盗贼，京畿一股，山东一股，河南一股，江淮一股，湖广一股，你说，盗贼是不是有意分散，避开朝廷的大军？”

“陛下圣明，料敌于机先。”何鉴说，“臣也留意到，自我京军、边军合师后，盗贼便越分越散。”

所见相同，皇帝的话就多了：“爱卿今日所设三道防务，甚是得当。守住九门，盗不能犯京师，设营南海子、卢沟桥、羊房角，盗不能犯南郊，防卫通州、良乡、涿州，盗不能入京畿。不但朕今日南郊之行可保万全，京师也可久安。如何剿盗，朕料爱卿也有万全之策。”

“陛下信用如是，臣万死难报。”何鉴感激地说，“臣愚钝，难策万全。然盗起已有经年，臣忝掌兵部，奉旨筹措讨盗，半年有余，日办夜思，有一得之见，不敢不为陛下尽言。臣以为，盗贼分散不足忧，所忧者，各官不能尽心用事。臣先说盗贼分散不足忧。盗贼分散多股，讨贼大军不知所从，不易即时收功。但盗贼分散，每股势单力孤，在各省者，以讨平之效，委之该省督抚，委之该省官军，谅可以应付裕如。再者，各官府所惧者，刘六、刘七、杨虎数人耳。盗贼分散，则刘六不过一刘六，刘七不过一刘七，杨虎不过一杨虎。无刘六、刘七、杨虎之盗，官府易于剿灭。无大股盗贼之刘六、刘七、杨虎，我讨盗大军亦易剿灭。故臣言，盗贼分散不足忧也。”

皇上不住点头：“说得精辟，盗贼分散不唯不足忧，反而大可喜了。”

“那也要看用事之臣肯不肯用心。”何鉴转而论及他的第二句话，“臣以为，朝廷所差派提督者肯用心了，各地官府肯用心了，才可以说，盗贼分散不唯不足忧，反而大可喜。臣先为陛下说提督者必须用心。盗贼分散，虽易于剿灭，却难以寻找。朝廷大军所要对付者，非一般盗贼，乃刘六、刘七、杨虎耳。提督者不肯用心，则刘杨东而大军西，刘杨南而大军北，合了古人说的南辕北辙。现直隶、山东、河南、湖广、徐淮皆有盗贼出没，臣料定，刘六、刘七、杨虎数人，仍以山东、河南二省为根基，四外流窜。朝廷大军宜分为两支，一支专剿山东盗，一支专剿河南盗。主剿山东盗者，尾山东盗后，穷追不舍。山东盗与他处盗合，则剿山东盗之大军与该处官军合，山东盗与他处盗散，则大军与该处官军各司其责。主剿河南盗者亦如是。只要提督肯用心，不怕刘六、刘七、杨虎等不为我剿灭。”

“一支主剿山东盗，一支主剿河南盗。”皇帝玩味着这两句话，“爱卿之议甚佳。谷太监、毛总兵方领一军讨盗，命他等与陆侍郎分剿两省如何？”

谷大用在刘瑾诛灭后，辞去掌西厂之职，回到御马监。皇帝曾一度想复设西厂，被李东阳劝止。李东阳奏言：“司礼监昨宣旨。京城内外，近有讹言，欲命太监谷大用仍旧提督官校，缉访事情。令臣等撰进敕稿。臣等切见谷大用前两次具疏，欲遵祖宗旧制，辞去西厂办事，皇上特允奏。内外欢传，无不称颂圣德。若数日之间，骤革骤复，似非事体。且讹言一事，昨已谕令各该衙门禁约，若复添差官校，诚恐愚民惊疑，将谓真有妖物，尤于事体未便。”一席话说在理上，皇帝不能不听。十一月初四日传旨：御马监太监谷大用总督军务，伏羌伯毛锐总兵，太监张忠监轮，率京兵五千人会陆完剿盗。

何鉴以为，陆完主剿一路，游刃有余，谷大用主剿一路，凶多吉少。话不好直说，要换一种说法：“京畿之盗未靖，谷太监一军不宜远行。若朝廷定下两路剿盗的方略，陆侍郎提督军务可当一路，另一路也须派大臣提督。乞陛下降旨，着大臣会推。”

“爱卿之意，是将盗贼逐出京师，再分两路讨贼吗？”皇帝问。他已听出何鉴不欲谷大用主剿一路，这样问，给了他面子，自己也有面子。

“臣愚见如此，不知圣意如何？”何鉴道。

“将盗贼逐出京畿，朝廷大军一路主剿山东，一路主剿河南，各省官军相机策应，爱卿的讨盗方略果然万全，就依你吧。”皇帝说。

何鉴只说了提督大臣必须用心，还来不及说各省官府必须用心，皇帝的贴身近侍来报，起驾时辰已到，文武大臣已集午门外候驾。何鉴叩别皇帝，赶去午门外站班。

第九十六章

李东阳正捧着一本文集诵读，李荃引杨一清进入室内，调皮地说："老爷，杨尚书不容我禀报，自己闯了进来。"其实，以杨一清与李东阳的交情，根本用不着禀报，他来了，李东阳绝没有不见的道理。不过，杨一清知道李东阳身体不好，平素很少来访。

杨一清揖道："今日天气好，我提前来给西涯公贺岁，李荃小儿怎敢阻我。"

"不是阻你老人家，我家老爷有过交代，杨尚书来了，他要出大门迎候。小人不过一名小小的管家，代替不得老爷。"

"你好大的口气！"杨一清笑着说，"相府门前都是老爷，你一名管家，何等尊贵，还敢自称小小的。"

李东阳还了杨一清一揖，道："应宁先生不要理他，这孩儿有些得意忘形了。你今日来给我贺岁，未免太早了些。你是想饮我所珍藏的宫中御液吧？那倒要看李荃给不给面子了。"这日是腊月十九，年节互拜确实太早了些。

"杨尚书要喝酒，我不敢不给。被他翻将出来，连酒坛都要搬走，不如我主动拿出，还可省下一半，也好给我家老爷泡泡药酒。"李荃唠叨着。

"既如此，还不快去准备酒菜。"李东阳说。

"是，小的就去准备。杨尚书，你老先候一候。"李荃高兴地去厨上安排。他知道，杨一清来了，老爷的心境便好，他不必陪着老爷忧郁了。

二人坐定，杨一清从袖中抽出一纸，递了过去，说："有佳文一篇，奉与西涯公贺岁。"

李东阳谢道："应宁先生最知我心思，好文当酒，好诗当酒。可是你近日的文章？"

"西涯公一读便知。"杨一清不置可否。

李东阳捧过细读，是一篇长赋，题目是"东门妇"。

步出东门，四顾何有？敝冢培磊，连畛接亩。有一男子，饥卧冢首，傍有妇人，悲挽其手。两人相语，似是夫妇。夫言告妇：今日何处？于此告别，各自分去。前有大宅，可为尔主，径往投之，亦自得所。我不自存，实难活汝。妇谓夫言：出言何绝？念我与君，少小结发。何言中路，弃捐诀别？早身奉君，不得有越。夫闻妇言：此言诚难。三日无食，肠如枵管，仰首鼓喙，思得一餐。大命旦夕，何为迁延？即死从义，弗如两完。妇谓夫言：尔胡勿详？死葬同沟，生处两乡。饱为活人，饥为义殇，纵令生别，不如死将。夫愠视妻，言乃执石。死生亦大，尔何良苦？死为王侯，不如生为农圃；朱棺而葬，不如生处蓬户。生尚有期，死即长腐。潜寐黄泉，美谥何补？夫妇辩说，踟蹰良久。妇起执夫，悲啼掩口。夫揖辞妇，收泪两走。十声呼呼，不一回首。

李东阳再读两遍，诵出其中两句：“‘死为王侯，不如生为农圃；朱棺而葬，不如生处蓬户’。写得好，令人不忍卒读。去年冬时，听了这个故事，我就在想该有人纪以文。不想一年之后，果然有了一篇佳作。应宁先生，此事我听李荃讲过两遍，所讲不尽相同，不知哪一说是纪实，哪一说是讹传，你听到的又是哪一说呢？”

李荃讲的第一个故事是：该夫妇是南直隶宣城人，居于陟门。时逢大旱，二人行乞。妇羞涩，不能启齿乞讨。夫要她留在原地，自家去讨到食物，回转来给她。夫一去数日不返，想是已无生理。当地一个姓唐的富人，爱慕妇的美貌，要携她返家。妇坚执不从。唐某派人送给她食物，她坚执不食。又等了几日，夫仍不还，妇遂饿死。

李荃讲的第二个故事，则发生在石门。丐妇又多了一个年老的婆婆。夫妇二人携带婆婆行乞。妇披发垢面，觍颜乞讨，以所得食物喂养婆婆。婆婆半饥半病，不久即死。丐妇等夫第二日再去行乞时，独立石门外桥头，赴水而死。

两段故事不知讲的是否同一件事，因口传渐误，地点人物情节都有些改变，还是本来讲的就是两件事，李荃误作一事讲了两次。

“应宁先生，你是江南人，可知宣城有几处城门？宣城东门是不是叫陟门？”李东阳看来一定要验明故事的真伪。

“西涯公把我问住了。”杨一清道，“我不曾去过宣城府，不知宣城几门。不过，宣城是一座古城，想来应建有四门。”

“一说石门妇，一说陟门妇，今日读了此赋，又称东门妇，天下丐妇节妇何其多也！”李东阳叹道。

杨一清说：“逆瑾之流当道，天下大乱，为谋生计的丐妇自然会多，不行苟且的节妇自然也多。她是石门妇，还是陟门妇，是东门妇，还是西门妇，不必深究，但知天下有此丐妇节妇可矣。”

“应宁先生见教的是。”李东阳省悟道，“但知天下有此丐妇节妇可矣，但知逆贼当道天下必多此丐妇节妇可矣。不是老友教诲，我读此赋又要读偏了。”

“不敢当，不敢当！西涯公如此说，我无颜再坐，也无颜讨你的酒喝。”杨一清忙说，“不过，我今日来贺岁，不只是奉上佳作一篇，我还要考校考校西涯公的眼光。”

“考校？”李东阳听出了他的用意，“你要我说出，这篇《东门妇》是谁人的手笔？”

“我与西涯公赌个东道，”杨一清说，“你可任说三人。若一猜即中，我输你一套纯玉酒盅；若第二人说中，我输你一套镀金酒盅；若到第三人方说中，我输你一套镀银酒盅。”

“我输了，又当如何？”李东阳问。

“第一人说不中，西涯公罚酒一爵；第二人说不中，罚酒两爵；第三人说不中，罚酒三爵。”杨一清说，“前后罚酒凡六爵，西涯公醉矣。”

“好，我与你赌了。不过，应宁先生要让我一步。”李东阳说，“六爵罚酒，我到最后一次认领。不然，第一人说不中，一爵酒饮下，我怎样去想第二人？更不要说三爵酒下肚，我怎样去想第三人了。如此赌法，方是公道。”

“西涯公不耍赖吗？”杨一清面带微笑，说道，“若不耍赖，也不妨依你。”

“君子一言！”李东阳说着，伸出手掌与杨一清一击，两位老人止不住朗声大笑。

笑声惊动了后院，李荃赶来看个究竟。杨一清笑着，把和他家老爷打赌之事讲与他听。

“杨尚书上当了！”李荃说，“我家中的好酒不足三爵了，老爷闻到酒香，怎还会说中？我看，不如改一改，我家老爷说不中，就请杨尚书饮酒。”

“那是罚他，还是罚我？”杨一清不傻，早看出李荃的用心，“主人家酒少不打紧，我的轿子停在前院，里面放有数坛劣酒，是我带来罚你家老爷的。府上的好酒嘛，当然该留与我饮。”

“老爷，你听清了吗？”李荃苦着脸说，“如果心中无数，你与杨尚书的赌就作罢吧，咱们输不起。别说六爵劣酒，杨尚书的劣酒你喝上一爵，奶奶的一顿责骂就省不下了。”

“去，去，此间没你的事。”李东阳笑着撵人。李荃走后，他说：“东门赋质朴不文，必是北方士人所写。”

杨一清说："西涯公高明，此赋作者尽可在北人中寻思。"

李东阳说："有应宁先生一句话，还有什么不好猜的？殷近夫善诗赋，现任南京给事中，对南直隶的故事，宜于先闻。这东门妇，定是殷郎借宣城故事，以讽当道，以扬其名。"

殷玉霄，字近夫，山东寿光人，弘治十八年进士，为人峭直，敢直言，乃一时名士。

"如果我猜，也会想到殷近夫，可惜却是错了。"杨一清拱拱手，"承西涯公相让，我的纯玉酒盅算是保住了。"

"那便是边廷实了。他早负才名，现任荆州知府。把丐妇乡籍定在石门，想是他的主意了。"李东阳说出第二人。

边贡，字廷实，山东历城人。弘治九年进士，名列七子之中。

"边廷实作此赋，尚嫌名气稍欠。"杨一清提醒道，"西涯公，不妨多想一想，镀银酒盅还有得取。"

李东阳说："应宁先生赌输赢倒是公道。普天下诗文何止万千，你怕我无从揣摩，每每做一提示。你这样的提示，我还揣摩不到吗？边廷实名气不够，名气大过他的还能有几人？此赋定是李献吉的大作了。"

"六爵劣酒，请公畅饮！"杨一清击掌道，"此赋是李献吉寄与我的，却不是他所赋。"

李东阳也击掌道："应宁先生小觑我了，难道何仲默的文风我也辨不出来吗？适才所说殷近夫、边廷实、李献吉数人，谈笑而已。谁知道你舍不舍得输掉你的纯玉酒盅、镀金酒盅、镀银酒盅？谁又知道你到底有没有纯玉酒盅、镀金酒盅、镀银酒盅？你若没有，却叫你哪里去寻？我乃谦谦君子，不夺人所爱，不强人所难。"

"谁知道我所谓劣酒乃天下一等的佳酿？你赖酒不妨，日后莫要失悔。"杨一清说笑着，"我估西涯公不即说中，是知我带来了用杨家祖传秘法，以天下第一泉水制作的天下第一佳酿也。"杨一清若是有心来赌输赢，必道：李梦阳所寄而非李梦阳所作的赋文，除了何景明，谁有这么大的面子？他不这样说，便不是有心来赌输赢，而是另有所谋。

"好，算你赌赢了，我认罚酒六爵。"李东阳说。

"我也算你赢了，纯玉酒盅择日奉上。"杨一清说。

"我不取嗟来之物。再说，纯玉酒盅于我何益？但赐佳酿足矣。"李东阳从不收取重礼，至交好友也不例外。为不使杨一清难堪，他又问起李梦阳所寄书函！"应宁先生，李献吉讲了些什么？听说，他在江西处境不堪，与同僚多生口角，却成了宁王府的座上客。”

“也有人说，李献吉在江西与都宪对等论交，正是他可爱处。”杨一清说。他既任过提学副使，又任过巡抚、总制。提学副使和督抚该不该对等论交，他不好置评。“不过，李献吉的函中没有讲他自己，他讲的是何仲默。”

“噢？他讲何仲默什么？”李东阳问。

“他说，何仲默一代人杰，尚在壮年，终老山林，于朝廷名声不好。”杨一清转述道。

刘瑾柄政时，何景明曾劝吏部尚书许进速退，他自己也告了病假，回信阳老家归隐。假期过了，他仍不还朝，刘瑾按当时定下的规矩，将他罢官为民。逆瑾被诛，因得罪刘瑾而罢官者，陆续复职，有的只恢复了名义，有的则恢复了实职。而何景明告假在前，无人想到他丢了官职，也是刘瑾乱政所致，因而，也就无人想到，应恢复他的旧职。

“李献吉的话有几分道理，何仲默大才可用。”李东阳道，“应宁先生，你身为大冢宰而荐何景明，是不是觉得小题大做，有失身份？”

“西涯公说反了。”杨一清摸了摸光滑无须的脸腮，话中有话地说，“只怕大题小作，我这个吏部尚书担待不起，所以要来府上商议。”

“应宁先生的话，我有些听不明白。”李东阳说。确实，吏部尚书荐用一名小小的中书舍人，怎能说是大题小作？

杨一清笑着说：“西涯公小看了中书舍人，也就是小看一清了。”他是在中书科沉浮了多年的人，所以有此话。“阁下难道体会不到，中书舍人是阁老的左膀右臂吗？我再三琢磨，起用何仲默，最好是西涯公亲荐。”

李东阳立即明白了他的用意，又是感激，又是感伤。感激者，杨一清请他亲荐何景明，自有一片可意会而不可言传的苦心。不是至交好友，谁会用此心思！感伤者，虽为至交好友，对自己的心迹，也有所不明。他一定是听到了并且相信了外间的议论。

杨一清不肯荐用何景明，绝非因为中书舍人是阁臣的左膀右臂，而是担心荐用何景明，引起李东阳的不快。李东阳称雄文坛几三十年，名士多出其门下，自立门户者，李梦阳、何景明、康海数人而已。他们即使尊重李东阳，也不是因为承认他的文坛领袖地位。他们仅仅把李东阳看作馆阁体文学的代表人物，在他们看来，馆阁体文学只是文字游戏，根本算不得文学。

由于文学宗旨不同，外间多有传说，李东阳和李、何等人两不并立。其实，李东阳作为长者，他承认并看重他们的才华，即使不能成为他们的一位领袖，成为他们的一面旗帜，也希望成为他们的保护人。

“应宁先生有命，我不敢违。仲默前者在中书科时，我深知其才，当尽力荐之。”李东阳正色说道：“我所长在于文翰，仲默所长也在文翰，仲默之文翰与我之文翰在外人看来有所不同，实则为文一也。只不过所施异地，体裁亦随有不同。馆阁之文，铺典章，详道化，其体盖典则正大，明而不晦，达而不滞，而适于用。山林之文，尚志节，远声利，其体则清耸奇峻，涤陈剃冗，以成一家之论。二者固皆天下所不可无，而要其极有不能合者。所谓不能合者，馆阁之文用于馆阁，山林之文用于山林也。二者难兼，并非一人不可兼而为者也。譬如，某掌诰敕久，习为馆阁之文，但与师与友与后辈，文字相交，亦可为山林之文。而献吉、仲默辈喜为山林之文，然仲默在中书时，德函在翰林时，为馆阁之文也是方家。因文体不同而论人际亲疏，甚而论人之高下，某深不解。”

“西涯公心胸坦荡，难怪士人仰慕。”杨一清试探着问，“你看康德函也可再起用吗？”

李东阳神色凝重地说：“有人怪我不为康子讲话，甚至责我挟私报复。其实，康德函不敬我，于我又有何碍？起用康德函于朝廷有利，我又何乐而不为？但他与逆瑾过从甚密，科道官抓住他不放，而今惩治瑾党尚未终结，谁敢为他说话？应宁先生，康德函与何仲默不同，起用康德函，我看最少要在十年之后。”

“西涯公一番肺腑之言，某甚是心感。”杨一清诚惶诚恐地说。他的宗旨是起用受刘瑾打击的人，不是结党刘瑾而被打击之人。

在李东阳的荐举下，何景明再出任中书舍人。

第九十七章

腊月二十二日，杨虎率大队一路冲杀出河南，来到凤阳府亳州、颍州相交的地区，前两日，进入与亳、颍二州毗邻的开封府归德州，先下夏邑、永城、虞城等县，最后攻下了归德州。在攻陷城池的规模上，他终于赶上了刘宠。攻下的县城中，值得一提的是永城。永城北有两座不高峻不险要名气却极大的山，一座是砀山，一座是芒山，是汉朝高祖皇帝起家的地方。听了赵鐩声情并茂的解说，足以使杨虎和他的弟兄们振奋。

开封府万守备率官军压迫而来，明显的意图是把杨虎的队伍赶出开封府境，最好是赶出河南省境。说他是驱盗可以，说他是送客也可以。杨虎退出归德府，和官府没有发生大的战事，便进入南直隶地区。

凤阳府是祖陵所在，国初定为中都，辖五州十三县，最西端的颍州和西北端的亳州与河南接壤。实际上，在前元和国初，颍州隶属河南的汝宁府，亳州隶属河南的归德府。颍州是在洪武四年，亳州是在洪武六年才归属凤阳府的。颍州北面有一条河，叫颍河，与黄河时通时塞，有小黄河之称。颍州、亳州间，有一渡口，名义门集，朝廷在渡口设置巡检司。

杨虎在二十二日进入亳州后，与武平卫指挥使石坚交手打了一仗，官军大败。石坚率一千多人。奇特的是，他还征集了三百名僧兵助战。结果，有七十多名僧兵被杀。邢本道命部下将战死僧兵的头颅砍下，挂在树上，向官军示威。远远望着一排光秃秃的头颅，不知是感到恐惧，还是感到滑稽。

杨虎决定从义门集渡小黄河。他嫌大队行军太过缓慢，带了黄宁等九名贴身弟兄，骑了快马，向义门集飞奔而去。赵鐩拦不住他，只能带着队伍在后面追赶，紧赶慢赶，比杨虎晚到半个时辰。就在这半个时辰里，杨虎和他的侍卫在渡口遭逢不测。

守渡口的是武平卫百户夏时。在对岸扎营的是颍州卫巩指挥。杨虎身边的九名壮士，个个骁勇异常，到了渡口，很快把夏百户的一只渡船抢到手。杨虎见对岸的官军探头探脑，隔水谩骂，心中有气，命黄宁等上船，划向对岸。

黄宁说："大王，等大队人马到了，守住渡口，几条船一起渡河吧。我等数人渡河，太冒风险了。"他不耐烦叫元帅或总督元帅，仍称大王。

杨虎激他："黄老五，你怕了吗？"

黄宁立即涨红了脸："我随大王身经百战，啥时怕过？我是说，我等均可冒险，大王不可冒险。赵先生说了，你是要成就大事业的人。"

"有什么风险可冒！"杨虎不屑地说，"这边渡口不过百十号人，那边渡口也只有百十号人。关云长敢单刀赴会，我带了你们几个弟兄，还怕百十号人不成？不用多说了，快快上船。等大队人马赶到，我们已把两边的渡口都占住。"

渡船划出，夏时率领百十号人又忽然出现，扼住渡口，不许渡船靠回此岸。在对岸官军的呐喊声中，夏时指挥众人，用石块土块雨点般袭向渡船。渡船不大，居然被石块土块打翻。杨虎等跌落水中。杨虎、黄宁不识水性，当即被淹死。有一两名弟兄挣扎着游到岸边，被官兵用石块土块砸成了肉酱。

夏时原以为是遇到小股敌军，既不惊慌，也不以为是大功，直到大队敌军拥来，他等四处逃散，远远看去，敌军全军哀恸，才知死者中有敌首领。

依原来的计划，是要直下凤阳、南京，杨虎一死，队伍乱了起来，只好又退回河南。

队伍退到河南府孟津。孟津在河南府东北，临大河南岸。赵鐩与邢本道、刘惠等大首领议了议，决定在此地暂作停留。

首先要确定，谁继任总督大元帅。目前的大军是由几十小股汇聚而成，其中声势最大者三股，杨虎一股，刘惠一股，邢本道一股。赵鐩深知，由于受到杨虎敬重，他才受到刘惠、邢本道敬重，若自任总督元帅，手上没有队伍，难以服众。总督元帅还须在那三股中酝酿推举。邢本道和刘惠势均力敌，谁也不会服谁，要想不生内哄，须得杨虎那一股来平衡。杨虎那一股支持谁，谁就能把握住大局。或者，仍由杨虎那一支现在的首领充当领袖。

杨虎死后，他那一股的弟兄们归从杨虎之妻崔氏。崔氏骁勇能战，是女中豪杰。她自称杨寡妇，取不忘杨虎之意，因而在大军中威望很高，照杨虎一般弟兄们的意思，拥立全军新的领袖，非她莫属。

如果邢、刘互不相服的局面无法打破，也只有拥立崔氏一途。但赵鐩不希望是这样的局面，仍想在邢、刘二人中选出一人。二人中，他更喜欢刘惠，倾向刘惠。

"杨嫂，"想不出更合适的称呼，赵鐩学着杨虎的老弟兄那样招呼崔氏，"有一件事，前几日怕你哀痛，不便商议，今日必要议个结果出来。”

崔氏是爽快人，说：“有事便说。虎哥在时听你的，虎哥不在了，我也听你的。”

赵镃说：“杨元帅不幸早逝，元帅还须有人做。我来与杨嫂商议，若杨嫂以为能制住邢本道、刘惠两位都督，我便与他两人共推杨嫂为主。若杨嫂没有把握制住他二人，我便与杨嫂在他二人中推出一人。队伍是杨元帅带出来的，我们不能让它散了。”

赵镃的心思深藏不露，但也说得很明白：如果崔氏没有能力做元帅，而一定要做元帅，队伍散了，便是她的责任。崔氏不是杨虎在家乡的原配，是在山东跟了杨虎的，几个月下来，并无身孕。她想：如果有孕，还可为肚中的孩儿留住元帅的位置，既然没有，占住这个位置做甚？于是她说：“老赵，统帅三军是男人的事儿。”

“杨嫂有此一念，不便勉为其难。”赵镃立即接话，“杨嫂看，谁可在杨元帅之后号令三军？”

“闻得初时，军中但知有二虎。”崔氏答道。她知杨虎喜爱邢本道，二人交情好，可以过命。杨虎若想到身遭不测。一定会指定邢本道继任。

“不知还有哪一虎可与杨元帅并立？”赵镃明知故问，煞有介事地默想了一阵，“杨嫂，可惜我不知道，知道了，一定提醒元帅留意。”

“怎么，你不知老邢的绰号是邢老虎吗？”崔氏有些吃惊。赵镃虽然入伙晚些，在军中也有几个月了，杨虎对他言听计从，亦师亦友，怎会不讲各位老弟兄的情形?

“原来杨嫂说的是邢都督，我还以为说的是刘都督。”赵镃道，“我方才还在想，刘都督敬杨元帅如天人，说什么也不会克住他的。”

“刘三也有老虎的绰号吗？”这却是崔氏不曾听说的。

“怎么，杨嫂不知刘都督原叫孙虎吗？”赵镃的惊诧多少有些做作。这个姓名是他找崔氏之前才杜撰出来的，崔氏怎会知晓?

“不知，虎哥没对我讲过。”崔氏如实回答。

赵镃点点头，说：“难怪，其中有不足为人道的故事。杨嫂你想，刘都督行三，与六将军、七将军他们同村，却唤他们六哥、七哥，却是为何？只因他并不姓刘，而是姓孙，大家叫他孙三。后来与杨元帅起事，有人算卦说：一山不容二虎，一军中两位首领的名字都叫虎，于大首领不利。他这才把名字改了。不但改了名字，连姓也改了。刘都督可称得上忠义之人。”

“原来军中有二虎指的是虎哥和老刘，不是虎哥和老邢了？”崔氏还有些疑惑。

“若讲初时，指的肯定是杨元帅和刘都督。”赵镃道，“姓名是从娘胎中带出来的，绰号是后来才有的。若讲以后，邢都督也知道卜者之言，他不会让人再叫他老虎了。

因而，自刘都督改了姓名后，军中只有一虎了。”

“还是老赵有见识，无怪虎哥听你的。”崔氏说，“我也说过听你的，你若看老刘合适，我与你就推举老刘继任总督元帅，大家都听他号令。”

“不是我看他合适，是杨嫂看他合适。”赵镃说着，向屋外叫道，“刘元帅，还不来谢过杨嫂！”

原来，他是约了刘惠一起来的。二人商定：如果赵镃说服了崔氏，他们就合着唱一出文戏，如果赵镃说服不了崔氏，他们就唱一出文武全行的戏，说不得，要迫崔氏就范。

现在皆大欢喜，刘惠当即入屋，抱拳谢过崔氏。崔氏也忙向他还礼，已是把他作为元帅看待。三人着刘惠带来的贴身弟兄和崔氏的贴身女兵守住门户，不许放一人入内，这才重新坐定，商议大事。

赵镃先说：“有几件事要议定。第一事是元帅的称谓，杨元帅称总督元帅，是仓促中起的，杨元帅后来也想改一改。他对我说，不如叫奉天征讨大元帅，既正规，又有气派。可惜，没来得及改，他便过世了。这也可以说是杨元帅的遗愿，刘元帅应该实现杨元帅的遗愿，以后称奉天征讨大元帅吧。”

改换名称有一番深意。如果刘惠还称总督元帅，他是继承杨虎之任，崔氏作为杨虎的遗孀，便有特殊的地位，其他各股的首领，念着杨虎，还会依从崔氏。改换了名称，就是另一种格局了。崔氏哪里知道赵镃的用意，她说：“既然是虎哥要改，那就改吧。”

“这大名头，我可有些担不起。赵先生，你替我分担些吧。我为大元帅，你做副元帅兼作军师，好不好？”刘惠说。

赵镃不答话，只顾看着崔氏。崔氏不知道设副元帅是何意，点了点头，不加反对。

赵镃接着说：“第二件事，要把现有的弟兄们重新编一编队。我合计了一下，我们现有众十三万，各成一军，有的叫队，有的叫股，有的叫营。虎哥的一支，就叫营。我看，不如都改称营。全军编为二十八营，以合上天星宿。各营设都督一员。营之上，设左、右、前、后、中五位大都督，每位大都督统领五营，每营四千人。另余三营，每营一万人，刘元帅、杨嫂和我，每人统领一营，作为亲军。”

他的计划很周密，刘惠和崔氏只有听，既说不出反对的话，也说不出补充的话。副元帅之设对他来说很重要，如果只有军师的名义，就不好要求统领一营了。

“第三件事，各营都须听从大元帅——”赵镃考虑要不要提一下副元帅，思之再三，还是不提为好，“——听从大元帅的号令，所过之处，修桥修路，征粮征饷，以大元帅、副元帅的名号传檄官府，迎接者秋毫无犯，拒迎者寸草不留。本军如有不听大元帅号令，不以大元帅、副元帅名号传檄者，严加惩治。”

“我也要听老刘——”崔氏叫惯了，一时难以改口，“——大元帅的号令吗？不能以杨寡妇的名号传檄官府吗？”赵镃说了三件事，前两件事她都能接受，第三事有些接受不了。

“杨嫂，号令贵一。”赵镃说，“杨嫂地位尊贵，非一般人可比，但既奉大元帅为主，定要率先听从大元帅号令，不然，大元帅怎好统辖全军。”

“杨嫂若是为难，大元帅就请你来当，我一定听从杨嫂的号令。”刘惠知大局已定，乐得在赵镃、崔氏面前说一句漂亮话。

“不必，我听从你号令就是了。”崔氏言出有信，绝不改口。

赵镃看出她还有些不服气，为照顾她的利益，其实也对自己有利，便补充说道：“方才说到设五位大都督，大元帅，左军都督、右军都督就请杨嫂推举，如何？”

“甚好，”刘惠同意，“左军都督、右军都督由杨嫂推举，前军都督、后军都督由我推举，中军都督，要常与你交涉，就由你推举吧。”

他们议定：张永任前军都督，管四任后军都督，刘资任左军都督，马武任右军都督，邢本道任中军都督。赵镃这一招很妙，让他推举中军都督是给他面子，在各部首领中，他并无私人，他干脆推举了实力最强，和他没有私交却又对他敬重，刘惠和崔氏都不好反对的人物。他还独出心裁地设置了兵部主事一职，推举陈翰出任。兵部主事等于是他的文书。

二十八营都督中，有一人叫贾勉儿。他带领他的一营人马攻下了南阳府舞阳县，进城后开狱放人，放出了法号德静的和尚。德静和尚找到贾勉儿，自称是唐王府中一名宫女所生。在亲王府中，能在宫女身上播种的只有亲王。德静所说若实，他就是宗室子弟。贾勉儿见过官府中的人，却没有见过皇室中的人，将信将疑地把他留在军中。

赵镃得知，拍马赶去钧州，见过正在指挥队伍攻打州城的刘惠，“大元帅，莫再攻钧州了。”下马后他顾不得喘气，对刘惠说道。

刘惠一日未攻下钧州，心中愤然，正要再调一两营的弟兄相助，誓下城池，屠城报复。听赵镃让他不要攻城，便问原委。

“本朝第一位大忠臣是谁，大元帅知道吗？”赵镃考问起他。

“不知，你说是谁？”刘惠有些不耐烦。

“此人姓马，名文升，在朝中任过兵部尚书、吏部尚书，知者不知者，都称他是本朝第一名大忠臣，对他好生敬仰。”赵镃咬文嚼字地说。

“此人是大忠臣，为何就不能攻城了？”刘惠问。

“因为马尚书正是钧州人。”赵镃说，“六将军过濮州时，因遇孝子而放过一方之人，大元帅过大忠臣故居，独不能放过一城之人乎？大元帅，仁义之师才可常胜呀！六将军懂得这道理，杨元帅懂得这道理，大元帅胜过六将军、杨元帅多矣，一定更懂得这道理。”

道理未必全懂，奉承的话却一听就懂。刘惠问：“就这样撤下来吗？”

“大元帅可传檄城中，我等不是攻城不下，而是念及马老尚书的功业，不再攻城，让城中之人好生感激马老尚书一家吧。”赵镃边说边写，把檄书写好，缚于箭上，着有准头有臂力的弟兄，向城楼上的柱子射去。

“不攻钧州了，却去攻哪一座城池？”刘惠问。

“且不忙攻城，请大元帅速与我去南阳。”赵镃道。

“去南阳？”刘惠不解。听赵镃说古，知道南阳有卧龙岗，诸葛庐，他开玩笑地说：“副元帅也想做卧龙先生了吗？”

“做不得卧龙先生，也学不得卧龙先生吗？”赵镃颇有几分神气地说，“说不定，我们也有卧龙先生的运气，寻来一位皇叔。”他讲了贾勉儿在舞阳的收获和他的计划。

唐王是太祖皇帝第二十三子，而今是第四代唐王，论起来，又岂止是当今皇上的叔辈。

南阳和开封一在河南的东北部，一在河南的西南部，相距甚远。而钧州在开封西南，舞阳在南阳东北，距离近了一半。刘惠、赵镃与贾勉儿相向而行，很快在中途会合。赵镃又盘问了一遍德静和尚，就手给唐王写了一函，先贺他又得一亲子，再贺他此子富贵系于天。两天后，使者带回唐王回话，道是：“德静非吾子，任汝为之。”

赵镃只须将拥有唐王之子的消息传播出去，使天下皆知，唐王承认不承认，他根本不在意。

第九十八章

十二月初一凌晨，皇帝与兵部尚书何鉴在左顺门讨论大军分两路剿敌，过了两个月才实施。这也不难理解，整个腊月，都在措办年节之事，顾不上军事。次年正月，前半个月仍在正旦节的气氛中，下半个月，又要过上元节。由于年景不靖，粉饰太平的京城灯市更要热闹一些，才能安定人心。

临近上元节时，霸州又有敌出没，不知来自何方，反正不是山东，就是河南。朝廷有旨，命谷大用驻防河间、保定，以防大股敌军窜入畿内；陆完、毛锐回京觐见毕暂不远行，往来督御直隶各处防卫。同时，十二月初一派出后又撤还的南海子、卢沟桥、羊房角三处守兵，再次派出，以署都督佥事温弓守南海子，署都督佥事卫勇守卢沟桥，指挥同知福英守羊房角，各率千骑。正月，皇帝还要驾幸南郊。

正月就在这种又要过年节又要防敌军的气氛中一天一天过去了。

正月没有全面议论讨盗，却为全面讨盗做了准备。准备之一是，正月十三日，朝廷申明赏格：或擒或斩一名巨盗，不论何人，赏千金，不论何职，给世袭千户。其将领，进三秩，赏如之。灭敌一部，许封爵。自畿南敌起，对官府，还可以说是有奖有罚，对官军，则没有明确的条例。申明赏格，无疑是借以鼓起士气，将士争功，才会效命。

准备之二是：正月十九日，朝廷命咸宁伯仇钺讨敌。仇钺平宁夏有大功，平宁夏是除逆瑾的前奏。仇钺是在除去刘瑾后才得大用的，不但封咸宁伯，任总兵官，而且在正德六年冬召入朝廷，掌三千营。朝廷封爵者以百计，而京军只有三大营，得掌其一，爵爷才当得有些味道。朝廷差仇钺讨敌，是要借重他平定宁夏的余威。朝廷的敕命既没有要他与陆完、毛锐合为一处，也没有要他与谷大用合为一处，显然是另有安排，是为调整部署做的准备。

只需要再推举一名提督军务的大臣，分山东、河南两路讨敌的部署就完成了。

二月初二，朝廷降旨：着巡抚保定右副都御史彭泽提督军务，咸宁伯仇钺拜平贼将军，御马监太监陆言监督军务，司设监太监尹生监枪，率京军及边军主讨河南敌，陆完、毛锐、谷大用专讨山东盗。

彭泽去年十二月二十五日，奉旨调任保定巡抚，与新任辽东巡抚交割完毕，已是正月十五以后，还没来得及去保定上任，便接获提督军务的新任命。他道经京师，与仇钺会合，顺便拜谒兵部尚书何鉴，讨教方略，何鉴送的只有“相机行事”四字，并暗示他，应拜谒吏部杨尚书。朝廷用他讨敌，是杨尚书力荐的。

何鉴不用暗示，他也要去拜谒杨一清。

“多谢老师荐用之恩！”他向杨一清行过大礼，恭敬地说，“学生行前特来领教方略。”

“济物来得正好。”杨一清亲切地与他打着招呼，“世光先生那里，你去了没有？”

“已去过了。”彭泽答道，“我便是从他府上来。”

“他可有嘱咐？”杨一清关切地问。

“他只笑笑，说了‘相机行事’四个字。”

杨一清也笑了：“他送与你四个字，已是很慷慨了。他知我与你关系不同，话会说得多些。”

“学生正要听老师教诲。”彭泽深作一揖。

杨一清缓缓言道：“大军两路讨盗，由世光先生倡议，确有见地。不过，我还要补充一点。世光先生说的两路，河南一路，山东一路，我想改一改：河南一路，即刘惠、赵镃一路。山东一路，即刘宠、刘宸一路。以济物之才讨河南盗，以全卿之才讨山东盗，不足以尽施。谁能先班师报捷，就要看他有没有体会我这一点小小的改动了。你可听明白了？”

“老师是要我盯紧刘惠、赵镃一路，莫顾其他吗？”彭泽试答。

“不错。”杨一清甚是欣慰，“河南盗即刘惠、赵镃，刘、赵走到哪里，你便跟到哪里，而不限于河南。山东盗即刘宠、刘宸，二刘走到哪里，全卿便跟到哪里，而不限于山东。遇小股盗贼，传檄都司及府州县剿之，大军不必贪功，不必纠缠。”讲过要点，他问，“济物，跟住刘惠、赵镃，首先该注意哪一件事？”

“用探。”彭泽毫不犹豫地说。

“说得好。”杨一清愈发高兴，“济物，你那一辈的陕西才俊中，我一直看重你和张尚质。张尚质可惜行错了路。你要建一番功业，振奋陕西人的精神。我希望你在陆全卿之前班师，我希望你记住世光先生两路讨盗的方略和我的小小修改，这是我要对你说的第一句话。”

“学生记住了。”彭泽道，“请老师再往下说。”

“天朝对于盗贼，历来有剿、抚二策。”杨一清说，“前日廷议时，我说了一句话：中原百姓敢称兵作乱者，罪不赦。这便是我要对你说的第二句话。京师是立朝的根本。俗称：卧榻之侧，岂容他人鼾睡？京师是朝廷的卧榻，中原乃卧榻之侧，不能容盗贼作乱。在他处，剿、抚二策可替代用之，在中原，则须大力剿灭。济物此去，切莫轻开抚局。”

彭泽知道杨一清在廷议时的慷慨陈词，也知道自廷议后，朝中大臣鉴于马中锡治罪，不敢轻言招抚。朝廷用两路大军讨盗，摆明了是要全力剿灭。身为提督军务大臣，职责就是用兵剿盗。彭泽说：“老师的第二句话，学生也记住了。学生当初在河南任职时，便已看出，招抚终不能了结乱局。此次奉旨讨盗，有战而已。”

杨一清见他说得座决，知道不须再多叮嘱，便往下说：“第三句话就简单了，也是四个字：前车可鉴。济物，朝廷再容不得失事的大臣了。”

何鉴吝于言词，说了“相机行事”四个字，是信赖。杨一清滔滔不绝地说了许多话，最后归结为“前车可鉴”四个字，是警告。彭泽心里有数，二人都是为他好。杨一清所谓“朝廷再容不得失事大臣”是说，马中锡现在狱中，再有玩盗误事者，就不是下狱可以了事的。

马中锡也不是下狱就了事了，他还在等候朝廷的处置。彭泽行前一定要见一见杨一清，一来是为了听他的教诲，二来也是为了探听马中锡的处境。毕竟马中锡也是他的恩师。

“老师，你看天禄老师一案将如何了结？会不会有转机？”他问。他深知马中锡的处境危殆，才会用“转机”这样的字眼。

“天威难测。”杨一清叹了口气，说，“天禄先生的案卷在刑部，不在吏部了。刑部现无尚书，只有一位侍郎署部事，实不知如何了结。”如果刑部有尚书，杨一清还可以去问一问，侍郎署部事，碍于彼此等级的差别，问都不便问了。

“老师不能设法保全吗？”

杨一清微微摇首。不是不设法，实是无法可设。马中锡由他荐用，误事而下狱，他怎去设法？马中锡一味主抚，他则是主张中原盗罪不赦，他怎去设法？

彭泽知多说无用，徒增老师烦恼，遂起身辞别。

彭泽、仇钺等率所属京军，传檄所属边军，赴河南开封府会合讨盗，部将有副总兵时源、冯祯，参将金辅、神周、姚信等。

彭泽面粗心细。说他面粗，是他长得体干修伟，腰带十二围，声音洪亮，做寻常语便似叱咤，众将校参见时，一通畏缩当死的责备，说得众人股栗服罪。说他心细，是他往往在细微处显示出韬略和相机处置的能力。在河南第一次与敌军相逢，便碰到一件说大不大说小不小说好处置极好处置说难处置极难处置之事，一般人真没了主张。

“彭大人，就这样冲杀过去吗？”仇钺看着城外十里处扎营的敌军，心事重重地问。

“怎么，爵爷还要排兵布阵吗？”彭泽开玩笑地说，“小试牛刀，不必大做文章了吧？”

“小股流贼，当然用不着排兵布阵。我这里一鼓，前队一冲，彼即成粉齑。只是想，对草民不教而诛，对敌军不宣而战，与我朝廷大军的身份不相符合。”

“爵爷的意思是——”彭泽也不由得沉吟起来。

“我还能有什么意思？”仇钺说，“离京时，朝廷没有颁给招抚的令旨，应宁先生倒有一番切莫轻谈招抚的教训，我能有什么意思？”凭着宁夏的一段交情，仇钺行前也向杨一清请教方略，杨一清对他说的话比对彭泽说的话少得多，可一再提到不要轻谈招抚。

“朝廷没有招抚的旨令，朝廷大军又不该不教而诛、不宣而战，倒是有些难办了。”彭泽重复一遍仇钺的难题，立时有了主意，“爵爷，招抚不可，招降可不可以？”

“招降？”仇钺玩味着这两个字，渐渐品出了味道。他手掌猛击城墙，连声道：“高明，一字之差，天壤之别，实在是高明。”

“爵爷先不要喝彩，贼营招降，是爵爷去，还是下官去？”彭泽自问自答，“自然不是你我亲去。招降须得善辩之士。我帐下没有，爵爷帐下可有？”

“我帐下也没有。”总兵官只养善战之士，不养善辩之士。提督军务大臣帐下，倒是什么样的人物都该有。仇钺心想：招降虽不同于招抚，仍有招抚之嫌，都宪大人出的好主意，本爵喝一声彩也就是了，安排此事，还是都宪大人自己来吧。

彭泽想了想，说：“我向布、按二司交代，就地物色一人，出使贼营。话嘛，要讲清楚，不是招抚，只是招降。贼人或不知二者之不同，须讲与他等知：我若招抚，就抚者便是顺民，不究以往。我若招降，就降者仍是囚俘，加不加罪须申报朝廷。爵爷，你看可使得？可有了朝廷大军的气势？”

“使得是使得。可是，话说明了，出使贼营者有性命之虞，谁还敢去？”仇钺问的有道理。就降并不免罪，就降仍是囚俘，谁还肯降？贼人不降，使者便难生还。

“试一试吧。或是汴京多忠勇之士，或是重赏之下必有勇夫。”打了两句哈哈，彭泽换成正经的口吻，“我与爵爷相约，现在是辰时，午正之前如找不到使者，招降之事便作罢，你挥兵击贼，莫再迟疑。此约之一。若有使者，与之约定，今日午正出开封城，明日午正出贼营。明日若不见使者出，便是贼人不肯降，彼已遇害。爵爷挥兵击贼，乃是教然后诛，宣然后战。此约之二。明日使者，生还，贼肯降，移之有司，贼不肯降，爵爷挥兵击之，更是教然后诛，宣然后战。此约之三。我与爵爷三约，爵爷应否？”

仇钺忙应道：“都宪大人命之可矣，说什么约。”本朝重文轻武，同是提督军务，即使封了爵位，武职在文职面前仍是矮了三分。

布、按二司官巴结钦差，真在开封府学中找到一名姓苏的生员，甘愿前往。彭泽不忍与他见面，站在城楼，看他纵马出城，直奔敌营。第二日，彭泽约了仇钺，巳时三刻便登上城楼张望。到了午时初刻，忽见敌营大开，一骑驰出，向开封奔来。行得近了，认出马上之人，正是昨日出城的苏生。彭泽大喜，命中军将他引入营帐，亲自问话。苏生欲行大礼，彭泽不允，双手将他搀住。

“苏秀才辛苦了，贼肯降乎？”彭泽问。

“贼愿就抚，誓死不降。”苏生答话，简明扼要。

“早在意料之中。”彭泽点头道，“不过，你能生还，却在我意料之外。贼人怎肯放你回来？”

苏生讲了在敌营的经历。统敌首领知他是官军所差使者，对他倒也客气，酒宴款待。酒至半酣，坐在首领身旁的人说：那书生不要再喝了，大王要与你谈古今。讲史正是苏生的长处，首领问一句，他答一句，不曾被问倒。问了许久，首领乏了，指点一下，他身旁的人又说：请书生再饮几杯薄酒。喝酒间，有人捧来一只碟子，上面放了一颗血淋淋的人心。坐在首领身旁的人说：这是恶人之心，书生可食之。苏生闭上双眼，用刀割下一片，送入口内。苏生能讲古今，敢食人心，合了首领之意，故得不死。

“贼人在我带去的战表上写了四句话，请都宪大人过目。”苏生把战表呈上。

战表结尾处，歪歪扭扭写了一行小字：“剑指青山山破裂，马饮长江江水竭。精兵指日下南阳，干戈尽染生民血。”

“爵爷，”彭泽指着这一行小字说，“贼人已然应战了，咱们的王师也该出动了吧？”

“是，下面的文章我来做。”仇钺道。

彭泽嘱咐他：“小股流贼，不会是刘惠、赵鐩，若是战败逃散，不必穷追。”

“知道了，都宪大人所求者，刘惠、赵鐩耳，我怎会被小股流贼引去。我传令诸将，冲杀一阵便回。”仇钺说罢，传令出兵。

“苏秀才为朝廷办事，虽死不辞，令人敬佩。”营帐内只有两个人了，彭泽对苏生说，“我要报与朝廷，请朝廷褒奖。”

“晚生不能说降贼人，有辱使命，心中羞愧，怎敢领受朝廷的褒奖？都宪大人，晚生有一事相求，如能慨允，不胜感激。”苏生揖道。

“不必多礼，有何要求，你尽管说来。”

“晚生行前，方伯老公祖亲赏元宝两锭，其时未却者，为老母计也。今日生既还，那两锭元宝理应还官，唯恐老公祖不肯收纳，欲请大人代为转交，了却晚生这桩心事。”

“苏秀才说差了！”彭泽纠正说，“此次去贼营的差事，是要让贼人知道，也让天下人知道，我朝有不怕死的读书人；是要让贼人知道，也让天下人知道，朝廷有好生之德，有必胜之念。苏秀才，你不辱使命，那两锭元宝，是官府的奖赏，你拼将性命得到，于心无愧。”

苏生讲理道：“如果苏某行之于前，官府赏之于后，诚如大人所言。现官府赏之于前，苏某行之于后，不能生还，以之养母尚可，既已生还，不肯还官，那是贪图钱财，非忠于王事。晚生的一点忠心，还望都宪大人成全。”

彭泽肃然起敬：“好，我应了你。元宝现在何处？我为你还与有司。”

“现在老母处收藏，我就去取来。”苏生说。

“取元宝不急，苏秀才且随我登上城楼，观望仇爵爷他们是如何杀贼的。”

彭泽将苏生的事迹上奏朝廷，朝廷命取苏生入国子监读书，作为对他的褒奖。

第九十九章

内阁处境艰难。刘忠去年引疾致仕，皇帝念及侍讲经筵的情分，没有为难他，还荫其一子为中书舍人。内阁中现有三位大臣，三位大臣各抱一本难念的经，各捧一杯难咽的酒。

李东阳自刘瑾诛灭后，不断受到舆情的批评。南京监察御史张芹说李东阳“谨厚有余，正直不足；儒雅足重，节义无闻”，是相当一部分士人的看法。但把刘瑾“骄横恣肆荼毒天下”归咎于李东阳，则未免太过分了。他说李东阳见容于刘瑾得意之时，又不见黜于刘瑾伏诛之后，是“善为身谋”，则未免太偏颇了。李东阳捧疏而泣，无从自辩。他想到，陆深来看望他，李荃问到崔铣时，陆深脸上的表情怪怪，想是崔子钟也和张文林所见相同，和罗景鸣一样，不屑于认他这个老师了，不屑于再行交往了。

皇帝看了张芹的奏疏，大为震怒，定要严惩。李东阳苦苦为他求情，张芹也上疏请罪，总算没有贬谪，没有罢官，罚俸三月了事。

除了或责备他结党刘瑾，或责备他阿谀刘瑾之外，关于康海的种种议论，也颇使李东阳为难。康海与刘瑾关系密切不假，但他也曾救过李梦阳，救过张敷华，做了不少好事。他与焦芳、刘宇不同，与张綵、曹元不同，与张文冕、石文义不同。焦、刘尚未网罗，他更不该定为刘瑾党人。何景明因李东阳一言而起用，康海的前程似乎也系于李东阳一言。李东阳不发一言，便是挟私。

其实，李东阳是很难为康海申辩的。他自己还被指结党刘瑾，再为一个与刘瑾过从甚密的人说话，不更要授人以柄?

杨廷和也因刘瑾之案，颇招人议论。他与刘忠相约而又毁约之事，在士人中传播开来，几乎无人不知。有人说，杨廷和入阁，纯属刘瑾提携；更有人说，刘司直不容于朝，也是由于他从中作梗。直佞不并立，佞邪若杨廷和在内阁，刘忠在内阁自然无法安身。

此外，还有一个“面皮状元”的讥讽。杨慎的继母去世，杨廷和忧伤是忧伤，却也有几分恰逢其时的感慨：杨慎可借以守制，避一避利可伤人、利可杀人的舆情。谁知杨慎避开了，杨廷和还是避不开。想想也是，三年一会考，三年一名状元，天下千万士子翘首以望，稍有隐情，谁肯轻易放过？

唯一与刘瑾没有牵连的是梁储，梁储不但没有结党刘瑾，反而受到刘瑾的打击。打击之一，刘瑾借大明会典中的舛错，把已升为掌詹事府事吏部尚书的梁储降为右侍郎；打击之二，《孝宗实录》成，梁储恢复尚书衔，被打发去南京任吏部尚书；打击之三，梁储在南京时，旧日投在他门下的田赋，为巴结和投靠刘瑾，谎称梁储富可敌国，抄没其家，可代天下田租之半。刘瑾拟旨抄没其家。派去广东抄家的人找不到富可敌国的梁府，查了查，他所有田产不足百亩，多是香山、从化等县山间的贫瘠之田，实在没有太大的油水，这才作罢。

刘瑾被诛，梁储入阁，按说在内阁中最有风采，其实却又不然。除了李东阳声望仍著，杨廷和才具过人，也有他自身的原因。梁储为人谦和，注重大节，却有一不肖子梁次卢。梁次卢荫锦衣百户，不求功名，倚仗拜相的父亲和锦衣百户的身份，回到老家胡作非为，酿出一桩血案，广东全省震惊。

顺德县城郊有一块美田，梁次卢看上了，顺德的首富杨端也看上了，二人竞相出价。田主先收了杨端的定金，又在暗中把田卖给了梁次卢。杨端怒极，派家人杀了田主。梁次卢更是怒极，与好友商议报复。

广州府扼守南大门，卫所巡检设置甚多。在府城设有广州前卫、后卫、左卫、右卫，在顺德县城四周有马宁、紫泥、江村、宁都、马冈五个巡检司。梁次卢到处有朋友，此处约几人，彼处约几人，竟然凑足百余人，俨然一支官军模样。梁次卢带领一干人马，青天白日闯进杨端的田庄。

杨端家三世同堂，老老少少几十口，加上家仆丫环，聚住了二百余人。见来了一队官兵，面目不善，庄中之人无不心惊。不容他等醒悟，梁次卢喝一声："动手！"他那些卫所和巡检司的朋友，挥刀便砍，挺枪便刺，杨家人虽多，无奈赤手空拳，又有许多老弱妇孺，不多时，二百余人尽被砍杀。

梁储知道他这个儿子心狠手辣，无所不为，特意挑选了一名在梁家多年的老仆随儿子回乡，也是避免他在京城惹上祸事。但老子尚且约束不了，老仆又能怎样？他听到了杨家的惨案，知道祸惹得大了，忙备书信，细叙经过，派了靠得住的人，日夜兼程，赶往京师报与老爷。

梁储读了家书，目瞪口呆。这个案子，有司早晚要具文申报；即使官府隐瞒不报，广东籍的官员也会议论；即使广东籍的官员缄口不言，行旅商贾也会张扬。是主动把梁次卢交与官府法办呢，还是在朝廷为梁次卢求免死罪？是在言路论劾之前主动请罪呢，还是在言路论劾之后上疏求去？他整日盘算，难下决心。

三人各有一本难念的经，各有一杯难咽的酒，内阁中气氛沉闷、呆滞、不自然。

三人中，杨廷和较能把握心境，不时带回些大小消息，调整调整阁中的气氛。

“二位可知都察院出了件怪事？”一日，他从外间回阁后问道。

“是王定远的新闻，还是王沂州的新闻？”李东阳问的二人，一是右都御史王鼎，南直隶定远人，掌院事；一是右副都御史王景，山东沂州人，管院事。

“西涯公的眼睛是向上看的，”杨廷和开了句玩笑，“只识得三品以上的大员，可要让仰慕李阁老的都察院下层官员们心寒了。”

“不是眼睛只向上看，而是不敢向下看。”李东阳说，“都察院是最大的衙门，一百多名御史老爷，介夫先生，你又识得几人？只怕是被人疏论一番，骂上一句，才识得一个吧？”

都察院堂上官有左右都御史、左右副都御史、左右佥都御史，比其他衙门，例如六部，已是多了许多，而所辖十三道御史有定编，合计一百一十名，朝廷差出的各地督抚名籍也属都察院，李东阳说都察院是最大衙门，真是不错。

“西涯公只识得御史老爷，眼睛还是向上看。”杨廷和说。

梁储插话：“介夫先生难道连经历、都事、照磨、司务也都熟识吗？”他说的都是都察院的属官，经历正六品，都事正七品，是经历司官；照磨正八品，是照磨所官；司务从九品，是司务厅官。经历的品秩不算太低，但和堂上官以及各道御史比起来，算不上是都察院的正经角色。所以梁储故作惊诧地问。

“高明，高明！”杨廷和连连拱手，“叔厚先生的眼睛和西涯公不同，不是向上看的。”

“那么，介夫先生说的怪事，是出自品秩高的，还是出自品秩低的？”李东阳问。品秩最高的是经历，品秩最低的是司务。

“是品秩最高的。”杨廷和说，“二位若是不耻下记，或许记得此人。”

按编制，都察院经历只一员。李东阳和梁储绞尽脑汁去想，谁也想不起这位经历姓甚名谁。

梁储说：“介夫先生，我不信你识得此人。”

杨廷和说：“叔厚先生不须激我，不传出新闻，我原是不知他，传出了新闻，我就知道了他。此人姓钱名岌，二位可有印象？”

李东阳和梁储又努力去想，印象似有似无。梁储先摇摇头，李东阳接着摇摇头。

杨廷和讲起怪事："这位钱经历，本也是默默无闻，安于职守的人，都察院上上下下都说他是好人。谁知他近日认下一位义父，性情大变，都察院上上下下无不避他。"

"他的义父一定是大有来头。"梁储说，说罢心中一阵难受，他的儿子也是因为有了大有来头的父亲，才敢于作恶。

"说对了，大有来头。"杨廷和道，"便是那位自称皇庶子的大都督。"在都督前加了个大字，分明是讥讽。皇上命钱宁锦衣卫堂上莅事，没有明确他的职掌，凡事都可以管一管，凡事也都可以不管，优哉游哉，得其所乐。去年四月中旬，皇上突然降了道旨，命锦衣卫指挥使朱宁提督巡捕，九月底，又降了道旨，命锦衣卫指挥使朱安提督官校巡捕，兄弟二人成了京城的巡捕总管。提到皇庶子，听者便知道定是钱宁无疑。与提督军务的提督二字相比，提督巡捕实在有些好笑。

李东阳评论道："这位皇庶子，礼贤下士，倒是有不少人说他的好话。钱经历想认一位本家义父，虽有些怪，也在情理之中。"以钱宁的身份，辅臣和大七卿们或是不齿，寺卿部属就不能不买他的账了。他也着力在士大夫中周旋，颇得一些人的好评。李东阳承认此事有些怪，是说本朝读书人看重孝道，不会随意认个义父；说此事在情理之中，是指二人同一姓氏，钱宁又颇得好评。

"西涯公忘了，钱指挥原本姓李不姓钱，而今又姓朱不姓钱了。"杨廷和纠正说。

"是，是，本家之说，我失口了。"李东阳认过错，问道，"介夫先生说钱经历性情大变，所指何事？可是全不将同僚放在眼中？"

"若只是不把同僚放在眼里，都察院上上下下可以不睬他，却也不用避他。"杨廷超把话题一转，"西涯公，叔厚先生，近来多有番僧出入宫禁，二位可知道？番僧多由钱指挥引见圣上，日夜在圣上左右陪伴，二位可知道？"

"番僧出入宫禁，多有所闻，却知之不详，也不知是钱指挥引见。"李东阳说。

"宫里公公爱做佛事，我还以为，引番僧进入大内，是他们胆大妄为。"梁储也说。

杨廷和说："叔厚先生料差了，公公们爱做佛事，只会请中土的和尚。西番的僧人，却是钱指挥引来的。在你我的位置，不好风闻论事，有一两位御史在下面议论，要上疏弹劾钱指挥。不知怎的，却被钱指挥知道了。他找到准备上疏的御史，又是纠缠，又是恫吓，打消了他们上疏的念头。大家后来忆起，议论的时候，钱经历曾竖起耳朵在一旁听，通报消息与钱指挥的人，一定是他了。我说的怪事，还不是怪在钱经历认钱指挥为义父，而是怪在钱经历甘为钱指挥的走犬。"

李东阳关心的是另一件事。“番僧出入宫禁，倘有不测，不是件小事。”他自言自语道。

“是，我讲这桩怪事，也是想有所疏导。”杨廷和这才说明他的用意，“不然，一名经历拜在一位指挥门下，何劳我等费心。”

梁储说：“难就难在大臣不便风闻言事，倒不如在科道，可以讲个痛快。”

李东阳说：“介夫先生疏导二字，很有讲究。我们对圣上只可疏导而已。疏导和进谏间而用之，或能有些效用。只是，该借哪个题目，来做篇文章呢？介夫先生已有成竹了吧？”

“不敢说有了成竹，内阁的本分，莫过于经筵日讲，疏导也是始于经筵日讲。一个月前，圣上有旨开讲，我看，不如就用这个题目。”

“题目是好题目，文章也要做好。”梁储说，“西涯公，须得你来主持。”

“义不容辞。我草拟疏稿，请二位订正。”李东阳说话间，打成腹稿，展纸研墨，草就一疏：

> 顷奉旨经筵日讲供应，令所司预备整理。臣等闻命忻跃，即令讲官预备讲读。供候经月，未蒙宣召，夙夜循省，寝食靡宁。窃唯圣学，君德相关，经史乃政化所出，自古帝王视为首务。本朝圣祖圣宗定有成规：经筵以十日为期，日讲则每日从事。盖欲功无间断，庶几学有光明。伏睹陛下聪明刚健，卓冠群伦，自春宫进学之时，至正德纪元之始，躬亲诵记，默聪敷陈。比岁以来，渐殊于旧。臣等或祗承顾命，有请出之言，或同被简知有职，专提调之任。陈力不能，已负托持之责；受直总事，难逃货器之讥。况外患之未平，岂内修之可缓？用是仰祈万乘，俯惜寸阴，数御讲筵，特修故事，使臣等得以开陈讲说，上启宸聪，征圣贤有用之言，保宗社无疆之业，天下幸甚。

李东阳住笔，活动一下手指，说道：“二位看看，是不是说明白了，请增减润色。”

其实，这一类的奏疏无须润色，只要一气呵成便好。李东阳一句接着一句，一层意思接着一层意思，写得清楚明白。

“西涯公果是大手笔。”梁储赞道，“我正在琢磨，如番僧出入宫禁之事该怎样暗示一二，你用‘比岁以来渐殊于旧’一笔带过，再好不过了。”

“既然不许风闻论事，只得含混些，也是无可奈何之事。”李东阳谦道。

“况外患之未平，岂内政之可缓。”杨廷和读着这两句说，“圣上锐意于讨盗，可说是全神贯注，正该提醒提醒。”

梁储抱同感：“修内方可平外，现有外患，更需修内，经筵日讲不是不可缓，而是必速行之。”

“二位既说可以了，这就誊写呈进吧。”李东阳道，“疏中不好讲，未讲透之处，开经筵时再多讲一讲。”

他们意欲以圣人之言，抵消番僧对皇上的影响，却忘记了皇上有更妙的办法：凡是不好批答的奏疏，便留中不报，一句话不说。或是他们明知结果如此，也无可奈何。这本奏疏递进去，自然是不报。

第一百章

南昌知府李承勋决心讨平华林山敌军，与其说是因为得到总制江西、南直、浙江、福建、广东、湖广各省军务的都御史陈金的剿敌军檄文，不如说是因为听到一个有声有色的故事。

江西十三府中，瑞州府距省城最近。华林山在瑞州府境内，在府城西北，而在南昌西南，与两城距离相差无几。山中常年有盗贼出没，不但占山为王，而且攻掠府县，官府剿之不得，抚之不得，甚是头疼。

正德六年六月中，华林军首领罗光权、陈福一等率人攻打府城，瑞州知府先已奉令出外讨盗，以通判姜荣摄府事，大印也由他掌管。敌来攻城，守城便是他的职责。姜荣见敌军势大，知凶多吉少，离家前，把大印交与小妾窦氏。瑞州城很快被攻破，姜荣逃出城外，不知去向。罗光权、陈福一各率人马，搜索官人居所，陈福一搜到姜通判家，封住大门，闯入内室。

姜荣把大印交与窦氏是有道理的，一则她胆大，遇事不慌；二则她有心计，拿得出主意。姜荣一出家门，她在家中就做了安排，让大妇、儿妇等换上粗布衣衫，和丫环等在外间厮处，她则鲜衣盛装，守在内室。

陈福一一队人在外间又是拍案，又是吼叫，追问姜荣的下落。众妇人吓得只是哭号，哪里说得出话来。等到来人问得不耐烦了，扬言要把众妇带走，窦氏才从内室隐秘处款款走出，厉声言道："太守统上万精兵，出东门捕尔等，须臾便回，尔等且授首，还敢盘问我家奴婢吗？"

姜荣妻混杂在婢女中，早没了夫人的光彩，窦氏着意粉妆过，一出来便先声夺人，人们的眼光都集中在她身上。

"你，"陈福一盯住她问，"便是姜荣妻吗？"

窦氏冷笑着说："依你看呢？"

陈福一说："不错，我看你便是。你出来得好，我们正要找你。"他指着另外的女子说："她们无用，把她们放了吧。"

姜荣大妇、姜荣儿妇意外获释，与众婢女向外走去，出门前向她投以感激的目光。她生怕露出破绽，看也不看她们一眼。

“放了她们，你却须和我们一起走。”陈福一说，“我要让姜荣那厮拿三五万银子来赎你。”

“我夫为官清廉，哪里拿得出几万两银子。你掳我回山，我自反抗不得，能不能被赎回来，只有听天由命了。”窦氏道。

陈福一闻听大喜：“你说姜通判为官清廉，我和我家大哥一向敬重清官，对你也会敬重。他不能赎你回来，你就和我们在山上过大王的日子。”

“我与你走不妨，可你们山上有我这般华丽的衣饰吗？”窦氏说，“你们给我换上粗布衣物，我是穿不惯的。我后园中还有一些衣物，容我收拾收拾再随大王走，大王准不准？”

“那有什么，你去收拾好了。”陈福一被她将了一军，只好答应，着两名弟兄跟她去后园，收拾了衣物速行。窦氏说知府统率万人即回，他怕真有其事。

后园中有一方不大的水池，山贼不易见到。窦氏乘他们东张西望、不加注意的机会，把老爷留给她保管的大印掷入池中。

行在路上，陈福一对窦氏果然敬重，要行路时，举她上马，要歇息时，抱她下马。其他人看不顺眼，轻浮的人乘陈福一不备，凑到她近前，在她身上东摸一下，西摸一下，惹得她破口大骂。有人说：“这等妖精，带回山中做甚？不如让弟兄们在路上快活快活，扔下山去了事。”

陈福一叱道：“她这条命可换回三五万银子，我尚不敢快活，你们能快活得起？”

众人方才收敛。陈福一凶狠异常，手下的弟兄既怕他，又敬他。他说要用窦氏换银子，其他人不敢再做非分之想。

窦氏见被掳的人中，有一张熟识的面孔，是老爷信得过的衙役戚豹一，心中有了主张。她走到山脚下，指着戚豹一对陈福一说：“你带那人上山没有好处，放他回去，却大有好处。”

“此话怎讲？”陈福一问，“你说带他上山没有好处，我一刀杀了他就是，为何要放他回去？”

“大王有所不知。”窦氏说，“他在衙门中办拿，是出了名的只会吃饭，不会办事，偏偏我家老爷最信得过他，大王若肯放他回去，向我家老爷索要赎金，我家老爷一定会交给他办的。”

陈福一有些犹豫：“娘子天人一般的容貌，上山与我做个压寨夫人，何其快活！

你道我真想要那三五万银子不成？”

窦氏说：“你不想要，我却想要。他拿了赎金来，你可以不放我走，既得了钱，又得了人，岂不更好？”

陈福一想，反正佳人在手，至于赎金，拿得来更好，拿不来也没有关系。只要佳人高兴，放一个衙门里的差役，又有什么可怕，便命部属为戚豹一松绑，放他回城。

窦氏对松开绑绳，正在活动腿脚的戚豹一大声说：“回去告诉老爷，速拿银子来赎我。时间一久，我就不是他的人了。”边说，边走向戚豹一，离得近了，低声说了一句，“老爷给我的东西，在后园池中，是我拼将性命保存下来的。”

陈福一一行向山中腹地又行了十余里，窦氏见路边有一口井，开口说道：“大王不口渴吗？我可要饮水了。”

陈福一命队伍停下，着贴身的弟兄去井边打水，窦氏随他向井边走去。水汲上来，窦氏先饮了一大碗，再递给陈福一。陈福一受宠若惊，双手捧碗，大口饮下。就在一碗水将将饮尽时，听得身旁一声响，窦氏纵身跃入井中。

陈福一又是心痛又是气恼，想到窦氏坚持要放戚豹一，事有蹊跷，想把姓戚的差役抓回来问个明白，是万万办不到了。

王奇坐在知府衙门里，又是不安，又是感伤，把窦氏的故事原原本本地讲给李承勋听。他是陈福一的部属，从搜索姜荣的宅第，到窦氏去后园收拾衣物，到窦氏投井，他都在场。窦氏向后园水池投进印章，他听到了声响，没有看到投进何物。窦氏说是石头掉落水中，他相信了。窦氏低声对戚豹一说的话，他没有听见。这两件事，他是后来潜入瑞州城时，在茶楼听人讲述，才知道的。即便不知道这两件事，窦氏最后投井而死，也给了他很大震动，促成他投诚官府。而听人讲述这两件事，他才知道，窦氏不速死，是为了找人把大印的下落转告姜荣。窦氏不但是节妇，而且是烈妇。王奇目睹了她的悲剧，决心要为她做些什么。

李承勋静静地听着。他是弘治六年进士，李东阳为主考官。那一科已出了许多名士，却还没有多少知名的良吏。他和同科进士、浙江仁和人胡世宁以成就良吏共勉。他任过知县、南京刑部主事、南京工部郎中，外放南昌知府。由于一直在南方任职，他既没有受到刘瑾的惩治，也没有因结党刘瑾而受到惩治。

王奇讲述毕，室内很静，二人有一阵都不说话。王奇少了几分感伤，多了几分不安。他不知知府老爷在想什么，会怎样处置他。

“你是姓王，还是姓黄？”李承勋忽然提了一个无关紧要的问题。

“姓王。”王奇沉住气，尽量说得清楚些。

“王壮士，我要问你一个问题：华林山在瑞州府境内，你为何不去瑞州官府投顺，却来到南昌？”李承勋提出这样的问题，足见心细城府深。

“小人去过瑞州，也想过去衙门投顺。但瑞州城中，华林山的人太多。我怕被人看见，对我施毒手。再者，小人听说，大老爷奉了总制大人的檄命讨贼，没有官军的衙门，小人就是投顺了，也没有机会立功。”王奇道，“小人是诚心投顺大老爷，如有二心，天地不容。大老爷如信不过我，我宁愿死在大老爷面前。”

“我没有信不过你。”李承勋说，“你却有些信不过我。你信不过我，我就很难帮你立功了。”

王奇脸色一变：“老爷的意思，我不明白。”

李承勋的脸色也一变，不怒而威地说：“如果不是信不过我，你腰间为何藏着利刃?

王奇的机密被点破，反而不慌了。他向前跪倒，从腰间拔出利刃，双手捧过了头，说：“不瞒大老爷，我的确想过，如果大老爷不肯见容，着人擒拿，我也只有拼个鱼死网破。但大老爷不但不擒拿我，还把军校老爷们请了出去，单独和我在室内谈话。我知道大老爷诚心许我投顺，早就没有了拼命的心思。”

“王壮士请起。你既然诚心投顺，朝廷不会断你的自新之路，也会给你立功的机会。”李承勋说，“投顺之事，我们说定了。我申奏朝廷，免却你的罪状。至于能不能立功，要看你有没有胆量；能立多大的功，要看你的胆量有多大。”

“小人愿拼将性命为大老爷办事。”王奇感激地说。

李承勋乘势激励他：“我看你也是个能立功的好汉。你方才说，没有官军的衙门，投顺了，没有立功的机会，这话不错。我现在有一队官军，我还能请陈总制增派援兵，需要的是有人在贼巢中为我接应。办此事，危险极大，功劳也极大，你愿去做吗？”

“小人愿意，小人万死不辞。”王奇说道。

“那好，你马上回山寨。”李承勋想了想，觉得有些不妥，问道，“王壮士，你从瑞州府来南昌，有没有华林山的同伙撞见？你在南昌城内，有没有见到华林山的人？若有，你要如实告我。”

“小人从瑞州府来，走的是小路，没有被同伙撞见；在南昌城内，也没见到华林山的人。”王奇一一作答，“小人知道，若被人察觉我到过大老爷的衙门，丢了性命事小，误了大老爷的功业事大，小人不敢掉以轻心。”

李承勋想得很细致，为他计划得很周密：“你离开我这里，仍回瑞州府，再从瑞州府上山，免得山上之人，见你方向不对，生出疑心。”

“是。”王奇应道，“我有快马，一日夜可赶到瑞州，在城中再厮混一日，与山上的探子们打个照面，第三日可到山寨。”

“好，你在山寨再厮混一日，如果有信得过的人，可约请他们相帮，一起为朝廷立功。切记宁缺毋滥，没有过命的交情，不可稍泄机密。”李承勋殷殷叮嘱，“我在第五日夜间上山，你于该日子时摸将出来，将营栅打开，便是第一大功。”

李承勋手上真有一支官军，他奉陈总制檄命，会江西按察司副使周宪讨敌时，周宪已率军在外作战，他赶到周宪军时，周宪刚刚被华林敌所杀，一军大乱。李承勋单骑入军营，指挥若定，军心稍稳。这一营官军就交由李承勋统领。他把夜袭华林山的计划报与陈金，陈金即准，并另拨五百田州土兵归他指挥。

四月初一凌晨，李承勋率军，从南昌出发，经进贤，直奔华林山。华林山上，从首领到部下弟兄，警惕的是瑞州府，对南昌方向不大留意。官军逼近山脚，潜伏待命，山上一无所知。戌亥之交，李承勋下令上山。官军衔枚疾进，不出声息，子时前摸近了敌寨，果见寨栅拔起，两三名守栅盗卒醉倒在地，想是王奇做了手脚。官军进寨，王奇从暗中摸出，向李承勋行礼。他的身后跟着几十名弟兄，都是愿意随他归顺官府的。李承勋吩咐他们在右臂扎上白布，随他杀敌，这是官军互相识别的记号。

敌军分驻几处，李承勋将官军分成几支，各对付一处敌军，然后，命吹起号角，官兵舞刀弄枪，齐声呐喊，冲将上去。

罗光权、陈福一等与众人昨夜喝了酒，正在酣睡，听到惊叫声，一片慌乱，四下逃散，有人连衣裤也来不及穿。华林山上经营多日的老巢一夜之间就被官军剿平。

下山的路上，李承勋在王奇的指领下，找到窦氏投井处。他向着水井行了揖礼，对她的壮烈之举表示敬意，也感谢她在暗中的佑护。

“这里该为姜夫人竖立一块碑，详叙原委。以后盗贼再起，一定还会有忠义之士受她的感召，幡然醒悟，向朝廷投顺。”李承勋向王奇等投顺的一干人说，这话也是对在场的千百名官兵说的。

陈金是成化八年进士，与杨一清同年，资历可说是很深了。他曾任南京户部尚书，召入朝廷，以左都御史掌院事，因母丧归家守制，没有上任。所以他有大七卿之命，而未得其实。正德六年江西兵起，起陈金故官，总制南方六省军务，权柄盛极一时。

江西兵起，如遍地星火，起于四面八方。抚州有东乡王钰五、徐仰三、傅杰一、揭端二等，南昌有桃源汪澄二、王洪八、殷勇十、洪端七等，瑞州有华林罗光权、陈福一等，赣州有大帽山何积钦等。东乡是临川县的一镇，在本府金溪、临川，南昌府进贤，饶州府余干、安仁五县之间。临川县管不了它，其他各县不欲管它，兴兵声势甚大。桃源在靖安县城以北，大帽山在安远县城东南，处安远、会贤二县之间，形势也很复杂。

陈金担心，只靠官军难以弹压各处的敌军，受朝廷以边军弹压山东、河南敌军的启示，他向朝廷提出，调广西土兵助战。朝廷准其奏。

陈金祖籍湖广德安府应城人，李承勋是湖广武昌府嘉鱼人，二人本就是同乡。陈金自祖上迁徙武昌，论起来关系更为密切。陈金特别传檄李承勋参与剿盗，并且派去了田州土兵，也是出于对他的信任和提携。

土兵骁勇善战，敌手都很惧怕。土兵所到之处，敌手多闻风而逃。但土兵嗜杀，对降人也不放过。助李承勋讨平华林，共斩首三千余级，很多就是向官军投顺的人。再者，土兵纪律松弛，或者根本没有纪律，剿平敌军后，在当地肆意掠夺。百姓遭遇官军，不见得比遭遇敌军幸运，而遭遇土兵，比遭遇敌军肯定是更为不幸。

各处的敌军依次渐渐平息，而百姓的苦难并没有结束。江西到处流传这样一首歌谣：华林贼，来亦得；土兵来，死不测。黄狐跳梁白狐立，十家九家罹柴棘。

作为知府，李承勋在战事之后便没有了兵权。一般官军滋扰百姓，他还可以通过三司，通过巡抚，通过总制，安抚一番，对于土兵，他全然没有办法。他暗自叹息：汝欲追前辈功，这一招棋走错了。

第一百零一章

刑部大狱比起顺天府狱，比起锦衣卫镇抚司狱，条件要好一些，监室要宽敞豁亮些，差役对囚犯的态度当然是因人而异，但概而言之，也要稍好些。狱中有狱，一处小院落，专门关押正待判决、或已经判决正待处决的要犯。关入此处的罪犯，不在案情轻重，而在于职位高低，不是部院的堂上官或方面大员，没有资格押入。因此，这里的条件更好些，监室更宽敞豁亮些，差役对囚犯的态度也要更好些。

马中锡在一间监室住了半年多。同案犯张伟家中有免死铁券，不曾入狱；同案犯宋振、桑玉只能住次一等的监室。比起张伟来他算是不幸，比起宋振、桑玉来，他又算是幸运。刑部过了堂，三法司会审过，现在只等法司的判处和皇上的旨意。

大狱的牢子很少更换，看管马中锡也是侍候马中锡的牢子姓张，对马中锡侍候得不错。马中锡总亲切地称他小张哥。

“小张哥，”马中锡取出两块两把重的银子交给他，“这块银子请打壶酒喝，这块银子请再给我买些纸来，我的纸又用完了。”

牢子接过银子。以马中锡的身份，在狱中著文写诗作画，不受限制；心血来潮，写写奏疏，辩辩冤枉，也是允许的。取用笔墨纸砚，要经过差役，差役得他些好处也是应该的。案子还没有判下来，马中锡家不会被抄没，家属不会受牵连，常有银子送进来。

“马老爷，你老每天写呀撕撕呀写的，不知用去了多少纸。”牢子问，“你老在写什么呀？”

“想写个故事，可开了头，很难写下去。”马中锡说，“只好写了撕，撕了写，或许，你再去买些纸来，我的故事就可写出来了。”

“写故事？”牢子来了兴致，“能讲给我听吗？”

“有什么不能。”马中锡在狱中关久了，很少有机会和人说话，除了家属和少数同年友好来探监，牢子是唯一陪他说话的人了，“只要你愿意听，我就讲给你听。”

“愿意听，愿意听！”牢子忙说。他两腿盘起，坐在木栅之外，与木栅内的马中锡脸对着脸。

“我想写一个狼的故事。”马中锡陷入沉思之中，“不，应该说是一只狼和一个人的故事。”

“是狼和放羊娃的故事吗？我听过的。”牢子先讲起来，“一个放羊的娃儿，总大叫狼来了。第一次叫狼来了，是因为害怕。他一叫，大家赶来打狼，扑了个空。第二次叫狼来了，是因为无聊。他一叫，大家又赶来打狼，又扑了个空。第三次叫狼来了，是狼真的来了。不管他怎样叫，大家都不来了，于是娃儿被狼吃掉。”牢子没念过书，不识字，讲起故事来，却很有条理。

“结局一样，狼把人吃了。故事中的情节也有一样的地方，那就是人骗人。因为人骗人，才成为狼的腹中餐。说来也怪，人的年岁越大，应该看事越透彻，做事越聪明。可你的故事中，那娃儿虽然做了不该做的事情，他还知道狼要吃人，还知道狼是可怕的。我的故事中有一位老人，却连那娃儿也不如。小张哥，你说是什么道理？是人越老越糊涂了，越老越容易上当吗？”

“马老爷，你的故事还没有讲呢。”牢子提醒他，“我不知道你要讲的老人做了什么糊涂的事。”

马中锡笑了，笑得很凄楚：“对，糊涂的不是那位老人，而是我。我要讲的故事发生在很久以前，那时有一位教书的先生，他的学堂在城东，大家称他东郭先生。他书教得很好，心眼也好。每个月，他要回一次乡下的家，看望家人。每次回家，他会背一个布囊，里面装满学生馈送的米肉鸡鸭瓜果梨桃。一次，他又背上布囊，出城回家。路上，要过一座不高的山。每次走到山冈，他都要歇一歇脚，吃几口干粮，喝几口山泉，便力气倍增。这一次，在他歇脚的时候，碰到一只狼。不是人们平日见到的凶狠的狼，是一只可怜巴巴的狼，身上有一处箭伤。狼说：老先生，救救我吧，后面有猎人在追杀我。狼的身后，果然尘土飞扬，有许多人在奔跑，隐隐听得出他们的叫喊声。东郭先生说：你今日偷张家的鸡吃，明日偷李家的羊吃，人们杀你，你是罪有应得。狼说：老先生说错了，我从不吃鸡吃羊。东郭先生问：那么你吃什么？狼说：我只吃山中的死兽和村人扔出的骨头。东郭先生疑惑了：真是这样吗？狼说：我可以对天起誓。猎人就要到了，老先生救我！东郭先生不再犹豫，把布囊中的吃物一股脑倒下山底，让狼钻进布囊。他系好囊口，想了想，坐到布囊上，捧书而诵。很快，跑来七八个猎人，手持刀枪。猎人们都认识并且尊重东郭先生，一一向他行礼问好。一名年长的猎人问：老先生怎在此处读书？东郭先生说：走得累了，歇上一歇。老猎人说：山上有恶狼出没，老先生当心。东郭先生问：

很凶恶的狼吗？老猎人说：着实凶恶。村里有三只羊、十只鸡被它吃掉了。东郭先生先入为主，想起狼可怜巴巴的样子、夺眶欲出的泪水，不肯相信。另一名猎人说：此处有痕迹，那狼肯定就在附近。东郭先生说：或许它曾从此处跑了过去。我到此不久，没有见到。那名猎人说：不会的，血滴到这里就止住了。东郭先生说：或许是它跑到这里血就止住了。人只要说了一句谎话，就会不停地说谎话。为了把谎话说得更像真话，就会想出一个又一个的理由。猎人们追狼心切，不再与他啰唆。老猎人临走时嘱咐他：老先生快走吧，此处不宜久留。猎人们行得远了，东郭先生把狼放了出来。狼伸个懒腰，前爪一抹，换了副面孔。东郭先生见了害怕，说：你保全了性命，快快走吧，说不定猎人们还要回来。狼说：我尚未保全性命。方才是猎人们要打死我，现在是我快要饿死了。被猎人打死，饥肠辘辘而死，都是死。你救了我一次，何不再救我一次？东郭先生问：我怎样再救你？狼说：你让我吃进肚里，我就饿不死了。东郭先生全身发抖，说：你不是只吃山中的死兽和村人扔出的骨头吗？狼狞笑着说：肚子饿了的时候，我便什么都吃了。于是，它吃了东郭先生。”

马中锡描绘狼的狞笑，可说是惟妙惟肖。牢子听了，不由得打了个冷战。他想，马老爷可能还要发些议论，便静静地等着。可马中锡讲累了，一句议论也没有发。

“马老爷的故事讲完了吗？”牢子小心地问。

“讲完了。”马中锡叹了口气，“狼把放羊的娃儿吃掉，你的故事便讲完了。狼把东郭先生吃掉，我的故事不也该讲完了吗？”

牢子对马中锡的案情略知一二，明知不该问，还是忍不住问道：“马老爷讲的东郭先生是自家，讲的狼是谎言欺骗了老爷，害得老爷被治罪下狱的巨盗，我说得对吗？”

“或是巨盗，或是他人。”马中锡不欲明言。

他忘不了桑园镇接纳刘宠等人的情节，他仍然相信，刘宠等本来是诚心就抚的，只是在得知朝廷益兵弹压后，才失信而去。他后来隐隐听说，朝廷益兵，是因为山东有人密上奏疏，请求增兵。上疏之人可能是按察司佥事许承芳。山东有司忙乱多日不曾平息的动乱，马中锡一纸招抚文揭便可收全功，许氏心中忌妒。如果传言不谬，马中锡以为，吃掉他这个东郭先生的狼，与其说是刘宠等人，不如说是许承芳。

五月的一天，意外地来了一名探监者，是中书舍人何景明。何景明与马中锡素无交往，马中锡只听说，他为人倨傲，轻易不与人交。他来探望，马中锡不解。

何景明来探监，可说是受人之托，也可说是出于自己的心意。托他来探望马中锡的，多是不在京师的陕籍人士，如重获重用的李梦阳，和因指刘瑾党人落职的康海、王九思。他们或是马中锡督学陕西时，已入州县儒学，或虽未入学，却听前辈学子说起，对马中锡有一份亲近之情。康海身遭不幸，仍惦念在狱中的老前辈，尤其使何景明感动。他无论如何也不能辜负此辈之托，要探一探马中锡。况且，他听说马中锡在狱中写了一套散曲，颇可一阅，很想借此行拜读。

他听说，刑部已将招议整理奏上，张伟的处分是夺太保职衔和革伯爵岁禄，马中锡、宋振、桑玉论死，秋后处决。对马中锡，朝中有痛恨者，有同情者。何景明同情他。

何景明带去了一壶好酒和一提盒酒菜。

"难得仲默一片热心肠，肯来看我。"马中锡感激地说。他气色不好，说话颇吃力。

何景明与他面对面席地而坐，说道："晚生受许多人的托付来探望天禄先生，望先生珍重。"说着，为他斟上酒，双手敬上。

二人说了阵闲话，何景明转到正题上："天禄先生，听闻你日不释卷，夜不辍笔，令人好生敬仰。先生大作可否赐晚生一阅？"

马中锡笑了笑，说："你和献吉是诗文大家，粗滥之作，难入法眼。"

"先生这般说，晚生无地自容。"何景明说，"此时此地，先生写作定有一番心境，晚生愿将先生的心境传与天下士人知道。"

马中锡见他恳切，便把写好的稿子交与他阅读。默想多日，又改写多日，他终于完成一套散曲，取名《中山狼》。

何景明读罢，不即置评，沉思许久，才吐出一句话来："先生之作，大可以警世。"

马中锡甚喜："得仲默一言，我这些日子的心血有了回报，何其快哉！"

"晚生冒昧地问一句：天禄先生何以想到写这样的题材？"何景明问，"如不便说，不必勉强。"

"到了今日，还有什么不便说的。"马中锡叹口气，"刑部审我时，张侍郎问我：你拥重兵，据守故里，不思进剿，可有此事？"刑部侍郎张子麟，藁城人，属真定府，马中锡的乡里故城则属河间府，二府毗邻，守一府而弃一府，以邻为壑，是最令人愤慨的。张子麟提出这样的问题，却是最令马中锡不安和感慨的。"说我一味招抚，养痈成患，我知错，我不辩。但说我为保乡里而纵寇，我心中不服。不该招抚而招抚，我是滥做善人的东郭先生。若为保乡里而纵寇，我就不是东郭先生，而是中山之狼了。不但朝廷可以杀我，世人皆可以杀我。"说到此，马中锡语气激昂，似把何景明当作会审他的三法司官。他很快恢复常态，歉意地说："理不可以再辩，志不可以不明，我就胡乱写了几句俚曲。”

何景明了解了马中锡的心境，便把话岔开：“巧得很，还有人也写了《中山狼传》，用的也是散曲，天禄先生知道吗？”

“这却不知。”马中锡说，“不知哪一位和我同好？”

“王敬夫先生。他的《中山狼传》也是这两日才传到京中。”何景明说。王九思是陕西西安府人，与边贡同是弘治九年进士，在以倡议文学复古为主要宗旨的七子中，功名最早，而名声略逊另几人。七子中，只有何景明目前在京师，王九思的大作传入京师，肯定也是通过他的途径。

“噢？敬夫还在记挂老朽，为老朽鸣冤叫屈吗？”马中锡问。他与七子说不上同道，不相信七子中除了有人来探他，还有人为他鸣不平。

何景明说：“据说，王敬夫写这一套散曲，不是为了天禄先生的遭遇，而是另有所指。”

“可否相告？”马中锡在狱中难得有人一起谈谈文学，很想何景明多留些时间，与他多说几句话。

“这——”何景明欲言又止。王九思写《中山狼传》，包含了一个他不好说不愿说的话题。岔开此一中山狼而谈起彼一中山狼，是念及马中锡的情绪，看来是顾此失彼了。

多有人说，王九思写中山狼传，是为康海鸣不平，是责备李梦阳负义。康海是为了救李梦阳而与刘瑾过往，落了个刘瑾党人的罪名。不为李梦阳，康海何尝想过一晤刘瑾！不是李梦阳亲函康海，康海怎会不惜名节，拜谒刘瑾！康海救李梦阳是大义，与刘瑾过往是小节，定他结党刘瑾的罪名，对他实是不公，该有人为他讨回公道，最该为他讨回公道的人就是李梦阳。

李梦阳仍是名士，在京师在外地名头更加响亮，他肯为康海说一句话，便可能洗却康海蒙受的不白之冤。可他复出一年多了，没听他为康海说过一句公道话，没见他拜托过朝中任何一名大老。据说，他还私下对人讲，对康海后来与刘瑾的来往很不以为然。是真的嫉恶如仇、公而忘私，还是贪图虚名、丧失天良？

与康海交好的人，对李梦阳心怀不满的人，谈起此事都是颇多微词。王九思更是借用中山狼的寓言，狠狠地刺了李梦阳一下。

何景明打心里希望李梦阳说一句公道话。从道义上说，滴水之恩，当涌泉相报。李梦阳不该没有任何表示。而当年请康海出面营救，是他的谋划，对康海后来的气运，他也负有一定的责任。不过，他也知道，为康海讨公道不是件容易的事，康海傲视天下，比何景明、李梦阳更甚，得罪了太多的士大夫，故救他出井者少，落井下石者多。何景明曾向李东阳和杨一清说到康海，刚开了头，就被他们顾左右而打断。李梦阳为康海说话，无非也是进言李、杨，结果恐怕不会两样。王九思责骂李梦阳是中山狼，太尖刻了一些。

“仲默，得便时，请将敬夫的大作捎来，借我一阅，也好两相比较。”马中锡见何景明似有难色，不再追问。

“是，下次来探天禄先生，一定带来。”何景明答应是答应了，但怀疑还有没有机会。

五月十八日，马中锡病死狱中。他死的正是时候，几天之后，朝廷降旨，他罪当论死。病死在先，得了一具全尸。也有人说，他预先知道了圣旨，托人捎了些毒药入狱，自行了结。

第一百零二章

五月二十二日，刘宠等来至湖广黄州府境内，在大江北岸团风镇搜罗到一些船只，率五百名弟兄上船，溯江而上。

他们遭遇了不少挫折，才冲杀到大江边。

陆完统领的京军边军自专讨山东敌军后，被刘宠一军牵制，在山东、直隶两地兜来兜去，战事频仍，如在保定，巡抚宁杲大败。在武清，游击将军王杲被杀。在济南府，都指挥使周琮被杀。在登州府，文登县被攻陷。文登失陷，说来不是大事，然不但登州府衙门吃惊，山东有司吃惊，提督大员吃惊，朝廷也吃惊。文登县隶宁海州，东南滨海，东有成山卫，北有威海卫，南有靖海卫，三卫环视，官军甚众，且有朝廷大军旦夕可至。敌军能攻陷文登城，足见善战。文登县内有一座秦始皇庙。在刘宠军攻城的那一天，庙内钟鼓不击自鸣，无风自鸣，不知是何征兆。对刘宠等人来说，是不是将成大业的征兆？对朝廷来说，是不是将有更大灾难和更严重动乱的征兆？

刘宠等人也有走麦城的时候。如大将李隆在一个叫陈家店的村子里，与边军将领郤永相遇，大败，被斩杀数百人。不久，更重要的一名首领刘宸在一个叫宋家庄的镇里，又与郤永相遇，被斩杀数百人。刘宠本人在滕县，与边军副总兵刘晖相遇，大败，被斩杀七百余人，被俘获二百余人。总之，在和边军正面交手时，刘宠等败多胜少。他们这才领悟，当初为避边军而就抚于马都宪，实是一步好棋。可惜，现在没有马都宪这样可以借助的朝廷大员了，只有尽量避免与边军相遇。

最大的一次走麦城在莱州府。或许是受文登县秦始皇庙钟鼓自鸣的鼓舞，说蛊惑也不妨，刘宠等每每在外分散打一仗，便回到莱州府集中。陆完发现了这一规律，调游击将军郤永、参将温恭、都督白玉三员大将，五月十三日，在平度州的古县集设下埋伏。刘宠等大约三四千人撞入伏中。双方兵力相去不远，本可以一战，但刘宠等对边军畏惧已甚，见了边军的旗号，先有三分害怕，交手时，听对方的口音，果是边军，又多了三分害怕，仗便没有办法打了。不到半个时辰，刘宠等大败，一路向西逃去。另一名边军大将刘晖率兵追赶，直至淮河。边军中有一将领姓江名彬，作战神勇，交战时身上中了两箭，伤势不算重，面上又中一箭，射入面颊，箭镞自耳边穿过。江彬将面上的羽箭拔出，血流满面，回身又战。边军和盗军两边都看呆了。刘宠等沿淮河西逃。

好不容易摆脱了官军，刘宠等匆匆渡过淮河。他知河南官军亦强，也有边军，不敢再往西行，拟向南经南直隶，进入湖广。在黄州寻到渡船，是平度大败后的第二十天，连日作战奔波，众人已经疲惫不堪，只想着在船上休息，并没有明确的目标。

刘宠、刘宸、齐彦名以及刘宠的儿子刘惟淮等人，挤在一条船上，坐着躺着都不舒服，大有虎落平川的味道。

“哎！”刘宠叹了口气，说，“上万弟兄，想不到一仗打下来，只有数百人了。卜者明明说，秦始庙的钟鼓自鸣是祥兆，怎会是如此结局？”

“六哥莫要长吁短叹。”齐彦名用袖子拭了拭他永不离手的虎头刀，气概不减，“当年在文安县里，只有二三十人，被桑玉那厮逼得几无生路，还闯出了一番局面，朝廷也不敢小觑我等，调遣京营不足，又调边军。现在有好几百名弟兄，还怕被官军赶尽杀绝吗？”

刘宸也说：“彦名哥说得对。我等尚在，数百弟兄尚在，岂能惧了官府？现在中原官军势大，我等先避一避。京营不能总在京师之外，边军不能总在腹地。等朝廷撤了京营边军，我们再杀回中原，闹它个天翻地覆。”

“难得两位兄弟兵败不馁。”刘宠说，“来时赤条条，去时赤条条，我又怕什么！彦名，老七方才所说避一避，你看我们避到哪里去？”

“前面不是到了武昌吗？我们去会一会武昌城的官军如何？”齐彦名说，“虎哥去年攻下宿迁，拿住淮安知府，高兴得不行。我们若拿住了武昌知府，也不见得输给他了。”

淮安是南直隶的大府，领二州九县，仅少于凤阳府。宿迁县隶属淮安府的邳州，与府隔了一层。攻下宿迁，本来见不到知府。合该知府刘祥命中有此一劫，正在宿迁县视事，便成了阶下囚。杨虎大喜之下，立即差人去山东，报与刘宠等知。拿住朝廷的四品命官，在他们是不曾有过的大胜利。

“可惜虎哥不久便死了，也是乐极生悲吧。”刘宠叹息过后，像是问刘宸、齐彦名，又像是自语地说，“或许，我们当时便该南下，与虎哥他们合成一股，声势会更大些。”

“那不成！”齐彦名断然说道，“虎哥称总督元帅，你去了，称什么？称副元帅吗？你不在意，我心中可不服。说不定，两下里要厮杀起来。还是各自为战，来得痛快。”

“是啊，我就是担心双方生隙，才听了你的话，不去河南。”刘宠说，“不过，自桑园镇分手，到虎哥战死，没有再见一面，我心中很不是滋味。我常想，我若和虎哥在一起，他或不会不明不白地就淹死了。有卜者言，我和虎哥同命，说不定，我的结局会和他一样，淹死在哪条河里。”

“六哥切莫乱说。”刘宸道，“若说你和虎哥同命，大军再起时，我们也遵你为总督元帅，不就是同命了？同生死是同命，同富贵也是同命。你和虎哥同命，是同富贵，不是同生死。”

“我只是随便一说，你也不必不安。”刘宠有他的想法，“我也不要做什么总督元帅，像现在的样子，大家都是兄弟，就很好。我和虎哥同命，是同起大事，同抗官府，什么生死，什么富贵，同与不同，不在话下，何必计较。”

正说着话，在船头瞭望的弟兄来报，前方来了一条官船甚大，船上竖一面旗帜，写一个斗大的马字，下面还有一行小字，看不清楚。

“马？”刘宠思忖着，“会是马都宪吗？听说他被朝廷拿下大狱，难道又放至江南做官？如果真是他，我们是他乡遇故知了，不可不见。”

“六哥想到哪里去了！”刘宸说，“他要抚我，朝廷以大军剿我，还会容得下他吗？天下姓马的官员成百上千，又知来的是谁？”齐彦名说：“朝廷若肯放出马都宪，再委重任，马都宪不会再主张招抚，也不敢再主张招抚。再相见时，大家不是故人，而是对头了。我看，果是马都宪，我们也擒了来，那比虎哥擒到刘知府，又不知风光了几多。”

刘宠也觉得，方才的想法太离奇了；齐彦名主张将来官擒拿，是个好主意。看来船的气势，船上的官员来头不小，将他擒住，至少可以鼓一鼓弟兄们的士气，杀一杀官府的威风。不过，来船太大，自己的这些船太小，鸣锣擂鼓去擒，只怕难以靠近，必须趁其不备，才好擒人。想着想着，心生一计。

“彦名，老七，让后面两条船上的弟兄换上官军的衣着，迎上大船，只说是奉命迎候。”刘宠道，“还须一口齿伶俐的人，那姓马的才不易看出破绽。”说罢他的算计，看了刘唯淮一眼。

“爹爹看我合适，就让我去吧。”刘仲淮跃跃欲试。吃了几次败仗，他比父亲和几位叔叔还要憋气，早就想着干一件惊天动地的大事。

“我看你合适。”刘宠鼓励地说，“你换上读书人的衣着，扮作胥吏，带后面的两条船去吧。”

船上坐的不是马中锡，而是马炳然。马炳然在宁夏事变前后有一段莫名其妙的经历。事变的大半年前，任宁夏巡抚的马炳然以忧求去，朝廷不准，着他改任陕西巡抚。他没来得及上任，甚至没来得及对新的任命做些表示，事变就发生了。朝廷收回成命，着他仍抚宁夏。他又没来得及上任，没来得及做些表示，事变平息了。在正德五年四月至八月的四个月里，宁夏实际上没有巡抚。

幸亏刘瑾随即被擒被杀，不然，以马炳然的表现，一定要被严厉追究，严厉惩治。有人便说，他的福分不小，一是躲过了宁夏的变乱，二是躲过了刘瑾的追究。

刘瑾被诛后，陕西有了巡抚，宁夏也新派了巡抚，对马炳然的两次任命不明所以地取消了，他一直滞留在四川内江老家。他与刘瑾之案没有牵连，没受惩治，也不被起用。还是杨廷和想起了这位比他晚一科、同是成都府人的同乡，向朝廷推荐，他才又得任用，以右副都御史总理南京粮储。和西北各督抚比起来，这次的差事不易建立功业，但也不用吃苦冒险。马炳然在宁夏是侥幸脱险，怎还愿冒险？南京的差事再好不过了。他收拾了细软，携带了爱妾，陆路到重庆，再顺江而下，边欣赏两岸的风光，边做着在南京交游的美梦，心情格外舒畅。

马炳然本是较为平庸而不是较为高傲的士人。也许因为两次化险为夷，他的平庸没有改变，却增添了许多傲慢。每到一处，不论去拜望当地的官员，还是接待地方官员的拜望，都端起上司官的架子。以职衔而言，对绝大多数地方官来说，他算得上是上司官。但对各地的地方官，他根本无权辖制。他若是敬人家一分，人家自然是敬他三分，甚至十分。他若是板起面孔对待人家，人家自然可以敬而远之。

在武昌的驿馆下榻，湖广巡抚刘丙知道他的做派，不愿受那份闲气，干脆避而不见。布、按二司长官是地主的身份，不好不打个照面。他们见了他那副不冷不热的面孔，有许多该说的话也省却不说了。第一句该说而没有说的话就是：据探报，黄州府有盗贼出没，或会溯江而上。黄州府城离武昌不到二百里。

见两只小船迎面划将过来，大船上的舵工把船停在江心。一条小船的船头站立一名衙门师爷模样的青年，高声喊话：“可是马老爷的船？”

马炳然的管家站在大船船头答话：“是又怎样？你是何人，敢拦我家老爷的船？”和马炳然一样，他的管家也凭空增添了几分傲慢。

“不敢，不敢！”师爷模样的青年拱拱手道，“我家老爷差我来迎候护卫马老爷。

请禀上马老爷，小人刘唯淮要上船给他老人家请安。”

“你家老爷是谁？”马炳然的管家盘问。

“我家老爷是黄州郡守，差我和这两位巡检大人，“刘唯淮指了指站在自己身后和站在另一只船上的军官，“为马老爷引路。”

一路之上，地方官冷淡也好，殷勤也好，表面殷勤内心厌恶也好，还不曾有人迎候出数十里。马炳然听了管家的禀告，心中甚喜，命将来人引上船见面。

刘唯淮带着一名巡检入舱拜见了马炳然，另一名巡检不顾船上人的阻拦，指挥他带来的官兵一一上船，一下上来十余人，在舱外列队候命。

“小人刘唯淮叩见马大老爷。”叩头罢，又报了真名实姓。

“免礼，”马炳然说，“有劳先生远迎。回头见了你家老爷，我自会替你说一番好话，你的好处不小。”

刘唯淮的鼎鼎大名来官居然不知道，他很失望，懒得再行敷衍，大大咧咧地问道：“马老爷，你现居何官，可不可以告诉我？”

“怎么，你不知本官的名衔吗？”马炳然大为愕然。从不曾见过这样糊涂的知府、这样糊涂的吏员。

“是啊，你不知我，我也不知你，大家扯个平。”刘唯淮向站在身后的巡检眨了眨眼，“这位马老爷，不知是真老爷，还是假老爷，说不定咱们迎错了人，面子可就丢得大了。”

“胡扯！”马炳然的管家喝道，“我家老爷是奉旨钦差，总理南京粮储右副都御史马炳然，你家知府不着你等接我家老爷，还会接谁？”

“原来真是马都堂，那就对了。”刘唯淮向马炳然靠过去，“马都堂是大老爷，你不知我，我不怪你，家父刘宠刘老爷和家叔刘宸刘老爷两位老人家，你也不知道吗？你若不知，他们可要怪你了。”

听了这两个名字，马炳然大惊。刘氏昆仲大闹京畿，大闹山东，京师的友人早在书函中讲到，怎么也想不到，会在大江中撞上。

“你，你是大盗？”马炳然回身要抽挂在船舱内壁的宝剑，被刘唯淮一把将他的手臂扭住。

“我是小盗。”刘唯淮说，“大老爷要见大盗，也不是难事。他们就来给大老爷叩头。”

说话间，舱帘一掀，刘宠等大步迈进。

“爹爹，是个副都御史。”刘唯淮高兴地说。

“干得好！”刘宠赞道，“你虎叔擒过一名知府老爷，你擒了一名都堂老爷，应了一句先生讲书时的话了：后生可畏。”

“大胆毛贼！”马炳然清了清喉咙，勉强说得出话来，便叱道，“朝廷钦差，你等也敢冒犯。”

刘宠看了他一眼，冷冷地说：“本想饶你性命，给朝廷报个信，说我刘宠还没有死。你既然知我姓名，还敢叫我毛贼，我若是饶过你，在弟兄们面前便抬不起头了。也罢，你要充充好汉，我成全你。”说罢，挥了挥手。

身后闪出两个大汉，一叫李隆，一叫王瓒，一人一刀，把马炳然砍翻在地，然后，一人操他两腿，一人操他两臂，合力一甩，只见他飞出窗外，落入江中。接着，听见后舱一声响，是马炳然的爱妾投江殉夫了。

刘丙得知马炳然被杀，也自心惊。对马炳然可以不满，可以讨厌，但他身为朝廷大员，在湖广境内，而且是在武昌府境内被盗贼杀害，朝廷追究起来，怎解说得清楚？他和布、按二司长官合计后，命指挥满弼等率官军追剿。

刘宠等若是杀了马炳然，不再向西，而是顺江而下，由武昌府出发的官军就很难追上了。但齐彦名觉得杀了一名副都御史，风头还没有出够，定要到大江上的重镇武昌一显身手，于是在隔江与武昌相望的汉阳府与官军不期而遇。

刘宠等数百人，虚张声势地劫掠一地还可以，与正规的官军对垒，就显得有心无力。刘宠等率军且战且退，陆地行了一段，寻到一些船只，又漂入江中。官军的船只仍在后面紧追。到武昌以东，黄州以西的三江口，两军渐渐接近，相距一箭之遥时，满弼命臂力好的士卒张弓放箭。一排箭飞出，见对方船上有人落水。一名壮汉站在船艄，一手持刀，一手持剑，左挡右遮，把飞箭一一拨落。追船越来越近，箭射去越来越多，他手中的刀忽然落地，那条臂膀垂下，想是受了箭伤。不多时，剑也落地，他翻身掉入水中。舱中又跃出一条壮汉，大叫一声：“六哥！”便要向江中跳去，被另一名壮汉拦腰死死抱住。三江口永流湍急，跳下去绝无生还的可能。这时，一名青年和先前落水的壮汉一样，一手持刀，一手持剑，边上下左右舞动，边向那两名壮汉说着什么。那两名壮汉不从的样子，那青年叫道：“七叔，齐叔，你们不想为我的爹爹报仇了吗？”两名壮汉指了指另一只船，要他一起过去，青年摇头不允。两名壮汉无奈，跃上了另一只船，扬帆而去，其他船只紧随其后，只有青年那只船停在江心不动，似在等候官军拼命。满弼稍一犹豫，在离他不远处命令官军的船只停下，各船一起放箭。那青年竟和先前落水的壮汉一般，先是持刀的手臂垂落，接着另一条臂膀中箭，翻身落入水中。

船上的其他弟兄也一一跃入江中。满弼挑选善水的士卒穿上水靠，下水打捞。那名壮汉和那名青年的尸首早被水冲得不知去向。其他人也多被淹死，打捞上来的只有两个活口。

满弼问道：“船上的壮汉是你们的首领吗？”

“是我们的六大王。”一名幸存者答。

“什么六大王，招出他的姓名！”满弼喝道。

“你等官人着实无知，”那人面带嘲讽，“六大王便是刘宠，也不知道吗？”

“那后生又是谁？”满弼问，“也是大首领吗？”

“他是我们六大王的虎子刘唯淮。”

满弼悬重赏，继续打捞。其他尸首都打捞上来，只有刘宠父子的尸首不见踪影。而其他的船只，在耽搁之间，已去得远了。

第一百零三章

正德七年是壬申年，闰五月，夏季显得格外漫长、闷热，大江区域的夏季尤其显得漫长、闷热。

闰五月初，武昌卫军士赵成、赵宗兄弟到德安公干，返回途中，经黄州府首县黄冈九十三里坡，又饿又乏，一门心思快些找到酒店，喝一碗酒，吃一碟卤肉。一听名称，就知九十三里坡是个荒凉的去处，喝酒吃肉的念头，只好在心里翻转，不敢说出来，生怕说了，腿下发软，一步也走不动了。

“二哥，你看。”赵宗向路边努了努嘴。路边有一条小溪，两个和尚坐在溪边，就着溪水，啃着干粮，吃得津津有味。年纪大的和尚瞥了他们一眼，低下了头。年纪小的和尚两眼露出恐慌，不住地打量着他们。赵宗轻声说：“你看那贼和尚，像不像咱们的本家？”

他声音已是极低，赵成还是嘘道：“轻声！”然后大声说，“四弟，此处水清凉，我们也歇一歇脚，填一填肚子吧。这贼日头，真要了人命。”

二人在两个和尚不远处，坐下歇脚饮水。

一处坐了两人，谁也不说话，只是不时向对方瞥上一眼，便又把脸转向其他方向。

“师父，我吃好了，我们上路吧。今日还有许多路要走呢。”小和尚定性不够，最先站了起来。

大和尚点点头，说：“德静，你就是性急，日头下也要赶路。好，你说走，咱们便走。”

二和尚走出不到百步，赵成急忙说：“快跟上！就是他，不会有错。哈，咱哥俩儿走了红运，今年要发大财了。”

年纪大的和尚正是官府通缉捉拿的要犯赵鐩，年纪小的和尚是他的伴当小厮刘成儿。

刘惠、赵鐩率领数万弟兄在河南打了不少大仗，最过瘾的一仗，是将河南第二大府河南府围了三日。河南府在开封府以西约四百里，府治在洛阳县。彭泽、仇钺急调大军驰援，差遣了几名边军大将。在城外大战中，参将姚信见形势不利，率先遁逃；副总兵冯祯兵败战死。这一仗，打破了边军不可战胜的神话，奉天征讨大元帅声威大震。

洛南大捷后，刘惠、赵鐩得知官军将大至，遂指挥队伍南下汝州。又得知官军扼守住各处要津，便挥兵东南，进入汝宁府。为了牵制官军，赵鐩遣贾勉儿率其营南下湖广。彭泽记住杨一清的临别赠言，并不分兵追赶，只是传檄湖广官军迎敌。

汝宁府是刘、赵的不祥之地。他们先在光州所辖的固始县大败，逃到南直隶颍州，被彭泽、仇钺征调的湖广永顺宣慰司土兵截杀一阵。刘、赵等仓促抢渡小黄河，溺死二千余人，士气大衰。他等且战且走，渐渐恢复元气，在南直隶庐州府攻陷舒城县。进而欲攻六安州时，被时源的边军击退。进入凤阳府，又在定远县大败，不得不退回庐州府六安州，并决定分为两军。刘惠率一军，约万余人，北走汝宁府商城，赵鐩率一军，数千人，仍攻掠凤阳府。

彭泽与仇钺合计，将官军也做了调整。以神周一军追击赵鐩，以时源、金辅两支人马追击刘惠，以姚信一军追击贾勉儿。不久，赵鐩与贾勉儿会合，神周也与姚信会合。

刘惠与时源、金辅等交锋，连战连败，好不容易摆脱官军，隐匿在南阳府南召县，却与南阳卫指择使王瑾撞个正着。刘惠带领败散的队伍退至土地岭，被王瑾追上。王瑾一箭，正中刘惠左眼，伤势严重。刘惠对贴身的弟兄说：“我一生好汉，想不到葬身此处。你们将我烧化了吧，莫让狗官兵割了我的头去炫耀。”弟兄们将他抬入岭下一间草舍，点火焚烧。王瑾率官军赶到，喝令部卒将火扑灭，还是割下了刘惠的头颅，回府邀功。

赵鐩一军在凤阳府宿州，遇官军战败，也是随战随退，数千弟兄将要散尽。到了湖广德安府应山县东北的武胜关，赵鐩见关隘险要，难以通过，便对几位首领说：“咱们先在此处散了吧。你等想办法转回河南，我去南边寻找六将军他们。听说六将军还有许多人马。我寻到他们，或是引他们打回河南，或是着人引你们去南边，咱们再相会。”

“南去的路难行，赵先生还是多带些弟兄吧。”邢本道提议说。他知道自己的中军大都督是受赵鐩的提携，好生感激。

赵鐩说：“不必，人多反而不便。我只带刘成儿二人好了，这孩儿机敏，逢灾遇难，有他在身边，我就不怕了。”

“若是单身二人，须得装扮一下。赵先生是扮作读书人，还是扮作商贾？”贾勉儿问。

这个主意不错，读书人和商人携一名僮儿行走，经常可以见到。不过，也可能有更好的办法。赵镃见远处走来一和尚，眼睛一亮，说：“有了，你们把那和尚与我请将过来。”

请字只会出自赵镃之口，弟兄们是说不出来的。他们又拉又扯，把和尚带到赵镃面前，那和尚见是一伙强人，吓得面无人色。

“大和尚受惊了！”赵镃说道，“我看破红尘，欲出家修行，大和尚肯为我剃度吗？”

“我佛普度众生，大王入我佛门，须得先灭了杀戮之心那！”和尚结结巴巴地讲了几句。

“那是自然，我绝不再开杀戒。大和尚动手吧。”赵镃将一把锋利无比的匕首交到和尚手里。

和尚两手止不住打颤，好不容易将赵镃的须发剃干净了。也许真是有缘，赵镃和那和尚的模样真有七八分相似。

“这位小兄弟也要遁入空门，劳大和尚再动一次手。”赵镃指着刘成儿说，“他的脸上还没有长出须毛，可以省却你不少的事。”那和尚又急匆匆为刘成儿剃度，他只想快些办完这伙强人要他办的事情，快些离开他们。

“大和尚，你云游在外，度牒总要带在身边吧？”赵镃问，“可否让我看一看？”

和尚不情愿又不敢不从地把度牒从随身的小包袱中取出，交给赵镃。他的法号叫作真安。

赵镃将度牒揣入怀中，说：“这度牒我要借用几日，你那身袈裟我也要借用几日。”

和尚在众人的威逼下，与赵镃换过衣衫。

“大和尚请便吧，咱们后会有期。”赵镃说。

那和尚穿了俗人的衣物，光头上包了块蓝布，看上去不伦不类。听了赵镃的话，他如获大赦，看看周围的强人，也没有强留下他的意思，便调转身子，向有人烟的远处走去。

“赵先生，这和尚若报官府，与你不利，我赶去杀了他如何？”邢本道要追赶上去。

“不必了，他说了普度众生，是个挚诚的佛门弟子，怎会让官府追杀我？”赵镃对那和尚有好感，不愿伤害。他又嘱咐，“你们在河南站立住了，派人去山东探一探杨嫂的消息。若能找到她，请她回河南主持大局。”

“是。”邢本道应道，“我们找到了杨嫂，你找到了六哥、七哥，大家还是合成一处。”

崔氏终因与刘惠不和，春上带着她的弟兄们走了，说是去山东找刘宠。赵镃现在想起还觉得是一件憾事。他却不知，就在前一两日，崔氏一军在山东潍县为官军打败，崔氏不知死活。

赵镃所料不错，这位真安和尚并未向官府投案首告，从此不知去向。倒是邢本道不久后，在安陆州附近被官军俘获，道出首犯赵镃剃度的秘密。

从此，官府缉拿赵镃的榜文，不但绘出他的模样，写出他的身高、体态、口音，而且写出他是僧人装束，使用真安法号。赵镃与刘成儿每见人多处，便远远避开。城墙张挂榜文的地方，正是人多之处。他们从来也不走近，因而，也不知官府已经掌握了他们的身份。即便听到有人议论捉拿和尚，也想不到与自己有关。

赵镃的目的地正是黄冈。贾勉儿说，他前次率军至罗田时，遇到刘宠手下的掉队弟兄，探知刘宠等正赶往黄冈。赵镃要去黄冈打探一下刘宠的确实去处。来到黄冈县，听人传说。此处不远江面上确是发生过战事，刘宠父子死难，刘宸、齐彦名等顺江东去。他心里顿时凉了半截。刘宠在众人中最有头脑，与他还可以共事。刘宸、齐彦名等人本就对他有成见，或者换言之，他本来就对刘宸、齐彦名等人抱有成见，现在兵败势孤，找到他们又能怎样，能说动他们打回河南吗？能说动他们和邢本道、贾勉儿这些原本属于二流的首领共事吗？最简单的一个问题，他们会把自己当作谋主看待吗？况且，赵镃断定，没了刘宠，他们也难成大事。

要寻刘宸、齐彦名，该往东走，赵镃却带着刘成儿向西行去。他没有明确的去处，或是想，再向西走，有隐蔽的去处，便躲藏下去，或是想，再向西走走，看一看武昌府，便折回河南，寻找邢本道等人。不想，却遇到亟欲立功发财的赵成、赵宗兄弟。赵氏兄弟和赵镃一起从德安府出发，走了不同的路径，走来走去，在黄冈县境内不期而遇了。

“师傅，那两个官兵还跟在后面。”即使在无人处，刘成儿也叫赵镃师傅，免得无意中叫走了嘴，被人听到。他回头看了看，改口说，“不，现在是三个人了。”

另一人走在道路另一边，但不时与赵成、赵宗用手比画，做着信号，很明显是一伙的。刘成儿果然机敏，看了出来。此人叫徐必高，一身衙门差役的打扮，是孝感县的捕快，与赵成二人熟识，在半路碰上，赵成约他共取一件功劳。

如果前两日赵镃对赵成、赵宗二人在后尾随，还不甚在意，那么，在离开黄冈县城，他心中已经有数：此二人是冲着他来的。当时，他远离城门，让刘成儿去看城门两旁张挂的榜文。刘成儿回来，脸色很难看。“他们，”刘成儿声音颤抖地说，“他们在缉拿真安和尚。”

赵镃一下就明白了。他不多说话，领着刘成儿仍然西行。边走边盘算：打是打不赢的，自己虽有些功夫，但那二人膀大腰圆，气力一定很大，自己恐怕一个也对付不了。而刘成儿年龄尚小，更加不是他们的敌手。跑也跑不脱。他们在本地当差，自己二人是外来之人，道路不熟，跑来跑去，说不定跑的全是冤枉路，他们跨前一步，便赶上了。也好，打不赢就不打，跑不脱就不跑，一步一步往前走，看看结局如何？

现在，听说后面又加多一人，连走也不想走了。“我们离江夏不远了吧？”赵镃问。江夏是武昌府也是湖广省的首县。

“顺这条路一直走下去，今日晚间就可以在江夏城外寻个宿处了。”刘成儿每到一处，都不忘问问路程。

“何必赶夜路。”赵镃说，“不走了，到前面镇上找个酒家，我们歇歇脚，也好好吃上一顿热饭。”

前面的村镇叫饭村店，正是吃饭的好去处。镇口一挂酒幌下，便是一处酒家。门面不大，进去后，却是窗明几净。时辰尚早，饮酒就食的人不多。

站在门外无聊的店小二掀开帘子，殷勤地向里让客：“两位师傅请！小店后有素食灶，我让他们煮两碗素面与师傅们充充饥，可使得？”

赵镃入内，挑了最靠里面的一张桌子，与刘成儿对面坐下：“我二人不吃素面，你给我们打两角好酒来。”赵镃说。

“二位师傅要喝酒？“小二吃惊地问。此间官府有令，凡喝酒滋事的和尚，一律送官究治。

“怎么，人和尚喝不得酒吗？”赵镃将一大块纹银，足足五两有余，重重地拍在桌上。

“喝得，喝得！”饭村店是个不大的去处，小二未见过大世面，今日见钱眼开，忙不迭地说道。

“你再与我切二斤牛肉，一碟卤水煮的鸡子下酒。”赵镃吩咐，“牛肉一定要鲜嫩的。

“是，是。”小二边擦桌面边应道，“小店后面还养着几只老母鸡，肥得很，还在下蛋，杀一只煨汤，与两位师傅醒酒可好？”

“还未饮酒，便要醒酒，你想的真是周全。”赵镃笑道，“也罢，就杀一只吧，大和尚不怕下地狱，不怕杀生。”正说着，赵成、赵宗进屋，见赵镃二人坐在深处，便找了靠门的一张桌子坐下。赵镃对小二说：“那两位军爷要吃什么，都记在我的账上。他们还该有一个伴，是位公差，要吃什么，也记在我的账上。”

小二答应着，去招呼两位军爷。不多时，他把两张桌子上要的酒、菜，分送去两处。和尚桌上白花花的纹银吸引着他，可眼前的局面也让他心里打鼓。两位军爷和两位和尚显然不是一事，可和尚要请军爷喝酒，军爷偏偏自己也拿出了银钱，看他们的神色，与和尚是冤家对头。

“好酒！”赵镃饮了口酒，高声赞道，“成儿，你知道我一生最大的憾事是什么？我最大的憾事，就是有个人该杀，我却未能杀他。”

和尚不但喝酒，还要杀人！还要在军爷面前吆喝！小二想劝止，却迈不动腿。

“师傅，你怎地刚喝了一口酒，便醉了，说起胡话来？”刘成儿不安地说，“这酒不要喝了吧。”

“我没有醉，今日我要喝个痛快。你也不要叫我师傅了。这和尚，今日便算当到尽头了。”赵镃道，“我告诉你，我一生最大的憾事，就是兵过泌阳，未能亲手杀死焦芳那大奸臣。”

刘成儿清楚记得，那是在二月初三日，刘惠、赵镃率军攻破南阳府泌阳县。赵镃选攻这座县城，就是为了找焦芳的晦气。焦芳的宅第找到了，从他家翻出蟒衣、玉带、金银、缎匹不计其数。可惜的是，焦芳焦黄中父子去开封府访友，不在家中，侥幸逃得性命。赵镃每引为憾事。

赵镃侃侃而谈，刘成儿觉察到他的用心，便也不再继续藏头露尾。“赵先生，”他高声说道，“那老儿有八十岁了吧？他在人世间存活不了几日，我们去阴间再寻他的晦气便了。”

“说得好！不愧跟了我这些日子。”赵镃高兴地说，“成儿，咱们中军令旗上的那一副对子，我教你诵过几回，你不会忘了吧。”

“怎会忘了，你听我诵与你听。”刘成儿声音清脆，朗朗上口地念出那副不长不短的对子，“虎贲三千，直抵幽燕之地；龙飞九重，重开混沌之天。赵先生，我不但会诵，还会写出来呢。”

“壮志未酬，也不必写了。我倒是有几句歪诗，想留与后人。”赵镃叫道，“小二，笔墨侍候。”

酒家虽小，笔墨纸砚倒也齐备，店小二一一捧了上来，把酒壶、菜碟归到一边，空出大半张桌子，为赵镃铺纸研墨。

“谁耐烦写在纸上！”赵镃奋力将纸拨开。

“大师傅，你要写在哪里？”小二问。

“就写在那里！”赵镃指了指对面的墙壁。

“这——”小二怕惹出是非，不敢应承。

“怎么，你要扫我的兴吗？”赵镃又掏出一块纹银，扔在桌面上，比第一块只多不少。

“是，是，大师傅请随意。”小二捧着砚台，跟在赵镃身后，向对面墙壁走去。

赵镃卷起衣袖，大笔一挥，龙飞凤舞般在雪白的墙壁上题写一诗：“魏国英雄今已休，一场心思付东流。秦廷无剑诛高鹿，汉室何人问丙牛？野鸟空啼千古恨，长江难洗百年羞。西风吹散穷途客，一夜游魂返故邱。”写罢，高声道：“好，酒喝得痛快，诗也题得痛快！”

这时，外面响起一阵杂乱的脚步声，是武昌府吴同知、白湖镇龙巡检听了徐必高的报告，率兵前来捉拿在缉要犯。赵镃没有反抗，束手就擒。

第一百零四章

通州有二，北通州属顺天府，南通州不直属应天府，而属南直隶扬州府。如同国家设两都，北都但称京师，南都却称南京，北通州但称通州，南通州在习惯上要加南字，或简称南通，尽管在官方文书上南通州前并没有南字，也没有南通的名称。

南通州原是静海县，洪武初年升为州，并易名。所谓通州，不是指西可通扬州，或西可通南京，而是指它的东南便是大海。它通向海外。

南通州城南有一座不高却险要的小山，叫狼山。它像一尊直立的恶狼。矗立在大江的北岸。从闰五月到七月的两个月间，沿大江而下的刘宸、齐彦名等数百人几度出没于狼山，把狼山当作最后的据点。

依恃这个据点，刘宸、齐彦名成了大江上的飞将军，不但驰骋于扬州府，而且扬威于南直隶的沿大江地区，不但扬威于南直隶的沿大江地区，而且战至江西的沿大江地区，来往自如，势不可挡。

各处官府在给凤阳巡抚、应天巡抚、江西巡抚，总制南畿、浙江、福建、广东、湖广、江西六省区军务的都御史陈金，提督军务的副都御史陆完的申文中记录了刘宸、齐彦名所部的行踪：闰五月十六日，突来京口、瓜洲，修寨于常熟之福山港、通州之狼山；六月初九日，从海门溯江而上，十二日，越瓜洲，过南京，十四日，过太平府当涂县境内采石山，泊于芜湖，二十三日，至九江府湖口，寇南康、蕲州、黄州、九江、安庆；七月十一日，再越瓜洲而南。

京口指镇江，瓜洲指隔江相望的扬州，海门属南通州，常熟属苏州府，芜湖属太平府，蕲州属黄州府，除九江、南康两府属江西，黄州属湖广，其他都属南直隶。

以上记载的六月二十三日至湖口，到扫荡各府而还，不会少于十日，也就是说，从初九日离开海门，经过差不多一个月的远征。严重的是，数百上千人大摇大摆从南京而过，竟没有受到堵截和追击，也不见官军有所行动。这是对朝廷的大示威，也是对朝廷的大讽刺。

七月十一日再次在扬州耀武扬威了一番之后，情况有了变化，刘宸首先有了不祥的预感。

七月十六日，刘宸、齐彦名等回到狼山据点，刘宸发现丁氏、阮氏二妾不见了。守在山顶的弟兄说，看见她二人下山，没有七大王的命令，不敢阻拦她们下山。守在山脚江边的弟兄说，看见她二人向通州城方向行去，没有七大王的命令，不敢阻拦她二人进城。丁氏、阮氏都是在路上劫掠来的，刘宸估计，她们一定商量好了，躲进城去。他对此二女情有独钟，无论如何也要把她们找回来。

狼山上有一座不大的寺院，就叫狼山寺。地方较为偏僻，和尚本来不多，刘宸等上山，将他们悉数赶走，只留几名伙夫、仆役，寺院也成了刘宸、齐彦名等首领的住所。

仆役中有一对孪生兄弟，一人机灵，一人呆傻，相互友爱。刘宸把二人唤来，对机灵的那人说："我差你进城办件事，办得成办不成，只要你回来报个信，我送你们兄弟下山。明日你若不回来，我割了他的头，给你送进城去。"

"不知大王差我办什么事？"机灵的那人问。有不论办得成办不成那句话在前面，他的心里有了底，不甚慌张。

"我的两位小夫人去了通州城，不知她们向官府自首，还是官府拿住了她们，至今不见回来。我要你去城里，向衙门讨回人来。"刘宸交代了要他办的事。

机灵的那人想了想，说："小人尽力去办，只是一日太少，求大王再宽限一日。"

"好，我再宽限半日，后日天黑，你再不回来，就不必回来了。"刘宸说。

"若两位小夫人不在衙门怎办？"

"你让衙门在城中帮我寻找，找到了送还与我。"刘宸说，"衙门为我办了此事，不会吃亏，我保证，一年半载不攻州城，不扰城外。若是两位小夫人在衙门手里，衙门不还与我，哼，你不妨告诉那狗官，他休想过一天安宁的日子。"

被差派的人吐了吐舌头。让衙门替你寻找，那是为朝廷办事的衙门，还是为你办事的衙门？

两日后的正午时分，被差遣的人回到狼山寺，是一个人回来的。刘宸知道事未办成，脸色很不好看。但不管事办成没办成，人家回来报信了，他不便发作。

"我那两位小夫人不在衙门里吗？"他问。

"回大人的话，两位小夫人都在衙门里。"被差派的人答，"是衙门里的老爷亲口对我说的。"

"如此说来，是衙门不肯放她们回来？"刘宸气得咬牙，"我的话，你转告他们了吗？”

“大王的话，我一字不改地转告给了衙门里的老爷。”

“什么老爷，狗官！”刘宸越发地发起狠来。

“是，是，衙门里的狗官说，大王要是有种，自己去向他要人。”城中官员的话也是一字不改地转告。被差派的人看似机灵，却不知道，如实说话，有时是很危险的。

“哼，他以为我不敢吗？”看刘宸的样子，是要杀人了。幸亏他还记得前日的许诺：“大丈夫言而有信，你们兄弟下山去吧。”

第二日，刘宸带了二百名弟兄下山，直奔通州城。城中似乎料到他要攻城，城门紧闭，早就做好了防范。知州和通州卫指挥使站立城上，只要刘宸等逼近，便挥动小旗，各城垛上箭矢齐发。通州城池坚固，在此之前，刘宸、齐彦名几次想攻入城中，都没有得手，只好在城外游掠。这次攻城，人数更少，当然更不会成功。攻了两次，死伤一些弟兄，刘宸停止攻城。

“城上的狗官听了：我多日来不曾与你通州为敌，为何扣住我的人不放？”刘宸在城外喊道，“难道不怕我攻破城池，将尔等狗官杀个干净！”

“哈！哈！”城上的指挥使笑道，“只怕你没有攻下通州，我朝廷大兵一到，你就死无葬身之地了。你的见识，还不如你掠去的两个女子。她们都知道，你已走入绝路，你却还执迷不悟。”

城上城下对骂了一阵，刘宸率弟兄们回山。走在路上，越想越不对，到了狼山寺，立即把齐彦名找来，将丁、阮二妾逃入城中，直至今日攻城的情形，原原本本讲了出来。

“彦名哥，我看有些不对头了。”刘宸紧蹙双眉，言道。

“七哥是说，官军要剿狼山？”齐彦名也有同感，“何不差人去各处打探？”

“对，是要打探。”刘宸寻思着，扬州府要派人去，镇江府也要派人去。着他等骑快马，三日之内要探得敌情，赶将回来。

派出了数人，都在三日内赶了回来。他们其实并未到扬州、镇江，在苏州、常州打探到一些消息，已足以令人担忧了。

陆完奉旨主剿山东敌军，从山东一路跟到南直隶。六月初六日，他抵扬州驻守，而以应天巡抚王缜驻定镇江，扼住两岸，守好南京的门户。王缜是弘治六年进士，在李承勋还任知府的时候，他已升任方面大员，在督抚中算得上是少壮派。

由于未能止住敌军西窜，朝廷降旨，命彭泽、仇钺率领剿平河南的京军、边军，至江南，会陆完军进剿残存的敌军。

彭泽、仇钺大军在七月中抵达扬州，渡江至镇江，与陆完会议，决定仇钺防守镇江，温恭率骑师驻守扬州，刘晖以舟师驻守常州府江阴县。江阴县在大江南岸，江面有一山，名君山，是军事要塞。陆完则率都指挥孙文、傅铠等驻常熟县的福山港。

稍近处，常熟被扼住，稍远处，江阴被扼住，再远处，京口、瓜洲被扼住，如同大江中的三道防线，如果不尽早冲突出去，就只有向东遁入大海，或困死在狼山。

刘宸和齐彦名决定，当晚乘船西行，突出官兵的重围。天将黑未黑，他们摸下山去。望江滨一看，一迭声地叫苦，原来作为应急之用的数十只船，无一存者。午后起了一阵飓风，拴在外层的船只经不住江浪拍打，裂成一块块木板，有的在山坳处打转，有的冲入江心，漂向大海。靠近岸边的船只，有山嶂的遮蔽，本该无恙，谁知也一条一条地沉入江底。原来有苏州人应募献计，使用一种叫水老鸦的兵器破船。水老鸦形状如矢，箭头如鸟喙，下连一器具。箭头插入船底，器具旋转，箭头渐旋进船身，很快成一漏洞。官军招募了一批善泅的水工，当地人叫水鬼，携水老鸦潜近岸边，先着一人试用，果然灵验，那被钻漏了的船，渐渐倾斜，渐渐淹没。于是，众水鬼一起动手。刘宸、齐彦名率众下山时，正见到一条条船悄无声息地沉入水中，还以为是有鬼作祟，天灭我也。数百人站在岸边，望江兴叹。他们多是北方腹地人，能在小河小沟中游水的就不多，能在大江中游水的百无一二，能在大江中长途游水的敢说一个也没有。

狼山只有一条陆路，通向通州。破通州城而去，那也是难之又难。山上喂养了几匹好马，几位首领纵马而去，或可在荒野中寻出条路来。但撇开数百弟兄，不是刘宸、齐彦名的风格。一声七大王，一声齐大王，岂是白白让人称呼的？危难时更要聚在一处。

“彦名哥，我们且转回山上，再作计较。”刘宸无奈中也只有这无奈的办法。

“好，”齐彦名赞同，“山峻路险，粮草充足，官军想攻上去，也不是容易的事。”

数百人退回山上，除了山隘边缘处差少数弟兄巡逻把守，大部分弟兄都守在狼山寺里。

这一天是七月二十一日，刘宸和齐彦名都没有看到官军，但分明感觉到四周官军的存在，等待着官军的攻击。山上没有一个人入睡。

二十二日凌晨三鼓，官军开始攻山。副总兵刘晖率辽东兵，游击将军郤永率宣府兵，参将任玺率大同兵，齐头并进。此夜乌云蔽月，四下一片漆黑，官军动作隐蔽，山上毫无察觉，天拂晓时，进至半山腰间。山上的巡哨这才看到攻山的官军，高声喊叫起来。官军无法隐蔽，也更加高声地喊叫起来。顿时间，山上山间喊杀声连成一片。

刘宸和齐彦名早在等着这一刻，闻声即出。二人在山巅环行一周，摸清了官军进攻的态势。刘宸道：“西面的官军只叫喊，不前行，定是佯攻，南、北二路是主攻。彦名哥，你我各守一路，看看谁守的时间长。”

“好，我守南路，你守北路，守不住了，一起退回寺中，再寻出路。”齐彦名与刘宸抱了抱肩，道声珍重，各向一方行去。

刘宸的判断准确，官军确是分为三路。任玺所部人数不多，只在山腰擂鼓呐喊，并不抢攻。刘晖所部在北坡攻山，郤永所部在南坡攻山。

刘宸、齐彦名各防一路，命善射的弟兄用弓箭，不善射的弟兄拆下墙砖寺瓦石阶，以手投掷。刘晖、郤永各部都做了攻山的准备。山上的砖石箭矢飞下，攻在最前面的士卒各举起一面盾牌，膝跪而行，跟在后面的士卒则是匍匐行进。箭矢射中盾牌，无法穿透。砖石击中盾牌，气力小者，不当回事，气力大者，攻者举不住盾牌，然所伤亦轻，后面的士卒将盾牌接手过去。因而，山上防守一方虽然拚尽全力，不停地放箭，不停地抛砖扔石，官兵的伤亡不大。

伤亡不大，进攻的速度却缓慢。持盾跪行，只能一尺一尺，甚至几寸几寸地挪动。从拂晓击鼓吹号，开始攻山。到午后申时，用了四五个时辰，终于接近山巅。早已爬得不耐烦的官军一跃而起，扑向守军。此刻射箭掷石都不起作用了，只能看刀枪上的功夫。辽东、宣府之兵威猛强悍，面对面地厮杀，守军很快不支。刘宸、齐彦名各率残部，退进狼山寺，顶住东门，还能抵挡一阵。

“姐丈，七哥，”庞文宣低声唤道，“寺院后门出去，有一条小径，可通江边。我看江边列有舴艋小船，我等只要夺得一船，便可逃脱。”

“你怎知有这一条路？”刘宸奇怪地问。

庞文宣笑着说：“也是善有善报，六哥昨日放那两弟兄下山，那看似呆头呆脑之人，其实并不呆傻。他每日下山拾草砍柴，知道有这一条路，从来不曾对人说过。你赔了夫人，却不把火气发在他兄弟身上，他心怀感激，下山之前悄悄告诉了我，要我转告你。”

当下顾不得多说，庞文宣带领刘宸、齐彦名及几名贴身的弟兄，出了狼山寺后墙间开的小门。粗粗看去，并没有路，攀着蒿草树枝，向下行去，小径渐渐显露出来。刘宸、齐彦名等不敢发出大的声响，一人紧随一人，摸下山去。到得山腰，突然从侧面冲出一支官军，看旗号，是宣府士卒。刘、齐等仓促应战。乱战中，最为凶猛的大刀齐彦名受伤数处，终于不支，被游兵小旗张鉴割了首级。刘宸、庞文宣等夺路下山。到了山下，江边果然傍了几条小船，他等直奔过去。这时，刘晖等已赶至山腰间，指挥士卒一起放箭，刘宸刚爬上船，被乱箭射中，跌落江中。只庞文宣等数人驾船而去。因船小浪大，船漂到常熟福山港，被官军截住。庞文宣等最终也未能逃脱。

第二天，官军在山上山间山下篦头般搜索一遍，再没有发现一个漏网的盗贼，这才收兵。

九月，朝廷论平盗功，封谷大用弟谷大宽为高平伯，陆言弟陆永为镇平伯。他们是无功受封。同样差派同样无功的总兵毛伦则没有得到封赏。咸宁伯仇钺晋封咸宁侯，赐诰券，世袭，算得上是重赏。陆完进左都御史，掌院事，彭泽进右都御史，也算得上是重赏。此外，内阁诸臣各荫一子为锦衣卫正千户，作为对他们辅弼之功的报偿。

第一百零五章

淮安知府刘祥是事变中唯一被盗贼生擒的知府，也是唯一被盗贼生擒而又获生还的知府。据说，他获释，是因为杨虎、赵鐩等询问了宿迁县、邳州、淮安府的百姓，众口一词，说他是好官清官。赵鐩义正词严，说服杨虎和其他首领，放他归府。这一离奇的遭遇没有带给他不幸的后果和幸运的后果。他在被盗贼擒获时没有什么壮烈之举，朝廷不会褒奖他；他在被盗贼擒获时没有什么屈辱之举，朝廷也不惩治他。他仍任知府，恪尽职守；仍以百姓的父母官自居，善待小民。同僚和上司官问起那一段遭遇，他如实叙说，不加评论。盗贼残暴也好，仁义也好，他的表现怯懦也好，勇敢也好，一概讳莫如深。

有了那一段遭遇，向上升迁的机会渺茫了。他深知这一点，因而没有奢求。他只想找一个合适的时机，体面地去官还乡。

但是，他没有等到合适的时机，而被罢官的情形也不体面。在平息盗贼不久，他被卷入一场不明不白的官司，不明不白地罢了官。

八月初，奉旨掌南京织造的尚衣监太监乔忠事毕还京。谁都知道，提督织造是内官中第一美差，而南京、苏州、杭州三处提督中，又以南京提督权势最大。谁都知道，提督织造太监对宫中有地位的太监都有孝敬，而且是最大的一份孝敬。谁都知道，提督织造太监事毕回宫，皇上多会召见嘉勉，织造太监面奏之事，皇上多会允准。因而，各地官员对还京的织造太监，无不巴结奉承，即使不盼望他回宫言好事，也不愿意惹上一身麻烦。

由南京北上京师，多行水路。一来运河两岸设有重兵，较为安全；二来携带物品多时，船载较为方便。一年提督织造太监干下来，谁说得清楚有多少东西要带回。而且又不急着向皇上复旨，乔忠当然也取运河水路。

走运河便过淮安。刘祥任官多年，知道须好生应付。他把馆驿中最好的上房腾出来，请乔太监歇脚，在馆驿整治了淮安府称得上是一流的酒席招待乔忠，给乔忠的随从也都有说得过去的礼物。一名被百姓认为是清官的知府做到这一点，很不容易了。乔忠没有什么不满意的。

乔忠一行在淮安只是住一住脚，原意也是向当地父母官讨杯酒吃。吃过了刘祥精心准备的迎客酒，也是送客酒，豪客告辞，出了馆驿，直奔南门。他的几十只船就泊靠在城南门外的运河边。也许酒喝得多了，乔忠坐在轿中打瞌睡，随从们走起路来晃晃悠悠。

乔忠下轿，急忙上船，吩咐立即开船赶路。他躺在特备的卧榻上，命随从煮一碗醒酒的汤来。汤端上来了，船却没有动，他不高兴地说："怎么回事，船还不起动？是我在刘太守那里饮醉了酒，还是你在船上饮醉了酒？"

随从赔笑说："公公没有饮醉酒，小人也没有饮醉酒。船没有走动，是因为前边有船，挡住了去路，咱的船大，一时转不出去。"

乔忠大怒，把碗一摔，骂道："是谁活得不耐烦了，敢挡住本太监的船！把他们一个一个拿下来，送到衙门里去。"滚烫的汤汁溅到手上、脸上，生生有些发疼，使他更是怒火中烧。"走，随我去看看！"说着，带领随从们走出船舱，站在船头张望。一见之下，又是好气，又是好笑。

原来他的这条大船要离开泊船处，前方有一条比他的船小些，比运河上行走的其他船却大许多的船要泊进来。运河水面不宽，泊船处比其他河面开阔些，却也宽得有限。两条大船怎么也抹转不开，两船上的梢工正在斗嘴。

对面船上的艄公说："老哥，行个方便，先别动，等我把船泊进去，你再行出来。"

乔忠船上的艄公说："那不行，我奉命行船，马上就要离岸。劝你先把船退到一旁，让我们出去，你再来泊，免得大家挤成一团。"

"那也不成，我奉命泊船，马上就要靠岸，凭什么就该我让你，你就不能让我？"

"凭什么？就凭我是你爹爹。你爹爹奉命开船，好比一截屎到了屁眼，你能让你爹爹再将它缩回去吗？"这边船上的人听了，大笑不止。

"你这人好不讲理！我好心与你商议，你怎么开口骂人？"对面船上的人也有了气，"看你那副模样，给我做儿子，我都怕要断子绝孙，竟敢来充我的爹爹，好不知羞耻。"

这句话犯了大忌。宦官绝口不提，也绝不愿意听到的，就是"断子绝孙"四个字。对方不知这条船是太监的，知道了，也绝不敢说。

"小子，你们听到了吗？他在骂咱们呢！"乔忠恨恨地对站在身后的随从们说。

"他娘的！胆子不小，骂到咱们头上来了。"一名随从大声吆喝，"伙计们，去把他的船砸了！"

“别砸船呀！”乔忠不阴不阳地说，“你们看不出来，船是官家的，砸了多可惜。不过，船是官家的，船上的人不见得是官家的。让他尝试尝试，骂咱们的滋味好受不好受。”

两船相接，六七个人一跃而上对面的船，抡臂甩腿，把对面船上的两人打翻在地。别说堂堂织造太监，任何一个太监的随从，哪有不恶的！把人打倒还不罢休，又是一通殴击。一名随从特别恶毒，向较年轻的那人胯下狠狠踢了一脚，骂说：“小子，你说谁断子绝孙？”

“哎呀！”那人惨叫一声，本还在挣扎，却再也挣扎不动了，“我，是我该断子绝孙。”他深悔没有眼光，双手捂住下裆，断断续续说完一句话。

乔忠站在船头，看得高兴了，喊道：“小子，行了，你们回船吧。咱看，他们的船该退回去了。”

谁知，跃上那条船的六七名随从却回不来了。只见二十多名巡卒从泊在岸边的其他船上跃上那船，两三人对付一人，把乔忠的随从一一按倒。一人看来是他们的头目，弯下身去看被踢成重伤的同伴。

那人胯下挨了一脚，钻心刺痛，却也没有到致命的程度。见到同伴，他哀诉地说：“大哥，我不行了。这里被那小子踢了一脚，怕是要断子绝孙了。”

巡卒头目与他亲同手足，他被打坏了灵根，岂肯干休！“是谁下的毒手，你快告诉我。”他一个一个地指点着乔忠的随从，问道。

随从们一般的装束，也差不多一般的相貌，一般的身局，一般的年龄，唯一不同的可能是腔调。但现在被制服，声音也改变了。被打伤的人实在辨认不出谁给了他致命的一脚。巡检头目见他辨认不出，凶狠地命道：“一起打！”

方才是六七人打得两个人乱叫，现在二十来人打得那六七人乱叫，乔忠看了，又是心疼，又是愤慨，顾不得身体笨重，也跨过那船，厉声叫道：“反了，反了！你们是官兵，还是强贼？我的人也敢打，还不快快住手！”

“打你的人有什么稀奇，老子连你一起打！”一名巡卒打红了眼，也不管面前站的是谁，一脚踢了过来，也是踢的下裆。

“使不得，使不得！”一名随从见状，拼命挣脱开拉住他的两名巡卒，奋力挡在乔忠身前。还好，他屁股上挨了一脚，没伤到要害处。但这一脚力道太大，他站立不住，向乔忠撞了过去。乔忠急向一旁躲闪，上身闪开，脚下被绊，横着跌了出去，额角撞破，血立时流了出来。

乱打了多时，他是第一个流血的人。巡卒们见到了血，也见到流血的是一名太监，这才清醒过来，连忙住手，放开乔忠的众随从。两名随从急奔到乔忠身边，欲将他搀扶起来。

乔忠自幼净身入宫，在宫中也作过贱役，也受过打骂。而自从有了身份，就再没受过闲气。今天不但随从们挨打，自己也挨了打，还流了血。这口恶气怎出得去。他甩开随从的手，盘坐在船侧，号啕大哭。太监都会哭，他一人的哭声，比方才那些人的乱叫，要凄惨百倍。

混乱中，船上又急匆匆上来一人。乔忠看他眼熟，知他是南京官场上的人物，只不知他姓名。他却认得乔忠，见了眼前的情景，大惊失色，连连跺着脚，指斥巡检头目："你们也忒大胆了，在乔太监面前也敢撒野！你们不知道吗，在南京城里，任谁见了乔太监都要敬他三分。"说着话，亲自去搀扶乔忠起身。

乔忠哭也哭累了，不好再撒泼，就势站了起来，抹抹额角上的血，问："大人是南京哪个衙门的？此事你亲眼所见，要为我做个证人。"

那人忙行礼："下官是南京给事中刘弦，赴京公差。不知我船上的人怎样得罪了乔太监？"

乔忠先是一愣，接着冷笑两声："如此说来，我是在刘大人的船上挨了打了？这些强悍的士卒也都是刘大人的人了？好，好，十分地好！"

他每说一声好，刘弦的头皮都要跳一跳。"这是怎么说！这是怎么说！"他先是作揖赔礼，继而下跪谢罪。乔忠找到了事主便知该怎样了结，睬也不睬他，径直回船去了。

刘弦确是赴京公差，千不该，万不该，他不该是刘祥的亲侄；千不该，万不该，刘祥不该给他派了两队巡卒护卫。所谓护卫，不过是在淮安城里壮壮声势而已，最多也就护卫他过淮安府境，既不能护卫他穿行整个南直隶地区，更不能护卫他到京师。而就在淮安府城下，不知天高地厚的巡卒们给他惹下了天大的麻烦。他知道，一场官司无论如何也逃脱不掉了。

"老乔，提督织造再好不过的差事，你怎搞得这般狼狈？"皇帝见了乔忠的模样，实在想发笑，强自忍住了问话。

"万岁爷给奴才做主！"乔忠哭腔哭调地说，"奴才被人打了，实在没脸再见万岁爷。"额角上的伤口他故意不治，见了皇上还未痊愈。

"好大的胆子，连你也敢打，还把朕放在眼里吗？"皇帝动了气，"老乔，打你的是谁？

“是淮安知府刘祥派的巡检，是刘弦指使巡检下的手。”乔忠简述经过，详发议论：“奴才要争的是个理字。你拦住我不打紧，你不该拦住我的船。奴才的船是皇船，船上挂的旗帜是万岁爷赐给的，你也敢拦？你拦的不是我，你拦的是万岁爷。奴才拼死也要维护住万岁爷，上前与他们论理。奴才无用，在论理上占了上风，在拳脚上吃了大亏，遭人羞辱。奴才只有请万岁爷做主。”

“好，你为朕理论，朕要为你做主。”皇帝说，“刘弦不是到了京师吗？着下镇抚司勘问。刘祥着锦衣卫官校执来京师，下狱勘问。”

刘瑾被诛后，受降旨闲住处分的牟斌复锦衣卫指挥佥事之职，仍署理北镇抚司事。接了刘祥、刘弦的案子，觉得棘手，去向直接辖制他的提督东厂太监张锐请示。提督东厂太监空缺了一段时间以后，今年三月，以内官监太监张雄提督东厂，五月，张雄入司礼监办事，以御马监太监张锐提督东厂。张雄、张锐、张忠同在豹房侍候皇上，很得皇上的赏识。两次任命，都是传中旨，司礼监事前都不知道。司礼掌印太监自知不能与当年的刘瑾相比，不敢提起提督太监应由司礼监荐用，应在司礼监挑选的旧例。

“督主，刘太守、刘给谏叔侄二人在我那里住了不少日子，我每日酒食侍候，供应不起了。”牟斌开玩笑地说，“我想将他们请出去，不知该怎样个请法，你老人家给我出出主意吧。”

“老牟啊，别逗我开心了。”张锐不把他当作外人，“当初那人的话你都不肯听，今日你会听我的话？”那人自然是指刘瑾。

“督主言之差矣，那人的话我不听，因为那人不该管北司之事。督主的话我要听，因为督主正管着北司的事。我不听你的，却听谁的？”牟斌说着，作了一揖，“请督主赐教！”

“那好，既然你听我的，我就教你个法子。”张锐说，“此案是万岁爷过问了的，你须顺着万岁爷的意思结案。怎样重，就怎样办。够斩立决，就斩立决；够斩监候，就斩监候；够戍边，就戍边；够贬谪，就贬谪，保你中个头彩。”

牟斌静静听他讲了一通，突然问道：“要是都不够呢，我该怎样办他？”

“都不够？”张锐愣了愣，说，“怎么会，乔老哥额上的伤口，你亲眼见到了吧？”

“见到了，着实伤得不轻。”牟斌答。

“他不会自己砸破了头，来诬告刘祥、刘弦二人吧？”张锐问，“乔老哥这人我知道，他胆子比谁都要小，绝不敢拿头往石头上硬碰。”

“是，乔太监的伤口不是自己砸的。”牟斌说，“不过，案情我和韦佥事一起详细勘问过，与刘太守确无干系，是巡检与乔太监的随从发生口角，由口角而格斗，误伤到乔太监。督主，我在你老面前说句不该说的话：公公们的随从，嘿嘿，”牟斌停了停，“不论到了何处，也蛮横得很。”

“照你的说法，该治乔老哥随从们的罪，刘祥、刘弦倒是清白无辜了？”张锐质问。

“也不能说清白无辜。”牟斌道，“刘太守发与刘弦巡检护卫，刘弦接受巡检护卫，都是违例，合该按违例治。巡卒大打出手，合该寻出主凶，治以殴人伤人罪。”

张锐对惩治巡检不感兴趣，问道：“按违例论，刘祥、刘弦该如何处置？”

“或是住俸，或是记过，仍还其职。”牟斌说。

“不成，不成，”张锐连连摆手，“你这般处置，乔老哥不多说什么，皇上也不答应。”

“我问了案子，只该如此处置。”牟斌早有定见，不肯放松。

“你呀你，”张锐无奈地摇头，“老牟，我早说过吧，你不会听我的。我把话讲在事前，你定要从轻发落二刘，万岁爷降罪下来，我无法维护。”

牟斌不听劝告，我行我素：刘祥、刘弦以违例论，巡检以无意伤人论，乔太监置不问。不知乔忠有没有再向皇上喊冤，反正皇帝对处置不满意，命牟斌和韦玺带俸革职，将刘祥、刘弦交法司勘问。大理司所拟与牟斌、韦玺所拟大致相同，是含糊的“赎罪还职”四个字。皇帝更加不满。九月十六日传旨：牟斌、韦玺降百户，调沔阳卫带俸，刘祥戍贵州平越卫，对刘弦却是网开一面，准他“赎罪还职”。大理寺审拟欠当，堂上官夺俸两个月。

未被敌军杀害，也未因敌军擒获而被朝廷治罪的知府刘祥，却因了一件小案，充军化外。

正德皇帝全传

押虎畜豹 北狩南巡 ②

戊戌桂秋王立铎题

廖心一 著

金城出版社
GOLD WALL PRESS
·北京
BEIJING

狎虎畜豹

第一百零六章

江彬在淮河岸上勇猛杀敌，矢伤面颊毫无惧色的故事，钱宁讲得津津有味，皇帝听得津津有味。讲着听着，不由得比画起拳脚。皇帝过了几招拳脚，身上出了汗，便停下来。“茶来！”他唤道。

“儿子在。”钱宁肃手侍立。他总是希望听到皇上这一声招呼，又总是害怕皇上这一声招呼。因为在这一声招呼之后，总会有一些他意想不到、很难回答、常使他难堪的问题。

“国家有江彬这样忠勇的将军，朕甚是欣慰。若你是江彬，受了箭伤，又会怎样？”皇帝果然提出一个刁钻的问题。

钱宁想了想，说：“以儿子的本事，借皇上的神威，只有我射杀敌人，怎会被敌人射伤了我？”他自以为答的得体，无形中比他刚刚吹嘘过的江彬，又高了一头。吹嘘江彬，是因为得了江彬的好处，是因为听了江彬的谦辞。吹嘘过后，又觉得有些不妥当了。皇上如果记住了这个人，把这个人召到了身边，对自已不会有好处。这不，因了他，皇上出了个难题考问，若非头脑灵活，真不知怎样回答。

“好，今日的话你要记住，总有一天，朕要派你去领兵打仗。”皇帝说着，命道，“着人将朕的御马牵来，朕要纵横驰骋一番。”皇帝的马牵来了，一副新换上的马鞍带有肃杀之气，特别引人注目。皇帝拍了拍，问钱宁：“皇儿知道它是用什么制作的吗？”钱宁明知它的来历，明知因而引起过议论，却不敢说破：“是新换上的吗？儿子看它奇特，不知是用何物制作。”

“你说它奇特，倒也很有眼光。”皇帝说：“告诉你，它是做用反贼赵鐩的人皮制作的。河南贼魁解入京师时，我问身边的人，他们中谁最可恶，有人说：这个赵疯子最可恶。他是读书人，不思量为朝廷办事，却煽惑愚民与朝廷做对。朕问：他最可恶，当用何刑处死？那人说：磔刑。朕说：磔刑之外，朕再加一刑，把他的皮活剥下来，为朕作马鞍，朕要每日踩上它，以警诫天下读书人，千万不可学他的样子。”

“皇上说得对！”钱宁附和着说，“读书人敢与朝廷做对，比村夫愚氓可恶十倍。”

“却有人说朕行事不当，说什么祖宗严禁法外用刑。”皇帝问道，“你也听过这般议论吗？”

“儿子不曾听过。”钱宁和士大夫有交往，听到不少人议论。他不知对议者要怎样处置，暂时也不愿得罪那些议者，便说了谎。

“若是听到了，你要代朕批驳这些书生之见。敢在中原倡乱，特别是读书人敢在中原倡乱，一定要用严刑。”皇帝一本正经地说。

“是，儿子听到这等荒谬的议论，一定据理力驳，宣明圣意。”说着，钱宁上前扶了皇帝一把。

皇帝借着他一扶之力，登鞍上马，勒转缰绳，在豹房前跑了几个来回。马鼻呼出的气息渐重，皇帝勒住缰绳，让它停下来，又借钱宁一扶之力，从马背上跃下。

“茶来。”皇帝招呼着，又出了个新的题目，“我要见一见江彬。我想把江彬留在身边。你为朕想个法子，别让大臣们又说出不好听的话来。”

钱宁说：“边军中骁勇善战者，不止江彬一人，皇上不如多留下几人。豹房中多了他们侍候，也可以更热闹些，更安全些。”

“朕亦有此意，只怕众多边将不回边镇，那班言官闲得无聊，又要絮聒。”皇帝有他的担心。

钱宁说：“儿子倒有个法子，不知使得使不得。”

“你说。法子若好，朕要赏你。”皇帝道。

“皇上说边将该在边镇，固然不错。”钱宁说，“还有一条，边将不离边兵。如果皇上命边军与京营对调，边军留在京师，边将统率边军，留在京师伴驾，不就是合情合理之事了吗？”

“好法子！”皇帝赞道，“你不但一呼茶来，而且一呼法子来，可称法来。记住，这是朕赐你的法号。”

“谢皇上！”钱宁得过的赏赐太多，不满足只得一个法号，“除了法号，皇上再赏赐些别的吧。”

“你现在是锦衣卫指挥使吧？朕再升你一级，任后军府都督佥事。”钱宁要谢恩，皇帝拦住，“你先别叩头，朕要你办成一件事，这次的封赏才算数。你去查查，京营边军对调之事，前朝有没有人议论过。朕要的是赞同的议论。”

有都督佥事为饵，钱宁当然尽力去办，居然被他不费什么气力地找到了依据。他携了抄录的疏稿，去见皇帝，大声道：“皇上，你看这段话！咱们的京边对调，可以实施了。”

疏稿写道：“京营之兵素为冗怯，平居不习夫披坚执锐之劳，有事安得取其斩馘执俘之用？临阵退缩，反骤边兵之功；望敌奔溃，久为虏人所侮。宜以边兵镇京师，以壮根本。”

“写得好，写得好！”皇帝赞过问道，“是谁的议论？”

“儿子抄的是前礼部尚书倪岳的奏疏。”钱宁说。

“此人有见识。他的议论甚合朕意，朕要起用他。”皇帝手指疏稿，兴奋地说。

“不行了，倪尚书弘治十四年就过世了。”

皇帝静心一想，印象中确有其事，说了声“可惜”，又说：“虽不能起用他，却可用他的议论。来人，去司礼监传旨：众大臣廷议之。”

平日的廷议，李东阳是主持。今日的廷议，他变成了主讲。对今日廷议的题目，他整整想了一日夜，极有所见，也极欲一抒为快。

皇帝差来听议的内官是御用监太监张永和司礼监太监张雄。张雄呆板地说：“万岁爷说，着边军赴京上值，京营赴边上操，彼此都有好处。望诸位大人细心体会，定下对调事宜，咱们好去向万岁爷复旨。”

李东阳不等他人说话，先自开口：“请两位奏明圣上，臣以为京边对调不可行。”

他的话一出口，其他人不论做何想法，都不再说。反对对调者，要先听一听他的议论，赞同对调者，也要先听一听他的议论。

“怎么，就这么一句话吗？”张雄问，“万岁爷着各位议事，就这么一句话搪塞他老人家吗？”

李东阳说：“话有许多。我以为京营边军对调，有十不便。我一条一条来说，请大家共议。两位张太监记不下也不打紧，我另有疏本奏明圣上。”

“那好，请西涯先生从第一不便说起。”张雄说。

“京营守京，边军守边，各有职分。遇有急事，方可互相应援。张太监，宁夏有变，你与应宁先生督京营讨之。京畿有变，你与世光先生主调边军讨之。这便是急事，京营边军便可互相应援。”李东阳向他提到的各人点了点头，“今日盗贼方破，江淮并无大警，边镇亦无大警，所议京营边军对调，是无事而动，此一不便也。”

“多谢西涯先生剖析。”张永说，“以边军讨京畿之盗，原来并无不妥。”

李东阳继续说：“京营在京，虽有操练，却不习战阵。以之备边，遇有北虏犯边，难得必胜。说起来，京营乃国家精锐，若有败绩，于国威有大碍，于士气有大损。此二不便也。”

仇钺掌三千营，调京营戍边，或先要从三千营调起，将帅士卒难免会生怨气，闹起事来他不好处置。他说："李阁老虑的是，我不敢说京边对调，两下不便，但京军戍边，大有不便，则是无疑的。"

"京营不习战阵，也是无奈之事，"杨一清说，"京师不同于边方，无法摆出大阵势操练。"

李东阳等诸人议了几句，说第三事："两年以来多事，先是宁夏之变，继而逆瑾之诛，继而京畿之盗，川蜀之盗，江西之盗，虽变乱逐一平息，然人心未定，一旦京军出京，大张旗鼓，必定骇人耳目。各边传闻，必将更加惊疑畏惧，此三不便也。"

"北直、山东、河南等地，盗祸方弥，宜明刑正典，不宜再宣以兵威。"署刑部事的左侍郎张子麟两月前问过赵鐩口供，深知京军出京，在百姓心目中造成的大恐慌。

"再者，京军出外，倚恃强势，占住房屋，索要钱物，需索酒食，强买货物，奸污妇女。将官护短而不肯禁，边方奉旨而不敢言。此四不便也。"李东阳转向张永，"张太监，你是督统过京营的，我说的劣迹不是无中生有吧？"

张永不好说是，也不好说不是，干笑一声。

李东阳数说过京军，又数说边军："边军在内，狎恩恃爱，傲睨军民，蔑视官府，小则怠玩，大则违法。治之则彼或不能堪，纵之则彼愈不可制。此五不便也。"说着问陆完，"全卿先生，此番讨盗，边军在各地违纪事例不少，你曾听闻一二吗？"

陆完有些难堪。边军纪律不好，他作为提督军务大臣，责任不可推卸。他嘟哝一句："军纪不整肃，也不只是边军。"

"不错，违纪者不只是边军，但以边军为甚。"李东阳也只回敬一句，"远离乡井，抛弃骨肉，若说地域，则或风气寒暖之不相同；若说用度，则或盘费供给之不相续。此六不便也。应宁先生，你总制西北军务，士卒调动的甘苦，你一定感同身受。"

"是。"杨一清说，"地域不同，气候各异，大军调动起来，衣物总难筹措齐备。"

"又岂止衣物，"李东阳说，"京边对调，在粮草之外，必用行粮，在布花之外，必须赏给，并非紧急不得已之时，却要靡费已穷之财。此七不便也。志同先生，不知你何以为计？"

户部尚书孙交无奈地笑笑，没有出声。反正大军一动，就向他要钱要粮。筹钱筹粮是他的本分，他掌一天户部，就要费一番心血。

"往来交替，无有宁息。仓猝之际，倘或变起于道途；厌倦之余，倘或患生于肘腋，谁敢担得万全？此八不便也。"李东阳向何鉴笑笑，"变起道途也好，患生肘腋也好，世光先生大概是第一个坐卧不安的人了。"

何鉴说：“西涯公，我赞成你说的，京营边军事急时可互相应援，无事时不可轻动。”

“是啊，主持兵部，世光先生自然知道大军调动不易。”李东阳说，“京营外调，内外皆知京城空虚，边军调内，国人皆以为国中单弱。实者成虚，强者示弱。此九不便也。西北诸边，互通声息，唇齿之地，正须策应，调动一处，牵制全局。倘有疏失，咎将谁归？此十不便也。京边对调说来只是一事，不便却有十项。某身为腹心之臣，实不敢阿谀委顺，勉强屈从。”李东阳一口气说完，直身端坐，静听各人的反响。

梁储低声对杨廷和说：“西涯公此番议论慷慨激昂，缜密周全，却不同于往日风范。介夫先生，你有感觉吗？”

“不错，”杨廷和也低声回说，“我看他去意甚坚，他定是在致仕前要进一次忠说之谏。”

张雄咳嗽一声，说：“西涯先生说京营边军对调有十不便，皇上却说京营边军对调彼此都有好处。到底是两下有好处，还是十不方便，我也说不清楚。我只有一句话想问问西涯先生。”

“张太监请讲。”李东阳揖请。

“倪舜咨先生是西涯先生的同年吧？”

众大臣都想听听来自皇上身边，接受了皇上训示的司礼太监会问出什么为难的题目，不想他问的是与京边对调毫无关系的一件事。

“是，舜咨先生与我同年同馆同入翰林。”李东阳答，“舜咨先生长我几岁，我一直兄事之。”

“西涯先生以为舜咨先生为臣若何？”张雄问。

“贤臣能臣。”

“西涯先生说他是能臣，他定有干练之处。他在军事方面的见解，西涯先生也是赞赏的吗？”看来，这才说到正题。

“舜咨先生在军事方面的见解胜我多矣！”李东阳说，“李某一生，但求诰敕之作能合圣意，舜咨先生则于军国大事无不刻意探求，弊政剔抉无遗，当时在朝诸公无不心悦诚服。”

“好，”张雄露出得意的神情，“西涯先生既然悦服舜咨先生的见解，舜咨先生以为应以边军入卫，西涯先生为什么以为不便，而且有十不便之多呢？”

听了张雄的话，在座资历较深而与倪岳有交者，都在回想，此公在什么场合下说过，应调边兵入卫。

“以我所知，舜咨先生不曾有过边军入卫的主张。”李东阳断然说道。

“那么，这份疏议是假的了？”张雄从袖中取出抄录的奏疏，递给李东阳。

李东阳读后，哑然失笑：“疏议不是假的，却不知谁抄与张太监，只抄了一段，致使张太监窥其一斑，未见全豹。我还记得，该奏疏言：延绥，边也，去京师远；宣府、大同，亦边也。去京师近。故宣大有门庭之喻。顷兵部计议，令宣府出兵五千，大同出兵一万，并力以援延绥，而不虑其相去既远，往返不逮，人心苦于转移，马力疲于奔轶，精锐既尽乎西，老弱乃留于北。万一北或有警，而西未可离，首屈冲决，远近坐困，其可为得计哉！舜咨先生的意思，宣、大之兵不宜西调，宜守护京师门庭，并不是说宣、大之兵宜入卫京师。”

皇帝让张雄怎样说，张雄便怎样说。李东阳说的一段话，皇帝没读过，皇帝没有交代，张雄简直不知所云，更不知该怎样对答。而李东阳对十余年前的大臣奏疏，还记得如此清楚，几乎能将原文背诵出来，使在座的阁部大臣无不敬佩。

“张老大，听了李阁老的一番议论，你想是调边军入京好，还是不调边军入京好？”皇帝问。

“爷说调边军入京好，自然是有深意。奴才无用，辩不过李阁老。皇上若是在场，一定把李阁老辩得哑口无言。”张雄圆滑地说。

“张太监，你以为如何？”皇帝满意了，又问张永。

“奴才以为，京营边军对调，确有许多不便。”

“边军入腹地讨盗可以，入京师护卫却不可以，是什么道理？”皇帝对张永的回话不满，立刻形于颜色，“不行，京边对调一定要办！你们要五府会同兵部再议。”

于是，咸宁侯仇钺奏言：边军久劳，风土不宜，人马多病，请量留三分之一，其他遣回边镇。兵部复议从之。这时，延绥军已取道还镇，辽东、宣府、大同军在京师外等候犒赏。皇帝命挑选精锐留京，同时召保定军一部并入。京营调边，府部回避，皇帝也不再提。

辽东、宣府、大同、保定军号外四家兵。边将江彬、许泰等合情合理地留在京师，时时出入于豹房。

第一百零七章

十一月初二日，朝廷命右府都督时源为平贼将军、总兵官，会彭泽讨四川盗。彭泽总制川陕军务在九月中旬就确定了。当时，总制洪钟屡被弹劾，巡按御史王纶说他乐饮纵游，纪功御史汪景说他纵兵不战，使他好不狼狈。朝廷顾全他的体面，召他回院，命彭泽以右都御史代之。

敕书早下，彭泽迟迟没有动身。一来，四川远在大西南，没有紧迫感。朝廷命彭泽在京师等候洪钟，二人该见见面，做些交代。二来，有人提出，该委任一名总兵官同行，一文一武，是制胜之道。也是因为没有紧迫感，总兵官一直没有推出。彭泽对总制西南军务，有些忌惮，乐得在京候命。

现在，与洪钟见过了面，总兵官也确定了，再没有延挨的道理，估计三五日内便要动身。按照习惯，他行前与既是吏部尚书又有师弟之谊的杨一清话别，与既是兵部尚书又曾有上下之分的何鉴话别。杨一清和何鉴都说，介夫先生是四川人，应该听听他对四川剿盗的见解。彭泽遂至杨廷和府上，向他辞行并讨教。

"总制大人来了，有失远迎。"杨廷和笑着说，"昔日先生总制，今日学生总制。总制总制，总而能制。"他说的先生，是指杨一清曾两度总制陕西三边军务。由于彭泽要去四川，为他的家乡除害，他表现出不寻常的客气和热情。

彭泽行礼道："介夫先生说笑了，我这个总制，怎能与恩师的总制相比？一个天上一个地下。"

"不知哪个在天上，哪个在地下？"杨廷和打趣道。

"北为上南为下，自然恩师在天上，学生在地下。"杨一清总制陕西，彭泽总制四川，他借总制的区域而分上下。

"西北为上，东南为下，岂不是学生在天上，先生在地下了？"一个是兰州人，一个寄籍镇江，杨廷和又借籍贯而分上下。

"介夫先生好似在做偈语。"彭泽笑着说。

"济物所说天上地下才是好偈语呢！"杨廷和回了他一句，"难得济物有心，明日便要远行了，今日还驾临舍下，我敬你杯酒，以壮行色吧。”

杨廷和命取出川中佳酿。酒一斟出，果是香气四溢。彭泽本好杯中之物，忙说：“多谢介夫先生。不过，一杯不够，照我家乡的规矩，一定要三杯。来，请！”不等杨廷和动手，他先饮了一杯，“正因明日要远行了，今日才来向介夫先生讨教。川中的形势，还望指点。”

“原来不是专门来讨酒吃的，叫我好生失望。”杨廷和讲了句笑话，才正经地说，“以君之才，川中之盗不足平，我为济物忧者，二事耳。”

彭泽听他说得认真，也不敢再讲笑，酒也不敢再讨，垂手端坐，听他的下文。

“听说朝廷方下命时，济物欲坚辞，可有此事？”见彭泽不否认，杨廷和说，“济物正是办事的年龄，弘治庚戌科的进士，朝廷委以总制一方军务重任者，你是第一人。你却不欲就任，定是心中有许多疑惑。不知我的推测可对？”

“介夫先生说得对！”彭泽也不否认，“我心中确有许多疑虑，至今没有解开。”

“如有疑虑，小事难成，何况大事。这是我的第一忧。”杨廷和道，“你的疑虑，可否讲与我听？”

“疑虑有三，我先讲其一。”彭泽说，“职权不明，若有疏漏，咎将归谁？我的疑虑不在四川境内，而在四川境外。”

“你的疑虑是在湖广吧？”杨廷和一语道破。

“是。初时，四川盗流入湖广，洪都宪奉旨总制四川、河南、陕西、湖广军务，坐镇湖广。待盗返四川，洪总制也转入四川，仍辖制湖广军务。而陈都宪奉旨讨江西盗，亦总制湖广军务。若蜀盗流入湖广，陈总制、洪总制先后科的进士，遇事还好商量，我是晚辈，是主动入湖广剿盗，还是请示陈总制后再定行止？我实在把握不定。”

这确是难处之事。二人都涉及湖广军务，是各行其是，各取所需地调动湖广的官军，还是一主一从，朝廷没有明确。若发生争执，官司就要打到朝廷，贻误战机。若在湖广有了失误，陈金的体面要顾全，只有拿彭泽问罪。彭泽考虑再三，不知所从者，即蜀盗流入湖广，他这个奉旨讨四川盗的总制何以处之。

杨廷和点点头，说：“济物的疑虑，深有道理。不过，我说一句话，不知你听得进还是听不进，听进后是服气还是不服气？”

“我来府上，就是为听介夫先生的教诲，怎会听不进去？介夫先生向来以理服人，我怎会不服？”

“好，那我就说了。奉旨剿四川盗，就该剿灭在川中；盗流出四川，就有亏职守。前者蜀盗流入湖广，是用兵者不知其去向。今既知蜀盗有窜入湖广一途，就该用兵堵截，不容它再窜入湖广。你说是也不是？”

彭泽细细品味杨廷和的话，渐渐悟出了一些道理。他不作声，就是听进了并服气了。

“再者，洪总制入川后，并未闻蜀盗再入湖广，可见入湖广的路是堵住了。即使有了疏失，小股盗贼流入湖广，洪总制的权限就是你的权限。济物不必再为此疑虑。”

“是，多谢介夫先生的开导。”彭泽说，“这层道理我想清楚了。我是为朝廷剿灭盗贼，陈总制也是为朝廷剿灭盗贼，本是一体。”

“济物从善如流，令人欣慰。”杨廷和又为他斟上一杯酒，“请说疑虑之二。”

“那也不必说了。”彭泽笑道，“我本来想，高文明与我同年，我这个总制和他那个巡抚不知怎样相处。既然介夫先生说清楚了与陈总制怎样相处，与高文明就不难相处。”

高崇熙，字文明，弘治三年进士；正德六年十一月，林俊再三请求之下，朝廷准他致仕。十二月，身份地位很不明确的四川巡视高崇熙改任巡抚，有了正式的名分。彭泽与他同年，担心难处。仔细想一想，其实真没必要疑虑。总制也好，巡抚也好，都是都察院的外差。巡抚长驻，是主，总制专差，是宾。这是第一层关系。总制只总制军务，巡抚除军务外，也管政务财务。这是第二层关系。巡抚掌一省一地的军务，总制掌数省数地的军务。这是第三层关系。彭泽所带职衔是右都御史，高崇熙所带职衔是右副都御史。这是第四层关系。根据前面的两层关系，彭泽应该尊重高崇熙，就像宾客尊重主人。根据后面的两层关系，彭泽应该指挥高崇熙，就像上司指挥下官。说简单不简单，说复杂也不复杂。

“疑虑之三，或许是我内心真正的疑虑。”彭泽不等杨廷和发问，主动说了下去，“一方总制，动辄得咎，令人心寒。平心而论，宜之先生在蜀，汝砺先生在赣，责任甚重，处境甚艰。这且不说，他们讨盗，也都是得力的。而今被言路批得一无是处。我代宜之先生，恐怕还难有他的作为。”不知怎的，他为洪钟和陈金两位前辈鸣上不平。或许是因为从他们的身上，他看到了前途的荆棘。

洪钟主持四川讨盗的局面，确是有成绩的。诚然，他对窜入陕西的蜀盗，偏重招抚，使彼得以养精蓄锐，复返四川，气势再炽。但是，他到了四川以后，也利用招抚编织罗网，给蜀盗很重的打击。说他的招抚是假招抚也未始不可。

永顺军民宣慰使司属湖广，在武昌西南两千余里处，接近四川，离成都比离武昌还要近些，与重庆府，以及盗贼出没的顺庆府、夔州府的距离更近。永顺宣慰司的土兵是朝廷特准征讨蜀盗的力量，也是盗贼想争取的盟者。蓝廷瑞、鄢本恕等自陕西返回四川，洪钟也进入四川。由于在四川的发展不顺利，蓝、鄢等又向洪钟请抚。洪钟答应了，要求他们在夔州府达州的东乡县就抚，他们却要求在顺庆府蓬州的营山县驻屯，明显是暂避风头，再求发展的策略。

土舍彭世麟是宣慰使彭世麒的胞弟，在一定程度上可左右永顺土兵。他与官军和敌军两方都有接触。

蓝廷瑞知道他的身份，存心巴结，以求永顺土兵中立或成为援手。他挑选了一名颇具姿色的年轻女子，冒充己女，命善言之士从中说合，要嫁与彭世麟的儿子。彭世麟不敢妄做主张，报与彭世麒。彭世麒也不敢妄做主张，报与洪钟。洪钟立即说："许之。"许婚是假，设伏是真。彭世麟与蓝廷瑞派出的使者约定了相亲的日子，预先设下了伏兵。六月十六日，蓝廷瑞、鄢本恕及其他敌军首领共二十八人，如期赴会，毫无戒备。伏兵四起，蓝、鄢等束手被擒，只有一名绰号廖麻子的敌军首领逃脱。廖麻子其实不是四川人，而是陕西人，从汉中随蓝廷瑞、鄢本恕等入川。蓝、鄢等被擒，洪钟发兵追击，斩俘千余人。

彭泽所说，平心而论，洪钟讨蜀盗得力，主要便是指盗魁蓝廷瑞、鄢本恕就擒。而廖麻子逃脱，收拾残部，与源起重庆府江津县的盗首曹甫、方四等会合，方四被擒，曹甫被杀后，他独自发展，到正德七年夏、秋之际，竟然自称拥兵二十万，则是王纶、汪景弹劾洪钟的重要原因。彭泽以为，言路的弹劾不公允，他要为洪钟讨个公道，也为自己做个铺垫。

杨廷和听出来，疑虑之三，是彭泽心中的主要疑虑。他的一番话，与其说是疑虑，不如说是牢骚，更为恰当。心有疑虑，还不甚打紧，倘若牢骚太盛，于他本人于公家事都无好处。如何指明这一点，杨廷和有些犯愁。说得太率直，与彭泽的交情不深，怕他不能接受；说得太平淡，又怕他不能警觉。

想了想，还是撇开彭泽的牢骚，从闲话说起："济物，近日京师传诵一首童谣，真是编得精彩之极，独具匠心，你可有所闻？"

京师最善编传童谣，几乎月月有新作，但杨廷和赞为精彩之极，独具匠心，就非同小可了。话题虽然转得太唐突，彭泽还是问："不知介夫先生说的是哪一首童谣？"

"马饱不用喂，鼓破不用张，五人同一心，刘瑾去顶缸。"杨廷和顿挫有致地诵了一遍，"前两日宫中刚刚发生的事情，今日市井就传开了童谣，何其速哉！"

彭泽听出了名堂："马"指马永成，"喂"指魏彬，"鼓"指谷大用，"张"指张永，加上刘瑾，是当年“八虎”中的主要成员。“刘瑾去顶缸”，不用说是指他被诛杀。“鼓破”是指谷大用讨京畿盗不利，平息盗乱之后，虽又是本人加俸，又是兄弟封爵，但皇上看不上他，对他已是疏远了许多。“马饱不用喂”，是指前些日子，二人在皇上面前互相讦告，颇似当年刘瑾和张永之争。魏彬掌司礼监，主管镇守太监的委任，马永成欲安插一名友好，要魏彬草敕，着他预地方刑名等事。魏彬说：此事已有诏书，不可再行。马永成大怒，说，凡事我等共议，尔何敢专！难道你想做第二个刘瑾吗？骂了还不解气，复殴以老拳。在皇上面前，二人当然各说各的理由。皇上现在身边有一些得力的小太监，厌烦了老太监的争吵，将二人一并罢而不用，这才由张永代管司礼监。

“张太监不是在管司礼监吗？”彭泽说，“张太监与他人遭遇不同，怎叫不用张？”

“原来济物还不知道，三日之前，圣上动了雷霆之怒，不让张太监再管司礼监事了。两日之前，御用监的丘太监在圣上怒气未消之际，告发张太监曾盗库银七千两，圣上念及他的功劳，没有重罚，只是让他闲住。今日我从内阁返回，在路上听人念童谣，他们念得快，我听不清楚，还特意让家人去询问。我念与你听的，确是市井童谣，我未加润色。”杨廷和讲述道。

怪不得他说，宫中消息传出来的真快，宫中秘事，也就守秘一二日而已。彭泽问：“张太监是圣上面前第一人了，圣上怎会对他动了雷霆之怒？丘太监当初被逆瑾所逼，京中几容不下身，张太监将他收在御用监下，他又怎会告发张太监？真是令人不解。”

“问得好！”杨廷和道，“后一问无须多讲，只要想一想逆瑾和张太监之争，马太监和魏太监之争即可。丘太监不告发张太监才奇了。至于前一问，济物，正是我要与你讲的。”

知道他要借题发挥了，彭泽洗耳恭听。

“圣上动怒，据说是张太监对京营边军对调之事不甚赞同，还把给圣上出主意的某人叫去大骂一通。”下面果然开始发挥，“朝廷之上，四海之内，谁不知张太监一平宁夏，再除逆瑾，积功甚伟。调边军弹压群盗，也是他首议。可以说，他虽未督军，河北之盗由他而平。圣上对他自是另眼看待，数百名太监，上千名中外大臣，谁有他一般的宠信！然而，他在一夜之间被逐出司礼，又一夜之间，被罢职闲住，我看只有四个字可以解释：天威难测。”

彭泽默默地点了点头。

“做臣子的，只可尽心竭力地为国家办事，为朝廷分忧，若是居功自傲，若是居功而求利禄，若是居功而不慎言行，若是居功而厌惧言路，若是居功而太多牢骚，今上聪睿决断，则危矣。济物，我方才说，我的第一忧，是你心有疑虑，说的不实。坦言之，我的第一忧，是你心有牢骚。对朝廷的委任，你幸未坚辞，不然的话，后果不堪。”

书房之内，火盆烧得并不很旺，彭泽却觉得一身都在出汗。他起身深作一揖，说道：“多谢介夫先生教诲。”感激之情，发自内心。

杨廷和说了许多话，有些累了，指指酒盅，对彭泽说：“济物再饮一杯，才足三杯之数。”

彭泽见时辰已不早，不该再留，饮了盅中酒，刚要告辞，突然想到，话并没有说完：“介夫先生，你讲对我有二忧，第一忧确实忧在了紧要处，请问第二忧为何事？”

“那便是杞人之忧了，”杨廷和笑着说，“我说了，以君之才，蜀盗不足平，我所忧者，济物班师太速。但事权在于朝廷，不是你所能决断的。”

第二忧与第一忧比起来，太过简单了，彭泽没有放在心上。第二日，他便与时源同赴西南了。

第一百零八章

梁储走进内阁，首先看到的是费宏端坐案前写字。费宏去年十二月中，以礼部尚书兼文渊阁大学士入阁，到今日整整一年了，不知他在写值阁日志，还是在写别的什么。本朝百余年来，以英宗皇帝时，状元入阁最多。在英宗皇帝之前，只永乐年间，胡广以洪武庚辰科状元入阁。英宗皇帝登基之后，状元倍受赏识，在正统年间，马愉以宣德丁未科状元，商辂以正统乙丑科状元先后入阁，到了天顺年间，彭时以正统戊辰科状元入阁。英宗皇帝以后，只在孝宗皇帝时，谢迁以成化乙未科状元入阁。接下来，便是费宏以成化丁未科状元入阁。

梁储正欲招呼，费宏做了个噤声的手势，他这才看到，李东阳也端坐案前，左手持卷，右手托腮，正在假寐。他点点头，放轻了脚步。不料还是把李东阳惊醒了。李东阳伸了伸腰，揉了揉眼，面呈羞赧。他年事已高，身体不好，不免时感困顿。阁中诸公都是君子，不会乘机讪谤、嘲讽，在他假寐时，尽量不惊扰他。但作为首辅，值阁时力不从心，总会感到不安。

“西涯公，翰林院的升迁事宜，我与宪清先生议定了。”梁储权当不见李东阳的窘状，平和地说。毛澄字宪清，南直隶昆山人，弘治六年状元，现任翰林院学士，掌院事。

翰林院眼下是弘治六年进士的天下，除毛澄外，去年升任侍读学士的徐穆是弘治六年的榜眼，院中的侍读侍讲顾清、汪俊、吴一鹏，都是弘治六年开馆的庶吉士。徐穆无福，去年升了侍读学士后不久便病故。不出意外，当从侍读侍讲中升补。眼下时局较为安定，应不会出意外。毛澄正为此事左右为难，主张不定。

毛澄的难处在于：按照庶吉士中的排名次序，应以顾清升任侍读学士。庶吉士的排名，基本上是按照他们在会试中第时的排名为序，散馆后庶吉士的授官及再后的升迁，参照就馆时的排名，谁也说不出什么。况且，顾清最受知于李东阳，毛澄作为李东阳的门生，也愿意顾清先行升迁。不巧的是，他和顾清同是南直隶籍，苏州松江又是相邻二府。他担心因此而在同年中引起议论，最好另有人为他做主。

翰林院官的升迁调转，也要通过吏部，但翰林院与内阁的联系太密切，升迁人选吏部便尽量不过问。毛澄只有与阁老们商量。李东阳是弘治六年的主考官，许多人都是他的门生，他也不好说话。杨廷和因杨慎眼下虽为继母守丧，总是翰林院的人，执意要回避。便于出面又肯于出面的，只有第三位辅臣梁储了。

“宪清太多虑了！”听了梁储的话，李东阳说，“即以人品而言，顾士廉也不宜在他人之后。”

当初从编修升修撰时，李东阳就认为顾清应排在前面，结果却升了别人。李东阳为之怅然。顾清很恬淡，对他说：“清在公门下，唯当退一步。”李东阳感慨地说：“非士廉，谁能做到这一步？”不急功近利，是李东阳钟爱顾清的一个重要原因。

“人言可畏，也怪不得毛学士。”梁储说，“我也对他讲了：他人且缓，顾士廉的升迁已是迟了，若更迟之，于公论何？这话由我来说，宪清先生便可释然了。”

“叔厚先生出以公论，甚好。宪清也应出以公论，而不必顾及私谊。”李东阳说。

梁储说起连带的一件事：“宪清先生欲再补一名侍读学士，我以为亦无不可。”按编制，翰林院设侍读学士、侍讲学士各两名，侍读、侍讲各两名。侍读学士、侍讲学士缺额，由侍读、侍讲循序升补，常有侍读学士、侍讲学士缺额而不升补的情况，有时连翰林院学士一职也是缺额，全院只有一名侍读学士或侍讲学士掌院事。眼下缺额就多，毛澄想多补一名，梁储认为可行。

李东阳自不会反对。“宪清以为再补哪一位为宜？”除了顾清，还有两位弘治六年的庶吉士，二人中选一人，又是难题。

梁储说：“宪清先生以为宜升补汪抑之，我却以为宜升补吴南夫。”顾清在庶吉士中排名第一，吴一鹏排名第六，汪俊排名第九，升补一人，该顾清。升补二人，该顾清、吴一鹏。毛澄提名汪俊，也是怕招物议。吴一鹏是长洲人，与毛澄不但同属南直隶籍，而且同属苏州籍。

“抑之行谊修洁，光明端介，升职速迟，他不会计较。”李东阳对汪俊也是深知。

翰林院升迁之事议过，阁中沉静了片刻。李东阳突然问一直不曾开口的费宏：“子充先生，你一直坐在阁中吗？”

“是，我一直不曾走动。”费宏不解李东阳为何要问，如实答道。

“你不曾见有人出入吗？”再一问更令人不解。

费宏答：“不曾见有人出，入者嘛，除了叔厚先生，也没有第二人。或是我不曾留意。叔厚先生，你从翰林院回来，见有人从阁中出入吗？”

梁储摇头。他不解李东阳的提问，也不解费宏的提问。莫不是费宏写字入了神，真的不曾留意有没有人出入？

“我也奇怪，阁中怎允许道人入来。”李东阳自言自语地说，“或是我不知觉中行到了阁外？”

梁储猛然醒悟，李东阳是在说梦。费宏定是比他早一步醒悟，才随李东阳所问而问。费宏既能凑趣，他又为何不凑一凑趣：“西涯公说，有道士进了阁中，定是阁中沾上仙气。不知入阁的道士做何装扮，西涯公还记得吗？”

李东阳以右手食、中二指敲了敲头穴，好似忘掉了，又突然忆起：“是了，那道士服紫袍、系翠环，看不出年岁，当是中壮之年吧。眼炯而有神，鼻正而挺直，髯疏而修长。我记得的，只有这些了。”

“依西涯公形容，怕是洞宾仙人吧？”梁储说。

“不错，不错，”李东阳被提醒，似又多忆起些内容：“我问他怎样进入内阁，他说，天上地下海中，他随意往来。我请教他尊姓大名，他说姓吕名讳就不必说了。叔厚啊，我是糊涂了，你不提醒，我还不知道他就是洞宾仙人。”

费宏说：“西涯公，你不在时，洞宾仙人不入阁，你在时方入阁，入得阁来，他又只见你，不见我等，想是与你有缘法吧。这倒要向西涯公道贺了。”

“他专来找我，不是与我有缘，恰恰是与我无缘。”李东阳说得很伤心，煞有介事。

“这倒是怪事，既然与你无缘，为何偏偏要找你？”梁储道，“西涯公，或是你错会了洞宾仙人的意思，何不说出来听听。我的悟性不高，子充状元是从成仙得道处来的，他一定参详得透，会给你一个圆满的说法。”

费宏是江西铅山人，梁储说他从成仙得道处来，原因有二：一是铅山之西南确实有一座铅山。铅是道家炼丹的必需之物；二是铅山属广信府，广信府还有贵溪县，贵溪县境内的龙虎山，是道家的朝贡圣地。贵溪在府城西，铅山在府城南，二县相距不很远，一江连通二县，在铅山境内者为上饶江，流入贵溪县境内，便为贵溪。龙虎山倘若真有仙气，说不定就是发自铅山，经江水带过去的。当然，他们都以大儒自居，说与道家有牵连，总是不大恭敬。费宏知梁储要引李东阳讲故事，笑了笑，没有反唇相讥。李东阳也就讲起了他的故事，或是真在梦中所见，或是在与梁储、费宏的闲谈中，一点一点编串起来的。

那位服紫袍系翠环的道士，打量了李东阳许久，说：“你的气色不好。”

李东阳应说：“是，我的气色不好。”

道士又打量他许久，说：“你身上有病，不重，还不要紧。你是老了，由老而衰；

你是倦了，由倦而弱。既衰且弱，还不省悟吗？”

李东阳应道：“是，我是老了，我是倦了。”

道士指着李东阳所佩玉带说：“此带虽好，久服有何滋味？你的玉带怎比得上我的翠环。你倘能弃却玉带，随我入山，我也寻一翠环与你。”

李东阳应道：“是。此带久服诚无滋味。不过，我久食朝廷俸禄，朝廷容我离去，方可离去。朝廷一日不容我离去，我就一日须服此带。入山之事，可否假以时日？”

道士呵呵一笑：“竖子无缘，不可枉费我的翠环。”说罢飘然出阁，飘然升天，乘云而去。

李东阳讲完故事，局面有些尴尬。他求去之心，萌发不止一日，他讲的故事，不过是求去之心的再一次表露。梁储、费宏作为晚辈，不知该如何劝解。

还是李东阳先开口说：“今日是十六。我想，洞宾仙人肯定是在十五月圆之夜，赴了月宫宫主的酒宴，打道回府，顺便点化一下人间的凡夫俗子。他找到我，也是我的运数。我又该写那写不完的奏疏了。”写不完的奏疏，在他是专指乞休的奏疏。

“西涯公，”梁储不再是方才讲笑的语气，十分恳切地说，“时局才趋稳定，大家都希望，你能勉为其难，再主持一二年内阁事务。”

“用不着了，”李东阳说，“主持内阁，介夫先生游刃有余。你二人也是难得的人才。有你们在，局面不难维持。”说到此。他突然问，“罗景鸣已致仕，你们知道吧？他都致仕而去了，我还不该致仕吗？”罗玘向以李东阳门生自居，刘瑾当道时，他致函李东阳，请自绝师门。李东阳常为此而伤心落泪，但内心还在关心着他的一切。上月，任南京吏部右侍郎的罗景鸣赴京考绩，上疏求去，很快便准下来。

“西涯公乃朝廷柱石，寻常之人怎可相比？”费宏说。罗玘与李东阳年龄相差无几，费宏是说，作为普通的侍郎，罗玘的年岁和身体状况，可以致仕了，而作为内阁首辅，以同样的年岁和身体状况，则不宜致仕。

李东阳笑着说：“叔厚先生说子充先生自成仙得道处来的，我看，你还是有些俗人的成见。”

李东阳恳乞休致的奏疏厚厚一打，不下三十份。他心里想，日后编文集的时候，这些奏疏可以自成一卷了，不妨就称《求退录》。

恳乞休致的奏疏在两个时期频频而上。第一个时期是正德元年十月到正德二年正月，每月一本。第二个时期是正德七年闰五月至今，每月不止一本。第一个时期，他是知不可得而不得不乞。第二个时期，他认为乞之可得，就看自己有没有决心了。

几十本奏疏的内容，不可能都记得。有几本奏疏他却记得很清楚，连遣词造句都还记得，圣上的批复也还记得。

一本奏疏是正德元年十月所上。刘健、谢迁致仕而去，他不堪独留阁中，在那本奏疏中，他特别强调了他的病体，写道：“且如头眩一节，曾两次晕倒在阁，搀扶得出。众目所见，臣不敢欺。加以旧患寒湿，后增痔漏，药饵之进，与食相半。秋末冬初，百疾齐发。”

当时正是秋末冬初，他也确实感到了百疾齐发。

十月十五日奉圣旨：毋再辞。一句再简单不过的话，把他强留在内阁。

以后的奏疏，几乎本本都讲到病体。有时讲到夜多痰，漱口有血丝，有时讲到艰于行步。只有一次例外，是在正德五年八月，刘瑾下狱之后。那是在特殊情形下写的奏疏，有特殊的内容，所以李东阳记得很清楚。奏疏写道：“顾以驽劣之材，绵薄之力，诚不足以动物，术不足以救时。”奏疏又写道：“臣虽委曲匡持，期于少济，而回循隐忍，所损亦多。荷蒙渊衷明见，谓不干内阁。然玉毁椟中，亦难托责，理宜罢黜。”

那次，皇帝说了一通很有感情的话。皇帝说：“卿以宏才硕德佐政，先期嘉谋嘉猷，播在天下。先帝顾命，辅导朕躬。四五年来，刘瑾恣为蒙蔽，卿委曲匡持，朕已具悉。宜安心办事，不允所辞。”皇帝还说了一句很有力量的话：“刘瑾乱政害人事件，即令各衙门逐一查革改正。”

李东阳因而又在内阁坚持了两年多。

十二月十六日，在和梁储、费宏闲谈了一番之后，李东阳真的递上一本《奏为老病乞休事》，仍未获准。又是十天过去，李东阳决心再上一疏。今年只有这一次机会了，若仍旧不准，只有等来年正旦、上元节后，再行争取。他想，这本奏疏一定要写得再实际一些，再哀戚一些。他写道：“每当具奏乞休，实是哀鸣恳诉。未蒙览察，曲荷涵容。顾在告之辰，岁过其半，素餐旷职，累积愆尤。况今岁暮祫享不能陪列，正旦朝贺不能随班，郊坛大祀不能看牲分献。而深居饱饭，偃卧在床，寝寐不宁，食不能咽。臣之狼狈，实不知所以自处也。伏望许臣休致，则进退之节庶全始终。”

岁暮皇帝祭祀祖宗，正旦百官朝拜天子，是一年中的两项大典。若两项大典都不能参与，身为臣子，身为首辅，实难以心安。

皇帝大概从李东阳坚决反对京营边军对调的态度，已感觉到了他求退的决心。再不允准，就不是爱护他，而是难为他了。十二月二十九日，终于降旨：朕悯劳以故，勉从所请，写敕寓意。赏银五十两，纻丝四表里，以表眷怀。着有司时常存问。月给米八石，岁拨人夫十名应用。

改元以来的腊月应该说是最祥和、最安宁、最有节日气氛的，既没有刘瑾当权时的压抑，也没有巨盗滋扰时的危机。在京师，无论官员们，还是百姓们，都在做着准备，迎接一年中最盛大的节日。而就在节前的两天，李东阳致仕。他任首辅六年，入阁将近十八年。如果把他以礼部右侍郎兼侍读学士入内阁专典诰敕的时间算在内，他在内阁办事有二十年之久了。

正德元年底，左都御史张敷华罢官，李东阳以为是憾事。他希望这位老大哥般的同年至少再参加一次正旦朝贺的盛典再去官。现在，他也在盛典之前离任而去，却一点遗憾也没有。他真的太疲倦了，任何盛典对他不再具有诱惑了。

第一百零九章

正德八年正月十四，上元节的前夕，豹房外张灯结彩，比宫中任何一处都要热闹，甚至比东华门外的灯市还要热闹。皇帝命在此处圈出块场子，他要和诸位义子、宠侍观看一场拳脚赛事。一方是不久前刚刚获准入豹房侍候皇上的宣府都指挥佥事江彬，一方是前几日刚刚收充御马监勇士的北边降人脱脱太。

脱脱太充御马监勇士，曾招致大臣的激烈反对。兵部尚书何鉴有几句话，请与他议事的司礼监掌印太监张雄务必转告皇帝。何鉴说："万一虏酋闻圣上招收降虏入侍，潜使黠贼伪降，冀充勇士，以为奸细，将来之患有不可虑者。"皇帝听了问张雄："何尚书不许我将他收入御马监，难道要我杀了他不成？"张雄说："那倒也不是，何尚书请皇上依旧例将他送广东安置。""送广东？"皇帝笑了，"这样一条好汉，送去广东荒蛮之地，却不能在宫中护驾，岂不可惜？你对何尚书说，广东各卫缺少好汉，要他自己去边外寻上几条，不好与朕争人。"

脱脱太充当了御马监勇士，实际上是宫中的勇士。他在边外练就一身好功夫，善于摔跤，勇于格斗，动作敏捷，出手狠辣。御马监还有几名勇士，是钱宁从京营中精心挑选出来的，都曾败在他的手下。皇帝命钱宁与他比试。钱宁动作精巧，躲闪迅速，脱脱太一时不易得手，但钱宁也奈何不得脱脱太。皇帝对钱宁说："你不是他的对手，快找一个能打败他的人来。"于是钱宁找了边镇上的勇将江彬。

比试前，皇帝在豹房御用的房间里与钱宁闲话。钱宁坐在卧榻边沿，皇帝头枕他的右膝，很是舒服，很是悠闲，很是得意。

"茶来，朕与你赌个小输赢如何？"皇帝说。

"好，父皇说怎样赌，就怎样赌。"钱宁不示弱。

皇帝说："我押脱脱太打胜，你押江彬胜。如果脱脱太胜了，你现在是都督同知，我降你三级，那便成了——"

"那便是都指挥同知。"钱宁算得比皇帝快。

"对，便降你为都指挥同知，"皇帝说，"如果江彬胜了，我升你三级，那可不得了，朕没有官可以封赏你了。要是封你个一等公、二等公之类，你就做不成朕的皇儿了。”

“儿子不要封赏。”钱宁忙说，“要是江彬侥幸胜了，请皇上赏他个管营官吧。”

“你倒很讲义气，好，朕就依你。”皇帝说着，起身坐定，“不过，朕也要赏你。对，西苑的延寿佛殿修好了，明日朕请番僧在佛殿做法事，你随朕前往观礼，长一番见识。”

“谢陛下，微臣遵旨！”钱宁要起身叩头。

皇帝拦住他：“慢！茶来，朕要在佛殿中供奉几位有道番僧，你也替朕物色一二人。”

钱宁说：“父皇带儿子观礼，是赏赐；要儿子物色人物，又是差派了。观礼和差派相抵，今日之事，儿子还是没有得到好处，有些不值。”钱宁懂得分寸，豹房之内，闲谈之间，说了过分的话，皇帝只有欢喜，不会怪罪。

“你荐的番僧供奉在大内佛殿，你不就可以到处炫耀了吗，怎么说没得到好处？朕的差派，你不愿办就算了，还怕没有人为朕办吗？”皇帝说。

“儿子说错了。皇父差派，就是恩赏。儿子怎敢不尽心去办？”钱宁心中已有了一人，“陛下，微臣识得一名番僧，要说法术，真有法术，要说神奇，真是神奇，在佛殿中可坐第一把交椅。”

皇帝见过的第一个番僧是钱宁引见的，在宫中建佛殿的主意是钱宁出的，钱宁说有这样一个人物，他自然不会放过：“你说的番僧是什么名号，有什么神奇，快说与朕听。”

钱宁说：“他的番名叫领占班丹，来京师住了些日子，僧家俗家弟子都称他占国师。”

“国师由朕封，朕未封他，怎也称国师？”皇帝插话，“你且说说他的故事，果有神奇处，朕也不妨封他个国师，若无神奇处，你替朕传话，他这个国师万万不可再叫了。”

“他或是算定，陛下必会封他国师，弟子呼他，他才没有纠正。占国师一日在京中为众弟子说法，忽然眼睛一闭，说道：我须去一趟湖广，尔等坐此等我，不可散去。说罢，不见踪影。”

“湖广有什么事，要他去办？”皇帝似乎有些不信。

“佛家秘事，他不说，众弟子不敢问，也来不及问。”钱宁说，“他是瞬间便没了踪影。”

“这个领占班丹也是荒唐，湖广距京师不下三五千里，众弟子坐等他，不都要饿死了吗？”皇帝诘问道。

“陛下且听我讲。”钱宁说，“众弟子也自惊诧，国师怎突然不见了呢？他说要去湖广，不知几时才能回来。心诚意坚的弟子，自然遵从师言，饿死也不肯散去。有心不诚意不坚的弟子，便在心中打着别的主意，例如找个伴先去吃饭等等。但不容他等行走，占国师突然又出现在室内端坐说法的席位上，离他销声匿迹不足两个时辰。”

“不足两个时辰？”皇帝更不信了，“他真的去了湖广？”

钱宁说：“是啊，众弟子也将信将疑。有胆大的弟子说：吾师何其速也？占国师知他们心有疑惑，便说：若步行，我三日可打一个来回；若乘车，我二日可打一个来回；若乘马，我一日可打一个来回。今日事急，我乘龙来去，不是在彼处有些耽搁，一个时辰足矣。”

“乘龙？”皇帝说，“空口一说，不足以信。”

“是啊，众弟子也是不信，恳请占国师唤龙现身，他们也好观瞻礼拜。占国师思吟着说：唤龙现身不是难事，只怕你们见了惊惧，或有不测。众弟子说：国师唤来的龙，我们不会惊惧，但求一见。于是，占国师取出一细而长的葫芦，命弟子取一注水小盆，国师拔下葫芦口中的塞子，将葫芦放入水中。有虫如丝线，从葫芦中游出，猛饮盆中之水，只见水渐少，而虫渐长；水减半，而虫长至数尺；水全无，而虫长至数丈。忽然间，空中乌云骤合，雷雨大作。须臾，占国师将葫芦向着空中晃一晃，随着一道闪电，有物进入葫芦。雷雨停止，天空复开。众弟子这才相信，占国师乘龙云游之说不谬。”

钱宁讲得绘声绘色，皇帝听入了迷，但并没有糊涂。钱宁讲完，他立刻说：“茶来，这故事你也是听来的，没有亲见吧？”

钱宁不敢说是亲眼所见，因为在先讲得很清楚，众弟子在听国师说法，他如果在场，也该是国师的弟子。而他从来没有对皇上说过，曾拜在哪位番僧的门下。皇帝追究起来，事情可大可小。要是大了，他吃罪不起，他又不甘心只说一句“是听来的”，便说：“父皇明察秋毫，儿子是听来的。可不是听一个人讲，至少有三个人给我讲过同样的故事。他们都是占国师的弟子。”

“我说嘛，”皇帝得意了，“你若是在场，定会知道，那葫芦里装的，是条假龙。”

“陛下怎知是假龙？”钱宁听皇帝说得非常肯定，甚是不解。他可不希望葫芦里装的是假龙。

“蠢材，这还不解吗？”皇帝说，“朕才是真龙呀！”

钱宁惊出一身冷汗，暗叫“好险”，要是和皇帝辩起来，非说葫芦里是真龙，可就犯了皇帝的大忌了。

“陛下说得对，是假龙！”他迎合着说，“或许是条野龙。真龙受命于天，国师也好，佛子也好，怎敢寻来役使？”

“能役使假龙、野龙，也很不得了。”皇帝说，“这领占班丹，可以封为国师了。不，”想了想，改口说，“引荐的人面子大，干脆封他为法王。就叫大庆法王吧。这个法号，朕自己用了些日子，不想再用了，便赐予他。”番僧赐封的等级，第一等是法王，第二等是西天佛子，以下是大国师、国师、禅师等。皇上把领占班丹由国师一下提升为法王，是心血来潮，也是别有用意。大庆法王是皇帝心血来潮时自封的，宫中、外朝，都知道有一位大庆法王出入宫禁，知道大庆法王即是皇上本人者，也渐渐多了起来。有人议论，皇上不该以法王自居。皇帝称法王称了些日子，也觉得无趣。既然有领占班丹这等道行不浅的高僧，不妨以他充作替身。

“对，就封领占班丹为大庆法王，”皇帝重复了一遍，“给番僧度牒三千，听其自度。不过，西苑佛殿中第一把交椅有人坐了，他不能坐。命他与大觉法王札巴藏卜驻居大隆善护国寺，时时来豹房，与朕说法。茶来，这一下，朕又给足你面子了吧？”皇帝说的佛殿中坐第一把交椅的番僧叫绰吉我些儿，是乌斯藏使臣。皇帝对他极为宠爱，留豹房侍候，封大德法王。

钱宁说领占班丹可在佛殿中坐第一把交椅，也是随口一说，当然不会向皇帝力争。倒是皇帝说给足了他面子，不能不有所表示。他叩头道：“微臣谢陛下恩典。”

“他的葫芦就不必带来了，”皇帝笑着说，“免得他乘龙而去，朕想听他说法时，寻他不到。”

“是。”钱宁应道，“他朝拜陛下，决计不敢带他的葫芦。假龙、野龙不敢见真龙。”

小宦官奏报，江彬和脱脱太在外面给万岁爷叩头，请旨是不是可以开始了？皇帝跳下卧榻，推门而出。外面围了一圈人，见皇帝出来，纷纷转身跪倒叩头。圈中一边是脱脱太，一边是江彬，也向皇帝跪倒叩头。

正位设了御座，皇帝坐下，说：“今夜大家快活快活，先看两位勇士比试，有不服气的，他们比试后随意上场，欺软怕硬的，可向输家叫阵，欺硬怜软的，可向赢家叫阵，软硬不吃的，可向赢家输家一起叫阵。”

四下一片山呼万岁的声音，此起彼伏。

皇帝问钱宁："怎样比试法，可定好了规矩？"

钱宁答道："微臣等与他二人商议，比试三场。第一场摔跤，不许殴击，以摔倒对方定胜负。第二场拳脚，不许抱身，以击倒对方定胜负。第三场不加限制，各施所长，不论用何手段，以一方倒地而定胜负。"

"规矩定得入情入理。"皇帝首肯后，招呼江彬，"江指挥，你过来，朕要看看你额上的箭伤。"

江彬急忙跨前几步，跪在皇帝的面前。他的形象威武剽悍，与略显清秀的钱宁形成鲜明对照。事隔半年，他左边脸颊上的那处小小伤疤，已不甚明显，而在左耳下的伤口却有些吓人。

"爱卿面上的伤口可还碍事？"皇帝关切地问。

"已不碍事了。"江彬叩首答话。

皇帝说："钱爱卿讲了你勇猛讨贼的故事，朕就想一睹雄姿为快。今日见面，朕甚感欣慰。脱脱太是朕的勇士，你要好生与他比试。不瞒你说，朕与钱爱卿做赌，押在朕的勇士胜，可是，朕希望今夜是你胜。"

"是，臣遵旨。臣一定用心与脱脱勇士比试。若技不如人，臣一定诚心向他讨教。"江彬道。

离皇帝比较近的人，听了皇帝的一席话，各有各的想法。御马监太监张忠听了，趁无人注意，悄悄走到一边，俯在脱脱太耳边说了几句话。脱脱太万分不情愿地点点头。御马监的勇士归张忠管辖，他的话，脱脱太不敢不听。

江彬与脱脱太对面站定，互行一礼，开始第一场比试。摔跤必须贴身，脱脱太体重力大，占了不少便宜。江彬身手灵活，拦腰抱住对方，意欲抱起扔出。但脱脱太身子往下一沉，连带着江彬的身子也往下坠。江彬忙站稳脚跟，顺势使了个绊子，却未能将对方绊倒。他用另一只脚再使绊子的时候，被脱脱太乘机扳起了腿，借力一甩，江彬打了个趔趄，站立不住，跌倒在地。第一场比武，脱脱太胜，江彬负。

"好！"皇帝喝彩，"脱脱太不愧是御马监第一条好汉。"四下随之响起一片喝彩声。

稍歇片刻，进行第二场比试，情况又不相同。脱脱太一掌推出，一臂挡出，一腿踢出，都是虎虎生风。可惜他出掌出腿太慢，总是重复相同的动作，力道虽大，却碰不到江彬的身子。江彬绝不与他拳脚相交，只是左右躲闪，寻到机会，一脚踢了他臀部，一拳击中他肚子，都只用三分气力。他怕脱脱太筋骨太硬，使足了气力，反被他所伤。这样打了十数回合，脱脱太偌大的身躯，只能躲避江彬的拳脚，无暇再出拳出腿。那姿态，颇似前代文豪笔下的黔驴。江彬不必再防守，出招渐狠，从身后向着他的腿脖处扫了一脚，脱脱太只觉腿一软，往下跪倒。江彬就势在他后心一推，将他放倒。第二场比试，江彬胜得干净利落。

各有擅长，各操胜算，钱宁等确定三场比试，甚是公道。第三场，就要看谁先发挥长处。脱脱太跨前一步，江彬向右后方退一步。脱脱太再跨前一步，江彬向左后方退一步。脱脱太进第三步，以为江彬又要向右后方退一步，谁知他却仍是向左后方退一步，一闪身到了脱脱太的身后。脱脱太急转身，又是一番进退。总之，脱脱太极力想逼近江彬，抱定江彬，江彬则绝不让他碰到，左闪右闪，左晃右晃，动作潇洒漂亮，退避中不时挥拳扫腿，威胁敌手。时间久了，脱脱太渐感不支，由进转为退。他退的速度赶不上江彬进的速度，不时被江彬拳打脚踢。与第二场比试不同的是，脱脱太根本不想着在拳脚上进攻，抱不住江彬就以双掌护住要害处，江彬一时也奈何他不得。斗了许久，月儿由偏而正，高挂当空，在各种灯饰的衬托下，场中二人，一动一静，一攻一守，实在好看。斗到包括皇帝在内的观者都有些不耐烦时，脱脱太没有被拳击中，也没有被腿扫中，却突然倒了下去。

“脱脱太，你怎么不击自倒？”皇帝问。

“不知怎的，便跌倒了，似是地不平。”脱脱太喃喃地说。其实，场地平整，是张忠开赛前的两句话说倒了脱脱太。他的第一句话是：三场中你须得赢一场。他的第二句话是：三场中你不得赢两场。脱脱太遵命而行。

“天意如此，人不能抗。”皇帝说，“江爱卿，你不负朕意，果然赢了比试。朕要重用你。许爱卿，”皇帝招呼的是先江彬几日在豹房侍候的宣府副总兵许泰，“你讨盗有功，办事用心，朕也要重用你。”他吩咐侍立一旁的小太监：“着司礼监传旨：许泰管敢字营，江彬管神威营。”

江彬和许泰二人并排跪倒，叩首谢恩。

第一百一十章

李荃满心喜悦地进了书房，不顾李东阳对面的客人，高声报道："老爷，老爷，何先生造访。"

"哪一位何先生？"正与客人对弈的李东阳问。

"何子元先生呀！"李荃说，"他从河南回来了。"

换了他人，李东阳或要李荃谢客。棋正下在兴头上，实不愿一下被打断。但何孟春不是他人。李东阳主考弘治六年一科，就文字的清隽而言，他最喜欢顾清；就学问的赅博而言，他最欣赏何孟春。他曾拿何孟春和杨一清推尚的李梦阳相比，虽然在给杨一清的信中，说何君稍逊一筹，却未必真同意这个结论。即或二人的才气有高下之分，李东阳以为，何孟春的学问不会输与李梦阳。

何孟春在兵部任主事、员外郎、郎中，正德初年，升调河南参政，一任数年，现在回到了京师，听升任太仆寺少卿。他定是兴冲冲地来拜望老师，李东阳没有不见的道理。

与他对弈的老者，是居住李阁老胡同不远的邻居，棋坛高手，在京城中名气不小。李东阳自幼学过围棋，但功夫下得不够，技艺普通，加上他入仕太早，再没有很多精力学棋，只能和同僚中的平庸之辈对局，互有胜负。那时节没有太大的兴趣。致仕后，他对围棋的兴趣大增，三次差李荃送帖，请邻居高士来府中聚晤、指点。邻居高士感其诚，正月初五第一次来李府，以后两三日便来一次。他与李东阳下的是让子棋。

见李东阳犹豫，对弈老者知是主人不能不见的客，便说道："这局棋我不好下了，就此作罢吧。下一次，恐怕只能让李阁老三子了。"

"老先生取笑了。棋局至此，胜负难料。明日再着李荃接老先生过来，从新弈过。但还须让五子，不然，中局就见输赢了。"李东阳向老者揖手别过，让李荃代他送客出门，并接何孟春进来。何孟春是门下弟子，不便至门外去迎。平日，他总要亲自送老者出门。

“老师！”何孟春进了书房，恭恭敬敬地行过礼。

“子元调回朝廷了吧？”李东阳请他入座后，问道，“朝廷正需要干练之才，子元入朝，我心甚喜。”

“学生又可以时时聆听老师的教诲，心中更是高兴。”何孟春言道，“只是入京晚了几日，没有赶上向老师贺岁，着实有些不安。”

何孟春往年腊月里总要送拜函入京，向李东阳致贺。今年奉旨改京职，以为年前便可离开开封，谁知耽搁了，没有在年节上门向老师叩头，也没有送函贺岁，心中歉然。

“职守不可疏于一时，你我相见何必争于一时。子元的处置甚当，不必不安。”李东阳说，“若为赶来见我，贻误公事，我可要大不安了。”

“是，多谢老师教示！”何孟春看到案上尚未收起的棋枰，说，“方才扫了老师雅兴吧？”

李东阳不无得意地说：“你来的正是时候，替我解了他人之围。你见到李荃送出门的那位老先生吗？你若迟来片刻，他就要狼狈了，当然，我和他不是平手交兵，他让了我五子。”

“原来那人是老师的棋友，我原以为他是送菜送肉来老师府上的掌柜呢！”何孟春不在意地说。

“子元不可小看了他。”李东阳正色道，“你在兵部多年，没有听说过城西围棋陈吗？连宫中萧公公都要敬他三分。他肯指点我，给我面子不小。初时是让七子棋，半月后让五子，他说，只要不辍于纹枰，一年之内，可以下对手棋了。但要赢他，还须三五年的功夫。我想，对我这样的老弟子，他不会胡乱称许。他对我的长进，着实有些吃惊呢。”

李东阳仍有几分得意。致仕后，大人埋内，李荃应外，诸事都不必他操心。日间闲闷，夜间更难入睡，一定要有所消遣。他于是选中了略知一二却不精通的围棋。从围棋的长进，他感觉到，精力并未衰竭到不堪思，身体并未衰竭到不堪劳，对他来说，也是一大安慰。

“老师，弟子有一句话，不知当说不当说。”何孟春欲言又止，是不常见的。

“子元有话尽管说，”李东阳道，“不过，你若想陈老指点，却不知我的面子够不够。你以前在朝中，兵部好手如云，可惜你从不曾留意。现在你要入门，却也不必一开始便拜名师，我也可以讲出些棋理来。”

“有老师指点，足够我受用了。”何孟春说，“弟子之意不在拜师学棋，而是想劝老师不可对弈事太过沉湎，免受其害。”

李东阳被泼了冷水，有些不快：“我对围棋说不上沉湎，每日但看一两个时辰的棋谱，但与友好下一两局对手棋，两三日请高明指点一次而已。”他自辩两句，问道：“不过，子元的话我却有些不懂。士人中不乏诗痴，梨园中不乏曲痴，不但沉湎其中，而且沉溺其中。弈者中为何不该有几名棋痴？怎说沉湎其中，会受其害？子元说与我听。”

“下棋太劳心伤神，于老师身体不宜。”何孟春说，“老师不宜涉足，更不宜沉湎。”

“不宜围棋，如何消得长日？”李东阳问。

“老师方才说到诗痴，何不就做个诗痴？”何孟春说，“记得老师有诗云：吾生苦多欲，有戒当一止。弟子以为，围棋之欲，亦宜戒之。”

李东阳说：“子元不知道吗，我第一戒的是诗，第二戒的是酒。你要我戒一欲而纵一欲，我所不取。况且，下棋劳心伤神，吟诗又何尝不是呕心沥血？子元之见谬矣。”

李东阳三十岁以后多病，病中又偏爱吟诗，同年倪岳数次寄书于他，说吟诗伤神，不宜病体，请他少写或者不写。李东阳有感友好的体恤，用倪岳原韵，赋一首戒诗诗。诗中用了诗癖两个字：平生抱诗癖，虽病不能止。诗癖即是诗痴，三十多年前，就决心不做诗痴了，今日怎肯因诗而弃棋？

何孟春则有他的一番道理：“痴者不可一概而论，有相宜不相宜之分。老师词翰熟自天成，足娱晚年，不若以吟诗作文以代弈局，既可赐惠我辈后生，又可垂播远世，所胜多矣。”

李东阳笑道：“子元是为后生辈计，并非为我计。我老矣，再无心为诗文劳心伤神了。”

二人闲谈着，李荃进来了：“老爷，前日来讨老爷词翰的王大人又来了，候在门外。”

“回了他，就说我今日不得暇。”这位王大人来得实在不巧，正在讨论该戒诗还是该戒棋，他找上门来乞要词翰，李东阳自是不悦。王大人来自江南水乡，家中豪富，早就仰慕李东阳之名，且喜爱李东阳之字。三番两次登门乞字。李东阳致仕后，不像在朝时有许多顾虑，对不熟识的人乞讨词翰，每每以手疾回绝。

“是。”李荃应着，仍是垂手侍立，不去打发王大人。

“怎么还不去？”李东阳有些奇怪。

“奶奶有句话交代老爷。”李荃看了何孟春一眼，不肯说出朱氏交代的话。

李东阳明白了他的意思，说：“子元不是外人，你奶奶交代的话，但说不妨。”

“是。奶奶说，王大人的润笔甚是丰厚，”下面的话实在难出口，李荃涨红了脸，才说出来，“子元先生今日来，老爷留他吃饭，桌上不可无荤。”

“厨房里不是还有一方腊鱼、一块腊肉吗？”李东阳问，“难道又被猫叼走了不成？”

“不错，是被猫叼走了，还是两只老猫呢。”李荃说，“老爷忘了，前日陈爷来，与你一面论棋，一面啜酒，那一点点腊鱼腊肉，还会剩得下吗？连汁都被吃掉了，你们只好用茶水下饭。今日又想起了一方腊鱼一块腊肉。幸亏子元先生知道咱们家中的情形，不然——”他觉得责难的味道太浓，不能再说下去了。

何孟春知道，李荃说的全是实话。老师除朝廷的俸禄外，门生故吏的孝敬也好，家乡遗族的馈赠也好，一无所取。他的交游又广，待人又诚，在朝廷任官几十年，家中的境况，可用“家无余赀”四字蔽之。致仕后的八石月粮，仅够日常开销而已，过了个正旦节，过了个上元节，想是捉襟见肘了。何孟春后悔没有早打个招呼，说明不留在老师这里用饭。现在师母的话被他听到了，再要告辞，老师和师母的面上都不好看。

“我陪老师用饭，一两碟菜蔬足矣。”何孟春忙说。这是他唯一可以想到的补救。

“那可不行，子元是君子，不素餐兮。”李东阳说着，挽了挽袖口，“李荃，笔墨侍候。”

李荃铺好纸张，李东阳对何孟春说：“子元，请稍坐片刻，我再来与你说话。”

何孟春随他站起，说：“不，不，许久不曾瞻仰老师挥毫了，适逢其时，怎肯错过。”

李东阳也就随他，拿起笔来，不假思索，题了一首咏棋的七绝：“莫将性命作人情，写字吟诗总害生。唯有围棋堪遣兴，客来时复两三枰。”大字后是一行小楷：正德癸酉正月十九长沙李东阳题。为好友门生题写诗词，他总是写“西涯李东阳”，为不熟悉的人题写诗词，且要收人家润笔的，则写“长沙李东阳”。其间心理上的细微变化，只有他自己才能体会。

何孟春读罢，不禁悚然。老师显然是没有被他说服。不但没有被他说服，而且对他的说辞有所不快。他又是担心，又是难过。

夜已深了，李东阳一直留在书房。朱氏着丫环来请了两三次，他应是应了，却一直不曾去就寝。这种情形有过多次，朱氏先是着丫环来请，请了两三次，李东阳不动，就算了。她知道李东阳夜不能寐的毛病，勉强上了卧榻也是受罪。今日她的感觉有些不同，侍婢请不动李东阳，她就亲自来书房探视。

“老爷怎么还不就寝？”朱氏见李东阳坐在案前发呆，问道，“再不歇一歇，天就要放明了，明日身子又该不适。”

“心中烦闷，难以安卧，在此间坐一坐，后而心静。”李东阳说，“只是劳动夫人过问，陪着我不能入睡，心中更是不安。夫人先请回房，我再坐一坐，身子乏了，便也进去。”

“不妨。”朱氏说，“我睡过一觉，现在回去，也难入睡，不如陪老爷坐一阵。厨房还有剩下来的莲子羹，我热一碗来与老爷消夜吧。”不等李东阳答话，她便打起灯笼，自己去厨房。李荃从早到晚照应，在书房隔壁的小房里睡熟了，不忍叫醒他。侍婢被她打发去睡了，也不好叫。只有自己动手。

李东阳感激地接过朱氏递来的一碗莲羹，轻轻吹了吹冒出的热气，啜了一口，细细品嚼，顿有一股清新芳香的气味沁入心肺。

“说起来，夫人是嫁与了当朝一品的宰相，却陪伴我过清苦的日子，还要做些侍婢的事情，真是受委屈了。”他喝下半碗莲羹，心生感慨。

“我嫁到李家三十年了，老爷怎么还说这样生分的话，让人听了好不心寒！”朱氏说，“一品不一品的，我也不在乎。老爷待人挚诚，最是难得。我一个人时，不知暗中说了多少遍，嫁与老爷，是我前世修来的福分。只是——”本来要说些儿女早夭，夫妻共痛的话，但见李东阳憔悴不堪的样子，怎忍心再惹他伤感？遂改口说：“我侍奉老爷不周，老爷有些心思，不肯讲给我听。”

“除了哀国哀家，我还有什么别的心思？”李东阳说，“夫人千万不要胡思多心，我夜间不入卧房，今遭又不是第一次。”

“以往老爷是不能入睡才不入卧房，今日老爷是不入卧房才不能入睡，其间的不同，妾虽不敏，也看得出来。”朱氏说。

“夫人若是不敏，我便是痴儿了。”李东阳笑了一声，说道，“你看出的不同，我却未感受到。”

“我试为老爷言之，”朱氏说，“子元白日劝说你的话，细想一想，并不全错，老爷为何要说那些刺伤他的话，还要写那首刺伤他的诗？”

“我和子元的对话，夫人都听到了吗？”李东阳问。

“你们对话，又不想避我，我自然听得清清楚楚。你题与王大人的词翰，李荃拿给我看了。我是生怕你心绪不佳，写了不该写的话。还好，字是写给王大人看的，诗却是写给子元看的。王大人不知就里，品不出滋味。”

“夫人是听了我和子元的对话，读了我给王某的题诗，才断定我与往日不同吗？”

“不错，老爷今日的话、今日的诗，不似往日的风格，”朱氏说，“因此我才想，老爷今日的心态与往日不同。老爷往日不能入睡，是一种习惯，今日不能入睡，却是另有心思。”

“夫人敏则敏矣，却仍不够心细。”李东阳不再隐瞒，“夫人读了我的题诗，觉出我与往日不同，若多读一遍下款，就可知我的心思了。”

“下款？”纸上只有一首七绝，上无序，下无跋，哪里来的下款？

李东阳说：“维年月日，不也是下款吗，何必定要一篇大论？”李东阳抽出一篇文稿，交与朱氏，说，“读了这篇文字，你便可知道我的心思了，免得你又自责。”

一篇短文，题目是“哭子录引”。文曰：“呜呼！吾子兆先之丧，吾既忍痛为铭志，欲为诗哭之，无暇于所谓声律者。后诸士大夫交吾父子间者继作不辍。每有所赠，辄借其韵以供予思，多至数十首。正德癸酉正月十九日西涯翁抆泪书。”

朱氏知道李东阳近些日子，除了寻人对弈，便是将旧日文稿分类整理，却不知道，他昨日和今日正在整理哭长子李兆先的诗文。兆先是李东阳前妻所出，朱氏要劝他节哀，反而不好劝了。朱氏因兆先而想到亲生骨肉李兆同和嫁到孔府的女儿，也止不住两眼红润，陪着李东阳一起伤心起来。烛光闪烁下，老夫老妻相对端坐，沉默哀思，不觉天色已明。

“好了，”李东阳叹口气，“往日为朝廷事繁而烦，今日却为家中事简而烦。大凡人之一生，难得美满。多谢夫人伴我不眠。”

“本想为老爷解烦忧，怪我口拙，说不清道理，反而增添了老爷的烦恼。”朱氏说，“老爷的心思，我看出其表，未知其里；子元却既不知表，更不知里，不明不白被斥说一顿。老爷方便时，也该向他解说解说，免得他生出误会。”

“那倒不必，我与子元虽是师弟名分，却是君子之交。他一时不解我的心思，也不打紧。”李东阳说，“况且，子元是镇守一方的人才，围棋嘛，他也真该学一学，揣摩揣摩。”

第一百一十一章

严嵩到南昌，第一个要见的地方大员是李梦阳。他虽然不是专为李梦阳而来，拜谢李梦阳却是此行的一个主要目的。他在山间修筑的居室，命名钤山堂。东室落成前，他差人至省城，向李梦阳索诗，李梦阳即赋七律一首，交付来人。诗用的是普通的昂字韵，诗的意境却不寻常。为了李梦阳的赠诗，严嵩也该来一趟省城。无物答谢，他也书写七律一帧回赠。严嵩的诗和字，在同辈中算得上是珍品。

“唯中先生草堂筑成，不在山中纳福，却来南昌这是非之地做甚？”李梦阳在省城，与布、按二司官员，以至巡按、巡抚都不相协，心中常有怨愤，故将南昌看作是非之地。严嵩是文学之臣，在家中养病，一住多少年，与世人无争。李梦阳在他面前，不必掩饰自己的不满。

“献吉先生直言身在是非之地，我无论如何也要来拜望，溺水火不敢辞。”严嵩说，“敝舍有了献吉先生题作，严某才堪长住久住，饮水思源，必要亲向先生道谢。”

“区区小事，何足挂齿。”李梦阳说，“我曾说过，我之诗非诗，乃文人学子之韵言，唯中先生着人来讨，我不敢回绝，勉赋一首，你千万不要以为得到真的诗了。唯中先生是当今世上难得的雅人，我的话出自肺腑，不敢相欺。”

“先生过谦。你的诗若不是诗，当今世上也就难得有诗了。”严嵩说着，吟道，“城居市远同村僻，堂构春成属燕忙。星槛夜凭针北斗，日窗朝尘影扶桑。问奇颇责扬雄宅，醒酒莫轻李相庄。喜即系舟临秀浦，恨犹楮笏背钤冈。我再也想不到，秀浦和钤冈会出现在这两句中。”

分宜县东有钟山峡，西有昌山峡，二峡之间而出者，便是秀江。而钤冈，则是钤山堂的坐落处。严嵩对李梦阳的七律赠诗爱不释手，便因它由小及大，由近及远，意境自然超脱。

“草堂得此诗，便是大雅之堂。”严嵩接着说，“我必得亲来向献吉先生说一个谢字，才好登堂入室。不然，钤山堂也只好空在那里了。”

“唯中先生为了一个谢字，枉行数百里，可谓诚实厚道的读书人。比起南昌上上下下也曾是读书人之辈，强过十倍百倍。”李梦阳仍不忘贬斥南昌官场上的人物。

“我来拜望先生，倒也不只为说一个谢字。”严嵩说着，伸手向怀中掏取。

“怎么，你也要馈赠润笔吗？”李梦阳脸色即变。

“岂敢！”严嵩取出的，是折起的精美绢纸，“不瞒献吉先生说，我筑了钤山堂，囊中羞涩，即便你向我讨要润笔，我也拿不出来。我只有旧作一首，呈与先生，聊表谢忱。”

“好，好！”李梦阳点头道，“这才是严唯中。”

李梦阳第一次去袁州，严嵩到府城拜望他。第二次去袁州，他绕道分宜，拜望了严嵩，算是回访。严嵩赠诗一首“奉酬空同先生垂访见诒”。空同是李梦阳谪居河南时的自号。他对严嵩的诗作有些偏爱，着着实实说了些赞赏的话。严嵩将这首诗题写在绢纸上，以便存留。其诗云：“病来浑与故人疏，珍者能劳长者车。地僻柴门堪系马，家贫蕉叶可供书。莺花对酒三春暮，风雅闻音百代余。长愿饮河心首足，却惭和郢曲难如。”他奉李梦阳为长者，李梦阳口称不敢当，心中却也是以前辈自居。他早严嵩四科入第，尽管他只比严嵩年长七岁。

“多谢！”李梦阳接过绢纸说，“唯中先生的诗、唯中先生的字，二者合璧，称得上是稀世之宝。”

“献吉先生是文学大家，众士人无不视为一面旗帜，还望指教！”严嵩说，“我每与献吉先生见面，都是虔心候教。献吉先生一定不肯点拨，就不是待后生之道了。”

李梦阳笑着说：“要我点拨，无异于问途于盲。不过，此盲人有个好处，知道谁是明眼人。我方收到何仲默的一篇宏文，唯中先生若有兴趣，不妨读一读。”

“仲默先生的宏文，自然要拜读。”严嵩在接李梦阳递过的信函的瞬间，忽然心思一动。他收到京中友人的信札，说何景明与李梦阳在诗论上有歧见，正打笔墨官司。李何，或何李，原是一面旗帜，现在可能要扯成两面了。严嵩想，二人歧见，不知有多深了，若是极深，而李梦阳又要他评说，不是很为难吗？看来不读为好。“原来是仲默先生写与先生的私函。”他看看信札，想出一个回绝的理由，“那倒不便拜读了。”

“不妨，”李梦阳好似非要他读不可，并不把手收回，“仲默先生的大论，理应在士人中传布。唯中先生是士人中的佼佼者，自当先睹。”

严嵩只好接过信函，只好先读了再说。他打定主意，若真是辩论文字，即便在李梦阳面前，他也不褒李贬何。当然，他更不会褒何贬李。

何景明先写了几句应酬的话：“敬奉华牍，省诵连日。初恍然若遗，既涣然若有释也。发迷彻蔽，爱助激成，空同子功德我者厚矣。”

还好，严嵩心中暗想，二人肯定是有歧见，不然，何景明不会说出“怃然若遗”，深感失望的话。但也仅仅是歧见而已，不至于扩展成彼此的敌视、仇视，因为何景明已“涣然若有释”了。作了初步的判断，他开始的担心减轻了许多，而李何二人的歧见何在，则深深地吸引了他。如果此时李梦阳突然不许他读下去，他也会有“怃然若遗”之感。

何景明很快写到了他和李梦阳关于诗论的歧见：“空同子刻意古范，铸形宿模，而独守尺寸；仆则欲富于材积，领会神情，临景构结，不仿形迹。”李梦阳关于今人赋诗的规则，何景明概括成“刻意古范，铸形宿模”八个字，即不但结构要守古范，句法也要守古范，不但句法要守古范，字词也要守古范，如同依模铸物，不能差尺寸毫厘。而何景明提出的要求是领会神情，古范要守，但不能刻意，不能落于形迹。

“献吉先生，”严嵩称呼一声。他本来想问李梦阳，何景明写的“铸形宿模，而独守尺寸”，是他的误解、编派，还是李梦阳的真实见解。又想，不能问。如果李梦阳说是他的真实见解，如果李梦阳问他赞同“刻意古范”，还是赞同“领会神情”，他难以作答。而叫出了声，又不能沉默不语。总算他机警，提出一个无关紧要的问题：“这两句诗，我记不确切了，仲默先生没有引错吗？”

何景明写道：“诗曰：唯其有之，是以似之。”下面紧接着写了一句：“以有求似，仆之愚也。”他追求的是似，领会神情，也是为了似。似形而不一定是原形，似模而不一定是原模，似尺寸而不一定是原尺寸。

“仲默先生引诗，是不会错的。”李梦阳让严嵩自己去读，自己去领会，并不多讲。

严嵩应付了李梦阳，又继续读下去。何景明对自己的诗和李梦阳的诗所作的批评，写得很精彩，他反复读了两遍：“近诗以盛唐为尚。宋人似苍老而实疏卤，元人似秀峻而实浅俗。今仆诗不免元习，而空同近作间入于宋。仆固蹇拙薄劣，何敢自列于古人。空同方雄视数代，立振古之作，乃亦至此，何也？”

凡一个时代的诗作，用一句话概括总结，是极难妥当的。比如何景明谈宋人的诗作，何谓苍老、何谓疏卤，概念就难以界定；宋人的诗作，是不是完全看似苍老，实是疏卤，就更难界定。同样，元人的诗作，是不是看似秀峻而实是浅俗，也不可以一言蔽之吧？

何景明对宋、元诗作的概括、总结有几分道理，暂且不说，最使严嵩惊诧的，是他对自己和李梦阳诗作的评论。李梦阳说过文必秦汉，诗必盛唐；何景明也说，近诗以盛唐为尚。这是写在李何二人的旗帜上的话。而何景明却说，他们的诗有元人的习俗，入于宋人之间，岂不怪哉？何诗不免元习，说好听些，是风格秀峻，但只是似秀峻而已，实则浅俗。李诗间入于宋，说好听些，是风格苍老，但只是似苍老而已，实则疏卤。总之，按照诗必盛唐的标准，都是不合格的。

或许，何景明真的承认，他们的诗作与盛唐的诗作，相去甚远，当代人的诗作与盛唐的诗作，相去甚远。这一现实令人伤心绝望，却不能不承认。连雄视数代、志在复古的李梦阳也不能避免今人的粗陋。

或许，李梦阳也有类似的评论，所以，他才说，他的诗不是真诗，只是文人学子之韵言。严嵩就听他讲过不止一次。

严嵩不在文学复古的大旗下，他是李东阳所说的那种既写馆阁之文，又写山林之文的士大夫。他对于何景明何以说他的诗不免元习，李梦阳的诗间入于宋，实有许多疑惑，却又不便与李梦阳商讨，只能带着许多的疑惑继续读下去。

何景明写道："凡物则有弗及者、及而退者与过焉者，均谓之不至。譬之为诗，仆则可谓弗及者，若空同求之则过矣。"所谓过与弗及，大约是指恪守古范吧，严嵩心想。何景明说自已恪守古范不及，是虚点一笔，他强调的，是李梦阳恪守古范太过了。到了刻意的程度，在诗论上也叫做不至。到此为止，李何诗论的歧见，已在总体上交代清楚了。

"夫意象应曰合，意象乖曰离。是故乾坤之卦，体天地之撰，意象尽矣。空同丙寅间诗为合，江西以复为离。"李诗与何诗，有宋人元人的比较，这是指风格。李诗与何诗，有意象应合意象乖离的比较，这是指诗理而言。在何景明看来，李梦阳的诗作正德元年以前是好的，符合诗理；正德六年二月以后是不好的，不符合诗理。他的评论对不对且不说，正德元年至正德六年之间有一段空白却是不争的事实。李梦阳本人在正德五年八月至正德六年二月之间写的"朝正倡和诗跋"中说："自正德丁卯之变，缙绅罹惨毒之祸，于是士始皆以言为讳，重足索息。而前诸倡和者亦各飘然萍梗散矣。"不仅李梦阳的诗作有一段空白，许多士人的诗作都有一段空白。若何景明说得不错，若这一段时间有李梦阳的诗作传世，或可揣摩出他的诗作何以有偌大的变化。严嵩由此而想到自身的经历。值得庆幸的是，他早还江西，没有遭遇那一段惨毒之祸，在秀江钤冈间休养安居，写出许多精彩的诗来。他甚至把这一段时间的诗作集结付梓的篇名都想好了，就叫《振秀集》。

何景明举了一个生动的例子："譬之乐：众音赴会，条理乃贯；一音独奏，成章则难。故丝竹之音要涉，木革之音杀直。若独取杀直而摒弃要涉之声，何以穷极至妙，感情饰听也。试取丙寅间作，叩其音，尚中金石。而江西以后之作，辞艰者意反近，意苦者辞反常。色淡黯而中理披漫，读之若摇鞞铎耳。”

严嵩偷瞥李梦阳一眼，暗自咋舌。他不能不承认，何景明说的有几分道理。诵读李梦阳的诗，确有同感：艰涩难通的辞句，表达不出很高的意境；意境高奥时，却是用寻常普通的辞句。不过，把李梦阳在江西的诗作喻为“若摇鞞铎”，也太过分了。高傲若李梦阳者，怎能忍受得了！

李梦阳却若无其事地坐在那里，对严嵩意味深长地一瞥，视而不见，也不追问他的读感。

“空同贬清俊响亮，而明柔澹沉着、含蓄典厚之义，此诗家要旨大体也。然究之作者，命意敷辞，兼于诸义之设，自具若阐缓寂寞以为柔澹，重浊剜切以为沉着，艰结晦涩以为含蓄，野俚辏积以为典厚，岂雅谬于诸义，亦并其俊语亮节悉失之矣。”读到此，严嵩险些击掌喝彩：写得精彩！今人诗作的弊端大体在此了。

下一段文风演变的议论更是精彩：“鸿荒邈矣。书契以来，人文渐朗。孔子斯为折中之圣。其余诸子，悉成一家之言，体均杂撰，言辞各殊。君子不例而同之也，取其善焉。已尔，故曹刘阮陆，下及李杜，异曲同工，各擅其时，并称能言。何也？词有高下，皆能拟议以成其变化也。若必例其同曲，夫然后取，则既主曹刘阮陆矣，李杜即不得更登诗坛，何以谓千载独步也？仆常谓诗文有不可易之法者，辞断而意属，联类而比物也。上考古圣之言，中征秦汉绪论，下采魏晋声诗，莫之有易也。”若以春秋为远古，秦汉魏晋为中古，盛唐为近古，则各代都有领袖人物。他们作文做诗，遵循不可易之法，却不必同体同辞。此所谓异曲同工。何景明说：“夫文靡于隋，韩力振之，然古文之法亡于韩。诗弱于陶，谢力振之，然古诗之法亦亡于谢。比空同尝称陆谢，仆参详其作，陆诗语俳体不俳也，谢则体语具俳矣，未可以其语似遂并例也。故法同则语不必同矣。”

韩即韩愈，陶即陶潜，谢即谢灵运，陆即陆机。他们在不同的时期提倡了不同的诗文风格，都曾领袖文坛一时。何景明特别引用了李梦阳诗称陆谢之例。西晋人陆机与东晋人谢灵运，用的都是排比的词句，但陆机词句排比而体裁不排比，谢灵运词句、体裁都排比，而他们都为后人认同。这说明一个道理：“法同则语不必同。”做诗是“法同而语不必同”，作文更是“法同而语不必同”。何景明说：“仆观尧、舜、周、孔、子思、孟子之书，皆不相沿袭，而相发以明。是故德日新而道广，此圣贤传授之心也。后世俗儒遵守训诂，执其一说，终身弗解，相传之意背矣。”

这又是很厉害的几句话。坚持法同语亦同，那就是后世俗儒之见了。后世俗儒终身不解圣人之道，坚持法同语亦同的诗人终身不解诗道。

严嵩很想稍稍为李梦阳辩解一二，但何函所余不多，他想，还是读完再说。

“佛有筏喻，言：舍筏则近岸矣，达岸则舍筏矣。今空同之才足以命世，其志金石可断，又有超代轶俗之见。自仆游从，获睹作述，今且十余年矣。其高者不能外前人也，下焉者已践近代矣。自创一堂室开一户牖成一家之言以传不朽者，非空同撰焉，谁也！”

严嵩长吐一口气，说：“仲默先生企望献吉先生者，大矣，大则不免苛求。”

李梦阳不语。看来，他既不想对何景明的书函说什么，也不想对严嵩的感慨说什么，甚至不想问一问严嵩的看法如何。

严嵩有些难堪，他自找圆场，问：“献吉先生也有所辩说吗？”

“是，我已有了腹稿，一二日抄录停当，便好寄送京师。”李梦阳说。

“可否留下底稿，赐某拜读？”严嵩的意思，读了何景明批李梦阳的书函，也该读一读李梦阳驳何景明的书函，作为旁观者，才可以不偏不倚。

李梦阳摇摇头，说：“仲默先生责我之言，我不怕人看，所以请唯中先生一阅。我责仲默先生之言，仲默先生愿不愿意第三人看到，我就不知道了。他日有了机缘，仲默先生以为某区区之论，不值一哂，或会公之于众。”

严嵩这才真正体会到李梦阳的傲气：对上司的傲气，对同僚的傲气，对前辈的傲气，对后辈的傲气，乃至对同道友好的傲气。傲慢至此，还会有真正的同道吗？还会有真正的友好吗？

第一百一十二章

在京城的弘治壬戌科进士聚饮聚食，他科进士亦可与会，往前不超过己未科，往后不迟过乙丑科，也就是从弘治十二年至弘治十八年间的进士都可以参加。他们的职位不会太高，在翰林者，侍讲侍读而已；在六部者；郎中而已；在司寺者，寺丞而已；在都院者，则是资历稍深的御史；在六科者，则不过是左右给事中，大家不会因地位悬殊而拘束。

何景明与在往日的宴席上一样，酒要喝，不会多喝；菜要吃，拣好的吃；话一定少说。左邻右舍的高谈阔论，好似与他无关。同年同官知道他的性情，见怪不怪，让他自斟自酌，若非不得已，谁也不和他交谈，免得无趣。

“仲默先生，酒菜用好了吗？请借一步说话。”陆深站在他身后，近乎耳语地说。

陆深爱读书，爱藏书，善著文，善言谈，在后进中，是何景明看得上的人物之一。况且，今日的酒宴，何景明是东道，陆深是嘉宾，理当客气些。何景明起身，随他走向室外。酒席上的谈笑，时高时低，不影响他们的交谈。

“子渊先生有何见教？”何景明问。

陆深说：“仲默先生与空同子论诗的书函，可否示人？弟及同道多人亟欲拜读。”

何景明感到奇怪。陆深不是第一个向他询问的士人。写此书函的事，写在书函上的话，他从未向人讲过，他们怎会知道？“书函是初夏时写的，现在将近立秋，我却去哪里找？你是知道的，我著文从不留下稿子，何况是私人的书函？”

陆深笑道：“仲默先生是忠厚之人，怎么也学会了编造谎话？你与空同子的争辩将成一桩公案，不会不抄一份留下的。”

何景明陪着他讪笑几声：“子渊先生揭了我的底，我只好实话实说。函稿我留有一份。不过，有些话只可在献吉先生和我之间说说，子渊先生之命，恕不能从。”

“仲默先生确是厚道人。你的大作，献吉先生已拿出示人，你却还三缄其口。南都士人中多在口传，京师却至今日才有所闻。”陆深说。

“此话是真？”何景明有几分惊诧，又有几分疑惑。

“这等谎话，我何必去编造。”陆深道，“济之先生近日寄懋中先生一函，讲到此事。”朱希周字懋中，苏州昆山人，弘治九年状元。那一科王鏊为主考官之一，加上是苏州同乡，他们的书函往还，比他人要频繁。身为翰林院侍读学士，朱希周不时给王鏊讲一讲朝中的故事，王鏊则不时给朱希周讲一讲南都的故事。陆深唯恐何景明仍有疑惑，说：“我可不是耳闻，济之先生的亲笔书，我在懋中先生处拜读过了。以懋忠先生的为人，不会假造济之先生的书函吧？以济之先生的为人，不会编造仲默先生与献吉先生论诗的故事吧？”

“自然不会。”何景明应道，“济之先生是怎样讲的？”

“你是想知道，外间所传你与献吉先生论诗之事有没有不实之处，我说的对否？”陆深反问道。

“难怪西涯公说陆子渊心思灵活，什么都瞒不住你！”何景明无奈地摇摇头，“你料得不差，我确实想知道，外间所传我那篇文字有没有不实之处。若有不实，我须得声明。”

陆深说：“你不瞒我，我也不瞒你。济之先生只提到你与献吉先生论诗一事，没有提到你说了些什么，献吉先生说了些什么。也没有提到他赞成你，还是赞成献吉先生。不过，他写了两句论文的话，实有见地。”

“可否赐告？”何景明向陆深揖了揖。

“济之先生没有你那么多顾忌，他寄函懋忠先生，没有说，莫入第三人之眼，懋忠先生便给我看了；懋忠先生也没有你那么多顾忌，他给我看济之先生的书函时，没有说，莫入第三人之耳，我自然可讲与你听。”陆深借机刺了何景明两句，才转告王鏊函中的句子：“济之先生说：为文必师古，使人读之，不知所师，善师者也。韩师孟，今读韩文，不见其为孟也。欧学韩，不觉其为韩也。所谓师其意，不师其词，最是为文之妙诀。我记得大意如此。”

王鏊的几句话，说到了何景明心里，令他感佩不已。他甚至觉得，王鏊的几句短话，比他泱泱千言说得还要透彻。

“仲默先生，”陆深唤他，“你要求于我的，我无一不应。我要求于你的，你不能应吗？

何景明郑重地说：“我与献吉先生的书函，献吉先生示人则可，我示人则不可。我在书函中说的话，传自献吉先生之口则可，传自我口则不可。景明愚鲁，主张一定，便不更改，还望子渊先生见谅，莫再迫我。”

陆深说：“仲默先生有难处，我也不好勉强。反正大函的抄本，大约数日内要传到京师。不过，仲默先生与献吉先生的信函，献吉先生示人则可，仲默先生示人则不可，那么，献吉先生与仲默先生的书函，仲默先生可否示人呢？”看来，他是下决心今夜要有所得了。

“这——”何景明想了想，说，“却无不可。献吉先生驳斥教训我的话，他人读了，从旁启迪，于我大有益处。子渊先生有兴致，或是你到舍下去一阅，或是我送去与你一阅。”

“既蒙惠允，何不现在就去？”陆深性急地说。

“也好，我们离席许久，别人查到此处，反而不妥，不如一走了之。”何景明对种种宴席本无兴致，恨不能早散早回，有人伴他离席，他当然不会拒绝。

李梦阳的字大而草，似他为人的风格。信函并不很长，却有厚厚的一卷。何景明恭敬地取出，交与陆深阅读。

开宗明义，写得就很不客气：“某再拜大复先生足下。前屡览君作，颇疑有乖于先法，于是为书，再拜献足下，冀足下改玉趋也。乃足下不改玉趋也，而即挞仆文之乖者以复我。其言辩以肆，其气傲以豪，以旨轩翕而峣嵺。仆始而读之，谓君我恢也，已而思之，君我规也，犹我君规也。夫规人者，非谓其人卑也，人之见有同有不同。仆之才不高于君，天下所共闻也。乃一旦不谅，而虑子乖于先法，兹其情无他也。”

大复是何景明的号。读了起首的一段，陆深至少可以明白两点：一是李、何二人的争辩，起于李梦阳，他读了何景明近期诗作，认为有乖于先法，为文规劝。二是李梦阳对何景明论诗，甚不以为然，他用了“其言辩以肆，其气傲以豪”两句话，看似有褒有贬，其实只贬不褒。辩是褒，而饰以肆字，便不是褒了。豪是褒，用来修饰傲，也不是褒了。

陆深指着下文，笑道：“仲默先生之文，仲默先生示人则不可，献吉先生却在此处抄录了一段，我可读还是不可读？”李梦阳写道：“子挞我文曰：空同子刻意古范，铸形宿模，而独守尺寸；仆则欲富于材积，领会神情，临景构结，不仿形迹。以有求似，仆之愚也。”

何景明也笑着说：“不是我示人，仍是献吉先生示人，子渊先生不妨读下去，看献吉先生对我的批驳是何其痛快淋漓。”

不用说，何景明说的“不仿形迹”，与王鏊说的“不知所师”，有相通之处。可见，论文论诗，王鏊是赞何而驳李。反言之，李梦阳对何景明的批驳，也就是对王鳌的批驳。陆深倒要认真读一读。

李梦阳断喝一声："斯言也，祸子者也。"何以言"不仿形迹"或"不知所师"之类的话害人？且看他所举一例："古之工，如倕如班，堂非不殊，户非同也。至其为方也圆也，弗能舍规矩何也？"

倕是黄帝时的巧匠，班是春秋时的巧匠，他们处在两个相隔久远的时代，房屋的构造不尽相同。但倕为方为圆，离不开规矩，几十代以后，班为方为圆，同样离不开规矩，这样一个简单的事实，在今天的人看来，不感到奇怪吗？不该问为什么吗？

原因很简单：规矩者，法也。李梦阳写道："仆之尺尺而寸寸者，固法也。假若仆窃古之意，盗古之形，剪裁古辞以为文，谓之影子诚可，若以我之情，述今之事，尺寸古法，罔袭其辞，犹班圆倕之圆，倕方班之方，而倕之木非班之木也。此奚不可也？"

按照李梦阳的说法，尺尺寸寸是为诗的法理，是方方圆圆的规矩，而不是罔袭其辞，不是"铸形宿模"。这就产生了一个问题：既然是规矩，何不直言规矩，却要说尺寸呢？若说尺寸不是言辞，何景明怎会得出"铸形宿模"的结论？若说尺寸是言辞，李梦阳为何又不承认？

"规矩是法，尺寸也是法。"陆深说，"仲默先生，着实有些令人费解呀。献吉先生的见解，你大概已经揣摩透彻了吧。何不为我言之，以开启茅塞，以辨明诗理？"

"他日有了机缘，子渊先生不妨向献吉先生当面请教。"何景明不欲置评，答陆深的话，竟和李梦阳答严嵩的话一般无二。

"是，仲默先生不肯赐教，也只有他日向献吉先生请教。"陆深指着下面的几个字，说，"这句话与要旨无关，可以讲一讲吧？"李梦阳写的"夫筏我二也"几个字，不稍加解释，便不知他为什么比喻。

"我用了佛经中的故事。佛有筏喻，言：舍筏则达岸矣，达岸则舍筏矣。"何景明做了最简单的解释，不多说一字。

"这就是了。"陆深点头道。他理解了何景明用佛喻的含意：行筏目的在于济水，达岸则筏可弃。吟诵的目的在于纪事述情，古人诗中的字辞不过是筏而已，只要尽兴，可以弃之。

李梦阳却以为筏和规矩，和尺寸，和理法，是两回事："夫筏我二也，犹兔之蹄，鱼之筌，舍之可也。规矩者，方圆之至也，即公舍之，乌乎舍之？试筑一堂开一户，措规矩而能之乎？措规矩而能之，必并方圆而遗之可矣，何有于法，何有于规矩？

故为斯言者，祸子者也。祸子者，祸文之道也。”

蹄是捕兔的器具，筌是捕鱼的器具。蹄与兔，筌与鱼，二也。筏与我，亦二也。捕到了兔，蹄可弃。捕到了鱼，筌可弃。济河达岸，筏可弃。而规矩之于方圆，不是蹄之于兔，筌之于鱼。方圆出自规矩，没有规矩不成方圆，规矩是万万弃不得的。诗作出自古法，出自尺寸，古法和尺寸，也是万万弃不得的。

“仲默先生，你真的以为法亦可弃吗？”陆深明知得不到确切的答复，还是禁不住要问一句。

何景明不动声色地说：“献吉先生以为我遗弃古法，大逆不道，子渊先生何不读下去？”

李梦阳果然是这样写的：“诗主曹刘阮陆足矣，李杜即不得登于诗坛。诗云：人知其一，莫知其他。予之同法也，尧舜之道不以仁政不能平治天下者也。子以我之尺寸者言也，览子之作，于法蔑矣，宜其惑之靡解也。”

诗必盛唐，一变而成诗必魏晋，盛唐大家李杜也不在话下了，大约是李杜对古法也没有尺尺寸寸之。何景明的书函以圣人为言，李梦阳也针锋相对地以圣人为言。他说的诗法，即圣人说的仁政。不施仁政，不成其为圣人；不师古法，不成其为诗人。何景明的诗作，在李梦阳看来，是轻蔑了古法，何景明的诗论，在李梦阳看来，也是轻蔑了古法。

古法不可变，字辞可有不同的风格，李梦阳写道：“阿房之巨，灵光之岿，临春、结绮之修丽，扬亭、葛庐之幽之寂，未必皆倕皆班为之也。乃其为之也，大小鲜不中方圆也。何也？有必同者也。获所必同，寂可也，幽可也，丽以侈可也，岿可也，巨可也，守之不易，入而推移，因质顺势，融熔而不自知。于是为曹为刘为阮为陆为李为杜，即今为何大复，何不可哉！”

阿房宫，秦始皇帝筑，示帝者之巨大；灵光殿，汉景帝子鲁恭王筑，呈王者之岿巍。富家子弟的临春、结绮二园，以侈丽称，有道之士的扬亭、葛庐二舍，以幽寂称。各具风格，各具匠心，然而方圆不会改变。只要不变方圆规矩，各具风格，有何不可？只要古法不变，曹诗刘诗阮诗陆诗可各成一家，李诗杜诗可各成一家，何大复诗也可成一家。

下面是结束的话了：“此变化之要也。故不泥法而法尝由，不求异而其言人人殊。易曰：同归而殊途，一致而百虑，谓此也。非自筑一堂奥自开一户牖而后为道也。”

陆深微微点头，对李梦阳的结语大有认同之感。道者，自古有之，百代不易，不是筑一堂奥开一户牖赋一诗著一文便可树立起来的。看来，李梦阳也不是全然否定变化，他的要旨在于：第一,万变不离其宗，古法不可改变。第二，变化自然而来，不必刻意追求。

可是，审视全篇，仍免不了困惑。何景明显然认为，李梦阳的尺尺寸寸，不但要守古法，而且要守古辞，所以有“铸形宿模”的说法。李梦阳却说，尺寸即是古法，罔袭古辞。他们的交锋，好似并不是去打对方。是谁生出了误会？古辞，而且还有古法，到底是筏，还是我；是蹄，还是兔；是筌，还是鱼；是规矩，还是木材，千头万绪，实在很难分辨。

可惜，没有读到何景明全篇信函，李梦阳说他轻蔑古法，他是轻蔑古法，还是轻蔑古辞，是根本不要古法，还是不刻意古法？既然他执意不说，也只有等读到他的文字，再做比较了。

陆深带着满脑子的困惑，与何景明辞别。

第一百一十三章

刑部尚书张子麟自称是忙碌博来的司寇。他先是协同前尚书刘景问安化王的案子，问刘瑾的案子。刘景被言路列为刘瑾党人，加以弹劾，挂冠而去，他又协同新尚书何鉴继续问刘瑾的案子，追查刘瑾党人。何鉴改兵部，他以左侍郎署理刑部事，继续追查刘瑾党人，然后又问马中锡、张永的案子，问赵鐩等人的案子。在正德七年十二月，问过了无数大案后，才正式任刑部尚书。

他知道，问案太多，论刑太重，肯定要得罪不少人，终非好事。比如马中锡论死，士大夫中就有风言风语。甚至有人说，吏部尚书杨一清说起张子麟来，甚是不齿。虽然马中锡不待秋决而病亡，好像他的死仍是张子麟一手造成的。还有人说，不少士大夫请青楼女子演唱《中山狼》散曲，马中锡所写的中山狼，就是张子麟。这话有些离奇，马中锡无恩于张子麟，怎能说张子麟恩将仇报？离奇的传言，可以不理会，而得罪了杨一清，可不是一桩小事。他是现在朝廷中的一株大树，出自他门下的士大夫极盛，大有接替李东阳的势头。况且，他在内官中交了不少朋友。张永虽然失宠，掌司礼监的太监张雄听说也很买他的账。因有这些传言，张子麟不管任尚书前还是升任尚书后，都是小心谨慎地办事，不敢有半点的马虎。

尽管小心谨慎，刑部还是出了麻烦。张子麟听说，刑部有人作案，犯在了东厂手里。若是别处的案子，犯在东厂，刑部不知，还不要紧。若是刑部官员的案子，犯在东厂，刑部不知，就太失脸面了。张子麟丢不起这个脸面。他先问左侍郎黄珂，右侍郎张纶，二人也是听闻此事，不知其实。他们劝告张子麟，不必太过认真，东厂经常莫名其妙地放出一些风声。

张子麟也听说，提督东厂太监张锐每遣人缉事，先令逻卒诱人为奸，捕后再索贿，常有所得。拿不出贿银或贿银不足者，便成了野鬼冤魂。但放出刑部有事的风声，目的何在？张子麟百思不得其解，不敢放过去，不时找来刑部属官，暗中询问，仍然不得要领。他心情郁闷，去访由侍郎升任户部尚书不足三个月的同年王琼。在成化二十年的进士中，他最服王琼的才干。

“德华兄，”张子麟见了王琼，凄苦地叫了一声，“我们成化甲辰科的人要有大难了。”

王琼不知出了什么事，惊问：“元瑞兄何出此言？”不说我有大难了，你有大难了，而说成化二十年的进士有大难了，听来确实怪吓人的。王琼尤其是有一块心病。他在刘瑾手下吃过亏，可也贿赂过刘瑾，二事至多扯平。听说，张子麟由湖广巡抚升任刑部右侍郎，也曾贿赂过刘瑾。丑事难掩，莫不是三年之后，东窗事发了？

“刑部出事了，你不知吗？”张子麟问道。

原来是刑部之事，那便与王琼无关了。他不再担心，却也不能不表示一下关切：“刑部出事了？怎么从未听人讲起？是衙门中失了大印，还是大狱中逃了要犯？”说起刑部出了事，外人所能想到的，非此即彼。

“非也！”张子麟摆摆手，道，“是刑部有人犯案，落在东厂手里，这可怎生是好？”

王琼不由得好笑。刑部的人就不会犯案吗？案犯东厂就一定是了不得的大事吗？内官勒索外朝官员，东厂勒索外朝内朝衙门，无年无月不有，何必大惊小怪？不过，王琼和他这位同年多少有些接触，知道他一向胆小，此刻只能开解他，不能嘲讽他，否则，原来的小事在他眼里已经成了大事，大事又要成更大的事。

“元瑞兄，不会是你金屋藏娇，被东厂的逻卒撞破了吧？”王琼开了句玩笑，“只要嫂夫人肯放过你，东厂那边我来应付，保你一不丢官，二不丢丑。”

张子麟不管是不是玩笑，认真答道：“德华兄，你是知道的，除了一妻一妾，我再不近女色。丫环婢女从不许进我的书房。”

“张、黄两位侍郎也不会惹事吗？”王琼问起他人，变得认真起来。

“我不敢担保，但他们都知道刑部出了事，并无异样表情，看来与他们无关。”张子麟说出他的判断。

“既然如此，我劝元瑞兄不必担心。哪一个衙门都是良莠不齐，谁犯了案，便让东厂办谁好了。不瞒老兄说，我户部上上下下的人，比刑部犯事的机会大得多。我抱定宗旨，谁犯了过失，谁去吃官司，我绝不偏袒。元瑞兄何不效法愚弟呢？”

“属员犯案，我当然不会偏袒，我只想先知个底数。若东厂勒索，是个应付的办法；若犯案是实，又是个应付的办法。”张子麟说，“德华兄在东厂有熟人的话，请助我从旁打探打探。”

王琼不像张子麟迂阔，自信与东厂中上自提督太监张锐，下至掌班太监、贴刑太监，都说得上话，问一两件案由，不是难事。他刚要答应，突然心念一动，何不如此如此，他帮张子麟个小忙，张子麟却要帮他个大忙。

“元瑞兄托付，我定要去办。”王琼说，“不过，东厂公公若是知道你在打探，勒索反会更重。本来百十两银子可以了结的事，他等要到三五百两也说不定。拿我们户部的行话来说，这桩买卖做赔了。不如另寻一条路子。”

“案子在东厂，还有什么别的路子？”张子麟实在想不出眉目，“除非去拜见司礼张太监，请他从中联络联络，或有转机。”

王琼说：“不好。彼张太监和此张太监亲如手足，通过彼张太监找此张太监，讨好不了彼张太监，却得罪了此张太监，不是上策。”

“依德华兄之言，御马监的张太监和东厂张太监亲善，也不能去找了？”张子麟问。

“那是自然。找御马监张太监更是下下之策。”王琼不假思索地说。内官“三张”，他无一人不熟，无一人不能去找，却一个也不打算去找。

“我想不出别的路子了。”张子麟说，“吾兄多谋善断，成竹在胸，就请你指点一二吧。”他看出，王琼已然心中有数，只是不肯轻易说出。

王琼点点头，说：“元瑞兄真是局中之人反迷。走哪条路收效，你在刑部应该比我清楚才对。”

“你是说锦衣卫？”张子麟一经点拨，即刻醒悟。他的思路，只在内官中打转转，不曾想过，执国家大法者，还有一个不属于三法司，却也不是内官的衙门。

“正是。我想，元瑞兄也只是一时迷了心窍，不会连明摆着的路子也看不出来。”王琼说，“现在厂、卫并称，已是多时没有的格局，却少有人知，卫更胜过了厂。”

东厂是缉事衙门，按照常理，只能缉事，不能问刑，问刑是另一个衙门，即锦衣卫北镇抚司的职掌。一般而言，东厂权势大，锦衣卫难与抗衡，锦衣卫狱不过是东厂的外衙门。掌锦衣卫的官员也好，掌北镇抚司的官员也好，都视东厂提督太监为宗主，以督主相称。

也有过掌锦衣卫的官员，甚至掌北镇抚司的官员，权势大过东厂提督太监的情形。如永乐皇帝时的锦衣卫使纪纲、英宗皇帝时的锦衣卫使门达。再有，便是现在的都督同知钱宁。钱宁与纪纲、门达相比，又胜一筹。一则，纪纲、门达官至指挥使而止，钱宁却已官拜都督同知，比他们高了几级，而且还有升迁的希望。二则，纪纲、门达只司北镇抚司事，或佐理卫事，而钱宁则掌锦衣卫事，典诏狱。王琼说，卫更胜过了厂，也就是说，钱宁更胜过了张锐，丝毫不爽。

张子麟问：“德华兄可否为我过访钱都督？”

王琼说："元瑞兄与钱都督职任相通，钱都督又喜欢结交士大夫，何不借此机会一叙？"

"不行，不行！"张子麟道，"我与钱都督私下未曾相交，还是请德华兄代劳。"

职任相通只是说说而已。同是理刑，钱宁掌诏狱，办的都是皇上交代的案子，刑部根本不能插手，除非皇上降旨，将该案移交有司审理。而法司刑讯，掌锦衣卫官员除非奉旨，也不过问。张子麟在职任上与钱宁的来往不多，更不必说私交了。

王琼正因为知道他们私下不曾相交，才故意推搪一句。他正要借这个机会与钱宁交往。如果张子麟自己肯找钱宁，那不等于是给他人做嫁衣裳了。他会做错事，却极少做蠢事。

王琼几度出入户部，任过郎中，任过侍郎，而今又任尚书。不知为什么，他就是不能安心在户部任事。任户部侍郎时，为了改吏部，他重金贿赂刘瑾，留下一个污点。好在当时行贿的人多，法不治众，没有对行贿者一一追究。现在任户部尚书，吏部尚书杨一清功高望重，他不敢妄想取代。他想的是兵部尚书的位置。他以为治兵用兵才能尽其才，才能立大功业。兵部尚书何鉴年过七旬，大家都说，不出年尾，何鉴必定致仕，大司马的位置必然空出。

皇帝好武，对兵部尚书一职看得较其他尚书为重，过问兵部的事务较其他衙门为多。对兵部尚书的任命，是一定要过问的。王琼想，能影响皇上对兵部尚书选择的人，只有钱宁了。但他听到一个不容乐观的消息，钱宁已向皇帝推荐了左都御史陆完。陆完平定盗贼有功，皇帝对他印象甚佳，只要有得力的人推荐，兵部尚书属他无疑。现在找钱宁活动，只是做些亡羊补牢的功夫。

"钱都督那里，我可代元瑞兄一行。不过，话说在前面，我只能代兄一行，以后的事情须得你自己出面。"兵部尚书一事不知有几成希望，刑部的琐屑小事，他犯不上陷得太深。

"那是自然，德华兄只要问出刑部案子的原委，后面的事情我来处置。"张子麟道。

王琼拜访了一次钱宁，才知转任兵部已是妄想。钱宁受了宁王之托，向宁王专使拍着胸脯保证，把大司马的印鉴交在陆完手里，不可能转而推荐他人了。而关于刑部官员的案子，则问了个清清楚楚，可以向张子麟交代。

刑部主事陈良翰犯案，被东厂缉事逻卒侦破。其实，真正的案犯不是陈良翰，而是陈良翰妻，是一桩妒妇杀人案，手段残忍。

陈良翰妻是妒妇，且是恶妇，对陈良翰管束极严，不许他纳妾，不许他逛妓，不许他晚间出外饮酒，使陈良翰大受同僚的取笑。陈良翰文弱，既怕她恶言恶语，又怕她使棍使刀，只得隐忍不发，尽量不惹她动怒。

有一件事，却不能永远隐忍不发。陈良翰中第五年，有了功名，娶妻三年，有了家室。但三年来，悍妇未能为他生养一男半女，他着急，家中父母更着急，多次着人带来口讯，带来家书，要他速速纳妾。

陈良翰硬着头皮与妻室商议，恳求她网开一面，莫使陈家断了香火。陈良翰妻却说：你在我身上多下些功夫，还怕无后吗？她自己也着实下了些功夫，向江湖郎中讨偏方，到东岳帝庙拜娘娘，无奈均不见效。尽管如此，想到一室之内，有另一女人分宠，她仍是无法忍受，宁愿落个不贤惠的名声，拖累陈良翰不孝，也不准他纳妾。

成婚后，陈良翰妻雇用两名极粗笨丑陋的婢女，以免官人偷嘴。她宁愿自己辛苦些，也不肯换去这两名只可做些粗活的婢女。

初时，陈良翰见到两名婢女中任何一人，便胃口反转，食不甘味，更不要说想象肌肤之亲。夜间与其妻共枕，往往一想到两名婢女的样子，阳具便不能举起，以致不能成其好事。陈良翰妻得知原委，心中暗喜，家室可保平安，不会生出苟且之事。

谁知时日一久，两名婢女整日在陈良翰面前转来转去，看习惯了，也不觉得那么丑陋。其中一人，眼神之中甚至还有几分妩媚。终于有一日，陈良翰与此婢在偏房中勾搭成奸。

陈良翰妻极为敏感，从陈良翰的言谈举止、夜间房事，以至他身上的气味中，很快觉察有异。她颇有心计，不盘问陈良翰，却去盘问与陈良翰有了奸情的婢女，那名婢女惊恐万状，边哭泣认错，边道出了实情。

“身子有什么异样吗？”陈良翰妻沉静地问她。

“我也不知。”那婢女知是问她有没有喜，便说。

陈良翰妻皱了皱眉头：“月事来了没有也不知道吗？”

“还不到日子。”那婢女如实答道。

陈良翰妻安抚了两句，把她打发走。随即将另一婢女唤进卧房谈话。她心里生出一个极毒辣的念头，也编造出一套极具诱惑的说词。

“老爷不能无后，我想好了，要为他纳妾。”陈良翰妻对第二名婢女说，“就在你二人中选一人。我选中了你，可老爷选中了她；不但选中了她，而且与她有了苟且之事。说不定，她的肚子里已怀上了老爷的种子。我见她平日便与你斗气，老爷若纳了她，你更有苦日子过了。”

第二名婢女从来就不曾有过被纳妾的念头，听了主妇的话，别的且不说，那名婢女以后成了半个主人，她却仍是下人，那是无论如何不能忍受的。主妇说老爷和那贱人已有了事，细细一想，好似也有征兆：那贱人对她说话，颐指气使，再不像以前斗气是斗气，仍以姐姐长妹妹短的口气居多。

“奶奶行个好，放我走吧。”忍不下这口气，她能想出的办法就是远远离开。

“没出息！你这副样子，就算我肯放你，到了别处，还不是个下人？”陈良翰妻骂道，“留在家里做妾不好吗？我平素待你虽然严厉些，却是一直把你当妹妹看待的。我就是看不惯那个妖精。”她没有想一想，那个妖精是在千人万人中，被她精心挑选出来的。

“奶奶看得上我，是我的造化。”第二名婢女说，“我看老爷对奶奶的话，没有一次不听的。奶奶若劝他纳我，我一定努力为他陈家生养儿女，生出的儿女一定要他们孝敬奶奶。”

“我当然会对老爷说。”陈良翰妻道，“不过，他要是心中有了那个妖精，便是在家中给了你名分，也不会对你好。要想他对你好，只有把那个妖精除掉，大家才有安生日子。”

“奶奶既然不肯放我走，何不放她走？”第二名婢女以为她家主妇变成了善人。

陈良翰妻说：“不行，老爷不会放她走的。要除掉她，只有——”她把声音压得极低。

第二个婢女吓得说不出话来，拼命地摇头。

“也罢，我只好由得老爷纳她为妾了。以后你不但要侍候我，还要侍候她。”

这话产生了意想不到的效果，第二名婢女狠了狠心，说：“我听奶奶的。”

当天傍晚，陈良翰从衙门回到家中，看到的是其妻冰冷的面孔，和第一名婢女冰冷的尸首。我就说她是被勒死的。妻室见他痴呆的样子，冷冷地说：“你心疼了吗？你若要张扬，她是因拒奸，被你杀害的。我和她亲眼所见。”这个她，指的是第二名婢女。她低垂着头，不敢看陈良翰一眼。

陈良翰倒吸一口凉气：出身甲科，前途无量，却要向相貌如此不堪的婢女行奸，且被其拒奸，传将出去，还有什么脸见人？“我若不张扬呢？”他有气无力地问。

“甚好，你去后院里挖一坑，把她埋掉。不，要挖两个坑。另一个坑，你们都知道是做什么用的。”陈良翰妻瞥了第二名婢女一眼。

陈良翰照她的吩咐办了。事后很长一段时间，一夫一妻一婢各怀心思。陈良翰不敢再提纳妾之事，第二名婢女不敢再问圆房之事。半年过去，陈良翰怀着为祖宗繁衍子孙的强烈愿望，又开始与第二名婢女勾搭；第二名婢女怀着为老爷传一血脉的强烈愿望，克服了内心恐惧，默默地承受着，默默地提防着，直到有一天，陈良翰妻在她面前举起了刀子，她发觉后，惊叫着逃出家门，去东厂首告。

陈良翰妻下锦衣卫狱，论死。陈良翰戍边，他的罪状是知情不举。第二名婢女验身有孕，送去陈良翰老家，由陈良翰父母管养，待其生养后再做处置。

东厂故意把案情宣扬出去，不是为了向刑部衙门勒索，而是为了向陈良翰勒索。双方谈好了条件，陈良翰交出银两，东厂便把案子遮掩住。但由于张子麟的胆小，由于王琼的算计，由于钱宁的插手，东厂宣扬出去又不准备办理的案子，终于公之于众。

王琼因此案而与钱宁有了交往，张子麟因此案而与钱宁有了交往，是各人都没有料到的。

第一百一十四章

十一月朔日，大理寺卿燕忠奉旨，出使江西勘狱。朝中，六部和都察院等正二品衙门之下，有通政使司、大理寺、詹事府、太常寺等正三品衙门。其中以通政使司和大理寺最为尊显。其正堂，与部院正堂并称大九卿。大理寺又与刑部、都察院合称三法司。大理寺卿亲自出使勘案，是很久没有的事情了，可见是桩大案。

江西确实出了件大案，狱中现关押着两名地方大员，一名是江西布政司右布政使郑岳，一名是江西按察司提学副使李梦阳。

李梦阳与郑岳交恶，不止一日。郑岳原任按察使，是李梦阳的上司官。二人同是弘治六年进士，一正一副，一般人都难处，何况是李梦阳这样心高气傲之人。郑岳初时还忍让一二，还在巡抚、巡按面前为李梦阳打个圆场，时间久了，他自己对李梦阳的傲慢狂妄也不能容忍。因见李梦阳几次出入宁王府，他便以此作为题目，着实规劝了几句。

郑岳的规劝出自好意。身为朝廷命官，与驻地王府过从密切，迟早要惹祸及身。况且，郑岳对宁王的作为有所警觉，和李梦阳既是同年，也该提醒他几句。但郑岳规劝时，带有情绪，话说得不那么好听。更令李梦阳不能容忍的是，郑岳用长官规劝属官的语气对他说话，他觉得受了莫大的屈辱。他私下对较为亲近的属官和生员说：“我为韩尚书草疏骂逆瑾时，郑某人幸亏不在京师，不然，他定与逆瑾勾结，不是死在狱中，就是永不叙用。现在成了我的正官，他居然有脸以正官自居，好不可笑！”这话传到郑岳耳中，他也对较为亲近的属官和幕僚说：“不错，逆瑾柄政时，我没有纠劾他。可逆瑾柄政时，我也没有求救于他人，连累他人终生受污。”这话也传到李梦阳耳中。两人你一句我一句，越说越刺耳，越说越恶毒，心中的怨恨越积越深，以致相聚于衙门，或相逢于道路，形同陌路，招呼也不肯打。

郑岳升转布政使，李梦阳仍是按察副使，等级差别又拉大了。郑岳升任布政使后不久，李梦阳带着满腹的不快和一脸的懊丧，拜望宁王。

宁王在庭院迎候，与他携手入堂。“献吉先生有许久没来了。”宁王半是嗔怪，半是亲热地说。

“千岁恕罪！”李梦阳说，“是郑按察使不允我来，不是我不想来。”

“噢？”宁王颇感意外，“没有想到，献吉先生也会因人言而趋，因人言而止。”

“有什么办法，他是我的同年嘛。”李梦阳说，“我绝不因权势之言而趋，因权势之言而止。至于同年之谊，自然又当别论。”

“献吉先生为何今日又来了？”宁王问。

“郑布政使今日管不到我头上了。”李梦阳说。

二人相视而笑。宁王说：“献吉欺我！你来看我，是要我助你倒郑。前日不来，因前日没有机缘，今日来了，因今日有了机缘。”

李梦阳不承认，也不辩解，却问道：“郑汝华轻侮王府，千岁就不想倒郑了吗？”郑岳字汝华。

二人又是相视而笑。宁王早欲倒郑。李梦阳说郑岳轻侮王府，说得太轻了。郑岳不是简单地轻侮王府而已，而且处心积虑地破坏王爷的大事。刘瑾败灭后，革宁府护卫，宁府不能因护卫而得钱得粮，收息锐减。宁王维持往日的奢华、交结官场的朋友，都少不了钱用。多亏承奉刘吉有两条生财之路，一是与南昌附近的强人称兄称弟，在他们危难时以王府的名义扶持他们一把，他们得势时也不忘孝敬王府；二是拉拢各府州县各乡各村的无赖游民，以他人之田为祖业，进献王府。抢占民田，往往遇到田主的反抗，激烈时，甚至会武装反抗。按察司维持一方治安，宁王请郑岳调动官军，弹压敢于反抗的田主，并许以好处。郑岳坚执不从。

“郑大人，”刘吉代表王爷三番两次去按察司衙门，与郑岳很熟了。他做出诚心诚意为郑岳谋的姿态，“赣省盗民四起，朝廷十分关注。南昌若有不测，你将吃罪不起。”

郑岳哼了一声：“官逼民反，责任在官；王逼民反，责任在王，朝廷问罪，我会如实回奏。”

郑岳不肯相助也就罢了，听说他还与守备副使胡世宁商议，如何调将布兵，如何权宜行事，将与王府有来往的强人一网打尽，将占他人田产为已业以献王府的无赖擒拿问罪。这是要把王府的两路财源都切断，宁王不能容他。

“献吉先生深知我心，今日何以助我？”宁王问。

李梦阳说：“郑汝华由按察司迁转布政司，从按察司带去两名旧日的门子。千岁请想，大员迁转，带去幕僚、师爷不难解释，为何连门子都要带去？其中定有奥秘。”

与门子日久生情也是个说法，宁王未将此事看得严重。但见李梦阳说得认真，不便扫他的兴，因而问说："献吉先生怎样看？"

"听说郑汝华在按察司时，柴粮银两每每多收，其子亦多次侵克库银。这两名门子守司守库，定有所见。"李梦阳做了一番合情合理的推测。

"献吉是说，将门子拿来问供？"宁王明白了他的意思，"只怕问不出来，反让郑汝华得了理。"

"府上的刘承奉极为干练，还怕问不出来吗？"李梦阳与刘吉见面之后，对他的才干大为赞赏。

"献吉先生的主意高明。拿来门子，不怕问不出郑汝华贪赃枉法之事。不过，"宁王另有些犹豫，"王府校尉去布政司衙门拿人，传将出去，抚院按院都要来过问是非了，十分不妥。"

"不必王府校尉出动。"李梦阳显然已考虑成熟，"两名门子中，一人叫刘奉，与刘吉很熟，说不定还是亲故。王爷着刘吉约刘奉出外喝酒，我带衙门里的人前去酒肆，只说，有人举告刘奉偷盗王府的珠宝变卖，王府要着落在他身上追查。这样，不必王府的人捉人，落下话柄。我把他送入王府，也不会落下话柄。"

"好，好，就这样办。"宁王赞道，"世人只知献吉先生是文学大家，本王却知道，献吉先生不但深谙文学，也深谙谋略。"

刘奉等两名门子送至王府，一面是王府校尉的棒打，一面是刘吉的引导，竟写出长长一篇郑岳贪污公帑、纵子货财的供状。宁王与李梦阳商议后，将供状抄录多份，总制军务衙门、巡抚衙门、巡按衙门各送一份，请总制、抚、按会同勘问，并且扬言，贪官若不被惩治，就要奏告朝廷，连总制、抚、按一起治罪。

总制陈金和巡抚任汉都知道在江西任官，不能得罪宁王。但勘问一省的行政长官，非奉旨不可。于是，陈金和任汉一面将宁王送来的供状附疏奏上，一面提郑岳之子郑云勘问。谁知郑云已被宁王囚禁。陈金正为江西各处盗贼剿不能尽、抚不能久的局面烦恼，无心顾及其他，将郑岳一案委于任汉。而任汉柔弱不决，明知不提到郑云问不清案情，明知郑云关在王府，却不敢向宁王要人。案子遂拖了下来。

李梦阳利用宁王打击郑岳一事，惹怒了两个人。一人是布政司右参政吴廷举，一人是按察司副使胡世宁。胡世宁与李梦阳不曾结怨，把郑岳一案记在宁王的账上，决心找机会狠狠奏宁王一本。吴廷举与李梦阳早已交恶，得知陈金与任汉请旨勘问郑岳，便去辩论是非。

"汝砺先生此举有失公允。"吴廷举率直陈辞。

陈金因吴廷举随他破姚源贼有功，不计较他的态度，缓缓言道：“献臣在江西的日子不算短了，还不知在江西该怎样处事吗？人说总制府是南昌第一衙门，可我知道，宁王府才是南昌第一衙门。宁府要办的事，你我是拦不住的。”献臣是吴廷举的字。

“宁王府是南昌第一衙门，不是朝廷大臣该说的话。这且不论。就算宁王府是南昌第一衙门，你身为总制也惹不起，李献吉却不是南昌第一大员，难道汝砺先生也惹他不起吗？请旨勘问汝华先生无妨，但不能只勘问他一人。李献吉以下犯上，也该勘问勘问。不然，听任他借用王府之势，侮治上官，今日是汝华先生，明日就要轮到你汝砺先生了。还望三思。”

陈金听从吴廷举之言，又补上一疏，奏论李梦阳侵官，宜勘问治罪。

正德八年初春，朝廷召陈金还院，以提督操江右副都御史俞谏代为总制。随后，科道官劾俞谏、任汉等师久无功，朝廷出现了一派议论，认为既以俞谏提督军务，又以任汉巡抚江西，事难责成，不如召还任汉，而以讨盗事宜专责俞谏，且暂兼巡抚。旨虽未下，任汉已开始做还京的准备，对职任上的事能推就推。

到了仲秋，朝廷决心处置江西官员间的争斗，命将郑岳、李梦阳二人下狱，由总制会同抚、按官勘问。这是前任遗下的一桩公案，俞谏专心剿盗，不愿意插手其事，任汉更不愿意主持。于是，俞谏、任汉遵旨将郑、李二人下狱后，复请朝廷派员赴江西勘狱，以求公允处置。下狱的是地方大员，总制、抚、按畏缩回避，朝廷认为事大，不能再搁置不理，便差燕忠亲去南昌勘问。

燕忠是顺天府蓟州人，成化二十年进士，为人狷介峭直，寡于言笑，不轻交谈。人望而畏之。他在大理寺的日子不短了。刘瑾柄政时，他由陕西按察使调任大理寺少卿，正德六年升任正卿。因执法唯谨，人以包公称之。也许正因为不善交谈，又不肯通融，他才滞碍不迁，官运受阻。如他的同年王琼、张子麟已是尚书，甚至比他迟一科的刘春也已是尚书，陆完也已是左都御史，他仍是正三品的寺卿。

燕忠差派江西的圣旨一下，立刻就有两位近邻来访，门上报都察院掌院左都御史陆完、掌院右都御史李士实联袂造访时，他很有些吃惊。他大约可以参出，他们的到来与他的江西之行大有干系。他们一是江西籍官员，一是曾在江西任职的官员，若不是为了江西之行，都察院虽和大理寺近在咫尺，也不会两位都御史一起步行来大理寺做客。至于他们要说些什么，不必先自猜测，听他们一说，便会明了。

燕忠忙迎出大门。他不是为迎陆完，而是为迎李士实。陆完独来，他会说一声

“有请”，或在廊下迎候，或在庭院迎候，算是行平礼，却不必迎出大门。李士实是成化二年进士，比他早了太多，他当以师礼待之，一定要迎出去。

三人在门前施礼毕，陆完先开口：“良臣先生远行在即，若虚先生和我相约，特来送行。”

“不敢当！”燕忠回道，“理应我去都察院向两位大人辞行。”

“不必客气！”李士实说，“我和全卿先生早有心来拜望。今日嘛，一是送行，二是还愿。”

“如此生受了。二位请。”燕忠向里肃让。进了正堂，又请坐奉茶。陆完虽排名在前，敬李士实是前辈学长，请他坐了上位。

陆完说：“我们今日来，一是送行，二是还愿，若虚先生的话只说了一半，只说了在外宜说的一半。另有一半话，须得关上门来再说。我们今日来，也是受人之托。”

“噢？”燕忠意味深长地应了一声，“原来不只是三法司对江西之狱关注，还有哪一位对江西之狱关注，请全卿先生明白告我。”

陆完望了李士实一眼，李士实知下面的话应由他来说：“他人关注江西之狱，良臣先生都可以不理会，包括全卿先生和我对江西之狱的关注，也可以不理会。但此人对江西之狱关注，不可以不理会。”

“若虚先生也知此人吗？请赐告。”燕忠言道，“江西是若虚先生的故土，也是全卿先生腾起的地方，我本就该向二位讨教。”

“那我就明言了。”陆完先说，“宁王殿下对郑、李的公案很是关注，托我二人向良臣先生致意。”

“全卿先生且慢。”燕忠打断他的话头，“宁王知道我要去南昌勘问是狱吗？”这是不可想象的事情。差人勘狱的议论，早就有了，而差派燕忠，是今日早朝后才由司礼监传的旨。

“宁王不知朝廷将遣哪一位去江西，不论谁去，殿下都有四个字托我二人转告。”陆完说。

“请问是哪四个字？”燕忠看了李士实一眼，希望他说。陆完由江西按察使而宣府巡抚，由宣府巡抚而入朝，都是宁王在背后支持，几乎无人不知晓。李士实因何复起，因何重用，议论的人不多。他来转述宁王的话，似乎更可听一些。

李士实会意，说：“宁王殿下要我二人将惩贪爱贤四个字，转告钦使，以便勘狱有所依据。”

"贪者自然是郑方伯，贤者自然是李副宪了。"燕忠详读过郑、李一案的卷宗，对宁王所持的立场，知道得很清楚，"不知二位大人所见如何？"

"我与若虚先生没有议过。不过，我以为。宁王殿下说的惩贪爱贤确是关键。不惩贪，不足以树立朝廷的威信；不爱贤，不足以养育朝廷的人才。还望良臣先生细心体会。"

"若来得及，请二位转告宁王殿下，是狱若涉及贪者，他绝不会被放过；是狱若冤枉贤者，他绝不会受委屈。我奉旨勘狱，宁王府不便去打扰。"燕忠叹了口气，说道，"可惜，若虚先生年事已高，不堪长途劳顿，全卿先生另有重用，难以小事差遣，不然，朝廷径差二位去南昌，宁王殿下的话就不用向第三人转述了。"

他的话中带着明显的讽刺。陆完听出也好，没听出也好，反正宁王托付之事办妥，心境平和，不必计较。他说："良臣先生决心惩贪爱贤，朝廷放心，宁王殿下也放心。若虚先生，良臣先生定还要做些准备，我们就此别过吧。"

"不错！"李士实率先站了起来，"良臣先生一路珍重，早去早回，勘狱回来，我等或许还要聚在一处共议，那时再详读你做的供状。"

送走两位掌院都御史，燕忠心中甚是不快。朝廷重臣，替藩王来做说客，朝廷体貌何存！他更抱定了宗旨：勘江西狱，一定要秉公办理。

第一百一十五章

杨一清祖籍云南府安宁州，幼时随父定居湖广岳阳府巴陵县，父死葬镇江府丹徒县。若问他三处中更喜欢哪一处，他一定会说是镇江。他在镇江有房宅田产、有家室，更重要的是有朋友。以公论，他看重山西陕西的士人，以私论，他与江南的士人更宜深交，或曰更有缘分。

前些日子，常州府江阴县好友徐某携一歌僮来访，杨一清听他清唱一曲，爱之不已，问一问年龄，还不足九岁。杨一清便有夺爱之心。徐某看出他的心思，笑着说："应宁先生是君子，君子不夺人所爱。不过，此童天生丽质佳音，旁人也无福消受。应宁先生何不问问他的姓名？"

杨一清拉着歌僮的手询问，歌僮声音清脆地答道："我单名一个芝字，灵芝的芝，徐爷命我姓杨，杨爷唤我杨芝好了。"

徐某说："这孩子什么都好，就是喜欢说谎。明明是你告我姓杨，怎的成了我命你姓杨？应宁先生，这就是缘分了。我在京中小住一月，杨芝留在府上侍候一个月吧，也免得他成我的累赘。我去的那些地方，很有些是他不宜去的。待我南下时，再来取他。不是我舍不得将他留与你，实是江南佳人，须由江南水土来养。我也不带他回江阴了，径将他带去镇江，交与杨夫人收养调教，你看可使得？"杨一清的夫人，因不惯北地风水，一直住在镇江。

杨一清大喜。徐某人说了许多废话，以杨芝相赠却是明确了的。当晚，杨芝便留宿杨府。

杨芝十分机警。杨一清去衙门办事，出外访客，往往带了他去。几天以后，这孩子发现门前常有二人走动，探头探脑，模样不像是京城人，口音更不像是京城人。

"老爷有仇家吗？"趁着无人时，杨芝很世故地问道。他判断此二人将不利于主人。

"做了这么久的官，做到这么大的官，怎会没有仇家？"杨一清也很世故地回答，"芝儿为何要问？莫不是对门前二人生了疑心？"

“原来老爷也看到了他们。”杨芝道。

杨一清说：“你既然生了疑心，可知他们是何方人士？”

“不是京城人，也不是江南人。”杨芝只能排除这两处。其他地方的口音，他就分辨不清了。

“我留意了他二人的形迹，也留意了他二人的口音。他们是长安人。你以为他们是我的仇家，我却以为他们或有求于我，对我并无恶意。芝儿，要不要与我一赌？”

“赌就赌，老爷说怎样个赌法？”杨芝问道。

杨一清说：“你若输了，今夜在卧房侍候。我若输了，明日带你去白云观逛会。”

“老爷好不知羞，就会——”杨芝说到此处，不好意思再说下去。况且，家僮对主人说这样的话，着实太过分了。

杨一清笑了笑，将此一节带过。然后把话岔开：“芝儿机警有余，不知勇气够不够？”

“我生来胆大，不知老爷要我做甚？”杨芝最怕人说他胆小。

“你出去，看那二人还在不在门前。如果在，你就走上前去，悄声问他们，要不要见我。他们若说要见，你带他们进来。要走后面的小门，不要走大门。”杨一清吩咐道，“此事虽小，却需要勇气，你敢去做吗？”

“有何不敢？”杨芝毫不在意，“不把他们唤进室内，怎能断定老爷和我谁赢谁输？”

杨芝果然会办事，不大一会儿，把门外的二人引到后院小门，闪过住在后院的花工，人鬼不知地把他们带了来见杨一清。二人见了杨一清，跪拜在地，神情有些拘谨，却不怯懦。

“请起。”杨一清坐在远处，做了个搀扶的手势，杨芝代他将二人搀起，“请问两位跋涉数千里，是为了找我说话吗？”

“初来京城并没有想到找大人说话，这两日陷入困境，不得不来找大人。”其中一人说。

杨芝说：“你二人好不晓事，见了我家老爷，也不报上姓名。吏部天官，就是随随便便可找的吗？老爷，你说差了。他们是从西安来的，不是从长安来的。这一节，你须得认输。”

杨一清笑着说：“好，好，算是我输了一节。”

方才说话的那人道：“小兄弟，杨大人并没有说差，长安即是西安，长安是西安的古称。”

“呔，你以为我不知吗？”杨芝狡辩着，“他说长安，又没说是古称，当然是他输。老爷，他姓张，叫张杰。”他先指了指方才说话的人，又指了指另一人，“他姓王，叫王伦。他们说，有天大的冤情要向老爷倾诉，望老爷为他们做主。这一节，老爷说得不差，算是你赢了。”

“二位有何难处，要我相助？”杨一清问道。

“我二人并无难处。我二人是来为刘巡按刘大人诉冤的。”张杰说罢叩头，“请杨大人做主。”

“你们步行两三千里路程，就是为刘养和辩诬吗？”杨一清惊问道。

行数千里为一官员辩诬，已令人惊骇；辩诬直接辩到吏部尚书处，更令人惊骇。而可惊骇者还不止于此。“杨大人，我们是随刘大人一起离开西安的，我们在京师已住了数月。”张杰说，“现在盘缠用尽，不得不来向大人求助。”

刘天和字养和，湖广麻城人，正德三年进士，授南京礼部主事。部属改科道官不是轻易可得，刘天和却得到一个机会。刘瑾罢黜御史十八人，另从各衙门补选御史二十四人。刘天和被选中。后来，他奉派出按陕西。

正德六年三月，河南镇守太监廖堂被究治，安置南京闲住。其弟锦衣卫指挥使廖鹏拜在钱宁门下，多方为廖堂活动。正德七年九月，廖堂派陕西镇守，不改旧日行径。而且，觉得闲住一年多，损失巨大，更要变本加厉地搜刮。他所过之处，士民无不叫苦，到各衙门告状。

其他衙门不敢受理，不敢治罪，刘天和却敢。他把状告镇守太监的帖子一张一张贴在巡按衙门前，查得廖堂左右劣迹昭彰的数人，拿入狱中，一下轰动了西安城。满城之人无不称颂青天大老爷刘天和。廖堂也暂时收敛。

廖堂前去巡按衙门，拜会刘天和。镇守太监、巡抚、巡按，都是朝廷直接派出的差事，很难说哪个衙门更威风些。卑亢之间，全看各人的处分。尽管巡按御史衙门的级别和督抚、镇守太监相差甚远，刘天和对镇守太监、督抚，绝不卑躬屈膝、假以颜色。廖堂来巡按衙门拜会他，而不像许多地方那样，把巡按御史唤到镇守太监衙门说话，刘天和也不因而受宠若惊。他镇定而不失礼节地迎接廖堂，想的只是，廖堂若向他要人，他该如何应付。

不料，廖堂绝无责难他的意思，也没有向他要人。廖堂说：“养和先生为地方做了一件好事，也为廖某人做了一件好事。我年事已高，眼花耳聋，身边的人做了坏事，自己看不到，也听不到身边人说。我若是知道了，也一定要送他们下狱严办。

我没有办的事情，养和先生替我办了，办得好！我就此谢过。”

廖堂深作一揖。刘天和连忙还礼，道：“廖太监大义灭亲，实在令人感佩不已。”

廖堂冷笑着说：“我们这样的人，只知为万岁爷办事，哪里还有什么亲不亲的。以后有人打着我的旗号做坏事，养和先生严办就是。千万莫听他的胡言。我和养和先生把话说清楚：廖某人没有任何亲朋。”

廖堂留下带有威胁意味的一番话，扬长而去。刘天和知道廖堂的为人，知道事情不会就此结束。与他交厚的陕西督抚衙门、布按二司衙门、西安府衙门的官员，都替他担着一份心，唯恐他遭廖堂暗算，发生不测。

暗算是很难避开的。数月后，西安府城内来了一队锦衣校尉，奉命押刘天和进京。原来廖堂在拜会刘天和的同时，已派了亲信日夜兼程，赶去京师，把西安的情形告知廖鹏，要他求助钱宁，除去刘天和。逮治刘天和有一条现成的罪状：抗旨不遵。

说刘天和抗旨不遵，也不全是诬陷。廖堂前者奉诏在兰州采办贡物，要刘天和帮手。刘天和称，兰州非他所部，拒不前往。廖堂直接密奏，钱宁从旁煽惑，皇上动怒，传旨：刘天和下诏狱。钱宁和廖鹏安排了最亲信的锦衣卫校尉，前往西安府捉拿钦犯。

锦衣校尉们堂而皇之地进入西安府城，和刘天和被带出西安府城，在这座古城造成了极大的轰动。万人空巷，为敢于冲撞廖堂、敢于惩治恶徒的巡按御史送行。许多人仰天而咒，许多人掩面而泣，许多人在街边跪拜送行，许多人随着锦衣校卫一行出了城。

在出城的人当中，有张杰，有王伦，还有另外八名壮士。他们啮臂滴血，立誓结盟，要护送刘天和安全抵达京师。他们变卖了全部家产，宁愿牺牲自己的性命，只要保全住刘天和，一切在所不惜。他们不是没有来由地担心。城内外到处传说，廖堂重金收买了凶徒，欲杀害刘御史于途中。张杰、王伦等曾打算在城中锤杀廖堂，再去官府自首抵命。有人说不行，存心伤害刘大人的，不只是廖堂，大家都与廖堂拼命，谁来维护刘大人？保护刘大人比锤杀廖堂要紧百倍，辛苦百倍，不能弃大就小，弃难择易。他们于是做出了同赴京师的决定。

廖堂确实收买了杀手，但杀手见到刘天和一行的后面跟着这十条好汉，便不敢再尾随了。

钱宁、廖鹏差出的锦衣校尉中，潜伏着杀手。但杀手见到后面跟着的这十条好汉，便收敛形迹，不敢行凶作恶。

行在路上，两三人在左，两三人在右，两三人在前，两三人在后。他们绝不与刘天和交一语，不与押解刘天和的锦衣校尉交一语。大路朝天，各走一边，没有理由不让，也不敢不让他们走在前后左右。

夜宿馆舍，他们必在馆舍前前后后搜索一通，然后分成两班，上半夜一班，下半夜一班，每班两三人守在门前，两三人守在窗后。他们绝不干扰刘天和歇息，绝不干扰与刘天和同房而宿的锦衣校尉歇息，没有理由不让，也不敢不让他们守在门前窗后。

途中就食，他们守住灶房。饭送出来，一人先尝一口，无恙，再端上桌。菜送出来，另一人先尝一口，无恙，再端上桌。他们，还买了酒，请刘天和饮，请押解刘天和的锦衣校尉饮。他们绝不干扰刘天和就食，绝不干扰与刘天和同桌而坐的锦衣校尉就食，没有理由不让，也不敢不让他们品尝饭菜。

就这样走了一两个月，从陕西走入山西，从山西走入河南，从河南走入直隶，走入京师。刘天和保全了性命，他们实践了诺言。

到了京师，刘天和关入锦衣卫狱，他们没有能力再保护刘天和了。但他们仍不放心，于是在阜成门街北西直门街南之间的河漕西坊找了家小店，要了两间下房，住下来。白日，他们到锦衣卫狱前，到都察院衙门前，到顺天府衙门前，到所有能去的地方，打探刘天和的消息。晚间回到小店，就着凉水，嚼着干馍，交谈着打探来的消息，商量第二日的计划。

每日得到的消息相差无几，镇抚司问供，无所得，刘天和在狱中被拷打。一直没有问出所以，一直没有降旨处分。十人万般无奈，心如火焚。过了些日子，大家商议，不能全部留在京师了，一来开销大，银子越用越少；二来时间久，家中也要人照顾。他们决定一半人仍留在京师，一半人返回西安。返回西安者，一人要照顾两个家。再过一段时间，留五人也是无益，又走了三人，只留张杰和王伦二人。二人盘缠将用尽，心想不能这样等下去，要找个朝中大员为刘天和做主。在京城住了些日子，朝中大员的情形多少知道一些。合计来合计去，请杨一清庇护最为合适。一来，听说他不但敢于任事，而且善于任事，为难之事，只有他能办成。二来，他是吏部尚书，主管官员的升调黜罢。三来，他在陕西任官很久，对陕西的事务应该格外有心，或会为陕西百姓的呼声而动容。

杨一清的宅第很容易打听到，见杨一清就不是件容易的事了。张杰和王伦在杨府门前转了两日，拿不定主意，是该趁杨一清出入时，径直扑到轿前申诉，还是先结识杨府的门子、家仆、管家，再请他们通报。没想到，这位小兄弟看透了他们的心思，把他们带了进来。

“小兄弟聪明得紧，三句话两句话，就把我们的一切问清楚了。”张杰看出杨芝有宠于主人，不失时机地称赞了一句。

“是我家老爷的眼光厉害。”杨芝由衷地说。

张杰和王伦交替讲出的一番经历，有如一段传奇故事，杨一清听罢，无限感慨地说：“我知陕西多忠义之士，却未见过像你等一样的豪杰。三千里路程，五十日探监，动天地而泣鬼神，真可载入史册。”

“大人谬奖！”张杰说，“刘大人为民办事，正直清廉，才是动天地而泣鬼神。陕西有刘大人这样的官员，是陕西人的福分。杨尚书，我等草民再不能为刘大人做什么了，只有请你老人家周全。”

“老爷，我看你该管一管。”杨芝插话，“刘大人这等好官，张大哥、王大哥这等好民，难得撞在一处，老爷不可辜负了他等的信托。”

“孩子家的话！诏狱之事，岂是我管得了的？不过，我要进言，终不能让刘天和系老狱中。芝儿，”杨一清吩咐道，“你去取一锭银子来。”

杨芝取来纹银，杨一清接了过去：“两位壮士，今日是腊月初五，我与你二人订十日之约。十日之内，刘养和之案须有个了结。这些银两，你二人拿去，做十日的开销。有了刘养和的实在消息，你二人速回长安，与家人团聚吧。”

“老爷又说差了，是西安。”杨芝纠正他。

杨一清奏言：巡按云南御史张璞为镇守太监梁裕所奏，巡按陕西御史刘天和为镇守太监廖堂所奏，逮入诏狱，日久未决。风宪威信扫地，科道人心不安。乞早具其罪状。腊月初七日，有旨从之。

处分虽未确定，但既有旨结案，刘天和一不会有性命之虞，二不会久系狱中。张杰、王伦得知此事，在锦衣卫狱外，给狱中的刘天和叩了头，在杨宅外，给宅内的杨一清叩了头，打点行装，离京而去。如果在一个月中能赶回西安，他们离家便整整半年了。

第一百一十六章

正德九年上元节，皇帝过得格外开心。自上年腊月开始，从南面从西面不时有新奇什物送入宫中。从西面送来的，是花毡帐房。帐房共一百六十二间，由西域巧匠设计，责令陕西镇守太监会同有司制作，经年而成。帐房间间有两重门户，间间相通，帐房外有影壁，帐房内有地毯。一百多间帐房，有堂屋，有回廊，有厨房，有厕房，有马厩。凡居家过日子所需要的一切，无所不有。在正旦节之前，帐房已在乾清宫内铺设完毕。

皇帝指挥着几名贴身的小太监，忙前忙后，不亦乐乎。平素的日子，他很少到乾清宫。帐房运到，搭在别处，不是地方不够大，就是地点不适合。奉天殿前，倒是有大片的空旷场地。但百官要在此处行大礼，搭起一路帐房不成体统。选来选去，在乾清宫内最为合适。

小宦官马英问："爷的御马房摆设停当，到底是牵哪匹龙驹来做做样子呀？"

"怎是做做样子？"皇帝不高兴地说，"过得惯，就长在此处喂养。你姓马，就长在此处为朕做马倌。朕封你小御马监掌印太监。你着人将朕心爱的赤兔、黄骝、追雪三马牵来，给它们各备一间帐房。"

马英遵旨去办。小宦官赵林又问："御器房里架子都放好了，您老是放刀还是放剑？"

"当然是刀剑都放，还用得着问吗？"赵林要走，皇帝叫住他问，"且慢，你去做甚？"

"去取爷的宝剑御刀呀。"

"还有呢？"皇帝问。

"没有了，"赵林说，"我看爷平日只用刀用剑，没见过爷用其他的兵器呀。拿来又有何用？"

"蠢材，真正是蠢材！"皇帝骂道，"放一把刀，放一柄剑，叫什么御器房？既然叫御器房，一应兵器都要取些来，摆放整齐，懂了吗？"

“是，奴才愚蠢，没理会万岁爷的意思。”赵林说，“我这就去一样一样搬来，豹房中没有的，奴才就去库房里取，每种拿上三五件够了吧？”

“让你去办这等大事，我实在不能放心。我且问你，平素讲给你听的武艺十八事，你还记得几事？背来与我听听。”皇帝命道。

“爷讲的课程，奴才一句也不敢忘。”赵林嘴上这样说，心里却想着要坏，武艺十八事，打死他，他也记不全了。偷眼睃去，皇帝没有作罢的意思，只得且背且想：“一弓二弩三镘四刃五——”他忘性大是大，平时也说得出十事八事，今日一紧张，在第五件上便卡住了。

皇帝嘲笑着说：“幸亏我知你那脑袋永远开不了窍，不然，真要误了我的大事。”随即命身边一名看上去就有灵气的小宦官，“苏进，你背与他听，别让他以为，朕身边的人都像他一样。”

“是。”苏进一件一件地背下去。“一弓二弩三镘四刃五剑六矛七盾八斧九钺十戟十一鞭十二锏十三挝十四殳十五叉十六爬头十七绵绳套索十八——”他长得清秀，口齿清楚，一字一顿，煞是好听。剩了最后一件，后边有人捅了捅他的腰间，他立即醒悟，十八后面的武艺也背不出来了，做苦思冥想状。

“五剑，五剑！”赵林懊丧地说，“我才和爷说过取刀取剑，怎么就把剑给忘到脑后去了？”

皇帝不理会他，问苏进道：“第十八件是什么，你也没有记住吗？再想一想，莫让他笑话。”

苏进苦着脸说：“好似再没有别的兵刃了。”

“这就对了。”皇帝高兴地说，“十八白打，是空手格斗呀。你不错，他是蠢材，你是秀才，武秀才。御器房你去张罗，我才放心。我封你别宫总管兼小御器房掌印太监。”

“谢万岁爷的栽培！”苏进高高兴兴办事去了。

“爷，他们都成了掌印，我也不能落后，你老好歹也让我掌回印吧。”赵林恳请道。

“你蠢是蠢，办事很实在，就在此处为朕掌溷厕吧。”皇帝一本正经地下了一道任命。

“谢爷的恩典！”皇帝说的三个字，他只听懂了一个掌字，厕字听清楚了，可没有听懂，溷字则听也没听清楚。反正只要有个掌字，在宦官中便是头目了。他不无满足地问道：“万岁爷，你要我掌什么，事情不难办吧？”

“不难办，好办之极。”皇帝说，“朕命你掌溷厕。”见赵林仍是似懂非懂，皇帝说，“溷厕者，茅厕也。事情不难办，却是一等重要的职掌。”

“谢爷的栽培！”赵林十分不情愿，却不能不谢恩。他其实也是外粗内秀，有急智之人。方才就是他恰到好处地捅了苏进一下，以便哄着皇帝多讲几句话，高兴高兴。眼下，他也是灵机一动，有了说词：“替爷掌溷厕，一般人是干不好的，只有我来干。不过，掌了溷厕，再掌庖厨，就不合适了吧？”

“怎么，你想为朕掌庖厨吗？”皇帝怪问道，不知这名看似憨直的小太监，怎会生出匪夷所思的怪念头。你让他掌溷厕，他却想到掌庖厨。

“是啊！”赵林天真烂漫而一丝不苟地说，“依奴才看，除了奴才，没人能在别宫为爷掌庖厨了。万岁爷吃起来有滋有味的几样点心、几道小菜，永寿伯只将制作方法传了我。”

“算你有心，把朕的第一位皇儿都买通了。”皇帝早就对人说过，永寿伯朱得在义子中排在首席，“也罢，朕不能有负你一片苦心，就封你为小御膳房掌印太监，兼掌溷厕的厕正。不过，溷厕那边的事情，你就不必亲自动手去做了。”皇帝向来随兴之所至，想到什么便说什么，也不管御膳房只是个三等的衙门，哪里有什么掌印太监，也不管一人既掌庖厨又掌溷厕在他人听来会作何感想。“君无戏言，朕既已命你掌溷厕，不便收回成命。”他还不忘做一说明。

小宦官佛保，方脸大耳，一副木雕泥塑的菩萨相。“佛保”二字是皇上所赐，他的真名实姓早就没人记得了。他问皇帝：“还有几间空房，爷也想个名目，让奴才去管吧。”

“好。”皇帝认真想了想，说，“几间空房，做火药局吧。命人将制作花炮余下的火药存放在里面，以备不时之需。你就来做小火药局的掌印太监，好生为朕看管火药，说不定要看管一年半载。他们的责任都没有你的责任重大。”

正是节前的日子，皇帝和一群小宦官混在花毡帐房中一日复一日地度过。他的兴致如此之高，以致豹房那边都有好些日子没有去了。

正旦以后，南面的新奇物事送来了，是宁王从南昌进献的数百盏宫灯。

数百盏宫灯中有四盏特大的宫灯，四面精工细绘了兰花、莲花、菊花、梅花，表示四季。四盏宫灯四周各簇拥着稍大、稍小和最小的宫灯，每盏宫灯上绘着各色花草虫鸟，无不色彩清新，栩栩如生。宫灯的形状，有圆，有方，有三角，有多边，有粗而扁，有细而长，各如物形，各具特征。有的令人看后，禁不住要赞叹：好一番巧思！有的令人看后，忍不住要哂笑：好一副模样！每年逢节时宫中张挂的宫灯，有御用监自制的，也有各省进贡的，无一比得上宁王所进宫灯。

随宫灯所进，还有灯中所用的蜡烛，细如指，粗如臂，最粗如腿，是四盏大号宫灯用的。

皇帝指挥苏进、赵林等小宦官，又有好几天忙碌了。依照制作者的设计，把宫灯在正殿张挂了一组，在宫门张挂了一组，在偏殿张挂了一组，在帐房外张挂了一组。有的钉挂在柱上，有的贴壁而挂，各随其宜。

每盏宫灯配有不止十只蜡烛。皇帝说："火药局掌印太监听旨，尔将宫灯与蜡烛相应编号，将多余的蜡烛收入小火药局。某盏灯的蜡烛燃尽，司灯者来取，报明号数，依号给烛。你可听明白了？"

佛保说："奴才听是听明白了，可这里上万支蜡烛，要一一编号，奴才一人忙不过来。请爷命苏进、马英二人来做奴才的帮手。反正他们的御马房、御器房里闲得很，不似奴才辛苦。"

苏进忙说："我那里怎会清闲，上百件兵器我每日要一一擦拭，有一丁点尘土，万岁爷也放不过。爷，佛保要帮手，明明是想偷懒。"

"谁说不是，"马英也说，"御马房里的猴元帅、犬将军，哪一位也不好侍候，哪一位饿着了，哪一位吃多了，我也开罪不起。"

皇帝说："你们莫吵。都说清官难断家务事，朕的家务事，朕今日就断一下试试。佛保要人帮手，是佛保想偷懒；苏进、马英不愿帮手，是苏进、马英想偷懒。既然你们都想偷懒，朕就自己去做，不用你们做了。"

几个人慌了，忙给皇帝叩头认错，苦苦恳求，总算说得皇帝答应不自己做了。他们把堆放在乾清宫殿内院内的蜡烛悉数搬入帐房的火药库内，按照编号，摆放整齐。寒风料峭，每人都出了一身汗，被风一吹，禁不住打冷战。

正月十四日，乾清宫内的宫灯一起点亮，灿烂辉煌，有如白昼。奉天殿散宴后，皇帝陪着夏皇后及各位嫔妃，在一众女官、宫女和小太监的簇拥下，一处一处地观赏，品评着宫灯形状的美丑、画工的优劣。下半夜，他不要娘娘等陪伴，与小宦官们回到帐房内厮混。正月十五日，宫灯又点了一夜，皇帝陪夏皇后及各位嫔妃用了家宴，喝了御酒，吃了圆子。下半夜，仍是回到帐房。正月十六日，皇帝陪夏皇后及各位嫔妃在乾清宫内观看焰火。天上的圆月，地上的宫灯，似乎被散在空中的星火连接了起来。皇帝龙心大怡，龙颜大悦。皇帝高兴了，四周之人无不高兴。

"陛下今夜歇在宫中吧。"夏皇后趁着皇帝高兴、气氛热烈的当口，壮起胆子说了一句。

皇帝说："今夜不行，朕在乾清宫内住了月余，疏忽了戎务。朕今夜要去豹房安歇。"

真是乐极生悲，就在正月十六日的后半夜，乾清宫起了一场大火，不但把西边贡进的帐房和南边贡进的宫灯，而且把乾清宫内的正殿烧成灰烬。想是有未熄的烟花星火掉落在帐顶之上，宦官们只检查地上有没有未熄的星火，没人想到检查帐顶上有没有未熄的星火。星火渐将帐顶燃着，火势蔓延，遂不可止。

皇帝在观看完焰火后起驾，乘辇车回西面的豹房，左右侍候的仍是苏进、赵林、佛保等数人。

佛保走几步，便要回首一望，甚是留恋。

皇帝发现了，问："佛保，是不是掌印太监还没有当够？住进豹房，你仍掌别宫的火药局就是了，那差事朕又不会委了别人，你这样一步三回首，明摆着是怕丢了掌印。"

"爷不在别宫，别说什么掌印，别宫总管又有什么当头？"佛保说，"奴才不担心当不成掌印太监，担心的是当不成前两日那般开心的掌印。"

"你的话好不奇哉怪也。朕的别宫，朕哪一天不能回去？"皇帝说，"朕明日就带你回别宫叙职。"

"奴才敢与爷赌，明日万岁爷定不会回别宫。"佛保又回头望了一眼，十分肯定地说。

"好极了，朕正想找个人赌一赌呢。"皇帝说，"朕明日回别宫，也不大罚你，只打烂你的屁股。"

到了豹房，要有一番收拾，皇帝把一群小太监指挥得团团转，又是到下半夜才睡。连着几日熬夜，众人都睡得极死。天将亮时，苏进出外小解，听到一阵阵喧闹嘈杂声从东边传来，一股浓烟升上天空，不由大惊。他闯进皇帝的卧房，推醒了皇上，结结巴巴地说："爷，不、不好了，那、那边走水了。"

"哪边？"皇帝两眼模糊，没看清楚他手指的方向。

"乾清宫那边。"苏进说了方位，补充一句，"爷，就是咱们的别宫那边。"

皇帝想起回豹房的路上，与佛保的一段对话，纵身跃起，披上外袍，说："走，叫了佛保、赵林等人，与朕一同去观看。"

向东走了不远，与匆匆赶来的乾清宫管事太监相遇。管事太监见了皇帝，迎面扑倒在地，且哭且诉：“万岁爷，奴才有罪，奴才罪该万死。”

“怎么回事？”皇帝问，“你慢慢说与朕听。”

不用他说，皇帝自己也看清楚了，乾清宫那边，火光冲天，显是大殿已烧了起来。

“东边起火，你怎么不在东边领人救火，却跑到西边来？”皇帝责怪道，“你说，朕是该治你有失职守罪，还是该治你临阵逃脱罪？”

“奴才不敢临阵逃脱。”管事太监叩首道，“奴才怕惊了万岁爷圣驾，特来报与爷知。”

“哼，朕的胆子就那么小，一场回禄也经受不住吗？”皇帝把手一扬，“走，过去看看。”

“火势太猛，万岁爷去不得！”管事太监拼命磕头，额角上有了血迹。趁着抬头的机会，他不住地向皇帝身边的小太监们使着眼色。

苏进看着不忍，也着实怕皇帝出事，在皇帝身后说：“爷讲过隔岸观火的故事，甚是有趣。不知隔山观火、隔院观火，又是什么滋味。”他们正停在一处石山前，他随口说了出来。

“那好，我们就上山去看看。”皇帝跨步登石山，赵林抢先一步，在前面为皇帝引路。皇帝说他办事实在，一点不假。稍稍涉险，他都抢在前面。

苏进、马英等把乾清宫管事太监扶了起来。他是这群小太监的上司官，但他们成日随侍皇帝左右，他要管也管束不了。

站在高处，再看那场大火，和看宫灯，看焰火，又不相同。宫灯乃人工琢磨，焰火乃雕虫小技，眼前大火之猛烈，之壮观，非人力所能为。火光照出周围的人影，游离闪动，大约是图谋扑灭大火，而在大火面前，显得如此渺小，如此卑微，如此无能为力。

“苏进，你不要隔山观火吗？而今更进一步，我等是登山观火了。”皇帝若无其事地笑着说，“尔等可曾见过这样一棚大烟火？”

“托爷的福，他人见不到的，奴才们都见到了。”苏进等纷纷说。皇帝雍容大度的皇家气派，他们不具有，也学不来，只要能恰到好处地捧场，便算是干练了。

佛保平日捧场不甘后人，今日却呆立一旁两眼无神地望着乾清宫的方向。

皇帝正在寻他，叫了声：“佛保！”他好似没有听到，仍然呆立不动。苏进把他拉到了皇帝面前。

“佛保，朕为你起名佛保屡验不爽。几个时辰前，你与朕的对话，称得上是讖语。那时，你就知朕的别宫要毁于一旦吗？”

佛保摇摇头，小声说道：“奴才怎会知道？奴才只是觉得，昨晚一离开别宫，便是永久地离开了别宫，再也回不去了。没想到——”想到在帐房内外的开心日子，佛保再也说不下去了。

乾清宫管事太监向皇帝报过灾情，又急忙赶回乾清宫。石山上只有皇帝和几名小太监，心情都有些压抑。苏进突然叫了声：“怪了！”

“什么怪了？”赵林被他的叫声吓住，不解地问。

“我与佛保同县同乡同村同日入宫，对他再熟悉不过。他说话，从来没有准头。他若说，今夜我不尿炕，那一夜，他就必定尿炕。他若说，明日无雨，第二日，偏偏上午一场雨，下午一场雨。今夜的大火，他怎会料中？万岁爷，定是你赐了他个好名字，使他有了灵气。乞爷哪日务要为奴才想个好名字，让奴才能知现在未来事。”

“不错，朕确实赐他一个好名字。不过，那也要看缘分。”皇帝说，“再者，朕幸亏没有与他赌气，留在宫中。否则，岂不危殆？我看，佛保料中之事，有些不祥。以后凡他所料之事，我们都不可去做。”

众小宦官齐声称是。

第一百一十七章

正月十八日，天色阴沉，奉天门前似乎还闻得到梁柱烧焦的气味。皇帝脸色沉重，服色浅淡，使早朝的大臣们精神为之一振。服色和脸色都表明了皇帝认真反省的态度。还有一点也能表明皇帝认真反省的态度，那就是奉天门的正中不设御座，皇上站立视朝。宫中太监传出了风声，皇帝今日要下罪己诏书。看来，前日夜间的大火，确实使皇帝感到震惊。

司礼监口齿清楚、嗓音洪亮的太监跨前一步，展开敕书，高声诵读："朕心惊惶，莫知攸措。殆以敬天事神之礼有未能尽，祖宗列圣之法有未能守，用舍或有未当，刑赏或有未公，征敛太重，有伤民财；工役繁兴，有劳民力。谗诐并进而直言不闻，贿赂公行而政体乖谬。奸贪弄法，而职业多未能修；剿抚失宜，而盗贼尚未见息。有一于此，皆足以致灾。静言思之，悔悟方切。尔文武群臣乃受朕委任，义均休戚。其各洗心改过，痛加修省。事关朕躬，及时政阙失，军民利病，宜直言无隐。庶俾朕有所警惧，以答上天仁爱谴告之意。"最后，是有意拖得很长的两个字："故谕。"

听罢敕书，文武群臣又可以体会到皇帝反省的诚意：敕书当然是内阁草拟的，写得很严厉、很实在，皇帝显然一字未改，司礼监也没有修改。皇帝对内阁指出的过失，看来是全部认同，下了决心要改正。心思快的官员，还未散朝，已经开始打腹稿了。

大学士杨廷和、梁储、费宏上疏乞休。这是惯例。天降灾异，皇帝有皇帝的责任，大臣有大臣的责任。作为辅弼大臣，不能导上以正，是最大的失职。为答上天仁爱谴告之意，皇帝要下诏罪己，大臣也要上疏求去。

皇帝不准，也是惯例。辅弼大臣求罢，是把罪责拉在自己身上，为皇帝开脱。皇帝既然下了罪己诏，已然承担了罪责，何需开脱呢？另一方面，如果皇帝承认了辅弼大臣辅导不力，也就是承认了自己的种种行为确实错了，确实要改。所以，从哪一方面讲，在天降灾异、皇帝下诏求言以后，大臣请求罢免的奏疏都是不会恩准的。大臣乞罢疏和皇帝的罪己诏书一样，是写给上天看的，是念给上天听的。

杨廷和等的奏疏中，当然不只是乞休，也涉及时政阙失、军民利病。其实，都是事关圣躬的。大约有：其一，还边兵；其二，出西僧；其三，革禁中市肆；其四，禁皇庄；其五，缓工役；其六，减织造。皇帝批复，有三种处置。一种是不准，包括还边兵、出西僧和革禁中市肆。边兵和京营对调，是皇帝和大臣争论很久才实现的，他一定要坚持；西僧说法，对皇上的精神是很大的安慰，他一定要听；禁中开市肆，带给皇帝许多意外的乐趣，他一定不会禁。第二种处置是允准，包括禁开皇店。皇店由太监于经首创，开在京师九门关外，通县张家湾及宣、大等处，税商求利。每店岁进八万银入宫中，其余为太监本人获取。因开在外，皇帝不能亲自经营，兴趣不大，禁就禁了。第三种处置是准与不准两可之间，包括缓工役和减织造。杨廷和等只是说，缓工役和减织造，而没有说停止工役和免却织造，那就不妨让大臣们斟酌缓急以闻。反正工役如何缓，织造减多少，最后由皇帝裁定。

“议了六事，准了半数，圣上也算是很给内阁面子了。”费宏的话，大有自我解嘲之意。

“怎么是半数？所准者，一事，另有二事，斟酌缓急以闻。”梁储纠正说。

“许以斟酌，便是准了。”费宏辩道，“介夫先生，要不要请户、工二部会议斟酌？”

杨廷和说：“会议自然是要会议，不过，有一事阻在那里，只怕议不出名堂。”

“是何事？”梁储问。

“修复乾清宫呀。”杨廷和说，“工程之大者，莫过于乾清宫吧？就算其他工程都停下来，乾清宫不能不修复吧？单这一项，德华先生不知何以为计。”

“德华先生善钩校，有心计，乾清宫之役难不倒他。”乾清宫夷为平地，哪怕尽朝廷之财、穷国家之力，也一定要修复。梁储倒不为此犯愁：“只怕乾清宫要修复，其他的工程也不肯酌缓，处处要钱要物，就算户部有座金山有座银山，也要被搬空了，哎，乾清宫的大火，好不害人！”

说起大火和大火引起的后果，三人默然。打破沉默的是费宏的一句惊人之语：“这场大火，似有先兆。”

“是子充先生的预感，还是子充先生听人谈起？”杨廷和对先兆二字很敏感。

“不是预感，是事后想起。”费宏说，“二位还记得戊寅日午后的盛宴吧？”戊寅日即正月十四。

杨廷和与梁储点头。那场盛宴也可说是终生难忘了。为庆上元节，皇帝在奉天殿宴群臣和外使，本定在申时开宴，群臣未末申初陆续赶至奉天殿外候驾，而皇帝在酉中才姗姗而来。群臣山呼万岁，谢皇上赐宴。其时天色已暮，奉天殿内更是昏暗。行礼毕，天就全黑了。举宴时，各席上都点燃起巨烛。

“二位请想，奉天殿岂是可以举火的地方？”费宏说。

梁储说：“怪不得西涯公说子充状元是从成仙得道之处而来，竟能从正月戊寅日秉烛夜宴，看到了正月庚辰日的冲天大火。”

“叔厚先生说笑了。”费宏道，“其实，还有一个先兆。正月十五，月犯灵台中星，钦天监的官员私下里说，是主宫中的火灾。”

梁储说：“介夫先生草拟诏书时写道：以答上天仁爱谴告之意。看来，不但乾清宫大火，体上天仁爱谴告之意，而且，上天还以种种先兆预告大火，更加体现了仁爱谴告之意。”说到此，不由得叹口气，“只可惜，我等凡俗之辈，未能早有觉察，未能早做警告。”

杨廷和说：“叔厚先生倒不为此懊悔。十五日夜间有兆，十六日钦天监有议论，眼见是难入圣聪，难入圣听，总之是天命难违，该有这场劫难。许多人盼望，因这场劫难，能挽回圣心，改变局面，未尝不是件好事。我看，局面大改不易，但我等既在其位，不能不略尽绵薄，以求补救。叔厚先生，子充先生，癸未之后，群臣连章言事，不少切中时弊。大臣奏疏，圣上或批数字，科道之言，圣上均是不报。不如我等将众人之疏略作整理，再次呈进，以感动圣心。二位之意如位？”

“介夫先生之议甚是。”梁储先应道，“我等碍于身份，说话不能不留有余地。言路无所顾忌，亦不乏敢言善言者，他们的奏本，只要圣上肯读肯思，或可振聋发聩，有所启迪。”

内阁中有群臣奏疏的抄本，三位阁臣各持几份，认真地读了起来。读到精彩的句子、精彩的段落，便用细毫标点出来。

“应宁先生奏言六事，倒与我等所言相同。”梁储逐一念出六事的提纲：“其一，视朝太迟；其二，享祀太慢；其三，西内创梵宇；其四，禁中宿边兵；其五，畿内皇店之害；其六，江南织造之扰。作为领衔部院的大臣，他也引疾乞归。皇帝慰留，对他所议六事，却一字批复也没有。梁储感慨地道：“比较起来，圣上对内阁终究不同些。子充先生说圣上总算给内阁面子，我也有同感了。”

杨一清的奏疏，皇帝有慰留之语，算是批复过了，若再呈进，徒增皇帝的不满。要是责该臣回话，也徒令杨一清难堪。大家都知道其间厉害，该疏再有见地，也要搁置一边。

“何仲默所言四事，要而不繁，圣上倒是该读一读。”费宏读到另一篇好文章，语言简捷，寓意深刻。何景明所言四事是：义子不当畜，边军不当留，番僧不当宠，宦官不当任。

“何仲默是弘治壬戌科进士吧？”费宏问。

“不错。”梁储点头，“我记得，是吴、刘两位学士的考试官。”他说的吴，是吏部左侍郎兼翰林院学士吴宽，刘，是翰林院侍读学士刘机，二人都有文学之名。

杨廷和似乎明白了费宏为何有此一问：“子充先生是说，何仲默在中书科的时日太久了吧？”

“是啊！”费宏道，“仲默中第至今已有十二年，就算其间告病几年，他的中书舍人也任了八九年，难道真要他成为老舍人吗？”

中书科是唯一没有长官的衙门，科同虚设。中书舍人分配各衙门，有直文华殿东房中书舍人，内阁诰敕房中书舍人，内阁制敕房中书舍人。不论什么名分，品秩是从七品。久任中书科，终成大器的士人，不是没有，眼下的吏部尚书杨一清便是一位。但是，因久任中书科而被淹滞的士人更多。可以说，中书舍人是不折不扣为他人做嫁衣裳的职任。以何景明之才，费宏以为太可惜了。

杨廷和说：“子充先生惜仲默之才，我又何尝不惜？只是他在制诰房是一把好手，猝然调出，无人可代。可不可以升以他官，仍留制诰房办事？假以时日，再调往其他衙门？”

“这倒是个两全其美的法子。”梁储说，“应宁先生很看重仲默，听说，西涯公荐用仲默，就是因了应宁先生的一席话。若能挂吏部员外郎之类职事，在内阁值房内帮办一些日子，应宁先生想来是不会不赞同的。”

“好，我们与应宁先生议一议再定。”杨廷和说。这一节算是带过。

“潘伯和的奏疏很有分量，二位要不要听？”潘埙字伯和，淮安府山阳人，正德三年进士，任工科给事中。费宏不管二人要不要听，朗声诵读起来：“陛下莅祚九年，治效未臻，幽祥迭见。臣愿非安宅不居，非大道不由，非正人不亲，非儒术不崇，非大阅不观兵，非执法不成狱，非骨肉之亲不干政，非汗马之劳不滥赏。臣闻陛下好戏谑矣。臣以为入而内庭琴瑟钟鼓人伦之乐，不必游离宫以为欢；出而外廷华裔一统莫非臣妾，不必收朝官为私人、集远人为勇士也。闻陛下好佛矣。臣以为南郊有天地，太庙有祖宗，锡祉迎庥，佛于何有？番僧可逐而度僧可止也。闻陛下好勇、好货、好土木矣。臣以为：诛奸遏乱，大勇也，不须驰马试剑以为劳；三军六师，大武也，不须边将边军以自拥。任工作贾，皇店奚为？阛阓骈阗，内市安用？阿房壮丽，古以为金块珠砾也，况养豹乎？金碧荧煌，古以为涂膏衅血也，况供佛乎？是数者之好皆当已而未已者也。”费宏一口气诵完，孜孜赞道，“不居，不由，不亲，不崇，不观兵，不成狱，不干政，不滥赏，劝圣上六不，何其恳切。好谑，好佛，好勇，好货，好土木，陈圣上五好，何其率直。这一篇文字，圣上当真该好好一读，我等也当真该好好拟一拟批复。”

内阁拟旨批复，要遵从圣意。皇帝不看奏疏，或虽看了奏疏而不理会，内阁怎能拟旨？费宏说好好拟一拟批答，不过是句空话。

但潘埙的奏疏确实写得精彩。杨廷和说：“潘伯和前者论劾刘机、宁杲等人，文字犀利，足使被言者战栗，使观望者警戒。不想论圣上之非，锐气也丝毫不减。在科道中，敢言善言者，当以潘伯和列为第一。”

“介夫先生莫太赞他。”梁储是正德三年的考官之一，潘埙出自他门下，他脸上也有光彩。正因为如此，他评议的角度，和别人必须不同：“潘伯和奏事虽然果敢，却有不到之处。二位请读读石季瞻的这本奏疏。”

石天柱字季瞻，四川顺庆府岳池人，正德三年进士，户科给事中。梁储特别挑出石天柱的奏疏，他为四川籍，也是原因之一。

石天柱的奏疏写道：“今日外列皇店，内张酒馆，宠信番僧，从其鬼教，招集边卒，袭其衣装。甚者结为昆弟，无复尊卑。数离深宫，驰驱郊外。章疏置之高阁，视朝月止再三。视老成为赘疣，待义子为心腹。时享不亲，慈闱罕至。不思前星未耀，储位久虚，既不常御宫中，又弗预选宗室，何以消祸本、计久长哉？”

石天柱的奏疏有四处很醒目。一处是斥番僧为鬼教；二处是斥滥收义子，滥结昆弟；三处是斥驰驱郊外；而最重要的是第四处，以储位久虚为忧，请皇上或常御中宫，或预选宗室，简直是在干预皇帝的家事，过问皇帝的私生活。梁储此刻想的最多的，也是这一点。

费宏说：“吕道夫之言，与石季瞻倒是异曲同工。”吕经字道夫，陕西庆阳府宁州人，正德三年进士，礼科给事中。他在奏疏中写道：“陛下舍乾清宫而远处豹房，忽储贰而广蓄义子，疏儒臣而昵近番僧，弃文德而宠用边戎，忽朝政而别开酒店，信童竖而日事游佚。君臣睽隔，纪纲废弛。”他也提出储贰未建的危机，并且暗示，皇帝不居乾清宫，而远居豹房，远离后妃，是储位空虚的主要原因。

后面又读了些奏疏，再没有潘、石、吕三人奏疏这样令人亢奋、令人寻味、令人禁不住击节诵读的。杨廷和把他们议论颇多的三份奏疏放在一起，若有所思地不住点头。

“介夫先生有了新的感触吗？”费宏问道。

杨廷和说：“如果我记得不错，潘伯和、石季瞻、吕道夫三人都是正德戊辰科的进士。看来，不可因刘瑾一人而看低了那一科考试，不可因焦黄中、刘仁等不屑而贬抑该科数百名士子。”他发的一番议论不是漫无目的。正德戊辰科由于刘瑾的干预而增额，由于焦黄中、刘仁等人排名在前，以及选为庶吉士，颇受非议。现在看来，该科授科道官的一批进士已成为言官中的佼佼者。对言官的基本要求是敢言，如潘埙、石天柱、吕经等人，都称得上是忠谠敢言之士。

作为该科的主考官之一，因另一名主考官王鏊致仕，梁储一直受到很大的压力，对杨廷和的议论不无同感。他不无感激地瞥了杨廷和一眼，复杂的心情寄于这一瞥之中。

“可惜！”读完群臣的奏疏，费宏遗憾地说，“有一件重大之事，却无人谈及。”

杨廷和、梁储稍稍一想，便知费宏所指。他是江西人，有关宁王之事比他人听到的多，皇帝求言，谈论宁王应是题目之一。杨廷和、梁储各有各的想法，在内阁也不愿涉及这个题目。他们把费宏的思路又拉回到群臣议论的范围里。

第一百一十八章

当费宏在内阁中叹息一件重大之事无人谈及的时候，一本弹劾宁王的奏章已在送入京师的路上，另一本弹劾宁王的奏疏也酝酿多时，要考虑的不是写与不写，而是怎样落笔来写。

南京十三道御史罗凤等人，自李梦阳、郑岳案起，便在议论弹劾宁王。在正旦前后，确定了以宁王勾结刘瑾起首，以宁王夺取民田、干预朝政为重点。

奏疏写道："宁王自交通逆瑾，陈乞护卫，愈生骄恣。掊克富室，便夺腴田，淫刑酷法，动至灭族，始于省城，及于乡境，利之所在，百计牢笼。商旅不敢出入，舟楫不敢停泊，民之受祸，何可胜言！抚、按、三司为其所饵，莫敢喙息，宁坐视民患，以负君恩，不敢辄贾奇祸，以忤宗室。近布政使郑岳守正不阿，乃假手副使李梦阳，罗织中伤。陛下差官往勘，岳竟获罪。伏望谕令改过自新，无预有司之事。仍令勘官榜谕江西百姓，凡被王府侵占田产房舍，俱许诉复。及令本省抚、按、三司官谒见有时，宴饮有节。非礼馈送，不许接受，无故差出人役，生事扰民，及众府拨置事迹显著，执治以罪。"该疏对宁王及江西各色官员都有所论劾，而以论劾宁王为主。

南京御史的奏疏送入宫中，与京师科道官论劾边帅、论劾义子、论劾番僧、论劾宦官的奏疏是一样的结果：不报。第一份严厉而正式论劾宁王的奏疏，在朝廷几乎没有引起任何反响。赞成对宁王弹劾的大臣，如费宏，没有起而响应；反对对宁王弹劾的大臣，如钱宁，如陆完，也没有起而驳斥。

南京御史的奏疏，有一句话说得不对，至少是不全面。奏疏说："抚、按、三司为其所饵，莫敢喙息。"实际上，如布政使郑岳因得罪宁王而下狱，不能说是"莫敢喙息"，而另一名三司官员，守备副使胡世宁也正在草拟弹劾宁王的奏疏。

胡世宁字永清，浙江杭州府仁和县人，弘治六年进士，授职南京，由南京刑部主事升至郎中。南京有前后四君子，在前者，为林瀚、张敷华、林俊、章懋，在后者，为李承勋、魏校、余佑、胡世宁。四人中，李承勋和胡世宁同年，任南京工部郎中，余佑稍晚，为弘治十二年进士，任南京刑部员外郎。魏校又晚，为弘治十八年进士，任南京刑部主事。四人都是部属官，意气相投，为各官称许。

胡世宁知兵。正德七年，他为母守丧毕，赴京师候命，过沧州时，逢刘宠、刘宸等攻城。胡世宁助守官定防守计，坚守了七日七夜。后由湖广宝庆知府升任江西副使。江西总制俞谏和江西巡抚任汉，对他都很倚重。他和参政吴廷举在江西三司官员中，名声都很响亮。官府中知道，强人中也知道。

胡世宁书罢奏本，正要就封，次子胡继进了书房。参见过父亲，胡继道："听闻父亲大人有一奏本，可容孩儿一阅？"

若在半年之前，胡世宁对胡继的请求定不理会。胡世宁有二子，长子胡纯，次子胡继。他在家中亲授二子书，感觉胡纯反应敏捷，胡继反应迟钝。送二子入塾读书，先生则说胡纯用功，胡继不用功。胡世宁一直认为胡家的希望在胡纯的身上，胡继不能继承门风，更不要说光大祖楣了，因而对他的一切都不太留意。

调任江西后，胡世宁意外地发现，胡继的军事指挥天赋绝不在他之下。一次，他统兵出城迎敌之前，阅视所部，见一部纪律松弛，队伍不整，便将该部留在营中，率他部出战。该部领兵官心中恐惧，找到胡世宁府上，是想找一个能在胡世宁面前帮他说话替他求情的人。他找到正在府中闲得发慌的二公子胡继，把胡世宁阅视之事告诉胡继，说："请公子在胡大人面前美言。"胡继说："我替你美言，只保得你一时，不能保你长久。不如你带我去营中看看你的队伍。"胡继看领兵官操练后说："汝之兵素不练习，安能见我父哉！"他随便指出了一两处操练中的不当。领兵官见他讲的在理，把他请到舍下，跪拜请教。胡继给他讲解阵法，指示进退离合，甚是详尽。领兵官按照他的指示操练部下，果然进退合宜。三日之后，胡世宁还城，又在营中阅视所部，吃惊地发现，原来最差的一部而今成了最优的一部。他料定该部领兵官的能力和学识，绝不可能把队伍操练得如此出色，便在阅视后把他请到衙门，诘问实情。领兵官不敢隐瞒，说明得益于胡继的指点。胡世宁先是不信，继而叹曰："吾有子不自识，何也？"此后出兵，胡继能从，则令他从行，不能从，则向他询问方略。

后来胡世宁对人说："江西用兵，我料敌，十可失三，继儿料敌，十可失一。"有人说：他是心痛次子早丧，才加以褒誉。也有人说：他绝不会为了褒誉其子而贬抑自己，他看重胡继，定有原因。这是后话。

此刻见胡继进了书房，胡世宁喜道："继儿来得正好。此奏疏我本在犹豫，与你一阅还是不与你一阅。既然你来了，既然你要一阅，我便不用犹豫了。不过有一条：奏疏的前部，你可以随意议论，要修改处，可以随意修改。奏疏的后部，你毋须妄议。”

“是，父亲不许我妄议的，我不议便是。”父亲之命，胡继不能不从，“即便是前部，孩儿也不敢妄议，更不敢妄加改动。”

胡继很快明白胡世宁为什么允许他对奏疏的前部随意议论，随意改动。前部写的是江西平盗，正是他所长。胡世宁写道：“江西之盗，抚剿二说相持不决。以臣愚见，则谓旧招者不杀，再叛者不招，新起者必扑之以儆。即此三言，而事定矣。”剿抚二说在江西用兵的最上层就相持不决。在前，陈金剿之不尽，便主抚，抚之更乱，俞谏到任又主剿，巡抚任汉又是剿抚不定。虽不公然反对俞谏悉力剿盗，却也不能与俞谏戮力合作。关键时刻二人时有不相协的迹象。

旧招者不杀，是为了维护朝廷的信用。再叛者不招，是为了维护朝廷的尊严。新起者必扑之以儆，是为了确保地方的绥靖。胡世宁一一说明理由，理由都很充分。

胡继说：“父亲准我议论，我却一条也议论不出。父亲准我修改，我却一字也修改不了。旧招者不杀是仁，是恩，再叛者不招是刑，是威。仁刑并举，恩威并用，方是圣人用兵之道。而新起者必扑之以儆，既是仁，是恩，又是刑，是威：对铤而走险者，是用刑；对被诱惑被裹挟者，是避刑；对倡乱者，是寡恩，对欲从不敢欲止不甘者，是施恩。父亲议之已尽，无以复加。”

胡世宁说：“继儿是在赞誉为父，还是在炫耀自己？我还不是听你议论过几次，有所启迪，才归纳成这三句话。三句话中，至少有一句话，应该归功于你的用兵之道。”

“哪里的话，”胡继说，“孩儿只粗知布阵；行政治民，则痴若孩童。父亲的三句话，三分是用兵，七分是施政，对我来说，是开蒙读本，孩儿若能就此用功，二十年之后，或能望父亲项背，有一些作为。”

“凭你这几句话，前程不可限量。”胡世宁欣慰地说，“江西一定，你还是回浙江入府学县学就读。为父若仍留江西为官，你在南昌入学，与我做伴，也未尝不可。”

“是，多谢父亲费心安排孩儿。”胡继问，“后部奏疏，我可以就此读下去吗？”

胡世宁点点头。于是，胡继明白，父亲为什么不允许他议论奏疏的后部。后部议的是宁王之事，是完完全全的议政。议政非胡继所长，甚至非胡继所能理解。胡世宁写道：“然臣又虑江西之祸不止盗贼。宁府数年以来威势日盛，不逞之徒导以非法，上下官司，承奉太过。数借火灾夺民廛地，买办渐行于外府，骚扰遍及于穷乡。

臣恐良民不安，皆起为盗，臣下畏惧，各怀二心，礼乐政命渐不出自朝廷矣。”

胡继读过这几行文字，神情与读奏疏的前部大不相同，既没有神采飞扬，也不想高谈阔论，而是沉思默想，若有所虑。

“继儿不可忘却应诺。”胡世宁抢在他前面，封堵住他的嘴。

“事关朝廷大计，父亲不加约束，孩儿也不敢妄议。”胡继说，“不过，孩儿有一疑惑不解之事，不涉宁王，不涉父亲奏疏，可以一议否？”

“只要不涉宁王，不涉后部奏疏，议一议自然无妨，我也愿与继儿一议。”胡世宁说。

“时下南昌之舆情，最关注者莫过于郑方伯、李副宪之狱。”胡继说，“孩儿所闻，有是李而非郑者，有是郑而非李者，以父亲之见，孰是孰非？”

胡世宁说：“汝华先生之子贪贿有迹，献吉先生发之，是李是而郑非；汝华先生禁绝宁府之人行凶为恶，献吉先生挫之，是郑是而李非。各有短长，不可一概而论也。”

“郑子贪贿，宁府作恶，均坏政治，然二者之乱赣者，孰重孰轻？”胡继接连提两个问题，不似不懂政事之人。

“郑子之坏，坏一人耳。治郑子，县衙府衙足矣。治郑方伯，有巡按御史，有巡抚都御史，有总制都御史，足矣。宁府之坏，坏一方耳。宁府不肖之徒，府县不足治，巡按御史不足治，巡抚都御史不足治，总制都御史不足治。以此而论，郑之非轻而李之非重。”胡世宁剖析说。

“原来如此，”胡继听得一再点头，“我还以为，郑、李之狱，没有轻重之分呢。”

“继儿为何要这样说？”胡世宁要胡继进一步说明。

“既分轻重，论劾宁王就不该避开郑、李之狱。”胡继说，“父亲论宁王而不论郑、李之狱，孩儿以为，在父亲看来，郑、李是非难辨。”

胡世宁笑了笑，突然问道：“继儿是要我由论宁藩而论郑、李之狱，还是要我由论郑、李之狱而论宁藩？”他的语气、他的表情还有他的问题本身，都表明，他看穿了胡继的用心。

胡继有些尴尬，强辩道：“二者本有联系，由谁而及谁，有什么区别？”

“继儿何必自欺欺人。”胡世宁说，“由论宁藩而论郑、李之狱，是由重而轻，可以由重论轻，也可以避重就轻。由论郑、李之狱而论宁藩，是由轻而重，可以由轻论重，也可以避轻就重。二者本有联系，你说得不错，二者不可混同，你也看得清楚。论郑、李之狱可以不必论宁藩，这是避重就轻；论宁藩可以不必论郑、李之狱，这是避轻就重。我所取者，乃避轻就重，你所言者，乃避重就轻。”

“父亲方才也说，可以由轻而重。”胡继辩道。

“不错，可以由轻而重。但由轻论重，轻者毕竟是主，重者毕竟是客，轻者落笔反重，重者落笔反轻。不若就重论重，不受限制。譬如，燕大理断郑、李之狱，是李而非郑，那么，由轻论重的文章岂不全篇都错了？继儿，我知道你的用意。你不要我由轻而重，而是望我避重就轻，最好是只论郑、李之狱，不论宁藩。这有违你我的约定。我所以说了许多话，是要你明白我的心迹。现在，不必再议了。”

胡继默然。只论郑、李之狱，可以避祸；由论郑、李之狱而论宁藩，或有轻祸，径直论宁藩，必中重祸。他的用意不在论轻论重，而在父亲避免重祸。胡世宁看穿了他的心思，他也明白了胡世宁的心迹。父子二人可说彼此深知。

二人默坐许久，胡继问：“父亲欲上此疏，可曾禀告祖母大人知道？”

胡世宁答：“吾身许国，不再顾虑其他。况且，尔祖母深明义，我上此疏，她老人家只会赞同，不会反对。我若因此而遭不测，她老人家只会欢喜，不会悲泣。继儿，我有不测，你兄长还要在外面去奔他的前程，你的祖母，要你多费心照料。”不知怎的，本来还在平心静气议论，一下子变得像在交代身后之事了。

“父亲放心，”胡继说，“父亲和兄长尽忠国家，孝敬祖母本就是孩儿的职责。父亲为朝廷一片丹心，朝廷必不会辜负父亲。”他看着胡世宁奏疏的最后一段话：“请于都御史俞谏、任汉中专委一员，或选才众公忠大臣，兼提督巡抚之责，使统将帅，调兵食，兴革利弊，皆便宜从事。”问父亲：“父亲以为，俞都宪与任都宪二人中，谁可胜任讨平盗贼安靖地方之责？”

“这等事，由肉食者谋之吧。”胡世宁说。他不愿在儿子面前品评辖制一方的朝廷大员。

胡世宁的奏疏交兵部会议。这一安排有些不妥。胡疏的前部有关剿盗，当然该由兵部主议。而后部有关藩王，却是该由礼部主议。该由礼、兵二部会议或由礼、兵二部分议之事，一并交与了兵部议复。

陆完是正德八年十一月中旬，由左都御史转任兵部尚书的。钱宁私下对他说：“我与司礼张太监讲了，胡世宁的奏疏交与兵部议处，免得他部插手，说出些不咸不淡的话来。现在议论宁王殿下的人很多，殿下有大恩于你，你该有所报答，着实替他招架招架。不然，于殿下有碍，于我等亦有碍。”

本来，兵部只须议复剿盗之事，宁王之事，或不置评，或请交礼部议。有了钱宁的交代，陆完只有一并议复，并且成了主要议复宁王之事。关于江西剿盗，兵部议复很简单，只有“以俞谏提督兼巡抚，许便宜行事”一句。而关于宁王的是非，却斟酌再三，写出几句很得体、很有力的话：“窃宁王之贤，乃宗室之望，夙守祖训，岂肯有违意旨？无籍之徒，冒称官校，及各郡王、军、仪宾、家人，转相假托，出外生事，宜令王约束之。”

陆完采用了十分巧妙的说法。他不公然否认胡世宁的奏疏，否认南京御史的奏疏。南昌王府中可能有不法之徒，可能有不法之事，但与宁王无关，而且，须由宁王约束。

费宏对胡世宁的奏疏很看重，对兵部的议复很恼火，但他是陆完的同年，又能说些什么呢？内阁票拟，也只能是：“贼情令提督等官审处，以安地方。各郡王、将军、仪宾、家人，有假名害人者，令宁王严加约束。”与兵部议复相比，只是多了严加两个字。

第一百一十九章

祝允明从应天府通判任上谢病还乡，回到苏州，喜坏了同邑名士唐寅和文徵明。

三人同郡、同命、同有所好、同有所长，与徐祯卿并称“吴门四杰”，诗文书画各成一家。徐祯卿以文章与才气名，祝允明以文章与书法名，唐寅以诗画名，文徵明以书画名。

祝允明字希哲，生而枝指，自号枝山。弘治五年中乡试，以后连续三届会试，场场失意，断了再入春闱的念头，以乡举授知县，逐渐升至应天通判。通判六品官，十来年而至，可说是得来不易。他看出再进一步很难，决意弃官还乡。

唐寅字伯虎，又字子畏，号六如居士。弘治十一年中乡试第一，次年因程敏政泄题案谪为吏，耻不就，放浪于乡里。

文徵明原名璧，字徵明，后以字为名，更字徵仲，号衡山。他不像祝允明、唐寅，幼时便被视为奇童，而是年稍长后，才显露出颖异天资。他曾学文于吴宽，学书于李庭祯，学画于沈周，此辈都是一代宗师。

三人虽是同道，关系却也有亲疏之分。唐寅和文徵明同岁，名气也相仿佛，难免有时会争高争低，互不服气。祝允明名气不如唐、文二人大，而比二人年长十岁，二人反而比较尊重他的意见。特别是唐寅，视祝允明在半师半友之间。他少年时纵酒轻狂，无心读书，经祝允明规劝，竟然一年多闭户不出，深自反省。

唐寅、文徵明盼祝允明返来，正是碰到了一件各持己见、不能说服对方的事情，需要祝允明这样一位老大哥来判断、裁决。

二人得知祝允明昨夜抵家的消息，午间设宴为他洗尘。祝允明连日在旅途，疲惫不堪，想缓一日，被他们硬拖到酒席上。祝允明与他们约法三章：一不见旁人，二不强行劝酒，三不招妓。二人都应允了。唐寅说：“衡山兄在，即使招来名妓，也没了韵味。”唐、文二人风范不同，唐寅是席间无妓不欢，文徵明是席间有妓必逃；唐寅是纵酒，文徵明是文酒。祝允明本是最爱女色，只因太过疲劳，无力周旋。约法三章，有二事是专门计对唐寅。

席间果不招妓。唐寅肯退让一步，因确实有大事与祝允明商议。今日喝起酒来，也文雅多了。

“枝山兄，家书已到了一周，怎么昨夜人才到？”唐寅问，“定是沿途不离青楼，处处辛苦，连累我也只好陪你饮寡酒了。”

祝允明说：“沿途饱览山水，赏心悦目。丹徒游了一日金山，游了一日焦山，对了，还去一日金坛，在镇江就留了三日。”

“闻得金坛有座茅山，真值得一游吗？”文徵明问。

“我去金坛不是游山，而是看人。”祝允明说。

“看人？”文徵明不解，“金坛也有枝山兄的故旧吗？”

“不是故旧，是素昧平生之人。”祝允明说，“麻城刘天和谪任金坛县丞，我在南京听到有关他的故事，存心结识。”

听了刘天和的轶事，文徵明问：“其人若何？”他的习惯，问起一件事，便要问到底。

“人是好人，只是俗了。”祝允明说，“六如兄说我沿途不离青楼，不瞒两位，只在金坛一日，我不敢招妓，那一日过得好不寂寞。”说罢大笑。

唐寅也随他大笑：“原来我说错了，枝山兄居然有一日不在青楼。所幸离开金坛之后，再没有如刘天和般人物吸引你去结识了。”

祝允明不理会他的戏谑，又掰开手指来数：“江都游郡伯湖一日，无锡游太湖一日，江阴游君山一日，进入吾府，还在木渎住了一日。昨日到家，六如还能说我回来得太晚了吗？”

“枝山兄这一路走下来，称得上是神仙之游。”唐寅独饮一盅，艳羡不已。

“神仙洞府，却还在我吴门。”祝允明说，“六如兄日日在神仙洞府之中，还有什么不知足吗？”

文徵明接话说：“枝山兄所料不差，六如兄是有些不知足了。枝山兄说神仙洞府在我苏州，六如兄却以为神仙洞府另有别处。”

话中有话，祝允明听不明白，问道：“我心念乡土，终于得还，六如兄却要远行了吗？”

唐寅喝了几口闷酒，没有作答。远行之事在即，他正要与祝允明商议。祝允明先提起，他反而不知该怎样开口讲了。

“衡山兄请告其详。”祝允明转问文徵明。

“龙虎山是神仙洞府，六如兄欲去江西。”文徵明看了眼唐寅，见他无所表示，便说了一句。

祝允明很吃惊。在江南人看来，江西是穷山恶水，唐寅为何要舍此就彼呢？“纵然龙虎山是神仙洞府，赣省兵戈未息，藩府与有司不协，司官与佐贰交恶，朝廷都不好处置，智者避之恐不速。非吉勿赴，六如要慎重。”他说。

唐寅仍不答话，取出一函，交与祝允明。信函是宁王写与唐寅的，说了许多仰慕大才的话，希望他作为宁府的上宾，去南昌盘桓些日子。最后写道，附纹银五百以作川资。

“宁府真是阔绰，出手便是五百金。”祝允明叹道，“六如兄欲赴宁王之约了？”

“是。”唐寅说，“宁王不但约了我，也约了衡山兄。我认为该去，衡山兄认为不该去。我希望与他结伴同行，他却要我与他结伴北上。我们谁也说动不了对方，待枝山兄裁之。”

祝允明笑道：“我在衙门中是出了名的糊涂通判，不想，一回到家中，老友之间也要我裁之。也罢，我就与你二人糊涂裁之。衡山兄，你也得了宁王的信函及五百金吗？”

“不错。”文徵明说，“宁王殿下平等待我与六如兄。他与我的礼币，若超过五百金，我愧对六如兄，若不足五百金，我又于心不甘。”

“既如此，何不与六如兄结伴同行？”祝允明问。

“枝山兄知道我的禀性，士大夫的馈赠我尚且不受，何况藩府？”文徵明答道。

“不错。”祝允明点点头，“这确是衡山的性情。”他听说过一事：俞谏以右佥都御史，治水苏、杭，建功甚伟，吏民齐颂。俞谏爱文徵明之才，欲有所馈赠，恰文徵明随诸生拜见俞谏，俞谏指着文徵明的蓝衫说：“不想徵明的衣物破旧如此。”文徵明知他有馈赠之意，却佯作不解，说：“此衫尚新，只因遭雨浸湿，故呈旧色。”俞谏知他外和而内介，怕在众人面前被他回绝，丢了面子，始终不敢提赠金之事。

肯与士大夫来往的人，未必肯与藩府来往，肯受士大夫馈赠之人，未必肯受藩府馈赠，何况文徵明疏与官场得意的士大夫来往，不肯受士大夫馈赠。他退还宁王的礼币，甚合情理，祝允明并不意外。

唐寅肯收宁王的礼币，愿意接受宁王的礼聘，祝允明也不意外。唐寅科第受挫，功名之心看似淡漠，其实并未完全泯灭。他不似文徵明，甘心做一名没有身份的士子。祝允明深知这一点，因为唐寅的功名之心，正是当年由他输入的。

“六如兄赴宁王之约为求富乎？”祝允明问。

“江南富室千金求我一画，为求富，我何必远走他乡？”唐寅以自负而又不以为然的语气说。

“然则为求贵乎？”祝允明又问道。

唐寅不肯承认他的功名之心，却提不出充足的理由来辩解：“枝山兄知道，小弟遭逢天大不幸，声名狼藉不堪，早就混迹江湖了。说他人向藩府求贵，或有之，说我向藩府求贵，乃是天大的笑话。枝山兄何必羞辱于我。”

“既不求富，也不求贵，六如兄为何要去江西？”祝允明问，“难道真如衡山兄言，是拿了宁王的赠金，去游龙虎山吗？”

唐寅不理会他的讪笑，自辩道：“宁王贵为天胄，不以某不肖，其辞卑而其礼厚，我若不有江西之行，辜负了宁王殿下求贤惜贤爱贤之心，于天下士人有损无益。”

“原来六如兄也有忧天下之心。”祝允明戏谑地说了一句。怕唐寅不悦，忙接着说：“六如兄所言也在理上，只要不求富不求贵，南昌也不是不可去的地方，宁王也不是不可交的人物。”

文徵明说：“以枝山兄所言，求富或求贵，便不可交宁王了？却是为何，倒要请教。”

“向宁府求富求贵，也不是不可以，只怕求之不得，便要失望。”祝允明说，“以某所知，李若虚交宁王而富，陆全卿交宁王而贵，士大夫人人言之。但李献吉交宁王而骄而横而招祸而下狱，又是另一种结局。我怕六如交宁王，不类李若虚得富陆全卿得贵，而类李献吉得祸。他既说不向宁府求富求贵，就不会与宁王深交，想来也不会反而得祸了。故我说可以一往。”

吴门四杰是江南名士，李梦阳是北方名士，南北名人风格不同，不相交结，不相敬重。李梦阳被祸入狱，祝允明只引以为戒，并不可惜。

“听枝山兄解说，我已悟矣。”文徵明说，“六如兄，你执意要去江西，我回绝了宁王，不便与你同行，但我也不再阻拦你了。但愿如枝山兄所言，你一无所求而去，一无所失而还。”

“但愿衡山兄京师之行，有所求而去，有所得而还。”唐寅回了一句。

“两位老弟的祷词，倒是别出心裁。”祝允明道，“来，来，大家喝酒。不管哪位出门，我都要饯行。我还要在神仙洞府恭候还驾。”

祝允明信守诺言，唐寅行前，他为之饯行。没有文徵明在座，二人无拘无束。祝允明请了苏州城内才色俱全的两位名妓陪席，两妓宛若姐妹，稍长者名春香，稍幼者名秋香。

“秋香。”祝允明唤道，“我知道你与六如先生很熟，不过，以往你殷勤待他，是别人的人情。今日我做东，是我的人情。你今日好生侍候他，是给我面子，我要好生谢你。”

“你不必谢我，你谢春香姐好了。”秋香莞尔一笑，说，“六如先生自己会谢我的。六如先生远去他乡，行前不留一小曲与我吗？”

唐寅说：“我才思枯竭，无颜再居吴门，这才远去他乡，秋香姑娘怎么也来逼我？再说，枝山先生说了，今日是他的面子。姑娘要小曲，也该向他去要。我若与了你，岂不伤了枝山先生的面子吗？”

秋香说：“我侍候六如先生，却向枝山先生要小曲，岂不伤了我秋香的面子？要枝山先生的小曲，我不如与春香姐姐一起去侍候他了。”

“这可难为我了，”唐寅继续与她斗嘴，“我右手把盏，左手拥姬，哪里有心填词写曲？勉强写出一阙，全无味道，传将出去，人家不说我写好，只说姑娘招呼得不好，我的心中大是不安。”

秋香说：“六如先生不必推搪。谁人不知，你右手把盏，左手拥姬，才吟得出好曲。”唐寅没有动手的意思，她求春香相助，“春香姐，你说六如先生最惜香怜玉，怎么今日全不给我面子？莫不是他要你来侍候才有情致？”

春香道：“瞎说！只要我二人在，他从来是要你在旁侍候的。我知道他的心思，今日是枝山先生做东，他不愿让枝山先生得了便宜。我倒有个两全其美的法子：六如先生右手把盏，左手拥姬，腾不出手来写字，不如请六如先生口诵，枝山先生手书。枝山先生对我姐妹二人的谢意也有了。枝山先生看可使得？”

“使不得。”祝允明说，“他要右手把盏，左手拥姬，难道我就不要右手把盏，左手拥姬了吗？我不拥你，你心中不恼吗？”

“枝山先生做东，怎也如此搪塞？”春香捋了捋他的胡须，“秋香妹妹害羞，须由六如先生拥着才肯亲近。我不如妹妹害羞，我自家倒在你的怀里，还用你来拥吗？”她把祝允明的胡须用力一拉，“你到底肯不肯写？”

“我写，我写！”祝允明向着唐寅作揖，“六如兄救我。这雌儿甚是厉害，我要吃不消了，请你随意吟唱两句，哪怕童谣也好，我写与她二人。”

席间打打闹闹，成了三人逼唐寅一人。

唐寅行前，心情复杂，前程难测，真的难以联句，被三人逼迫不过，他灵机一动，取出案边的折扇，说：“这里现成有一阙小曲，请秋香姑娘唱给枝山兄听听解闷。”

扇子是唐寅带在身边的，小曲也一定是唐寅题写。秋香顾不得辨认字迹，将折扇展开，随口吟唱道：“桃花红，杏花红，两样春光便不同，各自呈娇容。”用的是寄调长相思的曲牌。秋香一双纤手击案，朱唇微启，唱过了上阕再唱下阕：“倚东风，笑东风，绿叶青枝共一丛，静爱碧烟笼。”余音袅袅不绝。

“好一阙《长相思》！”祝允明赞道，“可惜，似六如之作，实非六如之作。只静爱二字，岂是六如的做派？眼前桃花红，杏花红，你倒要他做出静爱的样子来，我们看一看。”

“你说我不能静爱，我便不作扭捏状了。”唐寅一把将秋香揽入怀中，不觉大乐，“枝山兄知我甚深，此阙《长相思》确实不是我吟出来的，其间还有个故事，你们要不要听？”一位做东，二位陪姬，当然愿意听，唐寅便讲了下去大约是丙寅年间的事了：“枝山兄，那时你在广东做一名七品芝麻官。”丙寅年是正德元年，祝允明时任兴宁知县。

一日，有某位与唐寅相识的客官请唐寅在扇面作画。他知道请唐寅作画的规矩，谢仪当然是不会少的，另外，备了酒席，请了陪姬。“春香秋香二位姑娘那时年幼，应还是完璧吧？”讲到此处，唐寅嬉笑着问了一句。

“呸，好生无聊。丙寅年，我只有十二岁，我妹子只有十一岁，你就狠心要我们接客吗？

“不是我狠心，要看你家鸠母是不是狠心。”唐寅说，“当时在场的几位姑娘，如今都该徐娘半老了。”

他接着讲下去。唐寅也是右手把盏，左手拥姬，借着兴致在扇面上画了一枝桃花，一枝杏花，十分的饱满。客官大喜，连声道谢。唐寅嘱咐他，此扇可先持回，两日后再来，他要在空白处题一首新词。两日后，他想起此事，向客官索扇。客官先说不曾带在身边，又说折扇被人借去观赏，神色甚是怪异。唐寅再三盘问，客官不得不将扇交出。唐寅展扇一看，不由大怒。原来他准备题词的空白处，不知被何处狂生题了一诗。他将大笔饱蘸浓墨，用力一抹，诗画皆无，然后扬长欲去。

侧面一位不到二十岁的少年拦住他，说：“六如先生且慢行，看我还你二花。”少年用水笔将新墨洗涤，桃花、杏花依然是旧容貌，而狂生的题诗只留下浅浅的痕迹。“我再为先生去此痕迹。”少年改用小楷毫笔，题写了这阕词。

唐寅诵读后，甚是赞赏，便将扇子索回，自己留下，一用几乎十年。

祝允明说：“不想我发配岭南之日，家乡竟出了使六如叹赏的后辈人物。不知少年是谁？”

“他是杨仪杨五川。”唐寅说出一个人的名字，“此儿甚有才华，只可惜，一门心思奔功名去了。”

“六如先生，”秋香在唐寅的怀中扭着腰肢说，“你的扇子旧了，故事却是新的，把它送与我吧。”

唐寅笑道：“这柄扇子我用了十年，你侍候我一刻，便要索去，未免太过分了吧。”

秋香嗔道：“你也忒是小气，一柄用旧了的扇子也不肯舍，我枉自侍候了你多次。”

“姑娘不要生气，你既然喜欢此扇，拿去便是。”唐寅说，“不过，别人问起，你要如实相告两枝花是唐六如画的，词却是别人题的。”

春香秋香得了一扇，心满意足，尽心服侍二人，不再向他们索字要画。这柄唐寅题画的折扇，加上他讲的故事，可以说是无价之宝了。

祝允明说：“六如兄，你远行江西，不可尽以真面目示人。遇有为难的事，不妨也濡一层墨。”

“多谢枝山兄指点！”唐寅若有所思地点了点头。

第一百二十章

皇帝又欲出宫，命苏进、赵林等伴驾。苏进问去何处，如去处远，便多唤几名校尉护卫；如去处不远，他们几名小宦官相伴就可以了。

“朕要去何处，朕心知便是，焉能告诉他人？老儿等真是啰嗦。”皇帝斥道。

“谢万岁爷！”机敏过人的苏进率先跪下叩首，赵林等人不知何意，也随着他跪下叩首。

“朕又没有赏赐，尔等谢什么？”皇帝不解其意，先问最老实的一人，“赵林，你回朕的话。”

“这——”赵林自然是说不上来。

皇帝扫了苏进一眼，说：“我知是你在捣鬼，到底为何谢恩，你来说个明白吧。要是说不出理由，朕也不罚你了，你害得他们磕了几个头，你磕还给他们吧。”

“万岁爷恩重如山，封奴才们为老儿党，怎说没有赏赐？”苏进说罢叩首，“谢爷所赐名分。”

“谢爷所赐名分。”赵林等忙随他又谢恩。

皇帝哭笑不得。他说“老儿等”本来含有轻蔑的意思，到了苏进的嘴里，“老儿等”成了“老儿党”，成了他赐予他们的名分。也亏了苏进老儿想得出来。既然他们要这个名分，皇帝将错就错，也就赐予了他们。

“老儿党非同小可，不可乱加赏赐。”皇帝看了看身边的小宦官们，除苏进、赵林、佛保、马英外，又加了刘拳、周昂，共是六人。刘拳本名刘全，因拳脚上有些功夫，皇上为他改易一同音字。“听好了，朕赐尔等六人为老儿党，以后再要加入，须朕亲准。”

众小宦官这才知道，苏进为他们讨到的封赏实是非同小可，齐呼万岁。

张忠恰在一旁，凑趣地说：“他等都有了封赏，奴才在东宫就侍候爷，也要向爷讨赏。”

“他等是老儿党，你当然更要多封一层了，”皇帝说，“你、张雄、张锐，不是号称三张吗？朕就封尔等为三张老儿党吧。”

“多谢爷封奴才等为金刚老儿党。”张忠叩首。

皇帝觉得金刚比三张要响亮得多，也就认可了：“好，好，你三人就为金刚老儿党。老儿们，随朕出宫，前往东教坊司。”

苏进等人欢呼雀跃，簇拥着皇帝而去。教坊司、钟鼓司有热闹看，是他等爱去之处。

赵锐率一班乐工在教坊司外叩迎皇帝。皇帝知他与臧贤不合，命奉銮臧贤掌西院，而命赵锐为右司乐，在东院。皇上兴之所至，或去西院，与臧贤讨论乐理，或去东院，听赵锐新排演的乐曲。今日是听说赵锐新近演就大成乐，特来听他指挥乐工排练。

“赵锐，如燕可好？”皇帝记得赵锐的女儿名丽华，字如燕，见了面首先问道。

“圣上万机之余，还记得微臣的女儿，微臣感激之情难以言表。”赵锐涕泪横流，感情真挚，“小女在南京，日日为圣上焚香礼拜，祈祝吾皇万寿无疆，切望在南京迎候圣驾。”

“南京朕总是要去的，告诉她安心等候，不可着急。”皇帝说，“你说南教坊司已不再派她差事了，很好。告诉她不时填写小曲，她填的小曲婉转动听，如泣如诉，朕甚是喜爱。”

“是，微臣遵旨。”赵锐道，“微臣请人传圣上旨意与她，她一定殚精竭思，为圣上填写小曲，欢娱圣上，以报答圣上知遇之恩。”

皇帝只不过读了赵丽华的小曲，最喜欢的一首其实还不是她所填写，根本说不上什么知遇之恩。赵锐如是说，是真心感激皇上对他女儿的关心，也是希望更加引起皇上对他女儿的注意。

“爱卿说，今次演奏的大成乐，与平日所奏不同？”皇帝问，“究竟有何不同，爱卿先说与我听。”

“是。”赵锐知道讲多了，皇帝不耐烦听，就是有兴趣听，有些讲起来也很吃力，因而简单地说，“此次演奏，是根据陈洪谟所刻的大成乐谱，与教坊司所存的乐谱有些不同。”

皇帝不问乐谱，先问刻乐谱之人。他觉得洪谟这个名字很熟悉，说道：“爱卿说错了，应该是周洪谟吧？”周洪谟在成化年间任过礼部尚书，弘治元年致仕。皇帝曾听父皇说起过他，后来皇上对听乐谱乐有了兴趣，寻来各朝大臣关于礼乐的奏疏、文章览阅，记得周洪谟在一本奏章中说：“古者鸣球琴瑟为堂上之乐，笙镛柷敔为堂下之乐，非古制，当改。”皇上甚是赞赏，因而记住了他的名字。赵锐说起大成乐谱的刻印，皇上自然会想到他。

赵锐虽是乐工出身，对士大夫却也熟悉。他说：“陛下说的周洪谟，字尧弼，是四川长宁人，微臣说的陈洪谟，字宗禹，是湖广武陵人。陈洪谟中弘治九年进士，曾任漳州知府。”他把陈洪谟的履历说得很清楚。

陈洪谟任漳州知府时，府学乐器久不使用，发音不准。他延请乐师，将乐器一一修复。漳州很有乐律传统，府境内有一处道观，就叫神乐观，观中有许多音乐造诣很高的道士。陈洪谟访请其中的佼佼者，来府学执教，又在府中挑选俊民百余人，来府学习乐。执教者和习乐者从简单的乐谱教习起。陈洪谟自己下大力气，遍访乐谱，特别是向寓居神乐观中的名家请教，终于抄录出大成乐谱。他又和神乐观的羽士一起，向府中的善长们化募筹集，将大成乐谱刻印付梓，使之传世。

因为是与羽士们切磋研讨，他刻印的大成乐谱，有较浓郁的道家者音，更趋飘渺深邃。赵锐演练的大成乐与教坊司乐工平日所奏不同，就是指的这一点。

赵锐对皇帝说：“前几年有琉球使者路经漳州，听说小小的漳州府学能演奏大成乐，齐来观礼，无不合掌捧手，称叹而去。”

“陈洪谟如此为朝廷增光，礼部却不报与朕知，实在是可恶。”皇帝说，“琉球使者是哪一年在漳州观乐，爱卿可知道？”

“微臣也不大清楚。”赵锐说。他不过是教坊司从九品的司乐，与正二品的礼部尚书放在一起，正谓一在天上，一在地下，虽然眼下蒙皇上恩宠，说哪个尚书几句坏话，皇帝可能会治哪个尚书的罪，但赵锐不是喜欢招惹是非的人，这大概也是他对大成乐有他的一番见解，对大成乐中多了些道家者音感到兴趣的重要原因。

皇帝不再追问。他对身后的小宦官说：“老儿们记住提醒朕，这个陈洪谟，朕一定要重用。”说着，向赵锐示意，要他开始演乐。

大成乐是祭祀孔子之乐，基调应该是肃穆、缓顿，因而显得呆板。合器应该是协调，平和，不允许某种乐器显出霸气。赵锐演练的大成乐，保留了基调的肃穆和合器的协调，而由于多了一分道家者音，似乎就多了一些灵气，多了一些神秘，很合皇帝的口味。

这却不合苏进等人的口味。苏进悄声问皇帝：“爷，怎么只有吹吹打打，没有小娘儿们唱曲？”

“蠢材，这是大乐，和小娘儿们唱曲岂能同日而语？”皇帝说，“不是朕将尔等带来，尔等此生不会有幸听到如此美妙的乐章。”

“可奴才听了，像被人催眠一般，上下眼皮不停地打架。”苏进无奈地说，“爷是知道的，我若睡着了，可要打鼾的，那声音就不大美妙了。”

“你要入睡，就对了，就入了它的意境。不过，你敢睡的话，我就扒了你的皮。”皇帝威胁道。

好不容易熬到曲终，在皇帝的监视下，苏进总算没有睡着。“你不错。”皇帝说，“佛保有佛缘，你有道缘，欲睡而不睡，便是高的境界。”

“还不是托了万岁爷的福气。”苏进说，“奴才听一次大乐，大约可增寿二十年。”

皇帝听罢演乐，赵锐领着乐工们叩首谢恩。皇帝做了个手势，命他们平身。然后问苏进：“苏老儿，出宫前，可对宫门校尉做了交代？”

“交代了，保证谁也不敢泄露半个字。”苏进说。

“好，那就暂不回宫。”皇帝说，“尔等老儿随朕去钟鼓司。听大成乐，对尔等是对牛弹琴。钟鼓司里的小戏，倒可以让你们消遣消遣。”

皇帝去教坊司，事先打过招呼，赵锐有所准备，去钟鼓司，事先没打招呼，径直去了排演的戏台。司内掌印太监、佥书太监、司房太监、掌艺太监，带着各部宦者，纷纷过来请安，忙成一团。

“你们忙你们的。”皇帝说，“我刚听过一场大乐，心里紧得慌，过来听听你们的小玩意。”

“万岁爷要看哪一类的节目？”掌印太监请示。

“随意看看。”见苏进等人脸上溢出的表情，皇帝又补充一句，“要有点意思的。”

掌印太监和其他几名太监商量了几句，奏道：“司里新近排了出小戏，请爷赏看。”

“好，就看你们的小戏。”皇帝问，“有名目吗？”

“名目很俗。”掌印太监回奏，“叫《鬼见王勋》。”

俗虽俗，有了鬼，便有些意思。皇帝点点头，小戏开始。随着锣鼓打点，两对引旗上场，台左站了一对，台右站了一对。站定后，如木雕泥塑，不再活动。接着，上场二角色，装扮似人非人，似鬼非鬼。他们行到引旗身前，拍拍这个的肩膀，不动，捏捏那个的鼻子，还是不动。他们摇摇头，各从一个方向走向台正中，碰到一处。

角色甲：我系涞水县鬼氏某甲是也。

角色乙：我乃涞水县鬼氏某乙是也。

开场两句引得皇帝大笑不止，拍起巴掌："妙不可言，人间说某某人氏，阴间可不该说某某鬼氏！这两个妙字，亏他想得出来。"

台上二鬼忙不迭地向着台下的皇帝叩首。

角色甲：罢了，我这鬼氏是万岁爷钦赐。

角色乙：虽道鬼氏乃万岁爷钦赐，也还须有个姓氏。鬼兄，你说咱们该用什么姓氏？

角色甲：蠢材，这还不容易吗？人间有百家姓，阴间也该有百家姓，你愿姓甚便姓甚。

说着，敲了角色乙一个爆栗，连忙跳开，似乎怕对方报复，也给他脑门一下。

角色乙：蠢材，你打了我一下，我便开了窍。你还以为，我也会让你开窍吗？告诉你，人间有百家姓，所以你争我斗，无日休止。你想把我们阴间也弄得龌龊不堪吗？我们不要百家姓，我们只要一个姓足矣。

角色甲：阴间若只要一个姓，不若姓赵。

角色乙：不好。那是前朝皇家的姓，姓不起。

角色甲：既然不能姓赵，我们便姓钱吧。

角色乙：不好，不好，世人都爱钱，整日把我们挂在嘴边，你也来求，他也来求，你也来要，他也来要，烦也把鬼们烦死了。

人说烦也把人烦死了，他说烦也把鬼烦死了，皇帝又被引得大笑，赞道："此鬼念念不忘是鬼，字字不忘是鬼，真乃忠于职守之好鬼。"

台上的角色又要叩首谢恩。

角色甲：有了，不如我们众鬼都姓刘吧。

角色乙：为何要姓刘？

角色甲：你忘了，前日阴府贴了告示，凡孤魂野鬼，一律由刘瑾管辖，我们便随他姓好了。

角色乙：好，好，我没打你，你也开了窍。我们便都姓刘吧。我乃涞水县鬼氏刘三是也。他是涞水县鬼氏刘四。我二鬼约会一处，不为别事，只是商量要搬到邻县安居乐业。

角色甲：笑谈，笑谈，你我孤魂野鬼，四野为家，四季漂泊，要什么居安住，有什么业可从？

角色乙：自然是有的。别的野鬼觅了个住处，你不想夺将过来吗？别的野鬼得了些纸钱，你不想抢将过来吗？这就是我们阴间的安居乐业。可是，在涞水县，想夺他鬼之居，要抢他鬼之钱，都是行不通的。我等只好远走他乡。

角色甲：在涞水县，不能夺他鬼之居，不能抢他鬼之钱，却是为何？

角色乙：只因涞水知县太过厉害，他不但要管人间不平事，也要管阴间不平事，总管刘瑾尚且要让他十分，何况你我这等小鬼。

角色甲：刘总管到了阴间，阴阳有隔，自然要让他几分，在人间时，未必会让他。

角色乙：错矣误矣差矣谬矣。刘总管在人间时，也要让他几分，到了阴间，才不得不让他十分。我且问你，还记得刘总管归葬其父吗？

角色甲：记得。那时我尚在涞水县为民。

角色乙：那你怎会不知道，归葬的队伍所过之处，州县竞相奔走，奉献祭物。唯到涞水县，但以牲醴数事迎于路旁，不使归葬者穿城过县。刘总管闻之大怒，欲治以罪。有人以王勋为官清廉相劝解，刘总管命逻卒侦伺，但见宅第官署四堵萧然，壁间所挂，唯衣、带而已，余无长物。刘总管服了他，非但不治罪，还相赠肉帛以谢。王大老爷立即将肉帛分送里甲，一物不留。我的邻居张二哥是甲长，还分到这么大的一块腌肉。他舍不得蒸食，挂在梁上，却被猫叼了去。他一气之下，把猫蒸熟吃了。你想，刘总管在人间时，对王大老爷尚如此敬畏，现在到了阴间，还敢去招惹他吗？

二角色正说个不停，两边的引旗插话：某某老爷到。二鬼不睬，仍然喋喋不休地说话。引旗突然叫道：王大老爷到。并敲着锣，作行走状。

角色乙：快走，快走，千万莫碰上他。

角色甲：我们不招惹他也就是了，何必避他？

角色乙：你做鬼的时间短，还不知道，我等野鬼天不怕，地不怕，就怕不要钱的大呆瓜。

角色甲：离了涞水县，我们却去何处安身？

角色乙：先离了涞水县再说。天下之大，郡县之多，大老爷们不会都似王知县。

皇帝看过小戏，问道：“他们在台上说了许多，是确有其人，确有其事吗？”

掌印太监说：“回万岁爷的话，据编纂小戏的说，是确有其人，确有其事。”

“你可知，王勋现任何职？”皇帝又问。

“回万岁爷的话，据编纂小戏的人说，王勋仍任涞水知县。”掌印太监答道。

皇帝吩咐苏进等人：“尔等老儿记住，王勋王知县，朕定要不次超擢。”

王勋是贡生出身，不为甲科出身的同官看重。但是次考核之后，皇帝命吏部移文，以王勋为天下诸官式。王勋获超擢，一跃而任山西汾州府知府。知县直接升任知府，在本朝进士出身的官员中也不多见。

翰林院修撰崔铣以为王勋的际遇，是河南士人的光彩，遂做诗一首赠与王勋："地僻云遮星，台高川作邻。昔为强项令，今愧折腰人。勤力畦中菜，生涯陇上耘。明廷知己少，谁复问沉沦。"该诗既称赞他为官梗直，也感慨他鲜为人知。要不是在皇帝面前演了一出小戏，以他的出身，很可能再任两年知县，因升迁不易，就要致仕还乡，后半生则要开塾课读度日。

第一百二十一章

费宏紧急拜见杨廷和，是件不寻常的事。杨廷和把他迎入书房，命家人奉茶后，一概回避，然后他亲自将书房之门之窗关闭。时在深春，关门闭户，室内有些闷热。

“我观察，子充先生白日在阁中有话对我说，却欲言不言，显是关乎机密，不能入第三人之耳。”杨廷和解释说，“现在但说不妨。”

“介夫先生想的周全，”费宏说，“阁中人多且杂，司礼监还不时去人，确是不好讲。”

“子充先生有所忧虑乎？”杨廷和问。

“不错，我确有所忧。”费宏说，“我料想，介夫先生知道了我的忧虑，也在忧虑。”

“是。”杨廷和说，“我连得家书，都道老父病重，不由得忧心如焚，却被子充先生看出。”

“原来忧虑来自川中，却不是来自赣中。”费宏有些失望，“我听用修世兄说过，老人家身体一直硬朗，偶有小恙，介夫先生不必过于忧虑。”

“毕竟年事已高，小恙即是大患。”杨廷和说，“至于赣中的情形，我也略略听说一二。依我之见，所传十事，实者不过二三事而已。我也用子充先生的劝解奉还：不必过于忧虑。”

“有一事便是大患，何况二三事乎？”费宏说着，脸色一变，“此患不在宁夏之下。我所以必须报与介夫先生，我所以在阁中欲言不敢言，必须晚间来府上搅扰，正在于此。”

杨廷和亦为之动容：“我以为二三事不足为患，子充先生以为一事足以为大患，何其相差乃尔？不知子充先生一事者何谓？”

“先请问介夫先生二三事者何谓？”费宏揖揖手。

杨廷和说：“郑、李成狱，宁府诽郑而佑李，干预有司，是其一。与人争产，致囚人于王府，代行有司，是其二。王府家人四外滋扰，民无处告，官无所究，无视有司，是其三。”他所举例，都是最近送至朝廷的奏疏中所言，而他以为是所传者。看来，他对赣中的事态并不十分关注，并不为之忧虑。

“公言数事，亦不可等闲视之。”费宏说，“但与我说的一事相比，就不过是癖疥之患了。”

“子充先生说的心腹之患，又是何事？”杨廷和问道。

“我所忧虑者，在宁府求复护卫一事。”费宏说，“宁王辇载金银宝器入京，收藏于奉銮臧贤宅第，开具名单，分馈众权要，所求者，复护卫耳。藩府求复护卫，本也不足忧虑。动作如此之大，全无顾忌，就不能不忧虑了。”

“我说的所传十事，复护卫是其一。”杨廷和说，“我说的所实二三事，却不包括复护卫。辇载金银入京，言之太过，便不足信。”

“在公或为传闻，在我却有实据。”费宏道，“何人收受宁王的金银宝器，我十件中知道七八件，要不要说与介夫先生听一听？”

杨廷和吃惊地问：“朝中权要若与宁府勾结，确是件大事，不可等闲视之。请子充先生赐告。”

费宏由小而大，先从教坊司说起。教坊司乐工晋良、涂钦、万锐、卢孔章、赵隆、徐纪等六人，原是宁府乐工。臧贤之婿施钺被治罪，充军南昌卫。宁王将施钺从卫所延入王府，教习江西伶人，他与晋良等人熟识厚交，宁王请他致函外翁，说了晋良等人许多好处，求其外翁设法，把晋良等人留在京师听差候用。于是，由臧贤举用，留他们在教坊司，实际上，充当了宁府与京师之间的联络人。费宏指名道姓，不由人不信。

晋良等入京时，宁王分与他六人金银五百两，在京中使用。又命晋良等送银五千两与臧贤，送银四百两与臧贤的另一女婿司鉴。

后来宁王送入京师的金银，都是交与晋良，存放在臧贤宅第，并请臧贤分送各人。御马监太监张忠、司礼监太监高忠、司礼监少监卢明各得银五百，司礼监太监张雄得银三千，东厂掌印太监张锐得银二千。臧贤与张忠、张锐、卢明俱熟，直接将银两送至他们宅中，而与张雄不熟，与张雄的银子，是托张忠、卢明二人代送的。张雄地位最崇，得银最多，张锐地位次之，得银亦稍少，张忠、卢明地位又次，得银又少之。

最大的一笔馈赠计纹银万两，送与最得皇上宠信的都督同知钱宁。臧贤与钱宁是旧交，刘瑾柄政时，二人有些小过节，早已冰释，重归于好。臧贤亲自押解万两白银，送到钱宁府上。钱宁陆陆续续得过宁王不少好处，如今又得了一大笔钱财，与臧贤心照不宣，从此以后，更要尽心尽力为宁王办事。

费宏说到钱宁为止。其实，他还有一些证据，如兵部尚书陆完收受宁王馈赠金台盏一对，各重十两。不过，事关阁部之间的关系，他与陆完是同科进士，不便轻易散播。

就是这些，已使杨廷和愕然："子充先生怎会知道得如此详尽？就像你经办一般。"

费宏苦笑一声，说："介夫先生莫忘了，我与宁王殿下还有婚姻之亲呢。"

"我真是糊涂，竟忘了宁王殿下是子和编修的姐丈。"杨廷和也笑了："你的证据定是由他处得到的吧？"

费宏的堂弟费寀，字子和，正德六年进士，现任翰林院编修。他亦娶学者娄谅之女，与宁王是联襟。费宏严禁费寀与宁王交结，但不能禁娄氏姐妹来往。王妃希望妹丈规劝宁王，与妹妹说了许多宁府的事。费寀却根本不敢与宁王接触，也绝对劝止不了宁王。他把从娄氏那里听到的一切，都转告费宏知道。

"子充先生，"杨廷和思索片刻后说，"我相信你的证据都是实在的。但你也知道，我们不能据此论奏宁王，也不能讽科道官据此论奏宁王。如果圣上降旨查究，你让子和怎么办？又让娄老先生怎么办？又让王妃怎么办？难道能让他们来证实这一切吗？"

"介夫先生说的是，不能据此论奏宁王。"费宏赞同这一点，"但宁王乞复护卫的奏疏已下兵部，朝中宫中，都有人为其内援，中止此事，内阁一定要有所作为。若能中止，是朝廷之福，也是我赣省之福，不能中止，是朝廷之祸，我赣省将无噍类矣。故不揣冒昧，来与介夫先生商议，请介夫先生主持其事。"

"且看兵部如何复议吧。"杨廷和不甚热心。

陆完极有心机，自他由左都御史改任兵部尚书，宁王便通过亲信，与他谈及复宁府护卫之事，他示宁王"以祖制为词"。宁府乞复护卫疏，完全是按他的授意草拟的。除了请求复护卫，还请求复屯田。事下兵部详议，他不欲独承其责，乃奏言：宁府护卫已再裁革，固难议复，但王以太祖高皇典章为言，且屯田为户部所职，宜令廷臣从公议请。

正德九年是会试之年，二月礼闱，内阁大臣和部院大臣皆在东阁读卷评点。是科钦点阁臣梁储和翰林院学士毛澄为考试官，读卷在三月十四日才结束。阁部大臣会议宁王乞复护卫奏疏，则到了三月二十日。

张雄奉旨参与会议。他择宁王奏疏之要诵读一遍：“臣祖护卫虽英宗一时之旨而革，其初设立实皇祖万世之法。议者徒以英宗诏旨为当遵，而不知祖典之不可废。乞斥浮议，断自圣衷，悯臣府中缺人应用，将护卫屯田皆赐还，以光述圣典。”然后说：“万岁爷请各位老先生酌议以复。请！”做一手势，他就算完成了使命。下面是听大臣们的议论，回复皇上。

梁储一头扎进会试之中，不知所以，悄声问杨廷和：“宁府护卫不但经英宗皇帝所革，也经当今圣上所革。宁王怎么只记其一，不记其二，又把这事提了出来？这事该兵部议处的，怎么又拿来交阁部会议？”

杨廷和悄声答道：“人家一心只读圣贤书，你老兄不但一心只读圣贤书，还一心只读圣贤之徒子徒孙书。这事已沸沸扬扬喧闹了一阵，你却一无所知，实是怪事。”

“外间之事再沸沸扬扬，也传不进贡院。”梁储说，“内阁当持何立场，你与子充先生议过吗？”

“子充先生的意思，是坚执不准。”杨廷和道。

梁储当然更关心杨廷和的态度：“介夫先生的意思呢？”

“只怕是圣意难违。”杨廷和含糊地说。

“我明白了。”梁储点点头，“介夫先生是说，圣心两可，我等便坚执不准，圣意已定，我等也不必太过执着。介夫先生大概以为，事体不大，本也不必交阁部会议。然否？”

“是也好，不是也好，都是叔厚先生的见解，不是我的见解。”杨廷和仍说得含糊。

“我的见解也好，你的见解也好，内阁的立场只能如此，不能有他。”梁储则说得很明确。

杨廷和见大家都在注意他二人，便笑了笑，说：“叔厚先生主持礼闱，对宁王殿下乞复护卫屯田之事不甚明了，我稍稍对他解释了几句。”阁部大臣会议，例当首辅主持，杨廷和不主持会议，却与次辅梁储私语，理应表表歉意。大臣中有数人点头，不点头者也表示理解，他接着说：“护卫之事，应由兵部议决。兵部的立场，全卿先生已有说明，简言之，不当复又不能不复。全卿先生又说，屯田是户部所职，德华先生，以户部的立场，当如何处置？”

王琼在想他的心思，宁王请复护卫屯田，关系重大，他看得很清楚。他与陆完之间既无旧隙，又无新怨。但陆完外得宁王之助，内得钱宁之助，推任他向往已久的兵部尚书一职，成为朝廷瞩目的人物。要是在复宁府护卫一事上受些挫折，会大快王琼之意。不过，王琼也很清楚，陆完的挫折，须得皇上加与他，或者内阁加与他，而不能自己来加与他。因为在陆完的身后还有钱宁。目前绝不能得罪钱宁，因而也不能得罪陆完。但也不能过于附和他，过于附和他，有失自己的身份。陆完称，屯田为户部所职，明摆着是把责任推卸给户部，最好的办法，是把责任再推还给他。

王琼说："其实，护卫、屯田原是一事，陆尚书说护卫当如何处置，屯田亦当如何处置。"

兵部的立场很明确了，户部的立场，不能说明确了，也不能说不明确，无人要王琼再说明确些。杨一清对宁府复护卫一事有些看法，不过，此事非吏部所职，他想，与其由他出面讲，不如由内阁出面讲。他相信，内阁不会不讲话的，内阁不会全取赞同的立场。

杨廷和主持会议，不轻发议论，是他的一贯作风。梁储刚刚结束礼闱之事，心思还没有完全转过来，不发议论在情理之中。靳贵上月方入阁，代表内阁说话资格不够。看来，只有费宏应该有所议论。杨一清在心里判断着。

费宏果然开口了："依全卿先生之见，宁王殿下以太祖高皇帝典章为言，护卫不能不变。依德华先生之言，护卫与屯田为一事，护卫可复，屯田亦可复。护卫、屯田是否一事，暂且不论。德华先生，如果护卫不当复，屯田亦不当复，我反而言之，也成立吗？"

"是，若护卫不可复，屯田自然不必复。没有护卫，屯田复与谁呢？复与王府，那就不是屯田，而是庄田了。"王琼听了费宏的话，觉得好笑。这位状元公历经侍郎、尚书，仍然是书生气十足，提出的问题十分幼稚。

"承教。"费宏却不觉得好笑，"我只想说明一下，我们所议论的实际上只是复护卫一事，复屯田之事不必议论。太祖高皇帝设护卫，英宗皇帝革护卫，都有所自，不必细说。我只想问一句：正德以来，宁府护卫复设复革，却是为何？"

王琼暗自敬佩，不再笑了。费宏的问题提得很尖刻。太祖皇帝设护卫，英宗皇帝革护卫，都不能说不对。说英宗皇帝革护卫是而太祖皇帝设护卫非，是大不敬；说太祖皇帝设护卫是而英宗皇帝革护卫非，也是大不敬。二者根本不可辩。而正德以来，宁府护卫复设复革，却可以一辩，必须一辩。正德以来复宁府护卫，是因为刘瑾之兴，革宁府护卫，是因为刘瑾之亡。孰是孰非，不辩自明。

费宏的提问很尖刻，王琼却无须着急。难题是出给陆完的，让他去用心解答吧。费宏说了，屯田当不当复暂且不论。

陆完说："今上以来，复宁府护卫，是为了光述太祖高皇帝典章，革宁府护卫，是为了剔除逆瑾干扰。逆瑾诛灭多年，政事皆出自朝廷，再复宁府护卫，仍是为了光述太祖高皇帝典章。”他不管这几句话能不能说服他人，声色俱厉地说：“以今日情势，恐不能不与耳。”

费宏说：“全卿先生以为当复，请全卿先生主其事。还有哪位先生以为当复，亦请其主之。我不敢与闻。宁王得遂所愿，我为乡人，为什么要反对呢？只因揆诸事理，非所宜耳。”

剑拔弩张，阁部会议出现了近来少有的对峙局面。杨廷和等了等，见无人再说话，便出来打圆场：“阁部之议，请张太监将各人歧见奏告圣上，宁府护卫复与不复。由圣上亲裁。”

阁部会议没有结果，宁王的奏疏又搁置了一些日子。一日，司礼监卢明到阁传话：“只请杨先生票拟，各位老先生不必动劳。”票旨本应由内阁公议，而今只把杨廷和请到司礼监商议拟旨，是一件破例之事。

四月初三日，忽传旨：既王奏缺人使用，护卫屯田都准与王管业，仍以书谕之。

因有杨廷和独被召至司礼监拟旨一事，有人说，该旨即由杨廷和票拟。而司礼监宣旨是在杨廷和独被召至司礼监的几天之后，有人说，该旨非杨廷和票拟，而是由梁储票拟。杨廷和不辩，梁储亦不辩，二人都有一句话：“圣意难违。”说不清是为自己辩解，还是互为对方辩解。

费宏对由谁票旨不感兴趣，他做了一番努力，他也知道“圣意难违”的道理。

第一百二十二章

进入五月，宁王有得有失，有喜有忧。比较而言，是得多而失少，喜巨而忧细。

所失者，江西总兵官人选未能如愿。原总兵官李宏曾任大同参将，随陆完讨山东盗。陆完知道他的才干，荐充总兵官，与总制俞谏提督江西军务。行前得陆完密嘱，李宏对宁王十分恭顺。江西有这一位大将，宁王甚喜。不幸的是，正德八年八月，在讨贼中，李宏背部生疽，不治而死。兵部议以大同副总兵刘晖代之。刘晖也是陆完讨山东盗时的一员良将。而钱宁却举荐另一名边将江彬统江西兵。钱宁致函宁王，好话说尽，诸如骁勇善战，有宠于上，等等，让宁王觉得，江彬到江西，是宁王莫大之福。其实，钱宁荐江彬，有他的盘算。江彬同他一起出入豹房，侍上左右，越来越有宠，他深深感到来自江彬的威胁，存心将江彬遣出，以免后患。宁王信了他的话，对江彬朝夕以盼，并请内而臧贤外而陆完，相机换将。不料，陆完也有他的想法。刘晖、江彬都曾是他的部将，他不便厚此薄彼。此其一也。兵部已议定上奏，将疏改写，有失身份，此其二也。江彬在豹房的处境，他也略知一二，江彬留在豹房，对他有益无害，此其三也。因而，对宁王的书函也好，钱宁的面议也好，他都装聋作哑，维持原议。

钱宁于是又请费宏相助，希望内阁直接票拟，改换大将。那时，复宁府护卫的争议尚未公开，钱宁以为，费宏与宁王是姻亲，宁王的小小请托，费宏不至于拒绝。但费宏有自己的原则，兵部的奏疏，他绝不会私自改变。况且，江彬在北直隶讨盗时滥杀无辜，冒贼领赏，科道多有纠劾。若乡民是羊，江彬便是一条恶狼，他怎愿意放一条恶狼去他的家乡？

结果，派去江西充总兵官的仍是刘晖，而不是江彬。对钱宁来说，这是大失，对宁王来说，则只是小失。毕竟刘晖与陆完也有一层关系，毕竟陆完也会对他有所嘱托。

所忧者，李梦阳、郑岳之狱就要有结果了，看来凶多吉少。燕忠像在京师对李士实、陆完说的那样，不赴宁府，不拜宁王。按照惯例，正旦之日，王府所在地的官员应至王府贺拜。为了摆脱王府之行，燕忠很费了番心思。李梦阳是在广信巡视学政时被逮，就地囚在广信狱中。郑岳则是在南昌下狱。照常理，应把李梦阳解入南昌。燕忠却反其道而行，把郑岳解去广信，他是处置此案的钦差，完全可以便宜行事。广信距南昌六百三十里，是除赣州、南安二府外，距南昌最远的一府。路程远，办事有许多不便，但摆脱了宁王的干预，省却了江西总制抚按三司各衙门可能会有的说项，至少燕忠以为，他勘狱是完全公正。因而，宁王也为李梦阳的结局担忧。李梦阳若被处置，是他的一次小小的失利。

五月十一日，朝廷对郑、李之案有了处置：布政使郑岳，吉安知府刘乔，勘赃有迹，罢官。副使李梦阳在职骄横，侵犯上官，免官为民。参政吴廷举停一年俸禄。他在陈金疏论李梦阳后，也奏告李梦阳侵官，并乞致仕，不待命下而去。朝廷对他较为宽容，准其致仕，而惩其违纪，只罚了他一年的薪俸。

李梦阳原以为，宁王定能庇护他，谁知也丢了官，心中怏怏不乐，也不向宁王辞行，直接北上，还回他定居过的开封。宁王过意不去，派人赶上他，送了一大笔礼金。

宁王所喜者，是费宏免官。李梦阳免官，费宏亦免官，是所忧者甚细，所喜者甚巨。

准复宁府护卫后不久，御史余珊上疏，奏论费寀不当留翰林而留之，是费宏挟私。平心而论，费寀任翰林官与费宏并无直接的关系。他是正德六年的庶吉士，庶吉士散馆后授翰林官，再正常不过。余珊的意思，费寀根本不该改庶吉士。那一科的主考官是刘忠和靳贵，费宏因费寀应试，一直设法回避。

正德三年和正德六年两科会试，甚招物议。其实，任何一科会试，只要大臣子弟与试并中第，都会有人议论。正德六年一科有更大的目标，即夺魁的杨慎，因而，余珊的奏疏，附和者不多，驳斥者也不多。

凡是大臣被论，除了申辩，总要乞休。费宏不能例外。阁臣乞休，朝廷总要挽留。皇帝对费宏印象不坏，余珊说费宏挟私，皇帝将信将疑。他想找人聊一聊，却找不到合适的人。外朝和他最亲近的是内阁大臣。他不能找杨廷和，因为杨廷和会为杨慎之事而难堪，说不定也要送来一份乞休的奏疏；他不能找梁储，梁储是正德三年的考试官，也颇遭议论；他不能找靳贵，靳贵是正德六年的考试官，已牵涉泄题案，与费寀之事也有直接牵连。

于是，他在闲时和钱宁聊了起来。

“余珊说，费寀因费宏的活动而选庶吉士，而入翰林院，爱卿之见如何？”皇帝问。

“微臣只知侍候皇上，外朝的事知之甚少，对费阁老的为人一无所知。”钱宁开始时想避开这个敏感的问题。

“你又在欺朕。”皇帝笑着说，“在外者我不知，京城的都督中，你与士大夫交往最多，哪个不知？你不是还有一幅古画留在何景明处吗？”

钱宁大惊，忙问：“此等小事，陛下何以知之？”

“你莫问何以知之，只说有无此事？”皇帝轻易不会泄露他的消息来处。

“确有其事。”钱宁承认道，“何景明是当今名士，我偶得一宋人画卷，请他题字，他却不肯，说恐污了传世名作。我把画留在他那里，也不去讨，看他终究会不会为我动笔。”

“既是当今名士，自该如此待你。”皇帝说，“你还能说，对外朝的事知之甚少吗？”

“陛下恕罪。”钱宁不得不改变说法，“外朝的事，微臣听说过一些。费阁老的事，微臣也听说过一些。但他的去留，须得陛下亲裁，微臣唯恐说错，不敢妄言。”

“大臣去留，当然由朕亲裁，你说的对不对，朕自会分辨，你担心什么，但说不妨。”皇帝命道。

“是。”钱宁小心地说，“我只听说，费阁老是广信府铅山人，今年的探花黄初是广信府贵溪人。有人说，今年的会元霍韬不能入一甲，全坏在了黄初身上。今年的状元是好状元，榜眼是好榜眼，只有探花，名不副实。”

他只可说到这种程度，这也就够了。余珊的话，皇帝可信可不信。钱宁的话，皇帝没有道理不信。费宏逢无妄之灾，运数就此确定下来。其实，今年的会试，他不是考试官，他的意见，既不如杨廷和重要，又不如梁储重要。而且，因前两科物议太多，阁部大臣从阅卷到排榜，可以说都是很认真的。

五月初三日有旨，准费宏致仕。理当赐予内阁大臣的恩典俱从减，仅许乘用驿递车马而已。

宁王得知费宏在朝中所作所为，大为愤怒，致函钱宁，务请除去费宏。他说的除去，不仅是从朝廷除去，而且不要让他回到江西，明摆着是要置费宏于死地。

钱宁对费宏的仇视和担心丝毫不逊于宁王。他不知从何处听说，费宏连他收受宁王万金之事都知道了。若是传将开来，传到皇上耳里，对他大为不利。他除去费宏之心，比宁王还要迫切。费宏致仕，已被从朝廷中除去，下一步要做的，是不让他回到江西。

钱宁在锦衣卫中挑选了两名最亲信最能干的校尉，令他们各备两匹好马，寸步不离地尾随费宏南下，却不可让他有所觉察。

“我二人只是送他到南昌吗？”一名校尉问。

“你好不糊涂！”另一名校尉取笑他，“只是送行侦伺，一名逻卒足矣，都督何必差派我二人。”

“说得好！”钱宁对他的话大为赞赏，“此人在，对朝廷大为不利，对本都督大为不利。我特意差你二人前去，就是要除去此人。”

“请问都督，在何处下手？”第一名校尉问道。

钱宁说：“不要让他死在北直隶，不要让他活到南直隶。”京师到南昌的路程，他不是很熟悉，只能提出一个大致的范围。死在天子脚下，朝廷议论必多，追凶的呼声必高，后果难测。活到南京城里，另有一派势力，他又怕不易控制。

“在临清下手如何？”第二名校尉提议。临清是河以北著名的水陆码头，是来往南北直隶间的必经之处，商旅多，强人多，常发生杀人越货的事件。“听说刘太监当年除去王太监、范太监，就是选在临清下手。”

“好，就在临清下手。”钱宁同意，“你等要见机行事。他若去了偏僻处，便赏他一柄刀，他若留在热闹处，便给他一把火。”或还有其他手段，他让两名校尉到时自行选择。

费宏着长子费懋贤率眷属先行南归，自己又在京中盘桓了几日，才带了两名随身的仆人离去。一路上晓行夜宿，不日来到临清。他并没有发现后面尾随的两名锦衣校尉，他乘马，二人乘马，他乘舟，二人中一人乘舟，一人乘马沿运河慢行。他是乘舟到临清的，决定住一日，观赏州城西南三里处的临清闸。说来也怪，他差了一名仆人前往州城备饭，自己带着一名仆人大摇大摆地离开舟船，而乘舟的锦衣校尉和骑马的锦衣校尉在码头会齐，居然都没有见到。天色一黑，二人认准费宏乘用的舟船，放起火来。天气燥热，船上都是易燃之物，连带着泊在左近的几条船都烧成了灰烬。两名锦衣校尉趁着混乱，离开现场，回京师复命邀赏。

费宏回到岸边，才知自己的船被烧，好在没有人员伤亡，他向临清州的官衙报了案，换了条船，继续南行。日后走得更加小心。临清州常有人报案，衙门里见事主不追查，也不当作大事。

回到铅山，他隐居城北鹅湖山下的宅中，既不拜官，也不见客，绝口不谈政事。

南昌的宁王、京师的钱宁，见害他不成，而他事事小心，对他的戒备之心渐渐消失。

宁王所得者，是江南才子唐寅如约来到南昌。李梦阳之去和唐寅之来，使他仰慕、尊崇士人的名声传播得更远，更加响亮了。

宁王在南昌城内购得一宅院，有水有亭，小有江南庭院之风，来安置唐寅。正室高悬一匾，上书“江南第一才子别馆”，是请李士实题写的。他又从王府中挑选了两名能歌舞懂音律容貌俏丽的妓女，于别馆中侍起居。一切的一切，都使唐寅感激，都使唐寅满意。

三日后，宁王在王府盛宴为唐寅接风。他知请官场上的人物，彼此都拘束，因此，只请李士实和黄春作陪。李士实自致仕还乡后，作为宁府的上宾，经常出入王府。黄春是举人，在南昌颇具才名。请他来陪唐寅，再合适不过。

入席前，宁王亲切地执着唐寅的手说：“唐子为我而行两千里，本王何其幸哉！我知你旅途劳顿，让你安心地睡了两日，今日才约你来小聚，可不是存心怠慢你。”

“千岁关怀备至，唐寅实是感激。”唐寅行礼道。

“南昌与你江南相比，是穷乡僻壤，为你准备的下榻处，甚是寒酸。唐子还住得惯吗？”宁王将起居一一问到，“两名使女粗陋，唐子还能正视吗？”

“二女极佳，名字也有趣得很，谢千岁厚赐。”唐寅说。二女一名翠姑，一名红妹，颇有乡土味道，与江南妓女取名大不相同。

“听说唐子在席间无妓不欢，”入席后，宁王笑道，“王府中两名看得过去的佳丽，均已送到馆中，我再也找不出可以向你劝酒之人了。再说，若虚先生喜欢喝文酒，有妓在场，他便心慌。黄举人更有一奇处，有妓在场，他便尿急。六如先生，今日只好委屈你喝几盅闷酒了。”

“哪里，哪里，无妓不欢，也是言过其实。酒终是酒，妓终是妓，二者可以合，也可以分。小子无行，二者都爱，有酒有妓可以尽欢，有酒无妓，或有妓无酒，亦可以尽欢。今日与若虚先生，与黄兄一起喝千岁的酒，一定是无妓而欢了。”

“好，说得好！”宁王听了他一席话很高兴，“来，大家都喝一盅，以示欢迎唐子之诚。”

唐寅对宁王所说黄春的症状很好奇，问道：“黄兄如此雅士，难道从不上青楼吗？”

“我与六如先生不同，有妓不可有酒，有酒不可有妓，若二者都有，尿急的毛病便要犯了。”黄春说，“我登青楼，见酒而逃，我赴宴席，见妓而逃，没有六如先生二者兼享的雅福。”

“实在是有趣，某行走多处，还从来不曾听说有这样的奇症。”唐寅说着，向李士实举起酒盅，“若虚先生学问、才名冠于一时，在我江南是一字千金，不想，却为小子题匾。千岁，我离开南昌时，那块匾额我是要讨去的。”

宁王说：“六如先生见了若虚先生所题的匾额，还舍得离开南昌吗？一年后，我再为你觅置一大宅，你将宝眷接来，长住江西好了。”

李士实说：“伯虎不是见了我的字舍不得离开，他是见了红绿二姝才舍不得离开南昌。殿下要他接宝眷来，是多此一举了。”

黄春说：“六如先生长住南昌，我的怪症说不定治愈有日了。他人留不留得住六如先生我不管，为了我的怪症，也不可曲他离去。”

一主二客都在打趣，唐寅心里也很快活。他对黄春说：“好，明日你须去我的馆处，我让翠姑、红妹一起侍候你，倒要看一看，你的毛病是出在哪里。”又问李士实：“若虚先生，你要不要也去见识一番？”

李士实说：“他的丑态，我见识过了，可以说其态可爱，其态可掬，其态不堪入目。”

“六如先生的宠子，我可不敢受用。”黄春说，“明日我在绮春楼为你订一桌酒，当然是有酒有妓，我不能尽兴，也要看看六如先生尽兴。”

“好，我一定赴你的约。”唐寅说：“有酒有妓，是你许下的，可不许反悔。”

酒也喝够了，话也说够了，李士实老迈，早有倦意，起身告辞。唐寅和黄春也就便告辞，二人后辞先行。他们走了后，李士实又留坐一时，陪着宁王说了些话。

第一百二十三章

五月中旬，王守仁到了南京。他在正德七年十二月，由吏部考功司郎中升任南京太仆寺少卿。离京前，他请了假，绕道越中，探视父亲，在祖父坟前叩头，也游览久违了的越中山水。说来也巧，王守仁调任南京时，他的七妹丈徐爱在保定府祁州知州任上考满，回京候升，补了南京工部员外郎。二人正好结伴南下。

徐爱字曰仁，与王守仁同是余姚人，正德三年进士，中进士前和中进士后，都师事王守仁，在王守仁众弟子中，他是关系最亲近的一人，也是王守仁以为最能传他衣钵的一人。结伴而行，对二人来说，都是件大快事。

徐爱陪同王守仁回到余姚，又陪同王守仁畅游浙东。他们从绍兴府余姚县出发，东行至本府的上虞县，再东行至宁波府，南行至奉化，登雪窦山。按照出发前的计划，还要游台州府，府城西南有括苍山，又名真隐山，东南有晦门山、金鳌山。台州府所辖的天台县，西有天台山，北有赤城山、石桥山，是天台山的支脉。天台山脉的最高峰曰华顶峰。这些名山吸引着王守仁。可惜，是年大旱，山田龟裂，呈现灾象，王守仁愀然不乐，游心顿收，和徐爱自宁波折回绍兴，准备北上南京。

徐爱至南京工部报到，王守仁去了滁州，以南京太仆寺右少卿身份，在滁州督理马政。徐爱难得地陪同王守仁约有半年时间，受益匪浅。他恨不得辞去南京工部之职，伴王守仁去滁州。王守仁不许。他对徐爱说，想投到他门下的士人，都会先到南京。他要徐爱在南京妥善接待、安排。留在南京者，由徐爱组织他们研习，要去滁州者，由徐爱负责在南京接送。徐爱受师命，为光大师门，勉强同意留在南京。

王守仁在滁州约半年，在他传学授业的经历中是一个重要的时期。在京师，王守仁讲学，周围聚了一批学子，有诸生，也有进士，有同官，也有功名早于他、官职高于他的上司。在京师两年，营造出一个学术的氛围。但王守仁一直希望借山水之游，点化同志。当年就是在贵州的穷山恶水间，他达到了大彻大悟的境界，弃释道而从圣人之学。他相信，在穷山恶水之间，他的弟子们也可以达到大彻大悟。孔夫子周游列国而施教，不是没有道理的。而在京师，要上朝，要坐衙，虽不乏山水之乐，却很难静下心来游教游学，启迪教化。

在京师很难做到的事情，在滁州却可以做到。滁州山水大佳，每游览一处，便是一大快事。而在此处督理马政，是个闲职，不必日日去衙门办事，不必日日与同官上官周旋。太仆寺少仆是正四品官，滁州知州是从五品官，品秩的差异不说，王守仁还是南京衙门的驻外官，州县衙门里的人轻易也不敢来打扰。因此，王守仁在滁州过得悠闲自在，终日与门人嬉游于琅琊、酿泉间，领会欧阳修对滁州的描绘，月夕则环龙潭而坐，或歌或吟。

初时，从王守仁游学者，三五人而已，随后，滁州州学和全椒、来安二县县学中的生员，有不少人为他的讲学所吸引，转入他的门下。再后，从外地来就学的士子日多，滁州成了江南一个讲学中心。最多时聚有数百人。喧闹时，歌声振动山谷；安静时，只听到王守仁一人宣讲的声音。王守仁的弟子大都以为，王门讲学之盛是从滁州开始的。半年之后，王守仁由南京太仆寺少卿升任鸿胪寺卿。太仆寺少卿和鸿胪寺卿都是正四品官，但鸿胪寺卿是正卿，太仆寺少卿是佐卿，说是升迁，也未尝不可。

就任鸿胪寺卿，须回到南京。他处诸生，当即随先生而去，滁州诸生及在滁州结交的友人，不能尽从，便纷纷挽留，每日邀游一处，滁州山水游遍而止。滁州诸友诸生送王守仁到了江边，留居江浦数日，不肯离去，也不放先生离去。王守仁再三强行，这才分手。改官之命是四月下达，而王守仁五月才到南京。滁州到南京不到一百五十里路程，滁州之南有滁水，滁水流入应天府六合县，入大江，直抵南京，是很好行走的路。便是日行十里，也早该到了。好在南京各衙门，除户、兵二部职任稍重外，其他衙门，特别如鸿胪寺者，都是闲衙门，早到几日，迟到几日，不会有人责问，王守仁不会因迟来几日而受处分。比起在京师任部属官，南京小九卿要从容多了。

衙门不等他理事，同僚不等他会商，却另有一些人在南京等得焦急，那就是从各处赶来，留在南京的弟子。徐爱在南京代王守仁安顿好上门来的弟子，有新拜入师门者，他还要根据王守仁授课的笔记，讲些心得。

王守仁见徐爱在南京安排得很有条理，心中高兴，对众人说：“吾门中有三贤，徐生之温恭，蔡生之沉潜，朱生之明敏，皆我所不及。”蔡生指蔡宗兖，浙江山阴人，为求学而北上，拜在王守仁门下，王守仁南调，他没有随行，留在京师。朱生指朱节，也是浙江山阴人，正德九年进士，官拜御史。王守仁看重三子，每每在众门人中树立为典范。而此刻说起三子，其实单为表扬徐爱。

徐爱受到表扬，仍保持他一贯的温恭态度："先生，黄诚甫现在南京，马上要来看先生。先生见了他一定高兴。"黄宗明字诚甫，是新科进士。"他授了南京兵部主事，急着要见先生，一日也不肯停留。他大概在先生调任时离开京师的，京师远而滁州近，不想他反而比先生先到了南京。"

"诚甫是沉稳之人，怎么也性急起来？"王守仁摇着头说，"他须记住，兵部的事是急不得的。"见到人群中的薛侃和许相卿，他招呼道，"尚谦，伯台，你们下科要入场了吧？为何不在府学中用功，却跑来南京凑热闹？"

许相卿是杭州海宁人，去年王守仁和徐爱过省城时，他听王守仁讲了一次课，也算不得正式授课，只是闲谈了几句，觉得大受启发，无论如何也要师从王守仁。他说："从阳明先生学，日新月异，几日便可入一层境界。尚谦即便不入科第，也要追随先生。"

王守仁说："凡从我学者，我不敢保证利于科考，却也不该不利于科考。黄诚甫、朱守中、薛子雝都从我而学，今年都中了进士。你二人到了南京，很好，切记要上进用功。"薛子雝是浙江山阴人薛鸣凤，朱守中就是朱节。

"先生放心，我等一定用功上进。"薛侃道。

王守仁与众人一一寒暄，王小在后面向徐爱使了个眼色。徐爱知他有事要说，便随他走到众人看不到的拐角处。徐爱随王守仁南下浙江，一路上都是王小服侍。徐爱把他当作朋友，他也觉得徐爱可亲可敬。

"徐先生，我知你爱老爷的诗。这诗是老爷在江边与滁州友人分手时写的，我抄录下来送与你。"王小将一纸交与徐爱。

"多谢小哥！"徐爱高兴地说。他称王小为小哥，是很亲昵的称呼。王小抄录的诗章，不是律诗，不是乐府，更像是一首歌谣，用字用典不太讲究，容易诵读上口。王守仁写道："滁之水，入江流，江潮日复来滁州。相思若潮水，来往何时休？空相思，亦何益？欲慰相思情，不如崇令德。掘地见泉水，随处无弗得；何必驱驰为？千里远相即。君不见尧羹与舜墙，又不见孔与跖对面不相识？逆旅主人多殷勤，出门转盼成路人。"

字有些潦草，但还辨认得出。徐爱收起诗稿，又向王小谢了一句："多谢小哥。"

"我还有件事要告诉你。"王小说，"老爷这两日有心思。昨夜他睡在舟中，居然说起了梦话。"

"先生梦中说了什么？"徐爱想不到，不过二十岁的青年，观察会如此细微。

"我竖起耳朵去听，可惜听不清楚。"王小不无遗憾地说。

众人走后，王守仁把徐爱留下说话。舅哥与妹丈二人半年多不见，再次相逢，倍生亲情。

“曰仁，王小又对你说了些什么秘事？”王守仁问。

“他给我看了先生新近的诗作。”徐爱说。

“他简直成了你安插在我身边的谍者。”王守仁笑着说，“我的一言一行，他居然都看在眼里，记在心里，不知你给了他些什么好处。”

“我给他的只有一个谢字。”徐爱说，“先生的一言一行都是应该传世的。王小在先生身边久了，自然懂得存天理、去人欲的道理。先生的一言一行，无不可用这六个字概括。他当然会看在眼里，记在心里了。”

王守仁说：“我在滁阳写的那几句话，是应急之作，算不得诗，你上了王小的当了。”

“写诗要有情，要说理，‘相思若潮水，来往何时休。’这不是情吗？‘孔与跖对面不相识，’这不是理吗？有情有理，便是好诗了。”

“曰仁是忠厚人，没想到也会代人辩说。”王守仁道，“写诗有情有理，也是一说。然与大家之说比较，太偏了些。”

“先生指点的是。”徐爱把这句话记在心里。

说了几句诗文的闲话，王守仁问：“王小还对你说了些什么吗？”

徐爱随口说道：“他还说，先生这两日有心思，舟中居然说起梦话。”

“真的？”王守仁不由得好笑，所谓一言一行，连做梦也包括在其中了，“有没有做梦，我不知道，他说我有心思，却是真的。”

“先生的心思可否告知？”徐爱立即接问。

“你不问，我也要对你说说。”王守仁啜口茶水，慢慢说道，“曰仁，我在滁州时，从学者多至数百人，少亦数十人，你是知道的。”

“先生在滁州讲学，南京士人无不称颂，都说先生讲学，成了大气象。”徐爱说。

“气象是有了些，啧言随之而来，烦恼亦随之而来。”看来这就是王守仁的心思了。

“先生为何要这样说？”徐爱大为不解。

“林木盛茂，群鸟飞至，贤与不肖，无不毕集。有人说，在滁游学之士，多有高谈阔论者，甚者与吾之学相背。我躬身反省，亦有觉察，亦有愧疚。彼等之高谈阔论，究其源，还在我之讲学多而杂，于古今高明之说，无不绍介，致使彼等不知所从，流入空虚，追求新奇。想起来，我也很后悔。”王守仁看出讲学之盛背后的隐患。

“然则先生在南京讲学，留贤者，去不肖乎？”徐爱不无担心地问。因为王守仁在滁州期间，凡投南京者，他无不热心接待，切磋学问。

“那也不必。”王守仁考虑的不是取舍，“佛法讲个缘分，我却要讲个本分。我的本分在教人，凡入我门者，我都要教之。使贤者自贤，不肖者亦近贤。我想，或弃或留，不在学子，而在我之学问。从此以后，我只教学生一门功夫就是了。”

“不知先生要教哪一门功夫？”徐爱问。

“你刚刚说过，怎么反来问我？”王守仁道，“那六个字真正学好了，便是一门扎实的功夫。”

“先生说的是。”徐爱应道，“我笔录先生讲习，与诸同道印证，其大者，如说格物是诚意功夫，明善是诚心功夫，穷理是尽性功夫，问学是德性功夫，博文是尽性功夫，如此等等，无不以存天理、去人欲为根基。”

“若人人有曰仁的心得，我之讲学便可说有大成了。不过，识得六字容易，懂得六字就难了。懂得六字虽难，做得六字却又难。曰仁，我与你讲一事。”王守仁说起与徐爱同游余姚的一件小事，“在家时，邻里王老五要将他的田产卖给我，你是知道的。”

“是，他求见先生时我恰好在场。他索值似乎太高了。”徐爱记得有这件事。

“一日，你身体不适，我与董生、王生等游山，见到王老五的产业坐落处，风景极佳，风水极佳，你知我想到了什么？我当时十分懊悔，没有购下他的田产。”王守仁讲道，“这只是倏忽一念，心中立即又生一念：是何心哉！有贪心，便无恕心；有人欲，便无天理。然看到此处景致，仍不免懊悔。就这样一个一个念头闪过，如两军在脑际交战，行了里许才能化解。由此事我便知，克己之难如此，去人欲之难如此。”

“先生真是责己重以周。”徐爱大是感动，“先生这段话，可以讲给诸生听吗？”

“当然可以。”王守仁说，“但愿诸生时时反省自己，有无贪心，有无嗔心，有无恶心。”

徐爱听得连连点头。他心中还有一疑窦，请教道：“先生说从此只教存天理、去人欲的功夫，方才却又要薛尚谦、许伯台好生用功，以应科试，二者为一事乎？”

王守仁答：“人有各业，或种田，或做工，或读书，或任官。不论何等职业，都要在存天理、去人欲上下功夫。种田者不求四时，做工者不求技艺，读书者不求科举，任官者不求政绩，便不是好农、好工、好学子、好官员。但不论何等职业，不求存天理、去人欲，便不是好人。我在滁州讲学时，州衙有一属官听后说：此学甚好，只是簿书讼狱繁难，不得为学。我对他说：我何尝教尔离了簿书讼狱，空去讲学。尔颇有官司之责，得从官司之事上为学，才是真格物。如问的词讼，不可因其应对无状起了怒心，不可因其言语圆转生了喜心，不可恶其嘱托加意治之，不可因其请求屈意从之，不可因自己事务烦冗随意苟且断之，不可因旁人谮毁罗织随人意思处之。这许多意思皆私，只尔自知，须精细省察克治，唯恐此心有一毫偏倚，便会颠倒了是非。簿书讼狱之间无非实学，却也都有格物致知的道理，有存天理、去人欲的道理。若离了职事为学，非吾之学也。”

讲罢一大段话，王守仁停下来歇一歇，让徐爱自己去研磨体会，取其精髓。徐爱沉思默想，低头不语。片刻之后，突然抬起头，说：“我明白了。任官问词讼，不可因此心有偏倚而颠倒了是非；读书求科第，也不可因此心有偏倚而错会了圣人的教诲。先生要薛生、许生用功上进，便是要他们在存天理、去人欲上着手，去读圣人的书，去领会圣人的精神。先做个人，才能做个好的学子。”

“曰仁悟性甚高，真乃吾之颜子也。”王守仁欣然言道。

第一百二十四章

彭泽领会到为国家干城是什么滋味。正德七年，他提督军务，讨河南敌，由河南而湖广，而南直隶，征战数千里。正德八、九年间，他又总制军务，讨四川敌。两次征战之间，不过相隔两三个月而已。

赴川前，首辅杨廷和告诫过他，切不可居功思退，因而他不敢坚辞，去四川上任。

四川战乱连年不息。前几年的蓝廷瑞、鄢本恕等刚刚剿灭，汉中的廖麻子、喻思俸等又入蜀中，与内江骆松祥、崇庆范藻等或分或合，分时各不过数千人，合时则称兵十万。彭泽就是在这种情势下接替洪钟的。

讨四川敌比讨河南敌更为艰难。川蜀多险山峻岭，千人守关，万夫莫能开。山中多草树窟凹，易于埋伏，官军往往失手中伏。加上空气卑湿，粮草不济，虽时时报功，官军的人员损失亦很惨重。

正德八年七月，彭泽以苗兵为主力，攻破汉中廖麻子和内江骆松祥等军寨，除廖麻子外，其余首领或被生擒，或被斩杀。据说，廖麻子有异术，能隐身，因而遁去。大股敌军剿灭，他一人成不了大患。

彭泽身心均感疲惫，在向朝廷报捷的同时，上疏求去。朝廷因四川尚未大定，不准其请。

正德九年春，官军讨平喻思俸等。彭泽移驻汉中，乞请班师。随即内江骆松祥蔽而复起，他自己也知道，还不到奏凯还朝的时机，又挥师入川，剿平内江之乱。到了成都，逢兵变，执知州、卫指挥等为人质，要挟有司。彭泽逐次平定内江骆松祥和成都乱卒，四川的局势才算稳定下来。但朝廷仍不准彭泽致仕，不许彭泽还朝。五月，论平蜀盗功，彭泽进太子太保、左都御史，总兵官时源为左都督，四川巡抚马昊进右副都御史，命彭泽暂驻保宁府镇抚。

马昊字宗大，陕西宁夏卫人，弘治十二年进士，曾任四川按察司佥事，从巡抚都御史林俊剿敌，以百骑破江津方四等万众，人皆服其胆略。马昊因战功晋升为副使。时洪钟召还，彭泽尚未到任，川中军事由巡抚高崇熙主持。高崇熙怯懦，复议招抚。廖麻子等佯就抚，高崇熙在夔州府开县境内，划出一块地区，迁出其民，空其地安置就抚众人。马昊力争，说开县地属襟喉，上达重庆、叙州，下连湖广，土地饶衍，不可轻弃资敌，自遗后患。高崇熙不从。后廖麻子果然执副使张敏复叛。正德八年三月有旨，逮高崇熙治罪，以马昊为右佥都御史巡抚四川。

彭泽曾担心与高崇熙是同年，不好相处。其实，他到了四川后，一直是与马昊共事。二人议无歧见，行无二心，终建大功。

马昊升右副都御史，以为拜彭泽所赐，因而不惜在盛夏之际，远涉七百里，以议镇抚事为名，去保宁府拜望彭泽。

论乡情，二人都是陕西人，虽然远离陕西腹地，一在极北的宁夏，一在极西的兰州；论科第，一是弘治三年进士，一是弘治十二年进士；论身份，一是总制，为宾，一是巡抚，为主；论地位，一是主帅，一是副帅。无论如何，马昊的保宁府之行，乃顺理成章，彭泽盛情接待，乃当然之义。

“宗大先生于繁剧之中，还来看我，不胜感激！”彭泽迎着马昊说，“不过，你也要来一趟，否则，我们在蜀中就难谋一面了。”

“济物先生这样说，难道是接旨了吗？”马昊问。按制度，朝廷有旨，必先送至成都，但若是紧急处置，也可能直接送到保宁。由汉中入川，保宁正在去成都的途中。

“尚未接旨。我想，圣旨不日即可到了。”彭泽说，“四川大定，盗贼尽灭，又有宗大先生主持善后之事，朝廷还有什么不放心？数日内，我已连上三疏，请准我还朝。”

“济物先生劳苦而功高，朝廷也该体恤。”马昊说，“再说，执掌都院也须得人，济物先生说圣旨不日可下，定是料得不差。怕只怕何处有了变化，朝中大僚见你屡收大功，不容你在都察院稍稍坐稳，又要荐你统兵。”

“那不是太难为我了吗？”彭泽说，“再有此类敕命，我只有坚请致仕，把功劳留给他人去建，比如说，宗大先生，留与你去建。”虽是说笑，却有几分苦涩。马昊忙把话题扯开，免得彭泽更加伤感：“我在四川任官多年，还没有游过剑阁。济物先生若不怕途遥路险，我们同去游览一番如何？”剑阁距府城西北约三百里，路不算太远，但极是难行。马昊愿意陪同彭泽一游，算是尽到了主人的本分。而剑阁确实值得一游。

马昊的话不幸而说中了一半：他处又有变乱，大臣杨廷和等共荐彭泽任其事。马昊没有说中的一半令彭泽更觉委屈。他不是没有在都察院坐稳，而是根本没有在都察院坐上一天，连京师都没有回，便在保宁府接了新的差遣。

变乱发生在哈密和土鲁番。哈密在嘉峪关以西一千六百余里，土鲁番在嘉峪关以西二千六百里，都是极西北之地。朝廷设哈密卫控制其地。如此遥远的边陲，如此辽阔的地带，岂是一卫可以安靖的。说是控制，不过是对领土的一种形式上的确认，连羁縻都说不上。

哈密的酋长，由朝廷封为忠顺王。弘治末年，忠顺王陕巴卒，其子拜牙即袭封。按照西域人的习俗，他又自称为速檀。拜牙即昏愚失道，哈密形势极不稳定。

土鲁番的首领也称为速檀，在陕巴去世前不久，土鲁番速檀阿黑麻也病故。诸子争立，长子满速儿嗣为速檀。满速儿有才智，看清了哈密的形势，意欲吞并。

其实，吞并哈密之心，并非始自满速儿。阿黑麻就想吞并哈密，并采取过行动，逼走了陕巴，打算使幼子真帖木儿主哈密事。边臣设法，稳定哈密的局势。而在这时，哈密和土鲁番的首领先后过世。真帖木儿和兄长间为争权位，仇杀不已，不敢西还。边臣将他安置在甘州。甘州是陕西行都指挥使司所在地，可说是极西北之地的重镇。

满速儿吞并哈密，先要把幼弟索回。对于真帖木儿的去留，边臣和廷臣见解不同。边臣认为，真帖木儿留在甘州，于彼无损，于我无益，不如遣归，借此向土鲁番宣示友好。廷臣以为，土鲁番蓄谋作乱，不可不防。留真帖木儿在甘州，作为人质，不能说于我无益。

各有各的道理，路途遥远，难以沟通，遂搁置数年。到了正德六年，朝廷才允许将真帖木儿送还土鲁番。护送真帖木儿西还的差事交给了两个人，一人是作为哈密使臣到过京师的回回都督写亦虎仙，一人是都督满哈剌三。

写亦虎仙最后一次入朝是在正德三年，和有宠于皇上的大通事王永打过一场官司。朝廷不想认真处置，各打五十板，两戒谕之。写亦虎仙由此看出朝廷的昏聩，心怀异志。

真帖木儿一行到达哈密，哈密部长之一的奄克孛剌欲止之。奄克孛剌是前忠顺王罕慎之弟，与陕巴一直相处得不好，与拜牙即当然相处得更不好。他的感觉是，真帖木儿返回土鲁番，对哈密不利，因而晓谕写亦虎仙和满哈剌三利害。满哈剌三心思糊涂，根本搞不清楚何者为利何者为害，写亦虎仙则是另有图谋。他与满速儿深相结纳，有意反叛朝廷。奄克孛剌的晓谕，一人听不懂，一人听不进，想把真帖木儿滞留哈密，或送回甘州，根本办不到。

真帖木儿等回到了土鲁番，满速儿如虎添翼。真帖木儿在甘州住了数年，对边司边卫的情形有所了解，而写亦虎仙对朝廷对边司对哈密国的情形，也能说出一二。当下计议，首要之务，是劝诱忠顺王拜牙即叛离朝廷。

拜牙即袭封忠顺王，是最糟糕的人选，不但昏愚，而且淫暴，各部首领无不怨恨。奄克孛剌和写亦虎仙受了边臣之托，辅佐陕巴。写亦虎仙对陕巴还算忠诚，对拜牙即就毫无君臣之义了。奄克孛剌与陕巴早有嫌隙，对拜牙即更不愿负任何责任。拜牙即在哈密真正是孤家寡人，如坐针毡，如处水火，无日无时不在担心，部属会加害于他。

满速儿派遣能言善辩的使者游说拜牙即。第一保证他的生命安全，第二保证他哈密国速檀的地位，拜牙即很快被说服。他与奄克孛剌商议，意欲相偕同行。奄克孛剌年长，深知哈密和土鲁番之间多年来的恩恩怨怨，坚决不肯去土鲁番，也劝拜牙即不要去土鲁番。拜牙即听不进去，终于带着哈密速檀的印鉴和忠顺王的印鉴，弃哈密城去了土鲁番。这是在正德八年的秋天。

拜牙即一到土鲁番，就被软禁起来。满速儿派属下他只丁率部占据哈密，派属下马里木赴甘肃与边臣接触，声称：拜牙即不能守国，土鲁番遣将代守，请给予犒劳赏赐。讨赏是假，窥测边臣的意向是真，取得朝廷的认可是真。

满速儿还放出了风声：朝廷不许土鲁番代守哈密也可以，只要拿来一万金币，土鲁番的守军立即撤回，哈密国的大印立即奉还。至于拜牙即，朝廷要其生还，土鲁番保证护送他回国。朝廷不要他生还，就让他困死在土鲁番。一万金币，就不是向朝廷讨的赏，而是朝廷保持哈密、土鲁番的安定局面必须付出的代价。

陕西三边总制邓璋、甘肃巡抚赵鉴联名上疏，请朝廷派遣大臣经略，说明边臣看出了问题的严重性，也说明他们对如何处置西域事变既没有信心，又没有明确的主张。也难怪他们，他们没有从朝廷得到便宜行事的权限。

朝廷也看出了问题的严重性。土鲁番与朝廷是朝贡的关系，土鲁番是朝贡之国，哈密与朝廷是羁縻的关系，哈密是被保护之国。朝廷若是认同土鲁番代守哈密，是放弃了保护被保护国的责任，有损朝廷的尊严。朝廷若是不许土鲁番代守哈密，以武力驱除土鲁番守军，路途之遥，费用之大，可以想见得到。是不是值得？还不用说用兵的话，是不是一定有把握取胜。

朝廷大臣会议，得出一个结论：土鲁番必须退出哈密城，必须交还哈密印。还得出一个结论：须遣干练大臣经略哈密事务。

首辅杨廷和荐用彭泽，其他阁臣没有异议，吏部尚书杨一清没有异议，兵部尚书陆完没有异议，户部尚书王琼没有异议。荐用彭泽的理由很充分，一是彭泽在河南讨盗中，在四川讨盗中，显露出来的才干，足以当此大任。二是彭泽现在驻保宁府，比从朝廷另派他人要近便得多。

以彭泽经略哈密事，就这样确定下来。内阁拟旨，遣专使赴川，向彭泽宣示。

彭泽第一次接旨是在五六月间，从去年秋天，拜牙即逃入土鲁番，到满速儿派兵据守哈密，并通告肃州边臣，到总制、巡抚上疏朝廷，到朝廷议定拟敕，到敕书送到彭泽手里，经历七八个月的时间。考虑到路程的遥远和事态的复杂，可以说，边臣奏报朝廷已很快速了，朝廷做出决断也很快速了。

彭泽暗自叫苦。他是越走离朝廷越远了。河南离京师一千五百里，最后打到南通州，离京师三千七百里。总制四川军务，以成都府计算，离京师超过了万里，但总还是在中土。现在要经略西域，离京师也有万里之遥。就算坐镇陕西行都司，离京师也有六千多里，而且是到了化外之地。人家都是做一事，离朝廷近一步，他怎么做一事，离朝廷远一程呢？

他后悔四川大定后，没有抓住时机。如果他不是数日一疏，而是一日数疏，也许朝廷就准许他以凯旋者的身份返回京师了，他就可以坐在都察院中属于他的位置上了。那时朝廷差派他，他就可以有充足的理由回绝了。而且，他可以当面请求杨阁老，请求杨冢宰，请求陆司马，为他说一句公道话。他也可以在廷议中，主动推举他人。总不能把所有的苦差事都交给他办。

现在留在保宁，他就被动了。他不能当面申诉，只能上疏，说明他不便奉旨的理由。他很难说服朝廷。即便如此，他还是要做一番努力。他奏告朝廷，由于两个原因，他不便奉旨。一个原因是，他数年统兵在外，积劳成疾，请朝廷准他养病。另一个原因是，他是陕西人，而且是兰州人，最近西域。本朝向来有任官回避的制度，经历西域，他理应回避。在奏疏的最后，他推荐总制邓璋和咸宁侯仇钺经略西域。仇钺世代在宁夏为将，熟悉西北风情。仇钺和他在河南协同讨盗，确有大将风范。彭泽推举他，是相信他有能力经略西域。推举邓璋，则有报复的心理。陕西三边总制不仅是总制三边而已，三边之外，也当经略。邓璋请朝廷遣员经略，分明是推卸自身的责任。不是他的提议，怎会有彭泽的任命？既然是他把责任推到彭泽的身上，彭泽也要把责任推还给他。尽管彭泽知道，朝廷既然差他经略，几乎不可能再有改变了。

奏疏驰送京师，再将朝廷的诏书带来，一往一返，又过了三个月。彭泽在保宁候旨，情绪逐渐平稳下来。仔细想一想，他也不是一定要辞掉经略西域的差事。以他的经历，注定是很难进入内阁的。任左都御史，不说是升到了顶点，也是很难逾越的高位了，甚至比升任某些尚书，如工部尚书、刑部尚书，以至于礼部尚书、户部尚书，还要光彩。而以左都御史总制一方，经略一方，特别是经略到国门之外，更是具有光彩。彭泽的推辞，除了的确感到身心疲惫之外，还包含了一种心愿，就是希望朝廷知道他的辛苦、表彰他的辛苦。

朝廷在这一点上满足了他。八月中旬，朝廷有旨：彭泽所请不允。朕亦念卿久劳于外，宜勉为朕一行，以安边境，其毋固辞。

草拟圣旨的内阁大臣，似乎看穿了彭泽的心思，满足了彭泽的心愿。他除了领旨谢恩之外，还能说什么呢？可惜他远在西南，既不能向昔日的恩师杨一清讨教方略，也不能向今日的首辅杨廷和请示机宜了。对他来说，这也许是个不小的损失。

第一百二十五章

藩国在山东兖州的鲁府，不幸接踵而来。去年，邹平王袭封一事闹得不可开交。第一代邹平王泰塍，是第二代鲁王肇辉第三子，封于宣德四年，死于天顺八年。第二代邹平王阳镛死于正德四年，应由其子当漠袭封，而阳镛宠爱次子当凉，为其请封。当漠和当凉争袭王位，互讦不已。朝廷命司礼太监赖义、刑部侍郎黄珂、锦衣卫指挥陆宣等往鲁府勘实，还奏：当漠、当凉皆庶子，而当漠为长，根据太祖皇帝无嫡立长的定规，礼部议以当漠袭封。当凉不服，称其母被阳镛立为继妃已二十余年，他不是庶子，而是嫡子，应由他袭封邹平王。正德八年九月，皇上亲裁之，诏曰：当凉累疏强辩，有违祖训，当重治。姑从轻，令以齐民巾服习礼，满三载以闻。鲁府长史以下官多被逮治。当漠在今年正旦以后才有旨袭封，邹平王之位有五年时间空置。

阳铸是第四代鲁王，当漠、当凉争袭事件几乎牵连到他。他好不容易躲避过去，未被追究，却在今年八月，鲁府又惹出了归善王之案。归善王当沍是阳铸第九子，弘治元年封王。

八月十四日，吏部主事梁谷家中意外地出现了两位来自他家乡的客人。梁谷是山东兖州府金乡人，来的客人，一叫袁质，一叫赵岩，与梁谷自少年时便是邻居，青年时更是终日相伴游荡的好朋；在一起射兔弹鸟，也在一起偷逛妓馆。梁谷家是书香门第，对他约束渐严，与袁、赵二人来往渐疏。等他中了进士，几乎断绝了来往。想不到他们会赴京师看望自己，更想不到他们是在理当阖家团圆的日子来看望自己。

袁质、赵岩都是性格豪爽之人，虽然多年前已经疏远，见到梁谷仍然像以前一样亲热。袁质把拎着的布袋向地下一扔，叫道：“梁大哥，我与赵岩兄弟早就想逛一逛京城，顺便也看一看你，今日总算如愿。今年乡下山鸡也多，野兔也多，我们隔上三日五日，便去行猎一次，每次都有所获。京城商贾辐辏，什么都有的卖，只野味怕不易吃到。我们便腌了几只肥嫩的猎物，送来与梁大哥下酒，请笑纳。”

这位看似木讷的汉子，不时吐出几个文绉绉的词来。他只顾说下去，没注意梁谷的脸色已变。开头的一声梁大哥，结尾的一声梁大哥，梁谷听了，心里都是一颤。今非昔比，他被草民叫惯了大人或者大老爷，就算袁质、赵岩不是寻常的草民，哪怕像同年或者同官之间称一声梁兄，听起来也要舒服一些。

赵岩善于观察，他见梁谷身边还有一人，便打断袁质的话：“袁大哥，你没见梁大哥家中有客吗？怎只是说个不停。”

“不打紧，都是很熟的朋友。”梁谷忙说，“我为二兄介绍一下，这位也是从我们兖州府来的同乡，姓西，西凤竹先生。”又向那位客人介绍，“凤竹先生，这位黄兄和赵兄，是从小便和我在一起玩耍的好友。”

“幸会！”西凤竹不冷不热地打了个招呼，“在兖州，我就听说了二位的大名和二位的事迹。”

“西先生客气了。”赵岩谦道，“我二人乃小小草民，哪里会有什么事迹，不过是闲下来听曲听戏，闹起来走狗斗鸡而已。”

袁质对西凤竹的姓氏很感兴趣，问：“西大哥的西是东西的西吗？这可是很少听到的奇姓。”

“天下之事本来是无奇不有。”西凤竹淡淡地说。

梁谷命家人准备酒菜，招待从家乡来的客人，当然少不了蒸上袁、赵带来的野味。酒席上，四人态度各不相同。作为主人，梁谷尽量做到热情些，本想几个人都应酬到，但总不知被什么拘束住了，张罗起来顾此失彼。袁质不管不顾，想喝就喝，想吃就吃，数人中，他吃得最多，喝得最多。赵岩与刚见到梁谷时不同，似有所提防，大家喝酒他也喝，话却很少说。西凤竹仍是不冷不热。

兴尽席散，袁、赵二人告辞而去，他们在朝阳门外的旅舍订了房间，不敢回去太晚。西凤竹则留宿在主人家中。

“凤竹先生似不以愚弟接纳此二人为然？”梁谷送走袁、赵二人后回屋，率直地问道。

“梁大人又以接纳此二人为然否？”西凤竹反问。

“这——”梁谷答不上来，或不好做答。

西凤竹说：“物以类聚，人以群分，梁大人与袁、赵二人非其类矣，还在其次，怕只怕梁大人会因此二人而惹祸上身，则悔之迟矣。”

“还不致如此吧。”梁谷虽接纳袁、赵二人颇感为难，不便再交，却以为西凤竹的话太过分了。

“你离开兖州久了，乡间的许多情形不甚了然，这袁质、赵岩二人迟早是要造反的，兖州府言之汹汹，谁人不知。”西凤竹说得不动声色，然而十分肯定。

“不会吧。”梁谷不相信，“你不听袁质方才说，他二人与归善王友善，行猎时，归善王多从，到了府城，他二人也常去王府做客。”

“这就更要警觉，梁大人不记得宁夏之变了吗？若只袁、赵二人作乱，与大人牵连还小，若归善王有异谋，朝廷追究必严必急，大人就有口难辩了。”西凤竹进一步拿山东与宁夏比较，“归善王正当壮年，不像安化王昏聩，而袁质、赵岩二人比起何锦、周昂，只有过之，无有不及。”

“凤竹兄如此说，我再不与他二人来往就是了。”梁谷本来就不想再和既无身份又很粗俗的乡人来往，听了西凤竹的一席话，更加下定决心。

西凤竹的想法，与他又不相同，他说：“与其避祸而不知能避否，不如立功。”

“凤竹兄的意思是——”梁谷听是听明白了，还是要问一问。

“告变。”西凤竹的意思简短而郑重。

梁谷觉出手心握出汗来，他在衣袖上抹了抹，慎重地说：“怕有不妥。事连宗室，若是不实，我身为朝廷命官，怎吃罪得起。”

“这样吧，”西凤竹知道不可过于勉强，“兖州府人刘升现在京师，你可以找他来问一问，只要不惊吓他，他是会如实说的。再者，兖州卫千户高乾，与你是旧识，交情不错，你也可以去函问一问。此二人对归善王，对袁质、赵岩知之甚深，问过他们，你自己就可以决断了。”

梁谷怕的是妄告之罪，想的是为朝廷立不世之功，患得患失，思考再三，终于致函千户高乾，派人加急送去，又找来刘升问话。

先从刘升那里得知一些情况，不仅袁质、赵岩如何如何，归善王当沍如何如何，而且还有兖州卫千户王瓒如何如何。当沍是王，王瓒是军，袁、赵是贼，似乎三者已勾搭在一处了。他说的有根有据，梁谷不由得又信了几分。其实，有一事梁谷是不知道的：刘升与王瓒结怨极深，至少关于王瓒的话是他编造出来的。

随后，又接到了高乾的回函，得知另一些情况。袁质、赵岩纠众数千，常以行猎为名会聚，官府及附近富室无不心惊。

消息坐实，避祸立功之心更重。现在就看如何告变，向谁告变了。想来想去，他决定找他的堂上正官、吏部尚书杨一清。

吏部衙门在宗人府之南，兵部衙门在宗人府之西，相距不远。杨一清不乘小轿，不带从人，一个人权作闲步，走去兵部衙门。他平日就喜欢闲步，吏部的官员见他行出衙门，兵部的官员见他行到衙门，都不觉得奇怪。

陆完见了他，忙迎上去："邃庵公平日走到兵部衙门前就止步，道是几度戎马，恨不曾主兵部，今日怎么肯走进来了？"他说笑着。

"事关兵部职掌，只有你兵部有机密处，我只好委屈自己了。"杨一清半是认真，半是说笑。

陆完知他有要事，且是不容他人知道的要事，把他请至兵部衙门的密室，将差役人等尽数支开，不许任何人来打扰。

"全卿先生昔日讨山东盗贼，曾经过兖州府吧？不知和鲁府可曾接触？"杨一清开宗明义谈兖州之事和鲁府之事。

"不曾接触。"陆完说。他从宁王那里受过好处，向宁王做过许诺，不会再和其他王府交往："只听说鲁府归善王好武善射，刘贼过其境时，归善王和他的几名好友在城上将其射退。张都宪对我说及此事，要我奏闻朝廷。我说，王府之事，我不便奏闻，请张都宪自行上疏。"他说的张都宪，是当时的山东巡抚张凤。

"全卿先生真是谨慎之人，当时若上疏奏闻，今日怕会有麻烦了。"杨一清说。

"怎么？归善王出事了吗？"陆完惊问道。

"是，今日有人告变。"杨一清把梁谷纠集到的消息，原原本本告诉了陆完。

"鲁民向来强悍，袁质、赵岩聚众滋事或有之，未必是归善王的主使。"陆完推测着说，"我记得，山东将归善王的事迹奏告朝廷后，圣上甚是喜悦，当即降谕褒奖。听说奖谕宣示之日，鲁府上下一片欢腾，归善王也是极感荣耀。"

"因宠而生异心，也是有的。"杨一清说，"全卿先生，此事不可骤信，也不可不信，宁可防范于前，不要操劳于后。"

"不错，防范于前，事半功倍；操劳于后，事倍功半。"陆完所见略同，"当如何防范，请邃庵公示下。"

杨一清稍一沉吟，问道："现任山东总兵官是刘晖吧？"

"是。刘晖调离江西，方接了山东总兵官之职。"陆完说。钱宁想把江彬打发到江西，没有成功，而刘晖在江西也没有久任。

"兖州和鲁府的事，我已让梁主事写了告变的奏疏，但朝廷处理起来，不会很快。全卿先生不妨先差人去济南，向刘总兵通个消息。他曾受你辖制，你的话他不会不听。只要济南有备，就算兖州变起突然，也不打紧了。"杨一清一如既往地沉着。

"邃庵公之命，无不相从。"陆完道，"我这就简拟书函，差快骑送去。歇马不歇人，明日晚间就可以送到刘总兵手里了。"

“如此甚好！”杨一清起身告辞，“请告刘总兵隐蔽行事，在朝廷降旨处分之前，切莫泄露于外。”

总兵府有大的举动一定要报与督抚，并受督抚约束。总兵官即使瞒着督抚，有一些小的动作，也会引起地方上的注意。因而，消息很快传到兖州城，传到鲁王府。何况，兖州卫还有一名千户高乾，乘势煽言，一名草民刘升，津津乐道。鲁府要出大事，成了轰动一时的新闻。鲁王阳铸急得寝食不安，却笑坏了鲁府长史马魁。

长史司是设在王府的衙门，其员由朝廷任命，负责朝廷与王府间的沟通，既要替王府向朝廷奏事，又要代朝廷约束王府。长史品秩虽不高，在一般情况下，王爷不敢，或不愿得罪，希望他向朝廷言好事。也有不敬重长史的宗室，归善王当沍便是一个。他好武善射，又好酒喜饮，每每酣醉，不可收拾。马魁劝说他两次，他听得不耐烦，一日，半是有酒，半是佯醉，他当着许多人的面，大骂马魁一通，三代祖宗都骂到了。对士人来说，羞辱莫过于此了。马魁一直在伺机报复，不是随随便便地报复一下，而是要置当沍于死地。

当他听到朝廷在追究归善王作乱时，激动地热泪盈眶，以手抚额道：“上苍开眼了！”

鲁王见到他，好像见了救星，拉住他的衣襟，连声说道：“马长史，马长史，教我自救之道。”

马魁问：“殿下自救之道何谓也？”

鲁王说：“当然是保鲁府上上下下每一个人平安。”

马魁摇摇头，说：“自救之道不是没有，可保每一个人平平安安，是没有指望了。”

“马长史为何这般说？”鲁王本来就没有主意，听了马魁的话，更没了主意。

马魁不急不慢地说：“我为殿下筹之，保鲁府上上下下每一个人平平安安，是抽到了上签；舍鲁府一人而保余人平平安安，是抽到了中签；保鲁府一人而使上上下下每一人不得安宁，是抽到了下签。现在的情势是：想抽上签，朝廷不准，若抽下签，王爷不甘，只有不上不下，而求其中。殿下只有舍弃一人，才能自救，才能救鲁府其余各人。”

“可他毕竟是本王的爱子呀！”鲁王痛苦地说。

“殿下有十名王子，哪一位王子不是殿下的爱子？”马魁说，“坦率地说，归善王也是咎由自取，殿下忍心其他王子受累吗？”

鲁王方寸已乱，理不出头绪：“马长史，你看该怎么办，就怎么办吧。”

“殿下须即刻上疏告变，方可弥祸。”马魁说。

“就请马长史草拟吧。”鲁王说，“拟罢差人送入朝中，不必再给我看了。”

他是怕看了伤心，却正合马魁的心意。马魁以鲁王名义拟写奏疏，比西凤竹对梁谷讲的更严重更详细，比刘升对梁谷讲的更严重更详细，比高乾对梁谷讲的更严重更详细。无论何人，看了为父者如此状告其子，再也不会想到有诬有诈。

从西凤竹劝说梁谷，到鲁王告变，其间发生的一切，在一般情况下，可能需要三个月，半年，甚至更长的时间。而由于牵涉到方方面面的利害，实际上只经过了十天。八月二十四日，朝廷差司礼太监温祥、大理寺少卿王纯、锦衣卫指挥韩端前往兖州府捉拿归善王当沍及其他连及之人，又派总兵官郤永、桂勇等为后继。朝廷不但准备捉拿钦犯，而且准备打一场大仗，就像应付当年的宁夏之变和山东、河南的巨盗一样。

要犯一一被擒，没有出现变故。袁质、赵岩等解入当地大狱，令抚、按官严讯，当沍暂解凤阳，禁锢高墙，这是对有罪而罪不当死或有罪而罪不确定的宗室人员最常见的处置。高墙实际上是专为宗室设置的监狱，不少获罪宗室终老在高墙之内，也有罪状不实者或改过自新者获释。

当沍不知他因何而被擒，不知他要被押往何处，也不知他会受到什么处分。押解他的锦衣校尉不肯透露一点口风。当他来到凤阳城的时候，当他看到禁锢在高墙之内如鬼蜮一样的罪囚的时候，当他得知这些罪囚都是宗室的时候，当他被告知他被指有谋逆罪的时候，他才明白过来，他的冤有多深，祸有多大。他大叫道：“天乎冤哉！”一头向高墙撞将过去，颅骨破裂，血浆飞溅，死于非命。

山东抚、按官刑讯袁质、赵岩等，并将刘升、王瓒、高乾等一干证人解到对质，发现是一起冤案。纠众数千，伺机作乱，等等，都是随意编造出来的故事。当沍参与谋逆更是没有根据的妄言。问起鲁王告变奏疏的由来，鲁王唉声叹气，连称糊涂。而究此冤狱的源头，起于梁谷。巡按御史李翰臣上疏论劾：梁谷风闻告变，伤及宗室，罪在不赦。

杨一清却另有看法。他说，朝廷处置归善王，不是由于梁谷告变，而是由于鲁王告变。梁谷是举告袁质、赵岩，而连及归善王。鲁王上疏，则是直接诘告归善王谋逆，因而，罪之魁，祸之首，第一是马魁，第二是西凤竹，第三才是梁谷。李翰臣论梁谷而不论马魁，作为巡按御史，是一大过失。

朝廷对此案最后的处置依据是杨一清之见：马魁问斩，西凤竹发戍口外，李翰臣谪广德州判官，梁谷免赎还官。鲁王不究，归善王由当沍之子健杣袭封。这是后话。

第一百二十六章

当沍也是运数不济，案发时，皇帝正在养病，差不多一个月没有视朝，大事小事都由司礼监处置。掌印太监张雄为人虽也有些霸道，但优柔寡断，对外朝之议，特别是对外朝名声响亮的大臣之议，很少驳回。因此，酿成悲惨结局。否则，皇帝知道当沍的勇武，并曾降谕褒奖，一定会是另一种处分，也许根本不相信他会谋逆，也许只断他结交匪人，训斥几句了事。

皇帝的病，不是内症，而是外伤。他闭口讳言，也严禁知情的太监和豹房随侍的卫士外泄。因此，宣示皇上不能视朝的原因，只含混地说偶有不适。大臣们只道真是偶有不适，不想皇上一歇就歇了个把月。

中秋的前几天，辽东镇守太监进献一只捕自长白山的幼虎。皇帝既好武，对虎一定是情有独钟。西苑中已养了几只虎，他隔三差五总要去看看，经常随口而出，赐予元帅、将军之类的名号，有时还提起一块猪肩羊腿，亲自饲喂。西苑里养的猛兽，都经过虎奴狮奴豹奴的驯化，喂食时，偶尔放出围栏，在草地上慢行几步，也不要紧。不过，狮虎放出之时，皇帝都是远视，不曾接近过。

新近送来的长白山虎格外可爱，虽未经虎奴驯化，却丝毫没有凶悍的样子。皇帝带钱宁、江彬以及苏进等小宦官走近虎栏时，它面向皇上，卷起了尾巴，似在邀宠。皇帝见其态可掬，心中欢喜，向它招了招手。它好像很通人性，便走近皇帝，把前爪伸出栏外，任皇上抚弄。

皇帝说："此虎与朕有缘，当封小国公，每日多赐五斤脊肉。"又吩咐虎奴，"放它出来，与朕戏耍。朕要与新封的国公亲热一番。"

虎奴不敢遵旨，跪倒在地，劝道："此虎方才运到，不识规矩。容奴才慢慢调教调教。万岁爷还是迟些再与它亲热吧。"

"不识规矩，朕就不能亲自调教了吗？"皇帝回头问钱宁，"宁都督看可使得？"被赐国姓的都督越来越多，不能再称朱都督了。

钱宁见虎奴温顺哀恳的神情，说："陛下亲自调教，是它的造化。不过，君臣亲近不争于一时。”

皇帝不满他的模棱敷衍，又问江彬：“彬都佥怎么说？”江彬在去年九月赐国姓，职位由指挥佥事升为都指挥佥事。同时赐国姓的还有蔚州前卫右所正千户杨宣，大同右卫指挥使焦睿，大同右卫前所试百户焦椿，舍人焦桂，辽东前卫百户张天佑，舍人张廷鸾。不但赐国姓，而且多赐名，命杨宣更名为璋，焦椿更名为棕，焦桂更名为松，张元佑更名为海，张廷鸾更名为璧。他们都是随边军入驻京师，被皇上选中，在豹房侍候的。焦氏一门三人，张氏一门二人，一时在内廷传为佳话。而边将中最为皇上看重的，还是打败过御马监勇士脱脱太的边将江彬。

江彬见虎不大，满不在乎地说：“有臣在，不必担心，将它放出来好了。”

皇帝高兴地说：“还是彬都佥多些虎气。”

虎奴无奈，只得小心地打开栏门，警觉地注视着。只见那虎懒懒散散慢慢腾腾地走出围栏，好似真有缘分，它不走近他人，单单向皇帝走去。皇帝隔栏抚弄过它的前爪，觉出它的温顺，甚至觉出它对自己的眷恋，因而丝毫也不惧怕，伸出右手，去抚摸虎头。那虎不闪不避，待皇帝的手摸到它的头时，举起一只前爪，似要与皇帝盘桓，谁知触到皇帝手臂时，用力一抓，皇帝的袍袖被扯破，手臂被抓伤，立时有血涌出。皇帝大惊，向后跳开，那虎两只前爪按地，做出扑跃攻击的姿势。

在场的人无不惊惧。站在皇帝右面的钱宁，随着皇帝向后跃开，站在皇帝左面的江彬，则冲前一步，挡在皇帝前面，不等那虎跃起，一掌向虎头击去。就在一刹那间，三四名虎奴，各持刀枪棍棒，冲了上去，将虎逼入栏中。

众人在皇帝面前跪倒一片，请罪之声四起，有人称微臣，有人称奴才，说的都是：“惊动圣驾，罪该万死。”

皇帝用衣袖拭了拭伤处，说：“不碍事，只伤层皮。”他先扫了钱宁一眼，又笑着对江彬说：“你也太过性急了，朕自足办，安用尔助手。”

钱宁向后一跃，本是危急时的正常反应，皇帝也不理会，而有了江彬向前一冲，便显出谁爱君之心更深，谁护君之力更强。钱宁实负皇上多年的宠眷。

“微臣知道陛下对付得了它，只怕陛下伤它太重，日后心中不安。”江彬做得漂亮，说得也漂亮。在场之人，包括钱宁在内，无不从心眼里佩服。当然，钱宁在佩服之外，更多的是忌恨。

皇帝说不碍事，但伤口包扎起来，着衣不便，坐上御座，召见群臣，难免会露出痕迹，招来议论，于是干脆连日免朝。

虽皇帝再三严令，不准外泄西苑的事故，宦官们的嘴却是堵不住的。有的宦官禁不住要吹嘘自己的冒险经历，有的宦官禁不住要颂扬皇上的超人胆略，有的宦官禁不住要赞美江彬的勇猛威武，皇帝狎虎被伤的消息不胫而走，外朝官员多有所闻。

刑科给事中张冲告准了病假，同年好友王思、刘济为他饯行。三人都是正德九年进士，都选庶吉士，散馆后，王思授翰林院编修，张冲授刑科给事中，刘济授吏科给事中，出处都算不错。

张冲是四川潼川人，其乡与京师相距万水千山，回去养病，不知何年何月可以再见，王思与刘济为他送行，办得很认真、很隆重。

三人先很悠闲地说些往日旧事，又伤感地说些离别之情，但很快就转向时局和政事，转到皇上伤手的传闻。

“习之兄，”王思问张冲，“介夫先生和靳老师处，你已经辞过行了吗？”杨廷和是张冲的四川老乡，靳贵是正德九年考试官之一，这两处应该去辞行的。

“新都公和靳老师处去过了，敬之学士处去过了，该去之处都去过了。”张冲说。蒋冕字敬之，任翰林院学士，是正德九年那一科的庶馆教习，也是张冲一定要去辞行的人。“与二兄一聚之后，我便不会再有别的应酬了。”

“阁老们对西苑的事故有什么说法吗？”王思问。

“宜学兄与阁老们往来甚多，怎么反来问我？”张冲不正面做答。翰林院官与内阁大臣的交往，要比其他职官多，而且，王思的曾祖父王直是前朝名宦，任吏部尚书多年，大臣们因而对他多了几分亲近。张冲或是对他的提问不好回答，以攻为守。

“阁老们常来翰林院不假，”王思说，“但翰林院不是谈闲事的地方，二兄也不会不知道。”

“宜学兄是在嘲讽翰林官，还是在嘲讽我们科道官？”闲事二字听起来太刺耳了，刘济不由得要问。若王思以为西苑事故是小事，该由科道官言，那便是轻视科道官，以为西苑事故是大事，而翰林官不言，那便是嘲笑翰林官。

“我等人微言轻，为什么该受嘲讽？”王思说，“阁老们在翰林院中宁愿闲话，不愿论及正事，有负朝廷隆恩，才该斥责。汝楫兄以为然否？”

刘济说：“事成积重，他们也是无奈。自正德元年刘阁老、谢阁老以论劾逆瑾而致仕，大臣风闻论事便成了第一大忌。李西涯如此，杨介夫亦如此。宜学兄说该斥责，道理说得对，只是须先破大臣不可风闻论事的规矩。”

“汝楫兄给我们出了个难题。”王思道，“习之兄，你看这一条规矩是你们小小的给事中能破，还是我这等小小的编修能破？”

“那要看该不该破。”张冲说，“有的规矩立起来，可以破，有的规矩立起来，不可以破。大臣不可风闻论事的规矩，我看破不得。大臣风闻论事，若不能坐实，一伤圣上与辅弼间的感情，二损辅弼大臣的威望。上上下下若都风闻论事，于朝廷终是不利。”

“习之兄说得对，阁部大臣风闻论事确有不便之处。可准许风闻论事的臣子为何也三缄其口，一言不发呢？是因为事体不大，还是因为不以为实呢？”王思问。科道官准风闻论事，也是一条规矩，既然是规矩，科道官风闻论事不该获谴，至少不该获重谴，但也要看传闻何事。不要说因议论皇上而获谴，就是因议论大臣而获谴的事例也很多。科道论李东阳而获谴者有之，论杨一清而获谴者有之，论梁储而获谴者亦有之。王思的诘问包含着一层意思：科道官可以风闻论事而不肯风闻论事，是不是怕得罪获谴？如果是，那是以朝廷为重，还是以个人为重，由自己去想吧。

两位同年怎会听不出他没有说出来的意思？刘济说：“我就知道宜学兄在嘲讽我等科道官。其实，嘲讽是说得太轻了，宜学兄是在斥责我等科道官。宜学兄，我若说，我根本不相信西苑事故，你以为我说的是实话呢，还是以为我在求开脱？”

王思不假思索地说：“我以为汝楫兄说的是实话。”

“多谢宜学兄的信赖！”刘济向王思揖了揖。

刘济和王思一问一答之间，张冲也不能不有个说法：“二兄皆是忠信之人，在二兄面前，我不敢说假话。我相信西苑事故不是空穴来风，圣上狎虎被伤不是无稽之谈。我也不以为西苑事故是件小事。宜学兄，你大概要责问我，为何不疏论其事，为何不留下一篇奏稿再去？”

“习之兄说责问，言重了。”王思说，“科道百余人，都不出言，为什么就该二兄出言呢？我以为，百余人不肯出言，多数是不信其事，少数是以为事体不大。习之兄却说信有其事，又说不以为事体不大，倒要请教原委了。”

“介夫先生和靳老师都说不论为好。”张冲简言之。

这就难怪了，一位是乡中前辈，一位是会试和开馆双重的老师，他们中一人说了话，也要听从。王思问：“什么理由呢？”

张冲答：“介夫先生说，科道虽然可以风闻论事，但也要注意分寸。宫中之事，还是稍稍坐实再论，能起些作用。靳老师说，论事非我所长，如果被圣上抓住些把柄，加以诘问，别人也不好再论了。他对我的评语是：不可首发其难，只可尾随众后。”

“在馆中我等都说，靳老师对你有些偏爱，你矢口否认。你看，到现在他仍是偏爱于你。他是担心你身体有病，若告假之事因上疏而被搁置，后果堪虞。”王思分析说。

“你说偏爱，那便是爱得有些分、有些不当。”张冲说，“此事我亦想过，或不该顾忌分寸，不该考虑后果，一心进言而已。可惜，决心未下，告假已准。我不能怪介夫先生的教示，不能怨靳老师的偏爱，只能责怪自己的私心。汝楫兄，六科中谈论此事，请你代我说明我之见解，代我向众人谢罪。”

“习之兄放心，如果我相信了西苑事故是实，我会记住你的话，一心进言而已。”刘济说，“眼下我心存疑惑，虽然可以上疏，甚或应该上疏，我却不知第一句话该从何说起。”

王思说：“汝楫兄以为西苑事故传闻不实，责你进言，是强人所难。习之兄碍于前辈和老师的约束，责你进言，也是强人所难。小弟相信西苑事故的传闻是实，小弟也不曾受任何人的约束，进言之事，舍我其谁！”

“我辈中，难得有人留在翰院，不如假以时日，以后有了讲读的机会，再微言讽劝，何必急于一时呢？望兄三思。”张冲真诚地说。

王思说：“小弟方才还漏说一句。小弟以为西苑事故事体重大，不能没有人进言。大臣有大臣的难处，科道有科道的难处，该当我来做一次忠臣。臣事君，犹子事父。父有疾，子不可不问安。君有过，臣不可不进谏。日后尚有需二兄进言时，这一次，小弟占先了。”

九月十一日，王思上疏道：“孝宗皇帝之子唯陛下一人，当为天下万世自重。”他说的事体重大，尽在这一句话中。对事故本身。他选择了种种传闻中最不伤害皇上的说法：“近者道路传言，虎逸于柙，惊及圣躬。臣闻之，且骇且惧。”即便这是最不可信的一种说法，他也必须采用的目的是借西苑事故论及皇上近来的一系列表现：“陛下即位以来，于兹九年。朝宁不勤政，太庙不亲享，两宫旷于问安，经筵倦于听讲。揆厥所自，盖有二端：嗜酒而荒其志，好勇而轻其身。由是，戒惧之心日忘，纵恣之欲日进，好恶由于喜怒，政命出于多门，纪纲积弛，国是不立，士气摧折，人心危疑，上天示警，日食地震，宗社之忧，凛若朝夕。夫勇不可好，陛下已薄有所惩矣。至于荒志废业，唯酒为甚。陛下露处外宫，日湎于酒，厮养杂侍，禁已不严。若不幸变起仓猝，何以备之，此臣所大忧也。”

“朕三令五申，西苑之事绝不可外泄，怎么还是让外朝知道了？”皇帝很不高兴地问道。

苏进说："万岁爷，一个月来，奴才未曾离开爷一步，奴才绝不敢不听爷的吩咐。"

皇帝说："我又没说是你外泄的，你慌什么？你去司礼监问问张太监，这王思大胆，妄言宫中之事，妄议朕之是非，该如何处分？"

苏进问话后回奏："张太监说，当初兵部主事王守仁言事，因他并非言官，出位妄议，为警告他人，廷杖三十，降为边远杂职。"

"是哪一年处分的？"皇帝对此事一无所知。

"听张太监说，是在正德元年十二月。"苏进会办事，该问的都问清楚了，"奴才那年尚未进宫，不知那次的处分。"好像他知道了，便负有责任似的。

皇帝被逗笑了："你现在进宫了，对臣下的处分，你便都知道了吗？正德元年十二月的处分，是刘太监办的。朕不能学他的法子办理。苏进，你是老儿党，你替朕出个主意来处分他。"

"既然不能学刘太监的法子办理，爷不如降旨切责他几句便了。"降旨切责是苏进在皇帝身边听的最多最耳熟的一句话。皇帝向他讨主意，他学着说了出来。切责些什么，请皇上自己想吧。

"那不太便宜王思了？"皇帝想了想，说，"廷杖免了，降边远杂职，一如王守仁。"

于是，王思奏疏留中数日后，司礼监忽传旨：王思谪任朔州三河驿丞。

第一百二十七章

初冬季节，正午时分，被日头一晒，暖洋洋的，煞是舒服。李东阳午膳后，悄悄对李荃说："今日不歇午了，我们出外走一走。"

"老爷要去哪里？"李东阳致仕后，要处理的事情少了，李荃成了名副其实的管家，"我亲自陪老爷出去走走，还是着新来的李三娃去？"他陪老爷出外走走，不是必需的差事，因此，若是他陪，前面要加上"亲自"两个字。

"当然要烦劳管家相陪了。不然，我直接吩咐三娃岂不省事，怎敢劳你传话？"李东阳说笑着。

"平日劝老爷出外走走，老爷不肯听。今日要出外走走，也不早些发话。我现在去传轿，谁知什么时辰才到。等到日头一落山，就要凉了。老爷的身子骨，自己也不知道爱惜爱惜，总要别人操心。"李荃絮叨着。

"说的是出外走走，要传什么轿。"李东阳说，"你我二人，另加一杖，足矣。我们这就走吧。"

"老爷别又和上次一样，说是走走，一走就从小灰厂走到了台基厂，今日又不知要走到何处？"李荃说。

"或许今日走得更远。"李东阳说，"你怕走路的话，就留在家中，让李三娃陪我。"

"我陪老爷走的路还少吗？"李荃负气地说，"我还是为了老爷的身子。再说，朝廷岁拨夫役十人应用，是对老臣的体恤。老爷却总是不肯使用，不是辜负了朝廷的体恤吗？途中碰到了相识的人，不说老爷喜欢走路，还道是朝廷连轿子也不送一袭与老爷坐，对朝廷好吗？"

"朝廷体恤老臣，老臣也该体恤朝廷。出门走一走，就去顺天府要轿子，人家有了难处，也不便对你说，心中会高兴吗？"李东阳说，"好了，不必多说，我们趁着日头好，早些出门吧。"

李荃侍候老爷更衣。致仕后，李东阳出门闲步，总是一身普通士人的便服，几身官服早已让李荃收拾了起来。着好出外的衣装，李荃把李东阳用惯了的手杖递交给他，一前一后，走出了宅院，向东走出了李阁老胡同。

“向北去，还是向南去？”李荃问。

“不是出宣武门郊游的时节了，向北走走吧。”李东阳说。

从单牌楼向北，是一条相当繁华的街衢，李东阳与李荃走走停停，不多时，过了研石桥，过了砖塔，过了四牌楼，过了红罗厂。

“老爷，还往前走吗？”李荃见李东阳毫无倦意，毫无止步之意，不得不问了。老爷人老了，变得固执了，李荃不能强行拉他回去，只能提醒。

“再走走，你不见前面正热闹吗？”李东阳说。

再走一小段路，便到了太平仓。太平仓前用“热闹”二字形容不够味道。不只是热闹，说得好听些，是喧闹，说得不好听，是混乱。

自边军入卫之后，江彬所率的宣府军入驻镇国府。边军的纪律本来就差，驻于京师繁华处，纪律更显得松弛，将士在滋事扰民后，往镇国府里一躲，顺天府衙门也好，五城兵马司也好，都奈何不得。

太平仓原为大永昌寺，宪宗皇帝时建，很快衰败，改为仓。正德五年六月，赐名太平仓。一年之后，正德六年十一月，赐予永寿伯朱得为私第。又一年之后，正德八年三月，皇上命将该地改为镇国府。工部奏言：“祖宗稽古建官，府部具有定制，今改仓为府，有乖旧制。况位属乾方。乾，天门也。且此地初为永昌寺，再为新石厂，又为太平仓，屡改屡废。推之地理，察之人事，俱未便。”工部尚书李鹓听闻将有边军入驻，因地近宫城，深以为不妥，提出几个理由来搪塞。皇上批复：“既然此地为天门，宜当通达，前此闭塞，何以不闻？其以实陈。”工部说屡改屡废，皇上便责问，这样一处好地方，为何屡改屡废？工部无言以答，只得遵旨，兴土动工，将仓廒改建为府厅。

李东阳带李荃经过时，府内午操方毕，将校士卒蜂拥而出，去街上寻找快活。街上行人纷纷躲进小巷，如避瘟神。沿街的店铺、酒肆、食坊，都在提着心眼做生意，生怕得罪了军爷。

镇国府隔街对面有一株大树，树下向阳坐着两位老人，冷冷地看着府前的混乱。李东阳行到他们面前，作了一揖，搭讪着说话。

“二位老哥处乱不惊，确是高人。”他先奉承一句，然后问道，“镇国府前每日如此吗？”

“老哥何许人？”一位老人狐疑地望了他一眼。

“一老而衰的行路人。”李东阳答。

老人说：“行路人哪里不好行走，偏偏行来此处。我告诉你，他们走路是不看前面的，撞倒了你，绝不会有人搀扶你起来。”

“不高兴了，还要踢你两脚。”另一老人补充说。

“多谢两位老哥提醒。”李东阳说，“我离他们远些便是。二位坐在这里，不怕他们撞过来吗？”

前一位老人说：“树下无金无银无酒无食无娼无妓，他们撞来做什么？树下若有金有银有酒有食有娼有妓，还容得我们老哥儿俩坐吗？”

“天子脚下，居然没有一处可安坐的地方，为何不告到官府，为何不上奏朝廷？”李东阳问。

后一位老人说：“上奏朝廷有什么用处？听说是李阁老提出要边军驻入京师，皇上听信他的话，焉有不准的？现在好了，虎豹之师进来了，皇上安全了，相爷安全了，百姓却遭了殃。”

“休得——”李荃听了这话，眼中冒火，脸皮涨得通红，一副要与两位老人理论的样子。

李东阳忙拦住他：“两位老哥说得对，李东阳放边军进城，愧对京师的百姓。”他怕李荃还要争辩，向两位老人揖了揖手，拉起李荃便走。

“老爷也是。”李荃愤愤地说，“明明老爷一再劝阻皇上，力言边军入卫不便，却被说成了老爷要边军入卫，皇上听了老爷的话，才有今天。这不是天大的冤枉吗？今日两个老儿如是说，明日便有千人万人如是说，老爷不辩个青红皂白，以后再也洗刷不干净了。”

李东阳说：“我力阻京军入卫，确是不假。但劝阻而未止住，与不曾劝阻又有什么区别？边军入卫是我任首辅时确定的，他们说是我要边军入卫，并没有完全说错。他们委罪于我，也未见得不是好事。不委罪于我，他们的一份怨愤不是加于圣上，就是加于杨介夫。还不如由我一力承担，让百姓把革除弊政的希望寄于今日的朝廷，让今日的朝廷易下革除弊政的决心。这是我的大愿望了。”

“老爷心是好心，只是太不分辨是非了。”李荃批评道，“皇上的过失，臣子担当，老爷说，是圣人的教诲，想来是不错的。但奸臣的过失，老爷也要替他担当吗？与其替他担当过失，不如让世人知道他的为人。”

对他的一番议论，李东阳不予置评。他如果应和一句，李荃能再议论十句，他如果反驳一句，李荃也能再议论十句。还是什么都不说，让他就此打住为好。李荃不过有好发议论的习惯，无人应和，无人反对，他就恰到好处地止住了。

再向北行，路东是积庆坊，路西是鸣玉坊，是京城民居集中的地区之一。李东阳见路边停着两领宫中用的小轿，抬轿的是司礼监的差役，怕碰见熟人，少不了应酬，便准备吩咐李荃调头回行。但轿下之人已然看到了他，是司礼监一位资历颇深的姓高的太监，叫着“西涯先生”向他走过来。他万般无奈地迎去。

“西涯先生久违了。”高太监向他行礼，“怎么不预备轿子，行到了此处？”

“如何？”李荃很有先见之明地说，“谁见了你，都要问一声吧？你不想想自己的年龄、自己的身份，别人却都记得你的年龄、你的身份。”

“休要多言。”李东阳止住他，和高太监打招呼，“好些日子不见了，高公公可好？司礼监里的诸位公公都好？宫中一切都好？”

“都好，都好，托老先生的福。”高太监指着立在身边的苏进，向李东阳介绍，“这位苏小哥，是万岁爷的近侍，在万岁爷面前极有面子。”

“原来是苏公公，圣上御体安康？”李东阳问候皇上。

苏进点点头，说：“万岁爷龙体安康。万岁爷还不时念叨李阁老。今儿个回宫中，我可有话回爷了。万岁爷听说李阁老步行到后海子，一定高兴，也一定要重重地罚些人。”

“这是为何？”李东阳不解地问。

“李阁老的轿子该哪个衙门预备？怎敢不支应人役，让李阁老从城南步行到城北？”苏进说。

“苏公公千万莫再叫我阁老，要叫，也要加上两个字：致仕李阁老。我也送苏公公两个字，凑成一副对子：待升苏太监。”苏进只听人讲过李东阳善诙谐，今日初次见面，说得果然有趣。他不由咧开嘴笑了。李东阳又说，“苏公公也千万别提衙门不支应人役。其实，轿子、人役都是现成预备好了的。只是我喜欢行路。反正闲着无事，多走几步路，于身于心都有好处。苏公公，咱们商量一下，只让圣上高兴，不让圣上罚人，你看如何？”

“李阁老，”苏进一笑，从新称呼，“致仕李阁老的吩咐，我怎敢不从。我只说，李阁老健步如飞，轿子在后面怎么也赶不上，行吗？”

李东阳笑了：“苏公公不必多说，只说我给圣上叩首请安。”

“遵命，遵命！”苏进连声应承。

见两位太监风尘仆仆的样子，李东阳问：“二位是来此办事吗？”

“是。”高太监说，“皇上着我们来看看，积庆坊和鸣玉坊的地势和房居，意欲有所兴建。”

“兴建？”李东阳看看路东，看看路西，不知宫中兴建怎会到了京城的西北角落。

苏进忙说：“万岁爷派了一桩小差事，有大差美差肥差，也到不了我这样的无名鼠辈手里。”

高太监会意，应和着说：“不错，确是一桩没有油水的小差事。万岁爷真是万世圣主，居然还记得我在城西北住过，要我陪苏小哥来看看。”

真是欲盖弥彰。二人不解释，李东阳除了心中存个疑惑，不会多想，他们一人一句地分辩，倒使李东阳确信，皇上派给他们的不会是小差事，此处会有大的兴建。但两位太监的遮掩，说明是秘密差事，李东阳不能再问下去。他告辞道：“二位公公请忙差事，我再走走。”

高太监很顾旧日的情分，说：“西涯先生要去何处？我和苏小哥还要在此处逗留一阵，用我二人的轿子送你和贵管家一程吧？”

“不必，不必。”李东阳辞谢，“老夫一闲人耳，多走一程，少走一程，快走一程，慢走一程，都不打紧，千万不可耽误了公公们的差事。”

李荃不知道老爷到底要走去哪里，当然希望他乘一程轿子。但宫中的轿子，宫外的人是坐不得的，他心中也有数，不敢劝老爷接受高太监的好意。他向两位太监点头致谢后，陪着李东阳继续向北行去。

“老爷，再走就撞到城封墙了。”他又提醒一句。确实，德胜门的城楼已经看得很清楚了。

“那好，我们就拐一下。”李东阳说着，向东一拐，沿城墙与后海子之间的小路行去。

李荃方才醒悟过来：“老爷是要看看旧居吧？早知如此，无论如何我也要替你备下轿子。”

后海子以西以北是日忠坊，二十二铺中有一铺叫李广桥煤厂。李东阳的父亲一直居于此处。李东阳在迁去李阁老胡同之前，也一直居于此处。日忠坊左面是钟楼，北面是城根，南面和西面是海子。坊内桥多，有越桥、海子桥、银锭桥、小石桥、李广桥等等。有水有桥便有景致，此外还有庙有观有庵。李东阳共搜罗出西涯十二景，他的西涯之号便是由李广桥旧居而来。

李东阳今日出门，正是想故地重游。他在李广桥边住过多年只觉得秋末冬初给他留下的印象最为深刻。今日精神好、天气好，他不由得萌发了游兴，带着李荃出门。不想，在太平仓遇到一件事，在积庆坊碰到两个人，他的心上蒙了一层阴影，步履渐渐沉重。

“李荃，你可知道，每看到城墙时，我便会想起一个人来？”李东阳望了望北面的城墙问。

“是前朝的于谦于尚书吧？”德胜门是当年于谦守北京时，大战瓦剌军队的主战场。李荃听李东阳说过这段古，因而会联想到于谦。

“不是他。于尚书有功社稷，当然受后人崇敬。但我看到城墙时，首先想到的不是他，而是另一个人，一位有名有姓的无名氏。”

“老爷的话真怪，既然有名有姓，怎会成了无名氏？”李荃说，“莫非他姓无名吗？”

“既然是故事，就难免有些怪。讲过了故事，你细细品味，就不觉得怪了。”李东阳道，“说他有名有姓，因为我知道他的名和姓；说他是无名氏，因为一万个京城人中，九千九百人不知其姓名，也不知道其事迹，一百个知其事迹的京城人中，九十九人不知他的名和姓，但以都城故老称之。”

都城故老，姓蔡名通，顺天府人，军籍，属某卫某所。年老之后还家，其子代役。蔡通每次步行过皇城，见有损坏，便默然记下，来往行走的次数多了，某门至某门，砖石凡损坏几千几百几十块，某门至某门，砖石凡损坏几千几百几十块，心中了然。他请邻人中善书者写成奏本，赴通政司上之，请朝廷修葺。皇上当成了一回事，内阁当成了一回事，司礼监当成了一回事，下工部议处。而工部不当成一回事，找了些损坏不重、筹款不易的理由，没有安排。

蔡通不泄气，又绕皇城走了几个来回，又把某门至某门，砖石凡损坏几千几百有几块，某门至某门，砖石损坏几千几百有几块，记个清清楚楚，又请邻人善书者写成奏本，又赴通政司上之。事又下工部，工部又不做处置。

蔡通准备第三次上疏。其子劝阻，不听。其妻劝阻，不听。其子劝不住，没有办法了。其妻劝不住，还有别的办法。她把家中的钱财收藏起来，一厘一毫不给蔡通，心想，没有钱，看你还怎么管闲事！蔡通要不到钱，也有别的办法。他不知用了什么手段，把其妻的银簪偷到手，送去当铺，换了些银钱，再次请人写成奏本，再次赴通政司呈进。

前两次上疏，不曾议行，也没有招致麻烦。第三次上疏，惹上了麻烦。工部郎中项某，主管修葺皇城之事，两次都是他寻些借口驳回。第三次，蔡通不厌其烦地再奏，项某十分厌恶。蔡通一而再，再而三地进言修城之事，伤了他的体面。而且，朝廷若认真追究起来，有可能加于他渎职之罪。项某不再驳回蔡通之议，而是干脆把他送去法司讯治。项某既然可以寻些理由驳回蔡通之议，那么，寻些理由把蔡通送去法司讯治，想来也不难。

法司讯治之后，实在定不了罪，便要家属拿些银子，把蔡通赎回。蔡家向来不宽裕，其妻出些钱，其子出些钱，总算凑足法司要的银数。全家无不埋怨。蔡通年老多病，多少年来想为朝廷，也为京城百姓办一件好事，却没有办成，心情郁闷，以致一病不起。

有几个交心的老哥们来看望他，劝慰他。

一位老友说："蔡哥你是何苦，你把你的三间小屋一扇小门四堵矮墙维护好就是了，皇城有那些当官的人管，不要你操心。"

蔡通叹了口气，说："朝廷举士，成百上千，岁糜官禄数十万，竟然没有一人计及修墙之事。"

另一位老友说："不是没有人计及，事情太小，轮不到当官的人去计较。"

蔡通说："你说事小，也可说是小事。城墙不塌陷，就算不得大事。但久而不治，总有一天。皇城要塌陷。某年至某年，城砖多损坏几块，某年至某年，基石多损坏几处。我第一次上疏时，朝廷肯修，需银若干。第二次上疏时，朝廷肯修，需银若干。等过了十年，再想起修葺，需银难以计数。我实在是为朝廷着急。"他虽在病中，账却算得一清二楚。

蔡通郁郁而死，没有看到皇城的修葺。

讲完了故事，李东阳问："李荃，你懂得以管窥天吗？"

李荃说："我懂。以管窥天，讲的是从竹管里看天，看到的只是一小块天而已。"

李东阳说："以管窥天，虽小，乃真见也。蔡通议修皇城，其事虽小，乃真情也。以皇城损坏譬喻朝廷弊政，有许多相似之处。我从翰林院进入内阁，从普通辅臣成为首辅，从某政至某政，有弊病若干，可以数之，从某政至某政，弊病增加若干，可以数之。今日在太平仓所见，在积庆坊所见，弊病又见多矣。可我却不能像蔡通一样，孜孜以除弊病，至死而已。古人云：肉食者鄙，一点儿也没有说错。"他倚桥而立，对李荃说，"我双腿酸痛麻痹，再走不动了。你能为我寻一领轿子来吗？"

第一百二十八章

唐寅在南昌宁王为他购置的江南第一才子别馆转眼住了半年。宁王隔上十日八日，便请他去王府赴宴。陪席者，由南昌及江西各处的名流，渐至抚按官、三司官、府州县官。陪席者多闻唐寅之名，不少人向他索画索字，唐寅兴致好时，当场挥毫泼墨，没有兴致时，也会隔几日补赠。得到他的画或字的官员，对他感激，对宁王也感激。

江西名胜极多，各处官员相邀，南昌名士相伴，十三府中，他去了没有十府，也有八府。每处或住十日八日，或住三日五日，全凭兴之所至，毫无拘束。他越发体会到，作为宁王的上宾，他享有何等的荣耀。

进入腊月，不便外游，唐寅也不寂寞。除了南昌城内的各项应酬，留在别馆中，有二姝相伴，一人抚琴，一人歌唱，一人捶腿，一人揉腰，有说不尽的柔情蜜意，其乐无穷。

而在适意和享乐之间，他也有一种说不清楚的忧虑。

翠姑和红妹中，他更钟情于红妹。一日，翠姑身子不适，去后面安歇了。红妹在书房中侍候。他见红妹面有忧色，问说："红妹姑娘为何闷闷不乐，是不是身子也不舒服？"

红妹摇了摇头，两只小拳在唐寅的腿上有一下没一下地捶打着，泪水却控制不住地流出。

唐寅慌了，为她擦去泪水："姑娘到底有什么伤心的事情，不能告诉我吗？"

红妹说："今日家中来人，说了些家乡的事，我听了伤心，不能自已。相公恕罪。"

唐寅追问："莫不是姑娘家中有了不幸？"

"不是我一家的不幸，是成千上万乡亲的不幸。"红姑回答，"不过，说起来，我家的不幸更大些，因而我比他人更伤心些。"

听了这些话，唐寅还是不明白："姑娘不要伤心，我虽无权无财，却是宁王殿下的宾客，说不定可以助你。”

红妹又摇了摇头，说：“相公帮不上忙的。”

“这是为何？”唐寅奇怪地问。他不相信，在江西还有宁王帮不上忙的事情，他也不相信，他有求于宁王，宁王会不给他面子。

“就因为你是宁王的宾客。”红妹说了一句，不容他再问，反问道，“相公知道我是哪里的人吗？”

“不知。”唐寅说，“我问了几次，姑娘都不肯说。今日肯告诉我了吗？”

“我是瑞州人。”红妹说，“记得相公来南昌不久，就去了瑞州。那次，我想随相公一起回家中看看，但王爷不准我同行。”

“原来姑娘是瑞州人。瑞州山好水好，女孩子都像姑娘一般动人。下次去瑞州，我一定带着姑娘同行，也见一见姑娘的家人。”唐寅许诺道。

“相公赞我动人，我也自信有几分动人。相公说瑞州的女孩子都像我一样动人，也说的不差。可惜，”红妹顿了顿，说，“瑞州的女孩子也都像我一样的命苦，或会比我更命苦。”

“姑娘说命苦，是因为不愿意与我交结吗？”唐寅问。

“不是。相公待我很好。我对相公倾心仰慕。”红妹说，“但与相公在这样的情形下交结，我实是不甘。不瞒相公说，我家也是书香门第，只因一场奇祸，我父母的性命保住了，我则沦落风尘。”

听说她也出身书香门第，唐寅放端重了些，认真地问道：“姑娘家中遇到什么奇祸？”

“我虽然是瑞州人，却随父母住在南昌，祸事便发生在南昌。”红妹先简单讲了讲背景，然后说，“相公屡次出入王府，想必见到，王府中养了许多鹤吧？我家的祸事，便是因鹤而起。”

“是，我在王府中见到许多鹤，有专人喂养。鹤颈上都悬挂一牌，不知何意。”王府之事，唐寅只在心中奇怪，不好随便问人。今日红妹讲起，他正好顺便问一问。

“王爷对鹤极是宠爱，鹤颈上悬挂的不是普通的牌子，而是银牌。牌上标明指挥、佥事、千户、百户等，是鹤的封衔。”红妹讲道，“一日，一鹤飞出府外；在街上，被一犬扑咬而亡。这条犬，是我父亲的爱犬。”

唐寅有些明白了：“于是，王爷便加祸你父？”

“不错，王爷派王府的人写了状纸，送去抚、按衙门。状纸上说，我父亲伤了王府指挥，理当抵命。随状纸，还送去了鹤项上的银牌，上写指挥二字。”红妹说。

“人抵鹤命，世上竟有如此荒唐的事！”唐寅又怒又惊。

“谁说不是。”红妹说，“抚、按官知道王爷养鹤的嗜好，对他送去的状纸倒也不以为怪，但对他的状纸如何处置，都拿不出办法。还是巡抚衙门一位老成的幕僚出了个主意，将宁王的状纸批发江西各府州县衙门，看谁能了断。各衙门看了宁府的状纸，皆推辞不接。只有瑞州知府邝老爷，知道我父亲是瑞州人，把状纸接了过去。相公去瑞州的日子，见到了邝老爷吧？”

“是，我去府衙拜会过邝太守。”唐寅说。

“相公看邝老爷为人如何？”红妹问他的印象。

“他待我不如其他太守殷勤，不过，我看他是一位正人君子。”唐寅说。

“岂止是正人君子！邝老爷还有大智慧，我父亲的性命便因他而得以保全。”红妹说，“邝老爷在王府状纸后批道：‘鹤颈有牌，犬不识字，禽兽相伤，罪不在人。况指挥而名鹤，非积于军功，以人而偿禽，无闻于宪典。合以鹤价偿人，狞犬正法。’你说他几句批语写得妙不妙？”

“妙，实在是妙！”唐寅禁不住喝彩。

红妹接着说：“抚、按官见了邝老爷的批文也都说妙，以这几句批语断了此案。王爷无话可说。我父亲保全性命，失去爱犬，倒也罢了，却没有料到，连他的爱女也失去了。王爷认可了邝老爷的区处，把死鹤标了极高的偿金，使我父亲倾家荡产之外，把我也送入了王府。他没有脸面在南昌住下去了，带我母亲回了瑞州。”

唐寅想起开始的谈话：不幸的消息是从红妹家乡传来的。他小心地问：“莫不是老先生和老夫人有了不测？”问后觉得不对，红妹的父母若有不测，只是她一人的不幸，怎么会成为成千上万乡亲的不幸？

“家父家母还好。”红妹果然说，“可邝老爷被罢免了。家乡来人告诉我，瑞州百姓听到这个消息，彷徨若失父母。”怪不得她方才说，是成千上万乡亲的不幸，而她家的不幸更大些。

“怎么会？”唐寅不相信地问道，“抚按官和三司官对他不是很赏识吗？瑞州百姓对他不是很爱戴吗？”

“多半是王爷做了手脚。”红妹不十分肯定，却也不是毫无根据地说。

“就是为了那桩鹤指挥的案子吗？”唐寅问。

“邝老爷智断鹤狱，王爷对他已是恨之入骨。而最近另有一事，王爷一定再也不能容邝老爷了。”红妹说着，问道，“瑞州府的新昌县，相公也到过吗？”

“不曾到过。”唐寅说，“瑞州三县，我只去过其中二县，陪同者说，新昌县大可不去。”

“他说的也不算错。”红妹说，“但王爷必除却邝老爷，却是为了新昌县的一桩公案。”

新昌有一大户，以豪富著称，在整个江西也排得上名次。宁王觊觎其财，设法刮取。王府中不乏鬼点子多的人，有人出了个主意，假造些借券，派王府校尉去新昌大户家讨债。瑞州府第一大户向王府借债，说出去，是极可笑的事。大户主人家在认账不认账之间犹豫。认了账，可以破财免灾，却让宁王尝到了甜头，以后少不了纠缠。不认账，或会立即罹祸。就在这时，知府邝璠派人秘密来见大户，向他提出两点建议：其一，不承认伪券；其二，对校尉不必多说，最好执而殴之，给他们些教训。一切后果由知府大人承担。有官府撑腰，大户之人胆壮了，家人胆壮了，对付两三名校尉是不成问题的。伪券被撕，校尉被殴，在王府还是第一遭。宁王大愤，差了一群校尉去瑞州府闹事，要求邝知府严惩新昌大户。邝璠说：“他连亲藩都敢抗，还会把我这个小小郡吏放在眼里吗？我的职责是安境保民，华林盗贼平息不久，不敢激而使变。”王府校尉将邝知府的一番话转告宁王，宁王愈加愤怒。

邝璠被罢免，是宁王做了手脚，上至省城，下至瑞州，无人不知。红妹自然也猜得到。只是宁王怎样做手脚，她却不知道，无非是钱宁、臧贤活动于内，陆完等人活动于外。

唐寅听罢，说道：“前者听闻，郑方伯之罢，咎由自取，由邝太守之罢而观之，怕是未必了。”

“谁说不是。”红妹说，“在我江西，顺宁王者昌，逆宁王者败，连三岁的娃娃都知道。宁王之心不可测，自然容忍不下不听话的官员。”

唐寅心中一动，问：“宁王之心不可测，我一文士耳，帮不上他什么，他为何不惜工本，把我请了来呢？”

红妹说：“谁说相公帮不上王爷的忙？王爷千金买不来一声赞扬，相公的一字一画却可以为他博得一片赞扬。我听翠姑姐说，相公一来，可为王爷平抚半个江西的官场。”

唐寅是极聪明的人，对宁王的用意看得很清楚了。宁王将他请来，并不真是爱他的才华，而是要用他的名气。他用唐寅的名气来平抚半个江西的官场，再用威杀来平抚另外半个江西的官场，江西的官场就都在他的掌握之中了。藩府控制一省有司，目的何在，还用得着明言吗？

以唐寅的聪明，早就该看出这一点。但越是聪明的人，越容易迷在局中，需要人点拨。红妹的话点拨了他，他一下看清楚宁王的用心，也想清楚了自己为什么一直心有忧虑。

宁王听说唐寅得了狂症，根本不能相信。不过十天之前，唐寅来赴宁王之宴时，还是谈笑风生，意气风发，令在坐各人无不为之倾倒，怎么几天之内就会患上狂症呢？但他又不能不信，他派在别馆的管事把唐寅的症状说得绘声绘色，分别召来翠姑、红妹问话，也一般无二。

“刘吉，你去看看伯虎先生。”他派了最信得过的承奉，去探探虚实，“其症不重，你着府上的太医去为他治病；其症若重，再做计较。”

刘吉进入别馆，便见到一幅奇特的情景。腊月之中，室内虽生了炭盆，并不甚暖。唐寅赤身裸体，手捧饭钵，跪在翠姑面前。

“好姐姐，把你的圣水再赏给我几滴吧。”他撩开翠姑的罗裙，把饭钵送到她的胯下。

翠姑涨红了脸，说：“相公莫逼了，小解须顺其自然，我现在一滴也解不出来。”

“我知姐姐是菩萨，菩萨都是慈悲心肠，普度众生。”唐寅扯住她，纠缠着说，“我罪孽深重，只有姐姐的圣水能超度。”

翠姑无奈，腰间用了用力，说：“好了，好了，现在有了。”只听到钵内几声滴响，大概是她费尽了气力，挤出几滴尿液。

唐寅如获至宝，双手捧钵，高高举起，一滴一滴倒入口中，且啧啧有声，似在品味。刘吉只觉一股酸水从胃中翻起，几要作呕。

“多谢姐姐，这下我可增十年阳寿了。”

室内另一侧坐着红妹，唐寅扔掉钵子，向她走了过去。

“秋香姐姐，我赤条条一身无牵挂，你怎么还不除去衣衫？”说着，要为她解带宽衣。

“相公，有客人来了。”红妹抗拒着他，低声说道。

唐寅这才看到，刘吉站立门首，一直在注视着他。“不碍事，”他说，“枝山先生与我是至交，他喜欢看我与姝丽交合。我们就做与他看。”

“他不是祝枝山，是王府的刘承奉。”红妹说。

“王府？承奉？”唐寅一阵狂笑，“姐姐真会说笑，江南之区，我朝从不封王，哪里会有王府？”

“相公又忘了，你不是在江南，是在江西，我不是秋香，是红妹，他不是祝枝山先生，是宁王府中的刘承奉。”红妹一一纠正道。

“我在江西？你是红妹？他是承奉？”唐寅苦苦思索着，“承奉？承奉是不是太监？”

翠姑和红妹二人都不敢回答。刘吉向唐寅行过礼，说：“伯虎先生做了王府半年宾客，还不知道，承奉就是太监吗？”

“你是太监，便没有这个东西了。”唐寅以手指点着阳具说，“或是有，也不能使用了。”他拨弄着阳具，使之渐渐勃起。“刘承奉，你说实话，你也可以吗？如果能勃起，你就是个假承奉，我要报与王爷知道。”他对翠姑和红妹说，“你们去试一试他那家什，到底能不能使用。若发现能用，便可为王府除奸，为王爷立功了。”见二人不动，他又说，“我知道了，你们都是淑女，不会动手。也罢，我来代你们验证。”

刘吉见唐寅一番疯话之后，蹲在他的面前，伸手向他裆中掏去，又是难堪，又是恼怒，用力将唐寅一推，说：“不得无礼！”

“哈哈！”唐寅狂笑两声，“你怕了，你这个承奉是假的。两位姐姐帮我把他拿下，我要带他去见王爷，我要王爷重重治他的罪。”他向刘吉扑去，一个踉跄，险些跌倒。

刘吉边躲闪，边向翠姑、红妹二人喝道：“还不快把这疯子按住，你二人是呆子吗？”

翠姑、红妹二人帮助刘吉把唐寅制服。唐寅挣扎了一番，气力用尽，倒在地上，不省人事。刘吉探了探他的鼻息，说：“还活着呢，你二人好生侍候着，待我禀过千岁爷，再来处置。”

唐寅闭住眼睛，却能分辨出哪一边是翠姑，哪一边是红妹。他不被人注意地捏了红妹一下。红妹心里有数，他几日来的疯癫都是假做出来的，目的是摆脱宁王。她一定要助他。

刘吉回报宁王时，李士实正好在王府。宁王问他：“若虚先生，你看唐伯虎为何犯病？”

“千岁爷是不是对他的病症起疑？”李士实反问。

“病得突然，犯病前全无症状，不得不疑。”宁王说。

李士实说：“我也看他病得蹊跷。不过，他真病假病，病重病轻，对千岁爷都无所谓了。他能为千岁所用之处，千岁都已经用过了。他不能为千岁所用之处，再留下他也无益。”

“你是说，可以放他回去？”宁王还有些不放心。

“正是，”李士实说，“他若假病，无非是想离开王爷，又怕王爷不准。此人有名气，而无名节，不会对南昌的事妄加议论。就算他妄加议论，又有几人信他？王爷不如说，他的病因思乡而起，送他还乡，他的病就会好的。旁人看了，谁还能不信千岁求贤爱贤之心？”他顿了顿，说，“千岁此后也不必再求文学之士了。”

话中有话，宁王若有所悟。

第一百二十九章

正德十年正月初七日，早朝无事，司礼太监宣示：群臣午时正至左顺门候旨。如果没有免朝的旨意，午朝是每日正常的功课，而特别宣示群臣候旨，一定是有重要的事情。众人都在想，正月初十日要于南郊行郊祀典礼，皇上一定是为此事做些安排。午时初，自内阁部院大臣，至各衙门属官，陆陆续续来到左顺门。

人数虽众，初时还肃静，大家都不讲话，等候宣旨。午时正刻一到，仍不见司礼太监出来，场面便开始混乱，此处三人，彼此五人，相互交谈，声音由小而大。杨廷和身为首辅，领袖群臣，见到这种场面，不能制止，也无须制止。反正大家的眼睛都盯住左顺门内，只要司礼太监捧旨而出，马上就会安静下来。乱就乱一阵吧，都是臣子，谁也不便去堵别人的嘴。

他却没有想到，不是乱了一阵，而是整整乱了两个时辰。申时已过，才见司礼监一位大家都见熟了的太监蹒跚而出。他并未捧着圣旨，只是有气无力地站在宣旨的位置，道："奉圣谕，今日午朝免议事。"

特别宣示，群臣午朝候旨的，是皇上，让群臣空等了两个时辰，又宣示午朝免议事的，也是皇上，真令群臣哭笑不得。谁也不敢说皇上有意作弄，连发句牢骚也不敢，一个个鱼贯而出，或回衙门，或直接取道回家。

今年的正月还没有过去，这已是第二次了。正月初五，皇帝祭祀太庙，陪祀的大臣也是从午时一直等到申时。那次还好，总算行了祀祖大典，今天的午朝，皇帝却一句话也没有说。

许多大臣在想，这事该说一说了，动辄免上朝，动辄迟视事，动辄候旨而无旨，君不像君，臣不像臣，朝廷不像朝廷，还了得吗？

不等有人奏言，皇帝又让群臣吃了一次苦头。正月初十日，群臣奉旨，午时前赶到南郊圜丘，行郊祀礼。皇帝在前一夜赴南郊，住在斋宫。大家心里想，斋宫就那么大的地方，皇帝关在里面无聊，不会让他们再等几个时辰了吧？谁知这次他们等的时间更久。

斋宫的门紧闭着，连一名出来报讯的太监也没有。斋宫外的侍卫直挺挺地站立，没有动作，没有表情，从他们身上，得不到任何信息。在斋宫外的等候，比在左顺门外的等候更令人心焦，更使人难熬。左顺门外，午后日头的照晒，还能给人些温暖。而斋宫外，树木葱郁，倍感阴冷。左顺门外候旨的群臣，有年老的，有年壮的，有年轻的，还有几分生气。斋宫外等候的群臣，多数已年过半百，年近花甲，候驾时，话都懒得说一句。

也是过了申时，几匹快马驰近。杨廷和看清其中一骑上坐着张雄，忙迎了上去。

张雄跳下马来，喘着气，与杨廷和打招呼："介夫先生，各位大人都等急了吧？"

"圣上一直在斋宫内，不见出来，会不会出了什么事故？"杨廷和等得太久，也顾不上忌讳了，把张雄拉到一旁，问道。

"万岁爷一早就去了南海子，并不在斋宫呀！"张雄说，"怎么，各位大人还不知道吗？"

杨廷和一颗心往下落，一股火却向上冒："圣上去了南海子？张太监，今日是大典，误不得时辰，你怎么不拦一拦？"张雄昨夜随皇上宿在斋宫，杨廷和埋怨他一句。

"万岁爷要去，谁能拦得住？介夫先生当时在万岁爷面前，也未必拦得住。"张雄分辩道。但想到自己也有不是，便打了个躬，说，"今儿个一大早，万岁爷拉上我等就走，没交代去什么地方，我也无法向斋宫的人交代，让各位大人担心了，歉甚歉甚。我先给介夫先生赔个礼。各位大人还没有进食吧？我马上吩咐里面给各位大人准备些点心，填填肚子。"

"那倒不必了，知道了圣上的去向，大家的心就定了。"杨廷和说，"况且，你先行一步到了，圣上随后也就要到了吧？"

"怕还要等一阵。我是骑快马来的。圣上累了，乘辇往回赶，怎么也还要个把时辰吧。"南海子离城二十里，再有一个时辰，皇上能不能赶到，都很难说。张雄向杨廷和揖了揖手，"介夫先生稍候，我进去安顿安顿。"为大臣们准备点心还在其次，他几十里快马骑下来，也有些吃不消了，须得进去喝盅茶，伸伸腿，再让手脚利落的小太监捶捶腰。

杨廷和不再拦他，回到大臣队伍里，把张雄告诉他的情形转告给大家。沉寂了两个时辰的大臣们再也按捺不住，顿起一片议论声。

这一日大典完成，回到京城，已是深夜了。

大臣不便风闻论事，但正月初五日的祀祖大典，正月初七日的午朝，以及正月初十日的郊祀大典，大臣们都是亲身经历了的。大家不必商议，便有共识，一定要说话了。

不用说，十一日的早朝一定是免了。可内阁大臣和各衙门的大臣们还要照常到衙门办事。在外折腾了大半天大半夜，回到家中，刚合上眼，又要起身，因此，大家见了面，都发现对方的脸色不好看。其实，如果能够看到自己的脸色，就会发现，自己的脸色更难看。

内阁三位大臣，依次而坐，面上也都是倦色。梁储已经六十五岁了，杨廷和晚几年，也有五十七岁。看得出，都是勉强支撑。靳贵稍年轻些，对他们说："今日不会有事了。二位老先生不如午后告个假，回府中歇一歇。"

"新春伊始，万象更新，不好随便告假。"杨廷和说，"特别是在今日不能告假。我等疲倦事小，维护圣上事大。今日我三人中有一人提前退阁，是是非非便会有一大堆议论。"

他的意思很明白，内阁大臣中有一人或二人或三人因劳累而告假，大家便会联系到昨夜之事，论起来，是皇上的过失。他等勉力支撑，是为了维护皇上的面子。

"介夫先生所见极是，辅弼大臣的首要之务是维护皇上。"靳贵比杨、梁二人晚进许多，即便有不同见解，也不好公然辩驳，所以先附和一句，然后才说，"不过，维护不是掩饰，圣上的言行有违圣人的教诲，有违祖宗的规矩，辅弼大臣不但不能掩饰，而且还要率先进言，这才是爱护圣上之道。晚辈无知妄言，还望两位老先生赐教。"

"介夫先生的意思，不是不进言，而是要待机进言。"梁储和靳贵相处，总有些别扭。其实，他二人之间，并无公开的过节，只是正德八年三月，监察御史孟洋上疏，论梁储屡被弹劾，当引咎求退，有人说，是当时任礼部尚书的靳贵主使。靳贵想早日入阁，不但指使孟洋，而且指使其他科道官，借梁储之子一案，多次论劾梁储。孟洋还是试监察御史，下场比其他论劾者悲惨，被谪为桂林教授。又有人传言，靳贵指责梁储不施援手，有失大臣风范。这些传闻真假难辨，使梁储和靳贵的关系蒙上一层阴影。梁储很想打破二人之间的尴尬局面，不时表示亲近。今日点出杨廷和的用心，也是向靳贵示好的表示。

"昨夜之事，还不是可以利用的机会吗？"靳贵的语气，比梁储生硬多了，不知是不理解，还是不接受梁储的示好。可以说他是对杨廷和用心的质疑，也可以说是对梁储解释的质疑。

“昨夜之事，可以利用，一定要利用，但不是现在利用。”杨廷和说，“叔厚先生说待机进言，固是不错，若说待时进言就更确切了。”

“介夫先生改易一字，我就听明白了。”靳贵说，“年节之时，不进逆耳之言，待时是待上元节之后，我理解的可对？”

梁储说：“介夫先生一字改得好，克道先生也解得好。上元节前进言，圣上肯定一句也听不进去，不如过了上元节再进言。”

“既然二位之议相同，我当然不反对。”听杨廷和的口气，好像上元节之后进言是别人的主张，他只是附和。杨廷和不是喜欢说笑的人，也许为了解除疲劳，今日例外地说了句笑话：“克道先生，你与部院交往多，是不是和他们打个招呼？”

“我是后进，理当联络。”靳贵当仁不让地说。有几位尚书确实和他交往密切。首先，他是南直隶丹徒人，杨一清一直以镇江为故乡。而陆完是苏州人，也是他南直隶的老乡。靳贵是弘治三年探花，而礼部尚书刘春是早他一科的榜眼，两人在翰林院同事多年。请他与部院联络，正是用其所长。

“叔厚先生，翰林院中请你打个招呼，科道那里由我去说。”杨廷和知道，不少科道官对梁储有成见，不想使他难堪，便请他去较好相处的翰林院。其实，王思被贬之后，翰林官们多为他抱屈，说他是代言官受过。不打招呼，他们也不会再抢先进言。

梁储点点头，算是应承下来。“如何进言，二位看要不要先议一下？各方面通通气，说得集中一些，效果或许更好。”他说。

“有道理。”杨廷和边想边说，“我看，圣上轻离宫阙，是件大事，我们内阁就来做这篇文章。”

“边军入驻京城，日生事端，逼近大内，恐生不测，也需要有人议一议。”靳贵说，“应宁先生久掌边政，全卿先生掌理兵政，他们若是肯做一篇文章那是再合适不过了。”

“克道先生何不向他们示意？”杨廷和说。

“我试一试吧。”靳贵应道，“不过，肯不肯进言，以何事为言，我不好强加给他们。”

梁储也想起一事：“番僧出入禁中，蛊惑圣上，甚至有人说，圣上竟自封法王。这也不是儿戏。”

“这是礼部当议之事。”杨廷和说，“邦瑞先生曾以为言，但愿仁仲先生继言之。”邦瑞是前任礼部尚书傅珪，仁仲是现任礼部尚书刘春。傅珪任礼部尚书时，番僧乞田百顷为法王下院，中旨批与礼部，以大庆法王与圣旨并称。傅珪对传旨的司礼太监说："大庆法王是谁人，敢与至尊并书？是大不敬。"竟不接旨。

三人议论多时，化解了昨夜的倦意，也冲淡了今日内阁中的沉闷，不觉到了退阁之时。

上元节后，正月十七日，内阁三臣率先上疏进言，紧随其后，部院科道各衙门纷纷上疏。

杨廷和等的奏疏从慎起居说起，称言："祖训曰：朕以乾清宫为正寝，晚朝毕而入，清晨星存而出。除有疾外，平时不敢怠惰。盖言视朝之当谨也。近年以来，朝会庆贺，或至迟暮。其初盖因一时起居违和而然，积习既久，遂以为常。传之外朝，将谓纵耳目之情，极心意之乐，观德之间无所惶惑。"后面说引入边军之非："凡帝王居宫，常怀警介，日夜时刻，不敢怠慢，虽亲信如骨肉，朝夕相见，犹当警备。盖言宫卫之当谨也。去岁以来，侍选人马，亲自校阅，盖因一时虏寇犯顺，意在御侮，实非有他。然近年以来，陛下纵射逞欲，积习既久，废祖宗之典。边兵实非宿卫之人，大内亦非操练之所。疑似之间，未免天下惊骇。"

杨一清等的奏疏和内阁的奏疏大致相同，由皇上的起居论到边军，而以论边军为主。奏疏称："陛下比岁视朝太稀，又太晚，或日西，或薄暮，今渐至昏夜。小大诸司，辰入酉罢，未免废职。况侍卫之人，披执铠仗，自朝至暮，饥馁困惫。遂令阙门之外，御街之旁，群众喧闹，殆同市井。且边兵本为防虏，今输入京师，陛下又亲校阅之。以天子之至尊，行将帅之事，以大内之禁密，为攻战之场。边鄙将士，恃宠而骄，猖狂悖慢，容或有之。况密迩宫闱，意外之虞，不可不防。"

刘春等的奏疏专论番僧，称："西番俗信佛教，故祖宗承前代旧，设立乌斯藏诸司及陕西洮、岷，四川松潘诸司，令化导番人，许之朝贡。贡期、人数皆有定制。比缘诸番僻远，莫辨真伪。中国逃亡罪徒，习其语言，窜身大内，又多创寺请额。番贡日增，宴赏繁费，乞严其期限，酌定人数，每寺给勘合十道，缘边兵备存：勘合底簿，比时相同，方许起送。并禁日后不得滥营寺宇。"

正德九年进士李中，授工部主事方三日，也上疏论番僧事。他的奏疏说："曩逆瑾窃权，势焰薰灼，陛下既悟，诛之无赦，圣武可谓卓绝矣。今大权未收，储位未定，义子未革，纪纲日弛，风俗日坏，小人日进，君子日退，士气日靡，言路日闭，名器日轻，贿赂日行，礼乐日废，刑罚日滥，民财日殚，军政日弊。瑾既诛矣，而善治一无可举者，由陛下惑异端故也。夫禁掖严邃，岂异教所得杂居？今乃建寺西华门内，延以番僧，日与聚处。异言日沃，忠言日远，用舍颠倒，举措乖方，政务废弛，皆此之故。伏望陛下幡然悔悟，毁佛寺，出番僧，妙选儒臣，朝夕劝讲。揽大权以正天下之名，则所谓振纪纲、励风俗、进君子、退小人诸事，可次第以举矣。”

从正月十七日到二月初九日刘春上疏，二十几天里，奏章不下百余本，论及起居、边军、番王三事的奏章占了绝大多数。三事之外，也有的奏疏论及其他。如御史张翰上疏，请禁流言。年初以来，各地传言，乙亥年要选宫女。乙亥年就是正德十年。京城内传播更广，传言更骇视听，说什么十龄以上未婚女子，都要送入宫中筛选，隐匿者治罪。使得人心惶惶，有幼女之家，都在烧香念佛，求菩萨保佑。张翰首先指出，这是讹言。其实，是否讹言，他心中也无数。但传言不禁，后果堪虞。一定要把传言定为讹言，才好请皇上禁之。

刘春关于处置番僧的奏疏意外地批复报可。其他奏疏均不报。这使内阁诸臣尤感难堪。皇上对内阁大臣向来优容，对内阁大臣的奏疏总会有所表示，哪怕只写“知道了”三个字也好，今次却一个字的批复也没有。最使皇上不快的是李中的奏疏，他的几个“日”字，把当今的圣政说得一无是处，甚至比刘瑾擅权时还要糟糕。而且，他还提到了皇上最忌讳的储位事，要不是大臣们的救护，他的处分恐怕就不仅仅是谪广东通衢驿丞了。

第一百三十章

皇帝心情烦躁，被称为金刚老儿党的大太监们尽量避着不来见他，被称为老儿党的小太监们避无可避，只能加倍小心地侍候，免得被骂被殴。

早朝毕，皇帝带着苏进等人，移往豹房。他习惯了在豹房起居，没有朝事，大部分的时间都消磨在豹房。但豹房对他的吸引也不如初时大了。豹房的主要欢娱是看武士们比试，无非是摔跤、拳脚、格斗等，看多了，看久了，刺激变得小了。皇帝仍是喜欢看，特别是喜欢看他所宠爱的江彬、许泰、钱宁等人的功夫，但不是每日必看，更不是想看时便按捺不住，必须马上就看。因此，他由大内正中向西行走时，不再是兴冲冲、急冲冲，而是迈着方步，不慌不忙，也许是因为年长了几岁。

“苏进！”他大声唤道。走慢了就要说话。

“奴才在。”苏进比平日应得更快，比平日更快地跨前两步，与皇上只差着一肩，以便说话。

皇帝问：“朕差你和老高办的事情如何了？”

苏进知皇帝问的是西城西北角的兴建，忙答道：“万岁爷的差遣，已办妥了。奴才和老高一连往那边跑了四五趟，总算把该撵走的人都撵走了，把该征用的地界都征用下来了。”

“做这桩买卖，没吃大亏吧？”皇帝有了些笑容。

“怎么会！奴才好不容易从爷手里讨了一项差事，怎会做亏了？”苏进说，“知情的人说，我们只用了市价的一半，便把事办妥了。”

“你说用了市价的一半，怕是只用了市价一半的一半。”皇帝说，“你们出去办事，若是不捞些好处，日头就该从西面出来了。”

苏进讪笑着说：“奴才替万岁爷办事，就是天大的好处了，还要捞什么别的好处。”

“你捞不捞好处我也不管。”皇帝说，“把事情办妥就成了。朕要在那里先起两排新居，让义子们都搬去住下，另外再起些什么房子，想好再说。”

“起房子的事，也交给奴才去办吧。”苏进请求道。

皇帝摇摇头，说：“都是朕的老儿，朕不能太偏心，把好处都给你一人。赵林老实，也要让他捞些好处。起房子的事，交给他办。”

“奴才也不是不老实，奴才只是比赵林多些心思。”苏进说，“爷差赵林办事，也是广布恩泽之意。爷不如差赵林办事，差奴才协办，在要紧处，助他一臂之力，免得他吃亏。”

皇帝说：“免了吧，他即便在外人手上吃亏，也不会比在你手上吃的亏大。你不要打他的主意了。倒是这几日朕烦闷得很，苏老儿，你替朕寻些新的消遣，才是正事。”

“是，爷容奴才想想。”苏进边在皇帝身后走着，边自言自语，“都说男人想消遣，只有找女人。奴才也不知女人身上有什么好消遣的。况且，爷是要新的消遣，女人对爷来说，早就不新鲜了。爷说不偏心，把好差事给了别人，把难办的差事留给了奴才，还不是偏心吗？”忽然间，他的眉梢间有了喜气，“爷，有了！”

“快说！”皇帝命道。他知道苏进脑子转得比别人快，说是有了，一定是有了新鲜的消遣。

“爷何不再去南海子逛逛？”苏进提议。

“呸！”皇帝啐了他一口，“上次去南海子，惹了一大堆的闲话，好不容易才压了下去。你又要朕去惹晦气吗？”皇上的烦躁因群臣的奏疏而起，群臣的奏疏因皇上南海子之行而起。苏进提议皇上去南海子，确有些不知高低。

苏进辩道：“爷上次去南海子，本来就——”他要说的是“本来就不妥当”。午时行郊祀大典，清晨却带人去了南海子，苏进都觉得太过分了。可后面的三个字他没敢说出来。放在往日，说说也无妨，但这些日子就不能说了。他改口说：“本来就没什么意思。今日可不同了。爷记得今日是什么节气吗？”他郑重地说，“今日是清明节！”

“清明又如何？难道南海子的清明与别处的清明不同吗？”皇帝问道。他实在看不出，苏进今日的提议有什么新鲜之处。

“南海子的清明与别处的清明有没有什么不同，奴才不知道。但清明的南海子与平日的南海子大有不同，奴才却有所闻。”苏进说，“有什么不同，我先不说。爷若不怕辛苦，驱驰一番，自然便会知晓。万岁爷意下如何？”

“既要消遣，怕什么辛苦。”皇帝警告他，“若是没有新鲜之处，你却要小心你的屁股。”

苏进没有把握，一定可以使皇上开心。但话已说出，也不能不充充好汉：“不就是打烂屁股吗？只要爷开心，奴才的屁股何足惜哉！”

京师以水为贵，凡有水处，必有个称呼。方圆足亩，称之河，方圆足顷，称之湖，方圆足里，称之海。南海子方圆一百六十里，是京师最大的一处海了。

每年清明，士大夫相约来游南海子。今年清明，皇帝午后要来，午时之前，便请郊游至此的士大夫避去，尚未至此的士大夫，行至永定门，便被拦住，不许再向南去。游过南海子，或欲游南海子却未能如愿的士大夫，在向回走的路上，可以见到，一队队校尉骑着高头大马，向南疾驰。在他们后面，是皇帝和几名小太监以及钱宁、江彬等国姓爷。士大夫们，乘轿也好，骑马也好，步行也好，都闪躲路边，跪迎圣驾。皇帝睬也不睬，见到路旁有跪迎之人，不管是谁，都在快马上再加一鞭，一闪即过。

南海子，内外朝都有衙门管理，内朝属司苑局，外朝属上林苑。两个衙门差事繁杂，东至白河，西至西山，南至武清，北至居庸关，西南至浑河，所有的苑圃都要管理。诸多苑圃中，南海子是较大的一处，上林苑委一名监副，司苑局委一名副使专管。

监副和副使都姓杨。苏进与二人都很熟，见了二人，他抱抱拳，先与杨副使招呼：“杨哥，你与我说的那事到底有没有？爷今日专看它来了。爷说，看不到的话，要打烂我的屁股，我可也不能一个人挨打，只好把你也供出来。”

“小苏哥说的是什么事？”杨副使赔着笑问。

“咿，你方说过的，怎么就忘了？就是，就是。”苏进想不起名称，用手比画着。

杨副使明白了。“张苏哥说的是蚂蚁坟吧？我一直忙着驱赶游览者，竟没注意到它。”

“你讲得有声有色，到底见过没有？”苏进听了杨副使的话，更慌了。

“小苏哥也知道，我来南海子还不到半年，怎会见过？”杨副使说，“我也是听在南海子当过差的老公公讲的。他们讲起来更有声有色。”

“我算栽在你手里了。”苏进不住跺脚，“杨监副，你在南海子有些年头了，总该见过蚂蚁坟吧？”

“我生来就怕蚂蚁，从来不敢看。”杨监副说，“不过，想来总是有的。每年清明节，游者寻寻觅觅，比比画画，确是有人见过。”

“有人见过就好。”苏进挥挥手，“还等什么，快去找吧。”

皇帝在一旁等得不耐烦了，叫道：“苏老儿，你在和他们商量诡计，蒙骗朕吗？”

“不敢，不敢！”苏进说，“奴才在吩咐他们，千万不可声张，要是那东西知道当今圣主驾到，先一步回避了，奴才的屁股难保。爷不是对这里的鹰还有些兴趣吗？不如先去看看。”

南海子分成三大块，中央有一殿，是供皇上歇脚的，殿旁有一台，称晾鹰台，喂养着行猎时逐物的鹰隼。三海之间有小径，通向殿台。夏季淫涝时，海子周围被淹，行走不便，行舟水浅，因而筑了七十二座小桥，以便通行。清明时节干旱，取小径可径直过去。

皇帝也想看一看那些凶猛异常的猎鹰，吩咐江彬：“爱卿随在朕身边。茶来，你跟着苏老儿，找不到他说的玩意，提了他来见我。”又吩咐苏进，“我在那边只等半个时辰，要是找不到，我也不打你了，你就呆在南海子，等明年清明时继续为朕寻找吧。”

皇帝带着江彬、赵林等纵马去了海子中央，钱宁随着苏进，苏进督着杨副使、杨监副，杨副使、杨监副率领南海子的差役和苏进、钱宁带来的随从，撒开了网寻觅，不多时便走出了汗。

“都督哥。”苏进和钱宁边走边说着话。二人年龄相差十几二十岁，一人是皇上的义子，一人是皇上的老儿党，叫一声哥，彼此都不吃亏，“我是找不到那玩意的，你随两位老杨走，或许能寻到，也是为爷立一桩功劳，何苦紧跟着我。”

“皇上交代的，我敢离开你吗？”钱宁道，“寻不到那玩意，只要别丢了你，就是一桩功劳。”

“都督哥莫非真听不出万岁爷的话吗？”苏进嘲讽地说，“爷说了，今日寻不到那玩意，让我留在南海子到明年清明节再寻。我是不怕的，难道你也愿意在南海子住上一年？你就不怕豹房的位置被人抢了去？”

苏进道出钱宁的心病。钱宁知道，日后风波险恶，大概真要靠苏进帮扶。他口风一变，说：“皇上是说笑话，谁还听不出来？他怎么离得开你小苏哥！我不是替皇上看着你，我是替皇上护着你。”

“如此多谢了！”苏进说，“如果万岁爷定要打我屁股，我就指定要你执鞭。手重手轻在你的掌握之中，我就不必担心皮肉翻花了。”

两人正在有一句没一句地斗嘴，听得西北隅有人喊道：“找到了，找到了，找到蚂蚁坟了！”先是一二人喊，接着十数人一起喊。

苏进心里踏实了，他对随在身后的锦衣校尉吆喝：“没听到那边在喊吗？还不快去请万岁爷！”又对钱宁说，“都督哥，该着我命大，在万岁爷面前露露脸。你我快走，看看到底是怎样的景象。”

西北隅围了一圈人。苏进和钱宁比皇帝早到一步，还来不及近前细看，皇帝一行纵马赶到。苏进接过皇上甩下的缰绳，勒马停住。皇帝纵身跃下，轻轻扶了他肩头一下，便站稳了。众人闪开一条路，让皇帝进入圈内。

果是一种奇异的景象，只见亿万只比别处的蚂蚁大不止一倍的蚂蚁，互相叠垒，爬上一层又一层，渐渐形成数丘。中间一丘最高，不下丈余，旁边有三四丘，各高数尺。

皇帝和随他而来的人，以及虽在南海子当差却没有看过这一景象的人无不惊讶。苏进除了惊讶，更是欣喜万分，几至手舞之足蹈之的程度：“爷，这就是我请你来看的那玩意，他们说，这叫蚂蚁坟。”

“蚂蚁筑坟，真乃奇观，不知有没有说法？”皇帝盯住几处高丘看着，没有指定由谁回答。

苏进自然以为是在问他，答道：“有此一景，奴才知道，有何说法，奴才就不知道了。”他代皇帝问道，“你们有谁知道，快讲给爷听。杨副使，杨监副，你们二位该知道吧？”

皇帝随他的话音盯向杨副使和杨监副：“对，你们是南海子的主管官，对此处的一草一虫都该知道。”

杨副使品秩稍高，先说：“回万岁爷的话，奴才听老一辈的公公们传说，此处是古时的战场，打了一场大仗，极为惨烈，战败的一方全军覆没，魂不能归，骨无处收，故化为虫河。”

“杨监副听的也是一样的说法吗？”皇帝问另一杨。

“是。”杨监副进士出身，不但听人说过，而且也从书上看过，说得更为实在：“微臣探究史书，当初辽国伐金，双方大战于此。辽军战败，无一生还者，魂不能托付人身，只有托付于物。蚂蚁寄亡者之魂，而为之筑坟。”

“爱卿学识渊博，又下功夫考究，很好！”皇帝赞道，“壮士阵亡他乡，其魂魄该有所寄托。只是，蚂蚁筑坟，为何一定要在清明，爱卿可曾考究？难道蚁虫也有灵性吗？或是因英灵寄托而有灵性？”

杨监副说：“臣以为蚁虫本无灵性。是因英灵寄托而有灵性。而清明时节，天纵幽魂游荡，幽魂寄身蚁虫，驱使蚁虫为其修筑坟冢，以使来年有安居之所，也是取每将新桃换旧符之意。”

皇帝说：“爱卿解释得在理。蚂蚁为千万将士筑坟，称蚂蚁坟未尝不可。不过，朕想，千万将士中，英雄豪杰一定不少，不如改称英雄冢。”

“万岁爷改得好！”苏进随声附和，“蚂蚁坟，草民叫叫还可以，士大夫要叫，就俗气了，爷更不能叫。改称英雄冢，千万将士才得其归所。”

苏进开了头，众人都说改得好。

“既然是英雄冢，就该祭一祭。传朕的旨意，自明年始，清明节在南海子祭冢。”皇帝说。

杨副使奏道：“英雄冢葬的是无名氏，宜以南海子官员代祭，或遣官代祭，陛下不必亲祭，怕古时游魂消受不起，反生变故。”

“准！”皇帝说。他最不耐烦一套祭祀的仪式。

杨副使又奏：“万岁爷，南海子西墙也有一景观，甚是奇特，爷要不要去观赏？”

“既然奇特，当然要去。”皇帝说。

一行人簇拥皇上，向左手一拐，沿西墙而行。所谓西墙，是很矮的土墙，不少地方高低不等，有些地方已然残缺，显然长期无人修葺。而在西墙之内，相距不到十丈，却有一道沙岗，甚是整齐。沙岗高有三丈开外，由北向南逶迤而去。其长不下十数里。看看近处，若波浪翻滚，看看远处，似一条银带。

苏进说：“爷，早知道这一处景致，奴才也就不必担心屁股了。反正我说的是看玩意，也没有说看英雄冢。找不到英雄冢，就带爷来此处看看，爷也不能说不好看，也没有道理打我一顿板子。我真正是杞人忧天了。”

“你这番话说得好，勾画出苏老儿的一副嘴脸。”皇帝说，“以后对你的话，朕倒要多提防些。”

“奴才该死！”苏进连连跺脚，“就这么一点点心思，还全对爷说了出来。”

“哼，你不说，我就看不出来了吗？”皇帝说，“朕早知道你那一点点小心思，也有些喜欢你那一点点小心思。以后，你就尽心尽意地在朕面前耍弄你那一点点小心思吧。”

“奴才不敢。不，不，奴才遵旨。奴才那一点点小心思原是为了爷开开心的。”苏进指着沙岗，问南海子官员，“这里有什么名称吗？”

杨副使答：“没有，土著游人都称西墙沙岗。”

“真是呆子。爷在这里，还不快请爷赐名。”苏进说。

杨副使、杨监副只是心思比他稍慢一些，并不是真呆，听他一说，马上跪倒请旨。

皇帝想了想，说：“我看这条沙岗宛若巨龙，就叫沙龙，替朕镇住南海子吧。”

皇帝玩得开心，看得开心，又是深夜方归。

第一百三十一章

三月初三，锦衣卫都指挥同知江彬升为都督佥事，职位愈发逼近钱宁。钱宁明显地感觉到，皇上对江彬的亲近和信任，已超过了他。苏进在南海子的几句话，向他提示了他的不妙处境，也向他显示了愿与他交好，是值得欣慰的，除了要在以后多多利用苏进，钱宁想，既然掌锦衣卫，首先要多建些功业，给皇上留下些印象。

在豹房伴驾时，对苏进等，对江彬等，他尽量心情稳定，好似若无其事。回到锦衣卫衙门，他就苦思冥想，如何干出一件轰动朝野的事情。那时自然有人为他论功摆好。

“茶来哥。”钱安进门招呼。他一直掌北镇抚司事，论私，与钱宁如亲兄弟，论公，是同一衙门的上下官。因而，每日一定要请安问好。

“坐。”钱宁指了指身边的位子，问道，“城里有什么新奇事吗？”钱宁善与士大夫交往，钱安则善与锦衣卫的校尉、东厂的掌班、领班、贴刑以及探子交往，钱宁想知道家长里短、市井流言，便向钱安打听。钱安知无不言。

“有，”钱安道，“厂里的老哥儿们在传一个笑话，说得很是猥亵下流，人人口唾四溅。”

钱宁不屑地说：“他等还不是靠着说些咸话，过过干瘾，又会有什么新奇之处。”

“茶来哥说的是，他们是在过过干瘾。”钱安附和钱宁的说法，“可事情也有些奇处。哥知道北城兵马司吗？就在兵马司衙门前，出了一起强抢民女的案子。”

“有这等事？”钱宁不能信，“衙门里的人都是吃干饭的，见了强抢民女也不管吗？是抢人的那边势力太大，还是他们受了人家的好处不肯出面？”

“都不是，奇就奇在暗中做了手脚，在明处抢人。”钱安说，“人抬走时，大家还嘻嘻哈哈看热闹呢。”

京城内划为五城，每城设一兵马司维持秩序。北城的兵马司设在昭回靖恭坊，兵马司南，是棉花胡同。棉花胡同内住着一位姓李的秀才。李秀才年长得女，现只有十岁，宝贝得不得了。一日，家中来了两女子，自称媒人，为李家小姐说亲。李秀才说：小女还小，不劳费心。媒人说：李老爷没听说吗？要选宫女了。小姐再不聘出，选进宫去，你们父女再见面就难了。李秀才说：选宫女的消息传了一两个月，并未见动静。媒人说：我们听到了准讯，才来府上提亲的。三月十五日后，不准提亲，不准相亲，不准结亲，不是明摆着要往宫中选人了吗？李秀才见她们虽是三教九流中人，样子还算端庄，不由信以为真，搓着手，叹道：那可如何是好？媒人说：有位张公子，几代读书人，家庭殷实，对李老爷很是仰慕，愿意迎娶小姐。李秀才问起张公子的生辰八字和家庭境况，两位媒人你一言我一语，口中生花，别说一名科场不得意的秀才，就是出身寒微的进士听了，也不能不动心。李秀才说：我家娘子回娘家了，等她回来，我们就定下这门亲事。媒人说：不能等了。婚事宜早不宜晚，宜速不宜迟，等到禁办婚事的榜文贴出，悔之晚矣。不如明日就来花轿抬人。李秀才既然答应了婚事，过门的日子也就不挑剔了。

第二日，来了顶花轿，抬起李家小姐就走。李秀才见抬轿的四人个个是凶蛮之相，有些不放心。媒人说：这四人都是张相公家的护院，不是寻常的轿夫，有他们护轿，李老爷还不放心吗？张相公府上已摆好酒席，请了许多京城里有头有脸的人物，李老爷还不快换了衣衫去见姑爷？去迟了面子上不好看。

李秀才真是个呆子，听了媒人的话，慌慌张张进去换上新布衣衫。待他出来，哪里还有媒人和轿子！问起左邻右舍，都说看见轿子出了胡同东口。到了胡同口一问，说是向北去了。兵马司衙门前的差役都说见到了花轿，有人还说了不少调笑新娘子的话。

这就是钱安说的强抢民女的案子。钱宁问：“荒唐是荒唐，厂里的人怎么又会说些猥亵下流的话？”

钱安说：“李家小姐被抢还不是因为选宫女的消息而起？厂里的人说，她定是被人拐骗，卖到馆里去了。早知如此，不如让万岁爷把她选入宫中，找一个白白净净的公公结成连理，强似她在馆里成天接待那些不干不净的男人。”

“他们真是嘴里淡得没味了，十岁的女娃子也拿来过瘾。”钱宁说着，问道，“那个李秀才也是难得的糊涂人，娘子不在家，就把女儿让人家骗了去。他到衙门报案了吗？”

“报了。北城兵马司、顺天府衙门，他都递了状纸。三天了，还没查出眉目。”钱安说。

“顺天府衙门、兵马司衙门，只养了些吃皇粮不做事的人，东厂里的探子不想出出风头吗？”钱宁问，“他们可没有探不出的事呀！”

“听东厂那些老哥讲，那姓李的秀才实在呆傻，把钱都使在顺天府、兵马司两个衙门了，再也没有油水。他们估摸，拐走李家小姐的，是几个市井无赖，查找到他们，也没有什么油水。这等案子，谁愿意上心去查。”钱安说。

“好！”钱宁大声喝道，把钱安吓了一跳，“别人不上心的案子，咱们兄弟上心办一办。”

“茶来哥，这等小案子，厂里的第二流探子都不上心，何劳你我上心呢？”钱安不解钱宁的心思。

“他们不上心，是只看到了银两，没有看到前程。所以他们只能作第二流的探子。”钱宁自负地说，“我若和他们一样，怎能升到都督同知！”

“我也没有看到前程，却也升到都督佥事。”钱安说，“虽不如茶来哥，可相差也不过只有一步。”

“你不想赶上这一步吗？”钱宁拿前程引诱他。

“我向前赶一步，哥也向前进一步，今生今世也赶不上了。”钱安绝没有和钱宁争一日之短长的心思。

“如果我再向前一步，你却停在原地，那就相差不止一步了。”钱宁说，“我却于心不忍，便是你不肯向前，我也要带上你向前。”

“哥要一起向前，我只好努力了。”钱安说，“只是怎样向前这一步，我心中无数。难道就凭着李秀才那桩没人肯用心的案子吗？”

钱宁说：“不错，那桩案子就是个台阶。你听我说：李秀才的案子是因选宫女的传言而起，传言不止，案子还会发生，这案子破起来并不难。再则，已有科道官请朝廷禁止讹言，却无人理会。你我破了这桩案子，左班大臣们一定以为，我们为朝廷做了件大好的事情，一定会很快传播。你我现在的地位虽较以前高了，却距皇上远了。我们做的许多事情，皇上不易看到了，须得有人在皇上面前传颂。而办李秀才这桩案子，便会有人传告皇上。”

“哥说的是。”钱安被说服，开始认真考虑案情，“顺天府、兵马司破不了的案子，东厂不肯接手的案子，我们怎生着手呢？”

“顺天府、兵马司经办的人，不是笨瓜，就是另有所图。”钱宁已想好行事的步骤，“酒来，你在衙门里寻两名能干的校尉，着寻常的衣着，多带些银两，到北城兵马司衙门前，寻找那天在衙门前当值的差役，问问当时的情形，见谁说得清楚轿夫的模样和媒婆的模样，就带上他，满城转悠，转到小酒肆，午间一壶酒，晚间一壶酒，我保证不出三天，便会查出下落。”

钱安依言安排，在第二天头上就查出了下落，捉到拐卖李秀才家小姐的几名无赖。

钱安差派的两位校尉果是能干，他们在兵马司门前和众差役拉起闲话，众差役七嘴八舌一说，他们立即听出谁说的是实情，谁编的是谎话。他们邀了两名道得出实情讲得出轿夫模样的差役去喝酒，两名差役高高兴兴在衙门里告了假，随他二人而去。有阔客请酒，谁不高兴。

两名校尉带着两名差役，照钱宁的吩咐，从北兵马司向北闲逛。一路上说说笑笑，不多时到了国子监街口。街口有一间洁净的饭铺，一阵阵酒香肉香飘将出来，两名差役有些走不动了。

“二位爷，”一名差役对锦衣校尉说，“再走就出城了。二位说好在城内闲逛闲逛。这间铺里的酒肉最好，是不是进去喝上两盅？”

“好说，好说。”一名校尉应着，众人进了铺子。小铺里进来四人，便算是大主顾了，店主亲来应酬。两名校尉不出声，听任两名差役点酒点菜。酒菜送上来，两名差役倒成了主人，不住地劝酒劝菜。两名校尉打着哈哈，一人与两名差役划拳斗酒，一人却盯住门口进进出出的人。隔了片刻，二人又换了身份，方才盯住店门口的人，和两名差役划起拳来，另一人盯住了门口。

先进来一名穷酸秀才模样的人，盯住门口的校尉不在意。又进来一名帮佣模样的人，盯住门口的校尉捅了捅一名差役，问：“像抬花轿的人吗？”

“不像。”那名差役看了看，摇头说道。他逗趣地说：“二位爷不像是闲逛之人，像是办差事的人，我兄弟二人反而成了闲逛之人。”

“不瞒二位老哥说，我们正是办差事的人。”盯住门口的校尉说，“他是锦衣卫的赵千户，小弟是锦衣卫的李千户，我二人奉了堂上朱都督之命，专来办李秀才之案的。”

见了他二人的模样，听了他的一番话，再没有不相信的道理。两名差役吓得要跪下行礼。李千户拦住他们说：“坐好，别让人看出破绽，我等是闲逛街巷的。你们喝你们的酒，午间喝过，晚间换个地方再喝，今日喝过了，明日换个地方再喝。但有一条，只要见到那日抬轿子的人，你二人便咳嗽一声，其他的事情由我们去办。听明白了吗？”

“听明白了，听明白了。”两名差役抢着答话。

“好，你们陪着赵千户喝酒，过一会儿，我再来与你二人喝。”李千户眼看门口，说道。

两名差役再喝酒，便喝不出味道了，只要门口稍有动静，他们的两双眼睛便瞥将过去，看清楚入者的模样。在饭铺里坐了一个多时辰，喝酒用饭的人由少而多，又由多而少。最后只剩下他们四人，看来不会再有人来了。

“结了账，再去逛。”一名校尉叫来小二收银。

“二位爷，酒是我二人喝的，肉是我二人吃的，怎敢要二位爷结账。”一名差役讨好地说。

“不必客气。”李千户说，“银子我们带了许多，一日两三顿酒，二位老哥随意享用。上面看重这桩案子，只要抓住了人，二位还有好处。”

四人由国子监街口，走到安定门城墙下。

“请示爷，咱们是出城逛，还是在城里逛？”一名差役问道。“逛”字的含意不同于前，逛，便是查看，四人有了默契。

“上面有话，先在城里逛三五日。”李千户说。

“那咱们是往东走，还是往西走？”另一名差役问。

“往西是你们北城兵马司的地界，往东就不是了。今日先往西去，明日再往东去。”李千户说。两名校尉都是千户，拿主意的好似是李千户。

“明日我们还要随二位爷逛吗？”差役问。

“怎么，敝上赏赐的酒，你们喝了一日，便不想喝了吗？”李千户不高兴地说，“你们怕在衙门里交代不了，也好办，我去兵马司给你们告假好了。”

“不敢，不敢，衙门里我们自己告假。”两名差役互相抱怨对方不会说话，惹恼了锦衣卫的上使。赵千户和李千户也不理会，一面慢步行走，一面盯住来往的行人，仔细打量。当日晚间，他们进了钟鼓楼后面的豆腐池胡同里的一间小酒肆，喝到酒肆打烊，没有发现线索。

第二日一早，四人在安定门内取齐，在城根下一间早点铺吃了些包子馄饨之类，按照计划，向东行去。和昨日一样，边走边张望。

安定门内以西，是北城灵春坊，以东，是东城北居贤坊。头半晌，他们一直在北居贤坊的头条胡同转来转去。正午时，走到东直门小街的口上。穿过东直门大街，就是南居贤坊。小街和大街相交处，有许多饭铺。李千户问：“二位老哥，哪间饭铺的酒肉好些？”

“北城的饭铺我们还熟，到了东城，就两眼一抹黑了。”一名差役赔着笑脸说。

“听说有兔子不吃窝边草的说法，原来也有专门吃窝边草的兔子。”李千户取笑着，“咱们在北居贤坊内转了半日，干脆吃过了饭再去街南。”

赵千户不反对，两名差役更不会反对。他们进了小街路口最大的一间饭铺。两名差役规规矩矩坐着，再也不敢张罗点酒点菜。李千户也不委屈他们，酒要佳酿，菜要肥腻，摆了满满一桌。李千户和赵千户还是昨天的章程，轮流劝他们喝酒。突然，一名差役神色有异，捅了捅同伴的腰间，嘴角向门口一努。另一差役皱着眉头，盯住进来之人，细细辨认一番，点点头。

赵千户就在等他的认可，见他点了头，便要起身。李千户拦住他："老赵，别急。"他们看着那人打了一坛酒，用荷叶包了几样肉菜。

"两位老哥，没有认错人吧？"李千户又追实一句。

"不会有错。"一名差役说，"钱大哥知道，我认人最有把握，见过一面，不会认错相貌。"

"孙大哥的话不差，他就是四个轿夫中的一个。"另一差役说。

"原来两位大哥姓钱姓孙，真是巧极了。合该我等立一件大功劳。"李千户说，"百家姓的第一句被我们占全了。"说着笑话，他安排道，"我们跟随出去，如果他一伙只有四人，我们四人足可以对付。如果他一伙人多，老赵带上钱大哥去东兵马司要人，我与孙大哥跟随他等。"

一出饭铺，便知孙差役果然没有认错人。街口不远处停着一顶花轿。轿边数人或站或坐，正在急切地等同伴买来的酒肉。四名轿夫风卷残云般吃喝完毕，拍拍手，起身抬轿。

"动手吗？"赵千户问李千户。

"不忙，"李千户沉得住气，"咱们跟上去看看，他们又要抬谁。他们动手时，我们再动手，人赃俱获，他们再刁蛮，也无从狡辩了。"

四名轿夫抬着花轿，向小街深处走去，进了手帕胡同，把轿子停在一座院落前。一名轿夫上前拍打着门环。看来，里面正在午歇，半晌才有动静。一人问道："谁呀？"

拍门的轿夫问："是祁老爷的府上吗？"

门开了，迎出来的看来是家仆，边揉着眼睛边问："谁找我家祁老爷？"

"我们是奉了我家相公之命，来抬新娘子的。"轿夫指着停在门外的花轿说，"你家小姐准备停当了没有？我们是将轿子抬进院子，还是等在门外？"

祁家的仆人被问得愣住了："谁说我家小姐要出嫁了？她只有十一二岁，老爷怎舍得她去？"

"你又不是祁老爷，祁小姐出嫁不出嫁，你怎会知道？"在前应付的轿夫推开祁家的仆人，打开院门，四人抬轿而入，“闪开，别误了好时辰。”

祁家仆人骂道：“你们是迎亲，还是抢人？”

“说抢人，就抢人吧。”轿夫说，“既然我家相公托人说了媒，祁老爷若不应，就只有抢了。”

院里乱成一团。不多时，四名轿夫抬了轿子出来，看来祁家小姐身子被绑住，嘴也被堵住，只听得轿里有人低沉地呻吟。轿夫们有了收获，恨不得即刻离去。万万想不到，出门便遇到了衙门里的人，北城兵马司的两名差役还好对付，李千户、赵千户的功夫却是第一流的，三下两下把四名轿夫降服。

带回北镇抚司一审，四名轿夫一叫蔡明，一叫冯玉，一叫吴纲，一叫安亨，都是京师的无业游民。前一阵城内哄传挑选宫女，人心慌乱，他们便想出这么一个生财的路子，两个媒人是他们相好的妓女，打听好哪家有十岁左右的女孩，便以说媒为名，先去打探虚实。碰到呆傻如李秀才者，便大摇大摆将人抬走，碰到不肯上当如祁老爷者，便抬了轿子上门来抢。谁知做第二桩案子时，被当场拿获，送入大狱。按照他们的供状，两名妓女也被逮。李小姐被寻回，有没有破身不知道，人已经哭得不成样子。

锦衣卫破获拐卖人口的大案，钱宁果然博得士大夫一片喝彩声。掌院右都御史石玠上疏，郑重地请禁讹言。石玠字邦秀，真定府人，与兄石珤同举成化二十三年进士。李东阳器重石氏昆仲，每每说道：“诸后进可托以柄斯文者，其石氏季方乎？”他的话说对了一半，石珤中第后，一直任翰林院官及国子监祭酒，石玠则由知县而御史，而巡抚，在边方多有建树，是三推之后，皇帝亲自挑选，以右都御史掌都察院事。

石玠请皇帝特准，命都察院出榜禁约，再有讹传者，如律治罪。城中人心渐渐安定下来。

“万岁爷，朱都督总算办了一件有体面的事，爷的面子上也有光彩。”苏进讨好地说。

“你总算两字用得很好！”皇帝说，“你是在朕的面前赞朕的义子，还是贬朕的义子，我竟听不出来。”

“当然是赞。”苏进说，“大家都在赞朱都督，奴才如何敢贬他？”

第一百三十二章

江彬没有完全取代钱宁，但已在一定程度上取代了钱宁。钱宁掌锦衣卫事，许多事务必须亲力亲为。江彬掌宣府事，其事务说有便有，说无便无。因而，江彬有更多的机会在豹房侍候皇帝。他除了为皇帝表演功夫，与皇帝过过拳脚，也陪皇帝下棋。在边镇时，他对围棋从无接触，入侍豹房后，知道皇帝的嗜好之一是围棋，便请了京城善弈者至太平仓镇国府，支一份薪俸，专心教授棋艺。稍有基础，主动请缨，与皇帝对弈。皇帝在豹房的消遣之一是下棋。宫中有些太监，如萧敬等人，棋艺极高，与皇帝不是同一等级，小太监，如苏进等人，硬是不开窍，怎么讲他也不懂，急得皇帝恨不得杀了他。所缺少的，是与他棋艺差不多，或略逊于他的对弈者。与江彬下过棋后，发现他是合适的人选。从此，君臣之间不时摆棋鏖战。

江彬功夫高过皇帝许多，却不敢在和皇帝比试时把功夫使到家；他和皇帝下棋，把功夫都使将出来，仍然是有输无赢。不是不敢赢皇帝，而是实在赢不了皇帝。他也是血气方刚的性子，能赢的地方不敢去赢，一口气还忍得下去，敢赢的地方偏偏赢不了，一口气无论如何咽不下去。因此，由小声自语到出言不逊，由责怪自己投子不当到责怪皇帝棋艺不高，渐渐出格。

皇帝不计较，还有些喜欢他的率直性子，却有人不能容忍，有人挺身而出与他计较。计较之人，也由怒目而视发展到怒言斥责。

四月初的一天，薄暮之时，皇帝和江彬的棋局到了中盘，轮到江彬投子。他发现一步好棋，兴高采烈，刚要投子，又发现另一步好棋。他只能抢占一个有利的位置，把另一有利位置让给皇上。舍此取彼，还是舍彼取此，他拿不定主意。他也看出，两个位置都占住，他这局棋就赢了，两个位置被皇帝占到一处，皇帝就赢了。他很想赢这一局棋。

“要是准你连投二子，你就赢了。”皇上笑道。

“谢陛下。”江彬立即在两个位置都投下子。

皇帝愣住了：“爱卿，你拜的是哪一位老师，教给你如此走棋的方法？”皇上问。

“微臣是向陛下学棋，陛下说了，准我连投二子。”江彬说，“君无戏言，臣已经谢过恩了。”

皇帝说：“荒唐！每次投一子，是下棋的基本规矩，就是朕也不能坏了规矩。朕只说，要是准你连投二子，并没有准你连投二子。这两句话之间的差别，你也听不出来吗？”

“微臣听陛下说的是，要是准臣连投二子，臣就赢了。臣很想赢这局棋，因此就连投了二子。臣感激陛下准臣连投二子，感激陛下让臣赢了这局棋。”江彬的话倒是说得坦诚。

“赢棋之心人皆有之，可不是这样的赢法。”皇帝难得地像开启童蒙一般地说教着，“你不想我在这两处投子，就该找出一杀招，让我不得不应，你能抢占先机，得了这两处，那才是堂堂正正的赢棋。”

江彬说：“陛下才能堂堂正正地赢棋，微臣只能不堂不正地赢棋，不然，怎么陛下当皇上，微臣只能当臣子不能当皇上呢？”

这话太过分了，皇帝还没有训斥他，一旁有人冷笑着说：“亏得你还知道万岁爷是皇上，你只是臣子。我还以为，你连自己的身份都不知道呢。”说话的是一名长年在豹房当值的侍卫。

江彬又羞又怒，吼道：“大胆狂徒，我和皇上谈话，你也有资格插嘴吗？你说清楚，我怎么连自己的身份都不知道？”

“你若知道你姓江，那么，皇上是君，你是臣；你若知道你姓朱，那么，皇上是父，你是子。臣对君，子对父，能像你一样说话吗？”那名侍卫说，“你说我大胆，我却自恨胆小。我若是胆大，早就该为皇上教训你了。不过，我虽胆小，也不怕在你面前通名报姓。在下姓周名骐，现任锦衣卫千户。”

“好，好个周千户！”江彬咬牙切齿，眼中冒火，“咱们倒要看看，今日是你教训我，还是我教训你。我只一拳，便要打断你的三条肋骨。”

周骐毫不畏惧：“只要皇上准许，你不妨一拳打死我。可你即使一拳打死我，我也教训过你了。”

“陛下，请准微臣与周骐比试比试。”江彬向皇帝请求道。没有皇上允许，他到底不敢动手。

“算了吧！”皇帝不准，“周千户，你今日不错，不过，朱都督出言不逊，是以下犯上，你出言不逊，也是以下犯上，以后要当心。”

周骐跪在皇帝面前，叩首言道：“小臣为陛下犯上，万死不辞。陛下是至尊，陛下之上与都督之下，和都督之上与小人之下，不可同日而语。小臣见朱都督在陛下面前说话，殊无人臣之礼，小臣心中怒火，再也按捺不住。”

“好了好了，我知道你的忠心了，你且出去吧。”皇帝向周骐挥了挥手，周骐遵旨退出，“爱卿看到了，朕身边不乏忠义之士。”言语间，颇有些自得。

“陛下不责他以下犯上也就罢了，怎还说他是忠义之士，未免太偏袒他了。”江彬不高兴地说。

“怎是我偏袒？今日他教训你，他是而你非，如果有一日，你找到了他的错处，你要教训他，看我会不会偏袒。”皇帝反驳着说。他公正地判定今日的是非，却没想到会给周骐留下祸根。

“是，微臣遵旨。今后定要着力寻找周骐的错处。”江彬说。

“你也不必着力与他作对。”皇帝说，“周千户是茶来儿推荐与朕的，朕看他还不错。”

钱宁推荐，皇上欣赏，江彬暂时放弃了报复的念头。他由此想到，他有宠于皇上，钱宁也有宠于皇上；他有宠于皇上在后，钱宁有宠于皇上在前。钱宁对他有戒备之心，忌恨之心，他对钱宁也不能不存戒备；钱宁有宠于皇上在前，他有宠于皇上在后，皇上身边都是钱宁推荐的人，对他十分不利。

他暗中筹划着：其一，他要在皇上身边安插自己的人。这些人要比钱宁安插的人更有本事，更有地位。他们不应是百户、千户，而应是指挥使、都指挥使。他甚至已经想到了肯定与他同心，肯定听从于他，也肯定能博得皇上欢心的人，一个是万全都司都指挥使李琮，一个是陕西都司都指挥使神周。

其二，他要更提高自己的地位和身份。就职衔而言，他可能很难超越钱宁，他是都督佥事，钱宁是都督同知，他升至都督同知，钱宁或会升至左、右都督了。只有一个途径可以超越钱宁，那就是打边军的主意。在先，京师中有辽东、大同、宣府、保定四军，号外四家，现在京师中有辽东、大同、宣府、延绥四支边军，又号外四家，各委将统领。江彬统率宣府军，如果能并统外四家军，他的地位就提高了一大截。

其三，他要皇上离他更近些，离钱宁更远些。在京城，他和钱宁的机会是相等的，很难要皇上厚此薄彼。他想到，在南海子，当皇上命他随驾去晾鹰台，而让钱宁随苏进等人去寻找蚂蚁坟时，皇上和他立即亲近了许多。如果让皇上更长时间不在豹房，不在京城，而且不要钱宁保驾，那么，他总有胜过钱宁的一天。不在京城，去何处呢？他知道皇上很有游江南的心思，他自己也很有远游江南的心思，但目前还不能去江南，他在江南没有根基，很可能有人出来顶替了他在皇上身边的位置。目前最好的去处是北边，特别是宣府。皇上北狩，离不开大将、猛将，也即离不开他江彬。

他想得出了神，连皇帝的招呼都没有听见。

“爱卿，”皇上又招呼他一声，“朕命周千户且出去，怎么把你的魂魄也勾出去了？你还在为周千户之事不快吗？”

“微臣不敢。”江彬回奏，“臣在想，朱宁大人推荐周千户在陛下身边当值，是尽他的孝心、尽他的忠心。微臣也该学他的榜样，推荐些靠得住的将领在陛下身边当值，以尽臣的孝心，臣的忠心。”

“这就对了。”皇帝高兴地说，“有靠得住的将领，你尽管荐来，朕一定重用。”

“臣遵旨。”江彬没有即刻荐人。他在荐人之前，还要和被荐之人仔细谈一谈，免得他们一旦邀得圣眷，便忘掉了荐主，那才是引狼入室呢。

“爱卿，有一人过世了，你当去叩个头。”棋是不再下了，说了阵闲话，皇帝突然冒出一句。

“陛下说的是谁？”江彬请示。

“人说你粗中有细，朕看也未必。你只是粗得可爱而已。”皇帝对他有了句评语，“你且想想，你升了都督佥事后，是在哪府支的禄米？”

“在后府呀。”话一出口，江彬明白了，但他干脆继续假作糊涂，“臣食的是朝廷的禄米，是陛下的禄米，与他人有何相干？”

“你真是粗得可爱。”皇帝重复一遍，“张懋一直掌后府事，你一去后府食禄，他就过世了，你还不该给他叩个头吗？朕今日正要去英国公府上临吊，你随朕一同去吧。”

张懋的父亲张辅在太宗皇帝永乐六年时封英国公，英宗皇帝正统十四年死于土木之变。时张懋只有九岁，袭嗣公爵。孝宗皇帝弘治四年加太师。本朝生加太师者罕有，在张懋之前只有李善长和张辅。和张懋一起加太师的还有保国公朱永。自张辅永乐十二年加太师后，已七十年无人获此殊荣。

张懋久掌后府，在军务方面无所建树，但地位崇高，为勋臣首席，受人敬重，且在政务方面有所建白。如正德初年，群臣弹劾刘瑾等“八虎”，张懋肯领衔上疏，士大夫对他不无好感。他死后，前往祭奠的人不少。

张懋三月二十九日病逝，皇帝四月初二午后亲去英国公府慰吊。这又是百余年没有过的隆恩。皇帝听人议论过，他貌类太祖皇帝，也很想做一些类似太祖皇帝的事情，其中一事，便是祭吊功臣。他听说，太祖皇帝得到中山王徐达的讣闻后，被发徒步痛哭，开平王常遇春、宁河王邓愈归葬时，他亲至龙江迎祭，对功臣优礼无以复加。内臣外臣说起这类典故，都是赞颂的语气，皇帝印象很深，决心效仿。

英国公病逝，给了他效仿太祖皇帝的机会。皇帝亲吊，是百年未行的仪式，皇帝不准外朝知道，只令苏进提前在午前去英国公府通告。英国公府乱成一团，不知该怎样应付。张懋的长子张锐先父而死，现掌理府事，以后可能要袭封爵位的，是张懋的长孙张仑。

“小苏哥，圣上亲临祭吊，臣等感激莫名。”张仑的眼泪，一半是对祖父的悼念，一半是对皇上的感激，“只是我等不习礼仪，是不是该请教请教礼部，定下章程？”

苏进说：“万岁爷就是不欲外朝知道，生出许多麻烦，有人出面阻拦也说不定，这才要我私下来府上报个信。公子不可辜负了万岁爷的良苦用心，不要对外人说起此事。”

“是，是。”张仑忙说，“但圣上驾临，其他来祭奠者必须回避，如何告诉他们一声呢？”

“好办，皇上准在午时正驾到，在府上耽搁不了一个时辰，半个时辰。有定好这个时辰来祭王爷的，你差人报知一声，迟一两个时辰来。没有预定时辰而在那个时辰来的，你差人去四周拦一拦，请他们暂在四外避一避。你只对他们说，灵堂还要做些处置便了。”

“多谢小苏哥示教。”张仑作了一揖，他目前还只是英国公的长孙，本人没有身份，对苏进格外恭顺，“我就差人去办事。”

“不忙，”苏进拦住他，“还有一件事，我要与公子商议商议，定出个章程来。”

“商议不敢当，有什么该做的事情，就请小苏哥吩咐一声，在下无有不从。”张仑诚心诚意地说。

“万岁爷亲吊大臣，是百年未有的恩宠，你也是知道的，府上不该有些表示吗？”苏进问。

“表示？”张仑不知所措。皇上亲吊，死者之后哭拜谢恩，都是免不了的。此外还该有些什么表示呢？

“是啊，我看府上该有些表示，不然，万岁爷祭酒一洒，老爵爷怕消受不起。”苏进仍然说得不清不楚，让人摸不着头绪。

张仑不明所以，只好低声下气地讨教："我不把小苏哥当作外人，小苏哥也不要把我当作外人，我等对皇上该有什么表示，小苏哥请直言。"

"痛快，不愧是大家公子。"苏进竖起拇指，"张公子要我直说，我就直说了。万岁爷每奠一酒，老爵爷可在冥间享十年清福，公子可在人间得十年富贵。我看，万岁爷每奠一酒，府上向万岁爷进五百金，不算多吧？"

英国公府不说富可敌国，也是屈指可数的京城富室，金银是拿得出来的。张仑怕不合规矩，招惹上无谓的是非，因而问道："这是圣上的意思，还是小苏哥的意思？"

"张公子问得有趣！"苏进的脸色有些不对了，"万岁爷是何等人，会过问这等事，还不是我们当奴才的，要为万岁爷想着。张公子若是觉得不妥，就算我没有说，咱们免议。"

张仑说什么也不敢得罪他，忙说："妥当得很，妥当得很！小苏哥成全之恩，在下全家无不感戴。就依小苏哥所言，圣上每一奠酒，舍下进献五百金。小苏哥那里，我还准备了些意思。"

"那就多谢张公子了。"苏进又露出笑脸，"时辰不早，张公子可以去安排了。万岁爷大约已出了宫，我也该去路上迎驾了。"

皇帝进了灵堂，张仑率合府上下行礼如仪。皇帝向张懋行奠礼，不知苏进是不是向皇帝奏告了英国公府进献之事，反正皇帝行礼甚隆。皇帝每一奠酒，英国公府就进献一金盘，放置光彩耀眼的黄金五百两。皇帝凡九奠，英国公府进呈九副金盘，黄金共计四千五百两。

"行了，万岁爷。"苏进低声说，"爷再祭，老爵爷担当不起了。爷的恩宠也该有个限度。"皇帝这才作罢。张仑率合府上下跪拜谢恩，送皇帝一行离府。皇上在英国公府前停了停，对张仑说了几句慰勉的话，乘辇回宫。

由于皇帝亲吊，张懋的葬礼极是隆重，一时传为佳话。可英国公府的破费也着实不小。四千五百两黄金，差不多是一半家藏，此外，对苏进、赵林等小太监，对钱宁、江彬等宠臣，还要有不可太轻的表示。好在只要袭了爵位，每年就有三千石的禄米，很快可以补回。

第一百三十三章

四月初一的夜间，浙江按察司衙门来了一位不速之客。对按察使李承勋和按察司的门子来说，他不是不速之客。李承勋知道他要来，并交代了门子，只要他一到，立即放他入内，不准招呼，不准盘问，不准告与人知。

李承勋在南昌知府任上，治行卓异，超一级，升迁浙江按察使。他在衙门内坐等的人，是由江西副使升任福建按察使而未赴任的胡世宁。

李承勋将胡世宁让进衙门后室，随手掩上门："永清兄受惊了。"他亲自奉上一盅茶。

胡世宁叹了口气，说："不想遭此横祸，也不想大祸之中得立卿兄援手，我若随潘某人去了南昌，只怕再无与吾兄相见之日了。"

胡世宁去年三月上疏论江西事，没有受任何处分，反而在月年升调福建按察使，所有知道内情的人，包括他自己，都以为是异数，都以为朝廷处置宁府事，终究是圣明的。

他们却不知道，宁王早已上疏，列数胡世宁罪状，主要的一项是离间亲藩。按照太祖皇帝宝训，凡离间亲藩，不论任何官职，都该死罪。

亲藩之事，该礼部主议。礼部尚书刘春把宁王的奏疏压了压，没有即时处置。而宁府派来京师活动的人不久也到了，内而重托钱宁，外而重托陆完，一定要置胡世宁死罪。刘春知道胡世宁祸事不小，暗自思忖，亲藩之事，内阁不好讲话，不如与吏部尚书杨一清商议一个便宜之计。其实，在他之前，已有弘治六年那科进士出身的一名官员来找过杨一清了。

"应宁先生最爱护人才。"刘春直接说明来意，"胡永清是日后朝廷的栋梁，眼下有杀身之祸，还望应宁先生施计救援。"

杨一清已思索过一阵，有了打算，但还是要听听刘春的意思："仁仲先生不找他人商议，而来找我。定是心中有数了。如何施计救援，但请吩咐。"

"好，我就说了。"刘春为人直率，杨一清让他说，他就不客气地说，"我看，只有速调胡永清出江西，或可避祸。但调往何处，我拿不定主张。总之，不可再留江西。调入南北二京，似乎也不妥当。所以来和老先生商议，看能不能调往他省，平调或降调均无不可。”副使，正四品，调他省副使，属平调，调他省知府，也是正四品，但衙门降了一级，是一种降调；调他省参议，衙门升了一级，官品降了一级，又是一种降调。刘春之意，不论平调降调，只要调离江西即可，他根本不想升调。

杨一清算计得更深：“既要调，就必须升调。平调，会给人留下话柄，降调，更会给人留下话柄，则胡永清的处境不会改变，你我在朝廷，恐怕也要遭人诘问，不好收场。”

刘春由衷钦佩杨一清心思缜密：“此事必须应宁先生主持，我来主持，反要误事了。你看目前可有升调的机会？”

杨一清说：“胡永清升调按察使，按资历，还稍欠一些，好在他那一科已有人捷足先登了。”他说的捷足先登者就是李承勋。“胡永清的才干、政绩均不在李立卿之下，升调按察使，应不会招致太多的议论。而今福建按察司正缺正官。”

“极妙！”刘春说道，“如果宁王只想将胡永清逐出江西，他也该满意了。”

杨一清不以为然地说：“只怕宁王不是只想将胡永清逐出江西。不过，也顾不了许多，先行一步再说。而且要快。如果先有旨治罪，我们再为他申辩，就难了。”

于是有正德九年十一月胡世宁的升迁。

但刘春不能长期压下宁王的奏疏。该疏下廷臣会议，陆完以为胡世宁当治罪，不足为奇，连掌院右都御史石玠都认为胡世宁狂率当治，实有些出人意料。或因他与陆完是同科进士，被陆完的一番说词打动。吏部尚书杨一清、礼部尚书刘春有所维护，但维护得不太有力。廷议有歧见，都不作定论，由皇上裁决。皇上先入为主，听了钱宁一番话，早就有了主张。大臣们要他裁决，很好，他命锦衣卫官校逮捕胡世宁，下狱勘治。

此时，胡世宁已获升调福建之命，绕道还乡。他是浙江仁和人，仁和属杭州府。杭州城是杭州府和钱塘、仁和两县的治所。逮捕胡世宁之旨到达南昌时，胡世宁正在杭州城内。宁王知道状子告准了，心中大喜，一面让江西抚、按奏告朝廷，胡世宁在逃，一面遣人急驰杭州，让浙江巡按御史潘鹏擒拿胡世宁，押往南昌。宁王不但着力控制江西有司，而且向邻省扩展他的势力。除了南京之外，杭州是他最看重的去处。而浙江的抚按三司官中，巡按御史潘鹏和宁府的关系最密切，宁王把追拿胡世宁一事托付给他。

潘鹏即胡世宁说的潘某人。他明奉朝廷之旨，暗衔宁王之命，当然是尽心办事，刻不容缓地率衙门中人去了胡世宁家。说来也巧，胡世宁在杭州城里住了些日子，一直在家中陪伴老母亲，说话解闷，而就在潘鹏来的那天，他心有所动，要去逛逛六合塔。长子胡纯、次子胡继要陪他同游，他都不准，命他们在家守着祖母。

潘鹏没有即刻拿获胡世宁，给了胡世宁逃脱的第一个机会。胡世宁游逛六合塔，只告诉了二子。胡继和潘鹏很熟，彼此素知，他见潘鹏来者不善，多了个心眼，暗中叮嘱胡纯，千万不可说出父亲的去向。

潘鹏盘问胡世宁的家人，没有问出结果，他率领的士卒在胡宅搜索，没有搜出钦犯。他命将胡世宁的家人，从其母，至其子，尽数带去衙门囚禁。而就在他停留胡宅的一段时间，办事老到的胡继做了两件事，一是派了办事妥当的家人送讯给按察使李承勋，报告潘鹏奉命拿人，请李承勋晚间支开衙门里的一切人，专候胡世宁，商量对策；二是派了办事妥当的家人速去六合塔下找到老爷，让他日间或在灵隐寺，或在黄龙洞，躲避一时，待天黑后，直接去按察司衙门见李世伯。

虽在危急时刻见面，胡、李二人却还沉着。

“二世侄信得过我，把永清兄托付与我，我不能袖手不管。”李承勋说，“永清兄不回家，不去巡按衙门投案，而来我处，也是以身家性命托付之意，我自然要尽力维护。我一直担心，永清兄知道老夫人被潘某人请去衙门，会不顾一切，找潘某人论理，那就上当了。永清兄没有去，定是还不知府上之事，这倒是避开一场大祸了。也足见二世侄安排的巧妙。”

“怎么，潘某人竟把家母捉去衙门了？”胡世宁大惊。

“是，不但老夫人，还有嫂夫人和两位世侄，都在衙门里。”李承勋说，“潘某人还邀我同去盘问钦犯家属，被我回绝了。”

“多谢立卿兄如实相告。”胡世宁奋起说道，“我这就去按院投案，赎回老母和家人。”

李承勋拦住他：“永清兄，我方才的话你听到了。我说，你若去衙门寻潘某人论理，便上当了。我既然这样说了，怎还会让你去上当？”

“可老母在衙门里，形同被囚。老母年事已高，做儿子的，就是拼却性命，也要换出她来。”胡世宁说，“立卿兄还是放我走吧。”

“老夫人的性情我是知道的，老夫人的品格我是佩服的。即便她老人家在衙门里形同被囚，她的心里也是高兴的。只要心里高兴，老人家的身体就不会垮。再说，潘某人要找的是你，不是老夫人、嫂夫人和两位世侄，潘某人把他们请去衙门，问了一夜，问不出来，还能再留他们吗？永清兄若信得过我，明日潘某人不主动放老夫人回府，我也要说得他放老夫人回府。对于老夫人和各位宝眷，你不必担心。眼下要担心的，倒是永清兄。你方才说，你随潘某人去了南昌，与我再无相见之日，现在又说，要拼却性命，换老夫人出来，前后两句话，不是危言吧？”

胡世宁说：“不是危言。我相信，我随潘某人去了南昌，宁王不会放我活着离开。否则，就该取道南京北上，何必要去南昌？”

李承勋说：“我看永清兄也不会危言吓我。既然去南昌是一条死路，而老夫人在衙门里不过是一夜之厄，二者间的轻重你还分辨不清吗？你要是真去了南昌，一去不回，老夫人就不是一时的哀叹了。你不但辜负了老夫人一夜的危难，也辜负了老夫人一生的教养；你不但辜负了老夫人的教养，也辜负了二世侄的筹划。”

胡世宁听了李承勋一席话，不觉汗颜：“要不是立卿兄点拨，我真会做下终生抱恨之事。”

“我也只好说你是当局者迷。”李承勋道。

“当局者仍是迷惘。”胡世宁说，“你说不该随潘某人去南昌，我听了有道理。可我有家不能回，也不能留在你的衙门里，好似真的没有出路了。”

“出路有，而且不止一条出路。”李承勋说，“我为兄谋二策，兄可斟酌利害，选择其一。”

“立卿兄请说。”胡世宁揖揖手。

李承勋条缕分明地说：“出路不在浙，更不在赣。出路之一，永清兄权作不知杭州城里的一切，仍去福州上任。福州未必另有一个潘某人，会把你解往南昌。你可随锦衣卫官校去京师。出路之二，永清兄干脆悄然上路，自己把自己解往京师。你是朝廷要逮的人，要投案，干脆向朝廷投案。两条出路，不过是一急一缓。

胡世宁本是能谋善断之人，和李承勋谈了一阵，情绪渐渐稳定，也就有了主张：“反正要向朝廷投案，不如直接去京师。立卿兄，麻烦你为我准备马匹、银两，我明日动身。我看，不必待到天黑。谅潘某人不会明日一早就张榜拿人，我尽可以大摇大摆地出城。”

四月二十九日，胡世宁经过十几日骑马奔波，疲惫不堪地赶到京城。他不拜师友，不寻宿处，直接投向都察院。三法司中，都察院负有纠劾百官之责。胡世宁不投刑部，不投大理寺，而投都察院，表示他只把自己看作一名被纠劾的官员，并不把自己看作一名被通缉的案犯。宁王说他是逃犯，他却来都察院投案，对他较为有利。但他是朝廷命锦衣卫逮捕的钦犯，都察院不敢处置，仍把他转入锦衣卫狱。

胡世宁一入锦衣卫狱，立即讨来纸笔，连上三疏，论奏宁王不法诸事。皇帝不知是没有看到，还是看了一句也不相信，疏入均不报。

钱宁一直想和杨一清交好，杨一清对他也很客气礼貌。但他绝没有想到，杨一清会到锦衣卫衙门拜望他，这使他真有些受宠若惊的感觉。

“邃庵公大驾光临，是锦衣卫从来没有过的荣耀。”钱宁说着，恭恭敬敬地把杨一清让进衙门就座。

“那是因为百年来，锦衣卫也只有一位朱都督。”杨一清说，“锦衣卫因为有了一位朱都督而荣耀，不会因为杨某人到来而荣耀。”

几句话说得钱宁大为开心。他笑着说：“应宁先生真会说话，无怪乎万人敬仰。”

“光会说话，不会万人敬仰，须得会办事，才会令人钦佩。”杨一清说，“不瞒朱都督说，我来拜望朱都督，是想让自己成为令人钦佩的人，也想让都督成为令人钦佩的人。”

“应宁先生是说，要教我怎样做事了？”钱宁问，“不知何事，烦劳应宁先生亲来衙门吩咐？”

“不敢说教都督做事，更不敢说前来吩咐。”杨一清说，“不过，此事做好了，都督无疑会成为令人钦佩的人，做不好，于都督却有些不便。在下说的，就是关在北镇抚司狱的胡按使。胡按使的案子，都督一定要慎重处置，免生意外。”

钱宁说：“我知应宁先生曾为胡按使辩诬，然而，也有文班大臣说他罪当重治，所以皇上才命拿他下狱勘问。应宁先生说的慎重处置，莫非是要我还他个清白？恕我难以从命。”

“朱都督误会了。杨某若向都督提出这样的要求，岂不成了不知法度之人？这等要求，莫说我不会向都督提出，就是有人向我提出，我也要严词拒绝。”杨一清正色言道，“我所言慎重处置，是请都督公正勘问，明辨是非。胡按使若是清白，就该还他清白，胡按使若不清白，就该依律治罪。我想，我的一番话，都督也是赞同的。”

“当然，皇上信得过我，要我治狱，我当然要公正勘问，绝不以是为非，也不以非为是。”钱宁说，“我若问得不公，应宁先生不妨论奏。”

杨一清说：“哪里的话！皇上信得过都督，还有谁敢信不过都督吗？我欲提醒都督的，是下面说的四个字：免生意外。我说这件事做得不好，于都督有些不便，就在这四个字上，要特别慎重处置的，就在这四个字上。”

钱宁听得心中发慌，拱手道：“应宁先生，你的话我听不大明白，请说仔细些。”

“好。”杨一清怕的是他不肯听下去，“是狱由宁王的奏疏而起。胡按使有论劾宁王的奏疏，宁王有论治胡按使的奏疏，我且问你，二疏孰前孰后？”

“自然是胡按使的奏疏在前。”钱宁道。

“那么，没有宁王论胡按使的奏疏，胡按使也要上疏论宁王吧？”

“他的奏疏在前，自然与宁王论不论他没有关系。”这是个极简单的道理，钱宁不能不承认。

“而没有胡按使的奏疏，宁王就不会上疏论他，这一点，都督可以确定吗？”杨一清进一步问。

“这——”钱宁发现钻进杨一清的圈套里，不好答了。

杨一清也不需要他作答，接下去说：“为何宁王不论劾胡按使，胡按使也要论劾宁王，宁王却在胡按使论劾之后才论劾胡按使，其中的道理，朱都督不妨多想一想。这是其一。其二嘛，胡按使入狱后，又接连上疏，不改旧辞。其中的道理，也请朱都督多想一想。”

“胡按使为证明自己无辜，当然不能改口。”钱宁说。

“我说的道理正在于此。如果胡按使在江西上疏论劾宁王，而在江西发生意外，定有人议论是在江西被人灭口。如果胡按使在锦衣卫狱中上疏论劾宁王，而在锦衣卫狱中发生意外，定有人议论是在狱中被人灭口。所以我说，都督一定要慎重处置胡案，千万不可在锦衣卫狱中生出意外。朱都督，我们推心置腹地说，日后还会有人论劾宁王。如果胡按使在锦衣卫狱中出了意外，你如何向圣上交代，如何向天下交代？那时，我还会说出这一番话来的。”

“承教，承教！”钱宁谢道，“我一定慎重处置是狱，不使生出意外。”

第一百三十四章

杨一清去锦衣卫衙门的当天，户部尚书王琼又造访。王琼与钱宁的关系，比杨一清与钱宁的关系要亲近得多，但在他们二人之间，总像有一块拦路石，王琼轻易不私访钱宁。

“德华先生来之何其迟也，”钱宁半是开玩笑半是炫耀地说，“竟然落在了应宁先生的后面。”

“怎么，杨冢宰访过都督了？”王琼当然有些吃惊，“莫非他也是为了朝廷的调动？”

钱宁大约知道王琼来访的目的，知道杨一清来访的目的与他截然不同。但杨一清与他的对话不足为外人道，更不足为王琼道，所以他只笑笑，不做答。

王琼将钱宁的态度看作默认。在他看来，杨一清是没有必要来访钱宁的。没有必要来访却来访了，大约是为了更多一层保障。他叹道：“都督责怪得对。我真是来得太迟了。”

王琼来访钱宁，是为了在朝廷大员的调动中寻求更有力的支持。三月，杨廷和丁忧，摆明了朝廷的人事会有大的调动。

三月初九日，杨廷和接获家书，知父亲去世，当日上疏乞归。皇帝不准。三月十二日，杨廷和再次上疏，乞准回乡守制，皇帝还是不准。杨廷和三日一请，三月十五日第三次上疏，再不准，就有些不近情理了。皇帝降旨，许杨廷和奔丧，但不许守丧三年，丧事完毕即还朝。为示恩宠，还差行人司行人护杨廷和归丧。

行人司的编制是四十人，司正一人，左、右司副各一人，行人三十七人。凡遇颁行诏敕、册封宗室、抚谕诸藩、赏赐、慰问等等，轮番差派。行人品秩极低，是正八品官，但只要出了京城，都是奉旨钦差。杨廷和归葬乃父，皇上给了他很大的面子。

皇帝不准守制，是出于对杨廷和的信赖和眷恋。而杨廷和出于对父亲的情感也好，出于对名誉的爱惜也好，在丧事完毕以后，一定会再向朝廷恳请。奏疏一上诏书一下，来回就要几个月。就算杨廷和争执不过，不得不遵旨，丧事完毕即还朝，也大约在半年以后。大家都想得到，内阁不能长期只有两个阁臣，一定还要增补一至二人。一般估计，礼部尚书刘春入阁的机会最大，因为部院大臣中，眼下只有他一人是翰林出身。在刘宇、曹元之后，还没有非翰林出身的官员入阁。

王琼的看法也不例外，因而，对杨廷和去后的局面没有特别的想法和特别的行动。但就在今日早朝后，传出一个意外的消息：将补入内阁者，不是翰林出身的礼部刘尚书，而是中书舍人出身的吏部杨尚书。或许，王琼听到这个消息时，杨一清本人还不知道他的去向。

对这个消息，王琼不能不动心。户部改兵部，他可以接受，户部改礼部，他想也不会想，而户部改吏部，是名副其实地升高一级，他不但可以接受，而且是衷心地企盼。

王琼听到的消息，钱宁当然早就听到了。他调侃地问："德华先生关心的，是杨冢宰入阁吧？"

王琼想求得钱宁的支持，必须以诚相见，他点点头，说："不错，听到这个消息，我马上来拜望朱都督求证。没想到，应宁先生已是先一步来求证了。朱都督，此事确实吗？"

"德华先生心有疑虑吗？"钱宁问他。

"应宁先生以声望而言，是入阁的适当人选，而以出身、经历而言，入阁又并非顺理成章。"王琼说。

钱宁说："怎叫不是顺理成章？要我说，介夫先生一年前丁忧，应宁先生入阁不入阁，在两可之间。介夫先生偏偏今年丁忧，应宁先生入阁，便是顺理成章之事了。德华先生向来善于观望形势，怎么不记得去年七八月间的战事了？"

王琼皱了皱眉，似有些明白了，又似仍不明白："朱都督是说，张太监又起用了？"

正德九年七月，鞑靼小王子部入犯北边，宣、大有警，天成卫、阳和卫告急，游击将军张勋、守备副使田琦、商彪等败死，朝野震动。廷议之后，皇帝命太监张永总制提督宣、大、延绥等军务，都督白玉为平虏大将军总兵官，发京营二万人出御。张永因库银被盗事闲住了一段时间，遇有大的战事，又被起用。不过，退虏还朝以后，没有听说有什么大的恩赏。

"张太监虽又掌御用监，宠眷未见隆厚，选员入阁，他也说得上话吗？"王琼仍是怀疑。

“德华先生这样问，可见对宫中的事体还不甚了了。”钱宁驳道，“选员入阁，在外朝，看来是不得了的大事，在宫中，只需要一个机会，一句话，便可决定，张太监或恰好碰到一个机会，说了一句话，应宁先生便入阁了。”

王琼点头称是。杨一清与张永自宁夏之变后的亲密关系，可说是没有人不知道的。

“也算是一报还一报，应宁先生对张太监有大恩德，张太监自然要鼎力相报。”钱宁接着说。

王琼说：“时隔四五年，张太监还不忘旧恩，也算得上是多情人了。”

“你是说正德五年的故事？你错了，我说的是正德九年的故事。”钱宁纠正说，“你知道，去年朝廷发兵，除两万主力之师外，还有六千偏师，以御马监太监张忠监督，都督温恭为副总兵，偏师亦受张永节制，御马张奏言：他与温恭各领三千人，俱边兵，可便宜击虏，若受节制，则进退有碍，御马张也是在豹房侍候皇上多年的公公，有此请求，而且请求的合理，皇上自然是要准的，该准而未准，德华先生知道原因何在吗？”

“听说是阁议不可。”王琼对军事的关注甚于对会计的关注，但说到内幕，就不能十分肯定。

“张忠所请合情合理，内阁为什么不同意呢？”钱宁再问道，“德华先生，你大概答不出来了。我告诉你一个确定的情形，内阁议事之前，介夫先生去拜望了应宁先生，回阁后便有了决议。公公们都在传说，不准御马张所请，是应宁先生的意思。想一想，确有道理。一则，内阁诸公对边事并无己见，至少是不固执己见。御马张所请，本是可准可不准的事，为何必不准之？这不是内阁一贯的态度。二则，介夫先生在内阁一言九鼎，是最后拍板定案的角色，偏偏他在内阁会议以前，拜望过应宁先生。三则，应宁先生与张太监交情不浅。偏偏张太监此次又总制提督军务。由此观之，内阁之议即应宁先生之议。那么，应宁先生为什么必欲张太监节制偏师呢？说来也简单，无非是要他收全功而已。应宁先生的用心，张太监在边方，怎会体会不出？因而，张太监告捷班师之后，一直想报应宁先生在这件事上的大恩德。德华先生说张太监不忘五年前的旧恩，抑或有之，而年前的大恩德，才是他必要报的。”

“原来如此！”钱宁的一段故事，说得王琼深有感触。张永因杨一清的指导而平定宁夏，除却逆瑾，杨一清因张永相助而立足朝廷，由长户部而长吏部，而入内阁，可说各有所得。他把思路集中到钱宁身上。自刘瑾诛灭之后，老太监都很谨慎，小太监又都太刁钻，很难从中找出结为表里的人物。钱宁虽不在宫中，却是皇上贴近的人，太监在宫中能够碰到的机会，他在豹房也能够碰到，太监在宫中能够说的话，他在豹房也能够说出，真该与他深交。

深交不是一闪而过的念头。王琼对钱宁怀着矛盾的心态，既想借助于他，又怕沾惹上他。想借助他，是因为看到了他的权势，看到了他对皇上的影响。怕沾惹上他，是因为看到了他同宁王之间不同寻常的往来，看到了宁王给他的好处。王琼相信，宁王和钱宁互予对方的好处都是危险的。

今次拜望钱宁，是借助他的心态占了上风。现在是登高一步的绝好机会。越向上，登高一步的机会越少。由督抚升为侍郎的机会比由布按二司升任督抚的机会要少，由侍郎升为尚书的机会比由督抚升任侍郎的机会又少，而由他部尚书升任吏部尚书的机会可说是绝无仅有，放过了一个机会，此生可能再也碰不上了。现在有了一个这样的机会，他一定要把握住。

"宫中太监都知感恩报答，况我士大夫乎！"他意味深长地对钱宁说了一句。

钱宁听出他话里的示好和求助之意，笑了笑，没有立即做出表示。对王琼，他也是怀着矛盾的心态。一方面，他看重王琼的才干。他广泛接触士大夫，而王琼是他有意深交的士大夫之一。另一方面，他又惧怕王琼的才干，特别是惧怕王琼会从他和宁王的交往中觉察出什么。王琼与陆完不同，陆完对他和宁王的交往是认同，甚至是促进。王琼就未必如此了。

王琼明明白白地表示了示好和求助，钱宁想，倒不妨做个诱饵，为以后的深交做个铺垫。

"日久见人心。"钱宁也意味深长地说，"德华先生日后用得到我，我一定不负所望。不过，今日的事情，我——"他故意不说下去。

"今日的事情，都督不肯帮忙吗？"两人的话都说到了明处，王琼就不再含蓄，"是都督在我之前已应允了别人，还是另有难言之处？"

钱宁等的就是他的这句话："德华先生问得率直，虽有难言之处，我也直言不讳了。不是我应允了别人，而是有人应允了别人。"

"除了朱都督，还有谁敢应允别人？"王琼不相信，仍然以为钱宁借故推搪。

"是啊，在外人看来，除了朱都督，无人敢应允于人了。"钱宁说，"就算德华先生说得不错，现在的朱都督，可不是朱宁一人。"

"你是说宣府来的朱都督？"王琼这才听明白，"他入京才几年，怎能和都督比？"

"我若说德华先生孤陋寡闻，德华先生一定不愿意听。我若说宣府来的朱都督得皇上之宠超过了我，德华先生一定不肯信。但我说，他得皇上之宠不在我之下，德华先生找人问一问，便知我说的不差。毋庸讳言，全卿先生转掌吏部，在我也是可心之事。而德华先生转掌吏部，我以为是众望所归。应宁先生还不是以大司徒转任大冢宰的？那一位朱都督则不同了，在他那里，德华先生和全卿先生就不能相比了。全卿先生提督军务时，他在帐下为将，他有今日，有赖于全卿先生。你想一想，吏部尚书只有一位，待转尚书却至少有二人，他会助谁呢？况且，成全全卿先生的朱都督，不止他一人。与他同进的许泰，他所引进的李琮、神周，在皇上面前都说得上话。就算我有两张嘴，拼命为你力争，能说得过众人吗？所以我只好说，日久见人心。此次吏部尚书之缺，德华先生不必存有奢望了。”

尽管钱宁说到自己，有几分推诿，说到江彬等人，显然是实情。看来，陆完一次提督军务，真要终身受益了，这是当初任何人都没有料到的。早知如此，当初就该活动活动，带兵出征，今日之格局或许会有所不同。

失去一次机会，就该永远落后吗？王琼脸上现出失悔和不甘。

钱宁乘机说：“德华先生是明智豁达之人，何必计较一日之长短？我记得，你曾有意于兵部，今日还有意乎？”

“不得已而求其次，还望都督成全。”王琼求吏部不成，仍求兵部。

“好说。”钱宁满口答应，“德华先生若是次一等的愿望也求不到，就不必再和我相交了。”

闰四月四日始，朝廷大员有了一系列的改动。

先是初四日，吏部尚书杨一清兼武英殿大学士入阁，一段时间以来的传闻终于得以坐实。他的位置在梁储之后，在靳贵之前。

接着在十三日，兵部尚书陆完为吏部尚书。

二十二日，在度日如年地等了差不多十天之后，户部尚书王琼得旨，转兵部尚书。任兵部尚书后的第一项职掌，就是代陆完掌京军。五月初一日，命王琼与太监谷大用、新宁伯谭佑提督团营。当时提督团营的，还有右都督许泰和都督佥事江彬。

五月初二日，右都御史石玠为户部尚书。有些人在私下议论，石玠的调转，和他处置胡世宁案有关。也有人说，他的调转是由于杨一清的力荐。众说纷纭，莫衷一是。

五月初七日，吏部左侍郎王景升任右都御史。左都御史彭泽则已奉旨回朝掌院事。

对彭泽的回朝，也有许多议论。有人说，土鲁番、哈密事件并没有最终解决，彭泽只是以缯绮二千匹、白金酒具一副，劝说土鲁番修好，满速儿得物心喜，满口答应归还哈密城及金印，却并未归还。彭泽此时不宜召回。彭泽在得到满速儿的许诺后，迫不及待地上疏乞休，明眼人都看得出来，乞休是虚，要求回朝是实。念及他数年在外奔走，内阁（时杨廷和仍是首辅）也好，兵部（时兵部尚书仍是陆完）也好，都不便再留难他，朝廷降敕召他回朝。

彭泽在回朝的途中，便得知朝廷大员的变更。他还听到一个令他振奋的消息：回朝后，他将调离都察院，兵部尚书一职正虚位以待。

虽是传言，他至少有七分相信。一则数年来，他立下多项军功，足半天下。以军功而论，当朝无人可及。二则他估计，他出掌兵部，一定是杨一清的力荐。以杨一清的身份、地位，朝中不会有人反对。回到朝中，却是另一番情形：兵部已由王琼所掌，户部又由石玠所掌，他仍是掌都察院，心中不免有些怨愤。不久，隐隐听说，王琼得钱宁助，而改兵部，心中更是不以为然。

彭泽为人直率，心里有话，一吐为快，在公开的场合，或私下的场合，只要有机会，总会说些难听的话，使王琼难堪。王琼与陆完之间原有芥蒂，同朝多年都没有发生正面的冲突，彭泽一回朝，便与他势成水火，大大出乎他的意料。

彭泽骂王琼，更多时是骂钱宁。骂钱宁和骂王琼不同。彭泽与王琼同朝议事，正面交锋是正常的事，而与钱宁却难得有机会相处，因而只是在亲近的朋友面前骂。朋友或善言解劝，他也知道收敛，不做得太过分。

第一百三十五章

佛保近日多了一项差事，每天跑一趟光禄寺，提取鹅头数十只。这事他本来自己就做得，但一来从西华门豹房，到东华门光禄寺，路程不近，一人走去走回，太寂寞，宫中之人，生活在寂寞之中，无不深怕寂寞；二来鹅头虽小，数十只加在一起，也有些分量。他不愿意花费气力，便每次带上两名小宦者。

每次去光禄寺的乐趣之一，是与少卿杨玮斗嘴。他指着装鹅头的小篓子，对跟来的两名小宦者说："数一数，看杨大人今日赏了几只。"

点过后，小宦者报说："今日只有十五只了。"

佛保皮笑肉不笑地说："杨大人，他们有没有数错呀？要不，我再亲数一次？"

"佛公公不必数了，大约就是此数。"杨玮说，"或是十五只或是十四只、十六只，若那两位小公公数得有些差错，也不过如此而已。"

一名小宦者说："岂有此理，我们认真点过了，怎会有差错？我点出了八只，他点出了七只，合在一起，不正好是十五只吗？"

另一名小宦者说："不对，是我点出了八只，你只点出了七只。我办事总是比你快些的。"

"你办事怎会比我快些？"第一名小宦者不肯承认，"每次推着篓子，都是我在前面走，你随在后面，明明是我比你要快一步嘛。"

第二名小宦者说："佛太监怕你跟不上我，才要你走在前面，我好迁就你。你连这都不懂吗？"

杨玮笑着听他们争论。佛保也禁不住笑了。

"行了，你们不用在杨大人处丢我的脸了。"佛保说，"今日的篓子甚轻，不用你们抬了，我一人便提得起。我倒要看看，你们到底谁快些。谁快些，我就在皇上面前替谁讨个赏。"

第一名小宦者性子很急："这就开始吗？"

佛保说："现在开始也可以。不过，有一难处。我没有你们行得快，你们谁先行到豹房，我怎么看得到呢？你们肯定是各执一词，别人作证我也不放心。二位有什么好的主意吗？”

第一名小宦者说：“佛叔，好办得很。我们谁先到万岁爷面前，谁便赢了。爷一说，佛叔总该相信吧？”年龄相差不多，但在皇上面前的身份不同，其他小宦者对佛保等只有称高一辈。

“你的主意不错。”佛保说，“万岁爷裁断最好不过。而且，爷会亲赏你们，倒不用我替你们请赏了。”

第二名小宦者心眼多，不相信地说：“爷并不知我和他在比快，怎会有赏？佛叔真会说笑。”

“怎会是说笑？”佛保一本正经地说：“爷见了你们，一定向你们讨要鹅头，你们拿不出来，不妨想一想，爷还不赏你们顿板子吗？”

第一名小宦者搔了搔头，说：“佛叔为我二人讨赏，也是讨一顿板子吗？我们替佛叔办事，可是从来也不敢偷尖耍滑。”

“是，你们办事从来也不偷尖耍滑，可也从来不肯用心。”佛保说，“你不想一想，爷看你等随我来取鹅头，你们空手而回，我若不为尔等讨一顿板子，尔等知道以后怎样为爷办事吗？”

“佛叔不必说了。”第二名小宦者说，“我等还是抬着篓子，随你老人家回豹房就是。”

“你也不肯用心。”佛保说，“你也不想一想，就取到十五颗鹅头，爷能饶得过咱们吗？你倒是向杨大人学学，爷昨日是怎样说的。”

第一名小宦者抢着说：“爷说了，今日的鹅头不错，倒是很新鲜。”记住了皇上的话，他好不得意。

第二名小宦者见佛保的脸色不对，纠正着说：“爷说，今日的鹅头倒是很新鲜，不错；不是说今日的鹅头不错，倒是很新鲜。”

“还有呢？”佛保问。两名小宦者呆傻得可以，彼此看了一眼，再也想不起来。佛保生气地说：“爷难道没有问，只是怎么又少了吗？”

“问是问了，不过，我记不清楚，是昨日问的，还是前日问的。”第一名小宦者说。

“我记得，好似大前日问的。”第二名小宦者说。

“我告诉你们吧，这话爷昨日说了，前日说了，大前日也说了。你们只记得爷高兴时说的话，不记得爷发怒时说的话。等爷怒到极点，哼！”佛保冷笑一声，不知是给两名小宦者听的，还是给杨玮听的，“你们才会知道爷的厉害。”

两名小宦者忙着点头：“是，是，爷的话我们全记起来了。爷几日一直在说，怎么又少了？”

佛保转向杨玮，说：“杨大人，万岁爷的话，恐怕不只是对我们几个奴才说的。”

杨玮知道佛保的表演是给他看的，但他不动声色，稳重地说：“圣上有话对小臣讲，自会降旨，佛太监若是捧旨而来，小臣跪接。”

佛保又是一声冷笑：“杨大人说得好！我没有捧圣旨来，杨大人也不必跪接。不过，万岁爷问我等的话，我等答不上来，请教请教杨大人，总可以吧？”他转向两名小宦者，问道：“你们二位老兄还记不记得，我们第一次来光禄寺，杨大人赏给多少颗鹅头带回去的？”

“六十五颗。”第一名小宦者抢着说。

“不对，”第二名小宦者纠正他，“第二日才是六十五颗，第一日是七十五颗。”

“那么，第三日就是五十五颗，第四日就是四十五颗，第五日就是三十五颗，第六日就是二十五颗，今天是第七日，变成了十五颗，是不是这样？”佛保问两名伴当。

“没错。”第一名小宦者说，“刚才我还在想，明日我一人来就是了，一根小线穿了便可拎将回去。后日呢？不知后日还要来吗？”

“着哇！”佛保说，“杨大人，后日来，我们便要向万岁爷讨了鹅头，送与光禄寺吧？”

“宫中用的仔鹅都在光禄寺，圣上要用鹅头，只有向光禄寺索取，没有送与光禄寺的道理。”杨玮说。

“杨大人道理看得透彻，为什么万岁爷要用鹅头，却不肯如数支给呢？”佛保诘问。

杨玮说：“光禄寺掌祭享、宴劳、膳羞之事，岁入牲禽，均有定数。须会出入，量丰俭。宫中一日两日用数十只鹅头，光禄寺尚可勉为其难，以情酌办。若日日索取，光禄所入鹅只有限，仔鹅又只长一头，实在是无法应付。佛太监明日来，只有五只鹅头，后日来，再无鹅头供给，却也是可能的。”

“仔鹅只长一头，我不与杨大人争，也不许他们与杨大人争。他们若与杨大人争起来，说不定每只仔鹅长了不止一颗头。光禄寺岁入仔鹅有定数，我也不与杨大人争。我若是与杨大人争起来，说不定那个定数也不定了。我今只说个计较，请杨大人礼尚往来，如何？”佛保的话通情达理。

“佛太监请说。”杨玮的态度也是彬彬有礼。

“光禄寺不妨花些银两，多多从民间买些仔鹅，鹅头供给万岁爷，鹅身由光禄寺任意处置，各位大人每日分得一只半只鹅，岂不两下都方便？”

杨玮哭笑不得，说：“光禄寺所进牲禽，多是上供用品，官员们怎敢私分？佛太监出的主意，不是爱我助我，而是害我杀我。再说，光禄寺亦无多余的银两可买多余的仔鹅。就算有多余的银两，北方人少有养鹅者，又到哪里去买？一则无钱，一则无物，天下民穷财尽，世人在说，朝廷也在说，佛太监就没有听到吗？”

“民穷不穷，且不论它，财尽之说，骗得了谁？我就不信，修乾清宫的钱有，修太素殿的钱有，修御马监、钟鼓司、火药库的钱有，偏偏买仔鹅的钱就没有了？”佛保不满地说。

乾清宫在上次火灾之后，必须全面修葺，费用不可胜计。太素殿本是宫内极不起眼的小殿，灰墙茅顶。皇上不知为什么对它有了兴趣，命工部重修，务极华侈，共用银三十余万两，役使军匠两千余人。用时，御马监等处也一一翻修。宫墙之外，兴建也很多，中城北城相交的积庆坊几乎成了皇家专用地区，日有所兴建。居民被迫迁离，得以留居两坊者终日被滋扰，不得安宁。

“工部是阔衙门，可惜，光禄寺隶礼部，不隶工部，是个穷衙门。”杨玮不屑地说。听得出来，他对工部的堂上官不满。正德五年以来，各部正堂更迭变换，只有工部尚书李鐩一直任到现在。他除了尽力满足宫内的需索，还会有什么别的诀窍呢？不过，李鐩是成化八年进士，对杨玮来说，是老而又老的前辈，他不便公然批评，只不痛不痒地发了句牢骚，又转而议论其他。“退一步说，民未穷，财未尽，一日而杀数十只无辜仔鹅，佛太监，你姓佛，便与佛有缘，难道全无恻隐之心吗？”

“有什么法子，万岁爷养的画眉要吃生鹅脑，一日不吃，便一日愀闷不乐，爷便也愀闷不乐，奴才们是万死之罪，尔等大人们脱得了责任吗？”也许说起了佛缘，佛保的口气不像刚才那么生硬，不像在逼迫杨玮，反而像在对杨玮诉说委屈。

杨玮话已说尽，无可再说，他对佛保揖揖：“佛太监，今日只有十五只鹅头，请带去回复圣上。今日若不肯带走，我便存入冰窖，明日佛太监来索取，还是这十五颗鹅头。”

佛保退一步说：“好，今日我带走这一小篓，明日来，仍是相同一小篓，如何？只要杨大人慨允，万岁爷若有责怪，我替杨大人担待。”

“多谢佛太监厚意！”杨玮说，“看在佛太监面上，明日来取，在下以十颗鹅头恭候。”每日减十只，改为减五只，在他也是让步了。

“不肯再留余地了吗？”佛保最后问一句。

“后日来，便只有五颗鹅头了，再后日来，不好让几位公公空手回去，三只也好，四只也好，总会预备下一些。”杨玮的意思，请佛保死下心来，不要再和他讨价还价。

第一名小宦者一把将篓子抄将过去，好像怕杨玮真把它放入冰窖：“佛叔，你老快请吧，爷和爷的画眉都在等着呢。”

“还用你催，佛叔不比你急吗？”第二名小宦者说，“他老人家是要问个明白，好回爷的话。”

“对了，佛叔，爷要问起来怎么个答法？”第一名小宦者问，“爷问怎么又少了，我们就照这位杨大人说的，回答说民穷财尽了吗？”

“你每月两吊小钱，石把禄米，犯不上操那么多的心。”佛保生气地说，“万岁爷会问你吗？要不，爷问起来，我就让你去代答。看爷不打烂你那张嘴！民穷财尽也是你该说的话吗？”

“不是我向万岁爷说民穷财尽，我是说，爷问起来，我们就说，光禄寺的杨大人说民穷财尽。不然，又怎说？”第一名小宦者解释。

“好了，好了，该我操心的事情，你替我操了一半，我的禄米禄银也分一半给你吧。”佛保道。

“谢佛叔。”第一名小宦者要跪谢，幸亏被第二名小宦者拦住，不然，佛保不是被他气得昏倒，就是一巴掌打到他头上。

杨玮字伯玉，松江府人，为人正直刚烈。他任礼部郎中时，曾还乡一次，恰好同年喻时任松江知府，设宴招待他。席间招来戏子。喻时为人风流轻浮，与戏子合吃杯中之酒。杨玮以为太过下作，看不下去，厉声言道：“喻子乾，此是何等模样！”众陪客大惊，喻时失色。说起来，喻时的学识、官声都是不错的。杨玮斥他，绝不假以颜色。可以想象，他认准了的事情，小太监佛保的胁迫劝诱，都改变不了他的主张。

第二日，光禄寺里果然只有十只鹅头。午后，佛保又返回光禄寺。老远的路，一日之内走了两趟，焉能不火，焉能不烦。“杨大人，我是奉旨来诘责的。不过，我已经没有话对你说了，你自己去向万岁爷回话吧。”佛保说。

杨玮知道，这是皇上要降罪的讯号，他换上罪囚所着白布褶裙，跪于午门外候旨。

皇帝先遣苏进出午门见他。“杨大人，万岁爷爱你忠厚耿直，不欲即刻加罪，有一句话要我来问你。”苏进立于杨玮前，说道：“我等向你讨要鹅头讨不到，若光禄寺卿，甚或礼部尚书向你去讨，你又当如何回话？”

杨玮说：“公公等日夜在圣上身边侍候，罪臣见公公等来，格外顺从。若是本寺正卿甚或礼部尚书向我提起此事，我定要狠狠奏上一本。”

苏进吐了吐舌头，说：“好厉害！原来杨大人对我等还是另眼相看。不过，看你这身服饰，似乎也知道犯下了不容赦免的大罪。”

“赦与不赦，在于圣上。罪臣知道，在圣驾前，是有罪的。”杨玮从容不迫地说。

“既知有罪，为何不改过？”苏进厉声责问道。

“臣今日行事，得罪了圣上，诚是今日之罪人。但臣一旦改了今日所行之事，则要得罪祖宗列圣，成为千古之罪人。罪臣宁愿一时得罪于圣上，不敢做我朝千古罪人。”杨玮辩道。

“杨大人，你要做忠臣，用心可嘉，却未免小题大做了。几枚鹅头，哪里说得上是千古罪人。”苏进比佛保能言善辩，仍想说服杨玮，“再者，万岁爷索鹅头喂养画眉，也是出于一片仁爱之心。你是没见到那些画眉，凡吮食鹅脑后，无不神采飞扬，欢鸣雀跃，爷，爷地叫个不停。而不得吮食鹅脑者，个个无精打采，如遭霜打，一声也不肯出。同是万岁爷养的画眉，怎能厚此薄彼？就像尔等同为万岁爷的臣子，也不可厚此薄彼。所以，爷才要多向你讨些鹅头。我看，这正能体现爷的圣人之心。杨大人以为然否？”

杨玮说：“苏太监之言，大谬不然。画眉，禽也，仔鹅亦禽也。既然说不能厚此薄彼，就不该厚画眉而薄仔鹅。况仔鹅用于祭享，其尊贵过于画眉。此大谬不然之一也。养于西华门鸽房之画眉，画眉也，生长鸣啾于山林之画眉，亦画眉也。既然说不该厚此薄彼，鸽房之画眉日有鹅脑吮食，山林之画眉又去何处寻鹅脑吮食？此大谬不然之二也。由此观之，每日索取鹅头入宫，已是厚此而薄彼了。鸽房中的画眉，日有粮谷豆粟，已厚过他处画眉多矣，更供给鹅头，是更加厚于此矣。朝中靡费已多，再加此一项，是更加靡费。故而罪臣不能遵旨。”

“杨大人好口才。”苏进说，“我把你这番话奏与万岁爷，再来午门宣旨吧。”

“苏太监如能将罪臣这番话奏与圣上，成全罪臣之志，则罪臣感激不尽。”杨玮全无惧色。苏进知多说无益，拂袖回到宫中。

杨玮在午门外又跪了一个时辰，司礼太监出来宣旨：杨玮降二级调外任用，谪四川泸州知州。这是八月间发生的事。

第一百三十六章

深秋时节，南昌城内早晚天气凉爽。刘养正一夜未眠，站在庭院观测星象。天微白时，方才在椅子上打了个盹。尽管如此，被家仆刘百较为沉重的脚步声惊醒后，他并无愠意，吩咐刘百送盆凉水来，擦一把脸，顿时精神焕发。

“老爷今日有喜事吗？”刘百边收拾书房边问道，“我看老爷眉梢有喜色。”

“不枉跟随我多年，连我眉梢上有了喜色都看得出来。”刘养正和他开着玩笑说，“你既有此等神通，何不将我的前程也看一看。”

“老爷的前程不用我看，也不用任何人看，自己就看出来了。不然，喜从何来呢？”刘百说。

“你说得不错，我看了许久，终于在昨夜今晨看了出来。”刘养正说，“刘百，我对你说，若是再看不出前程，我不免要心灰意冷了。”

“老爷一夜没睡吗？”刘百大吃一惊。

“是一夜未睡，你进来时，我方靠在椅上睡着。”刘养正说，“也就是闭目养养神而已。”

“小人该死，小人该死！”刘百捶胸言道，“小人笨手笨脚，不知轻重，惊扰了老爷的晨梦。”

“不妨，我正要你来惊扰。不然，昨夜所见，我还真以为是一场梦呢。”刘养正随即吩咐，“弄些点心来吃，吃罢我要去拜见王爷。”

刘百很快端来点心汤水之类，服侍刘养正用餐。他边看着老爷食用点心，边小心地问道：“老爷，昨夜见到了什么，可以告诉小人吗？”

“我知你为人忠义，是靠得住的。不过，天机不可泄露。该你知时，你自然会知道。”刘养正说。

“老爷要去讲与王爷听，是吗？”刘百忽然莫名其妙地冒出一句。

刘养正心一动，问道：“刘百，是又怎样？”

刘百说：“我想说一句不知轻重的话，老爷对我也不肯讲的天机，最好不要对千岁爷爷讲。天机泄露给我，于老爷于小人都无害处，若泄露给千岁爷爷，只怕于老爷于千岁爷爷都不利。”

“荒唐！”刘养正斥道，“天显神机与我，是要我成就一番事业，我当然要对能使我成就一番事业的人讲。难道你能使我成就一番事业吗？”

刘百说：“小人无用，不能使老爷成就一番事业。但小人一心为老爷好，一心为老爷全家好，小人的一片诚心或可使老爷避免一场大祸，愿老爷体察。”

刘养正听了他的话，心中有些不快，而感于他的诚心，也不忍心再斥责：“刘百，我知你是义仆。但千百年来，要成就一番事业，就要经历一番风险，要成就一番大事业，就要经历一番大风险。你知道，我不是轻举妄动之人，不是轻易以身相许之人。我愿意冒一番大风险，那就是说，我看清楚了，大的事业必定有成。你在家中候着，不必随我去王府了。”

宁王坐于正位，刘吉在他身后站立。宁王前面摆了两张凳子，左侧的凳子坐着李士实，右首的凳子显然是为刘养正准备的。他先不就坐，向着宁王行了大礼，又向着李士实一揖。

“子吉先生请坐，何必多礼。”宁王欠了欠身。

“三年不飞，一飞冲天，三年不鸣，一鸣惊人。子吉今日有话要说了。”李士实道。

“若虚先生知我最深。”刘养正矜持地说，“殿下召我至洪都，以国士待之，已半年矣。半年来，养正未向殿下献一良策，有负殿下厚恩，故而请罪。若虚先生，承蒙你向殿下举荐，我这一揖，是向你致谢，也是向你请罪。”

“不敢当！”李士实说，“看来，古人的话要改一改了，子吉不会要殿下等三年。”

刘养正是江西安成人，中过乡试，会试未第。他熟读兵法，胸有韬略，李士实和他交谈后，大为折服。去年送走唐寅，他一直在为宁王寻找这样的人物，终于被他找到了。由于他的力荐，宁王将刘养正延聘至南昌，为他购置屋舍，到现在正好半年了。

“殿下大喜！”刘养正又向宁王行一大礼，“养正有一番肺腑之言，不知在此处可说否？”

“都是本王的心腹，但说不妨。”宁王道，“本王之喜，莫过于复护卫、屯田，这已是上一年的事了。子吉先生说本王大喜，不知喜从何来？”

“复护卫、屯田固然是大喜之事，但若无今日之事，复给屯田、护卫，用途不大。今日之喜，实是殿下极大之喜。”刘养正郑重地说。

“子吉先生这样说，本王倒要好好听一听了。”宁王向前倾了倾身子，“子吉先生请坐下讲。”

“殿下大喜！”刘养正坐定后再贺一遍，“养正略知天文，昔日在山野之中，就喜欢夜间登山眺望，自奉殿下之召，更是夜夜观察。今晨丑卯之间，忽见帝星现于楚越之分，不觉欣喜若狂，特赶来向殿下贺之。”浙江在江西之东，湖广在江西之西，楚越之分，应在江西，应在宁王身上无疑。这就是刘养正向刘百所说的天机。

宁王眉梢动了动，没有说话。刘吉会意，说道：“子吉先生怎敢说大逆之言！”

“不然，我说的不是大逆之言，而是大顺之言，所顺者，天命也。”刘养正说，“天命不可违。天予不取，方是大逆。不为顺天命，殿下何必召我至此？”

宁王又看了看李士实，李士实点头道：“子吉通晓天文，他的话，我坚信不疑。惭愧得很，老朽多年蒙殿下厚爱，无所建白。若不是子吉言明天意，老朽还蒙在鼓里。我也要向殿下道贺了。”说罢，起身向宁王行礼。

宁王忙说：“两位先生都请安坐。我不是不信子吉的话。且当今天子昏庸无道，宜易其主。只是名分已定，恐怕还要有些说法。”

“殿下之言极是。某观天象，帝星不是出于草莽，而是出于帝潢，难道不是名分？”刘养正说，“实不相瞒，养正对名分已经参透，特来向殿下辨析。”

“快快请说，本王洗耳恭听。”宁王急切地催道。

刘养正说：“要说殿下的名分，须先说当今天子之名分。不错，当今天子是先帝之子，先帝是先先帝之子，都是有名分的。但而今的帝位在靖难之前也是有名分的吗？”

李士实立即听明白了这一层道理，抚髯颔首：“好，子吉想得透彻，真乃当世奇才也。”靖难之前，建文帝是天子，成祖皇帝是燕王，从那时论起，当今天子有什么名分？若不是叔叔夺了侄子的皇位，当今天子不过和宁王一样，是隅守一方的藩王而已。

宁王也想明白了这一层道理，说：“原先我在想，天意就是名分，既要顺天意，就不必另外顾及名分。现在看来，名分亦是天意。本王本就具有天子的名分，星象才有所显示。”听他的口气，已接受了刘养正的星象之说。其实，夺取帝位的念头，在他萌生已久，只是需要一个能为自己为众人接受的理由，才好在亲信当中公开心迹。刘养正为他找到了一个很有说服力的理由。

“子吉先生，若从靖难论起，可争天子之位的人就多了。帝星为何偏偏出于楚越之分？”天意本来是不需解释，也解释不清楚的。宁王觉得刘养正的名分之说还有不少漏洞，便问道。

“殿下说可争天子之位的人很多，是因为对我的名分之说只听懂了一半。名分要从靖难论起，却不是说洪武时的藩王都有天子之名。”刘养正说，“安化王起兵，朝廷称为作乱，我看也是作乱。一个小小的郡王爷，有什么天子的名分？即使庆王起兵，还是作乱。因为庆王也没有天子的名分。独宁王不同，殿下有天子的名分。”

“子吉先生再说详细些好吗？”宁王没听明白。

“好，某试为殿下言之。”刘养正向李士实揖道，“若虚先生熟悉本朝典故，我说的不对，请你纠正。”

“不敢，”李士实说，“老朽枉读诗书，泰半无用，哪里及得上子吉。我也正要向子吉请教。”

刘养正言之侃侃：“太宗皇帝起兵时，以北平一隅之力对抗朝廷，众寡悬殊。那时的诸王，都有一定的实力。如果诸王助朝廷，燕王则更加势单力孤。因为建文帝的削藩之策，诸王心怀疑虑，效忠朝廷的藩王不是没有，可也不是尽数效忠朝廷。在各路藩王中，朝廷最该笼络，而燕王最为担心的，就是老宁王殿下。宁府当时封在北平以北的大宁，拥兵颇重。如果宁王起兵助朝廷，燕王腹背受敌，境况危殆。但朝廷对藩府都有猜忌，并没有下气力笼络宁府，燕王乘机而入，与老宁王约：事成共有天下。老宁王这才全力助燕，共克金陵。帝位只设了一座，岂能两位王爷共坐？遂有了太宗皇帝一支君临天下的局面。天下无不知燕借重于宁，无宁安得有燕？天下无不知燕有负于宁，既有燕而遂无宁。太宗皇帝不但不报答宁王之恩，反而将宁王从大宁迁徙南昌，名为大宁僻远，南昌内地，苦乐不一，实则便于监视。要说名分的话，宁府、燕府并为外藩，并为高皇帝子，燕府一支独占帝位一百二十年，足矣。当今天子不居大内而居豹房，是弃帝位的征兆，正是践太宗皇帝前诺的时候了。”

一番话说得宁王如梦初醒。他起身向刘养正作了一揖，道：“不是子吉先生提醒，我对名分二字还真是解不开。如今天意在我，名分在我，大事必成。子吉先生，”又转向李士实，“若虚先生，日内可起兵乎？”

李士实说：“子吉的名分之说解得好。殿下起兵，江西一省不用说，邻近各省也会起而响应，数日之间可得半个天下。不过，在起兵之前，还有一条路该先走一走。当今天子荒诞，起居无常，出入不定。老朽看，不是长寿之相。而储位至今未定，迎养亲藩世子之议鹊起。据我想来，此议若能施行，殿下在朝中，内有钱、臧维持，外有全卿主张，殿下世子又聪明卓绝，入主青宫者，舍宁府其谁？不知殿下以为如何？子吉先生以为如何？”

刘养正说：“兵不血刃，以宁代燕，若虚先生指明的路子，是一定要走一走的。不过，成数如何，还要请教刘承奉，宫中之事他最清楚。”

“刘吉，”宁王问道，“宫中动向如何？陆、钱诸人近日有什么消息传过来吗？”

钱宁、陆完不时致函宁府，但朝中的机密之事、宫中的机密之事，函中不便详述，许多重大消息都是由宁王派住京师之人捎口信回来。而各种消息首先都报给刘吉。

“有。钱大人说，当今天子不但在宫中住不下去，在京城也住不下去了，总想往外面跑，跑得越远越好。近日来，他不断和江将军谈论宣府，似有北巡的意思。”刘吉说。

“好，跑得越远越好。”宁王道，“如子吉先生所言，他跑得越远，离天子之位也越远。”

“储位之事又有什么议论吗？”李士实问。

“科道官时有上疏，可还不成大气候。”刘吉说。

刘养正说：“我看此事须得大臣出面议一议才好。”他说的大臣，自然是指内阁部院之类。

大家都在想这件事。示意陆完上疏，他无疑会尽力。以吏部尚书的身份，谈论迎藩建储，合适不合适呢？最适合议论此事者，该是礼部尚书。宁王过去忽略了这一职位，没有下大气力笼络刘春。刘春致仕，毛纪继任，就更来不及去做他的功夫了。当然，如果内阁大臣肯出面议一议，是再好不过了。有没有这种机会呢？“再说吧。若虚先生之议可作为第一步，凡有建储之议，都须格外留意。”宁王想得很多，“取其议不取其议，还须今上一言以定。纵然今上取其议，迎立宁府世子还是迎立他府世子，又须今上一言以定。因而，这一步走出去，路途尚远，有许多事情要做，我们不妨慢慢商议。”

“殿下不妨两条路同时走。”刘养正看出，宁王对朝廷迎立世子一事信心不足，便说，“一方面，内外倡议，争取宁府世子入继大统，一方面，广揽人才，广招兵马，准备用兵。用兵之时，殿下可打出两面旗帜，一称，奉太后密诏讨贼；一称，老宁王有遗言，命后世取燕王之后而代之。”

宁王满意地说：“两位爱卿真是孤家的刘青田、李韩国。”李善长、刘基是太祖皇帝立业开国的两位主要谋臣，宁王第一次以孤家自称，而以李士实、刘养正比之国初两位元勋。

“愿为陛下效犬马之劳！”刘养正也是第一次以陛下称宁王，对宁王行跪拜之礼。

李士实稍稍犹豫，也向宁王行了大礼。事已至此，在场之人都没了退路。二人一行大礼，与宁王的君臣名分便算定了下来。

“那我也该称一声万岁爷了！”刘吉自不会落后。

“两位爱卿请起。”宁王亲自搀扶起李、刘二人，“今日之议，只有天知地知你我四人知。以后，大家还是用旧日的称呼，以免走漏了风声，引起朝廷的猜忌。刘吉，你特别要小心。”特别提醒刘吉，是因为对其他二人不便说得太多。

“爷放心，奴才晓得厉害。”刘吉应道。

李士实说：“殿下睿智慎重，非常人可及。今日的称谓，彼此都放在心上，子吉为殿下访求军事人才，我为殿下访求经济人才，一旦起事，人才济济，不愁大事不成。”

“若虚先生说起人才，我倒想起一人。此人在官讲学，名动南都，弟子遍天下。若他肯相助，实是殿下大幸。”刘养吉说。

“子吉说的是王伯安吗？”李士实问道。

“莫非是人称阳明子的王先生？”宁王又惊又喜。

“正是王守仁。”刘养正说，“世人都知伯安兄善讲圣人之学，很少有人知他亦有匡世之才。他的宦途，说得意不得意，正是殿下延揽之时。”

听他的口气，与王守仁相知很深，宁王不由得要问：“子吉先生与阳明子交厚吗？”

“从未谋面，彼此慕名而已。”刘养正说。

“依子吉先生看，该怎样延揽阳明子？”宁王请教。

“有二法，”刘养正说，“其一，我去一趟南京，替殿下游说；其二，殿下设法，直接将伯安兄请来南昌长居。”

“他是现任官，以现有职任，来南昌走走，不是不可能；要长居南昌，就只有辞官了。”宁王更希望笼络的是现任官。

“为何偏要辞官，就不可以升官了吗？”刘养正说，“俞良佐不识时务，殿下决意除之，何不请朝中的朋友相帮，将伯安兄请来履新？”俞良佐是现任江西巡抚的都御史俞谏。王守仁现任南京鸿胪寺卿，外放巡抚，也是有的。

“可是我已应允了老梁，俞谏一走，就由他补缺。”宁王为难地说。老梁是现任江西左布政使梁辰，与宁府的关系十分密切。

刘养正说："梁方伯与殿下相处已久，由他巡抚江西当然再好不过。但殿下希望他任，朝中的朋友建议他任，朝廷却不一定委任他。殿下致函朝廷的朋友，不如这样写：驱除俞良佐，梁辰、王守仁接任均可。即便失之东隅，还可以收之桑榆，是万全之策。"

"好，就依子吉先生的办法。"宁王应下。

在他们看来，江西巡抚是个重要的职位，不能所托非人。在许多人看来，江西巡抚一职则是水火之区、是非渊薮。

朝廷决定召还俞谏，新委任的巡抚既不是梁辰，也不是王守仁，而是一个他们都不熟悉，都没有料到的人物。十月十九日，朝廷有旨：河南右布政使孙燧升右副都御吏，巡抚江西。

江西的局面，一经渲染，更是恐怖。前任巡抚王哲不附宁王，服食慢性毒药而死；再任巡抚董杰在任仅仅八个月，亦死。后来的巡抚任汉、俞谏在任都不过一年多。孙燧得到任命，仰天叹道："唯有死生以之。"不忍妻子随他就祸，孙燧派人将他们送回老家。

第一百三十七章

皇帝命朝廷大臣廷讯寿宁侯张鹤龄之案，大臣们都感觉处境尴尬。若要严鞫，寿宁侯是张太后亲弟，当今圣上亲舅，平日与士大夫称兄道弟，怎拉得下脸来？越是资深的大臣，越知道其间的利害。都道是先帝与张太后恩爱，本朝专宠中宫，怕是再也找不出第二位圣主了。为了保全张鹤龄、张延龄兄弟，孝宗皇帝不知处责过多少人，包括李梦阳。处分寿宁侯太严，不但伤了太后的心，而且要伤先帝在天之灵。若是敷衍，皇帝那里又无法交代。谁不知道，皇帝对太后还算敬重，对后族的人，素来寡恩。不然，也不会因一名无赖首告，便禁张寿龄兄弟朝参，下群臣廷讯。

因而，各衙门大臣，能告假的便告假，能差佐官去的，正官便不去，尽量回避。

刑部尚书张子麟、左都御史彭泽、右都御史王景、大理寺卿陈珂数人，所谓三法司的堂官，躲不过去，不得不硬着头皮与讯。张子麟主持其事，更是必到之人。

众人都不开口，张子麟也不知如何开口。倒是张鹤龄先开口，一开口就是满腹的委屈，涕泪俱下："诸位大人，我冤枉呀！"众人都有座位，独他站立，更增添了他的委屈。但他也不敢像往日一样称兄论弟了。"诸位大人都是知道我的。我家仆行事过甚，我一直想扳一扳他们，可扳不过来。我自己有时也不太讲道理，我一直想扳一扳自己，也扳不过来。可所谓谋逆之心，我从来也不曾萌生过。我是国舅呀！皇上不该听信小人之言，禁我朝参，下旨廷讯。我冤枉呀！"

即便为他着想，也不能让他再哭诉下去。他的话越说越多，不知还会说些什么。要是被监听的公公、侍卫报给皇帝，皇帝震怒了，群臣会被责，他更是凶险难测。

"爵爷的冤枉改日可向圣上申诉，今日有几件事情要向爵爷问个清楚。"张子麟公事公办，开场的话不带任何感情，"各位大人请。"

"寿宁侯府中有一名仆人姓曹名鼎吗？"彭泽声音洪亮，尽力压低，还是令在场的人一惊。

"有这么个人。"张鹤龄止住哭泣，回答问题。

"他在府中的地位如何？"彭泽接着问。

“一个家奴，有什么地位不地位的。”张鹤龄说，“说起来，他也算是我的贴身仆人吧。”

“他今年几岁，跟随爵爷多少年了？”彭泽问。

“他的年龄说不大准。大约是二十七八岁吧。他跟随我有了十几年。”张鹤龄答。

彭泽问了几个问题，不再问了。这类廷讯，无聊得很。问几句，在别人看来，参与了廷讯，就可以了。问得多了，自己也觉得好笑。

右都御史王景问道：“爵爷的家仆曹鼎自称何方人氏？他说话是何地口音？”

“曹鼎是浙江人，哪一府哪一县，我说不清楚。”张鹤龄答，“他在京中十几年了，一口地道的京腔，比我更甚，哪里还有家乡口音。”

“曹鼎可有父亲？”王景提了个荒唐的问题，张鹤龄先笑出了声，参与廷讯的大臣也有人窃笑。他想了想，也忍不住要笑，忙再说下去，“我是问，曹鼎的父亲叫什么名字，爵爷可知道？”

“我太知道了，”张鹤龄答，“曹鼎的父亲叫曹祖，我看，此人确有癫痴之症。”

“爵爷为何这样想？”一位侍郎插话问道。

“不患癫痴之症，怎会诬告其子？”理由很充分。

任京官较久的官员都知道这段公案，而一直在外任官近年才调入朝中的人就不甚了了。有人问道：“怎么，曹祖曾经状告曹鼎吗？”

“此事张尚书应该最清楚了。”张鹤龄说。

众人的目光都转向张子麟，张子麟只得讲起大约七八年前的一段故事：“那年我尚在刑部任郎中，经手过那桩案子。曹祖上疏，告曹鼎罪恶，列了大约有十几条，其中最令人瞠目的一条，是说曹鼎生有异兆，他日必生逆谋。曹祖怕累及自身及家人，才赴官首告。”

简短的一段故事立即引起一阵骚乱，众官员议论纷纷，多数斥责曹祖丧失人性，不配为人父。也有少数人对他的行为表示理解。张鹤龄站在前面，倒没有人理会了。

“张大人，当年的案子是如何处置的？”有人问。

“讯问无据，以曹祖语多幻妄结案，将他械解还乡。”张子麟简单地交代一句。那桩案子是刘瑾亲自过问了结的，现在说多了并不光彩。

“请问爵爷，曹祖与你有私怨吗？”陈珂问。

“我与他素无来往，怎会结下私怨？”张鹤龄道。

“曹祖诬告亲子，你说他有癫痴之症。他如今首告你，又是什么原因呢？”陈珂问。

“或因曹鼎在我身边做事，他便迁怒于我。”张鹤龄道，“十月十三日，曹祖来寻曹鼎，要求寄养在他身边。曹鼎说，你数年前告我作乱，欲借朝廷之刀杀我，你我父子之情已断，我怎能再赡养你？恰我走过，曹祖央我向曹鼎求情。我说，我虽是曹鼎的主子，但你们父子之间的恩怨，结下已久，我不便做主。曹祖怀恨而去。曹祖走后，我还对曹鼎说：他终是你父亲，你不收养他也罢，钱还是该给他几个，打发他回家。曹鼎说：路上的花子，我还当作人看，心里痛快时，会给几个钱，以解其急难。这样的父亲，我根本不当作人看，一个小钱也不给。我还能说什么呢？谁知，曹祖癫痴之症又发，竟写下状纸，去击登闻鼓，不但告了曹鼎，还告了我兄弟二人；不但说他儿子生有异兆，还说我们兄弟二人图谋不轨。我真是冤枉呀！”说着，他止不住心中的委屈，又号啕大哭起来。

“好了，好了，爵爷的冤枉向圣上说吧。”张子麟劝住他，“诸位大人还要发问吗？”无人接话。“一时没有，今日且到此处吧。”他说。

廷讯的结果，概括成两条奏报：其一，正德初年，曹祖曾首告曹鼎，当初如何结案；其二，曹祖此次击鼓告状，前因后果，如何如何。张鹤龄兄弟不轨，查无实据。

皇帝不满意，令司礼监太监督东厂，再讯张氏兄弟。

司礼监掌印太监张雄、东厂提督太监张锐不敢怠慢，不敢交与他人，亲手经办。他们其实和外朝大臣一样为难，轻也不是，重也不是。不过，他们有比外朝大臣更好的法子。

“雄哥，”大家都姓张，便以名字相称，“张家兄弟问过两三回了，曹氏父子也问过两三回了，还有什么可问的吗？”张锐要张雄拿主意。

“锐哥先告诉我，老张家往你东厂送了多少银子，再说问不问。”张雄却要张锐先说贿银的数目。掌司礼太监和掌东厂太监一般彼此有些戒备，二张同姓同乡同入宫，厮混久了，和亲生兄弟一样，从来是无话不说。

“这个整数。”张锐伸出两根手指，“这个零数。”又摊开五指，“一个整数是给我的，一个整数要我打点爷身边的几个人，零数是给东厂里的弟兄们。雄哥，不是我不想着你，寿宁侯府的人讲了，司礼公处，他们另有孝敬。”

张雄点点头，算是默认了：“锐哥看，他们贡献的银子，是够还是不够？够了，我们是一种做法，不够，我们另有一种做法。”

“雄哥只说够了的做法吧。”张锐自己从寿宁侯府得到一万两银子，感到满意了。

但又觉得这样说，太不顾及张雄的利益，补充说，“雄哥要是不满意，我陪雄哥再和他们周旋周旋。”

张雄说：“我也正要对你说，你如果看着不够应付，我陪你再过几次堂。”显然，他也满意了，“既然大家都没了兴致，我们兄弟合计一下，把老张家的事情了结了吧。”

“雄哥是钦差，请雄哥做主。”东厂鞫讯，是本身的职守，司礼太监鞫讯，是皇上的差派。司礼掌印太监的地位在东厂提督太监之上。张锐鞫讯张鹤龄的过程中，一直看张雄的眼色行事。最后要结案了，当然也由他做主。

张雄说：“你们鞫讯的结果与外朝相同，如果就这样奏报，万岁爷一定不高兴，要是再让锦衣卫鞫讯，咱们的跟头就栽大了。”

张锐比张雄更怕落到这步田地。外人说起来，都是厂卫厂卫，他这个东厂太监已经很没有面子了。若再变成卫厂。后代的东厂太监说起张锐来，不知要怎样骂呢。他向张雄请教：“雄哥有好的法子，就请说出来。”

“我看只有一个法子，”张雄说，“叫作斩草除根也可以，叫作釜底抽薪也可以。这桩案子，没有了谁，都可以再问下去，唯独没有了曹祖，就问不下去了。你说是不是？锐哥找一个手脚利落的人，把他做掉就是了。”

“好，我来找人。”张锐一口应承下来。

两天之后，曹祖在东厂监房中，突然暴死。法司查验，是死于中毒。在曹祖身上，还找出些剩下的砒霜，可能是他一直带在身上的。结论：畏罪自杀，司礼监和东厂依情奏告。

如张雄所说，曹祖一死，想问案子也问不下去了。张鹤龄一案平息，张鹤龄兄弟准予朝参。

苏进见皇帝闷闷不乐，想着法子逗他开心：“爷，曹祖诬告国舅老爷，罪该万死。他在狱中自裁，算是聪明，爷怎么还不高兴呢？”

“诬告？”皇帝瞪了他一眼，“你收了寿宁侯家多少银子，在朕面前替他说话？从实招来。”

“奴才怎敢，”苏进知道皇帝凶只凶在表面上，并不害怕，“奴才总是想巴结谁时，才送银子给谁。奴才是什么身份，寿宁侯是什么身份？别说寿宁侯不会巴结奴才，送给奴才银子，就是寿宁侯送给奴才银子，奴才也不敢收。寿宁侯的一钱一粟都是爷赏赐的，是太后娘娘赏赐的。爷和太后娘娘赏赐寿宁侯的银子，就是砍下奴才的双手，也是绝不敢去碰的。”

“好，以后我若是查出你收下寿宁侯家的银子，我就砍下你的一双手。”皇帝说罢，问道，“苏老儿，依你看，真是曹祖诬告他的儿子，连及寿宁侯吗？”

“奴才无知，不敢妄言。不过，我听人讲过，一个人说过一句谎话，就会说第二句谎话，做了一件坏事，就会做第二件坏事。曹祖诬告过一次，他的话再不能信了。”苏进说了一番皇帝听得进去的话。

“你的道理不错，曹祖诬告了一次，他的话就不能信了。”皇帝同意他的判断，但随即提出疑问，“若他第一次不是诬告，又当如何？那桩案子，是刘瑾处置的，未必可靠。”

“爷不是说过，刘太监处置的事体，也未必全错吗？怎么断定这桩案子，刘太监就一定处置错了呢？”苏进很有把握地反问道。

皇帝说：“朕倒不是断定刘太监一定处置错了。朕只是不明白，曹祖为什么要一而再地首告其子。”

“爷以为曹祖是为了什么？”苏进问。

“是不是真的大义灭亲？”皇帝也不十分肯定。

“我看不会，”苏进说，“他如果真对朝廷，对万岁爷一片赤诚，就该每年来告一次，每月来告一次，不该等这么多年，再来告第二次。他就不想一想，他的儿子真要谋逆，第日第时都会发生。等上这么多年，不见他儿子谋逆，却再来告他，怎能说是大义灭亲呢？”

“嗯，你断事大有长进，堪居老儿之首。”皇帝赞一句。

“再说，即使曹鼎真有异兆，真要谋逆，也与寿宁侯无关。否则，曹祖第一次首告，就该连寿宁侯一起告了，为什么要等到第二次，因寿宁侯不肯在他父子二人之间调解，才来首告？奴才看，他是大私灭亲，不是大义灭亲。”

“妙，大私灭亲四个字，亏你想得出来。看来，我该封你个内文渊阁大学士了。”皇帝趁着高兴，即兴想出了一个新的官称。

“谢万岁爷的封赏！”此等机会，苏进绝不放过。

“休要慌忙，我还有个问题不解，要问问你。”皇帝说，“你方才问朕怎么还不高兴，我是该为张鹤龄不曾作奸犯科而高兴呢？还是该为曹祖自裁于狱而高兴？两件事，朕都不觉得高兴。”

苏进要认真权衡一下。两件事都不值得高兴，是皇帝的亲身感受，那就要挑出一件事来，说出一个皇帝应该高兴的理由。看来，寿宁侯好人也罢，歹人也罢，阴谋不轨也罢，忠于朝廷也罢，皇太后因而伤心欲绝也罢，因而大畅心怀也罢，皇帝都没有兴致去管，那么，只有从别的事情上打主意了。

“爷当然应该为曹祖自裁于狱而高兴。”皇帝不允许想得太久，苏进只有边说边想，“爷想，曹祖诬告国舅，犯的是死罪，他如果不自裁于狱，现在还活在狱中，不是很难堪的事吗？”

“有何难堪？朕不能杀他？”皇帝说。

“是，爷当然能杀他。一百个曹祖也杀了，一千个曹祖也杀了，一万个曹祖也杀了。”皇帝见苏进说不出多少道理，又不能不说些废话的样子，十分有趣，便不打断他，让他有时间编排。苏进正下不了台，忽然想到一人，立即喜上眉梢：“多少个曹祖爷也杀了，可爷不正要向刘允刘太监交代差事吗？”

这两件事风马牛不相及，皇帝皱着眉头问：“朕向刘允交代差事，就杀不得曹祖吗？”

“爷向刘太监交代差事，当然不妨碍杀曹祖，可爷想一想，爷向刘太监交代的差事，是去乌斯藏迎接活佛。佛讲慈悲，活佛更要讲慈悲。爷一面着人迎接活佛，一面又要降旨杀曹祖，不就有些难堪了吗？爷不杀曹祖吧，对不住太后娘娘，对不住国舅爷。爷要杀曹祖吧，对不住活佛。岂不两难了吗？而今曹祖自裁于狱，爷不必为难了，还不该高兴吗？奴才想，曹祖也不是无缘无故地自裁，定是活佛指引他自裁，不使万岁爷为难。”说顺了口，苏进的话就像潮水决了堤岸，再也收不住了。

“好，好，朕为你高兴高兴就是了。”说起刘允的这趟差事，皇帝还真有了兴致，“苏老儿，刘允出使乌斯藏，你还真要帮助朕再好好筹划一番。”

刘允出使乌斯藏，还没有正式降旨，不过在皇帝的心目中，这已是不可更改的决定了。皇帝即大位十年，和番僧交往不下八年。番僧说法，对他有越来越大的吸引力。最近又听到西番来人讲，该地有僧人，知过去、现在、未来三世事，当地人称之为活佛。皇帝的兴致更高，命司礼监传旨礼部，查以往事例，查出太宗皇帝和宣宗皇帝时，太监邓成、侯显曾出使乌斯藏。皇帝逐渐萌生，并日益坚定了遣使迎接活佛的念头。有番僧说，迎活佛，须以珠琲为幡幢，以黄金为供座。皇帝说，那有何难，需供座几？有内臣说，黄金有限，不可太多。皇帝说，君无戏言，即使内库为之一匮，也要具七供座。皇帝又问番僧，迎活佛需多少时日？番僧答，多则五年，少则三年。皇帝说，我以十年为期，如何？番僧道，行程遥远，道路艰险，无恒心者定是半途而废。皇帝说，不妨，我自会选堪任之人。

使臣不可太年幼，也不可太年长。太年幼，请不动活佛；太年长，经不住磨难。

选来选去，选中了司设监太监刘允。刘允在宫中侍候皇上时，听番僧讲法较多，与许多法王、国师有交情，也算是与活佛有缘。他年在三四十岁之间，正当壮年，身体强健，皇帝相信他一定能完成使命。皇帝心里有了主意，许他便宜行事，各地官府要尽全力应支费用。

对迎活佛一事，皇帝注入了极大的热情，一遇机会，便与贴身的苏进等太监说上几句。至于张鹤龄兄弟和曹祖父子，早抛到脑后。

第一百三十八章

南京鸿胪寺卿是极闲之职，王守仁得以用心探究圣学，教授弟子。而对朝廷之事，他也并非漠不关心。有北方来的同僚，他必要细细询问，有北方来的消息，他必要细细揣摩。也许因为曾经陷溺于释教，深知邪说害人，听说皇上准备下大功失迎取西番的什么活佛，他觉得有必要下大功夫进行劝谏。

几多年来，上疏都是就事论事。王守仁想，这次一定要议论出水平。自讲学以来，他养成了与人切磋的习惯。草拟谏迎佛疏，与谁切磋最好？他思之再三，选中了冀元亨。

“王小，今夜你的旧主人要来，我们或要谈上一夜，你准备些小食。”王守仁吩咐。

“我留在书房侍候吧？”王小征询地问。一则旧日主人来，他该在旁侍候，二则老爷说要谈一夜，定是大事，他也该在旁侍候。

“不必了，”王守仁另有考虑，“你房中新添了小小，你还是回去守护她们母子。”王小的老婆刚刚生了儿子，王守仁对他很体贴。准备夜间小食，无非是几样点心、几碟小菜，加上王守仁喜爱的家乡绍兴老酒，他们自己照顾得了自己。

冀元亨踏月色而来，直接去了王守仁的书房。

“唯乾，”王守仁唤着他的字，“今夜精神如何，可能与我彻夜长谈？”他指了指几上的酒菜，“酒是我选定的，菜嘛，王小是投你所好。”

“极好！”冀元亨以二指拈起一片糖汁藕，放进嘴里，“无酒无菜也无妨。陪老师彻夜长谈，是求之不得的事。不知老师今夜要谈什么题目？”他知道王守仁的习惯，白日人多时，常是不定题目，随情而发地漫谈。夜间邀人到书房，一定是定好了交谈的题目。

王守仁说：“三个字的题目：谏迎佛。唯乾和我一起来写一篇文章，希望彼此都有补益。”

冀元亨说：“老师的题目选得好，这篇文章是要做的。圣上行事乖谬，莫过于此举了。至于受益，在我一定是匪浅了。”

“唯乾不可说得太率直，莫忘了圣人为尊者讳的教导。”王守仁说，“既然你说题目好，文章要做，就想一想，文章如何开篇？”

冀元亨静静地想了片刻，不时抿一口老酒，有了头绪：“老师，可不可以这样写：切见道路流传之言，臣始闻不信，既知其实，不由惊诧。”

“且慢，”王守仁说，“始闻不信，既知其实，几个字用得不错。但接不来，不该是惊诧。通篇理论不在于惊诧，而要更深一层。唯乾，我念几句话，你记下来。”

“是。”冀元亨取笔在手，听王守仁口述。

“臣旬月以来，切见道路流传之言，以为陛下遣使外夷，远迎佛教。群臣纷纷进谏，皆斥而不纳。臣始闻不信，既知其实，然独窃喜幸。”

“是独窃喜幸吗？”冀元亨听了这四个字，却难以置信。

“对！然独窃喜幸。”王守仁重复一遍，接着口授，“以为此乃陛下圣智之开明，善端之萌启。群臣之谏，虽亦出于忠爱至情，然而未能推原陛下此念之所从起，是乃为善之端，作圣之本，正当将顺扩充，溯流求源，而乃狃于世儒崇正之说，徒自纷争力阻，宜乎陛下之有所拂而不受，有所忽而不省矣。”王守仁踱着慢步，念念有词，到此告一段落，步子也停了下来，“唯乾，你看我的一段起首篇如何？”

“老师的起首篇是好的。”冀元亨说得有些勉强。

“唯乾是君子之人，”王守仁笑道，“你如此说，便是以为我的起篇有可疑之处。不妨，你心中且存着疑虑，我们写下去再说。”

“老师赞我是君子之人，愧不敢当！”冀元亨说，“老师已称群臣之谏不当，不知老师如何入手进谏，何以论证圣上之念，乃为善之端，作圣之本，又何以将其扩充？”

“我说群臣之谏未当，唯乾想必存疑。我说的未当，是其方法未当，而不是其宗旨未当。其宗旨是忠爱，我已说过了。群臣进谏，立意在好佛之非，我呢，想先论其未至。唯乾，你接着写。”王守仁又口述，“愚臣之见，独异于是，乃唯恐陛下好佛之心，有所未至耳。方使陛下好佛之心，果已真切恳至，不徒好其名，而必务得其实，不徒好其末，而必务得其本，则尧舜之圣可至，三代之盛可复矣。岂非天下之幸、宗社之福哉！”

冀元亨边写边说：“这段话听起来有些意思了。下面，需要说一说何谓好佛之实了吧？”

“唯乾深知我心。”王守仁讲好佛之实，“臣请为陛下言其好佛之实。陛下聪明圣智，昔者青宫，固已播传四海，即位以来，偶值多故，未暇讲求二帝三王神圣之道，虽时御经筵，儒臣进说，不过日袭故事，就文敷衍，立谈之间，岂能遂有所开发？陛下听之，以为圣贤之道不过如此，则亦有何可乐？”

“老师批评经筵官日袭故事，就文敷衍，可谓入木三分，痛快淋漓。”冀元亨说，“不过，这与好佛之实有什么牵连吗？”如果没有牵连，冀元亨的意思是最好删去。对当道者来说，这一段话太刺耳了。

“要讲好佛之实，先讲好佛之由来，唯乾少安毋躁，听我说下去。”在好佛之前，皇上还有其他所好，“故渐移志于骑射之能，纵观于游心之乐，盖亦无所用其聪明，施其才力，而偶托寄于此。陛下聪明，岂固遂安于是，而不知此等皆无益有损之事也哉？驰逐困惫之余，夜气清明之际，固将厌倦日生，悔悟日切，而左右前后又莫有以神圣之道为陛下言者，故遂远思西方佛氏之教，以为其道能使人清心绝欲，求全性命，以出离生死。又能慈悲普爱，济度群生，去其苦恼，而跻之快乐。”

“厌倦日生，悔悟日切，圣上好佛之心，是出于此吗？”冀元亨问。

王守仁说：“我不是以己度人。当初我误入释门，是如此，便以为圣上也是如此。不过，释、道二教诱人，总有相通处。况且，圣上所悔悟者，乃移志于骑射之能，纵观于游心之乐，原是臣子日夜望其悔悟者。我由此入手，下面便有一番话好说了，圣上也便容易读下去了。”

“我明白了。循循善诱，大约就是如此。”冀元亨道，“老师要论圣上好佛之心，有所未至了吧？”

“不到时机，我还有一段话要说：今灾害日兴，盗贼日炽，财力日竭，天下之民，困苦已极。使诚身得佛氏之道而拯救之，岂徒息精养气，保全性命，岂徒一身之乐，将天下万民之困苦亦可因是而苏息。故遂特降纶音，发币遣使，不惮数万里之遥，不爱数万金之费，不惜数万生灵之困毙，不厌数年往返之迟久，远迎学佛之徒，是盖陛下思欲一洗旧习之非而幡然于高明光大之业也。陛下试以臣言反而思之，陛下之心岂不如此乎？”

冀元亨记录下王守仁的话，有感而发道：“好佛之心，或为一身之乐，或为慈悲普爱。老师是要圣上的好佛之心，趋于慈悲普爱一端，用心可谓良苦。而万里之遥，万金之费，生灵之困毙，往返之迟久，在在不是慈悲普爱之法。老师后面可以大加发挥了。”

王守仁笑笑，以示赞许：“然则圣明之开启，善端之萌启者，亦岂过为谀言，以佞陛下哉！”口述了下段起首一句，他叫着冀元亨，“唯乾，下面我要讲好佛之心未至的道理了：陛下好佛之心诚至，则臣请毋好其名而务得其实，毋好其末而务求其本。陛下诚欲得其实而求其本，则请毋求诸佛而求诸圣人，毋求诸外夷而求诸中国。”

冀元亨悟性本高，王守仁的几句话又说得清楚明了。他听后说：“原来老师说的好佛之心诚至，便是要去掉好佛之心。常言道：若欲取之，必先予之。老师用得恰到好处。”

“慈悲普爱，确是释说一端，并非我强加于彼者。但慈悲普爱，非释教独家之言，这才是我进谏入言之处。”王守仁陈述下先，“此又非臣之苟为游说之谈以诳陛下，臣又请备言之。夫佛者，夷狄之圣人，圣人者，中国之佛也。”

“老师！”王守仁的说法太新鲜了，冀元亨不由得叫了一声。“圣人者，中国之佛也，这样的话也可以说吗？”

“为什么不可以说？”王守仁反问，“佛者，夷狄之人视之若圣哲。佛即是圣。说圣人者，中国之佛也，如同夷狄之人说，佛者，夷狄之圣人也。唯乾，你且听下去。”王守仁的思路被骤然打断，一时间接不上，便又重复了前面的一句，“夫佛者，夷狄之圣人；圣人者，中国之佛也。在彼夷狄，则可用佛氏之教以化导愚顽；在我中国，自当用圣人之道以参赞化育。犹行陆者必用车马，渡海者必以舟航。今居中国而师佛教，是犹以车马渡海，虽使造父为御，王良为右，非但不能利涉，必且有沉溺之患。夫车马本致远之具，岂不利器乎？然而用非其地，则技无所施。”王守仁愈说愈快，冀元亨渐感吃力。王守仁见状，稍稍停顿：“唯乾，你看我那两句话可说得？”

“说得。”冀元亨边写边说，“夫舟航者，渡海者之车马，车马者，行陆者之舟航。”

“触类旁通，很好！”王守仁说。下面几句是要紧的句子，他有意放慢了速度：“陛下若谓佛氏之道虽不可以平治天不，或亦可以脱离一身之生死，虽不可以参赞化育，而亦可以导群品之嚣顽。就此二说，亦复不过得吾圣人之余绪。陛下不信，则臣请比而论之。”

“老师——”冀元亨有一句话，不知当说不当说。

“唯乾不必顾虑，但说不妨，”王守仁鼓励他。

“老师方才说，佛者夷狄之圣人，圣人者中国之佛，现在又要比较二者之长短，会不会自相矛盾？”冀元亨问。

“不会有什么矛盾。佛有高低，圣人有大小。我不过要说明，夷狄之佛乃是小圣人，中国之圣人，则是大佛。换言之，夷狄之圣人，远不如中国之圣人；中国之佛，远超过夷狄之佛。”王守仁口述道，“臣亦窃尝学佛，最所尊信，自谓悟得其蕴奥。后乃窥见圣道之大，始遂弃置其说。臣请毋言甚短，言其长者。”王守仁对冀元亨说，“其短者，若不孝敬父母，不看重宗族，以圣人之说比之直当弃置矣；所以，以佛之长者与我中华圣人相比，最公正不过。”

“老师说的是，”冀元亨应道，“老师是要夷狄之人看了这篇文字，也不能不由衷拜服。”

“夫西方之佛，以释迦为最。中国之圣人，以尧舜为最。臣请以释迦与尧、舜比而论之。夫世之最所崇慕释迦者，莫尚于脱离生死，超然独存于世。今佛氏之书具载始末，谓释迦住世说法四十余年，寿八十二岁而没，侧其寿亦诚可谓高矣。然舜年百有十岁，尧年一百二十岁，其寿比之释迦则又高也。”王守仁见冀元亨窃笑，问道，“唯乾以为这一比较甚是无聊吗？”

“不是，这一比较甚是有趣。”冀元亨换了个说法。

“无聊也好，有趣也好，这一比较或是最能说动圣上的。”王守仁说，“佛能慈悲施舍，不惜头目脑髓以救人之危难，则其仁爱及物，亦诚可谓至矣。然必苦行于雪山，奔走于道路，而后能有所济。若尧、舜则端拱无为，而天下各得其所，唯克明峻德，以亲九族，则九族既睦；平章百姓，则百姓昭明；协和万邦，则黎民于变时雍；极而至于上下草木鸟兽，无不咸若。其仁爱及物，比之释迦则又至也。”

“仁爱及物，该是比论的要点吧？”冀元亨问。

“对，但愿对圣上有所启迪。”王守仁说，“佛能方便说法，开悟群迷，戒人之酒，止人之杀，去人之贪，绝人之嗔，其神通妙用，亦诚可谓大矣。然必耳提面诲而后能。若在尧、舜，则光被四表，格于上下，其至诚所运自然，不言而信，不动而变，无为而成。盖与天地合其德，与日月合其明，与四时合其序，与鬼神合其凶吉，其神化无方而妙用无体，比之释迦则又大也。”王守仁对冀元亨说：“佛氏所长者，我举三事，事有大小，中国之圣人无不超胜夷狄之佛。唯乾若拜信释教，可会为之心动？”

“弟子听来，老师所比三者，句句是至理，足令天下之人动心。”冀元亨说，“但弟子从未读释氏之书，故老师所问，我不好回答。”

“唯乾不愧是君子之品。我所比较者，都是正当之事，但圣上周围，不尽是正当之人，故神怪之事，也不能不说上两句。”王守仁果以释教批驳神怪之事，“若乃诅咒变幻，眩怪捏妖，以欺惑愚冥，是故佛氏之所深排极诋，谓之外道邪魔，正与佛道相反者。不应好佛而乃好其所反，求佛而乃求其所排诋者也。陛下若以尧、舜既没，必欲求之于彼，则释迦之亡亦已久矣；若谓彼中学佛之徒，能传释迦之道，则吾中国之大，顾岂无人能传尧、舜之道者乎？”

“好，问得有力量！”冀元亨止不住喝彩道。

王守仁不被打断：“陛下未之求耳。陛下试求大臣之中，苟其能明尧、舜之道者，日日与之推求讲究，乃必有能明神圣之道，致陛下于尧、舜之域者矣。故臣以为陛下好佛之心诚至，则请毋好其名而务得其实，毋好其末而务求其本。务得其实而求其本，则请毋求诸佛而求诸圣人，毋求诸夷狄而求诸中国者，果非妄为游说之谈以诳陛下者矣。”文章又回到求佛之心诚至，求佛之心可去的命题。王守仁问，“唯乾，你看还有缺漏之处吗？”

冀元亨想了想，说：“老师方才说到万里之遥、万金之费，最后该有个交代。”

“有道理。”王守仁一气呵成做了个结束语，“陛下果能以好佛之心而好圣人，以求释迦之诚而求诸尧、舜之道，则不必涉数万里之遥，而西方极乐，只在目前；则不必糜数万金之费，毙数万之命，历数年之久，而一尘不动，弹指之间，可以立跻圣地。神通妙用，随形随足，此又非臣之谬为大言以欺陛下。必欲讨究其说，则皆凿凿可征之言。孔子云：我欲仁，斯仁至矣。一日克己复礼，而天下归仁。孟子云：人皆可以为尧、舜。岂欺我哉！陛下反而思之，又试以询之大臣，询之群臣，果臣言出于虚谬，则甘受欺妄之戮。臣不知讳忌，伏见陛下善心之萌，不觉踊跃喜庆，辄进其将顺扩充之说。唯陛下垂察，则宗社幸甚，天下幸甚，万世幸甚。臣不胜祝望恳切殒越之至，专差舍人某具疏奏上以闻。”

最后几句话是写奏疏的格式用语，冀元亨说不出什么。其时东方已白。

王守仁的奏疏尚未送出，便听到刘允率迎取活佛的大队已离开京师。他只有把该疏作为文牍保存起来。

第一百三十九章

淮府初封广东韶州府，后迁江西饶州府，与宁王驻南昌一样，名与实大不相符。一省而设两王府甚至数王府，并非只见于江西，一般都能相安无事。宁王宸濠和淮王佑棨结怨数年，互相讦告，起因是争一把名叫天风环珮的古琴。佑棨是第四代淮王，决心保住祖宗留下来的传世宝物。宁王求之不得，怀恨在心。进一步的原因，则是饶州滨湖之地广衍肥沃，宁王久有吞并之心。而从另一王府获取，不如从民人手中获取便当，宁王一直寻找机会彻底扳倒淮王。老天不负他的苦心，终于给他找到一个机会。

江西镇守太监黎安因公事去了一趟饶州，回到南昌后，垂头丧气，心中不快。这一情形很快被宁王知道了，差刘吉请黎安到王府叙话。镇守太监称霸一方，轻易不会与王府交结。黎安和宁王关系密切，是个例。

黎安向宁王行了礼，精神仍是不振。宁王让坐后，问道："饶州距南昌不过三百余里，公公歇了一天，还没有解除旅途的疲劳吗？"

"不是身体疲劳，而是心情郁闷。"黎安说。

"却是为何？"宁王佯惊道，"南昌城内无人敢给公公气受，难道饶州城内却有大胆狂徒？"

"问得好！"黎安说，"南昌城里没有人给我气受，是因为殿下疼我。殿下疼我，谁还敢欺负我？饶州城内那位王爷却不像殿下疼我，在饶州城里受些闷气，又有什么奇怪？"

"公公话说颠倒了。公公是钦差，我只是竭力巴结而已。"宁王说，"有人不巴结公公，竟敢欺负公公，还把朝廷放在眼里吗？黎公公，凡事有一便有二，有一便要说一，不要等到有了二时再来说一。在何处受了一次气，便要在何处把气消掉。说了许多，到底为了何事？"

其实是一件极小的事。黎安手下一名参随不懂规矩，过王府门前未曾下马，被淮王府里一群校尉、承奉拉下马来，鞭挞一顿。他们也是不知这名参随的身份，知道后，马上住手，但有一鞭抽在脸上，落下了痕迹。黎安是个极好面子的人，自己的参随被打在脸上，等于损伤了他的面子，一口恶气无论如何消解不去。

“我看，他等不是不知道公公的参随，他们打的就是公公的参随。”宁王说。

“殿下也是这样看的吗？”黎安本就怀疑淮王是有意和他做对，对宁王的挑唆，一拍即合。

“是啊，要不，怎么会问也不问，就是一顿鞭打？”宁王说，“公公的参随也好可怜，屁股上挨了几鞭子还没有关系，怎么偏要抽打在脸上？”

“此事我绝不肯罢休。”黎安愤愤地说，“殿下平日就疼我，今次的事，一定要助我。”

“还用说吗？公公的事，就是本王的事。”宁王说，“公公在饶州城里吃了大亏，须在饶州城里找回。不知饶州城里最近有什么事情发生？”

“大事没听说，小事倒是听说了一件。”黎安说。

就在几天前，饶州城淮王府门前发生了一件奇事，一名叫顾嵩的男子，说正常不正常，说疯癫不疯癫，手持利刃，闯入王府，口中不住地叫道：淮王出来，我要杀汝！几名王府校尉奋勇扑上，将他制服。淮王又气又怕，脸色煞白，问清他的姓名，责问道：姓顾的，本王与你无冤无仇，你为什么要杀我？顾嵩说：是汪推官着我来杀你。

于是又牵扯到地方官员，汪推官，名文盛，在当地口碑不错，却与淮王交恶。顾嵩若说他人主使，淮王见他的模样，肯定不会全信，他说汪文盛主使，淮王宁信其有，不信其无。淮王找来主府长使司左长使庄典商议。庄典对淮王的为人行事本来是很有些看法的，他曾向巡抚官举告淮王游戏无度，左右多市井无赖之徒，倚势横暴，境内之民，叫苦不迭。为了表示对淮王的行为无法负责，庄典甚至准备弃官而去。巡抚慰留他，且着巡按御史究治淮王左右之人。淮王上疏奏辩，乞免追究。说来有趣，淮王还特别要求庄典留任。庄典因而留任，并且和淮王的关系似乎也有了改善。淮王告诉他顾嵩挟刃闯府的事。行刺藩王不是小事，庄典立即报与镇巡等官。事连汪文盛，巡抚官命将汪文盛下狱候勘。

“我记得，汪希图是正德六年进士，说他派遣刺客，谋害藩王，只有鬼才相信。”宁王说，“行刺藩王不是一件小事，诬陷朝廷命官也不是一件小事。”

汪文盛和宁王并无来往，宁王为他说话，可达到三个目的。其一，借翻汪文盛之案，整一整淮王。其二，借整淮王，消一消黎安的怨气。其三，借翻汪文盛之案，整一整江西巡抚。

黎安想不到这许多，只想翻了汪文盛之案，他的面子便可以找了回来："诬陷朝廷命官，罪在不赦。殿下说，这场官司该怎样打？我奏淮王一本呢，还是只奏那个庄典？"

"擒贼擒王，一定要参奏淮王。此外，抚、按官处置不当，也要一起参奏。"宁王说，"一面上奏，一面把庄典拿下勘问。先拿到我这里来，刘吉可以助你问案。还有在饶州城责打过公公参随的几名校尉，一起拿来。人赃俱在，谁也跑不了。我要为公公和公公手下的人出足了气。"

"好，就这样办，拿人是我的事。"镇守太监拿人，比王府拿人，合情理多了。

庄典拿到宁王府，宁王吩咐刘吉：好生打着问。简直就像皇上命三法司或司礼监问案的口气。他蓄意要从庄典嘴里，问出淮王种种横暴不法之事。

而在庄典的心目中，淮王固然横暴不法，宁王则更加横暴不法。若有司提他问话，他会如实道出淮王不法事，宁王提他问话，他紧闭双唇，一个字也不肯吐出，大大出乎宁王意料。刘吉拿他没有办法，只有不断用刑，用到最后，庄典只剩下一口气，宁王和刘吉也害怕了。

"快，快把他送入狱中。"宁王懊丧地吩咐道。

庄典移交有司的当天，惨死在狱中。

"王爷，咱们这次吃了大亏。"刘吉说，"平白无故地替老黎打死了一个人，啥好处也没得到。"

"你说错了，不是咱们替老黎打死了人，是老黎要替我们吃官司了。"宁王说，"你以为我是为了替老黎出口气才拷打庄典的吗？老黎把我当成傻子，你也把我当成傻子。"

"奴才知道，王爷也是要出一口气。"刘吉自作聪明地说，"其实，让老黎替咱们出这口气不是一样吗？"

"出气事小，我是要从庄典嘴里问出一件秘事。"宁王说，"你说，怎能让老黎去拷问？自然，更不能让有司去拷问了。"

"王爷事先没有交代奴才，若交代了，奴才自会注意，保全他的性命。"刘吉开脱道。

"不是你的过错。"宁王安抚他，"我本想你制服了他，再追问秘事。谁知他命薄，竟受不住你的棍子。不要紧，我们再想法子。刘吉，你在淮府四周安插几个坐探，若朝廷有旨拿下淮王，立即报与我知。我们亲自去搜出那把琴来。"

“王爷的秘事，就是琴的藏处吗？”刘吉问。

“正是。”宁王点点头，说。

“王爷想要那琴，何不差人潜入淮府，自行取来？”刘吉说，“王爷交与我来办，如何？”

宁王说：“不可造次。传世之宝，淮王会不用心收藏吗？若是打草惊蛇，淮王干脆把琴贡入宫中，我就再没有办法得到了。”

“是，”刘吉应是应了，却不以为然，“一把琴而已，王爷何必呕心沥血必欲得之？”

“一把琴而已，你说得轻巧！”宁王斥道，“你可知那琴的来历？”

“奴才是个俗人，琴棋书画，一窍不通。再好的琴，对我弹来，大约就是对牛弹琴了。王爷一心要得到的琴，我怎知它的来历。”刘吉嬉笑着说。

“那是老淮王驻府韶州府时，结下的一段奇缘。”宁王讲起古来，“王府良医所有一名国医，无意中医好了一位老僧。老僧取出一琴，赠与老淮王。出了王府，他对追随的僧人说：天下王府，皆我子孙，留在何处，并无区别。刘吉，你听明白了吗？那老僧，就是建文帝爷爷呀！天下士人，为建文帝爷爷鸣冤者不少，我若得到他一件遗物，入主中原，便多了一些名分。”

“建文爷云游岭南滇川之事当真吗？”刘吉问。

“对天下的奇事，我都是宁信其有的。”宁王说。

“听王爷一说，果然是件大事。”刘吉说，“奴才遵照王爷的吩咐，就去安排。”

“千万注意秘密行事。”宁王说，“若虚先生、子吉先生处，也不要提起。他们是读书人，对这一类传闻未必会相信。如果当作笑话传了出去，言者无意，闻者有心，就不好了。”

任何一省的王府都不似江西的王府多事；现在不明不白地死了一名王府官员，且是王府中的最高官员，江西有司慌了，朝廷也震惊了。淮王明智，不敢硬碰宁王，把责任都推到镇守太监黎安身上，上疏称：黎安挟私打杀庄典，以解脱顾嵩。言外之意，顾嵩持刃闯府杀人，黎安有脱不了的干系。又称：黎安参随金堂等人，在饶州掠取民财。金堂即被王府校尉责打的参随。他掠取民财在前，王府校尉教训教训他，无疑是正当的。

朝廷派司礼监太监张钦、都察院右副都御史金献民、锦衣卫指挥使蒋玺往江西勘问，可见对该案的重视。别人且不说，金献民曾任顺天、贵州两处的巡按御史，湖广、贵州、山东三省的按察使，勘狱经历可说极为丰富。朝廷差派数人，实因牵扯到王府，希望公正了断。

三人中，以司礼太监张钦为首差，他虽不大懂勘狱，在离京前，张雄向他有所交代，署理锦衣卫的都督同知钱宁对他有所托付，所以，此案结局如何，他未到江西，心里便有了底。但说到勘狱本身，他还是要听一听金献民的主张。

“舜举先生，”接近南昌时，张钦对金献民说，“到了南昌城中，如何勘狱，有了盘算吗？”

“但听张公公吩咐。”金献民谦恭地说，“不过，依下官的想法，到了南昌，不能停下来。我们还要再走一程，才好勘狱。”

“一干人犯都押在南昌，怎么还要再走一程？”张钦不解地问。他说的一干人犯，包括闯入王府的顾嵩，有指使之嫌的饶州推官汪文盛，以及淮王府的若干军校。

“朝廷要我等禀公断案，南昌为一方所盘踞，在南昌勘狱，怕很难秉公。”金献民说。案子的一方黎安在南县城内势力极大，金献民唯恐勘狱过程中受到干扰。

“依舜举先生之意，是把一干人犯都押解到饶州去吗？”张钦有些听懂了他的意思，却仍然不懂他的做法，“可饶州为另一方所盘踞，在饶州勘狱，似乎也不妥当。”

“张太监说的是，不能在南昌，也不能在饶州。”金献民说，“不如再多行一程，去广信府。”

“舜举先生为什么看中了广信府？”张钦问。

“原因有二，”金献民说，“一则，昔日燕良臣在广信府勘郑方伯、李副使之狱，大家均言断得公道。我听他讲，就是得益于不受干扰。”金献民和燕忠同是成化二十年进士，交往较多。燕忠不对他人说的话，会对金献民说。“二则，广信临近浙江、福建二省，欲公正勘狱，不妨请示朝廷，由二省有司派员会勘。”

“舜举先生是说，除了江西有司参与勘狱，浙江、福建二省有司也参与勘狱？”张钦问道。

“张太监意下如何？”金献民反问。

“也无不可。”张钦想，不管多少人参与，都是客，他三人是主，而他是主中之主。如何断案，最后须得他一言定夺。

金献民确是想公道断案，认真地勘问在狱中的每一个人。问的第一件事，对淮王大为不利。顾嵩招供，他闯王府，并不是汪文盛指使，只因汪文盛以前断的一桩案子，伤到他的亲友，他一直在寻机报复。实际上，没有任何主使之人。顾嵩犯有癫痫之病，那日闯淮王府，他自己一点也不知道。事后别人说起，他才知犯了弥天大罪，干脆把旧日仇人网织在内。

问的第二件事，对淮王也是不利。黎安的参随，和各地镇守太监的参随一样，都是骄横惯了的，但间有一两个性情比较平和，金堂恰恰是性情比较平和的一个。他被打的那天，没有做任何掠取民财之事，挨一顿暴打实在冤枉。当然，这是黎安的一面之词，不尽实在。金献民欲提金堂勘问，黎安说，金堂伤势过重，回家乡休养去了。金堂是被害人，没有理由在饶州候堪，金献民也不好再追究。

张钦和金献民等一致断定，淮王听任奸徒为恶，朝廷应严加戒谕。

十二月初六日有旨：淮王贻书戒谕，务遵旧典，毋蹈前非。黎安取回，赦免其罪。分守参议王泰、分巡副使许廷光、署都指挥郭北等皆以勘事不审，夺俸有差。

淮王后悔不已，本以为和黎安打官司，容易打赢一些，早知是这样的结果，不如把宁王的事也一起翻将出来，索性彻底地闹上一场，就算官司打不赢，也要让宁王受几句皇上的戒谕，免得只是一个藩王出乖现丑。

王泰等人，分守分巡饶州府，与淮王既不交好，也不交恶，只因顾嵩闯入王府，事体重大，他等怕担责任，想以汪文盛作替罪之羊，事大事小，都推到汪文盛身上。不想弄巧成拙，官司输了，他等都受到处分。好在处分不重，只是夺俸。要是因此丢了官，甚或戍边远方，那才是咎由自取呢。

处分最重的是淮王府中的校尉，受此案牵连，前后有二十余人谪戍边卫。

此案中最冤枉的一人，非庄典莫属。他不过是略尽职责，把顾嵩闯府之事报与抚、按官，即使在报案时，说了些过分的话，致使汪文盛下狱，也构不成大罪。他屈死狱中，实际上是死在刘吉的乱棍之下，稍知内情的人都叹息，庄长史死不瞑目。

宁王未受牵连，但也没有得到好处。朝廷对淮王不过是训诫而已，并未如他的愿，将淮府抄没，将淮王押入高墙，废为庶人。他也因此而有几分失落。

正德十年的腊月本是平淡无奇的，因这桩案子的刺激，多少有了些生机。

第一百四十章

一位年事很高、资格很老的司礼太监在豹房外候旨。不知情者看来，豹房有严格规定，可入者入，不可入者，即使是司礼太监，也不得入。其实，并无严格规定，只因豹房是是非之地，可不入者，即使司礼太监，也不径直入内。

赵林先出来一步，悄声说："叔，爷就出来。"

司礼太监点了点头，感激地说："多谢兄弟。"

皇帝很快行出，后面随了十数人。司礼太监跨前一步，跪下行礼："奴才给万岁爷请安。"

皇帝认得他是司礼监的人，奇怪地问道："朕未传旨，老太监在此做甚？"

司礼太监说："张太监着奴才来迎请万岁爷，那边都准备停当了，等着爷去行礼。"

"让他们再等等，朕有要事去办。"皇帝说着，从在旁侍候的小宦者手中接过缰绳，踩着另一名小宦者的肩头，跃上马去。跟随皇上的众人，也纷纷跨上了马。看样子，去处不近，不然，皇上兴致高，要骑马，其他人也不敢骑马。

司礼太监无奈地摇头，低声嘱咐赵林："小兄弟是厚道人，到时候催一催爷吧。"

"叔放心，我理会得。"赵林纵马追了上去。

皇帝一行自西华门外沿宫城北驰，东转，出了北安门，便是一条直道向西而去。

"爷，今儿个绕了弯子了。"苏进的马离皇帝的马最近。他小心地勒住缰绳，防止马再快一步。

"糊涂！"皇帝说，"每次都走一条路，不烦吗？这条路好，又宽又直。来，咱们比试比试，先到西皇城根者，朕有重赏。"

众人一片欢腾。苏进止住众人："你们别嚷。"然后问皇上："爷，还是你裁决吧。"

"你们比试摔跤，要朕裁决。你们比试拳脚，要朕裁决。你们比试蹴鞠，要朕裁决。今日比试跑马，还要朕来裁决？不成，朕要和你们一起比试。"皇帝命道，"尔等都放开马跑，休得偷奸耍滑。最先到者重赏，最后到者重罚。”

不过两三里的路程，快马加上一鞭，也就到了。第一名自然是皇上，连赵林这等憨直的人也晓得。没人敢抢皇上的第一，可也没人甘居末位。又要争快，又怕太快，确是难住了众人。到了西皇城根脚下，众人争来争去，谁也不承认自己是最后一名。

“爷，你老人家不肯裁决，”苏进说，“你看，最先到的你不能赏，最后到的，你也不能罚了。”

皇帝笑着说：“好痛快！谁说跑第一的，朕不能赏？今日想不出赏什么名目，来日终会想出来。好吧，今日不赏最先到的，也不罚最后到的了。等朕想好一个赏最先到的名目，尔等再帮着朕想一个罚最后到的名目。”

皇帝和众人说笑着，到了积庆、鸣玉二坊之间。皇帝趁着节日高兴，要来巡视赵林、苏进等人在此处为他的义子盖起的新宅。

一排新宅在旧居群中格外显眼，各是独立的小宅院，又连成一片，令人耳目一新。

“不错，很气派！”皇帝赞道，“宅子够用了吗？”

本该赵林回话，苏进知他说不清楚，便抢着回答：“奴才等想差不多了。奴才想，若是都像爵爷、都督般安置，再有几处也不够。他等没有那么高的身份，爷也不可太宠惯他等，十人八人住一小宅院，很不错了。这样算起来，应该够用。”爵爷指裴得，都督指钱宁。裴得在皇帝的义子中名列第一，第二名换了几次，眼下说来，该数钱宁了。

“说的也是，”皇帝认可，“要是每人给一幢府第，你说的爵爷、都督就该住进朕的乾清宫了。”皇帝看见一排宅院对面，有两座二层的楼屋，问道，“那也是咱们盖置的吗？赵老儿，你说。”当初指定赵林主持，现在皇上要他说。

“是咱们盖置的，苏哥的主意。”赵林回话。

苏进忙解释：“爷，那两处可不是给国姓阿哥们住的，那是爷的产业。左边的一座是酒馆，右边的一座是妓馆。奴才问过他们，将他们迁居一处，有些什么想头。他们答的五花八门，无所不有，最多的是两项，一是酒，二是女人。奴才就想，喝酒要用钱，找女人要用钱，爷赏给他们的钱，与其给了别人，不如爷自己收回来。奴才就和赵哥商议，盖起二馆，于入居者有好处，于起房者也有好处。”

“苏老儿，你是个奇才！”皇帝不知真的很欣赏他的主意，或是和他说笑，“朕上次封了你何职？”

“内文渊阁大学士。”皇帝的封赏，苏进不敢忘。

“朕看有些委屈你了，还该加上内户部尚书。”皇帝又多给他一个名衔，“入内阁办事。”

“谢爷的恩典！”苏进谢过恩，见皇帝高兴，便说，“爷，人家的酒馆、妓馆，都有幌子、对子什么的，咱家的酒馆、妓馆是不是也该有呀？”

“你是要我来写吗？”皇帝没有拒绝之意。

“御笔亲题，生意一定兴隆。”苏进有十分的把握。

“酒馆你们来想，越俗气越好。”皇帝说，“苏老儿不行，苏老儿没有俗味。赵老儿，你来想一句话，写在酒幌上，招揽客人。”

赵林是江南人，年幼时住在江南水乡，印象还很深刻。他说：“记得孩童时，看见村里的酒家，酒幌上写道：莲花白酒。我们不如多写几个字：本店发卖四时荷花药酒。”

“好，就是这几个字。”皇帝高兴地说，“苏老儿，宫中老萧的字最遒劲，你去求他题写酒幌。”

“爷降道旨，岂不方便，何必要奴才低三下四地求人？”苏进因皇上方才有些贬他，心中不快。

“你就会偷懒。朕降旨与他，有什么趣味。由你求写的字，张挂出去，才有味道。”皇帝教训道，“老萧这人有些性子，你不好好求他，他不会应允。朕倒要看看你的本事。”

“是，”苏进应道，“不是奴才说大话，别人求萧大叔，多半要碰壁，奴才去求他，他一定给面子。不过，爷也要答应一件事。”

“我知道你要我答应什么。你一定要我答应你，以我的名分去求老萧的字。”皇帝说。

“那还算奴才的本事吗？”苏进分辩说，“奴才是请爷答应，为咱们的酒馆写一副对子。而且，用爷的话说，要俗而又俗的对子，好配俗而又俗的酒幌。”

“那好，”皇帝想了想，说，“上联写：天下第一酒馆，下联写：四时应饥食店。”

“妙极！”苏进说，“万岁爷的俗对，加上赵哥的俗幌，足可以当‘天下第一’四个字了。爷，酒馆咱们用最俗的幌子、最俗的对子，妓馆就该用最雅的幌子、最雅的对子了。你老人家今日兴致好，不如一起办了吧。”

“你说妓馆要用最雅的幌子和最雅的对子，可说深谙其道。这样吧，和方才一样，我想对子，你想那幌子。什么时候你幌子上的词句造出来，我的对子也就想出来了。”皇帝将他一军。

苏进对男女间情事，似懂不懂，别说最雅的词句，普通的词句也编造不出来。皇帝也不催促，这里走走，那里看看，越走越看越有情趣。

“爷，咱们该回宫了。”赵林在一旁说。

皇帝奇怪地问：“你平日最爱在外边东跑西跑，有了出宫的差事，比赏你晋升一级还要高兴，怎么今日急着回宫？”

赵林说：“爷忘了，今日是正旦，文武大臣在等着向爷行朝贺大礼呢。”

“哎呀不好！”皇帝叫了一声，“怪不得朕今日的心绪与往日不同，原来今日是正旦日，诸位老儿，不可再延迟片刻，速速随我回宫。”

正旦、冬至、圣诞，是一年中最大的三个节日，尤以正旦朝会最为隆重，其仪式，与登基大典相仿佛，不论什么时候开始，由始至终，不能有一处简化，不能有一处省略。

正旦节的大朝仪，在奉天殿举行。殿内先一日设置御座、宝案、香案等，殿之东西侧设教坊司奏乐的器具。正旦日，锦衣卫在奉天殿设明扇、陈仪仗、列车辂于殿外，设金吾卫护卫官于殿内外，陈甲士于殿外至午门外，锦衣卫设将军于殿外至奉天门外。奉天门外东西陈列旗帜，文楼武楼之南，东西向排列马犀象等。

主持仪式的官员甚多，有内赞二员，外赞二员，纠仪御史二员。此外，还有一名司晨朗，报告时辰。今次最为狼狈的大约就是这位司晨朗了。把午时当作子时，时辰也不对了。

朝贺百官闻鼓声而动。初鼓响，身着朝服的百官，排列在午门外。二鼓响，依序从左、右掖门入，北向立于丹墀。三鼓响，执事官至华盖殿恭迎圣驾，皇上着衮冕坐于殿中。然后是钟初响，各就各位。

执事官等行礼毕，奏请升殿。皇上起驾，尚宝司官捧宝前行，导驾官前导，乐声作，是大朝仪的主乐中和之乐。行至奉天殿，扇开帘卷，尚宝司官员置宝于宝案之上。乐止。赞礼官鸣鞭报时，好在只是一句“佳时到”，若详报时辰，可就要为难了。然后，百官在赞礼官的喝声中排班行礼。行礼毕，典仪官喝唱：进表。乐声又起，给事中二人，行至案前，导引鸿胪寺序班举表案由东门入。置于殿中。礼乐止。有赞官唱：宣表目。宣表官上前一步，跪宣贺表名目。内赞官唱：宣表。展表官取表，宣表官至帘前。外赞官唱：众官皆跪。宣表毕，内赞官外赞官合唱：俯伏。众官行俯伏礼。内赞官唱：兴。众官起身。序班复举表案置于殿东。外赞官唱：众官皆跪。众官又跪。

这时，首辅梁储跪于丹陛，代表众官致辞：“具官臣储，兹遇正旦，三阳开泰，万物咸新。恭唯皇帝陛下，膺乾纳佑，奉天永占。”

致辞毕，外赞官唱：众官皆俯伏。众官行俯伏礼。外赞官唱：兴。众官平身。乐大作。众官四拜行礼，平身。乐止。

传制官靳贵跪拜传旨。皇上颔首，靳贵由东门出，至丹陛，东向立，口称有旨。外赞官唱：跪。宣旨。众官跪。靳贵高声宣旨：“履端之庆，与卿等同之。”乐大作。外赞官唱：俯伏。兴。众官同前行礼，干身。乐止。

一直站立的外赞官跪倒，唱：山呼。百官拱手加额，呼“万岁”。外赞官唱：山呼。百官复呼“万岁”。外赞官唱：再山呼。百官呼“万万岁”。

百官每一呼万岁，乐工、军校齐声应之，万岁万岁万万岁的呼声，响彻大内。

外赞官唱：出笏。众官举笏。外赞官唱：俯伏。众官俯伏。外赞官唱：兴。众官平身。乐大作。外赞官唱：四拜。众官叩首。外赞官唱：兴。众官平身。乐止。

正旦朝贺大仪，至此结束。仪礼司官奏：礼毕。中和之乐作。皇上起驾。尚宝司官捧宝，导驾官前导，回至华盖殿。乐止。

然后，百官依序自左、右掖门出。

皇帝几乎是仰卧在华盖殿的御座上，哼了两声，说：“今日累死朕了。传旨：今夜就在华盖殿歇了吧。”

“夜间寒重，殿中不能起火，歇不得。”赵林劝说道，“爷还是返乾清宫歇息，不然就回豹房。”

“那就回豹房吧。”皇帝在两名小宦者的搀扶下起身，突然发起脾气，“往年正旦大朝仪从未进行到深夜，今年是谁平添了许多啰唆的事？”

谁也不敢答话。其实，正旦朝贺完全是按典制进行，谁也不敢乱增一项，谁也不敢多说一句。挨到夜间才结束，是因为皇帝出宫巡视，回来晚了。要不是赵林提醒，说不定现在赞礼官还在“拜，兴”地唱呢。但众人知道，这话千万说不得。谁要是现在敢说皇帝出宫不对，皇帝的一腔怨气就会发泄到谁的头上。

“爷，你听外面是什么声音？”耳尖的苏进首先听到了声响，马上对皇上说。往日，深宫之内，除了猫叫，任何声音也不会有。今夜，却隐隐听到了喧闹声。声音大家先后都听到了，只有苏进心思灵活，借机引开皇上的注意。

皇帝也听到了外面的声音：“怪！好似午门外有人争吵。夜已深了，谁敢在宫门前撒野？”问众人，“你们谁去午门外看看？”

几名小太监互相看了看。佛保说：“爷总说我的动作太慢，我要是去，说不定明天早晨才能给爷回话。刘哥快，还是刘哥去吧。”

刘拳说："我只是拳快，爷说我是人如其名。还有人如其姓的呢，马哥，你辛苦一趟吧。"

"对了，马老儿去。"皇上吩咐马英，"你不必回华盖殿，看明白了，直接回豹房回话。"

皇帝常得意地说：他的身边，有两个奇人，一人人如其名，一人人如其姓。马英行路果然快捷，不等皇上一行回到豹房，已经追了上来。

"可惜了，可惜了！"马英喘着粗气，既是对皇帝，又是对众小太监说，"一场好戏你们没看到。"

"怎么？"坐在辇上的皇帝，回过头来问。

"午门外一场好戏，爷没看到。"马英说。

"说清楚些，"皇帝命道，"什么一场好戏！难道午门之外，也是演杂耍的地方？亥子之际，也是演杂耍的时辰吗？"

"爷，真是比杂耍还要好看。"越是皇帝有命，马英越是说不清楚，"有摔断了腿的，有撞折了臂的，有碰破了头的，有闪着了腰的，有挤掉了簪的，有失落了笏的，有打落了冠的，有撕裂了衫的，有淌出了泪的，有哭出了声的，有急红了眼的，有喊破了嗓的，百人百态，一处一景，要不是赶来回爷的话，我还要再看上一阵。"虽然没有说清楚，这一段话却编出了水平。

"你是看戏的，还是演戏的？"皇帝责问，"一句一句还挺上口的，让人听了，乱不乱？"

"爷听出乱就对了。"马英有他的说法，"午门之外，正是一片混乱。奴才也只敢远远地看过去，不敢靠近，生怕靠近了，身子也挂上彩。"

皇帝和小太监们一半是听明白了，一半是想明白了。往常的朝会，结束得早，文武百官朝会毕，各回各的衙门，随从们都在衙门里等候。今日正旦朝贺，结束得太迟，随从们在衙门里等得不耐烦了，都赶到午门外等候自家老爷。平素不带随从的官员，家中不见他们回去，也不放心，派了家人来迎候。午门外挤满了人，大朝仪一结束，百官在宫内走时还有秩序，走出宫外，随从们喊着自家老爷，大臣们应着自家仆人，顿时乱了起来。据守在午门的太监说，每日大明门左右的前市，也没有这般热闹。

小太监都喜欢看热闹，听马英前言不搭后语地讲述一番，心中发痒。有人向皇帝提议，一起去午门外，看一看混乱的场面。

"算了吧。"皇帝一本正经地说，"如此混乱，还像个朝廷的样子吗？朕定要整饬。"

第一百四十一章

初二日，杨一清带着杨芝去李阁老胡同，向李东阳贺岁。本来约好午时去的，结果申时方到。午间的酒饭改成了晚间的酒饭。

“应宁先生向来守时的，怎么今日误了，而且一误就是两个时辰？”李东阳问。

杨一清苦笑一声，说：“也算是上行下效吧。”

杨一清的身份已是次辅，他所要效的上恐怕只有皇上了。

“怎么，正旦大典，圣上又误了时辰？”李东阳的口气，好像是习以为常。

“岂止是误了时辰，误的有些过分了。与之相比，我只误了两个时辰，不过是小巫而已。”杨一清说，“怎么，西涯公没有听到一些动静？”

“动静嘛，是听到一些。”李东阳说，“你知道，我夜间难以入眠。昨夜，有轿马从门前经过，我还以为，有人深夜来往相拜呢。”

“哪里是深夜相拜，那都是刚从宫中出来，往家里赶呢。”杨一清把庆典后的混乱局面大致讲给李东阳听。他是身在局中，讲起来，自然比马英给皇上讲的清楚、生动。

“原来如此，今日到了此时，尚无一人上门，我还以为，应宁先生约我独酌，替我挡了别人的驾呢。不想，却是大家经了一夜的惊吓。”李东阳叹道。

“听说，有一名锦衣卫指挥，名叫赵升，竟在混乱中被践踏而死。”杨一清说罢，又作另一判断，“或是从早站到夜间，冻馁而死。不管死于何因，总不是好的征兆。”

“圣上处置了吗？”李东阳忙问。

“听说，圣上发了话：厚葬厚恤。”杨一清道。

“圣上宅心仁厚，只是，唉！”李东阳不忍说下去，换了个话题，“应宁先生，昨夜混乱之中，你是怎样处置的？没有受到伤害吗？”

“我挤不过便不挤，走不动便不走，等人员散尽，我再出来，还可以好整以暇地向门前的公公打个招呼。”杨一清说。

李东阳叹道：“应宁先生的镇定功夫，真是令人折服。朝政也确实需要你这样的人来主持。”

“细事我或可处置，处置大事，我自知并非其人。”杨一清说，“西涯公和介夫先生相继而去，朝政日非，我是一筹莫展。”

“介夫先生离去，着实可惜，也着实无奈。”李东阳说，“不过，介夫先生不去，或我仍在其位，于时政也难有大补，倒是——”李东阳发觉下面的话不该说，又换了话题，“应宁先生，你吩咐过，酒和菜由你携将过来，因而我全无准备。”

“我新近得了一位厨子，烧得一手江南菜肴。我不能独得其乐，又不好请西涯公出门，便命他整治了一桌菜，带来与西涯公贺岁。每种菜式都分成了两份，一份请夫人品尝。我是不是有些喧宾夺主了？”杨一清问，“就让他们摆上吗？”

“好，对江南的菜式，我也情有独钟。”李东阳说。

杨芝指挥家人，将携来的菜肴一一摆上案时，还是热气腾腾。酒是一坛绍兴老酒。

“酒是王伯安差人送来的。”杨一清说，“西涯公不宜饮烈酒，此酒酒性较温和，不妨多饮几盅。”

“好，好。”李东阳称是。他绕着案子，观赏了一番色味俱佳的菜肴，与其说是观赏菜肴，不如说是观赏盛放菜肴的器具，一件件皆是精品。“李荃，”他招呼道，“这里不用你们侍候了，你把奶奶房里的丫环叫来侍候斟酒，自己陪小杨芝去你的房中也喝几盅吧。”

“是。”李荃应过，拉了杨芝要走。

“且慢，”杨一清叫住他，“西涯公，不如我二人自酌自饮，有事的话，唤一声，他们也听得到。”

“也好，”李东阳对李荃挥挥手，“你们去吧。”

二人坐定，不知谁该让谁。在李阁老胡同，李东阳是主，而酒、菜是杨一清携来，又似乎杨一清是主。比较起来，李东阳是主的成分更多一些，他便说了一句客套话：“菜果然烧得好，器具也好。该器盛该肴，相映生辉。应宁先生，恐怕你连饮酒的器具也带来了吧？”

“西涯公断得好！”杨一清说，抬进来的什物中，除了食盒，还有一锦盒没有开启。杨一清打开，里面摆放一套纯金酒觞，共有六尊，光彩熠熠。他取出两尊，一尊放在李东阳面前，一尊拿在手中，要放在自己面前还未放下。

“怎么，应宁先生近日亦用此器？”李东阳颇感惊诧地问道。

他的问话不见得有恶意，杨一清的手却放不下来了。他面色微红，讪讪而言：

“今年是西涯公的整寿，本想今日来为公贺岁，然后作为寿礼，留在府上。看来，西涯公不肯赏面收下，叫我好生惭愧。”

“你是知道我的，一生所好者，唯书耳。居家所衣不过葛布，所用不过粗瓷，换了别物，反而要不自在了。”他与杨一清相交相知相善数十年，直言不讳，谅必杨一清不会见怪。换了别人，他的话或会委婉些，但态度一定也会更冷漠些。

“是，但凭西涯公吩咐，不敢勉强。”杨一清收起金觞，换上瓷盅，将酒注入酒壶，放在热水中温温。

李东阳执壶，为杨一清斟酒，双手止不住颤抖，洒了些在案上，二人相互让了让，开始对酌。杨一清则为李东阳布些他喜爱的菜式。

“西涯公，你方才说，介夫先生不去，或你仍然在位，于时政难有大补。我若定要说，西涯公或介夫先生主持内阁，不至于如此不堪。争来争去，怕也争不出结果。我也不与你争了。只是你后面似乎还有些话没有说出来，我想，是因为李荃、杨芝二人在，有不便言者。现在他们离开了，西涯公可以说下去吗？”

“一时的古怪念头，不足道也。”李东阳说。

“对我也不便言吗？”杨一清激他。

李东阳说：“应宁先生何必难为我？我的念头对你有什么不便言者。其实，李荃、杨芝二人在，也没有什么不便言者，只是念头太怪，我自已也觉得荒唐。对了，应宁先生是当世诸葛，我的念头，你该估得出。我们就用此事来赌酒如何？你说中了，我饮三盅。你说错了，你饮三盅。对双方都公平。”

“用你的念头来赌酒，还说公平，真是滑天下之大稽了。”杨一清笑道，“你说我是当世诸葛，我看，只有一件事，我可以料中，那就是，今日我一定要喝得酩酊大醉。”

“怎么，应宁先生怕了吗？”李东阳也来激他。

“舍命相陪，又有何惧？”杨一清说，“好，我就来说，西涯公的意思是说，倒是叔厚先生主持内阁，忍辱负重，也很不容易了。”

“应宁先生的话说得不错。”李东阳微微点头。

“哈，一说即中，西涯公请领罚吧。”杨一清以手势相让。

“可惜，”李东阳摆手，“你的话是对的，却没有说出我的念头。”

“西涯公不是诳我吧？”杨一清不放心地问。

“我们是君子赌酒，不是市井无赖赌酒，应宁先生不放心，不妨先寄存下来。”李东阳说。

“那我岂不成了市井无赖？”杨一清连饮三盅，“我又要说了。西涯公的意思是说，既然于时政无大补，倒是离开朝廷，不食俸禄，心里踏实些。”

“那么，我是庆幸自己适时而退，还是劝说应宁先生也该告退？”李东阳问道，“若是庆幸自身，不过私而忘公，与市井无赖无异。若是劝退应宁先生，去朝廷柱石，不更成了千古罪人？”

“西涯公不必说了。我早说料到，这三盅酒我还是要饮的。”杨一清又饮三盅，“到李阁老胡同来饮酒，我总是要吃亏的。幸亏我有预见，带了性温的酒来，不然，就要吃大亏了。说到预见，我比西涯公就要胜一筹了。”

“怎么你来李阁老胡同饮酒就要吃亏？难道我这里是店大欺客吗？”李东阳反驳他，“应宁先生，你再说一次，还说不中，我们的酒也不必再赌了，我说与你听便是，免得你日后更要编派李阁老胡同的不是。”

“再有三盅酒，我虽不至于酩酊大醉，可也相去不远矣。西涯公先莫得意，这三盅酒由谁来喝，还在未定之数。”杨一清说是未定之数，却好像有了十分把握，“西涯公的意思是说，倒是倘有一人还在，或能劝止圣上，至于这个人嘛——”

“应宁先生不必说了，这三盅酒该我喝。”李东阳饮一盅，歇一歇，三盅酒饮下，比杨一清用的时间要长许多，“我就知道，我的念头再怪，应宁先生也估得出，果不其然。”

“西涯公酒喝得太快，就不怕我说错了？”杨一清说，“我的心里还没有底呢。”

“你我之间，话说三分，彼此了然，何况你的话已经说了七分，还会有错？”李东阳说，“我方才话到嘴边，又缩了回去，实在是念头太怪，而且自觉对应宁先生有失敬之处。”

“哪里的话！”杨一清连忙否认，“西涯公的念头，我也有过。当初除去逆瑾，总觉得是不世奇功，心中不免有几分得意。后来见到，逆瑾虽除，朝政并无大的改观，圣上亲政后更加随意，我曾想，逆瑾虽恶，还能把圣上笼络在宫中，除却逆瑾，到底是功还是过呢？”

李东阳没有说出的话，被杨一清说了出来，心里感觉痛快。但在刘瑾压迫下的处境，和今日的处境，毕竟有许多不同。他说：“除却逆瑾，乃是大功，应宁先生运筹之功，不可掩没。这已是定论，不必说了。”

“也未见得，”杨一清说，“除却逆瑾，不过五年有余。五年之后，西涯公便有了自以为很怪，其实并不太怪的念头。五十年以后如何说？五百年以后如何说？又有谁知道。”

“五十年以后，五百年以后的事情不必想了。”李东阳举起酒盅，“我们还是为应宁先生为朝廷立下的不世之功，喝上一盅吧。”

杨一清也举起酒盅：“也为西涯公的怪念头，为不该有怪念头的人有了怪念头，喝上一盅。”

李东阳接着说：“也为应宁先生道破了我的怪念头，为应宁先生不见怪我的怪念头，喝上一盅。”

杨一清又接着说：“也为西涯公虽有怪念头，却仍然许我以功；虽有怪念头，却并不以我为朝廷罪人，喝上一盅。”

二人相互示意，一饮而尽，放声大笑。

听到他们的笑声，李荃说：“小杨子，我可有许多时候没听到我家老爷的笑声了。”他不叫杨芝，不叫小杨兄弟，而叫小杨子，算是一种昵称。

“李大叔。”杨芝叫过，对着手心啐了一口，一仰脖子，把一杯酒喝了下去，好像在生闷气。

“这是为何？”李荃不解地问，“你叫一声李大叔，就不再说话，是李大叔得罪你了吗？”

“不错，就是李大叔得罪了我。”杨芝赌气地说。

“我怎样得罪了你，你说出来，我给你赔个不是。”在老爷好友的家人中，李荃对杨芝与对别人不同，不管他讲不讲道理，都不生气。

“你没有得罪我，是李大叔得罪了我。”杨芝说，“我暗中不知对自己说了多少次，不能再叫你李大叔了。叫你李大叔，我太吃亏。可一见了你的面，又叫了起来。这不是李大叔得罪我了吗？”

李荃笑了：“冲你这句话，你叫我李大叔，都有些不够格。论年龄，我比你大十四五岁，你叫我一声大叔，并不吃亏。不过，我家老爷和你家老爷，像兄弟一样，你要是愿意，叫我一声李大哥，也算不得得罪我。”

“这可是你说的！”杨芝高兴起来，“李大哥，我家老爷总是说，你家老爷心事太重，怕是会折寿。其实，我看我家老爷的心事也一日重于一日。你说，许多时候没听到你家老爷的笑声了，我又何尝不是，我家老爷也有许久没有开怀笑过了。我常见他一人坐在书房中发呆，一坐就是一个时辰。”

“是不是这副模样？”李荃学着李东阳的样子。

“不错，”杨芝说，“有时，一副苦相比这还要难看。”他也学着杨一清的样子。

李东阳和杨一清都瘦，不过，李东阳修长，杨一清矮小，李东阳相貌端庄，杨一清其貌不扬，或可说是“貌寝”。而李荃和杨芝都是圆脸庞，身材不高不矮，杨芝尤其清秀。他们学起各自老爷的样子，互相看上去，甚是滑稽。

“我家老爷一愁，我也就跟着发愁，”杨芝抿了口酒，说道，“我也常常坐着发呆，和我家老爷一样，一坐就是一个时辰。要不是老爷想起了我，唤一声，我还会一直坐下去。”

“是不是这副模样？”李荃作出他昔日在李东阳发愁时，他也发愁的样子。年岁渐大，他不再像以前那样发愁了。

“不错，有时一副愁相比这还要难看。”杨芝也做出他平日发愁的样子，“我现在不但为老爷发愁，也开始为自己发愁了。老爷府上的花匠说，我的额头上都有皱纹了。你说，我才有几岁，便长出了皱纹，再愁下去，怎生得了！”

“你有了皱纹，也不全因为发愁。你是江南人，北方水硬土硬风硬，你不习惯。我看，你是该回江南去。你的皮肤，比刚来时已经黑了一些，真是怪可惜的。”李荃说着他的看法。

“谁说不是，我也着实想回江南。”杨芝说，“老爷本来说三个月后让我回江南，后来又说六个月后让我回江南，再后来就不说了。我见老爷一日愁过一日，哪里敢向他提。”

“都说我们的老爷不容易，我看，我们比我们的老爷更不容易。”李荃说，“我们老爷的苦处，别人不知道，还有我们知道。我们的苦处，却有谁知？小杨子，只有你知我知了。”

“李大哥的话太对了。”杨芝说，“我看别家老爷的家人，都不像你我这般苦。有时想想，挺后悔的。早知道跟着现在的老爷这么苦，还不如跟着原来的老爷。虽然没有现在的风光，可也没有现在的苦处。李大哥，咱们喝一杯。”

“好，就为咱们的苦处喝一杯。”喝过后，李荃又说，“其实，咱们不光有苦处，也有乐处。你说现在风光，我是风光过的人了，我觉得，风光不风光还在其次，主要是有人把你当作一个人物看待，你于是有了其乐无穷的感觉。”

“有苦处，也有乐处。”杨芝自言自语，“咱们也该为咱们的乐处喝一杯吗？”

“对，为咱们的乐处也喝一杯。”李荃说道。

二人为这句话喝一杯，为那句话喝一杯，想起什么说什么，说起什么为什么喝一杯。两位老爷喝酒用酒盅，两名家人喝酒用酒杯，其量相差数倍，不多时，两名家人都有些过量。

李荃较为机警，听到老爷那边的动静，说道：“小杨子，你家老爷要起身了，咱们就此打住。你别再犯愁了，也别为回江南的事着急。”

“是，李大哥也多保重。”杨芝晃着身子站起来。

第一百四十二章

过了上元节，皇帝把赵林唤入密室，对他说：“有一件差事，朕想了想，派你去最稳当。”

“爷吩咐，是去西北，还是去南边？”赵林只随皇帝去过南海子和鸣玉坊、积庆坊。南边指南海子，西北指二坊。

皇帝不知他指的是这两处，奇怪地说：“赵老儿变得聪明了，这趟差事，朕没有对任何人讲过。你怎知要去西北？”

“奴才想，除了南海子和鸣玉坊，奴才没有去过别处。爷派奴才的差事，也不会是别处。”赵林的思路，向来是简单明了。

皇帝哑然失笑：“赵老儿，你太没有见识，天下之大，西北难道只有一个鸣玉坊吗？朕要你去的西北，可要远得多。朕要差你去延绥。”

“爷要奴才去延绥？”赵林非惊非喜，只是问一句。

“不错，你知道延绥吗？”皇帝考问他。

“听说是听说过，可没有去过，也不知在何处。”赵林答，“镇国府的马将军以前不就是延绥总兵官吗？奴才听他讲起过延绥。”

他说的马将军，是前延绥总兵马昂。马总兵因北边失事获罪，皇帝从轻发落，降为参将，驻守凤阳。江彬极力向皇帝举荐，遂召入京师，暂住镇国府，还没有正式委用。

“你的差事，与马总兵有关。你去延绥，替朕把马昂的妹子接来京师。”皇帝说。

“这趟差事，奴才不愿意去。”赵林实话实说。

“却是为何？你不是总对朕讲，愿意去各地跑一跑吗？朕派了你差事，为何又不愿去？”皇帝问。

“奴才只为爷办差事。接马总兵的妹子，是为马总兵办事，奴才不愿意侍候。”赵林讲他的理由。

“你真是没有脑子。朕不是说了，是替朕把马总兵的妹子接来吗？”皇帝对他又是赏识，又是着急，“明明是为朕办事，怎么变成了为马总兵办事？”

“爷一说，奴才愿意去了。”赵林说，“爷要奴才带多少人马去延绥，请爷示下。”

“你也想提督一次军务吗？”皇帝开着玩笑，“一开口就是带多少人马。你一个人也不必带，敢不敢独闯延绥，显一显老儿党的威风？”

“奴才没有什么不敢的，只是怕稍有闪失，无法向娘娘或者太后娘娘交代。”赵林说。

“赵老儿，你今日怎么了？”皇帝真有些火了，“朕要你去接人，和娘娘、太后娘娘有什么相干？”

赵林不急不慢地诉说他的理由：“奴才想，马总兵年龄不小了，他的妹子也一定是半老徐娘。爷接她来，不是娘娘要召见，就是太后娘娘要召见。奴才不敢误了爷的事，也不敢误了娘娘和太后娘娘的事，故而要多带些人马。”

他的话不能说全无道理，皇帝要发火也发不出来。“难得你还知道半老徐娘的说法。”皇帝半笑半嗔，“马总兵年岁不小，怎见得他的妹子就是半老徐娘？他就不许有个年轻貌美的妹子吗？告诉你，实实在在是朕要接马总兵的妹子，与他人无关。你用心去办吧。”

“是。”赵林仍有些担心，“爷的意思，此事交与奴才一个人去办了？锦衣卫里差两名校尉，与奴才作个伴，爷看行不行？”

“不要找锦衣卫的人。”皇帝吩咐，“你去镇国府，向朱彬讨两名能干的将军，再向马昂讨两名家将，有四名将军保你，你也够威风了。”

“四个人少了些。不过，不碍事，奴才拚却性命，也要保着马——”确定了马总兵的妹子是皇上要接的，赵林拿不定该怎样称呼，就只称了一个马字，“返回京师。”

“不是你保着她，怕是她保着你。人家将门虎女，一身好功夫。你莫招惹她就是了。”皇帝说，“朕差你去延绥，是把你当作一件信物，你不去，人家怎会相信是朕召她来？”

“奴才懂了。”赵林说，“马总兵的家人是马总兵的信物，奴才是万岁爷的信物。有了奴才和马总兵的家人，去马总兵家中接人，他们就会放心地把人交给我们。”

“不是去马总兵家中接人。”皇帝交代，“到了延绥，你们径直寻到毕指挥宅中接人。”

“毕指挥？”出了一位新人物，赵林又不懂了。

“马总兵的妹子如今是毕指挥的夫人了，你想接到她，当然要去毕指挥家中。”皇帝耐心地解释。

“马总兵的妹子嫁人了？那她就不是处女了？”赵林并不懂得女人，却知道处女两个字的分量。

“又难为了你，也懂得处女。”皇帝调侃道。

“奴才不懂什么是处女，奴才只知道，女子嫁了人，就不再是处女。”赵林认真地说。

皇帝不愿再和他多费口舌：“莫多讲了，快去准备着。朕要你半月之内把人接回来。”

将门之风，和士大夫不同，没有那么多讲究。马氏到了京师，先送到镇国府马昂的住处。江彬前来探望，她也不回避。

马氏身着戎装，腰间挂一柄宝剑，颇有男子之气。她的见面礼不像一般女子，敛手道个万福，而是像江湖上的好汉，抱拳唱喏。

“没有规矩！闺女家有这般见礼的吗？”马昂斥责她，“不怕朱都督笑话。”

“我说换了衣衫，你又不让我换，”马氏申辩道，“着这一身装束，岂有弯腰行礼的道理？”

身着戎装，正是江彬要看的。他笑着说：“很好，令妹的一身装束，既显俊秀，又显英武，用咱们男子间的话来说，真是一表人才。也须得这一身装束，才能入得豹房。妹子，”他亲昵地叫了马氏一声，“你可知你的造化？”

“小妹只听说皇上要召见，其他一概不知。”马氏说，“皇上差派的公公嘴紧得很，一句多余的话也不肯向我们讲。”她不知赵林也不知情，还以为他不肯泄露宫中机密。

“你哥哥的富贵，你全家的富贵，系于你一身。”江彬说，“你这一身装束，让皇上看顺了眼，你就要在豹房侍候皇上了。”

“侍候皇上？可我，我不能侍候皇上呀！”马氏吓了一跳，心慌意乱地说。

“为什么不能？是不愿吗？”江彬问。

“不是不愿，是没有福分，我——”马氏虽是戎装，虽有须眉气概，也不由显出几分羞赧。

“怎就没有福分？不是有测字先生测过，你命中会大贵吗？”马昂着急地说，“朱都督和我都不是外人，你有难处，只管说出来。”

马氏沉吟着，马昂和江彬等待着。使马氏进入豹房，侍候皇上，二人策划周密。对马昂来说，这是寻求富贵的重要一步棋。可马氏却说不能侍候皇上，使他们又是失望又是害怕。人是皇上接来的，不是他们接来的，根本没有退路，根本不允许说不能侍候皇上的话。马氏进不了豹房，他们在皇上面前无法交代，怎能不怕？

“不瞒你们说，我已有了身孕。”马氏终于说出原因。

“有了身孕？”马昂问，“我怎一无所知？”

“不是还来不及告诉你吗？”马氏说，“得知喜讯，我本来要立即报与哥哥、嫂嫂知道，可我家将军说，等一等再去报喜，一下等到了今日。”她家将军，自然是毕指挥。

“还说是喜讯！不如说是家门不幸。”马昂叹着气说。

他妹子有了身孕，若说不是时候，也就罢了，他却说是家门不幸，在任何人听来，都太不近情理了。马氏忿忿地说：“就算我怀了鬼胎，也是毕家家门不幸，与你马家无关，要你说丧气话！”

“唉，你是不知道其中利害。”马昂不能再和妹子斗嘴，转向江彬，“朱都督，你看如何是好？”

“休要慌张，”江彬较他镇定，“妹子，我来问你，你有了多久身孕？”

马氏掐指算了算，“大约有一月了吧。”她说。

“还好，根本看不出来嘛。”他话中有话地说。

“都督的意思，是把他打掉吗？”马昂品出了味道。

“妹子的意思呢？”江彬问马氏，“妹子，我告诉你，皇上召你，你不见皇上是不行了；皇上要你在豹房侍候，你不在豹房是不行了。”

“我家将军是独子，我也是吃了不少的药，才怀上这孩子的。”马氏说，“我不能太对不住我家将军。”

“你就不怕对不住你家哥哥？”马昂负气地说。

“不能对不起你家将军，也不能对不起你家哥哥。”江彬开导她，“你一入豹房，就不是毕指挥的人了，你做的事情，不算对不起他。”

马氏无奈地说：“我听哥哥和都督的话。”

她答应下来，事情就算有了结果。江彬突然又想起一事，忙问：“妹子，你有身孕之事，除了我和马大哥，还有别人知道吗？”

“我家将军自然知道。”马氏生气地说，“我一名女子，有了身孕，难道还能瞒着他？”

“不是说你家将军，”江彬说，“我是说，有什么不相干的人，知道了你有身孕之事吗？”

“怎叫不相干之人？我家中上上下下都知道。对了，我哥哥派去接我的家将也是知道的。”

马昂怨道：“我妹丈也是，这样的事情，怎么对下人也讲。是要他们向我报喜吗？我妹妹见了我，自己还不会对我说吗？”

“我家将军是怕我在路上不稳妥，嘱咐他们照顾我，这事也做错了吗？”马氏反驳。

“当然是做错了。一千多里的路程，放心让你骑马而来，别的事还有什么不放心的？”马昂说，“朱都督，我马上问一问那二人，有没有对外人讲起。如果没有讲，便嘱咐他们不许讲一个字，否则，定以军法从事。”

“迟了。”江彬说，“他二人一回来，就被一干朋友邀去喝酒，府上这么大的事，他等还能不说？可你要问他们，他们一定不肯承认，不如不问，权当半个宫中、半个京城都知道了这件事。”

“那怎么办？我妹子肚中的孩子要不要打掉？”马昂到了这种时刻，全无主意。

“不忙吧。”江彬则有他的主意，“让妹子见了皇上再说。皇上不问，她也不说，皇上问起，再相机回答。马大哥，你说妹子有了身孕，是家门不幸，我看未必。是福是祸，一时还没有定论。也说不定，马大哥因祸而得福，我们这些豹房里的人，都要因马大哥而受惠。”

马昂听出了眉目，却不敢深想，更不敢妄言。要是他猜得不错，江彬的想法太过惊世骇俗、匪夷所思了。

江彬则敢想，也敢说：“皇上还没有太子，且看咱妹子的造化有多大，你的德行有多高吧。”

豹房只有几名做粗活的宫女。苏进等人不时希望皇帝去乾清宫住上一两天。乾清宫中没有他们的差事，他们就得闲了。依着老一辈公公传下来的规矩，他们在宫中都有了相好的女子，尽管不能真的做成什么事，有时还怪想的。

豹房以往只有几名做粗活的宫女，近日突然多了一名奇女子，令豹房侍驾的太监和禁卫们无不侧目。当然，她是皇帝的人，日夜不离皇帝左右，谁也不敢打她的歪主意。

当皇帝在内教场布阵阅视之时，当皇帝赴教坊司听乐赴钟鼓司看戏之时，当皇帝在豹房外看众人比试之时，当皇帝在豹房内与人对弈之时，身边总立着这名身着戎装的奇女子。出入豹房的任何人，包括钱宁、江彬等在内，只准赤手空拳，不准携带兵刃，而这名奇女子，被允许腰间悬挂一口宝剑。只要她在场，皇帝的精神就特别振奋。她只对皇帝露出微笑，对其他任何人都是冷若冰霜的一副面孔。

苏进等人私下议论，万岁爷如今离不开她了。

佛保说："爷以前须臾离不开苏哥，如今好了，苏哥去找相好的，去上几个时辰，爷也不找了。"

苏进心中酸酸的："我怎能和她比。我能做的事情，她都能做，她能做的事情，我却一件也不能做。谁叫咱们生就男子之身，又变成个不男不女之人，和人家可不一样。"

别人没有苏进这般恩宠，因而也没有他这般忌妒，只是当个新鲜事说笑。

周昂说："你们听到爷今日怎样称呼她了吗？爷先这样了一下，"他做了个亲嘴的动作，"然后说，马爱妃口中好香。朕就爱听你唱的小曲，来，再为朕唱一曲。你们听清楚了，爷叫她马爱妃。"

"怎么，爷要封她贵妃了吗？"赵林问。

"就赵哥最关心她的前程，"马英撇着嘴说，"她封了贵妃，你能得到什么好处？别看人是你接来的，我看她对你也是冷冰冰的，不理不睬。"

"她封了贵妃，咱能有什么好处？"赵林说，"我不过想，她要是封了贵妃，咱们去马总兵那里闹上一闹，不能让他白白地当一回咱的舅爷。"

苏进说："赵哥说的在理。爷封了马贵妃，咱们得让马总兵好好破费破费。他要是不肯，我敢把他房上的瓦揭了，把他房中的炕拆了。"

"可惜，你们闹不成。"周昂说，"爷没有封她。我听到她也问爷，是不是要封她贵妃。爷说不能封。她问为什么，是不是因为她嫁过人？爷说，嫁不嫁人没有关系，但她一封贵妃，就须住进宫中，不能留在豹房了。她说，那有何妨？我住进宫中，你就在宫中与我厮守。爷说，我若能住在宫中，怎有缘与你结识？你千万不要打入宫的主意。她不再说话了。我看见，爷和她搂作一团，干那事去了。"

"说来也怪，"佛保说，"爷在宫中和那么多后妃娘娘干事，都是草草了事，怎么和她在一起，就能半个时辰不分开。莫不是她真的得道成精，把咱爷吸住不动？"

"爷说你是有佛缘的人，也动凡心了吗？"马英取笑道，"要不，你也找个机会试试。"

"休得胡言，爷听见，看不剥了你的皮。"佛保警告他。

"我让你找别人试试，又没让你找她试试，爷怎会剥我的皮？"马英道，"怕是你动了邪念头，爷要剥你的皮呢。不信，你动那个念头试试。"

"你们都不要说了，再说下去，爷要剥你们两个人的皮。"赵林劝和，"不能寻老马闹一闹，真是无聊，咱们也散了吧。”

“别忙，”周昂今日一直没有离开豹房，听到的新鲜事最多，见众人要散，又说出一事，“要是为了封贵妃，找老马闹一闹，那是闹不成了。可为了别的事，找老马闹一闹，也一样有趣。爷答应，在太平仓镇国府的东面，赐老马甲第一区。你们看，为此事可去闹得？”

“闹得，闹得！”苏进说，“等老马搬过去了，咱们大家一起去闹，非让他跪下叩头，称咱们一声小爷不可。”

第一百四十三章

二月十九日传旨：后府都督同知江彬、都督佥事马昂并为右都督。武职的升迁，中外大臣一向不是看得很重，而这两个人这时候升迁，却在朝中惹出一场风波。

三月初一，科道官首先上疏，抗言争之。

六科给事中吕经等的奏疏称："陛下果为皇储之图，自宜博选世族，使备嫔御，奈何溺卑污以自亵乎？"

御史徐文华等言："中人之家尚耻再醮之妇，以万乘之尊而顾为此，返之于心则未定，宣之于口则不顺，传之于天下则可丑，谁为陛下进此者，罪可灭族。"

用词不同，内容差不多，都以为皇帝要将马昂女弟纳入宫中，列为嫔妃，而纳妇的目的，是为了生育皇子，以为储贰。

科道官用卑污自亵、传之可丑等相当刻薄的语言进谏。至于马氏有身孕之事，即便允许风闻论事的科道官也没有提及，或是他们不曾风闻，或是听到了也不敢提及。如果日后马氏确实有了身孕，皇帝坚持马氏怀的是龙种，今日提及此事，来日恐怕就有身死门灭之虞，不可不持慎而又慎的态度。

内阁三位大学士议论科道官的奏疏，是一年多来不曾有过的认真态度。议论的题目有两个，一是科道官写的当不当，如果皇上要内阁拟旨，该如何批答。二是内阁要不要上疏，如果上疏，该如何确定主题，该如何落笔行文。

杨一清问："叔厚先生，选立太子之事，似早有议论了吧？"

梁储说："我记得，正德六年十月，南京吏部尚书张澯、南京太常寺卿罗玘上疏，就选立太子，略曰：陛下受太祖太宗列圣之付托，六年于兹矣。万寿无疆，固将自今日始，然必如祖宗有所付托于陛下，陛下乃无负祖宗所付托也。不知陛下今所付托何在？自此之后，时有言及立储者。我记得的，没有十疏，也有八疏。"

"正德六年十月，忙于应付河北之盗，对张、罗所无一句批复，尚可谅之。自此之后，又过五载，叔厚先生说，议及者没有十疏，也有八疏，难道圣上一个字的批复也没有吗？”

“没有。”梁储肯定地说，“圣上若有一个字的批复，此事说不定已有了处置。”

“当时内阁诸公怎样主张？”杨一清问。

“西涯公和介夫先生都以为言之过早，我也以为，不妨缓一缓再议。”梁储说。

靳贵说：“西涯公和介夫先生如何议论，我入阁晚，不得而知。叔厚先生的一番宏论，却是言犹在耳。记得叔厚先生说，皇上春秋鼎盛，建储未宜轻言，万一有他，吾辈伏斧锧矣，邪谋岂可轻听徇！我听了先生的话，悚惧不已，迎立太子之议，想也不敢想了。”

梁储笑道：“克道先生好记性，这一番话，我确曾说过。当时在朝如德华先生，在南京如懋学先生，都是赞成的。”户部尚书王琼、南京户部尚书王鸿儒和他差不多同时，发表相同或相似的议论。

杨一清说：“当时我在吏部，以为立储是礼部的事情，对两种议论都不曾关心。叔厚先生为人一向谦和，当时为什么有一番慷慨的议论，连一向议论激烈的王德华都有所不及，其中的原委，现在可以说一说吗？”

问得恳切，梁储不能不说，但心中又有所顾忌，便把话岔开：“应宁先生说我一向谦和，大概是一向懦弱的意思吧？这倒是一言中的。”

“不然，”杨一清解释，“不久前，我和西涯公谈起来，还说，这两年内阁也多亏是你在主持。”

“二位如此说，实在叫我惭愧。”梁储至此不能不有个交代，“当时我所以发一番议论，有两个原因。一个原因，是受西涯公和介夫先生的影响。他们都说议之过早。另一个原因，是因为有人提出迎立某某藩府的世子为太子，我以为不妥，又有人提出，迎立另一藩府的庶子为太子，我以为更不妥。此二人都是朝中有力量的人物，他们的立议，和张、罗等人不同，和科道官不同，须得有大臣出面说话。应宁先生要我说一说，我只能说到这个程度了。”

“明白了，叔厚先生虑得深远。”杨一清表示赞同。他估计，梁储先说的有人，是指钱宁，立某某藩府的世子，指的是宁府。后说的有人，一定是指江彬，至于他提出立另一藩府的庶子是谁，就不得而知了。梁储说宁王世子不是合适的人选，有一定的道理。宁王虽是太祖皇帝的嫡传，但与今上的关系，离得远了。即便真要选立太子，也该从孝宗皇帝的亲支近脉中挑选，至少也该在宪宗皇帝的亲支近脉中挑选。

“不过，我现在也在反省，当时的议论是不是太偏颇了。”梁储说，“或许，如罗景鸣所言，圣上应该有所付托，才能不负祖宗的托付。”

杨一清说：“叔厚先生当时的议论，断然是对的。而今日的反省，断然也是对的。今日已到了议论选立太子的时候。”

“我也以为今日已到了议论的时候，却不敢说断然是对的。”靳贵说，“请应宁先生讲讲其中的道理。”

“不错，应宁先生说我的反省断然是对的，我也要听一听，是怎样的道理。”梁储附和说。

杨一清点点头，表示他是要说明理由的：“其说有二。我先说其一。选立太子，当然是就近不就远，就亲不就疏。有人提出立疏，我等可争之，朝中大臣均可争之，未必就让某人得逞。就算我等争不过某人，使某人得逞，到底还是太祖皇帝的血脉。就算有失，其失也小。而如果有人作另一种图谋，宫中有另一种变故，圣上一时不察，使其得逞，其失则大。我等为国谋，宁愿失于小，不可失于大。况且，失于小者，未必一定会失；而失于大者，不可不预作防范。防范之要点，就是选立太子。”

梁储和靳贵注意聆听。他们都明白杨一清说的另一种图谋、另一种变故是什么意思。不止一处传说，皇上将怀有身孕的女子召入宫中，万一皇上真要将其子作为己出，使不是朱氏血亲的人立为皇太子，那将成为千古之恨。以此言之，一定要劝说皇上选立太子。

“我再说其二。”杨一清不等二人发表议论，紧接着说，“二位不妨忆一忆我朝列祖列宗皇太子之立。懿文太子在洪武元年立为皇太子，可惜走在太祖皇帝之前。他去世的同一年，太祖皇帝立建文帝为皇太孙。仁宗皇帝在永乐二年立为皇太子。宣宗皇帝在仁宗皇帝即位之初立为皇太子。英宗皇帝在宣德三年立为皇太子。先帝历经磨难，可也在成化十一年立为皇太子。今年也已到了正德十一年。”

“应宁先生还没有说到宪宗皇帝之立。”靳贵提醒说。

杨一清不曾提到的还有太宗皇帝。他的皇帝之位是夺来的，而不是太祖皇帝立的；不曾提到代宗皇帝，即景泰帝，他是在英宗北狩的特殊情形下即皇帝之位的，而不是在正常情形下立为皇太子。这两位先帝不必说，也不能说。宪宗皇帝之立与他们不同，还是应该说一说的。

“不错，宪宗皇帝是在正统十四年才立为皇太子的。”杨一清说，“是在英宗皇帝北狩之后，奉皇太后之命而立。宪宗皇帝诞于正统十二年，距英宗皇帝北狩有两年的时间。两年间不建储位，是因为王振专权，不许谈论，英宗皇帝受其蒙蔽。须知英宗皇帝诞生只四个月，就被立为皇太子，这正是宣宗皇帝英明之处。英宗皇帝没有及早立储，结果宪宗皇帝复废复立，几经周折。总之，早立储则安，迟立储则乱。十一年不建储位，已然迟矣，不可更迟。他事内阁可不议，此事不可不议，不可再迟议。叔厚先生意下如何？”毕竟梁储是首辅，内阁上疏，必须他领衔。杨一清也不忘问一问靳贵，“克道先生意下如何？”

“吾随众。”靳贵先答。那么就看梁储的态度了。

梁储沉思片刻，说：“内阁应该进言，应宁先生说得很透彻，但如何立论，还要斟酌。”

“我看，有几个字再妥当不过了。”杨一清一字一顿地说，“豫择近属，教养宫中。我们只谈教养，不谈太子，只谈应该如何，不谈不当如何。”

梁储和靳贵齐声说：“就是这般立论。”

“那好，请叔厚先生执笔吧。”杨一清让道。

三人一边议论，梁储一边动手归纳。按照大臣奏疏的惯例，先对皇上颂扬一番：

> 陛下嗣登大位十有二载，敬天法祖，爱民任贤，谨兵戎之练，以训夷狄，奋良刑之施，以惩奸宄。往者贼臣擅权，毒流天下，陛下一变色而大奸伏诛矣。群盗称乱，远近骚然，陛下一指示而地方底守矣。万姓仰德，四夷向风，陛下之功业，其伟然矣。臣等承望清光之不暇，夫更何言！

“贼臣擅权，群盗称乱，二者有一，天下动摇。而圣上举手弹指之间，一一平定。伟然二字，当之无愧。”靳贵感慨地说。

杨一清说：“这一段拟得很好，谨兵戎之练的谨，奋威刑之施的奋，以及一变色、一指示等词句，用得都很传神。不过，‘陛下之功业，其伟然矣’，愚意以为可以删除。为臣子者，当然更盼望天下太平，不需圣上劳心。”

他话中另有一层意思，是希望皇帝无须谨兵戎之练，不必奋威刑之施。梁储怎会听不出来？他说：“好，就把这一句删除。”颂扬之后，转为正题，梁储用“至大至急”四个字，来表明他们议论的重要和急切。

> 顾事有至大至急，中外臣民同怀隐忧而不能一日释然者，敢不昧死言之。陛下储嗣未建，宫坊尚虚，比岁以来，两京大小群臣以为请，虽蒙涵纳，未见施行。臣等备员辅导，独未敢言及者，盖以祖宗功德深厚，庆祉绵亘，陛下以

鼎盛之年、绥经之福，螽斯麟趾之兆行将见之，未足为晚。

“这样写，是不是有些文过饰非了？”梁储问。

“总要有个说法。”杨一清道，“圣上英明，若是问起，此事至大至急，辅臣为何不早言之，全篇文章写得再深刻，也难以收效了。”

“对，不早言之，要有个说法。”靳贵也同意，“不但我等不早言之，要有个说法，西涯公、介夫先生等人不早言之，也要有个说法。”

“二位如此说，我可以放心写下去了。”梁储执笔要写，又说道：“立储之利，不立储之害，如何以两句话概括而言之，我琢磨不出，二位都有才思，请为我言之。”

靳贵想好了两句话，见杨一清坐在那里，似想非想，没有表示，便说：“二位老先生看，可不可以这样来写：承命宗庙社稷，系乎天下之心，绝觊觎之念，塞祸乱之源。”

“好，克道先生的四句话足以概括了。”杨一清说。

“克道先生才思敏捷，我不如也。”梁储赞道，“全篇的立意，就在这四句话上了。”他继续写道：

荏苒因循，又复数载，而椒寝之庆未征，甲观之祥未著，臣民忧惶，日甚一日。臣等若复忌避不言，则是负君误国，罪不容诛矣，窃唯自古帝王既缵大业，即建储贰，上以承乎宗庙社稷，而下以系乎天下之心，绝觊觎之念，塞祸乱之源，实在乎此。其或储嗣未育，则必求同姓亲贤以为之辅。诗曰：宗子维诚。故储贰者，天下之根本，而国姓者，朝廷之屏翰也。今大夫士庶，四十命之荣，数百金之产，如未有后嗣，必亟图之。陛下富有四海之广，贵膺万乘之尊，而左右无属籍之亲，京师无藩屏之托，比者妖言不轨之徒，往往藉以为词。虽旋即事露伏法，而意外之虞不可不虑。此臣等之心所以食不下咽而寝不贴席也。然此事重大机密，臣下固当言之。若夫慎而行之，则在君上，非人臣所敢与闻。

杨一清对后面的几句话很欣赏，说：“叔厚先生这几句写得不卑不亢，十分得体。”

“写到此，大约也差不多了，”靳贵说，“也该着落在应宁先生说的豫择近属教养宫中上了。”

“既是教养宫中，不是择立太子，似不必拘于一人。”杨一清突然有了一个新的想法。内阁上疏与他臣上疏之不同，大约就在于此了。

“二位看这样写如何？”梁储说着写下去：

> 伏愿陛下断自圣衷，祗循成宪，远拾前朝已行之故事，近采两京臣下之进言，早择宗藩近属之贤者二三人，召至京师，置诸左右，使之供间宴视膳之礼，代奉先晨谒之劳，简谨厚之人而与之居，命儒雅之臣以导之学，使万方臣庶知朝廷有属籍之亲，有盘维之重。忧疑之心有此而释，觊觎之奸无自而罪矣。如此则天地豫悦……

梁储已在作结束之语，杨一清止住他，“叔厚先生且慢写，我看还有几句话要写上。”

梁储搁笔静候，靳贵把他刚写下的一段话又细细读了一遍，揣摩杨一清的心思。

杨一清说：“召宗藩近属二三人至京，有两种处置。其一，圣上仍无后，从二三人中选立太子。其二，皇子诞育，二三人便不能留在京师了。前者已经说得很明白了，后者则是臣子们的衷心企盼，一定要写上两句。我看不妨就这样写：且圣德格天，多男有顷，必当不远。待皇子诞育，主鬯有人，然后优其礼遇，使各归藩邸。事体无嫌，理仪俱顺。下面便可接上‘如此则天地豫悦’一段话了。你们看有没有必要？”

“大有必要！”靳贵说，“既然不是择立太子，其出处，其去处，都该有个交代。如此，存有觊觎之念的人，也可以少打些算盘了。”

梁储依二人所见，加上了一段话，然后写出他的结束语：“如此则天地豫悦，百神歆飨，宗庙社稷并受其福，陛下所以延万年统绪之传，而迓四海平康之治者，宜莫急于此也。”

三位阁老极其认真地讨论了大半日，拟出奏疏，又由中书舍人花费一个时辰认真誊写在奏本纸上，这才郑重其事地送入宫中。

皇帝却正在忙于其他事务。对内阁的奏疏，和对科道的奏疏一样，没有一个字的批复，使三位阁老的一片心血付之东流。

第一百四十四章

北安门，俗称地安门。地安门以东，有一大片空场，周围居民称之为教场，是皇帝操练内外军伍的地方。皇帝三五日定要亲赴教场一次，频繁之时，日日都去。皇帝去教场，总要带上马氏。

内阁上疏，请豫择近属教养宫中的时候，皇上正在选择他的中军大将。边军有外四家确定由江彬统领，皇上又从宦官中挑选善骑射者，建立一营，称为中军，亲自统领。京营操练，他十次中要看两三次，边军操练，他十次中要看五六次。中军操练，他每次必到，有时亲自发号施令。但不能每次都亲自发号施令，有时只想看一看，需要有人代为发号施令。他必要选一个代他发号施令的人，他称之为正中军官。中军官是每军都要有的，皇帝统领的是中军，他的中军官应叫正中军官。

“爱妃，”他征求马氏的意见，“而今东西两官厅都有了安置，敢说是一时之选。只有中军，需要一人代朕管理，你看谁合适？”

东、西两官厅是皇帝为操练官军而设立，不是正式的衙门。设两个官厅，皆因边军入卫之后，有京军，有边军，一个衙门管理不便。

京军分三大营。一曰五军营，一曰三千营，一曰神机营。五军营为京军的主体，分为中军、左掖、右掖、左哨、右哨五军。三千营是永乐皇帝时，以边外降卒三千人设立，亦分为五司，分掌上值各项事务。神机营是永乐年间，征交趾时，得火器法，立营操练，亦分为五军。三大营中，五军营操营阵，三千营操巡哨，神机营操火器。

土木之变后，于谦任兵部尚书，因三大营是临期调拨，兵不识将，将不识兵，指挥不力，乃于三大营中选精兵十万，分为十营团练，统称为团营。团营推三大营都督中一人为总兵官，由内臣一人监军，兵部尚书或都御史一人为提督，未中选者回归本营。将士为三大营起了个听来很亲切的名称，叫老家。

宪宗皇帝时，团营成为定制，且增设为十二营，计武字营四，曰奋武、练武、耀武、显武，勇字营四，曰敢勇、军勇、效勇、鼓勇，威字营四，曰立威、伸威、扬威、振威。

正德六年于十二营中挑选精锐，得六千余人，归东官厅操练。由三大营中另选勇士，并外四家的边军，得数万人，归西官厅操练。皇帝命御马监太监张忠领东官厅事，这是宪宗皇帝以来的传统。当时，命大太监汪直总督团营，从此，禁旅专掌于内臣。西官厅事，则由都督许泰领之，而以指挥使刘晖、指挥佥事神周副之。二人都是江彬举荐给皇帝的。皇帝见他们确有所长，决意渐次重用之。

东官厅用张忠、西官厅用许泰，皇帝以为得人，现在要挑选一名能为他领中军的人物。

“奴婢为皇上领中军，可使得？”马氏笑言。

“好是好，但朕不来中军视事时，爱妃要与朕在一处，也不能来。”皇帝说，“领军之事甚是操劳，爱妃不必自讨苦吃了吧。”

“我就知道皇上小气，芝麻大的官也舍不得封赏奴婢。”马氏一副娇态，甚是可爱，“你不封，奴婢也不稀罕。不知皇上打算从宫中还是宫外挑选你的正中军官？要是从宫外挑选，我看皇上的舅爷挺合适。”她和皇帝独处时，开玩笑地把她的哥哥马昂称为皇帝的舅爷，皇帝默默接受。其实，皇帝早就知道，宫中大小太监常常以舅氏称呼马昂，只是觉得有趣。

“爱妃内举不避亲，有古贤风范。”皇帝说，“可中军都是阉人，怎好让宫外之人领其事？难道为领中军，把舅爷也净了身吗？当然要由宫中之人领中军，而且，就从朕的老儿党中挑选。”

皇帝身边的老儿党，一个也得罪不起。如果你说张三好，李四说不定就会记恨，你说李四好，张三便要存心报复。他们聪明，不会拿马氏出气，一准是想方设法找马昂的岔子。况且，马氏对老儿党们并不深知，选谁主中军之事，一要皇帝满意，二要本人高兴。马氏都没有把握。想到此，她说：“皇上何不将他等唤来，当面考一考他等，觉得谁合意，皇上就用谁。奴婢也想听听，皇上的老儿党们，都是一等什么样的神圣。”

“爱妃的主意好，就照爱妃说的办。”皇帝一边想，一边点着他最熟悉的数人，“苏进、赵林、佛保、马英、刘拳、周昂，就着他们六人进来吧。朕从他们六人中挑选出一人主事。”

教场正前中央有一高台，是为操练官军挥旗号令而设。台的两侧，各有几间小屋，其中一间，是专供皇上休息的。皇上和马氏单独在小屋里谈了许久后，把苏进等六人唤了进去。他们正在外面晒着日头，谈天说地。春天的日头晒得人浑身酥软，进了屋里，顿觉阴凉，不由得打起冷战。

皇帝说：“中军士卒，已经集齐，都是朕一一过目，挑选出来的。朕要将其操练成天下第一的精锐之师。不过，朕日理万机，不能整日管理该军。朕要从尔等中选出一人，代朕管理。朕是中军主帅，朕选中了谁，谁就是朕的正中军官。现在就要考一考尔等，这一支军伍，尔等将如何操练？”

几名老儿党都是陪着皇帝玩耍，陪着皇帝说笑的，谁也不知该如何操练军伍。听了皇帝的题目，目瞪口呆，说不出话来。

“苏老儿，你事事带头，今日也做个表率吧。”皇帝点名，一定先点苏进。

“不可！”苏进连连摆手，“爷不是要挑选人吗？奴才开口一说，爷就不用再考别人了。还是先由别人说吧。”苏进有两件事没有想清楚，一是到底当不当这个正中军官，二是想当正中军官的话，怎样才能吸引皇上。而听他的口气，好像他已有了十分的把握。他不肯先说，是为了给别人一个机会。

皇帝却相信他有极好的操练方法，好的操练方法应该最后再说，“也罢，就让你多想一阵。要是没有好的法子，朕亲自动手，撕烂你的嘴。”皇帝说着，转向赵林，“百家姓以赵为首，还是赵老儿先说。”

赵林没有苏进那么多心计，开始想了一个法子，再想多久也是一个法子，自己想是一个法子，听了别人的议论，也是一个法子。皇帝让他先说，他就笨拙地说了起来：“奴才听说，治军讲究一个严字，爷让奴才领中军，奴才就从严字入手。譬如说，下雨之时，奴才就让他们在雨中站一个时辰。谁若不听号令，乱动一下，奴才就打他二十板子。再譬如说，夏日正午，日头最毒，奴才就让他们在烈日下站一个时辰。谁若不听号令，乱动一下，奴才再打他二十板子。只要有一个人的屁股打烂了，其他人就不敢乱动了。奴才的想法也不知对不对。”

“你的想法很对，朕想让你来领中军，”皇帝不知是调侃，还是真心，“但还要问你一句，如果他们都不乱动了，朕是该重重赏你，还是该打你一顿板子？”

赵林怪道：“他们都不乱动了，说明奴才治军有方，爷不赏也就罢了，怎么还要打奴才一顿板子呢？”

“朕辛辛苦苦地挑选出来的中军，被你一操练，成了土坯烂木，还不该打你一顿板子吗？赵老儿提到严字，也能做到严字，但你只能任中军之副，不能任中军之正。”皇帝给赵林下了个结论，命下一个人说，“刘拳，说说你有什么法子。”

“爷说赵哥把中军操练成土坯烂木，奴才茅塞顿开。”刘拳先说句奉承的话，“奴才想，既称中军，队要站得好，军士的功夫也要好。爷说赵哥可为中军之副，不妨把站队之事交给他管，爷若命奴才为中军之正，奴才就一个一个教练他们拳脚上的功夫。和京军的士卒比起来，和外四家军的士卒比起来，中军士卒都要占了上风才行，才不愧是爷亲自统领的军伍。”

“刘老儿不错，很知道为朕争面子。”皇帝说，“我问你，教练拳脚上的功夫，三五日够吗？”

“不够，”刘拳说，“要想胜过寻常的军士，怎么也要下三五个月的工夫吧。”

“一人要下三五个月的工夫，朕中军五百号人，要多少时日？”皇帝说，“恐怕你的胡须长到腹下，一半人也不能给朕操练出来。”

“爷放心，奴才长不出胡须来。”刘拳说。

“那就是朕的胡须长到腹下，一半人也操练不出来。”皇帝连中军之副也不给他，便叫出佛保，“佛老儿，朕想，你一定有新奇的法子，能为朕操练出一支好的中军。”

“谢爷的信赖，奴才也没有什么新奇的法子，只是和他们的法子都不一样罢了。”佛保说，“爷若让奴才主持中军的操练，奴才一不要他们站队，二不要他们练拳，只要他们每人对着皇城，大叫一个时辰。嗓门大者为优，嗓门小者为劣。优胜劣汰，将爷的中军由五百人减为四百人，再减为三百人，差不多就无军可比了。”

“想法果然新奇。”皇帝不由得愕然，“说说你的道理，让他们几人也长长见识。”

“奴才想，若比站队，京军士卒一代一代传将下来，专门练的站队，又一个一个选了出来，咱们未必比得过他们。若比拳脚，边军士卒一代一代传将下来，专门练的拳脚，又百里挑一选了出来，咱们也未必比得过他们。”佛保慢条斯理地说着，“只有喊叫，要看各人的嗓门，咱们细心挑选，定可胜过他们。奴才听人讲故事，总爱说一句杀声震天，可见杀人不只凭队列，不只凭功夫，还要凭声音。咱们不妨在声音上占个上风，占个优势。”

“妙极了！”皇帝拍着手，笑呵呵地将苏进的军，“苏老儿，你再有妙法，怕也胜不过佛老儿了吧？”

“奴才倒也有个法子，不敢说胜过佛哥，但也足以和他的法子媲美。”苏进不甘示弱地说。

“朕身边奇才不少。朕只道佛老儿已把法子想绝了，不料还有足以媲美的法子。”皇帝不无嘲讽地说，“好，到底是不是足以媲美，你说出来，让大家为你评一评。”

“佛哥的法子奇在一个声字，奴才的法子奇在一个色字。”苏进出口不凡，说得众人面面相觑。操练人马，怎会操练出色字来呢？

“苏哥，我的声字可不是声色之声。”佛保说。

“我的色字也不是声色之色。”苏进随口言道，“爷，奴才想，爷的中军要和他军不同，要胜过他军，除了能喊之外，还要有一身与众不同的服饰，这就是奴才说的色。”

“嗯，你的法子也有些意思。”皇帝说，“依你看来，朕的中军将士着何等服色为好？”

“奴才以为，战袍当用绯色，衣甲当用黄色，有这两种颜色配合，定然威武。”苏进建议道。

“好，照你说的颜色，赶制几套袍甲，着人穿了，让朕看一看。果然看着顺眼，便令中军将士全部换上。”皇帝说，“至于你嘛，我也知道，有你在，别人不敢来争朕的中军之正。”

“谢爷的恩典！”苏进谢过，“奴才还想，指挥者，可以戴一顶舟形小帽，不妨名之曰遮阳帽，帽上插天鹅翎，翎染蓝色，以翎数多寡，定人之等次。爷自然戴翎最多，可插五翎。这位——”他聪明绝顶，也不知怎样称呼马氏。虽然皇上称她为爱妃，却并没有命他们称她贵妃，或贵妃娘娘。因而当着她的面，便称“这位”而止，背着她的面当着皇上的面，便称“那位”而止。“这位要是愿意，可戴四翎。爷若封奴才为中军之正，就赏奴才三翎戴戴，爷若封赵哥或佛哥为中军之副，赵哥或佛哥可戴二翎。天鹅翎、遮阳帽、绯战袍、黄衣甲，就是奴才为爷设计的中军服饰。”

“听你说得甚是热闹，不妨就试一试。”皇帝问和他一样听得入神的马氏，“你说呢，爱妃？”

苏进说，她可戴四翎，只比皇上少一翎，而比其他人都多，分明是在巴结，她也要给他些面子：“皇上说不妨试一试，那就不妨试一试，奴婢也愿意戴上四翎，让皇上观赏。”

“好，就是这样。”还有二人没有考问，皇帝料他们也想不出更新奇的法子了，“朕委苏老儿为正中军官，朕不在时，代朕治理中军。赵老儿，佛老儿为副中军官，佐苏老儿理事。每日操练，你二人轮番主持，一日站队，一日喊话。”

皇帝在左顺门，传召兵部尚书王琼。王琼赶到时，见江彬、钱宁、张忠和苏进等小太监围簇着皇上。他上前向皇上行叩拜礼。

“爱卿是大司马，奉旨提督团营，今日随朕去教场过锦吧。”皇帝看来在专门等他。

“过锦？”王琼本该说“遵旨”，但“过锦”实在是一个很生疏的词，他不解其意，不由问了出来。

苏进向他解释："万岁爷请王尚书一起看出操。"

"是，臣遵旨。"王琼这才想起此刻必须说的话来。皇帝说的过锦，是最近才在宫中流行的说法。皇帝的亲军将士换上苏进设计的服饰，远远看去，花团锦簇，于是有了过锦之说。

"爷，咱们动身吧。"苏进以中军之正的身份请示。

"你们看看，王尚书有什么不妥当之处吗？"皇帝问，"你们都是有袍有甲有帽有翎，王尚书却是一身朝服，夹在众人中，不成了怪物吗？来呀，为王尚书备一副甲，备一顶帽。"

立即有人捧来一副衣甲，帮助王琼系在朝服之外，又有人捧来一顶遮阳帽，换下王琼的冠。

"爷，我看王尚书也该赐翎。"苏进提议，"不然，他看上去不像怪物了，却成半个怪物。"

"好，就赐一翎吧。"皇帝对王琼说，"爱卿莫看他们帽上翎多，那是他们向朕讨去的，你帽上这支翎，是朕赐予你的。你这一支胜过他们的三支。"

"谢陛下厚赐。"王琼向皇帝叩拜谢恩。

皇帝带着一行人马向教场而去。今日他心血来潮，请了兵部尚书，去看他的中军操练。一两个月下来，在赵林、佛保的苦心操练下，中军已有了模样，队列整齐，呼声响亮。皇上得意，向武臣炫耀之后，还要向文臣炫耀。

王琼回衙门后，把皇帝赐的带有天鹅翎的遮阳帽供奉在正堂，逢人便说，得此一翎，在朝廷左班大臣中，是难得的殊荣。

苏进没有料到，他所设计的服饰成了京师的时尚。各府都督无不戴遮阳帽，无不以天鹅翎多者为贵为荣。各军都在战袍外衣黄甲。军阶高低，一无例外。

第一百四十五章

六月十五日，内外奏疏中，有都给事中吕经等、御史程昌等合上的一道奏疏，格外醒目。该疏劾论山西左布政使倪天民、右布政使陈逵、右参议孙清、山东登州知府张龙为天下四害，当为天下除之。奏疏称：登州之金满籯，襄陵之酒载盈，潞州之紬，嘉兴之绢，杼柚一空，盖皆取之于穷民，散之于豪贵。

这四句话，有两句是说张龙的。张龙曾任嘉兴同知，升任登州知府，每到一处，怨声载道，民不聊生。论品秩，他在四人中最低，论为害之烈，他实是四害之首。

四人在朝廷都有靠山。孙清的靠山是臧贤，张龙的靠山是钱宁。据说，杨一清任吏部尚书时，对倪天民、陈逵十分赏识，他在无形中便成了二人的靠山。

四人的靠山中，又以张龙的靠山最靠得住，这不仅因为钱宁的权势，还因为二人的关系。张龙与钱宁的交往，始于他在朝廷任通政司右参议之时。二人气味相投，爱好多同，而尤以夺人之妻，为他们共同之嗜。正因为如此，张龙每次遇到危难，钱宁明中暗中总要助他。

张龙的第一次危难是由一市井小人造成的。说起来，错在张龙。张龙的邻家有姓章的一户，家主叫章阿三，其妻有姿色。张龙每日上下衙门，都从章家经过，章氏倚门而立，一看便是性情轻佻的妇人。张龙向她一瞥，她便还以一瞥。张龙向她做一个挑逗的手势，她便还以一个更为挑逗的手势。一来二去，用不了几日，二人勾搭成奸，打得火热。

章阿三初时不知就里。章氏不守妇道，他是知道的，见她今日多了件首饰，明日添了件衣衫，以为她傍上了阔佬，也不很在乎。娘子正在旺盛之龄，他一人还真招架不住，有人分些她的精力也好。后来听说娘子勾搭上一位朝廷大人，他还有几分高兴。这不等于给他找了一座靠山吗？不料，张龙和章氏间情意愈来愈浓，难以割舍，张龙发誓要纳章氏为妾，章氏发誓要改嫁入张家。章氏打了改嫁的主意，一门心思为张龙打算，当然不会给亲夫争取好处。章阿三眼见人去财不入，算计中的靠山成了幻影，忍不下这口恶气，存心报复。

章阿三没读过书，却善于盘算。官官相护，若是告到衙门里，章氏没有嫁入张家，来个死不认账，他的官司打不赢；章氏嫁入张家，生米煮成熟饭，他的官司还是打不赢。他狠了狠心，托了熟人，投入大太监张忠家为仆。他的用心是，尽力巴结张太监，到了火候，请张太监出面收拾张龙。他忍辱负重，在张忠家中，别人说不出的话他说，别人做不出的事他做，很快成了张忠的心腹。他盘算，再有一两个月，张忠就会为他做主了。

知夫莫过妻。章氏听说章阿三投到大太监门下，感觉有些不妙。一日，与张龙亲热过后，她问："张忠张太监为人如何？"

"人还不错。若他地位再高些，简直可以说是礼贤下士了。"张龙和张忠都是顺天府人，还认过本家，章氏问起，他漫不经心地答道，"你怎会想到他？"

"听官人的话，他的地位还不很高？"章氏松了口气，"他的地位不很高，就好了。"

"你说差了，我恨不得他地位再高些。"张龙说。

"以往他地位再高，对官人或有好处，今日他地位再高，官人就有难了。"章氏说，"你还不知吧，我原先的那个死鬼，投到张太监门下，他想做什么，我都想得出来，他能做什么，我也能估得出来。他是要不利于你。"

"说起来，是我们对他不住，还是给他些银子，了却恩怨吧。"张龙说。

"破财去灾，本是正道，可是晚了！"章氏说，"那死鬼下了狠心要做的事情，决不会中途作罢。"

"这却如何是好？"张龙也有些慌了。时刘瑾专权，他虽然下过些气力，得到刘瑾的信用，但毕竟他与刘瑾疏，张忠与刘瑾近；他虽然自甘下流，和张忠有些来往，但毕竟他与张忠疏，章阿三与张忠近。

"妾只知他会做什么，如何应付，要官人去想了。"官场上的事情，一个妇道人家说不清楚。

张龙怀着满腹心事，与钱宁喝起闷酒。时钱宁几进几出豹房，好不容易稍稍站稳了脚跟，在刘瑾压抑下，规规矩矩，不敢妄为。张龙了解他的处境，喜欢他的为人，一面着力巴结刘瑾，一面私下与钱宁来往。

"听说你纳了新妇，该不是请我喝喜酒吧？"钱宁见他闷闷不乐，专挑开心的话说。

"别提此事，提了心烦。"张龙又喝一大口闷酒。

"怎么，新妇不可心吗？"钱宁关切地问。

“妇是佳妇，甚合我意，只是惹了些麻烦。”张龙把章阿三的故事大致讲给钱宁听。

钱宁不住地哂笑，不住地摇头：“得一佳妇，惹一麻烦，又有何碍！我看，摆平此事，易如反掌，大不必担心。”

刘瑾那样整治，钱宁都能应付，看来，他应付太监自有一套手腕。

“钱将军！”张龙想到此，唤了一声。

“不敢，张大人！”钱宁回应道。

“钱大哥。”张龙更亲热地唤一声。

“张兄。”钱宁也变得亲热。

二人一手执杯，一手拍案，不由大笑。

“张公公那里如何应付，还望钱大哥赐教。”张龙许下好处，“安然度过此关，小弟定要重谢。”说着，向前移了移身子。

“张兄如何谢法？”钱宁问，“可肯请新嫂执盏？”

“莫说执盏，扫榻以迎也无不可。”张龙道。

“可是当真？”钱宁嬉笑着追问。

“当真。”咬了咬牙，吐出了两个字。

“张兄不必多心。”钱宁说，“朋友妻，不可欺，何况你我是兄弟。我不过说句笑话，怎敢冒犯新嫂。”

“我知钱大哥是重义之人，才来和钱大哥商量。”张龙趁机换了说法。

钱宁如此这般地教了他一个法子，张龙听得直皱眉头。但仔细一想，也只有这样去办，才能避祸免灾。尽管他正式纳章氏为妾，但到底不是明媒正娶，传出去，不会成为笑柄。

钱宁的法子，是张龙带着章氏去见张忠。

过了两日，张龙骑马，章氏乘轿，一前一后，来到张忠宅前，向门子递了名帖。他选的时辰很好，正是章阿三每日出外办事之时。

宅中管事之人，把张龙、章氏让入宅中。张忠见到章氏，愣了一愣。张龙使了个眼色，章氏两手握在腰间，向张忠道了万福。

“张大人，这是何意？”张忠且疑且愕地问。

“大人二字，敬请收回。晚生新娶一妇，特来请义父做主。”张龙说，“晚生家中只有一妻一妾，义父若说娶得，晚生便迎她入室。义父若说娶不得，晚生便绝了此念。义父府上若缺人使唤，便将她留下侍候义父。”他说的一字一句都是钱宁当时俯在他耳边说的。

张忠与张龙原本认了本家，论起来，张忠确实长了一辈，但从来没有以义父义子相论。张忠忙说：“张大人是朝廷重臣，我不过是皇上面前一名奴才，义父二字，也请收回。”

“义父这般说，便是不疼晚辈了。”张龙说，“义父定是怪晚辈心不虔诚。晚辈这就行礼。”

张忠搀住他：“好，好，你定要认了干亲，我不好拒绝，行礼就免了。”他仔细看了看章氏，说，“新妇甚佳，有宜子之相，但愿明年此时，你二人抱了孙儿来看我，以慰我怀。”

张忠命家人备席，庆贺认了义子，庆贺义子纳妇。章阿三回来时，张忠、张龙酒意正酣，猜枚划拳，笑声不断。张忠定要章阿三也陪着饮了一杯。章阿三下了几个月的功夫，被张龙一席话化解，只有自认倒霉。当天晚间，他收拾了行囊，不辞而去。张忠莫名其妙，不知所以。

张龙第二次危难，在刘瑾案发之后，被列为刘瑾党人。当时对刘瑾党人的处分很严厉，重者，如张綵、石文义等，或处极刑，或瘐死狱中。轻者如康海、王九思等，罢官为民。张龙结怨不少人，名声又不好，处分应在张綵和康海之间，但刘瑾一倒，不用多久，钱宁得了势。张龙为前程担忧，再次和钱宁喝起闷酒，钱宁一力承担下来。在他的斡旋下，张龙从轻处分，只是贬谪外官，出任滦州知州。

不久，又是得力于钱宁的活动，张龙升任嘉兴同知。滦州知州是一项劣缺，嘉兴同知可是一项肥缺。张龙在嘉兴任上，着实有了大油水。其中一部分，送入京师，献与钱宁。

张龙官声不好，但像他一样贪黩的府州县官，为数不少，朝廷有人整治，也未必就整治到他的头上。而他迷了心窍，想再入朝为官，在正德十年七月，也就是科道官论劾四害的前一年，上疏朝廷，声称被列入刘瑾党人是天大的冤案，乞复原职。此疏一上，等于是提醒言官，又有文章可做了。倪天民等被论劾，可能是拜他所赐。

张龙也是利令智昏，自作聪明。他如果先与钱宁通气，以钱宁当时的权势，托一托接任吏部尚书不久的陆完，他的乞请，或可获准。他行事太急了，未与钱宁通气，便直接上疏。陆完不曾受人之托，当然不会替他说话。吏部复奏：张龙为御史余珊劾其淫滥，计夺人妻。况其心存污下，行类俳优。本部正在访察之际，张龙乃饰非强辩，乞复内职，宜下巡按御史鞫治。

这是张龙的第三次危难了。亏得钱宁闻讯，从中插了一手。两日后，朝廷对张龙的上疏和吏部的复议做出出人意料的批复：与张龙同时降调者间有推升，张龙亦俟缺推用。

张龙调回朝廷的目的没有达到，得到俟缺推用的降旨，也是一大收获。不久以后，山东登州知府缺，钱宁设法，升用张龙。

此次科道官论劾天下四害，是张龙遇到的第四次危难。因为牵连多人，钱宁不会一概庇护，又不便单单庇护张龙一人。能不能躲过这一次的危难，就要看他的造化了。

左都御史彭泽锐意整顿吏治，对科道官的奏疏很是看重。而都察院只掌纠察，他想起去年吏部对张龙的批复用词尖刻，如能得到吏部的支持，除去天下四害才有希望。因而，早朝之后，他不回城西的都察院衙门，而与吏部尚书陆完打了招呼，要去拜会。

陆完与彭泽先后奉旨讨盗，各负其责，又有合击之时，算得上是患难中有过交往。

“济物先生得闲，来吏部做客，欢迎之至。”陆完亲切地迎他。他们的衙门，一在城东，一在城西，除了朝会之际，难得彼此来往。

“不是得闲，是有正事，来向全卿先生请教。”彭泽说，“他日真得闲了，我便不来吏部衙门，而去全卿先生府上拜望。”

“济物先生今日有正事来衙门，欢迎之至。他日得闲到舍下，更是欢迎之至。”陆完让座，命差役奉茶，“济物先生，请坐下慢慢说正事。”

彭泽直陈来意：“天下有害，愿与吾公共除之。今日来，便是为了四害之事。”

科道以倪天民、陈逵、孙清、张龙为天下四害，朝中人人传诵，陆完当然知道。他沉思片刻，说：“除害之事，都察院可独任之，似不必与吏部商议。吏部过问，反而不成其为除害了。”

他说的不是没有道理。吏部掌天下官员的升迁罢黜，四害的文牍拿到吏部面议而决，只能普普通通地下个不职之类的结论，不像都察院负纠察之责，可直纠其过失，可直定其罪状。

彭泽说：“全卿先生不要推托，若无去年的官司，本院当然单独纠察，有了去年的官司，吏部有了去年的访察，本院就不能不向吏部请教了。吏部去年的访察，不知有什么结论？”

“济物先生是指张龙吗？本部虽对他做了访察，但并无结论。”陆完说。

“怎会？难道言路对他的纠劾，都不实在吗？”彭泽大为不满。

陆完解释说：“不能说言路对他的纠劾都不实在，但本部访察，并无多少实据。科道官可风闻论事，吏部处置，就不能不慎重一些了。”

“好一个慎重！所以才有张龙去年的升迁吧。”彭泽冷笑一声。

彭泽性情太过率直，人所共知。但陆完心中仍有些不快，说：“吏部访察，与都院访察不同。吏部访察不到实据，都院或可访察到实据，济物先生不妨调派得力干员多方访察。”

“都院当然要访察，下官希望，全卿先生也配合访察。”彭泽道，“为天下除害，都院义不容辞，吏部也不是没有责任。”

“可以。”陆完不冷不热地表态，“吏部以往的访单，济物先生可以调看，都院要吏部差人共访，吏部也可差人。”访单，是考察官员时，吏部、都察院写的访察记录。两个衙门从不同的角度，各自突出某一方面的内容。陆完表过态后，接着说：“不过，如何访察，济物先生也须慎之。朝廷议论的是四害，不独张龙一人。”

“那又如何？”彭泽不解，“有一害，便除一害，有四害，便除四害，又有什么不同了？”

“略有些不同。”陆完说，“济物先生除张龙一害，可以没有半点顾虑，除倪天民、陈逵二害，也可以没有半点顾虑吗？他二人与济物先生一样，是杨阁老的得意门生，济物先生出以公心，为天下除害，当然不会有姑息的念头，但也不必征求征求应宁先生的意见吗？故在下妄言，济物先生对除害之事，须慎之。”

彭泽愣住了，他满怀为天下除害的决心而来，听了陆完的一席话，如当头一盆冷水，心里凉了半截。“倪、陈二人劣迹昭彰，天怒人怨，应宁先生真会看重他们？”他自言自语。

“他二人劣迹昭彰，济物先生是风闻，我亦曾风闻。赞赏二人的话，我是当面听应宁先生说的。你说，我该信应宁先生的话，还是该信传闻？”陆完占了上风，娓娓言道，“张龙劣迹昭彰，大家也都是风闻，济物先生可以坚信不疑，我却疑信参半，宁愿慎重些。”

“全卿先生之意，是不忙于访察？”彭泽问。

“不妨待明年朝觐之期再议。”陆完说。

“好，我遵照全卿先生之命而行。”彭泽怏怏辞别。

第一百四十六章

李东阳或是料到来日无多，有来探视的门生故吏，皆以旧日所用物件为赠，大者如官袍官笏束带，中者如字画，小者如笔砚。在外地的门生故吏，差人投送拜函或方物，李东阳也必有回赠，得到他赠物的人，心中悲切，都以为是不祥之兆。当着他的面，或在谢函中，却不敢有一丝一毫的表示。

李荃没有忌讳，一日劝他："老爷也该留些值钱的东西给少爷。"李东阳已无子女，李荃说的少爷，指几年前过继到他门下的远房侄子。

"你不必操心，该留给他的东西，我已经留给他了。"李东阳卧在榻上，有气无力地说。

"就是那一篇文章吗？"李荃明显有责备之意。

他说的文章，是李东阳弘治末年写与阖族的书函："近者家门之祸哀恸不可言，已有书奉告矣。嘉表来，承厚馈，且分田百亩以助膳给。非骨肉至情，何以及此？但闻古人有分田膳族者，未闻有出田以供仕者。某自登第以来，凡四十年，不能一膳宗族而顾辱此馈，事之倒行而逆施者，莫甚于此。吾岂可恬然受之哉？所有资本辄欲封还，而嘉意以为身受。伯叔之意无辞已白，执不肯从，姑留一本以俟后便，即当寄去也。"当时湖广茶陵州族人来京中探望他，并说，合族公议，在宗田中分出一百亩，写在他名下。李东阳坚执不从，写了这封信函。

李东阳说："他蒙朝廷厚恩，荫为百户，京郊他祖父墓旁，还有几亩薄田，他的生计是不会有难处的，要紧的是学会做人。我留下多年前的文章与他，便是要教他做人。"他祖父，即李东阳之父。说到此，李东阳歇了口气，才接下去说，"李荃，你随我几二十年，我的字画中尚有些珍品，你选一两件，留作纪念吧。"

"老爷不要说了。"李荃声音呜咽，"老爷在一日，我侍候老爷一日，老爷不在了，我为老爷守墓。"岁月流逝，李荃长成了人，少了几分调皮，多了几分忠厚，不吉的话，别人都不敢在李东阳面前说，只有他说得出来。

"难为你了。"李东阳叹了口气。他们名为主仆，实如家人。二十年的风风雨雨是一起走过来的。

七月十九日，李东阳病逝。遵照他的遗言，李荃先通知孙绅，然后再报与朝廷。孙绅是保定府涞水县人，正德九年进士，拜入李东阳门下，可以说是李东阳的关门弟子了。也许因为他人都是在他官高任重时拜入门下，孙绅却是在他致仕后拜入门下，李东阳对他别有一种感情，嘱他为自己治理后事。孙绅含泪受嘱。得到噩讯，他飞奔至李阁老胡同，为老师治丧，哀切之情，如同亲出。

在朝中的友好门生，闻讯后纷纷前来吊唁、致哀、在灵堂前哭拜。朝廷差了行人司正来李府致祭。为官一生，这是最隆重的礼遇了。

杨一清对李东阳的情感，与他人又是不同。李东阳对他不唯有知遇之谊、救命之恩，而且为救他受了莫大的委屈，招致许多人的议论、责难。他想起多年前乔宇和他的那次谈话，便泪流不止。李东阳死了，他除了同众人一起哀悼之外，还有一件心事：他要报答李东阳。士大夫的最高心愿，生则玉带，死则美谥。玉带是随着地位而一步一步提高，自然得到的。谥号却要在死后公议，由皇上恩准。杨一清决心为李东阳争取一个最美的谥号。身为阁臣，他能做到，他有权提议。只要梁储、靳贵不持异议，他的愿望一定可以实现，李东阳可以死而瞑目。

内阁三臣默哀片刻，梁储说："自古荣辱系于一字，西涯公之谥，不可不精思慎虑。"

本朝定制，大臣俱用二字谥。李东阳的谥号中，有一个字已经确定了，是用文字。内阁、翰林等官，除了极个别的例外，都以文某为谥。李东阳是典型的翰林出身的内阁大臣，绝不应成例外。所以梁储说，千古荣辱系于一字，他们要议论的，是文字后面的一字。

杨一清接着梁储的话说："叔厚先生说的极是。常人之谥，关乎一身之荣辱，西涯公之谥，不但关乎西涯公一身之荣辱，亦关乎朝廷之荣辱，更不可不精思熟虑。"

他的目的是要先声夺人，可说的话也不是全没有道理。李东阳代表了一个时代，对他的褒或贬，也是对这个时代的批评。他们三位都是属于这个时代的大臣，对加于李东阳的谥，都会感同身受。

三人中，大概只杨一清有了具体的想法，但他不打算先说出来，他想先听一听别人的想法，希望他们的想法和他的想法差距不要太大。而另外二人如果曾经有过想法，听了杨一清的话，也要重新考虑。

"二位看，用文贞如何？"梁储最先说。谥有美谥，有恶谥，有中性之谥。美谥中，又有极美较美的区别。文贞可说是极美之谥了，在已使用过的以文字开始的谥号中，列为第一。它的解释是：勤学好问，清白守洁。自文臣用谥以来，只在正统年间，用于三杨之一的杨士奇。其后虽然陆续出现过一些著名的内阁大臣，死后都没有谥以文贞。

靳贵的想法也大致如此。他说：“不论他人有何议论，用文贞，西涯公当之无愧。”

二人以为杨一清不会反对。不料杨一清微微摇头，道：“克道先生是怕用文贞用过了，别人议论，我却以为，西涯公用这两个字，有所不足，还应再进一层。”

“再进一层？”梁储和靳贵几乎同声问道。本朝重文轻武，重翰林轻寺卿，“文”字起首的谥重于其他字起首的谥，文贞又在文字谥中排在第一位。怎样再进一层，他们想不出来了。

“当如何用谥，应宁先生请直言。”梁储说。

“我以为可用‘文正’。”杨一清表情肃然地说。

“文正？”梁储将本朝典故从始到今地细想一遍后说，“应宁先生，谥文正尚无先例。”谥法中有文正，尚排在文贞之前。它的解释是：勤学好问，内外宾服。如梁储所言，还没有任何一位大臣得到此谥。

“没有先例，今日就不能用了吗？今日不用，后人也就不用了吗？”杨一清正色问道，“我不相信，本朝永无人以文正谥之。与其由后人率先用之，不如由西涯公率先用之。西涯公毕竟是一代名臣，是一代文坛领袖。”

“我自入仕之后，对西涯公一直是景仰的。我朝立国以来，人品之高，享誉之盛，提携之广，无过西涯公者。”靳贵则有另一层疑虑，“但说到内外宾服，就未必了。西涯公在世之日，已有人品评，有些话相当难听，若贸然用‘文正’二字，怕又要引起非议，令西涯公入土不安。我等既无法向生者交代，也无法告慰死者。二位都说过要精思熟虑，望再思之。”

杨一清反驳说：“恐怕世上没有一个人，能使所有的人宾服。文王武王时有商纣。商纣不宾服文王，反而要杀文王，不宾服武王，反而讨伐武王。孔子时有百家诸子，没有一人宾服孔子，都在以自己的学说反驳孔子。古代圣贤如此，何况今日之人？我想，十人中有六七人宾服，就算得上是内外宾服了。内而言，西涯公是我最宾服的一人，叔厚先生、克道先生，你二人宾服不宾服？外而言，你们可以问一问陆全卿、王德华和彭济物，看他们宾服不宾服。你们若问十个人，我敢说，道声宾服的不止六七人。说内外宾服，并不为过。二位不问我意则罢，若问我意，我力主用文正为谥，以告慰西涯公，以正朝廷视听。”

梁储和靳贵对李东阳一向怀有敬意，所担心者，是招惹非议。既然有人力主用该谥，他们自不会力主不用。李东阳的谥号，在内阁确定下来。而内阁一经确定，不管在外有没有歧见，皇帝是不会反对的。皇帝对李东阳也是一向怀有好感。于是，文臣谥文正，在本朝开了一例。

陆深假满还朝，舟行至真定府冀州时，听到李东阳病逝的消息，不及登岸，在舟上焚香哭祭，在极度哀痛下写就一诗，焚之以为祭物。诗曰：

细推天运几生贤，又是山川五百年；
廊庙江湖今复少，文章功业古难全。
重游东观嗟何及，再来西涯足惘然。
白发门生伤往事，每看忧国泪双涟。

陆深在他那一科进士中，甚至在他之前一两科和他之后一两科进士中，与李东阳交往最深。以李东阳谦和的性情，若不是欣赏陆深的诗文才情，欣赏陆深的敏锐谈锋，是很难和他有深交的。另一方面，以陆深的孤傲性情，若不是敬佩李东阳的温文儒雅，敬佩李东阳的领袖风度，也是很难和他有深交的。他们的交往，既是师弟的交往，更是忘年的交往。对于李东阳之死，陆深由衷悲哀，他新成就的诗文交与谁品评？他在江南的见闻会有谁倾听？

最令陆深难忘的，是正德七年二月，他和何瑭、盛端期等去李阁老胡同看望李东阳，由文章而谈及国事，谈及当年刘瑾乱国，也谈及时下遍地盗贼，李东阳手挥双泪，意甚悲怆。陆深等人不忍卒睹。他诗中最后两句“白发门生伤往事，每看忧国泪双涟”便是说的这一件事。

邵宝致仕后，在老家无锡侍奉老母亲，得到李东阳病逝的消息，顿时昏厥过去。苏醒后，如失魂落魄一般，嘴里不停地轻声说道：“我有负老师，我有负老师。”邵夫人含着泪说：“老爷身子不好，要多自珍重。”邵宝仍是不停地说：“我有负老师，我有负老师。”家人慌了，欲请城中名医来家诊视，邵夫人说：“先不必请医，报与太夫人知道吧。”

太夫人过氏说：“我儿得的是心病，你们让他来见我，我能治他的心病。”

邵夫人和一名丫环各搀一臂，将邵宝架入后堂。邵宝口中喃喃，已听不清他在说什么了。

过氏厉声说道："国贤，你已负老师，不可再负老师。"过氏对邵宝一向慈爱，从不用高声，今日改变了语气，邵宝清醒了些。

"母亲，我有负老师，我有负老师。"他一直在自语，现在知道对人说话了。

"国贤知道有负老师就好。"过氏吩咐道，"你老师去了，你要赋诗送一送他，也算是替我送一送他。不然，我心中不安。"

邵宝早年丧父，对母亲最孝，母亲之命他从来不曾有违。"是，我要赋诗送一送老师，也替母亲送一送老师。"他重复着过氏的吩咐。

过氏又吩咐："你要赋一首长诗送你老师，把他对你的恩德，把你对他的怀念。都要写出来。你要用心写，不可敷衍。"

"是，我要赋一首长诗送老师，我要用心写，把对老师的怀念写出来。"邵宝重复着，说，"我怎敢敷衍。"

"你要自己来写，不可假手他人。"过氏说。

邵宝自听到李东阳病逝的消息，未哭一声，未洒一泪，听了母亲这句话，终于哭出声来，越哭越哀切。"是，我一定自己写。"他忍住悲痛说。

邵宝解不开的症结就在"自己来写"上。他近年患手疾，不良于书，致人书函，一直由人代写。李东阳深虑他有他疾、重疾，几次来函索要他的亲书，还体贴地说："但得国贤数字足矣，不必楷也。"也许是出于对李东阳的敬重，也许是二三十年养成的习惯，致函李东阳必以楷书，既然不能楷书，仍请他人代笔，至多是署名而已。对李东阳身体多病，他一向知道，李东阳也亲自写信告诉过他。对李东阳的不测，他久有预感。而一旦成为现实，他还是无法接受。特别是李东阳至死未能看到他的亲书，成了他的心病，他不停地说"我有负老师"，便是指这件事。

过氏深知其子，解开了他心病的症结，使他陡然清醒。而清醒之后，又是止不住地哀哭。哀哭之际，竟然神奇般地能够执笔楷书，一字一句地写下了"哭李西涯先生"的长诗。他一直在心里念叨的便是"百年恩义师兼父，千载文章古在今"两句。李东阳对他的恩德，他对李东阳的怀念，都包括在这两句诗里了。

忽自司成得讣音，燕山湘水夜沉沉。
百年恩义师兼父，千载文章古在今。
无路可奔空缟素，有身堪铸万黄金。
京华北斗遥瞻处，泣对朱弦欲毁琴。

别公已分见无期，不谓伤心在此时。
再致语将茎露酒，两知音话惠泉诗。
山中几杖操今远，雪里门墙立故迟。
最是寿筵宾客散，西风吹雨夜凄其。

悲歌当哭不论诗，长忆先生哭子时。
今日又兴天地恸，他年真拜古人师。
涛驱东海曾于砚，石采西山故可碑。
一念九泉应未瞑，白头亲尚在慈闱。

遗书新刻自徽州，千里缄来百拜收。
自信叔孙知不朽，未应巢父得长留。
秘藏不作山中计，重购还供海外求。
青眼独看张侍御，瓣香今有古风流。

几年卜筑欲江东，阳羡山溪罨画中。
千里有情春草遍，一尊无地暮云空。
相州未得归韩老，汝颖犹堪葬长公。
曾说近游须馆我，吾亭今合号涯翁。

邵宝在无锡有一处不错的宅园，有山有水有阁有亭。他将亭上的匾书换成涯翁二字，以表达对李东阳的怀念之情。

邵宝最为关切的是老师出文集之事。据说，李东阳已委之于一位张姓御史，亦出自李东阳门下。由杨一清写前序，靳贵写后序。此事安排妥当，远在江南的邵宝可以不必操心了。

李荃不知道朝廷谥法用字的讲究，但知道“文正”是极美之谥。听说文正是杨一清为老爷力争来的，心中对他充满了感激之情。杨一清差杨芝来李阁老胡同，看看还可帮上什么忙。李荃对杨芝说：“小杨子，你听我一句话，像你家老爷和我家老爷的交情，才是性命之交。”

“李大哥这句话我记住了。”杨芝说，“我家老爷夜间常对我说：西涯公走了，我也要走了。我要步西涯公后尘。说得我慌慌的。”

“怎么，杨阁老身子有什么不适吗？”李荃也慌了。

“我初时也以为老爷身子不适，后来才知道误会了。”杨芝道，“我家老爷说，你家老爷一再求去而终于如愿，就是他的榜样。”

“朝廷恐怕不会放他走的。”李荃很懂事地说。

“我也以为朝廷不会放他走。”杨芝说，“可我家老爷说，有人巴不得他快些走。他当初不走，是有一件心事放不下，现在心愿已了，他可以放心而去了。”他的心事，无疑就是朝廷对李东阳死后的处置。

“有谁会巴不得杨阁老快些走呢？”李荃想不通。

“我也不明白，可又不敢问我家老爷。”杨芝说,“走了也好，我就可以回江南了。李大哥不是也说，我该早些回去吗？”

“是，你随杨阁老回江南，或会舒心些。”李荃道，“小杨子，请转告你家老爷，李荃给他叩头了。”

第一百四十七章

八月初一日，久无建树的东厂探子，在京城郊外擒获一名形迹可疑的和尚，法号是法顺。严刑之下，问出口供，举朝皆惊。原来法顺是鞑靼小王子部的谍探，奉命装扮成僧人，来京城打探，准备大举入犯。

小王子的称号，最早出现在景泰年间。原鞑靼各部共同拥奉的首领脱脱不花之子麻儿可儿被拥立，号小王子。麻儿可儿死后，再被各部拥立的首领或自立的首领，多称小王子。

鞑靼活动的地域广阔，东至辽东、宣府、大同，西至宁夏、庄浪、甘肃，来去无常。

天顺年间，鞑靼之阿罗出一部，潜入河套居住。河套指黄河南岸，西北至宁夏，东南至山西偏关，位置极其重要，古代称为朔方，唐代曾修三受降城于此。鞑靼人入居河套，对中原朝廷形成很大威胁。

其实，在东厂擒获法顺之前，七月十六日，大同东北的白羊口有警，七月二十六日，宣府西北的青边口有警。再之前，宣、大地区不时有警，已引起朝廷的警觉。皇帝与其说产生了恐惧，不如说产生了兴奋。因为禁中东西官厅设立不久，便可以派上用场，说明两官厅之设甚是及时，甚是正确，甚是英明，对两官厅之设的批评可以休矣。

七月十六日，获悉白羊口有警之后，皇帝将掌东官厅的太监张忠召至豹房。

“张三。”最近宫中称张雄为张大，张锐为张二，张忠为张三。皇帝在宫随俗，也跟着叫：“朕看你过去颇有胆略，不知现在还有没有？”

“为万岁爷，奴才什么都敢做。”张忠一副忠心不二的模样，“爷交给奴才办多大的事情，奴才便有多大的胆略。”

“好。前次着你监军，你曾提出，不受张太监节制，朕没有准你。而今宣府有警，朕欲使你监督军务，不必受人节制了，你可敢去？”皇帝激他道，“你若有顾虑，朕再委派他人。”

“不就是为爷统兵打仗吗，奴才有何顾虑！”张忠大声言道，“前者爷着人节制奴才，是因为怕奴才不识统兵，而今爷委奴才领东官厅事，奴才随着爷操练，多少也懂了些用兵的方略。爷放宽心，宣府的虏贼交给奴才去收拾。”

“好，张三锐气不减，不负我的提携。”皇帝赞道，“我选几名你熟悉的将领助你立功。”

皇帝命参将桂勇、贾鉴各率西官厅兵，赴大同应战。以佐领西官厅事的都督刘晖为总兵，以张忠监督军务，以兵部右侍郎丁凤兼左佥都御史，提督宣、大军务。刘晖时已赐国姓。

七月二十六日，敌攻青边口时，朝廷命都指挥使张安率京营千人赴宣府。同时增兵驻守紫荆等关隘。命工部右侍郎兼右佥都御史赵璜整饬顺天武备，命工部左侍郎俞琳兼右佥都御史，整饬保定、真定武备，防敌深入内地。

在获悉鞑靼大举进攻之前，朝廷已采取了这些防范措施。对于小股进攻之敌，有了此等防范，也就够了。而对大军进攻，这些防范则显得不足，还需要进一步防范。

已派出了多名将帅，进一步的防范，不是以兵部尚书领其事，就是以左、右都御史领其事。朝廷选中了左都御史彭泽，命他提督东西各边关，辖都督同知金辅、都指挥使陈瑜充游击将军，以京军七千人在京师周边防敌。又命抚宁侯朱麟、安远侯柳文将步卒万人，操练听命，命都指挥同知袁杰、韩平，都指挥佥事蒋鉴、高谦、焦伦，各将三千骑巡视。

彭泽奉旨出征，仍不忘去看望杨一清，请教方略。在最近的情势下，他更要向杨一清表现出他的敬重。

杨一清有萎靡之态，见了彭泽，勉强打起精神，说：“济物忙于军务，难得还来看我。”

彭泽行礼就座，说：“正因军务在身，才要来向应宁先生请教。我看先生精神不济，是身体不适，还是在为些无聊之辈伤神？”

杨一清苦笑一声：“济物说是无聊之辈吗？如是想，你大错了。”

“怎么，应宁先生以为不是无聊之辈？”彭泽问。

“不是我以为事不寻常，而是我知道此事不寻常。”杨一清有十分把握地说，“济物也知道，我不敢自诩豁达，可也绝不是计较之人。几个无聊之辈，怎会想到逐我出朝廷？也无力逐我出朝廷。无力做到的事情，谁会用心去做，反复去做？故我知，此事并非寻常。我也知，几个无聊之辈的身后有些什么人。”

二人说的无聊之辈，指武学生员朱大周等人。彭泽知道，朱大周等两次三番，上疏讦奏杨一清私事。虽不知具体内容，但想得出来，写的定是十分不堪。杨一清则不但知道朱大周等人奏疏写的具体内容，而且知道主使者何人。

“应宁先生，无聊之辈身后之人，方便告知吗？”彭泽估计杨一清不会告诉他内幕，但会给他一些提示。

果然，杨一清说：“说不上方便不方便，但若是从头说起，便真是无聊了。我想，此事与我上的一道奏疏有些关系。我在奏疏中，写了几句不中听的话。我自己再读时，也觉太刺耳了，难怪有人不快。”

“应宁先生写了几句怎样的话？”彭泽问道。

杨一清说：“其实，我写的是篇自劾疏。”遇有大的灾异，皇上出罪己诏，大臣上自劾疏，是惯例。杨一清说的，是最近一次灾异后，他上疏自劾，兼论及时政，写了这样几句话：“狂言惑圣听，匹夫摇国是，禁廷杂介胄之夫，京师无藩篱之托。”念完四句话，杨一清闭上嘴。朱大周等为何与他过不去，彭泽听了这四句话，自己便可判断了。

杨一清的这本奏疏，和李东阳致仕前反对边军入卫的奏疏，可说是一脉相承。介胄之夫，指的自然是因边军入卫而入侍豹房的边将。而首先起反感的不见得是江彬等人，却一定是比他们更早进入豹房的钱宁。

彭泽因朝中一直有钱宁插手、兵部易人的议论，对钱宁耿耿于怀，听了杨一清奏疏中的警句，甚是快意。他说：“应宁先生说太过刺耳，我却以为恰到好处。朝廷之失，以此事为最。”

“正因为恰到好处，才跳出几个无聊之辈。”杨一清笑道。他有萎靡之态，是因为朱大周等人的奏疏中，提到他家中的隐私，令他十分难堪。而说起上疏的来龙去脉，他心中则很坦然。他说在步李东阳的后尘，或因去意萌生，干脆痛痛快快地说几句心中的话。说了之后，才得以走，也才不得不走。

“我明白了，应宁先生为何要说事非寻常？”彭泽说，“武学生员讦奏重臣，不可不追究。武学生员讦奏重臣，背后有人指使，更不可不追究。”他希望借机整治一下钱宁。

“已经有人在追究了。”杨一清说。给事中周金、御史陈轼等人日前各自上疏，劾朱大周妄言，且请追究主使之人。

“圣上可听得进去？”彭泽知道，杨一清也说不清楚皇上的想法，但他善于分析，故要问一问。

“济物想，圣上能听得进去吗？”杨一清反问。他知道，皇上一定听不进去。

彭泽静下心，仔细想了想，慨然言道：“看来，一定要大臣出面说话。老师，晚生人微言轻，出一语，不足以惊动江湖，上一疏，不足以震撼朝廷，但我愿竭尽全力，为老师讨一公道。”

“不必了。”杨一清说，“圣上不但读了朱大周等讥刺我的秽言，而且听了优人讥刺我的谑语，早已生了成见。我上疏求去，但求圣上恩典，准我南归，就是我的造化了。”由于张永引介，杨一清与宫中不少太监有交往，不少太监听说，由于他献策，使张永立下惊天动地的大功劳，也都愿意巴结他。优人在皇上面前，演杂戏讥刺，就是皇上身边的太监告诉他的。据说，皇上听了优人的谑语，畅快地笑了一阵。这无疑也是钱宁的精心安排，或是钱宁直接指使优人，或是钱宁串通钟鼓司、教坊司的主管指使优人，反正他有许多办法。优人的表演他不怕，皇上的哂笑却使他彻底地心灰意冷。

“应宁先生，朝廷不能没有是非。”彭泽还想进言，“你不为自己辩清是非，也该为朝廷辩清是非。先生就这样走了，后人如何论朝廷？”

“朝廷还是议论大是大非吧，此等事，有人为我分辩，也分辩不出名堂，徒增羞耳。”杨一清不为所动，“济物今日是为军务而来，我们还是议一议你这一次的差事吧。”

“是。”彭泽应道。他知道，他的这位老师极有定见，一旦有了主张，轻易不会改变，“晚生奉旨提督东西各边关，该如何举措，请老师赐教。”

杨一清点点头，似有话要说，却是一句与本题毫无关系的话：“张介休不是坏的巡抚，但他在任上做了一件大错而特错的事，我一直为他抱憾。”

张翼是山西介休人，成化二十年进士，正德四年至八年，巡抚甘肃。他致仕已是三年以前的事了。彭泽奇怪，杨一清怎会提到他。

“不知张都宪做了什么错事？”他问。

杨一清说：“他以金帛买动亦卜剌是对的，可惜指示错了方向，如果当时虑得深远一些，小王子怎能肆无忌惮地滋扰我边？”

亦卜剌是北部鞑靼力量较强的一部，与小王子部多年仇杀。兵败后窜入西海，屡屡自甘肃洮西等地进攻，边民苦之。正德八年，亦卜剌遣使拜见巡抚张翼、总兵王勋，请求在边地驻牧修贡。在边地驻牧已是事实，修贡则需要边臣奏告朝廷批准。张翼看重的不是亦卜剌修贡称臣的表示，而是有了与亦卜剌联络的机会。他用重金买动亦卜剌，令其远徙。亦卜剌收下重金，遵守双方协议，向西游牧，直至乌斯藏，从此成为洮州、岷州、松潘等地的大患。

彭泽听懂了杨一清的意思。如果当年张翼不是使亦卜剌向西，而是使亦卜剌向东，贝洮、岷、松潘等地可免受滋扰之苦，而亦卜剌牵制住小王子，宣、大也可少受滋扰之苦。古人所谓以夷制夷，大约如此而已。

杨一清所见，彭泽深以为然，可这到底是几年前的故事，亦卜剌扰西、小王子扰东是不可改变的事实。彭泽奉旨提督边关，要对付的只是小王子，与亦卜剌无关。

“以水火喻之，小王子是近火，亦卜剌是远水，可视而不可用。小王子大举入犯，应宁先生有何高见？”

彭泽在杨一清一番感慨之后没有附和，很有些不客气，但杨一清知道他的为人，也不介意。他说：“我也以水火喻之。小王子是近火，但不至于燃成大火。大举入犯，不过是大队劫掠，战事只在宣府，宣府之内各边关不会受到威胁。今日外无也先，内无王振，不会酿成第二次土木惨剧。济物完全可以从容处置。不过，有一事，虽然不大，济物不妨花费些心思。”

前边一席话，主要是宽慰彭泽，后面的一句话，才是他要强调的。彭泽问：“应宁先生要晚生花费些心思的是什么事情，请赐告。”

“有一个人，济物可通告各关口，严加缉拿。”

缉拿一人，事情确实不大。彭泽却不以为事小：“应宁先生说的是李某人？”

杨一清欣然言道：“孺子可教。”他以彭泽为后辈，彭泽也不介意。

所谓李某人，是原宣府卫指挥李怀，现在绰号猴儿李。在一次小王子部入犯时，李怀兵败被擒，投降北虏。小王子部后来的入犯，多由他策划。他还像法顺一样，经常窜入内地，充当谍探。

“擒获此人，虽不伤虏军一兵一卒，其军心必乱，或可不战而退敌。”杨一清乐观地估计道。

“好，这件事我就去办。”彭泽请准朝廷，擒获叛人李怀者，官授指挥使，钱赏二千金，在各边张贴告示。

八月初四日，张忠等率西官厅兵马，已离开京城，尚未到达宣府；彭泽已受命提督军务，尚未来得及具体部署，鞑靼小王子部以七万骑，进入宣府地区，与官军交上手。

官军主将是宣府总兵官潘浩，将佐有都指挥朱春、指挥王唐等。数方先遇于隆庆州至保安州之间的贾家湾。鞑靼骑师有备而来，官军仓促应战，已处于下风，加上鞑靼骑师超过官军数倍，结果可想而知。官军大败，潘浩率军突围逃窜，朱春、王唐等死于混战中，人马损失三分之一。

接着，在保安州至宣府之间的鸡鸣山，再次交锋。官军一触即溃，损失反而不大。以后又打了几仗，官军都是虚晃一枪便走，且战且退，一直退到宣府。小王子部一路追将下来，连破城塞二十余座，边民被杀被掠者合三千七百余人，牲畜被掠者合计三万四千余头，是近年来掠边收获最大的一次。

朝廷震惊，命张忠、刘晖等率军驰援宣府。同时，命锦衣卫官逮潘浩入京治罪，以协守大同副总兵镇守宣府，将他的职衔由都指挥佥事一下升为署都督佥事。

所幸京师四周和内地各关陆续有了部署，小王子部意在掠夺，在进入隆庆州境后，不再向京师逼近，而是由东向西，一路劫掠过去。八月下旬，虏骑至大同。大同官军迎战，也是屡屡挫败。总兵官时源与藩国封在大同的代府有旧怨，代王等将时源指挥不力，致使北虏肆虐，居民惨遭荼毒的情景，变本加厉地上了一本。九月初，逮时源入狱，差太监张雄、右都御史王景、锦衣卫指挥使陆宣往大同勘问，而调延绥总兵官王勋改镇大同。

此次小王子部大举入犯，自八月初四日寇宣府，到九月二十五日入犯骑师大致退入河套地区，前后三十五天。虽然如杨一清的预料，北虏志在劫掠，京师没有受到大的威胁，但号称精锐的宣府、大同两镇官军连遭惨败，不堪一战，使朝野有识之士深为忧虑。而在禁中两官厅操练的原边军精锐只尾随在入犯骑师之后，全无邀战之意，也使朝野有识之士大为失望。如果鞑靼骑师真的有意攻掠京师，以这样的边军，这样的京军，能够抵御吗？看来，边镇确实需要大力整饬了。

九月二十五日，彭泽被召还朝。他出京前拜望过的老师杨一清，已在一个多月前致仕，正在南下镇江的路途上。

第一百四十八章

八月十九日，在兵部尚书王琼极力举荐之下，朝廷以南京鸿胪寺卿王守仁为左佥都御史，巡抚南赣汀漳。巡抚之设，多是主持一省军政事务。而南赣巡抚之设，兼及数省，所辖包括江西之南安、赣州、建昌，福州之汀州、韶州、漳州，广东之潮州、南雄，湖广之郴州，驻扎赣州。四省交会处多盗，南、赣尤甚。南赣巡抚的主要责任是平盗。

王守仁九月中接旨。职务由极闲一变而为极繁。他先有心推却，但建功立业的前景深深吸引着他。他入仕十七八年，除了三年任龙场驿臣，那实在算不上任官，不足一年任庐陵知县，一直在两京任职，应该说缺乏主政地方的经历。但在任驿臣时，他对地方政事有所观察，任知县时，他对地方政事有所实施，在滁州督理马政时，他对地方政事有所考察，他相信，因小及大，一方督抚他能胜任。

"老爷，咱们要离开南京了吗？"王小对王守仁的职位是升是降，是闲是繁，都不在意，在意的是要离开南京。他虽仍与老爷同住一宅，但已另立门户，有了些家业。一旦从新开始，真有些割舍不下。

"嗯。"王守仁应道，"我们要去江西赣州了。"

王小问："不会明日就走吧？我们总要有个十天八天的时间，替老爷收拾收拾家当吧？"

"怕是你那些家当，也要个十天八天的时间收拾吧？"王守仁笑着说，"我们明日不走，可也没有十天八天的时间。由今日算起，我第五日上便要离开南京。再挨下去，南京城里的都老爷们便不会放过我了。"

"还有四日，也来得及了。"王小自语道。

"你却没有四日了。"王守仁说，"王小，我对你有两项安排。第一，你比我早行一日，到镇江替我投一函，我要在镇江留宿一夜，就宿在船上。第二，你随我去南赣上任，你的家眷，安置在绍兴，你可愿意？"

"一切都听老爷安排，无有不可。"王小又不放心地问，"老爷的家眷，也不去南赣吗？”

“蛇窟虎穴，是非之区，轻身简行为好。”王守仁对新职任上的艰险，似有充分的认识，“门下弟子，愿随我入赣者，都可以去，但均不得携带家眷。有两个人，却由不得自身，必须随我去，一人是你旧日主人冀唯乾，我向他提出，料他不会不从。另一人嘛——”

“自然就是小人了。”王小不等老爷说，自己先说出来。对他来说，这也是足以夸耀的事了。

“对了！”王守仁说，“你随我快十年了，乱也好，静也好，贱也好，贵也好，都不曾分开。你的福分大，我要借借你的福气。”

镇江府城滨大江，江东北有焦山，西北有金山，均是游览胜地。金山半山中有龙游寺，或称为金山寺，是江南名刹之一。

午后时分，杨一清携带杨芝，登上龙游寺，心无旁骛，直接向寺院深处方丈室行去。寺中僧人与他都熟，见了他，合手行礼，无人阻止。

“久违了。”方丈与杨一清是多年挚友，年在七十开外，精神极佳。他笑呵呵地招呼道，“听香客说，你南归了，不想已到了京口。”

“我到家已经三日了。”杨一清说，“老和尚满面红光，精神抖擞，令人称羡。”

“老衲虚长老官人十龄，精神再好，也赶不上老官人了。”方丈回敬道，“老官人回家三日，便来看望老衲，足见情谊深切。”

“我却恨来得太迟了，该向老和尚致歉。”杨一清将话题一转，说，“老和尚是当世高僧，在老和尚面前，我不作诳语。今日来宝刹，却是与另一名客人有约。该客碍于身份，不欲被人识破，约我来此处会面，还望老和尚借间房子用一用。”

“好说。”方丈道，“老官人不嫌老衲禅室清虚，不妨就与你的客人在这里长谈。”

杨一清大喜：“如此甚好。只是过扰，心中不安。老和尚将禅室让与我，却去哪里打坐？”

方丈说：“佛法讲缘。你我是有缘分的人，你的客人，与我也有缘。寻常之人，嘿嘿，就算老衲的禅室不是禁地，也是不容入内的。老官人，从现在起，此室属于你了。”

“既如此，我也不与你客气。杨芝，你在寺门外候着，客人到了，马上领他入内。”杨芝应声而去。“老和尚，还要烦你备桌素席。”

“放心，老衲自应尽地主之谊。”方丈答应着。

薄暮时分，杨芝领来客人，是一名头戴角巾、身着士服的男子，后面随着一名僮仆。客人进了方丈室，杨芝和客人的僮仆站立门外，不时向两侧巡视。客人向杨一清深作一揖。杨一清还了礼。两人对面默坐，都没有开口。不多时，寺内的厨子拎来两方食盒。杨芝接过，拎入室内，将菜肴摆放案上。随即又退出室外，把食盒还给厨子。

客人先开口说话："在下不知应宁先生是否回到了镇江，差人投函，可道是碰碰运气。先生若是回来了，我记得先生说过，金山寺是最喜欢来的地方，便约先生来此处一会。先生没有回来，我也准备在寺内方丈处留一长函。不想，先生不但回到了镇江，而且肯移驾赴约，何其幸哉！"

"我也是思家心切，不然，不会走得这样急，现在应还在徐州。"杨一清说，"回到家中，就得知阳明子的委任，心中且贺且喜。在我看来，江西的局面一定要阳明子这样的人物才能收拾。"

来客正是赴赣州上任的王守仁。他揖了揖，说："应宁先生是前辈，阳明子的称呼实不敢当，先生还是叫我伯安吧。"

"好。"杨一清点点头，"伯安肯约我来，我肯赴伯安之约，虚套的话都不必说了。伯安如此精心安排，便可知道，是看出了前途的险恶。"

"南京城内城外，宁府安插的人很多，镇江城中也不清静。"王守仁说，"我不想人未到江西，便授他以柄，也不想先生惹上麻烦，故而谨慎行事。"

"理当如此。那位王爷疑心极重，不让他知道你我相会之事为好。"杨一清对王守仁的谨慎，表示赞赏，"伯安，今日到镇江，由我做东。方丈是高僧，虽不甚讲究规矩，我也不敢放肆。只好请你吃寺中的素食素酒了。"

"应宁先生费心。其实，一杯清茶足矣。"王守仁说。

杨一清说："那怎么成！伯安任重道远，我这个主人不该过于怠慢。"说着，做了个肃让就座的手势，"伯安请，我们边吃边谈。"

二人就座，品尝寺内的素菜素酒。金山寺的素席是很出名的，杨一清又是方丈的客人，厨子更要精心烹调。素酒也别有味道，是用糯米酿成的清淡甜酒，僧人不可饮用，只招待寺院的客人。龙游寺泉号称天下第一泉，泉水好，酿的烈酒甜酒，味道自然都好。

王守仁先尝了尝素点，赞不绝口："以前常到寺院中吃斋，都不如此间的点心精致美味。"

杨一清知他年轻时热衷于释教，常在庙里盘桓，斋饭当然尝过不少，因而笑着说："伯安说的是内行话。我为金山寺的斋厨传名，只会适得其反；伯安的话，定会有人信。"

尝素菜素点是点缀，品素酒更是点缀。稍稍表示之后，主客二人话入正题。

"应宁先生说我看出了前途险恶，"王守仁道，"实不相瞒，我不仅是看出，而且有所经历。"

"噢？"杨一清很感意外，"这倒要听一听。"

他要听，王守仁也要讲。在讲之前，先问："应宁先生对刘子吉其人有所耳闻吗？"

"刘子吉？"杨一清用心想了想，没有印象，"其人名气很大吗？看来我囿于京师，有些孤陋寡闻了。"

"刘子吉只在东南数省有些名气，应宁先生听不到人说起，不足为怪。大约在两三个月之前刘子吉去南京访过我，去得有些唐突，有些蹊跷。"

说唐突大约指二人从来未有过正式的交往，突然而来。说蹊跷，则大有考究了。杨一清问："伯安说蹊跷是不是因他受人之托而去？"

"肯定是受人之托。"王守仁说，"他开始不肯明言，说了许多闲话，才说明来意。他说，王爷对我十分景仰，早存结纳之心，江西巡抚一职，将虚位以待。他还说，王爷办的书院，已蒙朝廷赐名，唯盼我去主持。"

"如此说来，这位刘子吉是为王爷办事了？"杨一清听出了眉目，"他是为王爷求贤的。"

"正是。见过他后，我心中不安。虽然南赣巡抚不是江西巡抚，未必拜其所荐，我还是要来向先生请教。"王守仁说。

"若是为此，伯安倒不必担心。"杨一清才离开朝廷，知道些委用的内情，"南赣巡抚，是德华先生为你求得的。王德华大事上站得稳，不会受他人之托。他荐举你，我看是另有深意。"

"多谢应宁先生指点，调我去江西，出于王德华先生之荐，我心中也踏实些。"王守仁说。

"伯安，你到了赣州，不妨时时致函王德华，他或会有所指示。"杨一清提醒他。

"谨遵台命。"王守仁应答，"我现在可以堂堂正正去江西上任了，但江西之事如何处置，江西局面如何转机，还望应宁先生教示。"

"我送你八个字：虎伏蛇蛰，后发制人。"杨一清说，"伯安欲于江西有所作为，须先站稳脚跟，要站稳脚跟，须不辱使命。南赣巡抚之设，是为了南赣汀漳各府的盗情，不是为了南昌。平息四省交界之盗，是首要之务。我想，以伯安之才，此事易为。伯安也一定有所盘算。我说的八个字，是应付南昌方面的。”

“多谢赐教，晚生感念。”王守仁仍未满足，还要多听些，“应宁先生说，后发制人，对我启迪甚大。不过，要想后发制人，而不制于人，也该有所举措吧？”

杨一清笑道：“伯安有了这个想法，还要别人教你吗？若是我赴赣州，也一定会有所举措的。只是动作宜小不宜大，举措宜隐秘不宜张扬，伯安不可不察。说起举措，你不妨针对南昌的举措而发。南昌有一招式，你也还一招式。这便是我说的后发制人了。”

王守仁回味着他的几句话，自言自语地说：“如此说来，我一到赣州，便该有些招式了？”

“不错。”杨一清说，“伯安方才提到，王爷请你去主持书院，其中大有文章可做。”

宁王为博贤名，在多行不法之余，也做些士大夫易生好感的事情。兴办书院便是一件。书院修罢，宁王上疏，请朝廷赐名。四月间，皇帝亲自赐名为阳春书院。

“愿闻其详。”王守仁追问。

“他请你主持书院，是投你所好。他办这间书院，可是大有深意。”杨一清说，“为了广播贤名，王爷可是下了不少功夫。李献吉被罢了官，在汴梁闲住，宁王还差人送了丰厚的润笔，请他写一篇《阳春书院记》。”

“献吉先生聪明自误。”王守仁叹道，“以他的聪明，该知道与宁王亲近的后果。”

“也是他孤傲伤人，被罢职后，士大夫多拍手称快，只有何仲默写信给我，要我设法取消成命。他说李献吉：矜名投义，见善必取，见恶必击，不附炎门，不趋利径，处远怀不报之耻，处近执英靡之勇，在野有兔罝之武，在公着素丝之直。但也说他：自崇而弗下人，太任而弗识时，多愤激之气，乏兼容之量，昧致柔之训，犯必折之戒，此其过也。”杨一清不觉把话扯远。

王守仁说：“李、何，何、李，争来争去，惺惺相惜，也真是难得。”

“这且不去说它。王爷请李献吉作记。献吉念旧日之情，不写不好，写呢，也是你所言，对其间利害有所察觉，于是，他便写了两首诗，寄去南昌，润笔也退回去一半，记则坚决不写。”杨一清对王守仁说，“伯安，这也是应付一法。”

“王爷要我主持书院，自也该照此办理了？”王守仁揣摩杨一清的用意。

“你就不必了。”杨一清说，“你在南京讲学，办书院是你的长处。他在南昌办了书院，你何不在赣州也办书院？他办书院笼络士大夫，你办书院养育士人。虽不必直接交手，却也算是与彼过了一招。”

“他事过招，不敢先说输赢，两处办学，我则稳操胜券。应宁先生出的好主意。”王守仁自信地说。

“还不止于此。”杨一清说，“王爷差人拜会你，你也不妨差人向王爷问安。一来，有来有往，略尽礼数，令彼不疑。二来，也可借机探探虚实。不过，此事看似轻巧，担子很重，一定要差派稳妥之人，免得弄巧成拙。”

“稳妥之人，晚生倒是可以找到。”所谓稳妥之人，第一，不可被宁王收买，反而为宁王来探赣州。第二，不可被宁王识破用心。王守仁首先便想到冀元亨。

“还有一事，伯安要记住，”杨一清站了起来，开门向外张望，显然是极其重要的话，“处置南赣，首要是备兵，处置南昌，首要也是备兵。你现在的职位，是巡抚地方，兼提督军务，虽有提督军务的名分，但巡抚地方仍是第一位的。伯安可向朝廷请求，直接改为提督军务的名分。方好便宜行事。这一层用意，可暗中报与德华先生。有他在朝廷主持，不难成功。”

表面看，巡抚和提督没有大的差别，但巡抚南、赣等地，把地域限制了，如果需要在别处用兵，必须先请示朝廷，否则是越权。改为提督，可以便宜行事，变生不测，便好应付。王守仁暗自佩服杨一清的远谋深算。

当夜，杨一清与杨芝宿在龙游寺，王守仁带着王小返回泊在山下的小舟。夜路难行，主仆二人沿着山径，深一脚浅一脚地走下去。

“老爷，今夜何不就宿在寺中？”王小边走边说，“我问过了，寺中空房很多，都很清净，总比在舟中熬过一夜要舒服许多。”

“让徐曰仁在舟中独自熬一夜，你于心何忍？”王守仁说，“说起与你交好的人，我看再也无人胜过他了。”

“老爷让徐先生摇橹，又于心何忍？”王小反诘道。

离了大船，租用小船，船上只有三人，徐爱摇橹，王小撑篙，连一名舟子都不曾带来。

“此行求的是隐秘，自然知者愈少愈好。”王守仁说，“曰仁不会有怨言，你也不必替他抱屈。”

第一百四十九章

自皇上在西苑狎虎被伤，钱宁明显地感觉到了威胁。皇帝与江彬越来越亲近，虽然未必超过了他，可也不在他之下了。一个足以引起他警觉的事件是千户周骐被杀，周骐是钱宁举荐入豹房侍候皇上的，江彬找了一个小得不能再小的过失，用言语激怒皇上，将他活活打死。钱宁见皇上盛怒，不敢替他求情。一棍棍打在周骐身上，有如打在钱宁心上，使他感到不自在。周骐死了不足惜，他人太倔强，有时连钱宁的账都不买，钱宁也有些烦他。但他死于江彬之手，钱宁总不能甘心。

自马氏入侍豹房，马昂升为右都督之后，形势对钱宁更为不利。以前只知一味巴结他的太监们转而巴结马昂。说来好笑，竟都称他马舅。他算什么舅子？是谁的舅子？当上太监们的舅子，不成了千古笑谈吗？不管怎样，总是一种巴结。而巴结马昂，实际上是巴结江彬。

钱宁唤来他的心腹、锦衣卫指挥同知钱杰。钱宁和江彬眼下都是正一品的都督了，若说他还有些优势，那便是他掌锦衣卫事，在锦衣卫中有一些只听命于他的心腹。

钱杰原先的姓氏，无人知晓。他从正德三年起充当钱宁的家人，冒姓钱，对钱宁忠心不二。钱宁改姓朱，他不好随着再改，仍姓钱。钱宁对他很信任，凡有大小事，都和他商议。

“钱杰，太平仓还太平吗？”钱宁不愿叫江彬的姓名，也不愿以镇国府代称。

钱杰答道：“别的没听到什么，只是听说，他经常在皇上面前大讲宣府山川地势的险要，皇上或许有了巡视宣府的念头。”

“哼，他这不是要做王振第二吗？”钱宁冷笑道。

“都督要进谏吗？”钱杰对钱宁的反应有些不安。

“那是言路的事，我不会把自己降低成科道官。”钱宁说，“你要注意他那边的动静，千万不可大意。”

“是，卑职不敢大意。”钱杰答道，“不过，依卑职看，他虽有宠于皇上，对都督还是要敬让三分，不敢得罪都督。所以，才劝诱皇上离开京师。离开京城，就是为避开都督。”

钱宁说：“今日他还要敬让三分，等他羽翼丰满，还会敬让三分吗？他那时要骑到我头上了。”

“都督既担心他羽翼丰满，不如先翦其羽翼。”钱杰说，“翦其羽翼，而不使其翦都督羽翼，彼消而我长，是都督的取胜之道。”

“我也在想翦其羽翼，只是谈何容易。”钱宁道。

“除却他人，卑职没有把握，除却马昂，只是举手之劳。”钱杰说。

他不轻易许诺，而马昂又是最想除却之人，钱宁听了他的话，不觉兴奋：“噢？你有把握？来，说说看。事情办成了，将你的指挥同知换成指挥使。”

钱杰说：“我有把握除却马昂，但事情却还要都督出面去办。都督想想当年的好友于永是怎样离开京城的，便有法子除却马昂了。”

钱杰不提，钱宁几乎忘了此人。钱杰一提，许多往事一一忆起。说实话，他能有今日的富贵，也是受了当年于永的话启发。于永说，他们二人，一以女色取富贵，一以武功取富贵。结果，他的富贵求到了，保住了，于永今日早不知流落到什么地步。于永从女色中取得富贵，也因女色而失去富贵。

钱杰的主意，是依样画葫芦，找机会，给马昂制造一个同样的陷阱。

钱宁到得豹房，马氏正在舞剑，皇帝在一旁饶有兴致地观看，身边再无旁人。

“茶来不必行礼，也来看看马爱妃的一套得自真传的武当剑法。”皇帝招呼他站在身后。

马氏一手持剑，一手指点，忽而长臂伸展，忽而双手抱合，一招一式，均有章法，一上一下，均合情理。

钱宁站在皇帝身后，低着头，不敢正视。他心中暗自得意：皇上仍叫他茶来，不许其他人观看马氏舞剑，却允许他观看。若说他还有什么胜过江彬之处，那就是，皇上知道他的乳名，待他更像家人。

马氏一套剑法舞过，中规中矩地收式。因为皇帝终于没有正式封她为嫔妃，她与马昂、江彬秘议了几次，下决心把腹中的胎儿打掉。她有身孕时，一直不太显眼，打胎之后，也没有人看出她身上的变化，只是皇帝感觉到，她在打胎之后，体态更为轻盈，因而更加离不开她。

“茶来，朕要你看马爱妃舞剑，你为何不看？是不屑一看吗？”皇帝注意到钱宁一直低着头，生气地说。

“儿臣怎敢！”钱宁申辩说，“圣人云，非礼勿视，父皇所宠爱，儿臣不敢正视。但只用余光一扫，也看到，马——”不好称呼，只有省略，“舞的是正宗的武当剑。儿臣只学了些武当剑的皮毛，今日才见武当剑的真髓。虽未能大饱眼福，也是今生有幸，谢父皇恩典。”

几句话说得皇帝心花怒放，脸上绽开欢笑：“人家都说茶来喜欢与士大夫交往，我总是将信将疑，今日听了茶来的谈吐，看来不假。以前只知道关圣人的话，现在也识得孔圣人的话了。再过几年，朕可以放你一个考试官了。”取笑过钱宁，对马氏说：“爱妃且去歇一歇，我与茶来在这里说几句闲话。”

马氏摇着身子去了另一间密室。只要有了第三者，她在皇帝面前便不开口，而只有皇帝的时候，她什么话都说，说汉话，也说胡语，她什么曲都唱，唱京城小曲，也唱西域小曲。皇帝喜欢什么，她就说什么，唱什么。

“茶来，你看朕的马爱妃，兵器无所不能用，语言无所不能说，曲子无所不能唱，真是爱煞朕了。”皇帝又是得意又是惋惜地说，“只恨老天太过悭吝，不为朕多养育几名。”

“父皇，儿臣正有一事要请明示。”钱宁一本正经地说，不似平日或是嬉笑，或是附和。

“你说。”皇帝觉得有趣，命道。

“父皇恕罪，容孩儿先以马姑娘称呼。”皇帝点了头，钱宁才说，“父皇呼马姑娘为爱妃，却又不颁诏晋封，让儿臣好生为难。儿臣看，父皇身边的人，都有些为难，谁也不敢当面称她贵妃娘娘，可也不敢当面称她马姑娘。称她马姑娘，怕她不高兴；称她贵妃娘娘，也怕她不高兴，只好像儿臣一样，含糊带过。此事儿臣要请示圣意。”

“朕若晋封她贵妃，尔等当面就要称呼她皇娘了，尔等心中可愿意？”皇帝不正面答钱宁的问题，反而向他提出一个问题。

“父皇要听儿臣说实话吗？”钱宁也很机警，不正面作答。

“你敢在朕面前说假话，朕就降旨，废了你的义子名号，你也不必到处投刺，自称皇庶子了。”皇帝说。

“是。儿臣说实话。”钱宁道，“说实话，儿臣不愿意呼她皇娘。倒不是儿臣对马姑娘有什么成见，只是她做了皇娘，就不便在豹房中侍候父皇了。若是她仍在豹房中侍候父皇，儿臣们就不便在豹房侍候父皇了，总之是不便。”

“茶来侍候朕最早，深知朕的心思。”皇帝说，“朕不封她，正是要豹房依然如前，大家方便。”

“父皇对儿臣们的恩义，真是旷古未有。父皇行事，寓意深刻，若不说出，儿臣们怎参得透？日后，儿臣称呼马姑娘，还是含糊带过便了。”说到这里，钱宁压低了声音，“父皇说老天悭吝，也不见得。如马姑娘般的佳人，儿臣就知道还有一位，足可以和马姑娘媲美。”

“什么人可与马爱妃媲美，茶来告与朕知。”皇帝听说还有马氏一样的佳人，龙心大悦，迫不及待地要知道其人。

“父皇待儿臣恩义深重，儿臣也该尽心回报。此人儿臣本不敢说，怕说了有人不高兴，但为了父皇，儿臣死且不怕，还怕得罪人吗？”钱宁先埋下伏笔，“不瞒父皇说，儿臣听人讲，马都督府上小夫人，与马姑娘一般无二，一般的身段，一般的容貌，一般精于武功，一般善说胡语，一般善唱胡曲。也有人讲，马府小夫人，比起马姑娘，更胜一筹。父皇去马都督府上饮酒听乐，难道没有见过他的小夫人吗？”

“茶来的话当真吗？”皇帝的脸色沉了下来。

“父皇恩重如山，儿臣怎敢在父皇面前说谎。”钱宁叩首道，“儿臣说了，是冒着得罪人的风险报与父皇的。父皇想，马都督从不曾向父皇提起过他的小夫人，知道儿臣讲与父皇知道，还不恨死了儿臣？他恨儿臣，儿臣不怕；若是父皇不相信儿臣，真屈死了儿臣。”

“有朕维持，你何须怕！”皇帝恨道，“马昂呀马昂，朕待你不薄，升你都督，赐你府第，数月间合家大小，俱系玉带，你却对朕怀有二心。你有佳丽，不让朕看，朕偏生要看。茶来，你代朕传旨，召马昂小妾入豹房见驾。”

“父皇息怒！”钱宁知用计成功，现在要给皇上出个稳妥的主意了，“儿臣以为，召见马都督小夫人不妥。”

“怎么，朕贵为天子，连一名佳丽都见不得吗？”皇帝不高兴地说，“朕看你与士大夫来往多了，读书多了，清规戒律也多了。”

“父皇冤枉儿臣了。”钱宁说，“儿臣不是说父皇见不得佳丽，是说召入豹房不妥。”

“这却是为何？”皇帝问，“召入豹房又不是召入宫中，朕看了以后，还可以放她回府嘛。”

“皇上传旨召她，马都督不敢不让她来见驾。但皇上忘了于永之事吗？”钱宁提起旧事。

“你是说，马昂也像于永，送一个假的来？”皇帝沉吟着问，“他不要前程也就罢了。难道他会连性命也不要了吗？”

“不可不防。”钱宁思虑周详地说，“若是送个假的来，皇上看着喜欢，日后有人会嘲笑父皇，父皇看着不喜欢，父皇会责怪儿臣妄言。儿臣为了父皇，也为了自己，不能不戒惧。”

“那么，朕该怎样见到佳丽？”皇帝问。

“父皇不若像常日一样，去马都督府上饮酒，饮至半酣时，请小夫人出来，舞剑助兴。皇上且看，马小夫人是什么样的人物，不必声张。如果真如儿臣所言，和马姑娘是珠联璧合的一对，再降旨召她入豹房。那时，父皇已见过小夫人的面，谅马都督有天大的胆子，也不敢以假代真。”

“主意不错，就依你。”皇帝点头赞同。

伴皇上去马舅家喝酒是一项美差，皇帝身边的小太监争着要去，皇帝挑选了赵林，由他率两名禁卫护驾，轻装简从，出宫直奔太平仓。

马昂府中单辟一室，任何人不得入内，因为皇上第一次来时在那室内闲坐饮酒，便专门用来接待皇上。马昂陪着皇上及赵林进入室内，两名禁卫留在外面警戒。

为了接待皇上，马昂从宣府老家雇用了最好的厨子，专做口外菜。这也是皇帝的嗜好之一。口外菜以野味为主，需要很长时间火工。因而，马昂买通皇帝身边侍候的小太监，皇上来太平仓时，想法子提前一两个时辰传送消息。今日皇上来得突然，准备食物就有些仓促，只好先摆上常备的普通小菜、点心，请皇上慢慢用着。这也不是坏事，皇上为了等几道大菜，可以多坐一坐。皇上在他处多坐一坐，传了出去，他的身份又可以提高。

皇帝今日性急，不管有没有可口的菜，先喝了几盅酒，却不像往常，有许多话问。皇帝不问话，马昂当然不敢开口说话，只好陪着皇帝饮酒，并不时瞥一眼皇帝身后的赵林，希望从他那里得到一个眼神或一个手势，好知道皇上今日的心思。赵林本就是皇上身边最呆最木的人，恰巧今日又不知道皇上的心思，因而对马昂的询问一无表示，只是替皇上斟酒。

皇帝答应钱宁，酒至半酣时行事，便真到了半酣时才开口，“爱卿，朕不惯于喝闷酒，可有即兴的节目？”好像今日酒席上的闷局都是因为马昂造成的，他应设法弥补。

“有。”马昂好不容易有了说话的机会，忙应道，“微臣近日从口外买了几名女子，按照陛下的杀边乐排练了一段舞，是专备陛下观赏的。陛下来得巧，她们正好排练完毕，是不是让她们来为陛下一舞，为陛下助兴，也好请陛下指点。”

在往日，皇帝一定会高兴地答应，今日另有所图，皇帝拒绝了：“舞杀边乐，一定要教坊司乐工来伴奏，你这里的乐工不行。改一日，朕将教坊司的人找来，再看吧。朕今日要看舞剑，爱卿府上有没有善于舞剑的人？”

马昂为难地说：“舞剑之人不少，但微臣不敢让他们在陛下面前舞动兵刃。”

“不妨，他人不准在朕面前舞动兵刃，爱卿家人则可。”皇帝说，“马爱妃在豹房成日舞刀弄剑，有时还与朕过过招。她可以，你家中其他人自然也可以。有善于舞剑者，你尽管唤来。”

“微臣福薄，只有一个妹子。”马昂说。

“你不是还有一小妾，也善舞剑吗？”皇帝不客气地点了出来，“要她来为朕舞剑助兴，也是一样的。”

马昂大惊，立即明白皇上指的是谁。不知皇上何以对他家中情形知之甚详？他妻妾甚多，却专宠这名小妾，要她为皇上舞剑，万一皇上打了她的主意，马昂是万万舍不得的。也是一时莽撞，他竟出言拒绝。

“微臣的小妾，并不善于舞剑。”马昂回话。

“不善舞剑，让她为朕把盏总可以吧？”皇帝说。

“她现在出来见皇帝，有些不便。”马昂说。

“却是为何？”皇帝不高兴了，“朕待你如家人，家人之间见见面，又有什么不便？”

“陛下待微臣恩重，微臣无以为报，小妾陪皇上饮酒，是分内的事。”马昂说，“只是小妾已有三个月的身孕，行动不便。不然，她为皇上舞剑，亦无不可。”

“哼，”皇帝冷笑一声，使人不禁浑身发颤，“你先说她不善舞剑，又说她有身孕，不能舞剑，分明是在欺朕。有身孕的妹子，你敢送入豹房，有身孕的小妾，在家中与朕见一见都不成吗？”

马昂脸色大变，他万没想到，马氏怀有身孕之事，皇上早已知晓，只是不计较而已。

“赵老儿，我们走！”皇帝愤然起身，“太平仓朕再也不会来了，告诉老儿党们，谁也不准再来。”

马昂惊恐之下，以有疾为由，上疏求去。皇帝无有不准。九月二十八日，马昂罢职。皇帝求佳丽不得，又迁怒马氏，对她也日渐疏远了。

第一百五十章

宁王两次在浙江受挫，对浙江按察司佥事韩邦奇恨入骨髓。韩邦奇以佥事辖杭州、严州二府，治理二府刑狱。

宁王第一件撞在韩邦奇手上的事，与阉人有关。宁王听京城回来的人讲，皇上在禁中训练了一支太监队伍，很是威武。他动了心，派人四下劝说乡人净身入王府为宦者。在北方，特别是在直隶地区，净身入宫是贫苦乡民的一条出路。上者可以得富贵，下者可以得生存。在南方，净身入王府也是一条出路。虽王府容纳的宦者有限，净身入宫不如北方兴盛，但在有人劝说时，仍不乏求富贵求生存的人，愿意走这一条路。数日之内，宁王府中竟聚集千人以上，宁王才发觉有了麻烦。王府毕竟不是王宫，场地有限，不要说不好操练，就是能够操练，也要惊动官府。而将净身而来的乡民尽数驱出，也不是上策。宁王召来了他们，再驱散他们，将失信于人。宁王召集阉人时，不曾与任何人商议，现在不得不和刘养正商议了。

宁王说明他的意思："子吉先生，这些人不宜留在王府，也不宜散去，有没有好的法子处置？"

刘养正想了想，说："可让他们剃了头，集中于一寺，王府选人管辖。"

此计大妙。刘养正又主张，上千人既然不能留在王府，最好也不留在南昌。他们想了想，江西各府，似乎都没有可容纳千人的大寺院，便转而去想邻近的省份。刘养正说："去杭州吧。杭州灵隐、天竺都是大寺院，可使他们暂时净身。灵隐寺在城内，引人注目，天竺寺可住。"于是，宁王命王府承奉数人，率领千名阉人，剃了头，扮作游僧，分批去杭州。

天竺寺是大寺，寺庙大，田产多，香火盛，供应云游僧不成问题。看来，到天竺寺乞饭借宿的云游僧不少。但这次来的饭僧太多了，斋厨从早到晚烧饭，也供应不及。而且，这批云游僧不懂规矩，成日吆三喝四，扰得寺中僧人日常的功课都不能做了。看架势，寺院出面，请他们上路，不会有效，方丈暗中派人报告衙门，请他们派人处置。

此事正该韩邦奇管。他带了一队衙役，赶到天竺寺。他见寺内寺外有这许多似僧非僧的外来人，也是心惊。稍有不慎，便会有麻烦。

饭僧见了官府的人，一来警惕，二来好奇，纷纷围拢过来。韩邦奇静下心，且不说话，一一打量群僧，“请教大和尚法号？”他看出其中一人是首领，突然问道。那人正是王府的一名承奉。

“云游天下，不需法号。”那承奉蛮横地说。

“这位大和尚也没有法号吗？”他又辨认出另一首领。

“正是，”另一名承奉说，“饭僧而已，要什么法号。”

“既然如此，我就不一一问了。本衙门有命，各寺院不得收留无名号僧人。各位没有名号，不便寄居天竺寺。我也不难为各位，这就请便吧。”

第一名承奉说：“我等行到哪里，便吃到哪里，宿到哪里，你不许我们在此，却要我们去哪里？大人说不难为我们，这还不是难为吗？”

韩邦奇说：“佛经有云：从来处来，向去处去。你们的来处本官不曾问，去处也不问了。”

第二名承奉说：“我们没有去处。天竺寺便是我们的去处，我们是为天竺寺而来。”

韩邦奇说：“本官已经说了，各寺院不得收留无名号僧人，尔等既无名号，又无去处，这样吧，本官为你们安排去处。”他的声音变得严厉，“今日已晚，本官留个情面，允许你们再留宿一夜，明日一早，本官再来，如有未去者，本官收容你们好了。”

第二日一早，上千饭僧散去，宁王差派的几名承奉狼狈返回南昌，向王爷述说经过。宁王脸色阴沉，一句话也不说。

过了不久，又有另一件事情撞在韩邦奇手上。宁王差王府仪宾去浙江衢州采办。本朝制度，宗室人员不得轻离驻地，更不得任意在外采办。本来，衢州不归韩邦奇管辖，宁府之人到衢州采办，当地官员未必敢管。但宁王对韩邦奇有积怨，有意寻衅，命仪宾先去浙江省城，向韩邦奇打个招呼，声明须假道衢州。仪宾问：以何事为由？宁王想也不想便说：进贡方物。

韩邦奇看出是寻衅。既然找上门来，他不肯轻易放过。

“王爷上贡方物，在何处采办？”韩邦奇问。

仪宾不能说在衢州采办，只有谎称，宁王在本府采办了一些方物，要贡入宫中。

韩邦奇不动声色地问：“你是说，王爷在南昌采办了方物，要假道衢州，北上京师吗？”

“正是，”仪宾道，“怎么，韩大人不准吗？”

“王爷为皇上办事，下官怎敢不准？”韩邦奇说，“不过，既是上贡，有一条更便捷的路走。南昌北行三百里，便到了九江，自九江顺流而下，到得镇江，转入大运河，再也不必走陆路了，何须假道衢州？请对王爷说，韩佥事不可诳也。王爷不说假道衢州还罢了，既说明假道衢州，我倒要严加查禁，免得奸人冒充王府采办，坏了王爷的名声。”

宁王原是为和韩邦奇赌一口气，谁知弄巧成拙，连去衢州采办之事也只好先搁置下来。

“子吉先生，浙江在本王卧榻之侧，我再也容不得韩某人了。”宁王气愤地对刘养正说道。

“韩汝节处处与殿下为难，的确要从速去之。”刘养正附和着说。汝节是韩邦奇的字。

“就请子吉先生，或请若虚先生为我拟一疏稿，要长史司奏上朝廷。”宁王吩咐道，“疏稿要写得严厉些，令朝廷不能不罢免韩某人，最好置韩某人于死地。”

“不妥。”刘养正劝止。

“此疏不好拟吗？”宁王愤不能平。

“此疏易拟，却不宜拟。”刘养正是南省人，易、宜二字说不清楚。宁王要仔细分辨，才得以区分二字，明白他的意思。

“子吉先生是说，不必上疏，直接请陆全卿办理吗？”宁王说道，“似也有些不妥。”

“确是不妥。”刘养正道，“疏是一定要上的，不然，全卿先生师出无名。但殿下上疏也不妥。韩汝节在浙江任官，不在江西任官。他若在江西任官，殿下告他的状，名正言顺。他不在江西任官，殿下告他的状，难免要给刁钻之徒留下口实，对殿下不利。”

“说的有道理。那么，对韩某人暂且不理会吗？但子吉说了，要从速除之。”宁王道，“又要从速除之，又不宜上疏，事情有些不好办了。”

“也不难办。”刘养正早就谋算停当，“说起来再简单不过，只须假手他人而已。”

“假手他人？”宁王品味着刘养正的话，“对，假手他人！借浙江官场上的人物除去韩某人。子吉先生，你一定想好了假手于何人吧？”

“是，晚生想好了四人，殿下随便挑选一人，只须三言两语，他一定会高高兴兴上疏，告倒韩汝节。”刘养正说，“事了，他还要感激殿下。”

“子吉先生说的四人，我知道了。”宁王高兴地说。

“我就知道，以殿下睿智，不难估到。”刘养正奉承一句。

宁王说：“子吉先生若一人可用，我一时不易想到，子吉先生说四人可用，还有想不到的吗？浙省四位太监，人人可用，一点不错。”

四位太监是镇守太监王堂、市舶太监崔宝、织造太监晁进、督造太监张玉。宁王对他们四人都拉拢过。如刘养正所说，挑选任何一人均可。但选谁而用，却也要费些心思。

“子吉先生看，哪位太监上疏为好？”宁王问道。

“王太监当然是首选之人。”刘养正说。镇守太监的地位如一省巡抚，状告一省有司官，是其职分。

“好是好，只是四人中，王太监和我最为疏远，我怕说不动他。”宁王有一层顾虑。

“殿下放心，有一篇文字，王太监看了，你不让他奏告韩汝节，他也要上疏。”刘养正说着，把一篇文稿迁给宁王，“殿下请看，不久前，韩汝节上疏，论劾四位太监。京师有人把他的疏稿抄来了，殿下可还记得？”

“对，我记起了，当时我曾读过，却没有留意。”宁王边说边认真地读起抄来的韩邦奇的疏稿。

韩疏写道：“浙江镇守太监王堂、市舶太监崔宝、织造太监晁进、督造太监张玉，各遣人于杭、严等郡催攒鱼鳔、茶、绫等物进贡，不才有司官吏及粮里人等，倚是贡物，无敢稽查，任意科敛。地方被害，人不聊生。四太监件贡之物，动以万计。陛下所得者一，太监即所得者十，参随人等所得者百，有司官吏所得者千，粮里人等所得者万。利归于私家，怨归于朝廷，上供者一而下取者万。望敕该部，将贡物特从停止，仍揭榜戒谕，今后称进贡需索骚动，奏请究治。庶民困可苏而地方无虞矣。”

宁王指点着说：“写得好厉害！上次我竟没有看出，他不但状告四位太监，连省府州县官一起告了，不但把衙门告了，把粮长里长一起告了。这篇疏稿传出去，他得罪的人就太多了。不只四位太监，竟有成千上万。”

“韩汝节此疏虽得罪多人，但仍以用四位太监为好。”刘养正说，“此疏以论劾四位太监为主，以论劾他人为从，这是其一。士大夫多爱虚荣，要他们劾韩汝节，倒好似韩汝节论劾的便是他了。因而顾虑必多，这是其二。韩汝节说，利归于私家，怨归于朝廷，上得者一而下取者万，实在尖刻。在士大夫中传开，纷纷上言，朝廷有所纠正，对殿下反而不利了，这是其三。有此三者，晚生以为，不宜求诸士大夫，仍要求于四位太监。”

“子吉先生说得透彻。告倒韩某人，只能求诸太监，不能求诸士人。”宁王定下游说太监上疏，又有了另一层顾虑，“子吉先生对王太监等也有所知，以他们的见识，有办法告倒韩某人吗？”

“殿下不说，晚生也想到了。”刘养正说，“晚生这里还有一篇文稿，一并交给王太监，告倒韩汝节，便不在话下了。”

刘养正交与宁王的，似诗稿，似民谣，其词曰：“富阳江之鱼，富阳江之茶。鱼肥卖我子，茶香破我家。采茶妇，捕鱼夫，官府拷掠无完肤。昊天胡不仁？此地亦何辜？鱼胡不生别县？茶胡不生别都？富阳山，何不摧？富阳江，何不枯？山摧茶亦死，江枯鱼始无。山难摧，江难枯，我民不可苏。”

杭州府属下的九县中，有富阳县。县城东有观山，西南有湖袱山，均产名茶。县城东南临富春江，即钱塘江上游，产名鱼。富阳县之民因富阳山产茶，富阳江产鱼，而备受苦难，诅咒山如何不摧，江如何不枯。

“是韩某人写的吗？”宁王问。看来，他不大相信，朝廷命官会写出这样的句子。

刘养正说：“有人说是他写的，便是他写的了。有太监说是他写的，皇上便相信是他写的了。等到他想申辩，圣旨已下。况且，即便不是他写的，他也吟过此曲，是有人亲耳听到的。他为人憨直，不会不承认。有了他的那篇奏疏，说不动王太监出面告他，才是怪事。有了这首富阳民谣，皇上能饶过他去，更是怪事。”

“子吉妙算，真乃刘青田再世！”宁王赞道。

十月初一日，韩邦奇的弟弟韩邦靖自家乡到杭州，看望兄长。韩氏是陕西朝邑人，赶了数千里的路程，十分辛苦。韩邦靖与韩邦奇同登正德三年进士。邦奇授吏部主事，邦靖授工部主事。同科进士，同授主事，一时传为美谈。韩邦奇官运不顺，正德六年科道官因京师地震劾臣僚不职者，连及韩邦靖，外放为山西平阳通判，后渐升至浙江佥事。韩邦靖官运也不顺。因正德九年乾清宫火灾，上疏批评时政，言辞甚切，被皇上下了诏狱，夺职为民。过了将近三年，仍未平反。

兄弟二人见了面，有许多话要说。韩邦奇向韩邦靖询问家中的情形，韩邦靖向韩邦奇询问职任上的情形。互问互答，说了许久。

将近半夜，韩邦靖才提起一件令他忧心的事：“我过南京时听到一事将不利于兄长，不知实与不实，心中很为兄长焦虑。”

“什么事？”韩邦奇问，“南京听到的事情，多半便是实事。”南京的消息比各省多，比各省快，韩邦靖在南京听到的事，他先认可了。

“听说，兄长曾上疏论劾浙江四太监。”韩邦靖说。

“此乃扬我名的事，怎会于我不利？你又何必焦虑？”韩邦奇问。

“王堂那厮也上疏论劾兄长。”前句话只是虚点一下，这句话才是他要说的事。

韩邦奇沉稳一笑，说：“恶人告状，不足为怪。汝度可曾听说，他告了我些什么？”

“他告兄长阻格上供，僭用官轿。”

“阻格上供，我一个小小的佥事，如何阻格得了？我就算有其心，也无其力。”韩邦奇分辩说，“僭用官轿，完全是子虚乌有。”

“他还说，兄长写诗，怨谤朝廷。”韩邦靖又说。

韩邦奇心生警觉，问道：“汝度见了那诗吗？”

“没有见到，”韩邦靖道，“只听人诵过，诗名为富阳民谣，南京城中有许多人在传抄。请问兄长，那诗果是你写的吗？”

“也不尽然。那是富阳县内流传的一首民谣，我不过做了些润色而已。”韩邦奇说，“王堂胸无点墨，识不了几个字，怎会知道它？”

“他的奏疏一上，兄长怕有大祸了。”韩邦靖说。

“是祸躲不过，也无须躲。”韩邦奇镇定地说，“如果朝廷因此民谣而知道了富阳人的苦处，我丢官下狱，在所不惜。我们兄弟二人得以共奉双亲，优游山林，也是快心之事。”

“兄长说的是。”韩邦靖说，“我与兄长同科中举，同授主事，被传为佳话。我与兄长同因议论时事而罢官，更该传为佳话。我在杭州住到月底，如果无事，则是兄长吉人天相；如果有事，我在兄长身边，也好有照应。”

“汝度不妨在杭州多玩几日，如果无事，你还乡时，可绕道京师，代我祭一祭西涯先生。不瞒你说，我是听到西涯先生去世的消息，想到他写的西湖曲，才删改了这首民谣，也算是对西涯公的悼念吧。”

李东阳写过西湖曲五首，其中一首曰：风落平沙稻，霜垂别渚莲。西湖三百亩，强半富儿田。

韩邦靖不幸而料中。十月二十六日，锦衣卫校尉从杭州城里捉去了韩邦奇，押解至京。韩邦靖一路上照料兄长，使他少受了许多苦楚。

第一百五十一章

正德十二年正月初二日，皇帝召大臣于左顺门，命司礼监太监萧敬传旨：己丑日郊祀天地毕，车驾至南海子观猎。己丑日是十三，还有十天的时间。内阁大学士，五府六部都察院通政司大理寺等衙门的正官佐官属官，六科十三道的言官，纷纷上疏进谏，皇帝一概不报。

杨一清致仕后，掌詹事府事的礼部尚书蒋冕兼文渊阁大学士，入阁办事。他与梁储、靳贵不同。梁、靳二人入阁久了，特别是梁储，在内阁已有七个年头，经历的怪事多了，见怪不怪。他入阁只有四个月，就遇到这样一件大事，心情格外紧张。

大臣上疏，皇上不理睬，蒋冕问梁、靳二人："叔厚先生，克道先生，是不是再上一疏？"

"不必了吧。"梁储说，"这不合规矩。"并没有明确的规矩，只是皇上对大臣的奏议不报，大臣已很没有面子，怎好再议？

靳贵则开了个玩笑："敬之先生就不怕圣上降罪吗？"虽是玩笑，表情却很认真。

"圣上仍然不报就是了，为何要降罪？"蒋冕认真地问。

"圣上说你靡费纸张，你是辩还是不辩？"靳贵说。

"这等时刻，克道先生还开玩笑。"蒋冕听出是玩笑话。

"敬之先生莫怪，我也和你一样，心中悚惧烦闷。"靳贵说，"但这等事，真令人徒唤奈何。去年正旦行礼，皇上晚了几个时辰才到，让大小臣工候在午门之外；再前者，在南郊行礼，皇上去了南海子，让大臣们在斋宫等到天黑，都是事先无旨无谕。今次先着太监宣谕大臣知道，已是敬重大臣之道了。我等以为圣上此举不妥，也只能上一道奏疏进谏。圣上不肯听，再劝也是劝不住的。叔厚先生说的不错，再疏三疏没有用处，也没有必要。"

"何谓没有用处？何谓没有必要？"蒋冕问。

靳贵看了梁储一眼，希望他来回答。二人间本有些不意中形成的过节，自杨一清致仕，约有半月时间，内阁中只有他二人，凡有内阁处置的事务，二人不得不用心研讨，竟至前愆尽释。靳贵希望此刻梁储来说明，是因为蒋冕的科第在他之前，若是由他说明，蒋冕或会提出一些使他难堪的问题来，而由梁储说明，蒋冕纵然不赞同，也不会说出太尖刻的话。

梁储会意，说："确是没有用处，也没有必要。内阁再上疏，部院再上疏，科道再上疏，圣上仍是不报，你怎么办？祭祀天地是大典，总不能因为反对圣上去南海子行猎，取消大典吧？祭祀天地有程序，祭祀之后，圣上便离开了大臣，总不能大典之后，众人再面谏吧？所以说，再劝是没有用处的。一则因为圣上太过热衷巡游、热衷武功，凡遇巡游武功之事，都要劝一劝。二则因为大典之后随即狩猎，安排不妥，也要劝一劝。然亦一劝足矣。狩猎既非大错，再谏三谏，似乎就没有必要了。"

蒋冕看来是被他说服了："叔厚先生说的有道理。既然没有用处，没有必要，就只好听之任之了。况且，克道先生说，圣上先期传谕，已是敬重大臣之道，也不必再有赘言。行礼后，圣上必要行猎，我等在后追随就是了。"

"也是，"梁储说，"天子狩猎，大臣相随，正是古义。圣上必要狩猎，我等自然要追随。"

祭祀大典完毕，皇帝边步向斋宫，边向跟随在后的苏进吩咐："让他们把马牵过来，尔等随朕骑马先行，车辇跟在后面。"

"是，奴才去办。"苏进应道。

皇帝提醒他："别忘了，唤上朱都督同行。"

朱都督太多，笼统而言，便分辨不清。苏进怕拉错了人，要问清楚："爷明示，是哪一位朱都督。"

"蠢材，朕去行猎，你想是哪一位朱都督？"皇帝斥道，"自然是镇国府里那位朱都督了。"

皇帝带着江彬和一群小太监骑马，后面是一队禁卫。司礼太监萧敬向群臣宣示圣意，不过几句话的时间，皇帝已出了天坛，疾驰在通向南海子的官道上。

管理南海子的仍是林苑监的杨监副和司苑局的杨副使，二人得知皇帝要来行猎，早做好了安排，立于苑外候驾。皇帝一到，吩咐二人："将苑门关闭，任何人不得放入。佛老儿，你见不得行猎的血腥场面，等在这里吧。大臣们来了，你向他们传谕，让他们去承天门候驾。"皇帝纵马欲行，忽然改变主意："且慢！群臣到来，你先传旨，要他们在苑外歇息歇息，走走看看，到得日晡，你再宣旨，着他们回承天门候驾，免得在承天门站久了无聊，又有许多话要说。"日晡即申时。正月里，申时之末，天已昏黑。看来，皇帝今日行猎，不是一个时辰两个时辰就可以结束。

南海子和京郊其他苑囿一样，外人不准行猎，野物甚多。犬舍中的猎犬，鹰台上的猎鹰一一放出，或向下俯冲，或向前追赶，野鸡野雉窜入林中，野兔野鹿狂奔逃命，顿时热闹非常。皇帝与江彬等人或分或合，或纵马驱驰，或驻马拉弓。因野物众多，总能有所收获。

杨监副每隔半个时辰，便拉着杨副使来向皇帝报告一次，希望皇帝早些降旨回宫。皇帝没有尽兴，怎肯罢休。他说："我知你是好心，怕我回去太迟，大臣们议论。但今日我有办法堵住大臣们的嘴，你放心好了。"

杨监副哭笑不得，他的想法是，皇上不可纵欲过度。皇上却说他怕招议论，他辩也不是，不辩也不是，只好不说话。

皇帝指着禁卫骑士归拢的一处处獐鹿兔雉，得意地说："大的衙门分一獐，小的衙门分一兔，中书行人得一雀，都是朕辛苦猎来的，他们谢恩还来不及，怎好意思再编派朕的不是？"

"爷圣明。"杨副使拉了拉杨监副，二人离去。

到了申时，皇帝命赵林去苑外看看，大臣们是否离去。赵林回报，大臣们已然离去。

皇帝问："大臣们动身几时了？"

赵林答："动身不久，奴才还看得见他们的背影。爷，天色已晚，爷也该起驾了吧？"

"不忙，"皇帝说，"他们刚刚动身，内阁的老先生，掌部掌院的大臣，多数年龄大了，骑不得快马。咱们现在就走，从后面追赶上去，他们岂不要发慌？如果哪一位有了闪失，朕心中不安。咱们过两个时辰再动身。"

皇帝说着，张弓搭箭，瞄准了一只正被猎犬追赶的山麂。瞄了瞄，有了准头，距离太远，估摸着射不到。他招呼江彬："爱卿，那麂模样可爱，朕要得到，又不忍射杀，你替朕把它放倒吧。朕要将它赐给内阁几位老先生。"

江彬遵旨，随意瞄了瞄，一箭射去，正中山麂的后腿。那麂又向前窜了几下，终于躺倒，被后面追赶的猎犬按住。

"爱卿好箭法！"皇帝赞后，不忘抬出一人压一压他，免得他太自大，"可惜茶来为朕安排沿途警戒，不能前来，否则，倒可以和爱卿比一比。"

"臣的一箭，是代陛下射的；不是臣的箭法好，是陛下洪福齐天。"江彬谦辞奏道。

皇帝放声笑，说："好，我也为你射一箭，如果不中，不是朕的箭法不好，而是爱卿的福分不够，你休要怪朕无能。"

"那还用说，自然是臣的福分不够。"江彬道，"陛下故意不射中它，为臣积些功德，臣的福分就有了。"

君臣二人说说笑笑，又向另一处围猎地驰去。苏进等小太监骑术好的，在后面紧追，骑术差一些的，便落在了后面，更差一些的，干脆跳下马来，找块安静的地方，休息去了。

皇帝说晚两个时辰动身，果然到了戌时，才命起驾回城。今夜天色甚佳，差不多圆透了的月儿挂在天空，在它四周，众多星辰一闪一闪，点缀出一片繁景。皇帝带来的一队卫士高举火炬，皇帝御用的车辇前挂了两盏大的宫灯，后面跟着的小太监各举一盏小宫灯，各种火烛连成一串，宛若一条不长不短的火龙。

"爱卿与朕同乘车辇吧。"皇帝招呼着江彬。

"微臣不敢！"江彬怕被诘告，忙说，"微臣在车辇后侍候。"

"也好。"皇帝明白他的心思。他和钱宁明争暗斗，诘告他的人，背后必有靠山，就像他也要找诘告钱宁的人一样。因而，二人都尽量避免不必要的过失："你离车辇近些，朕要和你说话。"

皇帝一行起动，火龙不急不慢向北移动，只见锦衣卫的校尉军士分段戒备。大晚之时，本就没有什么行路的人，现在更是无一行人。

"爱卿，今日可曾尽兴？"皇帝问江彬，"朕多时不曾这般欢愉了。"

"只要陛下尽兴，臣也就尽兴了。"江彬道，"臣只怕陛下的欢愉仍有所不足，陛下之兴仍未尽。"

"爱卿为何这样说，倒让朕不解了。"皇帝说。

江彬解释："南海子虽是行猎的好去处，但以陛下的博大心胸，还是显得过于狭小。"

"方圆一百六十里，还显得狭小？"皇帝说，"爱卿的心胸未免太大了吧。"

"是陛下的心胸博大，"江彬说，"以陛下的博大心胸，南海子显得狭小。或是臣用词不当，南海子不是狭小，而是有所不足，不足以取悦陛下。"

"你且说说南海子的不足给朕听。"皇帝命道。

"是。"江彬在心里编排了许久的话，此时可以一吐为快了，"南海子虽大，有林而无山，有海子而无河川，有獐有鹿有兔而无虎无豹无熊，故臣以为对于陛下的博大，显得狭小，或曰有所不足。"

皇帝本已尽兴，被江彬一说，感到真的有所不足。他若有所思地说：“有林又有山，有海子又有河川，有鹿兔又有虎熊，爱卿说过，唯宣府耳，是真的吗？”

“不错，只宣府才有这一切。”江彬道，“宣府城中有万全都指挥使司衙门，又有宣府左卫、宣府右卫、宣府前卫，又有宣府总兵官衙门，兵精马壮，猛将如云。宣府城西，有山，名炭山，有河自炭山而下，名滦河，经宣府流入开平县。宣府城南有桑乾河、洋河自东流入，顺圣川自西流入。宣府城北有东西两座小城。东面一座原是顺圣县城，西面一座原是弘州城。州县已废，城池仍在。只要陛下愿意，都可以复为行宫。宣府城东北、西北有多处城堡、峪口，有险可守，陛下可以一处一处巡视、游览、行猎。我每听四川来的官员盛赞川蜀是天府之国，便忍不住要笑出声来。咱们宣府才是天府之国呢。”

皇帝说：“朕也听人讲过川蜀是天府之国，讲来讲去，朕没有动心。只有两处，朕听了后动心。一处是赵锐讲起江南的山水，吟唱江南的小曲，朕听了动心。江南朕是一定要去的。另一处就是你讲的宣府，朕听了动心。宣府朕也是一定要去的。”皇上是向江彬许诺。许诺后突然又问：“宣府真有猛兽吗？”

“肯定是有的。”江彬回忆着，“记得我幼时，一只黑熊不知怎么混入了城中，夜间爬上城墙。黎明时分，有人见到黑熊以后两肢站立，以前两肢向上伸举，真如山神一般。于是一传十，十传百，全城的人都聚在城中，向城墙上张望。忽然一人跪倒礼拜，其他人纷纷跪倒叩头，口中念着：请山爷保佑。”

“后来呢？那熊没有伤人吗？”皇帝紧张地问。

“没有。它吼叫两声，窜下城墙，一步一步向山林行去。”江彬讲道，“还有一次，一只花斑猛虎跃入城中，叼走了一只肥羊，也没有伤人。宣府人是强壮的汉子，是人中之虎、人中之熊，因而猛兽不伤他们。”

“我们自己猎一只虎、一只熊回来，用不着远人进贡了，不是一件开心的事吗？”皇帝向往地说。

“正是。”江彬应道，“臣说陛下心胸博大，真是一点不假。陛下心中既有江南，又有宣府，都是普天之下数得上的乐土。江南路途遥远，不妨迟一些再去。宣府近在咫尺，距京城二三百里，不须大动干戈，两日之内就可到达。臣愿率一二百骑，护车驾西行。”

“很好，我们回去再计议。”皇帝口头上应下来。

皇帝车驾亥时中才到承天门，再有半个时辰，就到第二日了。大臣们行得快的，已在门下等了两个时辰；行得慢的，也等了一个多时辰。

庆成礼还是要行，庆成宴还是要摆。按照规矩，庆成礼和庆成宴都在奉天殿内举行。皇帝童心大发，不许在殿内举烛，就在黑暗中行庆成礼，设庆成宴。

这可难为了各位大臣，赞礼官每唱一项，他们就在黑暗中窸窸窣窣地做一些动作，一不小心，就被磕绊一下，打个趔趄。以往的庆成宴，大臣们是稍作表示，浅尝辄止。今日可是要真吃了。从清晨向南郊赶，到现在，还没有正正经经吃上一口饭，回到城中，也只是家人送了些点心到承天门下，谁也不敢真吃，谁也不敢多吃。谁知道皇上的车驾几时就到了？现在可是真饿了，真想大快朵颐地咀嚼一番。可是在黑暗中不知夹起一块什么东西，是鱼是肉还是一块香料？只有不顾一切，送进口里再说。

忽然，一个尖尖的嗓音高声喝道："有旨！"分辨方向，声音是从御座前发出的。众大臣匆匆抹抹嘴，跪在原地听旨。

那尖尖的声音宣道："万岁爷有旨：钦赐内阁大学士梁储、靳贵、蒋冕共獐鹿一只，各玉兔一只；钦赐吏部尚书陆完及该部侍郎麃鹿一只，户部尚书石玠及该部侍郎共麃鹿一只，礼部尚书李逊学及该部侍郎共麃鹿一只，兵部尚书王琼及该部侍郎共麃鹿一只，刑部尚书张子麟及该部侍郎共麃鹿一只，工部尚书李鹓及该部侍郎共麃鹿一只，都察院左都御史彭泽、右都御史王景及该院副都御史共麃鹿一只，以上各官各野雉一只；翰林院共麃鹿一只，各司寺衙门共麃鹿一只，各野雀一只。钦此。"

宣旨的太监每说出一批人的名字，殿中此处或彼处便响起不甚整齐的谢恩声。在宣旨和谢恩声中，皇上因为第一次宣谕巡游而不会不满足，大臣们因为皇上向他们宣谕和给他们赏赐而不得不满足，可以说各得其所。

第一百五十二章

二月初，因土鲁番复入哈密，据有河州，有旨：都察院左都御史彭泽提督陕西三边军务，镇守宁夏郤永总兵，太监张永总制提督，经略哈密。彭泽想起当年因刘瑾案被罢官的康状元康海。武功离府城不过二百余里，彭泽差专人送函康海，一是问候，二是相邀，实际上，是想把他招至幕下，做个幕僚。

当年威名远扬的状元公岂是甘为人幕僚的人，康海当即回函一帧，要来人带回，内称："公之高义，曰古人内举不避亲，时之可举不可举，非仆所知也。而仆之不才污秽，亦非公应举之人。"

康海说，他不宜为彭泽所举者有五，而不宜出就官职者有二。他一条一条说明：

性嫉恶而不能加详，闻人之恶辄大骂而已，今诸公皆喜明逊而阴讥，此一不可也。

翰林虽皆北面事君，而勤候阁老门下者，以为贤能，仆疏懒畏出，岁不能一过其门，此二不可也。

人皆好修饰文辞，伪养假直，而仆喜面讦，人未有不怒者，此三不可也。

士大夫不务修身砥行之人，而但呻吟诗文以为高，且见其诗若文不能不怒。彼之望我以为美也，我辄以言加之，此四不可也。

与相好者接必因其职事加勉戒之词，多忤其所好。彼或未从，即拒而绝之，以此亲疏多怨。苟复见所爱好者，又不忍不告戒之，彼即又不从而仆又绝之，此五不可也。

分为五不可，合则一言以蔽之：不合时俗。所谓喜怒笑骂皆成文章，康海以五不可，把许多士大夫，其中或也包括彭泽，都骂了进去。而不宜出就官职者二，特别是第二不宜，则更是骂了些人。

执德不宏，不能信之于人，虽颇自好而当也，谈论之士，多加diss谤。自入有罪者之籍，污秽终身，莫能自洁，使平日所立之志，扃闭沦落。智高万物之上，而名陷九渊之下，于中夜窃自叹悔，不当轻易效慕世俗，科举徇外，扬此凶恶，今又不儆而欲仕乎？此不宜出者一。

一时同黜之人，固有不幸而被污者，然罪大慈极、羞谈于士人之口者尚十有八九。彼莫不觊幸仆出，以为先容之地。而当时宰执又率崇私爱而乏分别。若欲引其私人，必援仆为喻。是所以用仆者非必实知其为人，而莫明其有诬也。如此则是以贤者之身而为不肖者之资矣。语有曰：君子非其招不往。以不贤人之招招贤人，如之何？其可往哉？今众人虽以不肖谓仆，而仆未尝一日不以贤君子自谓也。如此自谓而人以彼谓也。此甚不宜出者二。

康海还写了一段很有名的话，表明他确是贤者不是不肖者：

瑾之用事也，盖曾数以崇秩诱我矣。当是时，持数千金寿瑾者不能得一级，而彼自区区于我，我固能谈笑却之。

彭泽与康海没有深交，请他出而参赞，一是因为二人是陕西同乡，二是因为仰慕他的才名，三是确有人在幕后策划，用意何在，不得而知。或真如康海回函所言，是利用他来解脱他人。反正康海肯不肯在帐下效力，对彭泽经略是无所谓的事。康海婉词拒绝，他也不再勉强。

四月下旬，彭泽还朝。京师至西安府，往返五六千里，两个月的时间，不过走走过场而已。彭泽等人未再西行，因哈密局势起了变化。一则哈密有实力有影响的人物奄克孛剌决心与朝廷合作，与副总兵郑廉联手，土鲁番军退还。二则土鲁番与西移的瓦剌部互相攻杀，土鲁番不敌，更无力两面作战。因而土鲁番向朝廷求款。

此行的唯一感觉就是疲惫。彭泽早把康海拒绝出为幕僚一事忘到脑后，万万没有想到，回到京师不久，兵部尚书王琼请他饮酒，他们之间的谈话正是从康海开始。

“济物先生辛苦！”王琼见彭泽应邀而至，十分高兴，“某特备薄酒一杯，不成敬意。”

“德华先生太客气了。”虽然文人相轻，自恃才干的士大夫更相轻。而且，二人间还有些说不清的过节，但不能一点场面上的话都不讲。彭泽的话很客气，“德华先生是前辈，招我来，我不能不来。说起辛苦，那是尽臣子的本分。”

二人就座，相互敬了酒。

王琼道：“听说济物先生曾邀康德函出来办事，也是为朝廷爱惜人才的一片苦心。在朝士人在野士人说起来，没有不感动的，都盛赞济物先生看得深远。”

“我请康德函出来办事，虽说有为朝廷爱惜人才之意，可也是为了乡谊。若说看得深远，实在是过誉了。”彭泽对王琼的奉承不领情，也不明白，王琼为什么对康海有兴趣。

“可惜康德函在逆瑾一案中牵连太深，不然，真可以出来做一番事业。”王琼抓住这个题目，一层一层说下去。

彭泽酒量极大，但习惯不好，几盅酒下肚，说话就没有顾忌：“受逆瑾牵连，未必没有好人，不受逆瑾牵连，未必全是好人，有一些人，我看真该让逆瑾整治整治。”

有一半话是冲着王琼去的，王琼有些尴尬，讪笑着问：“济物先生是不是说，像我这样的不肖之徒，就该让逆瑾整治整治？”

彭泽说：“德华先生多心了，像你我这样的外朝人物，还用那逆瑾费心来整治吗？有些人，却非要当权的刘太监才能整治。”

王琼听出了味道，说：“我明白了，济物先生说的有些人，不在宫中，即在府中，一定不在士大夫之列。”宫中之人，自然是指大小太监，府中之人，则是指五军都督府中的武臣。

“德华先生以为，下官所言有些道理吗？”彭泽本不该再说，可又忍不住要说。

这正合王琼之意，他圆滑地说：“有没有道理，我不敢妄下断语。我有一事不明，要向济物先生请教。宫中也好，府中也好，有人行事不合法度，自有朝廷，何必一定要逆瑾来整治？”

“听说逆瑾柄政时，此人倒是服服帖帖，不敢妄言妄行。现在呢？他的权势熏天，为恶必尽，逆瑾在时都有所不及了。”前后一比较，虽还没有指名道姓，但那人的姓名，简直呼之欲出，“逆瑾虽是大奸大恶，多少还顾及章法，你可曾听说过，逆瑾柄政时，有六岁童子封为都督吗？”

“六岁封都督？确是奇了。”王琼在旁应道。

“公为大司马，难道竟会不知？”彭泽嘲讽地说。

“有童子因父功封都督佥事，封都督，我确实不知。”钱宁之子钱永安，六岁，承父荫，封都督佥事。王琼特别说明因父功而封，那应是受之无愧的。

“都督，正一品，都督佥事，正二品，相差有多少？”彭泽道，“况且，今日的都督佥事，明日不就是都督了吗？本朝勋爵世袭，几时听说过都督也世袭？逆瑾在时，也没有这等奇事。”

“就算是奇事，到底由朝廷所封，威令出于朝廷。若说该由逆瑾来整治，则威令出于逆瑾。我看此言有些不妥。再说，逆瑾虽不曾加封六岁童子为都督，却加封垂死之人为都督。他自己行事若此，怎就该他来整治别人？济物先生立论，终难理会。”王琼驳他，是为了引出他的再反驳。

“一封六岁之童，一封垂死之人，二事倒是相埒。”彭泽也觉出，他的话有些不妥，便另说一事，“方才的话不当，德华先生指正得是。我可再举一事，德华先生一直在朝中，可曾听说过其人晒衣的故事？逆瑾在时，恐怕也是没有的吧？”

北方气候干燥，没有六月六日晒衣的习俗。江南天气湿润，春秋常有梅雨，六月六日晒衣成了件大事。钱宁在南京住过一段时间，把晒衣的习俗带到京师，每到六月六日，将家中男女老幼所有的衣物都挂出来晒晒。据说，他的妻妾婢女厨娘所用的红绿衣物，晒过之后，由十六名裁缝折叠半月，才收拾完毕。

这事京中人人传言，王琼不会不知。他故作轻松地说：“传言而已，言路都不据此论奏，何况你我大臣，怎可尽信。”

“不尽是传言，有人亲眼目睹。”彭泽辩道。

“何人亲眼目睹，我倒要向他请教。”王琼说。

“就算是我亲眼目睹好了。”彭泽喝酒多了些，却不完全糊涂。说出亲眼目睹之人，便把其人卖给了钱宁。自己位列大七卿，功勋昭著，谅钱宁也不能把自己怎样。“究竟是其人妻妾众多，还是每位妻妾衣物过多，还是兼而有之？总之，逆瑾在时，还没听说过这等怪事。其人在那时谅也没有胆量，红红绿绿地将衣物挂满一区。”

“济物先生，我说一句公道话，衣物过多，或可说是糜费，但终究是一件小事，非逆瑾擅权误国可比。”王琼说，“你说的其人，当日即与逆瑾抗争。身为重臣，大节小节先要分清楚。”

“那么，违禁鬻钞，致令钞敝价重，也是小事小节吗？”彭泽再也按捺不住，厉声问道。

前两年，钱宁不断遣人去浙江，买卖宝钞，按人配给。钞滥而贬，浙人苦之。钱宁有能力在京郊兴建寺院，第一靠的是收取百官贿赂，包括宁王馈赠的重金，第二靠的就是在浙江卖钞所赚。

配额卖钞，要地方官员合作。浙江左布政使方良永，福建莆田人，弘治三年进士，为官清廉，勇于言事。去年下半年，他上疏称：“陛下宠信朱宁，富贵已极，岂区区规此钞利哉！钞价在宁所甚微，而浙民受害甚大。近年兵荒，食且不给，岂有羸余买此无用之物？若借公帑以奉私银，臣不能也。所遣之人，督责郡县，奉行过于敕旨。请面诘责，亟令罢之。若怀诈逐非，宜明正典刑以谢天下。”

钱宁见到方良永的奏疏，大怒不已，特别是明正典刑四个字，如四柄匕首，刺进他的心里。当年，大臣们论劾八虎，用的也是这四个字，是要把刘瑾等人置于死地。方良永说的明正典刑，明里是要把钱宁所差之人置于死地，实际上也是恨不得置钱宁于死地。钱宁即以其人之道，打算治方良永以重罪。

钱杰劝他：“方寿卿有傲骨，刘瑾在时，也奈何不得他，都督又何必和他一般见识？治他的罪，徒成其名耳。治罪愈重，其名愈重，言者愈众，都督愈蹇，不如暂不理会。”

刘瑾时，方良永不过是广东按察司佥事，入京朝觐。外官朝见毕，一定要去刘瑾私宅，匍匐行跪拜礼。方良永朝见时，鸿胪寺官引导他至左顺门向北叩首毕，又要他向东揖见刘瑾，方良永竟拂袖而去，对刘瑾视若不见。有人劝他至私第拜谒刘瑾，以弥大祸，他厉声说：“官可弃，身可杀，此膝不可屈。”他在京中住了数日，一直不肯去刘瑾宅中行礼。

结果，吏部拟方良永调转河南信阳等处兵备抚民佥事。有旨：此缺不系额设，方良永这厮如何营得补选？着致仕去。

了解方良永性格的人，知道此事原委的人，都为方良永捏了把汗，方良永本人也自忖祸且匪测。致仕的圣旨一下，他和他的好友不由得喜出望外。

钱宁一想，方良永这类人物，整一整没有好处，惹一惹有许多麻烦，于是接纳钱杰建议，对方良永的奏疏置若罔闻，按捺不动，反而把差去浙江鬻钞的属下暗中召回。浙人对方良永自然感恩戴德，齐声称颂。

方良永上疏后，坐待降罪，却许久没有处置。这反而使他不知所措，干脆引疾告退。钱宁反而在朝廷扬言，方良永有政绩，不宜准，累方良永连上三疏。其实，方良永在职一日，便是受一日折磨。钱宁欲擒故纵，正是折磨人而获得好名声的手段。

直到去年十二月初，朝廷才准方良永致仕。

彭泽和方良永系同科进士，一是极东南之人，一是极西北之人，习俗、性情差异很大，说不上有深交，但同年之谊总是有的。在有些人看来，钱宁算得上是武夫爱护士大夫的典范，而在彭泽看来，钱宁作恶在前，方良永之去职，完全是因为钱宁的作恶。他对钱宁恶之愈甚。

“照济物先生看来，此事是大事大节了。”王琼道，“大事大节又当如何？难道真能从公议论，从严勘问，从重治罪不成？我想象不出，从公议论，该怎样议法？从严勘问，该怎样勘法？从重治罪，该怎样治法？”后面的几句话，好像是不经意地说出，其实，经过精心设计。

彭泽挥挥手，说：“德华先生莫欺我，怎样议法，怎样勘法，怎样治法，州县吏员都说得出来，何况朝廷之上的大司马。从公议论，便是上至内阁部院，下至科道，让大家一起议论，依祖宗之法议论。从严勘问，便是内而司礼监，外而三法司，合而勘问，鬻钞凡几次，每次数若干，都要问清楚。从重治罪，司礼监如何说，刑部、大理寺如何说，我都不管。以都察院的立场，只有一句话可说，即是罪不容诛。”

王琼等的就是这一句话。彭泽说了出来，再也不须诱导，只是一味地劝彭泽饮酒，连劝酒都不如方才用心。

室内很不协调地摆了道屏风，屏风后面伏有一人。彭泽粗阔，没有注意屏风的不协调，更没有想到屏风后面会有人。躲在屏风后面的人，是钱宁的亲信钱杰。

王琼时时感觉到彭泽的威胁。彭泽屡次领兵出征，在朝廷上武功难有其比，人人视他为良将良帅，很有可能取代王琼。王琼盼了许久，争取了许久的兵部尚书位置，不愿轻易让出。为安掌兵部，最有效的手段是从朝廷除去彭泽。他不时在钱宁面前搬弄是非，把彭泽的辱骂换成一些更不堪入耳的话告诉钱宁。钱宁看重彭泽的功绩与才干，想把彭泽招至自家门下，对王琼的话不完全相信。于是，王琼煞费苦心地安排了今天的场面，诱导彭泽说了许多话。这些话由钱杰转告钱宁，他一定会相信的。他一定会打消招揽彭泽的念头，比王琼更急于从朝廷中除去彭泽。

有了钱宁与王琼一文一武一内一外的排挤，彭泽在朝廷再难以立足，能够全身而退已是大幸。

第一百五十三章

五月的一天，已升至御马监掌印太监的张忠兴冲冲地赶到豹房。外面站着几名小太监，见了他，三叔长三叔短地问好。一来是他几年前也在豹房侍候过万岁爷，二来他近年数次领兵出征，其地位不但与司礼监掌印张雄、东厂提督张锐相埒，而且直追比他还要高过一辈的大太监张永，小太监们对他都很巴结。

张忠在小太监们面前也不敢以老大自居，他面带笑容地说："请哪位小哥进去看看，爷在闲着还是忙着，就说我有要事奏告。"

苏进说："三叔自己进去就是了，何须多此一举。"

"不，爷若有事，我移时再来。"张忠的意思，如果室内有人，他不便进去谈事。

"好，我为三叔看看。"苏进说，"就算爷在与人说事，我也要把那人支走，让爷先见三爷。"

"如此多谢小苏哥了！"张忠向他拱了拱手。

苏进很快出来："三叔请进去吧，爷本来在等人回报外面的事，我问爷在等谁，爷不肯明说，只说是赵钱孙李。我说张三叔有急事，一刻也不能缓，还是先见张三叔吧。爷说，也好，就让张三先进来与朕说话。"

张忠知道他的话有一半不实，但仍要表示谢意，悄声对他说："小苏哥有闲时，到我那里去一趟，我有几件好玩的东西，专门留给你的。"

皇帝正在无聊，自从马氏被打发走了以后，豹房中少了一个可以解闷的佳人。前几天，钱宁曾请皇帝巡游房山县，皇帝看出他因年初没有伴驾在南海子行猎，一直若有所失。请驾出游，是想弥补那次的缺憾。皇帝不想即刻答应，想他多失望几天，再突然给他一个惊喜。其实，他也一直在盼着这次巡游。

"张三，听说你有要事奏告，是真的还是假的？"皇帝问，"是不是又想过统兵的瘾？"

"爷要奴才统兵，奴才二话不说，立即出征。爷不要奴才统兵，奴才便安心在宫中为爷办事。今日见爷，确有要事奏告。"张忠说。

“你要他们来看看朕的身边有人无人，奏告的不但是要事，还是秘事吧？”皇帝说破他的心机。

“也可说是秘事。”张忠道，“爷，奴才处最近有几位客人，是从南昌来的。他们说了些事情，奴才一刻也不敢耽搁，马上来奏报万岁爷。”

“南昌来的客人？是宁王府中的人吧？”皇帝问。

“爷圣明，一猜即中。”张忠道，“来的三人，一人是宁府典膳正陈金，一人是典宝副阎顺，一人是承奉刘良。三人潜入京师，有秘事相报，却不知该找哪个衙门。刘良与奴才旧日相识，便带他二人找到了奴才，昨日和奴才说了一夜。”

“说了一夜，那不是有许多话吗？”皇帝说。

“是，话说了不少，酒也喝了不少。”张忠道，“奴才见他们欲言而止，又想说又不敢说的样子，心想，须要他们喝个半醉，他们才有胆子说。于是不停地劝他们喝酒。果然，半坛子酒喝下去，他们就什么都说了。奴才一听，可不得了，这事须立刻让爷知道，就赶了来。”

他啰里啰唆地说个不停，皇帝有些不耐烦了：“他们到底说了些什么，你说得清楚，就对我说，说不清楚，就把他们唤来，朕亲自问话。”

“奴才说得清楚。”张忠言归正传，“他们说，南昌城中有许多怪事，朝廷不可不备。”

“是南昌城中的怪事，还是宁王府上的怪事？”皇帝比张忠明白得多，“南昌城中的怪事，他们是宁府的人，又怎会知道？”

“南昌城中的怪事，都和宁王府有关。”张忠解释道，“他们说，宁王府差人在南昌城内凿了许多大池，建造船只，恐怕有非常之举。”

“是朕的叔祖亲自指挥凿池造船吗？”皇帝问。

张忠说：“不是宁王殿下亲自指挥，是宁王府中的一些人在指挥。他们说，有宁府典宝正涂钦，有都指挥葛江，有吏员罗黄、卢荣、熊济等，还有都御史李士实。”各人姓名他记得很清楚。

“且慢！是不是曾掌院的李士实？”皇帝听出了破绽，“他明明是朝廷大员，怎也成了王府中的人？难道宁王也可授他职官吗？”

“奴才也是这般问过他们。他们说，宁王没有授李士实官职，都御史是以前万岁爷赏的。但他致仕回乡后，终日在宁王府中出没，他一进王府，宁王殿下常常摒开他人，与他密谈，一谈就是半日，有时谈到深夜。每次谈过，宁王便是一副春风得意的样子。”

“好一个春风得意！”张忠没有进过内书堂，从不读书，“春风得意”四个字，不会是他杜撰出来。皇帝冷笑着重复过这个词，问道，“张三，你看他们在南昌凿池造船是真是假？”

“依奴才看，是真。”张三答道。

“怎见得是真？”皇帝追问。

“阎顺是典宝副，敢状告他的正官，刘良是承奉，敢状告他的主子，奴才想，不会有假。”张忠说。

“嗯，有些道理。”听不出皇帝是嘲弄，还是赞同，“你说，朕的叔祖为什么要大造船只呢？”

“这，奴才就不敢想，也不敢说了。”张忠道。

皇帝惊诧地说：“你不敢说，朕理会得；怎么想也不敢想？朕可就不明白了。”

“是，奴才也不是不敢想，只是想不明白。”张忠纠正道，“想不明白，也就说不明白了。奴才不是不敢想，不敢说，是想不明白，说不明白。想明白了，奴才自然就要说了。”

“朕看你想不明白，说的也不算少了。”皇帝说，“你想不明白，朕可想明白了。朕的叔祖是要去鄱阳湖打鱼。朕一说，你该明白了吧？”

张忠还是不太明白：“爷说的再明白不过了，可奴才还是想不明白。宁王殿下想吃鱼，何处讨不到，却要自己去打鱼，还要自己造船？”

“真是蠢物！向人讨来的鱼，怎抵得上自己打来的鱼？你看，朕讨什么会讨不到，不还是要自己去行猎吗？什么东西都要去讨，便太寂寞太无聊了。宁王一定也感到寂寞感到无聊，才想起造船打鱼。有了自家的船，什么样的大鱼打不上来？”皇帝最后一句话意味深长。

“听了爷的话，奴才总算明白了宁王殿下的心思。”张忠附和说，“多谢爷的开导。”

“你说你明白了宁王的心思，朕有些不信。”皇帝离了御座，在室内踱来踱去，若有所思。他突然在张忠面前站定，张忠连忙低头躬身垂手。“朕来问你，宁王要打什么样的鱼？”

“不会是鲥鱼吧？”张忠试言。南京上供的物品中，有鲥鱼，大牌的太监每年都能分到几条。说到打鱼，张忠只能想到鲥鱼。

“如何？我说你未必明白吧。”皇帝得意道，“记住了，鲥鱼生长在大江，不在鄱阳湖里。”宁王究竟要打什么鱼，他也没有再说。

张忠被皇帝戏耍之后，说到正题：“爷，藩王私造船只，祖宗有严令禁止。”

“你说的不错，这事倒要好好勘问。”皇帝说，“传旨，将阎顺下锦衣卫狱，严加勘讯。”

“爷，不行啊！”张忠听了皇帝的处置，大吃一惊。

“怎么不行？”皇帝脸色一变，“这等要事秘事，不着锦衣卫狱勘问，难道还着法司勘问吗？”

张忠不敢再说，心中暗自叫苦。

张忠这状，明着是告宁王，暗中却是冲着钱宁去的。其实，宁王收买宫中大小太监，少不了张忠一份。他的一份，比起钱宁的一份，甚至比起张雄、张锐的一份，自然是少。本来他也不会计较，但前些日子，他和钱宁为了家人间的争执，闹起别扭，彼此失和，他不但记恨钱宁，对宁王的厚此薄彼，也大感不满。阎顺等人寻上门来，给了他一个既效忠皇帝，又报复钱宁等的机会。可惜他抓不住要领，只说了一件事，而且是与钱宁完全无关的事，便被皇帝打断，将阎顺下锦衣卫狱勘问。下了锦衣卫狱，还能勘问出什么名堂？就是阎顺等人敢说，问狱的人都是钱宁的亲信，也一定不敢问的。

两天之后，皇帝召钱宁、钱安入豹房，询问勘狱情形。皇帝凡事不太上心，在和张忠谈话之后，对阎顺等人的案子却一直惦念着。

“茶来，酒来，阎顺的案子，你们是谁问的？”皇帝不等二人行礼，开门见山地问。

二人还是照规矩行了礼。钱安答道：“回父皇的话，阎顺等人的案子，是儿臣亲自问的。”

“嗯，”皇帝点点头，“茶来是你哥，又是你上官，问案的结果你告诉他了吗？”

钱安说：“父皇追得紧，儿臣还来不及告诉他，便和他一起被皇上召入豹房。”这显然是一句不实的话。皇帝追得再紧，二人在往豹房的途中也可以交谈。况且，也不可能是他刚刚问过案，皇帝立即召他见驾。实际上，问案的情形，二人已经详细交谈过。该如何回复皇上，钱宁也向钱安面授机宜，钱安正是照他的嘱咐回话。

“也好，既然还未告与茶来，茶来就和朕一起听听吧。”皇帝很满意。要是二人已经交谈过，钱安此时讲的就不一定实在。二人没有交谈过，钱安临时是编不出假话的。

“是。”钱宁看出皇上的满意，又说了一句让他更加满意的话，“儿臣没有父皇追得紧，心中实在惭愧。下次儿臣再不敢怠慢了。”

“酒来，你讲吧，阎顺等都说了些什么，”皇帝命道，“抓住紧要的讲。”

钱安说：“阎顺等指宁王殿下非常之举，有四事。第一事，典宝正涂钦为宁王所亲信，与致仕都御史李士实，都指挥葛江，吏员罗黄、卢荣、熊济，校尉查五，乐人曾鲁、张奉、张潮等，浊乱宫禁。”比起张忠所说，又多了数人。

皇帝听了就不高兴：“说他浊乱王府还不够吗？必要说浊乱宫禁，是何居心！”一般情形下，宫禁指的是大内。“说吧，他等怎样浊乱宫禁了？”

“无非是豪饮、喧闹、听乐而已。”钱安回答。

“没有见识，豪饮、喧闹、听乐也算是浊乱吗？”皇帝说，“大不了，他们还要招妓助兴吧？”

“是，有时也会招妓。”钱安顺着皇帝的话说。

“好了，这一事是无稽之谈，再说第二事。”皇帝命道。

钱安说：“第二事，宁王与李士实时在王府中密谋，大约隔上三五日，李士实总要去王府一次。”

“噢？三五日去一次，着实太频了。”皇帝问，“有没有说，他们在一起密谋何事？”

“李士实一到，甚是诡秘，连侍卫人等一概回避，只留一名书童侍候。”钱安道，“还说，每次李士实离去，宁王都高兴地告诉王府官员和王府宗人：本王又得一珍品矣。”

皇帝想了想，哑然失笑，问钱宁、钱安二人：“这个李士实是不是颇善书法？”

钱安先回话：“儿臣对琴棋书画一概不知。”

钱宁道：“儿臣听说，李西涯先生对李士实的字颇为推崇。李士实在京时，二人过从甚密。”

“这就是了。”皇帝已然有了判断，“只留一书童侍候，因一珍品而自喜，他们哪里是在密谋！朕的叔祖文雅，不过是向李士实讨字而已。”

“父皇圣明！”钱宁极口称赞，“阎顺等说，宁王殿下与李士实密谋，儿臣也有些起疑，但想不通他们为何要避人耳目。父皇说宁王殿下在索取李士实的字，自然是越清静越好了。”

“不错，茶来的悟性要比酒来高。”皇帝说。

“儿臣悟性不高，只知在父皇面前讲实话。儿臣再讲第三事吧？”见皇帝首肯，钱安继续讲下去，“第三事，宁王使人凿池造船，以为水嬉。”

“他等说了以为水嬉吗？”皇帝问。

“是，阎顺讲了，凿池造船，以为水嬉。”钱安说。

“他没有说，着何人去督造船只吗？是着涂钦，还是着李士实？”皇帝将钱安的问供和张忠的话一对照，看出了其中的破绽。

“他说，是差校尉查五督造。”钱安说。

差一名王府校尉督造船只，比差朝廷致仕都御史督造船只，要合情合理多了。看来，张忠是把阎顺等的几句话糅合在一起说了，说得不清不楚。皇帝认可了钱安的说法，否定了张忠的说法。

皇帝没有话问了。钱安讲最后一事：“宁王殿下掠死良民，逼索财物，烧毁房屋，诸多不法。”他曾问过钱宁，这一条要不要说。钱宁道，一定要说。所谓诸多不法，外而抚按二司，内而给事中御史，多有上疏言及者，皇上都不曾听进去，还怕王府几名小人物说吗？再者，别人多曾提到，阎顺等专程首告反而不说，皇上说不定要起疑。

“四事讲完了，茶来有何高见？”皇帝问钱宁。

钱宁希望皇帝亲口向钱安提一个问题，皇帝似乎没有想到，他只好提示：“王府中人不得擅离驻地，不知阎顺等是怎样来到京师的？”

“对了，”皇帝由此而想到另一个问题，“阎顺等人离开南昌城，是自己的主意，还是受人指使？”

“儿臣问过了，”钱安看了钱宁一眼，说，“他数人是逃离王府，潜入京师的。据阎顺说，唆使他等出逃的人是王府一名承奉，名叫周仪。”

钱宁小心而郑重地说：“王府官员潜逃入京，罪责不轻呀。唆使王府官员潜逃，胆子也不小呀。儿臣看，这事得仔细查一查。”

“茶来说的是，要仔细查一查。”皇帝有同感，“酒来，你继续问案吧。阎顺等擅离王府，就按胡世宁例问罪。”

胡世宁在镇抚司狱关押一年多，于正德十一年七月发戍辽东。这是不轻的处分了。可也因为皇帝定下问罪之例，救了阎顺等人一命。不然，他们很难活着离开锦衣卫狱。

“父皇，案连藩王，今后的勘问是不是由茶来主持？”钱安不能不听钱宁的安排，又实在怕陷得太深，不如干脆把责任推给他。

“不成，茶来要伴朕出巡，阎顺等的案子，还是你主持勘问。”皇帝对钱宁的恳请，拖了些日子，今日突然下了决心。

钱宁大喜道：“请父皇定下日子，儿臣前来侍候。”

钱宁致函宁王，差专人送往南昌。函中写了两件事：其一，阎顺等已有处置。最理想的去处是南京，是死是活，都操在王爷手里。其二，阎顺身后有人主使，查到的有王府承奉周仪、王府典仗查武，请王爷言行格外留意，谨防内奸。

北狩南巡

第一百五十四章

五月九日，天将亮，皇帝率苏进、赵林、佛保三名小太监，及从中军中挑选出来的十名武官护驾，钱宁带了两名锦衣卫指挥随行，动静不大地离开了豹房，出西安门、阜成门。前一夜，皇上向司礼监太监做了交代，次日早朝时宣旨：皇上出巡，免朝三日。

阜成门外，直到钓鱼台，是一条又直又宽的官道，只听得马蹄声声，十余骑向西行去。前面是两名锦衣卫官开道，然后便是皇帝，余人跟在皇帝后面。皇上要和谁说话，谁便纵马靠近皇帝，隔着半个马身，向皇帝回话。由于路宽，后面将近十人，分两排而行，进退有序，不会乱了阵脚。而且，起身不久，皇帝睡意没有全消，也不想讲太多的话。

过了钓鱼台，路变得窄了，只能并排走两三匹马，而皇帝的话却多了，一时唤钱宁，一时唤他的老儿党们，这一来，队阵就有些混乱。

皇帝最好的交谈伙伴一是苏进，一是赵林。皇帝喜欢苏进的灵巧，也喜欢赵林的憨直。而碍于身份，紧随在皇帝后面的位置让给了钱宁，苏进和赵林又随在钱宁后面。皇帝唤二人中的一人，钱宁就要向边上闪一闪，让出路来，比起一般的骑马行路，多了几分劳累。

“苏老儿。”皇帝想到一个有趣的话题，大声召唤苏进，生怕不马上说，转眼会忘掉。

苏进纵马超过钱宁，应道：“奴才在。”

“苏老儿，你心中慌不慌？”皇帝问他。

“奴才为什么心中发慌？”苏进不解。

“你心中不慌，我心中可慌。”皇帝说，“咱们带来的人太少，你说，茶来会不会把咱们卖掉？”

见皇帝回了头眨眼，苏进知是说笑，便回头向钱宁问道：“朱都督，你听到了吗，万岁爷担心你把我们卖掉呢。”

不用他转述，钱宁已听到皇帝的话。他说：“父皇带的人少，可父皇带了有十三人，人人是一流的高手。儿臣只带了两个人，本事连儿臣都不如。若说卖人，也是父皇把儿臣给卖了。”

“茶来的话倒是提醒了我，”皇帝说，“苏老儿，你是管财的，咱们带出来的银子多不多？”

苏进说：“爷不曾吩咐，没有向内库去要，只从豹房搜索了些碎银子带在身上。”

“不要紧，银子用光了，咱们就卖人。你们记住，不能卖前面的两位，他们卖不出好价钱。不管走到哪里，卖掉一位大都督，都够我等回到京城了。”皇帝拿钱宁开玩笑。

“爷，朱都督不能卖。虽说朱都督可以卖大价钱，也说不定有大户肯出大价钱买去，或是奉为庄主，或是入赘洞房，那就再也休想他回京师了。爷总不能把锦衣卫衙门搬到荒山野岭来吧？”苏进一开口，就说个不停，“实在是银子不够用了，爷不如把奴才卖了。奴才少了下面的玩意，不能给人家传宗接代，买去了奴才，也只能派个放牛放羊的用场，奴才牵着牛牵着羊再来追赶万岁爷。爷是人也不丢，钱也拿到，说不定还多出几头牛一群羊，比卖朱都督岂不划算多了？”

“苏老儿不但会做生意，为人还很仗义。”皇帝夸奖他，“茶来，还不谢过苏老儿。”好像没有苏进的一席话，就真要把钱宁卖出去了。

“苏小哥，多谢你保全之恩。”钱宁拱了拱手。

“好说，好说，爷真要卖我的时候，望朱都督也周全则个。”苏进勒了勒缰绳，让钱宁又超过他，他仍与赵林并排。

皇帝还要说笑，发现苏进已不在身后，回头寻他，正好看到与他并排而行的赵林一副愁眉不展的样子。“赵老儿，”皇帝换了目标，“朕又不想卖你，为何这样一副怪样子？有谁亏待你了吗？”

赵林苦着脸说：“没人亏待奴才，是奴才的肚子不争气，咕噜咕噜地响个不停。”

皇帝知情地问：“是要入食，还是要出恭？”

“是要入食。爷知道我的毛病，一大早，就要去茅厕，把肚子里的东西一股脑泻出来，然后便要入食。今日走得早，刚好来得及出恭，一口东西也没有吃。”赵林问，“爷，离城有二十里了，咱们是不是该找个地方侍候爷进膳了？”

“本想一气到了房山，大家再入食，既然赵老儿有难，也罢，过了卢沟桥，让茶来找个干净的人家，为我们备下午膳，”皇帝说，“他去了石经山数次，一定到处都有熟人。”

“父皇没走过这条路，却好似走过一般，就知道过了卢沟桥有吃饭的好去处。”钱宁在身后道，“不瞒父皇说，河西岸不过二三里，有一娘子开的小馆子，鸡烧得最烂，还有上好的火腿。”

“那娘子想必是你的相好了？”皇帝又寻开心。

“儿臣委实消受不起。”钱宁说，“她饭菜烧得好，至于相貌嘛，不说也罢。大家去她那里，只可低头吃饭，千万不可抬头看她，免得糟蹋了好饭菜。”

“朕以为是野花，原来却是蒿草。”皇帝又留意到佛保，“佛老儿，你为何也满面愁容？是不是犯了和赵老儿一样的毛病？”

“不是，奴才是为爷担心。”佛保的脸上不露喜怒之色。

“为朕担心？朕虽不上朝，可已交代司礼太监传旨了。朕的银子虽带得不多，可精打细算，想来也够用了。朕的人虽带得不多，可对付一个茶来绰绰有余。你为朕担什么心？”皇帝想不出还有什么好担心的事。

“爷的车辇没带来，”佛保说，“听说房山是在高山之上，愈高愈难骑马。没有车辇，如何是好？”

“笑话！”皇帝在马屁股上抽了一鞭。他的龙驹快奔两步，其他人也赶紧加鞭，追将上去。皇帝对佛保，也是对众人说：“你等都能骑马上山，难道朕反而不能了？告诉尔等，朕上山下山都要骑马，就是有了车辇也绝不坐。”

“说不定，就有用得着车辇的时候。”佛保坚持他的想法。

谁也没有理会他的预言。皇帝和几名小太监打趣够了，才开始与钱宁谈论房山：“茶来，你说去房山，有两样东西一定要看。在豹房你又不肯说，一定要到了路上说。现在该说了吧？”

“是，儿臣先说一座寺庙，是儿臣特为父皇在房山上建造的，就建在藏经洞下，名为石经山寺。父皇游遍京城内寺院，却未曾游过京城外寺院，更没有游过山间的寺院。其实，顾名思义，丛林者，就应在名山之中，不在名山，算得什么丛林？石经山寺，是陛下第一要看的。”钱宁侃侃而谈。

石经山，正名白带山，在房山县境内。隋代高僧静琬，欲佛法代代相传，创刻藏经于石板，历唐、宋数百年，到元代始完成。山上有七处石洞穴，经板被一块一块放入洞中，七处洞穴都放满了。钱宁说的寺院就建在离藏经洞不远的地方，规制宏伟，穷极壮观，耗费钱财无数。他早有意邀皇上临幸，在他与江彬的暗中较量中，这座寺院会为他增添些分量。

“听你一说，石经山要上，石经洞要钻，石经寺要看。”皇帝说，“不过，茶来，你与我说实话，不是要朕看一看寺院就罢休吧？”

皇帝不问，钱宁也要想方设法让皇帝问；皇帝真的问了，他又做出难为情的样子，说：“真是什么都瞒不过父皇，儿臣斗胆，要请父皇写几个字。”

“那要看我拿得起笔拿不起笔来。”皇帝不轻易答应，也不轻易拒绝，“好了，两样东西中有一寺，我知道了，你倒是说说另一样是什么。”

“是，”钱宁应着，“父皇想必知道，房山县有两座大山，县城西有大房山，县城北有大安山。儿臣说的一定要看的第二样东西，就在大房山。大房山东北有悬崖，深千尺有余。悬崖下有石窟，名乳水洞。石窟阔约二丈，深不可测。石窟内滴水成形，千奇百怪，令人目不暇接。父皇，儿臣幼时在云南，知西南此等洞窟甚多。在北疆，却是难得一见。乳水洞，一定要看一看。”

“那乳水洞真的深不可测吗？”皇帝有些不信。

“或是可测，却无人测出过。据说，昔人有篝火浮舟探之者，行五六日莫究其源。”为了劝动皇帝此行，钱宁着实下了不少功夫，请教过不少爱读古人笔记的士大夫。这一段话，据告诉他的人说，是唐人所记。

“既有水面，便有水底；既可在水面浮舟，便可探到水底，水底即是洞底，怎么会深不可测？”皇帝提出疑问，“莫知其源，其说谬矣。”

“是，父皇圣明。”钱宁忙说，“儿臣也只是听人传言，不辨其谬，便以谬传谬了。”

皇帝说：“现在知道错了，朕也不重罚你。你把洞窟有多深为朕测出来，传告世人。”

皇帝说免朝三日，实际上，第五天才下房山。石经寺的匾额终究没有题写，因为太累，提不起笔来，钱宁也不敢过于勉强。乳水洞的深度也没有测出，一行人中，谁的水性也不太好，洞中水冷，一跳下去，便高声叫喊，舟上的人不忍卒听，不得不三下两下把下水的人提上来。又没有带着太长的杆子，只好作罢。

不过，钱宁介绍的两处景致，各有奇处，皇帝玩得开心，在每一处停留了两日。

下山时遇到了麻烦。骑马上山，马行得慢，骑在马上，不觉得难受。骑马下山，不管行得快还是行得慢，骑在马上都不舒服。而且，还有些危险。须得钱宁、苏进等人轮流在前面为皇帝牵马。他等也都是惯于享受很少吃苦的人，虽然不敢埋怨，但难免会有人偷奸耍滑，无非是他人多牵一段路，自己少牵一段路。还是赵林实在，每逢自己为皇帝牵马时，便走快些，多走出一段路。皇帝看在眼里，遇到陡坡险滩，就换上苏进。苏进心中有怨气，忍了几次，终于忍不住了。

“爷，回宫以后，一定要重重地罚一罚佛老儿。”苏进紧了紧手中拉着的缰绳，忿忿地说。

“佛老儿并无过失，朕为何要罚他？”皇帝问。

“他明知车辇不随在后，爷下山要吃苦，偏偏不肯早说，让爷吃了这多苦，还不该罚吗？”苏进振振有词地说。

“原来朕在马上是吃苦，你在前面牵马倒是享福了。要不，咱们换一换，让朕也享一享福，你也吃一吃苦？”皇帝说着便要下马。

“哎呀，我的好爷，你千万别动！”苏进连连作揖，“爷是吃得苦中苦，方为人上人，这苦岂是人人都可以吃的？奴才胆子再大也不敢吃。”

说着笑着，行了大半日，道路渐渐平坦。前一程有惊无险，大家不由得松了口气，苏进骑在马上，比起方才在前面牵马，犹如一步登天，心情格外舒畅，他忽然指着前方，说：“爷，前无村庄，后无市镇，怎走出一位姑娘？”

众人向前看去，果是一村姑，身着粗布衣衫，正慌慌张张地迎面走来。走近了，看清楚脸庞，长得虽不妖艳，却另有一种诱人的风情。皇帝见了，先有几分欢喜，命众人道：“把马排开，拦住去路，朕要问她话。”

几匹马并排一立，没有了走路的空间。那姑娘不知他们是何人，壮着胆子问：“几位爷是什么人，为何拦住道路，不许我回家？”

“姑娘原来要回家。”皇帝态度和蔼地说，“你先告诉我，你家在何处，我便放你过去。

村姑指着自己的前方、皇帝等的后方，说；“行过这一程，往右手一拐，顺小路走到尽头，就是我住的村子了。怎么，几位爷不是从我家村子经过？”

“我们没有从你家村子经过，我们是从那边行来的。”皇帝指着大路方向告诉她。

“这条路是通到房山县城的，我知道。”村姑说，“我和爹爹打了柴火，常挑到房山县城中去卖，买回针线布料。”

“你去过房山，也去过涿州吗？”皇帝问。涿州在房山县东南，领房山，属顺天府。

“没有去过。”村姑说，“涿州路远城大，爹爹说，大城里的人不好，总要欺侮我们乡里人。”

“那就更没有去过京城了吧？”皇帝问，“京城路更远城更大，是天下第一大城，可也不一定欺侮乡里人。你若是随我们去京城，一定没人敢欺侮人。你看，他们都是京城人，不是对你很客气吗？”他吩咐钱宁、苏进等人，“你们都向姑娘问个好。”

从钱宁开始，众人逐个问了声“姑娘好”。

“你真要带我去京城吗？”村姑有些迟疑地问。

“你知道京城中还有座紫禁城吗？我不但要带你去京城，还要带你去紫禁城。”皇帝说。

村姑认真地想了想，说：“不成，京城好远。你们都有马骑，我走不了那么远的路。”

“不要紧，我要他们让出匹马给你骑就是。”皇帝说，“到了前面的路口，我们再去找一匹马来。

“我不会骑马。”村姑说，“偌大的牲口，好吓人。”

“这倒有些为难，”皇帝想到了佛保，“佛老儿，你果然料中了，是该命车辇跟在后面。”

苏进机灵，问：“姑娘，你村里有没有牛车？”

“张大爷家里有，可从不借给别人用。”村姑说。

“我去了，他一定会亲自来为姑娘赶车。”苏进得意地说，“爷，这事交我去办吧。”

“好，但不许说出我来。”皇帝下了一道禁令。

“姑娘，我对你家中父母也说一声吧。”苏进想得很周全，“免得他们不见了你，心中惦念。”

不大的功夫，在苏进身后，果然跟来一挂牛车。赶车的不是张大爷，是张大爷家赶车的人。车上铺了松软的草，上面还有一张垫子。村姑从来没有坐过牛车，坐在上面，有些手足无措。

皇帝骑马在车旁慢行，他看着村姑又惊又喜的憨样，不由得伸手捏了捏她的脸蛋。村姑虽然不时在野外干活，风吹日晒，皮肤却是光滑柔嫩，并不粗糙。“姑娘，我和你一起坐在车上，如何？”他低声问道。

“不好。”村姑说，“你像是个有身份的人，哪里有坐牛车的道理？你骑马的样子很威风，像在护卫我，我很喜欢。”

“好，姑娘喜欢，我就来护卫你。”皇帝听从了村姑憨直的话，仍骑马行在牛车之旁，不时侧过头去，看一眼村姑，越看，越觉得有一种韵味，不由得吟诵起来：“出得门来三五，偶逢村妇。讴歌红裙高露足，挑水上南坡。俺这里停骖驻辔，她那里俊眼偷睃，虽然不及俺宫娥，野花偏有艳，村酒醉人多。”

“爷是在做诗吗？”苏进在后面问。

“差不多吧。”皇帝说，“你听得如何？”

“真是好听。”苏进说，“奴才听了一遍，就记住了。”

“那好，朕回去要写下来，有记不全之处，你给我提个醒。”皇帝又捏了捏村姑的脸蛋。

第一百五十五章

王小喜气洋洋地走进巡抚衙门，对正在批阅公札的王守仁说："老爷，冀老爷回来了。"他对王守仁的友人和弟子一律称先生，唯独对冀元亨，时不时地仍以老爷相称。

"唯乾回来了？现在何处？"王守仁也有意外之喜。

"他说，来衙门不方便，他在府上相候。"王小说。

"好，让他先歇一歇，我办完这几件公文立即回去。"王守仁吩咐王小，"你先回去侍候唯乾。他若是饥了，为他准备些酒菜，他若乏了，为他烧些水洗沐，要他在客房中小睡。"

王小走后，王守仁静下心来，继续审阅各府州县各兵备送来的公文，多是各处行十家牌法和选兵法的情形。

王守仁至赣州上任之后，采取了许多强化治安整饬军伍的措施，主要便是十家牌法和选兵民的制度，还有便是设立兵符的制度。

十家牌法编十家为一牌，开列各户籍贯、姓名、年龄、行业，日轮一家，沿门按牌审察，遇面生可疑之人，即行报官究理，如有隐匿，十家连坐。各府州县乡张贴告谕，称：务要父慈子孝，兄爱弟敬，夫和妇随，长惠幼顺，小心以奉官法，勤谨以办国课，恭俭以守家业，谦和以处乡里。心要平恕，毋得轻易忿争，事要含忍，毋得辄兴词讼。见善互相劝勉，有恶互相惩戒。务兴礼让之风，以成敦厚之俗。

据说，王守仁初到赣州之时，官府稍有举动，四山盗贼每每先有所闻。他怀疑衙门中有贼人耳目，便对各人举止留意观察。巡抚衙门中有一老隶，看上去很敦厚，但常与外来人接触，行为诡秘。王守仁由起疑而断定，他便是贼人的一名耳目，一日将他唤入卧室，指他某日某时在某处与某人会面，某人即为山贼。举了几例，老隶慌了。王守仁要他自择生死。老隶招供，确是为山贼收买，随时通报官府的动向。王守仁许他不死，令他做官府的耳目，打探山贼的动向。

由此而知，赣民为山贼耳目者甚众。为了杜绝隐患，王守仁打算建立一套行之有效的制度，将民与贼分离。民为顺民，则贼不难剿。他和弟子、幕僚商议，创立了十家牌法。

选兵民法取以其人守其土之义。南赣巡抚辖四省交界之地，山险林深，三分之一的深山被盗贼盘踞，窥伺劫掠，大为民患。前任巡抚的做法，遇盗贼猖獗之时，辄奏请调土军狼达合剿，而土兵往返须一年时间，靡费逾万。大军一到，则盗贼潜形，班师凯旋，则贼势复张，因而屡失机宜。王守仁与众人计议，以为在四省交界，盗贼为主，官军为客，要变被动为主动，须反客为主。选民兵的制度因此而生。

其法，使四省兵备官，各于所属弩手、打手、机快等役员中，挑选骁勇绝群、胆力出众者，每县多则十余人，少则八九人，求其精而不求其众，务必人人魁杰。现有役员中如无适当人选，亦可悬榜招募。江西、福建盗势凝重，二省兵备各选五六百人，广东、湖广盗势稍缓，二省兵备各选四五百人。所选民兵中更有出众者，优其廪饩，署为将领。南安、赣州兵备自行编选，直隶巡抚衙门。其余兵备仍于各县原额数内拣选可用者，量留三分之二，委该县官员统领操练，专以守城防隘为事；其余一分，拣选疲弱不堪者，免其著役，且出工食，追解该道，以为募赏。所募精兵，专随各兵备官屯札，别选官分队统押教习。如此，各县屯戍之兵，足以护守防截，而兵备募招之士，则可应变出奇，使盗贼渐知所畏，平良益有所恃。

招募的民兵用作偏师，对正规的官军，王守仁又行兵符法。照他的说法：“习战之方，莫要于行伍，治众之法，莫先于分数。”

行伍的设置，以二十五人编为一伍，伍有小甲；以五十人编为一队，队有总甲；以二百人编为一哨，哨有哨长一人，协哨二人；四百人编为一营，营有营官一人，参谋二人；一千二百人编为一阵，阵有偏将；二千四百人编为一军，军有副将一人，偏将无定员，临事而设。

武官之选，小甲于卒伍中选才力优者任之，总甲于小甲中选才力优者任之，哨长于千、百户、义官中选材识优者任之。

武官职权，副将得以罚偏将，偏将得以罚营官，营官得以罚哨长，哨长得以罚总甲，总甲得以罚小甲，小甲得以罚伍众。王守仁对此有一个形象的说法：上下相维，大小相承，如身之使臂，臂之使指，自然举动齐一，治众如寡，庶几有制之兵矣。

军之立符，如户之编牌，每五人给一牌，备列同伍二十五人姓名，使之联络习熟，谓之伍符。每队各置两牌，编立字号，一付总甲，一藏巡抚衙门，谓之队符。每哨各置两牌，编立字号，一付哨长，一藏巡抚衙门，谓之哨符。每营各置两牌，编立字号，一付营官，一藏巡抚衙门，谓之营符。凡遇征调发符，比号而行，以防奸伪。其诸绢养训练之方，旗鼓进退之节，务济实用而行之。

王守仁到任半年有余，所创立三法，一一行之，渐有成效。行十家牌法，除却盗贼耳目；行选民兵法，增进各地防卫；行兵符法，增进官军战力。是年春旱，四月，王守仁驻军上杭，祷而得雨。以为未足，再祷之。班师之际，一雨三日，民众欢悦，应有司之请，将王守仁祷雨之堂名曰“时雨堂”，取王师若时雨之义。王守仁成为几任以来最有威望的南、赣巡抚。

七月中旬，王守仁可说是双喜临门。一是得到了希望从朝廷得到的委任。二是得到了希望从南昌得到的信息。希望从朝廷得到的委任，是王琼为他争取到的。希望从南昌得到的信息，是冀元亨为他带回来的。王守仁现在被视为一代宗师，也自视为一代宗师。他已很有定力，虽亟欲见到冀元亨，仍然办妥衙门里的公事，才不慌不忙地返回后宅。

冀元亨一直在王守仁的书房中候他。王小一会儿送来茶水，一会儿送来点心，十分殷勤。王守仁进书房时，冀元亨正捧着一本新刊印的书，饶有兴趣地读着。书名是《歌诗集》。

“冀老爷。”王小轻轻唤了一声，“老爷来了。”

冀元亨抬头，看见王守仁，忙起身问安：“先生辛苦，衙门里的事情办理妥当了？”

王守仁说：“衙门里的事情，可早些办，可迟些办。我延挨一阵回来，是想让你有时间歇歇。你从南昌赶回，才真是辛苦了。”

“王小催我去客房躺一躺，但见到先生辑的这两本诗集，便舍不得放下。”冀元亨说，“李西涯的《猫相乳行》，我以前见人传抄过，却不知出处。今日见了先生辑的集子中的自序，才知道原来有一段感人的故事。先生辑成是书，定有深意。”

《猫相乳行》是一首短诗：“猫相乳，邃如许，但知母子恩，不复我与汝。猫相乳，世稀有，但食乳哺甘，不知谁是母。陆家兄弟本同胞，提孩挈稚相为劳，和气感物或熏陶。吁嗟乎！人生胡不如此猫？”李东阳自注曰：“监察御史四明陆君美之仲兄文亨，素友义。君美少相依文亨，每同堂而食，抚其诸子，恩义笃至，内外无间。言尝各畜一猫。猫各产三子，皆衔至堂中乳之。每一猫出，一猫必代乳，若无间。”

王守仁点点头，说：“未必是深意，然确有些想法。半年来，剿灭了几处盗贼，可说有了小成。有了小成便会有大成，安靖四省交会，我有了七成把握。我所担心者，南、赣等府民风大坏。民风大坏，由于教化未明。移风易俗的事，不可一蹴而就，姑且就其浅近易行者，开导训诲。我欲在南、赣所属各县，举立社学，延师教之，歌诗习礼。此书取名《歌诗集》，便是为父老子弟，习而歌之，互相戒勉。西涯公此诗，文字浅显易读，寓意颇深，有益于教化。”

“先生想得深远，歌诗习礼，确是开明教化的良法，持之以恒，必有功效。”冀元亨说。

“我亦有此自信。”王守仁进一步阐述，“今教童子者，当以孝悌忠信、礼义廉耻为专，务其培植涵养之方，则宜诱之歌诗，以发其志意；导之习礼，以肃其威仪；讽之读书，以开其知觉。今人往往以歌诗习礼为不切时务，此皆末俗庸鄙之见，不知古人立教之意。大抵童子之情，乐嬉戏而惮拘检。如草木之始萌芽。舒畅之，则条达，损挠之，则衰痿。故凡诱之歌诗者，非但发其志意而已，亦所以浅其跳号呼啸于咏歌，宜其幽抑结滞于音节也。导之习礼者，非但肃其威仪而已，亦所以周旋揖让，而动荡其血脉，拜起屈伸，而固束其筋骸也。讽之读书者，非但开其知觉而已，亦所以沉潜反复而散其心，抑扬讽诵以宜其志也。”

王守仁在众弟子中，经常借小小的题目而阐发深义，冀元亨仔细地听他讲述，可惜不能记得完全，记得真切。他说：“先生的这段话，讲得精彩，应该记诸文字，传于后世。”

“已有文字了，我写的《训蒙大意示教读刘伯颂等》，内容大致如此。”王守仁把这个题目告一段落，说，“好了，此事以后再仔细议，唯乾，你在南昌住了些日子，感受如何？”

冀元亨去南昌讲学，与其说是宁王的邀请，不如说是王守仁的差遣。宁王本是向王守仁问学，并请王守仁便中去阳春书院讲学。王守仁借口公务繁重，难以抽身。在众弟子中挑选能应付场面的人赴宁王之约。他在镇江金山寺与杨一清密谈时，心中就确定下来，如果差人见宁王，这个人一定是冀元亨。

“果如先生所说，”冀元亨道，“宁王说了些挑逗的话，而且，我看他是有意要我转告给先生。他对先生可是瞩目得很呀！”

“不要空说，唯乾试举一例。”王守仁要求道。

“先生知道，宁王好鹤，王府中养了数百只。一日，宁王约我在王府后花园随意走走。他指着一只栖于秀木的鹤说：王府中良禽都知道择木而栖，请唯乾先生告诉尊师。”

“果然有挑逗的味道。”王守仁说，“唯乾，你是怎样答复他的？一定有些讽喻吧？”

“不好正面驳他，不好正面讽喻，我只有假作不懂，对宁王说：王爷园中株株都是秀木，又怎知栖于哪一棵树上的鹤是良禽？均栖良木，或均为良禽。若园中易以朽木，群鹤仍栖之，或均非良禽。王爷问：依先生之言，就辨不出良禽孽种了？我说：也不尽然。那鹤昨日栖于该木，今日栖于该木，若明日仍栖于该木，它便是良禽。那鹤昨日栖于东边之木，今日栖于西边之木，明日或又栖于南边之木，它算不得良禽。王爷以为然否？”

王守仁说：“唯乾前一段话隐而不发，说得恰到好处。宁王说良禽择木而栖，你却说禽择良木而栖，便主动了，可任意发挥。后一段话太过平直，宁王大概要提出质问了。”

“先生说得不错。”冀元亨说，“宁王问：唯乾先生的见解独到，是得自阳明子吗？我说：业师若作譬喻，一定比晚生更为深刻。业师方便来时，王爷不妨当面向他询问。”

“他若是当面向我询问，我还真不知怎样答他。”王守仁说，“朝廷大员，似乎不宜示痴。”

冀元亨有些惶然：“先生告诫我，讲话要有分寸，不可太露痕迹。但他的挑逗太露痕迹了，我忍不住多讲了几句。后来我还反复向他阐明君臣大义，直到他不耐烦再听。真怕我没掌握住分寸，误了先生大事。”

“不妨。你把话挑明了说，也好，他若异动，至少须想一想，南、赣的巡抚，是不会投向他的。”王守仁站起来，很有一些豪情。他问：“唯乾，宁王听得不耐烦，没有对你发作吗？”

“他请我去讲学，怎好向我发作？”冀元亨说，“不但没有发作，他还厚送一笔仪程，打发我离开南昌。他对我说，阳明子催你回赣州参赞军务，我不敢再留你，请今日便动身吧。我猜想，先生并没有向他要人。”

“我若向他要人，他倒未必会放你了。”王守仁说，“他催你走，是怕你动摇了阳春书院中的学生。看来，他没有完全听懂你的话。你的一席话，在他听来是痴是迂，而不是刺他鞭他。否则，他不会轻易放过你的。你此行很有收获，我们完全看清楚了宁王，宁王却没有看清楚我们。有了机会，你不妨再去宁府，再看看宁府的后花园，再看看宁王的鹤群。”

“只要先生吩咐，我随时可去。”冀元亨说。

“好了，今日晚了，你且回去休息，明日我们再谈。”王守仁忙了一天衙门的事务，也乏了。

“是。”冀元亨一脚迈出书房，又退了回来，“还有一件大事，没向先生道贺。”

“怎么，朝廷的敕命你也知道了？”王守仁问。

“在南昌就听说了。”冀元亨说。七月十六日，朝廷敕书送到赣州，命巡抚南、赣、汀、漳左佥都御史王守仁提督军务，给符帜，许便宜行事。前些日子，南昌城里便得知了这个消息。

“这么说，朝廷的敕命，宁府也该知道了？”冀元亨的话引起王守仁的注意。许便宜行事，给了巡抚官很大的权限。有了便宜行事的敕命，不但可以对付四省交会处的盗贼，也可以对付其他变故。宁王不会不知道其中的含意。“我倒要更加认真地安排剿盗，莫让咱们这位王爷放心不下，以为我疏请便宜行事，是为了对付他。”

冀元亨说：“我记得先生的奏疏是这样写的：我国家有罚典，有赏格。然罚止行于参提之后，而不行于临阵对敌之时；赏格止行于大军征剿之日，而不行于寻常用兵之际，故无成功。今日凡遇讨贼，领兵官不拘军卫有司，所领兵众，有退缩不用命者，许领兵官军前以军法从事。领兵官不用命者，许总兵官军前以军法从事。所领兵众，有对敌擒斩功次，或赴敌阵亡，从实具报，复实奏闻，升赏如制。通篇以讨贼为由。宁王看了这篇奏疏，不会起疑心的。再说，宁王有所疑虑又怎样？他知道了先生不会投向他，他又知道了先生可以便宜行事，行事之时，也应该有所顾忌才是。”

“他有所顾忌，于他于朝廷均为上签。他若无所顾忌，于他于朝廷均是下签。他若对我生忌，着力除之，而朝廷果入其言，于我于朝廷均是下签。我们且看看，到底是谁抽到下签吧。”做了许多功夫，王守仁仍是难卜前程。

第一百五十六章

七月十九日，皇帝命司礼太监传旨，不日将以戎装巡宣府。巡宣府须出居庸关，朝中大臣还来不及进谏，巡关御史张钦的奏疏已到，其略云："陛下欲过居庸关，游幸宣、大，臣闻明主不恶切直之言以纳忠，烈士不惮死亡之诛以极谏。臣度陛下非漫游，盖欲亲征北寇也。不知北寇猖獗，但可遣将徂征，岂宜亲劳万乘？英宗不听大臣言，六师远驾，遂成己巳之变，且匹夫犹不自轻，陛下奈何以宗庙社稷之身蹈不测之险？今内无亲王监国，又无太子临朝，外之甘肃有土鲁番之患，江右有山贼之扰，淮南有漕运之艰，巴蜀有采办之困，京畿诸郡夏麦少收，秋潦为沴。而陛下不虑祸变，欲纵辔长驱，亲征绝塞，臣窃危之。"

这一类谏疏，皇帝见得多了，根本不予理会，仍是兴致不减地筹备出关北巡。

自年初传谕行猎南海子之后，半年多时间里，皇帝多次再去南海子。向西去过上房山，群臣时有赘言，却无人可以劝阻。特别是皇帝传谕的事，更没有人可以劝阻。

八月初一，皇帝率钱宁、江彬及小太监们，在一支宣府军的护卫下，出德胜门北行。苏进劝皇帝不必戎装，戎装一来目标太大，怕惹是非，二来长途跋涉，过于辛苦，不如仍是微服出巡。皇帝从其议。

宣府距京城约三百五十里，途中无论如何要住一夜，到了宣府，也不一定有适合皇帝留宿的去处，因此带了五顶篷帐，一顶小的铺花毡帐最为豪华，是御用的。两顶中等的毡帐，是皇帝随从用的，两顶极大的篷帐，是为宣府兵准备的。篷帐须车载，有了车队，行速较为迟缓，正午时分，才进了昌平州城以南的沙河镇。昌平本为县，正德元年升州，一度又降为县，八年后固定为州。到了沙河，便听到一个使皇帝不能置信的消息：张钦在数日前闭关，禁人出入。

"不打紧。"皇帝初时不以为意地说，"张御史闭关，大约是为了防奸人出入，以策万全。知道朕来了，他一准出关迎驾。"

"爷的话说对了一半。"苏进道，"张御史闭关，是为了保障爷的安全不假，可他不会出关迎候圣驾。他闭关正是为了阻止爷出关。”

“他为阻朕而闭关，不是把朕当作奸人了吗？”皇帝生气地说，“朕以天子巡边，御史怎敢阻止！朕到了居庸关下，他若不肯开关，朕要治他的罪。”

钱宁说：“父皇到了居庸关，他真的不肯出来见驾，只跪在城上，坚请父皇回銮，岂不成了僵局？依儿臣之见，还是先差人疏通为好。”

“茶来说的也有道理。”皇帝说了一句，却没有说准不准其议，而问江彬，“张御史如果不肯开关，爱卿的宣府亲军能不能攻破居庸关？”差官军攻打官军防守的城关，皇上的想法可谓出奇。

江彬说：“居庸关易守难攻。再说，都是官军，不可自相厮杀。锦衣卫大都督的话对，差人疏通，不动干戈，方为上策。”

“两位将军都要疏通，朕不是不可以差人疏通，”皇帝说，“但你们想过没有，如果疏通不成，张御史仍是坚持，又当如何？”

苏进说：“爷不必操心，奴才有一个主意，保证敲开居庸关的大门，让爷顺顺当当地出关。”

皇帝笑着说：“对了，攻城掠地靠大将，出谋划策还须军师。苏老儿是朕的小军师，一定会拿得出好办法。说吧，让朕听听你的办法是不是真好，若是真好，你的军师当定了。”

苏进说：“大军师奴才当不成，当个小军师自信不会误事。爷要打开居庸关，依奴才的想法，根本不必与张御史疏通。不与张御史疏通，居庸关自会打开，迎驾出关；与张御史疏通，实在是多此一举，自寻烦恼。”

“张钦是奉旨巡边的御史，守关者人人要听他号令，不找他却去找谁？”皇上没有想明白。

“人人要听他号令，也未见得。”苏进道，“有一人就可以不听他的号令。反之，他倒是要听那人的号令。不对，不对，我的话也有些毛病，他不是要听那人号令，却要给那人面子。”

“不要说得不清不楚，快说那人是谁。”皇帝命道。

“自然是分守居庸关的公公了。”苏进说，“爷何等圣明，怎的忘了居庸关上还有爷的亲信之人？”

“分守太监？”皇帝迟疑地说，“那张御史连朕都不给面子，会给分守太监面子吗？”

“不给面子也不妨。二人都在城上，让他们去争吵好了，爷可坐享其成。”苏进说。

“也是。”皇帝一想，也有道理。一人在关下，一人在城上，避而不见，让你无可奈何，二人都在城上，就不能避而不见了。“你们谁记得，分守居庸关的内臣是谁？”皇帝问。

“儿臣记得，是刘嵩。”钱宁听苏进一番话受了启示，“小苏哥的话有理，欲开居庸关，须避张御史。儿臣还有一个更简单的办法。张钦闭关，依惯例，门钥应藏于守关指挥处。父皇不妨先向守关指挥孙玺降旨，命他开关。如果孙玺不奉旨，父皇再找刘太监来商议。”

“好，尔等就去办吧。”皇帝答应了，“今夜如果出不得关，挨到明日，就有大麻烦了。”

皇帝差赵林携锦衣卫千户阎岳，快马疾驰居庸关，办事的顺序，先召孙指挥，再召刘太监。赵林到居庸关下，果见城门紧闭。他在关下驻马，大声传谕：万岁爷召守关指挥孙玺即刻赴昌平行宫见驾！

孙玺登上城楼，他不认得赵林，只抱了抱拳，答道：“请复圣上，御史在，臣不敢擅离。”说罢，竟然头也不回地下了城楼。

赵林再传第二道圣谕：万岁爷召分守太监刘嵩即刻赴昌平行宫见驾，不得有片刻迟误。

刘嵩登上城楼。他认得赵林，亲热地打着招呼：“原来是小赵哥，失迎失迎。请小赵哥稍候，我与张御史商议一下，即刻动身。”

张钦正在衙门中等他。巡关御史与分守太监本是同级，往常互访，总要起身迎一迎。今日张钦在堂上端坐不动，面无表情。不须开口说话，先有一种威严。

刘嵩似笑非笑地向他揖了揖：“有扰有扰，关下喊的话，敬之先生想必也听到了吧？”

“关下有人喊话吗？喊了些什么，我怎么一个字也没有听到？”张钦不动声色地说，不知是真的没有听到，还是故意作态。

“讲笑讲笑。”刘嵩平日和张钦平起平坐，今日有些心虚，也不计较张钦的倨傲，“众人都听到了，敬之先生怎么会听不到？”

张钦说：“夫子曰：非礼勿听。不该听的话，我就是一个字也听不到。刘太监请坐。”他这才做出让坐的手势：“刘太监过敝衙门，有何吩咐？”

“恳请敬之先生开关，容我去昌平见驾。”刘嵩说。

张钦不说可以为他开关，也不说不可以为他开关，却问道：“刘太监，上月十九日，我曾上疏圣上，请圣上收回成谕，你是知道的。”

“知道知道。”刘嵩心中忐忑地坐下，听张钦问起，忙应道，“敬之先生曾以疏稿见示，真是写得铿锵有力，我想可以收入名臣奏议。”

“多谢抬举！”张钦道，“上月二十七日，我又有一疏，刘太监想是尚未读过，敬请赐教。”说着，将一份疏稿递给刘嵩。

赵林还在关下等他的回话，刘嵩心急如焚，但张钦面无笑容，不肯多说一句话，他只有硬着头皮捧稿诵读。好在他知道，皇上周围的人中，赵林性子最好，人最宽厚。

张钦的第二份奏疏写道：“陛下出居庸关，欲行天寿山围猎。窃思自古天子未有不以安民为重。今霪雨连旬，田禾湮没，顾以不急之劳使之动摇，此于安民之道有不可往也。居庸关艰折万状，车马难行。以万乘之尊，远涉险恶，陛下固不自爱，两宫独不挂虑乎？此于孝亲之道有不可往也。北虏习于弓矢，汉祖且有白登之围，我英宗且有土木之变。陛下轻身挺出，恐非万全。此于御虏之道有不可往也。陛下不念祖宗社稷之重，而轻与北虏争一日之长。胜之不武，不胜则扰。此于继统之道有不可往也。夫事慎于初则易，悔于终则难。臣职在言路，若不早言之，恐异日或有意外之虞。故不避忌讳，伏望垂察。”白登山在山西大同城东，匈奴军曾围汉高祖于此，七日方解。

“怎样？仍是铿锵有力吗？”张钦脸上带着嘲讽的微笑。

“那是自然，那是自然。”刘嵩不能不应付。

“我今日要写第三道奏疏，草拟后，再请刘太监指教。”张钦认真地说。

“不敢，不敢，在下看了，定又是铿锵有力四个字。”刘嵩不能再应付下去了，揖道，“敬之先生，万岁爷还在等我回话呢，可不可以暂且开城，容我出关见驾？”

张钦脸色肃穆地说：“刘太监，车驾将出关，今日是我与君生死之会也。关不开，车驾不得出，我违天子命，当死。关开，车驾得出，而天下事有不可知者，万一有如土木，我与君亦死。不知刘太监怎样看二者轻重，我是宁死于前者，死且不朽。”

刘嵩哭丧着脸说：“敬之先生是士大夫，当然要争不朽。我不过是万岁爷的家奴，还谈什么不朽？爷召我去，我不敢不去。”

张钦说：“刘太监不必为难。圣上严谴，就责我好了，与你无关。”他背负敕书印章，一手持宝剑，一手拉着刘嵩，登上城楼，大声言道：“本官奉旨巡视居庸关，开关闭关由我而定，有敢言开关者，斩！”他又叫孙玺，“孙指挥可在？”

孙玺上前，躬身言道：“末将在。”

张钦说：“你将门钥与我。”孙玺如命交与门钥，张钦将门钥挂在腰际，说，“尔等传命下去，此皇家后门，有夺门者，御史必手杀之。”

当天夜间，张钦草拟第三道奏疏，言道：“臣闻天子将有亲征之事，必先期下诏，廷臣集议，明诏中外群臣扈行。尔后有车马之音、羽毛之美。今不闻朝旨，又不见百官扈从，锦衣卫随侍，辄云车驾即日过关。此必有人借陛下之名，过关勾虏，图危社稷。臣请捕其人，明正典刑。若陛下果欲出关，必两宫用宝，臣乃敢开。不然，万死不奉诏。”

赵林和阎岳返回昌平，天色已晚，皇帝在他的铺花毡帐中正坐卧不安地等候他。“怎么？”皇帝见只有他二人回来，失望地问，“分守、指挥，你们一个也没有带回来？”

“别说没有带回他们，我二人也差些回不来了。”赵林说，“如果我敢多说一句话，定为张御史所杀。”

“他敢杀你？”皇帝简直无法相信，“就算他不知你是谁，难道刘嵩也不知吗？”

“刘嵩自然知道我是谁，可我看他在张御史面前，也不敢多说一句话。”赵林把张钦负敕负印持剑守关的情形简单扼要地说了一遍，“爷想，他张御史说了，敢言开关者，斩。刘太监敢言开关，他还不把刘太监斩了？我要是敢言开关，他还不把我二人斩了？幸亏我耐得住性子，不出一言，在关下等了刘太监一个多时辰，听到张御史怒喝，知道没有希望了，我才赶回行宫向爷回报。”

皇帝大怒：“大胆狂徒，敢如此怠慢朕的使者！茶来，你速为朕去居庸关，捕杀张御史。”

“儿臣遵命。”钱宁应是应了，却不动身。张钦这样的大胆狂徒，吓是吓不住的，可真要捕杀他，一定会遭天下人唾骂。多少年来费了不少心思交好士大夫，为此一事，士大夫中不会有一人再以他为友、敢以他为友。他希望，皇上只是一时冲动，很快会改变主意。

果然，皇帝也不催他立即动身。“赵老儿，那刘嵩还对你说了些什么？”他问赵林。

“他说，张御史今夜还要再拟一疏奏上。”赵林回忆刘嵩说过的话，想起一件要紧的事情。

“再上一疏？”皇帝反而笑了，“张御史闭关三疏，传将出去，也是一段美谈。朕看他有些气节。茶来，你今夜不必行夜路去居庸关了。朕饶他不死。不但今日饶他不死，日后他有了过失，朕看在他今日三疏的情分上，也从轻发落。”

“父皇圣明！”钱宁首先称颂，转瞬有了转机，他自然大喜。

“爷圣明！”赵林等接着说。他目睹张钦的威严和镇定，虽有辱使命，觉得窝心，但对张钦并无恶感。

“好了。”皇帝不容他人再唱颂歌，下命道，“朕累了，今夜要睡个好觉。”他向钱宁、江彬说，“今夜你二人谁在帐中侍候？”他二人侍候，即是护驾。远离宫中，钱宁或江彬在身边，皇帝才踏实。

“儿臣愿在帐中侍候。”二人抢着答话。江彬平素很少自称儿臣，但与钱宁在一起，若称其他，则有了亲疏之分，他也只有改口。

二人踊跃，皇帝有些为难。他想了想，说:“这样吧，你二人都来侍候。上半夜，一人守帐外，一人在帐内。下半夜再调换过来。谁上半夜守帐外，谁下半夜守帐外，你二人自家商议。苏老儿，尔等都回自家帐中去吧。”

一夜无事。第二日却有了事。皇帝说过，挨到第二日，便有大麻烦，果不其然。天亮不久，大学士梁储、蒋冕、毛纪等便赶到皇上安扎毡帐的沙河。靳贵在四月因被言官论劾，请准致仕，专管诰敕的礼部尚书毛纪在五月兼东阁大学士，入阁预机务。

梁储等跪于皇帝的帐外，恳请皇帝回驾。皇帝不肯召梁储等入帐，生怕被梁储等言辞所迫，不得不退让。他差钱宁、江彬及苏进等，轮番出外劝说，先是劝得梁储等起身，然后劝得梁储等先回京城，皇帝歇好了，自然就会回去。梁储等无奈，只得在帐外向皇上叩了头，恭请圣安，无功而返。

初三日，礼部尚书毛澄等请皇上还宫。

初五日，大学士梁储等再请皇上还宫。同时，署理詹事府事礼部尚书李逊学、翰林院侍读徐缙、修撰杨慎等各上疏，请皇上还宫。

初六日，礼部尚书毛澄再请皇上还宫。同时，上疏的还有成国公朱辅、寿宁侯张鹤龄、瑞安侯王源、都督同知张兰、给事中张文御、朱鸣阳、监察御史李润、王尧封、李镇等人。

初九日阁臣梁储等第三次请皇上还宫，同时上疏的还有户部尚书石玠等人。

皇帝对大臣们的奏请置若罔闻，每日差人去刺探居庸关的情况。只要张钦稍懈，便准备闯关。张钦不敢有一刻懈怠，每日重复着那句话：“敢言开关者，斩。”再僵持下去，终不是事，皇帝率众人，在十三日返回豹房。皇帝说过不加罪于张钦，张钦闭关十余日，不许皇帝出关，皇帝只是与他斗气斗智斗谋，完全没有加罪于他的意思，可说是一个异数。

第一百五十七章

八月二十三日午后申时，苏进推门进入豹房的御用房间，皇帝半卧半坐在御座发呆。见他入内，话也不问一句。苏进上前，殷勤地为皇帝在腰间加了块靠垫，坐也好，卧也好，都可以更舒服些。

“有个好消息要报与爷知。”苏进知皇帝心情烦躁，加着小心地说，“咱派去昌平城的人刚刚回来，说张御史离开居庸关，巡察白羊口去了。”

“这话当真？”皇帝猛然坐直了身子，问道。

“报信的人敢用脑袋担保。”苏进说，“张御史是今晨动身的，估计三五日之后才能回关。”

“快，快去招呼人马，准备车驾，咱们即刻动身。”皇帝吩咐，“你先去锦衣卫衙门和镇国府传话，让他们二人收拾停当，来豹房候驾。”

说是即刻，也差不多费了两个时辰，要备马匹，要备车辇，要召集亲近人等，要集合军队。亲近人等，除了上次随驾诸人之外，又加了谷大用、张忠等老一辈太监，许泰、李琮、神周等爱将。外四镇兵马各选一支护驾。声势之大，有如一次大的军事行动。

皇帝等得不耐烦了，决定带少数人先行，命大队伍明日清晨出发，尽快赶上，与他会合。

江彬受命统四镇护驾军队，当夜伴皇帝出宫的只有钱宁所率锦衣卫校尉，各大小太监们。

有钱宁在，出德胜门是不成问题的。出城不久，天色已黑。德胜门外的官道还算平坦易行，但钱宁等人实在担心会出差错，好不容易劝皇帝在路边不远处找一村落，暂住一夜。该村名羊房，黑夜中辨不出房子的好坏，只是在路边找一间房舍，花了些银子，打发主人去邻居家投宿，把正房收拾出来，请皇帝安歇。其他人将就着或坐或卧，凑合着养养神，熬到东方微白。皇帝一觉醒来，刚要按常规唤人吩咐，突然想到是在路上，要什么也不会有，做什么也不方便，干脆不说，只是催众人赶路。

到昌平之前，皇帝一直有说有笑，不时拿钱宁和小太监们开心。过了昌平，皇帝心情变得紧张。他问苏进：“苏老儿，你说，张御史现在何处？他会不会突然返回居庸关？”

“爷放心！张御史现在白羊口。”苏进宽慰皇帝，“二三百里的路，他飞也飞不回来。”

“好，他若是回来了，我便把你打发到白羊口充军，当个分守。”皇帝威胁道。

“白羊口是个守御千户所，又不是居庸关般的大去处，不需派分守太监。”苏进笑道。

“那有何妨？朕说白羊口要派分守官，司礼监还会不准吗，你老儿准备着去那里吧。”皇帝说。

苏进一想：可不是，皇帝高兴了，别说分守太监，镇守太监也可以设立。他收敛笑容，合手祈祷：“菩萨保佑，张御史千万不要回来。”

离居庸关近了，远远望去，城门大开，皇帝狠狠抽了御骑一鞭，兴奋地说：“再快些，张御史即便在城中，这次也挡不住朕了。”

出得关去，皇帝才命苏进、赵林，分头把分守太监刘嵩和守关指挥孙玺找来。二人听说皇帝出了关，脸都吓白了，不停地问小太监，皇帝会怎样处置他们。

“不会有啥，”心地纯厚的赵林说，“至多责骂几句，你听着就是了，被爷骂上几句也是你的福气。”

“不会有什么？”刁钻的苏进说，“快摸摸你的脖子，现在还连着颗人头，至多上面那颗头没有了。”

刘嵩、孙玺见了皇帝，跪倒叩头，一句话也不敢说。叩过头，用眼角余光扫一扫皇帝，见他并没有难为自己的意思，才放下心来。

“你等前次阻止朕出关，今日怎么不阻止了？”皇帝说，“你等人众，还可把朕押回关内呀。”

孙玺说：“微臣不敢！”

刘嵩说：“奴才不敢。奴才前次没有应万岁爷之召，去昌平见驾，罪该万死。奴才向万岁爷请罪。”

“如此说来，你也知道犯了该死的罪了？”皇帝问。

“是，奴才知道了。”刘嵩硬着头皮说。

皇帝说：“既然你知道了，朕也不治你的罪了，只想问一问，你怕张御史杀你，就不怕朕杀你了吗？”

刘嵩说：“张御史既有敕书，又有宝剑，他的宝剑如同爷赐的尚方宝剑一样。他的宝剑搁置奴才的项上，就如同爷将剑搁置奴才的项上一样。奴才害怕的是被爷的宝剑所杀。奴才不敢去昌平见驾，是怕还没离开居庸关即被杀。奴才不去昌平见驾，爷不似张御史那般不讲道理，奴才还有分辩的机会。总之，还是奴才怕死，奴才有罪。”太监多数都知道怎样与皇上对答，熬到分守一级，品秩不算太高，可也是熬了多少年头的。刘嵩一番辩白天衣无缝。

“你的话不错，当时张御史杀了你，真的如同朕杀了你。不过，你的话也不尽翔实。我相信，你当时不过是怕被张御史所杀，并没有想到朕。好了，我不治你的罪就是了，你再助朕守几年居庸关。”皇帝处分过刘嵩，再问孙玺，“你当时说，御史在，不敢擅离，是怎样想的？你也和他一样，是因为想到张御史即朕吗？”

“微臣不敢在陛下面前说谎。”孙玺说，“微臣说，御史在，不敢擅离，是因为微臣以为，张御史阻止陛下出关，乃忠于职守，忠于朝廷，忠于陛下。微臣决心效仿。”

皇帝点了点头：“不错，你说的是实话。好，为了你的实话，朕升你二秩。”

等到午时，江彬率大队人马赶到。皇帝命他们继续赶路，不须停下。他还有件小事要处置，处置好了，就会赶上去。

“苏老儿，你猜猜，朕要做什么？”皇帝考问。

“爷的心思，谁猜得透？”苏进说，“不过，奴才想，爷要做的事情，或和张御史有关。”

“好，算你猜对了三分。”皇帝说。

苏进说：“奴才还想，爷要做的事情，或和前次几位阁老到昌平有关。”

“好，算你猜对了五分。”皇帝说。

“奴才还想，爷要做的事情，是以张御史之道，还治张御史和阁老们。”苏进说，“奴才只不过在胡乱猜想，不知最后是对了几分。”

“好，算你猜对了八分。”皇帝说，“另外两分就不用再说了。你愿为朕守住居庸关吗？”皇帝知道，这是一个苏进肯定不愿意接受的难题，且看他怎样应付。

果然，苏进说：“奴才还是陪着爷到处走走吧。奴才不在爷的身边，更没有人猜得透爷的心思了。”他年纪轻，精力足，喜欢到处走走，便抛出谷大用作挡箭牌，“我谷叔年纪大了，不能长途乘马。爷是最惜老念旧的，何不把守居庸关的差事交给他？爷身边有小的陪着，爷身后有老的守着，真正是各得其所。”

皇帝笑了："你倒是面面俱到。谷太监，你的这位后辈举荐了你，你要是愿意为朕守居庸关，就向他道一声谢吧。"

"多谢小苏哥！"谷大用向苏进称谢。他的感激出于真心，六十多岁的人了，保养得再好，也经不住长途跋涉，日夜折腾。

"不过，你要记住。"皇帝警告他，"张御史守关，一个人也没有放过去，谷太监若是放过了一位大臣，可就输与他了。你是老人了，若是输与后进，你也丢不起这个人吧？"

"爷放心，有奴才在，大小臣工一人也过不去。"谷大用拍着胸膛说。他在皇帝面前失宠多年，巴不得为皇帝再效大力。

九月初一日，皇帝抵宣府。江彬将皇帝引至他以前的旧居。宣府没有很高大富丽的居舍，江彬在宣府时，地位卑微，旧居多年失修，无人居住，现在杂草丛生，更显得凄凉。

"这就是你指挥佥事的居处吗？"皇帝问。

"不是，"江彬答道，"我任指挥佥事，是在蔚州。居于宣府时，我不过是军舍而已。"

"我说呢。朕的指挥佥事，不至于居住在茅舍吧。"皇帝说，"爱卿现在的身份不同了，是正一品的都督，又是朕的义子，你旧日的居处须好好修葺一番，才是衣锦还乡嘛。"

江彬说："儿臣愿将这块地基献与陛下，供陛下修筑行宫。陛下在京师赐臣镇国府，请在宣府也修造一座镇国府，以供歇脚。陛下若久留宣府，不能总宿在毡帐之中。"

"爱卿不说修造好镇国府献于朕，只将地基献与朕，分明是要朕拿钱来修你的旧居。"皇帝笑道，"朕以为你不善会计，原来也很精明。"

"臣一身之外，皆是陛下所赐。以陛下所赐，献与陛下，臣羞于启齿。"江彬不无深意地扫了钱宁一眼，分明在向他寻衅。

钱宁既不好反唇相讥，又不能慷慨解囊，只好装聋作哑，权当没有听出弦外之音。

皇帝不想他们一到宣府就起争斗，便说："好，朕成全你的一片孝心，就在此处起一处镇国府，作为朕在宣府的别宫。需要的材料，你开一张单子，我照单向工部和御用监索要。库中缺少的，要他们去想法子。张三，"他招呼张忠，"命他们将毡帐安扎在附近，朕要亲自督工。”

二人答应着。张忠的事立即要办，江彬的旧居虽然简陋，位置却极好：四周是一片空旷之地。张忠指挥着将皇上的毡帐扎于中央，外围是亲近人员的毡帐，而四镇军则各驻一方。江彬的事却还须慢慢筹算，建多大的府第，要多少木材，多少铁料，多少砖瓦，多少夫役，不是一个人一下子可以算清的。

皇帝过了居庸关，张钦匆匆赶回，欲朝拜面谏，被谷大用阻止，不得出关，只有向北恸哭。

朝中大臣获悉皇上西北之行，终日惶惶然，不知皇上终究要去何处。后来听说在宣府驻跸，心中稍稍安定。然天下不可一日无主，现在皇上身在数百里之外，宫中又未立储贰，可以监国，到底算天下有主还是无主？可以说，无人无日不在担心皇上的安危，担心京城的安危。

梁储宽厚有余，应变不足，作为内阁首辅，真有些难为了他。他从早到晚在阁内踱来踱去，唉声叹气。反倒是新入阁的毛纪，较为简重，像往日一样处置阁中事务。见梁储六神无主的样子，他又是好笑，又是同情。

“叔厚先生，圣上驻跸宣府，看来不是短期内会回来的，有些事情，大家须有所计议。”一日办完了阁中日常事务，毛纪对梁储说。

“除了请驾回宫，还有什么好计议的呢？”梁储说。他心乱如麻，理不出头绪。

毛纪道：“请圣驾早还，当然是第一要务。但圣驾一日不还，我等对宣府的安危、对京城的安危，总要有安排。如其不然，祸端一出，我等岂不成了千古罪人？”

“是，是。”梁储恍然大悟，“二之先生有何高见？”蒋冕字敬之，毛纪字维之，同是成化二十三年进士，同改庶吉士，同入翰林，一时有“内阁二之”之称。

蒋冕道：“我等天天在议，总议不出个结果，不如与外朝大臣们商议，听听他们怎样说。”

“那么，召廷臣集议？”梁储征求二人的意见。

“群臣拿不出主张的多，有定见者少，集于一室，徒增乱耳。”毛纪说，“我看，大司马德华先生持重，近日各衙门皆有些混乱，唯兵部一如常日办事，可请德华先生来议。”

“全卿先生是大冢宰，俨如外朝领袖，他也该出面维持。”蒋冕说。陆完和他二人也是同科进士。

“好，就请吏、兵二部尚书会议。”梁储想到平日廷议，司礼监总要有人参与，便说，“再请司礼张太监，与我等一起召集会议吧。”

数人在左顺门集会，因为不是奉旨廷议，省却了开场白，一开始就议正题。

“圣上巡边，事不可测，特请诸位来商议，以策万全。”梁储简单地说了两句。他说的诸位，只有陆、王。

“万岁爷洪福齐天，不会出岔子。”张雄说，“有一件事，倒是要禁一禁。无论内朝，还是外朝，我看，一律要禁止再议万岁爷巡边之事，免得沸沸扬扬，天下皆知，难免有人要胡思乱想了。”

“虽然亡羊补牢，却也该补一补。”陆完说。已经沸沸扬扬多日，再来禁止，实在太晚了。“再有，京城须严兵而待，以防不测。”

王琼立即有了反应：“京城确须严兵设防，但是，如果有谗佞之徒在圣上面前说，有人闭门自为，我等百口难辩。”

“不能严兵设防，又不能不严兵设防，这可难办了。”梁储问，“德华先生，有何高见？”

说起设防，王琼是一定唱主角的：“第一步，须驰书行在，奏明圣上，然后再有举动，则一举一动奉旨而行，先堵住谗佞之徒的口。某以为，举动有三事。第一事，防京师。可请准圣上，命文武大臣守京城九门，且密调将士伏于京师周围的边关，檄在京守备谨察奸宄。第二事，防行在。请准圣上，命宣府主将偏将严阵以待，同时，命大同、辽东、延绥士马向宣府集结，布于宣府四周。第三事，防内地盗贼及其他心怀叵测之徒。请准圣上，于河间府暂命大将一人开阃，近保京师，远控齐鲁；于大名府、武定州暂置兵备副使各一人，防盗镇盗。且檄蓟州巡抚臧凤、保定巡抚李瓒各于要害处增兵严守，为行在跸扈，檄山东、河北各将严饬武事。行此三事，则圣上安矣，京师安矣，天下安矣。”

他不慌不忙、条理分明地一事一事地说着，众人无不点头称是。王琼兴奋莫名。与几位阁老，他不比长论短，毕竟翰林出身和非翰林出身的官员，不是走在同一条路上。对于陆完，他一直想有机会压制压制，今日终于如愿以偿。

“德华先生，驰奏行在的奏本就请你拟定了。”梁储的意思，是以内阁部院的名义上疏。

王琼却说：“议处边防是兵部的事务，下官忝掌兵部，不敢辞其责。”

第一百五十八章

九月初九重阳节，皇帝驾临阳和卫城。阳和卫城在宣府和大同之间，位置重要，在鞑靼各部进攻的来往通路上。城北有山，名雁门山；城南有水，名桑干河。想游山，便出北门；想游水，便出南门。山水壮观而秀丽。皇帝一来，就喜欢上阳和的山水，舍不得离开，下令多住些日子。在阳和的第三日，朝廷专差送来内阁的奏疏，除了继续请皇上还驾，又提起最近发生的一件事，称："近日调发军马钱粮，概以总督军务威武大将军总兵官印帖行文。祖宗旧制，军马钱粮非奉敕不行，今一旦帖行之，他日奸人诈冒，军卫有司不辨真伪，安能无患？"

总督军务威武大将军总兵官，是皇帝的自封。正因军马钱粮非奉敕不行，皇帝在外，有了许多不便。司礼监不能随他搬到行在，内阁不能随他搬到行在，想调动军马钱粮，派人去京师，命司礼监、内阁拟敕，一来一往，至少要两天。遇到大事，岂不贻误时机？他与身边亲信商议便宜办法，有人提出，命司礼监来一二人随驾巡边，有人提出，命阁臣一员随驾巡边，也有人提出，不如另以名义调发军马钱粮。皇帝觉得这个办法好，决定采纳。调发当然还须皇帝调发，下敕书是朝廷以皇帝的名义，不下敕书则是皇帝用其他的名义。他最喜爱的两个词，一是总督军务，一是大将军，于是合而称之，成为他的另一身份。

"朕就知道，此事传到京师，他等一定要絮聒。"皇帝说，"我看，不是总督军务威武大将军总兵官的名义不好，而是不着姓名不好。大将军也好，总兵官也好，都是虚的，易为奸人诈冒。朕把姓名加在后面就是了。"

"不可。"钱宁说，"圣讳是先帝所赐，是天子的名讳，不可用于其他名义之后。"

"那么，就该用另外的名字了。茶来，你为朕想一个好听的名字。来，"皇帝招呼其他人，"尔等都来为朕想一个好听的名字。"

皇帝的名讳，谁敢乱想乱说。皇帝身边的亲信，在许多事情上不知深浅，在这件事情上却还知道分寸。众人做出努力在想的样子，或低头沉思，或望向窗外，都躲开皇帝的注视，不敢作声。最后，还是皇帝自己想出一个好听的名字，不然，众人陪皇上坐一日夜，也没有人敢说话。

“就叫朱寿好了。”皇帝说，“群臣多以建立储贰为言，无非是怕朕一命呜呼，无人承继大统。朕就给他们来一个长寿，让他们不必再为此事费心了。朕以后调发军马钱粮，就用总督军务威武大将军总兵官朱寿的名义。”

皇帝话音一落，气氛立刻活跃。苏进抢着说：“好，这个名字好听，亏爷想得出来。奴才方才还在想，刚呀，强呀，都是好听的字眼，但叫朱刚、朱强的人太多了，都是常人起的姓名。爷怎能和他们同名！现在咱们威武大将军的名讳，奴才还没有听到过，想来是没有人想得出这样好听的名字。”

“以后你也不会听到了。”钱宁说，“父皇应传谕天下，此字须得避讳，不可再用作名字。”

江彬提议：“陛下有了新的名讳，理应庆贺。”

“不错，今夜摆酒，朕与众爱卿共博一醉。”皇帝说，“此间山好水好，是求醉的好去处。”

皇帝在阳和住了近二十天，二十五日从不同方面传来边报：北虏五万余众集于玉林，有入寇之意。玉林卫属山西行都司，距大同约二百四十里，距阳和约三百五十里。虏骑寇边，一日之间便可杀至阳和。

“父皇，阳和卫驻军甚少，难以御虏，”钱宁说，“依儿臣之见，还是回宣府为上策，或趋大同，则是中策。迁阳和城，是下策。仍驻阳和城外，是下下策。”阳和城小，皇上和随行亲信的毡帐安扎在城外，所以除了下策，钱宁又说了下下策。

“爱卿之见呢？”皇帝仍宠信钱宁，但对他有阳刚不足的成见，处置军事，宁愿听江彬的看法。

“臣不懂上策、中策、下策，还有下下策，”江彬狂傲地说，“臣只知道，现在离开阳和，只可加以‘闻风而逃’四个字，岂是威武大将军的本色。”

“都督莫忘了，我们是在议论父皇该不该留在阳和，若是你我，不须一兵一卒，我也可以从容留守阳和。但父皇以天子之尊，要他老人家留在阳和，不知都督是何用心？”

“都督也不要忘了，我在宣府、大同驰骋多年，比你熟悉此间地势。”江彬不客气地说，“都督说不须一兵一卒，也可以从容留守阳和，不过是说有死而已，哪里是负责任的话。我说陛下不须离开阳和，却是胸有成算。玉林距大同二百余里，阳和距大同百余里而已。敌动我动，再定行止不迟。若战，虏趋宣府，我赴宣府，虏趋大同，我赴大同。若避，虏趋宣府，我赴大同，虏趋大同，我赴宣府。如此，可谓从容镇定。”

“不必争了，你二人说的都有道理。”皇帝从中调解，“彬儿说的敌动我动，甚合朕意。朕锐意军事，有了临战的机会，绝不轻易放过。朕是一定要战不要避的。茶来说阳和驻军少了，也是不错。以众胜少，胜之不武，可至少也应该兵力相当，才可以一战。彬儿熟悉大同、宣府、辽东各镇将领，熟悉北边山形地势，茶来读过几本兵书，胸中算得上有韬略，你二人就替朕这个威武大将军总兵官参赞参赞军事吧。”

“是，儿臣遵旨。”二人齐声应着，你一言我一语地为皇上参赞起军务来。皇帝则否定一条，认可一条，做了如下的部署：命大同总兵官王勋等率大同镇兵力，驻守大同；辽东参将萧泽率部驻守大同以东的聚落城，聚落城曾是大同后卫的治所，建于天顺三年；宣府游击将军时春率所部驻守大同东北的天成卫；宣府副总兵官陶杰、参将杨玉、延绥参将杭雄率所部驻守阳和；延绥副总兵官朱銮率所部驻守大同西南的平虏卫；延绥游击将军周政率所部驻守大同以西的威远卫。各镇军马有皇帝从京师外四家兵中挑选带出的，也有仍驻原镇的，均由钱宁、江彬调配。其中，陶杰、杨玉的宣府兵，杭雄的延绥兵，直接助守阳和，护卫圣驾；萧泽的辽东兵、时春的宣府兵，扼守大同与阳和间的通路，可在最短的时间里驰援阳和，也可以掩护皇帝一行退往大同。其他各军从西北、正西、西南几方面护卫大同。从部署来看，防卫的重心是大同。

皇帝说，钱宁胸有韬略，因而，尽管江彬熟悉山形地势，他还是较多地听从了钱宁的建议。钱宁仍希望皇帝回到宣府或是进入大同，以策万全。他的部署侧重大同，意在于此，但他苦于没有机会说服皇帝。

皇帝有恃无恐，九月二十七日，仍带领亲信和一队人数不多的军卒，在阳和城外行猎。那日正是立冬，黑云翻滚，天色阴沉。众人的心情和天色一样的阴沉。五万敌虏屯驻三百里之外，是压在众人心里的大石头，无法搬掉。唯有皇帝谈笑风生，殊不为意。

“清明时节雨纷纷。”皇帝吟了一句唐人的诗句，问苏进，“苏老儿，前次我们去南海子看英雄冢，我记得，天暖气清，万里无云。”

“一点儿不错，”苏进打起精神与皇帝对话，“大家后来都说，清明节是上苍哭泣的日子，难得天晴。大概是皇上有南海子之行，上苍转悲为喜，收起了泪水，迎以丽日。”

“我还听说，立冬之日降雨降雪，百年中一二而已。今日却有降雨的征兆，是不是也有说法呢？苏老儿，你倒是解解。”皇帝看着天说。

众人的目光都集中在苏进的身上。他们都是一样的心思，定要把皇帝劝回帐中。就算不考虑三百里外的劲敌，过一阵下起大雨，皇帝的御马若有失蹄，皇帝跌将下来，便是一场谁也担不起的大祸。现在好了，皇帝自己送了个理由给苏进，凭着苏进的如簧之舌，一准可以劝动皇帝。

苏进明明知道众人的心思，却故意不理会，拿腔拿调地说："爷，清明节的事，是大家事后议出来的，我可说不出个所以。今日的征兆，我更是看不出来。爷身边不乏见多识广之人，爷不妨问问他们，或许已有了说法。"

众人又急又恼又无奈。如果他说一句天象示警，不宜出猎，说不定皇帝转身返回，他却就是不肯说。他要众人说，皇帝不问，谁敢说？众人恨恨地瞪他一眼，都不作声。皇帝却谁也不问，一定要从苏进嘴里问个明白。

"苏老儿不准推搪。"皇帝说，"是好是坏，均是天意，你说是不好的征兆，朕也不会怪罪你。"

"奴才遵旨。天作孽，犹可违，老天爷发怒，风雨雷暴一起降下，又有什么可怕？"苏进说，"爷的福分大，谅一场暴雨，几声轰雷，奈何不得爷。爷想做什么，不妨仍然去做。爷今日不是要行猎吗？不妨仍去行猎。熊虎鹿兔之类，定是动也不敢动，任爷擒获，爷定是满载而归。"

皇帝高兴地说："苏老儿学问大长，古人的一句话能引出一大通议论。朕看，你入司礼监有望了，你掌司礼监有望了。你的话尚未讲完吧？你没见他们都眼巴巴地看着你吗？把搁在肚子里的话都说出来吧。"

"是，爷圣明。奴才肚子里确实还存着些话，爷不提起，在奴才肚子里沤烂了，也不敢说。"苏进道，"奴才想说，爷是什么福分，奴才们是什么福分？风雨雷暴，奈何不得爷，就只好在奴才们身上大施淫威了。有人算过，我等小兄弟中，奴才的福分最薄。奴才这些年来有办事不力的地方，先向爷告罪，求爷宽免。"

"朕听出来了，你是为了自己的小命，要朕今日罢猎，对不对？"皇帝指点着他说。

"奴才不敢向爷请这个情，"苏进道，"不过，奴才知道，爷最慈悲，不会不顾及奴才们的。"

"好了，好了，朕今日准你这个情就是了。"皇帝看到天色越来越黑，乌云越压越低，也有些怕了。

众人打心里佩服苏进绕着弯子说话的本领。

皇帝返回的决心还是下得迟了，回程不久，天落倾盆大雨，夹杂着冰雹，大如鹅卵，小如豆粒。包括皇上在内，人人浇得透湿。幸运的是，没有马失前蹄，皇帝和亲信们都没有受到伤害。不幸的是，有三名军士，竟被大块冰雹击中脑穴，当即死于非命。

皇帝一行在泥泞的路上缓缓行走，去程走了半个多时辰，回程走了近两个时辰，回到营帐时，已是薄暮，而大雨冰雹也停了，天色放晴，闪闪烁烁，见得到天上的星斗。留守之人，忙着烧水，侍候皇帝沐浴更衣，准备晚膳。

“父皇，请速移驾出帐。”钱宁在帐外叫道。

皇帝以为出了大事，大步跨出毡帐，刚好看见，一颗巨大的流星，半赤半黄，自东北飞来，到近处渐渐昏浊，渐渐消失。大流星后面，随有五颗颜色不同的小流星。

“茶来，这是什么征兆？”皇帝见了，也不禁愕然。

“父皇，儿臣有句不该说的话。”钱宁低声言道，“上天以雨雹一示警，以流星二示警，恐怕都是为了父皇。阳和不能再住了。儿臣愚见，还是去宣府，或是去大同。最好明日一早起驾。”

皇帝静思片刻，说：“好，这次听你的。你去传话，明日一早，我们动身去大同。”

二十八日清晨，皇帝率亲信随从离开了阳和。

二十九日清晨，鞑靼一部万余骑驰至阳和攻城。

驻扎玉林卫的鞑靼骑兵分兵南下，一部攻阳和，一部攻大同之南的重镇应州。皇帝命王勋等主力迎应州之敌，同时，皇帝又命驻守聚落城的萧泽、驻守天成卫的朱銮及大同左卫参将麻循、平虏卫参将高时尾随虏后，伺机击之；命宣府总兵官朱振、参将左钦、鄱勋、庞隆、游击将军靳英会师阳和，以参将江桓等为后续。一连串的部署少不了又是钱宁、江彬参赞军务。官军的部署是要把西面之敌堵截在阳和，不使近宣府，一方面不惊动在大同的皇帝，一方面不惊动近宣府的京师。

十月初二日，王勋一军与敌军首次在绣女村相遇，王勋以步兵迎战，敌军向应州方向退去。

初三日，王勋等于应州城北五里寨，再次与敌军相遇。双方混战数十回合，互有杀伤。傍晚时分，敌军依东山而退。王勋一军追敌深入，反为敌军所围。幸亏晚间大雾，不辨人影，围乃解。王勋等人守应州城。

初五日，有一场真正的恶战，战场在涧子村。初时，只应州城中官军与敌军交手，不久，萧泽、时春、周政等兵至，敌军以一支偏师拒迎，使两支官军无法会合。稍后，皇帝亲率太监张永、张忠、魏彬、都督江彬、参将郑骠等领兵自大同、阳和两面来援。双方展开殊死大战。敌军稍却，几支官军得以会合。时天色已暮，官军即于战场扎营，皇帝在乘舆住宿一夜。

初六日，敌大军攻营，官军四面出御，自辰时到酉时，双方交战百余合，敌军始退。

初七日，官军引敌军向西，皇帝督诸将且战且退，退至平虏、朔州等卫，合各卫守军，共出反击，情势对官军有利。但天不作美，突起大风，罩黑雾，白昼如夜。敌军无力应战，官军亦疲困不堪，皇帝下命班师。

从初五日至初七日，官军与敌军大战三日，互有攻守。战后统计，斩敌首十六级，官军丧五十二人，重伤五百六十三人。战至激烈时，皇帝乘舆几陷。战绩如此，皇帝也觉好笑，当初的壮烈气概不由得丧失，一面命大同总兵官王勋、大同巡抚都御史胡瓒向朝廷报捷，一面命大同、宣府、延绥、辽东等镇总兵官以下各将严守各要害处，对兵力重新调整。王勋、胡瓒上疏，首先称颂威武大将军总兵官指授方略，居功甚伟。

皇帝的余兴，是在亲信们的陪同下，游览了应州的名胜悬空寺，并难得地主动索要笔纸，题写了“天下奇观”的匾额。

第一百五十九章

十一月十五日，身在大同的皇帝终于传旨，命杨廷和复值阁。杨廷和守丧毕，返回京师，已有了些日子。恰逢皇帝巡视北边，只好静候圣旨。杨廷和复入内阁的圣旨一下，几位阁臣的位置又要变化。

他不可能居于蒋冕、毛纪之后。蒋冕一定要从次辅退至三辅，毛纪一定要从三辅退至四辅，这是本人不会反对，他人也没有异议的。关键是梁储和杨廷和的位置怎样摆。以丁忧前的情形而言，杨廷和入阁早过梁储半年，这是第一，当时杨廷和为首辅，梁储为次辅，这是第二，杨廷和兼衔是少师兼太子太师、华盖殿大学士，梁储的兼衔是少保兼太子太保、谨身殿大学士，这是第三。有这三条，杨廷和再入阁，位置应在梁储之前，仍为首辅。但同是成化十四年进士，而且梁储是该科会试第一名，在该科二十八名庶吉士中排名第一，杨廷和则是排在第二十六名。梁储任首辅已两年多，让他退至次辅，似乎也有些委屈。如果梁储不主动提出，仍以杨廷和为首辅，即便皇上命杨廷和居内阁之首，杨廷和也要上疏推辞，求居其次。

杨廷和回京第一天，趁着皇帝不在京师还未降圣旨的机会，去梁储府上投帖拜望，也是想先探一探梁储的态度，以决定自己的态度。

“介夫兄，你终于回来了！”梁储见到杨廷和，心情激荡，喜极而几泣，“这就好了，这就好了。”他的欣喜和激动绝不是伪装得出来的。

“叔厚兄，这两年也真难为你了。听说，西涯公曾经说，叔厚兄主持内阁，忍辱负重，实是不易。”提起李东阳，杨廷和有些伤感。李东阳是第一个对他以大任期许的人：“想不到，西涯公就这样作古了，我竟未能与他再见一面。”

“西涯公赞我的话，是应宁先生传出来的，在场没有他人。确与不确，不好分辨。倒是西涯公赞介夫先生的话，是许多人都听到的。济世治国，要靠介夫兄了。”梁储回报一句。

“一旦入阁述职，我一定协助叔厚兄把握朝政，有所建树。”杨廷和表明甘居次席的态度，是一种试探，借以观看梁储的态度。

“哪里的话！”梁储立即有了态度，“自然是介夫兄主持内阁事务，我甘居其次，当然，是在兄不以我为无能的情况之下。现在内阁尤其需要济世治国的人主持，不能再由勉力维持之辈主持。况且，吾兄是以首辅之位告假的，吾兄回阁，首辅之位我还坐得住吗？”

“济世治国，是西涯公谬奖。”杨廷和道，“即便由我主持内阁，恐怕也只能勉力维持。叔厚兄一定要让出首辅的位置，圣上也准叔厚兄所请，对我也不可寄以大望。这是其一。至于其二，叔厚兄居首辅，其实也不是勉力维持。吾兄居首辅，有人所不能为者。我想，对秦府的处置，即便西涯公在，即便我在，也不一定能以一席之话说动圣上。仅就此事而言，吾兄居功甚伟，朝野说起，无不敬佩。”

他说的其一，不留痕迹地表示，梁储若肯让出首辅的位置，一定要疏请，他说的其二，是梁储主持内阁期间，不大为人所知的一件事情，他的敬佩也是由衷而发。

“介夫兄放心，圣上是一定会准的。吾兄守制，圣上一再不准，吾兄还乡，圣上又一再督催还朝。圣上的心思不是一目了然吗？再者，即便圣上犹豫，我也一定要上疏奏请，一疏不成则再疏。总之，介夫兄主持内阁，乃是众望所归，我们不必再争了。”梁储态度恳切，为了表示真的不欲再争，他很快地问起另一件事，“秦府之事，介夫兄怎会听说？”

杨廷和说：“陕川接壤，西安距成都，虽远过京师，但陕西的消息传到四川，恐怕比传到京师还快。你想想，秦王失意，会不发牢骚吗？他向京师发牢骚有顾虑，传播到四川就没有顾虑了。这件事，我是听陕西到成都的士人讲的，不是听京师到成都的士人讲的。讲得有声有色，还用了一句民间的话：秦王是赔了夫人又折兵。”

“秦王对我，大概有灭此朝食的切齿之恨了。”梁储感叹地说，“我一直不对外人讲这件事，有人说我是掩饰功德，其实我是惧祸。”

所谓秦府之事，大约在本年五六月间，秦王奏请关中闲田为牧地。为了获准，他向京师有权势的人物，如钱宁、江彬、张忠等大肆行贿，不惜万金。钱宁等得他之财，为他说话，一有机会便在皇帝面前提起。三人中有一人为秦王说话，也可以说得动皇帝，何况三人代请，因而很快获准。

所谓闲田，不过是为了掩饰而使用的说法，朝廷一旦准了秦王的奏请，不知有多少民田将为秦府侵占。朝廷大臣，多疏论其非。皇帝听信了钱宁等的话，心中有了定见，大臣们的谏言一概不听，三番两次派司礼太监至内阁，命内阁草制。内阁驳回了几次，再驳，就是抗旨了。

“敬之先生，维之先生，今次的制书你们是不会草拟的了，只有我来草拟。”梁储说。

蒋冕、毛纪说：“我二人绝不草拟，叔厚先生，你也不可草拟。事关朝廷，事关社稷，千万要慎重。对于乱命，宁冒抗旨之罪，不可顺从。”

“我等可抗旨不从，无非是免官而已，但再入阁者顺从乱命，又当如何？”梁储问，“再入阁者与我等一般见识，也是宁愿丢官，不从乱命，司礼监直接拟旨，又当如何？司礼监也有正直者，不肯顺从乱命，圣上直接出中旨，又当如何？二位可有良策？”

蒋冕、毛纪面面相觑，想不出好的应付办法。

“叔厚先生有良策吗？”愣了愣，蒋冕问道。

“圣上命内阁草制，内阁不妨拟出制书与圣上看，说不定反会有转机。”梁储说，“我写几句话，二位看看，能不能用。”

梁储拟出制稿，略曰：太祖高皇帝著令，兹土不畀藩封；非吝也，念其土广饶，藩封得之，多蓄士马，富而且骄，奸人诱为不轨，不利宗社。王今得地，宜益谨，毋收聚奸人，毋多蓄士马，毋听狂人谋不轨，震及边方，危我社稷。是时虽欲保亲亲不可得也矣。

几句话写得十分得体，蒋冕和毛纪都打心里钦佩：谁说梁叔厚不德无才，这几句话就不是一般人写得出来的。另一方面，写了这几句话又如何？几句话就能说动皇上吗？就能约束秦王吗？大大出乎众人的意料，皇帝看了梁储草拟的制书，且惊且骇，对身边的人说：“既然太祖皇帝著令，不可不虑。”他告诉钱宁等人，此事毋须再议。得到如此结果，也是梁储始料不及的。

“不瞒介夫兄，制书拟是拟出来了，呈也呈进去了，我整整两日寝食不安，不知落个什么结果。”梁储说，“若是圣上仍持原议，制书虽写明利害，又有何用？我还不是成了千古罪人？”

“叔厚兄知其然，不知其所以然。”杨廷和道，“今上圣明，行事不合规矩是有的，行事太糊涂却不会。叔厚兄的道理讲得如此透彻，圣上绝不会再持原议了。我或拟不出道理如此透彻的制书，只要拟出，我便不会再担心了。”

“这便是介夫兄胜过我的地方，所以，内阁事务一定要由吾兄主持。”梁储又回到开始的题目。

杨廷和摸准了梁储的心思，也不再推三推四，只说：“且看圣上之意吧。”

十五日，皇帝命杨廷和以原职原衔入阁办事。自然是他居首辅，梁储退为次辅。

另一名前阁臣就没有杨廷和幸运了。杨廷和再主内阁半个月后，费宏家遭盗焚劫。

费宏致仕还乡，销声匿迹，杜门谢客，用先哲陶渊明的话来说，即“请息交以绝游”。他的足迹不但不涉省城南昌，连府城广信也不迈进。费宏心如明镜，他被迫致仕，根子在宁府。一打一拉，是宁王惯用的伎俩。费宏还乡后，他又差人问候致意，以为费宏在朝中受了挫折，会有所改变，不难招至王府。费宏敬谢不敏，不肯与之交。他闭门谢客，主要是做给宁王看的。他知道，宁王定然是放不过他的，蜗居铅山，虽距南昌遥远，但仍在江西境内，也属于宁王的卧榻之侧，稍有不慎，便会招来一场大祸。费宏不但自己行事格外谨慎，对家人、族人、仆人，也是严加戒饬，不许他们在外面惹是生非。

费氏出了一名阁老、几名进士，在铅山，在广信，都算得上是大族，人口众多。费宏不可能一门一门、一人一人地加以约束，终于还是出了乱子。费宏的一名侄子与乡人李镇发生口角，由争吵而动手，由动手而起讼。

李镇是铅山一霸，除了费家，恐怕再也无人敢和他争一高下了。李、费之争，各有各的道理，比较起来，费家更要理亏，李镇吃亏更大。李镇手下聚有一帮弟兄，有的弟兄唯恐乱子不大，极力唆使李镇告官，并且不要在县里告，不要在府里告，直接去南昌告，告乡绅倚势欺人。官府受理还罢，若不受理，便告到朝廷。

李镇是一莽夫，吃了亏，一定要报复，听了弟兄们的话，真的到了南昌，告费宏纵容亲属行凶。他不知道，劝他打官司的弟兄受命于宁王府，受命于刘吉。宁王得知李、费之争，高兴得不得了，要刘吉安排，把事情闹得越大越好，闹大一分，多赏一分。

江西抚、按官对李镇首告费宏的案子，不能不受理。在宁王的压力下，不能不将此案上奏朝廷。宁主盘算，只要三法司受理此案，加上陆完、钱宁的活动，不难置费宏于死地。

当时的左都御史是彭泽。他深知费宏的为人，也深知宁王与费宏结怨的前因后果。还有一层，凡有钱宁参与的事，他一定要反钱宁之道而行之。钱宁说，费宏有罪，应该重治，彭泽一定要说，费宏无罪，受人诬陷，无罪可治。

抚、按官入奏的案子，照例由都察院驳谳。钱宁知道，皇上近来对江西的事格外留心，不敢要求皇上将此案移入锦衣卫狱审理，因此，彭泽坚持刁民诬告，费宏无罪，此案遂不了了之。

“王爷，姓彭的不在朝廷了，是不是让李镇再来南昌闹一闹？”彭泽致仕后，刘吉请示宁王。

宁王得知彭泽致仕，曾经兴奋了一阵。但说到再状告费宏，他又觉得希望不大。一则，抚、按官肯不肯再次上奏，是个未知数。再则，都察院虽换了人，肯不肯按钱宁的示意办理，也是个未知数。二者合而论之，故言机会不大。

“与其唱文戏，不如唱武戏。”宁王说，“你说，李镇纠集了不少弟兄。他手下到底有多少人？”

“百十号人总是有的。”离得太远，刘吉也不太清楚。

“太少了。”宁王说，“费家大概也有百十号人。一对一地打起来，费家不是对手，可是一定能对付一阵子。只要对付一阵子，惊动了官府，还是要不了姓费的性命。你告诉李镇，再多纠集些人手。”

“王爷看，要纠集多少人？”刘吉问。

“至少要这个数。”宁王伸出右手三指。

“三百人吗？”刘吉替李镇应下，“我看不成问题。”

“三百人与百十号人又有什么区别？”宁王鄙夷地说，“刘吉，你太小家子气了。你是在为本王办事，不是在为他人办事，气魄要大些。告诉李镇，他纠集起三千人来，不怕日后封不成侯，拜不了将。”

“是，奴才这就把王爷的话转告他。”刘吉应道。

宁王说：“他如有了三千人，便可一拥而上，逢人砍杀，那费宏一定死在混乱之人中。等官兵赶到，李镇早带着他的三千人，不知去向了。”

在宁王名义和钱财的支持下，李镇果然在数月内纠集了两三千人。广信府多山，几千人出没于山林，没有大的举动，不会引起官府的注意。他们在等待一个好的日子，宁王要在这一日杀死费宏，李镇要在这一日杀死他的仇家——费宏的一个关系不远不近的族人。

李镇选了十一月二十九日这一天动手。他的手下打探清楚，他的仇家这一日肯定在家中，费宏这一日也肯定在家中。

二十九日夜间，李镇纠集的徒众从四面涌向费氏群聚的村庄。费氏一族大约占去村庄房屋的三分之一，且多是高墙大院深宅。一处起火，阖族齐力扑救，尚难以扑灭，况且见盗贼势众，逃命要紧，谁还有心救火？因此，李镇在费氏家族中收买的奸细放起火来，村中立刻大乱，火势冲天，连成一片。

按照刘吉的吩咐，逢人便杀，使费宏死于混乱之中。李镇却多了个心眼，纵火劫掠的罪过和杀人的罪过，不可同日而语，况且杀的是曾任朝廷阁老的乡绅，李镇要为自己和手下数千人留一条后路。他暗中嘱咐几名亲信，以劫掠为主，不可妄杀。他的仇家，他必手刃之。宁王要杀的费宏，辨认清楚，再下杀手。就在这一念之下，拯救了费宏家许多人的性命，也拯救了费宏的性命。李镇徒众烧毁了半片村庄，劫掠了整个村庄，且连及四周的几个村庄，捣毁了费氏先人的坟冢，却没有杀多少人。李镇的仇家被捉住，李镇亲自剜心肢解，方解了心头之恨，另有几人在混乱中误遭伤害。费宏及其子，却侥幸避过，没有被盗众捉住，或者，盗众并没有认真搜寻过他。

李镇率众饱掠而去。费宏惊恐万状，率家人避到铅山县城。这样大的案子，知县是无法处置的，他劝费宏，如果向府衙或南昌报案，知府、布按二司甚至抚按官恐怕也很难处置，与其让地方官员为难，以费宏的身份，不如直接奏告朝廷。

费宏觉得有理，将家舍被烧被劫的经过，详细叙述，上奏朝廷。朝廷大臣或是激于义愤，或是兔死狐悲，多数主张严查。众口一词，只能说查盗贼，不敢说查王府。其实，许多人心中有数，此案一定与宁王有牵连。

江西巡抚孙燧奉旨按状，证实费宏所奏不差，李镇不但率众劫掠铅山，且已占山为王，宜调守军剿灭。朝廷准其请。

宁王借刀杀人，虽没有除去费宏，也把他吓个半死。宁王嘱咐刘吉，切莫再与李镇来往。

第一百六十章

群臣早也盼，晚也盼，总算把皇帝盼了回来。正德十三年正旦日，皇帝仍在宣府，群臣只能集于奉天门遥贺，但已传来皇帝将于月内返回京师的消息。这本来是天大的喜讯，却也给朝廷各衙门，首先是给礼部，带来许多麻烦。

皇帝在外巡狩四五个月后返回，群臣迎驾的仪式该是何等隆重！首先要确定的是服饰。礼部议，群臣着常服迎谒，因为考虑到，皇帝有旨，迎的不是皇上，而是威武大将军，着朝服，着公服，都不合适，只好着常服应付这种场面。皇上不答应，传旨：群臣以戎装迎候。皇帝知道，过了一百年太平日子，文臣恐怕都没有戎服了，特赐绯纻罗纱各一匹，使各官制装。规定，文官戎饰类武臣，一品彩绣用斗牛，二品用飞鱼，三品用蟒，四、五品用麒麟，六、七品用虎彪，翰林官和科道官均有赏赐，不计品秩。部属官五品以下则不在赏赐之列。所赐物料计五千余匹。

赏赐物料在正月初五日的午前，迎驾在五月初六日的午后，一日夜间，要赶制出戎饰，群臣顾不上与皇帝争辩常服当还是戎饰当，各自忙着去做准备。只有礼科都给事中朱鸣阳等上了一道奏本，称戎饰非见君之服，请仍着本等冠服。上完奏本后，还是忙着去准备戎饰。他等皆知，皇帝是不会准奏的，若迎驾时不着戎饰，便有抗旨之罪。

其次要安排在德胜门外的旗帐，杨廷和竭力反对用帐。皇帝命小太监传一番话给通政使张龙，要他如实讲与杨廷和听。皇上说："杨阁老莫忘了往年一遣内臣，两遣行人取来之恩典，过他大臣十倍，今乃不肯遵旨，问他惧否？"杨廷和说："雷霆之下，敢不震惧？但不敢以非礼事君耳。"此事没有争出结果，但彩联彩幛总是要准备的。这同样是一件使群臣伤脑筋，特别是使阁老们伤脑筋的事。皇帝传旨，令群臣恭迎提督军务威武大将军总兵官朱寿凯旋，那么，彩幛彩联上怎样写？恭迎凯旋有现成的格式、现成的句子。恭迎圣驾凯旋和迎候大将军凯旋是有区别的。所用恭迎恭贺的词句，当然是要针对皇上的，难办的是上款怎样称呼，下款怎样称呼。商量来商量去，不能不奉旨，上款必须称威武大将军，因而，第一，不能再称圣驾，否则，圣驾与威武大将军并称，贻害匪小。第二，可称大将军的全称，却不能写上朱寿的名讳。朱寿是圣上自加的名讳，可说是旷古未有的奇事，群臣实际上都不知道该持什么态度，认同或者默认？总是感觉不对头。坚决反对？要是皇帝一定要在自加职衔后加上名讳，难道能写朱厚照三个字吗？说起来，皇帝另加名讳，还在一定程度上帮大家解开了这个难题。但此时此处的彩幛彩联上不能加名讳，加上名讳，就等于认同，不但是对皇帝自加名讳的认同，而且是对皇帝自加职衔的认同，是对皇帝巡边的认同，是对皇帝一切作为的认同。

依照惯例，下款应具臣某职某衔某恭贺，但上款不是皇上，是大将军，下款的某职某衔某姓某名尽可以书写，臣字却是一定不能写的。

时间紧迫，朝廷内外衙门，加上顺天府衙门和大兴、宛平二县衙门，都差派人员，到德胜门外帮手。到十六日清晨，扎起了数十挂彩幛，数千帧彩联，再加上恭贺凯旋时应具的羊酒白金彩币等，摆放在彩联之下，身着戎装手持红梵夹的文武百官，站立于道路之侧，足以衬托出隆重、热烈的气氛，相信再无疏漏，皇帝不该有什么不满意之处了。

往往不守约定时辰的皇上，这次原因不详地又误了时辰。原说午后驾临城下，结果夜色已深，才见到火把烛光，映着大队人马，渐渐趋近。文班以首辅杨廷和为首，武职以勋臣张仑为首，跪于道路左侧，叩首俯拜。

皇帝身着戎装，骑乘赤马，佩带宝剑，在众边将和大小太监的簇拥下，驰至群臣前。他跳下马来，朗声说道："众卿平身。"然后，不理会众人，先看各处的彩幛彩联。苏进见机得快，手持特大号的火炬跟随在后。每当皇帝停了下来，便将火炬高高举起，以便皇帝观看上面的字。转了一圈，皇帝来到预先备好的御幄就座。大臣们在太常寺官员的指点下，向凯旋而归的皇帝行贺礼，四位内阁大臣，杨廷和奉觞，梁储注酒，蒋冕奉果，毛纪奉金花，四人共向皇上称贺。

皇帝从杨廷和手上接过酒具，一饮而尽，神态祥和地说："有劳各位先生了。"

杨廷和代表众人回话："陛下巡视边陲辛苦，臣等不能代劳，有负圣恩，寝食不安。"

"爱卿不必自责，你们看，朕不是很好吗？"皇上挺了挺胸，说道。阅历了几个月边塞的风雪，皇帝似乎更加成熟，眉宇间英姿勃发，神采奕奕："爱卿可知，朕在榆河亲斩虏首一级？"

杨廷和叩首对答："陛下圣武，臣民不胜庆幸。"这句话也是事先众人商议过，一定要说的。

皇帝被捧，志得意满，一眼见到名列阁臣之末的毛纪，便说：“朕已安然而回，毛先生也不必忧心如醉了吧？”

毛纪先是一愣，随即想起，这是礼部尚书毛澄说的一句话，大概是皇上认错了人。

去年十二月初，大臣们各上疏，请圣驾速还，以行年尾年首的大礼，毛澄写道：

> 去岁正月以来，銮舆数驾，不遑宁居。今兹之行，又过半岁，宗庙、社稷享祀之礼，并系摄行，万寿、正旦、冬至朝贺之仪，悉从简略，腊朔省牲，阙而不行，遂二年矣。岁律将周，郊禋已卜。皇祖之训曰：凡祀天地，精诚则感格，怠慢则祸生。今六龙遐骋，旋轸无日，万一冰雪阻违，道途梗塞，元正上日不及躬执玉帛于上帝前，陛下何以自安？且边地荒寒，隆冬尤甚，臣等处重城，食厚禄，仰思圣体劳顿，根本空虚，遥望清尘，忧心如醉，伏祈趣驾速还，躬亲祼享，宗社臣民幸甚。

“忧心如醉”用来形容臣子们的心情，并不特别恰当，皇帝却偏生记住了。毛纪不能说皇帝记忆有误，只能替皇帝打圆场。他说：“毛尚书所言，正是臣等共同的心声。”

皇帝也是一愣：毛尚书？那就不是这位毛阁老了？想了想，可不是，该疏出于部院，而不是出于内阁，草疏者，自然是彼毛而不是此毛了。他笑着说：“原来朕将南毛错作北毛了。看来，朕也该回朝视事了，再不回来，真难识朝廷面目了。毛尚书可在？”

朝中大臣有两位姓毛，一是阁臣毛纪，山东掖县人；一是礼部尚书毛澄，南直隶昆山人。山东毛称北毛，南直毛称南毛。毛纪没有想到，皇帝连朝中南毛北毛的说法都知道。

阁臣环侍皇帝两侧，其他朝臣在幄外数步之外，而大九卿在第一排。皇帝的问话，毛澄听到了，跨前一步，道：“臣礼部尚书毛澄在。”彩联上不能书写臣字，心里总有些不安，此刻便加重语气道出，以正君臣的名分。

“毛尚书，近前说话。”皇帝吩咐道。

“是。”毛澄离开大九卿的排班，前行两步，立在阁老们的后侧。他以弘治六年状元入仕，升迁较他人为速。现在的部院大臣，科第都比他早，他在朝中抱定谦和的宗旨，虽然皇帝命他近前，他也不肯越过阁老们。

“毛尚书，”皇帝也不勉强他，反正下面的话，也是要阁臣们听的，“你去年十二月上的奏本，朕读过了。你的忠君爱国之心，朕已悉知。朕没有即刻批复，没有即刻返京，是因为边塞上有未了之事，边塞上的事一了，朕马上下令班师，可见卿等所进之言，朕是一直放在心上的。卿等进言之功不可没。”

“陛下圣明，以社稷为重，臣等不敢居功，但求陛下一而贯之。”毛澄得体地说。

昨日之事，皇帝点过，不再多说，改说今日之事：“毛尚书，彩联上的句子，上不称君，下不称臣，是礼部定下的章程吗？”

皇帝不说章程定得对不对，只问由谁而定。毛澄对答：“此事重大，礼部一个衙门不敢做主，是由内阁主持各衙门会议而定。若章程定得不对，礼部自然也有责任，臣领其咎。”

“朕也不知章程定得对还是不对。”皇帝说，“只是想到，不管朕出个什么题目，各衙门都有办法应付，真正是道高一尺，魔高一丈。”

皇帝的两句话，显然不是赞扬。毛澄不敢争辩，几位阁老也不便争辩；皇帝的两句话，又不是明显的指责，毛澄不便请罪，几位阁老也不便请罪，气氛因而有些凝重。

与朝廷大臣们暌违数月，皇帝并不想寻衅，无心说出的两句话使大臣们难堪，他也很后悔。恰在这时，看到稍远处的赵林，手指毛澄，不住地向他眨着眼睛。他借机说道：“赵老儿，你有话便说。在朕面前装神弄鬼惯了，在各位先生面前，你也敢装神弄鬼吗？”

“奴才给爷当差多年了，向来是小心谨慎，怎敢装神弄鬼？再说，在爷和各位老先生面前，哪有奴才说话的份儿？”赵林一边说，一边仍用手指着毛澄，仍向皇帝眨着眼睛。

皇帝定下神来，仔细看了看，方才醒悟。在御幄中不过停留片刻，不知何时起，竟是雨雪交加。皇帝和几位阁老头顶被遮住，觉察不出，毛澄由外近前，披了一身白雪，在回皇帝问话的当儿，身上的雪大部分已经融化，袍上显露出湿渍，不曾融去的雪花，毛澄既不敢以手拂去，也不敢将其抖落。

皇帝起身，越过躬身侍立的杨廷和等人，走到毛澄身边，突然御手轻扬，将他身上残留的雪花掸去。他的动作，不但使杨廷和等人震惊，连跟随北巡的边将、太监，也吃惊不小。

毛澄更是含着泪水，一句话也说不出来。

“朕的话太多了，不知天已大变。”皇帝扫视了在外侍立的群臣一眼，自责地说。

杨廷和跨前一步，躬身言道：“雪兆丰年，陛下适时还京，天呈祥瑞，可喜可贺。”

“天降瑞雪，也是众卿忠心国事所致。”皇帝奉还一句，转身对赵林说，“你很好。”他没有留意的事情，赵林留意到了，别人不敢提醒他的事情，赵林提醒他了，皇上对他很是嘉许。

“备马吧。”皇帝没有特意吩咐谁，也用不着特意吩咐，他的亲信人等都在近旁，他轻声说出，众人都听得到，纷纷动手，准备起驾。

苏进侍候皇帝披蓑戴笠毕，他所钟爱的赤兔马也牵了过来。苏进喝了声“起驾”，各衙门在堂上官率领下，不管地下是泥是水，一排排一列列跪倒，恭送圣驾。只有大九卿之后的一隅，约有二十余人，队列不整，参差不齐。皇帝骑在马上，一眼便看到了。他没有发作，俯身对苏进低声说：“去问问，是哪个衙门。”说完，扬鞭催马，向德胜门城楼驰去。

皇帝和扈从进了城，城外又是一片混乱。各衙门方才是勉强维持队形和秩序，皇帝去得远了，不须号令，争抢着起身，能跃起的跃起，不能跃起的爬起，不能自己爬起的，互相搀扶着爬起，有人挣扎了两三次，仍站立不稳，有人起身以后，不知又被谁人撞倒。先起身的官员，蹒跚着向远处去寻马寻轿，后起身的官员，还没有迈开步子，便狂呼轿夫家仆。夜半时分，群臣陆续进城，等落在最后面的官员，在家人的搀扶下进了城，已是十七日的凌晨。

众将护送皇帝到了西华门外，各自散去。豹房内温暖如春，皇帝更换了便装，又饮了一杯姜汤，舒畅无比，命贴身的小太监们也回去更衣歇息，自有留守豹房的小太监服侍他就寝。他正要躺下，见窗外人影晃动，便问：“是苏老儿吗？”

“是。”苏进在窗外答话，“奴才赶回来了。”

“好，进来说话。”皇帝做了个手势，两名侍候的小太监开了门，放苏进入内，自己则退了出去。

苏进浑身湿透，脸色铁青，上下牙不停地磕碰，发出声响。皇帝见了，又是心疼，又是好笑，说：“苏老儿好生无用，朕要你去问一句话，怎么就赶不上来了？既然赶不上来，何不换了衣物，再来见朕？朕该说你忠心办事呢，还是该说你愚蠢之极？”

“奴才自然是忠心办事，爷若说奴才愚蠢之极，那也是对奴才的呵护。”苏进说，

“奴才的坐骑赶不上爷的赤兔，在情理之中。可奴才怕爷等着回话，一定要先来见爷。爷要奴才去问的事情，奴才问清楚了，奴才这就回明，好快些回去更换干爽的衣物。爷听了奴才的回话，也就可以安寝了。爷，准奴才说吗？”

“你要说，有谁拦得住，何须朕准你？”皇帝道，“朕本来倒是要安寝，你一开口，朕又不想睡了。朕也奇怪，本来只要一句正话就可以说清楚的事情，你却一定要先说上十句废话。也好，你有本事说废话，朕有耐心听废话，咱们不用忙着睡了。你用不着回去，就在这里换上朕的小褂，再和朕说话。”

“爷的衣物，奴才怎敢擅用！”苏进年岁渐长，不像当初那样胆大妄为，也知道忌讳了。

“不肯换，也由你，你跟随朕多年，朕也不会难为你了。你要是病了，朕一定准你的假。只是，再过三五日，朕又要出巡。你不能伴驾，只好埋怨自己不听话。”皇帝的废话比起苏进也少不了多少。

“爷的话，奴才怎敢不听？奴才这就换上爷的小褂。”苏进说着，三两下除去外袍内衫，换了皇上用龙涎香薰过的黄缎小褂。

“这就对了。”皇帝满意了，“说吧，德胜门外乱哄哄的一片，是哪个衙门的官员？”

“是翰林们。”苏进说，“奴才听周围的人讲，有些翰林官见地下有泥淖，屈身虚跪，大为不敬。”

“好一干翰林官！”皇帝哼了一声，“难怪当年刘太监一再说，翰林官不懂规矩，该整治整治。”

“爷要整治翰林们吗？”苏进用的是唯恐天下不乱的口气。

“一干书生，不须理会！朕不相信刘太监书生误国的说法，也绝不效刘太监当年动辄惩处的做法。”皇帝说到此，忽生灵感，“朕不整治他等，也不赏赐他等，你以为如何？”

料到回京后，闲言碎语不会少，皇帝走在路上，就想好了，仍以赏赐堵住群臣之口，叫他们有话说不出来。与身边的人商量后，定下的赏格是：一品文武官各赏一枚重二十两的银牌，二品三品文武官各赏十两重的银牌，银牌上镂“庆功”二字，饰以五彩，贯以朱组。四品五品文武官及御史、都给事中，各赏五两重的银牌，左右给事中各赏四两重的银牌，给事中各赏三两重的银牌。四品以下官员的银牌镂以“赏功”二字，贯以青组。计划中的赏赐，着重于言路，意在提醒群臣，不要议论皇上的是非。历来的赏赐，都缺不了翰林官。皇帝决定对翰林官不罚不赏，已是很严厉的警告，让他们心怀羞愧，无颜建言。而那些得到赏赐的官员，与翰林官有了比照，也不好意思多说不中听的话了。

“爷圣明！”苏进心里想：万岁爷说，群臣对他出的难题，总有应付的办法，而万岁爷也越来越精于钤束臣子之道了。

正月十九日，宣召群臣至左顺门，将内府制作的银牌，依品秩赐予各官。群臣谢恩。正月十一日，皇帝率苏进、赵林、佛保、刘拳四人，出德胜门北行，马英奉旨，宣江彬等边将速速赶去，周昂奉旨，在宫中预备车辇等，皇帝从容离京。此行的目标，还是宣府。杨廷和等闻讯，上疏谏止。这次上的奏本遣词用句比以往和缓，皇帝更可以不加理会了。

第一百六十一章

二月初，一名女子在长安门外自缢身死，成为京师轰动一时的新闻。逻卒从死者身边拾起一张状纸，才知她是薛凤鸣的小妾，不惜一死，为她家老爷申鸣冤屈。

薛凤鸣早就不在官场上混了，可朝中记得他的人不少，京城百姓中记得他的人不少。他是通州宝坻县人，弘治年间的进士，因有才干，得到刘瑾的重用，和宁杲、柳尚义一起剿京畿盗贼，因行事荒诞，被刘瑾黜为役卒。不久复官，又因事被罢免，可说是几经坎坷。他也是有些骨气的人，刘瑾重用他，他却不是一味巴结刘瑾；他与钱宁有深交，钱宁得意之后，他也不一味巴结钱宁。钱宁当然犯不上主动巴结落职的御史。因而，他被罢官后，没有再获起用。他的为人，类似张龙，却不全似。

薛凤鸣与堂弟薛凤翔有隙，争吵了许多年。他说不上是正人君子，与薛凤翔不是正邪之争，也就不在乎使用卑劣手段。薛凤鸣利用以前和钱宁及掌事太监的亲密关系，唆使东厂和锦衣卫缉事人员，揭发薛凤翔的隐私，将其下狱论死。案送刑部，主审官员疑有冤情，并捕薛凤鸣，再度鞫问。堂兄弟二人各说各的理由，互揭对方隐私，刑部一时难以决断。

二人都有家眷探监。薛凤鸣的元配未育子女，薛凤鸣和她之间，即使不能说情断义绝，也没有多少情分可言。再者，她以大妇的身份，不便屈身而去刑部大狱。薛凤鸣一妻二妾，肯去探他的，是小妾。小妾为薛家生了两个儿子，虽没有扶正的想法，可儿子一旦立业，她的地位自然就会改变。

“难得你来探我。你若不来，不知我们还有没有相见的日子。我一身不足惜，可你们母子也要为我所累，我于心何忍？”薛凤鸣明知结局不至于如此，还是危言耸听地说。下狱之后，整日盘算如何一了百了地解决堂兄弟之间的争斗，他已想出一个十分有把握的主意，实施他的主意，就着落在这小妾的身上。

“老爷若有不测，小妾活在世上还有什么味道，不如陪老爷共赴黄泉路。”小妾说。

薛凤鸣摇摇头：“你想得太浅了，若将你遣入浣衣局充贱役，或将你和二子充军边塞，求生不得，求死不能，你如何受得了？我也正因为想到了这一层，才食不甘味，寝不安席。”

“这——”小妾呆住了，“会到这一步田地吗？老爷和五老爷不过是家财之争，官司打不赢，都让与他就是了。”薛凤翔在堂兄弟中行五，薛凤鸣的小妾一向称他五老爷。

薛凤鸣说：“你随我多年了，对官府的事还是一无所知。被官府下了狱，问过案，怎还容得撤回？我既已下狱，有死而已。若我之死，能保全你母子，死复何憾！只怕——”他说着，以手掩面，发出几声啜泣之声。

听出他的哀声发自肺腑，小妾才相信，他说的生离死别，不是恐吓，不由得手脚冰凉。好在官宦人家的小妾，都要经得住磨难。否则，难以存活。薛凤鸣的小妾陪着老爷啜泣两声后，有了主张：“老爷，是不是请二姐找找那人？”她问。

二姐即薛凤鸣的大妾，姿色甚美，而不宜子。她若是有了子女，薛凤鸣或不会再纳小妾。那人却是指钱宁。二姐与钱宁有染，是薛府上下都知道，也都忌言的事。情急之下，小妾为了夫君和公子的安危，便顾不上忌讳了。

“千万莫指望她。”薛凤鸣摆手道，“我在，她是薛家的人，我不在，她就不是薛家的人了。我看，要保存薛家的根苗，只有靠你了。”

小妾问：“我该怎样做，方能保存二子？”

“法子嘛，不说也罢。”薛凤鸣欲言又止，“我虽不忍心你们母子因我受累，可也不忍心说出要你舍身救子的办法，二者都是生离死别。”

小妾听明白了，只有舍她一人，才能救活二子，或也能救活老爷。她并非不畏死，可舐犊之情终于占了上风，她再三请老爷明示，如何舍身救子。薛凤鸣再三不肯。

“老爷已经说了，舍身才能救子，老爷不肯说明怎样去做，我也决意一死。如果死而不能救子，那就是老爷的罪孽了。”小妾说。

话说到这一步，薛凤鸣再不能不把他的设想告诉小妾。他示意小妾靠近些，俯在她耳边，低声授以机宜。于是，有了小妾自缢于长安道的轰动场面。

二月初十日，太皇太后王氏病死宫中，遗诏称：“予以菲德，获配宪宗皇帝二十余年。不幸茂陵上宾，赖孝宗皇帝及今皇帝光嗣帝业，区宇奠安，自正德元年以来，予与皇帝、太后同受天下至养，慈孝无间。兹予寿登七十，得复侍茂陵左右，无复有遗憾矣。永唯祖宗创业垂统，艰难重大，皇帝宜以万几为念，不得过于哀戚，成服三日后听政。尔中外文武群臣，尤宜协志效勤，佐行化理，以永垂无疆之休。”

王氏是宪宗皇后，孝宗朝尊为皇太后，皇帝即位，尊为太皇太后。后妃活到七十岁者不多，王氏为人谦和，宪宗皇帝专宠大过他许多的万贵妃，王氏恬静处之，一无所争，这或是她得以长寿的原因。

十三日，皇帝回到京师，太皇太后驾崩是一件大事，皇上必须赶回发丧。

钱宁随皇帝回到京师，第一个来见他的自然是锦衣卫指挥使廖鹏。廖鹏自认钱宁为义父后，不便改姓钱，更不便改姓朱，姓氏怎定，成了一个悬而不决的难题。升至指挥使，他戏谑地自称为三姓大帅。他来见义父，首先要讲的自然是长安道上十天以前发生的事件。

钱宁扈驾巡狩，钱安隔上三五日便差人赴宣府，将朝中京中发生的大事小事告与他知。薛凤鸣小妾自缢的事件他有所闻，也认为是一件奇事。听廖鹏详细解说，明确了两点：第一，自缢者，是薛凤鸣的小妾，而不是与他有染的大妾；第二，刑部将薛凤鸣入狱，现正为其小妾自缢，为不能决狱而处境尴尬。

此时投石下井，整一整刑部，可说是举手之劳。但刑部尚书张子麟对他很恭顺，刑部对锦衣卫的事很配合，钱宁不想难为他们。

“兄弟阋墙，薛二自取其辱。”他感慨道。薛凤鸣在堂兄弟中行二，钱宁虽对他有微词，接下来便有为他的小妾申冤的表示：“薛二人品不佳，能纳入烈妇，肯拼死为他申辩，也是他的福分。薛二薛五之狱曲直且不说，烈妇死得冤枉，我不为她做主，她在地下不会瞑目，我的心也不安。烈妇之死，由于薛二下狱。将薛二下狱的是刑部，但责任不在刑部。烈妇的状纸写得好，责任在于宝坻知县周在。我一定要把周在和诘告薛二的讼棍捉拿到案。鹏儿，你愿意为我赴宝坻一行吗？有你去，我才放心。”

“大人差遣，儿子自当尽力尽心。”廖鹏说，“不过，我还有一层计较，望义父斟酌。”

“说吧。”钱宁道，“我立的宗旨，定薛二是而薛五非，只要你不说我定得不公道，你的话，我都可以听进去。”

“义父决狱一向是最公道的，谁敢说半个不字？”廖鹏表现出全力维护钱宁的姿态，“我是想，薛氏兄弟的案子，不能再放在刑部了。第一步，当然是义父的宗旨，将薛二开释；第二步，不妨将该案从刑部调出，由都察院差御史重新勘问，使天下人都知道义父为烈妇做主的决心，又免得刑部堂上官为难。儿子愚笨，这一层计较，不知是不是蛇足？”

钱宁本来想，和张尚书打个招呼，在开释薛凤鸣之后，给薛二、薛五讼案随便结一结就是了，刑部改变旧时的招议，无甚要紧。而廖鹏所议，对他大有触动：与其和张尚书打招呼，使刑部勉为其难，真不如交御史勘问。

“鹏儿说得有道理，交御史重勘是高招。”钱宁既然认可廖鹏的主意，当然要他推荐十三道御史中可以差派的人，“你看差谁去好？”

“朝廷官员，义父再清楚不过，差谁去，儿子不敢乱说。”廖鹏把话暂且憋在心里，他算准了，钱宁不会不知他的心思。

果然，钱宁笑道：“你不必和我兜圈子了，要不是为了荐人，你想到了好主意，也未见得肯说。”

廖鹏被说得不好意思了，赧然作态地赔着笑，说：“义父一定要儿子举荐，儿子就试着荐一人，如果不妥，义父不用就是了，也不要责备儿子。儿子看，差派张仲修，勘出的结果定如人意。”

“张仲修？”钱宁怪道，“你怎会想到荐他？”

莫说钱宁听了奇怪，任何人听了都会奇怪。张仲修，名士隆，河南安阳人，弘治十八年进士，正德六年由江西广信府推官召为御史。此人最为人所知的事迹，是出按凤阳，干冒风险，抑制织造中官的气焰。当时宫中差出的织造太监叫史宣，是一个极爱生事的人。他准备下两根黄梃，水路则列于舟前，陆路则举于车马前，号称“赐棍”。所谓“赐棍”，有如尚方宝剑。尚方宝剑可以先斩后奏，“赐棍”可以先打后奏，甚至打而不奏。史宣介于张忠和苏进两辈太监之间，与张忠交好，与苏进也交好。有了强硬的靠山，谁也不放在眼里，且谁也不敢得罪他。性善者暗祷，千万不要撞上那两根“赐棍”；性恶者明言，某人该受“赐棍”的教训。某人自然是他的仇家。史宣南下途中接触过的地方官员，闭口不谈“赐棍”事，只有凤阳巡按御史张士隆上了一道奏本，告史宣骄横枉法。他没有告倒史宣，但由此名声大振。

廖鹏荐张士隆，钱宁以为怪，还不在于他奏告史宣在先，而在于他奏告廖铠在后。廖铠是廖鹏的长子，钱宁义孙，现任锦衣卫千户。张士隆奏告廖铠连及廖鹏，其词云：“铠虐陕西，即其父鹏虐河南故习也。河南以鹏故召乱，铠又欲乱陕西。乞置铠父子于法，并召还廖銮，以释陕人之愤。”张士隆告了廖鹏廖铠父子，连家人廖銮都不放过，廖鹏却在钱宁面前荐他办差事，实出钱宁所料。

“鹏儿，向士大夫示好，是聪明之举，向士大夫示弱，却不是男子汉的本色。”钱宁训示般地说。

“冤家宜解不宜结，儿子不是要示弱。”廖鹏解释，“儿子以为张御史能为朝廷办事，不会辜负义父的托付，故斗胆向义父举荐他。”

钱宁说：“外举不避仇，你办事也很公道。”

廖鹏荐张士隆重勘薛氏兄弟之狱，绝不是示好，绝不是公道，而是另有所图，就像钱宁对该狱的处置绝说不上公道一样。钱宁的家人在宝坻办事碰了钉子，他想报复知县周在不是一日了，正好借薛家的案子把周在捉拿下狱，以解旧日之恨。他为薛凤鸣说话，为薛凤鸣小妾申冤，都是针对周在而发。如果反之能将周在下狱，他也会助薛凤翔的。而廖鹏荐张士隆，既不是为张士隆堪大用，也不是为钱宁网罗张士隆。他估计，张士隆勘问薛氏兄弟之案，不会偏向薛凤鸣，他很可能再把薛凤鸣下狱。这样一来，就拿不到周在的错处。周在无错，便要获释复职，钱宁一定不满。只要把张士隆牵进薛家的案子，只要把张士隆和周在扯在一起，张御史就跳不出是非圈子了。彼为肉，我为案，钱宁掌刀，是廖鹏环环相扣的设计。别看他是武臣，却着实工于心计。这次的盘算，连钱宁也没有看透。

薛家的案子由刑部移至都察院，张士隆奉派勘狱。不出廖鹏所料，他问过案由，认为薛凤鸣、薛凤翔兄弟二人无是非可言，刑部将二人同时下狱没有错，周在被下狱才是天大的冤枉。廖鹏能看出来的事情，张士隆也能看出来，要解救周在，必须坚持刑部原议。他毫不犹豫地将薛凤鸣再度解入狱中，下一步，便要分别定兄弟二人的罪了，便要宣示周在无误，刑部无误了。

钱宁勃然大怒，廖鹏则是心中窃喜，表面惶恐：“大人息怒，都是儿子心存侥幸，荐人不当，误了大人的事。”他匍匐在地，不敢仰视。

“你起来吧。”钱宁说，“你的用心是好的，是希望文臣武臣和衷共济，可笑张某人不识抬举，不自量力，要和我做对，我绝不会放过他。”

廖鹏起身说：“义父的意思，我当面向他交代过，谁知他竟如此冥顽不灵。不对，”他纠正说，“儿子词不达意，不是冥顽不灵，而是公然做对，儿子好生惭愧，好生后悔。”

“你不必惭愧和后悔了，且说如何处置他。”钱宁道。

“张仲修以儿子为敌，以铠儿为敌，都无关紧要。他要治我和铠儿的罪，有父亲大人做主，谅他也不能得逞。可他与父亲大人做对，却万万不可再容他。”廖鹏有张有弛，说得很聪明，“依儿子看，处置张仲修，一定要从严。”

“严是一定要严，可是，严到哪一步呢？”钱宁没有拿定主意，“总不能定他死罪吧？”

“为何不能？”廖鹏道，“不处死他，一有机会，他还会和大人做对。其他人见奈何不得他，一有机会，也要和大人做对。总之，留下了他，对大人就是老大的祸害。”

“不妥！”钱宁大概也体会到廖鹏借刀杀人的伎俩，“其一，现在全国举哀，不便杀他。其二，你到处宣扬，是你在我面前荐他，杀了他，你有口难辩。不但不能杀他，而且不能治罪。但薛家的案子，不能让他再办了。把薛二放了，再差一名御史勘案，看他如何做，如何说。”

“父亲大人思虑周全，儿子不及。”廖鹏有些失望，但他相信，处置张士隆不过是早一日晚一日的事情。

都察院再差御史许完勘问薛氏兄弟的积案。有趣的是，许完的结论和张士隆的结论完全相同，薛凤鸣再次下狱。在一桩讼案中三度下狱，也算得上是奇而怪之的事了。

钱宁将张士隆和许完一起惩治，二月十四日，传旨：张士隆谪晋州判官，许完谪定州判官。张士隆召拜御史之前，是正七品的府推官，任御史六年多之后，降为从七品的州判官，相当于三甲进士初授的官职。

廖鹏荐用张士隆的用心，钱宁后来觉察到了。照说，这不是敬重之道，但钱宁对廖鹏并无反感，相反，他更要重用廖鹏，或许是因为欣赏廖鹏的心计。二月十八日，廖鹏由指挥使升任都指挥使，署南镇抚司事。重要的不是职位的升迁，而是掌南镇抚司。这是锦衣卫中一个重要的差事，也可以说是朝廷中的一个重要的差事。

第一百六十二章

钱宁在薛凤鸣案中放过刑部衙门不久，由于另一桩案子，终于和刑部有了冲突。

王注是钱宁亲信的锦衣卫千户，因有钱宁撑腰而肆虐；王注爱听一名瞽者说唱古今，瞽者因有王注撑腰而胆大；瞽者有兄，因瞽者出入王注家门而好斗敢斗。瞽者之兄的邻居中有一泼皮，也好斗敢斗。两个好斗敢斗的人住在同一小巷内，不成为朋友，便成为仇家。泼皮嫌弃瞽者之兄有一个瞎了眼从事贱业的弟弟，不屑与他来往；瞽者之兄也耻于和泼皮交结，两人由小事而起，渐成仇家，免不了一斗。

如果斗嘴，泼皮未必会占上风。二人由斗嘴而动武，瞽者之兄不是泼皮的对手，吃了些皮肉之苦。瞽者之兄向瞽者哭诉，瞽者向王注哭诉。锦衣卫千户治泼皮，是天经地义，顺理成章之事。他不必请示钱宁，径直将泼皮擒来衙门。王注有宠于钱宁，锦衣卫衙门的人都愿意巴结他，帮他收拾一个泼皮，根本不当作一回事。王注的意思，把泼皮痛打一顿，让瞽者之兄出了气，也就作罢。谁知泼皮也有泼皮的性子，刀剑架于颈上，木梃施于臀部，一句服软的话也不肯说。他不服软，王注不好开口，相帮的兄弟不好住手，竟把他活活杖死。死了人，尽管一泼皮而已，也必然引起一场官司。

京城人打官司，有人去顺天府衙门，有人去宛平县衙门，也有人直接去刑部衙门。泼皮家人诉讼，选的是刑部衙门。刑部员外郎刘秉鉴问案。他听了泼皮家人的一面之词，又听了瞽者之兄的一面之词，没有听到的，只有王注之词。

王注知道闯了祸，这才去向钱宁哭诉。打死一名京城泼皮，在钱宁看来，有如捻死一只蝼蚁。他要王注照常办事，不必理会刑部的提审。

刘秉鉴无奈，根据泼皮家人及瞽者之兄的供词结案。王注不肯到官，招议对他当然很不利。刘秉鉴持议，王注杀人有罪。不是因公杀人，不是误伤人命，而是杀人有罪，那就要抵命了。王注知道，刑部审案时，有了钱宁的话，他不去刑部衙门可以，刑部结了案，定了他的罪，一旦朝廷核准，生死就由不得他了。他再向钱宁求救。钱宁也很恼火，找他的智囊钱杰商量对策。刑部定下锦衣卫千户的死罪，无疑是向锦衣卫挑衅，向钱宁挑衅。

“王注的案子你知道了吧？”钱宁开门见山地说。

“是，刑部已移文锦衣卫，着落在锦衣卫衙门追拿凶犯。”钱杰对衙门里的事一清二楚。

“好大的口气！”钱宁冷笑着说，“王注为锦衣卫办事，屡有奇功，我绝不会把他交给刑部。你看，我该找姓刘的，还是该找姓张的？”

“姓刘的不能找。找他，太给他面子了，都督犯不上自降身份。”钱杰沉吟着说。其实，他顾虑的不是钱宁与员外郎交涉，降低了身份，而是怕员外郎不肯给钱宁面子。他知道，部属官中不乏秉公办事的人。“至于张尚书，都督不妨给他些面子。但他以尚书的地位，向部属官发号施令，以后在属下面前也不好做人。属下倒有一个更好的法子，不妨试一试。”

“你的法子一定是好的，快讲。”钱宁命道。

“我也是由都督方才的话想起的。”钱杰说，“王千户有功于锦衣卫，刑部问他的罪，就是找锦衣卫的麻烦。刑部既然可以找锦衣卫的麻烦，锦衣卫为何不能找一找刑部的麻烦呢？”

“刑部的麻烦好找吗？”由刑部的过失入手，使得刑部对锦衣卫的案子不能不改口，确确实实是既保存锦衣卫体面，又保存张尚书体面的好法子。

“有一桩现成的麻烦可用。”钱杰不慌不忙地说。

他讲了一段故事：刑部狱卒，例有供食，是朝廷定下的规矩。近年来，刑部以囚粮赢羡供应狱卒，而将朝廷拨给的供食作为衙门的应酬费用。这是公开的秘事，上至堂官，下至杂役，均不以为怪。外衙门的官员也只能叹息本衙门没有这样的财源。

“此事捅了出去，刑部必上下惊恐，再着人放出风声，咬定刑部诸堂官刮其赢羡，不劳都督找张尚书，张尚书也一定会来找都督的。”钱杰述说厉害，“到那时，不要说王千户的案子，凡刑部经手的案子，还不是都督说怎样办，刑部便怎样办，绝不敢执拗吗？”

“此计大妙！”钱宁拊掌道，可想了想，还有些疏漏，“你说的事，是刑部的大麻烦不假，可未必是姓刘的大麻烦，他未必肯松口。”

钱杰早想到了这一层，分析说：“都督是要刑部服帖，何必一定拿姓刘的开刀？刑部上下都服帖了，只有姓刘的不服帖，他在刑部不成了众矢之的？刑部衙门还有他的立足之地吗？”

“对，对，衙门里的事，你算是参透了。”钱宁一点即通，不再犹豫，“这道斥刑部违制的奏疏，就请你和师爷一起草拟吧。”钱杰城府很深，说：“都督不能上疏。都督的奏本一上，刑部怕是怕了，却一定不肯再亲近都督，也无法再亲近都督。请科道官上疏也不是上策。上疏之后，刑部的事情就难以缓转了。须知，刑部狱卒供食改回旧日的章程，并非都督的本意，没必要为此事与刑部结怨。”

“你的话不错。”钱宁用心思考，“又要利用刑部的过失，又不能让朝廷知道刑部的过失，倒有些难办了。”

“说难办也不难办。官员治罪，除了上疏论劾，不是还有别的法子吗？”钱杰道，“都督向东厂张公公递过话去，等于是送去东厂一笔钱财，张公公还不照单收下？”

钱宁采纳钱杰的建议，由东厂出面，告发刑部盗用囚粮之事，指刑部两名提牢主事郑懋德和林桂是主谋。朝廷有旨，将二人下狱。事涉刑部，不能交给三法司办，遂送锦衣卫狱，由北镇抚司勘问。钱宁嘱咐署理北镇抚司的钱安，不必问案，不要声张，且看刑部有何应对之策。钱安对钱宁的话，无不听从。

刑部狱卒供食事，说大可大，说小可小。说小的话，郑、林二人无事释还；说大的话，尚书、侍郎都无法解脱。张子麟任刑部尚书多年。而今的张尚书不是当年的张尚书，一听说本部有人犯事，犯在东厂手里，便惊慌失措，向他人问计。而今的张尚书，已很有定见，知道狱卒供食事是东厂所发，立即与东厂接触，打通关节。由东厂的太监那里，他得知东厂这次不是衔司礼监之命行事，而是衔锦衣卫之命行事，得知钱宁找刑部的麻烦，是因为王注之狱，便带了左侍郎金献民、右侍郎冯清，过锦衣卫衙门，亲自向钱宁谢罪，以求化解一场官司。

锦衣卫衙门前从来不缺少校尉当值，比其他衙门神气得多。听校尉入报，刑部三位堂上官来访，钱宁知道计已得逞，为表示刑部的事与他无关，他特别迎到衙门之外。

“大司寇带了两位贰卿来，不是奉旨查抄锦衣卫吧？”钱宁行礼说笑。

张子麟苦笑着说：“都督掌锦衣卫事，只有锦衣卫查抄刑部，焉有刑部查抄锦衣卫的道理！”

入室坐定，钱宁正色言道：“方才是说笑，都是朝廷衙门，大家都是为朝廷办事，谁能去查抄？谁该被查抄？大司寇说锦衣卫查抄刑部，是指刑部现有二人押在锦衣卫狱吧？郑、林二位收系锦衣卫狱，是奉旨行事。我特意叮嘱北镇抚司官，对二人待之以礼，不许用刑，不许逼供。不像刑部有些人，必欲置锦衣卫的人于死地。”

“是，是，都督宽待刑部的官员，下官感同身受，不胜感激。”张子麟连连作揖，“都督说得好，大家都是为朝廷办事，刑部做错了事，得罪了人，还望都督指教。下官在都督面前做个承诺，刑部有了错处，一经指出，无不即改。”

要说服帖，张尚书已经表示得很明白了。但钱宁只咬住狱卒供食的事不放，绝不涉及其他：“郑、林二位大人的案子，是东厂披露和处分，我一人做不得主。我能为各位大人效力之处，是尽力压制，不使展扩。各位大人若信得过钱某人，也不必把此事放在心上。你们都是朝廷重臣，不会因为下面官员违制而受累。”

“承情之至。”张子麟见钱宁不谈王注之狱，而不谈清楚王注之狱，郑、林之狱也谈不清楚，只有主动提出，“郑、林二位主事，还望都督周全。此外，王千户的案子看来也是勘问不当。该案是刘员外勘问，对他如何处置，还请都督明示。”衙门的堂上官主动为属官请求处分，也是不多见的怪事。

“刘大人勘狱若有不当，是贵衙门的事，钱某不敢置喙。”钱宁说，“不过，王注是皇上赏识的人，各位大人不可不知。为各位大人计，王注的案子理当再勘。我看，刘大人问过的案子，要刑部其他大人来纠谬，也有些为难。我倒是想了个两全其美的主意，不知当说不当说。不说呢，看着各位大人为难，我心有不忍。说呢，又怕你们嫌我多事，把手伸得太长了。”

“我等专程拜谒都督，就是为了讨教。都督既有好主意，怎可不说？”张子麟扫了两位侍郎一眼，示意他们也有所表示。

冯清会意，说：“都督但说不妨，外间没有闲话则罢，有了闲话，我等自会辩白。”

“各位大人有命，我就说了。”钱宁做出十分不情愿的样子，“刘大人再问王注的案子，不合适，刑部其他大人接手王注的案子，也不合适。那么，何不将该案移交其他衙门呢？”

“镇抚司若肯接手，再好不过。”张子麟早就想过，锦衣卫的官员，交给锦衣卫狱处分，再好不过。刘秉鉴问案问错了，闹得再大，比起刑部上下都有份的狱卒供食之事，也是小事一桩。

钱宁沉下脸来，说道：“岂有此理！我真心为大司寇排忧解难，大司寇却以小人视我。刑部要拿锦衣卫的人治罪，你却要将该人送回锦衣卫狱，我掌锦衣卫事，如何处分？”

张子麟错会了钱宁的意思，被训斥两句，脸上有些挂不住了。金献民出面为他解说：“都督的意思，王千户的案子，刑部不好问，锦衣卫也不好问，要交给其他衙门，但其他问狱的衙门还有不少，是将王注之案移交宛平县，还是移交顺天府，还是移交五城兵马司，都督不如对我三人说个清楚。”

其实，钱宁并未想过，到底将案子移交哪个衙门，金献民一一道出，他便拿定了主意，“移交顺天府衙门，刑部还有面子吗？更不要说移交宛平县衙门了。只有移交五城兵马司，刑部的面子还好看一些。”看似维护刑部，实则考虑自家。五城兵马司掌京城缉盗，而皇上把京城的事务交付给钱宁钱安兄弟，五城兵马司的巡城御史和锦衣卫都督之间，无形中有了辖制被辖制的关系。案子移交五城兵马司，比移交顺天府衙门或宛平县衙门，更便于钱宁控制。“不知各位大人以为然否？”他又问了一句。

“都督事事为刑部着想，我等还有什么话好说？”张子麟起身说，“就此别过，刑部遵从都督指示，这就去办理王注一案的移交。”

张子麟责怪了刘秉鉴几句，要他把王注杀人一案移交五城兵马司。刘秉鉴大感委屈，移交案子后称病告假。他现以员外郎署理司事，本有大好前程，就此莫名其妙地断送了。

兵马司重新勘问，与刑部招议大不一样：泼皮死有余辜，王注功罪相抵，泼皮家人诬告反坐。至于案情，尽量写得含混一些。兵马司问的案子，再移大理寺复谳，即时报允。

王注脱离险境，又恢复了往日的气焰。他打着钱宁的旗号，去见刑部几位堂上官，实则是向刑部示威：“我家都督命我来给各位大人叩头，感谢各位大人救命之恩。”他撩起外袍，欲行跪拜大礼，而动作迟缓，显然是等着对方阻拦。张子麟抢上一步，拉住他，说：“朱都督太客气，王千户太客气。你来是客，我等担不起你的大礼，大家以平礼相见吧。”

这厢定要行叩拜礼，那厢不肯，那厢要行平礼，这厢也不肯。争来争去，还是客从主便，王注与一尚书二侍郎对面相揖。

“王千户说来谢救命之恩，刑部实不敢当。刑部有开罪王千户之处，王千户不计较，就是刑部的大幸了。”张子麟说着客套话，“请上复都督，都督这次很顾及刑部的体面，刑部上下无不感激。待事情了结，我再去叩谢。”

所谓钱宁很顾及刑部的面子，是说，刑部堂上官过锦衣卫衙门谢罪，他的怨气消了一半，兵马司重新勘案，他的怨气又消了一半，因而，刑部盗用囚粮之事，他提也不提了。张子麟说事情尚未了结，是说，刑部还有两名官员关在锦衣卫狱，他心有余悸，不敢公然去镇抚司结具放人，只好向王注暗示，请钱宁的法网再开一面。

“大人的话，在下一定转达敝上。”王注说着，又提出一个刁钻的问题：“刘大人处，我也去叩个头吧。我从斧锧下生还，也多亏了他的恩德。”

他无非是要当面羞辱刘秉鉴几句，这番心思，谁都看得出来。张子麟不敢拒绝他，也不好答应他，张口结舌，说不出话。还是金献民较沉稳，向王注一揖，说：“王千户的心意，也由敝部尚书公转达吧。刘员外病得不轻，告准了假，不好唤他来衙门。王千户去他家中寻人，怕也不合道理吧？”

态度不卑不亢，言词不刚不谄，王注愣了愣，不好再说过分的话，坐了片刻辞去。

“舜举兄，要不是你在，堂堂刑部二品衙门的脸面就丧失殆尽了。”张子麟带着哭腔说。他和金献民同是成化二十年进士。同科同衙而不同官同秩，关系向来不好处，他二人倒是相安无事，该相让时能相让，该相助时能相助。

“唉！”金献民叹了口气，“王注一匹夫耳，也敢来我刑部大堂走一走，坐一坐，还说得上什么脸面！”见张子麟和冯清低头不语，他知道话说得太重了，便换了口气说，“王注匹夫受了什么委屈？郑、林二位主事才是受了莫大的委屈，趁着钱都督心绪好，还是活动活动，请他快些结案吧。”

钱宁心绪好，郑懋德和林桂的处分不算重，二人外放山东，郑懋德任临清州同知，林桂任平度州同知。这已是二月下旬。二人处分后，刑部盗用囚粮一事，更无人再提了。

第一百六十三章

群臣集于左顺门，听司礼太监出外宣旨：今日免早朝，然后议论着散去。大家议论着本衙门的事务，或交换着各衙门的新闻，对于免朝的是非，没有人再议论了。皇帝回到京师将近一月，正正经经地坐朝，大概只有一次，即与廷臣们讨论太皇太后的丧仪。皇帝表明将躬视大行山陵，大臣们自然要反对，阁臣率先上疏切谏。皇帝不报，就是说，躬视大行山陵已是定论了。皇帝也不再和群臣见面。群臣每日一早集于左顺门外，日复一日地看着司礼太监走出来，听着司礼太监的宣示，倒好似集会的目的，是为了听一遍“今日免早朝”。皇帝若不在宫中，他们想听司礼太监的宣示也听不到，难怪他们听到这句话，也感到亲切。

“叔厚先生！”听到有人招呼，梁储回过身，见站在身后的是兵部尚书王琼。王琼揖手道，“叔厚先生可否稍驻，下官有话要说。”梁储随王琼向道旁走了两步，二人站下。内阁办事衙门离左顺门近而六部衙门离左顺门远。但内阁属于内廷，不便请外朝大臣至阁中议事；内阁大臣又不便去东面的各部衙门或西面的三法司衙门议事。因此，阁部大臣若不在假日或晚间互访，有事要谈，多是利用早朝或午朝后的机会，或是站下来谈，或是边走边谈。王琼和内阁几位大臣都没有私交，梁储不知他话长话短，便站了下來，免得彼此仓促。

“德华先生有何吩咐？”群臣差不多散尽了，梁储才与王琼互揖致意，开口询问。

“不敢吩咐，是有事请教。”王琼的态度不冷不热。

“何事？”梁储听出王琼的不满，不敢怠慢。

“石季瞻是叔厚先生的门下吧，他怎么全不似先生醇厚？”王琼更有了咄咄逼人之势。

梁储想不到，他将自己拦下，要说这件事。近些日子，向他提起工科都给事中石天柱的人着实不少。石天柱一直在六科迁转，忠直敢言，名声越来越响亮。上月二十三日，石天柱刺臂上疏，极陈巡边之非，更被视为壮举。石天柱的奏疏说：“臣窃自念，生臣之身者，臣之亲也；成臣之身者，累朝之恩也。感成身之恩欲报之于陛下者，臣之心也。因刺臣血，以写臣心，明臣愚忠，冀陛下怜察。数年以来，星变地震，大水奇荒，灾异不可胜数。而陛下不悟，祸延太皇太后。天之意，欲陛下居衰绖中，悔过自新，以保大业也。倘或不悟，天意或几乎息矣。丧礼大事，人臣所当自尽。陛下于太皇太后未能尽孝，则群臣于陛下必不能尽忠。不忠，将无所不至，猝有变故，人心瓦解矣。夫大位者，奸之窥也。昔太康田于洛、汭，炀帝行幸江都，皆以致败，可不鉴哉！方今朝廷空，城市空，仓廪空，边鄙空，天下皆知危亡之祸，独陛下不知耳。治乱安危，在此行止，此臣所痛心为陛下惜，复昧死为陛下言也。”洋洋数千言，是近年难得一见的振聋发聩的文字，许多人精神为之一振。

石疏中至少有两点容易激怒皇帝：一是以古时昏君为例，比照皇上的行止；二是直指皇帝对太皇太后不孝。石天柱刺血时，恐为家人所阻，乃避入密室，草拟疏稿，阖家无一人知晓。奏疏一上，他就易服待罪，以为不免。皇帝不理会他的忠谠之言，在许多人的意料之中，皇帝一直不加罪责，出乎石天柱的意料之外，也出乎许多人的意料之外。

梁储是正德三年会试的主考官，向他提起石天柱，或是出于赞赏，或是出于羡慕。公然在他面前指斥其非，王琼可说是第一人。

“德华先生说我醇厚，是不实之誉。与其说醇厚，不如说怯懦。则石季瞻不似我怯懦，未尝不是幸事。”王琼的态度不冷不热，梁储也不冷不热地说了几句，“石季瞻是德华先生的后辈，德华先生以为他的谏疏有舛错，当面教训他就是了，何必要我传话？我传话传错了，岂不有负德华先生对他的一片爱护之心？”毫无来由地被王琼拦住责问，难怪被视为忠厚长者的梁储会发火。

王琼自知不对，向梁储一揖，说：“石季瞻的谏疏人人喝彩，有了定论。我反对的，不是他的奏疏，是他在集议时的言论。”

“原来德华先生还在为彭济物的官司劳神。”换了别人说这样的话，一定含有讥刺，而梁储讲劳神，应不是重贬，王琼想发火也发不起来，“集议时各持一见，并非坏事。”

“怎是各持一见？”王琼提起此事就忍不住要发火，“我看只他持有一见，与众人不合。”

“德华先生的话有些偏颇。”梁储驳道，“我记得，王存纳、石邦秀、毛宪清持议，都与石季瞻相同。”毛宪清是礼部尚书毛澄，石邦秀是户部尚书石玠，王存纳是礼科都给事中王炌。王炌是浙江黄岩人，弘治十五年进士，由太常博士转入六科，也是一个敢于直言的科道官。在前一次会议上，他与石天柱一起，驳斥王琼之议，使王琼很是难堪。

“加上王存纳，也不过是一二言官，算不得公论。”王琼故意不说毛澄、石玠，只说王炌。毛澄等和他同居高位，他想造成言路和大臣对峙的局面：“何况，王存纳出尔反尔，作为掌科，实在有失操守。”

彭泽掌院时，武定侯郭勋镇守两广，行事乖谬，劾者甚众。皇帝命郭勋自陈，郭勋就所行事一一强辩，王炌等则一一驳之。都察院复奏其事，以王炌之言过激，不录。王炌遂上疏，连彭泽一起论劾。皇帝为此而切责彭泽。王琼说王炌出尔反尔，指他昔日劾彭泽而今日为彭泽辩。

“王存纳昔日劾彭济物，是他不媚上。今日为彭济物辩，是他不逐流。唯其如此，才可见他的气节。”梁储为王炌说了两句好话，再回转来说石天柱，“彭济物经略哈密，确有失误。石季瞻说，彭济物致仕逾年后的变故，似不应全责怪彭济物，也是提醒朝廷，不可忘了他多年来征讨四方的功劳。德华先生以为石季瞻说错了，尽可以驳他，要我转述你的批驳，我一定不错字句地转述。可要我驳他，碍难从命。”

梁储摆明了态度，他赞同毛、石、王之议，而不赞同王琼之议。这大概也是内阁的态度了。杨廷和说，彭济物错在居功自傲，总有一天要获重谴；可功总是功，不可因其过而抹煞其功。内阁同意他致仕，没有因他的功绩给他以殊荣，现在也不必因他的过失再处分他。何况，而今哈密的局面变坏，责任也不全在彭泽。

话不投机，王琼与梁储说不下去了。他想，还须和钱宁商议，方好定下对彭泽的处分。

朝廷再次议论哈密事由哈密人马黑麻讼冤而起。马黑麻是写亦虎仙党人失拜烟答之子，写亦虎仙之侄婿，以入贡在京师，得知写亦虎仙和失拜烟答被陕西副使陈九畴逮捕，失拜烟答死于狱中，写亦虎仙械入京师，一直想把案子翻过来。去年五月，彭泽致仕，兵部尚书王琼以嘉峪关官兵惨败为由，追论彭泽以金币馈土鲁番，而未能讨还哈密城，是丧师辱国，应治罪。由于阁臣梁储的反对，未能成狱。马黑麻想，彭泽是朝廷在西北的最高长官，彭泽治罪，写亦虎仙和失拜烟答的案子才能翻转。朝中有人议论彭泽的过失，正是绝好的机会，因此闯入长安门，为父讼冤。

陈九畴将写亦虎仙和失拜烟答下狱，是因为不满彭泽与土鲁番速擅满速儿通贿，也是因为知道此二人是土鲁番的内应。果然，二人被逮，土鲁番军拔寨而去，证明陈九畴判断不错，彭泽也因而罢师还朝。捶杀失拜烟答，或可说是行为不慎，械送写亦虎仙，则是无懈可击。王琼欲用马黑麻的诉讼扩大哈密事态，证实前总制处置不当，说动钱宁，劝诱皇上，派科道官按哈密事，以坐实“丧师辱国”四个字。可惜的是，差出的科道官不解人意，奏哈密事因果，没有一句可以用来中伤彭泽的话。王琼只得亲自上疏，论劾边臣对哈密的处置失当。他写了四句话：妄增金币，遗书议和，失信启衅，辱国丧师。单独一句话，还看不出分量，四句话合在一起，则足以致边臣于死地。马黑麻讼冤，朝廷按核，哈密事很议论了些日子。有了王琼这本杀气腾腾的奏疏，自然要集廷臣会议。

有人窃窃私议：大司马追论哈密事，很像刘瑾当年追论思恩府事。昔日刘太监借思恩府事治刘大夏、潘蕃罪，今日大司马借哈密事，要一并治彭总制、李巡抚、陈副使的罪。

有人窃窃附议：今日大司马治人罪，比当年刘太监还不如。昔日刘大夏和潘蕃对思恩府事处置不同，定罪时还有个说法。今日彭泽和陈九畴对哈密事的处置不同，却要囫囵治罪，不加区别。执政者是一代不如一代了。

彭泽以金币讨还城池和金印，陈九畴极力反对，奋然言道：“彭公受天子命，制边疆，不能身当利害，何但模棱为！”后来练卒伍，缮营垒，擒奸细，都是他的部署，并非得彭泽的指示。若谓彭泽与土鲁番通好是善策，陈九畴逮写亦虎仙等便有违朝廷策略；若谓陈九畴武力逐酋是善策，彭泽的怀柔羁縻便不可取。而现在，却要用“辱国丧师”一并治罪。

有人私议，却无人公开就王琼的奏疏发表议论，会议的进行甚是沉闷。后来，众人的目光渐渐集中到礼部尚书毛澄身上。除了兵部，礼部大概是与哈密事关系最密切的衙门了。

毛澄发言：“德华先生疏称彭济物草率处置哈密事，另有内幕，不知有没有实据？”

王琼厉声说：“若是廷鞫，彭泽自会吐实。”

毛澄说：“古者刑不上大夫，廷鞫亦是刑讯，德华先生何必动辄言廷鞫，有损古义。”

说到要不要廷鞫，二人就不必争了。彭泽远在数千里之外，王琼说廷鞫，是虚刺一枪，毛澄说不可廷鞫，也是虚还一枪。

户部尚书石玠和彭泽先后掌都察院事，说不上有什么交情，但他同情彭泽的处境。无奈致仕，已是士大夫的不幸，若再加罪，更是不幸中的大不幸。他说：“经略哈密的重任，彭济物一再辞却，朝廷大臣一再推举。彭济物致仕时，哈密事是一种局面，致仕后，又是一种局面，以后的变故，不该由他承担责任。朝廷当以平恕之道待致仕大臣，不可枉加罪名。”

石天柱、王炌两位都给事中，抓住石玠所说彭泽致仕前后的哈密事态，加以引申，要求在复议中写上王琼提到的那句话：泽归逾年后失事，似亦可原。多数与会者沉默不语，而倾向很明显。王琼懂得众怒难犯，在会议中隐忍不发。石、王二人是他的晚辈，实要争个面红耳赤，传出去被人耻笑。

王琼要梁储以恩师的身份，代他教训石天柱，却碰了个不硬不软的钉子。他本来只想治彭泽的罪，现在，对石天柱、王炌也要处置了。

不巧，钱宁到豹房侍奉皇帝去了，王琼在锦衣卫衙门只见到钱杰。钱杰知他无大事不来，便问：“是都督回来了，再差人请德华先生过来，还是德华先生向在下说明来意，都督回来了，我立即向都督禀明？”

钱杰是钱宁的亲信，不向他说明来意，分明是表示疏远，王琼再蠢，也懂得这一层。他忙说：“我是为处分哈密事而来，请钱将军呈告都督，就说我来听取都督的训示。”

钱杰说：“我听都督说德华先生的奏疏写得好，皇上大为赞赏，定会惩治彭泽。”

“不知圣上要治他何罪？”钱杰的公开身份是指挥同知，实际上是钱宁的家人，向他询问圣意，实在有失大臣的风范。王琼不耻一问，一是向钱杰表示亲近，二是希望从他嘴里探到确实的消息。钱宁对他是无话不说的。

“德华先生想治他何罪？”钱杰很有心计，反问一句。

王琼想了想，决定“犹抱琵琶半遮面”，心里的话不可不说，不可全说，“我与彭济物旧日无怨，我厌恶他，是因为他对都督不敬。他厌恶我，是因为我全力维护都督。以我的立场，对他的处分可轻可重，以都督的立场，留下他终是大患。”王琼停下来，让钱杰品味他这两句话的含意，然后说，“彭济物怎样轻视、仇恨都督，钱将军，你是亲耳听到的，留他在世上，就算都督心胸博大，毫不在意，你能安心吗？”

“以德华先生观之，我乃一吏，以都督观之，我乃一仆，怎可定人生死？大人物如彭济物，其生死由德华先生和我家都督这样的大人物而定。”钱杰不入他的圈套，说道，“不过，有一句话我要告诉德华先生，你为自家着想，要杀彭总制也好，为都督着想，要杀彭总制也好，都是不错的。若在两个月前，只要都督一句话而已，眼下却是不行。”

“这是为何？”钱杰不像是随意一说，王琼感到不快，也感到心寒。

“国丧日，谁敢轻开杀戒？”钱杰的理由再简单不过，“彭泽罪恶再大也躲过了一绳一刀一壶酒。”刀斩绳缢酒毒，是处死大臣的几种方法。

“钱将军不点拨，我简直忘了国丧停刑的规矩。”王琼悟道，“看来，彭济物的案子，该推迟一两个月再处置，他的死罪也不争于一时。”

钱杰说：“德华先生若是没有上疏，迟一两个月处分彭总制，本是正理，德华先生的奏本既上，无端拖延时日，就有些不好交代了。”

“钱将军责怪的是，我性子急了。”王琼大为懊悔。

“德华先生是什么身份，小人是什么身份，怎敢责怪？”钱杰说了句客气话，接着补充了一句不客气的话，“大人们若能做到不耻下问，有时会小有收益，有时收益则难以估量。”

王琼瞥了钱杰一眼，心想：这个钱杰，比当年的刘成更厉害，倒不可小觑了他。

三月十三日，对哈密事有了处分：前总制彭泽斥为编氓，甘肃巡抚李昆谪官，肃州副使陈九畴除名。钱杰说得不错，幸亏是在太皇太后的丧期，不然，即使朝廷中有人庇佑，彭泽也难逃一死。

三月十九日，出中旨：工科都给事中石天柱降昭安推官，刑科都给事中王炌降惠州推官。石、王二人得罪了王琼，并没有得罪钱宁，中旨是冲着王琼的面子而出，可见宫中有不少人愿意为他办事。

第一百六十四章

躬视大行山陵，应出德胜门，皇帝一行却出了东直门，应径直向北经昌平城，皇帝一行却走岔了道，径直走东北官道到了蓟州城。其实并非走岔了道，根据皇帝与侍者商定的行程，躬行大行山陵，是归程中的事情，去程绕道蓟州，先观赏蓟州城外的温泉，再巡视蓟州、昌平两州的关隘。皇帝知道的有密云以北的古北口，平谷以东的黄松峪，遵化以北的喜峰口、马兰峪、松亭等。关隘太多，一次不可能遍视，定下的章程是，随皇上兴之所至。

皇帝起了个大早赶路，薄暮时分，到了蓟州城。皇帝吩咐，绕城而过，不必进城。一行人从西门外绕了个圈子，绕到东门外。东门外有一条向东的直路，行不多远，便到了在京东颇有名气的石门古镇。皇帝不想住在镇上，只想在镇上歇歇脚，用过携带的御膳，继续赶路。就在这时，苏进带了一人来见皇帝。

“奴才拿到一名细作来见爷，爷可有赏赐？”苏进笑嘻嘻地说，一看，便知他在演戏。

苏进带来的人，远远地跪下，不敢再走近皇帝。皇帝看他的身形，似曾相识，看他的面孔，更似曾相识，却怎么也想不起他是谁。

“既是细作，推下去斩首！”皇帝喝叫一声。

那人慌了，如捣蒜般叩头，口里不住声地讨饶：“皇上慈悲，皇上饶命，小臣不是细作。”

皇帝辨出声音，说：“你不是黄勋吗？你不是细作，怎会窥伺朕的行踪，难为你，居然跟到了蓟州。”

“小臣避难到了蓟州，不想有幸见到了皇上，怎敢窥伺皇上的行踪？”黄勋说。

“避难？”皇帝有些吃惊，也有些好奇，“以你的身份，不加害于人，不知有多少人要念一声阿弥陀佛了，难道还有人敢加害于你？”

“怎么没有？”黄勋说，“无人加害，小臣为何不走通州大道，却走到山林间小路？”

皇帝想，他的话不错。从通州到京城，有笔直的官道，怎会绕到蓟州？可说有人要加害黄勛，也实在令人难以相信，须知，黄勛不是寻常之人，他是通州卫指挥，他到京东通州各县，是为皇帝办事。

通州卫隶属亲军指挥使司。初定亲军上值十二卫，后增至二十二卫，通州卫也划入。亲军指挥使司和亲军卫的武职，比起外卫的武职，见到皇上的机会多一些，为皇帝办事的机会多一些，但也要看机缘。黄勛因是武清县人而有机缘。

皇帝听人说通州武清县游景不少：县南三角淀，方圆二百余里，是京郊第一大淀；县东南直沽，是京东几条河流的入海处；县东北的河西务，是京东的重镇。皇帝去过宣府，山川见得多了，又想看一看海，命苏进找一名熟悉武清的人当向导。苏进记起上值时对他很是巴结的黄勛，把他荐给了皇帝。去年秋天，皇帝带了数人，以黄勛筹办供应，到武清一游。那时雨水大，通向三角淀和直沽的道路泥泞难行，皇帝只到了河西务。说是要再游武清，一直没有成行，而黄勛则成了皇帝在京东的专职采办。

以黄勛这样的身份，有人逼得他不敢走大道，逃避到了蓟州，可说是一件奇谈。不知谁的胆子如此之大，竟加害于皇帝的专差。

“你为朕办事，谁与你为难，你告诉朕，朕为你做主。”皇帝出巡，本不想多管闲事，免得扫了兴致。但黄勛的事，关系皇帝威严，关系皇帝以后去得去不得武清，不能不管。

“小臣人微言轻，但为皇上办事，也懂得自重。一般人也不敢看低小臣，欺侮小臣。谁敢看低小臣，欺侮小臣，皇上想也想得出来。”皇帝越是要他说，黄勛越是不肯说。

皇帝寻思：顺天府衙门，京城内的事和京城四周的事都管不过来，不会管到百里之外的武清。通州衙门和武清县衙门，地位太低，听说为宫里办事，早吓个半死。想来想去，只有一人该管，也只有一人敢管。“朕知道了，”皇帝说，“定是畿辅巡按在寻你的晦气。”

“皇上圣明！”黄勛奉承道，“正是他差人在通州大道上缉拿小臣，小臣才不得不绕道回京。”

“畿辅巡按是谁？”一猜即中，皇帝有了兴致，更要追问下去。黄勛不知皇帝在问谁，不敢开口。皇上直呼其名：“黄勛，朕在问你呢。”

“是，小臣回话，”黄勛恭恭敬敬答道，“现任畿辅巡按是刘士元。”

“刘士元？”皇帝想不起这个人，“你们知道这个人吗？”这次是问苏进等人。

“奴才不知。”苏进先说。赵林等也摇头。若是老一辈的太监，京城中有了三亲六故，免不了要和畿辅巡按以及顺天府衙门、宛平县衙门打打交道，苏进等人还来不及在京城安置家人，因此，和各衙门素不来往。

“黄勋为朕办事，刘士元要缉拿他，欺朕太甚，朕要给他些颜色看。”皇帝问黄勋，“锦衣卫衙门你去过吗？锦衣卫的朱都督你识得吗？”

“提起朱都督，天下之人谁会不知。”黄勋道，“小臣福薄，至今无缘与他老人家结识。”

“黄大人，说话要有分寸。”苏进脸一抹，一副教训人的样子，“在别人面前，你称朱都督老人家，尽可以随意，在万岁爷面前，你称朱都督老人家，把爷置于何地？朱都督是老人家，万岁爷不成了老老人家吗？”

“是我欠思量，多谢苏太监你老人家点拨。”黄勋习惯了，皇帝亲信人员都称一声“老人家”。

苏进呵道：“糊涂！我等是爷的老儿党，在爷面前是小儿辈，不是老人家。你再信口乱叫，小心爷掌你的嘴，莫谓言之不预。”

“言之不预”的成语，苏进是向皇帝学的，用在此时此处，还算恰当。皇帝嘉许地点点头，说：“他叫惯了，你就让他叫吧。不叫一声，他心里不安。他和廖鹏是一辈分，廖鹏在任何场合，都称朕的义子为老人家，他称你老人家，也是合情合理。至于朕嘛，在他等小辈面前，只好充当一回老老人家了。”

“爷说的是。奴才被人称作老人家，不觉飘飘而然。爷被称作老老人家，一定更加飘飘而然。”苏进一开口，便有连珠般的话，“不过，爷有事要他办，就请吩咐吧。辈分多了，有谁稍不小心，不是犯了连逆的天条，就是降低辈分，要吃大亏。还是早些打发他走为好。再说，咱们还得赶二十里的路呢，此地不可久留。”

“你老人家急着打发他走，就请你老人家吩咐吧。”皇帝说笑。

“爷这样说，不是折煞奴才了吗？奴才料事不错，只要他在，辈分上一定出乱子。爷要怎样处分刘士元，就请交代给他吧。”苏进说。

“朕也没有别的意思，只想锦衣卫差两名校尉，把刘士元解到昌平城外，朕有话问他。”皇帝传谕，“黄勋，你告诉朱都督，朕十日后回到昌平行在，要他差人把刘士元送去，你也一起去。对了，他是朝廷命官，没有朕的旨意，你不可私自加刑，欺侮于他。这些话，你要一并说与朱都督，你可听明白了？”

“小臣听明白了，小臣遵旨。”黄勋叩首退下。他确是怕为刘士元按治，而绕道蓟州，没想到与皇帝相遇，真是一段奇缘。他现在奉有明旨，由刘士元缉拿的人，成了缉拿刘士元的人，心里有说不出的舒坦、兴奋，恨不得插翅飞入京城。

出了石门镇，驿道夹于两山之间。二十里的路程不远，可要在天色大黑之前赶到温泉，还是要不停地加鞭催马。随行的小太监中，便有人对黄勋有了怨言。本来是很从容的行程，碰到黄勋，说了许久的话，不得不赶路了。也有人因而对苏进有了怨言，要不是他多事，黄勋怎能见得到皇上？其实，苏进自己也在后悔。年龄大一岁，胆子小一分，他也怕赶夜路。稍有闪失，担待不起，所以他要急着打发黄勋。

还好，一路上没有闪失。时在四月下旬，白天在日头下骑马，感到燥热。黄昏时节，行走在两山之间，轻风习习，不由得心旷神怡。抱怨黄勋和苏进的小太监们恍若神仙，悠然自得，念及这一番舒适乃拜他们所赐，也就不再抱怨了。

今日必须赶到温泉，是因为约了人在温泉会合。皇帝对后宫上至皇后下至嫔妃都不特别亲近，只对一位姓王的妃子尚有好感。皇帝去后宫的次数有限，只要去后宫，三次中有两次是宿在王妃处。王妃是顺天府人，姿色固属上乘，善诗善书更是其他妃子所不及。皇上偶尔有了兴致，吟诗吟曲，必命王妃唱和。

皇帝出巡，从不携带后妃，这次东北之行破了例，命安排王妃同游蓟州温泉。王妃乘辇车，比骑马慢得多，因而早行一天；不出意外，今日正午时分便该到达。皇帝对她说了今日到，就一定要赶到，免得佳人挂念。

远远看到前方烛光如昼，是安扎毡帐的地方到了。苏进以次的小太监都松了口气。皇帝不愿他们松懈，说："你们人不更衣，马不卸鞍，朕一高兴，说不定再赶上百十里的山路，到遵化县城夜宿。"

小太监们知道皇帝在说笑，可不知怎样对答，照例是苏进应付："爷别说笑了。爷不心疼奴才们，还能不心疼王娘娘吗？王娘娘甘受颠沛之苦，到蓟州侍奉爷，爷忍心见了王娘娘的面，道一声辛苦，立即又分手吗？"

"或是爱妃自己想去遵化过夜，你们又有谁知道了？"皇帝说着，下马进帐。小太监们候在御帐之外，真不敢立刻回帐更衣休息。

御帐内两名侍候王妃的宫女，见了皇帝，叩头行礼，悄然退出。王妃欲行礼迎驾，被皇帝一把拉住。"荒郊野外，宫里的礼数都免了吧，"皇帝说，"爱妃脸色不好，是途中劳累了吧？"

"途中有宫人侍候，说不上劳累，我只是为皇上担忧。"王妃道，"他们说，皇上身边只有几位小公公，一名侍卫也没有，皇上又比约定晚了两个时辰，叫我好不心焦。"

“朕在石门镇上办了些事，耽搁了时光，倒要爱妃担心了。”百官在奉天门外，一等就是大半天，大臣在斋宫外，一等就是几个时辰，皇帝从来不放在心上，王妃多等了两个时辰，他却有些歉疚。“朕常在外面行走，从未碰到敢于犯驾之人，爱妃忧从何来？”

“皇上洪福齐天，当然不会生出意外。”王妃说，“我等女流，却免不了要胡思乱想。皇上一身而系天下安危，还望多加珍重。”

“好，爱妃既然这样说，朕日后留意就是。其实，朕往日在外，不是朱宁，便是朱彬，率军护驾。这次欲与爱妃畅游温泉，便不要他们同行，而命朱彬明日赶到遵化接应。”皇帝的计划，只要王妃今日在温泉侍候一夜，明日便送她回宫。后妃与臣子不宜相见，所以几员边将都没有带在身边。想到只有一夜的恩宠，王妃不免伤感，但想到皇帝为与自己聚首一夜，不使亲信将领随行，王妃又有更多的感激：“皇上的情义，奴婢此生也难以回报。只恨奴婢命薄，不能为皇上——”

皇帝知道她要说什么，及时打断了她的话头：“爱妃来得早，可曾去看了温泉？”幸亏他插话及时，要是等王妃把她的心里话说了出来，大家心里都要不痛快了。

“去过了。”王妃对皇帝及时改变话题由衷感激，“午后无事，我一人去泉边走了一遭。”

“爱妃看那温泉还有趣吗？”皇帝问道。

“此处温泉极为有趣，我不说破，皇上明日亲自去看过，便知道了。”王妃说。

妃子久居深宫，不会有多少见识。可皇帝知道，王妃绝不是一个没有见识的女子。她说极为有趣，那就肯定值得一看。“何必等到明日，爱妃说它有趣，朕就一刻也等不得了。”

“皇上要秉烛夜游吗？”王妃除了上元节赏灯，从来不曾在晚间走出过居处。

“朕不但要与爱妃秉烛夜游，还要与爱妃秉烛夜沐。”皇帝拉着王妃的手，走出帐外。

“皇上秉烛夜游是可以的，秉烛夜沐却有些难处，皇上到了泉边就知道了。”王妃边走边说。

温泉在山之一侧，在月光下，但见一片巨石，方圆亩许。石上有数十小孔，泉水潺潺不断地涌出，向四而流去，雾气向空中散开。皇帝以手试之，水温正在身体可以承受的范围。王妃为什么说夜沐有难处呢？皇帝看了看温泉的形势，明白了。如果巨石较低，四周较高，泉水涌出，便自然形成一池。此处巨石较高，四周较低，泉水涌出后漫流，不成形状，这边有一洼处，那边有一洼处，存下些水，也是又小又浅，无法容下身躯。毡帐中有硕大的浴盆，命小太监们和卫士们川流不息地将水一桶桶汲回，也可以洗个温泉浴，却太乏味了。

“极是有趣，极是有趣！极是可惜，极是可惜！”皇帝又是赞，又是叹。赞叹过后，若有所思地问王妃，“爱妃，难道只有这一处泉水吗？”

王妃答道：“皇上不问，我也正要说，离此处不远，还有一泉，皇上要不要看？”

另一处泉水和前面看到的泉水不同，涌泉处成就一池，泉水漫过池沿，再向低处流去。池不太大，也不太小，水不太深，也不太浅，一二人在池中翻腾雀跃，不在话下。

皇帝道：“爱妃说夜沐有难处，朕看并不甚难。彼处不便沐浴，此处亦可沐浴。来，爱妃与朕一起入浴。”说着，便要除衣。

“皇上且慢。”王妃说，“先请试一试此处的泉水可似彼处的泉水，再下水不迟。”

皇帝依言去试，手指刚一触及水面，马上缩将回来。此处的泉水果然不似彼处的泉水，彼处泉水，温热可人，此处泉水，却是寒彻心肺。别说在夜间，就是白天最热时，怕也无人敢跳入池中。

王妃道：“我说此处温泉极为有趣，皇上一定以为，我说的是彼处巨石细孔。其实，看了那一处泉水，只是小趣，须得两处泉水做一比较，才识趣之大者。两泉相距三五十步，一热一寒，有霄壤之别。皇上看那方巨石，像不像焦釜？泉水受其性而沸；此处碎石，像不像冰块？泉水受其性而寒。说一句不知天高地厚的话，蓟州温泉实乃穷极天地之造化。”

“爱妃说得好！”皇帝赞道，“爱妃说夜沐有难处，岂止是有难处，简直是可望而不可即。爱妃说穷极天地之造化，朕也只好顺其性，不做强求。但有一桩，此处奇迹，可不浴，不可不诗。爱妃素有捷才，可赋诗记之。”

王妃也不推辞。白日游过二泉之后，一首七言绝句在胸中不知反复推敲了多少遍，正想吟与皇上听：“塞外风霜冻异常，水池何事暖如汤？溶溶一派流千古，不为人间洗冷肠。”吟罢道，“粗疏之句，请皇上御正。”

前两句平淡，第三句转折得好，末一句则有无穷韵味，如泣如诉，大约只有幽居深宫的人才吟得出来。皇帝不觉同情起王妃。但只限于同情，只限于对王妃的牢骚不加罪。为王妃改变性子，从此安安稳稳地居于内宫，本本分分地当皇帝，他是做不到的。

“好诗！”皇帝不多评说，转身吩咐站在后面的赵林，“赵老儿，朕派你一项差事，你去附近村镇寻两名好手艺的石匠，把王娘娘的诗刻在石上，朕和爱妃也算不虚此行。”

第一百六十五章

皇帝的御帐外，拴了一串人，个个赤裸上身，双臂反剪，跪倒尘埃，待皇上发落。为首一人是巡按畿辅御史刘士元，其次是武清知县曹俊，此外还有武清县丞、主簿、河西务巡检司、杨村巡检司的巡检等。这些人在刘士元的差派下出力缉拿黄勋，钱宁怕皇帝要提他们做个旁证，或要连他们一起治罪，差锦衣卫校尉捉了来，一并押解到昌平城外。

“茶来想得周详，交他办的事，朕最放心。”皇帝说着，命道，“苏老儿，帐外设座，朕有话问刘士元。”苏进答应着去了。

“黄勋，有一件小事，朕须借助于你。”

“为皇上办事，是小臣的职分，何况此案由小臣而起，”黄勋叩首道，“小臣恭奉皇上的差遣。”

“朕亲自鞫问刘御史，总不能朕亲自动手去杖他。这些老儿呐喊助威可以，手上却没有气力。佛老儿更是菩萨心肠，要他行杖，如同搔痒。”皇帝点到题上，“黄勋，朕要你施杖刑。”

“小臣遵旨。”指挥好歹是品官，充当行刑手，未免委屈，但皇上的差派，又当别论。“启奏皇上，小臣随哪位公公去领刑杖？”黄勋问。

“你好糊涂！”皇帝说，“朕出巡，还会带着行刑器物吗？难道说，你还跑回京里，讨一根木梃来不成？你到外面寻一替代之物就是了。”

黄勋寻了一根柳树的枝干，双手各执柳干一端，站立刘士元身边。

“刘士元，抬起头来。”皇帝命道，“你可识得身边之人？”

“他是朝廷的罪人，是陛下的罪人，臣曾缉拿他，可惜被他跑脱。”刘士元在皇帝面前，不肯屈服，忿忿地说道。

“你的话太多了。朕问一句，你答一句，朕问什么，你答什么，知道吗？”皇帝交代过后，又问，“刘士元，你可识得身边之人？”

“他是黄勋，臣识得。”刘士元不多答了。

“对了，”皇帝点点头，接着问下去，“他奉旨送你来到昌平，一路上可曾打你，可曾骂你？”

“他没有打臣，也没有骂臣。”刘士元答道。

“就是说，他没有公报私仇。好！”皇上说，“今日朕有话问你，坦率地说，不但问话，还要施刑。朕命黄指挥行刑，不担心他对你有私情，你也不会担心他挟私报复吧？”

“君要臣死，臣不死非忠。向臣问话的，是陛下，加臣刑罚的，是陛下，臣万死不辞，何惧他挟私报复！”刘士元正气凛然地说。

“你的话又多了。”皇帝责备他一句，“朕先问你第一事，你近日可曾上疏？你在疏中所言何事？”

刘士元答：“臣本月初八日呈进一疏。臣以为，陛下驾临口外，欲招致三卫，实属不智之举。”

三卫指朵颜、福余、泰宁，太祖皇帝时所设，其地在黑龙江之南，为兀良哈部所据，与朝廷的关系，时而紧张，时而缓和。这几年来，朵颜都督花当及其子把儿孙恃险而骄，时犯关内，为官军击退。花当把罪责一概推在把儿孙身上，却又将把儿孙藏匿起来，命另一子打哈等入朝请罪。远人请罪，朝廷还能说什么？只好释而不问。但许多有识之士谈论时，都指出，对朝廷的威胁不仅来自西北，也来自东北。

“刘士元，你可知罪？”皇帝喝道。

“上疏言事，是臣的职守，臣不知罪。”刘士元说。

“你不知罪，朕来告诉你，”皇帝说，“三卫作乱，必须安抚。朕驾临口外，招其酋长至关下宴劳，正是要安抚。这是何等大的事业，何等大的气魄！你不但不加颂扬，反而出言诽谤。作为臣子，难道不是一件罪过吗？”皇帝不容刘士元申辩，命道，“朕问的第一事，就是你的第一罪。黄勋，鞭十。”

黄勋高高举起柳干，不轻不重地落下，抽打刘士元的臀部。他用力不敢太重，皇上一再说到挟私报复，他不知皇上用意何在；他用力也不能太轻，皇上也说了私情之类的话，更不知皇上的用意何在。带着水分、带着柳木芬芳的枝干比朝廷上用的木梃更能伤人，黄勋每杖一下，刘士元都要咬一咬牙，才不至于呻吟出声。在皇上面前呻吟，是君臣的体制所不容；在黄勋面前呻吟，是忠奸的界限所不容，刘士元至死不出一声。

十鞭之后，刘士元仍能挺直腰板回话。

“刘士元，你再听朕说第二事。”皇帝道，“黄指挥在河西务为朕办事，却被你追得东躲西藏，可有此事？记住，朕问一句，你答一句。”

“有。”刘士元被挤兑住，无奈地说。

“你可知罪？”皇帝问。

“缉拿文武，是臣的职守，臣不知罪。”刘士元这次多解释了一句，“况且以供应陛下为名，行科敛之实，天下罪恶之大，莫过于此。”

“你不知罪，朕来告诉你。”刘士元说臣不知罪，实际上是臣没有罪，皇帝不管，只照字面的意思说，“黄勋身为通州卫指挥，朕差他办事，并无不妥，此乃其一；黄勋在京东一带为朕办事，不是第一次，此乃其二；黄勋再三解说，是为朕办事，此乃其三。有此三者，你纵然对他的话有所疑惑，也该先查问清楚，纵然他行事不当，有可议论者，也该上疏奏劾，由朕来处分。畿辅巡按的权柄再大，对牵涉朝廷的案子，对牵涉大内的案子，也不可以先斩后奏吧？你差人缉拿黄勋，是轻妄之罪，朕不加刑，恐怕你记不牢实。”他还是不给刘士元申辩的机会，向黄勋命道，“复杖十。”

黄勋表面上还是不轻不重，暗中却在手脚上加了一分气力，每一杖下去，刘士元都要更加咬紧牙关，才能不发出声音。有一些人，例如黄勋，可以无师自通，掌握行刑的功夫。

这一次，刘士元多挨了一刻，才渐渐恢复常态，挺直了腰板。反正生死早已置之度外，他一定要保持朝廷忠臣的形象。

“朕再问第三事。”皇帝说，“去年秋天朕巡视武清，全县婚嫁之事甚多，有的人家不问年龄，不看生辰，就行聘礼，可有此事？”

“清平盛世，婚嫁自然多。至于有没有人家不问年龄，不看生辰，臣却不知。”刘士元答道。

“你可知罪？”皇帝又是喝问一声。

“去秋丰稔，万民欢悦，有女者争嫁，有男者争娶，臣不知罪。”刘士元的态度仍是不卑不亢。

“你不知罪，朕来告诉你。你只说秋季民宜嫁娶，对于朕说的不问年龄和生辰讳莫如深。男女适龄嫁娶，顺天地之和气，应宇宙之自然，当然是大好的事。但幼女未足孕育，纷纷嫁入人家，也是顺其自然吗？不验生辰，夫妻相克，生不和睦，死而结怨，也是培养和气吗？况且，民争婚嫁，是因为朕将巡幸而致，若真是天地不畅，阴阳乖离，咎由朕生，还是由你而生？”说过的三件事中，以此事最令皇帝气愤，他挥了挥手，说，“黄勋，杖他二十。”

“爷且慢，奴才有话说。”站在皇上身后的佛保开口了。

“好，黄勋等一等，听朕的老儿有什么话说。”皇帝止住黄勋，“朕寻思，他要为人求情了。”

“爷圣明，奴才是想为这位刘御史求个情。”佛保顺势说道，“奴才记得爷说过，廷杖三十而止，前者已杖二十，若再杖二十，就是四十了。望爷慈悲，体会祖宗的深意，减去半数，这次仍然杖十。”

“慈悲是你的性子，不是朕的性子，所请不准。”皇帝说，“朕不准你所请，有朕的理由。你看，他妄言朕的圣政，杖十多了吗？他滥捕朕的差使，杖十多了吗？他妖言惑众，杖二十多了吗？朕看用刑平和，都不算多。这是第一。前两次杖他，你若请减数，朕或许准了你，杖十改为杖五，算是朕与你一起慈悲了一回。朕最后说的一事，他罪孽深重，定要重惩。即使前两次减了数，这次的杖数也不能减，何况前两次没有减数。前两次杖十，这次也杖十，不成了朕量刑不当吗？这是第二。还有，你难道看不出来，这位刘御史一心要做诤臣？朕当然要成全他，朝廷的诤臣由朕来造就，不也是一圣政吗？朕说了三个理由，佛老儿，你看可不可以杖他二十？”

佛保说不出什么，比他迟钝的赵林却有了个想法：“爷说用刑平和，自不会错。不过，旁边还拴有数人，只杖一人，似乎有些不妥了，何不让其他人也分担几下？奴才想，这次爷赏杖二十，不为多，若由四人分担，每人杖五，或由五人分担，每人杖四，就更不为多了。”皇帝要他负责雕刻王妃的诗句，他顺利完成，以为皇帝会给他些面子。

“赵老儿算法很精通呀，可朕说过一句话你却忘了。朕告诉过你，擒贼要先擒王。朕只问元凶，不问从犯。那几个人，让他们领略一下朝廷的刑罚就够了。”皇帝喝道，“动手吧。”

廷杖以二人执行，或杖二十，或杖三十，极少杖至四十，轮到每人，杖十或十五，已觉难以负荷。黄勋奉旨行杖，前面已杖二十，这次又要一口气杖二十，够他受了。也亏他身体健壮，没有半途累倒。

刘士元久久不能挺起腰板，可见伤势不轻，但他双眼仍有神，身体仍在动，看来不至于毙命。

赵林和佛保是皇帝面前最有面子的老儿，他们碰了壁，其他人知道，再出面求情也是枉然，除非苏进才有办法劝得动皇上。苏进在想，如果皇上再有第四问，他就得出面了。别的不说，太皇太后娘娘丧事期间，打死了人，对皇帝不好。赵林和佛保劝说在前，苏进说什么也不能让他二人独擅其美。

皇帝气消尽了，话说够了。他向后仰了仰，像是对众人说，又像是自语：“京城距昌平六十里，武清距昌平百余里，锦衣卫将刘士元等解来，听朕发落，朕不鞫实其罪，他等不服。朕问了三事，刘士元的罪行昭然若揭，谅他也不能不服。就算他不服，也不打紧，朝中有人不服，也不打紧，朕再亲自鞫问就是了。佛老儿，赵老儿，朕不准你二人所请，你二人心中可服？众老儿心中可服？”

“爷圣明，奴才们都服了。”几个小太监同声说道。此刻若有人不服，不但是存心激怒皇帝，而且是存心要刘士元的性命。

众小太监说过，一名年岁大一些的太监接着说：“爷圣明，奴才服了。”他是驻守永平的镇守中官郭原，特意赶了五百多里的路，来给皇帝叩头。不只来叩头，也是来告御状。皇帝亲自鞫问巡按御史刘士元，皇上提到的三件事，使他充满了信心，他的状子肯定能告准。

“爷圣明！”郭原又说了一遍，“另有一人，罪过不在刘士元以下，乞请万岁爷鞫问定罪。”

皇帝懒洋洋地说：“老郭，朕方才说了，只问元凶，不问从犯。”皇帝在行在，比在宫中，在豹房，说话随便。郭原从永平赶来叩头，说一些永平的风土人情，皇帝听得高兴，对他另眼相看，叫一声老郭，他可以身价百倍。

“是，奴才说的是永平知府毛思义，在京畿地区，他算得上是一名罪魁元凶。”郭原奏道。

毛思义，山东阳信人，弘治十五年进士。他具有山东汉子的豪爽性格，与郭原屡生嫌隙。郭原此来，一小半是为了与相好的小太监们见个面，一大半是为了举告毛思义。

“说说看。他若够得上罪魁元凶，朕命你将他解入京师问罪。他若够不上罪魁元凶，你可脱不了诬告。”皇帝警告说。

“奴才有把握，不会因诬告反坐。”郭原说，“爷问刘士元的话，都可用在毛思义的身上。奴才先说第一事。圣驾此次出巡，毛思义率先上疏，言词比刘士元还要恶毒，奴才还记得其中的两句：大丧未举，车驾必不远出，非有文书，妄称驾至扰民者，治以法。疏中还有许多恶毒的话，奴才不能一一背述。”

“且慢，”皇帝有了疑问，“他奏疏中的句子，你怎会知道？莫不是他上疏前，曾与你计议。”

“毛某人与奴才结怨极深，迎面相见不相识，怎会与奴才计议？奴才是在他身边安插了人。”郭原向皇帝交了底。

“可惜他不在眼前，不然，朕也要杖他。”皇帝说。

“奴才再说第二，”郭原更加自信，“万岁爷巡幸蓟州，巡幸遵化，巡幸昌平，可惜不及永平。毛思义不但谕令民间女子尽嫁，而且谕令民间女子尽避，真不知他是何心肠！”

“他若在眼前，朕也要杖他二十。”皇帝问，“老郭，他可有刘御史的胆量，派差役拿你？”

“虽没有胆量拿奴才，可对奴才也是百般凌辱，全不放在眼里。”郭原诉说委屈。

“说来也是三事。朕为这三事，杖刘士元四十，还要将他解入锦衣卫狱，听候发落。老郭，毛思义的杖刑且记下，这里的锦衣校尉，差两名随你去永平城，追拿毛思义，解入诏狱。”皇帝打发走郭原，再打发黄勋，“将刘士元一干人系于囚车，解回京师。刘士元有罪，却不是死罪。虽说生死有命，但他眼下不能死。黄勋，他是你解来的，你打伤的，回京的路上，还由你照料。他死在路上，朕唯你是问。”

黄勋暗自庆幸，行杖时未下重手。他讨好地说：“皇上仁慈，小臣遵旨。再者，佛公公说了，眼下是太皇太后的丧日，不可诛戮。皇上放心，他在路上绝出不了差子。小臣把他等解去锦衣卫后，还去武清为皇上办差事吧？”

皇帝想都不想，就说：“武清你不必去了，河西务你不必去了，京东你不必去了。通州卫人手正缺，你还是留在通州卫当差吧。再者，朕的这些老儿自视甚高，从来不和差役人等交往，你以后也不必找他们了。朕若在豹房附近见到了你，对你可没有好处。”真是“祸兮福所倚，福兮祸所伏”。黄勋为刘士元缉拿，遇到了皇帝，皇帝为他做了主。而在他自以为成了皇帝的亲信之际，却被皇帝一句贬斥，再也没有亲近皇帝的机会了。

刘士元、毛思义等下诏狱后，科道官连章论救，皇帝为求耳根清净，命将二人谪官，刘士元谪为广东麟山驿丞，毛思义谪为云南安宁知州。

第一百六十六章

五月中下旬，发生一场诸臣见诸王礼的辩论。首先是江西巡按御史范辂上疏，指出："洪武间定礼，王府官属亦称官，其后始称臣，其余州县文武及出使官凡遇庆贺，俱称官，行四拜礼。出使则便服。臣以为尊无二上，凡不称臣者皆不宜具朝服，以严大防。"

范辂的主张是针对宁王命江西官员着朝服参拜而发，主旨是：不称臣者不得朝服相见，亦即，王府官员向诸王称臣，遇庆贺时，可以朝服，其余官员见诸王称官不称臣，不得朝服。细论起来，王府官虽对诸王称臣，但具朝服亦有不妥。然该例沿袭已久，现在不好说改正不改正。将王府官、地方官、出使官加以区别，范辂以为，他的立论严谨，合情合理，可立于不败之地。

宁王随即上疏。范辂自以为严谨的奏议中也有疏漏。他特别提到出使则便服，而不及地方官。关于地方官，第一，不称臣不宜朝服，第二，出使官便服。有了这两条，地方官或随出使官便服，或公服，唯不得朝服。但范辂终究是没有明确提到地方官。宁王要争的是抚按官，有道理争的是抚按官。他说："出使官如持节诏之类，抚按官久在地方，恐难援以为比。且洪武十八年定礼仪，亦随班事。"抚按官可列为出使官，也可列为地方官。范辂身为巡按御史，却没有强调将抚按官列入出使官，这也是他奏疏中的疏漏。

事下礼部，礼部议而不决，尚书毛澄与左侍郎王瓒，右侍郎顾清都感到棘手，商量来商量去，在没有办法中找到一个办法，将范辂的奏议和宁王的驳议一起呈进，请皇上裁决。礼部之外的官员，事不关己，便指手画脚，批评礼部议事依违两端，不负责任。

皇帝也不裁决，由司礼监颁诏，令廷臣集议。人多议论多，议出了头绪，称："随班礼仪，为洪武十八年所定，至洪武末年颁行祖训，则便服行礼久矣。况抚按总兵俱奉有敕制行事，显以便服为宜。"等于是驳回了宁王之议，弥合了范辂奏议中的疏漏之处。

皇帝准其议，命如祖训及累朝相沿的事例，并以书谕示宁王：此事朝廷有了定论，毋得再争。自刘瑾擅政时，宁王之请鲜有不准，这次议官员见诸王礼是个例外。

时为五月二十七日，是皇帝由昌平返回京城后处置的第一件大事，也是近年来皇帝处置的第一件大事。此议一定，额手相庆者有之，愤懑不已者有之，惊惶不安者有之。

惊惶不安者之一是钱宁。

“你等都回避了，着钱杰来见我。”回到宅中，他吩咐左右道。

“都督召唤属下吗？”钱杰向钱宁行礼后问道。

“你坐。”钱宁指了指旁边的座位。钱杰虽是他的心腹，但很少有对坐谈心的机会，一般的事情，只须简单谈论几句，机密的事情，只能简单谈论几句。这次郑重地请坐，看来是要长谈了。“近日之事，要你分辩解说。室内再无他人，你可放心说来。”

“都督指的是出使官见诸王的礼仪吗？”钱杰问。

“正是。集议的情形，你知道了，皇上的批答，你也知道了吧？这是件大事，是祸是福，你要好生想一想，该进该退，你要为我妥善筹划。”

“属下不知皇上的批答，不过，既然皇上要群臣集议，既然群臣集议有了结果，皇上如何批答，也就可想而知了。”钱杰说，“都督说这是件大事，也确是大事，但于都督并无大的妨碍，怎么就说起是进是退的话了？”

钱宁不但以为这是件大事，而且以为他应当考虑进退，理由是：“若只皇上有批答，我本不会多想，但近日来有两个人的作为，和皇上的批答联系起来，不由人不多想。”

“第一个人当然是陆全卿尚书了。”钱杰推测。

“不错。”钱宁承认，第一个使他不安的人是吏部尚书陆完，“陆全卿一直以宁府之是为是，以宁府之非为非，以致有人私下说，他不是朝廷的重臣，而是宁府的外臣。但此次集议，他率先发言，主张从祖训，比任何人都要坚定，都要得力。若不是他慷慨陈词，廷臣集议恐怕也议不出个结果。陆全卿一反常态，钱杰，你道是为何？”

“他也以为这是件大事？他也以为应该考虑进退了？”钱杰一点即通。

“对了。陆全卿以为是大事，我自然要作为大事来看待；陆全卿在考虑进退，我自然也要考虑进退。”钱宁说着，补充一句，“但你的话还不完全，陆全卿不是以为这是件大事，而是确定这是件大事；不是以为该考虑进退，而是确定该考虑进退。堂堂大冢宰，你想，谁的话会对他有这么大的影响？”最后一句话，与其说在提问，不如说在提示。

钱杰被他的提示吓住了：“你是说皇上？”

“有可能是皇上，也有可能是阁老们。”钱宁说，“陆全卿是极有定见的人，和他比肩而立的大臣，如毛宪清之流，未必说得动他，后进的话，则肯定不入他耳。陆全卿又是极敏感的人，阁老们对他有所示意，或皇上对他有所示意，他比任何人都领会得快。”

“都督心有疑惧，何不请教全卿先生？”钱杰听出，钱宁并无实据。

“以我和陆全卿的交情，摆明了说也无不可。”钱宁道，“但陆全卿工于心计，若不肯明言，岂不使我难堪？皇上有一句话，或阁老们有一句话，陆全卿便可领会。陆全卿有一句话，我未必能领会。使他知我的疑惧，我却不知他的底细，这样的事，我不做。”

“都督说的是，此事确实不能与全卿先生摆明了说，但向最坏的方面想，足矣！”钱杰道。

“对了，你说向最坏的方面想，说到了点子上。我正是向最坏的方面想，才有了他人所不能有的想法。”钱宁语气沉重地说，“陆全卿的作为，是其一，教坊司朋友的作为，是其二。”

“良之先生又怎么了？”钱杰问。教坊司奉銮臧贤，字良之。本朝伶人从不称字，宁王致书臧贤，有良之契厚云云，臧贤以书示士大夫。遂在士大夫间传开，争以良之先生呼之。臧贤与钱宁有十多年的交情，刘瑾时，臧贤有意疏远钱宁，也没有在二人间造成大的裂痕。在钱杰面前，他可以用略带轻蔑的口吻，叫臧贤教坊司的朋友，钱杰可不敢，仍是规规矩矩地称良之先生。钱杰知道，臧贤不可能参与廷臣集议，如果他真的有所作为，也许比陆完的作为更能说明些问题。

“他告诉我，近日准备上疏乞闲。”钱宁说，“他的为人，你是知道的，他是淡泊名利的人吗？”

臧贤不是个淡泊名利的人。他如果淡泊名利，就不会守在教坊司十几年，就不会在意正九品的奉銮，就不会接受宁王的巨馈赠。如果说，他以前不是淡泊名利的人，现在就更不是淡泊名利的人：以前他用全部心思追求名利，现在得到了名利，他绝不会轻易放弃。两年前，他奉旨祠泰山，沿途之上，守令伏谒，监司郊迎。作为一名优伶，他得到了前所未有的荣华富贵，他怎会放弃呢？

乞闲的想法，也说明臧贤不是淡泊名利的人。本朝制度，伶官例不引疾。臧贤乞闲，是自高身份，置身于士大夫之列。

这样一个绝非淡泊名利的人，愿意从皇上身边引退，愿意放弃既可以得到士大夫的敬重，又可以立致万金的地位，连钱杰也不得不承认，是件怪异之事。

“良之先生没有向都督说明他的想法吗？”钱杰问。臧贤不同于陆完。陆完是正途出身，尽管表面上客气礼貌，内心却看不上钱宁，更看不上钱杰。臧贤是伶人出身，与钱宁这样的家生子地位仿佛，彼此相处，只会倍觉亲切。

“只讲了四个字：激流勇退。”钱宁道，“听得出，他的四个字，不唯指自身，也是在规劝我。他不是个善于领会的人。他此时引退，不是有人讽喻他，而是他自己体会到，该是引退的时候了。他在考虑进退，我若是不知道，也还罢了，若是知道了，仍然无动于衷，岂不成了愚氓？”

“都督说的是。”钱杰道。他比钱宁善于分析情势，钱宁从皇上的批答和陆完、臧贤的作为中得出的结论，他听钱宁讲过后，也能得出。都督现在考虑进退，绝不是庸人自扰，甚至可以说，他现在考虑进退，已经晚了一步。

“好了，该说的我都说了，请你为我谋之。”钱宁这些深藏心底的话，只能对钱杰说，只能寄希望钱杰有助他摆脱困境的法子。

“都督，事重事急，我就直说了。”钱杰请示。

“你肯直说，才不负我多年的信赖。”钱宁点头。

“请问都督，不事守成之主，改投开业之君，可行否？”钱杰问得惊世骇俗，难怪先要请准直言，他并非对钱宁心怀戒备，不是到了非说不可的地步，这个问题在钱杰心中也只能偶一念之，绝不会公然说出。

“不可行。”钱宁立即答道，显然不是没有考虑过，“皇上起用我于微没，宁王结交我于显贵，皇上与我有父子之恩，宁王与我是钱物之交。此一不可行也。皇上对我委以重用，言无不从，宁王的心腹在南昌，不在京师。我到彼处，彼疑信参半，不会重用。此二不可行也。宁王交我，是因为皇上的宠信，一旦失去皇上的宠信，宁王必不交我，说不定，他还会将我解运朝廷，以表示清白。此三不可行也。有三不可，改换门庭的事休再提起，你另谋良策吧。”

钱宁说的三不可，一是情，二是信，三是势，三者居一，亦不可行，何况三者占全了。钱杰以为钱宁想透了，确实不必再提。

“再请问都督，明里效忠朝廷，暗里帮扶宁府，可行否？”这是钱杰为钱宁做的第二谋。

明里暗里的说法，听来刺耳，细细一想，不这样说，又能怎样说？宁王不反对朝廷，钱宁可以说他一面效忠朝廷，一面帮扶宁王，宁王若反朝廷，二者不可兼得，只能说明里暗里了。明里暗里的好处，是哪一方面胜了，都不失富贵。朝廷胜了，看到他效忠朝廷。宁王胜了，看到他帮扶宁王。明里暗里的危险，是哪一方面胜了，都会加罪他。朝廷胜了，难免有人揭发他帮扶宁王，宁王胜了，难免有人指出他效忠朝廷。这些顾虑且不说，既然明着改换门庭不可行，暗里另投明主也是不可行的。

“不可行，”钱宁说，“以前能帮到宁府，是因为皇上肯帮他，现在皇上不肯帮他了，还定一个明里暗里的宗旨，只能两面为难，两面得罪。直说吧，此策尚不如前策。”

“那么，请问都督，反戈一击，向皇上密奏宁府异谋异动，可行否？”钱杰说出第三谋。

“无毒不丈夫，你出此策，毒是毒了些，能不能自保，还很难说。我看仍不可行。”钱宁还是不以为然，“宁府的异谋异动，我等只是皮毛地知道一些，只能似是而非地说上两句。皇上若问我何以知之，我说得清楚吗？皇上若要我说出来龙去脉，我说得清楚吗？说不清楚，不如不说。”他指点着钱杰，说道，“你素多智谋，今日碰到大事，我看也是江郎才尽了。”

钱杰说：“都督说我素多智谋，是大褒，说我江郎才尽，是大贬。都督对我不须大褒大贬，但以平常之人视我，说不定我也能拿得出好主意。”

“怎么，难道你要我把心里的念头一并说出，才肯告以良策吗？”钱宁有些不高兴了，“你实在是不必与我斗智，该想的，我都想过了，该说的，我都说出了，你有奇计妙计，不必再绕圈子了。”

“属下怎敢与都督斗智，”钱杰道，“计无所出，正说明属下的筹划达到更新的境界。”

钱宁听不明白，想不明白，问：“怎讲？”

“属下话长，请都督仔细听好。”钱杰一层一层地说下去，“都督考虑进退，是基于三件事。第一件事，廷臣集议见诸王礼，皇上准群臣之议，实际上是准了范御史之议，驳了宁王之议。第二件事，陆全卿先生一反常态，驳了宁王之议。第三件事，臧良之先生一反常态，上疏求退。陆、臧二人在考虑进退了，都督也要考虑进退。这是第一层意思。属下以三事言进退，是极而言之。即宁王反朝廷时，若以投宁王为进，则顺朝廷为退，若以顺朝廷为进，则投宁王为退。进也好，退也好，都以宁王反朝廷为依据。这是第二层意思。属下所言三事，是极言进退，都督以为均不可行。以属下愚见，不可行，是三分，不必行，是七分。所以不必行，因宁王尚未反朝廷。宁王不反朝廷，则属下所言进退，无所依据矣。这是第三层意思。全卿先生的作为是进退，良之先生的作为是进退，都督以为属下极言之进退均不可行，则不妨以全卿先生之进退为进退，以良之先生之进退为进退，同样可以自保。这是第四层意思。若都督以为，全卿先生之进退不可行，良之先生之进退不可行，属下以为，不可行，也是三分，不必行，也是七分。属下极言之进退不必行，陆全卿先生、臧良之先生之进退不必行，则不进不退又如何？这是第五层意思。只要宁王不反朝廷，不进不退诚为都督佳选。宁王不反，全卿先生之进退、良之先生之进退，徒招议论。宁王若反，全卿先生之进退、良之先生之进退，不足以效之。故属下以为，都督所需筹划者，不是宁王反朝廷后如何进退，而是如何使宁王不反朝廷。宁王不反朝廷，都督不须考虑进退，宁王反了朝廷，都督进退维谷。这是第六层意思。属下要说的，就是这六层意思。”

钱杰的话实在太长，钱宁用心听，听出了些味道，对他的结论深以为然：宁王不反，则不进不退，安然处之；宁王若反，则进亦足忧，退亦足忧。但宁王反不反朝廷，他钱宁能左右得了吗？说句实话，他若能左右，皇上恐怕早就容不得他了。

唯一的安慰，如钱杰所说，宁王要反朝廷，只是局外人的猜测，尚未成事实。那就不进不退，静以待变吧。

第一百六十七章

皇帝召江彬至豹房，说：“朕前次巡幸喜峰口，欲招募三卫乱酋，后为赶回京师，主持太皇太后的丧仪，未能如愿。现欲再出口外，还是由爱卿护跸。这次定要有所作为。”

“陛下关注边事，安抚外虏，天下之事，莫大于此。”江彬另出一议，“不过，我朝边患在西北，不在东北，密云、遵化，陛下践其土一次足矣。太皇太后大丧完毕，近期料无大事，必须陛下回京处置，不如仍巡西北，多去些日子。”

“爱卿是说，仍去宣府？”听得出，区区宣府满足不了皇帝的欲望。

“宣府当然要去。大将军在宣府的府第即将竣工，陛下当亲自验之。”江彬说，“陛下若不耐烦久居宣府，也可以再向西行。我天朝疆土广袤，西北尤其开阔。陛下若沿古长城走下去，没有一年半载的光阴，怕走不到尽头。不像东北，出了喜峰口、古北口，就是中土人氏与夷人杂居的地方了。”

皇帝想了想，说：“你说这次要多去些日子，甚合朕意。以日久计，倒是该去西北。好，爱卿去筹备吧，朕择日启程，仍出居庸关。至于东北的事务，留待朕来日再行处置吧。”皇帝的话似说完了，江彬叩头欲退，皇帝又叫住他，“爱卿且慢，朕每次出巡，外朝都有许多闲言闲语，此次出巡，朕不想再有人议论，爱卿可有妙计？”

最简单的办法，是用诏狱和廷杖堵住大臣们的嘴。江彬如果这样说，就被皇帝看轻了。他是皇上信赖的人，应有更好的法子。

“陛下出巡，为安靖北边，是最正大光明的事。”江才斟酌着词句，“何不命司礼监传旨，着内阁草敕？只要内阁写了敕书，部院大臣和科道官投鼠忌器，就不好说那么多的话了。”

皇帝指正他说：“爱卿的比喻不恰当，你把朕喻为鼠，把内阁喻为器，不是长了他人的威风，灭了朕和众爱卿的志气吗？”

“微臣口拙，书读得少，不会比喻，有用典不当之处，乞陛下宽恕。”江彬难得地说了句文绉绉的话。

皇帝笑着说："你是舞刀弄枪的人，知道用典两个字，很是难为你了。"他走近江彬，拍拍他，说，"你比喻不恰当，主意却是好的。朕即差司礼太监传旨。朕还要找一个士大夫不能不给面子的司礼太监。"

七日初二日，司礼监太监萧敬在左顺门传旨："近年以来，虏酋犯顺，屡害四方。且承平日久，诚恐四方兵戎废弛，其辽东、宣府、大同、延绥、陕西、宁夏、甘肃，尤为要甚。今命总督军务威武大将军总兵官朱寿，统率大军，随布人马，或攻或守，即写各地方制敕与之，使其必扫腥膻，靖安民物。至于河南、山东、山西、南北直隶，傥有小寇，亦各给与敕书，使率各路人马翦削。"

皇帝出巡成癖，群臣都知道。皇上自称总督军务威武大将军总兵官，群臣也都知道。可向内阁讨敕，这还是头一遭。内阁大臣们惊愕不已，其他文职武职官员惊愕不已。

萧敬在左顺门外宣旨，宣旨后传谕：内阁大学士入内草敕。除四辅毛纪告了病假，杨廷和、梁储、蒋冕鱼贯而入，礼部尚书毛澄随后欲入行谏，左顺门关闭，把群臣阻在左顺门外。毛澄等请准群臣入内，有事奏上。皇帝命当值的校尉和太监守好门户，不准放入一人。于是，被一门阻隔，一面是皇上和内阁大臣，一面是群臣。

毛澄等人隔门泣谏，从皇上不可巡幸，说到内阁不可草敕，先是一人说，后是数人说，而在旁以泣助威者越来越多，竟成了一片哭声。忽然，人群中走出一人，厉声喝道："历来圣主重巡狩，吾皇继往开来，恢弘圣政，何泣为！"他是大理寺右少卿吴堂。他的声音本就洪亮，现在红光满面，威然而喝，硬是将众人的泣声止住。

大理寺卿赵鉴皱了皱眉，说："吴少卿，你又喝酒了！亏得你未曾入内，若在皇上面前吆三喝四，成何体统。再说，大臣云聚，全卿先生没有说话，邦秀先生没有说话，要你来出头吗？"在场众人，吏、户二部尚书排位在毛澄之前，如果以为毛澄泣谏不对，也该由他二人出面纠正。

吴堂在衙门里有饮酒的习惯，他酒量虽不大，有了机会，总要小饮几口。他懂得分寸，朝会、典礼之前，是不敢饮的。今日是皇上临时宣召，他已饮过了酒。虽饮了酒，却没有醉，他不过借酒性壮胆，在诸位大人面前高声说话。只有高声，才有可能被皇上听到，才有可能引起皇上的注意。他的堂上正官以为他是酒后失态，上了一当。但赵鉴说过话，吴堂也不敢再出声。被皇上知道酒后赴朝，固是罪过，被科道官奏劾，也堪忧虑。

宫门深重，皇帝不可能听到吴堂邀宠的声音，就是听到了，也无暇理会，他正全力与三位内阁大臣周旋。

“三位老先生好！”皇帝面带笑容地说。他记得眼下是四位阁臣，便问：“还有一位北毛先生呢？是不是被关在了门外？门上的校尉不认得他，萧太监和门上的公公该认得他呀。”

“毛先生告了病假。”杨廷和答道，“他不知道陛下今日宣召，如果知道，一定会抱病前来。”

“原来如此，”皇帝点点头，“毛先生年岁大了，要好自珍重，各位老先生年岁大了，都要好自珍重。朝中大事须得老先生们维持。”

“陛下日理万机，还以臣等为念，臣等何以克当。”三人齐声向皇帝谢恩。

“杨先生，萧太监传朕的旨意，你可听清楚了？”杨廷和是首辅，皇帝先要过他这一关，“草敕之事，朕就托付与你了，望勿推托。”

皇帝婉言请托，杨廷和不好意思硬顶，让皇上难堪。听罢萧太监传旨，跨入左顺门的一刹那间，他已确定了今日的态度：皇上如果强力逼迫，则正言进谏。皇上如果动之以情，则委婉推辞。“臣患手疾多日，恕不能遵旨。”他说。

皇帝心中不快，又无法发作，即使他不相信杨廷和真的患有手疾，也不好戳穿。他方才还在殷切叮嘱，阁臣们年岁大了，要好自珍重。阁臣自称有病，他不能要求阁臣带病草敕。

首辅不遵旨，接下来该是次辅。皇帝还没有开口，三辅蒋冕抢在前面说：“启奏陛下，臣近日患脑疾，疼痛欲裂，也不能遵旨。”

皇帝强忍住火气，说：“杨先生、蒋先生既然抱病，何不学毛先生，也告假呢？梁先生，你也有疾吧？不知患在何处？要不要朕差太医去内阁为诸位老先生诊治？”

梁储道：“贱躯无恙，不敢劳陛下挂念。不过——”

“好，梁先生无恙就好。”皇帝高兴地打断他的话，“杨先生、蒋先生有疾，朕不敢久留你们，请回去休息吧。朕还是那句话：二卿好自珍重。梁先生请留步，朕还有话要与你说。”杨、蒋退后，皇帝说：“内阁四人，唯有梁先生清健，朕不胜欣慰。草敕之事，有劳先生。”

“臣虽无疾，提得起笔，动得了脑，却不敢草敕。”梁储说，“乞陛下恕臣抗旨之罪。”

皇帝说：“君命不可逆，是自古之义。梁先生是读书人，不会不知，今日为何逆君命？”

梁储说："陛下以他事命臣，臣都可以将顺，独草拟威武大将军敕书，臣不能遵旨。"

"草大将军敕书，小事耳，梁先生尚不能将顺，还说什么他事皆可将顺。"皇帝不高兴地说。

"陛下将草敕看作一件小事，在臣看来，此事无比重大。"梁储与皇帝理论，"陛下说了，君命不可逆，是自古之义，臣斗胆问一句：为何君命不可逆？陛下未必说得出来。"

"好，就算朕说不出来，请梁先生说与朕听。"皇帝道。

"君命不可逆，皆由君崇臣卑。陛下崇为天子，乃自卑为臣，已改君崇臣卑之义。"梁储说，"臣草敕，必书威武大将军名讳，是以臣名君，有违古义。故他事臣皆可将顺，独草敕不可。"

"原来是这个道理。"皇帝踱来踱去，似乎听进去了。但他忽然跃至梁储身边，不知何时，手上多了一口宝剑。皇帝将宝剑架在梁储颈项，说："不草敕，血染此剑。"

皇帝顽皮是顽皮，对内阁老先生一向敬重，以武力胁迫的事从来不曾发生过。梁储愣住了。

"梁先生，朕倒要看一看，是性命事大，还是草敕事大。"皇帝说，"大将军敕书，朕志在必得。你不肯草敕，朕只有亲手杀了你，以为敢逆君命者戒。梁先生，你要三思。"

梁储免冠解带，伏地涕泣，一字一句地说道："臣逆君命，今日就死，死而无憾。他日陛下想起今日杀臣的情形，念及臣虽有罪，罪犹可恕，或生怜悯。臣虽死犹生。若臣今日草敕，因得苟且，他日陛下醒悟，必然怒斥：梁储无礼，以臣名君。到那时，臣引颈就戮，难逃一死，臣之子孙，亦受牵累。臣今日抗旨逆命，不但是为陛下计，为社稷计，也是为臣自身计，为臣之后人计。臣不敢以忠臣自诩，但求死得其所。"言罢，伏地不起。

皇帝见他死志已决，知道不可强求，将剑掷地，说："梁先生起身，回内阁去吧。那几位先生不适，阁中的事务还赖先生办理。"

七月初九日晨，天将明未明，皇帝一行出了东安门。这次不是微服出访，皇帝的行程不保密，可也不是尽人皆知。内阁几位大臣从司礼监得到了消息，部院大臣中，陆完、王琼从锦衣卫得到了消息，还有些人从别的渠道得到消息，或从内阁部院更间接地得到消息。没有得到消息的人不会一早到东安门恭送圣驾，得到消息的人则一定要尽早赶来。皇帝并不想惊动众臣，可有人来送行，他也没有反感。

苏进离皇上最近，见皇帝一出东安门，两眼便在人群中不停地搜索，低声问道："爷要找谁。"

皇帝考问他："苏老儿自夸自赞，说眼神最好，你看看，下面跪了有多少位大臣？"

苏进扫了一眼，说："回爷的话，共五十二人。"

"你看确实了，不多也不少吗？"皇帝要问实在。

"奴才若数多了，不会少于五十人；奴才若看漏了，不会多于五十五人。该在五十人至五十五人之间。"苏进自信地说，"不过，奴才有把握，今次恭送爷出巡的大臣共有五十二名。"

"五十余人中，找出一人，不算难吧？你替朕找找王大人。"皇帝交代他一项差事。

"是兵部王大人，还是都院王大人？"皇帝称臣子大人，极不合规矩，但皇帝说话行事，向来不合规矩，苏进也不以为怪。他也知道，皇帝说笑有个极限。他称为王大人的官员，不是尚书，便是都御史，不会是御史、给事中，更不会是郎中、主事。

"朕要巡边，你想会找哪位王大人说话？"皇帝醒得早，火气难免就大一些，"当然是兵部王尚书，这也要问。"

苏进说："爷要与王尚书说话，宣召他上来就是了，何必要奴才在人群中找。"

"这你就不懂了。"皇帝有皇帝的盘算，说起自己的盘算，他还很得意，"王大人在，我便宣他上来说话。他若不在，朕一宣召，立即有人去他家中宣旨，朕是等他来，还是不等他来？这不是给自己找麻烦吗？"

"爷圣明！"苏进说，"奴才哪里想到那么多。不过，王尚书一定要来送驾的，不然，就不成其为王尚书了。如何？"他指着前方说，"他果然在那边。"

"既然看到了，还不快带他上来！"皇帝命道。

王琼被苏进带到皇上身边，皇帝不等他行叩拜礼，便说："王尚书，朕有一事不明，要向你请教，你须得为朕说个明白。"

王琼听罢惶恐不安，比日常行叩拜礼，又多了几分恭顺、虔诚："陛下这样说，臣无地自容。兵部的事务若有处置不当，臣请领罪。"

"咿，爱卿为何知道朕要问兵部的事务？"皇帝问。

“臣掌兵部，长于军事，陛下宣臣前来回话，想来是兵部的事务。”王琼的理由很充分。

“很好，王尚书既料到是兵部的事务，也一定料到了究竟是何事吧？”皇帝说，“其实，此事或并非兵部可拟定，但朕还是要问你。本朝封了那么多爵爷，近世以来，各等爵爷的功勋，无出威武大将军之右者。朕欲爵威武大将军国公，难道不应该吗？此事朕独谕兵部，以为王尚书是难得的帅才，定与威武大将军英雄相惜，谁知，王尚书也持世俗之见。”

皇帝先是给内阁出了个难题，梁储不肯退让，无奈，只好放弃；然后又给兵部出了个难题，本月初，传谕兵部，进威武大将军爵国公。验封该是吏部的职掌，由吏部验封司主管。皇帝不知为什么，不传谕吏部，而传谕兵部，使得王琼极是为难。由兵部为威武大将军请爵，显然不合程序；即使内阁不在乎这种张冠李戴的安排，也绝不会拟旨。因此，拖了几天，王琼没有复旨。皇帝召他来，意在质问。

王琼定了定神，说：“威武大将军功高盖世，爵以国公，无可非议。不过，晋爵是大事，以兵部之力，难得必成。臣以为，陛下可传谕内阁及吏、兵、礼各部会议，郑重布告天下，才可以使满朝文武、天下之人，心悦诚服。”

王琼圆滑地把晋爵之事推了出去。皇帝不久前才在内阁碰了钉子，当然不愿再和内阁交涉。他说：“威武大将军封爵之事，不须劳动各位大臣。朕择吉日传旨就是了。王尚书，我听张太监说，朕前次出巡，全赖你主持京畿布防。朕此次出巡，你还要用心。”

“臣遵旨！”王琼叩首道，“乞陛下以社稷为重，不可涉远，不必蹈险，则天下幸甚。”

王琼退后，苏进遵皇帝意旨，引陆完上前。

“陆尚书，大理寺少卿吴堂外调一事，吏部办得真快呀！”威武大将军晋爵的大事，皇帝不向吏部尚书打招呼，不与吏部尚书谈论，却与吏部尚书谈论起一名正四品少卿的迁转。

皇帝说吴堂的事处分得快，还真快到了极点。初二日，吴堂在左顺门外高声喝叫，激怒了在场的大小官员，几乎被众人殴击。总算赵鉴看在同衙门的份上，止住他，使他免受皮肉之苦。但赵鉴提到吴堂朝会前饮酒，使众人抓住把柄，吴堂成了众矢之的。陆完见众怒难犯，示意文选司批文，将吴堂外调。文选司的郎中至主事，无不愤恨吴堂的为人，给他找了一个极好的去处。初三日，吏部拟，吴堂外调鹤庆军民府知府。鹤庆军民府属云南省，在会城云南府西北一千里开外，是极边之地。

吴堂的外调，和官员获罪放外没有两样。

陆完说：“吏部内外，众口一词，臣不得不从众议。陛下以为处分不当，还来得及追回。”

“朕屡次巡边的用心，内阁老先生们不解，部院大臣们不解，区区一名少卿却体会到了，你们还容不下他。”皇帝说，“你也不必追他回来，追了回来，又有人要说朕有私心了。陆尚书，吏部这次的处分大谬，你记住就是了。”

皇帝说罢，命司礼太监把内阁几位大臣宣至面前，一一问候：“杨先生，你的手疾可大好了？蒋先生，你的脑疾可大好了？毛先生，你的心疾可大好了？”众人面有赧色，皇帝最后对梁储说，“梁先生，你还欠朕一通敕书。”内阁诸臣无一人说得出话来。皇帝吩咐道，“萧太监，宣谕吧。”

萧敬宣读敕谕：“特命尔等照依内阁旧规，同寅协恭，勤慎供事。每日司礼监发下在京在外各衙门题本奏事，俱要一一用心看详，拟旨封进，奏请施行。其奏本有军机紧急重大事情，该用官军钱粮器械关防符验等项，尤要详加审处，拟旨封进，听司礼监一面奏阅定夺，一面发下各衙门依拟议处，毋致迟滞误事。”

这是皇帝给内阁的居守敕。杨廷和诚惶诚恐地接过了敕谕。

第一百六十八章

王守仁大病初愈，王小仍食以糜粥。“老爷为朝廷办事，称得上呕心沥血了。”王小说，“南、赣事已平，老爷该好好调养身子了。老爷不知道，你初犯病的时候有多吓人。”王守仁是正月初二犯的病，头晕目眩，呕吐不止，无法进食。半年多来，他身子一直虚弱。平定南、赣诸盗之役，他是带病指挥的。多亏王小的细心照料，南、赣事平，他的身体也逐渐康复。

“王小言之差矣。”王守仁说，“平定南、赣事，不过小试牛刀，我是边养病，边视事，江西尚有大事要我去做，须得全力以赴。那可是病不得了，养不得了。王小，今日有人来探我，你一概挡驾，我请了唯乾来议事。”

说到冀元亨，冀元亨就到。王守仁吃完了粥，当值的门役领了他进来。王小低声说：“冀先生，老爷的身子还虚弱，还要吃药，切莫长谈。”

冀元亨说：“放心，你家老爷说话累了，我自会劝他休息。到了吃药的时辰，你尽管送药上来。那时他不想休息，也要休息了。”

王小安心去了。冀元亨问候王守仁：“老师气色很好，何不小饮两盅？”说着，从怀中取出小酒葫芦，“我知道王小把酒都藏了起来，特为老师带来了绍兴佳酿，以提精神。

王守仁接过酒葫芦，小抿一口，笑着说：“王小遵从医嘱，滴酒不许我沾。他是一片好意，却不似唯乾深知我心。此酒我慢慢享用。唯乾，可没有你的份，你酒瘾上来，回去再饮。”

“是，我知道老师召我来，不是为了饮酒。”冀元亨应着，“我是来为老师办事的。”

“我也没有事情要你办。只是这两日精神很好，细细回味半年来的军旅生涯，似有所得。”王守仁又抿一口酒，把葫芦收藏起来，“自我到南、赣履新，你一直随我策划，我欲与你一起，议一议南、赣的得失。南、赣匪患多年不息，我上任不足两年，用兵不足一年，得以大定，唯乾，你看是什么原因？”

冀元亨思索片刻，说："老师出了个大题目，恐怕我答不完备。我观老师用事，大得者有数端，试为老师言之。弟子以为，老师大得之一，是判断形势。"

"怎么，去年深秋的夜谈，唯乾还记得？"王守仁说，"芸芸众生中，你算得上是有心之人了。"

"老师的议论精彩，学生想忘也忘不了。"冀元亨道，"若依了国声先生的主张，三省夹攻，各自掣肘，南、赣之事，今日未必能了。"

湖广巡抚秦金，字国声，南直隶无锡人，弘治六年进士，正德九年，自山东左布政使升右副都御史，巡抚湖广。秦金以一省之力不足以治盗，提出会湖广、江西、广东三省之力夹击的方案，王守仁对秦金绝无不敬，曾称他奏请收诸王府所据山场湖荡还官，实一大善政，不但抑制了王府的势力，而且对各处盗贼来说，也是釜底抽薪。但对三省夹击，他有不同的看法，对冀元亨说："以湖广言之，则桶冈为贼之咽喉，而横水、左溪为腹心。以江西言之，则横水、左溪为之腹心，而桶冈为之羽翼。今议者不去腹心，而欲与湖广夹攻桶冈，举兵两寇之间，腹背受敌，势必不利。"江西南安府上犹县，是连接江西、湖广二省的要冲，城西有桶冈山，城南有横水，城西南有左溪，均为强贼盘踞。王守仁分析，湖广的官兵，先扼住咽喉之敌，再攻破腹心之敌，为上策，江西的官兵，先攻破腹心之敌，再剿灭羽翼之敌，为上策。两省联合用兵，难有两全的方略。王守仁坚持，一定要先腹心，后羽翼。

"形势明而次序定，老师定下先横水，次桶冈，次与广东徐图浰头的方略，而平定南、赣果然依照老师的次序。弟子以为，判断形势是老师用兵的第一步。"冀元亨说。

浰头山跨广东惠州府龙川县和江西赣州府龙南县。三浰水自浰头山而下，流入江西。三浰是上浰、中浰、下浰三水的总称。除浰头山，连接两省的还有赣州府安远县境内的大帽山。王守仁的方略，是先与湖广合兵作战，再与广东合兵作战。就江西一省而言，是先南安府，次赣州府。在时间上，去年十月十一月平横水、左溪，十一月十二月平桶冈，今年三月平大帽、浰头。

王守仁说："判断形势是第一大得，诚如唯乾所言，那么，第二得是什么呢？"

"弟子以为，老师第二大得，是待机而动。"冀元亨说，"老师一举而破横水，是乘其势，而攻平桶冈，是待其机。"

横水、左溪用兵一月，攻破敌寨五十余座，擒斩大首领谢志珊等五十六人，斩从者首级二千一百六十八人，俘敌属二千三百二十四人。官军士气大振，参战的文职由布政司参议到知府知县，武职由都指挥使到指挥使，纷纷上言，请乘势进兵桶冈。王守仁审时度势，以为有二不可。一是桶冈地势险要，易守难攻，桶冈的通道，唯锁匙龙、葫芦洞、察坑、十八磊、新泄五处，皆是架栈梯壑。上章一路稍平，然道路迂回，须行半月。攻险关不便，取远途亦不便。二是横水、左溪余众悉入桶冈，同是落难之人，坚守必力。敌据险势众，官兵乘全胜之锋，兼三日之程，争百里之利，以顿兵于幽谷，是所谓强弩之末，不能穿鲁缟。

众人请示方略，王守仁说："莫若移屯近地，休兵养威，使人谕以祸福，彼必惧而请伏。或有不从，乘而袭之，乃可以逞。"用冀元亨的话说，就是等待时机。时机果然等到了。官军趁敌军懈怠，破敌寨三十余座，擒斩大首领蓝天凤等三十四人，擒斩从者首级一千一百有四，俘获者属二千三百有余。桶冈遂平。

王守仁说："有一有二，必还有三，平横水、左溪，得一个势字，平桶冈，得一个机字，平浰头，何以得之？唯乾有心，为我言之。"

"弟子以为，老师第三大得，是善于用间。"冀元亨说，"用间，不唯用于平浰头，也用于平横水，平桶冈。"

官军攻横水时，恐浰头敌乘势进犯，腹背受敌，王守仁遣官告谕，推诚抚之。且用浰头降人池仲容等五百人从征横水，攻桶冈时，又用池仲容弟池仲安等堵截敌人。

官军移屯桶冈附近，王守仁使降敌入寨劝抚，桶冈之敌喜而欲从，横水、左溪之敌坚持不可，双方争执不下，互相猜疑，不暇为备，这才为官军制造了良好的战机。

横水、桶冈既平，官军指向三浰。三浰敌求缓兵，诈称龙川居民卢珂、郑志高等掩袭三浰，故预为防，非防官兵也。三浰诈降，王守仁诈信，责卢珂等擅兵仇杀，移檄龙川，差人查实讨伐。三浰敌且信且疑，派人来谢，以探虚实。恰卢珂跨省赴赣州提督衙门告变，王守仁命王小将卢珂引入密室，对他说："你来投状，我将当众毁状，你可再来，来则受杖三十，系狱数旬。我知你与三浰贼人有深仇，为灭三浰，你须受些皮肉之苦。"卢珂应诺。王守仁如言处置过卢珂的诉状，召集巡捕官，佯言："今大征已毕，时和年丰，可令民家盛作鼓乐，大张綵灯庆之，亦数十年一奇事也。"于是征集乐户，城内张灯结彩，一片欢腾。王守仁又向三浰颁给历书。颁给历书可不是件小事。向来是朝廷颁给各级官府，官府颁给乡绅。三浰得颁历书，池仲容等相信了王守仁招抚的诚意。在来使的倡议下，池仲容及其党徒九十三人，皆悍酋，入赣州，营宿于教场，而大首领数人赴军门参拜王守仁。王守仁斥道："尔等皆吾新民，不入见而营教场，疑我乎？"池仲容惶恐谢罪，唯唯听命，被安置在城内祥符宫。王守仁命人日以丰盛食物款待，初时，池仲容等还很得意，后来发现不对了。祥符宫遍布甲胄之士。对他等虽然客气，却不许离开半步。他等形同被囚。池仲容等向王守仁请辞。王守仁乃强留他们住过正旦节，而下定一举歼灭的决心，于初二日晚间实施。

王守仁的大病便始于此事。据他说，是为只能歼灭贼酋不能化育贼酋而惋惜。

三浰敌酋被歼，平定三浰便不是难事，不到一个月，破巢穴三十八座，擒斩敌首五十八人，擒斩从者二千余人。余贼逃窜九连山，与九连山敌据险而守。九连山连绵数百里，四面陡绝，官军索路而行，半月始到山下。王守仁挑选军中精锐七百余人，换上在三浰缴获的敌人衣衫，充作在三浰被击溃后流散的敌兵，前来助守。守军被骗，将该部放过险要。次日，伪装成敌军的官军从上击之，山下伏兵四起，一鼓破之，擒抚大首领张仲全等二百余人。

假抚实歼，与其说是行间，不如说是行诈。虽说兵不厌诈，但行诈总是不好听，冀元亨宁愿使用与“行间”并不相符的“用间”二字。

王守仁估计冀元亨概括出三条，已经说尽了，便说：“观察形势，静待时机，善于用间，都很要紧，还有一事更要紧，唯乾却没有想到。”

“请问老师，所言何事？”冀元亨沿着自己的思路去想，没有领会王守仁的意思。

“事权集中。”王守仁一板一眼地说，“没有这一条，再精于熟虑，再善于用兵，也是枉然。”

“老师说的是。”冀元亨方悟，“说起来，朝中以德华先生掌兵部，真是大幸事。”

王守仁巡抚南、赣等处，请给以提督军务的名义，准便宜行事。由于王琼在朝中一力维持，得以通过。王守仁说的事权集中，这是其一。今年初，用兵正繁，江西镇守太监毕真奏请预南、赣军事，以他在宫中的奥援，是很可能获准的。又是由于王琼的全力反对，寝其奏。

“如果朝廷准了毕真所请，别的不说，凡用兵都须与他商议，他在南昌，我在赣州，相距千余里，往返一次十余日，这盗也就不用剿了。”王守仁想到可能会出现的情形，事过之后仍然心有余悸，“德华先生于我，可说有莫大的知遇之恩了。”

平盗之事，说到这里，差不多可以结束了。冀元亨见王守仁双目闭合，似有倦意，便说：“老师今日说了不少的话，该歇一歇了。”

王守仁睁开眼，说：“我并没有说多少话，我只是听你说话。唯乾，你知道我在三月间曾疏乞致仕。那时平盗之事已大定，我确实感到身心疲惫，唯求挂冠而去。

但朝廷不准，我只好勉为其难，为南、赣做些善后的事。趁着王小现在不来打扰，我想与你一议。”

“老师不是奏请辟上犹县崇义里，辟龙川县和平峒建县了吗？”冀元亨说，“二县设置，江西湖广二省相交处，江西广东二省相交外，必可安定。”

崇义里建县，为控制桶冈、横水等要冲，和平峒建县，为控制浰头山、九连山等要冲，是王守仁的设想，但他说到善后，显然不是指这件事。“因地建置，是善后之小者，还有善后之大者。”他回应着冀元亨的话，“唯乾知道，我年初的这场大病，与其说病在身，不如说病在心。我是悯贼酋之不可化育。盗既平，设县治理固然重要，而更重要的仍在化育二字。化育之功有二端：上者，使天下读书人知有所从；下者，使天下愚氓知有所从。我拟了两篇文字，请唯乾为我参酌定稿。”

冀元亨双手接过文稿。第一篇的题目是《朱子晚年定论》，其序曰：“昔谪官龙场，困居夷处，动心忍性之余，恍若有悟。证诸六经、四子，洞然无复可疑，独于朱子之说，有相抵牾，恒疾于心。初疑朱子之贤，而岂其于此尚有未察？及官留都，复取朱子之书而检求之，然后知其晚岁固已大悟旧说之非，痛悔极艾，至以为自诳诳人之罪，不可胜赎。世之所传集注、或问之类，乃其中年未定之说，自咎以为旧本之误，思改正而未及。而其诸语类之属，又其门人挟胜心以附己见，固于朱子平日之说，犹有大相谬戾者，而世之学者，局于见闻，不过持循讲习于世，其于悟从之论，概乎其未有闻，则亦何怪乎予言之不信，而朱子之心无从自暴于反世也乎？予既自幸说之不谬于朱子，又善朱子之先得我心之同然，且慨夫世之学者徒守朱子中年未定之说而不复知求其晚岁既悟之论，竞相呶呶，以乱正学，不自知其已入于异端，辄采录而裒集之，私以示夫同志，庶几无疑于吾学，而圣学之明可冀矣。”

以数百字述说朱子晚年与中年的异同，极须定见，极须功夫。冀元亨不敢对老师的文字妄加评论，便说：“程朱之学，薛子、黄子、周子、欧阳子，都比我有见解。但说起朱子晚年之说，则见仁见智。老师这篇文字，可使弟子辈知所从，可否刊印，使众人学习研讨？”

王守任赴南、赣后，戎马倥偬，未暇宁居。而门人数十，讲聚不散，其中有薛侃、薛侨、薛宗铨、周仲、周冲、周魁、黄弘纲、黄槐密、欧阳德、欧阳昱等。冀元亨列举数姓，泛指众人。王守仁原有刊印的意思，只是想听一听冀元亨的见解，他不肯轻言，只好随他。

第二篇文字是乡约，其辞曰：“顷者顽卒倡乱，震惊远迩，父老子弟，甚忧苦骚动。彼冥顽无知，逆天叛伦，自求诛戮，究言思之，实足悯悼。然亦岂独冥顽者之罪？有司抚养之有缺，训迪之无方，均有责焉。虽然，父老之所以倡率入饬励于平日，无乃亦有所未至欤？今倡乱渠魁，皆就擒灭，胁从无辜，悉已宽贷，地方虽以宁复，然创今图后，父老所以教约其子弟者，自此不可以不豫。故今特为保甲之法，以相警戒。联属父老，其率子弟慎行之，务和尔邻里，齐尔姻族，德义相劝，过失相规，敦礼让之风，成淳厚之俗。”

“订立乡约，使民知所从，诚为善后之大者。”冀元亨说，“弟子愿奔走乡里，以老师之乡约号召。”

“唯乾以为乡约事大，足慰我心。我欲差诸生，随衙门中人，分赴乡甲，广为传布。”王守仁的这个打算，并不包括冀元亨，“对唯乾，我却另有所期待。南、赣各府县，诸生都去得，乡约之事，诸生都办得，有一个地方，须唯乾亲去，有一件事，须唯乾亲为。”

“老师可是要我去南昌？”冀元亨问。

“不错。”王守仁点头，“我身在南、赣，心系南昌。南、赣之事虽繁剧，对朝廷的威胁尚小。南昌一旦有事，便是朝廷的心腹大患。南昌城里的动向，无时无刻不萦回我心，望唯乾为我一行。”

“老师放心，我略作安排，便去南昌。”冀元亨应许。

第一百六十九章

大同总兵官叶椿的家中，来了两位不同寻常的客人，一人是他的老搭档，大同镇守太监马锡，另一人的相貌他也记得，姓名却记不真切。只记得上次皇上在阳和指挥作战时，他不离皇上左右。皇上的贴身小太监有好几位，不知这位姓苏姓赵姓佛姓马。马锡正式介绍，才知他是皇上身边的首席小太监苏进。

“原来是小苏哥到了，失迎，失迎。”对马锡，叶椿可以随便；对苏进，他不敢随便。叫一声小苏哥，不是随便，而是为了表示亲近。

“我在万岁爷帐下行走，为万岁爷办些小差事，不敢劳大帅迎接。”苏进的话里充满了自傲，“此次先行到大同，也是为爷办一件小小的差事。”

“小苏哥说的小差事，在我们眼里，就是天下第一等的大事了。”叶椿奉承道，“小苏哥是随郑大人同行吗？马公公，我只道郑大人还驻怀仁，不想已到了大同。你不来说，我还蒙在鼓里。”

“我并没有说郑大人到了大同呀！”马锡道，“他要是真到了大同，那可是神鬼不知了。”

“叶大帅误会了。我和郑大人是各走各的。他离宣府时，我还在行在侍候万岁爷。他留在怀仁不进，我却到了大同。”苏进解释说。

皇帝这一次出巡，与往常有两大不同：一是调动的京营和边军阵容庞大，二是计划的行程长，日子久。人多路远，须得有人专办粮饷。皇帝命户部右侍郎郑宗仁兼右佥都御史，督理粮饷。郑宗仁奉旨，先其行，预作安排。前两日到了怀仁，人病倒了。据说，从宣府出发，他带人赶了三昼夜路。宣府到大同，相距六百余里，路不算很远，但艰险难行。郑宗仁是文人，从不曾这般赶路，真有些吃不消了。最后一夜，吐了五次血，下体脓肿，开始尿血。要不是为皇帝办事心切，连大同左近的怀仁也到不了。

“原来小苏哥和郑大人办的是不同的差事。”叶椿说，“他处在下不敢妄言，在大同，有什么事要马公公和在下出力，请尽管差遣。天大的事，只要小苏哥一句话。”

“叶大帅肯帮忙，那是再好不过了。说句老实话，皇上差我办的事情，还真要靠大帅帮忙。”苏进问马锡，“马叔，是你与大帅说，还是我与大帅说？”

“小苏哥来了，哪里还有我说话的份儿？”马锡讨好地说，“爷的心意，当然是你来宣示。”

“马叔和叶大帅是同僚，有些话是不好开口说，也只有我来得罪了。”苏进揭穿他的心计，“叶大帅，京师镇国府的朱都督在宣府献给万岁爷府邸一区，以建宣府镇国府，你知道吗？”

“听说了。”叶椿听苏进说出“得罪”两个字，慌得不行，待知道是为了房子的事，心中有了底，“朱都督为我等边臣做了表率，请小苏哥回奏圣上，臣叶椿愿在大同敬献府邸一区，建大同镇国府。”

“难得大帅有孝敬之心。大帅的心意，我一定转奏万岁。不过，”苏进拖了个长音，“朱都督进献的府邸，是他的祖宅，爷才肯收下。要是抢占民宅，以为进献，万岁爷不但不会收下，恐怕还要降罪。”

叶椿傻了眼。他全家居住的宅子，已历两世，算得上是祖宅了，将它献出，全家人去哪里住？“我和朱都督有些不同，”他小心地说，“朱都督在宣府的祖宅，许久没有人住了。我在大同的这片宅子，老老少少住了几十口人。”

“若说不同，确实有些不同，可孝敬万岁爷的心，不该有什么不同。”苏进正色言道，“别人我不知道，像我们这些人，把祖宗和子孙都献给了万岁爷，还会有什么舍不得的？我猜想，朱都督献出祖宅，他的心意和我们是一样的。”

照他的说法，叶椿不肯献出宅子，就是不肯孝敬皇上了。偌重的罪名，谁也担当不起。叶椿艰涩地说：“在下孝敬圣上的心意，不敢和各位公公相比，但也绝不甘落后于朱都督。请小苏哥行个方便，向圣上解释解释，给在下几日宽限，等安置好了家眷，立即将宅子献上。”

“大帅好糊涂！”苏进劈头盖脸地给了他一句，“大帅献不献宅子，与我又有何相干。我知道大帅为人仗义，与我马叔又是好朋友，才想帮你个忙。你想一想，万岁爷在大同的时候，你不将宅子献出，等万岁爷离开了才献出，对你有好处吗？那时，我即使有如簧之舌，把大帅的忠诚敬爱之心说得天花乱坠，爷也想不起叶椿是何许人。你说，是不是这样的道理？”

叶椿被挤兑得无话可说。反正皇上看中了他的宅子，一定要他的宅子，他想保也保不住，不如干脆献出去，可以落个孝敬皇上的美名。如果真被皇上降旨索去，那就连一个好字也休想从皇上和他身边这些小太监们口里听到了。

“多谢小苏哥的开导，多谢小苏哥的爱护。”他作了一揖，“我一日内安顿好家眷，将敝宅腾空，请小苏哥代圣上来接收，改建镇国府。”

叶椿有了明白的表示，苏进不急了。他向后靠了靠，坐得更舒适些，说话更从容些：“大帅说，和朱都督有些不同，也不能说没有道理。朱都督在宣府献的是座空宅，不必安置，大帅老老少少有几十口要安置。安置家小，就需要用钱。大帅，我替万岁爷做主，买下你这片宅子吧。有了钱，大帅可从容安置，我也心安。”

“不敢，不敢！”他这样一说，叶椿比方才受到挤兑还要难受，“宅子，我心甘情愿献与圣上，圣上的赏赐，我一文也不敢受。”

“你献宅子，是你对万岁爷的孝敬。万岁爷花钱买宅子，是万岁爷对你的爱惜。你的孝敬之心，万岁爷知道了。万岁爷的爱惜之心，你也不可辜负。”苏进从怀中取出一张文契，交给叶椿，“大帅宅子的买卖文契，我带了来。上面有我代万岁爷画的押，大帅也请画押吧。”

叶椿哭笑不得。画押吧，自古哪有君臣交易的道理？不画押吧，他已把文契接在了手里。万般无奈，他用眼神向马锡求援，如苏进所说，马锡与他是同僚，定会帮他。

“小苏哥，叶将军是诚心进献。你把文契收起来，不必他签字画押了吧。”马锡劝说道。

“这可不行。万岁爷的事，一定要规规矩矩地办。不然，日后爷追问起来，我无法交代。”苏进指着文契说，“我私下做主，大帅的宅子作价一万金，二位看够不够。如果不够，我身上还有空白文契，我们再换一帖。大帅拿着这份文契，去宫中找我，即刻便取出银子。我若是不在，无论找哪一位公公，他们都会认账的。马叔，你是中人，也有一份责任。如果叶大帅安置家眷有难处，你先替爷垫上银子。咱们见面的机会多，你更不用怕这文契不能兑现。”

苏进态度很是郑重，连马锡也哭笑不得了。他向叶椿做了个无奈的手势，说：“小苏哥要规规矩矩地办事，咱们也不能马虎了。总爷，你请画押吧。你把文契迎回家中供起来，不和供奉圣旨一样吗？我做中人，也要沾沾你的光了。”

叶椿在文契上画了押，收起一份。苏进收起另一份，真是规规矩矩办事的样子。

苏进又取出另一份文契，说：“还有一事要麻烦二位。万岁爷在大同设镇国府，定会有不少总督、大帅出入。爷最体恤将爷们，知道他们喜欢豪饮，镇国府外一定要设一酒肆，地点不能离大帅的旧宅太远，房子一定要上乘。二位看，还有哪一位大人的宅子可以卖与万岁爷？”

叶椿、马锡你看我我看你，说不出话。苏进的用意很明显，他只买武职的房产，不买文职的房产，否则，不会征询镇守太监和总兵官的意见。而所谓买房子，不过是一句空话，房主得到的是一纸空文，再置房产，必须自己筹集款项。总兵官再置一处房产，不是了不得的大事，下一级的武职要置房产，就不那么容易了。

“二位想不起来，我找别人去问。”苏进说。

叶椿祖宅已失，无所畏惧。马锡却怕他的宅子被他人说与苏进，被苏进看中，忙说：“离镇国府又近，房子又好，我看只有关将军和杨将军的宅子了。总爷，你看呢？”都指挥使关山和指挥使杨俊，都是大同卫的武职官员，住所在叶椿宅子的两侧。

“是，他二人的房子不错。”叶椿无可无不可地说。

“那好，请叶大帅把两位将军请来，我与他们也签一份文书。两处房子我都替万岁爷买下。你们看，每宅作价两千金可以吗？”苏进问道。

山西多关隘，而以太原府河曲县境内的偏头关、太原府代州崞县境内的宁武关、大同府朔州马邑县境内的雁门关最为著名，合称三关。

皇帝差苏进先去大同府，闹了个天翻地覆。一行人在府城只住了两日，便离开了。苏进说起买镇国府和两处酒肆的价钱，皇帝连声说贵了。苏进说不贵，爷要嫌贵，他可以用高一倍的价钱再卖出去。皇帝不信。别的不说，皇帝买下的房子，有再多的钱，再大的胆子，也不敢买。

苏进说：“爷买下的房子，别人不敢买，爷的义子敢买。不然，在京城开了酒肆，谁敢花钱去喝酒？皇上开个价钱，看我能不能出手。镇国府的朱都督和锦衣卫的朱都督，说不定要争着买呢。只怕爷要为难，不知卖给谁好。再说，他们拿到的只是一张契约，难道还真敢到大内向爷要钱吗？别说向爷要钱，我看，向我要钱的胆子也没有。”

皇帝说：“他们没有胆子去大内要钱还罢了，真有胆子去大内要钱，朕定要好好赏赐他们，指挥升都指挥，都指挥升都督，总兵官晋爵。但钱财分文不给。契约是你画的押，银子你付。你不付，朕便送你们去三法司打官司。三法司断不了案，再送去锦衣卫，要茶来酒来亲自审理。”

君臣一路上斗着嘴，不觉到了偏头关。偏头关不愧居三关之首，峰险城深，一军扼守，万众莫开。皇帝赞叹不已，无心再与苏进斗嘴，带着江彬上关巡视一周，边近望远眺，边与江彬议论，敌攻我守时，哪一处要设重兵，敌守我攻时，哪一处易于攻陷。苏进等人跟在后面，听着他们的议论，如云遮雾罩，听不明白，不敢随便插话。别说攻关，在关下一站，腿也要发软；别说守关，在关上一站，头也要晕。

皇帝对江彬说：“不到山西，朕以为天下只有一处居庸关，哪里想得出，还会有这等雄关！爱卿，你随朕把那两关也一并看了吧。”

江彬说：“三关险峻，大同小异。以臣之见；一次看一关也就够了。偏关不宜久驻，听过大同乐工的演乐，就可以动身了。是继续西行，还是转向南行，乞陛下明示。”

“西行可以到何处，南行又可以到何处？”皇帝问。离开京师前，他和江彬曾经仔细察看过山川地形图要，而走到山岭之间，就辨不出天南地北了。他身边的小太监们，只知叽叽喳喳，跟着皇上走，走到哪里，问也不问一声。

江彬到底是带过兵打过仗的人，每到一处，先要找向导。加上曾经驻守过蔚州卫，对山西的地形还算熟悉。他回皇上的话说：“径直向西行，可到榆林，转向南行，稍一东折，可到太原。一是河套的重镇，一是山西的重镇，都值得一看。陛下如果要再多走些日子，不妨向西，如果走得累了，也可以去太原好生休养。”

皇帝说：“议定了要走远些，走久些，怎可畏惧辛苦，半途而废？走，我们向西去。太原也是朕想去的地方，等去过了榆林，再转回太原不迟。赵老儿，你命郑侍郎先赶去榆林，为朕的大军筹办粮饷。你对他说，朕知他染疾，甚是关切，但大军一动，粮草是大事，要他毋辞辛劳，朕自会记得他的好处。”

赵林答应着去了。皇帝说：“郑侍郎先行半日，我们一路上就不怕吃不到饭了。爱卿，”他招呼江彬，“此次出巡，你的功劳第一，郑侍郎的功劳第二。班师之后，朕都要重赏。”

“陛下亲自提督军务，臣怎敢居功劳第一。”江彬说，“陛下雄才大略，吃苦耐劳，臣等感同身受。”

说皇帝吃苦耐劳，也不是阿谀之辞。这次出巡准备得充分，车辇在后面侍候。但皇帝从来不用，一直是和众侍者一起骑马。而且，谈笑风生，全无倦色。倒是那些小太监们熬耐不住，必须强打起精神应付皇帝。

小太监中体质最弱、最不堪剧劳的是佛保。但他以实在踏实为皇帝宠信，处处都显得实在踏实。其他小太监听说有半日休息，各自找了借口离开，或是戏耍，或是小憩，佛保则不离皇帝左右。赵林若在，也不会离开皇帝。他被皇帝差去办事了。佛保若也走开，皇帝有事差使，叫不到人，一定会发火，大家就都没有安生日子了。

佛保守着皇帝，也是为同进同退的小太监们着想，此刻他有话对皇帝说，就更不能走开。

“爷，榆林是在陕西境内吧？”他问皇帝。

“不错，榆林卫在皇祖时设置，榆林城在英宗爷爷时修建，除了成祖爷爷，历朝爷爷都不曾到过。”皇帝面有得色，“朕的作为直追成祖爷爷，称得上是开国以来第二帝了。”

佛保有他要说的题目：“既然要进入陕西了，随行的那些人也该换一换了吧？”

在宣府时，不知是谁多了一句话：“圣上久留外地，不可无人侍寝。”宣府的镇守太监强征了三四十名良家女子随行。于是，在皇帝的亲军中多了一支车队，每车上或二人，或三人。如果皇上进御，则要单独乘一车。这些女子年齿尚幼，没有出过家门，没有行过远路，哀伤加上惊吓，每日都有人死在路上。佛保于心不忍，可又不能说皇帝用女子侍寝不对，便想了个主意，劝皇帝不用隔省女子，比如到了大同，把宣府征召的女子打发走，不曾侍寝者送回家中，皇帝幸御者送入宫中。皇帝觉得他的建议有趣，便答应了。他只想到放走前面一干女子，可以救活不少人，没想到后面征召的一干女子，仍会有人因哀伤和惊吓而死。

皇帝说：“因你一句话，不知有多少人家得以团聚，一路走下去，你积德多矣。”

“奴才也不是为了积德，而是为了皇上的舒适。”佛保说，“譬如，奴才听人说，陕西的女子叫娘姨，是很风骚的，那又何必用山西女子？”

“不得了，佛老儿也懂得风骚了！你是不是见了许多女子，乱了性子，动了凡心？”皇帝说笑，“可惜你当初议差了，你要是说不用隔府女子侍寝，这些车子就不必准备了。你说隔省，可知省有多大？再走上十天八天，也未必走得出山西。”

江彬说：“小佛哥说陕西女子风骚，那是不错的。可陕西女子有陕西女子的风骚，山西女子有山西女子的风骚，为陕西女子的风骚而放弃山西女子的风骚，就说不上风流了。”

皇帝笑道：“爱卿的风骚论，对谁说不好，偏要对佛老儿说。你不知道，他从来不用荤吗？”

佛保说：“陕西女子风骚，我只是听人说，听了大都督的话，我又长了一番见识，知道山西女子也是风骚的。日后与人说起，我也不会闹出笑话了。爷说在山西还要走许多日，后面随行的女子倒是不便放回了。”

“别人奏请，朕是一定要驳回的，”皇帝说道，“不过，为了你的菩萨心肠，朕也做一件好事，后面随行的女子，都放回家中。”

第一百七十章

离开偏头关，皇帝一行走了差不多一个半月的时间，在十月中旬，抵达榆林。皇帝对塞外的一草一木、一禽一兽，都极有兴趣，或是率亲信数人，或是率大队人马，在榆林周边游荡了一个半月的时间，在十二月十三日离开榆林，一路南行，先经延安府绥德州的米脂县，再经绥德州城，渡黄河，进入山西境内，渐渐接近太原。返回京师的日子还没有计划，而太原是近期的一个重要目标。腊月肯定是要在太原过了，正旦节说不定也要留在太原。

在太原府城西南有三座相邻的县城：清源、交城、文水。皇帝在文水城外安扎毡帐，住了一夜，就寝前，把苏进召进帐中。

“苏老儿，朕进大同，是你先行，明日要进太原，还是你先行。”皇帝交代，“朕是第一次到太原，有你先去打点，朕才能安下心来。”

“爷安下心来，奴才可无法安下心来。”苏进满面愁容，“在大同，奴才费尽心思，以为得了个大彩，谁知在爷眼里，还是蚀了本。山西善做生意的人都在太原，为爷买房子之类的差事，奴才无能，再也不敢插手去做了。”

“放心。进太原，你先行一步，朕不要你买房子。”皇帝说，“朕要你办的事再简单不过，朕要你在太原王府中为朕寻找一个人，不只要你找到这个人，而且要你把这个人带给朕。”

“爷说的可是在偏头关唱歌的女子？”苏进问。

“对了，就是她。”皇帝说，“苏老儿，朕告诉你一件事。朕在偏头关听乐之前，佛老儿说，陕西的女子风骚，朕嘲笑他竟说出风骚二字，朕也希望在陕西找到风骚的女子。可是，在听乐之后，朕就不相信，除了她，世上还有风骚的女子了。朕在陕西历数十日，行上千里，见了数百女子，竟没有一个女子能够吸引朕，没有一日，没有一处，朕不在想着她。朕进入太原城之后，第一个要见到的人就是她。”

“爷，她已不是处子之身。”苏进有了相好的宫女，也隐隐知道了处子与非处子的区别。

“你知道就好。其父姓刘名良，是太原城人。其夫姓杨名腾，是晋府乐工。知道了这两个人，你在太原城中再找不到她，就不用为朕办事了。”皇帝郑重地说，“苏老儿，朕要的是朕喜欢的女子，不管她是不是处子。不是处子的话，日后再休提起。”

“爷放心，爷喜欢的女子，奴才上天入地，也要为爷找到。”苏进信誓旦旦地说。他知道，找到刘良的女儿、杨腾的妻子，如皇帝所说，是再简单不过的事情，不用他上天入地，而要刘良的女儿、杨腾的妻子成为皇帝的人，而且要心甘情愿地成为皇上的人，怕要费一番口舌。

乐工的身份介于平民和奴婢之间。刘良是普通百姓家，肯把女儿嫁入乐户，也算是不同寻常。杨腾夫妻住三间小屋，正中一间，既储杂物，也煮食物。右手一间是寝室，左手一间也有条炕，没有人住，用来接待客人。

苏进盘腿坐在炕上，说：“杨师傅，我的身份你已经知道了，我的话你不会不信吧？”他进城后不找别人，只找了太原镇守太监，陪他来到杨腾家中。镇守太监恭恭敬敬把他引见给杨腾后，恭恭敬敬地告退了，一句多余的话也没有。

杨腾在偏头关为皇上演乐时见过苏进，那时还感觉不到他的威风，现在感觉到了。他居住太原，知道太原最有势力的人不是山西巡抚，不是布、按二使，不是太原知府，而是镇守太监。他常在晋王府供奉，知道王府最敬重的客人，是镇守太监。而镇守太监供奉苏进，如他供奉王府一般，苏进对其招之即来，挥之即去。

“苏公公的话，怎敢不信？苏公公有话，请说吧。”杨腾赔着笑说。

“杨师傅，你是个实实在在的人，我也就实实在在地对你说。你家中将有大事，可能带给你大的福分，也可能带给你大的灾祸。”苏进一丝不苟地说。

乐户家的大事，大概无过于被召去为皇上演乐。偏头关之行，既未带给他大的富贵，也未带给他大的灾难。他说：“苏公公和小人讲笑了。我们这样的人家，不过是给王爷，给城里的各位老爷们解解闷，会有什么大的富贵？”

“你的话我不爱听，你这样的人家怎么了？不瞒你杨老哥说，我家中的境况大不如你，不也有了大的富贵？我告诉你，命中有了富贵，挡也挡不住。你命中就有大的富贵。不然，怎能与你家娘子有缘？怎能与你家娘子一起去了偏头关，与万岁爷结了缘？”

“公公到了太原，万岁爷想必也要来太原吧？”杨腾问，“在偏头关时，万岁爷就对我说，要来太原，再听演乐。我夫妻一直盼着他老人家呢。”

“你家娘子算是盼到了。至于杨师傅是不是盼到了，可有两说。”苏进的话意味深长，“我说与万岁爷结下了缘，是指你家娘子。自从听了她在偏头关唱歌之后，我家爷再也不能忘怀。他老人家着我先来太原，就是要我安排与娘子的晤面。你听好了，是与你家娘子的晤面，不是听她唱歌，更不是听你演乐。我跟随万岁爷十余年了，深知爷的脾性。我们日后要改一改对你家娘子的称呼了，不能再称娘子，要称娘娘了。她老人家成了娘娘，刘家自然是一步登天，杨家不也是跃入龙门吗？杨师傅，这是我说的大富贵，至于大灾难嘛，就是另一说了。大富贵不取，可不就成了大灾难吗？”

“你是说，万岁爷要我家娘子去侍候？”苏进这等显赫人物为什么在镇守太监的陪同下造访，为什么他会不顾情面地把镇守太监遣开，为什么他要提到大富贵、大灾难，一下就全明白了，“娘子去侍候万岁爷，是她的福分，也是小人的福分，可是我二人——”

“我知道你要说的话。”苏进把他的话接了过去，“你二人义结白发，情深意长。杨师傅，说句不好听的话，要是晋府中某位郡王爷、某位将军看中了你家娘子，差名校尉来召娘子去侍候，你能怎样？也就是万岁爷仁义，才会差我这样性子好的人，反反复复把道理给你讲透。我再说一层。娘子进你家门三年了吧？她为什么没有为你杨家生下一男半女？这也是缘分，预示终有一日你二人的情义要斩断。你想一想，是你发配边卫，娘子收入浣衣局，你二人割断情义好，还是娘子有享不尽的荣华富贵，你另娶妻室，为你杨家延嗣香火，你二人割断情义好？杨师傅，大富贵我说过了，大灾难我也说过了，要大富贵，还是要大灾难，你要三思。”

杨腾心想，也许娘子和皇上真有缘分，所以，老丈刘良肯把鲜花一样的闺女下嫁他这样的贱人，所以娘子嫁入杨家后深居简出，从不惹人注意，晋府的贵人也好，官场的老爷也好，从没有人打她的主意，所以娘子在一念之下，必要与他同去偏头关，看一眼皇上，为皇上唱歌一曲。这还不叫缘分，世上也就再没有缘分可言了。别说娘子应了皇上之召，自己还能沾惠，就是没有任何他的好处，他也无法抗拒，无法抗拒君贵民贱，无法抗拒命定的缘分。

可为了趋富贵避灾祸，便舍却爱妻，话也很难说出口。乐户虽低贱，也不是都没有骨气。太原府的乐户，提起杨腾，都赞他是一名响当当的汉子；乐户之外的朋友，提起杨腾，都说他为梨园增添光彩。杨腾也把自己看成是有骨气的乐户、有骨气的下等人。

杨腾心里的话，不知怎样说。苏进该说的话都说了，再也没有话说。屋里的局面有些僵，苏进有些失悔，早知如此，不如把镇守太监留下来，僵持不下时，让他帮个腔。

苏进耳尖，听到对面房间有了动静，有人出了那边的房间，向这边走过来。他知道，娘子要出场了。他向来沉稳，现在不由得有些发慌。他没有和刘氏直接对话的准备，像当初对马都督的妹子一样，首先一条，不知该怎样称呼。

刘氏推帘进来，不理睬苏进，两眼直勾勾地盯着杨腾，好似在说：你如果不怕成为官府缉拿的犯人，敢带上我流落他乡，我一定随你去。她眼神中的含意，苏进都看出来了，杨腾怎会看不出来？他的眼神先是振奋，然后是迟疑，然后是放弃，越来越黯淡，最后垂下了眼睑。刘氏的眼神由期待变为愤懑，变为放弃。两人心里有了默契。

刘氏不愿使杨腾为难，不愿杨腾一开口，成为被人耻笑的人物，这也许是她能为杨腾做的最后一件事了。她向着苏进一福，问道：“这位公公眼熟，是皇上身边的苏公公吧。”

苏进忙起身还礼：“是，小姓苏，在皇上左右侍候，为皇上办些小差事。”

“皇上寻我，也是小差事吗？”刘氏嘲讽地问。见苏进被问得满脸通红，说不出话来，她知道不能让他太难堪，便换了语气，说：“苏公公，你来时，皇上是怎样对你说的，你一句一句都告诉我。可要说实话，不要说假话。日后在皇上那里对不上了，会有麻烦。”

“是，在姑娘面前，我不敢说假话。”苏进对皇上以外的任何人都不曾这样服帖过。刘氏有一种与生俱来的气势，使他望而生畏。姑娘的称呼，是他斟酌再三，不得已而暂且用之。

“且慢，”刘氏打断他，“我不在面前，你称我娘子，我在你面前，你改称姑娘。是不是还有更合适的称呼呀？方才你不是说得煞有介事吗？”

苏进渐渐平静下来，说：“姑娘没见到万岁爷以前，我只敢叫一声姑娘，姑娘见过万岁爷，不只是我，所有万岁爷信得过的人，恐怕都要改变称呼了。求姑娘别忘了，称呼始于奴才。”

“好，这话我也记住了。”刘氏说，“皇上是怎样对你说的，你向我转述一遍吧。”

“是。”苏进仔细忆想着，“爷对我说，在听乐之后，就不相信，除了姑娘，世上还有风骚的女子。爷在陕西数十日，行上千里，见了数百女子，没有一个女子能吸引爷，没有一日，没有一处，爷不想着姑娘。爷进入太原城以后，第一个要见到的人就是姑娘。”他的记性颇好，皇帝的话几乎一字不差地转述下来。

刘氏似乎被感动了，看了杨腾一眼，说：“皇上与我不过是一面之缘，对我的情义，竟比几年同床共枕的夫妻还要深厚。苏公公，你可向皇上复命了，我应召便去侍候。”

皇帝为在太原城下被阻一事，动了雷霆之怒，定要追究主事者的责任。追究来追究去，追究到何麟的身上。何麟是山西布政司衙门里的一名吏员。其实，也不是追究到他的身上，而是他主动承担下来的。他对布政司的长官说：“司城者谁，朝廷不知，请厚赂中官，某随中官见驾，即圣怒不测，某一身独当之。”布政司长官知道，这样做对何麟太不公道，但也想不出更好的办法，只好从权。

远在太原，来不及交三法司或锦衣卫诏狱。皇帝命随行的司礼太监就地鞫讯，问何麟为什么要关闭城门时，他说：“陛下巡幸晋阳，司城门者实臣何麟一人，与他官无干。臣不能启门迎驾，罪当万死。但陛下轻宗庙社稷而重巡游，且易服微行，无清理道路，以候登跸之诏。众人皆是白龙鱼服，臣下何由辨焉。”

何麟挺身而出，独自承担，布、按二司和府县官员为他捏了一把汗。他的辩词一传出，上下官员更为他捏了一把汗。他对己罪轻描淡写，把皇上的过失说得无比严重，皇上能放过他？

皇帝的确想严惩他，以泄心头之愤。

苏进小心谨慎地走近皇帝，奏道：“爷，新人求见。”他在皇上面前，不敢径称娘娘，又是斟酌再三，想到一个勉强可以使用的词。

“新人？”皇帝脑筋转了转，才确定他说的是谁，“苏老儿，你最有急智，何必用一个俗不可耐的名称？朕罚你重新想过。”

“爷罚奴才不要紧，累人家久等，奴才吃罪不起。”苏进说，“奴才从来没有急智，现在更没有了。还是请万岁爷定下称号吧。”

“朕对她已有一个称呼，同样俗不可耐，却有无穷的韵味。朕呼她刘美人。”皇帝一本正经地说，以示不是讲笑，“你们怎样称呼她，现在想不出来，慢慢想去。那是你们的事，朕不管。”

“是，奴才们慢慢去想。”苏进说，“奴才去请爷的美人进来吧？”

刘氏见了皇上，要行大礼，皇帝不让：“这里都是朕的亲信，美人不必拘谨。无论朕在何处，美人要见朕，径入便是，用不着让他们传报。这个苏老儿算是有良心的，别人欲见朕，他恨不得朕磨蹭些时辰，好在那人面前卖弄；美人要见朕，他在一旁不停地催促。”

“苏公公很好，我领你情了。”刘氏笑着说。

“折杀奴才了，奴才不敢当。”苏进忙说。

刘氏对皇上说：“妾听说皇上在处置大事，不敢擅入，这才托了苏公公启奏一声。皇上的大事处置好了吗？如有不便，妾迟些再来。”

“没有不便。”皇帝说，“朕还不是要处分何麟那厮。被他阻格，朕晚见刘美人两个时辰。”

“原来为了他，也算不得大事。”刘氏说，“皇上，妾有个不情之请，对何麟能不能从轻处分？”

“美人为何替他求这个人情？”皇帝问道。

刘氏嫣然一笑：“就算他是妾的亲族吧。妾侍候皇上日子少，不知规矩，不知有没有这么大的面子。若是妾做了不该做的事，就连妾一起处分吧。”

“既然是美人的亲族，一定从轻处分。”皇帝说。

“何麟罪重，即使他是妾的亲族，妾也不敢为他求情。”刘氏说，“不过，妾看他实在是冤枉。他不过是布政司的一名吏员，有多大的胆子，敢把皇上关在城外？我晋中多豪士。妾看他也是为了解救众人，才一力担。他这样做，对皇上可称得上一个忠字，对衙门里的各位大人可称得上一个义字，有乡里如此，妾甚是敬重，才不知轻重，在皇上面前代他求情。”

与其说刘氏的一番议论使皇帝心悦诚服，不如说她的嫣然一笑使皇帝怒气全消：“美人深明大义，朕甚是欣慰。何麟从轻处分，关闭城门之事也不再追究了。我们进去吧，请美人再为朕歌一曲。”

众小太监看在眼里，记在心里：以后有得罪万岁爷的地方，只要这位刘氏美人肯说话，定能化险为夷。

第一百七十一章

正德十四年二月初八，皇帝回到京师。自去年七月出巡，皇帝离开京师六个多月。在历次北巡中，是时间最长的一次。十五日，首辅杨廷和奏请缴还居守敕。皇帝批答：朕将不时巡狩，居守敕仍由内阁持之，毋庸缴还。

不时巡狩的说法，已使大臣们惊骇，很快又传出闲话，所谓不时巡狩，实际上是很快要巡狩江南。虽是闲话，但无风不起浪。大臣们不能不说话了。内阁为众目所瞩，阁臣们不能不说话了。十五日，杨廷和等上疏，曰："近日进缴居守敕谕，奉旨：朕将不时巡狩，其勿缴。臣等闻命之余，不胜忧惧。又风闻銮驾欲往江南、山东诸处。臣等疑而未信，以为京师根本重地，朝廷日以万机，皇上比岁以来数出游幸，宫城之内居守无人，诸章奏动经数月未见裁处，内外臣民惶惶不安。今幸振旅还京，郊祀礼成，人心方慰，而乃有此不时巡狩之旨。切唯陛下一身，神人之主，岂宜经年岁月乘危涉险，久劳于外，而不少顾念？况东南乃国家财赋所出之地，连年大水为灾，兼以征役繁重，百姓不堪困苦。若复军旅经过，日费不赀，不知何以供应。且里河一带路狭水浅，今营运大木及漕运粮船尚未能依期到京，倘又加以皇船数多，挤拥而行，大木必不能前，运船必不能急。误事匪轻，意外之虞，尤有不可测者。"

内阁带了头，部院科道各衙门官纷纷上疏。其中，以刑部主事汪金的奏疏最有特色。他把皇帝的不时巡狩，归之于酗酒，说："不时巡狩之利害较然，陛下岂不知之？或误于酒耳。酒过则乱性，令人善忘，甚至致疾伐生，陛下所宜戒也。"有一种说法，皇帝嗜饮，左右利其醉，不时进觞，遂日酣醉，不及亲政。皇上好饮不假，是不是到了嗜酒的程度，谁也不敢说。大臣上疏，从不涉及，只有像汪金这样的下层职官，才会无所忌讳地请皇上戒酒。

如杨廷和等以意外之虞进言也好，如汪金等以酒过乱性进言也好，皇帝一如既往，不报。

皇帝召司礼太监张雄到豹房说话。虽说司礼监是内宫中最重要的衙门，可上有张永、谷大用等老一辈太监，下有苏进、赵林等小一辈太监，张雄上不上下不下老不老小不小，被夹在当中，并不是皇帝最亲信的人，皇帝回来十多天了，召他来不是要他回话，就是要他拟旨，二人还没有机会寒暄家常话。今日皇帝不急着打发他，看来是要说说闲话了。

"万岁爷出巡好些日子，饮食起居可好？小公公们服侍得可周到？奴才人在京师，心里没有一刻不惦念着万岁爷。"张雄说了两句心里话。

"你很好，你们张大张二张三都很好，朕信得过。"皇帝说，"张大，朕回到豹房第一天，就对你说，朕一定要南巡。朕交与你办的事，你都在用心办吗？"

"爷交代奴才办的事情，奴才不敢不用心办。"张雄道，"爷要奴才办的第一件事，是放出风声。奴才交代下面的人，到各个衙门去放风声。爷，外面的反应激烈，奴才很为爷担忧。"

皇帝却无半点担忧："朕要做的事情，外面都会反对，朕还不是一件一件都做成了？你不用担忧，外面的议论，早晚会有的，早议论比晚议论好。说乏了，他们就不说了。另外几件事，零零星星有人对朕讲过了，你再总起来对朕讲一讲。"

"奴才遵旨。"张雄想，第二件该讲的事情，应该是京营的安排。他说："爷吩咐，北巡以边军为根本，南巡以京营为根本，要用大将督理京营。日前已传旨，命原西官厅监督朱彬、谭佑等提督团营，命左都督朱周、都督佥事朱琮同安边伯朱泰等西官厅监督操练。"朱周即神周，朱琮即李琮。旧例，提督团营都是勋臣，谭佑是世袭的爵位，江彬则是去年录阳和功，封了平虏伯。有了爵位，江彬提督团营，就名正言顺了。其实，即使不晋爵，江彬提督团营也完全有资格。在封爵之前，皇上已封他为威武副将军，他成了皇上唯一的副手，不但有资格统率团营，而且有资格统率六军。

"好，以平虏伯提督团营，朕可以放下一半的心了。"皇帝满意地说，"西官厅监督操练，以朱泰为首，以朱周、朱琮副之。但只他二人还不够，命左都督朱晖也在西官厅佐理。"朱晖即原延绥副总兵刘晖，与神周、李琮等同时被江彬笼络到豹房侍驾。皇上知道他的才干在神周、李琮之上，因而要重用他。除了西官厅，皇上又安排勇士营的人事："张大，你再传旨，以御马监太监张钦、陈禄，对了，再加上朕身边的佛老儿，也给他加上御马监的名衔，监督勇士营，提督团营，御马监太监萧永福、张玉，提督勇士四卫营，御马监太监孙和，把总神机营。朕当初挑选御马监太监，多少懂一些军伍之事，现在都可以派上用场了。"

“奴才遵旨。”张雄一一记下，以备拟旨用。

“哪几处镇守太监彼此调用，朕记不大清楚了，你再说给朕听听。”皇帝命道。这是他必须心中有数的第三件事情。镇守太监的调用，可以说是常规，也可以说是别有用意。

“奴才奉圣谕，传中旨：镇守浙江内官监太监王堂总镇两广，镇守江西御马监太监毕真镇守浙江，南京御马监太监王宏镇守江西，南京御马监太监王润镇守四川，南京内官监太监刘景镇守河南。”张雄提到的是主要的几处调动。

镇守一省的太监各省都有，类似外朝的巡抚，总镇两省至数省的太监，则很少，类似外朝的总督。如外朝有两广总督，内官中有两广总镇太监。镇守或总镇太监，都带内官衙门的职衔，如御马监太监、内官监太监等，也很像总督、巡抚带都御史、副都御史、佥都御史的职衔。

“好，朕知道这几处调动就够了。”皇帝说，“张大，这次调动，你说谁最得意？”

论实际的好处，应该是王堂，他由一省镇守太监改任两省总镇太监，不是一般的平调。但皇上问谁最得意，张雄却说了另一个人：“奴才以为，老毕最得意。”

“为何是老毕而不是老王？”皇帝好奇地问。老王肯定指王堂。王宏、王润的辈分比毕真、王堂低，叫毕真老毕，就不能叫他二人老王。

张雄说：“浙江富庶，列各省之首。杭州是人间天堂，西湖居山水之冠，就奴才所知，宫中不知有多少公公希望外放浙省。老毕镇守过河南，是北方的穷苦地方，镇守过江西，是南方的穷苦地方。调他镇守浙江，一跃而进天堂，享尽人间欢乐，他一定是最得意的。”

“你说老毕最得意，不错，你说老毕因为可以享尽人间欢乐而得意，却错了。”皇帝说，“在江西，你说哪一处最穷苦，是南昌还是赣州？老毕驻扎南昌而请预南、赣军事，足见他不是贪图安逸之人。他得意，不在今日调动之日，而在他日回念之时。张大，朕的话，你听懂了没有？”

“恕奴才愚钝，爷的话再清楚不过，可奴才仍是没有听懂。”张雄不是假作愚钝以博取皇帝的欢心，他是真听不懂皇帝最后的两句话。

“你听不懂，朕就再说一遍。老毕现在还不知道调离江西的好处，日后想起，才知道是朕救了他一命。”皇帝的话，不是故弄玄虚。

“听爷一说，奴才都要为老毕担惊受怕了。”张雄说，“留在南昌，他真的有性命之虞吗？”

“离开南昌，是不是安全，也要看他是不是迷途知返。你难道看不出，到南昌做官是危途？外朝官动辄得咎，固是危途，内官如老毕，行的也是危途。”说到这里，皇上的话有了些味道。

张雄一颗心怦然乱跳，皇帝指的是老毕与宁府的关系吧？以往，皇帝待宁王殿下宽厚，内外官与宁王殿下交往过密，皇帝并不在意。看来，皇帝现在的想法有了改变，所以才有危途之说。而张雄，也接受过宁府的赂银。照皇帝的说法，他的路子也没有走正，他也走在危途上。

皇帝似乎看穿了他的心思，开解地说：“有人或以为，老毕若是犯了禁忌，宫中还有干净的人吗？朕说，除了老毕，大家都是干净人。有人辇载金银玉石奇珍宝物入京，遍赂宫中之人，朕不是不知，朕是不介意。有人巴结朕宫中之人，而不是朕宫中之人巴结他人，还不好吗？老毕走过了头，奴颜媚骨，巴结他人，失了朕宫中之人的身份，丢了朕的脸面。朕看在昔日的情分上，救他一次。日后他想起，是朕亲自救了他，他能不得意吗？张大，你看朕的话有没有道理？”

“爷圣明，爷的话句句救人，奴才听了，受益匪浅。奴才也受过人家的赂银，奴才现在知错了。”皇帝说的有人，分明是指宁王，但皇上不点明，张雄也不敢点明。皇帝说了不介意宫中之人被人巴结，不介意宫中之人受人馈赠，他才有胆子向皇帝认错请罪。

“朕知道，是人家巴结你，不是你巴结人家，你不必多心。”皇帝劝慰他，“倒是张二，走得有些过头了。你二人兄弟一般，你要告诫他。”

“是。奴才一定要他迷途知返，他若再不反悔，对不住皇上的仁爱，对不住他吃的俸银，也对不住他父母想方设法把他送入宫中的苦心。”

皇帝莞尔。张雄自残入宫后，一直抱憾。他认为自己成了废人，全是父亲的责任，对其怨恨不已。后得大贵，他拒不与父相见。同侪张二张三等不时相劝，张雄乃垂帘杖其父，然后出见，相互抱泣。他现在认为父母纵子诱子自宫是一片苦心，变化何其大也。

“张大！”皇帝叫道，声音有些严厉，“朕视你为心腹，该说的话，不该说的话，都对你说了，你可要心中有数。该对人说的话，你说，不该对人说的话，你不要说。你掌司礼监有年，哪句话该说，哪句话不该说，你总知道吧？”

“奴才知道，不该说的话，奴才在外面半个字也不说。”张雄见皇帝，从来就不轻松，这次更是汗流浃背，“奴才的责任，是为爷约束宫里的人，奴才只知尽本分，其他的事绝不敢妄言。”

“好，你很懂事。可见联当初选你主司礼监，没有选错。”皇帝换个话题，好让他放松些，否则，无法再谈下去，“本来在说老毕，怎么又说起了张二？”皇帝轻松地说，“张大，你说了三事，南巡的风声放出去了，提督京营的人员安置妥了，该调动的镇守太监已经调动了，还应有第四件大事，你说给朕听。”

不知是因为受了惊吓，还是因为皇帝作为大事交代的差事被忽略了，张雄想不出还有什么必须向皇帝奏明的事。他应付着说：“奴才还有好几件事要奏明万岁爷，爷说了大事，奴才却不知是哪一件，还请爷明示。”

“朕说的大事，你真的不知？”皇帝问道。

“奴才糊涂，奴才无用，奴才该死。”张雄喃喃自语道。

“你不知，朕也不责怪你。这件事，朕没有交代过你，却是你应该想到的。”皇帝说，“朕第一次南巡，总该有个名分吧？”

“原来爷说的是这件大事。”张雄终于醒悟，“爷当然还是以威武大将军的名分南巡。制作镇国公牙牌诰券，奴才已经交代下去了。”

镇国公是去年九月，皇帝由山西进入陕西的路途中，自加的爵号。使群臣哭笑不得的是，皇帝还宣称，镇国公岁禄五千石，在后军都督府带俸。皇帝把当初自加的职衔和后来自加的封爵合在一起，不就是名分吗？张雄奇怪，皇帝为什么还要名分，难道皇帝有了新的想法？

果然，皇帝说：“这还不够，朕巡狩畿辅，加威武大将军，巡狩山西，加镇国公，巡狩陕西最为辛苦，却没有加封，朕不是太委屈了吗？张大，你为朕想一想，还可以加封什么名分？”

在司礼监呆些日子，只要肯用心看书，肯用心记事，对本朝的典故都会知道一些。张雄在受了惊吓之后，一心一意要讨好皇上，用心想了想，想出了眉目：身份在群臣之上，只有加太师。

大将军是武职的最高称谓，除了开国时的少数例外，从未加于任何武臣；国公是勋臣的最高品级，没有镇国公，朝廷指定一名国公为勋臣之首，有了镇国公，勋臣当然以镇国公领衔；而勋臣、武臣，包括文臣，所能得到的最高加衔是太师。开国百余年来，生封三公（太师、太傅、太保）者甚少，生封太师者更是有限。勋臣生加太师衔只有三人：永乐二十二年，英国公张辅；弘治四年，英国公张懋和保国公朱永。文臣生加太师衔只有一人：洪武三年，中书左丞相、魏国公李善长。文臣也好，武臣也好，生加太师衔，都是在晋爵之后。

“爷称威武大将军镇国公，已是至高无上，若再称太师，更无人可以攀附。”张雄说，“太祖爷爷之后，唯先帝时皇恩隆重，加太师衔于勋臣。而英国公张懋卒于正德十年，保国公朱永卒于弘治九年，万岁爷以皇帝之尊，统治六合，宜加太师之号，领袖群臣。”

皇帝本来想，实在想不出什么名分，就传旨：镇国公统率六军南巡，着加岁禄五千石；张雄提到太师，他觉得是好名分。“对了，张懋病逝，朕曾去英国公府祭奠。英国公领袖群臣，加太师衔，朕也是国公，也领袖群臣，不能低过他，也该加太师衔。”皇帝回想几次自加封号，说，“朕加威武大将军，是茶来的倡议，加镇国公，是彬儿的倡议，加太师，是你张大的倡议。你也不愧金刚老儿党的身份。你们几人都很孝顺，朕会想着你们的好处。”

二月二十四日，皇帝降敕吏部：总督军务威武大将军总兵官镇国公朱寿加太师衔。降谕礼部：总督军务威武大将军总兵官太师镇国公朱寿，往南畿、山东奉安进香。降谕工部：总督军务威武大将军总兵官太师镇国公朱寿出巡在即，着亟修造黄船备用。三道敕谕一下，满朝震惊，内阁部院大臣，又是纷纷上疏，或是极陈加太师衔不当，或是请收回进香的成命，或是把两件事合在一起，陈说以总督军务威武大将军总兵官太师镇国公的名号南巡，惊动朝野，混淆视听，请止之。皇帝不报。

第一百七十二章

二月底的一天，天气骤变，狂风大作，飞沙走石，京城各街巷少有人行走。各衙门中的人，包括三班衙役，得不出门且不出门。官员们生起大炭盆办公事，衙役生起小炭盆，三五人围坐一起，胆子大的，把揣在怀里的酒壶拿出，自己偷偷喝一口不算，还要递给同伙喝。

钱安安坐轿中，催着轿夫："再快些，尔等不知我茶来哥等得焦急吗？去迟了，他又要埋怨我。他现在的火气可大得很呢！"

轿夫加快了脚步，心中咒骂钱安，更要咒骂钱宁。这等天气，鬼都不出门，只有他们这些锦衣卫衙门的差役，还要不辞辛苦，在外奔走。

钱安也不愿意在外奔走，但从镇抚司狱到刑部衙门的一段路，是非走不可的，从刑部衙门到锦衣卫衙门的一段路，是非走不可的。本月中旬，在京郊擒获盗贼赵祥等九十余人，别人还好说，这个赵祥是从大狱中逃逸的重犯。皇帝命三法司会审。审理大案，锦衣卫可参与。钱宁身份特殊，不便前往，钱安主持诏狱，与审大案名正言顺。他也可以委人去刑部，但钱宁嘱咐他一定要亲往，并且会审后要回衙门说话。

钱宁异乎寻常地关注京畿盗案，首先因为赵祥是从锦衣卫狱中逃逸而出。钱宁得知这个消息，又惊又怒。锦衣卫狱应比刑部狱、都察院狱、大理寺狱、顺天府狱看守得更严密，近年来，各狱都没有狱囚逃脱的事件，独锦衣卫狱跑了人，身为锦衣卫堂上官，他的面子可说是丢尽了。他关注此案的第二个原因，也是更重要的原因是皇上知道了这件事。据皇帝身边要好的人告诉他，皇帝听说锦衣卫狱逸去狱囚，曾说："朱宁居守，故有此耶！"

简短的几个字，如一盆冷水，浇在钱宁心上。如果当时皇帝在豹房，或者钱宁跟随皇上北巡，此事很容易化解。可惜皇帝时在宣府，时在大同，而钱宁却在京师，他只能徒唤奈何。钱宁不在皇帝身边，江彬却在皇帝身边，江彬会对皇帝说些什么，猜也猜得出来。

钱宁煞费苦心，派出锦衣卫的干练官员，求助于东厂的张太监，在京畿各县广布逻卒，终于得到了赵祥等人的线索，遂调动京营官兵，击溃群盗，将首犯赵祥及从犯多人缉拿归案。

皇帝回到京师，既不过问赵祥逃逸之事，也不过问缉拿赵祥之事；他和钱宁见过了面，不主动询问，也不给钱宁奏事的机会。钱宁惴惴不安地将擒获赵祥之事奏了上去，皇上赏赐有功，西官厅提督太监张忠，监督西官厅的安边伯朱泰，监督西官厅的兵部右侍郎王宪，各世荫锦衣百户。三位西官厅的人都是调动京营有功，而有运筹之功的钱宁则一个字的奖励也没有。钱宁主持的锦衣卫也是一个字的奖励也没有。

不奖励也不要紧，钱宁从皇帝那里得到的奖赐太多了，犯不上和张忠、朱泰、王宪等人争功。而皇帝不要锦衣卫镇抚司鞫讯锦衣卫狱逸去的囚犯，却命三法司会审，等于在文武百官面前，抽打钱宁的脸面。把前前后后的事情串联起来，他怎能不关注对赵祥的会审？

钱安回到衙门的时候，钱宁已在屋内坐不住了，正在院内走过来走过去地等他。见钱安下轿，他本来要埋怨两句，但听着风吹树梢发出的刺耳响声，他忍住了。“走，进屋说话。”他说。

二人一前一后进了密室，钱宁加意关好门户。钱安不等他问，没头没脑地说了一句：“哥，在皇上面前的官司，咱们哥儿俩输定了。”

“怎么，难道赵祥逃逸，真和锦衣卫的人有牵连？”钱宁急着问。钱安的反应总要迟钝些，他都看出了苗头，钱宁怎能不急。

“赵祥招供，他的两名同伙换上锦衣卫校尉的官服，骗过狱卒，搭救他出狱。”钱安说。

“他的同伙是怎样得到锦衣卫官服的，可有人问过？”钱宁追问道。

“有人问过，我记得，是金侍郎问的。”钱安答道。金侍郎是刑部左侍郎金献民。

“老金倒是能抓住要害。问清官服的由来，和锦衣卫到底有没有牵连，和咱们哥儿俩到底有没有牵连，不就清楚了吗？”钱宁这样说，显然是不相信，在皇上面前的官司已经打输了，“赵祥那厮有没有说清楚官服的由来？”

“他说，他不知道。”钱安述说着会审时的情形，“赵大理斥他狡猾，要用刑。他说，用刑他也不知道，打死他他也不知道。”赵大理是大理寺卿赵鉴。

赵祥若说，锦衣卫官服是盗来的，和锦衣卫便没有牵连了。赵祥若说，锦衣卫官服是锦衣卫中某一人提供的，可以鞫问某一人，和钱宁钱安便没有牵连了。赵祥说不知道，而且打死了也不知道，是对锦衣卫最不利的说法，是对钱宁最不利的说法。

“他不知道也不打紧，他的两名同伙呢，在不在九十余名盗人之中？”在钱安面前，钱宁一定要镇定，他不镇定，钱安就更沉不住气。

“不在。”钱安说，“两名假作锦衣卫官校的盗人，在官兵追剿时，被击毙了。”

“好个张老三！”钱宁咬牙切齿地说，“我一再嘱咐他，要留活口。我担心的就是打死了重要的犯人，录不下供状。他还是打死了重要的犯人。张三误事，我要在皇上那里告他！”

难怪钱宁沉不住气了，赵祥说的两名同伙一死，官服之事便难以说清楚，赵祥逃逸一案中，锦衣卫肯定要蒙受不白之冤。

钱安说：“你告他也没有用。皇上对他褒奖有加，还会因为他打死了两名盗人，就加罪于他吗？再说，他现在见皇上比咱们方便。你告他一句，他能告咱们十句。不如大家省些心思吧。”

他说得有道理，钱宁不得不省却在皇上面前告状的心思。“酒来，你说咱们的官司输定了，是因为锦衣卫官服的来由问不清楚了吗？”钱宁自问自答，“我看也不见得。皇上最念旧情，刘瑾死有余辜，皇上这些年来还不时提起他，说他若掌司礼监便如何如何。咱们侍候皇上超过了十年，他会为了一件不清不楚的案子，对咱们的辛苦全然不顾，把咱们一脚踢开吗？”

“哥，你怎么还在糊涂！”钱安和钱宁说话，从来不曾如此直言不讳，“我说咱们的官司输定了，赵祥是从锦衣卫狱逃逸，是由身着锦衣卫官服的人搭救，而锦衣卫官服的来由又说不清楚，固然是一个原因。就算你问清楚锦衣卫官服的来由，又有什么差别？正德十四年，比不得正德七年八年，比不得正德十年十一年，甚至比不得正德十三年，人家在皇上面前说上一句话，你我想上几天几夜，在皇上面前说上千句万句话，也抵消不了。人家在皇上面前挑起来的官司，咱们还有希望打赢吗？”

钱安说的人家，当然是指江彬。钱宁和江彬一直在暗中较量，在一段时间里，钱宁占了上风，职位总压过江彬一头。等江彬也升了左都督，钱宁就没有优势了，因为没有高过左都督的职衔可以给他，他只有凭借着锦衣卫的特殊地位，与掌东厂的太监张锐联手，才得以和江彬抗衡。而在江彬晋爵之后，他就明显落了下风。勋臣掌锦衣卫事，是常规，他一直期待着封爵，而皇上就是不封。他一定要比江彬先一步封爵，一定要比江彬高一等爵位的梦想破灭了。江彬封平虏伯，他只能取守势，再无力一争高下了。

钱宁嘴上从来不服输，但彼长己消，瞒不过自幼生活在一起，近些年来更是朝夕相处的钱安，所以钱安有上面的一番议论。

“他再得势，还是我在皇上面前荐的他。”钱宁嘴上仍不服输，“怪不得上至士大夫，下至市井之徒，都喜欢吟唱《中山狼》。对中山恶狼，确是不能怜惜。”他说着，定了定神，说，“哼，他咬我一口，未必就把我咬死。酒来，宫里可传出，他在皇上面前是怎样说的？”

钱宁因在刘瑾手下受过挫折，与宦官交往，心中总有障碍。得势之后，二十四衙门的大小太监都巴结他，他自重身份，不屑与他们深交，态度上不冷不热，许多场合都是由钱安替他应酬。大小太监知道茶来酒来本是一体，不敢挑剔，便通过巴结钱安来巴结钱宁，宫里的秘事，钱宁多是从钱安嘴里知道的。

“今日在刑部衙门见到两位司礼监的公公，其中一位和我熟识，他的一个小他一辈的远亲，在皇上身边侍候，很有面子。究竟是哪一位小哥，他从来也不肯说。下次见到他，一定要问个明白。”钱安为取信于钱宁，啰里啰嗦地讲了一大通。

“你不必说那么多。”钱宁不耐烦了，“你只须告诉我，那人在皇上面前说了什么。”

“也没有什么。”钱安说到正题，“皇上说了句朱宁居守故有此耶，他便说，若非朱宁居守，焉有此耶。据司礼监的公公说，皇上听了他的话，没有任何表示，他也没有再多说一个字。”

“你还说也没有什么！他咬的这一口，噬血伤骨，不知我们还能不能恢复元气。酒来，你说我们的官司输定了，我也有些要相信。”

“哥，我说我们的官司输定了，还不是因为他在皇上面前说的话。”钱安道，“司礼监的公公另告诉我一件事，我听了后很不自在。”

“还有何事，你说吧。”钱宁见他不自在的样子，知道又是一件非同小可的事情。

钱安神秘地说：“前两日皇上召张大去豹房，说了两个时辰的话。皇上身边的小哥悄悄对司礼监的公公说，二人说话时，他看张大的神色不对。司礼监的公公说，他也看出来，张大回到衙门神色不对。据闻，皇上召张大说话，与南边的事情有关。哥，说起南边的事，咱们早已输得干干净净了。那人比咱们精明，好处他得了，却不曾替南边办一件事情。”

钱宁吃惊不小。赵祥的案子，使他难堪不假，但终归是一件小事。宁府的事抖落出来，一件一件都可以置他于死地。赵祥的案子，他怕的是皇上不问青红皂白，便做了决断。宁府之事，他真怕皇上一定要问个青红皂白。

“哥，我看你还是亲自去张大那里走一遭，看皇上究竟对他说了什么。”钱安提议，“我的面子不如你大，他未必会告诉我实情。”

钱宁从张雄的私宅回来，立即将钱杰唤入密室。一看他脸色阴沉，就知道在张雄处碰了壁。这些年来，他在外面几乎没有碰过壁。一旦碰壁，火气一定极旺。钱杰暗暗警告自己：说话要留意，应对要小心，别再激起他的火气。

钱杰的估计只对了一半。别看他这些年来没有碰过壁，但他以前碰过壁，再以前身为家养子，只有他奉承别人，绝不会有别人来奉承他。因而，在张雄那里碰了壁之后，他把钱杰唤来，是诚心讨教，不是为了在他身上发火。

“张大倒也坦诚，”钱宁说，“他告诉我，皇上对他说的话，有明旨，不准对外人说，只好得罪。”

“皇上与张公公说话的内容，已有了蛛丝马迹，都督何不套一套他的话？”钱杰小心地问。

“我怎么没套？”钱宁说，“在他那里坐了许久，不就为了套他？他不肯钻入套中，我就没有法子了。从来也不知道，张大还有如此之好的功夫。对我的许多话，居然不置一句可否。”

“张公公不置可否，就是默认了。”钱杰判断说。

“对，我也是这样想。”钱宁说，“不管皇上与张大是不是谈宁府的事，我们都须当作在谈宁府的事，不管皇上的谈话是不是不利于宁王，我们都须当作不利于宁王。钱杰，记得我们曾经谈论过进退，你有长长一段议论。老实说，我不甚得要领。但有一句话，我记住了。你说，都督要筹划的，不是宁王反朝廷后如何进退，而是如何使宁王不反朝廷。当时我以为你说得有道理，现在却有些疑惑了。你还是以为，我应该阻止宁王反朝廷吗？”

“都督恕属下直言，那一番话虽是我说的，其实却是都督的心思。”钱杰分辩说，“都督自言进亦难，退亦难，我只有为都督谋一不进不退之策。其时也，不进不退固是上策，进一步或是退一步，也不是不可行。今时不同于其时，今时却只有不进不退一条路了。其时要计较者，是宁王会不会反，今时要计较者，是皇上是不是认定宁王要反。宁王在反与不反两可之间，还可以阻止他反。皇上若认定宁王要反，宁王则别无选择。宁王无选择，也就不容都督有选择了。都督问我今时之计，除了不进不退，再无第二法可想。”

“你看，皇上认定宁王要反吗？”钱宁怀着一线希望问道。他认同钱杰的说法，要是皇上认定宁王要反，就容不得他钱宁再做选择。

“属下不敢把话说死。”钱杰说,“十成中有了八成，是不会错的。都督自处处人，不妨以此为根据，还可以取得主动。”

“你是说，在皇上面前，不能再赞宁王，不能再助宁王，不能再代宁王奏请，不能再为宁王遮掩。”钱宁想到一件最现实的事情，“宁王派在京师的人员，是不是要他们离开？”

“他们能离开，再好不过，但都督不可直接过问，不可差人示意。”钱杰说。他的理由是八个字：“都督须小心引火上身，玉石俱焚。”他的顾虑是，皇上对宁王的逆谋信了八成，对宁王派来京师的人，不会不派人监视。宁王派来的人留在京师，对钱宁是个威胁，被皇上发现钱宁与宁王派来京师的人仍有接触，则是更大的危险。二者比较，听任其去留生灭是较轻的一害。

“好，我与宁府停止一切接触。看来，皇上疏远我而亲近镇国府，也是因为宁府的事。你说，事情还有转机吗？”钱宁问。

钱安说：“事在人为。属下以为，皇上对宁王的异谋，十成中信了八成，对都督助宁府，十成中信不到二成。只要小心处事，一定可挽回圣眷。有一事，都督务必小心。皇上南巡，势难阻止。宁王不反，皇上要南巡，宁王若反，皇上更要南巡。皇上南巡，都督一定要奏请随驾。只有在皇上身边侍候，都督才可自保。”

长期离开皇上，把江彬一人留在皇上身边的危害，钱宁的体会比钱杰深切得多，不用钱杰多解释。皇上再出巡，他一定力争伴驾。但是，如果皇上仍然要他居守呢？他能抗旨吗？如果皇上不准他同行，那也是皇天不佑斯人了。除了听天由命再无别的法子，钱宁想。以前，每走一步的时候，还可以想想第二步，第三步，现在，走一步是一步，不必再往前想了。

第一百七十三章

王琼因石天柱事与梁储发生口角后，对内阁几位大臣一直敬而远之，立于朝，遇于途，从不主动打招呼。差役报毛纪来访，他几乎不肯相信。阁老到部院衙门造访大九卿，不是没有过，但先例不多，况且是造访与内阁有了隔阂的尚书。不知毛纪所来为何。

不管所来为何，王琼都要迎出去。他为人虽孤傲，基本的礼仪还是要遵守的。迎至衙门口，与毛纪互行揖礼，恭请毛纪入内。

坐定后，王琼问："维之先生自入阁后，是第一次到兵部衙门吧？"

"不只兵部衙门第一次到，合部院司寺诸衙门，今日之前从未造访。"毛纪说。

"怕是未必。"王琼说，"维之先生与全卿先生是同年，下视有司，首先该去吏部衙门才是。"

毛纪有些不高兴，但还沉得住气，说："我若去过了吏部，又何必要瞒住德华先生？我说兵部是我造访的第一个衙门，并不想讨好德华先生，我说没有去过吏部衙门，也不是为避嫌。"

"维之先生休怪，我只是一句随意的话。同年相亲，人情之常，也无须避嫌。"王琼略作解释，问到正题，"阁中深不可测，维之先生不在阁中安坐，驾临兵部，不知有何贵干？"

王琼说话经常是不阴不阳，在朝中是出了名的。毛纪不与他计较，只是回敬他一句："德华先生说阁中深不可测，我看你的兵部衙门比阁中要神气多了，堂堂大司马比我等学士神气多了。"

"岂不闻庙小神灵大？"后半句不雅，不便再说，"维之先生定要说兵部衙门神气，那也是徒有其表。其庄严深邃，不敢望阁中项背。"

"德华先生定要说阁中庄严深邃，那也是徒得其名。其举步维艰，非外人所能想象。"毛纪又回敬一句，说到正题，"德华先生，有一事，在左顺门会议，似乎是小题大做，不与各衙门，特别是与兵部一议，内阁又没有主张。我特意来向德华先生请教。”他解嘲似的说，“在内阁中，我算得上是后生，跑腿的事，该由我做。”

日下内阁四臣的排名是：首辅杨廷和，次辅梁储，三辅蒋冕，四辅毛纪。论年龄，梁储年长七八岁，其他三人都是同年。但杨廷和比毛纪入仕早了三科，入阁早了十一年。蒋冕和毛纪是同科进士和庶吉士。蒋冕在庶吉士中排名第二，毛纪排名第二十五。因此差别，蒋冕比毛纪早入阁九个月。这样一来，众人都不太愿意做、梁储尤其不能做的事，只好由毛纪勉为其难地去做了。好在他廉静简重，需要他做的事，他从不以言语辞。

“维之先生请看，介夫先生、敬之先生和阁下所虑，是否此事？”王琼执笔在纸上写了两个字，递给毛纪看。内阁四人，他只提三人，可见对梁储不满的情绪还没有消去。

纸上的两个字是“家将”，毛纪看过，拱手道：“德华先生好眼光。”三月初一日，传出中旨：家将指挥朱涌等四十七人俱填锦衣卫带俸舍余，朱郭、朱刚等千人充御马监勇士。御马监勇士是早就有的名目，家将的名目却是第一次听到。朱涌等人均被赐予国姓，收充义子，现在又成了家将的头目，不知当作何解。内阁四人议不出名堂，武职的选授由兵部职掌，王琼或对家将的由来知道一二。因此，毛纪才有了兵部衙门之行。

“诸位老先生大概以为我早知道何为家将，大概以为，圣上用家将二字，说不定出于我的倡议。那可是太抬举我了。”王琼首先表明，家将名目与他无关，“我也是接中旨后，才知道众将之中，又出一家将。兵部不过是奉中旨，为朱涌等人填注备案而已。”

“德华先生多心了。”毛纪说，“贵有天下，而设家将，实乃荒诞不经。圣上事先如果向德华先生垂询，德华先生一定会力谏。”

“也未见得。”王琼软硬都不吃，“我一向以为，事无巨细，议论是非，是科道官的事，至于朝廷大臣，但议论大事而已。若不择巨细，我等在庙堂之上，和科道官又有什么不同？”

“德华先生以为，圣上用家将的名目，不是一件大事吗？”毛纪怪道。内阁议论时，都以为皇上而设家将，是旷古未有的奇事，关系匪细。不想，在王琼看来，似乎不值一哂。

“此事说大可大，说小也可小。”王琼说，“站在户部的立场上看，今日有几十名家将，明日或会有上百上千的家将，凭空要支出许多的俸粮，这是大事；但不以家将的名目，而以义子的名目在锦衣卫带俸，不也要多支这些俸粮？站在礼部的立场上看，名不正则言不顺，家将不是朝廷和宫中应用的名目；但中官还不是皇上的家臣？既可有家臣，为什么不可有家将？站在兵部的立场看，皇上为天下至尊，天下将帅，均为其属，何需家将？但上值亲军诸卫，虽没有家将的名义，和家将又有什么区别？由此观之，皇上用家将的名目，无可无不可。此时与其议论家将名目当不当用，不如议论圣上忽弃义子名目改用家将名目，是何意图。”

毛纪插话：“正要向德华先生请教，圣上是什么意图。此事是巨是细，我等分辨不出，竟连皇上的意图也无从揣摩，好生惭愧。”

“内阁诸公不是无从揣摩，而是不屑揣摩，把揣摩的差事交给我等俗人俗官了。”王琼说了句明是自贬实是自傲的话。在他看来，内阁大臣都是不善于用心计的读书人，正如女子无才便是德，阁老无用便是德：“依我之见，皇上现在用了家将的名目，是好事，并非坏事。”

毛纪不赞同他的见解：“德华先生说，圣上用家将的名目不是大事，细想一想，不无道理。若说圣上用家将的名目不是坏事，甚或是好事，我却不得其解。恕在下愚昧，请德华先生仔细讲一讲其中的道理。”

“要说道理，也很简单。”王琼自负地说，“请问维之先生，贵为天子而有家将与贵为天子而有义子，孰事更为荒诞？”

毛纪在同年和同僚中，向来以富有见识见称，而王琼提出的问题，他从来不曾想过。他的第一个感觉时，王琼的问题本身便有些荒诞：皇帝有义子与皇帝有家将，怎可相提并论？忽而想到，二者可不是应该相提并论？要说荒诞，都可说荒诞。三思之下，得出进一步的结论：皇帝有义子，或比皇帝有家将更荒诞。自家天下以降，最重的便是亲情。皇帝有家将，仍是君臣，皇帝有义子，却成了不是血亲的父子，就礼制而言，可说更为荒诞。

想是这样想，说却不能这样说。“贵为天子而收义子，有太祖皇帝的先例在，贵为天子而设家将，无先例可援。”毛纪自语道。

“维之先生言不由衷。”王琼说，“太祖皇帝收义子，是在称帝建国之前。太祖皇帝虽收义子，宫中并不缺少子嗣。有此二者，便不足为当今圣上所援引。当今圣上初收义子，在逆瑾柄国之时，百官箝口，不敢进言。当时不言，以后进谏自然无力，圣上广收义子成了见怪不怪的事。若非如此，内阁诸位老先生一定会说，贵为天子而有义子，比贵为天子而有家将更为荒诞。”

毛纪不语，算是默认了王琼的说法。

“皇上收义子，既然不曾力谏，皇上设家将，我看也不必力谏，这是其一。”王琼说。

“德华先生的其一，要说明圣上设家将不是大事吧？德华先生的其二，是不是要说明圣上设家将不是坏事，甚或是好事？”毛纪问。

“正是。”王琼笑道，他很赏识毛纪的机敏：“维之先生，圣上赐国姓，收义子已有十年，国姓义子不下千人，你可知，以何人最受宠信？”

“天下谁不传言，义子千人，宠信者二,一是掌锦衣卫的都督，一是提督团营的都督？”毛纪不明白，王琼为何有此一问。

“天下都知两位都督有宠，却不知两位都督之宠亦有所不同。”王琼说，“一位都督投刺，每每加以皇庶子的名衔，维之先生一定也见识过。另一位都督投刺，却宁愿加都督名衔。其中差别，维之先生可曾想过？”

毛纪没有想过，可也很容易想出缘由：“德华先生是说，一位都督看重圣上义子的名分，另一位都督不甚看重圣上义子的名分？”

“也不是不甚看重义子的名分。”王琼纠正说，“二人同是义子，并有宠，只好以圣上收为义子的日子定先后。前一位都督津津乐道皇庶子，因为作为圣上的义子，他的位置永远在先。另一位都督不以皇庶子的名分示人，因为他不甘居于人后。我这样说，维之先生以为有道理吗？”

“德华先生与两位都督都有交往，说的自然有道理。”毛纪道，“不过，说明白这个道理，与说明白设家将之是非，还相去甚远吧？”

“维之先生少安毋躁，道理要一层一层来讲。”王琼不慌不忙地说，“一位都督看重皇庶子的名分，以固其宠，一位都督不看重皇庶子的名分，或曰好似不看重皇庶子的名分，以争其宠。两位都督争宠，维之先生大概不屑一顾，那么，何不调转过来想一想呢？”

毛纪皱起眉头。王琼的话里包含着较深的意思，他绞尽脑汁，却领悟不出：“德华先生的说法果然有了些味道，敬请明示。”

毛纪承认有了些味道，王琼感到满足，他说：“圣上看重皇庶子的名分，则在圣上的心目中，原列第一的都督仍列第一，原列其次的都督仍列其次。圣上想出家将的名分，使用家将的名分，便是不那么看重皇庶子的名分了。圣上不看重皇庶子的名分，在他的心目中，该是哪一位都督列在第一呢？”

王琼果然善于揣摩，皇帝使用家将的名分，被他揣摩出钱宁失宠的迹象。其实，皇帝身边的人已感觉出钱宁失宠，私下有些议论。但在士大夫看来，皇帝出巡，居守大臣，文职以杨廷和为首，武职以钱宁为首，钱宁仍最得皇上的宠信。王琼转过来调过去一说，毛纪方才悟到，皇帝用了家将的名分，或与钱宁、江彬二人权势的消长有关，与皇帝对二人的信用有关。

“对，对，是这个道理，德华先生的剖析着实精彩。”虽承认其精彩，毛纪的眉头并未舒展开，“不过，圣上宠信一位都督，或宠信另一位都督，与德华先生说的是非有关系吗？”在他看来，在许多士大夫看来，圣上宠信钱宁不是件好事，钱宁失宠，皇上转而宠信江彬，也未见得是好事，或是件更坏的事。钱宁毕竟还知道笼络士大夫，江彬则完全不把士大夫放在眼里。

“对了，我正要说到这一层。”王琼道，“以两位都督的为人，以两位都督的行事，圣上对一位都督的宠信胜过对另一位都督，对朝廷非幸事，圣上对另一位都督的宠幸胜过对前一位都督，亦非幸事。我是说，如果全无来由的话。但维之先生知道，一位都督失宠，另一位都督得宠，并非全无来由。至少有一点，是众所周知的，即一位都督亲近宁府，另一位都督疏远宁府。”

说到此，毛纪才算真正弄懂王琼的意思。他心里不由得为王琼的见识喝彩。由皇帝用家将的名分，而推断出钱宁失宠，江彬得宠，已是匪夷所思，再推断出钱宁因亲近宁府而失宠，江彬因疏远宁府而得宠，更是匪夷所思。他不敢说王琼的判断一定是对的，但希望王琼的判断是对的。从南边各省，特别是从南京传来的消息越来越令人惊骇，即使只有五成可信，宁王的居心也是昭然若揭了。宁府是朝廷的心腹大患，再不能放任了。皇上如果真的有所警觉，决心制裁宁王，制裁与宁王交通的宠臣宠宦。则国家幸甚。

“维之先生，我可以说圣上使用家将的名分，不是件坏事了吗？”王琼戏谑地问。

“我看可以了，不但不是件坏事，而且还是件好事。”毛纪用王琼在先说过的话补充，“我将德华先生的剖析转告内阁诸公，他们也不会用家将这个题目做文章了。内阁犯不上为一位都督干犯圣上。”

“以家将的题目做文章，不是介夫先生的主张吧？”王琼问。

除了杨廷和，除了合称二之的蒋冕和毛纪，内阁中只有一位梁储了。王琼就家将的题目演绎了一番之后，借题发挥，刺一刺梁储。毛纪不能随声应和，只有不作声。

“以介夫的精明，是不会用家将之类的题目做文章的。”王琼挖苦梁储一句，也即作罢，“我倒有个想法，请维之先生转告介夫先生。南巡是一个大题目，内阁已就南巡的题目做了文章，但文章做得不够大。南巡的题目，须合朝廷之力做一篇大文章，请内阁诸公主之。以大题目做大文章之前，不妨先以小题目做篇小文章，旁敲侧击，作为发动。”

王琼筹算周全，无怪乎被视为干练大臣。毛纪随着他的筹算而思索：“家将是个小题目，却不适合做文章，德华先生有了其他小题目吗？”

王琼说：“今日恰好有一小题目，可做文章。维之先生请看。”他交给毛纪一份疏抄，内容是为已故御马监太监马永成乞恩，“马永成是圣上的东宫旧人，圣上对他恩赏有加，我让衙门里查了查，他的族中，荫官至九十余人。圣上对他有功必赏，可说是恩深情重了。再为他乞恩，置朝廷名器于何地？”

“这篇文章由兵部来做吗？”太监荫官，都是武职，是兵部的职掌，所以毛纪要问。

“兵部上疏，不如兵科上疏。”王琼道，“我还是那句话，事无巨细，科道官都可以议论，身为大臣，应该议论大事。内阁、诸公主持做大文章的时候，我定在旁擂鼓助威。”

为马永成乞恩的奏疏是太监赵亨所上。兵科都给事中齐之鸾等随即上疏，请为天下惜名器。对先后而上的两份奏疏，皇帝均不报。

三月十三日，六科给事中齐之鸾等，十三道御史杨秉中等，各上疏谏南巡，给王琼所说的大文章开了个头。十四日，科道官自辰时至申时，伏阙俟命。皇帝命中官谕退众人。称十五望日，当升殿视朝。众人被谕退。次日皇帝却没有视朝，而是传旨：“朕因气盛疾免朝。”这一日冲突未起，但君臣都知道，朝廷之上一定会有一场大的风波。

第一百七十四章

谏南巡是一个大题目，不须阁部大臣筹划，不须科道官员发动，各衙门都有人争做文章。

兵部武选司员外郎陆震，在三月十八日晚间，过访本司郎中黄巩。陆震是正德三年进士，黄巩是弘治十八年进士，陆震是浙江兰溪人，黄巩是福建莆田人，二人之间并无渊源。论交往，黄巩服母丧后补现官，不到一年，也说不上有深交。但陆震从心底敬佩黄巩，不只把他视为官长，而且把他视为兄长，遇有大事，首先想到找黄巩商议。他是带了一篇腹稿来见黄巩的。

室内食案之上，一酒壶一酒盅几碟小菜，黄巩还在独酌。陆震作了一揖，说："黄大人还在用饭，下官来得不巧，打扰了。"

"汝亨兄又见外了。"黄巩起身让座，"我说过多次，在衙门里，在公会时，吾兄欲呼一声大人，只好由你。但在舍下，私人相会，你我情同兄弟，不要客套。怎么今日又是大人下官地说话？是不是见我饮酒，心中不快？"

"仲固兄不说，我也不好说。国事堪忧，仲固兄怎么还有心以酒取乐？"陆震直言。

"你怎知我不是以酒消愁呢？"黄巩说，"不过，得汝亨兄事君以忠，待友以诚，我不该有愁了。这里有你浙江产的佳酿，我二人同饮几盅如何？"他不等陆震答应，取来另一酒盅，注满了酒，放置在陆震的面前。

"仲固兄说借酒消愁，定不是说笑，仲固兄说不该有愁了，也不是说笑。"陆震饮酒后说，"你我二人饮了这盅酒，洗尽愁肠，该轰轰烈烈地干事了。仲固兄，谏南巡的奏疏，我打好了腹稿，我先口述，请你润色纠谬，我再录下。"

"汝亨兄且慢，"黄巩将奋然欲起的陆震按住，"谏南巡是大事，你为何要与我商议？你怎知我一定会在你的奏疏上署名？你就不怕我明哲保身？"

陆震没有被黄巩一连串的问题问倒。他说："仲固兄若是明哲保身，何必在时事衰败、人心危疑之际复出？当日不止一人劝你，留家勿出，你不肯听。你以为我不知？”

“汝亨兄对我倒是知之极深。”黄巩说，“不过，你大概想不到，我不会在你的奏疏上署名。”

黄巩如此直截了当地一口回绝，实是陆震没有想到的。以他对黄巩的了解，是非当头，斯人绝不会退避三舍。

“怎么，仲固兄连我的肺腑之言也不肯听一听吗？”他质问。

“不是不肯听，是不必听。”黄巩道。

“哼，看来我还是该称你一声黄大人！”陆震奋力挥开黄巩压在他肩上的右手，气愤地说，“黄大人，下官告辞了。”

“汝亨兄要走，我不拦你。分手之前，我有一句话问你。”黄巩故作神秘地说，“我已拟就一篇疏稿，汝亨兄肯不肯一读？汝亨兄肯不肯在我的奏疏上署名？”说罢大笑。

陆震转怒为喜，握住黄巩的手，连声说道，“好，好，原来仲固兄先走一步，已拟好奏疏。仲固兄的疏稿，我自然要拜读。”

黄巩引陆震进入书房，指着案上摊开的疏稿说：“此疏不拟就，我哪里会有心思饮酒？请汝亨兄细读，请汝亨兄润色，请汝亨兄纠谬。”

陆震顾不上他的说笑，手捧疏稿而读：

陛下临事以来，祖宗之法度一坏于逆瑾，再坏于佞幸，又再坏于边帅之手，至是荡然无余矣。天下知有权臣而不知有陛下，不畏陛下而不敢忤于权臣，陛下弗知也。乱本已生，祸变将起，窃恐陛下知之晚矣。臣知之不言，负陛下之恩，臣知之而言，触权臣之怒。臣深惧负陛下之恩，试举当今最急者陈之。

其一曰：崇正学。臣闻圣人主静，君子慎动。陛下盘游无度，流连忘返，动亦过矣。臣愿陛下高拱九重，凝神定虑，屏纷华，斥异端，远佞人，延故老，访忠良，可以涵养气质，熏陶德性，而圣学维新，圣政自举。

其二曰：通言路。言路者，国家之命脉也。古者，明王导人以言，用其言而显其身。今则不然。臣僚言及时政者，左右匿不以闻，或事关权臣，则留中不出，而中伤以他事，使其不以言获罪，而以他事获罪。由是，虽有安民长策，谋国至计，无因自达。虽必乱之事，不轨之臣，陛下亦何由知？臣愿广开言路，勿罪其出位，勿责其沽名，将忠言日进，聪明日广，乱臣贼子亦有所畏而不敢肆矣。

其三曰：正名号。陛下无故降称大将军、太师镇国公，远近传闻，莫不惊叹。如此，则谁为天子者？天下不以天子事陛下，而以将军事陛下，天下皆为将军之臣矣。今不削去诸名号，昭上下之分，则体统不正，朝廷不尊。古之天子亦有号称独夫，求为匹夫而不得者，窃为陛下惧焉。

其四曰：戒游幸。陛下始时游戏，不出大庭，驰逐止于南内，论者犹谓不可。既而幸宣府矣，幸大同矣，幸太原、榆林矣。所至费财动众，郡县骚然，至使民间夫妇不相保，陛下为民父母，何忍使至此极也。近复有南巡之命，南方之民争先挈妻子避去，流离奔踣，怨黩烦兴。今江、淮大饥，父子兄弟相食。天时人事如此，陛下又重蹙之，几何不流为盗贼也。奸雄窥伺，待时而发，变生在内，则欲归无路，变生在外，则望救无及。陛下斯时，悔之晚矣。彼居位大臣，用事中官，亲匿群小，又岂有毫发爱陛下之心哉！皆欲陛下远出，而后得以擅权自恣，乘机为利也。若甚不然，则亦袖手旁观，如秦、越人不相休戚也。陛下宜幡然悔悟，下哀痛罪己之诏，罢南巡，撤宣府离宫，示不复出；发内帑以振江、淮，散边军以归卒伍，雪已往之谬举，收既失之人心，如是，则尚可为也。

其五曰：去小人。自古未有小人用事，不亡国丧身者也。今之小人，簸弄威权，贪溺富贵者，实繁有徒。至于首开边事，以兵为戏，使陛下劳天下之力，竭四海之财，伤百姓之心者，则江彬之为也。彬，行伍庸流，凶狠傲诞，无人臣礼。臣但见其有可诛之罪，不闻其有可赏之功，今乃赐以国姓，封以伯爵，托以心腹，付以京营重寄，使其外持兵柄，内蓄逆谋，几成骑虎之势，此必乱之道也。天下切齿怒骂，皆欲食彬之肉。陛下亦何惜一彬，不以谢天下哉！

其六曰：建储贰。陛下春秋渐高，前星未耀，祖宗社稷之托摇摇无所寄。方且远事观游，屡犯不测，收养义子，布满左右，独不能豫建亲贤以承大业。臣以为陛下殆倒置也。伏望上告宗庙，请命太后，旁诹大臣，择宗室亲贤者一人养于宫中，以系四海之望。他日诞生皇子，仍俾出藩，实宗社无疆之福也。

“怪不得仲固兄不肯听我的肺腑之言，原来你把我的肺腑之言已写了出来。”陆震叹道。

“汝亨兄急如星火，我还出轻率之言，望乞宽宥。”黄巩揖道，“今日遇翰林院舒修撰、吏部夏员外、礼部万主事诸公，相约各曹连章入谏。我回宅后，拟就此稿。汝亨兄来得正好，你不来我处，我也要去你处相商。”

“仲固兄写得痛快淋漓，还有什么好相商的？我愿附骥续貂，联名上疏。”陆震便要在疏稿后署名。

“汝亨兄请再细读一遍，”黄巩说，“我写了圣上的不是，写了佞幸的不是，写了大臣的不是，皇上不会放过，佞幸不会放过，大臣不会援救。此疏一上，祸不可测。”

陆震慷慨言道：“仲固兄谬许我事君以忠，我要对得起这个‘忠’字。借兄之笔，写出我心中一片赤诚，还有什么犹豫？我等不是谏臣，难道就不可以死于谏事吗？疏稿我不须再读了。”

黄巩提到的舒修撰名芬，字国裳，江西进贤人，正德十二年的状元公。舒芬在同年中有很强的号召力，不但因为他在科考中是优胜者，而且因为他学识渊博，贯通诸经，兼通天文律历，精于周礼，而且因为他严于律已，端居终日无倦容，夜间每每自省讼过，而且因为他身形玉立，神容俊美。人品、学识、容貌均得上乘，在以往的状元中不是没有，但不多见。

三月十八日晚间，他约了几位同年小聚。翰林院编修崔桐，是殿试中的第三人，最守信约，早早就到了。庶吉士王廷陈、汪应轸随后也来了，只有庶吉士马汝骥迟迟未到。众人边等他，边议论起汪应轸昨日的奏疏。

“子宿兄用谷永谏汉成帝的典故，十分贴切。真正做到了学而致用，以古讽今。”崔桐说。汪应轸字子宿，浙江山阴人，崔桐字来凤，扬州府海门县人，江浙不分家，二人间的交往，比与他人更多些，对彼此的文字也更为欣赏。

“来凤兄过奖，小弟受之有愧。”汪应轸谦道，“只怕用典不当，适得其反。圣上本来并不知道古有好用卑字的皇帝，我却给他找到了一个例子。”

汪疏是这样写的：“昔谷永谏汉成帝谓：陛下厌高美之尊号，奸匹夫之卑字，数离深宫，摇身晨夜，与群小相逐。典门户奉宿卫者，执干戈而守空宫。其书切中于今。夫谷永，谐谀之臣，成帝，庸暗之主。永言而成帝容之，岂以陛下圣明，不能俯纳直谏哉！”皇帝将这篇奏疏留中，或是真的从中受到了一些启发。

舒芬说：“子宿兄用典有力，就不必自谦了。今日的奏疏，还要请子宿兄斧正。”

“状元公的大手笔，定是一字不易。”汪应轸说，“国裳兄，联名奏疏既已拟就，何不先让我等拜读？马绥德或是有事被阻。”

“不妥，”舒芬摇了摇头，“既约了仲房兄，还是等他到了，大家一起议论。仲房兄从不失信于你我，我等也不可失信于他。”马汝骥字仲房，是陕西延安府绥德州人。

说了几句闲话，马汝骥匆匆赶到，他抱拳向四下一揖，说：“诸兄都到了，小弟来迟，惭愧。”

“惭愧是不必说了。仲房兄府上距状元公府第最近，却姗姗来迟，总是有缘故的吧？”王廷陈快人快语，责备的成分居多。

大事待议，不宜纠缠小处，崔桐开玩笑地说：“马二姐出门总要梳理一番，来得自然就迟了。”正德十二年的进士，多有绰号，如陈沂双臂有力，绰号陈木匠；邝灏面目狰狞，绰号邝响马；而马汝骥文弱可爱，状若处子，便得了马二姐的绰号。崔桐一说，众人一笑，气氛就不那么紧张了。

“惭愧！”马汝骥重复一遍，“今日真是因事受阻，出门与石邦彦先生相遇，被他捉住说了阵话。”

上月，礼部尚书兼翰林院学士李逊举病卒，以礼部左侍郎石珤掌翰林院事。舒芬和崔桐是现时的翰林院官，其他几人在馆就学，石珤是他们的上司官，又是座主，他捉住马汝骥说话，马汝骥不能抽身就走，众人皆理解。

“他是告诫仲房兄不可上疏吧?“王廷陈问道。

“犀钦兄何以知之？”马汝骥奇怪地反问。王廷陈字犀钦，是湖广黄冈人。

“他也告诫过我，我当然知道。”王廷陈说，“不知仲房兄在咱们这位恩师面前怎样对答。

“哼哼咿咿地应付两句也就是了。”马汝骥说。

“我可没有二姐般好性子，我写了一篇乌母赋，明日便贴到翰林院去。”王廷陈吟道，“乌母谓乌子，弋人在旁汝勿啼，弋人得知持汝归，我但高飞起，焉能救汝为！”

乌子指翰林院中众学子，乌母指掌翰林院事的石大人，弋人指权臣。王廷陈借此喻言，鞭挞石大人不准众学子与权臣抗争，表明众学子，至少是他王廷陈，不受石珤的束缚。

大家都知道王廷陈的性情：放浪形骸，不拘礼节。据说，他幼时顽皮，被父亲责打，竟大呼：“大人奈何虐天下名士！”这是传闻，无从考证。而他在翰林院恃才放纵，则是有目共睹，堂上官对他也是无可如何。因此，他吟诵乌母赋之类的文字，不足为怪。大家相信，他真会将该赋张贴在翰林院内。不过，或有人看重他的俊逸之才，却不能都陪着他嘲讽邦彦先生。舒芬是主人，不便说话，崔桐是舒芬之外最有身份的人，最适合掌握局面。

“国裳兄约的人到齐了，也该议一议正事了。”崔桐说，“就请将疏稿捧出，大家拜读吧。”

众人纷纷响应，把有关石的话题岔开。

舒芬起草的奏疏写道：“古帝王所以巡狩者，协律度，同量衡，访遗老，问疾苦，黜陟幽明，式序大位，是以诸侯畏焉，百姓安焉。若陛下之出，不过如秦皇、汉武，侈心为乐而已，非能行巡狩之礼者也。博浪、柏谷，其祸亦可鉴矣。近者西北再巡，大师不摄，四民告病。哀痛之声，上彻苍旻，传播四方，人心震动。故一闻南巡诏书，皆鸟兽惊散。而有司方以迎春为名，征发严急，江、淮之间萧然烦甚，万一不逞之徒，乘势倡乱，为祸非细。且陛下以镇国公自命，南至亲王国境，或据勋臣之礼以待陛下，将北向朝之乎，抑南面受其朝乎？假令循名责实，深求悖谬之端，则左右宠幸无死所矣。江右有亲藩之变，大臣怀冯道之心，以禄位为故物，以朝署为市廛，以陛下为弈棋，以革除年间为故事也。尚有事堪痛哭不忍言者，特左右宠信知求短浅，无能以此言告陛下耳。使陛下闻此言，虽禁门之外，亦将警跸不出，尚敢轻骑慢游哉！”

舒芬特别说过，要请汪应轸斧正，汪应轸不敢当，率先说：“该写的，国裳兄都写了，字字含着血泪，句句显示忠心。我看不必再议，大家签署吧。”

众人也都觉得无须增添，无须删改，共推舒芬居首，崔桐其次，依序在奏疏上署名。五人未散，庶吉士江晖、曹嘉又加入。

翰林院上疏数人，同衙而不同省，而且是五人五省，另有三人联名上疏，却同省而不同衙，他们是吏部员外郎夏良胜、礼部主事万潮、太常寺博士陈九川。三人都是江西籍，夏良胜字于中，南城人，正德三年进士，万潮字汝信，进贤人，正德六年进士，陈九川字唯浚，临川人，正德九年进士。再加上正德十二年的状元舒芬，连续四科，每科一人，都以忠直敢言见称，被江西籍官员传为美谈。

舒芬约了翰林院中的同年友好联名上疏，夏良胜则草拟一疏，约万潮、陈九川共署。夏良胜不以文字见长，而以胆略著称。他少年时在江西就学，提学副使蔡清曾说他：“子异日必为良臣，当无有胜子者。”得此嘉勉，他遂易名，取了蔡清话中的良字和胜字。蔡清说他是异日的良臣，而不说他是异日的良史，可说善鉴人才。他草拟的奏疏，不修饰，不用典，铿锵有力，朴实无华，良臣者，大约就该是如此风范。

疏称：“方今东南之祸，不独江、淮，西北之忧，还在辇毂。庙祀之郒位，不可以久虚，圣母之孝养，不可以恒旷。宫壶之孕祥，尚可以早图，机务之繁重，未可以尽委。镇国之号，传闻海内，恐生觊觎之阶，边将之属，纳于禁区，讵忘肘腋之患。巡游不已，臣等将不知死所矣。”

三人中，夏良胜年长位尊科第在先，三人相约联名上疏，自然推他草拟。他拟就的疏稿，即使万、陈二人文字更佳，也无须改动了。

医士徐鏊对其妻说：“今夜得与夫人共寝，明日若有不测，孩儿赖夫人抚养长成。”

夫人徐氏惊问：“相公何出此言？我父母当年欲相公习医，便因医者职业稳当，不冒风险，明日怎会生出不测？”徐鏊本姓高，是南直嘉定州人，父母双亡，他远走京师，依舅氏，随舅习医，继承舅业，并入赘舅家，娶了表妹。

“圣上南巡，诸曹大人上疏谏止，我也要上一疏。”徐鏊说，“诸曹大人若被罪，圣上也一定要加罪于我。我说若有不测，是宽慰夫人。我知道，明日定有不测，夫人好自为之吧。”

徐氏说：“你供事内殿，不过为宫中之人看病除疾，拾遗补缺不是你的职责，你何必出这个风头。”

“夫人言之差矣，我食君之俸，忠君之事。太医院无人上言，我再不上疏，岂不更被人看轻了？再者，士大夫上疏，多以政事为言，圣上听不进去。我以医术为言，或会为圣上接纳。”徐鏊递过疏稿，说，“夫人，疏稿在此，请过目。”

徐鏊写道：“古者百工执艺事以谏，臣猥以眇劣，待罪医局，保养圣躬，实臣职业。夫养身犹置烛也。室闭之，则坚；风暴之，则泪。陛下游幸太数，御容寝不如前。矧南方卑湿，尤易致疾。陛下之身，宗庙社稷所系，不宜听任群小，舍密室之调，甘暴风之对。”

徐鏊以医术进谏，果然是士大夫所不知言，不能言。徐氏将疏稿还给徐鏊，徐言道：“你说要做忠臣，抚养孩儿就由妾身一力承担。”

第一百七十五章

去年长途跋涉，从山西到陕西，从陕西到山西，一路上与近幸们闲谈，几乎都涉及江南，从江南的风光到江南的饮食，从江南文人的风流到江南女子的秀美，而且，在得刘氏侍候之前，特意留在江南以待来日相见的赵丽华，时常浮现在脑际，皇帝早就下定南巡的决心。他知道此事非同小可，君臣之间会有激烈的摩擦，因而小心从事，不与大臣见面，将廷臣的有关奏疏留中不报，避免唇枪舌剑的争辩。

不见面，可以省却很多麻烦，可也拖延了时间。皇帝交办的事情，大臣们以为不当，自会发一番议论，或是以奏疏，或是由传旨的太监转述。皇帝不问，大臣们不再议论，也不遵照办理，事情就搁置在那里，成了悬案。皇帝想起来，再派太监去催办，大臣们又是一番议论。

本来想三月中旬，趁着盛春时节，离京南下。可到了二十日，该做的准备都没有完成，皇帝为此狠发了几次火。发火后，还是要待机而动。

一看萧敬的脸色，不须问，就知道差他办的事情又没有办成。现在的司礼监太监中，萧敬的资格最老，合内朝外朝，当年孝宗皇帝托孤的大臣，只有他一人了。皇帝不像刚登基时，对他有着两三分的惧怕，但对他的敬重仍不减，平日很少差他办事，等于把他供养在司礼监。这次想利用他和内阁大臣的私交，劝说内阁拟旨。看来，也没有办成功。

“萧太监辛苦了！”皇帝低声慰劳一句，显然心绪不佳，“你是从内阁直接过来的吗？”

“是，奴才没敢回衙门，先来回爷的话。”萧敬说，“奴才无能，爷交办的差事，没有办成。”

“你在内阁中见的是杨先生，还是梁先生？”皇帝问。杨廷和梁储是内阁中的老人，皇帝寄希望他二人能给萧敬一个面子。至于蒋冕和毛纪，一则和萧敬没有深交，二则在内阁起不了主导作用，皇帝问都不问。

“杨先生和梁先生都在内阁当值。”萧敬答道。

“他们怎说？”皇帝有些气愤，“他们二人与你差不多有三十年的交情了，难道没有一人肯给你面子？他们也太欺负朕宫中的人了！”不说欺朕。只说欺宫中的人，皇帝算是给自己留了些面子。

萧敬叙述：“他们说，今日之事，以社稷为重，不能论私交。杨先生还说，我大明朝只有诸王朝陵礼，无天子亲诣各王墓仪注，乞寝其行。”

皇帝的南巡路线：是历徐扬，抵南京，下苏州，入浙江，浮汉沔，登泰山，遍游中土。一路行将下来，要谒凤阳祖陵，谒南京孝陵，视各处王墓。因而命内阁撰谒祖陵孝陵祝文仪注及视各王墓祝文仪注。皇帝谒祖陵孝陵仪注，有定规，照录即可。皇帝视王墓，不合礼仪，向无仪注。皇帝是要开个先例。

皇帝南巡，有没有视王墓仪注，无关紧要。到了凤阳，一定要谒祖陵，到了南京，一定要谒孝陵。谒祖陵孝陵，有现成的仪注，内阁不能不撰写。而到了有王墓的地方，不一定要视王墓。皇帝命内阁撰视各王陵仪注，是因为有了仪注，巡游各处便有了正当的理由。他想迫内阁在这件事上屈服，内阁让一步，再以内阁压制群臣，皇帝就主动了。因此，皇帝才动了心思，打发萧敬去内阁活动。在他来说，动用萧敬，半示恳请，半示胁迫，是高明的一招。

内阁不肯让步，萧敬无功而返，很失面子；皇帝一无所获，很失面子。皇帝说：“朕待杨先生梁先生恩礼有加，杨先生梁先生不能体察朕意，凡事不肯通融，大伤朕心。”

“奴才看，两位老先生不是不肯通融，他们也有难处。”萧敬与其说在为内阁不肯通融辩解，不如说在为自己无功而返辩解。他在来豹房的途中就盘算好，说出这一层意思，皇帝就不能责备他在内阁全无面子了，“杨先生说得很恳切，爷立意于丰功伟业，他等由衷敬佩，但求爷莫为已甚，让他们对言路和群僚有个交代。”

“杨先生梁先生是这样说的吗？”皇帝果然精神一振。

“奴才老了，两位老先生的原话记不下来，但意思是不会错的。”萧敬倚老卖老地说，“奴才想，要不是各曹下吏汹汹而言，内阁的老先生们为爷草拟几条仪注，还不是分内的事情吗？”

“有道理。”皇帝应道，“昨日今日，奏章连篇累牍，讲的都是南巡的事。朕本来想，都不看了，让你一说，还不能不理会。朝廷大臣被吓得不敢替朕办事了，还成什么朝廷？臣子上疏，朕不报。朕降旨降诏，臣子也不报。还有没有君臣的体统？朕倒要看一看，他们是如何汹汹而言的。”

豹房的小太监们分别从司礼监召来张雄和萧敬，从西城镇国府召来平虏伯江彬，从锦衣卫衙门召来都督钱宁，从通政司捧来大臣们的奏本。众小太监知道皇帝有火，尽量压低声音说话，放快脚步走路。在他们的催促下，张雄等人快速赶来。

“苏老儿入内侍候，余者在外侍候。”皇帝吩咐跑出一身汗、战战兢兢立于门外的小太监们。

苏进不敢像往常一样放肆，规规矩矩跟在张雄等人后面，进了皇上办事的房间。

皇帝扫视了众人一眼，说：“朕今日有耐心，尔等也要安下心来，听听外面的官员是怎样写咱们的。张大，这些本子你都看过了吧？”

“是，本子送到司礼监，奴才都看了。”张雄低声答道。

“你大些声音。”皇帝说有耐心，其实很没有耐心，一上来就训斥，“哪些本子该念，你挑出来，和苏老儿轮换着念念。”

“是。”张雄提高了嗓门，“黄巩等二人的一本，舒芬等七人的一本，夏良胜等三人的一本，是昨日送进来的，请示爷，是不是先念？”

皇帝点点头，同意了。张雄取出黄巩、陆震的奏疏，递给苏进，示意他念。苏进摆了摆手。和其他奏本比较，这一本最厚，是篇长文，他怕有不认识的字。平时有生字，嘴里打个嘟噜，就糊弄过去了。今天的气氛下，他可不敢开这个玩笑。张雄只好自己来念。

皇帝眯起眼睛，注意地听。江彬、钱宁竖起耳朵，注意地听。连苏进也一动不动，注意地听。司礼监的公公第一要务是念本子，声音不高不低，速度不快不慢，要让皇帝听得舒服。江彬、钱宁也得了一次享受。

“你们听清楚了吧？写得好不好呀？”张雄念完，皇上问众人，“不能说都写得好，但有一句话写得好：彼居位大臣、用事中官、亲昵群小，夫岂有毫发爱陛下之心哉？居位大臣，朕不知他们指谁。张大，苏老儿，用事中官是指你们吧？平虏伯，茶来，亲昵群小是指你们吧？”

众人不知皇帝的心思，不敢接话。还是苏进善于应答，说了一句不会使皇帝反感，说不定还能让皇帝莞尔一笑的话：“奴才们的心，毫发都是敬爱万岁爷的。”

皇帝想笑，忍住了：“苏老儿，也只有你，想得出这样不伦不类的话来。毫发爱朕，怕是未必，毫发都不爱朕，却也未必。尔等毫发都不爱朕，朕如何与尔等相处？”

几句话一说，众人都知道了皇帝的火气不是冲着他们来的，心里有了谱。“黄巩，一郎中耳，陆震，一员外耳，以谏为名，讪谤大臣，伤及陛下，请陛下治他们的罪。”江彬说。

“胆大狂徒，不治罪还了得！茶来，将他二人下锦衣卫狱掠治。”皇帝先命钱宁，随命萧敬，“萧太监，你告诉阁部大臣，小臣不敬大臣，朕为他们而得罪小臣了。”

一干人忙不迭声地应着。苏进见下面是一本薄薄的章奏，趁机说：“爷，我念下一本了。”

他念的是夏良胜的奏疏，寥寥数语，一气呵成，竟然没有念出别字，也没有因生字而顿住，在他很可以扬眉吐气了。

皇帝似乎脸上也有了光彩，说：“苏老儿认字断句大有长进，我看可以去司礼监办事了。”

“谢爷的抬举。”苏进屈膝一拜，“爷也不必送我去司礼监，就在豹房设一小司礼监，由奴才掌印，为爷办事，岂不便当？张叔，我可不是要抢你的饭碗，咱们各人有各人的差事。”

“爷要是答应，那是再好不过了。”张雄笑道。

苏进得皇上赞赏，全因夏良胜等写了一篇好念的奏疏，他不由得对夏良胜有了好感，不等皇上议论，先议论道：“这篇奏疏，都是泛泛的话，不知有多少人说过了。爷不必与他等理会。”

“苏老儿没有良心，见该疏没有写用事太监，便要朕不理会。可他句句在质问朕，朕怎能不理会？朕不理会，岂不输了理？”皇帝说。

苏进被皇帝抢白两句，知道皇上话里的分量，吐了吐舌头，不敢再为上疏者说话了。

“陛下圣明！”江彬道，“该疏虽短，臣看比上一疏还要恶毒。它说，巡游不已，臣等将不知死所矣。他等不知死所是虚，他是咒陛下不知死所，咒我大明朝的江山社稷不永。”

“咒朕不知死所，咒朕社稷不永，他们读书人是不敢的。但不知死所，是无君父，无人臣礼的话，朕须惩戒。”皇上吩咐钱宁，“茶来，将夏良胜、万潮、陈九川三人下锦衣卫狱榜治。”

“是，儿臣遵旨。”钱宁应道。听了两篇奏疏，他有置身事外的感觉。奏疏点名论劾江彬而不论及他，这或是皇上近来亲近江彬而疏远他的结果。

“爷，这是舒状元、崔探花和几名庶吉士的奏疏。”又轮到张雄念了，他先说明奏疏的出处。

“几名庶吉士，有谁呀？”状元、探花，至少名义上是钦点，皇帝说不定要给他们留些面子，如果要惩治的话，一定是惩治庶吉士们。

“计有江晖、王廷陈、汪应轸、马汝骥、曹嘉五人。”张雄奏道。司礼监官对翰林院官比较熟悉。他读过奏疏，庶吉士五人的姓名便记住了。”

“马汝骥是不是有个绰号，叫马二姐？女流之辈，也参国是！”皇帝哼了一声，“他们还没有散馆吧，难道前程也都不要了吗？”

萧敬觉得该出面说话了：“历朝皇爷均厚待翰林，舒芬等妄言有罪，尚乞从轻发落。”

“从轻发落可以，却不可不发落。”皇帝说，“对了，听说医士徐鏊也写了奏本。他不好好为朕的人医病，来凑什么热闹？谅他也写不出警世之句，他的奏本不用念了。他要出名，朕抬举他一回，将他也下锦衣卫狱。”

听过长短不齐的三篇奏疏，皇帝明显厌倦了。

钱宁道：“以下的奏本，不是重复黄疏，就是重复舒文，儿臣愚见，不如以六部为序，看看各衙门有多少人上疏，父皇心中有数就是了，不必一篇一篇地念下去。”

“茶来的主张不错，依你说的办吧。”皇帝说。

张雄早有准备，报出各衙门的人数和人名。归入吏部者，或分疏，或合疏，有郎中张衍瑞等十四人；归入礼部者，或分疏，或合疏，有郎中姜龙等十六人；归入兵部者，或分疏，或合疏，有郎中孙凤等十六人；归入刑部者，或分疏，或合疏，有郎中陆俸等五十四人。不多不少，共合计百人，奏疏二十余本。

皇帝说：“科道规谏，是其职守，说错了话朕不计较。各部曹出位妄言，多方讪谤，朝廷法度不容。将黄巩等六人下狱掠治，其余各人，并翰林院舒芬等七人，命于端门外罚跪，每日自卯时至酉时，差官校巡视。尔等看可使得？”

江彬说：“陛下欲止谤言，须用严刑。下狱罚跪，不过是一个警告。那班书生若知趣，便罢了，若仍有人妄言，惩处还须加重。”

钱宁说：“各衙门堂上官知道朝廷法度，不妄言进谏，当褒奖；各衙门堂上官约束不严，纵容部属官妄言，当训诫。请父皇敕各衙门堂官，在本衙门张贴文告，不准一概言事。”他说的一概言事，指各衙门官联署上疏。

张忠说：“各衙门奏疏，由通政司而进。命通政司将妄言奏疏掷回，固无不可，却不如命通政司格不受理，更能禁部曹妄言讪谤。”

众人围着皇帝，你一句我一句，议论起禁言止谤的法子，皇帝听得连连点头称是。

辰时卫士点过端门外罚跪的官员人数，是一百零七人，午时卫士再点，发现多了一人。他疑计数有差，重新检点一次，又叫来另一名卫士，共同检点一次，仍然是一百零八人。

多出的一人很容易查出。一百零七人都是文职的服带，他则肉袒戟刃于胸。卫士走近，认了出来，他是金吾卫都指挥佥事张英。

“大人，这是为何？”卫士上前欲搀扶他起身。

张英稳稳地跪在那里，说：“南海子水涌四尺，桥下铁柱折断七处，你们知道吗？此乃天变。这里跪了一百零七人，单数不祥。我凑成一百零八人，以合天数。你们不要动手搀扶。”

卫士见他身旁放一布囊，好奇地问：“大人囊中所装何物，可是将家中细软带来？”

张英将布囊解开，是一包黄土。他笑着说：“兄弟，若是细软，就分与你等。这囊黄土，却不能任你取去，留下还有用场。”

“大人愿意罚跪，我等也奈何不得。大人带来一囊黄土，不知有何用处？”卫士问。

张英说：“至尊出巡，京城内百万生灵无主。我若不随圣驾，则我亦无主。我若随驾出巡，或遇变故，则我有死而已。与其死于野，不如死于廷。我死不足惜，恐污帝廷，故携土以掩血耳。”说着，将插在胸前的短剑刺入胸中，顿时鲜血涌出，一滴一滴滴入黄土。

卫士们没有见过这等场面，慌乱起来。跪在他近旁的官员提醒一句：“快为他止住血。”才有人轻轻拔出短剑，按住他的伤口，另有一名卫士飞快报与端门当值的官校和太监知道。

事出突然，当值的军官和太监也不知如何处置，稍稍一议，差人去三处，一处去豹房，奏告皇上；一处去司礼监，报与当值的公公；一处去锦衣卫，报与当值的都督。

不多时，司礼监出来一名太监传旨：张英妄言，着缚送诏狱。张英艰难地爬起，看了看脚下染满血色的黄土，对卫士说：“幸未污帝廷。兄弟，这囊黄土，麻烦你收拾了。”

罚跪的官员以及当值的官员，对他今日异乎寻常的举动怀着崇敬之情，人人双眼湿润，目送他离去。

第一百七十六章

初夏时分，户外已是燥热，王府的大殿内仍然阴凉清爽。李士实、刘养正等更加频繁地进入王府议事。一杯香茶、几味小点，都足以消暑。

“若虚先生，”宁王招呼李士实，“先生说的兵不血刃固是上策，但迎立储贰之事议论了几年，朝廷还是没有定论，本府世子司香太庙之事，又久不奉诏。不知这是凶兆，还是吉兆？”

李士实躬了躬身，说：“兵不血刃是上策，也是缓策，要一步一步地走，切忌一个急字。当今皇上貌似粗疏，却不是没有心机。他尚在壮年，不会即时立储，在我意料之中。以殿下在京里宫里的奥援，朝廷只要定下立储大计，非世子殿下莫属。至于世子司香太庙，不过是为立储而设下的一步棋，朝廷许之不足以喜，朝廷拒之不足以忧。”

“多谢若虚先生开解！”宁王做了个手势，请李士实安坐，“说起耐心，本王是有的。”

刘养正说：“切忌一个急字，若虚先生说中了要害。急则犯险，殿下万金之躯，不能急，无须急。但也还有另一说。以眼下的形势，殿下也不能坐等。一味坐等，殿下的千年基业或会丧失。”

“子吉先生的话有深意，请再细说。”宁王道。

“是。”刘养正慢悠悠端起茶杯，饮了一口，显出心中已有成算，“我先说件事情。正月里，蜀王让栩请旨，欲携内江王宾沚赴朝，皇上不准。养正当时和若虚先生议过，认为此事不大，然定有背景。过了三个月，现在可说，我等料得不错。”

让栩是第六代蜀王，正德五年袭封。宾沚是第三代内江王，正德十年袭封。一位正德年间袭封的亲王，一位正德年间袭封的郡王，要求赴朝谢恩，不是刘养正心细，看不出有什么不妥。

“子吉，蜀王请赴朝，你说有何背景？”宁王问。

“请问殿下，锦衣卫的都督与南昌去的人相处甚欢，镇国府的都督对南昌的人又如何？”刘养正反问道。对宁王的提问，这一反问已答了一半。

宁王道：“刘吉说，进锦衣卫衙门易，进镇国府难于上青天。”

“近日查出，成都进京的人，进镇国府易如反掌，镇国府的都督待他们若上宾。”刘养正道，“所以我敢说，当时关注蜀府之请是不错的。”

“你是说，那位都督要扶正蜀府？”宁王听明白了，“若虚先生，你的见解如何？”李士实方才说，朝廷立储，非宁府世子莫属，凭空而来另一觊觎储位的藩王，不知作何感想。

李士实虽在安抚宁王，他自己对兵不血刃这一上策也没有十分的把握。刘养正说到蜀府的事，他只能说不可掉以轻心。“防人之心不可无，”他说，“如果蜀府有心于此，而镇国府的都督有心助蜀，则对殿下威胁甚大。锦衣卫的都督扶助殿下，几年以前，人已尽知。镇国府的都督扶助蜀府，日前才有所透露。一在明处，一在暗处，于殿下不利。”

这番话实实在在，宁王重视起来。他问：“今日之计，是排揎蜀府为上，还是拉拢镇国府的都督为上？”钱宁的地位曾远在江彬之上，钱宁为宁王内助曾十分得力，因此没有在江彬身上下大功夫，宁王想起来，就有些后悔。

“子吉，你看呢？”李士实问，需要采取行动时，他常常优柔寡断，不如刘养正有主意。何况，蜀府的事，是刘养正首先提出的。

越在显示重要性的时候，刘养正越沉稳。他起身在殿内踱了几步，条分缕析地说：“排揎蜀府，殿下不可取。太宗皇帝靖难时，对各王府着意安抚，才熬到了最后决战。殿下须法太宗皇帝，不可法与诸藩对立的建文帝。拉拢镇国府的都督，应是昨日的事。昨日忽略了，就在来日去做，今日却不可做。殿下昨日倚重锦衣卫的都督，眼下传闻，皇上亲镇国府的都督，疏锦衣卫的都督。殿下此时拉拢镇国府的都督，彼必傲慢无礼，天下勇士必为之寒心。不若仍借重锦衣卫的都督，彼必效死力。若传闻不实，殿下于朝廷得一都督足矣。若传闻是实，殿下不妨来日再做打算：镇国府的都督愿为我用，则与之交好，不为我用，殿下取天下，又不是只有立储一途。”说到此，不加上一句，容易引起李士实的不满，“殿下与若虚先生主张兵不血刃，甚至不惜延以时日，是仁者之心。但有敢抗天命者，若镇国府之流，殿下和若虚先生也不惧兴兵讨逆。”

“子吉先生，你说不能坐等，可既不准排揎蜀府，又不准拉拢镇国府，倒使我为难了。”宁王神色不豫，“难道仍差人向锦衣卫送钱吗？”

“在下的意思，正是仍向锦衣卫送钱。”刘养正说，“不管皇上是不是疏远了锦衣卫的都督，殿下都不可放弃他。在他得意时，殿下送他成千成万的银子，他也馈赠殿下玉带、彩缎以为回报。他今日真的失宠，殿下仍厚赠他，他必予殿下始料不及的回报。”

宁王看看李士实。李士实说：“子吉的话有道理，我在朝廷时，与锦衣卫的都督颇有过从，他虽是幸臣，却不无肝胆，虽起自卑贱，却仗义疏财。殿下与他一分的馈赠，他对殿下定有一分的回报。”

“二位都这样说，我更无异议。”宁王想了想，想出一个人来，“王府门副徐绘忠义可靠，与臧良之见过数面，与卢孔章是连襟，着他以进贡茶马为名，携银一万两，金台盘七副，银台盘十副，北去京师，为本王送礼打点。”门正、门副都是不入流的官职，与其说是品官，不如说是杂役。他等不经吏部备注，不归王府长史司管辖，是王爷的私人。

宁王提到卢孔章，刘养正想起一事，说：“既有徐绘其人，殿下可速着他去京师，行前交代他，赴京须机密，见卢孔章须机密，去教坊司须机密，如有机会见锦衣卫的都督，也要机密。卢孔章引他见过教坊司主人或锦衣卫都督之后，他可留在京师，命卢孔章、赵隆二人一刻也不要耽搁，立即返回南昌。”

“子吉先生要他二人回南昌派用场吗？”宁王不解地问。卢孔章、赵隆二人在京师住了三五年，进教坊司，进锦衣卫，进东厂，进几位大老的府第，熟门熟路，得心应手，宁王从不曾想到，要将他二人换回南昌。

刘养正说：“他二人回南昌派不上用场，但留在京师，遗患无穷。他二人行事，太过张扬。殿下请想，朝中的文武大臣欲交结殿下，知道找卢、赵，宫中的大小太监欲交结殿下，知道找卢、赵，这等人物，还能留在京师吗？一有风吹草动，他们想躲也躲不开了。”

“有东厂的公公和锦衣卫的都督保着，不碍事吧？”宁王认为刘养正把事态想得太严重了。

“若没有东厂的公公、锦衣卫的都督，他们留在京师，倒不碍事了。”刘养正说，“东厂公公的为人，我不知道，且不说他。锦衣卫都督的为人，若虚先生，恕我直言，”他向着李士实抱拳拱手，“他即使肝胆照人，终是一幸臣，他即使仗义疏财，终归脱不尽贱根。”李士实说钱宁的两句话，被他反过来说。

“子吉，你的思路我难以理顺。”李士实说，“你方才说，仍要借重锦衣卫的都督，现在又说，锦衣卫的都督靠不住。既靠不住，便不可借重，既要借重，便不能生疑。你既要借重，又不信他，老夫听了，如坠云雾之中。”

“是啊，”宁王接过话来说，“子吉先生的话，若虚先生不解，孤家前思后想，也是不解。”

刘养正说：“殿下和若虚先生不是对我的话不解，而是对用人不疑的古训错会了意。须知，借重与用人，不是一事，而是二事。殿下用人，用的是若虚先生和我。殿下对我二人不可生疑，若有疑心，我君臣三人便不能坐在殿中议事。殿下对锦衣卫的都督，只是借重，能借其十分力，便用其十分力；能借其三分力，便用其三分力；能借其一分力，便只好用其一分力。依养正看来，殿下若想从他那里借到十分力，一定要失望。殿下若只能从他那里借到一分力，一定也要失望。不多不少，殿下能从他那里借到的只是三分力。我请殿下再差人去京师活动，也只是为了借到他三分力。既然只能借到三分力，殿下不可对他全抛一片心，该提防时一定要提防。”他把话锋一转，“一有风吹草动，他是保卢、赵二人脱离险境，还是借卢、赵二人洗脱嫌疑，谁也说不准。卢、赵二人固不足惜，若因他二人而殃及殿下的大业，悔之晚矣。”

“子吉多谋善思，老夫万不及一。”李士实叹道，“请殿下照子吉的意思安排吧。”

“好，我着刘吉交代下去，要徐绘明日就动身，在一个月内赶到京师，由他传话，要卢孔章、赵隆也在一个月内赶回南昌。”

宁王还没有差人唤刘吉，刘吉自己来了。他满脸喜色，向宁王行礼，向李、刘二人打过招呼。他是宁王最亲信的承奉，在宁王与李、刘二位先生中的任何一位议事，或同时与李、刘二位先生议事时，只有他敢闯入。

宁王向李士实、刘养正眨了眨眼，寻开心地说：“刘承奉有什么大喜的事，说出来，让我们也高兴高兴。若虚先生一高兴，说不定又会写出一帧前无古人后无来者的楷书送与朕。”

刘养正凑趣说：“王爷一高兴，说不定把若虚先生前无古人后无来者的楷书转送给我，刘承奉，我可要一日三遍念你的好。”

“殿下，子吉，你们是拿我开心，还是拿他开心？”李士实叫过委屈，对刘吉说，“刘承奉，你有什么喜事，只对我说好了。他们说的前无古人后无来者的楷书，我送给你。”

刘吉知道三人都在拿他开心。当一名好承奉，就是要让王爷开心，王爷重用的人沾王爷的光，开心一回，也不过分。他笑着说：“我的喜事说了，若虚先生写了字，送给千岁爷。千岁爷的喜事说了，若虚先生写了字，本就该送给我。若虚先生，你不必套交情。”

宁王和李、刘二人听他说千岁爷的喜事，知道真的有事，李士实和刘养正不知是不是他们该听的事，不再和刘吉说笑，免得彼此下不了台。宁王说：“我的喜事也好，你的喜事也好，都要让两位先生高兴高兴，快说吧。”

“我说是千岁爷喜事，又不只是千岁爷的喜事，也是奴才的喜事，又不只是千岁爷和奴才的喜事，也是两位先生的喜事。本来就是该大家陪着千岁爷一起高兴的。”刘吉先说了两句绕嘴的话，“那个姓范的御史老爷，千岁爷还记得吗？”

“你说的是范辂吗？”宁王问道，“他不是被老毕送锦衣卫了吗？你可是听到了他的消息？”

范辂是南直隶监察御史，差派到江西清军。清军江西和清军他省不同。不同之一：清军他处，会和总兵官以下武职发生冲突，会和镇守以下的太监发生冲突。而清军江西，除了和总兵以下的武职，镇守以下的太监发生冲突，还会和王府发生冲突，而且首先要和王府发生冲突。宁府的护卫是他处王府所没有的。冲突之二：清军他处，武职有武职的账，太监有太监的账。清到武职的头上，太监在一旁看笑话。清到太监的头上，武职在一旁看笑话。在江西，太监与武职同样是各自和清军御史对抗，但镇守太监毕真与宁王沆瀣一气，互为声援，使得江西的清军遇到了更大的障碍。范辂与宁王、毕真的冲突，也比他处的冲突更激烈。

“千岁爷圣明，一说即中。”刘吉不急着说有关范辂的新消息，而说起了范辂在锦衣卫狱中的旧事，“千岁爷，一提起范老爷我就想笑，毕太监将他下锦衣卫狱的手段真用得上‘莫须有’三个字。我当时想，朝廷大概不会处分范老爷的，谁知过了一年，朝廷还真处分了他。”

范辂不讲情面，在江西不但清军，而且清政。宁王命有司朝服参见，他疏劾之，称：“今天下王府仪注，制未划一，臣以为尊无二上，凡不称臣者，皆不宜具朝服，以严大防。”王府伶人秦荣淫侈，他疏劾之；毕真贪虐，他疏劾之。对范辂，宁王和毕真必欲除之而后快。一次，范辂过镇守太监衙门议事，逢身体不适，他未乘马而乘轿，被毕真抓住不放。本朝制度，如御史之类的低品秩官员不准乘轿。毕真命亲信把范辂连同舆轿一起扣下，奏告范辂违制。其实，到了正德年间，御史乘轿已习以为常。但旧制未废，治与不治，全在人为。该案明着是毕真起讼，实则是宁王的官司。钱宁着锦衣卫校尉将范辂解去京师，打入诏狱，一关就是一年。

“虽说毕太监有手段，范辂下狱，还不是王爷的面子。”刘养正道，“刘承奉，你且说朝廷是如何处分他的。”他心思多，由范辂之狱而想到其他，因而对范辂之狱极关注。

刘吉告诉众人："有旨：范辂谪广西龙州宣抚司经历，地在边远，职是杂品，处分不轻。"他又告诉众人，"有人刚从南京带来的消息，想来不假。"

"果然是殿下的大喜。"刘养正自以为理出了头绪，"若虚先生，我们该为殿下贺一贺了。"

"同喜同喜。"宁王懵懵懂懂地应道。范辂是宁府的大仇家，朝廷处分他，不可以说不是一件好事。若说大喜，则言过其实了，"请教子吉先生，孤家喜从何来？"

"殿下还记得，朝廷在二月间召回各处清军御史吗？"刘养正一下又说起两个月前的事情。

"怎不记得！我当时以为是一幸，你还说过，且不忙下结论。"事隔不久，宁王记得很清楚。

"殿下眼光独到，养正不如。"刘养正说，"范辂下狱，朝廷再差清军御史，若是第二个范辂，对殿下仍是不利。由此观之，朝廷召回清军御史，是殿下之喜。我所以说不忙下结论，第一，是因为召回各处清军御史，唯浙江、河南、山东、山西四省留任，并非针对我江西。第二，锦衣卫的都督没有说明，是不是他所倡议。当时锦衣卫的都督失宠的传言极盛，殿下为此焦虑不安。而撤回清军御史一事，并不能说明他没有失宠，故对殿下来说，是喜事，却不是大喜。范辂由清军江西而下狱，由锦衣卫的都督亲手经办，朝廷处分他，足以说明朝廷对殿下仍是一如既往地礼遇，足以说明锦衣卫的都督并没有失宠，仍在左右局面，养正故言大喜。"

"子吉先生果然不同凡人。一件大事，你看出只是喜事而不是大喜；一件小事，你看出是喜事而且是大喜。"宁王道，"好，既然是大喜，咱们便一起来贺一贺。"随即吩咐刘吉整治宴席，与两位先生共谋一醉。

第一百七十七章

马氏在豹房的时候，单独有一间房子，刘氏不愿入居。皇帝为她另辟一室。她和马氏不同，马氏善戎装，皇帝去哪里，都带上她。刘氏则很少出户，都是皇上到她的室内，与她相聚。皇帝对她格外宠爱，一日不见，一日不欢；十日中有九日，在她的居所寝息。小太监们都把她的居所叫作小坤宁宫。在小坤宁宫行走，在小坤宁宫有宠，是第一幸事。

刘氏与皇帝在一起的时候，有说有笑，并不时吟唱，以取悦皇上。皇帝不在时，她便有些寂寞。豹房的间数有限，要满足皇帝起居办事，要为钱宁、江彬等人安排休息的场所，要容下皇帝不能离开的小太监们居住。提供刘氏使用的房间不多不大，只能从宫中招来两名宫女服侍刘氏。刘氏平日除了面对这两名宫女，便是小太监们抽空来小坤宁宫叩头请安，做一些令她高兴的事情。小太监们都愿意巴结刘氏，却不敢久离皇帝。皇帝不知在哪一刻会想到哪一人，侍候不到，会惹皇帝生气。倒是被皇帝差去监督勇士四营的佛保，每次来时可以多说一阵话。刘氏对佛保也格外喜欢。

“娘娘心中不快吗？”佛保看着刘氏的脸色，关切地问。皇帝要苏进琢磨对刘氏的称呼，苏进大着胆子，当面称了她一声娘娘，她笑了笑，全无恼意。小太监们都随着称起娘娘。

“也没有什么，只是有些发闷。”刘氏说。

“既然发闷，何不到外面走一走？”佛保提议。

刘氏摇摇头，说：“外面不是空空旷旷，就是乱乱嘈嘈，走出门去，心里更发慌。”所谓在外面走一走，只是在豹房四周走一走，大内是不便进去的。对豹房的环境，刘氏显然是并不满意。

“娘娘不必懊恼，爷也说过，豹房是他以武会友的地方，娘娘住在这里，受委屈了。爷命在西内构筑一殿，作为娘娘起居之所，想来快完工了。奴才听说，爷把殿的名字都想好了，叫腾禧殿。娘娘迁去腾禧殿，一定心情欢畅。到那时，奴才们都要去恭贺的。”佛保不喜欢多说话，在刘氏面前，他却无话不说。

“真的吗？”刘氏似信不信，“你说殿快完工了，怎么从来也没人对我说过？皇上也没说过。”

“奴才该死！”佛保这才发现，他说过了头，“爷要使娘娘惊喜，特意吩咐过，此事不许说与娘娘知道。娘娘千万不要对爷说起。爷说了，谁告诉了娘娘，要掌谁的嘴。”

“还是咱们娘儿俩有缘分。苏老儿油嘴滑舌，每次来了都说他最孝顺，可皇上不许他说的话，他就不对我说。”刘氏安抚着佛保，“佛老儿放心，我不问皇上就是了。皇上知道了也不要紧。皇上要罚你，我却要赏你，看你到底是被赏还是被罚。”

“谢娘娘恩眷。娘娘说赏，奴才就被赏定了。”佛保叩首道，“娘娘说与奴才有缘，奴才欢喜莫名。奴才不知前世行了什么善事，修来的福分。”

“你该有此福分。”刘氏道，“皇上都说你心最慈悲，他处罚人时，定是你出面劝阻。”

“奴才心慈手软，不能为爷办大事，爷才要奴才去军伍中磨练磨练。可奴才天生的性子，见不得人受难。不瞒娘娘说，近日见了官员被罚，奴才于心又不忍了。”佛保渐渐说到了他要说的话题。

“怎么，外面又有官员被罚吗？”刘氏一无所闻。

“是啊，也是由南巡的事引起的。”佛保说。皇上决意南巡，对刘氏说过，佛保无须多解释。

“我知道皇上要南巡。皇上还说，要带上我一起去。”刘氏想不清楚的事情，便问佛保，“你说，皇上南巡是好还是不好？”

“奴才不知是好还是不好。”佛保也想不清楚，“不过，奴才想，爷要做的事情，总是好的。可外间大臣都说不好，惹得爷不高兴。”

“他们说不好，由他们去说。”刘氏道，“皇上觉得好，不听他们的话就是了，又何必要处罚。”

“不但处罚，而且还打死了人。”佛保说，“奴才想，爷南巡是好事，可打死人就不好了。”

“真有此事？”刘氏说与佛保有缘，佛保于心不忍之事，她也有不忍之色，“都打死了谁，你说与我听。”

“第一个被打死的是金吾卫都指挥佥事张英。”佛保讲起张英在端门外自戕的故事，“他入狱后，爷命杖八十。娘娘想，他流了那么多血，还经得住打吗？监刑官还没数到一半，他就断了气。”

“我只知杖三十已是重罚，还没听说有人被杖八十。”刘氏说，“不过，他身为亲军指挥使，皇上说他出位妄言，也没有错。佛老儿，除了他，还有别人被打死吗？”她既想为皇上辩解，又想知道外面究竟发生了什么事情。

佛保说：“上月二十三日，端门外罚跪的一百零七人，各杖三十，有二人当即被打死。一人是刑部主事刘校，一人是刑部照磨刘珏。奴才听说，刑部的奏疏，是刘校草拟的，有人说，刑部数十人罚跪被杖由他而起，他死有余辜。也有人说，他为人至孝，授了京官，立即接父亲来京中就养，其父命薄，死于途中，刘校奔赴父亲死所，抱尸痛哭，见父亲面上有尘土，以舌舐而拭之，至孝之人，不当死于杖下。”

“是啊，至孝之人，不当死于杖下。”刘氏同感。

佛保接着说：“真是家风代代相传，刘校待父母至孝，刘校有子，对他也是至孝。行杖那日，刘校子跪于道旁，痛哭不已，恳请代父受刑。刘校对他说：尔读书不多，独不知以身事君之义吗？死于君事，死得其所。我死后，你要善事祖母及尔母，毋愧尔父。”

“佛老儿，你说得好，不管谁的是非，打死了人就不好了。”刘氏动情之下，不由得重复起佛保的话。

有了她这句话，佛保心里踏实了。“娘娘，奴才听说，爷明日又要行杖。”他说。

“又要行杖？那不是又要打死人？”刘氏自语道。

“今日十五，月圆之日，万岁爷定要来与娘娘团圆。”佛保不好直言，便绕了个弯子。

刘氏明白了他的用意：“你要我劝劝皇上吗？”

“娘娘圣明。”佛保跪倒，规规矩矩叩了三个响头，“爷说奴才慈悲，奴才也不过是心慈手软的凡夫俗子，娘娘却是大慈大悲的菩萨。奴才慈悲，于世人无补无救。娘娘慈悲，才能够普度众生，救苦救难。”这一番话，他是跪在刘氏面前说的，说完之后，也不起身，等着刘氏开口。

刘氏静想片刻，说：“皇上南巡，我不知好还是不好，你也不知好还是不好。皇上因群臣谏南巡而责打他们，我不知该如何劝说皇上，不过，你的那句话在理上，皇上打死臣子总是不好的。我一定劝皇上不要再打死臣子。我受你三个头，没有阻拦，便是为此。”

“娘娘肯救众人，奴才再叩三个头。”佛保说。

舒芬、孙凤等一百零七人罚跪五日，各杖三十，在皇上看来，是很轻的处分。下一次的处分，一定会更重。三月二十一日，当黄巩等系狱，舒芬等罚跪时，大理寺寺正周叙等十人上疏，请宽贷谏事诸臣。三月二十二日，行人司副余廷瓒、工部主事林大辂等二十三人，或分疏，或合疏，再谏南巡，并请宽贷谏事诸人。皇上震怒，命他等与黄巩等六人一起荷枷阙前，跪至夕。戴枷罚跪，处分加重了一层，罚跪时间延长，处分又加重了一层。四月十六日，命杖黄巩、周叙、林大辂、余廷瓒等三十九人。皇上原意，黄巩等六人，及禁言事后又发起言事的周叙、林大辂、余廷瓒，各杖八十，余人各杖六十，处分再加重一层。由于前一晚刘氏婉言相劝，皇上答应减杖，黄巩等由八十减至五十，余人由六十减至四十，但比起舒芬等人仍是加重。

杖后，两次处分的官员均被贬谪，处分最重的是黄巩、陆震、夏良胜、万潮、陈九川五人，免官削籍。其余诸人，舒芬谪福建市舶司提举，吏部郎中张衍瑞谪平阳同知，礼部郎中姜龙谪建宁同知，兵部郎中孙凤、刑部郎中陆俸外谪府同知，待吏部择定缺官之府。大理寺正周叙谪永嘉县丞，工部主事林大辂谪夷陵州判官，行人司副余廷瓒、工部主事蒋山卿谪南京刑部主事，行人陶滋、巴思明、李锡、顾可久、邓显祺、王翰、熊荣、杨恭、王懋、黄国用、李俨、隋锐、刘黼、张岳调南京国子监学正。行人从七品，学正正九品，反正都是品秩很低的官，降几级也算不得什么，但行人司共设行人三十七名，一次调出十四人，国子监学正设十人，一次调入十四人，可说是倾衙门的调动了。大理寺寺正王金垒调太常寺典簿，大理寺寺副孟廷柯、张士镐、郝凤升、傅尚文，大理寺评事姚汝皋、蔡时，调南京户部、刑部、都察院各衙门照磨。大理寺设左右二寺，各寺正一人，寺副二人。两名寺正，留下一名，四名寺副，一调而空，另有一名候补寺副郭五常，调通政司知事。来不及谪调的官员，一律罚俸六个月。

如刘校、刘珏，当场死于杖下，不劳朝廷再费心思贬谪。第二次行杖，也有当场死于杖下者，或数日内因创重而死者。

大理寺评事林公黼，字质夫，福建长乐人，正德十二年进士，身体羸弱，未杖及四十而亡。黄巩也是福建人，却与他旧日无交，先后系狱，二人以闽语交谈，倍感亲切。黄巩叹道：“吾取友遍天下，及近遗质夫，古人谓入险不惊，殆斯人乎！”

与黄巩联名上疏的陆震也是入险不惊的人。他在狱中，与黄巩辩析《易经》中的九卦，相互启迪，明忧患之道。先后入狱者各自处分后事，陆震独不出一言。他与黄巩被杖五十，创甚。杖后，他向狱卒讨来纸笔，颤抖着写下数字与诸子：“吾虽死，汝等当勉为忠孝。”第二天，创伤发作，他死于狱中。

工部主事何遵，字孟循，南直江宁人，正德九年进士，吏部尚书陆完曾使子弟就学于他，对他格外关照，嘱咐他千万不要在此关头上疏，他全然不顾，不但上疏而且上了三疏。一疏谏皇上东岳进香，说：沃祠无福，万一亲藩借口奉迎，潜怀不轨，则福未降而祸已随。亲藩无疑指宁王。另一疏请皇上开释谏者，说：权臣怙势倡乱，黄巩等无罪，愿特宽宥，毋使后世有杀谏臣名。权臣无疑指江彬。论亲藩，钱宁放不过他；论权臣，江彬放不过他。行杖者腕上用力，可以想见。何遵杖四十，比受杖五十的伤势还重。刑后肢体俱裂，挨了两日，死于家中。何遵草拟疏稿时，家僮抱住他右臂，哭道："先生纵不自计，独不念老亲幼子乎？"何遵从容言道："忠孝不能两全，你为我向大人谢罪吧。幼子仗大人抚养，无令废学足矣。"他死的时辰，其父与家人在南京郊外扫墓，回途中，有鸟在头顶盘桓，放声悲鸣。其父心异之。后来听说工部有人以言获罪，遂长号曰："吾儿死矣！"

行人司副余廷瓒，字伯献，江西鄱阳人，正德九年进士。各部曹进谏时，他率行人司诸衍人亦上疏，陈巡游十不可。通政司官不知有意还是无意，不知要保护他还是要陷害他，将各部的奏疏呈进，独将行人司的奏疏留下，而在诸部曹罚跪之后，又将行人司的奏疏呈进。皇帝第二次处分加重了。行人司诸官受加重了的处分，可说有些冤枉。余廷瓒死于杖刑，同时死于杖刑的行人还有：李绍贤，字崇德，南直盱眙人，正德十二年进士；孟阳，字子乾，山西泽州人，正德九年进士；詹轼，字敬之，江西玉山人，正德六年进士；刘概，字平甫，湖广安陆人，正德六年进士；李惠，字德卿，河南祥符人，正德十年进士。另有行人王翰，直隶昌黎人，正德九年进士，死于杖刑数月之后。包括司副余廷瓒在内，行人司署名上疏者二十人，死于杖刑者计七人，在各衙门中最为惨烈。

数月之后因杖刑而死者，还有礼部员外郎冯泾，字伯清，浙江慈溪人，正德九年进士；逾年之后因创发而死者，有吏部验封郎中王銮，字汝和，南直隶吴江人，正德六年进士。

四月中旬的端门之外，有如刑场。

薄暮时分，皇帝走进刘氏的居室，贴身侍卫和宦者都知趣地留在外面。刘氏每次见皇帝进来，都是迎上去行礼，她面带微笑，眼送秋波，眉浓鼻挺，唇红齿皓，天生的八分妩媚、二分端庄。今日见了皇帝，她端坐不动，面无表情，妩媚还余二分，却有了八分端庄。

皇帝喜爱她的妩媚，也喜爱她的端庄。见惯了她八分妩媚、二分端庄的奉迎，初见她八分端庄、二分妩媚的神态，别有一番滋味。

"朕来迟了，娘娘息怒。"皇帝抓起刘氏的双手，轻轻抚弄，面带笑容地说。见了八分妩媚的刘氏，他口称爱妃，见了八分端庄的刘氏，他学着小太监们的腔调，口称娘娘。

刘氏伸着双手，任皇帝抚弄，却无半点迎合之意。“皇上自重！”她不冷不热地说，“妾身不过是一村姑民女，皇上叫一声娘娘要折寿的。”

“娘娘是仙姑神女，不是村姑民女。朕乃天子，必要仙姑神女陪伴，朕乃真龙，必要美凤陪伴。天生朕，又生娘娘，乃天作之合。”皇帝拥搂住刘氏，柔声说道，“都说十六的月儿最圆，朕今夜要和娘娘在月下对饮，一起赏月，一起拜月。”

“对饮不妨，赏月却难。”刘氏说，“这里关起门户，万籁俱静；走出室外，哭号震天。皇上恕妾生来胆小，今夜不敢出门半步。”

“今日端门外哭号震天，难怪娘娘动容。联听到臣子们的哭声，也不由得动了恻隐之心。爱妃，”皇帝改换称呼，是要正经说话了，“你昨夜向朕求情，朕只准了减杖，未准免杖。因为他等目无君主，不加杖刑，朕的皇帝就当不下去了。但今日听到外面的哭声，朕也悔得很。他等都是朕的臣子，有了错处，尽可以训诫，何必一定用重刑？你求朕不要再打死人了，朕答应了你。而一旦行杖，有没有人死于杖下，朕也不敢担保。朕总不能对行杖的人说，朕意在惩戒，你们轻描淡写地打几下好了，不许打死人。朕要是这样说了，廷杖岂不成了笑柄？既命廷杖，死不死人只好听天由命了。老实说，有些人体弱，有些人生病，你不打，他们也要死的。因此，朕虽答应了你，却不敢保证不死人。若是这次又有人杖死，朕也只能抱憾了。”见刘氏抿着嘴，似笑非笑，他问：“爱妃为何哂笑？朕对你说的都是实实在在的话。”

“妾不敢笑皇上，妾在想，皇上方才的一句话很有趣。”刘氏学起皇帝的声音，“朕意在惩戒，你们轻描淡写地打几下好了，不许打死人。这话为何不能说？说了，难道有谁敢小看皇上，小看朝廷不成？”

“爱妃说有趣，也只是有趣罢了。朕在少年时，或会这样交代下去。现在朕长大了，知道了掌理朝政不同于儿戏。既然降旨廷杖，就要认真去打。打死了人，愧对爱妃，朕再来补偿。”皇帝认真地说，“爱妃，朕听到外面哭声时，心里想，好吧，为了爱妃，朕暂缓南巡。”

“陛下误会了我的意思，我只是劝陛下不要打死人，并没有劝陛下不要南巡。”刘氏说，“南巡是好还是不好，我对陛下说过，我不知道。”

“他等因谏南巡而被杖，或有人被杖死。不管他们的话对不对，朕暂缓南巡，让他们被杖而无怨，被杖死而无恨。我答应爱妃不再打死人了，没有做到，就以暂缓南巡作为补偿吧。”

第一百七十八章

五月二十三日午后申时三刻，几位阁老鱼贯走出值阁，各自招呼家人，备轿回府。忽见司礼掌印太监张雄和提督东厂太监张锐匆匆赶来。张雄来阁中走动，是常事，张锐却从来不到阁中，他二人今日联袂而来，甚是蹊跷。杨廷和快步迎了上去。

“张太监，有旨吗？”这是问张雄。他虽是常客，不奉旨的话，不会挑这个时辰来的。

张雄说：“万岁爷要内阁明日在左顺门集廷臣会议，我们哥儿俩特来与介夫先生合计。”

他不是正式传旨，但点明了与杨廷和合计，肯定是皇上的意思。梁储等人说了声“介夫先生偏劳了”，便与张雄张锐告辞，各自离去。

“二位请进去坐吧。”杨廷和陪着二人进了值阁，分主客坐定，问道，“既然是为明日的会议，何不请叔厚先生等留下，一起商议？”

张雄说：“明日要议的事，万岁爷还有些拿不准，要我等听一听介夫先生的见解。明日能不能会议，要看介夫先生能不能替皇上拿个主意了。”

他说得很明白，要是杨廷和拿不出主意，或拿的主意不合皇上的心思，明日也不用集廷臣会议了。杨廷和脑筋转了转，怎么也想不出，眼下有什么事必须集廷臣会议，有什么事在会议前必须听一听他的见解，更想不出，有什么事在会议前必须提督东厂太监参与。他向两位太监一揖：“张太监，明日议何事，请明示。”

“我等带来一本奏章，是御史萧淮所上，请介夫先生先读一读。”张雄把奏本递了过去。

杨廷和读了第一行，知道是论劾宁王的，便仔细读下去：“宸濠不遵祖制，凌铄官府，虐害忠贞，招纳亡命，掠杀无辜数百人，侵没官民资产万数，西山牧马几万匹，南康私船亦有千艘。酷虐遍于江西，而流毒及于他省。群奸为之党者，如致仕都御史李士实，仪宾顾官祥，指挥葛江、王信、丁贵，内使陈贤、寿山、熊寿、涂钦、梁伟，义官倪庆、卢孔章、徐纪、赵七、谢培，省祭官黄海、秦梁，舍人李显忠，校尉查五，乐工秦荣，皆昼夜密谋。又招致建昌贼首凌十一、闵廿四等，以为羽翼。不早制之，臣恐将来之患有不可胜言者。”

论劾宁王不止一次了。每次有论劾宁王的奏疏进呈，内朝外朝都有人替他说话，每次论劾宁王，都以论者获罪而结束。可见他的羽翼不仅在南昌，也可见皇上对他的偏袒。萧淮的奏疏，未见得比胡世宁的奏疏言词更犀利，未见得比范辂的奏疏内容更广泛，皇上却要集大臣会议，却要在会议前命杨廷和拿个主意，并且在会议前，提督东厂太监随司礼掌印太监一起来阁中合计，太耐人寻味了。杨廷和不是拿不出主意，是不敢轻易拿主意。

“萧东之的奏疏，内阁没有见过呀。”他说。东之是萧淮的字。“司礼公，难道它不曾由通政司而入？”通政司所进奏疏，都有简抄送入内阁，以备批复。

“萧御史的奏疏是送的通政司，可没容通政司呈进，半路上被人打劫了。”张雄说。

不用张雄点破，杨廷和已料到被谁人扣下。能从通政司取走奏本的，不是钱宁，就是江彬。江彬的权势有超过钱宁之势，但他与士大夫交浅，不会无缘无故往文职衙门跑。那么，取走萧疏的一定是钱宁。杨廷和问：“既然它被人打劫了，怎么又到了司礼公的手里？”

张雄说：“打劫之人胆子恁大，敢持奏疏向万岁爷告状，万岁爷就把本子留下了。介夫先生，我知你要问，他是如何告状的，万岁爷是如何回答他的，我既然奉圣命与介夫先生合计，自然知无不言。”

“盛情心领。”杨廷和向张雄又是一揖，圣驾前的官司了然，主意就容易拿了。

“打劫之人说了一句话：萧淮离间亲藩，宜罪。万岁爷也答了一句话：虚实久当见之，果诬，淮将焉往？打劫之人后来又与万岁爷说了一次，仍是那句话。万岁爷答的也还是那句话。”张雄道。

皇上的态度显而易见地有了极大的改变，杨廷和叹道：“圣上英明果断，千古罕见。”

“谁说不是？”张雄应和着，“关于萧御史的奏疏，还有些故事。我兄弟比我清楚，因而我请示了万岁爷，与他一起来见介夫先生。”

“厂主移驾内阁，幸甚，幸甚。”杨廷和客气一句后，半是推测半是询问地说，“大约是东厂的人侦缉到萧东之这本奏章的来龙去脉吧？”

“不错，介夫先生料事如神。”张锐说，“有人告诉我，萧淮的奏疏是给事中熊浃和另一位御史熊兰草拟的，萧淮慨然以身当之。”

熊浃和熊兰不是同宗，却是同邑。熊浃字悦之，熊兰字天秀。杨廷和有所悟地说："熊悦之和熊天秀都是南昌人，议事自然要避讳。"

"不仅如此，熊御史和宁王殿下还有过节。"张锐透露一句。所谓有过节，是指熊兰家中也受宁府毒虐。二熊草拟而以萧淮的名义上疏，一是怕被指挟私，二是怕宁王报复，累及家人。

该说的，张锐说了，还有一事，或也该说，他却没有说。萧淮敢于入奏，张锐不说是幕后的策划人，也有极大的干系。他的东厂衙门和私宅中有一名神秘的客人，姓谢名仪，江西南昌人。谢仪多智慧，善逢迎，深得张锐的信任和喜爱。谢仪与熊兰交结，共谋告倒宁王。他劝张锐不受宁府赂金，张锐问故。他详述宁王诸不轨事，常常说得张锐冒汗。

内官三张中，张锐与钱宁交往最深，与宁府的人来往最密切，谋迎宁府世子入主东宫，谋以宁府世子奉香太庙，在京师预谋者三人，即钱宁、臧贤、张锐。张锐的想法，万岁爷看来难有子嗣，立储成功，既为万岁爷办成一件大事，又帮助了宁王，何乐而不为呢？反正太祖爷爷的天下，还落在太祖爷爷子孙的手里。但宁王若以其他手段取天下，他是不敢与闻的。谢仪把宁府图谋起兵说得活灵活现，不由他不信。再加上这些年来，因公也好，因私也好，他和钱宁结下不少宿怨，厂卫貌合神离。再加上他也看出，万岁爷对钱宁的宠信大不如前了，他也该寻思寻思，下一步该如何走了。熊浃熊兰草拟奏疏而以萧淮的名义进呈，他是知道，而且默许的。

张锐避开这一层有他的道理。对杨廷和来说，张锐持何立场无关紧要，他要知道的是皇上的态度。皇上不肯从钱宁之请，治萧淮之罪，是对钱宁的态度，也是对宁王的态度。

其实，在此之前，皇帝已经表明了对宁王的态度。本月中旬，江西巡抚孙燧、巡按林潮、镇守太监毕真联署的奏疏送到京师，内称：宁王孝行宜旌。这是毕真离江西前办的最后一件事。宁王孝行，已得朝廷表彰，此次入奏，礼科给事中邢寰驳其谄附。皇帝说：宗藩善否，朝廷自知，该官等何必又请？把皇帝两次说的不冷不热的话联系在一起，杨廷和心里更有数了。

张锐也说到江西官员请旌宁王孝行的事："江西上疏后，那人约我一同进言，被我拒绝了。"张雄说打劫之人，张锐说那人，指的是同一人，大家心中有数。"这次那人又约我一同进言，欲治萧御史罪。我思之再三，萧御史所上奏疏写的是大是大非，咱可不能含糊了。于是我先奏告万岁爷，万岁爷主动向那人提起萧御史的奏疏，那人不得不拿出来。"

事情的来龙去脉，张锐果然比张雄说得清楚，原来钱宁并不想皇上看到萧疏，是皇上向他讨要，他才奉进的。“厂主深明大义，实朝廷之福。”杨廷和的话一半是实心，一半是应付。应付过张锐之后，他对张雄说，“司礼公，对南昌的事，圣上已有了主意，何必来问我？”

张雄不解地说：“介夫先生何出此言？据我所知，万岁爷并无定见，是诚心向介夫先生询策。”

“司礼公说差了。”杨廷和纠正他，“圣上要司礼公来阁中垂询，是广采博纳，不耻下问。若说圣上并无定见，怎会有十八日韦太监传旨？”

五月十八日司礼监太监韦彬传旨：各王府人奏事京邸，及庆贺进贡，留者多不过月余，近乃不循旧规，或留数月，或半年一年，亦有久留不去者，其意安在！自今以后，所司趣令事完即回，不许久留邸舍。违者缉事衙门指实具奏，治罪不宥。

“介夫先生是说，这道圣旨是冲着宁府而发的？”张雄品味着杨廷和的话，有所领悟。

“难道会是无的而发吗？圣上十七日驳了江西的奏疏，十八日便颁旨，用意深刻。”杨廷和说。还有一件有深意的事，他不便说：皇上不让张雄传旨，而让韦彬传旨。尽人皆知，张雄与宁府的人交往较多，虽然常常是间接的交往。而韦彬是司礼太监中从不和宁府接触的人之一。“圣上此举，是安定社稷的大计，也是保全亲藩的大计。”

宁府明里暗里在京师的人员最多，限王府人员久留京师，主要是针对宁府，张雄也应有所察觉。但他位尊而权不重，不敢揣摩皇上的心思。皇上不说明限宁府人员久留京师，他也不往这方面想，一经杨廷和点明，他不必多想，立即认可。

“安定社稷的大计，保全亲藩的大计。”他重复着杨廷和的话，“介夫先生这两句话说得好，定是圣意所在，我是不是可以转述给万岁爷？”

“有劳司礼公。”杨廷和当然不会反对。“还有几句话，也请司礼公转述上听：处分宁府事还须慎重，宜如宣宗皇帝处分赵府故事，遣贵近勋戚大臣各一员，持书以往，宣谕圣上保全宗室之意，令王改过自新，庶彰朝廷亲亲之仁，而法亦不废。明日若会议，我也是这几句话。”

赵王高燧，是太宗皇帝第三子，宣宗皇帝叔父。宣宗平定汉王高煦之叛，有大臣说：汉王之叛，赵王有预，应一鼓而擒之。宣宗说：“先帝友爱二位叔父，汉王自绝于天，朕不敢赦。赵王反形未著，朕不忍负先帝。”宣宗说的是反形未著，而不是绝无反状。事实上，汉王供状，就说到曾遣人与赵王通谋。宣宗遣驸马都尉袁容，持汉王供状和群臣章奏示赵王。赵王大惧，请还护卫及牧所。杨廷和用这段故事，有两个目的。一是说明安抚亲藩，先以德，后以威。二是希望宁王明智，将宁府护卫还与朝廷。

次日，宣召皇亲驸马文武大臣于左顺门会议。驸马崔元到得早，见到王琼，悄声问了一句："德华先生可知，会议何事？"

王琼不说知，也不说不知，指了指远处，说："主持者来了，何不问他？"

崔元见来者是杨廷和，便说："我与大司马熟识，才不知深浅地问了一句。杨阁老面前，还须德华先生去问。"

王琼果然迎了上去，悄声问杨廷和："介夫先生，今议何事？"

杨廷和却反问他："德华先生听说今议何事？"

王琼微微一笑，说："介夫先生是知道的，勿欺我。"

杨廷和沉吟片刻，说："宣德中，有疑于赵，遣使往谕。今日会议，或是此类。"

会议时，众人多无准备，你一句我一句说不到要害处，知道事态严重的人也不敢轻易发言。杨廷和待大家稍稍议论了一阵，把他昨日对张雄说的几句话重复一遍，众人深以为然。于是差派大臣，持书往谕，成了定论。

朝廷使臣由皇上钦定，他选中了三人，中官是司礼太监赖义，亲臣是驸马都尉崔元，朝臣是左副都御史颜颐寿。赐宁王书由内阁几位阁老商议拟定，语义深切，既有劝谕，也有警告。

> 叔祖在宗室，属望尊重，朝廷礼待有加。但道路流传，不无可疑。往者典宝副阎顺等奏诸不法，朕未遽信。近言官所奏亦同。廷臣谓宗祀大计，宜存远虑。朕念至亲，且不深究。然隐忍不百，彼此怀疑，亦非两全之道。昔我宣宗皇帝，因赵府烦言，特遣驸马袁容等书谕，即幡然改悔，献还护卫，至今永享富贵。联今亦为叔祖计，遣太监赖义等赍书奉告，可仿此意，以原革护卫并屯田献还，所夺官民田土，皆复故主，贼首凌十一等及其党遣散归乡，诸拨置者俱不许在府出入。朕亦俯从宽典，并不深究。则朝廷与宗室两尽其道，永享太平之福矣。此朕至情，天地祖宗共鉴，叔祖其图之。

宁府的馈赠，可分与钱安一份，宁府的大事，绝不与钱安商议，是钱宁多年来的原则。能与他谋宁府大事的，是心腹指挥钱杰。

“钱杰，皇上对宁府的态度，非始料所及，今日又当如何？”宁府的事怎样应变，钱宁与钱杰谈论过几次，现在想想，钱杰所议，什么不进不退呀，什么静观其变呀，都不得要领。依其所议，没有任何举措，十分被动。钱宁有些抱怨。

二人还议定了一条：不可再介入宁府之事，钱宁没有做到。一碰到论劾宁王的奏疏，他总要出头。钱杰暗叹，多年养成的习惯，要改也难。对此，他不敢抱怨，只有仍然坚持他的想法。“都督说皇上的态度非始料所及，可以肯定是皇上的态度吗？”他问。

“数日之内，事非一端，怎么不是皇上的态度？”钱宁一一数来，“张三对我一向依从，近来事事与我相左，你说是他依从了皇上，还是皇上依从了他？此其一。内阁老先生对我一向客气，前日我向介夫先生讨要皇上诫敕宁王书原稿，他一再推诿。你说是他依从了皇上，还是皇上依从了他？此其二。皇亲驸马对我一向巴结，今日朝廷上共送赖太监、崔驸马、颜都宪出使，我主动与崔驸马攀谈，他却不理不睬，与他人应答。你说是他依从了皇上，还是皇上依顺了他？此其三。有此三者，我再迟钝，也不会不知道皇上的态度。”

一位朝廷重臣，一位勋戚，一位中官，如果不是为皇上的态度所左右，却同仇敌忾，疏远一位权臣，可说是从有过的事情。

“都督说是皇上的态度，想来不错。”钱杰换了说法，“皇上的性子，都督是知道的，说变就会变。为今之计，都督第一要考虑的是自保。”

“我也知道要自保，但怎样自保呢？你得给我拿个主意出来。”抱怨是抱怨，出主意还要靠他。

“都督自己不是没有主意，只是太看重一个义字，不肯往其他方面去想。只须心再狠些，譬如说，落井下石的事，都督以前不肯做，现在要自保，必须狠一狠心去做。落井下石的事，他人做得，都督为何做不得呢？”

“你是说，张三对我落井下石？”钱宁疑惑地问。

“依属下看，皇上的态度改变，八成是他做了手脚。”钱杰判断着，“他不与都督合计，而在皇上面前拨弄，就是对都督落井下石。他这样做，无疑也是自保。他为了自保，对都督落井下石，都督为了自保，不妨想一想，对谁人可以落井下石？不把他人打入地狱，都督怎能升天？”

“你的话令我心寒，可也不无道理。张三先我一步，对我落井下石，我奈何他不得。对他人，我若不先行一步，又被人走了先招，我还是受制。”说他人的时候，他在案上用手指划了一个臧字。钱杰会意地点点头。

第一百七十九章

赖义、崔元、颜颐寿一行还在途中，朝廷遣使书谕的消息已传到南昌。遣使书谕，一定是东窗事发了。皇上写了些什么，想也可以想得出来。若只是多行不义，令其改悔之类的训示，并不可怕。皇上可以堂而皇之地训示，他也可以堂而皇之地应对。但如果皇上要他还回护卫、屯田，就等去于剪去了他刚刚丰满的羽翼，他多年的筹划就要付之东流，他入主神的梦想就要破灭。对宁王来说，这无疑是晴天霹雳。

同时还传来了另一个消息：宁王安插在京师的两名干练人员卢孔章和赵隆下狱，擒拿他们二人的不是别人，正是掌锦衣卫事的都督钱宁。据说，钱宁先差亲信钱杰稳住卢、赵二人，他亲自向皇上请旨，亲率锦衣卫校尉将他们拿下，就好像对付两个素不相识的人。对宁王来说，这又是一个晴天霹雳。议论最多的迎取宁府世子为东宫也好，暗自筹划的起兵也好，钱宁都是最有力的支持者，尚未起事，他却捕捉宁王的使者，向皇上表示忠心。在京师，在朝廷，他还能信得过谁？他还能借重于谁？

“刘吉，你把听到的消息说与两位先生知道。”宁王命道。李士实、刘养正奉召方匆匆赶到。刘吉把刚刚对宁王讲过的消息又讲了一遍。宁王随即说：“孤家方寸大乱，要听二位先生的高见。”宁王派去召请李、刘二人的内使讲不清楚发生了什么事，但他二人都感觉到，一定发生了大事，一路上各自转着应付各种变故的念头。刘吉讲的消息，比他们所料想的还要严重，他们须从新考虑应对之策。

按照常规，李士实应先说。他一直在盘算，世子入宫，还需要做哪些功夫，其他面很少考虑。而现在再谈世子入宫，实在是自讨无趣。他清了清喉咙，对刘养正说：“子吉，你多谋善断，看看眼下该走哪一步棋吧。”

刘养正已做了通盘考虑：“两件事都重大，以前一事更重大。锦衣卫的都督改变初衷，殿下充其量失一内助；他为了自保，绝不会详细追问卢、赵二人在京师的交往，或会杀二人灭口，则殿下充其量失二爪牙。殿下动与不动，不必由此事而定。

前一事的关节是护卫、屯田。如果皇上的敕书不提献还护卫、屯田，殿下不妨虚与委蛇，他说什么，都答应下来。但既然走到赐书的地步，我相信，一定要涉及护卫、屯田。殿下，若虚先生，若涉及护卫、屯田，我看只有起兵一途。不然，朝廷收回护卫、屯田，再追究其他各事，殿下的下场一定是凤阳高墙，若虚先生和我的下场一定是诏狱。”

李士实说：“起兵一直在筹划之中，逼不得已，殿下也不惧兵戎相见。子吉，我只想问你一句，若是起兵，我们有几成胜算？”

“若虚先生问得好！胜算几何正是我要说的。”刘养正答道，“若胜算不足三成，就不必起兵了，反正要输，何必累及无数生灵？”

“也不能这样说。”站在宁王身后的刘吉插话，“子吉先生说了，如不起兵，朝廷起旧账，千岁爷送至高墙，两位先生送进诏狱，像我这样的微贱之人，大约就是就地问斩，还不如大家跟着千岁爷，与朝廷拼命，或能拼出条生路。”

“既然能拼出条生路，胜算绝不会只有三成。”刘养正不屑与刘吉争辩，简单地回敬他一句，又接着自己的思路说下去，“若胜算在七成之上，殿下与我等都不必犹豫，稍稍用心，殿下便是天下主，我等便立开国功，还好犹豫吗？殿下，我不说宽慰的话，胜算大约在五成。”

“胜负各半，值得一搏。”宁王下了决心，敦促李士实也下决心，“若虚先生尊意如何？”

“我也是这话。”李士实说，“殿下至尊之躯，尚不惜蹈险。老朽入土过半的人，还怕什么？”

暂短交谈几句，宁王和被他誉为刘青田、李定远的两位谋主，一致主张起兵。刘吉更是跃跃欲试。一旦起兵，便离不开南昌及南昌四周潜伏的巨盗，各处巨盗一直是刘吉在联络，那时，他就不仅仅是王府家奴的身份了。

宁王向李士实、刘养正一揖，说：“若虚先生、子吉先生与孤家同心，成事之后，不失王侯。二位看，定在哪一天动手？”

这又是刘养正要考虑的事。他手抚长髯，静想片刻，毅然说道：“殿下，就定在六月十四日吧。”

“六月十四可是吉日？”李士实欲查万年历。

“不必查了，六月十四一定是吉日。”刘养正说，“若虚先生怎忘了圣诞日？”

圣诞日是皇上的诞辰。刘养正说的圣诞日则是宁王的诞辰。六月十三日是宁王的生日，十四日是生日的次日。是日起事，宁王或会有忌讳，但刘养正提出那一日起事，有他的用意。本朝制度，亲藩生辰正日，驻地官员要入王府恭贺，王府要设宴招待，次日，官员们要谢酒。

李士实明白了他的用意，说："借圣诞日赐宴，对江西官员加以笼络，或聚而歼之，倒是一个好的机会。子吉高明。"

刘养正笑道："若虚先生一眼看出玄机，更是高明。殿下，"他开解宁王说，"圣诞日起事，上应天兆，下得民心，中间有上天送来的文武群臣，在五成胜算之上，又增加了两成，千万不可错过。"

宁王被他说服："子吉先生说六月十四日是好日子，就定在六月十四日起事。若虚先生，皇上小儿送我一书，我要还他一檄。檄书写得好，胜过雄师百万，还望先生费心草拟。子吉先生，群臣面前怎样陈词，说动他等反逆顺正，拥戴孤家，还要先生教我。刘吉，那一日王府的宴席，你要好生安排。"

六月十四日，江西省官员，以巡抚孙燧为首，集于王府，向宁王谢酒。到者有：布政司左右布政使梁辰、胡濂，按察司按察使杨璋，都指挥使司都指挥使马骥，布政司参政王纶、李敬、程杲，按察司副使许逵、唐锦、贺锐，都指挥使司都指挥同知许清，布政司参议杨学礼、黄宠、许效廉，按察司佥事师夔、潘鹏、赖凤、王畴，都指挥使司都指挥佥事白昂、郏文。省里的三司官全部到齐。此外还有南昌府同知何继周，南县县知县陈大道，新建县知县郑公奇，以及督税江西的主事马思聪，公差主事金山，乡官郎中涂文祥等。这些官员都是不得不来的。至于毕真差来贺寿的参随张浩、张伦等，不但奉上厚礼，还带来了毕真的真诚心意。

孙燧等在殿前行三拜礼毕，刘吉在殿内道："王爷请各官入内。"巡抚、三司官、府县官排好班次，顺序走进大殿。刘吉喝道："关闭殿门！"众官大惊。入王府殿内行礼说话，是常事。而入殿后关闭殿门，却不曾有过。听了刘吉的喝声，有人已感觉到气氛不对。抬头一看，更证实了气氛不对：大殿内布满甲胄之士，所持不是仪仗，而是真剑真刀。

宁王从王座上缓缓站起，声音低沉而有威严："尔等居重臣位，读圣贤书，亦知大义乎？"

众官惊慌，不知刀剑之下演的是一出什么戏。孙燧稳定情绪，趋前言道："我等读圣贤书，居官末位者，亦知大义。殿下所言大义，何者？"

宁王厉声道："高皇帝不血食十四年于兹矣。"不血食，谓不得亲骨肉奉祀。此言一出，殿中哗然，其实并无人说话，只是一片惊叹之声。宁王接着说，"孝宗皇帝为李广误，抱民间子。尔等既知大义，于兹所动乎？太后有密旨，召孤家监国。”

孙燧的声音也转为严厉：“殿下为宗室贵胄，安得出此无君无父之言！既有太后密旨，且示我等。”

“孤家奉的是太后口谕，崔驸马奉敕且至。”这是刘养正为宁王谋就的说法，以奉太后密旨为名，号召群臣。必有人问密旨何在，则称崔元前来宣敕，一时半刻难辨真伪。群臣中有人知道，朝廷差派亲贵大臣，奉皇上敕书，诫谕宁王一下变成奉太后密旨，使宁王讨贼，对宁王十分有利。只要群臣稍稍迟疑，宁王就可以乘机迫他等抉择。群臣无出言者，显见是在迟疑。宁王乃大声言道：“崔驸马迫近南京，孤家将在南京接太后密旨。德成先生，你是江西首官，主一方政兵，扈驾迎旨，责无旁贷，汝从行乎？”

孙燧斥道：“天无二日，民无二主，我乃朝廷大臣，岂能从你为逆哉！”他迅速向四下扫了一眼，准备夺路而出，先脱险境，再作计较。

宁王看出他的心思，冷笑着说：“好！你敢公然抗旨，倒也有骨气。”命道：“与我绑了！”

两名甲士上前，将孙燧按住，使他动弹不得。

“众官还有抗旨者乎？”宁王环顾四下。

从三司官中走出一人，长身巨口，猿臂燕颔，高声言道：“殿下口口声声说抗旨，抗的是朝廷之旨，还是殿下之旨？若是朝廷之旨，未见太后密旨，说什么抗旨！若是殿下之旨，德成先生抗得好，在下也要抗一抗。”

说来也怪，宁王对几任巡抚都不甚敬重，独对区区一名副使有些敬畏。他说：“汝登先生有话，慢慢说，孤家料你与此人不是一般见识。”

“不错，他若肯从我议，怎会有今日？但德成先生是天子大臣，汝等安敢辱之！先放开他，我再与你说话。”说着，抢上前去，推开缚住孙燧的两名甲士，以身护住孙燧。

“许副使，我平日让你三分，今日是大是非，容不得抗旨之人。你如此猖狂，以为我不能杀你吗？”宁王向孙、许周围的甲士命道，“将两名狂夫一起绑了，拖出王府，斩首祭旗！”

孙燧、许逵被押出大殿，二人行走踉跄，骂不绝口。数十名官员面色惨白，不敢正视。

刘养正从宁王身后闪出，俯在宁王耳边低声说：“王爷息怒，我有一句话问他。”

宁王点点头，喝道：“尔等且站下！”众甲士缚二人站定，刘养正慢步走了过去。

“汝登先生，在下对你仰慕得很。”他挥挥手，甲士松开许逵，“你方才说，德成先生若从你议，便不会有今日，不知先生所议为何？”

许逵道：“刘子吉，你自诩识天文，识地理，识兵法，在我看来，不过是一知半解，我教你一番见识也不妨。先机制人，后机制于人，我向德成先生献策，发动于先，莫制于人。”

“是啊，德成先生若从先生之议，就不会有今日了。”刘养正似在为他惋惜，“可惜德成先生迂腐，不能从先生之议，终制于人了。”

许逵驳道：“德成先生并非迂腐，而是投鼠忌器。他多次上疏，论宁藩必反，宗室不轨，还须留待朝廷处分。老实说，对他的这一番胸襟，我只有敬佩，不敢批评。”

刘养正退回宁王身边，低声说：“此人有见识，有才干，殿下可留作后用。”

“汝登先生，”宁王劝谕道，“今上无德，暴虐天下，你为他殉葬，乃助纣为虐。我起兵讨伐，上顺天命，下应民心，你为我而用，是替天行道。何去何从，不可不慎重选择。”

许逵仰天长笑，说：“今上有德无德，他人或可言之，独你不可评论。宗室暴虐一方，以南昌为最，亲属愧对祖宗，以宁府为最。我往日称你一声殿下，今日只能称你匹夫。我堂堂副使，一片赤心，既遇今日变故，有死而已，怎肯依从匹夫为乱，留下千古骂名。”

宁王恼怒，一挥手，众甲士将孙燧、许逵押出殿外，押出王府，在惠民门下斩首，不多时，两具血肉模糊的人头由甲士拎回，掷于殿上。

众臣大惊失色，面面相觑。刘吉喝道：“皇太后密旨，立我主为天子，起兵讨逆，尔等文武群臣，还不快行君臣之礼！”太监的声音都很尖刻，刘吉在宁府用事良久，目中无人，他以为喝声威猛，其实是尤其尖刻，震人耳膜，心头便是一颤。他率先跪在王座前，王府内使及甲士如得号令，一起跪在他的身后，连声呼道：“吾皇万岁万岁万万岁！”

刘吉起身，甲士们刀剑出鞘，环绕众官。众官注视都指挥使马骥等人，大约是希望他们能控制这些甲士。但都指挥使司长官看出，他们既不是南昌各卫所的人，也不是宁府护卫的人。指挥甲士者，是仪宾李士英。宁王早为他在王府护卫中谋了挂名武职，而甲士们则是曾被通缉过的大盗凌十一、闵廿四等。被他们制住，都指挥们只有徒唤奈何。于是，众官转而注视左右布政使梁辰、胡濂。孙燧被杀，一省官员唯他二人是瞻。

梁辰、胡濂知道，他二人的性命悬于一念之间，在场数十名官员的性命也悬于他二人一念之间。梁辰与宁王私交甚厚，是宁王保举过的江西巡抚人选。他对宁王的图谋不是全不知晓，但知而不深，知而不信，对此时的巨变也是惊诧不已，他若低下头来，不去看宁王，或不会屈从。而与宁王四目一接，就再也没有别的选择了。他暗中拉了拉胡濂，半是自愿半是无奈地向前走了两步，跪在刘吉方才跪倒的地方，胡濂需要的也只是有人拉他一把，他立即随梁辰走上前去，两位布政使分左右跪下。在甲士的胁迫下，在他二人的表率下，众官中的大多数拥向前去，在王座前参差不齐地跪倒一片。口称："吾皇万岁万岁万万岁！"有人声高，有人声低，有人开口，有人不开口，不像刘吉等的呼声整齐。

"众卿平身。"宁王按捺不住心头的激荡，声音有些发颤。他见众官方才站立的地方，有几人没有向前跪倒，问道："尔等何官，为何不拜？"

第一人跨上一步，道："布政司参政李教，只知拜亲藩，不敢呼万岁，故不与众人伍。"

第二人跨上一步，道："布政司参议黄容，知道法度，不敢乱天伦，故不与众人伍。"

第三人、第四人跨上一步，道："公差主事金山、王思聪，只知南昌有王爷，不知南昌有天子，故不与众人伍。"

第五人跨上一步，道："养病郎中涂文祥，只知朝廷在京师，不知朝廷在南昌，故不与众人伍。"

一共五人，宁王从第一人扫至第五人，脸上满是杀气。刘养正在身后提醒他："万岁，今日是起事的吉日，不可滥杀。"

宁王醒悟，说："好，且将他们绑送仪卫司监禁。还有一人，现系按察司狱中，你等将他解来，与这几人关押一处，听候发落。"他说的是南昌知府郑献，因对宁府党羽动辄治罪，对宁王需索峻拒不应，被宁王诬奏下狱。

省府县官员处置完毕，早已等候在外的宁府亲藩，依次进入殿中，行跪拜礼，称："吾皇万岁万岁万万岁！"

早已等候在外的王府长史司长史郭锐、教授叶奏、典膳白泓、徐镗、典仪李章等依序进入殿中，行跪拜礼，称："吾皇万岁万岁万万岁！"

早已等候在外的卫所官万纲、杨升、夏振堂、张隆、李维、孙贤等依序进入殿中，行跪拜礼，称："吾皇万岁万岁万万岁！"除了三司府县官的行礼仪程是即时发挥，其他的行礼仪程都在事先做了安排。

第一百八十章

宁王在王府前殿一连处置了两天事务。被封为太师左丞相的李士实衰老，不堪久劳，先告辞回府。与宁王谋事的，主要是军师右丞相刘养正和提督军务太监刘吉。除李士实、刘养正、刘吉三名最亲信人员分封要职，原三司官中最先授职的文职是布政司参政王纶，以兵部尚书参赞军务，最先受封的武职官员不是原都指挥使司的都指挥使、都指挥同知等，而是凌十一、闵廿四、吴十三等鄱阳大盗。凌十一等早与刘吉交结，听命于王府。现在刘吉提督军务，凌十一等封为都指挥使，上下相系，可说是珠联璧合。

宁王与刘养正商议，确定刻不容缓之事是取南昌城内各衙门的印信关防，调动各处军马钱粮，都要用到。在梁辰、杨璋等自愿或不自愿的配合下，承奉涂钦等人取来三司和府县衙门的印信关防，送来王府备用。

下一步，取各处库银。有了各衙门的印信关防，便不难办了。宁王差承奉喻才去布政司，取回库银十二万两，承奉卢镛去南昌县，取回银九千余两，仪实张文盛去按察司，取回库银一万三千余两，典膳胡玉去南昌府，取回库银四万余两，典仪李章去新建县，取回库银三千余两，共计约十九万两。加上王府的积存，可应一时募兵赏人之用。

午时取得衙门印信关防，未时取得各衙门库银，申时便在南昌城内外招募步卒，酉时便建起了三军，每军二千人，号称五千，以凌十一统一军，闵廿四统一军，吴十三统一军，各配置副将偏将，巡视南昌各门。同时，又在南昌各卫所和宁府护卫各卫所挑选精锐，组成一军，由仪宾李世英统领，警戒王府内外。王府内外、南昌城内外，在半日之内，就在宁王的控制之下，足见刘养正的干练。

稳定住南昌，再向外联络，首先想到了八处：王府校尉赵智赴杭州，邀毕真起兵；仪宾李蓄赴瑞州华林山、玛瑙山等寨募兵，贡士黄春等分赴丰城、东乡、奉新募兵，娄妃弟娄伯赴进贤、广信募兵。

分派停当，夜色已深，宁王才想到该回后殿看一看王妃。白日杀孙燧、许逵时，天色阴惨，烈风骤起，黑云蔽日。到得晚间，云开雾散，星月闪耀。真不知上苍在哭还是在笑，是在为孙燧、许逵哀痛，还是在为宁王喜悦，或是先哀痛而后喜悦。

寝殿之中，娄妃倚窗而坐，望着星空出神，以致没有听见宁王的脚步声。宁王走到她身后，轻轻拍了拍她的肩头。娄妃先是一惊，随即想到，除了宁王，无人在这时走入寝殿，更无人敢对她无礼。宁王拍她，是打招呼，想她回过头来。她却定住了一样，就是不肯回头。

“爱妃在赏月抒怀吗？”宁王问道。

娄妃微微摇了摇头，低声说：“妾无心赏月。”

“那么，爱妃是与月宫的佳人对话？何其专注乃尔，竟不觉本王已至身边？”宁王嬉笑地说。

“王爷休要取笑，妾这副样子，见得月宫佳人吗？”娄妃猛然抬头起身，只见她面色惨淡，两眼垂泪，胸前衣襟已被泪水打湿。

“爱妃为何哭泣？”宁王关切地询问，一手搂住她的玉项，一手抽出袖中罗帕为她揩拭。

“妾只道王爷已知妾的哀苦，原来王爷并不知道。”娄妃更觉委屈，泪水如泉水般涌出。

“爱妃莫非为了我昨夜不归？”宁王实在想不出其他理由，便想到了日子上。宁府延聘娄妃是在十五日，迎娶娄妃是在十五日，因此，每逢十五日，宁玉必与娄妃共度，从不去其他妃子处。“爱妃不要哀伤，孤家昨夜没有来陪爱妃，可也没有陪其他宫人，孤家在外面办大事。”

“王爷说哪里的话！”娄妃止住啜泣，分辩说，“妾不懂其他道理，妇道还是懂的。王爷哪次去别的姐妹处，不是我劝说的？我怎会为了王爷去别处而哀伤？妾哀伤不已，不是因为王爷昨夜没有来我这里，而是因为王爷昨夜留在了外面，妾好不为王爷担忧。王爷可肯实言相告，这两日在外面做了些什么事情？”

“说来惭愧，无非是与三司官饮生日酒，与宗人饮生日酒，与好友饮生日酒，却误了与爱妃的佳期。”外面的作为，早晚要告诉娄妃，宁王也说不清楚，为什么会编套谎话。

“再无他事了吗？”娄妃追问一句，“王爷和妾同床同梦，同福同祸，同命同运，不可瞒我。”

“爱妃何所闻？”娄妃的话含蓄而有力，接下来必又是一番谏言，宁王更不欲告以实情。

“内宫深邃寂寥，妾何所闻？只是杀了朝廷命官，是瞒不了人的，囚禁朝廷命官，是瞒不了人的。王爷不怕朝廷降罪，也不怕遭天谴吗？”娄妃苦口相劝，“妾曾劝说王爷，不要与官员们争执，动辄诘奏。他们都是朝廷委派，治理一方一事的。王爷告得多了，是敬朝廷还是不敬朝廷？朝廷责以干预有司事务，王爷如何自辩？今日看来，妾的话不对了。与官员们有了争执，自当请朝廷裁决。朝廷裁决不当，还可以留待日后申辩，王爷怎能杀戮朝廷大臣，囚禁朝廷大臣？人臣之礼，岂非荡然无存？”

宁王不语，是默认了。娄妃接着说：“事已至此，与其等他人奏告，朝廷降罪，不如王爷自疏请罪。皇上对王爷一向仁厚，王爷认了错，皇上一定会宽宥。就算处分，也会给王爷留一条自新之路。妾听闻，今上最类太祖皇帝，实与不实，妾无从得知。而王爷通书史，善歌词，最类祖宗，妾深知也。太祖皇帝赞祖宗有仙分，善待之，今上与王爷亦必善始终。”宁献王朱权是太祖第十七子，机警多能，好道术，多著作，喜交结文学之士。今宁王确与他相似。

宁王险些说出“妇人之见”，强自忍住。他忙碌了两日，今夜想在娄妃处好生休息，谈话投机，则许娄妃母仪天下，给她一个意外的惊喜。看来娄妃已知外间发生的事情，对外间发生的事情大不以为然。她的态度如此，不出宁王所料，所以宁王不会一开始就把大举之事告诉她，准备先以柔情感化，话投机了，再加以引导。谁知一开始就话不投机，宁王不怪娄妃语言相忤，只怪有人大胆狂妄，私下把外间的事情告诉给娄妃，打乱了他的设计。

宁王一心要知道，是谁多嘴。他心中有数，不能直接问娄妃。娄妃机敏非常，又深知他的为人，是绝不会说出来的。不但不会说出来，还要向他说一通爱惜下人切莫报复的道理。

“刘吉好大的胆子！”他心生一计，佯怒道，“孤家知爱妃恬淡，宫外的事无心与闻，因而向不以外间的俗事打扰，他却不知深浅，不知轻重，什么话都来向爱妃说。孤家若不对他重加惩治，枉费了怜惜爱妃的一片苦心。”

“王爷可是忙昏了头？”娄妃道，“王爷在外面忙，刘承奉会得闲吗？两日来，我连他的影子都没有见到，又怎会与他说话？”

“不是他，又会是谁？”宁王以手加额，苦苦思索。

“王爷不必在妾面前装神弄鬼，是谁，我不会告诉王爷的。”娄妃看穿了宁王的心思。

“好，外间的事，我没有告诉爱妃；宫内的事，爱妃也没有告诉我，我与爱妃扯平了。”宁王高兴地说，“爱妃不向我问外间事，我也不问爱妃，是谁告诉爱妃外向事，如何？”

“但听王爷吩咐。”娄妃知道，多说无益，想说的几句话说出来，就该知足。

刘吉被宁王派了项差事，满心不情愿地进了王府后苑。他后面跟了四名内使，每人捧一特大托盘，每托盘上放置三个不大不小的木匣。

“给娘娘请安。”他向娄妃行过礼，指挥内使把木匣一个挨着一个排列在案上，命内使离去。

“刘承奉，这是什么？”娄妃奇怪地问。王爷赏赐，或宁府宗人进献，都是常有的事。

但一次搬来十余木匣，个个精美无比，而且，她嗅出一种奇怪的气味，从木匣内发出。肯定是龙涎香的气味，但又不是普通龙涎香的气味，这可太不寻常了。娄妃绝没有平日得到宁王赐物的喜悦，有的是无名的恐惧。

“千岁爷差奴才给娘娘送来的礼品。”刘吉对这次的差事不情愿，一个原因是对娄妃提到宁王时，不知该如何称呼。仍称千岁爷，怕宁王不高兴，因为在众人面前已经称了万岁万岁万万岁。称万岁爷，又怕娄妃不高兴。娄妃对僭称极为反感，往往是沉下脸来教训几句。刘吉请示宁王，宁王让了一步，命他使用以往的称呼，免得为难。“千岁爷说，本月十五日夜，未能共娘娘赏月，心中愧疚，要对娘娘有所弥补。娘娘请看，千岁爷在事务繁忙之中，一件一件地挑选，凑齐了十二件珍品，装在十二个华贵的匣子中，命奴才送进内宫。千岁爷说了，他花费了不少心思，娘娘一定要一件一件地赏玩。”

“这可不敢当。”娄妃说，“刘承奉，你转告王爷，我与王爷有白发之约，只要王爷心里有我，我就知足了。赏赐太重，我受之有愧，是不是分赏后宫众人，恩惠均沾，让她们也念着王爷的好处？”

“娘娘说的，奴才不敢做主。”刘吉垂手言道，“娘娘是不是先开启一匣，看了再说？”

“也好。”娄妃心中也在好奇，就算宁王同意分赏众人，首先也要她来挑选，她倒要好好看一看。“刘承奉，你为我开启第一匣。”

“奴才不敢。”刘吉忙说，“千岁爷吩咐，不许奴才动，一定要娘娘亲自开启。奴才若动手，用左手，就砍掉左手，用右手，就砍掉右手。”

“有这等事？”娄妃更加好奇。王爷以往有了赏赐，刘吉或其他内使捧送进来，都是迫不及待地把匣子打开，殷勤地请娘娘赏玩，没想到今日改了章程，一定要娘娘亲自开启。到底是因为赐物贵重，不愿内使触及，还是因为赐物稀罕，不愿内使见到？

娄妃道：“今日怪事真多。好，既然你家千岁爷规定我开启，我只有遵从他的意愿。”她走到第一排匣子前，定了定神，伸手按动机关。

殿内二人的心情都紧张。娄妃是因为不知匣内装有何物，刘吉是害怕娄妃受了惊吓。倘若娄妃昏死去，他该怎办？是飞报王爷，还是抱起娄妃去找王府良医？这是他不情愿接受今日差事的第二个原因。如果说，除了自身，王爷还有一个看重的人，那就是娄妃了。虽说把十二个匣子送给娄妃看，是在赌气，但王爷对她的情义并没有改变。

第一个匣子开启，娄妃果然惊叫一声，目不转睛地盯住匣内之物，人顿时变得痴呆。匣内摆着一颗人头，显然是活生生砍下来的。刀砍处，血痕变成了紫黑色，两只眼睛还没有闭上，正无神地与娄妃对视。娄妃认得他，是王爷身边的一名内使。

“他叫陈阿狗，娘娘记得他吧？”刘吉问道。

娄妃不忍再看匣内，她两眼死死盯住刘吉，流露出恐惧和怨恨。“王爷为什么要杀他？”她问道。

刘吉说：“千岁爷杀他，是为了娘娘。外间有些事，娘娘不该知道。娘娘知道了，劳心劳神，有损贵体安康。有人多嘴把外间的事告诉娘娘，千岁爷很生气。他问奴才，爱妃居深宫，外间事何以知之？谁会泄露给娘娘，你给我开个单子。奴才不知道千岁爷想干什么，便依着平日的了解，将喜欢往娘娘这边跑、当时又在王爷身边的人，列出了单子。这个陈阿狗列在第一。”

“刘吉，你真会替王爷办事！”娄妃恨恨地说。在她看来，宁王杀陈阿狗，至少有一半的责任在刘吉身上。“你告诉我，你的单子上列了几人？”

“回娘娘的话，奴才的单子上列了十二人。”刘吉说。

“如此说来，这十二人都被王爷杀了？他们的头颅就放在十二个匣子里？”娄妃希望听到刘吉说一声并非如此。尽管她知道，她说出的是不争的事实。十二个匣子不会有一个是空的，不会有一个匣子放的是其他物什。

“奴才在娘娘面前不敢说谎。”刘吉道，“十二个匣子里放着十二个人的头颅。十二个匣子编了号。不瞒娘娘说，是按照奴才的单子盛放人头的。请娘娘再往下看第二个匣子。”

“是王爷要惊吓死我，还是你要惊吓死我？”娄妃斥道，“你撤去匣子，我不看了。”

“娘娘息怒，这匣子娘娘不能不看。”刘吉说。

“放肆！”娄妃喝一声，“你挑唆着王爷随意杀人不算，还要拿死人的头颅来威胁我，看我不在王爷面前与你说理，要王爷治你的罪！”

“奴才冤枉。王爷杀他等不是奴才挑唆的，奴才请娘娘看下去，不是威胁娘娘，而是求娘娘看在奴才们平日辛苦的份上，救救奴才们。”刘吉哭丧着脸，动了真情，“千岁爷说了，请娘娘认一认，胆敢在娘娘面前胡说的人，在不在这里面。如果不在，他就再杀十二个人。杀来杀去杀不对，他就要砍下奴才的头了。”

娄妃怔住。朝廷大臣都杀了，杀几个内使不在话下。娄妃对刘吉有了成见，宁王杀刘吉，她不会讲情，但再有十二名内使无辜被杀，她的罪孽就更大了。须知，这十二人被杀，也是因为她不肯说出向她透露外间事的内使。

“匣子我不能再看了。”娄妃忍住哀痛说，“刘吉，与其我看在你们平日辛苦的份上，不如你看在众人平日辛苦的份上，做件好事。你去对王爷说，在我面前说事的人，就在匣子里。你对王爷说，我请王爷对他以礼安葬。”

“是，我奏上千岁爷，说娘娘认出了人。匣子先在娘娘这里放一放，我请示过千岁爷，再差人来搬去。”刘吉犹豫着，没有马上离去。

“刘吉，为何还不去见王爷？”娄妃不愿再看到他。

“奴才知道娘娘看不上奴才，但有几句话，还是要说与娘娘听。”刘吉的态度极为诚恳，“外面的事，娘娘就不要再过问了，千岁爷昨夜与娘娘谈过话后，大发雷霆之怒。千岁爷说，要是娘娘再多话，他就要像对待陈娘娘、刘娘娘一样对待娘娘了。奴才想，娘娘和她们不是一般的人。她们做得的事，娘娘定然做不得。”

娄妃的心全凉了。宁王与陈氏、刘氏的感情平平，每以陈氏、刘氏与伶人乱交为乐。他说，要像对待陈氏、刘氏一样对待娄妃，那是完全没有情义可言了。

第一百八十一章

吉安知府伍文定在后衙不安地来回踱步。吉安府城在南昌西南，两城相距六百里，现在得到的最新消息，也该是三天以前的事了。只知宁王杀了孙都御史，欲往南昌接太后密旨；只知宁王差人持三司印信关防，四处征兵。宁王的差使还没有到吉安，到了吉安，怎样应对，须得用心思量。藩王起兵，无疑是乱臣贼子，人人得而诛之。但宁王有护卫，控制会城，其兵力难以估量，以吉安一府之力，一旦反叛加兵，不要说出兵讨贼，能自保就算是万幸。

宁王的差使未到，却来了另外一起人。门役来报："老爷，有一位从北面过来的客人求见。"

"客人可曾通报姓名？"伍文定镇定下来，心中想：该来的人，迟早要来。

"客人自报姓王。"门役说，"自称与老爷是故人。"

姓王的故人数也数不清，会是谁呢？想几个人，猛然一振：莫非是王伯安来了？前些日子听说，他奉旨去福建办事，不知走的是哪一条路；若取道南昌，倒是该从北面来。

"有请。"伍文定理了理官服，随门役出迎。

门外站的果然是王守仁。但见他衣冠不整，满面尘垢，模样着实狼狈。他的身后，站着一位年轻的家僮和两位中年的书生。

"真是阳明子，你可是飞将军自天而降呀！"伍文定深作一揖，喜道。他和王守仁是弘治十二年的同科进士，若称伯安兄，二人地位相差甚远，难以道里计；若称都宪大人，显得生分，也不合伍文定的性情。幸亏有阳明子的雅号，前辈人，同辈人，后辈人，都可以称呼。"阳明子来了，径直闯入就是，何须通报！"

"到了时泰兄的衙门，不敢放肆。"王守仁说。伍文定字时泰，长他两岁，是名副其实的年兄。

"你是怕我捉了你，献与南昌吧？"伍文定大笑。

王守仁随着大笑，"就算献与南昌，也要顾些体面。我等赶了几天的路，可说是沐雨栉风，请时泰兄行个方便，让我等洗一把脸再说话。”他向伍文定介绍随行者，青年人是他的管家王小，中年人是他的幕僚萧禹和雷济。他去福建办事，只带了这数人。

“说什么行个方便，吉安府的衙门从今日起就请阳明子来坐了。”伍文定向里面让，“请。”

王守仁洗沐毕，换上伍文定准备的便服，才到衙门后的密室，与伍文定述说此来的原委。

“阳明子从北面而来，是来自南昌吗？”伍文定问。

“不是来自南昌，可也差不多了，我是在虎口下走了一遭呀！”王守仁说时，仍然心有余悸，“弟沿赣江北上，船在吉安没有靠泊，故不曾投刺请安，还望时泰兄见谅。”从赣州到福州有两条路，一是水路到南昌，转陆路经广信入福州建宁府，直趋福州，路程远而易行；一是逆贡水而上，直达福建汀州府，陆路近千里而到福州，路程近而难行。王守仁选定前者。

“沿赣江而上，吉安是大码头，阳明子过而不泊，想是公务紧急。”伍文定表示理解。

“福州的事不可谓不急。”王阳明大致讲了讲福州的事。三四月间，福州三卫军人叶三保、进贵等，因月粮逾期未发，煽动闹事，卫卒两千余人荷戈相从，进贵自称大总兵，锁闭福州四门，纵兵于城中勒索乡绅富室。

“听说福州乱卒已平，倡乱者已伏诛，阳明子怎么还是急如星火？”伍文定不解地问。

“乱卒虽平，福州之事不谓不急。”他重复了一遍，接着说，“可行至丰城，便知有了更急的事。多亏顾知县以南昌变故相告，不然，我真要落入虎口了。”

王守仁取道南昌前往福州办事，南昌城有不少人得知。六月十四日夜间，刘养正命承奉喻才率兵六百，于南昌南郊的生米观埋伏，务期邀截王守仁至南昌。十五日午前，王守仁到南丰，顾知县迎至江边，告以南昌城内的变故。丰城距生米观数十里，喻才率兵向丰城方向迎了过来，沿江沿路搜索。由于顾知县相告及时，王守仁没有进城，急速返回舟中。

赣州至丰城千余里，王守仁乘舟，六日而至，靠的是一路南风。现在调头而行，南风就成了祸患。王守仁于舟中焚香泣拜：“天若哀悯生灵，许我匡扶社稷，愿即反风。若无意斯民，守仁无生望矣。”不多时，南风渐止，得以扬帆而行，喻才一军竟没有追上。

这一番惊险，伍文定也为之嗟叹不已。“阳明子在临江见到了戴子良吗？”他问道。沿赣江而来，途经临江府。临江知府戴德孺，字子良，弘治十八年进士。临江、吉安二府是近邻，对戴知府的去从，伍文定自会关切。

“戴子良决心抗逆，邀我驻扎清江，调度各郡。”清江是临江府首县，赣江流经临江府的一段，称清江，故得名。“我以临江居大江之冲，且距会城近，居中调度，不是佳选。所以，时泰兄，我就到了你的吉安府。戴子良率军，不日亦将至矣。”

“阳明子开府吉安，乃吉安士民之福。”伍文定说，“昨日得知南昌反叛之事，人心慌乱，士民争相亡匿。我斩倡亡者一人，城内始定。各郡大率如此。贼为乌合之众，本不足惧，皆因一时猝变，难与抗衡。阳明子威望素著，在南赣用兵数载，功勋显赫，若在吉安奋起义兵，四方必闻风响应，某愿充麾下之役。”

王守仁大喜：“时泰兄肯任大事，逆党必灭。在吉安，吾兄为主，当如何调度，愿闻兄谋。”

“首要之务在于集兵。”伍文定说，“我吉安得一军，戴子良来，得一军，再檄调瑞州、袁州、抚州各路讨逆，又得数军。”瑞、袁、抚等府都在南昌以南，邻近吉安府，调度各处军马，数日可至。“但是，”伍文定接言，“各府军马只可任偏师，正面讨贼，还须南、赣大军。请阳明子速调南、赣兵北来集结。”

“时泰兄所言极是。日前争得便宜行事，正可应用于今日。调南、赣兵，弟任之；集吉安兵，兄任之；联络各府，弟与兄共任之。”王守仁对集兵一事，想的不多，他一直在设想宁王的取舍。“用兵之道，须知己知彼。请问时泰兄，逆军下一步会如何行事？”

这却是伍文定还来不及考虑的。“愿闻阳明子之见。”他说。

王守仁点点头，说：“我为宁藩筹三策：直趋京师，出其不意，则宗社危矣，此策之上者；沿江而下，攻掠南都，则大江南北被其害矣，此策之中者；踯躅不前，囿守会城，此策之下者。宁藩取上策，我军虽集结而击之不及，为祸最烈。宁藩取中策，我军大集而邀战于途，为祸稍缓。宁藩取下策，我军稍集而合围南昌城，则讨贼之事最易成功。”

“宁藩若无刘子吉，叛军所向，还很难说。刘子吉素称知兵，阳明子所言上策，必刘子吉为宁藩谋者。”伍文定思索着说，“要叛军囿守南昌，有刘子吉在，怕不易办到；抑滞叛军北上，却还有办法可想。”

“时泰兄说得好极了！”王守仁道，“如何抑滞叛军北上，请兄赐教。”

“阳明子又来考校我了。”伍文定笑着说，“抑滞叛军北上，我有所见，阳明子也必有所见。自桶冈用兵之后，久违公面，难得今日又相聚，又在一起议论兵事，不如你我把各自的想法写出来，做个比较，不知公意如何？”

“甚好！”王守仁道，“用兵贵在隐秘，写于手上，不传与第三人，甚合古义。时泰兄请。”

案上有现成的笔砚，王守仁、伍文定各执一笔，迅速在手心写了二字，然后，左手彼此交叉，送与对方看，看后不由笑出了声。二人的手心写着相同的两字：用疑。

提督军务有提督军务的公事，知府衙门有知府衙门的公事，王守仁在知府衙门办事，有许多不方便。王守仁和伍文定商议后，将提督军务的南、赣巡抚临时衙门设在府城郊外的墨潭。伍文定每日办完衙门里的公事，便去军门与王守仁议事。

六月二十二人日，伍文定不得闲，派一队官军押送十余人到王守仁处。为首一人是江西布政司参政季敩，其副是南昌府学教授赵承芳，二人率旗校十二人，持宁王二书传宣，一是奉太后密旨征讨皇上的檄文，一是调吉安府兵赴南昌听用的伪诏。伍文定不召见使者，不拆阅檄文，一并送与王守仁处置。

王守仁阅罢檄文，命将季敩一人带进帐内。“季大人，”他冷冷地称呼一声，既不让座，也不要他跪下，“你帮了我一个忙，我该谢你才是。”

季敩悟性不高，没有听出王守仁的弦外之音：“伯安先生客气了。南昌城内的新贵对伯安先生都是十分仰慕，他等不曾想到，伯安先生已在吉安，若是知道，一定另具专函致意。”南昌城新贵，不仅指李士实、刘养正辈，也指宁王殿下。在王守仁面前，称宁王万岁，他也张不开口，只好用南昌城的新贵含混带过。

王守仁说：“有这篇檄文足够了，不必再具专函。不知南昌城内新贵的文章，季大人是不是也读过了？不知季大人读后作何感想？”

“下官只是奉命送檄文与吉安伍知府，檄文是怎样写的，下官不知。”季敩答道。

“檄文二字，季大人是顺口而出，还是心中认定？”王守仁的问话开始尖刻，“季大人真是会偷懒，在檄文前竟连一个伪字也不肯加上。”

“这个——”季敩听出对方口气不对，心中发慌，比伍文定闭门不见、派兵押送更甚。

“季大人还记得今年是何年吗？”王守仁换了个题目。

“正德十四年。”季敩想也不想就说了出来。

“季大人又在偷懒，省却了大明两个字。”王守仁嘲讽地说，“若有人削正德年号，书大明己卯年，当作何论？季大人以为他是我大明朝的仁人志士，还是我大明朝的乱臣贼子？”

“这个——”季敩手足无措，答不出话来。

“季大人若分辨不清，我来说一句，他是我大明朝的乱臣贼子。季大人以为然否？”王守仁步步紧逼，一定要季敩有所表示。

“伯安先生说得对，他是我大明朝的乱臣贼子。”季敩受不住逼问，不得不硬着头皮说道。

“好，季大人知他是乱臣贼子，良知尚未泯灭。”王守仁指着宁王的檄文，说道，“若有人说皇上建寺禁内，杂处妓女胡僧；玩弄边兵，身着异邦衣饰；至于市井屠夫下流贱品之事，靡不身试；弃置宗社陵寝，造行宫于宣府，称为家里；黩货无厌，荒游失度，东至永平诸处，西游山陕三边，所过掠民妇女，索取赎钱；常悬都太监牙牌，称威武大将军；夺马指挥妻称马皇后，纳山西娼妇称刘娘娘，季大人何感？”

季敩被问得昏头昏脑，不知所云地说：“冒犯圣上，满纸荒唐，罪该万死。”

“这我就不懂了，所谓满纸荒唐，是指种种过失都属捏造，还是指纵然有种种过失，臣子不当言？”王守仁追问，“南昌新贵的伪檄所言，科道官屡有疏谏。若说都属捏造，捏造者是言路诸臣，南昌新贵不过是拾人牙慧。若说臣言君过，便罪该万死，皇上对谏官的处分不是太轻了吗？所谓满纸荒唐，季大人作何解释？”

“这个——”季敩第三次张口结舌，说不出话来。

王守仁说：“季大人，其中的道理谅你也不懂，还是我来告诉你。君有过，臣谏之，是忠臣。在下当年任区区主事时，就曾疏谏皇上的过失。我等议论君过，是希望皇上改过，是相信皇上能改过，成为明君。南昌新贵为乱臣贼子，不是因为说到了皇上的过失，而是借宣扬君过，图谋造反；而是妄用大明己卯之类的纪年，改朝换代；而是妄称祖宗不血食者十有四年，语尤狂悖。同样言君主之过，一为忠臣，一为贼子，其中的道理你懂了吗？”

“下官懂了。”季敩完全被制服，王守仁要他说什么，他就会说什么，“但还有一事，下官还不懂，下官只是替南昌的新贵送来一篇檄文——一篇伪檄，为何说我帮了伯安先生的忙？”

“听起来难解，说起来也简单。”王守仁说，“南昌新贵们反叛朝廷，今日已是第九日，我忝为巡抚都御史，本该尽早奏报朝廷。说来惭愧，我对南昌城内的情形一无所知，对南昌新贵们的歹毒用心一无所知，所以拖到今日还没有上疏。有了你送来的伪檄，南昌新贵们的图谋昭然若揭，我可以奏告朝廷了。再者，忠臣进谏，皇上没有听进去，南昌新贵们的反叛，以声讨皇上的过失为名，皇上定会三思。忠臣进谏无功，南昌新贵们的伪檄，或可促皇上猛省。我说你帮了我一个忙，并非谀言，你辛苦一趟，有利朝廷，有利本官，我还不该谢你吗？”

王守仁将宁王的檄书、诏书置于一旁，对季敩说：“季大人请等候片刻，待我草拟了疏稿，还要向你请教。”说罢，执笔疾书。

他的奏疏写道：“陛下在位一十四年，屡经变难，民心骚动。尚尔巡游不已，致使宗室谋动干戈，冀窃大宝。且今天下之觊觎，岂特一宁主？天下之奸雄，岂特在宗室？言念及此，懔骨寒心。昔汉武帝有轮台之悔，而天下向治；唐德宗下奉天之诏，而士民感泣。伏望皇上痛自克责，易辙改弦，罢出奸谀，以回天下豪杰之心，绝迹巡游，以杜天下奸雄之望，则太平尚有可图，群臣不胜喜甚。”

“季大人，”季敩读疏稿时，王守仁在一旁说，“若说冒犯圣上，我也在冒犯。若说满纸荒唐，我写的也荒唐。若说罪该万死，我也是该死之人。这本奏疏，我要和南昌的新贵们的伪檄一起封进。我料定，我的忠谏和南昌新贵们的妄言，皇上是分辨得清的。南昌新贵们写了一十四年，我也写了一十四年。我写的一十四年，不同于南昌新贵们写的一十四年，皇上也是分辨得清的。却不知季大人能否分辨得清？”

“行事荒唐的是下官，罪该万死的是下官。”除了这句话，季敩再无言以对。

第一百八十二章

“先生有事，弟子服其劳。”王小不知从王守仁的哪位弟子那里听到了这句话，正好派上用场，“如今老爷有了天大的事，老爷的弟子们都远在天边，只有两位师爷在身旁。请他们办事，还须小小心心、彬彬有礼。”幕僚有幕僚的派头，不如王守仁的弟子易处，王小对雷济、萧禹敬而远之，免不了要在老爷面前发泄不满。

“明年是春闱之期，你家冀老爷应该与试，蒋卿实可以与试。书院里的事，我要邹谦之多管一管，使他们安心读书，意在于此。不过，知道了南昌的变故，他们一定会赶来。我想，他们或已在路上了。再说，请人办事，怎能不彬彬有礼？请雷先生、萧先生办事，我彬彬有礼，请你家冀老爷办事，我还不是彬彬有礼？”王守仁讲过一通道理，说，“雷先生、萧先生若不合你的意，你管家大人也该宽宏大量，莫与他们计较。好了，你请他们二位来，我有事商议。”

“你看，连议事都脱不了一个请字，依我说，他们真有些不配。”王小自言自语着，去唤雷济、萧禹。

虽是临时军门，王守仁也要安置一处书房。除了读书，与属下商议军事，也在书房之内。雷济、萧禹进了书房，向王守仁行礼问安。

“二位请坐。”王守仁指了指两旁的椅子，要他们随意坐，“雷先生，萧先生，南昌之变，事发突然，我身边只有二位先生，参赞军务，处置机宜，离不开你们，事无巨细，都要你们去办，辛苦你们了。事平之后，我再为二位叙功。”

“食朝廷俸禄，替朝廷办事，说不上辛苦不辛苦。”雷济道。幕僚不支朝廷俸禄，督抚开府，都有一笔供养幕僚的费用。但归根结底，还是出自朝廷恩典，说食朝廷俸禄，也没有大错。“阳明公还记得在丰城初闻南昌之变吗？公与我二人相与痛哭，誓死讨贼。助公平贼，是某平生第一大愿，某不敢贪功。”

“二位的侠肝义胆，真要令许多居高位者汗颜。”王守仁叹道，“雷先生说起初闻南昌之变时，我倒想起一事。在临江时，我曾使两位先生假写两广杨都御史火牌，内称：本院带领狼达官兵四十八万齐往江西公干，定于五月初三日在广州府起马前进，潜来袭取宁府。我命将火牌弃置路旁，使南昌谍探拾取，无非是要吓一吓南昌叛军。后来与时泰兄商议用兵，二人竟是同心，都以为当以用疑为先。没想到在仓促之间办的一事，深合用兵之道。今日得谍报，至少在两日之前，叛军虽陷南康、九江二府城，宁藩却仍在南昌，不敢轻出，或是因他见到了二位先生写的火牌。”

“阳明公深谙兵法，用疑早藏于胸臆。”萧禹说，“当时我曾问公：作一火牌，于事何济？公曰：休论济与不济，且言疑与不疑。我说：疑固不免。公曰：但得彼一疑，事济矣。滞留宁藩，谁知竟是一火牌之力。”

“一火牌不足，更要一文书。”王守仁说，“再滞留宁藩十数日，南、赣大军可至矣，各府县官军可至矣。我请二位先生来，便是要故伎重演，拟一份天衣无缝的文书，送去南昌。”

“一张火牌，滞留叛军十日，一份文书，再滞留叛军十日，堪称兵家的奇迹。”雷济不客气地坐于案前，执起一笔，说，“就请阳明公与萧兄口授，我来抄录成文。”

“有劳雷先生，我等一起来议吧。”王守仁说。

三人相互启发补充，以南、赣巡抚衙门的名义，草拟了一篇接京师文书后与各衙门的公文，京师文书当然是子虚乌有的。

看得兵部咨到缘由，系奉朝廷机密敕旨，皆是掩其不备，先发制人之谋。其时必以宁王之兵尚未举动，今宁王之兵已出，约有二三十万，若北来官兵不知确实消息，未免有误事机。以本职计之，若宁王坚守南昌，拥兵不出，京边官军往来，天时霖雨不便，一时恐难用。须是按兵徐行，或分兵先守府郡，候宁王已离江西，然后或遮其前，或击其后，使之首尾不救，破之必矣。今宁王主谋李士实、刘养正等各有书密寄本职，其贼将凌十一、闵廿四亦各密差心腹前来本职递状，皆要反戈立功报效，可见宁王已是众叛亲离之人，其数必不久矣。今闻两广共起兵四十八万，其先锋八万，系遵敕旨之数，今闻已到黄州地方。本职起兵十万，遵照敕旨，先领二万屯吉安府地方，各府知府等官各起兵约亦不下一万之众，共计亦有十一二万人马，尽已够用。但得宁王早离江西，其中必有内变，因而乘机夹攻，为力甚易。为此合用手本备开缘由，前去烦查裁处，并将一应进止机宜计议停当，选乖觉人员，与同差去人役星夜回报施行，不得有违。切切此令。

两广起兵四十八万，是回应前者假写的火牌上的话。这一次的公文，把两广大军打发到了黄州府。黄州府在南京以西、南昌以北，与南京的距离，和南昌与南京的距离差不多。黄州有近五十万大军，不但威胁南昌，而且自南昌进兵南京，也要顾虑重重。

为了迷惑宁王，公文中故意颠倒了王守仁说过的上、中、下三策。站在官兵和朝廷的立场，似乎担心宁王囿守南昌，不肯轻离，而断言，宁王一旦离开江西，南昌城必有内变。

前一事由雷济提出，后一事由萧禹提出。王守仁说："有此二事，滞留宁藩必矣。但此计瞒得过宁藩，未必瞒得过刘子吉，须使宁藩对刘子吉生疑，才有功效。"

"使宁藩对刘子吉生疑，不若使宁藩对李若虚、刘子吉俱生疑，再无可以议事之人。"雷济说。

萧禹补充："使宁藩对李若虚、刘子吉生疑，不如使宁藩对李若虚、刘子吉及身边巨盗俱生疑，成为孤家寡人。"

于是，有了李士实等投书王守仁的一段话。

公文拟就，雷济说："文章是一篇好文章，但如何送到宁藩手里，还须好生斟酌。阳明公，总不能又让南昌的谍探得之于途吧？"

"雷先生说的是，弃置道路的办法，可一而不可再。"王守仁笑着说，"官府的公文信物，总让南昌的谍探轻易拾取，莫道宁藩疑与不疑，说了出去，本官的面子也丢尽了。定有人会说，本官行事太马虎，将朝廷之事视同儿戏。御史奏上一本，我有口难辩。"他想了想，说，"这次最好让宁王殿下人、物俱获。"

"人、物俱获？"雷济回味着，"阳明公是说，着人将公文送去南昌？好是好，但不知吉安府中，找不找得到交通宁府的人。"

"吉安府中一定找得到交通宁府的人，我所担心者有二事。其一，交通宁府之人肯不肯承认交通宁府，肯不肯干冒风险送衙门的咨函到南昌；其二，宁藩会不会相信吉安府里的人送去的文书，会不会问一句：其人如何得到衙门的文书？说起来，让交通宁府的人送去咨函，与南昌的谍探在道路上拾到咨函，没什么不同。"

肖禹发表见解说："阳明公虑的是，与其差人送去衙门里的公文，使宁藩半信半疑，不如使宁藩捉获为衙门送公文的人，信而不疑。"

"肖兄的主意好。"雷济道，"咨函可多抄录几份，差一人送去南京，一人送去广信，一人送去饶州。去这几处，都要经过南昌附近，易为宁藩所擒获。宁藩获取一份，就够他受用了。"

"两位先生与我想到一处了。"王守仁说，"差人投递咨函，就请雷先生代为安排吧。”

“是。”雷济起身欲去。先要抄录，继要寻找合适的人，今天一定会忙一阵了。“请问阳明公，投函的人，是从伍大人的衙门里借用，还是从军伍中寻找胆大心细的人？”他向王守仁请示。

“在吉安，我们是客，怎好用时泰兄衙门里的人？大战在即，一兵一将都有大用，不可用作差役。”王守仁把雷济的两条都否定了，“雷先生，你可去城中找几名胆大心细的伶人，让他们去投函。伶人经过的场面多，善于应对，宁藩追问起来，不至于答不出话。”

“好，着伶人投函，也称得上是化腐朽为神奇了。”萧禹赞道。在稍有身份的人看来，伶人同于娼妓，是各种职业中的贱类。

“此事风险甚大，稍有不慎，性命堪虞。”王守仁又说，“雷先生要找善于保全自身的人，许以重金，使其家有所养。伶人虽轻贱，他等既为朝廷办事，不可不加爱惜。”

“知道了。”雷济深有感触地说，“阳明公在赣州衙门题的两句话，今日我才读懂。”王守仁在赣州衙门的案上，放置二匣，一匣上写“求通民情”；一匣上写“愿闻己过”。雷济说的就是这两句话。

“雷兄，阳明公做此安排，意在取信于宁藩。”萧禹在一旁提醒，“投函的人，一定要把咨函藏于暗处，不能放于明处，否则，不待刘子吉与闻，宁藩本人也会疑心有诈。”

“多谢萧兄提醒，我让他们将咨函缝于衣絮之中，可使得？”雷济已有了计较，“物藏于衣絮，不可谓不机密，而盛夏之际，厚其衣，宁府的人必疑而搜之，一搜便搜了出来，定会作为奇功一件。”

“很好，人皆曰秘而不宣，你却是秘而宣之。”王守仁另有一事要交代，“雷先生，你与去南京、去饶州、去广信之人，将行走路线确定下来，你嘱咐他们一定要走确定的路线，绝不许更改。我还要与萧先生安排一件事，使宁藩定能擒获投函之人，定能从他们身上搜查出咨函。”

雷济去办投函的事，萧禹对王守仁说：“阳明公说还要我办一事，请吩咐。”

王守仁说：“雷先生是有所疑惑而去，你是有所疑惑而留，你们都在问：煞费苦心地安排伶人投函，万一宁府的人大意了，竟放过了他们，岂不冤哉枉也？雷先生抄写的咨函，真的送到了南京，送到了饶州，送到了广信，我们岂不是枉费了心机？萧先生，你可有此疑惑？”

“虽有疑惑，但知阳明公必有妙策。”萧禹说，“宁藩无谋，不是阳明公的对手，刘子吉有谋，也不是阳明公的对手。刘子吉无文，不是阳明公的对手，李若虚有文，也不是阳明公的对手。”

“萧先生过誉了。”王守仁谦道，“若不是苍天助我，着顾知县送来一干人犯，我也没有把握使宁藩必入我圈套。现在有了一干人犯，再不能使宁藩入我圈套，我等也就太无用了。”

“阳明公说的是李若虚的家眷？”李士实家在丰城县，顾知县搜捕得其家属若干人，送来吉安军门。王守仁说顾知县送来一干人犯，定是指李士实的家属，再不会是别人。

“对了。顾知县称得上是能员，以一县之力，不但敢于抵御叛军，还知道李若虚的家眷在吉安能派上用场。”王守仁对顾知县大加赞赏，“萧先生既然知道了李若虚的家眷可用，也一定知道我要请你办的事情了。”

“只能说是略知，借用阳明公的话，心中还有些疑惑。”萧禹道，“丰城虽送来了李若虚的家眷，却不是亲支直系，实为憾事。”李士实为出入王府方便，在南昌城内安置府第，家中主要人员搬迁过去，一子被宁府招为仪宾，一子一婿由宁王活动，入国子监复班肄业。留在丰城的，都是家中一些不重要的人员。

“萧先生为何希望捕到李若虚的亲支直系？”王守仁大不以为然地问道。

“阳明公又为何因得李若虚的家眷为喜？”萧禹反问一句，来证明他说的憾事有道理。

王守仁笑笑，仍不肯把话说明：“萧先生但知有其一，不知有其二，故以为未得李若虚的亲支直系为憾事。”

“愿闻其详。”萧禹揖手道。

“以得李若虚家眷为喜，是欲借其人向李若虚，从而向宁藩传达消息。这一层，萧先生和我的想法是一致的。但萧先生以为传达消息非亲支直系不可，我却不以为然。萧先生忘了一层，李若虚是宁藩的谋主，他的亲支直系送了来，必要严加看管，不会任他轻易逃脱。而远支旁系，不为官府看重，被其逃脱不足为怪。宁藩和李若虚不会生疑。”

“原来是这一层道理，阳明公不说，我还体会不出来。”萧禹说，“不知阳明公要我怎样去做？”

“我们来合演一出连环计。”王守仁道，“此处还有刘子吉的两位家眷，是时泰兄将他们请来的。我要萧先生将李、刘二人的家眷一起放生。”

萧禹揣摩王守仁说的连环计，要点在于环环相扣。他善于筹划，很快设计出了几个环节：“阳明公与刘子吉是慕名之交，对刘子吉的家眷以礼相待，可命我代公设酒席，款待刘子吉的家眷。大家都知道我是贪杯的人，有酒必醉。我醉酒，他二人趁机逃脱，南昌城里的人必不生疑。此乃第一个环节。阳明公开帐，提审李若虚家眷。公日理万机，李若虚家眷提到，公正处置各项时务，其中一项，是差人向各处投函。事体重大，公询问种种安排，如差使出发日期，每日行走里数，所走路线如何避开宁府耳目，等等，问得不厌其烦。问过后，才发现李若虚的家眷立于帐中，遂怒道：我军机密，怎可让奸人听到？他等不必问了，一概推出帐外斩首。这是第二个环节。阳明公命雷兄监斩，雷兄去了青楼寻欢；命在下监斩，在下款客饮醉了酒。公怒道：竖子无耻！去找他二人，先找到谁，由谁执刀行刑。差人去找，自然先找到了我。差役们架着我，押解李若虚的家眷出帐，到一僻静处，将虎头刀交与我手，相互哂笑而去。我勉强持刀，向人犯走去，只迈得两步，便跌倒在地。李若虚的家眷先是一惊，然后一哄而逃，不知去向。此乃第三个环节。”

萧禹像讲故事一样，讲了他的设想。他讲得生动，王守仁听得有趣，不时会心地一笑。

“萧先生给我编排的角色，还算保存了朝廷大臣的脸面，只是萧先生和雷先生两位要受委屈了。”王守仁说，“就请照三个环节行事吧。李若虚和刘子吉的眷属在你的手下逃脱，不但带给宁藩一个重要的信息，而且会使宁藩寻思，我王守仁为什么对刘子吉的眷属礼貌周全？如果他不相信咨函中的话，刘子吉眷属去南昌说出在吉安的遭遇，也可促他三思。”

萧禹走后，王小对王守仁说：“这两个人虽然不讨人喜欢，却还有些本事。萧先生为老爷出的主意，我就想不出来。”

王守仁一笑。

第一百八十三章

南京兵部尚书乔宇，应天巡抚李充嗣，南、赣巡抚王守仁，都有奏章奏报南昌之变。最先达于朝廷的，是李充嗣的奏疏，同时封送的，还有宁王声讨皇帝的檄文。如此一件大事，自然要集廷臣于左顺门会议。皇帝仍差司礼掌印太监张雄与会，为了特表关注，还命多时没有公开露面的老资格太监张永也去左顺门。

读过李充嗣的奏疏，杨廷和首先说："李士修疏中多是据闻，据闻宁王杀了巡抚都御史孙燧，据闻宁王遣兵攻陷南康、九江，据闻宁王将犯南都。若不是有宁王伪檄封进，或有人会说他一句据闻妄奏。"李充嗣字士修，四川内江人。杨廷和的开场白给人一个感觉，他对李疏的内容将信将疑，绝不会因李充嗣是乡人而对他格外信任。

陆完与李充嗣是成化二十三年同科进士，不好像杨廷和一样谈论李充嗣的奏疏。他只说宁王的伪檄："有了伪檄，也不足以证明宁王异谋。江西多盗，或是盗人假宁王名义作乱。宁王素贤，朝廷数度表彰，各位大人都是知道的；复宁王护卫、屯田，各位大人都是赞同的。据我想来，宁王定是被诬陷了。"

"全卿先生是说，李士修在诬陷宁王吗？"王琼问。对杨廷和的话，他有些不满，不好公然诘问，对陆完，他就不客气了。

"李士修乃正人君子，当然不会诬陷宁王。"陆完道，"但介夫先生说得很清楚，他的奏疏中据闻太多了。直接传消息给他的人，或间接传消息给他的人，说不定在诬陷宁王。"

谁都听得出来，他在用杨廷和做挡板。杨廷和是极机敏的人，知道今日议论的事体重大，不能为陆完所用，他紧接着陆完的话说："全卿先生误会了我的意思。李士修的奏疏据闻太多，本该再等一等江西和南都的确报。但有了南昌的伪檄，他所说的变故似不容置疑。伪檄中提到接皇太后密旨云云，不是他人想得出来的。全卿先生说宁王受诬陷了，我看不然。南昌事变是实，宁王受小人胁迫是有可能的，却不会受人诬陷。"

“介夫先生也误会了全卿先生的意思。”王琼由向陆完诘问，变成为陆完辩护，众人正不解，他接着说，“全卿先生并不是断定，宁王受人诬陷，只是据想，宁王受人诬陷。不过，介夫先生说据闻不妥，据想怕也不妥当。”

陆完用杨廷和遮掩不成，再被王琼挖苦几句，很是尴尬。说起来，他为宁王开脱，说辞实在愚蠢。地方大员不会随随便便地告变，李充嗣奏告宁王反叛，不会没有根据。在奏疏用了许多据闻，是因为没有实地考察，来不及实地考察。在多数情况下，有几件据闻的事，也就足够了。陆完试图推翻李充嗣的告变，自己陷于被动，难以解脱。杨廷和也有些为宁王辩护的意思，但却辩得聪明。他不否定李充嗣的告变，他只是说，宁王有可能受人胁迫。宁王若解脱了，是受他大力援助；宁王若无法解脱，他也不会受到牵连。

陆完讪讪地说：“我所说受人诬陷，即介夫先生所言受人胁迫之意。以宁王之贤，在变乱中受人胁迫，实在可叹可惜。”杨廷和说宁王可能受人胁迫，由陆完说来，变成必是受人胁迫。

李充嗣的奏疏，在朝廷中掀起轩然大波。多数人不急于开口，是想听一听两位公公的口风。他们在会议时讲话，向来是代表皇上的。杨、陆、王三人都在讲宁王造反是否属实。老实说，单凭李充嗣一纸奏疏，是很难确定的。皇帝说不是，那便不是，皇上说是，那便是了。可眼下宫中资格最老的张公公和地位最崇的张公公，如两尊菩萨般坐在那里，一言不发。

亲藩造反，须用兵讨伐，别人都可以不说话，王琼不可以不说话。陆完接过杨廷和的话，说出自己的一层意思，他也接过杨廷和的话，说出另一层意思：“介夫先生说南昌的变故不容置疑，包括了宁王参与乱事。我看，各位大人都不会怀疑了。”说着，他含意深刻地瞥了陆完一眼：“宁王是主动参与也好，是胁迫参与也好，朝廷都要处置。以在下愚见，宁王是倡乱者，不是胁迫作乱者，诸位大人只要细细体会李士修封进的伪檄便知。伪檄中称大明己卯年，南昌变乱如另有主谋，定不再用大明字样。只有宁王主谋，才会加大明字样而不用正德年号。诸位大人集于一堂，请先正宁王罪名，削其属籍，再定应对南昌之变的方略。”

梁储与王琼向有隔阂，现在却首先附和：“德华先生所见极是，即便宁王被胁迫，他不能以死争之，朝廷也该加以削籍的处分。”今日的会议，难的是有人出面倡议，既然有人倡议，绝不会被驳回。于是，请皇上降诏，削宸濠属籍，便成了第一项议案。

毛纪从心里赞成正宁王罪名，只因杨廷和两次说话都留有余地，他不便倡言。

对宁王降诏削籍成了定论，他觉得应该捧一捧王琼的场，便说：“德华先生要定应对南昌之变的方略，想是已有了通盘的算计吧？”

“对了，朝廷长于军事者，无过德华先生、全卿先生，请二位说一说用兵方略。”杨廷和说。他有意将陆完和王琼并提，是提醒他不可再为宁王辩护，宁王有罪无罪，不值得再争论。

陆完竭力摆脱懊丧的心情，说：“江西平盗，连年用兵，德华先生比我清楚江西的军事，还是请他说吧。”宁王对他有大恩，就算真的策兵谋反，他也不忍心为朝廷出谋划策，一举扫平。他的处境，像是进了曹营的徐庶。

说到用兵，王琼向来是舍我其谁。他慷慨言道：“竖子素行不义，今仓促举乱，实不足虑。赣江上游有王伯安蹑之，以各处军马往来策应，南昌指日可平。”他顿了顿，见众人都在仔细地听，内心感到满足，随即开列数款：其一，命王守仁率南、赣兵由吉安、临江迫近南昌。其二，命湖广巡抚秦金率湖广兵由荆州、瑞州迫近南昌。其三，命浙江左布政使许廷光镇守浙江。其四，命应天巡抚李充嗣镇守镇江。其五，命漕运总理丛兰镇守扬州。其六，命王守仁兼署江西巡抚。其七，命南京户部尚书王鸿儒督饷。其八，命南京各武职防守南京。其九，命将出师。除了南、赣军、湖广军和京军取攻势，其他各路暂时取守势。

该想到的部署王琼都想到了，其他人再无补充，杨廷和请两位张太监把以上各项奏告皇帝裁之。

左顺门内大臣们在会议，豹房内近臣们也在会议。江彬、钱宁、许泰、刘晖、张锐、张忠等以及苏进、赵林等聚在皇帝周围，议论得比左顺门要热烈得多。钱宁如坐针毡，可还得对某人附和、对某人反驳。如果说，聚集在左顺门的人和聚集在豹房的人，有谁不折不扣地相信宁王真的起事了，那就是钱宁。他不敢像陆完在左顺门那样，力辩其无。皇帝不管真信假信，说起南昌的变乱，兴致高得很，要是把它说得没有了，肯定会触霉头。江彬、许泰身份不同了，显得很稳重。在场之人，唯有他二人封了爵位，虽说伯爵的头衔，从钱宁到苏进、赵林，没有一人看得上，但伯爵的头衔加在他们的身上，就没有人敢小觑。他们也要自重身份。苏进、赵林向来知趣，有大太监在，从不妄言。他们知道，皇帝唤他们来，不是要听他们的议论，而是要他们听取并记住他人的议论。场面的热烈，主要得力于张锐、张忠二人。张锐不住地说，宁王必反无疑。他一面自己说，一面挤兑着钱宁也不得不说。他的肯定和钱宁的含混，他的顺畅和钱宁的木讷，形成鲜明对照。张忠则是集中说皇帝亲征的话题。

张雄和张永进来，正听到他在振振有词地说："众臣不顾死活地阻拦万岁爷南巡，好不荒唐可笑！爷立意南巡，岂止是巡游而已，爷是看出南边有不稳妥的地方需要安抚，有不安分的鼠辈需要弹压。爷若那时节去了南边，鼠辈们早就服帖，怎会有南昌变故？这次上天安排了南昌变故，请爷去处置，看他们还怎样说！再有人阻拦，爷就问他们：还要不要祖宗社稷了？"

皇帝止住他："张三，张大来了，你等等再说，且听听外面的大臣们有没有合朕心思的议论。"

于是，张雄主述，张永补白，把左顺门会议的本末奏报皇帝。大臣们的议论不多，发言者不多，几句话就交代清楚，倒是王琼为主提出的部署，要一条一条仔细道来。

皇帝最留意的只有一条："命将出征，他们有没有推举大将？"看来，出动京营，征讨叛逆，正中皇帝下怀，他要看看，在大臣们眼里，哪一位将军堪当大任。

"没有，连提督军务的都御史，也没有人推举。"张雄答道，"奴才看，外面对此事有些忌讳。"

"王尚书的部署很好，朕准了。他们既然没有推举大将，就不用推举了。朕要效法宣宗皇帝，亲征逆藩。"永乐以后，只宣宗皇帝时有藩王造反，只宣宗皇帝亲自统兵征讨，而且是由大臣倡议亲征，因而，皇帝必须援引此例。他问张永："张太监，朕欲亲征，你以为如何？"

除刘瑾之后，张永的地位时有起伏，究其伏，不是由于其他太监的压抑，他在宫中辈分极高，张雄以下诸人对他都很敬重；而是由于钱宁的压抑。钱宁掌锦衣卫，不把东厂放在眼里，不把司礼监放在眼里，当然也不把张永放在眼里。现在南昌出了事，钱宁和宁王的关系众所周知，早晚要栽大跟斗，张永感到，他正面临着大的转机。皇帝不问别人，先询问他，更使他信心倍增。他说："宁王在亲藩中辈分甚高，朝廷一直对他恩礼有加。他闹事，爷不亲征，恐怕没有人制服得了他。养痈不割，必成大患。万岁爷亲征，奴才愿为前驱。"

皇帝高兴地说："张太监肯扈驾，朕无忧矣。老太监几度督军，战无不胜，朕要送你一个常胜太监的名头。朕亲征宁藩，一定要借重老太监。"答应过老太监，他转向张忠："张三，你倡议朕亲征，朕也给你一个好处，准你随驾。"

"谢万岁爷恩典。奴才的军功不敢望老前辈项背，只是仗着有几分胆子，也为爷出征过几次。爷亲征，奴才愿充前部。"皇帝一时高兴，称张永一声老太监，张忠立即称起老前辈来。

“好，你自告奋勇，就着你领第一队，先赴江西。老太监高龄，权领第二队吧。你离朕近一些，朕也安心。”皇帝转向其他人说，“尔等听好，他二人的差派定下来了，你们不同，要想随朕亲征，必须说出些用兵方略，朕听得有道理，再派你们的差事。不知兵者，不能战者，为朕留守豹房，朕不要他同行。”

“臣也要说吗？”江彬没想到，皇帝对他也要考较一番，心中颇有些不高兴。

他以为，他一开口，皇帝就该觉察他的不满，就该有所更正。不料，皇帝却说：“你是朕身边的大将，朕要先听你说。朕可不愿意你留在京城闷煞。”

江彬无奈，也没有想好用兵方略，只得应付着说：“陛下统率六军亲征，不可没有副帅。威武大将军亲征，威武副将军不甘落后。”

皇帝对他最为宽容，只要说得有些道理，不管能不能服人，也不再难为他。按照次序，应该轮到钱宁了，皇帝却转向许泰，要他先说。

许泰不敢自恃封爵，浪言漫语。他说：“南京为祖宗根本之地，南京不守，社稷危殆；南京坚固，叛逆授首。臣愿领一军驰赴南京，督南京诸将守城，并待机进至南昌，捣贼巢穴。”

“安边伯可谓知兵。”皇帝赞道，“朕命你为威武副将军、总兵官，领一军赴南京听用。”

接下来是右都督刘晖，他说：“贼陷九江，下一招不攻南京，定攻安庆。安边伯守南京，可保无虞。臣愿领一军驻守安庆，与南京互为掎角之势。”

“这一路人马也是要派的。”皇帝点点头，“朕封你为平贼将军、总兵官，与张三领第一军先行。到江西境内，再定所向。贼攻安庆，则解安庆之围，贼守南昌，则合各军围攻南昌。”几员大将分派妥当，他才问钱宁，“各位都督皆是领兵打仗，苿来，你就不必与朕同行了吧？”

钱宁怕的就是这句话，他忙说：“儿臣以为，父皇亲征江西，儿臣必要随行。”

“却是为何？你说出个道理来。”皇帝命道。

钱宁说：“父皇亲征，江西叛逆必一扫而平。江西变乱声势既大，届时俘获必多，亲王、郡王以下，不知几何。其地位显贵者，一定要锦衣卫官校解进京师。父皇往日出巡，仪仗可繁可简，此次南巡，少不了要用锦衣卫。儿臣忝掌锦衣卫事，父皇用锦衣卫时不能效命，还有什么脸面食朝廷俸禄？还有什么脸面到锦衣卫视事？还有什么脸面在豹房行走？”

“说的也是。”皇帝想了想，说，“就命你调用锦衣卫官校，在中军扈驾。”虽然没有封爵拜将，只是以现有的身份扈驾，钱宁也就满足了。

“张大掌司礼监，张二掌东厂，不可轻出，就代朕守京城吧。”皇帝安置过张雄、张锐，问苏进道，“苏老儿，他们都说出了道理，你又如何？”

“奴才不敢和各位爵爷、各位都督比，不敢和宫中各位老前辈比。不过，万岁爷南征，离不开奴才。奴才就是想为万岁爷留守豹房，爷也不会答应。”苏进很有信心，以退为进地说。

“怕也未必，你说不出道理，朕就着你留守，倒要看看，你能不能打理好豹房。”皇帝明显是在说笑，他相信，苏进一定有一番顺理成章的话说。

苏进不慌不忙地说：“万岁爷的亲军在大内操练许久，爷亲征，正是该他们出力立功的时候，奴才身为中军之正，爷怎忍心将奴才留在豹房？奴才的道理，不但奴才用得上，赵哥也用得上。赵哥不善言词，是奴才代他说了。再者，爷答应了腾禧殿的娘娘，一起南巡，这次爷要带上老人家吧？若奴才不在娘娘身边伺候，娘娘不开心，爷也不开心，岂不误了亲征大事？”

不管苏进的话有没有道理，他都说中了皇帝的心思。此次亲征，皇帝一定要把刘氏带在身边。

第一百八十四章

宁王军攻陷南康、九江之后，一直没有大的举措。李士实、刘养正去王府参拜，被阻于门外。李士实对攻城掠地，不甚热衷，对向外用兵，没有定算，见不到宁王，还不太急。刘养正深知形势千变万化，战机稍纵即逝。南昌城只可偏安于一时，不抓紧时机，下南京，下北京，使朝廷缓过手来，后果不堪设想。

见不到宁王，先找刘吉。刘养正把他约到王府门外，开门见山地说："陛下方才起事，取天下十无一二，连日来却不肯再见我等，好不令人寒心。刘太监，兵贵神速，我见不到陛下，你每日在陛下身边，要对陛下讲清楚这道理。如果得二三城池，便不思进取，你我将死无葬身之地。"

他说得直率，刘吉也不和他绕圈子，直率地问："子吉先生，你真不知万岁爷为何回避你等？"

"你是说，殿下回避于我？"刘养正大吃一惊。

刘吉见他不似作假，便说："不错，万岁爷这几日一直在回避你等。前几日，爷截获王守仁一份咨函，内称，两位先生寄书给他，愿为内应，故对子吉先生和若虚先生起了疑心。"

"唉，陛下上了王伯安的缓兵之计和反间之计了。"刘养正听刘吉述说咨函的内容，连连跺脚，"刘太监，王伯安用心歹毒，请你一定要向陛下解说。"

李士实、刘养正与宁王交结的整个过程，刘吉都清楚，他不相信二人会背着宁王，与王守仁私通。他也看出，宁王身边不能没有李、刘二人，特别是不能没有刘养正。宁王几日不与刘养正议事，王府内外一片混乱，政令没有头绪，朝令夕改。再拖延下去，局面更加不堪。但他不知道，该怎样说服宁王："我该如何向万岁爷解说，请子吉先生指教。"

刘养正说："我和若虚先生若与王伯安交通，不利于陛下，其事何等机密？王伯安心细如发，怎会在送与饶州、广信等府的咨函中提及？刘太监不用多说，只请陛下想一想，在咨函中有无必要写上此事，真伪立辨。"他道破王守仁的用意，"定是王伯安欲陛下守在南昌城，不对外用兵，以便官兵集结。而他知道，他的缓兵之计瞒不过我，才定下毒计，离间陛下与我。”

宁王并非完全昏聩之人，一经刘吉解说，立即意识到上了大当。他重新请李士实、刘养正到王府，现在称作行在，来议事，已是七月三日。他自觉有愧，对不住他的左右丞相，搪塞地说：“若虚先生，子吉先生，孤家连日来身体不适，心中烦躁，未与二卿见面，好生挂念。”

“南昌酷热，百病侵身，陛下可大安了？”李士实问。不管宁王的话是否出于真心，他都该表示关切。

“身上好了一些，口舌还是干涩。”宁王说。

“陛下苦暑，臣正好有一副凉药，送与陛下服用。”刘养正说，“陛下患的是心病，大军在握，却不知所向，故而焦急。臣已为陛下筹划好了。”

“子吉先生的方子，定是胜过宫中御医。”宁王欣然言道，“子吉先生请讲，孤家无不采用。”

“臣对用兵的见解，对陛下讲过，对若虚先生和刘太监也都讲过。”刘养正道，“用兵忌缓求速。我军现已控制九江，若发大军自九江渡江，置江南半壁于不顾，挥师北上，直捣幽燕，则北军不及集结已伏首，我军不必苦战而获全胜，三月后，陛下可在京城建立新朝。”

“挥师北上？子吉先生太急了吧？”宁王皱起眉头，“孤家的根基在江南，在赣省。在赣省立足未稳，一味疾进，连回旋的余地也没有了。若虚先生所见如何？”

“陛下以稳为本，不失为上策。”李士实应道，“子吉，你要为陛下筹出稳妥之策。”

“先在江南稳住阵脚也可以，”刘养正说陛下可建水陆两师，自九江挥师向东，直取金陵。金陵虎踞龙盘，一旦为陛下据有，足以与北都抗衡。陛下卧薪尝胆，休养生息，不须一年，分兵数路北伐，指日可定，那时定都北京，还是定都南京，尽可以从容筹之。”

“南京是祖宗根本之地，一向驻有重兵，若径取南京，反被合围于南京城下，如何是好？”宁王有宁王的顾虑，可见对用兵不是没有思考，“稳住江南，南京是一定要取的，可现在攻取南京，是不是为时尚早？”

刘养正扫了李士实一眼，见他无意开口，才说：“陛下担心长途远涉，也可在东进途中相机行事。如安庆是大江中的要塞，先取安庆，续向东进，一来取南京又多了一处据点，二来可防御北军，也不失为万全之举。”见宁王仍在沉思默想，刘养正语重心长地说，“陛下，九江为江中咽喉，臣为陛下设计了自九江向北、向东的两条路，如果都不可行，就只有向南一条路。回守南昌，是一盘死棋。”

“子吉先生设计的两条路，不是都不可行，而是要一步一步地走。”宁王说，“就依子吉先生之言，在东进途中相机行事吧。若能攻取安庆，在大江中占据九江、安庆两处，在大江外占据南昌、南康两处，再攻取南京，才可稳操胜券。安庆守军不多，我尽发南昌之军取之，凭借声势，也可将其吞灭。”

攻取安庆，在刘子吉看来，并非上策。一来，安庆滨江筑城，易守难攻；二来，安庆知府张文锦、守将杨锐，不是易与之辈；三来，就是攻占安庆，在江南也造不成太大的声势。总之，是事倍功半，不如直取南京。但用兵安庆，总比囿守南昌好。宁王说了相机行事，刘养正也不想再多讨论得失，而开始做攻取安庆的安排。

攻安庆是第一次大的战事，刘养正请宁王亲征，宁王同意了。宁王领兵亲征，须安顿好南昌的防务，南昌若有险情，出征将士难免人心浮动。宁王与李士实、刘养正议之再三，决定宜春王留守，以王府承奉万锐为江西镇守太监，以原布政司右布政使胡濂、参政刘棐、参议许效廉，原按察司副使唐锦、佥事赖凤，原都指挥使司都指挥王玘等分守各门。宁王赐剑与，许其先斩后奏。宁王说尽发南昌之军，但守南昌不能无兵。三人议定，留下步卒万余。

随宁王出征的宗室有瑞昌王及镇国将军、辅国将军多人，有亲信太监刘吉、王宏等数人，有左右丞相李士实、刘养正，有原按察使杨璋、副使贺锐、佥事潘鹏、王畴，原参政程杲，原都指挥使郏文、马骥、许清、白昂等。

“把在押的几名犯官带上，以壮军威。”宁王说，“攻城之时，可将他等押至阵前，百般凌辱，百般用刑，以磨灭守城官兵的斗志。”

宁王与刘养正、刘吉等合计，共可发动大军六万人，号称十万，分为五哨，每哨分为二十八队，以合二十八星宿，共计一百四十队。出征大军，以刘吉监军，以原布政司参政王纶参赞军务，以原南昌卫指挥葛江为都督总兵官，凌十一、闵廿四、吴十七等分领各哨。分派已定，大军将择日启程。

起事前，宁府差人在南康凿池造船，宁王命造六艘特大的船备用。起事后，将六艘大船涂为黄色，作为皇船。宁王亲征，娄妃及其他各妃，世子及其他各子都将随行。宁王及家人使用的就是这六艘皇船。

刘养正与宁王议，战事在即，为稳定南昌民心，发给城中军民钱粮，每户粟一石，钱五串。开仓发粟发钱之日，城中一片欢腾，高呼万岁。宁王踌躇满志，以为出征再无后顾之忧。

宁王水师沿九江而下，舳舻千艘，首尾相衔，长达六十余里。七月初六日，前队抵达安庆。刘养正不愿意在安庆纠缠，最好在南京防务不及时一鼓作气下之。宁王虽担心直发南京，在南京城下被官军四面合围，没有退路，却也没有定死，必须攻取安庆。但大军到了安庆，不等去寻安庆守军，反被安庆守军寻了上来。安庆守军在江面投置铁蒺藜，使宁王的船队无法顺畅通过。安庆官兵在城上大声诟骂，使宁王将士忍无可忍。清理江面需要时间，缓解将士的情绪需要时间，不管刘养正情愿不情愿，只有暂缓东进，全力对付安庆守军。

安庆守备杨锐，浙江萧县人，世袭南京羽林前卫指挥使。正德初年，掌南京龙江右卫事，于淮安督造漕船。兵部尚书王琼知其能，以安庆居江中要害，举杨锐署都指挥佥事，守备其地。安庆知府张文锦，山东安丘人，弘治十二年进士，以户部郎中调任现职。在宁王大军沿江而下之前，曾有小股叛军攻城，杨锐、张文锦合力防守，杀敌二百余人，清除叛军在城中细作，叛军退去。二人料叛军将大至，在江中、城中严密布防。宁王水师自上游而来，张文锦命官军在城墙上齐声辱骂，一定要把叛军骂回安庆城下，以保全南京。

安庆有五处城门，宁王与刘子吉合计后，命凌十一等各领一军，分别在各门下布阵，却不忙于攻城，目的是不战而屈其军。随宁王出征的原江西三司官员中，按察司佥事潘鹏是安庆人，宁王派他去城下谕降。

潘鹏知道安庆各门中，西门最要紧，张文锦和杨锐二人，必有一人守西门。要安庆城降服，必须说动此二人，至少要说动二人中的一人。

“城上是哪一位？”潘鹏立马城下，问道，“潘某人有话，要对张大人和杨大人说。”

“原来是潘大人，”墙垛间露出了杨锐的脸，“恕末将守城有责，不能见礼。潘大人有话对张大人和末将说，末将不敢一人听。张大人在北门，我差人请他过来，一起向潘大人请教，如何？”

“我的话，对杨将军一个人说，也是一样。”潘鹏生怕时间久了，宁王发怒。忙说道，“我是奉了宁王殿下的谕旨，来劝说杨将军和张大人归顺。”他本来要说奉了皇帝陛下的谕旨，但当着杨锐和守城将士的面前，终归说不出口。

杨锐正色言道：“我虽是粗人，但只知有皇帝陛下的谕旨，不知有宁王殿下的谕旨。我是皇帝陛下的臣子，宁王殿下不反皇帝陛下，我敬他是亲藩，对他自是顺从。他若是反皇帝陛下，哼，潘大人所谓的谕旨，我是不会领教的。我且问一句，潘大人是不是归顺了造反的宁王？”

“宁王殿下不是反叛朝廷。”“造反”二字太刺耳，潘鹏不用，“今上无德，宁王殿下大贤，皇太后有密旨，以宁王殿下取代今上。我等归顺宁王殿下，实乃顺皇太后密旨，为祖宗社稷计。杨将军是有见识的人，何不去暴孽，就贤德，共佐宁王殿下成就一代伟业？”

“潘大人欺我乎？”杨锐怒道，“我朝从无皇太后预政、预废立之事。皇太后密旨云云，不但诬我皇上不德，而且诬我皇太后不贤。潘大人不必说了，请你回复大逆者，我为朝廷守斯土，城在人在，有死而已，绝不归降。”

潘鹏说：“杨将军还须三思。宁王殿下十万大军，乘势而来，安庆城内卫卒百余人而已，如何守得住城池？城内数万生灵，系于将军一念，将军千万不可逞一时的豪气。”

十万大军不是凭空恫吓，千艘战船横于江面，队队步卒列于江边，排排弓手跪于船舷，只待一声号令，就将万箭齐发，万众攻城。

卫卒百余，也不是欺妄。安庆城中的卫卒，实打实算，不足百名，尽数守城，分到各门，不过二三十人。布满城墙者，都是招募的民兵。民兵没有经过战事，见到城外的阵势，不免要窃窃私语，神情恐慌。

杨锐对周围的声音听而不闻，沉稳地答道：“潘大人知道我城中还有数万生灵就好。数万生灵誓死守城，岂不胜过十万大军？他等都是善良百姓，从未操练，却知城池一破，玉石俱焚，故不惜一死。这就是古代圣贤说的民不畏死吧。潘大人，你见识一下，誓死守城的，到底是我杨某一人，还是合城军民官兵。”他先问站在身后的安庆卫指挥使崔文，“崔将军如何？”

“愿随将军誓死守城！”崔文手扶腰间宝剑，说道。

“何大人如何？王大人如何？”杨锐问闻讯赶来西门的安庆府通判何景阳、安庆府首县怀宁知县王诰。

“城在人在，誓不苟且！”何景阳、王诰道。

“诸位将士如何？”杨锐问城楼上的卫卒、民兵。

“愿随将军战死疆场。”卫卒、民兵齐声道。

“潘大人，你可听到了？”杨锐对城下说，“我不难为你，你去向大逆复命，城中无一人肯降。”

“且慢！”登上城楼大声喝止的是知府张文锦，随他而来的是同知林有禄。在他们身后，两名卫卒押解一人。张文锦说，“潘大人要见欲降之人吗？我为你带来了一个。”他命卫卒，“押上前去！”

卫卒押着那人走到城楼前端，让城下的潘鹏看得清楚。那人浑身瘫软，面无血色。若不是两名卫卒架着，早就倒下。见了潘鹏，他凄苦地叫道：“老爷救我！”

“是潘富吗？”潘鹏认出是自己的家人，想起在城中的亲属，不由心慌意乱，“张大人，在下家眷不知南昌的变局，还望网开一面。”

“贵家眷的发落，是朝廷的事，我亦不敢做主。朝廷一日不发落，我一日保证他等的平安，潘大人放心。”张文锦指着潘富说，“但他不在此例。他不但欲降，而且欲为叛贼的内应，我饶他不得。”他向卫卒喝道，“斩了！”

一名卫卒举刀砍下，潘富的头颅飞下城楼，在城下滚了几滚，落入道旁的草丛之中。潘鹏见此情景，眼一黑，腿一软，险些跌倒。

“潘贼！”张文锦脸色一变，换了称呼，“杨将军敬你是正途出身，要放你一条生路，我却恨你丢尽了天下士人的颜面，要为朝廷除去奸恶。”他向身后命道，“放箭！”

相距尚远，城上射出的箭矢都落在了远处。潘鹏早就吓破了胆，狼狈逃去。

谕而不降，宁王非攻城不可了。船上载有攻城的器具，一一搬上岸边。一种叫云楼，立于城外，兵士在上，居高临下，向城内放箭。一种叫天梯，广二丈，高于城，兵士伏其中。天梯可转动，接近城墙时，伏兵跃上城楼。云楼和天梯都是为攻打南京设计的，在安庆准备小试牛刀。

城中也在紧急备战。针对城外的云楼，城中的能工巧匠连夜赶制出飞楼，比云楼又高出一截。针对城外的天梯，城中束苇沃膏，准备天梯一接近城墙，便燃火投之。针对寻常的架梯攻城，城中运石煮水备之。叛军攻城时，或以石击，或以汤浇。石块都是老弱妇女搬运来的，每人运石一二块，数日内堆集如山。

安庆城面临着一场恶战。

第一百八十五章

七月十五日，王守仁和伍文定等经过两日疾行，率军到达临江城外的樟树镇。临江知府戴德孺和先期到达的几路府州县官在镇外戎装恭迎，王守仁说了些嘉勉的话，请各人且回军中，听候军令，而留下伍文定、戴德孺二人议事。

天色已晚，王守仁在临时安设的军门内摆上酒席，与伍、戴二人一边饮酒赏月，一边讨论军机。萧禹、雷济二位幕僚奉命相陪。

王守仁首先致意："月圆之夜，本该邀各位郡守同来聚会，但用兵之际，不宜喧嚣，指授机宜，不可传众，故特备一壶薄酒、两样菜肴，请时泰、良之两二兄来坐一坐。大军集结，如何破敌，还请二兄善筹之。"

"阳明公是主帅，用兵有方，又有萧先生、雷先生这样的多谋之士，在吉安筹划了近一个月，才决心进至临江，怕是早就有了胜算。晚辈一介书生，但知听命麾下。"戴德孺是弘治十八年进士，虽只比王守仁晚两科，但身份相差甚远，故以晚辈自居，不能把王守仁视作学长了。

"良之兄驻赣江，使叛军不能向南，居功甚伟。今日破敌，更要借助大力。"临江并非距离南昌最近的府城，但纵贯江西的第一条大江是赣江，临江是南昌向南用兵的要冲。因而，临江的地理位置有特殊的重要性。临江效忠朝廷，极大地限制了宁王军队的扩展。"前者为守，今者为攻，良之兄有何妙算？"王守仁问。

戴德孺对此早有考虑，他说："叛军围攻安庆已有七日，安庆城若不守，叛军顺流而东，南都危殆。晚生恨不能早引一军，驰援安庆。但一来守土有责，不敢轻动，二来以临江一府之师，但能自保而已，无力驰援。阳明公今集数万大军，若合安庆兵，与敌战于江中，必获大胜。"

王守仁用心听取戴德孺的议论，听到最后，皱起眉头："良之兄说的驰援，不但要解安庆之围，而且要与叛军主力邀战于江中，我说的可对？"听口气，他显然是大不赞同。

"我意正是如此。"戴德孺听出王守仁不以为然，却不明所以，"公统大军于叛军后击之，叛军必回师，与公战于江中，安庆守军趁势出击，与公形成合围之势，叛军必乱而溃败。”

“时泰兄以为如何？”王守仁转身问伍文定。

“既可解安庆之围，免南都之危，又可合击叛军主力于江中，诚为良策。”伍文定首肯。

王守仁以目光示意萧禹、雷济二人，要他们抒发己见。萧禹举起酒盅，微微摇动，明着是向两位知府敬酒，实则向王守仁表示，他们对戴德孺的建议不便评论。不论做到哪一层衙门的师爷，不论多么受到主人的重视和主人下属官员的敬重，在正途出身的职官面前，总不敢平辈相交。

王守仁明白了他的心思，不再勉强他。而要萧、雷二人作陪，是要他们参谋军机，总要给他们发表意见的机会。王守仁脑筋一转，想到一个他们既能发表意见，又不会得罪两位知府的办法：“雷先生，萧先生，果如良之兄所言，我军与叛军战，能有几分胜算？”

“果如良之先生所言，叛军合师回迎我军，安庆守军追击叛军之后，可有九分胜算。”萧禹说。

“雷先生也是这样看吗？”王守仁问。

“九分不足，八分有余。”雷济说的更细致。

“好，胜算在八九分之间。”王守仁还有问题要问，“良之兄说，以临江之军，但能自保而已，以安庆之军，在叛军合力攻击下，亦但能自保而已。叛军知我军到，不能全力攻城，却也未必全力回迎我军。叛军分而为二，以其一回迎我军，以其一攻城；或分而为三，以其二回迎我军，以其一攻城；或分而为四，以其三回迎我军，以其一攻城，安庆守军恐怕也只能自保。若安庆守军不能击敌军之后，我军单独与叛军战于江上，胜算能有几成？”

王守仁问的是他的两位幕僚，伍文定、戴德孺不便抢着答话。其实，就算王守仁要他们说，他们也无话好说。他们到底是治民理政的文职，对用兵打仗只能大而化之地一想，问得详细了，他们就难以回答。何况，王守仁并不是一问就作罢，后面显然还有再问三问。

“叛军没有后顾之忧，我军大略有七成胜算。”雷济与萧禹对视一笑，答道。看来他们的想法一致。

“叛军号称十万，我军不过五万，雷先生说有七成胜算，自信得很呀！”王守仁说，“我军驰援安庆，置各处叛军于不顾，各处叛军却不会置我军于不顾。南昌是叛军根基，就算南昌叛军不出，九江、南康两处叛军若从背后袭我，我须分兵迎敌，还有几成胜算？”

“我军前后受敌，胜负之算各半。”萧禹说。

“如果南昌叛军为救主帅，不顾巢穴，倾其众而从后掩袭，又当如何？”王守仁问道。

“敌众我寡，多面受敌，如果他省援军不至，旷日持久，我军胜少负多。”雷济回答。

“不错，我意正是如此。”王守仁郑重地说，“良之兄，驰援安庆并非不是当务之急策，却不是当务之善策，你想明白了吗？”

“愿听阳明公教诲。”戴德孺一揖，言道。

“叛军围安庆几十日而不下，士气已衰，我不驰援安庆，安庆仍可守十日。他处有变，围攻安庆的叛军将士崩瓦解。”王守仁分析说，“我若驰援安庆，与叛军战于江中，胜算不足五成，万一我军不支，叛军士气复振，回攻安庆城反而有力，是救安庆不成反助叛军也。故救安庆之法，不在驰援安庆，而在用兵安庆之外。”

“用兵安庆之外？阳明子莫非是说用兵南昌？”伍文定若有所悟。大军集于临江，是他的根据之一；王守仁一连串的提问，是他的根据之二。驰援安庆遇到的问题，换成攻打九江，或攻打南康，也会遇到。只有攻取南昌，对叛军是釜底抽薪，对我军，不会处在叛军合击之下。

“知我者，时泰兄也。”王守仁击掌道，“我军驰援安庆，叛军以九江、南康为掎角之势，以南昌绝我退路，于我大为不利，不若先攻南昌。南昌为叛军根本，而留守之军不足以守坚，此宜攻南昌之一。南昌被攻，九江、南康震动，两处叛军唯求自保，不敢轻动，此宜攻南昌之二。南昌被攻，叛军主力必无心恋战安庆，必回救南昌，我邀战于彼归途。即便我一时攻南昌不下，九江、南康之敌如惊弓之鸟，蜗居不出，我可有七成胜算。彼一旦失去南昌，军心大乱，我可有九成胜算，此宜攻南昌之三。总而言之，驰援安庆，胜负各半，攻取南昌，有七成，甚至九成胜算。我意已决，先取南昌，再擒逆藩，时泰兄，良之兄，二位意下如何？”

“阳明公算无遗策，胜晚生多矣，晚生心口俱服。”戴德孺说，“但请阳明公莫以为朽儒不可使用，攻取南昌，晚生求为前部先锋。”

伍文定说：“先取南昌，果是全策。但刘子吉自诩知兵。他大军出征，不会不安排南昌城的防守，阳明子要防他在城外设伏。”

“时泰兄说得好！刘子吉若是连设伏都想不到，也就不是刘子吉了。刘子吉若是连设伏都想不到，宁王也就不会敬重他了，李若虚也就不会推举他了。”王守仁由伍文定的提醒而引发出自豪，“时泰兄，良之兄，王阳明如果竟想不到刘子吉设伏，也就不是王阳明了。我不但想到了刘子吉设伏，而且差派谍探查到了刘子吉在何处设伏。刘子吉在南昌城外新旧厂埋伏下一支奇兵，以为城内守兵之应。良之兄，临江近南昌，你可知新旧厂的位置？”

“不知。”戴德孺摇头，“不过，临江居民与南昌居民互为亲友，互结婚姻者不少，新旧厂的位置不难查知。阳明公是要我袭击该处伏兵吗？”

“良之兄不知其地，就不必费心打探了。”王守仁说，“奉新知县刘守绪在此，请他领本部兵袭击新旧厂即可。”奉新在南昌东南方向，是南昌府属县。王守仁已向刘知县坐实了新旧厂的位置，如果戴德孺熟悉南昌府地理，请他袭击新旧厂，当然更有把握，他不熟悉，刘知县也能胜任。刘守绪领兵先行，是今夜议定的第一事。

“新旧厂伏兵还可为我一用。”伍文定说，“阳明子可命刘知县，对伏兵袭而不歼，任其逃窜。伏兵逃入南昌城，城中必乱，我军可一鼓而下之。”

“放敌一股，乱敌一城，时泰兄想得妙！”王守仁赞道，“我算了算，现在已集有六军，当以吾兄领第一军。”他说的六军，伍文定领吉安军，戴德孺领临江军，知府徐琏领袁州军，知府邢珣、都指挥余恩领赣州军，通判胡尧元、童琦领瑞州军，推官徐文英领南安军。六军中，以伍文定所部为前部，是今夜议定的第二事。

雷济最注重历法，王守仁对他说：“雷先生，奉新师动不必择日；大军誓师出动，请择吉日。”

雷济掐指一算，说：“十八日大吉，公于十八日誓师北进，月内可望平逆。”

“十八日果是吉日。”王守仁说的却是另一层含义，“刘知县明晨出动，大军晚动两日，到达南昌时，如时泰兄所言，城内正该乱成一片。”十八日誓师，是今夜议定的第三事。三事议过，王守仁命撤席，请刘宗绪来帐中受命。

官兵十八日在樟树镇誓师后，六路大军以伍文定所领吉安军为前部，相继出发，一路上没有发生战事，十九日夜间，会聚南昌城外。

王守仁在伍文定、戴德孺等及雷济、萧禹二幕僚的陪同下，绕南昌城一周，查看地势城防。南昌共有九门，王守仁麾下，府推官以上的职官正好有九人，除吉安、临江、袁州、赣州、瑞州、南安兵外，还有临江新淦、吉安太和、赣州宁都、吉安万安四县兵。王守仁将军马从新调配，分为十三哨，推官以上各领一哨，攻取一门。其他四哨，由新淦等四县知县分领，往来策应。王守仁巡视一周，看到广润门防守最严密，位置最紧要，便请他的年兄伍文定担当主攻。吉安府通判谈储、推官王暐请代之，伍文定不允，说："阳明子内用不避亲，要我领兵攻坚，你二人不必争了。"

王守仁说："时泰兄不避艰辛，实各路将领的表率。我身为主帅，不敢顾念与各位的私交。现号令：一鼓各队附城，再鼓各队登城，三鼓有不登者诛，四鼓有不登者斩其队将。"

各府县官及卫所指挥悚然听令，并号令各军。

"雷先生，萧先生，"王守仁对两位幕僚说，"我先期请你二人榜谕城中居民，各闭门户自守，勿助乱，勿恐畏逃匿。南昌居民为乱党胁迫助守，责不在二位。若其自愿助守，则是二位办事不利，有失职守，我也顾不上旧日的交情。"

"是，我二人奉命榜谕居民，言词不足以感人，立意不足以教化，我二人甘愿领罪。"雷济、萧禹说。

王守仁对众人说："这位谢大人，这位伍大人，各位想必都已熟识。我请他二人纪功，各位想必都不反对。谢大人，伍大人，纪功之笔重千钧，更甚于刀枪，请两位大人把握好。"

谢源、伍希儒，是奉旨往广东勘事的御史，归途取道赣州，欲拜晤王守仁，适逢宁王反叛，遂随赣州兵往临江。王守仁请他二人留军纪功，可说是用心良苦。谢、伍二人虽不是奉旨纪功，但有他们为江西的战事作一个佐证，也是好的。谢、伍欣然从命。

南昌城防备甚严，若不是守军内乱，九门同时发起攻击，也不易下。造成守军内乱的原因，一是新旧厂的伏兵被刘守绪偷袭成功，一部被擒被杀，一部向四外逃散，一部狼狈逃回南昌城。为掩饰无能，偷袭的官兵便被描述成天兵天将一般，在守城将士中引起极大的恐慌；二是攻城官兵的气势，与以前所见一县一府的官兵大不一样，因而，未曾交手先已怯阵。九门中，甚至有两三处不闭城门，说不清楚到底是来不及闭门，还是根本不想闭门。

二十日凌晨，九门外战鼓齐擂，各军喊声雷动，没有关闭的城门，只消一鼓，官兵已然攻入城中；城门关闭处，攻城的官兵在二鼓登城的号令下，每伍小甲率先，每队总甲率先，每哨哨长率先，每营营官率先，每阵偏将率先，每军副将及领军的知府、通判、推官率先。三鼓击罢，四鼓未击之际，各军纷纷登上城楼。

宜春王及宗室多人，承奉万锐及王府官员、内使多人，在各门指挥守城，城门一破，相继被擒。王守仁入城后，攻城各军送来的宁府要犯共千余人。留在王府的宗室、宫女、内使等，得知城池被官军攻破，自知只有死路一条，用不着胁迫和倡议，在王府中堆积薪禾，放起大火，集体自焚。

奉宁王命留守南昌的原三司官多是被逼迫从乱。官军势大，没有为宁王效死力的道理，先遇官军者先投首，后遇官军者后投首，右布政使胡濂以下，都成为官军的囚俘。

胡濂等原以为他们既未从宁王攻城略地，又没有拼死为宁王守城，罪恶不深，因而向官军投首时衣冠整齐，好像是迎接王师的功臣。王守仁与他等同省为官，以前多多少少有过来往，不愿彼此难堪，便请纪功御史谢源去打发他们。谢源将胡濂等集于一处，斥道："尔等向逆藩口称万岁，就算朝廷不追究，尔等还有脸面着士人衣冠吗？"原来王府大殿发生的事情，王守仁已知，亦即朝廷已知。胡濂等惶恐万状，无颜自容，各自换上囚服，以泥污面，赴军门，向现在可以代表朝廷的王守仁请罪。

守城的士卒或降或逃，从乱的官员、宗室或降或擒，下一步，王守仁便以兼署江西巡抚的身份，正式出榜安民。在安抚中，王守仁得知，南昌军民并不真心从逆，但对攻入城中的官军啧有烦言。原来有几处官军，特别是赣州的官军，奉新的官军，有许多是原来的山盗湖盗，虽骁勇善战，攻城时奋勇当先，但杀掠成性，不受约束，攻入城后多违军纪。

王守仁把领赣州军的知府邢珣、都指挥余恩，领奉新军的知县刘守绪唤到巡抚衙门，严厉申饬，命纪功御史将他等各记大过一次，功过相抵。在城中为非作乱的卒伍十余人，押解到广场，斩首示众。南昌城内这才安定下来。

第一百八十六章

宁王反叛的消息第二次震撼了南京，宁王大军沿江而下的消息第二次震撼了南京。南京全城人中，最感觉到肩头重担的，是南京兵部尚书乔宇。南京设官，多是闲职。南京兵部尚书本也该是闲职，但江南省份有了变乱，而且叛军即将攻打南都，南京兵部尚书就一定要负起南京城的防守之责。南京与兵部地位相当的各衙门的堂上官，不管在南京的闲职上任事多年，还是新近调来任上，应变的能力都不很强。在南昌变乱之后，只要看到他们惊慌失措的表情，听到他们语无伦次的谈吐，对此就会深信不疑。幸亏应天巡抚李充嗣，镇定沉着，敢于任事，才使乔宇略感宽慰。王琼议军事，曾提出以李充嗣守镇江，终因南京之守是大事，在敕旨中删去了这一条，才使乔、李二人得以通力合作。

“希大先生，”李充嗣到兵部衙门拜望乔宇，开门见山地说，“战祸将临，某愿与公分其任。都城守御属公，畿辅则某一身任之。”

“畿内得士修先生调度，可保无恙。”乔宇客气地说。他比李充嗣早一科，论职务，高过不止一级，但他敬重李充嗣的才干和人品，往日便以同侪视之。今日面临极大危难，他以为可以挽手并肩，同赴国难者，唯有此人，就更要虚心了，“士修先生以都城防御命我，我责无旁贷。但都城如何防御，还请教我。”

“邃庵公乃我朝难得一出的奇才，希大先生从邃庵公游学多年，如何防御，怎么还来问我？”李充嗣的话听来有些刺耳，却是出于真心，“不过，都城的防御和南畿的防御有相通之处，我对南畿的防御有所筹划，正要请希大先生指教。”

“士修先生请讲，”乔宇揖道，“所谓都城的防御和南畿的防御有相通之处，我也这般想。”

“逆藩欲成大事，必攻取南京。他早一日取南京，还是晚一日取南京，非公和我可以筹划。他早一日来，南京需要设防，南畿需要设防；他晚一日来，南京也需要设防，南畿也需要设防。但他晚一日来，南京和南畿的设防可以周密一分。这就是我说的相通之处。希大先生也是这般想吗？”李充嗣问道。

“不错，逆藩晚一日来，南畿的设防可以周密一分，南京的设防也可以周密一分。”乔宇点头道，“士修先生希望的，正是我所希望的。”

“逆藩首先占据九江，我料定他要沿江而下，曾派亲信赶往安庆，嘱知府张文锦、守备杨锐坚守。我当时担心，逆藩得安庆，便多了一个攻取南京的据点，南京便多了一分危险，却没有料到，张、杨二位能吸引逆藩大军于安庆。安庆吸引逆藩一日，逆藩攻取南京便要迟一日，这实是南京和南畿的大幸。”应天巡抚所辖十府，包括安庆府，李充嗣正好可以指挥安庆的防务。他指示张文锦、杨锐二人坚守，是为了保存安庆，没想到却为南京和南畿的防御争取到了时间，“另外，听说王伯安有咨函送南京兵部，推迟逆藩顺江而下，又多一手段。”

“你是说，王伯安送此咨函是为了缓兵？”乔宇听明白了李充嗣的意思。其实，他也悟出，王守仁的咨函虽是呈南京兵部，却并不像写给他看的。

“不是为了缓兵，却是为何？王伯安知道，两广军、湖广军、京军、边军，都不会从天而降。他所知道的事情，你堂堂南大司马也是知道的，而逆藩却不知道。他出此咨函，是为了让逆藩看到。据说，咨函送去好几处，我料定，逆藩截获了不只一份。送呈南京兵部的一份，王伯安一定在想，被逆藩截获了，固然很好，逆藩没有截获，到了南京衙门，以希大先生的聪慧，一定会懂得他的用心，一定会予以配合，从南京方面再送给逆藩一些信息。”李充嗣条理明晰地分析道，“希大先生，你我倒不可辜负了王伯安的良苦用心。”

“我也料到王伯安在装神弄鬼，却没有士修先生想的细致。”乔宇笑道，“也好，王伯安没头没脑地给南京兵部送来咨函，我也没头没脑地还他一函，就说十万京军边军旦夕且至，着各处供饷。士修先生，我还要送去应天巡抚衙门一函，此函不可能落入逆藩手中，但你的巡抚衙门传檄各府县衙门筹粮饷军，总有几处会在途中被逆藩截获。想我堂堂兵部衙门，比王伯安的巡抚衙门更要可信些吧？”

“如此甚好，我传檄各处，冠冕堂皇地写上据兵部咨，也不怕有人说我造谣了。”李充嗣半开玩笑半认真地加上一句，“希大先生千万不要忘记，刘公公那里，也要送一函过去。”

“放心！”乔宇心领神会，“刘公公对我格外照顾，我怎会忘了他。”他们说的刘公公，是南京镇守太监刘锄。所谓格外照顾，是指刘锄在南京城各处埋伏死士，准备刺杀乔宇。

“格外照顾”四个字的含义，谁都听得懂。李充嗣说：“我们听说了刘某人的险恶用心，都为希大先生担惊受怕，没想到却是虚惊了一场。”

“也不全是虚惊。”乔宇说，“士修先生可知道，应天府衙门搜捕到数人，说他们将不利于我，问我怎样处置。我说，我不处置，你们也不必处置，把他们交给刘公公处置吧。”

“妙！想是刘某人见泄露了机密，惧不敢动，余下的伏者也不敢妄动了。”李充嗣分析着。

“他动不动，我不去管，我可不会再这样客气了。”乔宇说，“我知会应天府衙门，大索城中，有将不利于我者，即刻处死，悬首江上，让逆藩在城中的奸细，派来的奸细，知有所惧。”

“希大先生胆大心细，真令人佩服。”李充嗣叹道。

乔宇想到了他的恩师杨一清：“你说我从邃庵公游学多年，这大约就是我的大收益了。记得恩师对我讲过，他与张太监定计除却逆瑾时，以两句话相赠：无事常如有事时提防，有事常如无事时镇静。如不处险境，哪里体会得到镇静两个字。”

“镇静如斯，都城岿然不动矣。”李充嗣又叹了一句，“希大先生，我领精兵万员，驻屯城西采石，与公相互策应。有我在，必不使逆藩一兵一卒犯南京西门。城中的事，赖公维持。”

大司马若戎装巡视，南京城里必是一片惊慌。乔宇以镇静为主旨，不唯本人取镇静，城中也要保持镇静。他正在考虑以怎样的名目出外巡视，门役来报：吴郡黄先生省曾投刺造访。黄省曾字勉之，苏州人，早年中乡试后，学理学于王守仁、湛若水，学诗于李梦阳。他以前曾拜晤过乔宇，乔宇因他儒雅，待之以礼，因此，门役来报时，也很恭敬。

“勉之来得好极了！”乔宇高兴地说，“快请！”

黄省曾进了后堂，与乔宇对揖行礼毕，说：“此时此日来拜谒司马公，怕是不合适吧？”

“勉之何出此言？”乔宇问，“你是请都请不来的雅客，来我这里难道还要挑个日子吗？”

“我是说，江西逆军指日将至，南都安危系于司马公一身，我不该来打扰。”黄省曾解释说，“看吾公潇洒自如，全不似即日要披挂上阵的模样，莫不是从南京传到吴郡的消息并不真确？”

“原来勉之在说江西的事。”乔宇道，“此事不假，但不足我为之一忧，不足足下为之一忧，不足足下为我而忧。勉之，你在为王伯安先生担忧吗？你来见我，是要问王伯安先生的近况吧？”

“正是，”黄省曾道，“我的两位恩师都与南昌逆藩牵扯在一起，令我坐卧不安。”

“既然坐卧不安，难怪有此行。”乔宇说，“勉之不须不安。你的另一位恩师，我们不必说他了。他几年前落职，或许正是他的幸运。”另一位恩师指李梦阳，不点他的姓名，免得有辱斯文，“至于伯安先生，我那位同年同乡，说动朝廷准他便宜行事，实在是一招妙棋。为朝廷立不世之功者，必王伯安也。”

“司马公这样说，我就放心了。”黄省曾拱了拱手，“阳明公无恙，我可否去江西寻他？”

“伯安先生有难，你去寻他，是共赴危难。伯安先生立不世之功，你又何必寻他？”乔宇这话说得够直率了，“勉之不如留在南京，让我略尽地主之谊，陪你在城内城外走动走动。”

“司马公要我不必去寻阳明师，话在理上，不敢不从；要我留在南京，若有所差遣，亦不敢不从。”黄省曾说，“但公要陪我游逛，以荷重负之身，陪无用之人，实不敢从命。”

“是我说错了。勉之肯不肯陪我在城内城外走动走动？”乔宇换了一种说法，“我们今日去游钟山，明日去游覆舟山，后日去游鸡鸣山。我说出三个游逛之处，勉之知道我的用意了吧？”

钟山在南京城外东北，太祖孝陵在钟山南麓。覆舟山在南京城外正北，鸡鸣山在南京城外西北，而大江过南京城之北。宁王军队沿江而下，这三山都是所要抢占的有利地势。黄省曾不知用兵，却知道这三处形胜。他说：“司马公是要安排三处的防卫吧？我可当不成参军。”

“以黄勉之为参军，江南士人向我兴师问罪，我何以克当？”黄省曾就文章而言，已可与文徵明、祝允明并称，所以乔宇开了一句玩笑，“勉之不必参军，却远胜过寻常的参军。”

“司马公要我扮演一个什么角色，请说明白些。”黄省曾还是不明就里。

“勉之不妨想一想，我去钟山、覆舟山、鸡鸣山，后面跟随南京五军都督府的都督们、南京各卫的指挥使们，南京的文武官员和南京的居民见了，作何感想？我去钟山、覆舟山、鸡鸣山，后面跟随一位名冠江南的儒雅之士，或把盏对酌，或开枰对弈，南京的文武官员和南京的居民见了，又作何感想？”乔宇启发道，“你的作用，岂是将佐、参军可比？”

黄省曾这下明白了：“司马公是要用我作定心之药饵，来定南京上上下下的人心。”

乔宇问：“勉之可愿留三日，作一剂定心的药饵？”

“司马公留我，焉敢不从！”黄省曾道，“但覆舟山、鸡鸣山都可以去，去钟山，却有不便。”

“勉之何出此言？”乔宇对他的说法也有些不解。

黄省曾说：“去钟山必谒孝陵，我乃草莽之臣、布衣之臣，非金貂轩冕之臣，有何颜面拜谒太祖高皇帝的灵位？太祖高皇帝又怎肯容我这个布衣之臣、草莽之臣拜谒于陵前？”

“勉之，我以儒雅视你，你所言者，非儒雅之士所当言。”乔宇责备道，“太祖高皇帝肯不肯你来陵前拜谒，容我为你解说。你且告我，太祖高皇帝之灵，你愿不愿前往拜谒？”

“司马公问得蹊跷，我虽是布衣草莽，焉有不愿谒太祖高皇帝之陵的道理！某愿谒陵，其说有三。”黄省曾朝北面孝陵的方向深作一揖，一一道来，“汉唐以来，衣冠尽毁乱于元，汉唐以来，土地尽州路于元。我高皇帝一起而礼乐乎天下，冠裳汉唐，土地汉唐。使我等得衽无左、发无摧，其谁之功乎？千秋功业，我中华后人谁不仰慕？谁不欲来陵前拜谒？”

乔宇插话：“三说之一，说的是大道。道义之大者，谁不欣然相从？请勉之再说其二。”

“洪武年间虽开科取士，而科外选举，弘搜广收，一材不损，一艺不塞。台省之贵，顷刻而拜，秘近之任，超时而与。今日佃渔，明日组圭，容之如海，覆之如天。”黄省曾觉出，在正途出身的乔宇面前，不好牢骚太盛，便解释说，“我这一番话，并非为的求官，只是想，我若是洪武年间的牛溲马勃，谒于陵前，必不见弃。此愿谒于太祖高皇帝陵前之二也。”

“三途并用，是祖宗朝立下的规矩，入三甲者，未必尽是人才，不入闱者，未必不是人才。若是拘泥于设科取士，确是太偏狭了。”乔宇对黄省曾的心情十分理解，黄省曾不便说出的话，他代为说出，“勉之，祖宗朝弘搜广收，确是好的制度。但勉之也不可以太偏狭，把设科取士看得一无是处，竟不屑与试。”

“司马公教诲得是。我也不是不屑与试，只是策论文章，非我所长，勉强与试，难有佳作，故而有些灰心。总之，是我的性情疏懒，不是朝廷的制度不好。”黄省曾的几句话言不由衷，其实，他就是在批评朝廷的制度不好。

乔宇笑了笑，说：“勉之性情疏懒也罢，朝廷制度不好也罢，都不必议了。你还是再说其三吧。”

科场得意的士大夫与科场不得意的士大夫对于科举的是非，当然最好不要争辩。这个道理，乔宇懂，黄省曾也懂。他说："前代圣帝明王，如尧舜禹汤文武，世邈时隔，尚且思怀眷慕，入庙俯仰，经墓举礼，况载大明天，覆大明地，游大明日月，居大明栋宇，敝大明蚕桑，享大明太平之福，揆始推原，乃高皇帝之惠，乌得至长安而不一谒乎？此区区不才愿谒于太祖高皇帝陵前之三也。"

"有此三说，勉之愿谒太祖高皇帝之陵，我信之矣。"乔宇说，"你说太祖高皇帝不欲草莽之臣、布衣之臣拜谒于灵陵前，我为你言之。金貂轩冕中，徒知春能忧歌，朝盖夕骑于京师，佽佽以旦，昏昏以暮，亏国元气，弱国精神，如此臣者，往谒陵下，高皇帝之灵必愤然而怒曰：胡不归耶？如草莽布衣中，经国如贾谊者，翦佛若昌黎者，著书若迁、雄者，虽曰草莽布衣，往谒陵下，高皇帝之灵必霁然而喜曰：胡不生于我开国时！勉之不须忧戚，但去不妨。"贾谊、韩愈、司马迁、扬雄，不能说是布衣，但不得志于当时。乔宇列举数人，也是为黄省曾鼓一鼓气。

"司马公如此陈词，是一定要我拜谒皇陵了？"黄省曾心情舒畅，欣然言道。

"谒不谒陵，勉之自决。依我之见，有谒陵之心，就当谒陵，何况此行是为安定人心，是为保太祖高皇帝创下的万世基业，勉之可辞乎？"乔宇晓以大义，"勉之不但一定要去，还一定要写一篇谒皇陵文。你愿谒太祖高皇帝陵的三说，便可写入文中。"

"司马公辩解的言论，更要写入文中。"黄省曾说，"文后的歌词我已经想好了，司马公看可用否。"他吟道："皇之圣，胡不万年以鞠此百姓？尧亦有陵，阿皇奈何？皇之仁，胡不万年以康此兆民？舜亦有陵，阿皇奈何？"

"声情并茂，勉之愿意在钟山之麓吟唱了？"乔宇喜道，"好极，我遣二羽士引你去陵门稽首，我在钟山下摆放棋枰，恭候大驾。"

第一百八十七章

宁王大军围安庆十余日不下，留守南昌的太监万锐在十五日接连派出三名信差。第一名信差报说，王守仁率官军集于临江府樟树镇；第二名信差报说，官军于樟树镇誓师；第三名信差报说，官军离樟树镇，沿赣江北上，意在南昌。宁王颓然言道：“大事去矣！”

刘养正在旁劝说：“陛下不必过虑，安庆以东的江面已清理妥当，千舸齐发，旦夕可抵南京。得南京而失南昌，胜负未可料也。”

李士实比宁王更颓丧，说：“子吉不可再出大言。区区安庆攻不下，还说什么取南京！”

刘养正辩道：“安庆难下，因安庆有备且易备。南京虽为陪都，未必有杨锐、张文锦之辈。况且，南京有刘锄内应，非如安庆，只有潘大人的一、二家人内应，自然不济事。我大军东去，南京慌乱之下，说不定拱手送给陛下一座都城。”

宁王主意不定。他当然希望如刘养正所言，不费吹灰之力占领南京，则尚有可为。但在安庆城下的挫折使他比在南昌起事时清醒，比大军发南昌时清醒。南京不比安庆，还是李士实的话更实际些：区区安庆攻不下，遑言取南京？况且，南昌城在，他统率的是一支堂堂正正之师，南昌被官军夺取，他统率的不过是流寇而已。失南昌而得南京，固然可论得失，失南昌而不得南京，他便再无退路。

想来想去，还是放弃安庆，暂且退守南昌为上策。他不听刘养正的劝告，甚至也不听李士实的劝告，决心班师。李士实虽然认为南京不易下，可也反对回救南昌。刘养正无法说服宁王，也只好按照他的意思部署，以士卒二万为前部，援助南昌，宁王率大军随后即至。

退至江西九江附近，得知南昌已失，这是万锐最后一次差人报信。宁王忧心忡忡地与刘养正商议：“南昌一失，我方寸已乱。早知南昌不守，我何必放弃安庆？我何不拼将全力，夺取南京？子吉，悔不听你之言，该攻者未攻取，该守者未守住。事已至此，你看，我们是夺回南昌，还是再移师南京，还是坚守九江？”

刘养正大概也失去了进取之心。“事已至此，”他套用宁王的话说，“九江难守，南京难攻，唯有夺回南昌，才可能挽转局面。请陛下立即挥师，直插鄱阳湖，奔袭南昌。”九江滨鄱阳湖西北隅，南昌临近鄱阳湖西南隅，水师自九江南下，是官军最不易在途中阻截的路线，就如宁王师出南昌后，顺鄱阳湖北上，最不易受官军阻扰一样。刘养正解释说：“王伯安得南昌，一定会在陆路设防，却未必敢在水路迎击。陛下大军只要过了王家渡，便可直趋南昌城下。”

“是王家渡，还是黄家渡？”宁王问。江南人王、黄分辨不清，宁王对这两个字又特别敏感。师出南昌，到了一处，宁王问地名。舟上有熟知地理的人，答曰“黄石矶”，宁王听成“王失机”，大怒，不由分说，命将答话的人拖出去斩首。自此以后，他身边的人不敢再报地名。听刘养正说出王家渡，他想起前者谶语，不由问出了声。

“是王家渡。”刘养正知道宁王的心思，用手指在空中划了三横一竖，“陛下大军过该地，是大吉之兆。”

宁王稍感宽慰，说：“既是大吉之兆，就依子吉先生所言，直插鄱阳湖，回袭南昌。”

宁王回师的消息传到南昌，王守仁与众部属都是且喜且忧。喜的是南京不再受威胁，忧的是宁王仍拥有重兵，江西境内的一场恶战不可避免。说到如何应付，有人主张坚守南昌，徐图进取，得到多数人的赞同。

“汝澄，”王守仁问进贤知县刘源清，“听说逆藩初叛，你命家人：事急，火吾家。可有此事？”

“确有此事。”刘源清禀答，“下官誓与进贤共存亡，有一家仆欲出逃，被我亲手斩之。”

“大义凛然，令人敬佩。”王守仁赞道，“但有一事，我不甚明了：你的责任是守进贤，娄妃弟奉命归上饶募兵，好似不关进贤知县的事，你为何要派兵截杀？”娄妃是广信上饶县人，其弟从宁王反，欲回乡里募兵以助宁王，在途中，为刘源清擒杀。

刘源清说：“娄伯从逆，人人得而诛之。他敢取道进贤，我自不会放过他。况且，娄伯此行广信，是为逆藩培植羽翼。逆藩多一羽翼，进贤就多一分危险，剪逆藩一羽翼，进贤就多一分安全。如此浅显的道理，不必读圣贤书者都知，阳明公何必要问？”

“多谢指教！”王守仁向他一揖，“汝澄在进贤，不限于守一县城，来到南昌，也不限于守一会城吧？”

“正是。下官到南昌，守城尚在其次，首要者，愿在阳明公麾下，平定逆藩。”

“以汝澄的赤诚与见识，不愁不建大丈夫之功业。”王守仁转向万安知县王冕，说道，“服周，你募水师数千人，若守南昌，怕是派不上用场。”

王冕说：“逆藩有水师，平逆怎能不用水师？诸公守会城，下官以数千水师迎战于鄱阳，先挫败敌军的锐气，让逆藩知道，江西非彼之王国，南昌非彼之卧榻。下官向阳明公请命。”

“服周水师数千，逆藩水师数万。以数千之师迎战数万之师，服周有何良策？”王守仁问。

“下官思得一策，乞密白于阳明公。”王冕向在座的官员环揖道，“诸公不是下官的上司，就是下官的前辈，下官对诸公不敢有半分不恭，向阳明公恳请，实是用兵贵在机密。”

王守仁向立在主帅座前的伍文定看去，二人会心地一笑。王守仁说：“服周之计我已知之，不用再密白了。服周，你的勇气是好的，你的见识也是好的。但单凭你一师，或可挫逆藩的锐气，却不能平定逆藩。要在鄱阳湖战胜逆藩，还须诸公用力。诸公主守南昌，并非没有勇气，只是见识不到鄱阳湖厮杀的利弊。一旦见识到了，无不争先奔赴鄱阳湖。诸公或要问，究竟守南昌城待敌好，还是出鄱阳湖迎敌好？我以为，贼势强盛，皆因未遇大敌，而以爵赏诱引从乱者。今逆藩攻安庆不下，退还赣省不知所归。党羽皆已消沮，我若出奇，必能制胜。出鄱阳湖迎敌，此所谓先于人者，夺人之气。”

王守仁把话说在了前面，以他的主帅身份，在座的官员不能说他的话没有道理，不能说没有被他说服，更不能承认自己被宁王的气势吓倒，不敢出战。因此，拒敌于城外，决战于水域，便成了定议。王守仁与伍文定等资深的知府窃窃议论几句，开始分派：

伍文定、邢珣、徐琏、戴德孺四位知府各领兵五百，分道并进，各当敌一路。

都指挥余恩领兵四百，往来湖上诱敌。

府通判、推官及各县知县各领兵百余，四面布疑设伏，伺机攻杀。

伍文定以正兵当敌之锋，余恩为伍文定后援，邢珣兵至敌后，徐琏、戴德孺分向左右两翼，分敌之势，是主要的几路。

“时泰兄，”王守仁送众官员出军门，特别拉住伍文定的手说，“你当重任，千万不要忘了服周献的计策。”

“阳明子放心，不用此计，我未必能降服逆藩。”伍文定在王守仁的手心划出一个“火”字，“阳明子也千万不要忘了，狡兔有三窟。”

“时泰兄放心，”王守仁会意地说，“新到的几位郡守，尚未分派，就是为捣毁他的另外两窟。”

新到的有抚州知府、建昌知府、饶州知府、广信知府。王守仁命二人攻九江，二人攻南康。

七月二十五日，王守仁与雷济、萧禹及冀元亨、邹守益等坐于衙内，边闲谈，边等待前方的战报。邹守益字谦之，是王守仁的及门弟子，正德六年会试第一人，廷试第三人，在王守仁的弟子中，最为老师争光。他任翰林院编修一年，告假还乡。王守仁任南、赣巡抚，创建书院，他赴赣州，参与书院的讲学。王守仁起兵讨逆，他又返回吉安，参与军事。可以说，王守仁任事江西之后，他一直忠心地襄助老师。而在参与讲学和参与军事中，他感到深受启迪，在精神和处事方面，都有很大的提高。

闲谈时，邹守益想到了不久前在吉安与王守仁的一段对话。他从赣州带给王守仁一个不好的消息：“闻得逆藩诱叶芳的官军夹攻吉安。”叶芳原是山盗，为王守仁收降。王守仁很有把握地说：“叶芳必不叛我。山盗旧以茅草盖屋，叛则焚之。我过其地，许其伐巨木盖屋，得万余间。其舍坚固，谁肯轻易焚毁？”邹守益说：“以巨木盖屋，亦是寻常事。从逆藩者，望封侯拜相，寻常事不足以诱之。”他的话不无道理，王守仁不能驳，静思片刻，说：“莫说一个叶芳从逆，即便天下尽反，我辈固当守节。”邹守益闻之惕然。

讲过这件事，王守仁问：“谦之说闻之惕然，不知是为了天下尽反的说法，还是认同我辈固当守节的决心？”

“兼而有之。”邹守益说，“老师说我辈固当守节，何等有恒心，我与老师相差甚远，所以闻之惕然。老师说天下尽反，我想到，安福若有贼从盗，奉逆藩命逮捕我老父，我将奈何？所以我连夜差人报之老父，请急避他处。老师说天下尽反时，定是想的尽忠，而我却在想尽孝，比起老师，我又是相差甚远，所以闻之惕然。”

“谦之说差了。忠孝不能两全时，尽忠即是尽孝。忠孝可以两全时，尽孝即是尽忠。”王守仁说，“得知逆藩作乱，我也曾差人飞报家父龙山公，以免遭逆藩算计。”王华致仕后，读书龙泉山中，号龙山公。“龙山公见我差使时，已知江西变乱，已有多人劝他避之，他老人家答曰：吾儿方举大义，吾避，安就之？吾儿能弃家讨贼，吾何可先去？祖宗德泽在天下，贼且自毙，吾为国家太臣，但恨年迈，不能荷戈杀敌。即有不幸，犹将与乡里子弟共死此城耳。龙山公命我差使速以上述言词复我。我得龙山公训示，除了平逆灭贼，还会有别的念头吗？谦之，我说尽孝即是尽忠，绝无半点虚妄。”

“多谢老师的教诲！”邹守益向王守仁深作一揖后，问道，“老师在吉安岿然不动，是因为有我辈固当守节的信念；老师在南昌岿然不动，是因为有必灭此寇的信念，还是因为有固当守节的信念？依我之见，我军与逆藩战于鄱阳，胜负尚难预料。”

“唯乾，你之见呢？”王守仁转问冀元亨。

“套用谦之兄的话说，是兼而有之。”冀元亨自信地回答，“龙山公说，祖宗德泽在天下，贼且自毙，这便是老师必灭逆藩的信念。我为朝廷守斯土，只知拒贼，不知有他，这便是老师固当守节的信念。”

王守仁点点头，表示赞许，又摇摇头，表示有所不足：“虽说兼而有之，终是必灭此寇的信念更要紧。谦之和唯乾如有兴趣，不妨对弈一局，我和雷先生、萧先生在旁观看。或两位先生也有兴趣，更不妨四人捉对厮杀，我一人来观两局棋。不待终局，前方或就有了战报。”

大家在衙门里，雷济、萧禹不能置衙门里的事不顾，于是，邹守益和冀元亨对局，王守仁与他的两名幕僚观战。邹守益和冀元亨各有心思，倒不如在旁观棋的王守仁专心于棋局。二人都下了不止一手不合棋理的招数，看得王守仁不住摇头。正午时分，前方有了消息。

探马来报，昨日伍文定与宁王大军战于王家渡，伍文定立铳炮间，挥剑指挥，火燎其须，奋然不顾，终因贼势过大而败退。探马肯定在衙门里张扬过，人人面色恐惧，随王守仁到正堂办事的雷济、萧禹的脸上也有惊慌之色。

“余指挥可曾上前接应？”王守仁问探马。

“余大人与伍大人会合，一起后却。”探马说。

“各路伏军可曾上前厮杀？”王守仁又问道。

“伍大人主力后却，各路伏军想是也退缩了。”探马见军情紧急，等不到下面的战况，便赶回南昌，对王守仁的询问，只能凭猜测答话。

“哼！”王守仁变了脸色，“伍大人、余大人分明是诱敌深入，你却说是败退。各位大人在我这里立了军令状，谁敢临阵脱逃？你却说他们退缩。我告诉你，现在定是我军在进，逆军在退。你探事不明，乱我人心，我容不得你这样的探马，左右，推出去斩首示众！”

一声怒喝，衙门里肃然无声。众人方才是为宁王势大而惊慌，现在则为巡抚大人的威怒而惊慌。

见探马低头不语，王守仁问：“你死得可服气？临死之前，还有什么事情要向本官交代吗？”

探马说：“小人上无父母，下无妻子，赤条条一身无牵挂。小人不能尽职，误了大事，请大人下令行刑吧，小人死而无怨。”

“你看到了伍大人败退，我说逆军在退，你未必服气。我本可等下次探马到来，再斩你示众，以服人心。但整饬军纪，稳定民心，刻不容缓，我不能等了。不过，你可以放心，如果下次探马来报，仍是敌进我退，我会自刎以向你谢罪。”王守仁吩咐中军，“给他酒肉，送他上路。”

“阳明公且慢，”雷济附在他耳边说，“不赌输赢，斩他以安定军民，我不劝阻，既赌了输赢，须得慎重从事。千金之躯，不可轻许。”

“他探报不实，罪在不赦，不杀他不足以安定军民；我料敌不明，也罪在不赦，不杀我不足以回报朝廷。”王守仁不接受雷济的劝告，挥了挥手，两名军士将探马押出衙门外斩首。

回到后室，邹、冀二人的一盘棋下得更不能看了。见了王守仁，二人争着问前方军情。

王守仁说：“适闻对敌小却，此兵家常事，不足介意。我料定我军退后必进。伍时泰若败于鄱阳，我只有一死以谢天下了。”

冀元亨、邹守益听得一头雾水，雷济、萧禹却明白了王守仁为何要以性命与一探马相赌。

薄暮时分，第二名探马来报：伍文定、余恩小退是实，小退之后，敌争趋利，前后隔断。邢珣从后横击，冲乱其中军。伍文定、余恩回师冲杀，左右两翼及四面埋伏大起，敌军溃败，退保八字脑。据说，宁王在八字脑一面厚赏骁勇，一面尽发九江、南康两府守城兵增援。

王守仁松了口气，不仅因为保住了头颅，而且因为首战告捷，全军上下都增强了必灭此寇的信念。可明日的一场恶仗，胜负仍是难料。他稳定情绪，说：“谦之，唯乾，今日战场上我们胜了，可弈局实在不堪入目。明日二位再来，向雷先生、萧先生请教吧。”

次日摆了两张棋枰，冀元亨与雷济对局，邹守益与萧禹对局。有了昨日的小胜，大家放松了心情，棋也下得好看了。王守仁连连称许，不时与对局者议论几句得失。

正午时分，探马来报：宁王大军聚于樵舍，连舟以为方阵。宁王凌晨召集群臣，重赏肯用命者，重责不用命者，命斩首以徇，受刑者连声喊冤。正在混乱之际，官军掩至，伍文定在正面，邢珣在左面，徐琏、戴德孺在右面，余恩在后面，同时发起攻击。

“伍大人用火攻了吗？”王守仁迫不及待地问。

“伍大人用火攻了。”探马答道，“我听到第一声炮响，才离开战场，策马急驰几十里，还能听到身后的炮声，和我军将士的欢呼声。”

伍文定果然采用火攻，王守仁知道必胜无疑了。

两个时辰以后，另一探马来报：我军炮火击中逆藩副舟，贼众奔散。随宁王出征的妃嫔与宁王泣别，多赴水死。宁王易舟欲逃，为知县王冕擒获。宁王世子并家眷，及李士实、刘养正等数百人被擒。敌军被斩杀者三千，落水者三千，浮尸及衣甲器械财物堆积十余里。余贼正在追剿之中。

王守仁退回后堂，两对棋手不知已弈到了第几局，冀元亨首先看出王守仁平静的面孔下掩饰不住的兴奋之情，问道：“老师，有喜讯吗？”

王守仁说：“适闻宁王已擒，想来不是谎报。但死伤者众，令人闻之恻然不安。”他不必说明，是敌军还是我军死伤者众。任何一方死伤者众，作为一代大儒，都会动恻隐之心。

宁王等一干要犯押入南昌城中。宁王身份特殊，受到优待，骑马而行。其他犯人青年者步行，衰老者乘坐牛车。宁王见远近街衢军伍整肃，不赞王守仁善用兵，却嘲笑说：“此我朱家之事，何劳外姓人费心如此！”他在最后关头还要显示一下他的自负，使其他犯人哭笑不得，而押解的军士则嗤之以鼻。要犯经过巡抚衙门，王守仁在众官员、众门生的簇拥下，站立门前观望。

“伯安先生，”宁王呼道，“我欲尽削护卫，尽献屯田，请降为庶民，可乎？”

“有国法在，可与不可，请殿下自己斟酌。”王守仁指着门侧排列的槛车说，“王府已被逆党焚烧，殿下无法安身，我特为殿下备了安身之处。”

宁王马前马后的两名军士不容他抗拒，将他搀扶下马。宁王在进入槛车前，愣了愣神，忍不住淌出了眼泪。“王大人，”他不敢再用表示亲近的称呼，“我自知罪恶滔天，今日只有一事相求，请王大人看在太祖高皇帝的面上帮我个忙。”

“我还是那句话：有国法在。国法不容者，殿下就不必开口了。”王守仁怕宁王有不情之请，先就封堵。

“我请王大人帮忙的事，不关乎国法，只关乎人情。”宁王说，“娄妃贤，王府中无人不知，南昌城中无人不知，江西一省无人不知。娄妃屡次劝我安分守法，我不肯听，致有今日。昔纣用妇人之言而亡天下，我以不用妇人之言而亡其国，思之后悔莫及。娄妃因我之恶而投水死，望王大人厚葬之。”说到最后，已是泣不成声。

王守仁也感到哀戚：“娄妃之贤，不唯江西人知，朝廷中亦多有人传颂。况且，克贞先生与我有师生之谊。葬娄妃，责任在我，殿下不必为此事再烦恼了。”娄妃父娄谅，字克贞。王守仁青年时迎亲至广信，曾拜晤过他，二人结下忘年交。

第一百八十八章

皇帝亲征，定于八月二十二日发自京师。前几日，皇帝内心激荡，兴奋不已，以至夜不能寐，每每在子时，有时甚至在丑时，要将苏进或赵林唤去问话。幸亏是两个人，可以轮流侍候，如若不然，不等侍驾出师，就要累垮。

这一夜被唤去的是苏进。皇帝问他："苏老儿，张永、张忠两军今日到达何处了？"这个问题，皇帝一天之内要问两三次，有时是问张永一军，有时是问张忠一军，有时是张永、张忠两军一起问。

苏进、赵林早就设计好了应对之词，无非是用手比量比量舆图，估算每日的行程，一般都不会出大的差错。苏进机敏，就更不会出差错："回爷的话，前军大约过了淮河，后军今日没有渡大河，明日也要渡了。"前军指张忠所部，后军指张永所部。

"昨日就有人说，张太监该过大河了，怎么今日还没有渡过去？"皇帝终于听出了破绽。

"按照预定的日子，昨日是该渡河了，但兵部今天不是有塘报送进宫来，说老太监走得慢了些，要今日或者明日才能渡河吗？"苏进采用兵部的消息，要是出了差错，可以把责任推给兵部。而且，他对张永进军迟缓了一两日，有他自己的解释："爷率军巡边，不是不知道，碰上大风大雨，就得停下来。在家中定下的日程，是算不得数的。老太监入了河南界，已是不错了。"

"胡说！"皇帝斥道，"军情紧迫，定下的日程怎能不算数？见到张永，朕倒要问问他，为什么误了进军的日程。他说不出理由，我可不依。"

"老太监多次出征，每战必胜，一定懂得军情紧迫的道理。"苏进为张永申辩，"或是有人把老太监渡河的日子说差了。老太监虽然有本事，却不懂得缩地法。爷想想，他本该今日或明日到大河岸边，却一定要他在昨日渡河，那不是太难为他了吗？"

皇帝说："苏老儿，他没有缩地的本事，你却有吞云吐雾的本事。你想说谁好，总能说得出理由。其实，你又何必匆匆忙忙地为他辩说？你也知道，朕是不会处分他的。”

“那是当然，老太监侍候万岁爷二十多年，万岁爷怎会处分他？谁不说，万岁爷最念旧情？”苏进正有话要对皇帝说，要说的正是有关旧情的话题，“爷，起驾的日子一日一日临近，侍候过爷多年，又不能随爷出征的老人，爷不趁着这几日有空闲，见一见他们吗？”

“是有人要见我吧？”皇帝立即悟出苏进的用意。如果赵林对他说，该在亲征前见一见某些老人，那一定是赵林自己有这个想法。要是有人托赵林求见皇帝，赵林一定会如实道来，而不会采用苏进的说法。皇帝对贴身太监的性情、品行，可说是琢磨透了。

“爷圣明！”苏进知道对皇帝不能说谎，也不必说谎，故作憨厚地一笑了之。

“说吧，是谁要见我？”苏进不说谎，皇帝就不责备他的托词了，“该见的人，朕一定见，也好让你对他们有个交代。不然，谁还会把金银宝物送给你？”

“爷委屈奴才了。”苏进噘起嘴来，“别人送给奴才金银宝物，奴才壮一壮胆，还敢收下。这两个人若有馈赠，奴才是万万不敢收下的。说句不该说的话，奴才有了金银宝物，还巴不得送给他们，好请他们在万岁爷面前为奴才说两句好话。”

“怎么，要见朕的还是两个人？”皇帝留意了，“苏老儿都要巴结的人，苏老儿都要靠他美言的人，却不直接来见我，煞是怪事。”

“说怪也不怪，人家也有人家的难处嘛。”苏进说，“我一说，爷就知道是谁了。要见爷的不是别人，乃是教坊司东西两院的掌事。爷，奴才说想着他们在爷面前为奴才说两句好话，有没有道理？他们若肯美言，奴才是不是还能升一级？”

“笑话！你若靠他们在朕面前美言，早就被罚作贱役了。”皇帝神情严肃地说，“苏老儿，你说实话，为何要替臧贤老儿讲情？”

宁王起事，臧贤立即被打入锦衣卫狱，皇帝还没有想好怎样处置他。他自知陷得太深，根本不敢提出见皇帝。苏进请皇帝召见臧贤，是钱宁的委托。臧贤关在锦衣卫狱，钱宁甚是为难。要是臧贤死在狱中，他有一千张嘴，也说不清楚。而臧贤一直关在狱中，总有一天要把钱宁的所作所为供认出来，钱宁也该在狱中为自己准备一间牢房了。现在，首先要确定，皇帝会不会放过臧贤。皇帝肯放过他，是一种做法，皇帝放不过他，又是一种做法。钱宁和苏进数年前曾有过互为援手的誓约，便把这件事托付给苏进。

苏进深知利害，真实情由要他的命也不敢讲，他说的是另一番理由，“爷以前常往教坊司去行走，总是差奴才传旨，因此与臧贤老儿有过不止一面之缘。”皇帝对某人怎样称呼，身边的小太监们也定随着称呼，是多年来的规矩，而苏进不止一面之缘的说法，更使皇帝忍俊不禁。见皇帝情绪好转，他接着说，“奴才看得出，爷是很器重臧贤老儿的。他因事下狱，爷亲征前总要对他有所处分。不然，爷三五年在外不回，一直把他关在大狱里，终不是事。”

“这么说，是你要我见他了？”皇帝问。

“奴才怎敢！”苏进担不起这份责任，连忙否认，“奴才是听锦衣卫的人说，臧贤老儿想见一见万岁爷，才向爷提起。”

“锦衣卫的人？”皇帝听了这几个字，有些刺耳，“寻常的锦衣卫官校，想见你是见不到的，你也不屑于一见。你说的锦衣卫官校，可是茶来？”

“不是朱都督，”苏进又忙否认，“朱都督是贵人，奴才不敢巴结。奴才说的，确是寻常的官校。”

“你不巴结他，就对了。”皇帝满意地说，“苏老儿，你要多个心思，如茶来一般的贵人，你要离他们远一些，免得招惹是非，朕也救你不得。臧贤老儿的官司，你不要插手，朕自有发落。”

“是。爷的发落，一定让臧贤老儿口服心服。奴才想，爷不必见他了。”口气一转，倒好似皇帝必要见臧贤，“还有个老赵，爷是见他还是不见他？”这正是苏进机敏的地方，谈论臧贤，却埋下另一伏笔。谈论臧贤出了岔子，马上谈论赵锐，以清除皇上的疑心。他确曾见过赵锐，主动提起皇帝南巡的话题，赵锐自然会表示在皇帝南巡前想见一见皇帝。即使皇帝心血来潮，找他查证，也查不出半点毛病。

“你说朕是见见老赵，还是不见老赵？”这次是皇帝套用小太监们对赵锐的称呼。

“奴才听说，老赵不惹是非，不与宁府的人来往。”苏进应付着说。其实，皇上见不见赵锐，对他来说，完全是无所谓的事情。

皇帝想了想，说：“老赵也不能见。他规规矩矩，不惹是非，朕是知道的。他为什么想见朕，朕也是知道的。苏老儿，你知不知道？”

皇帝与赵锐几次谈论赵丽华，苏进都在场，当然知道赵锐的心思，无非是请皇帝到了南京召见赵丽华，携其北上。“奴才想，大约是为了南司赵小姐的事吧？”他故意不予肯定。

“对了。你倒是想一想，见了面，他要朕召见如燕姑娘，朕怎好拒绝？见了如燕姑娘，她要随朕回京师，朕怎好拒绝？刘爱妃若是为此而烦恼，朕不是自找无趣吗？”皇帝有一连串的顾虑，想一想，还是不见赵锐为好。

“爷想得周全。爷从来不让刘娘娘烦恼，又何必为一名从未见过面的姑娘让刘娘娘烦恼？”苏进自然拣皇帝愿意听的话说，“我告诉老赵，爷不想见他了。”

“你说朕不想见他，倒好似朕把旧日的情义都忘了。”皇帝命道，“你换个说法吧。”

“那奴才就说，奴才没有记性，把他托付的事情忘了。他只能说奴才不守信用，绝不能说爷不念旧情。”苏进说。

皇帝道：“好，你能为主受过，是个好老儿。”

“钱杰，你告诉过我，皇上再出巡，一定要随行。皇上这次亲征，答应我随行了。再有三两日就要离开京师，你看此行凶吉如何？”钱宁心神不定地问。宁王起事后，皇帝没有公开表示，要追查与宁王关系密切的人，但对他是越发冷落了。他虽获准随行，却没有分派任何差事，没有加封任何职衔。前程未卜，他的苦恼，只有向亲信钱杰诉一诉。

“皇上准督帅随行，就是对督帅仍然眷顾。只要督帅不离皇上左右，一路走下去，便有吉无凶，有福无祸。”钱杰很有把握地判断着。

“不离皇上左右，不容易办到，一路走下去，大概不成问题。难道皇上准我同行了，还能把我留在半途？”钱宁与其说有信心，不如说更没有把握。

“督帅不可大意。”钱杰进一步提醒他，“皇上自然不会把督帅留在半途，但太平仓的人却一定有新的花招。督帅若能让皇上把他留在半途，才是督帅的大福，是属下们的大福。督帅不能让皇上把他留在半途，也千万不要让他在皇上面前做了手脚。”

“对他倒是不可不防。能不能让皇上把他留在半途，我见机行事吧。”钱宁与江彬暗中较量，每次都落了下风，早就抱定遇事忍让三分的宗旨，现在更不敢说有把握胜过他，“钱杰，皇上那边，我想办法应付，锦衣卫中，却要靠你来维持。酒来是酒囊饭袋，他虽留在京师，我不能靠他来维持局面。”

“督帅放心，没有督帅，焉有钱杰？我在锦衣卫任职一天，就要为督帅掌好衙门一天，不容他人置喙。”钱杰猜到了钱宁的心思，“督帅还是对关在狱里的那人不放心吧？”

“不错，他确是我的一处心病。”钱宁道，“皇上说了，他对狱中那人自有发落。皇上若是念及那人多年来为他抚琴吹箫，带给他的乐趣，因而不再治罪，当然是件好事。皇上若是狠一狠心，降旨杀了他，我也可以松一口气。就怕皇上既不放他，也不杀他，将他长系狱中，我的心悬在空中，总是放不下来。”

“皇上不肯放他，督帅自然不能放他。皇上不肯杀他，督帅难道也不能杀他了吗？”钱杰莫测高深地点拨一句，让钱宁自己去揣摩。

“我自然可以杀他。”钱宁点点头，表示生杀大权还在手中，“但他死在锦衣卫狱，对我总是不利。想办法让他离开大狱才好。”

“那也不难。”钱杰有了主意，是翻来覆去想了好几天才想出来的，“皇上不肯放那人，也不肯杀那人，却不一定想将他长系锦衣卫狱。皇上没有发落，定是因为有人劝皇上，把他关在锦衣卫狱最稳妥。谁在劝皇上，我不说督帅也知道。督帅为何不劝一劝皇上，对那人还是早日发落为好。皇上不肯放他，也不肯杀他，却可以定他罪名，发戍边方。督帅只要反复申明那人罪当发戍，皇上一定听得进去。皇上只要降旨发戍，那人性命任督帅取之。”

“不错，请皇上定那人罪名，不是要皇上放他，也不是要皇上杀他，皇上不会起疑心。皇上这两日下不了决心，我上路后再劝。钱杰，一旦有旨发戍，余下的事情就由你安排了。”

钱杰为钱宁出的主意，果然置臧贤及施钺、司鉴等人于死地。

师发前一日，杨廷和乘轿到梁储府第话别。皇帝亲征，不同于一般的巡边，一定要有辅弼之臣扈跸。内阁的意思，杨廷和、毛纪居守，梁储、蒋冕从征，比较理想。不知是有人把内阁的意思报与皇帝知道，还是皇帝的本意亦如此。上月二十六日，颁布亲征诏书，已确定了梁、蒋二位阁老随皇帝征讨逆藩。

“这次又要偏劳叔厚兄了。”在年长七八岁的梁储面前，杨廷和的不安发自内心。

“哪里的话！奉天讨罪，大义不私于所亲；和众安民，至仁无敌于天下。”梁储诵罢杨廷和草拟的诏书中的两句话，笑着说，“圣上亲征，宵小授首，臣下伴驾，是何等的殊荣！倒是介夫兄在朝居守，肩上担的分量比我的重，该我向介夫兄致意才是。”他知道杨廷和等正在安排九门的防卫，关切地问，“守门的大臣定下了吗？”

“定下了，”杨廷和说，“我与陆全卿、王德华再三商议，定下以吏部左侍郎廖纪、户部左侍郎郑宗仁、兵部右侍郎杨廷仪、刑部左侍郎金献民、工部左侍郎刘永、右佥都御史李钺、通政司左通政柴义、右通政张瓒、大理寺左少卿吴祺，同内外坐营官分守九门。叔厚兄看可以吗？”杨廷和谦恭地请教。

“几位办事都很稳当，又都知兵，奏明圣上，没有不准的道理。”杨廷仪是杨廷和的胞弟，杨廷和都无所避讳，梁储当然是赞许。

杨廷和向梁储一揖，言道："兵部的奏本是昨天送进去的，今天没有批复，看来明天也不会降旨。此事说大不大，说小不小，还望叔厚兄费心，路上方便时，向圣上提及。"

"理会得。"梁储应承下来。他同意杨廷和的分析，大臣与太监、勋戚分守京师九门一事，说大不大，说小不小，要紧的还是皇帝那一头。他还了杨廷和一揖，说，"介夫兄，圣上明日起驾，对我和敬之的行止，还有什么吩咐吗？"

"说不上吩咐，"杨廷和摆了摆手，"大家的心思其实都是一样的。第一是圣驾不宜轻出，第二是圣驾一定要出，要早班师。前者谏止南巡，科道曹郎伤了元气，对于圣上亲征，没有人再进谏了。再者，亲征不同于南巡，亲征的名目堂而皇之，比不得南巡。谏南巡，道理在谏臣的一边，谏亲征，道理就未必在谏臣一边了。这样也好，亲征的是与非，我们不必多想了。叔厚兄要多想一想，怎样早日班师。圣上此行，南京是一定要到的。从京师到南京，不至于出大的纰漏。叔厚兄在圣上身边，得进言时，便进言，但不必太过勉强。到了南京，圣上仍不肯罢休，就要拼死进言了。特别是赣省，一定不能让圣上去。兵部得塘报，王伯安已集结江西各郡官军讨贼，王德华说，王伯安定能平逆。我想，不必圣上到南京，江西的乱子已经平息了。圣上身边的人再去江西，又有一番滋扰，如果圣上到南京时，王伯安未能平乱，则江西危殆，江南数省危殆，圣上更不能再向前走了。叔厚兄，拙见如此，请你参考。"

"介夫兄远见卓识，令人豁然开朗。"梁储由衷称颂，"我照你定下的方略，一离开京师，就寻找进言的机会。圣驾抵南京之前，我若拦不住，到了南京之后，我一定拼死进言，不使圣上再向南行半步。"

第一百八十九章

八月二十七日，皇帝发自涿州，驾临保定府城。从京城到涿州，路程一百四十里，皇帝率大军，不慌不忙地走了五天。从涿州到保定，约二百一十里，却在一天内赶到。如此匆忙，是因为昨日到达涿州后不久，快马送来了王守仁报捷的奏疏。这本是天大的喜讯，却使皇帝心中慌乱。他问身边的小太监："除了王守仁的捷报，还有没有别的奏疏送来。"小太监说，没有其他的奏疏。皇帝说："今日没有奏疏，明日一定有，明日没有奏疏，后日一定有。"小太监问："何以见得？"皇帝说："朕亲征逆藩，他们心里不情愿，却说不出什么，逆藩被擒，他们还不拉我回去吗？王守仁的捷报到了朝廷，杨先生他们一定在草拟奏疏了。杨先生很聪明，若是他们的奏疏和王守仁的捷报一起送到，怕我责怪他们，把王守仁的捷报扣下不立即转送。因而，他们的奏疏一定要比王守仁的捷报晚一两天到。"小太监问："如何是好？"皇帝说："明天卯初起身，卯正起驾，无论如何，我不能在顺天府境内看到他们的奏疏。"

几天来，皇帝都是晚睡晚起，为了不在顺天府境内看到大臣们的奏疏，为了迟些日子再来应付大臣们的议论，他改变习惯，不但早起，而且命令大军加速进发。除了贴身的小太监，随行者都不知道江西局面大定。梁储和蒋冕糊里糊涂地跟着皇帝赶了一天路，还以为南面有了紧急军情。

皇帝在保定安安稳稳停留了两天，八月二十九日，居守大臣杨廷和的奏疏到了，请皇帝回銮，另遣重臣赴江西抚缉。杨廷和留守京师，处分各地的章奏，王守仁的捷报他当然看到了，但这是头等的机密，未奉皇帝的意旨，不敢转告其他大臣。多亏了他的谨慎，才没有在朝廷沸沸扬扬地闹起来。皇帝只看到杨廷和的一份措辞并不严厉的奏疏。

"两位皇儿，一位是提督赞划机密军务，一位协助赞划机密军务，看看此事当如何处置。"皇帝召来平虏伯江彬和左都督神周商议。

江彬读罢杨廷和的奏疏，不屑一顾地说："陛下差他留守，他守好京城就是了，陛下回不回师，是他该管的吗？陛下权当没有王巡抚的捷报，没有杨阁老的奏疏，该怎样走，还怎样走。”

“平虏伯说得在理。”神周没有资格在皇帝面前说三道四，只有迎合江彬的话，略加发挥，“要是杨阁老一道奏疏，就将陛下请了回去，那到底是君命臣，还是臣命君？”

“朕不会为杨先生一道奏疏就班师的。但杨先生曾是朕的师傅，朕也要为他想一想。朕在离京前给了他一个难堪，要是对他的奏疏不睬不理，再给他一个难堪，他的内阁首辅就不用再任下去了。”所谓离京前给了一个难堪，是指杨廷和请召南京吏部尚书刘春掌诰敕，这样的事，皇帝本该问也不问就准的。但在颁布亲征诏书时，皇帝的原意，要以镇国公的名义制敕，杨廷和力争其非，只得作罢。皇帝恼火了好些日子，一直想报复。他记得刘春是四川巴县人，便责备杨廷和以乡人举荐，不准，并要杨廷和解释，书面的语言叫作“陈状”。杨廷和上疏，要求处分，皇帝却又不予理睬了。为了此事，他内心对杨廷和有些歉意。“杨先生知道深浅，”皇帝接着说，“江西的捷报，隐秘不发，单独进言，我要是不给他个答复，他会落下不是。你们再为朕赞划出一个好些的主意，使君臣相安无事，都不难堪。”

江彬和神周都不是会出主意的人，更不会处君臣之道。他们只听出皇帝说的别让杨廷和难堪的意思，却没有听出君臣相安无事，是另一层意思，是要杨廷和安心居守，别因进言不睬而对皇帝有了意见，别因对皇帝有了意见而疏于处理政务。

江彬和神周听不出来的意思，在皇帝身边侍候的苏进却听出来了。江彬和神周拿不出主意，苏进却有了主意。“爷，奴才有个主意，不知使得使不得。”苏进说。他看不惯江彬的骄横跋扈，在江彬和钱宁的明争暗斗中，宁愿支持钱宁。在不露痕迹中给江彬一个难堪，往往使他引以为快。

“你说，”皇帝仍和他开着平素开惯了的玩笑，“要是你的主意好，我就给你加一个内提督赞划机密军务的名衔。”

“奴才听梁阁老对人说起，杨阁老希望爷早日准复分守九门的大臣，爷要是把这份名单准了，即便不理睬杨阁老请爷回跸的本子，他也不好再说什么了。如此这般，岂不是相安无事了？”

江彬和神周听来，苏进出的主意，与答复杨廷和的奏疏，是风马牛不相及的两件事。他们不便公然说出看法，一则不能随便得罪苏进，二则不知皇帝的想法。谁知皇帝要的正是这样的主意。

“苏老儿真可以提督赞划机密军务了。”皇帝高兴地说，“立即派人十万火急地返回京师，告诉司礼监，兵部拟上的名单，朕准了。”

江彬仔细想了想，明白这是皇帝安抚内阁大臣的一个办法。他补充说：“陛下不如将守各门的勋戚武臣的人员也定下来，更可说明对京城居守的重视。”

“好，好，彬儿也开了窍。”皇帝吩咐苏进，“苏老儿，我们现在就来分派差事，你记好了。先从南面的三门说起。”南面三门最为关键，一定要一地位崇高的勋臣和辈分较高的国戚来镇守。皇帝立即说出了印象最深的三个人，“命驸马都尉蔡震守端门，命驸马都尉崔元守承天门，命英国公张仑守正阳门。”从南三门开始，皇帝一门一门地说下去，任用的勋臣有世袭者，也有正德以来分封的太监子弟，任用的武职有得自军功者，也有正德以来赐予国姓的义子，提出的人选有皇帝自己想到的，也有江彬和神周提出皇帝认可的：魏国公徐鹏举守北安门，镇安伯魏英守东安门，永清伯谷大亮守西安门，安定伯张容守东长安门，镇平伯陆永守西长安门，遂安伯陈譓守崇文门，安乡伯张坤守宣武门，恭顺侯吴世兴守朝阳门，襄城伯李全礼守阜成门，都督佥事黄镇守德胜门，都督佥事李瑾守安定门，都督佥事朱镛守东直门，都督佥事詹冕守西直门。

“苏老儿，朕的分派你记好了吗？”皇帝问。

“一共是两位驸马，十位爵爷，四位武臣，分守十六门，奴才都记下了。”苏进记得很清楚。

“好，你去传旨吧。”皇帝满意地说。

“爷，奴才还有个小小的主意，不知使得使不得。”苏进还要节外生枝。

“朕没有正式给你加名衔，你不肯干休吧？”皇帝明着嗔怪，暗中透着喜爱，“好，你再说说看。”

“杨阁老知道，他的奏疏和江西的捷报一起送来不好，文官分守各门和勋戚武职分守各门是两件事情，爷也该分两次降旨才是。分两次降旨，杨阁老更可悟出，爷在给他面子。”苏进看来是劝皇帝与杨廷和斗智数，其实还是与江彬在暗中较劲。降旨确定分守各门的文职，是他的主意，降旨确定分守各门的勋戚武职，是江彬的主意。两件事情分两次降旨，江彬的主意也有一部分成了他的主意。

“说得不错，朕要让杨先生知道，他会动心思，朕也会动心思。”皇帝做出决断，“今日向司礼监和内阁传第一道旨；勋戚和武职的任用，等朕八月二十九日离开保定前，再传旨。”

“爷不能在八月二十九日离开保定。”苏进插话。

“为何不能？今日抵保定，到八月三十日，是第四天了，还不该走吗？”皇帝不解地问。

“爷忘了，保定巡抚伍大人参拜时，爷吩咐他在九月初一日设宴，爷要与他斗酒。”苏进提醒说。

“也罢，就在保定多留两日。”皇帝说，“朕九月初二离开保定，要司礼监九月初一传旨。”

保定巡抚伍符，成化二十三年进士，江西安福人。去年六月，由南京光禄寺卿升右副都御史巡抚山东。今年正月，毫无来由地逮下诏狱，七月开释，改任保定巡抚。皇帝要伍符设宴，一来保定是离京后经过的第一座府城，伍符是离京后遇到的第一位巡抚；二来伍符下诏狱受了委屈；三来听说伍符的酒量极佳，在南京也好，在济南也好，在保定也好，未遇对手。小小的巡抚，皇帝不会放在眼里，逮下诏狱，在皇帝看来，也不是大事，因此，这两条都是幌子。实际的理由只有一条，伍符的酒量奇大，皇帝一定要会一会他，要比一比酒量。

皇帝特别指明，酒宴不摆在巡抚衙门，而摆在知府衙门。他担心在巡抚衙门，容易被伍符钻了空子。由此可知，他对这场比试甚是看重。

机敏的苏进不会忘记，事先嘱咐伍符几句。伍符可说是提心吊胆、满腹心思地进了府衙。皇帝不要梁储、蒋冕等文职，江彬、神周等武职陪席，相伴的只有苏进和赵林。伍符当然也不能带领巡抚衙里的人来。在一旁侍候的是府衙里的几名吏员。伍符自忖如案上的鱼肉，任人宰割。好在掌刀的是皇帝。常言道：君要臣死，臣不能不死。但君也不能无缘无故地要臣死。

“酒摆在保定府衙，爱卿到底也是主人。”皇帝待伍符参拜过后，很有气度地说，“朕今天单枪匹马地来会你，你说，这酒怎样喝？”

伍符说：“陛下命臣送酒一席，命臣陪席，皇恩浩荡，臣感激涕零。君尊臣卑，君令臣遵，陛下说怎样喝，臣就怎样喝。”

“爱卿的话当真？”皇帝敲实地问一句。

“在陛下面前，臣不敢出诳语。”伍符硬着头皮说。

“那好，朕要你今天一醉方休，可也不能喝不明不白的酒。朕不与你投壶，也不与你猜枚，我们来一个简单的游戏：拈阄。”皇帝命贴身的小太监搬来一精美的陶罐，里面放置一对相同的竹片，一片上写着赢，一片上写着输。“爱卿，”皇帝解释，“咱们轮流做庄，一人摸一次。我摸着了赢，你喝酒，你摸着了输，你再喝酒。咱们君臣二人，总要有一人喝醉了，才作罢。你看如何？”

“臣遵旨。”伍符看了看案上放的小酒盅，心想：一口一盅，喝上二三百盅，不至于伤了身子，说不定，赌上十次二十次，皇帝就烦了。过了这一关，君臣皆大欢喜。

“好极了。不过，爱卿做主人，不可太小家子气。”皇帝指了指酒盅，说，“朕喜欢豪饮，爱卿若是没有大些的酒器，朕倒是备了一双。”他向在身边侍候的赵林吩咐，“换上咱们的家伙。”

赵林取来两只巨大的金觥，摆放在案上。见伍符吃惊的样子，皇帝得意地说：“酒觥大了些，咱们每次不用注满，七八分够了吧？”

“七八分还是多了。”伍符答话变得结巴起来。如此大的酒觥，就是七八分，大概也二三十盅，一口一觥，怎能吃得消？

“爱卿说多，也不要紧，咱们换个赌法。朕输了，饮一觥，爱卿输了，饮一盅。”皇帝调侃地说，“只是爱卿不要怕朕占了便宜。”

“爷，既然是赌，就该公平。咱们不能占伍大人的便宜。”站在皇帝另一边的苏进说，“要用盅，大家都用盅，要用觥，大家都用觥。”

皇帝说：“苏老儿，并不是朕要占主人家的便宜。朕是要用觥的。人家不用觥，怎么办？”

“爷，人家伍大人不是不肯用觥，是不敢用觥。这两只金觥是爷从宫中带出来的，是御用之物。爷不说明白了，伍大人怎么敢用？”苏进不知是提醒皇帝，还是在挖苦伍符。

“照你说来，倒是朕的不对了？”皇帝不服气，“朕若是准他用御觥，你担保他肯用吗？”

皇帝与苏进一唱一和，一呼一应，挤兑得伍符再也没有退路了。他给皇帝叩了头，苦中带笑地说：“谢陛下恩典，陛下用觥，臣也用觥。”

第一轮，皇帝拈到了“赢”，高声喝道：“赵老儿，给伍爱卿斟酒。”赵林一丝不苟地斟上酒。皇帝命道：“给爱卿看看，过量了没有。”

伍符哪里敢看，一饮而尽，口称：“谢陛下赐酒。”

第二轮，伍符拈到了“输”，皇帝说：“赵老儿手下留情。朕看你方才斟到了八分，这次千万不要超过七分。”两轮下来，皇帝已有了胜家的感觉。

第三轮，皇帝却拈到了“输”，苏进忙抢过酒壶，说：“我就知道爷这次要让伍大人了。爷见了别人喝酒，就忍不住要喝。”他只斟了两三分酒，皇帝看也不看就饮下，伍符当然是不敢看。

第四轮，伍符拈到了“赢”，苏进向他做了个手势，要他将竹片扔回陶罐，自己主动捧觥喝酒。皇帝看在眼里，向赵林命道：“赵老儿，看看竹片上面的字，别让人家说咱们输不起。”

赵林识字不多，从伍符手上接过竹片，定神认了认，说：“爷，我看像个赢字。”

“我想就是。”皇帝气哼哼地说，“赵老儿，你来斟酒，给他斟多少，给我也斟多少。与人家赌酒，咱们向来不占便宜，可也向来不吃亏。”

赵林听不出皇帝的话里还有别的含意，皇帝怎样说，他就怎样做，把酒斟够七分、八分之间。

伍符比自己赌输了还要惶恐百倍。他本就有口吃的毛病，现在更厉害了。“陛下，”他奏道，“有几样菜肴，在保、保定府很有、有些名气，请陛下尝、尝一尝，再、再饮酒。”

皇帝真的想吃东西了。他从盘中夹起一块色重味浓的肉，问道：“这肉味道不错，有什么名目吗？”

“有陛下一句话，保定府的这一道菜可以传扬四海了。”伍符说，“陛下用的是酱汁猪肘，保定府的读书人，品评保定府的名菜，一致提议，将其列为第一。”

“猪肘？猪肘也能吃？”皇帝的脸色不对了。

“能吃，能吃。”伍符连连说，“保定人都爱吃。”

“猪肘能吃，猪蹄也能吃了，猪头也能吃了，猪心猪肺猪肝都能吃了？”皇帝的话毫无道理，可他脸色不好，没有人敢驳他，“伍符，你好糊涂！你们保定人好糊涂！你们不知道，朱是国姓？朱猪同音，既重国姓，就不能吃猪。”他命道，“苏老儿，自今而后，禁民间养猪，违禁者杀无赦，你去传旨吧。”

苏进知道，皇帝发火，是因为赌酒输了两轮。他边答应着，边训斥伍符：“伍大人，你好不晓事！这等菜肴也来奉献，还不认罚请罪！”

伍符也猜测出皇帝生气的原委，忙接下苏进的话说：“臣办事不力，请陛下降罪。”

“爷，伍大人犯了大忌，爷不能轻饶他。”苏进嗜食猪肉，一餐无肉不快。听皇帝要禁养猪，就像被挖了祖坟一样。唯一的挽救办法是让皇帝在伍符身上把气撒够：“爷罚他喝酒吧，他犯一错，罚酒一觥。爷请看，案上有猪肘一碟，罚酒一觥；猪臀肉一碟，罚酒一觥；猪肝一碟，罚酒一觥；猪肠一碟，罚酒一觥；猪心一碟，罚酒一觥。对了，我认出了这碟里的东西，是猪耳，罚酒一觥。共罚酒六觥。”

其实，有些菜式是编造出来的，为的是凑够六觥罚酒。皇帝输一觥，罚伍符三觥，皇帝的气大约可以消了。

“伍符，你认罚吗？”皇帝沉下脸问道。

“臣认罚。”伍符翻身跪倒，不敢正视皇帝。

“赵老儿，你给伍巡抚斟酒，每觥要斟够八分，少了一滴，唯你是问。”皇帝命道。

皇帝说的是气话，赵林却不敢当作气话，更加一丝不苟地斟酒；伍符不敢当作气话，战战兢兢地喝酒。喝过三觥，伍符神情颓然，匍匐阶前。皇帝笑道：“都说保定巡抚善饮，也不过乃尔。”

在衙门侍候的吏员中走出一人，跪于阶前，说：“伍大人年迈，不胜罚，臣请代罚。”

皇帝没料到保定吏员中，有人竟敢唐突圣驾，问道：“下跪何人，现任何职？”

“保定知事王蘘，叩见陛下。”王蘘行礼。

知事是正九品的小官，皇帝哂道：“区区下吏，能有几何酒力，也敢在朕面前讨酒喝。”

王蘘对曰：“臣的酒力，不敌天子，远过抚臣。”

他的对答颇有些放荡不羁，很合皇上的性情。他拊掌大笑，对赵林说：“伍巡抚欠下的三觥酒，让王知事代他喝了。”

王蘘一连喝过三觥酒，面不改色，双手捧觥，跪在原处。赵林看得呆了，又要给他斟酒。皇帝止住他说：“赵老儿好没有眼力，看不出他在赚我的酒喝吗？罢了，罢了，王知事是好男儿，你搀着伍巡抚回去吧。”

“爷今夜大胜伍大人，威震保定府。”苏进奉承道，“爷说禁民间养猪，是为了罚伍大人酒，不必传旨下去了吧？”

“君无戏言，怎能不传？”皇帝胜之不武，赌气地说。

第一百九十章

九月十五日午后，王守仁率南、赣亲军，押解宁王一行，来到杭州北郊外运河边上。派出的探马来报，杭州城安然无恙，多亏了巡按御史张缙和浙江按察使梁材二人。这是好消息，在王守仁意料之中。王守仁因越中是故地，父亲与眷属居住余姚，距杭州不过数百里，因而对浙江的局势特别关注，不时差人到杭州打探。当宁王初反时，毕真欲为内应，暗中差人去四处，谎称宁王命太子来取浙江，以动摇人心。王守仁确实为浙江的局势担心过。后来听说梁材和张缙草檄调兵，合力布置，才放下心来。他断定，张、梁二人足以制服毕真。

探马也带来了不好的消息：太监张永已到了杭州。张永原在南京，定是得到王守仁经杭州，北上献俘，才迎了过来。他的消息实在是够灵通的，他的行程真是够神速的。王守仁命在郊外扎下营来。王小忙着烧水冲茶。他知道，他的前后两位老爷都是离不开茶水的人。

冀元亨见到王守仁就问："老师，自离南昌后，一直行色匆忙，离开广信，更是日夜兼程，简直是——"他找不出一个合适的词。

"简直有如漏网之鱼。"王小在一旁搭腔。

"说是漏网之鱼也不错，"王守仁说，"不过，我们并不是漏网之鱼，我们是怕鱼落网。"

王守仁亲自押解宁王一行离开南昌，也是无可奈何之举。张忠、许泰各领一军南来，即将入江西境。据说，张忠曾向皇帝建议，把宁王放入鄱阳湖中，等皇上来了，与之搏击，亲自擒获。这简直是把国事当作儿戏。王守仁拿定主意，绝不能将宁王交到张忠之辈的手里。打探到张忠、许泰会师九江而来，王守仁押解宁王一行先离开南昌去浙江，下一步也许去南京，再下一步也许北上。这些都是一闪而过的念头，来不及仔细盘算。而行至广信时，被张忠差派的人追到，强迫王守仁交出宁王。王守仁不从，连夜离开广信，向东急行。所以冀元亨才有行色匆忙的形容，王小才有漏网之鱼的感慨。

“老师却为何停了下来？”冀元亨问。

“唯乾想不到，我也想不到，老张太监正在城中恭候我等。”王守仁说。

“来得好快！”冀元亨也有些吃惊，“他既在城中，我们只有绕城而过，不可入城了。”

“不妥，”王守仁另有了打算，“逆藩一行不能进城，我却要进城，与老张太监一晤，再定行止。”

冀元亨不解地问：“彼亦太监，此亦太监；彼亦张太监，此亦张太监，老师为何舍彼而就此？”

王守仁分辩说：“不是我要就此，而是此张太监在此候我，此其一。此张太监有功于社稷，彼张太监殊乏善行，此其二。我听应宁先生说，此张太监颇能从善，我晓以利害，或可打动他。唯乾，我的处境，你是知道的。我不能坐视奸幸辈以国事为儿戏。但我也不能长期执逆藩，与朝廷周旋。如果能把逆藩交付给代表朝廷，又以国事为重的人，我肩上的担子也可以卸下来了。”

“老师以为此张太监可以信任吗？”冀元亨问。

“我也没有把握，”王守仁说，“但愿他是可以托付的人。如果他与张三太监不是一事，我想，我可以说服他莫以国事为儿戏，我会立即将逆藩一干人犯交付与他。如果他与张三太监是一事，或有甚者，张三太监所议儿戏是由他主持的，唯乾，我就要与你商量了。”

冀元亨明白了他的想法，忙抢在前面说：“老师若信得过我，我愿代老师去杭州城里行事。”

王守仁说：“你的口才不但胜过众弟子，而且胜我远矣，我是信得过的。但你与老张太监素不相识，他未必肯见你。他候的是我，我去，他不能不见。你去见他，还有个不便之处，等一等再说。先定下来，由我进城。我去杭州城，要带一名会办事的随从。”

“老爷不必说，那一定是我了。”王小相信，老爷身边会办事的随从，非他莫属了。

“对，我就带王小进城。”王守仁说，“不管城内情形如何，他都有办法出得城来。唯乾，城外的事，我就托付给你了。如果王小说老张太监可以托付，你们不必急着进城，也不必匆匆离开。如果王小说情形有变，你带领众人，立即绕城而过，日夜兼程，赶赴南京。到了南京，你与乔白岩商议以后的办法。那时，即便我被扣为人质，你也不可把逆藩交去杭州，或交去南昌。你须牢记，王某安危事小，国家安危事大。”

冀元亨听老师几乎像是交代遗言，心中戚戚。但他善于判断，知道把宁王等交付给张永，或是万全之策。杭州是一定要有人去的。王守仁明确指出，杭州必须他亲自去，不能由人代行。而且，他判断：即便张永得宁王也是为了供皇上游戏，得不到宁王却不见得就会扣下王守仁。因此，他平静地说："城外的事，老师放心，我自能应付。老师进了城，要多加小心。"

"有你这句话，我就放心了。"王守仁说，"唯乾，有一件事，我要嘱咐你。逆藩与我谈话，说起与他交往密切的人，其中竟有你。我若把他交付老张太监，问起交往之人，他也会提起你。因此，城里的事办得稳妥，于你却有不测。这也是我不让你进城的原因。王小向你报了平安，你要离开浙江，到他处避一避。"

冀元亨先是一惊，随即镇定下来，说："我如果避开，岂不要连累老师？趋安避险，不是大丈夫的行径。老师不必为我担心。"

王守仁大受感动，一时说不出话来。

杭州城馆驿戒备森严，张永驻于此处，声势非一般钦差可比。王守仁与王小天黑时来到馆驿外，求见张太监。馆驿守卫换上了张永带来的人，当值的宦者见王守仁一身普通士人的衣着，不像是大人物，便傲慢地问："你是何人？"

"南、赣巡抚兼署江西巡抚王守仁，求见老太监。"王守仁不动声色地说。他听说宫中之人，包括皇上，都称张永老太监，也照此称呼。

在宫中，在京城，巡抚算不得人物，到了外地，巡抚就不能小觑了。宦者上下打量王守仁一番，问道："你真是王守仁王大人？"

王守仁笑道："王守仁不敢称大人。王守仁三个字又不是金字招贴，我何必冒充？烦公公禀告。"

宦者相信了，行礼道："王大人稍候，我家公公眼下事，一定会请王大人相见。"

王守仁主仆立在馆驿外。不多时，宦者出来，样子有些扭捏。王守仁问："老太监不肯见吗？"

宦者道："不是不肯见。我家公公只是问，王大人是一人来的，还是带了囚者一起来的？"

"囚者没有带来，可也不是一人来的，公公不见，来的是两个人吗？"王守仁诙谐一句。

"是，我也答说，不见囚者，来的是两个人。"后半句话，宦者未必对张永说过，反正无关紧要，他就顺口说了出来，"我家公公说，他来杭州，确是为迎王大人，但不是为迎王大人一人，而是为迎王大人解来的囚者。若只是王大人一人，就不必相见了，也不好相见。”

“老太监再没有别的话了吗？”王守仁想过，张永是为宁王而来，却没有想到，得不到宁王，张永竟然见都不肯见他。

“还有一句话。”宦者转达，“王大人不肯将囚者交出，我家公公自有取他的法子，却不知王大人如何向朝廷交代。王大人不肯将囚者交出，我家公公怕是要到诏狱探视王大人了。”

“这可不止一句话。”王守仁取笑道，“老太监肯去诏狱探视，足见深情。我只有一句话，公公肯为我转达老太监吗？”

“我家公公有过交代，王大人不肯交出囚者，什么话都不必说了。就是说了，也不准我转达。”宦者向王守仁拱拱手，“王大人休怪。”

“你转达不便，也不碍事。我可以直接告诉老太监。我的嗓音大，公公不要受惊。”不等宦者阻止，他向着馆驿喊道，“我乃余姚王守仁，来与老太监议国家事，老太监为何拒我！”

王小也喊道：“我家老爷来与老太监议国家事，老太监为何不肯见我家老爷！”

宦者跺着脚说：“王大人太放肆了，我家公公乃当今贵人，惊动了我家公公，你吃罪不起。”

王小回敬他：“你只知你家公公是当今贵人，却不知我家老爷也是当今贵人。贵人欲见贵人，何罪之有！”

“你看你家老爷，在馆驿前高声喊叫，哪里有半点贵人的尊严？”宦者指责。

“你看你家公公，逼得客人在馆驿前高声喊叫，哪里有半点贵人的修养？”王小不肯吃亏。

在其他场合，王守仁早就喝止王小，但此刻，他正需要王小的一张巧嘴。他的一声喊叫，张永一定听到了；张永听到了，就不能不见他。王小和宦者彼此嘲弄，彼此讥讽，张永也一定听到了；张永听到了外面的争吵，更不能不见他。

很快从馆驿里又走出一名宦者，把前一名宦者拉开，训斥道：“老二，你是喝玉泉山的水长大的，怎么和南方的蛮子一样，舌头卷缩着，王和黄也分辨不清？王大人，南方的蛮子可不是指你，您老是能把王和黄说得清清楚楚的。”第二名宦者岔开两句话，接着训斥第一名宦者，“再说了，即使王大人不自报身份，你也该问一问清楚，怎么就不肯多张一张嘴呢？”

王小冷冷地说：“用不着他张嘴，我家老爷一来就自报家门了：南、赣巡抚兼署江西巡抚。”

“这就更是你的不是了，”第二名宦者不厌其烦地说，“王大人的两项差事，你说出一项，咱家公公也会知道是王大人，不是黄大人。”

第一名宦者赌气地说：“都是我的不是。哥，我的不是，是不肯多张一张嘴，还是王大人自报的差事，我没有报给咱家公公？”他肯定把王字和黄字念得很清楚，肯定把王守仁的两项差事都报了出来，才特别觉得委屈。

“还要多嘴！”第二名宦者狠狠地瞪了第一名宦者一眼，使他退到一旁，这才正式与王守仁打招呼，“王大人，请吧，我家公公在馆内恭候。”

“不敢，不敢！”王守仁道，“听这位公公的口气，老太监知道下官到了，可下官以为，老太监仍然不相信下官到了，才差公公出来探探虚实。请公公再回禀老太监一声，来者确是余姚王守仁，要与老太监议国家事。”

“王大人何出此言？我家公公差我来迎请王大人，并非差我来探虚实。”第二名宦者说。

“不对！”王守仁手一摆，不容置疑地说，“老太监多年戎马生涯，最敬重建立军功之人。王某不才，却也平定了江南一场大乱，老太监若是相信我到了，会不移步出迎吗？”

第一名宦者幸灾乐祸，第二名宦者不知所措。第一名宦者报进去，被张永骂了一句无用的奴才，第二名宦者若报进去，也会被张永骂一句无用的奴才。正在他为难之际，张永从馆驿内走出。

“伯安先生，失迎了。”张永迎向王守仁，二人互行揖礼，“若不是你一声大喝，我险些与你失之交臂。这二人是我的伴当，不会办事，还请伯安先生见谅。”二人不会办事，主要是指第一人。索要宁王之急切，之霸道，之没有余地，真不是不会办事一句话可以解释清楚的。

“老太监的两位伴当，都不是寻常之人，下官佩服之至。”王守仁不能真与张永计较，只能含蓄地说一句，“老太监担心失之交臂，下官却深信可与老太监洽谈甚欢。故人之子送来一件大功劳，老太监怎会拒之门外？”正德初年，王华与张永同朝为官，一在宫中，一在朝中，王守仁以故人之子自居，可谓谦恭已极。

张永显见是受了感动，说：“今日喜见故人之子，喜见故人之子立不世之功。”顿了顿，他问道，“伯安先生说送来一件大功劳，可是送来了宁王？不知他现在何处？”

“我不瞒老太监，一干人犯都在那边。”王守仁用手向北方一划，诚挚地说。

“伯安先生，此宜归我。”张永企盼地望着他指的方向。

“那又何须说。”王守仁道，“他是宁王，不能久滞浙省；他是逆藩，不能久滞赣省，我要他何用！”

两个人的心思一下沟通了。张永向馆驿内肃让："伯安先生，请里面坐。先生要议国家事，我当洗耳聆听。"

"好。"王守仁吩咐王小，"你在外面侍候着。"

"是。"王小明白老爷的意思。他们早就约好，一个时辰以后，王守仁不出来，他立即设法脱身，通知冀元亨。

馆驿腾挪一空，接待张永一行，最豪华的房间，供张永本人使用。张永将亲近人员一律遣开，请王守仁上座。王守仁不客气地坐了上去。

"伯安先生是不放心我吗？"张永问，"不然，为何不解了囚者一起来，却要分兵两路？"

王守仁说："老太监是朝廷柱石，下官怎会不放心？不过，老太监将如何处置囚者，下官不敢居功之魁，可也不愿为祸之首，不能不问一句。"

"请教伯安先生，何谓祸之首？"张永回答前先问道。

"有人议将囚者纵去，使天子与之战。下官若将囚者交付此等人，即祸之首矣。"王守仁解释说，"老太监屡经大战，不会不知，兵者，凶象也。纵逆藩数千大军于鄱阳湖，使天子犯险，谁能保证万全？若纵逆藩三五人于鄱阳湖，天子不须布阵，不须展力，至而擒之，不过儿童之戏，岂能博天子一笑？出此策者，奸佞之徒也。我助奸佞之徒，即助纣也。"

"伯安先生肯来见我，是不以我为奸佞之徒，我可是荣幸得很呀！"张永说，"可伯安先生怎知我有办法，不使逆藩落到奸佞之徒的手里？"

"老太监若是没有办法，则再无人有办法了。那是朝廷的大不幸，是祖宗社稷的大不幸。"王守仁的神色转为振奋，"老太监平宁夏，除逆瑾，今日再妥善处置江西事，就功德圆满了。"

"多谢伯安先生的赞誉，"张永一揖，"伯安先生推心置腹，我也说几句贴心的话。万岁爷此次亲征，我本可出可不出。我所以请旨出征，皆因群小在君侧，欲调护左右，默辅至躬，非为取功名也。宫中的事，我不说，伯安先生也知道：逆万岁爷之意，还可设法挽回；逆群小之意，徒激其怒，难逃其所织罗网。有我在，他等或不敢太过妄为。伯安先生，你可放心将囚者交付与我，我定不使群小得逞。"

"有了老太监这句话，下官还有什么顾虑？"王守仁一拍脑门，"哎呀，老太监快些差人把我的管家拦住，再迟片刻，你就得不到囚者了。"

"伯安先生果有心机，每走一步，都安排好了下一步。"张永说。二人又是一阵大笑。

第一百九十一章

皇帝在九月十九日到达山东境内的大水陆码头临清，住了三天，定于二十二日离开。出发前的准备均已完成，现在只是在等刘氏。皇帝确定的路线是自京师至保定，至河间，进入山东，到临清州。这一路都是陆路，皇帝与刘氏商量，刘氏不愿意受陆路的颠簸之苦，要沿运河行水路。皇帝答应了，与她约好，在临清会合。刘氏在运河终止的张家湾等候消息。皇帝到了临清，立即差赵林去张家湾接刘氏。

估计赵林护着刘氏，将在午后到达。在万事俱备只等刘氏的时间里，皇帝肯定心神不定。有人便想趁着这个时机告刁状。临清分守太监黎鉴在行宫外见到苏进，把一颗硕大的珠子塞在他手里，献媚地笑着，说："小苏哥来了临清，日夜为爷操劳，我连做东的机会都没有，这件玩物小苏哥拿去赏人吧。"

黎鉴也在豹房侍候过皇帝，与张忠等是同辈。苏进待之以礼，把珠子还给他，说："黎叔太客气，如此宝物足以传世，我不敢收。"

黎鉴坚持要送："小苏哥不肯收，是看不起我了。送了小苏哥礼品，再与万岁爷拜别，我也好安安稳稳地歇上几天了。"

苏进知道黎鉴想再见皇帝一面，而见皇帝必须他来安排，这颗珠子可以受之无愧。他说："黎叔来得正好，爷也正要见一见你呢。黎叔离开家里后，爷不时向我等说起黎叔的好处。爷说，很想把黎叔留在身边，可黎叔年龄大了，误了黎叔的前程，心中也不忍。此次到临清，爷也夸黎叔安排得体，不愧是家里的旧人。黎叔不来，爷大概就要差我等去请了。"说罢，手腕上一个动作，珠子掖进袖口。

到了行宫门口，黎鉴知趣地说："小苏哥，烦你奏报，我给爷叩头来了。"这话是说给在门口当值的校尉和内臣听的。

"好，黎叔请稍候。"苏进低声嘱咐，"见了爷，别忘了给娘娘请安。"他冲着那颗大珠子，卖给黎鉴一个大面子。否则，皇帝高兴不高兴，与他何干？

"娘娘？"黎鉴不明就里，问道，"哪一位娘娘？"

"黎叔怎么糊涂了，就是赵哥去张家湾接的娘娘呀！黎叔请了她的安，什么事情都好办了。”苏进说，“这可是当今大事，我只告诉了你。”

“承情，承教！”黎鉴恍然大悟，“小苏哥放心，让爷高兴的事情，我一定不敢忘。咱们老着脸皮来见爷，还不就是为了让爷高兴高兴吗？”

见到皇帝，黎鉴立刻忘了要让爷高兴高兴的话茬，屈腿跪下，鼻子一酸，眼泪落了下来。当然不敢高声嚎哭，是低泣：“给爷请安，给娘娘请安。”苏进好心的提醒，他还记得。

“老黎，这是怎么了？”皇帝问道，“是不是见朕要走了，来诉一诉委屈？”

“爷圣明，奴才真有些委屈。”黎鉴止住了哭泣。

“从豹房出来的人，也会受人欺侮？”皇帝不信，“莫非是对你的差派不满？与你同时进宫侍候的人，张三已是一监的大太监，老毕已是一省的镇守，你却只得了个一州的分守。要是因为官小而委屈，老黎，你就错了。谁不知道临清是两京之间的最大码头，最有油水，胜过一省的镇守。朕开皇店都要首选临清，把你安插在此地，是朕的信赖，你还不知足？”

“爷差派奴才到临清，是对奴才的恩典，奴才再不知足，到底是人还是禽兽！”黎鉴说，“奴才正因为受爷大恩，见有人对爷不恭，才愤然不平，恨不能为爷除去此等恶贼。”

“有人对朕不恭？你说是谁？”皇帝问。

“山东抚臣王珝对爷大不恭敬。”黎鉴答道。

“我看王珝不错呀，他性子倔强或是有的，绝不会对朕不恭。”皇帝说，“你告他不恭，恐怕是对他有所求，他不应允吧？”

皇帝的推断不错。黎鉴的宠信家人去济南办事，酗酒滋事，打伤了人，被巡抚衙门缉捕。黎鉴派人向王珝求情，表示愿倾资奉献。这当然只是一句客气话。宦官一般都对身外之物看得很重，不会为了家人舍却家财。黎鉴以己之心，忖度王珝，料想有了这句客气话，定会放人。结果大出所料，王珝根本不理睬。

这等事，本来向皇帝直说也不妨，而且可以有一套现成的说法。如：治奴才的家人，即对爷不恭，等等。但见皇上脸色不大对头，黎鉴不敢说了。“奴才不敢因与抚臣的个人恩怨，向爷告状。王珝对爷不恭，有目共睹。其一，皇上至临清，王珝赶来接驾，进宴甚简。其二，王珝献酒，没有称颂之词。不唯奴才，连平虏伯和朱都督也看在眼里，恨在心头。”

“平虏伯要朕治王珝罪，确是为了他的不恭。你要朕治王珝罪，朕还是那句话：恐怕是你对他有所求，他不应允。”皇帝不满地说，“朕以为你的眼泪，是因为见了朕，念及旧情而洒，不料却是为报自己的恩怨，叫朕好不寒心。”

黎鉴不是善于言词的人，否则，皇帝也不会轻易把他差派在外；被皇帝道破了真情，他更无以自辩，方才是眼中流泪，现在是头上冒汗了。

“好了，朕还有事要办，苏老儿，你送他出去吧。”皇帝一句话，总算给了他一个台阶。

到了行宫外，苏进抱怨说：“黎叔，你要告状，总该先向我打个招呼，我好告诉你，你的状能不能告。爷这次亲征，沿途对地方官员十分体恤，在来临清的途中，爷的龙舟被贵省布政使姚镆的船冲撞，姚镆请罪，爷说：偶触何伤？你可知道，当时有一位比黎叔面子还要大的公公，看着姚方伯不顺眼，非要治他的罪不可，爷却不为所动。”姚镆蓄了一把长须，宦官对蓄须之人多有成见，以为他人蓄须是有意羞辱他等。报复心极强的太监要治姚镆罪，皇帝也没有准。

皇帝和江彬、神周二人谈了一阵话后，命苏进将钱宁唤来。钱宁悄声问是福是祸是吉是凶，苏进说，皇帝才和江、神谈了话，谈的什么，没有听到，你当心就是了。

钱宁见皇帝神色和往常无异，心里稍稍踏实。

“茶来，你随朕亲征以来，朕没有派你差事，也没有加你名衔，你是不是心有怨恨呀？”皇帝如说家常般地说了句很严厉的话。

钱宁吓了一跳，连忙跪倒，说：“父皇这般说，折杀儿臣了。儿臣怎能怨恨父皇！”

“或是朕用词不当。”皇帝说，“咱们不说怨恨，你随朕走了二十天，无所事事，失落总是有的吧？”

“儿臣和父皇在一起，不知何谓失落。”钱宁说，“只是父皇日理万机，儿臣不能为父皇分担一丝一毫，心中甚觉愧疚。”

“着哇！”皇帝一拍御案，“你说不知何谓失落，朕告诉你，这就是失落。茶来，朕一直想给你派一项合适的差事，不使你再失落。现在朕想好了。”

“父皇对儿臣关怀备至。儿臣感激不尽。”钱宁说，“儿臣一定办好差事，报答父皇。”

“好！”皇上点点头，先问他，“茶来，你看临清如何？”

“五湖四海的商贾，南来北往的船舸，堆积如山的货品，是个好去处。”钱宁不经意地说。

“朕就知道你会喜欢临清。”皇帝说，“你知道，朕在临清设了一家皇店，苦于没有得力的人物在此打理，好端端一个水陆大码头，每月送入宫中的银子还不如宣、大的皇店多。朕打算把你留在临清，为朕打理皇店，待朕凯旋回师，你把皇店打点得像个样子了，再随朕回京。”

钱宁大吃一惊。他先是惧悔，不该说为皇帝分担之类的话，使皇帝顺理成章地给他派了项差事。接着他揣摩皇帝的话，必须他把临清的皇店打理得像个样子了，才能回京师。而怎样才算有了样子，皇上并没有定下标准，可能他要一直留在临清了。接着他想起苏进透露给他的消息，皇帝刚才和江彬等谈过话，把他留在临清，使他远离皇帝，一定是江彬的主意。他最后想起离京前与钱杰的一番谈话：皇帝准他随行，却不一定会让他跟着走到底。果然如此！

“父皇信得过儿臣，儿臣愿为父皇分忧，将临清的皇店打理好。”钱宁嗫嚅地说，“但各处的皇店，都是由公公们打理，儿臣是武职，在临清打理皇店，怕是与体统不合。”这是他能想出的第一个理由。

“是呀，打理皇店，一定要朕信得过的人，宦者不敢不尽心为朕办事。”皇帝说，“可是茶来，你并不是外人，你是皇儿，与朕亲如家人。由你打理皇店，朕还能不放心吗？即使是是非非有人议论，朕为你担待着就是了。”

“父皇视儿臣为家人，儿臣除了感激，还能说什么呢？”钱宁言不由衷地敷衍一句，忙着说他的第二个反对理由，“但有一事，儿臣放不下心来。父皇准儿臣随征，是为了指挥锦衣卫官校，押解逆藩入京。儿臣留在临清，耽误了锦衣卫方面的差事，那是失了大职。”

“此事你不必担心。”皇帝早料到他会有这个理由，早想好一番驳词，“前者，朕以彬儿兼督东厂锦衣卫官校，今日何愁锦衣卫官校懈怠？茶来，你安心留在临清为朕办事吧。”八月初，皇帝给江彬加上一个提督东厂锦衣卫官校的名衔，是自设立东厂以来不曾有过的。

“父皇——”钱宁心智已乱，找不出第三个反对的理由了。

“茶来，可一可二不可再三。”皇帝变了脸色，不悦地说，“你要是再有一句话，朕就撤了你在临清的差事，后果如何，你自己去想吧。”话说得很明白，再拒绝接受临清的差事，就是抗旨了。抗旨的后果，不会仅仅丢掉打理皇店的差事。

钱宁失魂落魄，看来，皇帝是决心把他留于途中了。

皇帝见赵林垂头丧气，不出一声，奇怪地问：“赵老儿，怎么只你一人回来？”

“回来的不只奴才一人，和奴才同去的几个人都回来了。”赵林不知是真的糊涂，还是在装糊涂。

“傻话！”皇帝斥道，“他们回不回来，还用得着朕问吗？朕是问你，为何不见爱妃？”

“回爷的话，奴才没有把娘娘接来。”赵林说。

“怎么，是朕的爱妃没有如期赶到张家湾，还是你到了张家湾没有寻到朕的爱妃？”皇帝忙问。

“娘娘与爷订好了日子，怎会爽约？娘娘到了张家湾，奴才再无用，也不会寻不到。”赵林一贯是先驳皇帝不对的说法，才讲明事情的原委，“奴才在张家湾靠泊的龙舟上见到了娘娘，但娘娘不肯随奴才来。”

“你对爱妃说了朕在临清，爱妃怎会不来？赵老儿，你的话朕难以相信。”皇帝说。

“爷不相信，等见了娘娘的面，奴才愿和娘娘对簿公堂，看奴才说的是真话还是假话。”赵林气壮得很，“爷，娘娘为何不来，若是爷问奴才，永远也说不清楚，须得奴才问爷，才能说清楚。”

“放肆！”皇帝对身边的小太监过于宠爱了，以致有人不但敢和娘娘对簿公堂，而且敢问皇帝的话。但细想起来，赵林说的也不错。皇帝向赵林问话，可能越问离题越远，倒是赵林问皇帝，能问到要害处。于是，皇帝说：“好吧，就由你来问朕。”

“爷不让奴才问，奴才也是要问的。奴才不问，为娘娘抱屈。爷失信于娘娘了。”赵林气更壮了。

“朕失信于娘娘了？”皐帝摸不清头绪，“朕一到临清，就差你去接爱妃，怎么还失信了？”

“不错，爷对娘娘说过，一到临清便差人去接她，但爷想一想，除了这话，是不是还说过别的话？”赵林毫无顾忌地问皇帝。

“朕和爱妃恩爱无比，当然不止说了一句到了临清便去接她的话，临别时，朕与爱妃说了许多的话。可说话归说话，朕怎么失信于爱妃了？”

“爷有没有信誓旦旦，娘娘的信物绝不离身？娘娘有没有说过，她要见了信物才肯前来？”赵林不敢再端着问话的架子，他深知皇帝的性子，说翻脸立时就会翻脸。

“哎呀！”皇帝一拍巴掌，“你不提起，我还真的忘了，临别时，爱妃交给朕一枚玉簪，作为信物，如无信物，无论谁人去接，她都不会跟来。可那玉簪，朕在卢沟桥驰马时跑丢了。你忘了吗，数万军士在跑马处搜了个遍，也没有找到？”

赵林怎会忘记，跑马时尘土飞扬，搜寻时鸡飞狗跳，行程整整推迟了一天。“可爷并没有告诉奴才们与娘娘的约定呀。爷告诉了奴才的事情，奴才不敢忘记，一定会提醒爷的。这次可好，爷与娘娘有了约定，却不告诉奴才，奴才竟不能把娘娘接来。知道的人，说娘娘重诺；不知道的人，还不说奴才无能？可奴才敢说，再会办事的人，没有信物，也接不来娘娘。”

赵林的话提醒了皇帝。他着急地说：“赵老儿的话对，谁去了也接不来娘娘，除非朕亲自去接。赵老儿，你那条船还在码头吗？你的那些人还在船上吗？你随朕再去张家湾。”

赵林在临清和张家湾之间跑了一趟来回，已是轻车熟路。他向皇帝讲解着：“天色尚早，爷的船在运河驶过，其他的船只远远看见就会让过一边。到了晚间，看不清爷船上的龙旗，人家就不会让路了，得凭借奴才的大嗓门吆喝着开路。可你会吆喝，人家也会吆喝，说不定比你的嗓门还要大。所以，最好是赶在天色未黑之前，船到张家湾。”

“你看，能在天黑之前赶到张家湾吗？”皇帝问。

“尽力赶吧，稍挨一刻，就要行一段夜路了。”赵林说，“说不得。大家只好辛苦一些了。”

让他说对了，离张家湾还有不远一段路时，天色黑了下来。好在多数船靠在岸边，不在夜间赶路，皇帝的龙船没有碰到太多的麻烦，只是在快到张家湾时，被一条大船拦住。该船上挂两盏大灯笼，大字写着“湖广林”。赵林命人上前诘责：谁人如此大胆，运河之上敢阻龙舟？看不见船上的龙旗吗？大船上的家人也不含糊，反唇相讥：挂龙旗的船多了，谁知是真龙还是假龙？宫中差出的太监，往往张挂黄龙之旗，以张声势。大船上的家人大约见过世面，没被吓住。

赵林的属下还要辱骂，皇帝止住，说：“不必多说了，快把船靠过去。”

船夫遵旨，连撑几篙，龙舟与大号官船贴近，皇帝一个箭步跨上大船，赵林及两名官校也随着跃过大船。龙舟龙旗可以是假的，真龙天子却难以假冒，船上的家人见了皇帝的服饰和气度，见了赵林等人的服饰和威风，早被吓得不敢出声。大船的主人正在爱妾的服侍下小酌，被扰了清兴，心中不快。但在京畿之内，不敢太放肆。也幸亏存此一念，保住了他的性命。他出舱与皇帝打了个照面，禁不住打了个寒战，匍匐叩首，口称：“臣林文瓒拜见陛下，吾皇万岁万岁万万岁。”

皇帝不叫他起身，问道：“林文瓒，看你的势头，不是小人物，你在湖广任何职务？”

“臣任湖广布政司参议之职。”林文瓒奏道，“臣奉旨入京朝觐，不期未进京城，便睹龙颜，实是三生有幸。”他知道已然得罪了皇帝，只有多说些奉承的话，才有可能脱罪。

“起身吧。”皇帝心里舒服了一些。听到舱内的动静，看到舱内的烛光映照在舱壁上的身影，他何：“舱内的女子是何人，是使女，还是贵人？”

“是臣妾。”林文瓒答。

皇帝心思一动，高兴地说：“爱卿看似雅人，选的妾也一定是雅的。朕的爱妃随朕南下，一路上少不了要受些辛苦，极需雅人照料。林爱卿，朕就借你的爱妾一用吧。”不等林文瓒开口，他向赵林喝道，“赵老儿，请林夫人过龙舟。”

赵林领几名官校进了船舱，林文瓒见小妾被皇帝的人劫持而去，一句话也不敢说。

刘氏暂宿张家湾内官的府第，见到皇帝，虽说是意料中的事，但也大受感动。她向皇帝行了礼，言道：“陛下亲自迎妾，臣妾何以克当。皆因妾与陛下有约在先，不敢不遵从，乞陛下恕罪。”皇帝说:“爱妃不肯轻移玉步，是理所当然；朕跑这一趟，是咎由自取。但求爱妃看在朕一片赤诚的份上，不再计较朕的过失，随朕去吧。”

刘氏诚惶诚恐地说：“陛下如此说，折杀臣妾了。是在张家湾留宿一夜，还是即刻启程，赶赴临清，全凭陛下吩咐。”

“夜间行船甚有情趣，爱妃不怕辛苦，我们这就动身。”皇帝说，“再者，夜间行船可以扮作大盗，劫人财物。来张家湾的途中，朕就为爱妃俘获一名女官。”皇帝笑着把在林文瓒官船上的故事讲给刘氏听。

“林大人的船也该到码头了吧？”刘氏自言自语。

皇帝答不出来，问赵林：“赵老儿，你看呢？”

赵林点了点头。刘氏说：“陛下，人家也是恩爱夫妻。陛下把小夫人从林大人身边要来，别说让她侍候我，就是让她与我做伴，我心里也是不安。请陛下放她回去吧。”

第一百九十二章

淮安多水，河有淮水、运河、永济河即新运河，湖有射阳湖、清江浦，再远些还有洪泽湖。皇帝自打离开临清，沿运河南下，行舟一个多月，于十一月十五日月圆之夜，抵达淮安之北的清江浦。皇帝立刻喜欢上淮河之滨的这块水乡，决定要多住些日子。留居此地有个很好的借口：皇帝命南京、山东、河南等地文武官员齐集淮安，以候召见。皇帝出巡，召见地方官员，谁也说不出不是。而淮安距南京、济南、开封差不多远，同时召见三地官员，应是最佳选择。其实，会说不是的，只有梁储、蒋冕等文职。他们恨不得皇帝走慢些，以便江南形势更稳定，怎会劝止。

清江浦水中多鱼，渚上多鸟，是渔猎的好去处。皇帝第一天去浦中鱼钓，满载而归，不觉发起愁来。他对同在一舟的苏进说："苏老儿，有一句古训，叫作竭泽而渔，你知道吗？那是指将水放流，水尽鱼现，收获虽然丰盛，以后却不会再有鱼了。朕没有竭泽，每次若钓得这许多鱼，不需多久，清江浦中怕也会没鱼了。"

苏进怕水，乘坐龙舟，在运河行走，还算稳当，每次陪着皇帝泛舟游戏，却在暗中祷告，再不要有下次了。听了皇帝竭泽而渔的话，他趁机进言："爷既怕竭泽而渔，今日有了许多收获，明日就不要来了，最好后日也不要来了。过上三五日，湖中的鱼多了，再来渔钓一次。"

"那可不行，"皇帝说，"朕在这里住一日，就要来渔钓一次。朕方才说了一句古训：不要竭泽而渔。还有一句古训，叫作智者乐水，是孔圣人的话。乐水者，不但要喜欢水，还要喜欢水中的游戏。苏老儿，你说你和赵老儿谁聪明些？朕看赵老儿比你要聪明。你怕水，他却喜欢水。你对渔钓没有兴趣，他却兴趣盎然。"

苏进说："爷拿奴才和赵哥比，奴才不服气。我看赵哥虽然喜欢水，却浑然不知水为何物，也说不上是乐水吧？奴才看，真正懂得乐水者，只有爷一人，所以爷才怕竭泽而渔。有水必有鱼，无鱼还成什么水？爷乐于水，而知不可以竭泽而渔。赵哥恨不能一网将湖里的鱼打尽。爷要是给了他权柄，他不将湖中的水汲干才怪。奴才书读得少，不知对古训的解释对不对。反正爷说赵哥比奴才聪明，奴才打心里不服气。"

“苏老儿，谁说你没读过什么书，你很有见识呀！”皇帝夸张地提高了声音，“你有见识，就替朕再想一想，朕既要乐于水，又不想竭泽而渔，该怎样做才是？你的主意要是好，朕再封你内书堂祭酒，赵老儿更要望尘莫及了。”皇帝身边的小太监们在说笑间不知被封过多少次官，不知升到了多高的地位，反正不用备录。皇帝随兴之所至而封，小太监们随兴之所至而受。小太监们也并不希望得到真正的封赏。像佛保那样，任了御马监的太监，地位高了，可从此不能常在皇帝身边，你说合算不合算？

“爷要奴才再想一想，奴才就再想一想。”苏进皱起眉头，像是殚精竭虑在想。他忽然精神一振，说，“奴才有了主意，爷看可使得。奴才本来想，打捞上一条鱼，转手扔进水中，湖里的鱼就不会少了。可又一想，不行。如果爷钓上鱼，奴才扔进水里，好似奴才在积阴德，那不是贪天之功吗？如果别人钓上鱼，比如赵哥钓上鱼，爷扔进水里，爷的功德是有了，可爷还会乐于水吗？要是爷左手钓上了鱼，右手扔进水里，或者右手钓上了鱼，左手扔进水里，又怎么忙得过来？这个主意不成，奴才又另想了个主意。爷看，今日钓上了这许多鱼，爷是享用不了的，一定又是君臣同乐，分赏给众人。鱼是爷辛苦钓上来的，爷只赚了个众人欢呼万岁，奴才看很不上算。不如改个章程，爷留下自己享用的鱼，其他的鱼还是分赏左右，但要左右以金帛谢恩。有了进项，爷的辛苦也没有白白花费。”

皇帝想了想，说：“日有进项，当然不错，可说是‘乐于水’的延续。但朕想不明白，这与不竭泽而渔，有什么关联？”

“自然是有。”苏进很为他的想法得意，“爷赏赐一条鱼，价定得越高越好。譬如，一斤的鱼，索银百两，两斤的鱼，索银五百,三斤的鱼，索银一千。爷别觉得索银的索字不好听，那是概不赊欠、一律付给现银的意思。爷想，左右之人，随爷南巡，身上能带多少银子？像奴才这样，不算是穷者，七拼八凑，只能得爷一条两斤的鱼。爷将今日钓的鱼赏出去，左右之人有一半要掏空了荷包。明日再渔钓一天，另一半人也就身无分文了。后日，爷不必渔钓。再去渔钓，一条，两条，够爷享用，即可止住。这样一来，爷既乐于水了，又保住湖中之鱼，岂不两全？”

“好主意！”苏进和皇帝可谓有缘分，他每出一个主意，皇帝都会叫好，“智者乐水是圣人说的，不会有错。可还不够，要再加上一句：智者乐钱。苏老儿的主意，先乐于水，再乐于钱，才是两全。不过，只渔钓两天，太少了。钓上来的鱼，除了赏与左右之人，还可以赏与召集来的文武官员。朕知道，武官的钱多，赏与他们的鱼，定价可比赏与左右之人高些；文官中有不少人比较清苦，赏与他们的鱼，定价可比赏与左右之人低些。一处消些，一处长些，仍不吃亏。你看如何？”

“加上文武官员，爷又可以奋力再钓两天的鱼了。”苏进说，“可是爷也不能滥赏。如果泽被天下，人得一鱼，爷真要把清江浦的鱼钓光了。”

“这就不须你费心了。”皇帝说，“你以为朕钓了三四天鱼之后，还能在小舟上坐得住吗？”

凤阳府泗州知州汪应轸到了清江浦，引起皇帝的兴趣。今年早些时，汪应轸因谏南巡被杖几毙，那时他还是庶吉士。散馆后，吏部拟授给事中，虽比授翰林官稍差，也还算正常的授官，但有旨放外官，授泗州知州，是对他的再度惩罚。现在，皇帝听说他来了，立时召见，而且单独召见，一是想借此机会辩一辩昔日立意南巡的是非，二是想给汪应轸再出个难题。

“汪知州，别来无恙。”皇帝与汪应轸打着招呼，“据说泗州土瘠民惰，你到任数月，还有心思做谷永吗？”谷永是汪氏奏疏中提到的汉代人物。

汪应轸知道皇帝所指，辩道：“陛下误解了。臣从来不想做谷永。臣说过，谷永是谐谀之臣。臣在朝中，思做忠谏之臣；臣处偏僻，思做干练之臣。陛下何以谐谀之臣期臣？”

“原来朕小看你了。”皇帝嘲弄地说，“忠谏之臣，朕读过你的奏疏，算是敢言。干练之臣，朕要考察你的政绩之后，再作结论。现在朕要问你，你可曾想过，在做忠谏之臣、干练之臣之前，先要做知过必改之臣？”

“知过改之，善莫大焉，臣自少时便立志，知过必改。”汪应轸毫不含糊地回答。

皇帝说：“既如此，你为何不向朕认个错？”

“知过方能改过。臣不知陛下讲的是臣哪一件过失。”几句话说过，汪应轸已知道皇帝召见他的用意，正可以借此机会再进忠谠之言。

“你不知过，朕来提醒你。”皇帝在心情好的时候，也可以做到循循善诱，“朕当初下诏南巡，正是为了今日江西藩乱。朕若早数月南巡，怎会有江西之变？都是尔等书生，不谙政事，拼死拼活不让朕南来。结果如何？江南祸起，还不是要朕亲征？尔谏南巡，给国家造成的伤害，朕就不必多说了。于你自身，又有什么好处了？我知正德十二年的进士中，你是个人才，本该留在翰林院任官，以弘扬圣政，却到了一个土瘠民惰的地方任知州。你不知过吗？不后悔吗？”

朝中大臣能听到皇帝大段大段议论的人也不多，小小的知州，与皇帝有这一次对答，更是难得的机遇。汪应轸边听皇帝似是而非的议论，边思索着如何应对。皇帝说当初下诏南巡，是为了今日宁藩之乱，显然牵强附会。但又不能正面批驳，那会大大伤害皇帝的自尊心，许多话就没有办法说了。“陛下当初料到江西的藩乱，正是陛下的英明之处。”汪应轸道，“但臣以为，即便料到了江西藩乱，陛下当初仍不可南巡。一则，当初是南巡，不是亲征，不便大动干戈。陛下轻装简从，如果驾至江西，恰逢逆藩作乱，岂不是以至尊之躯蹈水火之险？二则，当初逆藩尚未作乱，沿途均无戒备，陛下若在危局之中，守土大臣投鼠忌器，岂不危及国家社稷？有此二者，陛下下诏南巡，臣等不能冒死进言，将成千古罪人。”

“照你说来，当初尔等谏止南巡，倒是一片忠贞爱君之心了？”皇帝仍是嘲弄的口吻，但不似方才那么对立了。

“臣之心，上疏谏止南巡众人之心，皇天后土可鉴。”汪应轸说，“臣若不曾进谏，因而得授清要之职，不足为喜；臣斗胆进谏，因而授以劣下之职，不足为辱。况且，陛下以一方土地人民托付与臣，臣但知责任重大，绝无半点后悔，绝不知有过失。”

皇帝发了一大篇议论，被汪应轸还以更大一篇议论，甚感无趣。他说：“爱卿好口才，幸亏未授给事中。”这是一句认输的话，下面还有一句不肯认输的话：“不管怎样，朕此番得以亲征，总可以扬眉吐气了，总可以表明，朕前次下诏南巡，不无道理。”皇帝的话很怪，所谓扬眉吐气，好似在与群臣赌气。

“陛下奉天征讨逆藩，不但陛下扬眉吐气，天下臣民无不扬眉吐气。”汪应轸对扬眉吐气做了另一番解释，随后又是一通议论，“但亲征以来，多有乖谬。如在淮安，命文武群臣俱着戎装，不分贵贱，陛下分封的副将军等日日传旨征索，随军缇骑四出扬威，小臣至有惧而自缢者，天下臣民不免失望。今日江西已定，逆藩已擒，亲征可以止矣。乞陛下降诏，停止亲征，班师还朝，以安天下臣民之心。”

除梁储、蒋冕等曾当面奏请还朝，行在朝觐的官员奏请还朝，汪应轸是第一人。皇帝沉下脸，说：“亲征是朝廷的大举措，怎可动辄停止？朝廷大事，小臣不可妄议。汪知州，有一件不大的事，朕要交你去办。朕亲征辛苦，军中缺少美人供奉。听说泗州女子独具风韵，可进数十名善吹弹善歌舞的美人。”

汪应轸故作惊诧：“谁以荒诞之言戏弄陛下，可斩之。臣到泗州的时间不长，但对泗州妇人知之多矣。其人疏陋，且多流亡。陛下命臣进数十善吹弹善歌舞的美人，臣无以应敕旨。倒是另有十余人可进。陛下曾说泗州民惰，臣为改其惰习，曾募得善桑蚕善衣织女子十余人。其貌则不扬，其技则精湛。倘若陛下纳于宫中，使从蚕事，或于治化大有裨益。”

皇帝哭笑不得。他要的是美女，汪应轸却议献蚕妇，相去何止千万里。“爱卿既募得好蚕妇，可留在泗州，教化惰民，不必远送京师了。”有了皇帝一句应付的话，进美人之事遂寝。

“能从朕这里得五斤以上鱼者，唯有彬儿。”皇帝收下江彬一个价值连城的翠镯，高兴地说。在豹房时，对刘氏日有所赐，在途中却没有那么多贵重物品可以赏赐贵人，成了皇帝的心病。有了这个翠镯，刘氏可以高兴好几天了。

“得陛下亲赐一鱼，臣自倾家财，也心甘情愿。”江彬说。随皇帝亲征，不好携金带银，更无其他珍宝。这个镯子是心爱之物，不知怎么带在了身边。用它来换取一条已经不太新鲜的大鱼，实在是太吃亏了。但为了让皇帝高兴，只好咬一咬牙。在将翠镯献出的时候，他隐隐感觉到，说不定用它还能做一做文章。

“一个镯子而已。何至于自倾家财？”皇帝不以为然道，“彬儿也太夸张了。要是舍不得，朕还与你就是了。”

“陛下不要小看了这个镯子，臣是用一半家财，从锦衣卫大都督手上换来的。”江彬不动声色地说。

“有这等事？”皇帝且信且疑，“彬儿不惜用重金换取，它定是有些异常。”

“陛下说中了。”江彬开始讲他编造出来的故事，“据说京师一位制作玉器的名家，得了天山脚下一块贵重的翠玉，用来打了两个镯子。据制玉者说，住在他邻近的一名锦衣卫校尉，得知此事，向他的都督献媚。他的都督必欲得之，半是吹捧，半是恫吓，最后用了不足千金，取走了这对镯子。而我从他手里求到一个镯子，却花费了一半家财。但臣觉得物有所值。据说，戴上这个镯子，可以护身养颜。臣欲将它奉献给刘娘娘，请陛下代刘娘娘笑纳，成全臣的一片孝心。”

“你很好！”皇帝夸道，“朕要将你这片心意告诉茶来，看他羞愧不羞愧，看他敢不将另一个镯子献出？他若是不肯献出，我回到京城，自己到他府中去取，大家的面子都不好看。”

“陛下到他府上，怕也取不到了。”江彬说到了要害，“臣听说，他把另一个镯子送到了江西。”

“是送去宁府了吗？”皇帝的脸色变得十分难看。

“是。听说，他公开称道，宁王的妃子有母仪天下之相，只有她配戴此镯。”江彬说了句更恶毒的话。

“母仪天下？茶来真有眼光。有母仪天下之相，还不是投了江？”皇帝咬牙切齿地说，“彬儿，你去安排，将茶来羁于临清，命锦衣卫官校抄没其家。”

第一百九十三章

南京以东沿江四府中，扬州领三州七县，为巨府。其富庶虽比不上苏州、松江，但有众多的富商大贾，特别是有许多富可敌国的盐商，扬州府城的建筑比苏、松二府更有气派。

御马监太监吴经为皇帝打前站，在当地中官的指引下，强占最大的一处民宅，改造成总督府。称总督府而不称行宫，表明对宁王的战事仍然没有结束。吴经将良家未婚女子及已婚而丧夫女子登记造册，以备皇上幸御。整个扬州城内汹汹而动，未嫁女子争嫁，丧夫女子争匿，有未嫁女子或丧夫女子之家，争行贿赂。不行贿赂的人家，凡有未嫁女子、丧夫女子及为娼优者，吴经一一侦伺清楚，每于夜半闯入其家，口称有诏，裹挟而去。

被裹挟女子一入总督府，便成了皇帝的人了。吴经也有个算计，搜罗到的女子，先分寄于各尼庵。令其家人以金赎之。所定金额，未婚女子最高，丧夫女子次之，娼优最低。拿得出赎金的人家即时将人领回，家中拿不出或不愿拿赎金的女子，便被送入总督府。总督府中的女子一日多于一日，总督府中的哭声日夜不断，被扬州居民视为一个恐怖的去处。

搜索还在继续。吴经佥用者，除了他的亲信伴当、他带来的锦衣卫官校和其他官校，还有扬州城内外的市井流氓泼皮无赖。他的随从八面威风，扬州土著熟悉风土人情，相互配合，把扬州城搅得天翻地覆。

吴经正在盘算，来扬州十日，收获究竟有几何，一名随身的小伴当放轻脚步走了进来，低声说："公公，扬州太守求见。"他深知，自家的公公色厉内荏，在外人面前凶得很，其实最容易受惊吓。他沉思默想的时候，你的声音稍高，他的脸色就会大变。

"谁？"声音太低了，吴经听不清楚。

"蒋大人求见。"伴当稍稍提高嗓音。

"蒋瑶来了？"吴经自言自语，"他来得好，我正要见他。着他进来吧。"既不出迎，也不说一个请字，可见根本不把一方的父母官放在眼里。

蒋瑶一身葛布衣着，一脸疲惫之色，见到吴经，揖一揖，道："擅自造访，打扰公公了。"

"难得，难得，蒋大人公务倥偬，居然有暇到小小的总督府走一走，实在难得。"吴经话中带刺，不满之情溢于言表。

吴经初到扬州时，蒋瑶对他的接待十分周全，他对蒋瑶也相当客气。开始搜索城内女子之后，二人间有了冲突。吴经原以为蒋瑶会配合他，也想借蒋瑶之力办事，每当要拿人的时候，先通知知府衙门，请蒋大人派差役执行。哪知蒋瑶看似朴实，实际上很有主张。吴经的随从向他交代事由，他一句话也不说，可衙门里的人到了事主家，家中的女子早就不知去向。后来才知，是蒋瑶先通知事主，后派去差役。吴进不由得怒火中烧。多拿到一名女子，或是私下里多得到一份赂银，或是在皇帝面前多一份功劳。放跑了人，不等于砸了他的生意吗？二人从此交恶，吴经办事，不再找蒋瑶，蒋瑶也尽量躲着吴经。蒋瑶今日来到临时改设的总督府，实在是有不得已的苦衷。

"总督府是而今扬州府最大的去处，再称小小，我们知府衙门就一无可取了。"蒋瑶的话中也带着刺，但只是轻轻地刺一下。他要和吴经商量迎接圣驾的大事，不敢过于得罪："吴太监，淮安府的咨文到了。皇上后日起驾，大约两三天内便到扬州。龙舟进入扬州境内，夫役便由扬州差派。如何差派，下官特来请教公公。"

"这是贵衙门的事，我不好说什么。"吴经端起架子，不肯介入，实则等待蒋瑶恳请。

蒋瑶是一定要和他商量的，但又不愿恳请，遂软中带硬地说："此事难分彼此。吴太监不是奉旨为圣上开道吗？若是接应有误，下官自然罪在不赦，吴太监恐怕也要受些牵连。"

"蒋大人一定要和我拴在一处，我倒不能拂了蒋大人的美意。"吴经确是奉旨前行，接应皇上，是他的责任，他不能，也不敢甩手不管，"请问蒋大人，是怎样个安排？"

蒋瑶已有了算计，说："运河在我境内，绕经一府二州五县。圣驾先入高邮州，再经泰州，再经府城。高邮州设两程，一程迎，一程送；泰州设两程，一程迎，一程送；扬州府也设两程，一程迎，一程送。共是六程，所需夫役，由一府二州五县照例分派。"

吴经说："蒋大人安排得很好。我看，每程征集一万夫役差不多了，六程共计六万人。蒋大人可将他们集中到府城，再派往各程充役。”

“每程一万人，太多了吧？”蒋瑶虽是商量的口吻，态度却很坚决。

“依公之见，每程该多少人？”吴经反问道。

“两千人足矣！”蒋瑶很有把握地说。

“蒋大人的精明，我实在是佩服。”吴经的话中又带上了刺，“可我要告诉你，自万岁爷在临清登上龙舟，都是一程一程派的夫役，每程不足一万人，也有八千人。”他阴险地笑了笑，“或是扬州人能干，两千人抵得过他处一万人、八千人？”

“扬州夫役未必胜得过他处夫役，可扬州的官员肯精心计算，或是他处官员所不及。”蒋瑶话有所指，沿途一些地方官为使皇帝及皇帝身边的人满意，一味服从，不惜扰民，他是很看不上的，“我计算过，一程有两千夫役已不少了。”

“若是供应不足，你可要担起责任。”吴经威胁地说。

“供应不足，自然是由我担责任。”蒋瑶说，“一来，上供夫役，是头等大事，我不敢不尽心；二来，为数万人家担一份责任，不正是我辈的本分？吴太监请放心。”吴经不知是不是受了感动，不再在人数上争执，蒋瑶便说起另一事，“每程二千夫役，共计一万二千，先集中在府城，再差派各处，也不妥当。皇上的龙舟不日即到，我将宝应的夫役集中到扬州，再差派到宝应，一来一往，数日的时间，说不定会误了大事。再说，数千人集中于扬州，城中必乱。一旦皇上驾到，多余夫役来不及遣去，若生不测，下官担不起这个责任。要是命宝应夫役到扬州集中，同时差扬州夫役去宝应充役，时间上倒是来得及，但夫役不熟悉当地的水情地势，皇上不满意，夫役离乡远行，也会有怨言。总之，夫役集中扬州，实不可行。”

“依着蒋大人，怎样可行呢？”吴经不高兴地问。

“不如由府衙派出官员赴各州县，与州县官员通力合作，以当地夫役，应当地之派。这样，皇上得其所需，夫役不须远徙，方是两全其美。”

“这也由你。”蒋瑶的理由很浅显，也很充分，吴经不可能连浅显的道理也不懂。他要集中夫役，无非是要给蒋瑶出难题。一个难题被蒋瑶解决了，他又出了另一个难题：“但有一事，蒋大人还要费心。龙舟巨大，运河岸边有房屋，纤夫不好用力，因此一律要拆除。淮安薛大人就是这样做的，皇上对他十分赞赏。”

淮安知府薛斌，在皇帝到达前，将两岸民居拆除，正是蒋瑶最看不上的一人。蒋瑶说：“沿河非圣驾幸临之地，舟工自有河岸可行，民造一房不易，何必尽毁坏之？吴太监，毁房扰民之事，我是不会做的，皇上若因此而降罪，我自当之。”

吴经与江彬友善，他在蒋瑶面前没有占到便宜，皇帝到扬州后，他向江彬诉苦。江彬着实安慰他几句，答应替他出气。安顿好皇帝以后，江彬一日之内，四次传旨召见蒋瑶。前三次是他的主意，报与皇帝，皇帝首肯。第四次是皇帝本人的主意。

第一次召来蒋瑶，要他将扬州大户开列一份名单，以便按图索骥，要大户轮日供奉，或者闲下来时，去大户人家走动走动。

“蒋大人，”江彬不冷不热地招呼着，“三天之内，可以将扬州大户奏报圣上知道吗？”

“不必三天，爵爷可即刻向圣上复旨。”蒋瑶道。

江彬一惊：“怎么，蒋知府算定圣上要扬州大户的清单，还是一直对扬州大户心中有数，不用再去查问？”

“治理一方当然要心中有数，扬州城只有四家大户，还用得着去查问吗？还用得着算计圣上的心思吗？”蒋瑶说。他有另一番算计，扬州城的中户人家，供奉不起皇帝一日之需，大户人家，也经不起皇帝，或者不是皇帝本人，只是皇帝身边某些亲信的一次驾临。

“蒋大人不要说笑。”江彬根本不会相信，“偏僻如宣府，也不止四家大户，繁兴如扬州，怎么可能只有四家大户？我把蒋知府的回答奏报圣上，蒋大人恐怕要落个欺君的罪名，你不怕吗？”

“爵爷尽管奏报圣上，下官不怕。”蒋瑶平静地说，“爵爷可以奏报圣上，扬州的四家大户是：两淮盐运司，扬州府衙门，钞关主事衙门，江都县衙门。除了这四家，扬州百姓穷，再没有大户了。”江都是扬州府首县。蒋瑶说的四个衙门，是按品秩排列的，盐运司是从三品衙门，府衙是正四品衙门，钞关主事是正六品衙门，县衙是正七品衙门。

江彬火冒三丈，在一名知府面前，又不能表现得像个泼妇，只好眼睁睁地看着蒋瑶离去。

第二次召见蒋瑶，是要他在扬州城选秀女。选中的宫女要在扬州侍候皇帝和刘氏，皇帝北还，说不定也会将她们带回宫中。

“不知爵爷要在扬州选多少名秀女？”这件事，蒋瑶看来准备办了。

江彬解释说：“蒋大人说差了，不是江某人要在扬州选秀女，是朝廷要在扬州选秀女。扬州是巨府，总要选上三五十名秀女才说得过去。”

蒋瑶说：“三五十名秀女太多，扬州选不出来。下官盘算，在扬州只能选三名秀女。”

不但一口应允，而且人数都确定下来，江彬简直不敢相信。他说：“先有三人，也不少了。不知蒋大人说的三名秀女，现在何处？可否立即送总督府候选？”

“可以，可以，到知府宅中便可寻到。”蒋瑶答道，“扬州女子粗陋不堪，入宫连粗活也做不了。知府有亲女三人，朝廷必欲选秀女时聊以充数。”

第三次召见蒋瑶，是命他进献琼花。自古以来，扬州琼花天下第一，皇帝久闻其名，到了扬州，首先要看的是琼花。但实际上，扬州琼花早已失传，皇帝深感失望。江彬便出了个主意：蒋瑶代皇帝治扬，想看扬州的琼花，向蒋瑶去要。

“圣上说，世道清明，扬州主政者贤哲，琼花一定会开放。”江彬转达过皇帝的话，问道，“江大人，你是读书人，圣上讲的可对？”

“圣上博学，说的不会差。”蒋瑶道，“臣读史书，知北宋以前，扬州琼花之开，每每应瑞。而到了徽宗、钦宗时，琼花又盛开了一次，结果是二帝北囚。自此以后，扬州琼花绝种，今日只有其名了。依臣之见，今日世道清明，国家主政者贤哲，扬州的琼花是不会开的。爵爷，”他向着江彬一揖，“圣上说了前一半，想是以下一半考较下官。请爵爷回复圣上，不知下官的说法可是信史，可合圣意？”

江彬不读书，不知蒋知府的故事是真是伪，皇帝读书而不曾博览，也不知蒋知府的故事是真是伪。但蒋瑶说法巧妙，总不能驳他说：今日世道不清明，主政者不贤哲，故琼花不开放。皇帝默不作声，算是认可了蒋瑶的说法。江彬跑了三次，一无所获，不由得垂头丧气。

“彬儿，你再去传旨。”还是皇帝先开口。

江彬见皇帝没有惩处蒋瑶的意思，便说：“陛下，臣的腿都跑直了，还是另外差个口齿伶俐的公公去向蒋老儿传旨吧。”

“朕不要你向蒋老儿传旨，你去找臧提督，向他传旨。”皇帝低声吩咐了几句，说，“老臧欠我一个人情，不敢不从。”

皇帝说的提督，全称原是总督漕运兼提督军务、巡抚凤阳等处都御史，或副（佥）都御史。因皇帝要任总督，该职改为提督漕运。凤阳等处，也包括扬州府。现任该职的官员是右副都御史臧凤。皇帝在途经宝应时，渔于氾光湖，臧凤在旁侍候。皇上命他举网，他用尽全身力气，竟举不起来。皇上嘲笑他：任官许久，尚不解渔耶？嘲笑而不处分，算是一个人情。

“粹卿，”臧凤呼着蒋瑶的字，“圣上今日召老夫去，要扬州贡献方物，你快些筹办吧。”

他一开口，蒋瑶感到棘手了。对臧凤，不能像对江彬那样。臧凤是正途出身，是他的前辈，是他的上司，总不能嬉笑怒骂，任意做文章。蒋瑶小心地问："皇上要扬州贡献哪些方物？"

"二十斤胡椒，二十斤苏木，另有其他香料若干。"臧凤大概也觉出，要扬州贡献此等物品不太合情理，也知道蒋瑶的性子，是一定不会答应的，说起来底气不足，可又不能不说。

"朝廷所要方物没有一样产自扬州，甚至没有一样产自南直各府，老大人何不争之？"蒋瑶说。

"争之无益。"臧凤道，"且胡椒等虽不产自扬州，但可求之于市。扬州不足，尚可求之于邻近府州县。不过两日，也可齐备了。此事不在能不能办，而在肯不肯办，你快些筹办吧。"

"老大人说得对，此事不在能不能办，而在肯不肯办。下官直言，下官是不肯办。"蒋瑶说明理由，"自古以来，任土作贡。出于他方而责令扬州贡献，下官不知其规矩。"

用息事宁人的口吻劝说不成，反而遭受一句抢白，臧凤心中不快，沉下脸说："粹卿，王伯安这次立下大功劳，圣上知你与他同年，对你格外宽待，你切不要以为，圣上不会降罪于你。你实在不肯贡献，自己去向圣上复命吧。"

蒋瑶原本也不想让臧凤为难，乃具揭帖以上，在皇帝要扬州贡献的方物下款，加注曰：该物产于某处，扬州无以应命。

几天以后，皇帝问江彬："扬州府衙报称，他们的知府大人不见了，你可知他现在何处？"

"臣将他禁闭于一空室，已经三天了。"江彬奏道，"臣要他好好反省不敬陛下的重罪。"

"禁闭三天，也不少了，他可肯认错，可肯贡献？"皇帝问。

"臣无能，他还没有认错。"江彬面有赧色。

"不肯认错，就放了他吧。"皇帝体恤地说，"普天之下，莫非王土，扬州泱泱大府，不能长久无人治理呀。由朕亲力亲为，朕哪得闲暇？彬儿，要是朕命你去治理，你肯就任吗？"

"是，臣马上放了蒋老儿。"皇帝若是提出别的理由，江彬说不定还要辩一辩，说要他知扬州府事，他是万万不能接受的。放人是放人，可他心里还是有气："陛下，臣有些顾虑，不敬陛下如蒋老儿者，轻易获释，不足为他人戒。"

“你禁闭他，是寓教于刑，对有些人可起作用，对有些人不起作用。你一日传朕三道旨，他不屈服，要他的上司官规劝，他不屈服，将他禁闭三天，他还是不屈服。朕有个主意，说不定能使他屈服。”皇帝兴致勃勃地说，“彬儿，可还记得你那个玉镯？朕今日又钓得一鱼，在三斤以上。你看可赐予谁？”

“当然是赐予蒋瑶老儿！”江彬一点就通，“三斤以上大鱼，一定要他奉献一千金。”

“朕的办法是寓教于乐，不是真要罚他。”皇帝宽容地说，“朕对扬州守臣格外优礼，朕赐你鱼，要了你一半的家当，赐蒋老儿鱼，只索五百金。朕与你赌，如果蒋老儿拿得出五百金，朕将镯子还与你。”

皇帝可谓知蒋瑶者。蒋瑶得鱼，负一沉重包裹去总督府，奏言：“臣府库绝无钱帛，持妻儿薄物以献。”包裹里是蒋瑶夫人方才摘取下来的簪珥，及夫人子女较好的服饰。

皇帝笑道：“酸儒乃尔，有损我大明朝的体面。”

寓教于乐的游戏也就此结束。

第一百九十四章

王守仁见王小把冀元亨领进巡抚衙门的后堂，吃惊地问道：“唯乾，怎么又到了南昌？”

“老师要我离开南昌，是担心我有不测。我不在南昌，也担心老师有不测，所以我又回来了。”冀元亨说得轻松，实际则是经历了长途奔波。

把宁王等交付张永后，王守仁坚持要他离开江西，他执拗不过，暂回武昌老家。没过几天，听说王守仁到了湖口，准备去扬州、镇江、南京，或任何皇帝可能到的地方，以安定江南的局面，大为吃惊，又赶了回来。“听说老师要去行在觐见圣上，我想，皇上和群小对老师不肯交出逆藩，十分恼怒，老师见到圣上，将祸起不测。我到南直或江西，或能替老师活动活动。今见老师安然无恙，真是喜不自胜。”

“唉，你呀！”王守仁指点着他，说不出话来。

“听说老师后来未赴行在，是听了邃庵公的劝告？”冀元亨对老师的事无不关心，一到南昌，就从王小和同门师兄弟处听到不少消息。

“是呀，我当时方寸已乱，以为只有拼得一死，向皇上进言，才能保得江西平稳。要不是邃庵公远见卓识，要不是王小连夜奔走，我大概真要身陷囹圄了。唯乾，你说我见到皇上，将祸起不测，与邃庵公所见相同，你也可说见识不凡了。我虽命你离开江西，可说实话，我很希望你留在我的身边。”

王守仁驻九江所辖的湖口县时，命王小片刻不准延误，赶赴镇江，就行止听取杨一清的意见，并且表示，方便的话，希望亲自去镇江拜见老先生。杨一清对王小说了两句话：第一，与其赴行在，不如在南昌周旋；第二，镇江不必来了。他就后一句话解释说：镇江而今没有了宁府的坐探走卒，却多了另一些人的坐探走卒。另一些人，自然是指江彬、张忠等辈。有趣的是，王守仁命王小片刻不准延误，杨一清也要王小片刻不要延误。可见二人心意相通。

冀元亨彻底地松了一口气，说：“老师北上之际，先与邃庵公商量，可见也是知道北上的危险。危急时，别人是救不得老师的，能救老师的，只有老师自己。”停了停，他问，“老师，南昌城里的局面如何？”他曾几次往返于南昌和赣州间，南昌的治乱是他关心的第二件事。

“一言难尽。”王守仁叹息着说。

“我看城内秩序还好。”冀元亨说，“在市上走了一遭，北方的军士提到老师，也颇示敬重。”

王小插话说：“冀老爷不知道，我家老爷为了安抚北军，含辛茹苦，绞尽了脑汁。”他自以为说了一句很得体的成语，得意地重复了一遍，“是含辛茹苦呀！”

“老师向来善于治军，如何安抚北军，请略告一二，容弟子备录。”在众门生中，独冀元亨能理解王守仁的治军要领，不知不觉，王守仁在军事方面的言论和事迹，便由他来记录。

“治军者，首要的一条是邀心。”王守仁说，“我初到南昌，北军不知我者，对我还算客气。知我者，相遇于途，便谩骂不已，有人坐到了衙门前谩骂。江西军欲骂还他，我严厉禁止。我给自己约法三章，第一嘛，是打则还击，骂不还口。”

“老师位列封疆，能做到骂不还口，实在不易。老师身为文士，敢于打则还击，又是何等的气概！”冀元亨发自内心地赞叹着，“老师实非寻常的文士，老师实非寻常的封疆吏。”

“幸亏他等只是谩骂，不曾动手，我可实在不愿意枉死于街市斗殴。”

冀元亨立即接话：“以老师的威严，以老师的奇功，北军中也无人敢来较量。”

王守仁摇摇头，半是感慨半有余悸地说：“我没有你这样的自信，回城月余，能够全身，也是托了祖宗的福气。”

“冀老爷只道骂不还口不易做到，却不知还有更难的呢。”王小给两位老爷送上茶来，正好插上话。听得出来，他对王守仁这些日子的艰辛，很是同情。

“对了，老师约法第二章是什么？”冀元亨问。

“我知道，是说话不带江浙口音。冀老爷倒是想一想，这一条难也不难？”王小在冀元亨面前知无不言，而且总要抢着说。

冀元亨点了点头。王守仁二十六七岁离开浙江，寓居京师，江浙口音可说是根深蒂固。后来在京师任官多年，口音有了些改变。可改官南京以后，特别是巡抚南、赣以后，身边多是越中子弟，又习惯了家乡的口音。王守仁虽然可以用京师腔说话，但要时时警惕不要带出江浙口音，确实不是一件容易的事情。

“老师不吐乡音，是为了使北军感到亲近吧？”冀元亨揣测。

“是呀！”王守仁道，“口音不同，最容易生出隔阂。北军南来是客，我们身为主人，总要迁就迁就他们。我不但自己用京师腔说话，并且要属官、幕僚、门生都用京师腔说话。对于不曾到过北方的人来说，才是真不容易呢。”

“老师在细枝末节上都肯迁就，北军怎能不感动？难怪在他们身上已看不到当初的骄横。这一招棋看似平和，实在是高明。”冀元亨说。

“更要紧的还是第三，对北军要处处体恤。不管你是不是以我为仇寇，反正我以你为亲人。”王守仁细说他的约法第三章，“唯乾，有一件事你绝对想不到。我开始犒赏北军的时候，竟无人肯受。后来我才知道，是他们的将领不准他们受。于是我传示内外，说北军远离家乡亲人，有许多苦楚。我南昌居民当敦行主客之礼。行路时，遇北军军士患病，我必慰问，遣以良医；遇北军军士之丧，我必问故，致以厚祭。人非草木，我以至诚待他们，他们怎能不领情，怎能不感动？”

“老爷也别太得意了。”王小向他浇冷水，“北军军士对老爷是宾服了，北军将爷对老爷可没有服气。他们脸上对老爷客气了，但看看许爵爷、张太监的嘴脸，就知道，他们一直在算计着，要让老爷尝尝他们的厉害。”

王小说话不知轻重，冀元亨很想教训他几句，但想到他已不是自己的童儿，而是王守仁的管家，只得作罢。王守仁却习惯了他的直率，不以为忤，说：“王小提醒得好，不能太得意了。我知道，豹房出来的角色，一个也得罪不起。可对他们，我就做不到骂不还口，对他们，我就做不到屈已以从。我看，我板起面孔和他们说话，他们对我反倒是有所畏惧。”

“对他们，老师还是要小心些。”冀元亨也劝说。

“唯乾无须担忧，一来军士为我收服，对彼等不满，要求北还者越来越多，二来老太监在南昌，他们还有所收敛。他们奈何不得我。”王守仁分析道。

“许爷，今天丢尽了面子。你能咽下这口气吗！”冬至节的午后，张忠愤愤地对许泰说，“老王居然还要请咱们喝酒，你肯赏他们面子吗？”

“我随三哥。三哥去，我去，三哥不去，我去作甚？”许泰在豹房叫三哥叫惯了，出外还是这样叫，“不过，这位王大人真是有些邪气，会讲学，会作文章，还会射箭。”

“他会射箭，我不恼他；他射箭胜过我，我也不恼他。可他射箭前故作谦谦的样子，我不能不恼他，他射中靶子后全场呼声雷动，我不但恼他，而且心寒不已。”张忠说。

冬至节正午，北军在南昌城内校场校阅，张忠和许泰把王守仁请了去。请王守仁去，不是要给他面子，也不是向他要面子，而是别有所谋。张忠善言词，许泰与太监比不算善言词，而在武臣中也是善言词者。二人时常与王守仁争辩，却是有输无赢，区别只是在于：有时输了，不太丢面子，有时输了，十分丢面子。二人合计，争辩起来，离不开之乎者也，非他二人所长，不如找一个自己所长的项目，难为难为王守仁，找回些面子。

许泰出身边将，武艺确实了得，射箭当然不在话下。张忠陪着皇帝在大内练拳脚，练弓矢，武功上也有些根基。王守仁虽提督军务，但大明朝不懂武功不识骑射的文帅太多了，射箭未必是他所长。等他把箭射飞了，二人再各自显露一手，让文班大臣领略一下什么是武将的风采。南下以来，由于水土不服，北军中患疾病者日众，士气大受影响，到了南昌，士气更低落到极点。张忠和许泰在武功上压倒王守仁，还可以提高北军的士气。

没想到，王守仁欣然接受了他们实是一次挑战的邀请，到了校场；没想到，王守仁欣然下场，张弓搭箭；没想到，王守仁绝不是白面书生，他在三十步外发一矢，五十步外发一矢，八十步外发一矢，矢矢中的；更没想到，在旁观望，张忠和许泰安排好要为王守仁喝倒彩的北军军士，居然为王守仁捧起场来，他每中一矢，北军军士欢声雷动，举手啧啧。

王守仁发过三矢，对张、许二人拱拱手，轻松地说：“八十步开外，我力有所不及，愿领教许爵爷和张太监的神力。”

许泰射了三箭，与王守仁打成平手，场上也响起欢呼声，却没有方才热烈。张忠向许泰拱拱手，向王守仁拱拱手，说道：“佩服，佩服。”干脆不肯上阵。私下里，他不无忧虑地对许泰说：“难道我军皆附王都宪了？”

许泰对校场上发生的事情不十分恼火，也不十分寒心，或许还对王守仁有些敬佩。他对张忠说：“军士思乡，是免不了的。老王不断对他们说，要在皇上面前为他们请命，准许他们返回家乡，他们当然要捧老王的场。我们带他们来江西，是以讨逆的名目，现在战事已息，三哥，反正是要回去的，我们不如也请班师。”

“许爷好糊涂，怎么想到和老王攀比！”张忠责备道，“他是文班，请爷班师，中了爷的意，爷降旨班师；不中爷的意，爷不理会也就是了。爷要治他的罪，内阁七卿科道，还怕没有人出面为他说话？咱们去请爷班师，不中爷的意，爷会放过咱们吗？爷要治咱们的罪，你是指着内朝为咱们说话，还是指着外朝为咱们说话？别说咱们不能主动请爷班师，就算爷打定了主意，降旨班师，想到在南昌竟然输在老王的手里，我也不能甘心，我也要报复。”似乎是怕许泰不同心，他说，“许爷，咱们可得同进同退呀。”

“那是当然，”许泰说，“可我们与老王斗，文的胜不过他，武的也胜不过他，三哥还有好法子吗？”

“咱们在南昌胜不过他，到了别处，还怕胜不过他？”张忠信心十足地说，“爷没有到南昌，和他在南昌斗，时机没有选择好，地方没有选择好。爷在南京，我们在南京和他斗，才是正理。”

“三哥的意思，咱们还是要班师呀。”从南昌退到南京，许泰以为也是班师。

“咱们一起去南京，是班师，咱们只有一人去南京，另一人留在南昌，与老王对抗，就不是班师了。”张忠是另一种理解，“许爷，咱们定一定，是你去南京候着爷，还是我去南京候着爷。”

许泰说：“还是三哥去见皇上，我留在南昌，等候三哥的好消息。”他说等候张忠的好消息，而不说与王守仁对抗，就主动了。去南京是实打实地告状，留在南昌，可以实打实地与王守仁对抗，也可以虚晃一枪。这是许泰选择留在南昌的原因。

十二月二十六日，皇帝渡江抵达南京。南京是本朝陪都，非他城可比。进入南京以后，皇帝也变得严肃起来。二十七日，祭南京太庙，二十八日，祭南京奉先殿，都是必行的礼仪。行礼毕，皇帝把张永召到行宫问话。

“老太监辛苦了！”皇帝慰问一句，“朕一到南京，便听人说，王守仁必反。老太监在南昌与王守仁相处多日，以为如何？”

张永与张忠前后脚到南京，知道说王守仁必反的人，一定是张忠。但皇帝不说具体的人，他也不好说。“爷以为此事如何？”他反问道。

“朕不能信，故要请教老太监。”皇帝说。

“爷折杀奴才了！”张永道，“爷不信王守仁反，真乃圣明。爷问老奴之见，老奴要说，王守仁必不反。王守仁若反，请爷割下老奴的头喂狗。”这话是当年自宁夏班师前，杨一清教他说的，言之有效，他一直记在心上。

“老太监说王守仁必不反，可有的证？”皇帝问。

“说王守仁必反的人，可有的证？”张永又反问道。

“那人说，朕召他来南京，他必不至。”皇帝说。

“以此验证，最可查知忠佞。”张永说，“老奴的的证也是：爷召王守仁来南京，他必即刻上道。”

“说王守仁必反的人要朕召他，说王守仁必不反的人也要朕召他，着实有趣。”

皇帝开心地说，“好，朕一定要召他来南京，不为奖他，不为罚他，只为看看，是老太监的说法对，还是那人的说法对。”

“爷召王守仁，是老奴的说法对，还是人家的说法对，当然一下就看出来了。不过，究竟谁对，也还有个说法。”张永不是一个很工于心计的人，但有时却想得很细，“爷召王守仁，是以王守仁离开南昌来判定是非，还是以王守仁抵达南京判定是非，其中大有文章。”

“离南昌是为来南京，二者还有区别吗？”皇帝不解，“老太监讲给我听听。”

张永的理由说起来很简单：“爷若判定，王守仁奉召后即离开南昌是老奴的说法对，老奴现在就可以说，老奴胜券在握。爷若判定，王守仁奉召后到了南京，才是老奴胜，则老奴无必胜的把握。老奴想，虽有人劝爷召见王守仁来南京，却未必想爷见到他。要是王守仁奉爷之召，立即离开南昌，在途中遭人阻拦，未能到达南京，爷却判定老奴错了，老奴有口难辩，可实在委屈。要是再有人说老奴为王守仁申辩，是因为老奴参与其乱，老奴就更冤枉了。”

皇帝听明白了他的意思，也要说明自己的意思：“朕召王守仁，是为判定他反或不反，并不真要见他，只要他离开南昌，赶向南京，不管他到不到南京，朕都判定老太监的说法对。”他大概也想到，张忠或会将王守仁阻拦在途中，那就由他去阻拦好了，只要证明了王守仁不反，他就放心了。要是君臣真的见了面，他还不知该怎样相对呢。

“爷圣明！”张永奉承了一句。

“老太监，朕还有话要问你，”皇帝说，“朕身边的人多说王守仁不好，你为何要为他申辩？是不是因为他把逆藩交付与你而不曾交付他人？”

“他把逆藩交与老奴，另有一番深意，老奴正要细细禀告万岁爷。”张永叩着头说。

第一百九十五章

正德十五年的正旦节，皇帝在南京度过。正旦节是一年三大节令之首，照例应有盛大的庆典。皇帝曾在宣府度过一次正旦，那时身边只有太监和近幸武臣，想不到举行庆典。南京与宣府不同，南京有五府六部，有六科十三道，有各司寺衙门。况且，还有随行的两位内阁大臣。去年腊月还在扬州时，皇帝就设想过，在南京举行郊祀。遭到梁储、蒋冕的坚决反对，使他有些犹豫。梁、蒋二人一路上都很顺从，对皇帝有所规劝，也很温和。他们说南京郊祀不合祖训，不合制度，皇帝不能不加以考虑。后来，杨廷和的奏疏送到南京，也是极言南京郊祀之非。皇帝才彻底打消了在南京郊祀的念头，改为谒祭孝陵。

谒孝陵后，陪祭的大臣渐渐散去，只剩下贴身的小太监们和随征的太监，武臣们留在皇上身边。

“陛下，臣有事奏上。”江彬躬身言道。

“说吧。”皇帝正旦日向来不问事，江彬一本正经奏事的样子，使他感到浑身不自在。

“陛下，是机密事。”江彬压低了声音说。

皇帝向四下扫视一眼，大小太监和其他武臣向后退了退，算是回避。这已成了规矩，敢向皇帝要求单独言事者，身份地位肯定都是够的。只要皇帝不拒绝，其他人就知趣地退开。

“今儿个是正旦，彬儿有何大事非在今儿个说不可？不能推到明日再说吗？”皇帝问。

“不是大事，臣不敢在正旦日打扰陛下。”江彬说，“离京前，陛下命臣兼督东厂锦衣卫官校办事，陛下现在南京，臣以为，南京各门的钥匙应该掌在臣的手里，才能确保陛下的安全。”

“彬儿想得周全。朕不要你确保朕的安全，只要你确保朕随时出入南京。”皇帝想到的是另一档子事，“你可问了，各门钥匙现在哪个衙门？”

江彬说：“臣已经问清楚了，各门钥匙分放在五军都督府，由各府掌事都督收管。”

“和京师的制度一样嘛，”皇帝说，“你找各位都督去要就是了。别说你兼督东厂锦衣卫校尉办事，就以你威武副将军的名衔，朕不信，有哪一位都督敢不从命。”

江彬道：“多谢陛下的抬举，臣在各府都督们那里，还有些面子。可提起各衙门的钥匙，他们都说，此事须和南兵乔宇商量着办。”

“怎么，兵部尚书指挥得了五军都督府吗？”皇帝怪道，“这规矩和咱们京里有些不同了。”

“是啊，臣也这样问都督们。”江彬顺着皇帝说。

“都督们是怎样说的？”皇帝问。

“他们说，兵部尚书管是管不到五军都督府，但乔大司马对他们说过：守备者，所以待非常之变，禁门钥匙，孰敢索，孰敢予？虽天子诏不可得。”江彬在最后一句话上特别加重了语气，“都督们胆子小，听了乔宇的话，好像把钥匙交给陛下真的犯了大罪过。”

“彬儿，这事是你办得不妥当。”皇帝立即作出判断，“要是你一个都督府一个都督府亲自去要，谁敢不马上交出？一定是你差人去各都督府索取，他们才有时间请教乔尚书。”

“陛下圣明，确是臣错走了一招棋。”江彬认错。

“也不打紧，既然是乔尚书点头，都督们才肯交出钥匙，你就去疏通乔尚书好了。”皇帝说，“你对他说，朕请他代朕收取南京各门钥匙。”

“臣也找过乔尚书了，也说了是陛下要取各门钥匙。”江彬有些愤然，“可乔尚书不如各位都督肯给臣面子。”

“怎么，他不肯替朕办事吗？”皇帝不悦，“他是怎样对你说的，彬儿，你学与朕听。”

“他说，爵爷，你忘了进城的第一天，就与下官立约了吗？”江彬学着乔宇的话说。

“你与他有约？”皇帝大感意外，“立的什么约？”

“臣传旨行事，彼必向陛下请核。”江彬说。

“这样的约定，你也会答应他？”皇帝更感意外。

“他说，假传圣旨，爵爷是不会的。可错传圣旨，会不会呢？圣意高深，往往一字之差，失之千里。下官必要向圣上请旨，也是为爵爷好。臣辩不过他，只得答应。”约定是几天以前的事，江彬还要学乔宇今日的话，“他还说，况且，门钥之事，下官已对各位都督说过，虽天子诏不可得。下官是国家大臣，怎可出尔反尔？”

“对，这话你方才说了。”皇帝猛一击掌，叫道，“好一个乔宇！”江彬且惊且喜，等着皇帝传旨，惩处乔宇，可皇帝却说：“彬儿，你纵横于京师各衙门，想不到，在南京遇到了克星。”言语间，竟流露着对乔宇的赞赏。

江彬的算盘落空了。他原来想，南京各门的钥匙，皇帝是一定要拿到手的。由于乔宇倡言，皇帝拿不到钥匙，一定会怒治其罪。皇帝要他学乔宇的话，他几乎一字不差地学了下来。皇帝的态度令他大失所望。“陛下，”他说，“臣与乔尚书有约定，臣传了旨，他一定要向陛下查实，望陛下告诉他，臣是奉旨行事，别让臣落一个假传圣旨的罪名，臣担当不起。”

“好说，好说。”皇帝轻佻地说，颇似江湖中人，“他不来找朕便罢。他要是来找朕，江平虏所行事，都是奉旨。既然乔尚书说此事不合规矩，那就暂且放一放吧。”

皇帝不难为乔宇，因了两个人，一人是南京守备太监之一的王伟，皇帝青宫时即为伴当，深得皇帝信任，他常在皇帝面前盛赞乔宇。皇帝因而有了先入之见。另一人是皇帝在临清时召见的南京名流徐霖，他品评南都人物，称乔白岩篆文天下第一，皇帝又有了先入之见。

徐霖字子仁，南京人，年纪尚轻，已是书画大家，与南都不少大臣有交往，名气传至京师。皇帝久慕其名。亲征之初，差亲信宦官快马赶往南京，召徐霖至临清候驾。一见之下，大为喜爱，欲留在身边。皇帝留个把人在身边不成问题，但总要有名目。也亏他想得出，要授徐霖教坊司官。皇帝并非有意羞辱，在他看来，教坊司官与部院官并无区别，若说有区别，只是教坊司官更亲近些。徐霖的想法和皇帝不同，泣辞曰：“臣虽不才，世家清白。教坊者娼优之司，臣不敢拜受。”皇帝心想：好端端一个风流儒雅的胚子，怎会有腐儒之见？初次见面，不好勉强，皇帝改授他锦衣镇抚。锦衣卫官往往是为勋戚子弟和阁部大臣的子弟准备的，徐霖却是自己赚来的。

徐霖是世家，在南京城中有一处不大不小的宅子，每日迎往送来，宾客不断。自打临清回来，宾客就少了。就徐霖来说，是担心皇帝不时召见，有宾客在，起身而去，会得罪人，故不主动约请。就宾客来说，是知道主人有了不世的奇遇，文人墨客多怕被人视为趋炎附势之徒，故不主动造访。宾客少是少了，也不至于门可罗雀。可到了正月十五的晚上，真是一个客人也没有了。江宁、上元二县同城，同是南直隶的首县，应天府的首县。二县竞办，把南京的灯节烘托得格外热闹。大家都去街上看灯了。徐霖本也要去看灯，但晚饭后传来一个消息，皇帝今夜要临幸徐府。就这么一句话，还不是正式传达给他的，他一会儿想，皇帝临幸徐府，或是指魏国公的府第。开国大元帅徐达的后人在南京原有府第，二十五年前，当时袭封的爵爷徐備奉旨守备南京，把旧居整葺一新。要说徐府，那里才称得上。一会儿又想，皇帝说今夜临幸徐府，不知在几时几刻才到。想来想去，患得患失，门是不敢出了。

“老爷，有一位公公求见。”管家来报。主人不出门，家人也不敢出门，管家一直在门前候着。

“是哪一位公公？”徐霖与南京的太监有些来往。差派南京的太监中不乏文雅者，年节时登门，说是拜贺，其实是上门来打秋风，讨幅字画。

“听口音是北边来的。他说，只要向老爷提姓苏的公公，老爷就有数了。”管家重复着来客的话。

“快请，快请！”徐霖太有数了，忙迎出去。

来的正是苏进。他向徐霖一揖，说：“子仁先生在家就太好了，用不着差人满城去找了。”他等不离皇帝身边，很少与士人打交道，因而没有以字称呼的习惯。但皇帝破了例，对徐霖以字相称，他们也随着破例：“万岁爷请先生呢，这就请吧。”

“苏小哥难得一到寒舍，怎么慌慌忙忙就要走？总要容我敬一盅茶吧。”徐霖知道苏进的身份，对他十分亲热，“皇上原说到了南京就召见我，可一晃过了多少日子，音讯全无，我心中好生惦念。”

“是啊，爷也念叨，今日见这人，明日见那人，最想见的人，却还没有见到。我当然知道爷最想见的人是谁，却故意问道：‘爷最想见的是谁？’爷说：‘当然是风流儒雅天下第一的徐子仁。’子仁先生，你这个天下第一，可是爷亲口加封的。”苏进最善逢人说话，字字句句让人高兴，“这不，爷就差我来请子仁先生了。爷不但请你去相见，还要你引着，到你的府上来坐一坐呢。”

皇帝要驾临的徐府是徐霖的家，算是落实了。徐霖说：“家居狭小，怎好迎接圣驾？再说，天色已晚，怎来得及整治酒菜？小苏哥，烦请你帮我挡挡驾吧。”

“子仁先生不要枉费心机了。”苏进不知道这是一句很重的话，“爷要去的地方，谁能拦得住？你是书生，也不必准备，爷来了，献茶即可。倒是你这一身衣袍，须换一换。”

徐霖听说皇帝要来，故意穿上破旧的衣袍，怎肯换去？他笑着说：“别的事情我都听小苏哥的，这件事情我自有主张，小苏哥莫怪。”

苏进也笑着说：“你又要向爷讨要斗牛官袍了。”

徐霖奉召到临清，就是穿着破旧的衣袍。皇帝心目中，他至少应是殷实人家，见他衣袍已破，便问缘故。徐霖称家贫无衣。皇帝取斗牛官袍赐之。本朝制度，徐霖没有身份，无资格用斗牛图案，封了锦衣卫镇抚，亦无资袼用斗牛图案。但袍服为皇帝所赐，就另当别论。所不足者，只有一袭。徐霖又着破旧衣袍，苏进看出他的心思。

二鼓时分，徐霖引路，带着皇帝来到家中。随行的只有苏进一人。苏进要招呼几名校尉同去，皇帝不准。皇帝召徐霖至行宫，赐酒一桌。一在行宫内，一在行宫外，同赏明月，两桌酒席不能摆在一处，是因为刘氏在。刘氏陪着皇帝赏月，陪着皇帝饮酒，不时还为皇帝吟唱。皇帝举杯对月，伫听小曲，不觉飘飘欲仙。到得半夜，刘氏安歇了，他才随徐霖外出。

皇帝在徐宅走了一个来回，评论说："庐园雅致，只是小了些。子仁，你到了北京，朕定赐以大第，阔过此园数倍。你该下决心了吧？"

徐霖率家人罗列叩拜后，家人退下，徐霖谢恩："万岁厚赐，臣感激莫名。不过，舍下庭院虽小，其乐无穷。庭院后部有一小阁，最适宜在月下垂钓，万岁可有兴致？"

"鱼等下次再钓，朕今日累了，想在你这里坐一坐，把盏闲话。"皇帝随徐霖进了正房，不拘体统地与徐霖相对而坐，接着方才的话题问了一句，"子仁，你说庭后有阁，阁可有名了？"

徐霖住的是祖宅，传到他这一代，庭院、堂室、后阁不知起过多少名字。但皇帝有此一问，非同小可。徐霖心里一动，叩首道："小户民居有什么名字？请万岁赐阁名。"

皇帝想了想，说："子仁说该阁最适宜对月垂钓，就叫晚静阁吧。"垂钓需要宁静的气氛，宁静的心态。皇帝所赐阁名确有几分雅致。

徐霖复谢恩："万岁画龙点睛，寒舍生辉。"

不多时，家人献上两壶龙井茶，四碟应时果品，果色娇艳，茶味芬芳，请皇帝赏用。

"都说子仁标致，我看子仁确实标致，是不是日夜饮茶而致呀？"皇帝话中带着挖苦，"难道朕送你一个阁名，还换不来一壶酒吗？"

徐霖谢罪："臣家贫，无隔夜之食，不知万岁今夜驾临。无酒菜之备，乞万岁恕罪。"

"不知者不罪，"皇帝指着案上的几碟鲜果说，"子仁，你也不必向我哭穷，就这几色果品，绝不是中等人家可以随时奉上的。你在南京算得上是大户人家了。你不款待酒菜，我知道你的心思。你怕朕喝了你家中的酒，惹出麻烦。我不难为你，自己备了酒菜，今夜就借着你这几样鲜果，喝我自备的美酒，如何？”

皇帝不让苏进带校尉，却要他带了两名小宦者，抬着一坛酒，跟在后面。皇帝一声吩咐，苏进指挥小宦者把酒抬了进来。

斟上酒后，皇帝说：“子仁，酒是好酒，是我带来的宫中御酿。我知江南士人喝不惯北方的烈酒，宫中酒的性子，倒和你们江南的佳酿有些相似。酒只有一坛，朕与你喝光了算。不过，既是好酒，就不能喝俗了。朕与你猜个谜语，输者罚酒罚唱，如何？”

“但凭万岁吩咐。”徐霖做好了被罚的准备。

“你是主人，就由你先出谜吧。”皇帝命道。

徐霖颇费心思，临时编了几句谜语，既不太俗，也不太难，皇帝一猜即中。轮到皇帝出谜语了，皇帝说：“朕的谜语，是在路上听来的，很有些意思，子仁用心破一破。”他念的是四句七言诗：“佳人佯醉索人扶，露出胸前酥玉肤。走入帐中寻不见，任他风水满江湖。”

四句诗打四个历史人物，谜语出自江南，渐传入北方，对江南士人来说，过于简单了。徐霖故意问道：“不知万岁的四句话打的是什么？若是打的人物臣想第一句是贾岛。”

“子仁果然敏捷过人，四句话打的是人物，第一句正是贾岛。”

“第二句嘛，露出胸前酥玉肤，”徐霖重复一遍，似有所悟地说，“对了，该是李白吧？佳人不去别处，却要走入帐中，是不是姓罗？走入帐中，寻他不着，是罗隐吧？”罗隐是晚唐诗人，第二句写李白，第三句写罗隐，都不会错的。第四句却难住了徐霖，他看着皇上身边的苏进，求助地说：“小苏哥，最后一句说的是谁，你若肯相告，我送一枚篆章给你。”

苏进松了口气，他真怕徐霖一口气把后面的三个人都说出来，那就要大扫皇帝的清兴了。“子仁先生开什么玩笑？爷出的谜语，我怎知是谁？爷与你赌酒，我怎敢助你？你既然猜不出来，还不认罚？酒是三盅，曲要三唱。爷，你和子仁先生是不是这样规定的？”

“不错，酒是三杯，曲要三唱。”猜谜前并没有具体规定，规矩是苏进灵机一动想出来的。他想得有趣，皇帝不会不同意：“给子仁斟酒。”

小宦者要斟酒，被苏进抢先抱起了坛子。徐霖清了清嗓子，吟唱起江南流行的小曲：“春雨过春城，春庭春草生。春闺动春思，春树叫春莺。”

唱了两遍，被皇帝打断：“子仁，曲词听来好熟悉，是你填写的吗？”四句小诗一定听人吟唱过，却怎么也想不起来，是谁吟唱的。

“万岁知道臣有个怪号叫髯仙吗？髯仙而作妇人态唱小曲，岂不惹人耻笑？”徐霖道，“词是顾家女儿填写的，曲是南教坊司赵师傅谱成的，江南多有人传唱，臣也学会了。臣爱的是赵师傅谱的曲调悠扬婉转，而不是顾家女填的词无病呻吟。”

提起赵师傅，皇帝猛然想起，他在先所赏听的，正是赵锐的亲自吟唱。但赵锐曾说过，词是其女填的，怎么作者一下子变成了顾家的女儿？“子仁，词是顾家女儿填写，还是赵家女儿填写？你可不能张冠李戴。”

“千真万确，是顾家女儿填写。”徐霖肯定地说。

皇帝本来没有确定，在南京要不要召见赵锐之女赵丽华，因听曲一事，而下定决心，不见赵氏了。

第一百九十六章

皇帝不肯住深宫大殿，南京城中没有豹房，便在玄武门外，濒玄武湖，为皇帝设了御幄，为皇帝的随行人等盖了些简易的房屋，不像是马上要走的样子，也不像是长住下去的样子。由于居住条件远不如在北京，皇帝的随行人等心里也盼着班师，只是不敢说出来而已。

三月，宁王一干囚犯解至南京。王守仁在杭州将宁王等交给张永，张永赶到南京见驾，宁王等关押在浙江按察司狱中。皇帝初到南京时并没有决定怎样处置宁王，张忠说王守仁必反，本来只是为了泄一泄私愤，却使皇帝对纵宁王于鄱阳湖有了顾忌。皇帝知道，纵而复擒宁王，是一场儿戏，也只能是一场儿戏。要是王守仁反了，纵宁王就未必是一场儿戏了。他召王守仁来南京，王守仁奉诏即行。到了太平府芜湖，张忠又说，不知王守仁此来用意如何，不知带了多少兵马。于是，皇帝又降旨，命王守仁暂住芜湖。后来打探到，王守仁只带了十余名随从，在芜湖住了几天，他登上九华山，每日默坐庵中。九华山在池州府青阳县境内，池州府和太平府同属南直隶，离南京则又远了一大截。皇帝确信王守仁绝无反意，把他打发回江西，命张永将宁王解到南京，暂时打消了赴江西的念头。

宁王解到南京，以梁储、蒋冕及南京部院大臣为首的文职，以南京五军都督府左右都督为首的武职，跪于皇帝行宫前，请驾回北。皇帝不见众臣，命江彬传旨，再有进谏者，以军法从事。

张永一清早赶到御幄，打算见机行事，劝一劝皇上。御幄周围一片静谧，苏进、赵林等坐在御幄前的草地上说闲话。见到张永，二人起身，恭恭敬敬地行礼，口称“老太监”。

“爷还没有起身？”张永指了指御幄，问道。

“是，爷昨日去郊外行猎，后半夜才回来，怕还要睡上一两个时辰。”苏进回答说。

“爷去郊外行猎，由谁伴驾？”张永看出，苏、赵二人不在行猎现场。

“还有谁？当然是副将军了。”苏进不屑地说。

“两位小哥为什么没有同去？”张永不安地问。

“去是去了，可临行猎时，刘娘娘的身子有些不适，爷命我护着回城。赵哥却是一直跟着爷。”苏进看出张永的不安，问，“老太监，有何不妥？”

“不敢说有什么不妥，凡事留心就是了。”张永说，“爷最信任的人是两位小哥，以后不可离开爷。苏小哥为人机警，再遇到昨天的事，你要跟着爷，让赵小哥护送娘娘。咱们都是为了爷好，我这样说，赵小哥不会不高兴吧？”

“那有什么，苏哥原是比我机警。”赵林憨厚地说。

张永显然是对江彬不放心，他的话很合苏进的心思：“老太监放心，日后我再也不离开爷了。别人都怕那人，我却不怕。”

“苏哥在说谁？你不怕的人，我难道会怕！”赵林道。

苏进不便明说，把话岔开。他问张永：“老太监一早来见爷，可有要事？”

“不是要事，可也不是琐事。”张永说，“这些日子，我在安顿江西的要犯，听说大臣们纷纷进言，请爷回跸，我想看看有了结果没有。”

“老太监真是进了桃花源，不知世间事，竟不知此事两日前就有了结果。”苏进取笑道，“副将军传旨，不得再妄言，有妄言者，以军法论。”

“果有此说！”张永并非不知世间事，只是心存疑惑，经苏进一说，他相信了，“大臣们的话是对的，我要拼着这张老脸，劝一劝皇上。”

苏进一愣。大家都说这位老太监邪门，看来果真有些邪门。宫里人不说的事情，他也要说上一说。念着方才话缘投机，苏进觉得也该给以回报，劝一劝他：“老太监，我说一句不中听的话，皇上的性子你又不是不知道。明知要碰钉子的事，何必去做？”

“也不见得要碰钉子。回京献俘是何等重大、何等风光的事体，爷就想都不想？”张永有些不信。

“老太监说献俘是大事，也果然是大事。但献俘事大，比得上科考事大吗？”苏进给张永举一例，“杨阁老前日有奏疏到，请爷回朝主持廷试，爷都没有动心。献俘早一日晚一日关系不大，廷试是祖宗定下的制度，日子也能改动吗？”二月会试，三月廷试，多少年来皆是如此，可三月眼看就要过去了。

“苏小哥说的也是，科举关乎天下士人的命运，也关乎国运的昌盛。”张永与苏进同感，“虽说已是亡羊补牢，可为了廷试，爷也该回了。”

“是啊，在北京的杨阁老，和在南京的梁阁老、蒋阁老请爷回去主持廷试，爷都不听，老太监请想，为了献俘的事，爷肯回去吗？”苏进的结论顺理成章。

三人在御幄前悄声说话，主要是张永和苏进对话，赵林经常反应不及，因而插不上嘴，只是在张永问他时，才说一声是或不是。

“老太监请看，副将军又给爷请安来了。”这是赵林主动说的话，意在讥刺江彬过于殷勤，夜半分手，辰时又到。

赵林讥刺的话冲着张永说，苏进讥刺的话却是冲着江彬说：“爵爷，你老是副将军，满天下的人，除了万岁爷，就数你了。爷现在还在歇着，您老何苦匆匆赶来？爷要是有事，还不差我们奴才辈去请吗？”苏进极善于见风使舵，皇帝喜欢的人，他都有意亲近，独对江彬，转不过弯子。

“小苏哥莫要说笑，什么爵爷，什么副将军，还不是和各位一样，是皇上的奴才。老太监和两位小哥都来了，我敢不来吗？”奴才是太监们在皇帝面前的自称，江彬也自称一声奴才，不知是为了反唇相讥，还是向苏进等表示亲近。

“我来是有事请万岁爷示下。副将军来，也是有事请万岁爷示下吗？”张永的问话也不客气。

“在下不敢和老太监比。”江彬说，“老太监有事，自然可以径来见皇上。在下来，只是为皇上有事吩咐时，即刻前去接旨，传旨，以免延误。不过，在下今日一早赶来，确是有事请爷示下。”

“这可巧了。我平日来，也是为了给万岁爷办事，今日来，却是有事请爷示下。不知该我先见爷，还是该副将军先见爷？”

“当然是老太监先见皇上。”江彬言不由衷地应付着，“别说是在下有事请皇上示下，就算是皇上想到一件事情，差在下去办，在下也要奏明皇上，老太监有事见皇上，请皇上先召见老人监。”

“那倒不必，先见后见，总要看事体轻重，我方才还对两位小哥说，我要向万岁爷说的事，不是大事，可也不是小事。”张永有一种办大事者的气度，自忖江彬之流在所难及，“不知副将军见万岁爷，要谈的是何等之事？”

“在下要谈的事，恰巧和老太监一样，不是大事，也不是琐事。”江彬开始恢复他的傲慢本性。

“请问其详。”张永向苏进、赵林二人眨了眨眼，示意他们用心听，一起来挑他的毛病。

“老太监是不是有些糊涂了？人家副将军要向万岁爷谈的事，怎肯向我等谈？在御幄内谈的事，怎肯在御幄外谈？”苏进最善于用话挤兑人。

“也不算太糊涂。向万岁爷谈的事，在御幄内谈的事，躲不过你们两位小哥的耳朵，多余的只是我。”张永向江彬拱了拱手，“告辞了！”

“老太监不要走！”江彬拦住他。张永和苏进一唱一和，使他大感难堪，“对皇上谈的事，对公公们也谈得；御幄内谈的事，御幄外也谈得。”他看了看众人，说，“也好，皇上还在安歇，此事正好向诸位公公讨个主意。”

“要讨主意，我可以不听了。”赵林难得地诙谐了一句，“出主意向来是我苏哥的差事。”

“我也知道小苏哥的主意，皇上在十个中会采纳九个，另外一个当时没有采纳，皇上事后定要后悔。只是这件事要得罪人，人家知道是小苏哥的主意，说不定会记恨在心，不知他会不会怕？”江彬也乘机挤兑苏进一句。

“我怕什么！”苏进年轻气盛，咄咄逼人地说，“爵爷，这个主意我出定了。要是主意好，在爷面前，爵爷不必说出我来。要是主意不好，皇上不肯采纳，或是得罪了人，爵爷尽管推给我。”

江彬一笑，说出事情的原委：皇帝在清江浦钓鱼时，江彬传檄各地军卫，各献史书一部。话只说到这一层，至于命军卫献书，是皇上突发奇想，还是江彬的倡议，就不能说，也不必说了。

“副将军要各卫献书？”张永听了，简直不知所云。

“使不得吗？”江彬问，“皇上亲征，各衙门均有进献，一脯一钱。均是心意。皇上以威武大将军的名义亲征，军卫更该有所进献。”

“可是——”张永要批驳，一时难以措辞。

“老太监，副将军想的高明呀，”苏进在一旁说，“万岁爷知道了此事，一定打心里高兴。”

“小苏哥说高明，高明在何处？”张永不服气。

苏进不慌不忙地说：“张三叔讲起南昌城里的故事，讲到王都宪射箭中的时，爷笑了。老太监想，令张三叔懊丧的事，爷为什么会高兴呢？这是因为，王都宪是文臣，却肯习弓箭。各军卫若是献上书来，爷看到武职却肯读书，会不高兴吗？”他转向江彬道，“爵爷的主意高明之至，以我的一点小聪明是想不出来的，我只有五体投地地佩服。爵爷还要我拿什么主意呢？”

“小苏哥眼光独到，才叫得出一声好来。”江彬投桃报李，也奉承一句，“可有人不知皇上的用心，竟敢不奉檄，小苏哥说，该怎样处置？”

“爵爷的话我不信，就算有天大的胆子，也不敢不奉威武副将军的檄书呀。”苏进说。

“处州卫经历田濡就敢不奉檄。”江彬说，“使者表示，要是处州卫献金，愿帮助代购，他也不从。”

这才是江彬令各军卫献书的本意。他出身边将，沿边各卫根本没有藏书，他是知道的。边卫如此，内地卫所想来也好不到哪里。命各卫献书，拿不出来，则命以金代献。当然，献金不会是一部书两部书的金额，而是十倍百倍之。使者约得十之一，十之九入了江彬的腰包。

“不知这位田经历是怎样说的？”苏进问。

“他说，书籍当取自学官，卫所存军器、文册而已，没有书籍，无从取办。”江彬转述田濡的话。

“田经历果然大胆。”苏进向着张永吐了吐舌头，再转向江彬，“不知处州卫该进的是哪两本书？”

“《辽史》《金史》，都是小史，故进献两部。”江彬不读书，居然知道辽、金二史是小史，大概是听幕僚说的。

“不但是小史，而且是近史。”比起江彬，时常要陪皇上读书的苏进，算是很有学问了。“处州卫进献此二书，是抽到了上上之签。若仍是抗拒，其他进献《唐书》《宋史》的军卫，又当如何？”他问江彬，“爵爷，你打算怎样处置大胆狂徒？”

“请旨逮治。”江彬忘了是向苏进问主意，信口说出。

“岂有此理！”张永再也耐不住性子，厉声斥道，“书版在国子监，怎好向海滨各地索书？田某人的话不错，怎可动则逮治？”

苏进又向着江彬吐了吐舌头：“爵爷的主意高明！我本想，再高明的主意我是想不出来了，不高明的主意我则懒得去想。处置田经历，我或能拿出个不好不坏的主意，可老太监一发怒，我的主意就被吓回去了。赵哥临事镇定，他寻常是不会有什么主意的，每当我吓得没了主意的时候，他便有了高明的主意。赵哥，爵爷是诚心诚意向咱们请教的，你有了主意，不妨说给爵爷听。”

“如果爷命我逮拿田经历，爷子时下命，我绝不等到丑时就出发。他人来回一个月，我保证二十天内赶回来复命。别的我就想不出来了。”赵林哪里是出主意，他分明是向江彬示威：他只服从皇帝之命，威武副将军的账他是不买的。

“两位小哥是拿我开心吗？”江彬再想与皇帝身边的亲信太监和气相处，相安无事，到底是武夫，忍受不了被戏弄的屈辱。

“我等怎敢！”苏进分辩，“我等是侍候爷的下人，想出一个半个好主意，在万岁爷面前也不过博得一个好。爵爷肯赏一个好字，我等感激不尽。若嫌我等的主意不好，爵爷也不必计较。反正爵爷要等爷醒来，说了许多话，只作对牛弹琴好了。”

他们在御幄外交锋，声音渐高，终于把御幄内拥着刘氏安睡的皇帝惊醒。皇帝心中不快，跃出幄外，正要叫骂，见是这四人，火气消了一半。“老太监，几天不见了，想是宁藩在狱中安置好了，你来向朕复旨吧？”

“是。”张永答道，“除了复旨，还有一事，要向爷请旨。”

“你的事稍迟些再说，让朕先教训教训食朕的俸粮却不肯为朕办事的负恩之徒。”皇帝指着苏进的鼻子，厉声说，“苏老儿，朕命你守候在外，是为了安安稳稳睡一觉。朕知你比别人干练，这差事只有你办得了，谁知竟成了养盗贻患。吵醒了我的，不是别人，恰恰是你。说吧，你们在为何事争吵？说不出理由，自己掌嘴。”

“爷要安安稳稳睡一觉，奴才怎会不知。对爷说句实话，自打爷进帐，到现在，奴才连眼睛都不敢眨一眨，来了几只雀鸟，奴才是怎样把它们撵走的，都记得一清二楚，爷还要说奴才不肯为爷办事。”苏进先含着委屈说了一通，才转到正题上，“平虏伯有要事请旨。奴才知道，平虏伯的事情一定是要紧的，是急迫的。可爷说过，要安安稳稳睡上一觉。奴才不敢唤醒爷，平虏伯便和奴才说起事由。奴才想，以平虏伯的身份，肯与奴才商议，是何等抬举奴才，不觉由感激而兴奋。要是奴才吵醒了爷，奴才该当掌嘴。要是平虏伯吵醒了爷，奴才也甘愿代平虏伯掌嘴。谁让平虏伯看得起奴才呢？”

“好了，好了，是你自己该掌嘴也罢，是你愿代平虏伯掌嘴也罢，都暂且寄存下来。”皇帝对苏进的唠叨，喜也不是，恼也不是。其实，成年之后，他很少以掌嘴惩罚身边的小太监们。“你先说清楚，平虏伯与你在外面议论何事。”

苏进仔仔细细把田濡的故事讲述一遍。讲述后，还不忘问一句：“爵爷，我说的不错吧？”

江彬除了应一声“是”，还能说什么？

皇帝说：“苏老儿，你答应了替江平虏出个主意，不可言而无信。你说出来给大家听听。”

“奴才遵旨。”苏进向江彬打了个躬，“爵爷，我本不敢班门弄斧的，爷命我说，我又不敢不说。爵爷说，各军卫献书的檄命是在淮安颁发的。我记得，在淮安时，我不曾有片刻离开万岁爷，也不曾听爷讲过献书的事。既然军卫献书是爵爷的意思，逮治田经历，也不必请旨了。”

几句话听似平淡，其实十分尖刻。身为臣子，不奏明皇帝而传旨；身为副将军，不经过大将军而传檄，追究起来，是欺君之罪。苏进明知皇帝此刻不会追究，但江彬肯定也要出一身冷汗。

皇帝笑着说：“平虏伯向来箭不虚发，这一箭可没有射到靶子上。赵老儿，罚爵爷两杯酒。”

“赵哥且慢！”赵林要去取酒，苏进叫住他，“奴才愿代平虏伯掌嘴，也愿代平虏伯饮酒。爵爷一早来，肯定口渴，爷不如赏他两碗水。”

“也罢，饮酒不如饮水有趣，赵老儿去办吧。”皇帝应允。

赵林一手提着水桶，一手捧着大海碗，到了江彬面前，倒满一碗水，递了过去。江彬欲争辩，苏进说：“爵爷，爷赏的水，不能不喝。”说着，向赵林使了个眼色，二人扳住江彬，将一碗凉水灌进他肚里。论气力，再来两个苏进、赵林，也不是江彬的对手，但在皇帝面前，江彬不敢用蛮，任二人灌了一碗水，又是一碗水。皇帝看得高兴，说：“朕不能只赏水，不赏食，赵老儿，再赏平虏伯两斤羊肉。”

“赵哥且慢！”苏进又叫住赵林，“爷，现成的煮羊肉没有了。御厨房还有一个烤熟了的猪头，香气四溢，不如赐予平虏伯更为恰当。”

半年多以前，皇上降旨，禁养猪。太常寺掌祭祀，无奈，请祭祀中例用牛羊豕者，只用牛羊；例用豕羊者，只用羊。事下礼部，议如旧制。本月初六，皇帝许祭祀仍用豕。禁养猪，一年半载中未必就会天下无猪。否则，即使祭祀许用猪，一年半载内也不一定找得到猪。皇帝没有明确，祭祀许用豕，宴席上是不是也许用豕。但禁令松弛，人们就放心大胆地食用猪肉了。特别是苏进，更是餐餐离不开猪肉。御厨内确实还有一个烤熟的猪头，放了几天，说不定已经变质。苏进不放过机会，以“更为恰当”四个字又戏弄江彬一回。

“也好，朕只爱吃猪肠子，苏老儿只爱吃猪舌头，平虏伯就代朕享用猪头吧。赵老儿，还是由你去办。”说罢，皇帝不听江彬的谢恩，也不问张永要谈的事，又回到御幄中。

第一百九十七章

应天府衙门设府尹一员，正三品，为正官；府丞一人，正四品，为佐官。不久前，府尹齐宗道不明不白地死了。有人说，皇帝驻南京，从官卫士十余万，日费万金，都着落向应天府派取，近幸索求的好处倍之。齐宗道是因为应付差派，心力殚竭，忧惧而卒。不管此说是真是假，府尹一死，短时间内无法选任新官，府丞寇天叙摄府尹事，应付差派的担子落到了他的肩上，轮到他来呕心沥血了。

寇天叙字子惇，山西榆次人，正德三年进士。论资历，他还升不到府尹的高位，但府衙缺少正官，他只有义不容辞地挑起重担。比起齐宗道，他有两个好处，一是胆大心细，遇事不慌，不至于忧惧而卒；二是他与南京兵部尚书乔宇同乡，交往密切，凡事都可商量，他等于有了一座靠山。其实，当齐宗道还在任时，皇帝、从官和卫士的需求，都是由他来支应的。

南京天气渐热，寇天叙上身着青色小褂，头顶戴皂色小帽，坐于应天府大堂处理公事。不修边幅，对有些士大夫来说，是追求潇洒，对有些士大夫来说，是显示迂阔，而对寇天叙来说，则是天性至朴，用不着刻意追求。

"老爷，梁阁老的家人来，说梁阁老今日无事，约了蒋阁老，去秦淮水边一游，问老爷能不能安排两顶熟悉道路的小轿？"府衙中的吏员报告了一件事，"梁阁老的家人还说，此系私事，不方便就算了。"

在各项索取供应中，两位阁老的请求是最客气的了，寇天叙还是忍不住发了几句牢骚："圣上带了数十名将军，上百名公公，都向我要轿子坐。南京一半的百姓去抬轿子，怕也应付不过来。老兄，实在没有法子了，你我也去抬轿子吧。只是你太瘦弱了，我于心不忍。"

"那就回了梁阁老吧。"吏员顺着寇天叙的话说。

"千万不可。叔厚先生是我的恩师，我从来也没有孝敬过他老人家，现在连一顶轿子都不供应，天下士人会怎生说？对我们那一科的考试，议论本来就多，我不能再为自己和同年诸兄增添骂名了。"梁储是正德三年的副主考官，换在其他情形下见面，寇天叙必要好好应酬一番，而现在要一顶轿子，他也有难处，“你对叔厚先生的家人说，轿子我供应一顶，请叔厚先生和敬之先生分作两日游秦淮河吧。”

“是。”吏员应着，“请问老爷派哪一县应差？”

就近的差事，由上元县和江宁县轮流供应。寇天叙说：“一顶轿子怎好向县里去要？自然是差我的那顶轿子去侍候叔厚先生。”

“怕不合适吧？老爷出外办事不能无轿。”吏员不以为然地说，“两顶轿子减为一顶，已是纾解民困了，老爷还是派县里的差事吧。”

“你有所不知，叔厚先生貌似随和，性子也倔强得很。他说去游秦淮河，没有轿子，他能步行前往。路途不近，让恩师步行，我心里着实过不去。可为恩师一游，我向县里要轿子，下次其他人再要，我就难以回绝了。若只是我为此遭人议论，也就罢了。累及老师也被人议论，玷污了名声，我岂不成了恩师的罪人？若是有人来要轿子，就答应下来，我不又成了南京百姓的罪人？想来想去，只有以我的轿子供应叔厚先生和敬之先生，才是两全的办法。只是两位阁老要隔日而游，我心中稍有不安。两位阁老都是厚道人，想来不会怪罪于我。”寇天叙讲了一大通理由，“至于本官出外办事，走遍南京城，还不会把两条腿走断了。”

“两位阁老难得有了雅兴，却要他们隔日而游，岂止心中不安，也是太不近人情了。”从门外进来一人，朗声说道。

寇天叙眯起眼睛看了看，看清来人是乔宇。自皇帝到了南京，二人经常商量着办事，有时是寇天叙去兵部衙门，有时是乔宇来应天府衙门。走动得熟了，不须门上通报。“原来是希大先生到了。”寇天叙离开座位，迎了上去，“寇某处事荒唐，让希大先生见笑了。”

“哪里的话！子惇为纾解民困，不遗余力，令世人敬重。”乔宇落座，对应天府衙门的那位吏员说，“我要在衙门里和寇大人说些事，我那顶小轿，你招呼一声，也去侍候两位阁老吧。”

难题解开，吏员高高兴兴地出去安排轿子。

“希大先生，你的轿子不到晚间是回不来了，返衙门也好，返府上也好，你只有靠两条腿了。”寇天叙为人憨直，上下官，前后辈的名分都不太看重，对乔宇说话，就像在平辈友人间，“此事说巧也巧，说不巧也不巧。巧的是对叔厚先生、敬之先生有了交代，不巧的是累及希大先生。”

“这怎能说是不巧？”乔宇驳他，“我要劳动两条腿，子惇也要劳动两条腿，不也是一巧吗？而且，我与子惇劳动两条腿，只怕不是各自回府。而是要一起去玄武湖畔。”

“怎么，皇上要召见希大先生和我？”寇天叙问道，“希大先生位列七卿，皇上三五日总要见一见，召见我，却不知为了什么缘故？”

“只是耳闻。皇上见北军士卒有被击伤者，问起来，都说乔司马、寇府丞左右有善于搏击之人，每与北军斗，则胜。皇上恐怕要召你我问罪。”乔宇在京任官多年，特别是曾任太常寺少卿和光禄寺卿，与内官颇有些往来，在内官中有些交好，他的消息是不会错的。

“希大先生是特来知会下官的吗？”寇天叙对乔宇的关照，好生感激。

“不只是知会，我还有个计较。”乔宇说，“这件事，祸福难测，皇上若是问起，望你都推到我的身上。我任兵部尚书，身边有几个善于搏击之人，不算大谬。子惇身边若有了几个善于搏击之人，而且是在皇上驻南京时招募了几个善于搏击之人，可就大有文章做了。”

“希大先生是要我欺君吗？”寇天叙有些不高兴了。

“哪里的话！非君，南京百姓受苦多矣。唯求子惇在皇上离开南京前，不会出差错。”乔宇诚挚地说，“况且，此事也是我的首倡。”

“我与希大先生一拍即合，也说不上谁是首倡，谁是附和。皇上若要降罪，自是我二人一同承担，绝没有希大先生一人顶罪，我在希大先生庇护下逃脱的道理。”寇天叙斩钉截铁地说。

“既然子惇不肯委曲求全，我也就不相劝了。”乔宇道，“我暂且回衙门去，皇上同时召见也好，单独召见也好，你我实话实说吧。”

乔宇、寇天叙相继来到玄武湖畔御幄前。二人都是北方的汉子，身材魁伟，体格健壮，不怕行走，但中年之后，略微发胖，最易出汗。一段路走下来，汗水浸透了半边官袍。苏进因二人都敢顶撞江彬，特别是乔宇，江彬在南京最敬畏他，故而对二人颇为敬重，二人一到，就客客气气地引着他们去见皇帝。

皇帝上下打量了二人一番，说：“天气再热，也该是抬轿子的出汗，不会是乘轿子的出汗。两位爱卿怎么乘了一程轿子，却大汗淋漓？”

乔宇说：“陛下召见，急如星火，臣不敢乘轿，是骑马来的。”这一巧妙的理由，用来解释不乘轿，再合适不过，避免了两位阁老在皇帝面前落下口实，说不定哪一天会被皇帝责怪。

“寇爱卿也是骑马来的吗？”皇帝问寇天叙。

“是。臣只有劣马，比乔大人晚到一步。”寇天叙答。

“既然要出汗，何不就小褂小帽？一身官袍不是太沉重了吗？”原来皇帝也知道他的习惯。

“臣奉召见驾，不敢过于轻慢。”寇天叙道。

“寇爱卿倒是很知趣。”皇帝不动声色，看不出是喜是怒，“知道小褂小帽而来，朕要降罪。你在衙门里着小褂小帽，不就是等着捉拿治罪吗？”

寇天叙说：“陛下要治臣罪，也不必因小褂小帽。陛下驾临南京，十数万人要吃要喝要用要住，臣供应不周，出言无状，得罪多矣。”

“你知道就好。”皇帝不知是责是赞，“你种种供应不周，出言无状，朕就不问了。有两件事，当着乔尚书的面，朕却一定要向你请教。”

“陛下如此说，臣不胜惶恐。”寇天叙叩首道，“凡是臣供应不周、出言无状之处，臣无不认罪，请陛下惩治。陛下责问，臣无不直言。”

“那好，朕先问你第一事。”皇帝说，“朕一路走下来，见了几名巡抚，见了几十名知府，见了上百名州县官，还没有一人像你一样，对朕差去索取的人，是一种态度；对平虏伯差去索取的人，是一种态度；对大臣们差去索取的人，又是一种态度。寇爱卿，你对他们有所区别，是什么用心？”

“臣在陛下面前，不敢说假话。但说真话，也要有分寸。不知陛下要我说出几分？”敢言人所不敢言，能言人所不能言，是寇天叙的一大特色。

皇帝不是不知道，敢在他面前说假话的人不多，而在他面前说真话却有所保留的人则不少。寇天叙肯直率地道出这一点，可谓难能可贵。他说：“有十分，便说十分，寇爱卿不要有忌讳。”

皇帝的态度不但使奉旨而来的乔宇松了一口气，而且使在皇帝身后侍候的苏进松了口气。他实在不愿意南京这两位敢于对抗江彬的官员由于言词太过直率，而得罪了皇帝。

“臣遵旨。”寇天叙本就抱定直言不讳的宗旨，有了皇帝的吩咐，就更没有顾忌了。他先叙述对各位差使的不同态度，再说明原委，或如皇帝所言，是他的用心。“陛下传旨，向臣索取物料，臣总是尽其所能地支应。比如，这位苏公公前些日子到应天府衙门，说陛下要良驹百匹，供行猎用。臣与南太仆寺协议，并请乔大人主持，只可供应二十匹，其他劣等马匹无法上供。臣请苏公公奏明陛下，请求宽减，蒙陛下恩准。凡钦取物料多类此。”

“寇大人的话不错。”苏进插话作证。

“听说，你对平虏伯差去的人最为简慢？”皇帝问。

“说不上简慢。臣的视力不济，平虏伯差去办事的人，行走快捷，三两步便由衙门外到了衙门内，又三两步便由大堂外到了大堂内，待臣看清楚人时，他已站在臣的面前。臣不能起身迎候，才有人说，臣对他们最为简慢。”寇天叙详细地辩诬，“不过，臣对平虏伯的差使与对其他大人的差使，说法确实不同。对其他大人的差使，臣总是说，回报尔主，索要之物果然不可缺少，请奏明圣上，圣上准予，我即予之。对平虏伯的差使，臣只说，南京百姓穷，仓库又没有钱，无可措办，臣待谴而已，从不说，请奏明圣上，圣上准予，我即予之的话。”

“是啊，为何有此不同，正是朕要问你的。”皇上说。

“臣对平虏伯的差使与其他大人的差使不同，自有道理。”寇天叙道，“其一，臣请其他大人奏明圣上，其他大人未必有机会见到陛下，则以琐事细务滋扰陛下者少。臣请平虏伯奏明圣上，平虏伯无日无时无刻见不到陛下，则以琐事细务滋扰陛下者多。其二，臣请其他大人奏明圣上，其他大人见不到陛下，不敢冒称圣旨。臣请平虏伯奏明陛下，平虏伯即使见不到陛下，也敢于冒旨取物。臣本一无所有，大人们向臣索要物料，臣只有向南京的百姓索要。臣请其他大人奏明圣上的本意，是希望少支应大人们一些物料，也就可以少向南京的百姓们索要一些物料。请平虏伯奏明圣上，到头来，却仍要支应。故臣对其他大人的差使说的话，从来也不向平虏伯的差使说。”

“你怕大人们以琐事细务滋扰朕，是一句托词，想少向百姓索要物料才是你的真心。”寇天叙说了许多话的理由，皇帝概括成一句。

“百姓是朝廷的百姓，是陛下的百姓，”寇天叙直言道，“人人向臣索取，臣人人应之，百姓不得安宁，则国家怎能安宁？臣为百姓而得罪大人们，得罪平虏伯，实是为陛下而得罪大人们，得罪平虏伯。”

“你的话也有些道理。”皇帝平和地说，“你对平虏伯的差使说一番话，对其他大人的差使说另一番话，朕也不来评论，你是机智，还是狡诈，是对朕尽忠，还是对朕轻蔑。总之，这件事，朕不理会就是。”

苏进忙说：“寇大人，你得罪了平虏伯，爷都不与你计较，是多大的恩典，还不快快谢恩。”

“谢陛下恩典！”寇天叙知道，皇帝要说的两件事中的第一件，说过去了。他的谢恩是发自内心的。

“朕再问你第二事。”皇帝说，“两个月来，朕的禁卫军士有多人被击伤，而两个月前，你方摄府尹事，此事你不会没有责任吧？朕还听说，击伤朕禁卫军士的人，来自你的身边，以及来自另外一位南京大臣的身边。”说着，他扫了乔宇一眼。

“陛下容臣禀奏。”乔宇上前一步，躬身道，“臣以为，击伤禁卫军士的人，更多来自臣的身边，才是事实。臣还要说一句，寇大人身边的人，也是南京兵部为之招募。”

“乔爱卿所言或是事实，但朕还是要问寇爱卿。”皇帝解释说，“因为寇爱卿未摄府尹事时，朕的军士在南京很安全，他一摄府尹事，朕的军士频频被击，所以朕要向他讨个说法。”

“臣还是有十分话，便说十分吗？”寇天叙态度更加镇定。

“那是自然。前一事，你说了十分，朕不追究你，此事你不说十分，朕可不能放过了你。”皇帝说。

“是，臣遵旨。”寇天叙道，“臣先请问陛下，被击伤者是陛下的禁卫军士，还是边军军士？”

“二者又有何不同？”皇帝皱起眉头，认为这个问题甚是无谓，“朕虽带来了京卫，但边军也在轮流上值，上值边军亦是禁卫。”

“不然。”寇天叙驳道，“边军并非全部上值，边军不可等同陛下禁卫，此其一；上值边军经陛下调理，纪律严明，与不上值边军不能等同，此其二。各支边军骄悍，行游市中，强贾货物，尤以平虏伯一支边军为甚。臣与乔大人商议，选募矬矮精悍之人，每日臣等早晚至行在叩头候旨，命其相随，遇边军无状，上前相搏。边军军士有被击伤者，臣所募搏击之人也有被击伤者，只是边卒伤多，臣的人胜多。”说到此处，竟有些自豪。

“乔爱卿，这必是你的主意。齐府尹在日，你与他商议，他胆子小，不敢行事，寇爱卿摄府尹事，你与他一拍即合。朕说的可对？”皇帝判断着。

“陛下圣明！”乔宇回奏，“一拍即合正是寇府丞的话。”

“两位爱卿一拍即合，可见功效？”皇帝问道。

乔宇与寇天叙相对一视，由乔宇代答：“一个月内，边军大营内叫苦不迭，叫骂不断。两个月内，托陛下洪福，市中边军敛迹，南京市民未受大困。陛下两个月后，方知军士被击伤之事，可见寇府丞所言不谬：被击伤者，是在边军大营之内，而不在陛下禁卫之中。又可见平虏伯亦知边卒之骄悍，故边卒被击伤之事不曾向陛下提及，也不曾向臣等报复。”

“乔大人的话不错。”苏进又插嘴，凡遇有攻击江彬的地方，他一定要敲敲边鼓，绝不放过，“军士被击伤一事，还是我听到后，向万岁爷提及的，却不知其中还有边军和禁卫军士的区别。”

“乔爱卿为什么专选矬矮精悍之人？”皇帝复问。

“边军多高大健壮，江南也有高大健壮之人，但以高大健壮而言，总比不过北人。臣是山西人，知道北人武猛有余，灵活不足。而江南之人以灵活见长。臣选用矬矮精悍之人正是以己之长，克彼之短。”乔宇奏明他的想法。

皇帝赞道：“乔爱卿深谙用兵之道。江西乱起，大军入驻，南都多亏爱卿一力维持，方保无虞。爱卿功业，不在王守仁之下。”

“陛下谬奖，臣何以克当！”乔宇知道，皇帝要说的第二件事情，也不会给他们带来任何处分了。

“市中边军士卒敛迹，你们招募的善于搏击之士也用不上了。乔爱卿，你带他们来见朕，说不定朕有用到他们的地方。”皇帝吩咐。

乔宇和寇天叙面面相觑。皇上出的这个题目是他们万万不曾想到的。

第一百九十八章

江宁县以南的牛首山，又名牛头山，是江南名胜之一。山形如牛头，因而得名。山间有二泉，一泉水急，如虎奔突，名虎跑泉；一泉水缓，如龟爬行，名白龟泉。山间有石窟，号仙窟。石窟下有梁武帝所筑寺院，已荒芜。寺院后是梁武帝子昭明太子饮马池。自山径登高数百级，穿越古松苍桧，豁然开朗。一寺院依山构造，望之如画，是香火极盛的弘觉寺。

五月下旬，应天府衙门自南京各城门至牛首山下张贴告示，禁一切官民游者登山，禁一切僧俗香客入寺。寺内已被知会，自不必说。局外之人，也可以推测出，皇帝要幸游牛首山。

月底，皇帝携刘氏，由江彬、苏进二人陪同，在一支禁军、一支边军的护卫下上山。数千军士把山团团围住，于是，临江傍泉，歇在树下，驻于窟内，到处都是官军。弘觉寺内只住了数人。皇帝带着苏进，刘氏带着贴身宫女，住在腾空了的内院僧房，江彬带着一二亲随住在前院。皇帝敬僧礼佛，命住在寺内寺外的俗客，不可扰乱了寺僧的日常功课。但天下至尊住在寺内，谁还有心思念经？谁还有心思做法事？

刘氏对皇帝说，她借了方丈专用的小佛堂，今晚要念佛还愿。皇帝问她，为谁念经，还什么愿？她说，还不是为了祈祷皇帝平安，请皇帝今夜准她独宿，不来打扰。皇上见她极为真诚，大受感动，立即答应了。

刘氏说为皇帝祈祷，不是屈意奉承，也不是虚言欺骗，而是确有其事。但除了为皇帝祈祷，也是因为她本人内心不宁，要借念佛求得宽慰。刘氏立意念佛，起因是离开南京城的前一夜，天气闷热，她在湖边漫步之际，无意中听到了两个公公的对话。

一个公公说：“老赵好可怜，后半生的希望都寄托在女儿的身上，谁知女儿突然死了。”

另一个公公问：“哥哥说的是哪一个老赵？”

前一个公公说："除了教坊司的老赵，还会是谁？别的老赵和南京都搭不上。"

后一个公公说："哥哥原来说的是赵锐老儿。爷不是对他很好吗？不是对他的女儿很有情吗？那女娃怎么突然死了？"

前一个公公说："说起来，也是她心气太高。有人告诉我，她当着众人的面，自称是昭阳殿中人。"

后一个公公说："我不曾读过书，不像哥哥入过内书堂，什么叫昭阳殿中人，我听不明白。"

前一个公公说："昔日汉武帝把后宫分为八区，其中一区便是昭阳殿。老赵的女儿说她是昭阳殿中人，就是说，她是咱们万岁爷的人了。你方才说，爷对她很有情，那是在没建腾禧殿以前。自从建起腾禧殿，自从腾禧殿里有了主儿，爷就再也没有提起她。到南京快半年了，却一次也不召见她。兄弟想，她自称是爷的人，而爷不肯召见她，在众人面前，她还抬得起头来吗？我听南边教坊司的好友讲，她有些日子不肯吃饭了，是活活饿死的。"

后一个公公说他不曾读过书，可也说出一句文绉绉的话来："唉，可惜，红颜薄命呀！"

皇帝曾带刘氏去北京教坊司听乐，她见过赵锐，却不曾听皇帝说起，赵锐在南京教坊司有一个女儿。她从两个公公的对话中听出了眉目：赵锐的女儿在南京教坊司，皇帝对她曾有过许诺，可能是对她有过情，至少是很看重她。后来因为身边有了自己，就对赵锐的女儿无情了。奇怪的是，在自己跟了皇帝之前，皇帝既对赵女有情，为何不接她到北京呢？皇帝要接她，难道还有人挡得住吗？既然以前有情，难道就因为有了自己，见也不能见她一面吗？刘氏百思不解，更不知皇帝和赵氏父女间有一段误会，只能做如是想：皇帝不见赵女，是怕自己嫉妒，那么，她虽然没有杀赵女，赵女却是因她而死。她要亲自超度赵女的亡灵，请赵女不要缠住皇帝，也不要缠住她。

刘氏打算，皇帝在山上住几天，她就在寺中念几天经。

江彬对皇帝说，刘娘娘陪同皇帝住在内院，他守在前院，绝不使人入内打扰，他本人也不敢进内院打扰，皇帝有事，请差小苏哥或者寺中僧人到前院传旨。皇帝见他说得真诚，也答应了他。

江彬说有刘氏在，不敢打扰，只是他不想进入内院的一个原因。另一个原因是不能对皇帝说的。宁王造反，钱宁被禁，他暗中得意。但他很快发现，没有了钱宁，他便成了众矢之的。皇上虽然亲近他、信任他，可也经不住众口铄金，他越来越感觉到，皇帝对他不再是言听计从了。特别令他寒心的，是皇帝对乔宇和寇天叙的态度。这两个人明明是处处和他做对，使他在南京城中倍感压抑，皇帝不但不惩治他们，反而每次见到他们，都是和颜悦色，褒勉有加。

在南京城中不得不收敛，江彬便想去南京之外作威作福。他打着为皇帝继续南下做准备的旗号，派人四处索取贿赂，掠夺财物。也是在离开南京之前，去常州的亲信垂头丧气地回来了。

常州府在南京和苏州之间，濒太湖，是江南最富庶的地区之一。武进县是常州府首县，为府治所在。江彬的亲信到常州时，知府和武进知县奉旨，赴南京觐见，留守的只有常州推官张曰韬，一人而兼绾府县大印。

张曰韬是福建莆田人，正德十二年进士。推官理一府刑名，在知府、同知、通判之下，是正七品官，与知县品秩相同。张曰韬在任两三年，无特别政绩，没有人相信，他能保全府城居民。传闻江彬差使将至，动作快的居民已经亡匿他处，动作稍慢的居民，也在准备出逃。

张曰韬召集城中父老，问："有奸人至，你们敢不敢与他们格斗？敢不敢将他们驱逐？"

父老齐道："老爷在城中并无家人财产，若敢与奸人格斗，我们为保护亲人，为保障财产，难道反而不敢与奸人格斗？请老爷号令。"

张曰韬又召集市中丐者，言道："有奸人至，你等肯与他们格斗，本官愿在城中化募，每人给钱若干吊，酒若干斤，肉若干斤。"

丐者齐道："我等虽沦为丐者，然生在常州，长在常州，无常州，讨一口饭吃不可得。我等愿跟随老爷，拒奸人于常州城之下。"

张曰韬又释放狱囚，言道："有奸人至，你等肯与他们格斗，量刑时，罪减一等，不得不处死者，本官保证以棺木敛身。"

狱囚齐道："我等不幸而触犯大明刑律，然都是大明朝的好百姓，都是常州府的好百姓，我等愿随老爷，拒奸人于常州城之外。"

张曰韬命丐者与狱囚各持瓦石，列队于城外，严阵以待。江彬的亲信率数十骑到，见了城外的阵势，惊愕不已。城中父老立于队前，向来者喊话："各位老爷听真，我常州连年有灾，无物以啖老爷，无力以供驱使。府中老爷们都去南京觐见皇帝，我府中唯一张推官。张推官清廉，一钱不入。老爷们进了城，向他索要刍秣，他也无法措办。各位老爷请回南京吧，各位老爷请回北京吧。"

不但要他们回南京，还要他们回北京，江彬的亲信更加惊愕。他们有弓箭有刀枪，但看着丐者、狱囚手中的瓦石，好像比弓箭比刀枪更厉害。江彬的亲信和亲信的亲信交头接耳地议论了几句，决定稍稍后退，驰报江彬。

张曰韬知道祸事不小，疾速上书巡按御史东郊。

江彬的亲信奉江彬之命，缚拿张曰韬赴南京治罪。东郊比他们早一步赶到常州。东郊告诉张曰韬，江彬擒他去南京，是借其他事，若被擒到南京，就很难与江彬及江彬党人辩论是非。御史乘舟而来，他要张曰韬登上他的大舟，先离开常州，而他自己乘一小舟，尾随在后。很快，江彬的亲信又到常州。有人说张曰韬乘舟逃窜。江彬的亲信拦截江中船只，一下拦到了东郊所乘的小舟。御史立于朝，可论列阁部大臣，按于外，可纠劾督抚三司，能否受人敬重，全看本人的作为。东郊的小舟被截，厉声喝道："谁敢截御史舟！"他申令地方，严捕截舟者，而又私下告知，只须声张，不必动作。他也想到，真将江彬的亲信逮到，不好开释，又不好治罪，反而为难了。江彬的亲信不知他的用意，深恐御史奏告朝廷，他们的主子也未必保得住他们，便一哄而散。张曰韬于是也脱离危险。

皇帝对江彬说："威武副将军的威风好大，把堂堂巡按御史的船也截了下来。"

江彬说："他们并非有意冒犯御史，只为搜捕张曰韬。张曰韬不肯向皇上进献，理应治罪。"

皇帝说："常州知府、常州同知在南京，朕问过他们，都道张推官是好官，百姓拥戴。彬儿，你是朕的副帅，不必与小小的推官较量了。"

江彬讨了个没趣。皇帝还不曾公然无视他的请求，反对他的做法，不管是真的以为身为爵爷，不值得对推官动手，还是有别的含义，都使得江彬惶惑不安。现在到了牛首山，面对面的只有他和皇帝，边军和禁卫的数量是一对一，对阵的话，边军定胜过禁卫，要想报复一下，是再好不过的机会。江彬不去内院，是要静下心来，想一想前程。

可以进内院的共有四人。刘氏去了方丈的佛堂，江彬留在外院，内院只有皇帝和苏进两个人。好在苏进没有说不出的题目，没有接不上的话碴，有他在，皇帝还不觉寂寞。

"要是佛老儿到了南京就好了。"皇帝不知想到什么，信口说道。

"爷也不怕奴才寒心，奴才哪一件事办得不如佛哥，哪一次侍候爷不如佛哥？"苏进委屈地说，"幸亏奴才心宽，听了爷的话，伤心片刻就不伤心了。要是赵哥听到了，非跪在爷的面前，请爷说个明白。爷说不明白，他不起身。"

"是你要朕说个明白吧？"皇帝道，"你那赵哥才不似你，朕要是说佛老儿到了南京就好了，他一定说，爷传旨，奴才去接了他来。"

"佛哥胜过了奴才，赵哥也胜过了奴才，爷真是白白心疼奴才了。"苏进不依不饶地说。

“你看你，朕不过说了别人一句好，你就非要朕说你两句好，还能算是心宽？苏老儿，我想佛老儿到南京，是因为他有佛缘。进了丛林，只有他在时，朕心才得安宁。今夜在弘觉寺，不知怎的，我竟是心乱如麻。”

“爷今夜心乱就对了。”苏进说，“爷今夜心乱，是因为到得太晚，没到来得及将所备幡幢饰绣、梵具夹册等赐予方丈。虽说佛不爱钱财，不贪方物，但空手进入佛门，佛说你心诚，你心就诚，佛说你心不诚，你心就不诚。进入佛门的人，谁不怕佛说他心不诚呢？难怪爷不安宁。”

皇帝被他说笑了。“佛老儿是以心结佛缘，你是以口结佛缘，”皇帝说，“按照你的说法，朕肯定不是诚心诚意了。所备各物，你不说进献，也该说是赠与，怎能说成赐予？朕一定要用镇国公的名号，便是为了避开赐字。”皇帝每到一寺观，所敬方物上都写着“镇国公朱暨夫人刘”。

“爷教得对！”苏进忙改正，“爷不肯用赐字，各位老佛都知道了爷的诚心。奴才改不过口来，是奴才礼数不周，佛要责怪，只须责怪奴才，佛要降灾，只会降于奴才，不关爷的事。”

皇帝换了地方睡不着觉，和苏进说了半夜的闲话，好不容易入睡，却被一阵怪异的响声惊醒。响声似发自寺内，又似传自寺外，似牛吼，又似虎啸。“苏老儿何在？”皇帝乍醒，有些慌张，声音都变了。

“奴才在外面查探，爷请安坐。”苏进在外间答道。说是查探，根本无从查探。他比皇帝更早被惊醒，或许比皇帝更为惊慌，但内院再无他人，他只有强作镇定，把皇帝稳住。

“贵为天子，身在佛堂，朕怎会惊慌。”皇帝清醒过来，斥道，“你还不快去看护朕的爱妃！”

“奴才昏了头，竟忘了去看护娘娘。”苏进在外间自责，“爷请安坐，奴才就去接了娘娘来。”

刘氏在佛堂内念经，对外面的声响置若罔闻，苏进呼了几声娘娘，她才听到。“苏老儿，皇上都不来打扰我，你怎敢来打扰！”刘氏止住念佛，不高兴地责问。

“娘娘，外面响声惊天动地，奴才浑身打颤，六神无主，你老没有被惊吓吗？”苏进说。

“我在佛堂念经，心如止水，什么响声能惊吓我？外面既有动静，你快去看护皇上吧。”刘氏说。

“爷要奴才接娘娘过去呢。”苏进传达皇帝的意思。

“我不去。我既然立誓念一夜经文，天崩地坼，我也不会离开佛堂。”刘氏平静地说，“苏老儿，外面若不安宁，你请皇上来佛堂吧。”

苏进劝不动刘氏，又去后院劝皇帝离开。

“苏老儿，看不出你如此机敏的人，也会办糊涂事。”皇帝责备他，“朕说了，今夜不去佛堂打扰爱妃，即使天崩地坼也不能去。爱妃既不肯来，你还是去佛堂照看她吧。”

“爷，娘娘不放心爷，才让奴才回来侍候。奴才去了娘娘那里，娘娘还是要奴才回来。”苏进说。

“糊涂！你站立佛堂之外，不会不出声音吗？”皇帝说，“听不到你说话，她在里面安心念佛，就不会担心朕了。好了，你即刻去吧。”

内院有一小门通向佛堂，苏进通过小门，来来回回走了两三遭，突然听到有人敲响了内院的大门。敲门声很急，和不明由来的声响混杂在一起，更增添了恐怖的气氛。

“是谁？”苏进壮了壮胆子，走到门前问道。

“小苏哥，是我。”外面说话的是江彬，“请你奏明圣上，就说我赶来护卫圣上和娘娘。”

“爵爷来了甚好。”苏进正要开门，转念一想，还是该请了旨再开门，“请爵爷稍候。我去看一看，要是爷和娘娘醒了，再请爵爷入内。要是爷和娘娘睡得踏实，爵爷就不必进来了，免得吵醒了爷和娘娘，大家都有晦气。”

“那是自然，爷和娘娘都安妥，我又进去做甚。”江彬很有几分无奈。

“苏老儿，你这件事办得很稳妥。”皇帝边夸赞，边思忖，“你去对江平虏说，朕和爱妃都歇得很安稳，着他在外面侍候，不用进来了。要是他不听你的话，一定要进来——”

“那奴才就更不能让他进来了。”苏进完全恢复了灵气。

“对，就这样吧。能不能拦住他，要看你的招数了。”皇帝打发苏进应付外面的局面，心里却虚得很。如果江彬一定要进来，苏进怎拦得住？

所幸江彬并不要强行进来。苏进不即刻放他进来，皇帝不想他进来，虽然没有说明，但显然都是担心他有异动。如果不是今夜的怪异声响，他说不定真会有异动。江彬听到今夜的怪异声响，比皇帝、比苏进都要惊慌。据说，又似虎啸又似牛吼是牛首山山神发出的声音。不管他人怎样理会，江彬认为，山神是在警告他。

第二天，皇帝取消了在山上留宿三五日的计划，返回南京。

第一百九十九章

乔宇约了南京户部尚书邓璋去馆驿拜望梁储、蒋冕两位随驾的阁老。南京六部，有时缺这一部的尚书，有时缺那一部的尚书，乔宇现在只能约邓璋同行。职官的排序，户部尚书在兵部尚书之前，但一来乔宇是成化二十年进士，邓璋是成化二十三年进士；二来南京的兵部尚书比户部尚书具有实际的重要性；三来乔宇正德十年即任南京兵部尚书，而邓璋的南京户部尚书是去年平定宁王之乱后才任命的，到南京只有一两个月的时间，所以，这次拜望阁老，是以乔宇为主。

如果随皇帝亲征的文官员全部住在馆驿，则贵如阁老，也只能分得一席之地。所幸武臣随军而驻，或在兵营，或征民房，为数不多的文臣由南京相应的衙门设馆接待，南京馆驿几乎成了两位阁老的公馆，显得十分宽敞。二人随皇帝南下，一路奔走，难得有合适的住处。在南京倒是住得安逸，每日除去行宫候旨，或小游南京的风景，便是留在馆中弈棋度日。南京的门生故吏不时来馆中探望，陪着说说话。他们从不主动约请，免得引起闲话。而两位南京尚书来探，也是少有的事。

“两位老先生好兴致呀！”乔宇见到案上的棋枰，以一句闲话代替了问安。他在朝任吏部郎官时，梁储是他的上司官，因而还要再多说一句，“叔厚先生，下官奉弈局如何？”

“我们弈棋是闲弈，不能与你比。”梁储笑着说。他听说，乔宇以弈棋安定民心，大有东晋谢安之风。“老夫愿随你去山林大江中一弈，以便领略你当日的风采。”

“叔厚先生过誉，那也是在无可奈何之中，想出的无可奈何的法子。”乔宇说，“现在圣驾在南京，两位老先生在南京，不复有昨日的狼狈了。”

“希大先生说的不是心里话吧？”蒋冕揭他的底，“对于我们两个闲人，你心里大概在想：匹夫速去，我与汝偕去。”他与邓璋是同年，说了句笑话，忙着招呼，“南京湿热，礼方兄北人南任，可还住得习惯？”礼方是邓璋的字。

“多谢敬之兄关怀。夏日北方南方都热，还不觉得。伏天一过，南京暑气不减，才知南北有别。”邓璋答道，“我心里大概也在说，先生何去，我与汝偕去吧。叔厚先生，我不是在诅咒两位。”

“何须解释，敬之先生自称匹夫，你改为先生，已是恭敬多多了，我二人复有何求？”梁储回敬一句。

四人分主宾坐定，馆驿人员进茶后退出。

乔宇端起茶盅，郑重地说：“二位老先生苦谏，终于感动了圣上，不再南下，此乃不世之功。下官以茶代酒，敬两位老先生一盅。”

“圣上虽然答应不再南下，但还滞留南京，不肯颁发班师的诏书。酒也好，代酒的茶也好，我都喝不下去。”梁储叹息着。

“希大先生说不世之功，那是不敢当的。借用希大先生一句话，也是在无可奈何之中，想出的无可奈何的法子。”蒋冕还有另一层的担心，“说不定，士大夫中会有人对我二人嗤之以鼻呢。”

说起梁储、蒋冕无可奈何的法子，也实在是对自己太委屈了。那日晚间，皇帝传旨，继续南巡湖广、浙江，梁储、蒋冕连夜草拟谏章。卯初，东方刚刚露出微曦，他们便赶至行宫前，手捧章奏，跪倒西阶。当值的校尉见状大惊。他们是不能与外朝官员直接对话的，忙报到里面，请出了两眼迷蒙还没有睡醒的太监苏进。

“两位老先生，这是为何？”苏进也吓了一跳。

“臣梁储、蒋冕有本奏上。”两位阁老齐声说。

“哎呀，两位老先生来得太早了。爷昨夜睡得晚，一时还不会起身。”苏进与他们商议，“两位老先生或是将本子留下，或是先请回去，等爷起身了，我差人去请。”

“臣等所奏事体重大，一刻也延误不得。”梁储说，“奏本烦公公呈进，我二人就在这里跪等。”

两个时辰以后，苏进出来，说：“万岁爷醒是醒了，可身子有些乏，还要躺一躺。爷请两位老先生先回，午后再来议事。”

梁储说：“请公公再奏明圣上，事体重大，延误不得，我等就在外面跪等圣上召见。”

苏进只得再入内回奏。又过去两个时辰，到了午、未之际，正是一日中最热的时分。梁储汗流浃背，面色惨白，眼看着不能支撑。蒋冕年轻几岁，可看得出来，也是咬紧了牙关在坚持。

苏进传旨：“爷说了，两位老先生既要等在这里，就请起身，再等一等。爷用过午膳即有批复。”苏进劝道，“两位老先生地位崇高，跪在行宫外，不怕别人议论吗？还是请起吧。”

梁储倔强地说："臣等未奉圣旨，不敢起身。"

又过了两个时辰，天色渐昏暗，苏进第四次出外，道："爷命我搀扶两位老先生起身。爷命我传谕：不复南矣。"从卯时到酉时，共六个时辰，跪在烈日下，不吃不喝，蒋冕还能挣扎着起身，梁储则非要苏进来搀扶不可了。

"说起不世之功，敬之先生和我不敢当。真正为朝廷建立不世之功的，是希大先生和王伯安。"梁储接着蒋冕的话说，"王伯安幸运，身在是非之外，希大先生，你更幸运，身在是非之中，可以再为朝廷建立不世之功。"

"叔厚先生是要我再上疏吗？"思路敏捷的乔宇立即听懂了梁储的意思。

"我知道南京各位大人，包括希大先生，曾频频上疏，请圣上北还。"梁储说，"今日时势与前日有所不同，只要奏疏再写得恳切一些，圣上必有所触动。"鼓动过乔宇，他还要说几句安抚邓璋的话，"礼方先生，你与希大先生的处境不同，圣上南巡的名目是亲征。战事早已结束，王伯安不日将上江西捷音。兵部尚书以事论事，请上回銮，圣上比较容易听得进去。你掌户部，言回銮事，不如他自然。说不定，反会引起圣上的抵触。我特别强调希大先生上疏，而没有强调你上疏，事因在此，我可没有厚彼薄此的意思。"

"叔厚先生怕我多心，实在也是多心了。"邓璋真的没有什么不快，"战事初定，南兵部的分量重于南户部，是尽人皆知的事情。希大先生立下不世之功，南京各衙门还不是都有光彩！"

乔宇从梁储的话里听出一条令人兴奋的细节，耐着性子听邓璋说到一个段落，忙问："叔厚先生说王伯安不日将上江西捷音，可是真的？"

"是。"梁储肯定地说，"张老太监今日动身去赣州，与王伯安商定上江西捷音的细节。路上再耽搁，一个月以后，王伯安的奏疏也该到了吧？"

"圣上准许王伯安重上捷音，便是准备还朝了。"乔宇按捺不住兴奋，"叔厚先生的意思，而今上疏，易于收效，便是为了这件事吧？别人去赣州，结果如何，我不敢说。张老太监使赣州，一定不会再出岔子了。"张永视杨一清半为恩人半为友人，而乔宇是杨一清的及门弟子。北方各军到了南京后，乔宇苦撑局面，多得张永的助力，因而对张永怀着感激之情："不世之功这顶高帽，我看戴在老太监头上才是。"

"希大先生说的是。"邓璋接过话去，"若不是张老太监，也轮不到王伯安再上捷音了。"

皇帝到了南京，江彬、许泰、张忠等各自盘算，怎样向皇帝报功讨赏。张永制止他们说："不可，尔等未出京时，逆藩已擒。王伯安献俘北上，沿途过人耳目，你们攘夺其功，定遭天下人耻笑。”皇帝纳其言，亲信诸人不得不作罢。如邓璋所言，没有张永阻拦在前，皇帝今日也就不会命王守仁再上捷音。

议论乔宇的功绩也好，议论梁储、蒋冕的功绩也好，议论张永的功绩也好，都不是无谓的闲话，但乔宇此来的主要意图尚未说及。他清了清喉咙，以期引起两位阁老的注意，这才开口说：“叔厚先生，敬之先生，江西王伯安有一事恳请，浙江何方伯有一事密白，我竟不知该先讲哪一事，后讲哪一事。”

“希大先生一向镇定，怎会不知先后？”大家的注意力都转向乔宇，梁储先说道，“你把王伯安放在了前面，自然该先说他。”

“好，那我就先说江西的事了。”乔宇点点头。

宁王押解到南京有了些日子，皇帝不说由朝廷的三法司会审，还是由南京的三法司会审，所以还没有正式问案。而身份特殊的人，如张忠、江彬等，都自称奉旨，秘密侦讯过宁王。江彬是想多问出些宁王与钱宁勾结的细节，彻底置钱宁于死地。张忠则是整治别人以外，自己先怀着鬼胎。宫中三张，都受过宁王的贿银贿物，也都向宁王投刺示好。张忠因与钱宁失和，逐渐疏远了宁府的人。但既然曾投刺投函，他便不得安宁。何况，三张一向是一荣俱荣，张雄、张锐与宁王的关系更为密切，也托他设法弥缝。见过张永之后，他才知道，王守仁当着张永的面，把皇帝的亲信们投递宁府的信函付之一炬。他心里踏实了，开始一心一意整治别人。没有王守仁焚函之举，张忠首先要自保，其次才要整人。王守仁为他解除了顾虑之后，他首先要整的就是王守仁。王守仁不肯将宁王交付给他，不但使他失去一个在皇帝面前邀赏的极好机会，而且皇帝本人都在嘲笑他的无能。张忠密讯宁王，宁王供出李士实、刘养正等长长的一串士大夫的名单，他们或死于狱中，或仍在囚禁之中。张忠听了，都不甚在意。宁王供罢，他耐心地诱导：“王都御史与王爷没有来往吗？”宁王不明白他的用心：“可是王伯安先生？”张忠微微颔首。宁王说：“王都御史与罪王没有来往，但与刘养正有来往。”张忠有了兴趣，问：“王爷是听谁说的？”宁王说：“是刘养正本人说的。”张忠问：“除了王爷，还有谁知？”宁王说：“李士实。”李、刘二人均已死于狱中。宁王被王守仁擒获，他的供词不利于王守仁，不足为凭。王守仁与刘养正来往一事，成了死无对证。张忠泄气地问道：“王都御史与王爷没有来往，王都御史的亲朋好友与王爷也没有来往吗？”宁王说：“有一人，曾数次到南昌，在王府做了不少日子的上宾。”于是，他供出了冀元亨。这正是张忠需要的。他密奏皇帝，查明逆藩一名重要党羽，现已逃离南昌，估计是回到湖广老家。他不说明冀元亨与王守仁的关系，以免引起皇帝的猜疑。果然，对一名依附逆藩的举子，皇上是根本不会上心的。他命张忠传旨：锦衣校尉赴湖广武陵，捉拿逆案要犯冀元亨下狱。

王守仁得知此事时，从南京差出的锦衣校尉大概已经到了湖广。他向南京的乔宇恳请救援，并请乔宇向梁储、蒋冕恳请救援时，锦衣校尉大概已经押解冀元亨在赴京的途中。

“王伯安说，冀子实是为探宁府虚实，而深入龙潭虎穴的，应该说，有大功于朝廷。如果不分是非，轻率定罪，将使天下忠义之士寒心。”乔宇不是在转述王守仁的话，也是在表达他自己的见解。

“此事真是有些棘手。”梁储叹道，“要是宁王反口，王伯安一纸冤状，就可以开脱冀某。要是宁王咬定冀某是同党，希大先生我们一起上疏为他鸣冤，只怕也难成事。”

他的话很实在，他不说，蒋冕开口，也是这一番话。王守仁说使天下忠义之士寒心，他们身为朝廷栋梁，不能不动心。可想不出好的法子，大家默然不语，算是有了共识。

“希大先生，请说浙江的事吧。”蒋冕低声道。

“江西的事，说起来沉重，我辈只好徒唤奈何。浙江的事，说起来有些轻浮，该不该说，我真是把握不住。”乔宇的情绪变得低沉。

“江西的事，希大先生说了，未必能办好。但我们大家都知道了，总强过无人知晓。浙江的事，也请讲一讲吧。”梁储的动机，倒不是一定要听乔宇的讲述。对他的话题表示关切，或是一种安慰。

“叔厚先生吩咐我讲，我就讲了。”乔宇强打起精神说。

难怪他会觉得有些轻浮，浙江左布政使何天衢讲给他听的是一名卜者的故事。杭州人张仑善卜，何天衢和右布政使[illegible]各请他起了一卦，问的都是时局。也难怪他们要问卦，浙江自正德七年以后未设巡抚，没有一个可以调配全省军队的衙门，所以，江西变乱，要靠巡按御史和按察史预做防务。浙江邻近江西，浙江镇守太监毕真与宁府一向呼应。何天衢和徐蕃于是问凶吉于卜者张仑。

张仑五岁丧明，精通卜筮。何天衢要他卜浙江有没有人为江西应，他起了一卦，说：“凶魁行将授首，公何必忧内应？”果然，几天以后，传去宁王被擒的消息。徐蕃要他卜皇帝会不会驾临浙江。他起的是同人之离卦。徐蕃也懂一些易理，说：“同人，亲也，离方在南，圣驾其来矣。”张仑说：“不然。卦体属乾，乾方在西北，圣驾当返矣。同人用于他人，或有个说法。主上至尊，人安得同之？此卦不须理会同人，只看离卦可矣。”果然，现在有了皇帝“不复南矣”的许诺。

浙江之事，何天衢、徐蕃请张仑卜，只是个引子，主题却是张仑自己起的一卦。

“叔厚先生，传闻圣上一路之上不离水，可有此事？”乔宇问。

“确是如此，”梁储说，“走运河，不离水；每到一处，泛舟渔钓，不离水。圣上还用智者乐水来教导身边的公公。怎么，有不妥吗？”

乔宇道：“张仑起的卦很怪，说圣上不宜近水，更不宜反复戏游。”

众人听了，又是一阵沉默。从臣子的角度谏止皇帝过分戏游，谁都可以上一道奏疏。若以卜者之言上疏，却是从未有过的荒唐。

“能不能请这位张先生详细说一说？”梁储问。

“这事也怪。”乔宇说，“何方伯告诉我，张仑在杭州城里摆了个卦摊，城里城外没有人不知道。自从起了那卦之后，他突然不知所终了。”

乔宇先埋下了伏笔：不但张仑预卜皇上的安危祸福是轻浮，何天衢听他说卦，而且对乔宇转述，也是轻浮。他敢于讲这个故事，是因为相信在座的都是正人君子，不会借题发挥，兴起大狱。

梁储和蒋冕相对无言。乔宇无疑是把劝解皇帝离水的担子放在了他二人的肩上。可他二人怎挑得起来？

第二百章

杨一清多年的习惯，在书房里摆了张卧椅午歇。杨芝坐在卧椅旁的小凳上，轻轻地摇着扇子。今年是闰八月，虽已入秋，仍然暑热难消。杨一清身体瘦小，本是耐热，但没有杨芝在一旁摇扇，就难以入睡。几年过去了，杨芝清秀如昔，而身子长高了许多，比杨一清高过半头，早过了摇扇子的年龄。老爷央求他摇扇，他便摇扇，却没有了童年时的热情。

一名家人进了上房，恭恭敬敬地用手势询问，可不可以说话。杨芝摇摇头。家人退出，杨芝起身，轻手轻脚地跟了出去。

“小管家，外面来了客人，要见老爷。”家人禀告。杨府有真正的管家，杨芝只是老爷的贴身书童。但杨府的家人都知道，杨芝是老爷的心腹，凡事求到杨芝，比求管家管用得多。久而久之，众人便以小管家称呼他，他也坦然受之。

“你办事越来越没有章法了。”杨芝责备他，“你又不是不知道，老爷午歇时，就是南京六部的堂上官来了，没奈何，也见不到老爷。你根本不用走这几步路，回了他就是。”

“小管家，我也对客人说了老爷此时不见客。可客人说，不妨，你告诉杨先生，有故人来访。”家人特意把“故人”两个字加重了语气。

“何谓故人，你知道吗？”杨芝摆开了教训人的架势，“相识之人，就是故人。你说，隔三日差五日来见老爷的人，哪一位与老爷不相识？哪一位不是老爷的故人？要是说一声故人，老爷可以不午歇，就太好了。咱们老爷还会午间睡足，夜间难以入梦了吗？”

“小管家教训的是。”家人今天特别固执，“可这位客人一口地道的京腔，看他那神态，看他随从人等的神态，绝不是老爷一般的故人。”

杨芝还要继续教训他，后面一声咳嗽，杨一清从书房走了出来，“芝儿，今天你的灵巧不如他的执着。他感觉不是寻常的故人，我看，也的确不是寻常的故人。来，你说说他的模样。”

不等家人说完，杨一清大惊失色，顾不上更衣着袜，抱着鞋子向外就跑，过了中院，鞋也甩掉了一只。他出了大门，拨开正与客人理论，不许客人入内的家人们，跪地叩首，诚惶诚恐地说："臣不知陛下驾临，迎驾过迟，乞陛下恕罪。"听了他的话，杨芝和众家人都惊呆了。杨芝机灵，立即跪在主人身后，其他人随着跪在了更后面。

"爱卿平身。"皇帝笑着说，"府上的人不相信朕是你的故人，你来对他们说，朕是不是你的故人。"

"他们幸亏没有相信陛下的说法。"杨一清道,"他等若是相信了，他等罪不可赦，臣亦罪不可赦。君臣的身份，臣怎敢以故人自居！"

"好，你不要我这个故人，有一个故人你不能不要。"皇帝指着张永说，"老太监一再说你学识渊博，藏书甚多，说朕到了丹徒，不可不到杨府。你要是嫌朕来得唐突，只好怪他多嘴了。"

"应宁先生，久违了。"张永向杨一清一揖，"我请万岁爷驾临府上，也是有些私心。暌违教下多年，我想煞先生了。南下时匆忙，不敢以私废公。今日随爷凯旋，无论如何要与先生见上一面。"

"南北相隔数千里，我对老太监也思念得很。"杨一清还了一揖，"老太监随圣上亲征，千里驰驱，又为朝廷建立大功，可喜可贺。"

张永说："万岁爷念我侍候多年，格外体恤，准我为前部，我但求无过而已。若说有些事情办得妥当，也是爷的指授，我哪里敢说立功？"

杨一清与张永说着应酬的话，皇帝的眼睛却盯住了跪在杨一清身后的杨芝，问道："杨先生，这一位少年是令郎，还是侄甥辈？"

杨一清本要说臣无子嗣，话到嘴边咽了回去。皇帝无子，他也无子，照直说出，在皇帝听来，有讥讽之嫌；在他人听来，有比附之嫌。他便不正面回答皇帝的问题，径向皇帝介绍："童儿姓杨名芝，在书房中照顾臣。臣全家上下，都称他小管家。"

"好一名书童！好一名小管家！"皇帝喝彩，"芝是灵芝的芝吧？名字也起得好。不过，朕还想为他改两个字。杨先生，你看他面色皎白如玉，似不似羊脂？不如改叫羊脂，再加上一个白字。羊脂白听起来俗不可耐，但朕见过的英俊少年成千累万，当得起这三个字的，只有杨府中的书童。爱卿看朕为他改的名字可使得？"

杨一清听了，不由得大惊。他听说，皇帝不知在宣太原哪一处，见到一伶人，稍一妆扮，艳过女子。该伶人有一奇特之处，发色乌黑，唯独头顶正中一束白发，因而同辈送他一个绰号，叫头顶白。皇上戏谑地说："头顶白，不知腰下可白？"腰下白指净身，是唐代以来就有的说法。皇帝身边的贴身小太监们一合计，一定是皇帝要该伶人净身入宫，便合伙请他喝酒，趁他醉卧床榻之际，一刀割去他的是非根。皇帝原无此意，见伶人换上宦官的衣饰，听小太监讲了原委，只是一笑了之。伶人不知道宫中的规矩和皇帝的习惯，后来未得大宠。众人在背后都说，他是个冤鬼。皇帝叫杨芝"羊脂白"，要是再说一句："最好腰下也白。"这个童儿就活生生被毁了。

惊是惊，皇帝赐名，还是要谢恩："陛下钦赐名号于家童，不知是他几辈子修来的造化，臣代他谢恩了。"

"杨先生能调教出千军万马，唯独就调教不出一个会谢恩的书童吗？"皇帝调侃地说。

看来不会再提腰下白了。杨一清心中说了声"好险"。可被皇帝挤兑住，他不能再代杨芝说话了。

杨芝在京师跟随杨一清，见过不少世面。对皇帝的到来，他开始难免要惊慌，但很快镇定下来。见老爷被皇帝难住，他不慌不忙地说："草民与万岁相隔遥远，草民谢恩，万岁听不真切。草民的主人代草民谢恩，草民再谢主人，就等于是谢过万岁的洪恩了。"

"你很会说话，"皇帝夸他，"朕身边正缺少一名像你一样会说话的童儿。你愿不愿意辞去杨先生府上的小管家，随朕一起北上？朕可以安置你在豹房充当一名小管家。在豹房，可比你在镇江杨先生的府上有趣多了。"

杨芝看了杨一清一眼，极有分寸地说："老爷待草民很好，草民舍不得离开老爷。"

"杨先生是读书人，你为他掌书房，他肯定离不开你。朕不能夺杨先生所爱。朕要你去豹房，多则三个月，少则十余日，你还回到杨府，那时，你就不是小管家了。"皇帝看来完全是提携之意，"再说，杨先生乃天下奇才，朝廷一定还要大用。他一到京师，你回到他的身边，不就更便当了吗？杨先生，你说朕的安排好不好？"

杨一清有什么好说？"陛下赐名，是这孩儿的造化，陛下要带他去京师，更是这孩儿的造化。只是，这孩儿产自江南，对京师的气候不相适宜，还望陛下早日放他南归。"

"好，就这样说定了。君无戏言，我留他在京师，绝不超出半年。"皇帝高兴地说，"不过，我也要把话说在前面。到了半年之期，他要是不肯回来，杨先生，那就不是朕不守约定了。"

"到了半年之期，草民不能不南归。"杨芝乖巧地说，"草民要是贪图富贵，不肯离开万岁，而使万岁失信于我家老爷，失信于在座的各位，草民的罪过可就大了。”

杨芝的赐名和去留，是皇帝临幸杨一清府第的小插曲，结果至少在表面上是皆大欢喜。张永适时地说：“应宁先生，你是江南藏书大家，爷到了镇江，他处不去，先到了府上，就是要见识见识你的藏书。你也该进献一二珍品吧？”

“藏书大家不敢当。”杨一清谦道，“陛下，臣的图书分置于三室，恭请陛下赏阅。凡陛下所赏识者，臣得以进献，则是书之大幸，臣之大幸。”

第一室的图书较为普通，多数可以购之于书肆，或见诸于一般读书人的案上。皇帝随意翻了翻，随意问了问，一本也没有取。第二室的图书均为巨著，每部在数十册之上。许多是书肆上见不到的精品。皇帝取出一本《文献通考》，问道：“杨先生，《文献通考》算得上好书吗？”

杨一清答：“诚如圣谕。《文献通考》有事实，有议论，诚是可做借鉴的一部好书。”

“有事实，有议论，爱卿评书真是言简意赅。”皇帝问，“不知该书共有若干册？”

杨一清对曰：“版本不同，册数亦不相同。臣家中收藏的这一部，凡六十册。”

“六十一甲子，是吉祥的数字。爱卿有心，购书也求吉祥。”皇帝从书的内容说到书的册数，显然是看中了这部书。

杨一清知趣地说：“臣因此书精美，故购置一部，却不曾想到印书者为求吉祥，经陛下一说，才略有所悟。臣请进献。”

皇帝点点头，接受了他的进献，然后说：“六十册成一书，实为罕见。杨先生所收藏的书中，更有多于六十册的吗？”

“有，”杨一清回奏，“臣所收藏《册府元龟》一部，凡二百零二册。此书也是一部好书，臣请进献。”

“朕南下以来，平虏伯向各处索要书籍，朕料他辨不出好书坏书。朕从杨爱卿处得到两部好书，一定要愧煞他了。”皇帝得意地招呼苏进，“苏老儿，杨先生送与朕的两部书，你要亲自来打点。”

“奴才遵旨。”一直不曾开腔的苏进有了说话的机会，“请杨大人定个时辰，我领人前来搬运。”

“小苏太监随时可来。”杨一清亲热地说。

皇帝起身，表示要离去了。“杨先生，”他招呼道，“朕今日来，是向你请教学问。明日朕还要来，请教你的文学。我这里有乐府十章，先请你读一读。朕要你明日唱和十章。”苏进将皇帝的御制诗付与杨一清，皇帝又说，“对了，明日朕来还要饮酒。

杨先生府上可有佳酿？”

“臣明日恭候圣驾。臣家中有藏了多年的丹阳酒，在江南还有些名气。”杨一清奏道。

看到杨芝不知该随自己回行宫，还是该留在杨府，皇帝说：“朕的行宫简陋，不似杨先生的府上舒适，羊脂白，你且留在这里，待朕离开镇江时，再来接你。苏老儿，此事你也要亲自来办。”

皇帝心血来潮，命乔宇护跸。护送到何处没有确定，反正是要他随着走一段。

乔宇到了镇江的第一件事，就是要拜见恩师。没想到，他见杨一清的心情迫切，皇帝比他见杨一清的心情更迫切。一到镇江，不游金山，不游焦山，先去了杨府。皇帝没有命乔宇随行，乔宇只有回避，另找时间再去。他知道杨一清有午歇的习惯。但为了他的一桩心事，偏偏要在午间去才好。探听到皇帝第二天还要去杨府，时间定在晚间，不在午间，乔宇抓住机会，兴冲冲地赶到了杨府。

杨芝自然要领他去后面见老夫人。杨一清的夫人从不午歇，而且，午间似乎是她精神最好的一段时间。乔宇的计划，正是在见到杨一清之前，先见到师母，有话要说。

“师母，我来给你叩头。”在众弟子中，乔宇最受杨一清喜爱，地位也升到最高。他每次来镇江拜师，杨一清都要他到后面问候师母。这一次虽然不是杨一清的嘱咐，他到后面也是顺理成章，杨夫人并不感到意外。

“是希大呀，叩头不敢当。你现在是朝廷的栋梁了，受你一个头，老妪要折寿的。”杨夫人与他说笑，“你老师正在高兴，说，希大奉旨到了丹徒，可以见上一面了。我说，希大一年多不来走动走动，见了他，我要好生责问他。他说，你好不糊涂！两个月御南军，四个月御北军，八个月侍候皇上，他怎敢离开南京一步。”

“老师的体恤，师母的念叨，希大都是感激不尽的。说起一年多不曾来给老师和师母请安，希大无地自容。”不顾杨夫人的阻止，乔宇还是象征性地屈了屈腿，行了见长辈的礼。

“希大，你知道你老师的规矩，午间总要歇上一个时辰半个时辰。你跟着皇上，想必皇上也有午歇的习惯，所以你只能这时辰来看望老师。”杨夫人推测着说，“皇上的规矩当然要大过你老师的规矩，你一定要遵从皇上的规矩。希大，我的话对不对？”

她说了两件事，一是皇帝也有午歇的习惯，乔宇只能在午间来看望老师，二是皇帝的习惯大于老师的习惯。她问对不对，不知是指哪一事。乔宇只好含糊地说："是，师母高明。我知道老师午歇的习惯，不得不在午间来，见不到老师，给师母叩头也是一样的。"

"你说的不错。你公事忙公事重，见不到你老师，我对他说一句，他知道你来了，没见上面，也是一样高兴的。"杨夫人道。

二人说了一阵闲话。乔宇提起昨日皇帝来杨府的一段插曲。"师母，听说皇上把小杨芝错当作我的世兄了，使老师很难为情，可有此事？"

"是啊，皇上问你老师，芝儿是令郎还是侄甥辈，你老师很有些不好回答。"杨夫人证实。

乔宇不问有什么不好回答，却问："老师和师母可曾合计过，就将小杨芝过继在膝下？"

他问得唐突，杨夫人有些愕然，但还是答道："芝儿虽然可爱，但你老师说，过继是大事，不能太轻率，总要先请示族中的长辈。"稍稍解释过后，杨夫人更是愕然，问道，"希大，你这是作甚？"只见乔宇直挺挺地跪倒在前方，全不似方才装模作样地屈一屈腿。

"希大恳请师母成全。"乔宇一字一顿地说。

"什么事要我来成全？是你的事，还是他人的事？"杨夫人和乔宇熟稔，可还从来没有经历这等场面。

"是老师的事。"乔宇说，"希大知道，老师一向敬重师母，凡行大事，都要使师母高兴。但延续老师一脉的香火，是而今再大不过的事了。老师在山南海北的弟子，无不为之焦虑。希大任职南京，离老师、师母最近，大家就把责任推到了希大的身上，要我找机会向师母进一言，恳请师母准老师纳妾。"乔宇又加上一句，"此事老师并不与闻，全是弟子们的诚意。"

杨夫人听罢，不由得大声笑了出来："原来是为纳妾之事！希大，你老师一再赞你遇事镇定，我看你也有糊涂之时，不然，你也不会没来由地为你家老师分辩。我再没有见识，不孝有三无后为大的道理还是懂的。你以为我不准你老师纳妾？我说一句话，不怕你们取笑：老妇入杨门数十载，至今还是童子之身。"

乔宇大惊不已，大愧不已。他怎会知道，杨一清生来隐宫，一直不肯纳妾，是因为有难言之隐。

第二百零一章

九月，王守仁回到南昌。他身兼江西巡抚和南、赣巡抚二职，南、赣山盗先已基本平息，当然应该常驻南昌。

“老爷，外面有一怪人求见。”王小说。他进入衙门后堂，手捧一帧纸稿。

“何谓怪人？他不曾带得土仪，便是怪人了吧？”王守仁知道众弟子从外地来，总要带一些当地的土特产品，而且，总是亲手交给王小。

“老爷太小看我了。我跟了老爷这许多年，还不知道看人要看人品，要看学问，不能看有无赠馈，赠馈多少吗？”王小申辩说，“我说他怪，是因为他身上的服装，头上的帽子，无不怪异。”

“冠服不同于众，确是怪异。”王守仁道，“他着何服，戴何冠，你说与我听听。”王小凭着印象，大致说出了来客冠服的样子。王守仁点点头，说，“他穿的是古人的服装，戴的是古人的帽子。他来考咱们了。”

“今人而穿古人的服装，而戴古人的帽子，我说他怪，不冤枉他吧？”王小刺了一句，“可他有什么资格来考老爷呢？”

王守仁常被他刺上一句两句，绝无不悦之色，指着他手持的纸稿，说：“虽无土仪相赠，却有文字相投，何不交我一阅？”

王小才发现，他手上拿着客人作为见面贽礼的诗稿，忘了交给老爷。他不肯认错，说：“我告诉他，老爷有吩咐，不许我收初来客人的东西，老爷如肯见你，你还是亲手交给老爷吧。他纠缠不清地说：‘纸是东西，诗稿并非东西，务请呈与先生。’我辩不过他，只好收了下来。老爷要阅，就拿去阅吧。”

客人的诗稿是两首五律，写的是高山仰止之类的颂扬之句，写得空泛，甚至可以说是言不由衷。下款署名：泰州王银。王守仁说：“他是慕名而来。慕名而不尽信，要亲自考察一番。这样的客人，倒不能不见。王小，请他进来。”

“布衣王生拜见都御史王公。”王银在王小的引领下进入后堂，对王守仁长揖不拜。此人看上去质朴，骨子里却有一股常人不具备的傲气。

也许是有缘分，王守仁第一眼就喜欢上了他。“看座，奉茶。”他向王小吩咐着。王小送过茶，退了下去。王守仁又打量了来客一番，态度和蔼地说：“请问王生字号。”

“晚生王银，家境贫寒，父亲大人充灶丁，识字不多，不能命以字号。晚生初涉圣学，知理不多，不敢自加字号。”来客不以家贫为耻，不以初学为讳，率直言道，“晚生盼得一师，请师尊赐字久矣，今尚未得，王公但以王银唤我好了。”

王守仁的第一个印象，是孺子可教；第二个影响，是此生不易收服。王银由泰州来南昌，不像从各地来的许多书生，离开家乡之前，就决意拜入他的门下。王银到了南昌之后，还没有确定，要不要拜入他的门下。如他所料，王银此来的目的，是要考察一番。

既然如此，王守仁就一定要下一番功夫，以赢得王银的敬佩，将其召入门下。

以事论事，以事及理，是王守仁教诲门生的基本方法。与王银的谈话，也就从王银所穿所戴而始。“王生所冠何冠？”他平和地问，听不出他是赞成其冠，还是反对其冠。

“晚生所冠，为有虞氏之冠。”王银答道。古圣人舜受尧禅，国于虞，称有虞氏。可以想见，王银戴了虞氏之冠来见王守仁，定是追求古朴庄严。

“不错，王生所冠，确是圣人之冠。我见王生之冠，不觉心情荡漾，若有所思。”王守仁沉静地说，“再请问，王生所衣何衣？”

“晚生所衣，乃老莱子之衣。”王银答道。老莱子是春秋时期楚国的贤人，至孝，年七十作婴儿戏，取娱亲老。可以想见，王银穿了来见王守仁的服装，一定是简而不繁。

“不错，王生所衣，确是贤哲之衣。我见王生之衣，不觉心旷神怡，若有所悟。”王守仁问，“王生欲学老莱子乎？”

“自然欲学，”王银说，“见贤思齐，我衣古贤者之衣，正为学古贤者。”

“王生之志堪嘉。”王守仁道，“然学老莱子，可服其服，衣其衣，亦可学其言，学其行。王生是止于服其服，还是欲行其行，言其言？见贤思齐，当不止于服其服。”

“伯安先生是说，服其服并非见贤思齐？”王银的态度顿时有了改变。方才以王都御史相称，明显是敬而远之。现在改为伯安先生，才是晚辈对长者的尊称。

“见贤思齐不是不可以冠其冠，衣其衣。但只是冠其冠，衣其衣，不过是学到了皮毛而已。更要紧的，是学其思，学其想，学其言，学其行。如是，才说得上见贤思齐，王生以为然否？”王守仁谦和地说教。

“阳明先生的道理甚是深奥。”王银说，他又改用了王守仁的弟子通常使用的称呼，“吾人之学，饰情抗节，矫诸外；先生之学，精深及微，得之于心者也。晚生千里远来，不虚于行。”

“请问王生何以不远千里而来？”王守仁问。

王银答：“为黄先生一语，故不远千里而来。”

“是哪一位黄先生？”王守仁思索着，问出了声。

“只知其姓，不知其名与字。只知其为江西人，不知其生平事迹。”王银道，“一日，晚生与同道三、五人论学，黄先生在一旁倾听。晚生所读书，唯《孝经》《论语》《大学》数种，可说是孤陋寡闻。黄先生偏偏对晚生的议论格外用心。晚生议论毕，黄先生上前，朝晚生一揖，问道：‘汝出于王门乎？’晚生道：‘某姓王，却不知道王门。’黄先生说：‘王门者，江西王公所创立的学派，子焉可不知？’晚生道：‘某知王公其人，不知王公其学。’黄先生说：‘我听你讲格物之学，绝类王公良知之学。良知、格物，同一也。’晚生请教王公之学，黄先生略讲一二，晚生听得又惊又喜，心想：晚生之学若与王公之学同一，是天以王公之学与天下后世也；王生之学若与王公之学有异，是天以晚生与王公也。因而，晚生水陆并行，日夜兼程而来，求见先生一面。”

“天以王生与我，以纠我学之谬乎？”王银的表现绝非人云亦云，所以王守仁有此一问。

“非为纠谬，只为互相参酌。天以晚生与先生，以光大先生之学。”王银自信地说，“阳明先生，晚生今知有王门，愿拜入王门。”

王守仁沉吟着，摇了摇头。愿意拜在他门下的士人，大概以徐祯卿最为狂放孤傲，可是，王银的狂放孤傲，似乎又超过了徐祯卿。

“阳明先生不肯收容晚生吗？”王银立刻表现出了不满、气愤和失落。他或以为，他可以选择入不入王门，王守仁却不可以选择收不收他。

“不是我不肯收容王生，是王生还没有确定，入不入王门。”王守仁纠正他的说法。

“晚生不远千里而来，与先生一晤，即请拜入王门，晚生决断，未有如此之速者，阳明先生怎么还说，晚生没有确定呢？”王银分辩道。

“我要说的，正是王生决断太速。”王守仁解释，“王生说，我讲良知，王生讲格物，这话不妥。王生问一问我门下诸子，就可以知道，我不但讲良知，而且讲格物。格物和良知本难分割。我讲的良知，是致良知，我讲的格物，是真格物。既讲良知，又讲格物，才是致良知，才是真格物。王生如果只讲格物，你的王学和我的王学，肯定相差甚远。就算王生讲格物，我讲良知，王生此来，尚未与我辩证启发，何谓格物，何谓良知，只凭我学圣人之表还是学圣人之里的一段议论，就要拜入我的门下，怎能坚其意志？所以我说，王生并未确定，入不入王门。”

“晚生怎样才能算作确定？”王银问。

“请王生今夜就宿客舍，我门下弟子有一份我授课的笔记，王生可以借阅。对照笔记，王生可以细想你所讲的格物。若王生以为，我讲的良知，和你讲的格物，确是同一之学，或者，二学虽不尽相同，但你愿意接受我之王学，那么可以说，你是真心诚意要入王门。”

“晚生可向谁求得先生讲课的笔记？”王银接受了王守仁的提议。他此行的目的，正是要比较二人学说的同异。

“引你进来的王小那里就有。”王守仁指引他。

“先生的管家叫王小？好有趣的名字。”王银不觉好笑，“可我看他已然不小了。”

“人变了，姓名却没有变。”王守仁的话里带着玄机，“王生若因他人变了，名字未变，而有所不足，不妨改称他王不小，他说不定会高兴的。”

王银喜形于色，深作一揖，说：“多谢先生启迪。”

“王生有所悟了？”王守仁见他听懂了，也喜形于色。

“是，”王银道，“古之人与今之人亦有所变，而冠服不变，使今人见之，亦有所不足。”

“王生可教。”王守仁满意地说。

夜深了，王守仁还坐在书房，手捧一书，似读非读。他在想着明天与王银的对话。王小走了进来，反掩上房门，轻声说道：“老爷，差去武陵的人回来了。”

“人在何处？怎不带他进来？”王守仁忙问。

王小说：“天色晚了，他进内院不便。我问过他后，打发他去休息了。我把情形给老爷大致讲一讲，老爷明日再亲自问过他。”

王守仁点点头，说：“这样安排很妥当，你的记性好，有你讲给我听就可以。”

“冀家奶奶我是知道的，性子很强，不会为厄运所屈。可我万万没有想到，冀家的两位小姐，小小的年龄，性子也是如此要强。”王小感叹着。

“王小，先莫感叹，快告诉我从武陵回来的人是怎样说的。”王小与冀家关系不同，任他感叹下去，不知有多少不着边际的话要说。

“这就是从武陵回来的人说的情形呀！”王小很不高兴他的感叹被打断，“冀老爷逮赴南京，冀奶奶和两位冀小姐在湖广按察司狱。冀奶奶绝无惧色，说：吾夫平生尊师讲学，宁有他乎？两位小姐绝无惧色，说：吾父平生尊师讲学，宁有他乎？冀奶奶带领两位小姐，每日治厨搓麻，停下来时，便诵书歌诗，相互宽慰，相互引发。自狱卒至按察司诸位大人无不感动。或开解冀奶奶道，不日即得释。冀奶奶说：‘不见吾夫，何归？’或开解两位冀小姐说，不日即得释。两位小姐说：‘不见吾父，何归？’回来的人说，要是冀老爷不获开释，即使准释冀奶奶和两位小姐，她们也不会归家。”

王小一口一个冀奶奶和两位冀小姐，深深刺痛了王守仁，特别是她们说的，吾夫吾父平生尊师讲学，更增添了王守仁的不安。如果只留他在自己身边讲学，怎会有今日？平定宁藩之乱，是洪、宣以来的一件奇功，自己虽说未获朝廷褒奖，可还不致有牢狱之灾。冀元亨受命行事，却成了阶下囚，而且是关在锦衣卫大狱里的钦犯，前途难卜。作为他的老师，作为得他之助的地方大员，怎能不感到悲哀伤戚？

“老爷的咨文送上去，还没有回应吗？”王小问。

王守仁沉痛地摇着头。八月，他呈文刑部、都察院，申诉冀元亨的冤屈，他还投函杨廷和、王琼等人，请他们敦促刑部、都察院办事，可没有只言片语的回音。“皇上还在途中，蓄意下唯乾于狱的宵小还在途中，怎会有回音？”他安慰王小说，“不过，也不须急，两京科道纷纷上疏，交口为唯乾论辩，朝廷不能再置之不理了。”

王小低头想了片刻，抬起头来，坚定地说：“老爷，我要告些日子的假。”

王守仁有些意外。王小有家小要照看，隔上一两个月，总要请几天假。王守仁官做大了，虽然衙中家中，都离不开他的照料，但还有其他家仆，也不难为他，只要他开口，总是准假。王小也通情理，告假时，总是以商量的口吻，不似今日，几乎是不容置辩。王守仁还是如往常一样问他：“是告三五日的假，还是告十日八日的假？”

“多则一年半载，少则两三个月。”王小说。

王守仁明白了他的心意，既为他的长期离去而为难、不舍，又为他的侠肝义胆而欣喜。

“老爷准我的假吗？”王小焦急地问。

“你不开口，我也要打发你去，只是没想到会这样久。”王守仁问他，“你打算先去武陵，还是先去南京？要用多少银子，你向账房支取吧。”

“我寻思，冀老爷放不下心的，也只有冀奶奶和两位小姐。我先去武陵，把奶奶和小姐安顿好了，再去侍候冀老爷，他就心中无憾了。安顿好武陵的事，我立即去南京。冀老爷若在南京，我就在南京侍候他，冀老爷若押解北京，我跟到北京侍候。就算是我为老爷尽一份心意吧。”王小说。“账房的银子不需要，我平日有些积蓄，足够用作盘缠了。”

“你既然说为我尽一份心意，就一定要用账房的银子。不然，我还要另差人去武陵、去南京、去北京。”王守仁不容辩驳地说。

“老爷这样说，我去账房取些银子就是了。”王小道。

“你代我照料唯乾和他的家眷，你的家眷就由我来照料。你去两三个月也好，去一年半载也好，都不必担心家中的事。”王守仁做了承诺。

“多谢老爷的体贴。有了老爷的话，我一定侍候冀老爷到出狱。冀老爷、冀奶奶那边的事，老爷也不必再牵挂了。”王小投桃报李地说。

王守仁动了情，不由得感叹起来：“你跟随我十余年，我今天才发现，王小不小了。”

“老爷也同意我把名字改了吗？”王小惊喜地问，“侍候冀老爷回来，我要对家中人说，不，我要对世人说，我不叫王小了，我叫王不小。”

“那么，为你改了名字的人，我把他收到门下，你也不会不准了？”王守仁笑着问。他有意打破书房中的凝重气氛。

王小认真地说：“他怪是怪了些，可人还不错。反过来说，他人是好人，可脾气还是有些怪。老爷不妨收他到门下，可一定要好生调教。”

“对弟子，我从来是理喻，从来不调教。”王守仁说，“他今日说，要拜入我门下，我要他再思三思。明日他来见我，一定后悔，或会提出暂居宾席。我还是要他再思三思，数日后他来见我，才会心悦诚服。王小，你知道那时我要做的第一件事是什么吗？”

“老爷一定要讲讲圣学大旨吧？”王小猜测着。

“那是以后的事了。”王守仁说，“和你一样，他的名字也要改一改。我把他的单名拆成二字，一为金，一为艮，他或名金，或名艮。金字也俗，可王金比王银好。当然，我断定他宁愿叫王艮而不愿叫王金。他今日讲了，要我赐以名号，我看，他字汝止再合适不过。王小，此子不俗，或如其言，他日可传我学。”

第二百零二章

九月十五日清晨，皇帝带苏进、赵林二人从太监张阳在清江浦的宅第出来，步行至积水池，上了小舟，准备游水钓鱼。赵林操棹划船，苏进一面侍候着渔具，一面与皇帝闲谈。

“苏老儿，还记得朕在此处对你说的智者乐水的古训吗？”皇帝问道，“朕今日回来，实有感触。朕就算天资不高，称不上智者，一路上嬉游于水，也该成就为智者了吧？”

“爷若称不上智者，还有谁能称得上智者？是他还是奴才？”他，自然是指赵林，“要说本不是智者，托了爷的福，随爷游了一路的水，因而多少有了些智慧，那是奴才。至于赵哥，我小声对爷说一句，他这里，”苏进指了指自己的头部，“更加不敏了。爷游水带不带上，都不打紧。”

“赵老儿，苏老儿又在贬抑你呢，你不回敬他两句吗？”皇帝喜欢热闹，一憨一狡两个老儿在他面前斗嘴，是每日不可少的热闹。

“爷不说，奴才也知道，奴才在途中看了他一眼，就看出他要贬抑奴才，方才竖了竖耳朵，正听到他在贬抑奴才。奴才本就不敏，何须他说。就是让他说上两句，也不会更加不敏。随他去说吧。”不知从什么时候开始，赵林的话也多了起来。

“赵哥，不是我要贬抑你，听爷一句教导，胜读十年书。爷上次讲智者乐水的古训，你不在场，比起我，你就要差一截了。”苏进解释道，“不是说，你比平日的我差了一截，是说你比听了爷的教导的我差了一截。我这样说，你敢不服气吗？”

“不用爷教导，你也比我高了一截，又何须说！”赵林不与苏进争高下，也是使他扫兴的绝妙法子。

“赵老儿，你不要服输。我单独教导你几句，让你也高过苏老儿一截。”皇帝继续挑唆。

“爷不公道，”苏进叫屈，“上次赵哥不在，爷才单独教导了奴才几句。如今我二人都在，爷怎好单独教导他？赵哥向来宽厚，爷单独教导他，命我堵起耳朵，他也未必听得进去。”

“那好办。你在这里堵起耳朵，他未必听得进去，你不在这里，他就听得进去了。”皇帝说。

“奴才已经在这里，怎能又不在这里？”苏进辩道。

“那就更好办了。朕另派你一项差事，你不就不在这里了吗？”皇帝本要听苏进和赵林斗嘴，一来二去，变成他和苏进斗嘴了。

“船在池中，奴才到不得岸上。”苏进得意地说。

“不妨，我让赵老儿调转船头，送你上岸。”皇帝安详地说。

“调转船头，送奴才上岸，再调转船头到池中钓鱼，爷就钓不到大鱼了。”苏进更加得意。

“这倒不可不虑。”船在池中来回行驶，别说大鱼，小鱼也可能都吓得躲了起来。苏进以为难住了皇帝，可皇帝有皇帝的办法：“游水没有行船的动静大，苏老儿，朕只有请你游水回去了。”

“爷知道，奴才是不会游水的。”苏进说。

“不妨，”皇帝很有把握地说，“你以前没有智慧，随朕一路上嬉游于水，便有了些智慧。你以前不会游水，今天说不定也会游水了。”

苏进这才发现，方才太得意了。他哭丧着脸说：“爷，奴才对你说一句实话，奴才今天仍是不会游水，奴才也没有生出智慧。奴才再不敢说，比别人高出一截了。爷如此维护赵哥，是赵哥比奴才高出一截。”

“这就对了。你不比他高一截，他也不比你高一截。可你们都生出了些智慧。”皇帝说，“比如，前几日你陪朕巡视山阳县学，你知道取走《资治通鉴》，足见你不是常人的智慧了。赵老儿知道请旨放回蒋知府，也不是寻常人的智慧。”

两件事都出在皇帝到了淮安之后。前一事是皇帝戎装入城，选中山阳县城巡视，瞻仰了廊庑中的先贤肖像，又查看了教官的居舍。皇帝命苏进从县学中取去一物，苏进不客气地抱走了《资治通鉴》。后一事是皇上健步下了龙舟，见后面的船上拴了几名官员，问是何人，有人回奏，第一名官员是扬州知府蒋瑶。皇帝问，扬州知府为何拴来淮安？有人回奏，因为上供不周。赵林在旁，似是无意地说了一句：“扬州知府拴来淮安，扬州子民不见了父母官，不知着急不着急。”皇上立即下令，拴在船后的官员，一概放回。

“原来这就是智慧！”苏进惊喜地说，“要说这是智慧，奴才也是向爷学到的。爷不命奴才从镇江杨先生府上取书，奴才怎会知道书的珍贵？不瞒爷说，奴才看爷在杨先生府上取书，册数越多越欢喜，奴才在山阳县学也就找了一部册数最多的书。是不是部好书，奴才并不知道。”

他的一番话，本是为讨好皇帝，可真是令皇帝哭笑不得。他的智慧不过是知道册数的多少而已。皇帝也知道，苏进的聪明机灵，从来也不用在读书上，要他选出一部好书，是万万办不到的。他能想到从县学取书，取大部头的书，就很为皇帝争来面子了。“《资治通鉴》当然是一部好书，”皇帝安慰他说，“苏老儿，你读书不多，选书却很有眼光。”

说话间，舟划到了池中心，赵林使出浑身解数，让船打着圈，停了下来。皇帝将鱼钩甩入水中，盘腿坐于小舟一侧，等待大鱼上钩。苏进和赵林知道，只要不主动开口讲话，不走前走后弄出声响，皇帝就不会训斥他们。往往是皇帝耐不住寂寞，先想出一个话题。那时，他们只要有一句没一句地搭腔就可以了。钓鱼时与皇帝说话还有一个好处，要是皇帝的问题答不上来，或者皇帝对他们的回答不满意，不高兴，只要嘘一声，说：“爷，鱼上钩了。”皇帝马上就会全神贯注地观察水里的情形。

舟泊于池中，水波不惊，皇帝看着平静的水面，想说话了。“来，朕考一考你们，为何智者乐水？”他出了一个对两名小太监来说太过高深的问题。

“赵哥先说。”这是苏进的惯例，接下来就是，他若是先说，别人就无话可说了。但方才受了皇上的调教，他不敢再放肆，改口说：“赵哥常能想人所不能想，论人所不能论。爷听了中意，奴才就用不着再呕心沥血去想了。”

“苏老儿今日像换了个人，说的话我很中意。”皇帝满意地说，“赵老儿，你就来启迪启迪他。”

“苏哥拿我开心的话，爷也相信？”赵林一如既往，皇帝让他说，他就说，“奴才想，爷说了智者乐水，智者一定乐水，不乐水不是智者。”

“赵老儿说得简明扼要，却未必能服人。至少朕就没有被他说服。”皇帝指了指苏进，“苏老儿，不管你是不是比他高出一截，总要多说两句吧？”

“爷让赵哥启迪启迪奴才，他一开口，奴才还真受了启迪。”苏进先说一句皇帝爱听的话，“赵哥说，智者乐水是爷说的，一定不会错。奴才深然之。不过，奴才还要说一句，爷不但说了智者乐水，而且爷做了表率：爷是大智者，爷大乐于水。”皇帝让他多说一句，他不多不少多说了一句。

皇帝对他的答案也不满意。“似是而非，也难以服人。”皇帝就着他的话题，先论述一番，“苏老儿说朕是大智者，话不错。可是，朕不但是大智者，朕还是真龙。真龙自然乐水。因此，该这样说：真龙乐水，朕是真龙，朕乐水；朕是智者，朕乐水，智者乐水。你们听懂了吗？”

绕来绕去，才真是似是而非，两名小太监怎能听得懂？听不懂，不敢说听懂了，怕皇帝追问，答不上来，遭皇上训斥；听不懂，又不敢说没有听懂，怕皇帝再讲，还是听不懂，惹皇帝发怒。到了两难的关头，苏进的反应总比赵林快一步，他指着不远处，兴奋地叫道：“爷，大鱼咬钩了！”

果然有鱼上钩，把线拉直。果然有大鱼上钩，把竿拉弯。皇帝手执鱼竿，向上一甩，竟然不能将鱼甩上来，上钩的鱼或是太大了。苏进与皇帝一起用力，鱼还是甩不上来。而两个人集中到小舟一侧，赵林又不在小舟的另一侧，小舟摇了几摇，终于翻转过去。皇帝和他的两名老儿一起掉进水里。那鱼将鱼竿拖进了水里，拖向了远处，渐渐失去踪影。

赵林水性好，三下两下把小舟翻转过来。皇帝喜欢水，但一来主要是喜欢泛舟渔钓，不是游水；二来船翻得突然，跌入水中，就喝了几口水；三来池水太深，他还从未下过深水。借着赵林的拽曳，他才得以靠近小舟，借着赵林的托扶，他才翻身到舟中。苏进不怕天，不怕地，怕的是水，跌入水中，便吓昏了头。赵林把他托到小舟上，他已是奄奄一息了。

“爷，爷，万岁爷！”赵林跪在皇帝身边，声嘶力竭地叫喊着。若是皇帝真有了不测，即使朝廷不治他的罪，他也不打算再活下去了。

皇帝终于微微睁开双眼，第一句话竟是问赵林：“苏老儿是你救上船的吧？他怎样了？”

“他不碍事，只是多喝了些水。”皇帝苏醒过来，赵林涕泪交流的脸上绽出了笑容。

“朕要苏老儿游水，谁知竟陪着他一起喝了池中的水。”皇帝有气无力地说。

南下时，皇帝从临清到淮安，走了两个多月，肯定是走走停停，边行路边游戏。而今北还，从淮安到临清，皇帝只走了九天。九月二十四日，在万寿节的当天，回到了北方大水陆码头临清。

“爷，今天是爷的大日子，让奴才为爷好好张罗张罗吧。”苏进在淮安溺水比皇帝更厉害，也许是年纪更轻，也许是体质更好，也许是勉强支撑，他的精神看上去比皇帝要好些。

皇帝的眼中闪过一丝兴奋而调皮的光芒，但很快就熄灭，萎靡地说：“不必了，朕的腰部好痛，没有精神与尔等戏耍。”

苏进又想出新的点子："爷没有精神与奴才们嬉耍，奴才去请娘娘来陪爷吧。娘娘一来，爷的腰部或许就不痛了，或许就要好好乐一乐了。"

"好个糊涂的苏老儿！与尔等戏耍，腰痛还不妨，与刘爱妃在一起，腰痛便是致命的伤了。去年万寿节的前两日，朕乘单舸迎接爱妃，是何等威风。去年万寿节的当天，朕与爱妃共乘一车到德州，是何等热闹。你不可召爱妃来。她见了朕这副模样，会伤心的。"皇帝此刻心中挂念的只有一个人，是一个与他身边所有的人都不相同的人，"苏老儿，吴先生还没有到吗？"

苏进知道，皇帝说的吴先生，是太医院院使吴杰。吴杰医术精良，妙手回春。皇帝染疾，他开一处方，即刻见效。皇帝对他甚是信任，有一两次北巡，把他带在身边。南巡时，吴杰以医进谏，皇帝不快，不让他随行。皇帝在清江浦溺水后，身体不适，想到吴院使，差快马去京城召之。计算一下路程，大约在临清可以会合。皇帝头晕目眩，等得不耐烦了，隔一个时辰、半个时辰就要向苏进问一次。"爷，吴先生就要到了。"苏进一次又一次地宽慰他。

吴杰年过半百，按年龄来说，体格可说是上乘，但经不住夜以继日地赶路。当快马在皇帝行宫前站定，他上身晃动，下身僵直，根本无法下马，是两名校尉硬把他抱下来的。行宫外的太监、校尉们又是按摩，又是捶打，吴杰的两条腿才渐渐有了知觉。他顾不上梳洗更衣，径直奔向皇帝的住处。

皇帝本就略显清瘦，溺水后饮食失调，更变得脱了形。吴杰悲从中来，不由哭出了声。

皇帝在昏迷中，隐隐约约听到哭泣声。他用力睁开双眼，看出是吴杰，也是泣不成声。

苏进说："爷，吴先生一年多没见到爷了，乍然一见，喜极而悲，并不是因为爷的病重。爷还是定一定神，请吴先生诊脉吧。"

皇帝握住吴杰的手，话音低得不能再低："朕的病是轻是重，爱卿要如实告诉朕。"

"臣晓得。"吴杰右手轻搭在皇帝的左脉上，切了切，说："陛下是受了惊吓，经穴滞呆。待臣开一剂药，为陛下调理调理。陛下的病症只因惊吓而起，故须安下心来静养。"

"好，你开处方吧。"皇帝说了一句，又昏迷过去。

吴杰开好处方，命随来的助手配合。在太医院听钦使讲述皇帝的病因、病症，心中有了数，该带的药材都带了来。为皇帝配药，即使行军在外，也要用宫中的材料。

“吴先生，你来得太及时了。”苏进将吴杰让至偏房，推心置腹地说，“眼下就有一件难决的事，必须等先生到来才能决断。”

“苏太监所言何事？”吴杰感到了担子的沉重。

“有人请万岁爷出巡宣府养病，万岁爷在两可之间，既没有准，也没有不准。吴先生看，以爷现在的身子，可赴宣府吗？”苏进问。

“有议圣上巡宣府者，可斩！”吴杰慷慨言道。

“吴先生悄声！”苏进警告他，“请爷出巡宣府者，不是寻常之人，连爷也要礼敬他三分。”

“不论何人，若以圣上的性命为儿戏，则人人得而诛之。”吴杰道，“苏太监，我对你说一句实话，我方才察皇上的脉，心急如焚。圣上身患绝症，回到大内是不成问题的。赴宣府，路途艰辛，万一有了差错，你我不得死所。”

苏进脸色大变。其实，凭他的直觉，也知道皇帝病得不轻，但总希望吴杰到来，有力回天。吴杰吐露实情，他知道再不会有转机了。

“看来，一定要告诉万岁爷，宣府是不能去的。”苏进沉思着说。侍候皇帝以来，他一直是无忧无虑的，而今，他却不能不掂量一下事情的轻重了。

吴杰说：“只要路上不耽搁，直趋京师，皇上的安危，我愿以一身担之。而使皇上不去宣府，防止有人胁迫皇上去宣府，请苏太监担之。”

“胁迫万岁爷，那人不敢。”苏进对此很有把握，“可劝说万岁爷的担子，我怕担不起。”他想了想，冷静地说，“这样吧，爷再醒时，请吴先生劝一劝；爷若问我，我劝一劝；另外要把你的诊断告知老太监，请他劝一劝。爷若有三分心思去宣府，吴先生劝了，可打消一分，我劝了，可打消一分，另外一分，须由老太监来打消。”

江彬也看出了皇帝病得不轻。他心中反复思量，唯有到了宣府，才可以进退自如。因此，他对皇帝说，龙体康泰，并无大病，只是远征江南，身体有些虚；宣府宜于健身。皇帝点了点头，看样子，是被他说动了。他盼着皇帝降旨。

他失望了。沿运河，先到京师，也可以去宣府。但到了京师，再去宣府，障碍就多了。皇帝到了大内，极有可能再不想起驾，朝中大臣也一定会极力阻拦。要去宣府，最好走另一条路线。但皇帝仍然选择了沿运河北行。

十月初六，皇帝到达天津卫。十月二十六日，皇帝到达通州，距京师只有一步之遥。

第二百零三章

十一月二十三日，太监魏彬在左顺门传旨：五府、六部、都察院、通政司、大理寺、鸿胪寺、锦衣卫、六科、十三道，各衙门只留佐贰官一员在京，其余并内阁、皇亲、公、侯、驸马、伯，俱赴行在。

行在仍是通州。魏彬是从通州赶回来的。魏彬传旨后，大臣们恨不得上前拉住他，问一问通州的情形。但魏彬的责任是传旨，传旨后，一转身，退回宫中。他在宫中还有些差事，办好了，要马上赶回通州。

众官回到衙门，分派留京官员和赴行在官员。留京官员着手处理衙门里的事务，赴行在官员准备行囊。圣旨中没有讲明，赴行在为何事，赴行在需几日，必须多备衣物。留京官员和赴行在官员，各含深意，彼此道了声珍重。这些日子以来，京城内不断有通州的传闻，严重者，说江彬在通州发起兵变，囚禁了皇上，准备将朝中大臣尽数召往通州，迫其就范，不肯就范者，杀无赦。刚传将尽召大臣，就有旨召各衙门官赴行在，自是人心慌乱，道路汹汹。

“介夫先生，倾朝而动，你看有没有妨碍？”一回到内阁，毛纪便问。梁储和蒋冕随皇上亲征，阁中留下首辅和四辅居守，每日相处，每日议事，二人不觉亲近了许多。

“我看没有妨碍。”杨廷和说，“日前已有旨召大臣见驾，如若有变，何不依据前例，一人一人召去，以避免京城惊慌？倾朝而动，正是圣上的风格，他人要学也学不来。”

他的说法不无道理。首先到通州迎驾的是兵部尚书王琼。究竟是皇帝召他去，还是他自己要去，连杨廷和的胞弟，现任兵部侍郎的杨廷仪也说不清楚。接着，户部尚书杨潭应召赴行在，是随驾南征的司礼太监来京中传的旨，肯定是皇帝把他召去的。至于为何召他去，也没有人说得清楚。又接着，吏部尚书陆完去了通州，是被锦衣校尉押去的。陆完的老母亲也被禁锢在家中，形同囚徒。

六部尚书中，有三位去了通州。杨廷和的意思，如果通州真有了奇祸大变，应该照此办理，一个一个地请去，一个一个地处置。

还有一事，也能说明三位尚书赴行在并非异常。在陆完执赴行在的同时，张永、张忠二人从通州赶回京城，清理内官。除司礼太监萧敬、李英仅仅罢免，其他通宁王的内官，如太监商忠、杜裕，少监卢明、秦用、赵秀，均下锦衣卫狱。杜裕守宣武门，宁王使者出入京师，均经宣武门，从未受到留难。杜裕成了纵宁王为恶的第一帮凶，天理难容，国法难容。不久，他死在锦衣卫狱。

一切都表明，皇帝在通州处置逆案。就连未受处分的王琼，通州之行也与逆案有关连。如果皇帝召他去，那一定是要问一问亲征以来京城的防卫。如果王琼自己迎去通州，那一定是为了销毁他与宁王交往的证据。王琼并非公然交通宁王，而且，他坚持在江西任用王守仁，对平息藩乱，居功甚伟。但他也免不了与宁王有书函往返，也免不了接受宁王的馈赠。或谓，王琼是为了见江彬而去通州，用心何在，就不必多说了。

“介夫先生如此说，我就放心了。”毛纪道，“看来，通州之行大吉，用不着向家中交代后事了。”

杨廷和更加神闲气定，从容不迫：“要是通州之行大凶，维之先生也不必向家中交代后事。山崩地坼之下，还能有完卵吗？”

杨廷和、毛纪两天后到了通州，发现该地格外平静，驻有数万兵将，上百名大臣，成千的内臣，想象中，早就该混乱不堪，不料，却是井然有序。市人村民，若不知有乘舆，若不知有驻军。通州的居民官吏，外来的大小官员，无不赞许知州刘绎的干练。可惜他出身例贡，不是科举正途，否则，以他的政绩、他的才干，完全可以当一面剧任。

如杨廷和所料，召群臣赴行在，是为了处置宁藩逆案。皇帝在大臣们朝见时，略略寒暄几句之后，命内阁会同礼部、兵部等衙门，及国戚、勋臣等，议定献俘仪注。本来，此事由太监到京师传旨即可，皇帝非要数以百计的大臣赶赴通州行在，无非是表示，事体重大，一定要当面交代一句，同时也要表示一下，一年多没有见到朝中的大臣们，皇帝对他们是很惦念的。

皇帝在通州一批一批召见大臣，有的留在通州住几日，有的当即遣回京师。对杨阁老、毛阁老，皇帝分外体恤，要他们自定行止。二人是居守大臣，不在京城，朝廷的运作说不定就要阻滞，因而不敢留住通州。临行前，四位阁老在一起坐了坐。

皇帝龙体欠安，要住馆驿，不能再住幄帐。随驾大臣，各征用民居。梁储、蒋冕职位最高，分派的民居最好。但比起住馆驿，有了许多不便，更不要说与京城的相府比较了。

坐定后，杨廷和先开口："驰驱四十里，我已有了倦意，二位随圣上驰驱四千里，历时一年余，真是辛苦了。护跸之功，圣上不会忘记，朝野士民不会忘记。但愿圣驾早回京师，二位也可以好生养息几日。"

"辛苦是辛苦，说不上有功。"梁储应道，"唯一可自慰者，介夫先生与我之约定，幸不辱使命。圣上自南京果不再南一步。介夫先生和维之先生留守京师，从容处置，一丝不乱，才真正令天下之人敬佩。"

"原来叔厚先生跪请圣上回銮，是与介夫先生有约在先，我不知就里，陪着跪了一整天，想想真有些冤枉。"蒋冕说了一句笑话。

梁储说："既然心灵相通，又何须约定。"

四人说笑了一阵。毛纪道："京中传播通州的局面，危乎其危，不想竟是如此平静，倒让京师上上下下虚惊了一场。"

"说是虚惊，也不尽然。"梁储另有看法，"要是圣上横下心来，定要绕过京城而趋宣府，局面就难说了。幸亏吴院使晓以利弊，劝住了圣上。而吴院使是圣上召来的，说起来，还是圣上圣明。"

皇帝的感觉时好时坏，精力时旺时虚，从临清到通州，去不去宣府就一直争议了下来。除了吴杰、张永、苏进三人轮番向皇帝进言，梁储、蒋冕也力言宣府不可去。当然，由于皇上虚弱的时候居多，最能影响他的还是吴杰。梁储首先归功于他，倒也不算过分。

"介夫先生，直隶巡按叶相的奏本，没有送到京中，却直接送到了行在，圣上说他胡闹，是怎么回事？"蒋冕问道。皇帝亲征以来，奏本或送京师，或送行在，如王守仁上江西捷音的奏本，直接送到南京行在，皇帝并没有说他胡闹，因为那是皇帝示意的，奏本里有许多皇帝爱听的话。叶相的奏本既不是皇帝示意径送行在，里面又说了许多皇帝不爱听的话，皇帝肯定要说他胡闹。蒋冕问怎么回事，是问他的奏本为什么不送京师，送到了行在，不是问皇帝为什么说他胡闹。

"说起来也是一段故事。"杨廷和答道，"圣上亲征，远在数千里之外，奏本到了通政司，会耽搁，再送司礼监，又会耽搁，许多奏本因而不知所终了，许多大臣因而不写奏疏了。俞德彰见叶疏是篇佳作，不忍它被淹没，指引他一条路，说：'圣上驻跸通州，也是畿辅巡按的管地，何不直接送去行在？'叶某依言而行，才惹出了圣上对他的批评。"

俞琳字德彰，正德十三年以礼部左侍郎掌通政司事，在该任上三年，多少学会了些乖巧。直隶巡按在通州上本，皇帝不过说他一句胡闹也就罢了。

“敬之先生，你是只想听一听故事呀，还是也想拜读拜读叶巡按的奏本？”毛纪挑逗地问。

“莫非维之先生带来了抄本？”蒋冕不由得吃惊。

“说来也巧，俞德彰把正本退还，却把副本留了下来，于是在京师传开。我爱其文字，抄了一份。”毛纪将抄件拿出，要递过去。可一想，梁储也在，或许也有兴趣一读，先蒋后梁，就有些失礼了。

蒋冕看出他的为难，取过抄件，说：“我来读吧。”

> 陛下以万乘之重，下侵一将之事，固为非策。乃经岁未返，道路苦于候迎，公私疲于供应，人心危疑，四夷窥伺，陛下岂诚昧于此哉！殆左右谗佞之人，荧惑以售其奸。夫陛下之天下，谁与之？天地祖宗之所福也。今大祀未举，庙祭或缺，陛下之心能安乎？皇太后子唯陛下，今视膳久旷，陛下之心能安乎？三年一考察，三年一策士，今过期七、八月矣，几务滞而勿行，社稷虚而失守，陛下之心能安乎？且师之所处，荆棘生焉。今六师久暴，饥者勿食，劳者勿息，万一变生肘腋，何以御之？昔人有言，白龙鱼服，困于豫且；又曰：胡越起于毂下而羌夷接轸，可不惧哉！顾速发明诏，即日班师，上副宗社之托，而下顺臣工之心。

“凭他几声‘陛下之心能安乎？’的疾呼，圣上也不能一句胡闹作罢吧？”蒋冕感慨地说。

“敬之先生跟了圣上一年多，倒好像忘了圣上的性子。得一句胡闹，叶巡按也该知足了。”毛纪说。

“速发明诏班师，则天下幸甚，朝廷幸甚。”杨廷和见天色不早了，再要耽搁，恐怕在九门关闭以前回不到京城。他匆匆说了几句要紧的话：“我与叔厚先生、敬之先生约，京城中的事、朝廷中的事，我和维之先生主之，通州的事，行在的事，请两位先生主之。圣上早一日还朝，则天下早一日安宁。维之先生，我代你立约，望勿见怪。”

“大家都为朝廷办事，何分彼此。”毛纪说着，随杨廷和起身，与梁储、蒋冕辞别。

皇帝命朝廷议宁王之罪，群臣请如宣德时汉王高煦、正德时安化王寘鐇例，祭告郊庙，敕诸藩议定其罪。本朝遵奉太祖皇帝所倡亲亲之义，对亲藩宽严并重。待以严，亲藩平素收敛；待以宽，真正获不赦之罪者少。一百多年来，以谋逆论死者，亲王仅赵王而已，郡王仅安化王而已。

由于身子日虚，皇帝性子日急。“待朕祭告郊庙，再由诸藩共议，要等到哪一天！宁藩罪恶累累，朕恨不得他明日就死于极刑。”他对奉召而来的张永说，“老太监，宫中的典故，你知道最多，你对朕说说，我大明朝有哪几种刑罚最为酷烈。”

“奴才听说，我朝不载于律例的重刑有三,一曰夜刑，一曰火刑，一曰炼刑。”张永答。

“名目都很有趣，你先说夜刑。”皇帝命道。

“夜刑者，受刑者裸体，夹以木板，缚以绳革。行刑者二人拉动利锯，由足及首，连人带板，一寸一寸锯断。骨肉脱落，即饲群犬。”张永以平静的口气叙述，内心也禁不住战栗。

“以锯锯之，为何不叫锯刑，而叫夜刑？”皇帝问。

“受刑者号啕，如在白日，行刑者也有所不忍。用是刑必在夜间，故名夜刑。”张永解释说，“奴才听说，宣德年间学官刘球即死于此刑。”

“宁藩是朕的叔祖，他号啕起来，朕也不忍卒闻。”皇帝说，“此刑不可用，你再说一说火刑。”

“火刑者，刑室放一铜缸，人置缸中，铜缸下四旁燃炭，炭火炽烈，将铜缸熔化，缸中受刑者随之亦化。”张永仍是不动声色地叙说一遍，“奴才听说，汉庶人即死于火刑。”

皇帝自命为真龙，向来厌火乐水。他对火刑不置可否，示意张永往下讲。

张永接着讲述：“炼刑者，专用于宗室。宗室谋逆，则命悬梁，不肯，强入之。待受刑者咽气，将其尸摆放在柳筐中。筐内置黑豆二石，杂以麻饼。筐上筐下堆积薪柴，点燃焚烧。不多时，尸首碎为颗粒，如芥如尘。行刑者将灰四面扬开。受此刑，不但不能得全尸，连寸骨也不能留下，是取断草绝根之意。”

“对逆藩须得断草绝根，好，就用炼刑。”皇帝兴奋地说，“老太监，此刑只你晓得，就由你监刑吧。”

十二月初五日，赐宁王及宁府郡王、将军等十余人死，施以极刑，扬灰运河。

原定处死宁王后，皇帝便回京师，行献俘礼。但不知是因对宁王行刑而产生的兴奋，还是对宁王行刑而产生的恐惧，皇帝病情加重。不是皇帝不肯走，而是太医院使吴杰坚决反对皇帝起动。通州距京城虽仅四十里，对于身体虚弱的皇帝来说，有如万里长征。吴杰说，必须再调养三五日，他才能保证皇帝的安全。此时此地，他的话最有权威，内而张永、苏进等，外而江彬、梁储等，都不能不服从。这样，皇帝还京和献俘的仪式推迟到十二月十日。

献俘不包括宗室，这也体现了重亲亲之义。宗室犯罪，或被处死，或禁锢凤阳高墙，而不让他们当众出丑。作为战俘或囚犯进献者，是与宁王交通的京官，如吏部尚书陆完、掌锦衣卫事都督钱宁等，和主动或被迫参与藩乱、又值得押回京师的地方内外官员。比起寘鐇之乱时的献俘，这一次要隆重得多、体面得多。一个陆完，一个钱宁，无人可望其项背。

皇帝一身戎服，骑马立于正阳门下。他今天要扮演两个角色，一是戎服献俘的威武大将军，一是常服受献的天子。以皇帝眼下的身体，扮演一个角色都有难处，却要扮演两个角色，只好两处都从简。他更热衷于扮演威武大将军的角色，因而一定要身着戎服立于正阳门下，眼看着陆完、钱宁等囚犯从午门出现，东行北转，才纵马驰回承天门、午门，登上门楼。绵亘数里的囚俘队伍，从东安门进入皇城、宫城，横穿大内，出宫城、皇城，解去刑部衙门。虽然很多必须的仪式都简化了，囚俘横穿大内也要走很长的时间，皇帝全凭着极度的兴奋在支撑。

主要的囚俘，如陆完、钱宁等人，赤裸上身，双臂反剪，头标白帜。地位不高的囚俘及囚俘的家属，不需要多下功夫整理，但头上也标有白帜。因此，数里长的囚俘队伍，看上去白花花一片。囚俘着白，本来是很正常的，而鉴于皇帝眼下的疾病，颇有人以为，一条白龙穿大内而过，绝不是祥瑞的征兆。

第二百零四章

正德十六年的正旦节临近，不少大臣在心中念叨：今年又不用行大朝仪了。算一算，这是第三年了。正德十四年的正旦，皇帝在太原。正德十五年的正旦，皇帝在南京。今年的正旦，皇帝倒是回到了京师，可病得不轻。皇帝一向不喜欢常规的仪式，身体强健时，还要想方设法回避，而今有病，还不正好取消？他们做好了在午门外，向着空空荡荡的奉天殿叩头，向皇帝遥贺新岁的准备。谁知在前一日早朝时，司礼太监传谕：明日正旦，皇帝视朝，一如常仪。大臣们且信且疑，且惊且喜。正旦大朝仪，从百官朝服，午门外站班，到最后宣制："履端之庆，与卿等共之。"进行得有条不紊，一丝不苟，使得大臣们更是且信且疑，且惊且喜。不少大臣在心中念叨：新春伊始，皇帝的大灾大难或将消除了。

他们不知实情，皇帝却心中有数：庄重肃穆的大朝仪，他再也不会经历了，至高无上的天子的感觉，他再也不能体会了。还有一点，他也心中有数：这一次视朝，不但是最后一次的大朝仪，而且是他最后一次的视朝。

"张大，募医求药的诏书拟好了吗？"皇帝命小太监将张雄从司礼监召到豹房，问道。

"诏书未拟，杨阁老有本。"张雄忐忑不安地说。为拟募医求药的诏书，他亲自去了内阁。内阁不肯拟诏，皇帝发怒，他将是第一个受害者，至少要被骂一句"奴才无用"。他把杨廷和的奏本带了来见皇帝，作为护身之符。

"你读！"皇帝两眼昏花，根本看不了奏疏。

张雄诵道："圣体违和，臣等殊切瞻恋。昨司礼监官传谕圣意，命臣等拟旨，博访精通医药者。臣窃唯天下名医聚太医，又选其优者入御药房。但当专任信用，自收万全之效。又何待求诸草泽侥幸未试之人哉！况治疾之术，调摄为上，医次之。若调摄少有不节，则医药亦无速效。伏愿皇上慎重启处，勿使劳逸失宜，调节饮膳，勿使滋味太过。但愿一应玩好，可以惑乱聪明，伤损元气者，皆不使少干圣虑，自然百体康豫，万福并臻，上可以慰九庙在天之灵，下可以慰天下臣民之望多。"

“陈词滥调！”皇帝嗤了一声，“苏老儿，求医的主意是你出的，杨阁老不拟旨，你看怎好？”

去年献俘后数日，皇帝赴南郊郊祀，呕血仆地，未能成礼。回到豹房，苏进说民间有医圣药仙，可以重金访求。所谓重金，一药一方，赐金万两。重赏之下，必有勇夫，有人甘冒风险，应诏献方。皇帝吃了一两副药，果有起色，以致正旦节的大朝仪可以从容举行。但得之草泽的药方，无非是补血补气。皇帝身子虚弱，难以受补。不久，皇帝更感虚弱。苏进又提议，求医求药于天下。内阁不肯拟旨，皇帝要他再想主意。

苏进说：“杨阁老不肯拟诏，爷可降谕切责，命梁阁老拟旨。梁阁老不肯，还有蒋阁老、毛阁老。奴才不信，爷敬重他等，他等就没有一个人以爷为重。”

后面一句话很厉害。苏进并不想与外朝大臣结成仇家，但他的策划不能施行，很有些气恼。

“算了吧。”皇帝这次没有听取他的主意，“细想一想，杨阁老的话也不是没有道理。太医院的御医并非都是庸手，不必求诸于外了。”随即吩咐张雄，“张大，你去内阁说一声，求医求药之事作罢。”皇帝的性子真的有了些变化，放在以前，内阁诸臣有了议论，或是批驳，或是不睬，绝不会说一声作罢，而且要司礼太监给内阁明确的回话。

“是，奴才这就去内阁传谕。”张雄应道。

皇帝摆摆手，示意他不要急。张雄知道皇帝还有话要说，垂手恭立。“张大，宫中最近有什么奇特的事吗？”皇帝问。

“最近宫中甚是平静，就算奴才们以为奇特，爷也未见得以为奇特。”张雄知道，皇帝对宫中的事并不很关心，但身边的小太监们无孔不入，宫中的事很少不知道，所以他先巧妙地垫上一句话，“不知爷说的是何事？”

“朕问的是浣衣局里的事。”皇帝点道。浣衣局是发落罪臣子女和有过失宫女的地方，赏赐功臣的婢妾也多从浣衣局中挑选。宫中的故事，大半是从浣衣局传出来的。

张雄醒悟：“原来爷问的是王满堂的故事。”

“对了，是这个名字。”皇帝说，“她的故事很有趣吗？怎么宫中沸沸扬扬，人人在传说？”

“有趣无趣，奴才不敢说。可她的经历称得上曲折。她早年曾是爷宫中的宫女，不知爷记不记得她？”他问得荒唐，三宫六院中宫女无数，皇帝别说能记住的有限，就是有幸见到皇帝一面的也有限。

“爷，张叔一说，奴才想起来了。十几年前，确有一宫奴叫王满堂，极是艳丽。奴才那时想，”苏进难得地有些难为情，“要是有这样一个媳妇，一辈子再没有别的企求了。”

“十几年前你才多大年岁，就想起了讨媳妇？”皇帝好笑，“再说，你那时已进入宫中，宫中谁讨过媳妇，你怎会有讨媳妇的念头？”

“奴才不知道讨媳妇是怎么回事，只是看到年长的公公，时不时搂住宫女，亲个嘴，不住声地叫着媳妇，奴才就想，那些被叫作媳妇的宫女，没有一人可与王满堂相比。要是搂住王满堂亲个嘴，那才是美事呢。”

“你可真是人小心大。”皇帝指点着他说，“既然十几年前你已有心，我今天就把她赐予你作媳妇吧。”

“小苏哥怕是讨不到这个媳妇。”张雄插话。

“这是为何？”皇帝不相信，“一来朕赐，二来苏老儿十几年前的缘分，你们再撮合撮合，还有不成的道理？”

“爷说小苏哥人小心大，可王满堂心比天高。”张雄说，“宫中沸沸扬扬，传的就是王满堂心比天高的故事。”

于是，张雄讲了起来。霸州民王智，家境小康，生一女，美艳无比。正德初年被选入大内。可叹的是，并非美艳之女便有侍奉皇帝的缘分。不知是皇帝根本没有见过她的面，还是虽见过面却不曾在意，在放还宫女时，把她也放回家。这也不足为怪。皇帝那时初经人道，与于永献入的西域女子交合，多不成功，有一段时间，不近女色。王满堂回到霸州，深以为耻，经年不肯嫁人。她对父亲说，数次做梦，有赵万兴者，贵不可言，方是其夫。这或是她为抗婚而编造的借口，可王智相信了，悄声告诉了常到王家化缘的一位游僧，被该游僧当作笑话讲出去。

云游道士段苌习妖术，艳羡王满堂美貌，一直在打她的主意，听到她感梦之说，有了计较。他收买了出入王智家的游僧，让他对王智说：尔家明日当有大贵人至。

第二天，段苌来到王智家。王智见其气度不凡，请教姓名，竟与王满堂之梦相合，不由惊喜万分，率领全家欢呼罗拜，当即以王满堂妻之。王满堂弄假成真，只好认命。段苌出示妖书，王智一家成了他最初的信徒。这事在霸州传开，段苌的信徒越来越多。他唯恐事发，携王满堂，远走山东，在济南、兖州等地传道收徒，有弟子竟自称臣，倡议改元，事情闹得更大了。后来，段苌等在新城县被捕获，从他身上搜出妖书，以妖言问斩，王满堂被送入浣衣局。

浣衣局众妇知道了她的故事，同情者少，窃笑者多。她却仍然以贵人自居。有人说：你是贵人，说不定哪一天，皇上开恩，把你赐入王公府。她说：王公算什么，我非皇上不侍候。

“她说非皇上不侍候吗？”皇帝为她的故事所感动。她先前因不能侍候皇帝而怨愤，有了一段曲折的经历，至今不忘侍候皇帝，“苏老儿，你不能讨她作媳妇了，还是传她来豹房侍候朕吧。”

进入三月，皇帝长卧病榻，再也不能起身。在先，太医院一剂良药，还能使他打起一日半日的精神，现在，几乎是不能进药了。对于好动的皇帝来说，不能站立，不能走动，不能戏耍，不能巡游，实在不堪忍受。

静卧一两日，稍稍积蓄些精力，皇帝要处置他关心的一件件小事。他先把张永召来。“老太监，朕有一事要托付与你，”皇帝强打着精神说，“刘爱妃是朕一生所最爱，可她至今没有名分。朕无力为她再办这件事了。朕走后，你要把她安置在一个妥当的地方，千万不要让她衣食有缺。在朕的青宫老人中，你最为忠义。此事交代给你，朕才能放心。”

“爷不会走，爷不能走，天下不能没有爷，奴才们不能没有爷。”张永泪流满面，声音呜咽着说，“万一上苍一定要召爷归位，爷请放心，奴才一定把刘娘娘照应好。”

皇帝欣慰地闭上眼睛，似是睡了过去。张永侍立在一旁，不敢离开，怕皇上还有话要说。过了一会儿，皇帝又睁开眼睛：“老太监，朕身边的几个人，是你的晚辈。他们一天也没有离开过朕，朕也没有对他们委以大用。朕走后，他们的日子就难过了，朕要先做个安置。”

“如何安置他们，请爷示下。”张永应道。

“他们一心为朕办事，难免会得罪一些人，不但得罪了外面的人，也得罪了宫里的人，留在宫中，甚是不利。他们都是北方人，打发去南京、凤阳，朕于心不忍。朕想，还是让他们去守陵，仍然陪伴着朕吧。”皇帝不使苏进等在宫中任职，也不使他们出任镇守、分守等，就是因为前面说的那句话，他们从来没有离开过皇帝，从来没有治理过庶务，安排了差事，难以自保。

皇帝明显是在交代后事了，张永在哀伤之余，也不能不有所顾忌，他小心地说：“爷何不将内阁杨先生、梁先生召来，说说话？奴才听说，阁老们不知宫中实情，都是寝食不安。”交代遗言是忌讳的事情，他用“说说话”来代替。

“我又何尝不想效仿父皇呢？”皇帝神色黯然地说，“可我召内阁诸先生来，能把谁托付给他们呢？立后的事，朕不想听，让他们在朕走后，与母后商量吧。再说，朕如今骨销神铄的样子，想想老先生们这些年来苦苦相劝，宁无愧乎？”

不管皇帝真有所悔悟，还是为不见阁臣们寻找托词，张永都受了感动。

皇帝也没有忘记入豹房不久的王满堂：“满姐，朕没有什么事情要你做了。你欲去何处，朕早些为你安排吧。”王满堂在正德初年选入宫时，不过十岁，比皇帝要小好几岁，但比苏进等人要大好几岁，苏进等人叫她满姐，按照习惯，皇帝也随着叫了起来。

“奴婢好不容易进入豹房侍候皇上，就什么地方也不去了。”王满堂满含着委屈问，“皇上要赶奴婢走，是不是怪奴婢侍候不周？”

“你切莫胡乱猜想，”皇帝安抚她，“朕的豹房始建于正德二年，你现在才进来，朕也后悔莫及。要是早见到你，豹房之侧也该为你建立一殿。”

王满堂恳切地说：“奴婢福薄，不能早日侍候皇上，皇上在一日，奴婢侍候皇上一日，皇上千秋万岁之后，奴婢愿追随皇上于天上地下，求皇上在陵寝中为奴婢留一席之地。”话说到这里，她已是泣不成声了。

“使不得！皇曾祖废止殉葬，全是一片仁慈之心。朕不能使殉葬之风因朕而起。”嫔妃殉葬，是英宗皇帝时废除的，到当今皇帝已过三代。“满姐，”皇帝说，“朕要你早日寻一好去处，是为你着想。你别看苏老儿、赵老儿几人都很敬重你，一旦朕不在了，他们自身难保，就顾不上你了。朕想，你不如今日就去朕为你挑选的庵堂，为朕念经拜佛，免得日后为人欺凌。”

“皇上为奴婢好，奴婢怎会不知道？”王满堂说，“奴婢宁愿不得死所，也要多侍候皇上几日。”

“你拿定了主意，我也奈何不得。”皇帝叹了口气，“满姐痴情，真乃朕的红颜知己。”

三月十四日，宫中格外宁静，豹房内格外宁静。苏进和赵林二人在皇帝身边侍候，忧心忡忡。赵林的话本就不多，今日更没有话了。苏进的嘴是闲不住的，放在他日，肯定要把赵林拉到外面，说几句话。可今日，他规规矩矩地侍候在皇帝御榻前，一句话也不敢说，一时也不敢离开。他好似预感到了，皇帝睡眠中的安详很快就会结束。

皇帝双眉微微一皱，不知是哪一处疼痛。苏进还来不及动作，皇帝突然一阵抽搐，睁开了眼睛，茫然地搜寻着室内。苏进连忙向前跨了一步。皇帝一把抓住他的手，断断续续地说："苏老儿，朕浑身上下燥热，想是命不长久了。你速去奏告太后娘娘，天下事重，请她与辅臣议定处置。前此种种作为，都是朕的过失，非由尔等所致。"几句话说罢，皇上松开了手，眼睛盯住苏进，眨了几眨，似乎在与他诀别，与所有他感到亲近的人诀别。

苏进知道事已急迫，片刻不敢耽误，嘱咐了赵林两句，飞快奔向后宫报信。皇太后驾舆来到豹房，只听到豹房中一片恸哭之声，想是豹房中的亲近人等在为皇帝举哀。张太后也止不住落了几滴眼泪。皇帝对太后说不上孝顺，在外地巡游时，每逢年节，想起差人到宫中问安，已是不错了。就连在京师的日子，也难得亲自到后宫去。但无论如何，皇帝是她的儿子。皇帝在，她的地位便隆重不可动摇。皇帝不在了，她日后依靠谁呢？她哭皇帝早逝，更哭皇帝没有给她留下一个孙儿。

皇帝的遗体由豹房移入大内，全国举哀。内阁几位大臣关在阁中议了整整一天，草拟了皇帝的遗诏，呈入宫中，请示皇太后懿旨。遗诏的主要内容，是大位的继承，张太后没有反对的理由，着布告天下。遗诏曰："朕疾弥留，储嗣未建。朕皇考亲弟兴献王长子年已长成，贤明仁孝，伦序当立，已遵祖训兄终弟及之义，告宗庙，请于慈寿皇太后，即日遣官，迎取来京，嗣皇帝位。"皇太后另有懿旨谕群臣："皇帝寝疾弥留，已迎取兴献王长子来京嗣皇帝位，一切事待嗣君至日处分。"

皇帝讳厚照，庙号武宗，上谥承天达道英肃睿哲昭德显功宏文思孝毅皇帝，葬于康陵。

兴献王朱祐杬是宪宗皇帝第四子，藩国在湖广安陆州。孝宗皇帝是宪宗皇帝第三子。皇帝没有亲弟，将帝位传给兴献王之后，算是最近的一支了。兴献王死于正德十四年。今年三月初八日，长子朱厚熜袭兴王位，五天以后，被确定为皇位的继承人，有懂星相的人说，刘养正说帝星现于楚越之分，是不错的。可他把位置说错了，帝星是在湖广，不是在江西。

人名索引[1]

B
白　钺　200
拜牙即　766
薄彦徽　089

C
才　宽　241
蔡　清　159
蔡　通　787
曹　鼎　1269
曹　凤　184
曹　谦　395
曹　雄　395
曹　元　184
曹　祖　847
陈福一　612
陈　纪　578
陈　金　612
陈九畴　1010
陈　珂　846
陈　逵　896
陈良翰　697
陈　寿　089
陈　旺　284
陈　宗　436
仇　钺　444
崔　氏（杨虎妻）　595
崔　桐　1078
崔　文　1140
崔　铣　011
崔　岩　169
崔　元　1104

D
戴大宾　229
戴德孺　1120
德静和尚　598
邓　璋　767
丁　广　436
东　郊　1230
窦　氏（姜荣妻）　612
段　苌　1265
段　豸　305

F
方良永　942

1　人名后页码为该人物首次出现时所在的页码；书中有的人名用字保留繁体。

方献夫 462
费 寀 748
费 宏 166
冯 清 1004
佛 保 715

G
高 凤 055
高 老 441
宫太保 521
谷大用 005
顾 清 012
顾 嵩 860
顾 佐 029
郭 原 1024
过 氏（邵宝母） 905

H
韩邦靖 931
韩邦奇 927
韩 鼎 197
韩 范 035
韩 福 235
韩 文 029
何 鉴 418
何 锦 251
何景明 134
何景阳 1140
何 麟 1055
何孟春 060
何 遵 1097
洪 钟 353
胡 继 727
胡 濂 1108
胡世宁 614
黄 春 756
黄 巩 1075
黄 珂 443
黄 宁 594
黄 容 1111
黄省曾 1150
黄 绾 096
黄 伟 056
黄 勋 1014
黄宗明 760
霍 恩 572

J
冀元亨 361
季 敩 1121
贾勉儿 598
江 彬 625
姜 汉 439
姜 荣 612
蒋 勉 089
蒋 钦 089
蒋 信 361
蒋 瑶 488

焦　芳　011
焦黄中　037
金　洪　188
金　山　1108
金献民　862
靳　贵　343

K
康　海　167
寇天叙　1220

L
蓝廷瑞　528
雷　济　1118
黎　安　859
黎　鉴　1181
李承勋　612
李充嗣　1130
李东阳　010
李　怀　913
李　教　1111
李　良　138
李梦和　206
李梦阳　060
李　荣　042
李汝祯　296
李士实　145
李　镇　970
梁　辰　844
梁　储　024
梁次卢　607
梁　谷　770
梁　洪　313
廖　惠　528
廖　鹏　511
廖　堂　255
林公黼　1097
林　瀚　090
林　俊　090
刘　菃　132
刘　宸（即刘七）　310
刘　成　057
刘成儿　631
刘　宠（即刘六）　309
刘大夏　028
刘二汉　367
刘　晖　624
刘　惠　490
刘　机　040
刘　玑　277
刘　吉　072
刘　济　778
刘　健　010
刘　介　283
刘　瑾　004
刘　景　404
领占班丹　671
刘　良　946

刘源清　1155
刘　仁　234
刘　讱　407
刘　山　179
刘　氏（霍恩妻）　572
刘　氏（刘良女）　1052
刘士元　1015
刘　嵩　967
刘天和　709
刘惟淮　625
刘　弦　647
刘　祥　305
刘　宇　121
刘养正　839
刘　允　851
刘　忠　011
娄　氏（宁王妃）　157
陆　深　011
陆　完　300
陆　震　1075
罗光权　612
罗　玘　096
罗　祥　055

M
马炳然　444
马　昊　764
马黑麻　1010
马　魁　774
马汝骥　1078
马　氏（马昂妹）　879
马文升　011
马　锡　1045
马　英　713
马永成　009
马中锡　510
满　弼　629
满速儿　766
毛　澄　664
毛　纪　843
孟　彬　251
牟　斌　111

N
倪天民　896
宁　杲　260

P
潘　鹏　822
潘　埙　723
庞文宣　521
彭　泽　535

Q
齐彦名　471
戚豹一　613
戚景通　523
钱　安　005

钱　杰　921
钱　宁　005
钱　钺　306
乔　宇　245
乔　忠　482
秦　金　1040
丘　聚　055
秋　香　735

S
桑　玉　488
神　周　602
沈　晖　193
沈　炤　188
矢拜烟答　1010
石　玠　814
石天柱　724
史　成　372
史　聪　284
史　连　251
史　宣　999
舒　芬　1078
宋素卿（朱缟）　421
宋　振　538
苏　进　714
苏秀才　604
孙　纯　248
孙　交　235
孙　清　344
孙　燧　845
孙　玺　967
孙　玉　518

T
唐　氏（陈旺妻）　284
唐　寅　492
陶　斌　451
田　濡　1217
屠　滽　143
涂文祥　1108

W
汪文盛　860
汪应轸　1078
王　鏊　058
王　敞　444
王　诰　1140
王鸿儒　385
王　华　040
王　景　029
王九思　344
王　炉　1009
王　伦　709
王满堂　1264
王　冕　1156
王　奇　614
王　琼　201
王　蘖　1174

王　瑞　023
王时中　035
王　氏（周能妻）　516
王　氏（太皇太后）　997
王　氏（王妃）　1017
王守仁　091
王　思　778
王思聪　1111
王廷陈　1078
王　玺　177
王　琇　086
王　勋　744
王　银（王艮）　1245
王云凤　386
王　智　1265
王　注　1002
王　佐　279
韦　臣　441
韦　经　035
魏　彬　055
魏　镇　436
文　贵　239
文徵明　492
吴　杰　109
吴　经　482
吴　堂　1033
吴文度　277
吴　俨　200
伍　符　1171
伍文定　1118

X
西凤竹　771
席　书　362
夏良胜　1080
夏　时　594
萧　淮　1100
萧　敬　002
肖　禹　1126
写亦虎仙　316
谢　迁　016
邢本道　541
熊　浃　1101
熊　兰　1101
徐　爱　758
徐　鏊　1081
徐　蕃　1237
徐　霖　1208
徐祯卿　492
许　逵　543
许　论　265
许　泰　547
许天锡　256
许相卿　760
薛凤鸣　410
薛　侃　760

Y
鄢本恕 528
严 嵩 011
阎 顺 946
燕 忠 464
杨 虎 471
杨 锐 1138
杨 慎 132
杨 氏（杨一清妻） 1243
杨 腾 1052
杨廷和 130
杨 玮 833
杨一清 060
杨 仪 737
杨 玉 168
杨 芝 707
叶 椿 1045
雍 泰 266
于 喜 154
于 永 153
余廷瓒 1097
俞 谏 704
俞 琳 910
俞日明 366
袁 质 770

Z
臧 凤 976
湛若水 479
张邦奇 190
张 綵 195
张 仑 819
张 冲 778
张鹤龄 846
张会通 372
张 杰 203
张 龙 896
张 懋 016
张 茂 309
张 钦 439
张 锐 313
张士隆 999
张 伟 510
张文锦 1138
张文冕 074
张 雄 313
张 翼 912
张 永 005
张曰韬 1229
张 忠 310
张子麟 464
赵 璜 124
赵 鉴 544
赵 林 713
赵 锐 328
赵 鐩 544
赵 岩 770
真帖木儿 766

郑　旺　179
郑　岳　701
周　昂　251
周　经　232
周　骐　816
朱宸濠　155
朱当沍　770
朱　钦　124
朱寘鐇　248
祝允明　492
庄　典　860
邹守益　509
左国玉　209